Genel

Hümanizma ruhunun ilk anlayış ve duyuş merhalesi, insan varlığının en müşahhas şekilde ifadesi olan sanat eserlerinin benimsenmesiyle başlar. Sanat şubeleri içinde edebiyat, bu ifadenin zihin unsurları en zengin olanıdır. Bunun içindir ki bir milletin, diğer milletler edebiyatını kendi dilinde, daha doğrusu kendi idrakinde tekrar etmesi; zekâ ve anlama kudretini o eserler nispetinde artırması, canlandırması ve yeniden yaratmasıdır. İşte tercüme faaliyetini, biz, bu bakımdan ehemmiyetli ve medeniyet dâvamız için müessir bellemekteyiz. Zekâsının her cephesini bu türlü eserlerin her türlüsüne tevcih edebilmiş milletlerde düşüncenin en silinmez vasıtası olan yazı ve onun mimarisi demek olan edebiyat, bütün kütlenin ruhuna kadar işliyen ve sinen bir tesire sahiptir. Bu tesirdeki fert ve cemiyet ittisali, zamanda ve mekânda bütün hudutları delip aşacak bir sağlamlık ve yaygınlığı gösterir. Hangi milletin kütüpanesi bu yönden zenginse o millet, medeniyet âleminde daha yüksek bir idrak seviyesinde demektir. Bu itibarla tercüme hareketini sistemli ve dikkatli bir surette idare etmek, Türk irfanının en önemli bir cephesini kuvvetlendirmek, onun genişlemesine, ilerlemesine hizmet etmektir. Bu yolda bilgi ve emeklerini esirgemiyen Türk münevverlerine şükranla duyguluyum. Onların himmetleri ile beş sene içinde, hiç değilse, devlet eli ile yüz ciltlik, hususi teşebbüslerin gayreti ve gene devletin yardımı ile, onun dört beş misli fazla olmak üzere zengin bir tercüme kütüpanemiz olacaktır. Bilhassa Türk dilinin, bu emeklerden elde edeceği büyük faydayı düşünüp de şimdiden tercüme faaliyetine yakın ilgi ve sevgi duymamak, hiçbir Türk okuru için mümkün olamıyacaktır.

23 Haziran 1941
Maarif Vekili
Hasan Âli Yücel

HASAN ÂLİ YÜCEL KLASİKLER DİZİSİ

VICTOR HUGO
SEFİLLER

ÖZGÜN ADI
LES MISÉRABLES

FRANSIZCA ASLINDAN ÇEVİREN
VOLKAN YALÇINTOKLU

Sertifika No: 40077

EDİTÖR
HANDE KOÇAK

GÖRSEL YÖNETMEN
BİROL BAYRAM

DÜZELTİ
NEBİYE ÇAVUŞ

GRAFİK TASARIM VE UYGULAMA
TÜRKİYE İŞ BANKASI KÜLTÜR YAYINLARI

1. BASIM, HAZİRAN 2015, İSTANBUL
XVII. BASIM, HAZİRAN 2021, İSTANBUL

TAKIM NO 978-605-332-474-4
ISBN 978-605-332-475-1 (KARTON KAPAKLI)

BASKI
UMUT KAĞITÇILIK SANAYİ VE TİCARET LTD. ŞTİ.
KERESTECİLER SİTESİ FATİH CADDESİ YÜKSEK SOKAK NO: 11/1 MERTER
GÜNGÖREN İSTANBUL
Tel: (0212) 637 04 11 Faks: (0212) 637 37 03
Sertifika No: 45162

TÜRKİYE İŞ BANKASI KÜLTÜR YAYINLARI
İSTİKLAL CADDESİ, MEŞELİK SOKAK NO: 2/4 BEYOĞLU 34433 İSTANBUL
Tel. (0212) 252 39 91
Faks (0212) 252 39 95
www.iskultur.com.tr

HASAN ÂLİ YÜCEL
KLASİKLER DİZİSİ
CCL

VICTOR HUGO

SEFİLLER
I

FRANSIZCA ASLINDAN ÇEVİREN:
VOLKAN YALÇINTOKLU

TÜRKİYE İŞ BANKASI
Kültür Yayınları

İtalyan Yayıncıya Mektup

Hauteville-House, 18 Ekim 1862

Mösyö, bana *Sefiller* kitabının tüm halklar için yazıldığını söylediğinizde haklıydınız. Tüm halklar tarafından okunur mu bilmiyorum, ama ben hepsi için yazdım. Bu kitap İngiltere'ye olduğu kadar İspanya'ya, İtalya'ya olduğu kadar Fransa'ya, Almanya'ya olduğu kadar İrlanda'ya, köleleri olan cumhuriyetlere olduğu kadar, serfleri olan imparatorluklara da hitap ediyor. Toplumsal sorunlar sınırları aşıyor. İnsan türünün tüm dünyayı kaplayan o geniş yaraları dünya haritasındaki mavi ya da kırmızı çizgilerde durmuyor. Erkeğin cahil ve umutsuz olduğu, kadının ekmek için bedenini sattığı, çocuğun kendini eğitecek bir kitabın, kendini ısıtacak bir ailenin yokluğunda acı çektiği her yerde *Sefiller* kitabı kapıyı çalıp şöyle diyor: *Sizin için geldim, sayfalarımı çevirin.*

Uygarlığın şu anki iç karartıcı ortamında, *sefil* insan anlamına geliyor; her ülkede eziyet çekiyor, her dilde inliyor. İtalya'nızın yaşadığı bahtsızlık Fransa'mızınkinden farklı değil. Hayran olunası İtalya'nızın her yanında sefalet var. Dağlarınızda yoksulluğun öfkeli ürünü olan haydutlar yok mu? İtalya, derinliklerini araştırmaya çabaladığım manastır ülserinin kemirdiği nadir ülkelerden biri. Roma'nızın, Milano'nuzun, Napoli'nizin, Palermo'nuzun, Torino'nuzun, Floransa'nızın, Siena'nızın, Pisa'nızın, Mantua'nızın, Bologna'nızın, Ferrara'nızın, Cenova'nızın, Venedik'inizin, destanlar yazan bir tarihinizin, muhteşem örenlerinizin, ulvi abidelerinizin, olağanüstü şehirlerinizin olması boşuna, siz de bizim gibi yoksulsunuz. Dört bir yanınız harikalarla ve haşaratla kaplı. İtalya'nın güneşinin görkemli olduğuna şüphe yok, ama ne yazık ki göğün mavisi insanın üzerindeki paçavrayı gizlemeye yetmiyor.

Sizin de bizim gibi önyargılarınız, batıl inançlarınız, zorbalıklarınız, bağnazlıklarınız, cahil gelenekleri destekleyen izansız yasalarınız var. Ağzınızda geçmişin acı tadını hissetmeden ne bugünün, ne geleceğin hayalini kurabiliyorsunuz. Keşiş denen bir barbarınız, Lazzaroni denen bir vahşiniz var. Toplumsal sorunlar sizde de, bizdekiyle aynı. Sizin ülkenizde kısmen açlıktan, ama daha çok da hastalıktan ölenler var; sağlık hizmetleriniz bizimkinden daha iyi değil; İngiltere'de Protestanların, İtalya'da Katoliklerin karanlığı hüküm sürüyor; farklı isimler taşısalar da Vescovolar ve Bishoplar aynı kişiler ve her yere neredeyse birbirinin aynı olan gece karanlığı hâkim. İncil'i yanlış yorumlamak ya da İsa'nın öğretisini yanlış anlamak, ikisi de aynı şey. Üzerinde durmak gerekir mi? Bu kasvetli koşutluğu daha da ileri giderek tam anlamıyla ortaya koymak gerekir mi? Sizin yoksullarınız yok mu? Aşağıdan bakın. Asalaklarınız yok mu? Yukarıdan bakın. Bir kefedeki yoksulluğun, diğer kefedeki asalaklıkla dengelendiği o iğrenç terazi bizim gibi sizin önünüzde de sallanmıyor mu? Uygarlığı savunan tek ordu olan öğretmenler ordunuz nerede? Parasız ve zorunlu eğitiminiz nerede? Dante'nin ve Michelangelo'nun ülkesinde herkes okuma yazma biliyor mu? Kışlalarınızı liseye çevirdiniz mi? Sizin de bizim gibi güçlü bir savaş bütçeniz ve komik bir eğitim bütçeniz yok mu? Sizde de bizdeki gibi kolayca militarizme dönüşen pasif itaatkârlık yok mu? İtalya'nın yaşayan onuru Garibaldi'ye ateş açma emri veren bir militarizm yok mu sizde de? Sizin toplumsal düzeninizi sınavdan geçirelim, nerede ve nasılsa onu öyle ele alalım, onu suçüstü yakalayalım, bana kadını ve çocuğu göstersenize. Uygarlığın düzeyi bu iki zayıf varlığın etrafındaki koruma halkasıyla ölçülür. Fahişelik Napoli'de, Paris'te olduğundan daha mı az yürek parçalayıcı? Yasalarınız gerçeği ne kadar yansıtıyor, mahkemelerinizden çıkan adaletin niceliği nedir? Şu iç karartıcı sözcüklerin anlamını bilmeme mutluluğuna erişebildiniz mi? Kovuşturma, yasal aşağılanma, kürek mahkûmiyeti, darağacı, giyotin sehpası, cellat, ölüm cezası. İtalyanlar, bizde olduğu gibi sizde de Beccaria öldü, Farinacci yaşıyor. Şimdi devletinizin mantığını görelim. Ahlak ve siyaset özdeşliğini anlayan bir hükümetiniz var mı? Kahramanlara af çıkaracak hale geldiniz! Fransa'da da buna benzer bir şey yapıldı. Bakın, sefaletin bilançosunu çıkaralım, herkes kendi eteğindekini döksün, siz de bizim kadar zenginsiniz. Sizde de bizde olduğu gibi iki lanetleme yok mu, rahibin dinsel lanetlemesi ve yargıcın toplumsal lanetlemesi? Ey yüce İtalyan halkı, tıpkı Fransa'nın yüce halkı gibisin. Ne yazık! Kardeşlerim sizler de bizler gibi "Sefiller"siniz. Siz de bizim gibi içinde bulunduğunuz karanlığın derinliklerinden cennetin ışıltılı ve uzak kapılarını net bir şekilde göremiyorsunuz. Sadece rahipler yanılıyor. O kutsal kapılar arkamızda değil, önümüzde.

Sözümü bitiriyorum. *Sefiller* kitabı bir ayna, sizi yansıttığı gibi bizi de yansıtıyor. Bazıları, bazı kastlar bu kitaba isyan ediyor. Bunu anlıyorum. Gerçekleri söyleyen aynalardan nefret edilse de, bu onların bir işe yaramadıkları anlamına gelmez.

Bana gelince, bu kitabı ülkeme duyduğum büyük aşkla, ama Fransız halkını fazla öne çıkarmadan, herkes için yazdım. Yaşım ilerledikçe yalınlaşıyor, insanlığın yurttaşı oluyorum.

Zaten bu da zamanımızın eğilimi ve Fransız Devrimi'nin yaydığı ışıltısının yasasıdır. Kitaplar çağımızın gelişimine katkıda bulunmak için artık sadece Fransız, İtalyan, Alman, İspanyol, İngiliz diliyle değil, Avrupa'nın, dahası insanlığın diliyle yazılmalıdır. Beğeni ve dilin bir zamanlar kısıtlı olan koşullarını bile değiştiren yeni bir sanat mantığı ve kompozisyonun belli zorunlulukları, diğer her şey gibi gelişmek zorundadır.

Fransa'da bazı eleştirmenlerin benden Fransız beğenisinin dışına çıktığım için yakınmalarını sevinçle karşıladım; bu övgünün hak ettiği değere kavuşmasını isterdim.

Sonuç olarak, elimden geleni yapıyorum, evrensel kederin acısını çekiyorum ve bu acımı dindirmeye çalışıyorum, bir insanın yetersiz gücünden başka bir şey yok elimde, bu yüzden herkese haykırıyorum: Bana yardım edin!

Mösyö işte mektubunuzun bana esinledikleri, bunları sizin için ve ülkeniz için söylüyorum. Bu kadar üstelememin nedeni mektubunuzdaki bir cümle oldu. Bana şöyle yazmıştınız: "Birçok İtalyan *Sefiller*'in bir Fransız kitabı olduğunu söylüyor. Bu bizi ilgilendirmez. Fransızlar bunu bir tarih kitabı olarak okusunlar, biz ise bir roman olarak okuyalım." Ne yazık! Tekrar ediyorum, ister İtalyan ister Fransız olalım sefalet hepimizi ilgilendiriyor. Tarih yazmaya ve felsefe düşünmeye başladığından beri sefalet insan türünün giysisi olagelmiştir, nihayet geçmişin bu paçavrasını *halk-insan*'ın üzerinden çıkarıp onun çıplak bedenine seherin lâl renkli elbisesini giydirmenin zamanı geldi.

Mösyö bu mektup size bazı zihinleri aydınlatmak, bazı önyargıları dağıtmak konusunda faydalı olacakmış gibi görünüyorsa, onu yayımlayabilirsiniz.

En içten duygularımı kabul buyurmanızı rica ederim.

Victor Hugo

Önsöz

Uygarlık çağının ortasında, yasalar ve gelenekler aracılığıyla, dünyayı yapay olarak cehenneme çeviren ve ilahi kaderi insanlık belasına bulaştıran toplumsal lanetlenme hali devam ettikçe, yüzyılın ilki insanın emeğinin sömürülmesinden dolayı aşağılanması, ikincisi kadının açlık yüzünden alçalması, üçüncüsü çocukların eğitimsizlik nedeniyle yeteneklerinin gelişmemesi olan üç temel sorunu çözülmedikçe, bazı bölgelerde toplumsal baskı devam ederken, daha geniş anlamda yeryüzünde cehalet ve yoksulluk hüküm sürdükçe, böyle kitaplar yararlı olmayı sürdüreceklerdir.

Hauteville-House, 1 Ocak 1862

FANTINE

Birinci Kitap
Adil Bir Kişi

I

Mösyö Myriel

1815'te Mösyö Charles-François-Bienvenu Myriel Digne piskoposuydu ve yetmiş beş yaşlarındaki bu ihtiyar, bu görevini 1806'dan beri sürdürüyordu.

Anlatacaklarımızla hiçbir ilintisi bulunmasa da, gerçeği tam anlamıyla ortaya koymak için bir detaydan, yani piskoposluk görevine geldiği sırada hakkında çıkan söylentilerden söz etmek belki de yararlı olacaktır. Doğru ya da yanlış, insanlar hakkında söylenenler, onların yaşamlarında ve özellikle kaderleri üzerinde yaptıkları işler kadar önemli bir etkiye sahiptir. M. Myriel, Aix Parlamentosu'nun aristokrat bir üyesinin oğluydu. Söylentilere göre, babası kendi görevini oğluna miras bırakmak için, parlamenter ailelerde sık rastlanan bir gelenek uyarınca onu erken yaşta, on sekiz, on dokuz yaşında evlendirmişti. Bu evliliğe rağmen, Charles Myriel'in kendinden fazlasıyla söz ettirdiği söyleniyordu. Kendini iyi yetiştirmişti, boyu kısa olsa da hoş, kibar, nüktedan bir gençti. Hayatının ilk bölümü sosyete toplantılarına katılmakla ve çapkınlık yapmakla geçmişti. Devrim sırasında olayların hızla gelişmesiyle katledilen, görevlerinden uzaklaştırılan, baskı gören parlamenter aileleri dağılmıştı. Devrimin ilk günlerinde İtalya'ya sığınan M. Charles Myriel'in karısı, orada uzun süreden beri yakasını bırakmayan bir göğüs hastalığı nedeniyle ölmüştü. Çocukları yoktu. M. Myriel'in kaderi bu olaylardan nasıl etkilenmişti? Eski rejimin yıkılması, ailesinin gözden düşmesi, sürgündekiler için korkunun abartısıyla uzaktan daha da ürkütücü bulunan 93 yılının trajik sahneleri, zihninde dünyadan elini eteğini çekme ve inziva düşüncelerini doğurmuş muydu? Varlığına ve servetine inecek olsa onu sarsamayacak bu gizemli ve korkunç darbeler, eğlenceli ve keyifli yaşamının ortasında, onu yüreğine indikleri için mi altüst etmişlerdi? Buna kimse yanıt veremezdi ancak İtalya'dan rahip olarak dönmüştü.

1804'te, Brignolles rahibi olduğunda yaşlanmış ve derin bir inzivaya çekilmişti.

Napoléon'un taç giyme töreninden bir süre önce, bilemediğimiz bir işi halletmek için Paris'e gitmiş, müminleri için diğer önemli şahsiyetlerin yanı sıra Kardinal Fesch'e de ricalarda bulunmuştu. İmparatorun dayısını ziyarete geldiği o gün bekleme odasında oturan saygıdeğer rahip, majestelerinin önünden geçtiğini görmüş ve Napoléon kendisine merakla bakan bu adamı görünce, aniden:

— Bu temiz yüzlü ihtiyar da kim? diye sormuştu.

— Majesteleri, diye yanıtlamıştı M. Myriel, siz temiz yüzlü bir ihtiyara, ben de yüce bir adama bakıyorum. İkimiz de bu durumdan yararlanalım.

İmparator hemen o akşam kardinale rahibin ismini sormuş ve M. Myriel bir süre sonra Digne piskoposluğuna atandığını öğrenerek şaşırmıştı.

Zaten M. Myriel'in yaşamının ilk bölümü hakkında söylenenlerin gerçek olduğunu kim iddia edebilirdi? Bunu kimse bilmiyordu. Myriel ailesini devrimden önce tanıyan çok az aile vardı.

M. Myriel ağızları çok laf yapan ama beyinleri pek çalışmayan insanların yaşadığı küçük bir şehre yeni gelenlerin kaderini paylaşmak zorunda kalmıştı. Piskopos olmasına rağmen ve piskopos olduğu için bu kadere boyun eğmesi gerekiyordu. Ama adının karıştığı dedikodular laf kalabalığından, sözcüklerden, sözlerden de ötesi güneylilerin dobra dobra söyledikleri gibi *palavralardan* ibaretti.

Yine de, M. Myriel'in dokuz yıllık piskoposluğunun ardından, ilk başlarda küçük şehirleri ve küçük insanları meşgul eden tüm bu söylentiler, dedikodular unutulup gitmişti. Artık kimse bunlardan söz etmeyi, hatta bunları hatırlamayı göze alamıyordu.

M. Myriel, Digne'e kendisinden on yaş küçük olan evde kalmış kız kardeşi Matmazel Baptistine ile gelmişti.

Yanlarında hizmetçi olarak sadece Matmazel Baptistine'in yaşıtı olan Madam Magloire vardı. Daha öncesinde, sayın rahibin hizmetçisi olan bu kadın, şimdi matmazelin oda hizmetçiliği ve piskoposun kâhyalığı görevlerini üstlenmişti.

Uzun, ince, solgun yüzlü, hoş bir kişi olan Matmazel Baptistine "saygıdeğer" sözcüğünün ifade ettiği tüm değerleri kendinde toplamıştı, yine de yüce bir kadın olarak anılması için anne olması gerekiyordu. Hiçbir zaman güzelliğiyle öne çıkmamıştı, hayatını hayır işlerine adamış, sonunda yüzünü duru ve aydınlık bir ifade kaplamıştı ve yaşlandıkça iyiliğin güzelliği olarak adlandırılacak bir zarafete kavuşmuştu. Gençliğindeki sıskalığı olgunluk çağında onu melek gibi gösteren bir şeffaflığa dönüşmüştü. Bir bakireden çok ruhani bir varlığa benziyordu. Bir gölgeyi andıran ve içinde cinselliği çağrıştıracak unsurlara çok az yer olan bedeninden hafif bir ışıltı yayılıyor, iri gözleri sonunda toprağa döneceğini belli edercesine hep yere bakıyordu.

Madam Magloire kısa boylu, etine dolgun, işi başından aşkın ve astımdan muzdarip olduğu için hep soluk soluğa dolaşan bir kadındı.

İmparatorluk Kararnamesi'nde, yönetim hiyerarşisinde bölgenin tugay komutanından sonra yer aldığı belirtilen ve gerekli itibarın gösterilmesi istenen M. Myriel'i piskoposluk sarayına yerleştirdiler. Belediye başkanı ve savcı onu ziyaret ettiler. Kendisi de generali ve valiyi ziyaret etti.

Piskoposluk sarayına yerleşme hazırlıkları tamamlandığında şehir, piskoposu görevinin başında görmek istiyordu.

II

Mösyö Myriel Monsenyör Bienvenu Oluyor

Digne piskoposunun sarayı hastanenin bitişiğindeydi.

Paris Üniversitesi'nde teoloji doktoru ve Simorre Rahibi olarak görev yapmış, 1712'de Digne piskoposu olarak atanmış Monsenyör Henri Puget tarafından geçen yüzyıl başlarında inşa ettirilen piskoposluk sarayı taştan yapılmış geniş ve güzel bir konaktı. Bu saray gerçek bir senyör mâlikanesiydi. Burada, piskoposun salonları, odaları, eski Floransa usulü kemerlerle süslü gezinti alanlarını içine alan geniş giriş avlusu, muhteşem ağaçlarla kaplı bahçeleri de dâhil olmak üzere her şey mükemmeldi. Monsenyör Henri Puget, 29 Temmuz 1714'te, bahçeye açılan uzun ve geniş yemek salonunda, Embrun Başpiskoposu Prens Charles Brûlart de Genlis'e, Ermiş Francesko tarikatı mensubu, Grasse piskoposu Antoine de Mesgrigny'ye, Malta tarikatının üstadı, Saint-Honoré de Lérins Başrahibi Philippe de Vendôme'a, Vence piskoposu Baron François de Berton de Grillon'a, Glandeve piskoposu Senyör César de Sabran de Forcalquier'ye, Oratoire tarikatı üstadı, kralın vaizi, Senez piskoposu Senyör Jean Soanen'e ziyafet vermişti; bu yedi saygıdeğer şahsiyetin portreleri salonu süslüyordu ve o unutulmaz 29 Temmuz 1714 günü, beyaz mermerden bir masanın üzerine altın harflerle kazınmıştı.

Hastane küçük bir bahçesi olan dar, basık, tek katlı bir binaydı.

Piskopos gelişinden üç gün sonra hastaneyi ziyaret etti. Ziyaret bittiğinde müdürü sarayına davet etti.

— Şu an kaç hastanız var? diye sordu hastane müdürüne.

— Yirmi altı, monsenyör.

— Ben de yirmi altı hasta saymıştım.

— Yataklar birbirlerine çok yakın, diye ekledi müdür.

— Bunu ben de fark ettim.

— Koğuşlar oda büyüklüğünde, havalandırma kolay olmuyor.

— Bana da öyle göründü.

— Üstelik bahçe nekahet dönemindeki hastaların güneşli havalarda topluca oturamayacakları kadar küçük.

— Ben de öyle düşünmüştüm.

— Bu yıl tifüs, iki yıl önce kızıl salgını yaşadık, bazen yüz hasta geliyor, ne yapacağımızı bilemiyoruz.

— Tahmin etmiştim.

— Monsenyör ne yapabiliriz ki? Durumu kabullenmek gerek.

Bu konuşma bahçe katındaki yemek salonunda gerçekleşiyordu.

Bir an sessiz kalan piskopos aniden müdüre döndü.

— Mösyö bu salona kaç yatak sığar?

— Monsenyörün salonuna mı? diye haykırdı afallayan müdür.

Salonu bakışlarıyla inceleyen piskopos hesap yapar gibi görünüyordu.

— Buraya yirmi yatak rahat rahat sığar, dedi kendi kendiyle konuşurmuş gibi, ardından sesini yükseltti:

— Bakın mösyö, size bir şey söyleyeceğim. Ortada bir yanlışlık var. Siz beş altı küçük odada yirmi altı hastaya bakıyorsunuz. Biz ise burada üç kişiyiz ve altmış kişilik yerimiz var. Size ortada bir yanlışlık olduğunu söylüyorum. Benim ikametgâhım sizde, sizinkiyse bende. Bana evimi geri verin, sizin yeriniz burası.

Ertesi gün yirmi altı zavallı hasta piskoposun sarayına, piskopos da hastaneye taşınmıştı.

M. Myriel'in malı mülkü yoktu, ailesi devrim sırasında mahvolmuştu. Kız kardeşinin, rahip evinde kaldıkları süreçte yeterli olan yılda beş yüz franklık bir geliri vardı, bu da şahsi harcamalarını karşılıyordu. M. Myriel piskopos olarak devletten yıllık on beş bin frank maaş alıyordu. Hastaneye yerleştiği gün bu parayı nasıl harcayacağını belirledi. Buraya kendi eliyle yazdığı notu ekliyoruz.

Piskoposluğumun masraflarını düzenlemek için not

Küçük papaz okulu için ....*bin beş yüz frank*
Rahipler topluluğu için ....*yüz frank*
Montdidier'deki Lazarist rahipler için .... *yüz frank*
Paris'teki yabancı misyonlar papaz okulu için .... *iki yüz frank*
Saint-Esprit papazlar kurulu için .... *yüz elli frank*
Kutsal Topraklardaki dinî kurumlar için .... *yüz frank*
Ana şefkati derneklerine .... *üç yüz frank*
Ayrıca, Arles'dekine de .... *elli frank*
Cezaevlerinin koşullarının düzeltilmesi için .... *dört yüz frank*
Mahkûmların refahı, özgürlüklerine
kavuşmaları için .... *beş yüz frank*
Borçtan dolayı mahkûm olan aile reislerinin
kurtarılmaları için .... *bin frank*
Papaz okulunun yoksul öğretmenlerinin
maaşlarına ilave olarak .... *iki bin frank*
Yukarı Alpler erzak ihtiyat deposu için .... *yüz frank*
Digne, Manosque ve Sisteron rahibeler kuruluna yoksul kızlara
ücretsiz eğitim verilmesi için .... *bin beş yüz frank*
Yoksullar için .... *altı bin frank*
Şahsi harcamalarım için .... *bin frank*
Toplam .... *on beş bin frank*

M. Myriel, Digne piskoposluğu makamını işgal ettiği süre boyunca bu sıralamada hiçbir değişiklik yapmadı. Bu sıralamalayı, gördüğümüz gibi *piskoposluğumun masraflarını düzenlemek için not* olarak adlandırıyordu.

Bu liste Matmazel Baptistine tarafından mutlak bir itaatle karşılandı. Digne piskoposu bu ermiş kız için hem ağabeyi, hem piskoposu, yaşamda dostu, kilise hiyerarşisinde ise üstüydü. Onu seviyor, ona büyük saygı duyuyordu. Kendisiyle konuştuğunda öne doğru eğiliyor, bir karara vardığında ona katılıyordu. Masraf listesine sadece Madam Magloire biraz mırın kırın etmişti. Piskopos, fark edileceği gibi, kendine bin frank ayırmıştı ki buna Matmazel Baptistine'in yıllık geliri de eklendiğinde yıllık bin beş yüz frankı geçmiyordu. Bu iki yaşlı kadın ve ihtiyar piskopos bu bin beş yüz frankla geçiniyordu. Madam Magloire'ın sıkı tasarrufu ve Matmazel Baptistine'in akıllı ev idaresi sayesinde, bir köy papazı ziyarete geldiğinde piskopos onu ağırlama olanağını buluyordu.

Digne'e gelişinin üçüncü ayında piskopos:

— Bu masraflar beni zor durumda bıraktı! dedi

— Ben de öyle düşünüyorum, diye haykırdı Madam Magloire, monsenyör bölge yönetiminin kendisine ödemesi gereken araba ve çevre beldeleri ziyaret ücretlerini de istemedi. Eskiden piskoposlar için âdettendi.

— Doğru! dedi piskopos, haklısınız Madam Magloire.

Ve ücretini talep etti.

Bir süre sonra, bu talebi gündemine alan il genel meclisi, ona üç bin franklık bir ödenek ayırırken, bu ödenek harcama kalemine şu açıklamayla girdi: *Monsenyör piskoposa, araba, posta ve taşra ziyaretlerinin masraflarının karşılığı olarak tahsis edilen ödenek.*

Yerel burjuvazi bu ödeneğe büyük tepki gösterdi. 18 Brumaire'i destekleyen Beş Yüzler Meclisi'nin eski üyesi olan ve Digne yakınlarında muhteşem bir senatörlük konağında yaşayan bir imparatorluk senatörü bu vesileyle Din İşleri Bakanı M. Bigot de Préameneu'ye öfkesini belli eden ve önemli bölümlerini aktaracağımız şu gizli mektubu gönderdi:

— Araba masrafları mı? Nüfusu dört binden az olan bir şehirde arabayla ne yapacak? Ziyaret masrafları mı? Öncelikle, bu ziyaretler neye yarayacak? Ayrıca yolu olmayan ve sadece atla katedilebilen bu dağlarda araba nasıl yol alacak? Château-Arnoux'daki Durance köprüsü bile ancak öküz arabalarının ağırlığına dayanabiliyor. Bu papazların hepsi açgözlü ve cimri. Bu adam ilk geldiğinde dürüstlük tasladı. Şimdi diğerleri gibi yapıp posta arabası ve şatafatlı bir yaşam sürmek istiyor. Ah bu ruhban sınıfı! Kont hazretleri, imparator bizi bu papaz takımından kurtarmadıkça işler yoluna girmeyecek. Kahrolsun Papa! (Roma ile ilişkiler bozuluyordu) Bana gelince, sadece Sezar'dan yanayım vs. vs. vs.

Buna karşılık, bu ödenek Madam Magloire'ı çok sevindirmişti:

— Nihayet, dedi Matmazel Baptistine'e, işe diğerlerine yardım yapmakla başladı, ama sonunda kendisini de düşünmesi gerekti. Yeterince hayır işi yaptı. Şimdi üç bin frank bize kalacak!

Piskopos, hemen o akşam yazdığı bir pusulayı kız kardeşine verdi:

Posta arabası ve ziyaret masrafları

Hastanedeki hastalara et suyu verilmesi için	*bin beş yüz frank*
Aix'deki Ana Şefkati Derneği için	*iki yüz elli frank*
Draguignan'daki Ana Şefkati Derneği'ne	*iki yüz elli frank*
Terk edilmiş çocuklar için	*beş yüz frank*
Öksüz çocuklar için	*beş yüz frank*
Toplam	*üç bin frank*

İşte Mösyö Myriel'in bütçesi böyleydi.

Piskoposluğun evlenme ilanı, özel ayrıcalıklar, vaftiz, vaaz, kilise ya da şapel kutsamaları, evlilikler vs. gibi olağandışı gelirlerini toplarken zenginlerden aldıklarını aynı titizlikle fakirlere dağıtıyordu.

Kısa süre içinde para bağışları yağmaya başladı. Parası olanlar ve olmayanlar M. Myriel'in kapısını çalıyor, birilerinin vermeye geldiği sadakaları diğerleri almaya geliyorlardı. Piskopos daha bir yıl geçmeden, tüm iyiliklerin haznedarı, tüm sıkıntıların veznedarı oldu. Elinden büyük paralar geçse de, hiçbir şey yaşam tarzını değiştirmeye, kişisel gereksinimlerini artırmasına yol açamıyordu.

Daha da ötesi, alt katmanlardaki yoksulluk, üst katmanlardaki kardeşlik duygusundan daha baskın olduğundan, bağışlar daha eline geçmeden kurak bir toprağa dökülen su gibi emiliyordu. Bağış toplaması boşunaydı, elinde hiç para kalmıyordu. Gerekirse kendi bütçesinden yardım ediyordu.

Geleneklere göre piskoposlar buyruklarını ve mektuplarını vaftiz isimleriyle imzalarlardı. Yörenin yoksul insanları sevgi dolu bir içgüdüyle piskoposun adlarından kendileri için en anlamlısını seçmişlerdi ve ona sadece Monsenyör Bienvenu diye hitap ediyorlardı. Biz de onlar gibi yapıp yeri geldiğinde onu bu ismiyle anacağız. Zaten o da kendisine böyle hitap edilmesinden hoşlanıyordu.

— Bu ismi seviyorum, diyordu. Bienvenu, monseyörü telafi ediyor.

Burada tasvir ettiğimiz kişiliğin gerçek olduğunu iddia etmiyor, sadece gerçeğe benzediğini söylemekle yetiniyoruz.

III

İyi Yürekli Bir Piskoposa Zor Bir Görev

Piskopos arabasını hayır işlerine dönüştürse de, çevre beldelere ziyaretlerini sürdürüyordu. Digne piskoposluğunun görevleri oldukça yorucuydu. Oldukça az ovanın ve çok sayıda dağın yer aldığı bölgede az önce de söz ettiğimiz gibi neredeyse hiç yol yoktu. Otuz iki köy kilisesini, kırk bir rahip yardımcısını, iki yüz seksen beş şapeli ziyaret etmek hiç de kolay bir iş değildi. Yine de piskopos görevinin zorluklarının üstesinden geliyordu. Yakın beldelere yaya olarak, ovadakilere iki tekerlekli arabayla, dağdakilere eşeğin semerinin yanına yerleştirdiği bir oturakla gidiyordu. İki yaşlı kadın ona eşlik ediyor, yolculuk zorlu geçecekse tek başına gitmeyi tercih ediyordu.

Bir gün eşeğinin üzerinde eski bir piskoposluk şehri olan Senez'e geldi. O sırada boş olan kesesi başka bir araç kullanmasına izin vermemişti. Onu piskoposluğun kapısında karşılayan belediye başkanının gözlerinde utanç dolu bakışlar vardı. Etrafına toplanan birkaç burjuva da haline gülüyorlardı. "Sayın belediye başkanı ve kentli beyefendiler, sizi neyin şaşırttığını anlıyorum, zavallı bir rahibin İsa'nınki gibi bir binek hayvanıyla yolculuk etmesini onun kibrine bağlıyorsunuz. Sizi temin ederim ki, eşeğe kendimi beğenmişliğimden dolayı değil mecbur kaldığım için bindim."

Ziyaretlerinde hoşgörülü ve yumuşak bir tavır sergiliyor, vaaz vermekten çok sohbet ediyor, yorumlarını ve örneklemelerini hiç abartmıyordu. Bir beldenin sakinlerine komşu beldeninkileri örnek gösteriyordu. Yoksullara yardım edilmeyen kantonlarda: "Briançonluları örnek alın. Yoksullara, dul kadınlara, öksüzlere ekinlerini diğerlerinden üç gün önce biçme hakkını verdiler. Onların evlerinin tadilatını kendileri üstlendiler. Bu yüzden Tanrı tarafından kutsandılar. Orada yüz yıldan beri tek bir cinayet bile işlenmedi," diyordu.

Gözlerini kazanç hırsı bürümüş insanların yaşadığı köylerde: "Embrun'dekileri örnek alın. Hasat zamanında, oğulları askere, kızları şehre çalışmaya gitmiş bir aile babası hasta ve iş göremez bir haldeyse, rahip vaazında öğütlerde bulunur ve Pazar ayininden sonra erkek, kadın, çocuk tüm köylüler ekinini biçmek için zavallı adamın tarlasına gidip samanları ve buğdayları ambarına yığarlar," diyordu. Para ve miras yüzünden birbirlerine düşmüş ailelere: "Elli yıl boyunca bir tek bülbül sesi duyulmayacak ölçüde vahşi bir doğada yaşayan Devolny'nin dağlılarını örnek alın. Erkek çocuklar babaları öldüğünde mirası koca bulabilmeleri için kız kardeşlerine bırakıp, çalışmak için şehre giderler," diyordu. Sakinleri birbirlerine dava açmakta yarış eden ve harç paraları yüzünden heba olan beldelerde: "Queyras vadisinde yaşayan köylüleri örnek alın. Üç bin kişiler. Tanrım! sanki küçük bir cumhuriyet. Ne yargıca, ne mübaşire ihtiyaçları var. Her işi belediye başkanı yapıyor. Vergileri düzenli bir şekilde bölüştürür, herkesin ödeyeceği vergiyi hakkaniyetle belirler, tartışmaları, çekişmeleri ücretsiz olarak yargılar, mirasları avukata gerek kalmadan dağıtır, bu yüzden mahkeme ilamları için para ödemeye gerek kalmaz ve herkes dürüst bir adam olduğu için ona itaat eder," diyordu. Öğretmeni olmayan köylerin sakinlerine yine Queyraslıları örnek gösteriyordu: "Bu işi nasıl hallettiklerini biliyor musunuz? On on beş haneli bir köy öğretmene ödenecek parayı bir araya getiremeyebilir. Bu yüzden bir hafta bir köyde, bir hafta bir diğerinde olmak üzere dönüşümlü olarak eğitim veren öğretmenin parası tüm vadiden toplanıyor. Bu öğretmenlere panayırlarda rastladım. Kalemlerini şapkalarının kordonunda taşırlar. Sadece okuma yazma öğretenler bir, okuma yazma ve matematik öğretenler iki, okuma yazma, matematik ve Latince öğretenler üç kalem taşırlar. Bunlar çok bilge adamlardır. Cahil kalmak ne utanç verici! Siz de Queyraslılar gibi yapın."

Onlarla ciddi ve babacan bir ifadeyle konuşuyor, örnek gösterecek bir şey bulamadığında kendisi yaratıyordu. Tıpkı İsa gibi inançlı ve ikna edici bir üslupla doğrudan hedefe gidiyor, sözcüklerden çok imgeleri kullanıyordu.

IV

İnançlarına Uygun Bir Yaşam Tarzı Sürdürmek

Sohbeti tatlı ve neşeliydi. Konuşmalarını yaşamlarını kendisiyle birlikte sürdüren iki yaşlı kadının düzeyine indirebiliyor, gülüşü bir öğrencininkine benziyordu.

Madam Magloire ona içtenlikle *Yüce Efendim* diye hitap ediyordu. Piskopos bir gün koltuğundan kalkıp bir kitap almak üzere kütüphanesine gitti. Okumak istediği kitap en üst raftaydı. Boyu kısa olduğundan o rafa uzanamadı. *Madam Magloire*, dedi, *bana bir iskemle getirin. Yüceliğim şu rafa kadar uzanamıyor.*

Piskoposun uzak akrabalarından biri olan Kontes de Lô onun yanında üç oğlunun "umutları" olarak adlandırdığı olanakları sıralama fırsatını hiç kaçırmazdı. Oğulları oldukça yaşlı ve ölüme yakın birçok akrabasının doğal mirasçısıydılar. En küçüğe büyük teyzesinden yüz bin franklık bir gelir kalacak, ortanca dayısının dük unvanını alacak, en büyükleri de dedesinin yüksek meclis üyeliği görevini devralacaktı. Piskopos genellikle bir annenin bu masum ve bağışlanabilir ihtiraslarını sessizce dinliyordu. Bir seferinde Kontes de Lô oğullarına kalacak mirasları ve "umutlarını" bütün ayrıntılarıyla anlatırken, o her zamankinden daha dalgın görünüyordu. Sabırsızca sözünü yarıda kesen kadın ona "Aman Tanrım! Kuzenim! Başka bir şey mi düşünüyorsunuz?" diye sormuştu. "Saint Augustin'e ait olduğunu sandığım bir deyişi düşünüyorum," diye karşılık vermişti piskopos, "Umutlarınızı sadece size miras bırakamayacak birine bağlayın."

Bir seferinde bölgenin soylu beyefendilerinden birinin cenaze törenine katılması için yazılan bir sayfalık bir mektupta sadece ölen kişinin değil, tüm akrabalarının soyluluk unvanlarının sıralandığını görünce, "Ne görkemli bir ölüm!" diye haykırmıştı. "Ona ne büyük bir keyifle bu kadar unvan yüklüyorlar, mezarı bile kendini beğenmişliklerini göstermek için kullandıklarına göre çok zeki olmalılar!"

Yeri geldiğinde, içinde ciddi bir anlam barındıran alaycı sözler ederdi. Büyük Perhiz sırasında Digne'e gelen bir rahip yardımcısı katedralde merhamet konusunda bir vaaz vermişti. İyi bir hatipti ve konuşmasında zenginleri, korkunç bir şekilde tasvir ettiği cehennemden kurtulmak ve cezbedici bir ifadeyle anlattığı cennete gidebilmek için yoksullara yardım etmeye çağırdı. Dinleyiciler arasında kalın çuha, şayak, aba ticaretinden iki milyon frank kazanmış, ara sıra tefecilik yapmış M. Géborand adlı zengin bir tüccar vardı. Hayatı boyunca hiçbir yoksula yardımcı olmayan M. Géborand'ın bu vaazdan sonra, her Pazar katedralin kapısında bekleyen yaşlı dilenci kadınlara bir santim[1] verdiği dikkat çekmişti. Bir santimi altı kadın paylaşıyorlardı. Bir gün onu sadaka verirken gören piskopos gülerek kız kardeşine şunları söyledi: "Bakın, M. Géborand bir santime cenneti satın alıyor."

Bir hayır işi söz konusu olduğunda, hiçbir şey, hatta geri çevrilme bile onu yıldıramıyor, hemen karşısındakini düşünmeye sevk edecek sözleri buluyordu. Bir keresinde, şehrin toplantı salonlarından birinde yoksullar için yardım topluyordu. Hem aşırı kralcı, hem aşırı Voltaire'ci olmayı beceren, yaşlı, zengin, cimri Champtercier markisi de oradaydı. Bu tür insanlar var olmuştu. Piskopos onun yanına gidip koluna dokundu: *Sayın marki, bana bir şeyler vermelisiniz.* Marki ona dönüp soğuk bir ifadeyle cevap verdi: *Monsenyör, benim başımda yeterince yoksul var.* Piskopos da şöyle dedi: *O zaman bana onları verin.*

Bir gün katedralde şu vaazı vermişti:

— Çok değerli kardeşlerim. Fransa'da bir milyon üç yüz yirmi bin köylü evinin bir kapısı iki penceresi, bir milyon sekiz yüz bin evin bir kapısı bir penceresi, üç yüz kırk altı bin evin sadece kapısı var. Ve bunun nedeni kapı ve pencerelerden vergi alınması. Oralara yoksul aileleri, yaşlı kadınları, küçük çocukları tıkın ve ondan sonra hastalıkları, salgınları izleyin! Ne yazık! Tanrı temiz hava veriyor, yasa da onu satıyor. Yasayı suçlamıyorum! Ama Tanrı'ya dua ediyorum. Isere'de, Var'da, Aşağı ve Yukarı Alpler'de köylülerin el arabaları bile yok, gübrelerini sırtlarında taşıyorlar; mumları olmadığı için çıra ve reçineye batırılmış fitil yakıyorlar.

---

1 Bir frankın yüzde birine tekabül eden para birimi. (ç.n.)

Yukarı Dauphiné'nin tamamında durum böyle. Altı aylık ekmek yapıp kurutulmuş inek tezeğiyle pişiriyorlar. Kışın bu ekmeği yiyebilmek için onu balta darbeleriyle kırıp yirmi dört saat suda bekletiyorlar. Kardeşlerim, merhamet edin! Etrafınızdaki insanların nasıl sıkıntı çektiklerini görün!

Provence'da doğduğu için, Güney'in tüm taşra ağızlarını kolayca konuşabiliyordu. Aşağı Languedoc'ta olduğu gibi, *Hey begim, delimiyin neyin?* Aşağı Alplerde olduğu gibi, *Nirden gideceğsin?* Yukarı Dauphiné'de olduğu gibi, *Gözel bir goyun ve yağlı bi beyniri getiriyom,* diyordu. Bu durum halkın hoşuna gidiyor, onlarla yakınlaşmasını sağlıyordu. Samandan yapılmış kulübede de, dağda da kendini evindeymiş gibi hissediyor, en anlamlı sözleri halk diliyle söylemeyi biliyordu. Her dili bildiği için, her yüreği kazanıyordu.

Zaten üst tabakadan insanlara ve halka aynı şekilde davranıyordu.

Hiçbir şeyi koşulları dikkate almadan aceleyle suçlamıyor, "Önce hatanın hangi yoldan geçtiğine bakalım," diyordu.

Kendi kendini gülümseyerek nitelendirdiği gibi eski bir günahkâr olarak, bağnazlığın aşırılıklarına hiç kaçmıyor, erdemlilerin acımasız kaş çatmalarına rağmen şöyle özetlenebilecek bir düşünceyi açıkça dile getiriyordu:

— İnsan üzerinde hep bir yük oluşturan ve suça meylettiren bir ten taşır ve ona boyun eğer.

— İnsan onu gözlemeli, bastırmalı, durdurmalı, ancak son raddede ona boyun eğmelidir. Bu itaat halinde günah işlenebilse de, bu, büyük bir günah sayılmaz. Bu bir düşüştür, ama dizlerin üzerine düşme duayla telafi edilebilir.

— Bir ermiş olmak istisnadır, dürüst bir insan olmak kuraldır. Yanılın, gücünüzü kaybedin, günah işleyin, ama dürüst olun.

— Mümkün olduğunca az günah işlemek insanın yasasıdır. Hiç günah işlememek meleğin düşüdür. Dünyevi olan her şey günaha boyun eğer. Günah yerçekimine benzer.

Herkesin avazı çıktığı kadar bağırıp hızla öfkelendiğini gördüğünde "Ah! Ah!" diyordu, "İşte bu herkesin işlediği büyük bir günah. İşte hemen itiraz edip kendilerini güvence altına almak isteyen ürkek ikiyüzlüler."

Toplumun üzerlerinde baskı oluşturduğu kadınlara ve yoksullara karşı hoşgörülüydü. "Kadınların, çocukların, hizmetkârların, zayıfların, yoksulların, cahillerin günahı kocaların, babaların, efendilerin, güçlülerin, zenginlerin, bilginlerin günahıdır," diyordu.

Yine şunları söyleyerek devam ediyordu: "Cahillere elinizden geldiğince çok şey öğretin; toplum ücretsiz eğitim vermediği için suçludur, kendi karanlığını kendi yaratıyor. Günah karanlık ruhlarda işini daha kolayca görür. Suçlu günahı işleyen değil, karanlığı yaratandır."

Görüldüğü üzere olayları değerlendirme tarzı ilginçti. Bu bilimsel düşünme yöntemini İncil'den edindiği konusunda şüphelerim var.

Bir gün soruşturması yürütülen bir ağır ceza davasının başlayacağını duydu. Yoksul bir adam çaresiz kalınca âşık olduğu kadın ve bu kadından olan çocuğu için kalpazanlık yapmıştı. Kalpazanlık suçu o dönemde hâlâ ölümle cezalandırılıyordu. Kadın daha ilk sahte parayı kullanırken yakalanmış, nezarete atılmıştı ama deliller sadece kendi aleyhindeydi. Âşığını sadece kendi ele verebilir, böylece bu itirafla onun mahvına neden olabilirdi. Onu ele vermeyi reddedince üstüne gitseler de bu kararında direnmişti. Bunun üzerine savcının aklına bir fikir geldi. Ustalıkla hazırlanmış mektup sayfaları göstererek bahtsız kadını, âşığının kendisini aldattığına ve bir rakibesi olduğuna inandırmayı başardı. Kadın âşığını ele verip her şeyi itiraf etmiş, adamın mahvına neden olmuştu. Kısa süre sonra, suç ortağıyla birlikte Aix Mahkemesi'nde yargılanacaktı. Herkes bu olayı konuşuyor, savcının kurnazlığına hayranlık duyuyordu. Kıskançlığı devreye sokup, kadını öfkelendirerek gerçeği elde etmiş, adaleti intikam duygusu sayesinde yerine getirmişti. Tüm bunları sessizce dinleyen piskopos:

— Yargılama nerede yapılacak? diye sordu.

— Ağır ceza mahkemesinde.

— Peki sayın savcı nerede yargılanacak?

Digne'de trajik bir olay yaşanmış, bir adam cinayet suçuyla idama mahkûm edilmişti. Ne kara cahil ne de çok eğitimli biri olan bahtsız adam hayatını bazen panayırlarda hokkabazlık yaparak bazen de arzuhalcilikle kazanıyordu. Dava şehirde büyük ilgi uyandırmıştı. İnfazdan bir gün önce cezaevi rahibi hastalanmıştı ve mahkûma son dakikalarda eşlik edecek bir din adamına ihtiyaç vardı. Rahibe başvurulmuş ama adam: "Beni hiç ilgilendirmez. Böyle angaryalara, soytarılara ayıracak vaktim yok, ben de hastayım, zaten bu benim işim değil," diyerek bu çağrıyı reddetmişti. Bu yanıt piskoposa anlatıldığında: *Sayın rahip haklı. Bu onun işi değil, benim işim,* demişti.

Hemen cezaevine gidip "soytarının" hücresine inmiş, ona ismiyle hitap edip elini tutmuştu. Yemeği, uykuyu unutarak bütün günü mahkûmun ruhu için Tanrı'ya dua ederek ve onu da kendi ruhu için Tanrı'ya dua ettirerek orada geçirdi. Ona en sade, en mükemmel gerçekleri anlattı. Onun babası, ağabeyi, dostu oldu, piskoposluk görevini ise sadece dua etmek için yerine getirdi. İçini rahatlatıp, teselli ederek ona tüm gerçeği anlattı. Ümitsizce ölecek olan bu adam için ölüm bir uçurum gibiydi. Bu kasvetli eşiğin önünde titrerken korkuya kapılarak geri çekiliyordu. Başına gelenlere tamamıyla kayıtsız kalacak kadar cahil değildi. Onda derin bir şok etkisi yapan mahkûmiyeti, bizi hayat dediğimiz o gizemler âleminden ayıran bölmeyi sağından solundan çatlatmıştı. Hiç durmadan o bölmenin ölümcül gediklerinden bu dünyanın dışına bakıyor ve sadece karanlıkları görüyordu. Piskopos ona bir aydınlık gösterdi.

Ertesi gün bahtsızı almaya geldiklerinde, piskopos oradaydı. Onun ardından gidip, üzerindeki kukuletalı mor pelerini ve boynundaki piskoposluk haçıyla halkın önüne çıktı. Elleri iple bağlanmış zavallı mahkûmun yanında yürüyordu.

Arabaya onunla binip, giyotin sehpasına onunla çıktı. Mahkûmun dün oldukça kederli ve umutsuz görünen yüzü ışıldıyordu. Ruhunun huzura kavuştuğunu hissediyor, Tanrı'ya güveniyordu. Bıçak kafasına düşmeden önce piskopos ona sarılarak şunları söyledi: "İnsanın öldürdüğünü Tanrı yeniden canlandırır, kardeşlerin kovduğunu baba yeniden bulur. Dua edin, inanın, yaşamın içine girin! Babamız orada." Giyotin sehpasından indiğinde bakışlarında halkın kenara çekilmesini sağlayan bir anlam vardı. Kimse yüzünün solgunluğuna mı yoksa dinginliğine mi hayran olacağına karar veremiyordu. Gülümseyerek *sarayım* olarak adlandırdığım mütevazı evine döndüğünde, kız kardeşine: *Piskoposluk görevimi yerine getirdim,* dedi.

En ulvi şeyler en az anlaşılanlar olduğu için, piskoposun bu davranışını "gösteriş" olarak nitelendirenler çıktı. Ama bu söylenti sadece salonlarla sınırlı kaldı. Böyle yüce davranışlarda bir art niyet aramayan halk çok duygulanmış, piskoposun tavrına hayran kalmıştı.

Piskoposa gelince, giyotin sehpasına çıkmak onu derinden sarsmış, kendini toplaması uzun zaman almıştı.

Gerçekten de, ayakta dimdik duran giyotin sehpasının insanı yanılsamalara sürükleyen bir görünüşü vardır. İnsan giyotini kendi gözleriyle görmedikçe, ölüm cezasına kayıtsız kalabilir, bundan hiç söz etmeyebilir, evet ya da hayır diyebilir, ama onun gerçek yüzünü gördüğünde yaşanan sarsıntı şiddetlidir ve kişi bir karar vermek zorundadır. Bazıları da Maistre gibi ona hayrandır, bazıları da Beccaria gibi ondan nefret ederler. Yasanın yoğunlaşmış bir ifadesi olan giyotin kendini cezalandırma olarak tanıtır, tarafsız olmadığı için sizin de tarafsız kalmanıza izin vermez. Onu gören titremelerin en gizemlisiyle titrer. Bütün toplumsal sorunlar soru işaretlerini giyotinin bıçağının etrafına yöneltirler. Giyotin sehpası bir serap gibidir. Giyotin tahta bir iskele, bir aygıt, demirden, tahtadan, iplerden oluşan bir mekanizma değildir. Karanlık amaçları olan bir canlıya benzer, tahta iskelesinin gördüğü, bu aygıtın duyduğu, bu mekanizmanın her şeyi anladığı, bu tahtanın, demirin, iplerin bir şeyler istediği söylenebilir. Giyotin, varlığının ruhu daldırdığı düşler âlemiyle ürkütücü görünür ve yaptığı işe kendi de karışır. Celladın suç ortağı olan giyotin eti yer, kanı içer. Giyotin yargıç ve marangoz tarafından üretilen bir canavara, neden olduğu ölümler yüzünden korkunç bir yaşam süren bir hayalete benzer.

Bu yüzden bıraktığı izlenim korkunç ve sarsıcıydı; infazın üzerinden epey zaman geçse de, piskopos yıkılmış bir haldeydi. O uğursuz andaki aşırı dinginliği kaybolmuştu, toplumsal adaletin hayaleti yakasını bırakmıyordu. Genellikle tüm davranışlarından hoş bir memnuniyet duysa da, bu kez kendini suçlar gibiydi. Bazen kendi kendine konuşuyor, alçak sesle iç karartıcı monologları mırıldanıyordu. Bir akşam kız kardeşinin işittiği monologlardan biri şöyleydi: "Bunun bu kadar canavarca bir şey olduğunu düşünmemiştim. İlahi yasalara, insani yasaları göremeyecek kadar dalmak hiç doğru değil. Ölüm ancak Tanrı'nın elindedir. İnsanlar bu meçhul olguya müdahale etme hakkını nereden buluyorlar?"

Bu izlenimler zamanla etkilerini kaybedip silindiler. Yine de, piskoposun artık infaz meydanlarından uzak durduğu fark ediliyordu.

M. Myriel bir hastanın ya da ölmek üzere olan birinin başucuna her an çağrılabilirdi. En önemli görevinin ve ödevinin bu olduğunu biliyordu. Dulların, öksüzlerin onu çağırmasına gerek yoktu, o zaten kendiliğinden geliyordu. Sevdiği karısını kaybeden bir adamın ya da evladını kaybeden bir kadının yanında saatler boyunca sessizce oturur, ne zaman susması ne zaman konuşması gerektiğini iyi bilirdi. O hayran olunası bir avutucuydu. Acıyı unutuşla silmeyi denemez, tersine onu umut aracılığıyla büyüterek itibarlı kılmaya çalışırdı. "Ölülerinize karşı nasıl bir tavır sergilediğinize dikkat etmelisiniz. Çürüyeni düşünmeyin. Bakışlarınızı sabitlediğinizde sevgili ölünüzün canlı ışığını göğün derinliklerinde göreceksiniz," derdi. İnancın kutsal olduğunu bilirdi. Umutsuzluğa kapılanlara tevekkül içindeki insanı göstererek öğütler verip içlerini rahatlatmaya, bir çukura bakan acıyı yıldıza bakan acıyı göstererek dönüştürmeye çalışırdı.

V

Monsenyör Bienvenu Cübbelerini Uzun Süre Kullanıyor

M. Myriel'in iç dünyasındaki düşünceler günlük yaşamına da yansıyordu. Onu yakından tanıyanlar için, Digne piskoposunun gönüllü olarak tercih ettiği bu yoksul yaşam ibret verici ve hoştu.

Tüm yaşlılar ve düşünürler gibi az uyuyor, bu kısa uyku derin oluyordu. Sabahları bir saat boyunca düşüncelere dalıyor, sonra ya katedralde ya da evinde ayin düzenliyordu. Ardından ineklerinin sütüne batırdığı çavdar ekmeğini yiyip çalışmaya koyuluyordu.

Piskoposluk yoğun bir çalışma temposu gerektirir. Her gün genellikle piskoposluk meclisi üyesi olan piskoposluk sekreteriyle, rahipleriyle görüşmesi gerekir. Denetlemesi gereken papazlar kurulu, verilecek ayrıcalıklar, incelenmesi gereken kilise külliyatı, cemaatinin mensupları, din kitapları, yazılacak buyruklar, verilecek vaazlar, uzlaştırılması gereken rahipler ve belediye başkanları, ruhani yazışmalar, resmi yazışmalar, bir yanda devlet bir yanda papalık, binlerce iş.

Bu işlerden, ayinlerden, dua kitaplarından başını kaldıracak zaman bulabildiğinde, yoksullar, hastalar, sıkıntısı olanlarla ilgilenirdi, yoksullar, hastalar ve sıkıntısı olanlardan vakit bulabildiğinde çalışır, bazen bahçesinin toprağını beller, bazen okur, yazardı. Bu iki iş için de aynı ifadeyi kullanırdı: *Bahçıvanlık yapmak*. "Akıl bir bahçedir," derdi.

Hava güzelse, öğleye doğru dışarı çıkar, taşrada ya da şehirde sıklıkla virane evlere girip çıkarak gezinirdi. Sıcak tutan, vatkalı, mor renkli hırkası, mor çorapları, geniş ayakkabıları, üzerinden üç sırmalı püskül sarkan yassı şapkasıyla, düşüncelere dalmış, başını öne eğmiş, bastonuna yaslanmış bir halde tek başına dolaşırdı.

Gittiği her yerde bir şölen havası eserdi. Ziyaret ettiği her yerde insanların içini ısıtır, onların ruhlarını aydınlatırdı. Çocuklar ve yaşlılar o geldiğinde âdeta güneşi görmek için kapılarının önüne çıkarlardı. Herkesi kutsuyor, herkes de onu kutsuyordu. İhtiyacı olan herkese onun evi tarif ediliyordu.

Sağda solda duruyor, küçük erkek ve kız çocuklarıyla konuşuyor, annelerine gülümsüyordu. Parası olduğunda yoksulları, olmadığında zenginleri ziyaret ediyordu.

Cübbelerini uzun süre kullandığı ve bunu kimsenin fark etmemesini istediği için dışarıya sadece mor hırkasıyla çıkıyor, bu da yaz günleri terlemesine neden oluyordu.

Geri döndüğünde, öğle yemeğine benzeyen mütevazı bir akşam yemeği yiyordu.

Akşam sekiz buçukta kız kardeşiyle yemek yerken, Madam Magloire arkalarında durur, onlara servis yapardı. Sofralarında aşırılığa hiç yer yoktu. Yine de, yemeğe bir rahip davetliyse, Madam Magloire piskoposa bir göl balığı ya da bir av eti sunma fırsatını kaçırmazdı. Davet edilen her rahip leziz bir yemeğin bahanesiydi, piskopos da buna göz yumuyordu. Bu istisnalar dışında, akşam yemeği suda pişmiş sebzeden ve yağlı çorbadan ibaretti. Bu yüzden şehirde, *piskopos rahip yemeği yemediği zaman, Trappist tarikatının keşişlerinin yemeğini yer,* denirdi.[2]

---

2 Ömürlerinin büyük bir bölümünü oruç tutarak geçirirlerdi. (ç.n.)

Akşam yemeğinden sonra Matmazel Baptistine ve Madam Magloire ile yarım saat sohbet ederdi, ardından odasına çekilip kâğıtların üzerine yazılar yazar, kitap sayfalarının kenarına not düşerdi. Aydın ve biraz bilge bir adamdı. Aralarında, Yaradılış'ın *Başlangıçta Tanrı'nın ruhu suların üzerinde dalgalanıyordu* ayeti üzerine bir denemenin de bulunduğu beş altı makale yazmıştı. Yaratılışla ilgili denemesinde, bu ayeti, Arap ayeti *Tanrı'nın rüzgârları esiyordu* ve Flavius Joseph'in *Yukarıdan yeryüzüne bir rüzgâr esiyordu* sözleriyle ve Onkelos'un Keldanilere özgü yorumu *Tanrı'dan gelen bir rüzgâr suların yüzeyinde esiyordu* ile karşılaştırıyordu. Başka bir denemesinde, bu kitabın yazarının büyük büyük amcası olan Ptolemais piskoposu Hugo'nun teolojik çalışmalarını incelemiş ve geçen yüzyılda Barleycourt takma adıyla yayınlanan birçok kitapçığın bu piskoposun kaleminden çıktığını öne sürmüştü.

Bazen elinde hangi kitap olursa olsun, okumanın ortasında aniden derin düşüncelere dalıyor ve bu düşüncelerden ancak okuduğu sayfanın kenarına birkaç satır not düşmek için sıyrılıyordu. Genellikle, bu notların üzerine yazıldıkları kitapla hiçbir bağlantıları yoktu. *Lord Germain'in General Clinton, Cornwallis ve Amerika'daki Amirallerle Yazışmaları* (Versailles'da Poinçot Kitabevi, Paris'te Augustins rıhtımında Pissot Kitabevi) adlı kitabının bir sayfasının kenarına şu notu düşmüştü: "Din adamları size Her Şeye Kadir Rabbim diye, Makkabiler size Yaradan diye, Efesli havariler size Özgürlük diye, Baruch Spinoza size Sonsuz Büyüklük diye, Mezamirler size Bilgelik ve Gerçeklik diye, Jean size Işık diye, krallar size Tanrı diye, İsrailoğulları size Koruyucu, Levili Kutsallık, İlahi Adalet diye, kullarınız size Tanrı diye hitap ediyor ama Hz. Süleyman size Merhamet diyor, işte isimlerin en güzeli."

Akşam dokuza doğru, iki kadın onu zemin katta sabaha kadar yalnız bırakarak birinci kattaki odalarına çıkıyorlardı.

Burada Digne piskoposunun evi hakkında net bir bilgi vermemiz gerekiyor.

VI

Evini Kime Korutuyordu

Oturduğu ev, söylediğimiz gibi bir zemin, bir de birinci kattan oluşuyordu. Zemin katta üç oda, birinci katta üç oda, onun üzerinde de bir tavanarası vardı. Evin arkasında yaklaşık bir dönümlük bir bahçe yer alıyordu. İki kadının odaları üst katta, piskoposun odası alt kattaydı. Piskopos caddeye bakan ilk odayı yemek salonu, ikincisini yatak odası, üçüncüsünü dua odası olarak kullanıyordu. Dua odasından yatak odasına, yatak odasından yemek salonuna geçiliyordu. Dua odasının dibinde içinde misafirler için bir yatağın bulunduğu bir yüklük vardı. Piskopos bu yatağı işlerini görmek ya da ihtiyaçlarını karşılamak üzere Digne'e gelen taşra rahipleri için saklıyordu. Hastanenin bahçe tarafında, eczane olarak binaya eklenmiş küçük bir müştemilat vardı, burası mutfağa ve şarap mahzenine dönüştürülmüştü.

Hastanenin eczanesi, eve eklenmiş, bahçedeki küçük yapı bir mutfak ve kilere dönüştürülmüştü. Bahçedeki diğer yapı da hastanenin eski mutfağıydı, burası da piskoposun iki ineği için ağıl olarak kullanılıyordu. Verdikleri sütün miktarı ne olursa olsun, her sabah yarısını hastanedeki hastalara gönderiyor, *vergimi ödüyorum*, diyordu.

Oldukça geniş olan odası kışın zor ısınıyordu. Digne'de odun fiyatları pahalı olduğundan, inek ağılına tahta bir bölme yaptırmıştı, hava çok soğuk olduğunda geceyi burada geçiriyor, buraya *kışlık salonum* diyordu.

Bu kış salonunda da, yemek salonunda olduğu gibi mobilya niyetine kare şeklinde tahta bir masa ve dört hasır iskemle vardı. Yemek salonunda ayrıca tutkallı boyayla pembeye boyanmış eski bir büfe yer alıyordu. Piskopos bu büfeyi beyaz masa örtüleriyle ve dantellerle süsleyerek dua odasının sunağı haline getirmişti.

Digne'nin zengin tövbekâr ve ermiş kadınları monsenyörün dua odasına yeni bir sunak alması için sık sık para toplasalar da, o bu parayı yoksullara dağıtmıştı. *Sunakların en güzeli teselli bulduğu için Tanrı'ya şükreden bir bahtsızın ruhudur,* diyordu.

Dua odasında iki hasır dua iskemlesi, yatak odasında da aynı şekilde hasırdan bir koltuk vardı. Tesadüfen, yedi sekiz kişiyi, örneğin valiyi, generali, garnizon kurmay heyetini ya da küçük papaz okulunun birkaç öğrencisini misafir etmek zorunda kalırsa, ağılın kış salonundaki iskemleler, dua odasındaki dua iskemleleri ve yatak odasındaki koltuk getiriliyordu. Böylece misafirler için on iskemle ve bir koltuk bir araya getirilmiş oluyor, her yeni ziyaretçide bir odanın mobilyaları boşaltılıyordu.

Bazen on iki misafir olduğunda, piskopos bu can sıkıcı durumu belli etmemek için kışsa şöminenin önünde ayakta duruyor, yazsa bahçede dolaşıyordu.

Kapalı duran yüklükte de bir iskemle vardı ama hasırı yıpranmıştı ve üç ayağı olduğu için ancak duvara yaslandığında oturulabiliyordu. Matmazel Baptistine'in odasında eskiden yaldızlı ahşaptan yapılmış, üzerine Çin ipeklisinden bir örtü geçirilmiş büyük bir koltuk vardı ama merdiven dar olduğundan yukarıya pencereden çıkarılmıştı, dolayısıyla yedek mobilyalar arasında sayılamıyordu.

Matmazel Baptistine'in arzusu gül bezemelerle süslü sarı Utrecht kadifesinden, kenarları kuğu şeklinde maundan bir koltuk takımı ve bir kanepe almaktı. Ama bu takım en az beş yüz frank tutacaktı ve beş yılda kırk iki buçuk frank biriktirmeyi başardığını fark edince, bu hevesinden vazgeçmişti. Zaten kim ideallerine ulaşabilmişti ki?

Hiçbir şey piskoposun yatak odasını tasvir etmek kadar kolay olamazdı. Bahçeye açılan pencereli bir kapı, tam karşısında cibinliği yeşil şayaktan demir hastane karyolası, yatağın yanında, bir perdenin arkasında, eski bir soylunun zarif alışkanlıklarını yansıtan tuvalet eşyaları, biri şöminenin yanından dua odasına, diğeri kütüphanenin yanından yemek salonuna açılan iki kapı. Kütüphane içi kitap dolu camlı bir dolaptı, ateşi hiçbir zaman yanmayan şömine mermer rengine boyanmış tahtadan yapılmıştı. Şöminenin içinde eskiden piskoposluğa özgü bir lüksü yansıtırcasına gümüşle kaplanmış olduğu anlaşılan, yivli süs kordonlarına sahip iki demir ızgara vardı. Şöminenin üzerinde, yaldızı dökülmüş tahta bir çerçevenin içindeki siyah kadifeye tutturulmuş gümüş kaplamalı yıpranmış bakır bir haç duruyordu. Pencereli kapının yanında, üzerinde mürekkep hokkası, karmakarışık kâğıt yığınları ve kalın kitaplar bulunan büyük bir masa vardı. Masanın önünde hasır koltuk, karyolanın önünde dua odasından getirilmiş bir dua iskemlesi yer alıyordu.

Karyolanın iki yanındaki duvarlara oval çerçevelerin içindeki iki portre asılmıştı. Resimlerin yanında donuk tuvalin üzerindeki yaldızlı harflerden bu şahsiyetlerden birinin Saint-Claude piskoposu rahip Chaliot, diğerinin ise Agde rahip yardımcısı, Grand-Champ rahibi, Citeaux başdiyakozu, Chartres piskoposu rahip Tourteau olduğu anlaşılıyordu. Piskopos, hastanenin bu odasına yerleştiğinde bu resimleri burada bulmuş ve onları olduğu gibi bırakmıştı.İkisi de din adamıydı. Muhtemelen bağış yapmışlardı. Bu iki neden saygı görmeleri için yeterliydi. Bu iki kişi hakkında tek bildiği birinin piskoposluk görevine, diğerinin ise geliri yüksek bir papazlığa kral tarafından aynı günde, 27 Nisan 1785'te atanmış olmalarıydı. Piskopos bu bilgiyi, Madam Magloire tozunu almak için indirdiğinde, Grand-Champ rahibinin resminin arkasına yapıştırılmış, zamanla sararmış küçük bir kâğıt üzerindeki yazılardan öğrenmişti.

Penceresindeki kalın yünden perde çok eskimişti. Madam Magloire masraf çıkarmamak için tam ortasına güzel bir dikiş attı. Bu dikiş haç şeklindeydi. Piskopos sık sık bu dikişi fark ediyor, "Ne güzel oldu!" diyordu.

Zemin kattan birinci kata kadar hiçbir istisna olmadan evin tüm odaları kışla ve hastanelerde olduğu gibi kireçle badanalanmıştı.

Yine de, Madam Magloire, ileride de görüleceği gibi, Matmazel Baptistine'in odasındaki badanalanmış kağıdın altında yağlıboya olduğunu fark etmişti. Burası hastaneye dönüşmeden önce, şehir lokali olarak kullanılıyordu, bu boya o dönemden kalmıştı. Odalar her hafta silinen kırmızı tuğlalarla döşenmiş, her karyolanın önüne hasır serilmişti. Zaten iki kadının çekip çevirdiği ev tertemizdi. Piskoposun izin verdiği tek lüks buydu. *Bunun yoksullara bir zararı yok*, diyordu.

Yine de piskoposun eski mal varlığından geriye kalan ve Madam Magloire'ın beyaz sofra örtüsünün üzerinde görkemli bir şekilde parıldayışlarını mutlulukla izlediği altı gümüş çatal bıçak takımından ve bir çorba kaşığından söz etmemiz gerekir. Ve burada Digne piskoposunu olduğu gibi tasvir ettiğimize göre birçok kez şunları söylediğini eklemeliyiz: *Gümüş takımlarla yemek yemekten kolayca vazgeçemem.*

Bunlara ilaveten piskoposun büyük halasından miras kalan som gümüşten iki şamdanı da vardı. Üzerlerinde iki mum bulunan bu şamdanlar ocağın üzerinde duruyorlardı. Akşam yemeğinde misafir varsa Madam Magloire mumları yakıp şamdanları masanın üzerine koyuyordu.

Madam Magloire her akşam altı çatal bıçak takımını ve büyük çorba kaşığını piskoposun yatağının başucundaki küçük dolaba yerleştirirdi. Bu dolabın anahtarı her zaman üzerinde dururdu.

Sözünü ettiğimiz çirkince yapılar nedeniyle güzelliğini biraz da olsa kaybetmiş olan bahçede ortadaki kuyunun etrafına haç şeklinde dört yana dağılan dört ağaçlıklı yol vardı, bir başka ağaçlıklı yol da beyaz duvar boyunca tüm bahçeyi çevreliyordu. Bu dört yolun aralarında şimşirlerle çevrili dört tarh vardı. Bunlardan üçüne Madam Magloire sebze ekiyor, birineyse piskopos çiçek dikiyordu. Sağda solda birkaç meyve ağacı vardı. Bir keresinde Madam Magloire piskoposa tatlı bir kurnazlıkla şunları söylemişti:

— Monsenyör, her konuda tutumlu olmayı savunuyorsunuz, bu tarhtan yararlanmıyorsunuz, buraya çiçek yerine salata ekmek daha doğru olmaz mı?

— Madam Magloire, diye karşılık vermişti piskopos, güzellik yarar kadar yararlıdır. Kısa bir sessizlikten sonra da eklemişti, belki de daha yararlıdır.

Üç dört bölmeye ayrılmış bu tarh piskoposu kitapları kadar meşgul ediyordu. Burada keyifle geçirdiği bir iki saat boyunca, çimleri kesiyor, yabani otları ayıklıyor, tohumları ekeceği delikler kazıyor, böceklere bir bahçıvan kadar düşmanca davranmıyordu. Zaten botanik konusunda pek fazla bilgisi yoktu, filumları ve bitki hastalıklarını bilmiyor, Tournefort ile doğal yöntem arasında hangi tarafı tutacağına karar vermeye çalışmıyor, tulumcuklar ya da çenekler arasındaki fark konusunda, Jussieu'nün mü yoksa Linné'nin mi haklı olduğunu bilmiyordu. Bitkileri incelemiyor, çiçekleri seviyordu. Bilginleri saysa da, cahillere daha büyük bir saygı duyuyor ve her yaz akşamı bu iki saygıyı hiç ihmal etmeden, bahçesini yeşile boyanmış tenekeden süzgeçli bir kovayla suluyordu.

Evin kapıları kilitlenmezdi. Daha önce de söylediğimiz gibi katedral meydanına açılan yemek salonunun kapısının üzerinde eskiden tıpkı bir cezaevi kapısı gibi yığınlarca kilit ve sürgü vardı. Piskoposun, üzerindeki tüm kilit ve sürgüleri kaldırttığı bu kapıyı gece gündüz sadece zembereğinin mandalı kapalı tutuyordu. Günün hangi saatinde olursa olsun isteyen kapıyı açıp içeri girebilirdi. İki kadın ilk başta asla kilitlenmeyen bu kapı yüzünden büyük sıkıntı yaşamışlardı ama Digne piskoposu onlara, "İsterseniz odalarınıza sürgü taktırın," demiş, zamanla bu güvenini paylaşmaya ya da en azından paylaşırmış gibi görünmeye başlamışlardı. Madam Magloire ara sıra korkuya kapılıyordu. Piskoposun bu konudaki düşüncesi ise bir İncil sayfasının kenarına yazdıklarından anlaşılabiliyordu: "İşte aradaki fark şu: Bir doktorun kapısı asla kapalı olmamalı, bir rahibin kapısı her zaman açık olmalı."

Tıp Biliminin Felsefesi adlı bir başka kitaba da bir başka not yazmıştı: "Ben de onlar gibi doktor sayılmaz mıyım? Öncelikle burada onların adlandırdıkları gibi hastalarım var, ayrıca benim bahtsız olarak nitelendirdiğim hastalarım da var."

Başka bir yere de şu notu düşmüştü: "Sizden barınacak bir yer isteyene ismini sormayın. Barınacak bir yer isteyen özellikle ismini telaffuz etmekten utanır."

Günün birinde, tam olarak hatırlayamıyorum ama Couloubroux ya da Pompierry'nin saygıdeğer rahibi, muhtemelen Madam Magloire'ın kışkırtmasıyla, monsenyörün kapısını her önüne gelene gece gündüz açık tutmakla biraz tedbirsizlik edip etmediğini ve böyle korunaksız bir evin başına bir felaket gelmesinden endişe duyup duymadığını sormuştu. Piskopos rahibin omzuna tatlı bir ciddiyetle dokunup ona şunları söylemişti: *Nisi dominus custodierit domun, in vanum vigilant qui custodiunt eam.*[3]

Sonra başka bir konuya geçti.

Şu sözleri söylemek hoşuna giderdi: "Rahip de bir süvari albayı kadar cesaretlidir. Ama bizim cesaretimiz dingin olmalıdır."

---

3 Tanrı bir evi korumuyorsa, o evi korumaya çalışanlar boşa çaba harcarlar. (ç.n.)

VII

Cravatte

Burada, Digne piskoposunun nasıl bir adam olduğunu daha iyi anlamak için anlatmayı ihmal etmememiz gereken bir olaydan söz edeceğiz.

Ollioules boğazlarını yağmalayan Gaspard Bes çetesinin imhasından sonra, çetenin elebaşlarından Cravatte dağa çıkmıştı. Gaspard Bes çetesinden geriye kalan eşkıyalarla birlikte bir süre Nice Kontluğu'nda saklanmış, sonra Piemonte'ye geçmiş, ardından Barcelonette üzerinden Fransa'ya geri dönmüştü. Önce Jauziers, sonra Tuiles'de görülmüş, Jougde-l'Aigle mağaralarında gizlenmiş, oradan da Ubaye ve Ubayette'in dar vadilerini aşarak küçük köylere inmişti. Hatta Embrun'e kadar uzanmış, bir gece katedralin kutsal eşyalarını çalmıştı. Eşkıyaları bölgeyi yağmalıyordu, jandarmanın peşlerinden gitmesi boşunaydı. Sürekli olarak yakasını sıyırmayı başarıyor, bazen çatışmaya giriyordu. Cravatte yürekli bir eşkıyaydı. Chastelar'a teftişe giden piskopos tüm bu karmaşanın ortasında bölgeye gelmişti. Belediye başkanı onu yolunu değiştirmesi konusunda uyardı. Cravatte, Arche'a kadar dağları tutmuştu, kendisine bir jandarma birliği eşlik etse bile tehlike vardı. Bu, üç dört bahtsız jandarmanın hayatını tehlikeye atmak anlamına geliyordu.

— Bu yüzden yalnız gitmek istiyorum, dedi piskopos.

— Monsenyör, böyle mi düşünüyorsunuz? diye haykırdı belediye başkanı.

— Jandarmaların bana eşlik etmesini reddediyorum ve bir saat içinde yola çıkacağımı düşünüyorum.

— Yola çıkmak mı?

— Yola çıkmak.

— Yalnız başınıza mı?

— Yalnız başıma.

— Monsenyör, bunu yapamazsınız!

— Dağda, küçük, mütevazı bir cemaatim var. Bu dürüst, kendi halinde çobanlar benim çok iyi dostlarımdır. Baktıkları otuz keçiden bir tanesi onlara aittir. Farklı renklerde çok zarif yün kordonlar yapıyorlar ve altı delikli küçük flütleriyle çok güzel dağ havaları çalıyorlar. Ara sıra ulu Tanrı'dan söz edilmesine ihtiyaçları var. Korkak bir piskopos hakkında neler söyleyecekler? Oraya gitmezsem hakkımda neler düşünecekler?

— Ama monsenyör, peki ya haydutlar?

— Bakın, bu ihtimali de düşünüyorum. Karşıma çıkabilirler. Onların da kendilerine yüce Tanrı'dan söz edilmesine ihtiyaçları olmalı.

— Monsenyör, onlar kurt sürüsünü andıran bir çete!

— Sayın başkan, belki de İsa beni tam da bu sürünün çobanı olarak görevlendirdi. Tanrı'nın ne yapmak istediğini kim bilebilir?

— Monsenyör, sizi soyacaklar.

— Çalınacak bir şeyim yok.

— Sizi öldürecekler.

— Saçma sapan şeyler mırıldanarak yoluna giden yaşlı bir papazı öldürmek neye yarar?

— Ah! Tanrım! Ya onlarla karşılaşırsanız?

— Onlardan benim yoksullar için sadaka isterim.

— Monsenyör, Tanrı adına, oraya gitmeyin! Hayatınızı tehlikeye atıyorsunuz.

— Sayın başkan, hepsi bu mu? Ben bu dünyada, hayatımı değil ruhları korumak için bulunuyorum.

Gitmesine izin vermek gerekti. Yanına sadece kendisine rehberlik etmesi için bir çocuk verildi. Bölgeye yayılan bu inatçı tavrı herkesi ürküttü. Kız kardeşini ve Madam Magloire'ı yanında götürmek istemedi. Dağı katırla aşıp kimseye rastlamadan sağ salim çoban "dostlarının" yanına ulaştı. On beş gün boyunca vaazlar, eğitim ve moral vererek orada kaldı. Dönüşüne yakın, piskoposluğa yaraşır bir *Te Deum* ayini düzenlemeye karar verdi. Bu niyetini köy rahibine anlattı. Ama nasıl olacaktı? Piskoposluk takıları yoktu. Köy kilisesinin ayin eşyası dolabında sahte şeritlerle süslenmiş, yıpranmış damasko kumaşından birkaç ayin kaftanından başka bir şey bulunmuyordu.

— Olsun sayın rahip, dedi piskopos, biz *Te Deum* ayinimizi yapalım. İşler yoluna girecek.

Çevredeki kiliselere başvuruldu. Bu mütevazı kiliselerin tüm şatafatlı ayin giysilerinin bir araya gelmesi katedralde ilahi söyleyen birini bile giydirmeye yetmezdi.

Bu telaşın ortasında, iki atlı büyük bir kasayı piskoposa iletilmek üzere rahibin evine bırakıp hemen çekip gittiler. Sandıktan, sırmalı kumaştan bir ayin cübbesi, elmas süslü bir piskopos başlığı, bir başpiskopos haçı, muhteşem bir piskopos asası, bir ay önce Notre-Dame d'Embrun'den çalınmış tüm ayin giysileri çıktı. Kasada üzerinde şu sözlerin yazıldığı bir kâğıt da vardı: *Cravatte'dan Monsenyör Bienvenu'ye.*

— Size işlerin yoluna gireceğini söylemiştim, dedi piskopos. Ardından gülümseyerek ekledi: Sıradan bir rahip üstlüğüyle yetinene, Tanrı bir başpiskopos kaftanı gönderiyor.

— Monsenyör, Tanrı... ya da şeytan, dedi başını gülerek sallayan rahip.

— Tanrı! dedi bakışlarını rahibe sabitleyen piskopos otoriter bir ifadeyle.

Yol boyunca ve Chastelar'a döndüğünde herkes onu merakla izliyordu. Chastelar'daki rahip evinde kendisini bekleyen Matmazel Baptistine ve Madam Magloire ile karşılaştığında kız kardeşine: "Haksız mıymışım?" dedi, "Zavallı rahip zavallı dağlılara eli boş gitti ve eli dolu döndü. Giderken sadece Tanrı'ya olan güvenimi götürmüştüm, dönüşte bir katedralin hazinesini getirdim."

Akşam yatmadan önce şunları söyledi: "Hırsızlardan, katillerden asla korkmayalım. Bunlar dışarıdan gelen küçük tehlikeler. Biz kendimizden korkalım. Önyargılar, işte hırsızlar; günahlar, işte katiller. En büyük tehlikeler içimizde. Bedenimizi ya da kesemizi tehdit edenin ne önemi var? Sadece ruhumuzu tehdit edenden korkalım."

Sonra kız kardeşine döndü: "Kardeşim, bir rahip insanlara karşı asla tedbir almaz. İnsan bir şey yapıyorsa, Tanrı izin verdiğindendir. Başımıza bir felaket geleceğini sandığımızda, Tanrı'ya dua etmekle yetinelim. Ona kendimiz için değil, bir kardeşimizin bizim yüzümüzden günaha girmemesi için dua edelim."

Zaten hayatında önemli gelişmelere nadiren rastlanıyordu. Biz bildiklerimizi anlatıyoruz ama yaşamını genellikle aynı şeyleri aynı saatlerde yaparak geçiriyordu. Yılının bir ayı, gününün bir saatine benziyordu.

Embrun Katedrali'nin "hazinesine" gelince, bu soruya cevap vermekte zorlanacağız. Bunlar, yoksulların lehine çalınmış, zaten daha önce çalınmış çok güzel, çok gözalıcı şeylerdi. Yolun yarısı kat edilmişti, şimdi sadece hırsızlığın yönünü değiştirmek ve onu yoksullara doğru yönlendirmek gerekiyordu. Piskoposun kâğıtları arasında sadece belki de bu konuyla ilgili olan ama açık seçik anlaşılmayan şu yazı bulunmuştu: *Şimdi bunu katedrale mi yoksa hastaneye mi götürmek gerek?*

VIII

İçkiden Sonra Felsefe

Yukarıda sözünü ettiğimiz senatör işini bilen bir adamdı. Yoluna, önüne çıkan ve vicdan, iman, adalet, görev duygusu olarak adlandırılan olgulara hiç aldırmadan devam etmiş, yükselmek için ve çıkarları adına çizgisinden bir an olsun sapmadan doğrudan hedefe ilerlemişti. Kazandığı başarıların ardından yüreği yumuşamış eski bir savcıydı, oğullarına, damatlarına, akrabalarına hatta dostlarına karşı küçük sorumluluklarını yerine getirmiş, hayatın avantajlarından, fırsatlarından, nimetlerinden yararlanmayı bilmiş biri olarak pek de kötü bir adam sayılmazdı. Hayatın geri kalan yanları ona anlamsız geliyordu. Nüktedan bir adamdı ve sadece Pigault-Lebrun'ün takipçisi olsa da, kendini Epikuros'un tilmizi sanacak kadar okumuş bir adamdı. Sonsuz ve ebedi şeylere, "yaşlı piskoposun ipe sapa gelmez sözlerine" gülmeyi severdi. Bazen M. Myriel'in karşısında bile sevimli bir ciddiyetle gülerdi.

Valinin hangi vesileyle verdiğini bilemediğim yarı resmî bir davette Kont *** (bu senatör) ve M. Myriel akşam yemeğini birlikte yemek zorunda kalmışlardı. Yemeğin sonunda, her zamanki saygınlığını korusa da biraz çakırkeyif olan senatör haykırdı:

— Sayın piskopos, hadi gelin, biraz sohbet edelim. Bir senatör ve bir piskopos birbirlerine gözlerini kırpmadan kolayca bakamazlar. İkimiz de bilge insanlarız. Benim kendime ait bir dünya görüşüm var.

— Haklısınız, diye karşılık verdi piskopos. Dünya görüşü insanın yaşam biçimini şekillendirir. Keyifli bir yaşam sürdürüyorsunuz.

— Uslu çocuklar olalım, dedi cesaretlenen senatör.

— Hatta haylaz şeytanlar.

— Size Argens markisinin, Pyrrhon'un, Hobbes'un ve M. Nagieon'un hiç de boş adamlar olmadığını belirtmek isterim, diye devam etti senatör. Kitaplığımda tüm filozoflarımın yaldızlı ciltli kitapları var.

— Size uygun bir tarz sayın kont, diye araya girdi piskopos.

— Diderot'dan nefret ederim, ideolog, hatip ve devrimcidir ama aslında Tanrı'ya inanır ve Voltaire'den daha yobazdır. Voltaire, Needham'la dalga geçmekle haksızlık etti, çünkü Needham'ın yılanbalıkları[4] Tanrı'nın gereksizliğini kanıtlıyor. Bir kaşık hamurun üzerine bir damla sirke *fiat lux*'un[5] yerini tutar. Damlanın daha iri, kaşığın daha büyük olduğunu düşünün, dünyayla karşı karşıya kalırsınız. İnsan yılanbalığıdır. O zaman Tanrı ne işe yarar? Sayın piskopos Yehova hipotezi canımı sıkıyor. Boş kafalı zayıf insanlar yetiştirmekten başka bir işe yaramıyor. Sinirimi bozan o büyük Her Şey'e lanet olsun! Beni kendi halime bırakan Sıfır ise yaşasın! İçimi dökmek ve rahibime uygun bir şekilde günah çıkartmak için size sağduyulu olduğumu itiraf ederim. Sürekli olarak dünyevi işlerden el etek çekmeyi ve fedakârlık etmeyi öğütleyen İsa'nız umurumda değil. Cimrinin dilencilere tavsiyesi. Dünya nimetlerinden el etek çekme: Neden? Fedakârlık: Niye? Kendini başka bir kurdun mutluluğu için feda edecek bir kurt göremiyorum. Bu yüzden doğada yaşananlarla yetinelim. Zirvedeyiz, üstün bir felsefeye sahip olalım. Başkalarının burnunun ucundan ötesi görülemiyorsa, yukarıda olmak neye yarar? Keyifle yaşayalım. Yaşam, hepsi bu. İnsanın başka bir dünyada, yukarıda, aşağıda, sağda solda bir geleceği olduğuna hiç inanmıyorum. Ah! Bana dünya nimetlerinden el etek çekmem, fedakârlık yapmam öğütleniyor, yaptığım her şeye dikkat etmeli, iyi ile kötü, haklı ile haksız, *fas* ile *nefas*[6] üzerine kafa yormalıymışım. Neden? Çünkü davranışlarımdan dolayı hesap verecekmişim. Ne zaman? Öldükten sonra. Ne güzel bir hayal! Öldükten sonra beni bulmak için çok kurnaz olmak gerek. Gölgeden bir ele bir avuç külü yakalatsanıza. Doğruyu söyleyelim, biz her şeye vakıfız,

---

4 Kendiliğinden oluşum anlayışını ve Tanrı'ya inancı uzlaştırmaya çalışan John Turberville Needham ağzı sıkıca kapatılmış bir kavanoza çavdar unu, bir diğer kavanoza et suyu koyup bu kavanozların içeriklerinin ayrı ayrı yılanbalıklarına dönüşeceğini sanmıştı. (ç.n.)

5 Eski Ahit'teki Yaratılış'ın ilk bölümünün üçüncü dizesi: Tanrı "Işık ol!" dedi, ışık oldu. (ç.n.)

6 Lat. Sevap ile günah. (ç.n.)

gerçeğe ulaştık, bu dünyada ne iyi ne kötü var, var olan sadece yaşam ve ölüm. Gerçeği arayalım. Her şeyi derinlemesine araştıralım, elimizi çabuk tutalım! Gerçeğin kokusunu almak, yerin altını eşelemek, onu kavramak gerekir. O zaman size hiç tatmadığınız sevinçler yaşatır. O zaman güçlenip gülersiniz. Ben akılcıyım. İnsanın ölümsüzlüğü yanılsamadan ibarettir. Ne güzel bir vaat! İnanmaya devam edin. Adem'e ne güzel mükâfat! Ruh olacak, melek olacak, kürekkemiğinin üzerinde mavi kanatlar yer alacak. Hatırlamama yardımcı olun, iyi yüreklilerin bir yıldızdan diğerine gideceklerini söyleyen Tertullianus değil miydi? Ne güzel. Yıldızların çekirgesi olacağız. Sonra Tanrı'yı göreceğiz. Lafügüzaf. Tüm bu cennetler budalalıktan başka bir şey değil. Tanrı uydurma bir canavar. Bunları *Moniteur* gazetesinde yazamam ama dostlarımın arasında fısıldarım. *Inter pocula.*[7] Dünyayı cennet uğruna feda etmek, bir avı gölge yüzünden kaçırmak anlamına gelir. Sonsuzluğa aldanmak! O kadar ahmak değilim. Ben hiçliği temsil ediyorum. Adım Hiçlik kontu, senatör. Doğmadan önce var mıydım? Hayır. Öldükten sonra var olacak mıyım? Hayır. Ben neyim? Bir organizmaya eklenmiş bir parça toz. Bu dünyada ne yapacağım? Seçme hakkı benim. Acı çekmek ya da keyif almak. Acı çekmek beni nereye sürükleyecek? Hiçliğe. Ama acı çekmiş olacağım. Keyif çatmak beni nereye sürükleyecek? Hiçliğe. Ama keyif çatmış olacağım. Ben tercihimi yaptım. Ya ben yiyeceğim ya da başkaları beni yiyecek. Diş olmak ot olmaktan evladır. İşte benim bilgeliğim bundan kaynaklanıyor. Bunun dışında her şey oluruna kalmış, bizim için Pantheon orası, her şey o büyük çukura düşüyor. Son. *Finis.* Toplu tasfiye. Yok olma hali. İnanın bana, ölüm ölümdür. Bunun aksini iddia eden biri beni güldürür. Sütannelerin uydurmaları. Çocuklar için umacı, büyükler için Yehova. Hayır, bizim yarınımız gecedir. Mezarın ardında birbirine

7 Lat. İçki sofrasında, kendi aramızda. (ç.n.)

benzeyen hiçlikler vardır. İster Sardanapal, ister Vincent de Paul olun, aynı hiçliği paylaşacaksınız. İşte gerçek bu. Bu yüzden öncellikle hayatı yaşayın. Sahip olduğunuz süre boyunca benliğinizi kullanın. Gerçekten de, sayın piskopos, size bir felsefem ve filozoflarım olduğunu söylüyorum. Boş sözlere kanmıyorum. Ne de olsa, alt katmandakileri, baldırı çıplakları, az kazananları, yoksulları masallarla, hayallerle kandırmak, onlara ruhu, ölümsüzlüğü, cenneti, yıldızları vaat etmek gerekir. Onlar da buna inanıp kuru ekmeklerine katık ederler. Hiçbir şeyi olmayanın ulu Tanrı'sı var. En azından buna karşı çıkmıyorum ama Naigeon'u kendime saklıyorum. Yüce Tanrı halk için yücedir.

Piskopos ellerini çırptı.

— İşte söylev buna denir! diye haykırdı. Bu materyalizm ne mükemmel ve ne muhteşem bir şey! Ona herkes sahip olamaz. Ah! O bilgiye sahip olanları kimse aldatamaz, o kişiler Caton gibi ahmakça sürgüne gönderilemez, Etienne gibi taşa tutulamaz, Jeanne d'Arc gibi canlı canlı yakılamaz. Bu muhteşem materyalizm düşüncesine vakıf olmayı başaranlar, kendilerini sorumsuz hissetmenin ve tüm mevkileri, arpalıkları, yüksek makamları, iyi ya da kötü bir şekilde elde edilen gücü, çıkarlarına göre fikir değiştirmeyi, yarar sağlayan ihanetleri, vicdansızlıkları yiyip sindirdikten sonra mezara girecekleri düşünmenin hazzını yaşarlar. Ne kadar hoş! Sayın senatör, bunları sizin için söylemiyorum. Yine de, sizi kutlamamak mümkün değil. Sizin gibi büyük soylular, söylediğiniz gibi kendinize özgü, seçkin, incelikli, yalnızca zenginlerin erişebileceği, yaşam tarzınıza uygun, hayranlık verici şekilde hayatı hazlarla renklendiren bir düşünce sistemine sahipsiniz. Bu düşünce sistemi özel araştırmacılar tarafından derinliklerden çıkartılmıştır. Ama iyi yürekli prensler olarak, halkın yüce Tanrı'ya inanmasına karşı çıkmıyorsunuz, zenginlere kestaneli kaz, yoksullara mantarlı hindi!

IX

Kız Kardeşin Anlattığı Ağabey

Sayın Digne piskoposunun evinin iç idaresi ve iki mübarek kadının davranışlarını, düşüncelerini, hatta kolayca ürken kadınlık içgüdülerini piskoposun açıklama zahmetine girmediği alışkanlıklarına ve eğilimlerine nasıl uyarladıkları konusunda bir fikir verebilmek için burada Matmazel Baptistine'in çocukluk arkadaşı Boischevron kontesine yazdığı mektubu aktaracağız. Bu mektup elimizde.

Digne, 16 Aralık 18..

Sayın madam, hiçbir günümüzü sizden söz etmeden geçirmiyoruz. Bu bizim alışkanlığımız ama sizden söz etmemiz için bir neden daha var. Madam Magloire tavanları ve duvarları yıkayıp toz alırken bir şeyler keşfetti; şimdi kireçle beyazlatılmış eski kâğıtlarla kaplı iki odamız sizinki gibi bir şatonun bile zarafetini bozmayacak tarzda. Madam Magloire bütün kâğıtları yırttığında altından bir şeyler çıktı. Mobilyası olmadığı için çamaşırları astığımız salonum on beş ayak[8] yüksekliğe, on beş metrekarelik bir alana sahip, tavanı eskiden yaldız boyayla boyanmış, kirişler sizinki gibi. Hastane olduğu zamanlarda bir bezle kaplanmış, ağaç kaplamalar büyükannelerimizin döneminden kalma. Ama benim odamı görmeniz gerekir. Madam Magloire üst üste yapıştırılmış en az on kâğıt tabakasının altında pek güzel olmasalar da hoş görünen resimler buldu. Minerva'nın şövalye yaptığı Telemakhos, yine adını unuttuğum bahçelerde dolaşan Telemakhos. Nihayet Romalı kadınların bir gece için gittikleri bir yer. Size nasıl söyleyeyim? Romalı erkekler, kadınlar (*burada okunamayan bir kelime var*) ve başkaları. Madam Magloire hepsini temizledi, bu yaz hasarlarını onarıp hepsini vernikleyecek, odam müzeye dönüşecek. Ayrıca tavan arasının bir köşesinde ahşaptan eski tarz iki konsol buldu. Bunları yeniden yaldızlamak için on frank istediler, ama bunca parayı yoksullara vermek daha doğru olur, zaten oldukça çirkin görünüyorlar, yuvarlak maun bir masayı tercih ederim.

Her zaman çok mutluyum. Ağabeyim çok iyi yürekli. Elinde ne varsa yoksullara ve hastalara veriyor. Çok zor durumdayız. Burada kış

8 Yaklaşık otuz santimetre. (ç.n.)

çok soğuk geçiyor, yakacağı olmayanlara bir şeyler vermeliyiz. Biz az çok ısınıyor, mum yakıyoruz. Gördüğünüz gibi çok hoş fedakârlıklar.

Ağabeyimin kendine özgü alışkanlıkları var. Konuştuğunda bir piskoposun nasıl davranması gerektiğini anlatıyor. Düşünsenize, evin kapısı hiçbir zaman kapalı değil. İsteyen içeri girip ağabeyimin evini ziyaret edebiliyor. Geceleri bile hiçbir şeyden korkmuyor. Kendisinin de söylediği gibi bu, kendine özgü bir cesaret.

Kendisi için ne benim ne de Madam Magloire'ın endişelenmesini istemiyor. Kendini tehlikelere atıyor ve bizim bu tehlikelerin farkında değilmişiz gibi davranmamızı istiyor. Ona anlayış göstermek gerek.

Yağmurlu havada dışarı çıkıyor, çamurun içinde yürüyor, kışın yolculuk ediyor.

Geçen yıl eşkıyaların olduğu bir bölgeye bizi yanına almadan tek başına gidip on beş gün orada kaldı. Döndüğünde hiçbir şeyi yoktu, onun öldüğünü sansalar da çok iyi görünüyordu.

"İşte benden bunu çaldılar!" dedikten sonra hırsızların kendine gönderdikleri içi Embrun Katedrali'nden çalınmış mücevherlerle dolu bir kasayı açtı.

Bunun üzerine, geri dönüş yolunda, kimsenin duymaması için arabanın gürültü yaptığı anlarda onu biraz azarladım.

İlk başlarda, kendi kendime onu durduracak bir tehlike yok, bu çok korkunç diyordum. Sonunda alıştım. Madam Magloire'a onunla ters düşmemesini öğütlüyorum. Kendini dilediğince tehlikeye atacak kararlar alıyor. Böyle yaptığında, Madam Magloire'ı yanından uzaklaştırıp odama çekiliyor, onun için dua ettikten sonra uyuyorum. Huzurluyum çünkü başına bir felaket gelirse, bunun benim de sonum olacağını biliyorum. Ulu Tanrı'nın huzuruna ağabeyim ve piskoposumla çıkacağım. Madam Magloire tedbirsizlik olarak adlandırdığı bu davranışlara alışmakta benden daha fazla güçlük çekti. Ama şimdi o da alıştı. Onunla birlikte dua ediyor, birlikte korkuyor, birlikte uyuyoruz. Eve şeytan girse onu kimse engelleyemez. Aslında bu evde korkacak ne var? Yanımızda her zaman en güçlü olan biri var. Şeytan gelebilir, ama ulu Tanrı burada oturuyor.

Bu bana yetiyor. Ağabeyimin artık bana tek bir söz etmesi bile gerekmiyor. Onu konuşmadan anlıyorum ve kendimizi Tanrı'ya emanet ediyoruz.

Zihni önemli konularla meşgul bir kişiye böyle davranmak gerek.

Benden Faux ailesi hakkında bilgi istediğiniz için ağabeyime danıştım. Sadık bir kralcı olduğundan, her şeyi bildiğini, sayısız anıları olduğunu bilirsiniz. Caen bölgesinden çok eski bir Normandiya ailesi. Beş yüz yıl önce, Raoul de Faux, Jean de Faux, Thomas de Faux soylu beyefendilermiş, içlerinden biri Rochefort senyörüymüş. Bir de, Bretagne'da hafif süvari albayı olan Guy Etienne Alexandre varmış. Kızı Marie-Louise, muhafız birliği albaylığı, korgenerallik, Fransa yüksek meclis üyeliği yapmış Dük Louis de Gramont'un oğlu Charles de Gramont ile evlenmiş. İsimleri Faux, Fauq ve Faouq olarak yazılıyor.

Sayın madam, bizleri akrabanız sayın kardinalin dualarına emanet edin. Sevgili Sylvanie'nize gelince, yanınızda geçirdiği kısa süreyi bana mektup yazmakla geçirmediği için iyi yapmış. Sağlığının iyi olduğundan, sizin istekleriniz doğrultusunda çalıştığından, beni her zaman sevdiğinden eminim. Tek istediğim bu. Size yazarken onu hatırlamak beni çok mutlu etti. Sağlığım kötü sayılmaz, yine de her geçen gün daha da zayıflıyorum. Kâğıdımın bitmesi size daha fazla yazmamı engelliyor. Hoşça kalın. İyi dilekler.

Baptistine

Not: Küçük yeğeniniz çok sevimli. Yakında beş yaşını bitireceğini biliyor musunuz? Dün dizlikli bir atı gördüğünde, "O dizindeki de ne?" diyordu. Çok uysal bir çocuk. Küçük kardeşi evde eski bir süpürgeyi bir araba gibi sürükleyip, "Hüüü!" diyor.

Bu mektuptan anlaşılacağı gibi, iki kadın, erkeği erkekten daha iyi anlayan o kadına özgü dehalarıyla piskoposun yaşam tarzına uyum sağlamayı iyi biliyorlardı.

Digne piskoposu her zamanki yumuşak ve temiz yürekli haliyle bazen kendisi bile fark etmeden önemli, muhteşem, cesaret gerektiren işlere girişiyor, kadınlar korkudan titreseler de onu kendi haline bırakıyorlardı. Madam Magloire bazen onu uyarmayı deniyor ama bunu sadece piskopos işe girişmeden önce yapıyor, sonrasındaysa asla müdahale etmiyordu. Bir işe başladığında onun kafasını tek bir söz, tek bir işaretle bile karıştırmaya çalışmıyorlardı. Bazen kendi halinde, temiz yürekli bir adam olduğundan, söylemesine bile gerek kalmadan ve kendisi de fark etmeden bir piskopos gibi davrandığında, kadınlar evdeki iki gölgeye dönüşüyorlardı. Hiç ses çıkarmadan ona hizmet ediyor, ortadan kaybolmak itaat etmek anlamına geliyorsa ortadan kayboluyorlar, hayran olunası bir içgüdüsel incelikle fazla özen göstermenin onu rahatsız edebileceğini biliyorlardı. Bu yüzden kendini tehlikeye attığını sandıklarında aklından neler geçtiğini olmasa da, mizacını iyi bildiklerinden ona göz kulak olmaya çalışmıyor, onu Tanrı'ya emanet ediyorlardı.

Zaten, Baptistine daha önce de belirttiğimiz gibi yaşamının ağabeyi ile sona ereceğini söylüyor, Madam Magloire bunu söylemese de, olacakları biliyordu.

X

Piskopos Meçhul Bir Işığın Karşısında

Önceki sayfalarda aktardığımız mektubun yazılmasından kısa süre sonra, şehirdeki söylentilere bakılırsa, eşkıyalarla dolu dağlardaki yolculuğundan daha tehlikeli bir işe girişti.

Digne yakınlarında tek başına yaşayan bir adam vardı. Hemen belirtelim ki, eski bir konvansiyon meclisi üyesi olan bu adamın adı G. idi. Digne'in küçük dünyasında Konvansiyon Meclisi Üyesi G.'den korkuyla söz ediliyordu. Düşünebiliyor musunuz, herkesin birbiriyle senlibenli konuştuğu, herkesin birbirine "yurttaş" diye hitap ettiği bir dönemi hatırlatan konvansiyon meclisinin üyesi? Bu adama neredeyse bir canavar gözüyle bakılıyordu. Kralın idamı için oy kullanmamıştı ama biraz daha düşünse kararını değiştirebilirdi. Kral katili olmasına ramak kalmıştı. Ürkütücü bir namı vardı. Meşru prensler geri döndüğünde, onu neden ağır ceza mahkemesinde yargılamamışlardı? Biraz merhamet gösterip giyotine gönderemeseler de, ömür boyu sürgün cezasına mahkûm edebilirlerdi. En azından başkalarına örnek olurdu! vs.vs. Zaten o dönemin tüm yönetim kadrosu gibi ateistti. Kazların akbaba hakkındaki dedikoduları.

Peki G. bir akbaba mıydı? Sürdürdüğü yalnız yaşamın yabaniliğine bakılırsa evet. Kralın idamı lehinde oy kullanmadığı için, adı sürgün kararnamelerinde yer almamış, Fransa'da kalabilmişti.

Şehirden kırk beş dakika uzakta, köylerin, yolların uzağındaki vahşi bir vadinin bir köşesinde, bir kovukta, bir haydut yatağında yaşadığı söyleniyordu. Ne komşusu, ne ziyaretçisi vardı. O küçük vadide yaşadığından beri, oraya giden patikayı otlar kaplamıştı. O bölgeden celladın evi diye söz ediliyordu.

Yine de, piskopos ara sıra ufka, bir demet ağacın yaşlı konvansiyon üyesinin yaşadığı küçük vadiyi belirttiği noktaya baktığında, orada yalnız bir ruhun yaşadığını düşünüyor, ardından kendi kendine "Onu ziyaret etmem gerek," diyordu.

Ama, itiraf edelim ki, ilk başta ona doğal gelen bu düşüncenin üzerinde biraz daha kafa yorduğunda, böyle bir girişimin garip, imkânsız hatta tiksinti verici olacağını hissediyordu. Çünkü aslında o da konvansiyon üyesi hakkındaki genel izlenimi paylaşıyor, bu adam onda, farkında olmasa bile nefretin sınırında bulunan ve tiksinti sözcüğünü pek güzel ifade eden bir duygu uyandırıyordu.

Yine de, koyunun uyuz olması çobanın ondan uzaklaşmasına neden olabilir miydi? Hem de ne koyun!

Temiz yürekli piskoposun kafası karışıktı. Bazen vadiye doğru gidiyor, geri dönüyordu.

Nihayet, günün birinde, ininde yaşayan konvansiyon üyesine hizmet eden genç bir çobanın şehre doktor aramak için geldiği, felç olan yaşlı hainin ölmek üzere olduğu, sabaha çıkmayacağı söylentileri yayıldı. Kimileri "Tanrı'ya şükür!" diyorlardı.

Asasını eline alan piskopos, cübbesi daha önce de söylediğimiz gibi çok eski olduğundan ve birazdan akşam rüzgârı esmeye başlayacağından paltosunu giyip yola koyuldu.

Aforoz bölgesine geldiğinde batmakta olan güneşin ufka değdiğini gören piskopos hafif bir yürek çarpıntısıyla inin yakınlarında olduğunu anladı. Bir çukurun üzerinden atlayıp, bir çiti aştıktan sonra, bakımsız bir bahçeye girdi. Gözüpek birkaç adımın ardından bahçenin dibinde, yüksek bir çalılığın arkasındaki kovuğu gördü.

Bu basık tavanlı, küçük, mütevazı, temiz kulübenin cephesine bir asma çardağı çivilenmişti.

Kapının önünde, köy usulü tekerlekli bir iskemleye oturmuş halde güneşe gülümseyen kır saçlı bir adam vardı.

Yaşlı adamın yanında ayakta duran genç çoban ona bir süt çanağı uzatıyordu.

Piskopos bakarken, yaşlı adam sesini yükselterek "Teşekkürler, başka bir şeye ihtiyacım yok," derken gülümsemesini güneşten ayırıp çobana yöneltti.

Ona doğru yürüyen piskoposun ayak sesleri üzerine yaşlı adam başını çevirdi. Yüzünü uzun bir yaşamın ardından yaşanabilecek büyük bir şaşkınlığın ifadesi kapladı.

— Burada yaşamaya başladığımdan beri, ilk kez biri evime geliyor. Kimsiniz mösyö?

— Adım Bienvenu Myriel, diye karşılık verdi piskopos.

— Bu ismi duymuştum. Halkın Monsenyör Bienvenu olarak hitap ettiği kişi siz misiniz?

— Benim.

İhtiyar hafif bir gülümsemeyle devam etti:

— Bu durumda, benim piskoposum musunuz?

— Öyle sayılır.

— İçeri girin mösyö.

Konvansiyon üyesinin uzattığı eli sıkmayan piskopos şunları söylemekle yetindi:

— Yanlış bilgilendirildiğime sevindim. Hiç de hastaya benzemiyorsunuz.

— Mösyö, diye yanıtladı ihtiyar, iyileşeceğim. Bir ara verip devam etti: Üç saat içinde öleceğim. Doktorluktan biraz anladığım için insanın son saatlerinin nasıl geldiğini bilirim. Dün sadece ayaklarım üşüyordu, bugün dizlerim üşüyor, şu an üşümenin belime ulaştığını hissediyorum, kalbime geldiğinde öleceğim. Güneş güzel görünüyor, değil mi? Etrafa son bir kez göz atmak için iskemlemi dışarı çıkarttım. Benimle konuşmanız beni hiç yormaz. Ölmek üzere olan bir adamı görmeye gelmekle iyi yaptınız. O anın tanıkları olması iyidir. Herkesin bir takıntısı vardır. Seher vaktine kadar yaşamak isterdim. Ama en fazla üç saatlik ömrüm kaldığını biliyorum. Hava kararmış olacak. Aslında, ne önemi var! Ölmek basit bir iştir. Bunun için sabah olmasına gerek yok. Yıldızların altında öleceğim.

İhtiyar, çobana döndü.

— Yatmaya git. Dün gece uyumadın. Yorgunsundur.

Çoban kulübeye döndü.

Onu gözleriyle izleyen ihtiyar kendi kendine konuşurmuş gibi şunları söyledi:

— O uyurken ben öleceğim. İki uyku birbirleriyle güzel bir komşuluk edebilirler.

Piskopos sandığı kadar heyecanlanmamıştı. Bu ölüm tarzında Tanrı'nın varlığını hissetmiyordu; yüce gönüllerin küçük çelişkilerini de diğer kişisel özellikler gibi belirtmemiz gerek. Gerektiğinde yüceliğine alayla gülümseyen piskopos, kendisine monsenyör denilmemesine biraz şaşırmıştı, o da adama neredeyse yurttaş diye hitap edecekti. İçinde doktorlara ve rahiplere özgü olan ama kendisinin alışık olmadığı garip bir yakınlık hissi uyandı. Konvansiyon üyesi olarak halkın temsilciliğini yapmış olan bu adam bir dönem iktidarı elinde tutmuştu. Piskopos belki de hayatında ilk kez sert bir tavır sergilediğini hissetti.

Oysa konvansiyon üyesi ona belki de ölümün yaklaşmasıyla ortaya çıkan mütevazı bir içtenlikle yaklaşıyordu.

Piskopos genellikle merak duygusunu günahla eşdeğer olarak değerlendirmesine rağmen, konvansiyon üyesini kökenini sempatiden almayan ve bir başka kişi karşısında olsa muhtemelen vicdanı tarafından suçlanacak olan bir dikkatle inceliyordu. Bir konvansiyon üyesi onda yasadışılık, merhametsizlik izlenimi uyandırıyordu.

Sakin, gövdesi dik, sesi titrek bir adam olan seksenlik G. fizyoloji uzmanlarını şaşırtacak türden biriydi. Devrim sürecinde, kişiliği ve bedensel özellikleri o döneme uyumlu olan birçok insan vardı. Bu ihtiyarda her şeye dayanabilen bir adamın tavırları seziliyordu. Ölüme bu kadar yakınken, sağlıklı bir insan gibi davranabiliyordu. Aydınlık bakışlarında, konuşmasındaki sert vurguda, omuzlarının dikliğinde ölümle tezat oluşturan bir şeyler vardı. Ölüm meleği Azrail onu görse, yanlış kapıyı çaldığını sanıp yolunu değiştirirdi. G. kendi isteğiyle ölüyormuş gibi görünüyordu. Can çekişmesinde bir özgürlük vardı. Sadece bacakları hareketsizdi. Karanlıklar o noktada yoğunlaşmışlardı. Ayakları ölmüştü ve soğuktu, yaşamın tüm gücüyle çalışan beyni aydınlık saçarmış gibi görünüyordu. G. bu kritik anda Doğu masallarındaki üstü canlı, altı mermer krala benziyordu.

Piskopos bir taşın üstüne oturup hemen söze girdi.

— Sizi tebrik ederim, dedi azarlayan bir ses tonuyla. En azından kralın idamı için oy vermediniz.

Konvansiyon üyesi *en azından* sözcüğünün altında yatan kederi anlamamış gibi görünüyordu.

— Beni fazla tebrik etmeyin mösyö. Tiranlığın sonu için oy kullandım.

Sert bir vurgunun karşısına ağırbaşlı bir vurgu çıkmıştı.

— Ne demek istiyorsunuz? diye sordu piskopos.

— İnsanlığın başında cehalet denen bir tiran var. Ben bu tiranın ölümü için oy verdim. Bu tiran haksız bir otorite anlamına gelen krallığı doğurdu, oysa bilim gerçek bir otoritedir. İnsan sadece bilimle yönetilmelidir.

— Ve vicdanla, diye ekledi piskopos.

— Aynı şey. Vicdan, içimizde doğuştan var olan bilimin niceliğidir.

Monsenyör Bienvenu kendisi için yeni olan bu dili biraz şaşırmış bir halde dinliyordu.

Konvansiyon üyesi devam etti:

— XVI. Louis'ye gelince, hayır oyu verdim. Bir insanı öldürme hakkına sahip olduğuma inanmıyorum ama görevimin kötülüğe son vermek olduğunu düşünüyorum. Ben tiranın, yani kadınlar için fahişeliğin, insanlar için köleliğin, çocuklar için cehaletin ölümü için oy verdim. Cumhuriyet'e bunun için oy verdim. Kardeşlik, dirlik düzenlik, yeni bir başlangıç için oy verdim. Önyargıların ve yanlışların son bulmasına yardım ettim. Önyargıların yıkılması ve yanlışların düzeltilmesi bizi aydınlığa ulaştırır. Biz, diğerleri, eski dünyayı düşürdük, sefaletin vazosunu ve o insan ırkının üzerine devrilirken bir mutluluk testisine dönüştü.

— Karışık bir mutluluk, dedi piskopos.

— Allak bullak edilmiş bir mutluluk diyebilirsiniz ve şu an için 1814'teki o uğursuz geri dönüşten sonra, kaybolmuş bir mutluluk. Ne yazık ki, işimizi hakkıyla yapmadık, bunu kabul ediyorum. Eski rejimi devrimle yıktık ama onu zihinlerden silip atamadık. Suistimalleri yok etmek yetmiyor, gelenekleri değiştirmek gerek. Değirmen artık yok, ama rüzgâr hâlâ orada.

— Yıktınız. Yıkmak yararlı olabilir ama öfkenin karıştığı bir yıkıma güvenmem.

— Hakkın öfkesi vardır sayın piskopos ve hakkın öfkesi bir ilerleme unsurudur. Kim ne derse desin, Fransız Devrim'i insanlığın İsa'dan beri attığı en güçlü adımdır. Eksiği olduğunu kabul ediyorum, ama ulvidir. Tüm toplumsal belirsizlikleri ortadan kaldırdı. Zihinleri yumuşattı, sakinleştirdi, dinginleştirdi, aydınlattı, dünyanın üzerine uygarlığın dalgalarını gönderdi. Fransız Devrimi insanlığın kutsanmasıdır.

Piskopos:

— Ya 93, diye mırıldanmaktan kendini alamadı.

İskemlesinin üzerinde neredeyse iç karartıcı bir kurumla doğrulan konvansiyon üyesi ölmek üzere olan bir insanın elinden gelebildiği ölçüde haykırdı:

— Ah! İşte nihayet 93! Bunu söyleyeceğinizi biliyordum. Bin beş yüz yılda oluşan bir bulut enerjisini boşalttı. Siz de yıldırımı suçluyorsunuz.

Piskopos belki kendine bile itiraf edemese de, içinde bir şeylerin altüst olduğunu hissetti. Yine de kendine hâkim olup yanıt verdi:

— Yargıç adalet adına konuşur, rahip adaletten daha yüce bir değer olan merhamet adına konuşur. Bir yıldırım hedefini şaşırmamalıydı.

Ve bakışlarını konvansiyon üyesine sabitleyerek sordu:

— Ya XVII. Louis?

Konvansiyon üyesi elini uzatıp piskoposun kolunu kavradı:

— Demek XVII. Louis. Kimin için ağlıyorsunuz? Masum çocuk için mi? Kabul, ben de sizinle ağlıyorum. Kral çocuk için mi? Bunu düşünmem gerekir. Benim açımdan, Grève Meydanı'nda ölene dek koltukaltlarından asılan, tek suçu Cartouche'un kardeşi olmak olan masum kardeşin akıbeti, Temple Kulesi'nde katledilen tek suçu XV. Louis'nin torunu olmak olan masum torunun akıbetinden farklı değildir.

— Mösyö, dedi piskopos, isimlerin karşılaştırılmalarını sevmem.

— Cartouche? XV. Louis? Hangisinden yanasınız?

Bir an sessizlik oldu. Piskopos neredeyse geldiğine pişman olmuştu, yine de belli belirsiz ve garip bir şekilde sarsıldığını hissediyordu.

Konvansiyon üyesi devam etti:

— Ah sayın rahip! Gerçeklerin acı olması hoşunuza gitmiyor. İsa acı gerçekleri severdi. Eline bir kamış alıp tapınağı temizlerdi. Parıltılı kamçısı gerçekleri acı bir şekilde dile getirirdi. *Sinite parvulos*[9] diye haykırdığında, küçük çocuklar arasında ayrım yapmazdı. Barabbas'ın veliahdına Herodes'in veliahdından farklı yaklaşmazdı. Mösyö, masumiyetin kendi tacı vardır. Onun soylu olmaya ihtiyacı yoktur. Paçavralar içindeyken bile zambaklarla süslü giysiler içindeki kadar uludur.

— Doğru, dedi piskopos alçak sesle.

— Bu konuda ısrarlıyım, diye devam etti konvansiyon üyesi G. Bana XVII. Louis'den söz ettiniz. Önce anlaşalım. Üst katmanlara mensup masumlar için olduğu gibi, alt katmanlara mensup olanlar için de, tüm katledilenler, tüm çocuklar için de ağlıyor muyuz? Ben ağlıyorum. Ama size daha önce de söylemiştim, bu durumda gözyaşlarımızı 93'ten, XVII. Louis'nin yaşadığı dönemden çok daha öncesinde dökmemiz gerekiyor. Benimle birlikte halkın çocukları için ağlarsanız, ben de sizinle birlikte kral çocukları için ağlayacağım.

— Ben hepsi için ağlıyorum, dedi piskopos.

— Ben de öyle! diye haykırdı G. ve konuşmayı sürdürdü: Terazinin bir kefesi ağır basacaksa bu ağırlık uzun zamandır çile çeken halktan yana olmalıdır.

Yaşanan sessizliği konvasiyon üyesi bozdu. Dirseğinin üzerinde doğrularak, sorguya çekilenlerin ya da yargılananların yaptığı gibi yanağını başparmağıyla işaret parmağının arasına sıkıştırdı ve can çekişmenin tüm kararlılığını yansıtan bir bakışla piskoposla konuşmaya devam etti. Âdeta içinde bir patlama yaşıyordu.

— Evet mösyö, halk uzun zamandır çile çekiyor. Üstelik, hepsi bu değil, neden beni sorgulamaya ve bana XVII. Louis'den söz etmeye geldiniz? Sizi tanımıyorum. Buraya geldiğimden beri, dışarıya hiç adım atmadan, bana yardım eden bu çocuktan başka kimseyi görmeden tek başıma yaşadım. Doğrusu isminiz bana hiç yabancı gelmedi ve hakkınız-

---

9 *Sinite parvulos vernire ad me*, İsa'nın sözü: Bırakın çocuklar bana gelsinler. (ç.n.)

da kötü şeyler söylenmediğini de belirtmeliyim ama bunun hiçbir anlamı yok, kurnaz insanlar kendilerini halk adamı olarak tanıtmayı iyi bilirler. Bu arada, arabanızın sesini duymadım, muhtemelen ormanın girişindeki yol ağzında bıraktınız. Size sizi tanımadığımı söylüyorum. Bana piskopos olduğunuzu söylediniz ama bu kişiliğiniz söz konusu olduğunda hiçbir anlam ifade etmiyor. Sorumu tekrarlıyorum: Kimsiniz? Bir piskopos, yani bir kilise prensi, armaları, sırmalı giysileri, gelirleri, ek kazançları olan kişilerden birisiniz. On beş bin frank sabit, on bin frank ek geliri olmak üzere toplamda yirmi beş bin frank geliri, sarayları, büyük mutfakları, üniformalı uşakları olan, muhteşem ziyafetler veren, cuma günleri sutavuğu yiyen, bir uşağın önde, bir uşağın arkada olduğu tören arabasında kurum satan ve çıplak ayakla yürüyen İsa'nın adına makam arabalarıyla gezen Digne piskoposu! Siz üst düzey görevli bir din adamısınız, tıpkı diğerleri gibi gelirleriniz, saraylarınız, atlarınız, uşaklarınız, mükellef sofralarınız var ve tıpkı diğerleri gibi hayatın tüm hazlarının keyfini çıkarıyorsunuz, güzel, hakkınızda çok şey biliyorum ama yeterli değil, bütün bunlar bana bilgece davranmayı öğretmek iddiasıyla buraya gelen bir piskoposun kişiliğinin ana hatları konusunda beni yeterince aydınlatmıyor. Kiminle konuşuyorum? Siz kimsiniz?

Piskopos başını öne eğerek yanıt verdi: *Vermis sum.*[10]

— Makam arabasıyla gezinen bir yer solucanı! diye homurdandı konvansiyon üyesi.

Şimdi kibirli olma sırası konvansiyon üyesindeydi, piskoposa mütevazı davranmak düşüyordu.

Piskopos yumuşak bir ses tonuyla ekledi:

— Kabul mösyö. Ama ağaçların arkasındaki arabamı, mükellef sofralarımı, cuma günleri yediğim sutavuklarını, yirmi beş bin franklık gelirimi, sarayımı, uşaklarımı sırala-

---

10 Solucanım (ç.n.)

manız merhametin bir erdem, acımanın bir görev, 93'ün bir vahşet olmadığını kanıtlamaya yetiyor mu?

Konvansiyon üyesi bir bulutu uzaklaştırmak istermişçesine elini alnına götürdü.

— Yanıt vermeden önce, sizden beni bağışlamanızı istiyorum. Mösyö, size haksızlık ettim. Benim misafirimsiniz. Size kibar davranmam gerek. Benim düşüncelerimi tartışmaya açıyorsunuz. Sizin görüşlerinize karşı çıkmakla yetinmem gerekir. Zenginlikleriniz, sürdüğünüz keyifli yaşam tartışmada benim için avantaj oluştursa da, bunları kullanmam doğru değil. Size bir daha bunlardan bahsetmeyeceğime söz veriyorum.

— Teşekkür ederim, dedi piskopos.

G. yanıt verdi:

— Şimdi bana sorduklarınızın açıklamasına geçelim. Nerede kalmıştık? Ne diyordunuz? 93'ün vahşet olduğunu mu söylüyordunuz?

— Evet, vahşetti, dedi piskopos. Giyotin sehpasının karşısında ellerini çırpan Marat hakkında ne düşünüyorsunuz?

— Protestan kıyımları sırasında *Te Deum*'u söyleyen Bossuet hakkında ne düşünüyorsunuz?

Yanıt ağırdı ve çelik bir okun sertliğiyle hedefine ulaştığında, piskopos titredi, hiç cevap vermedi ama Bossuet'nin adının bu şekilde anılması onu incitmişti. Dâhi insanların da takıntıları vardır ve bazen belli belirsiz, bu takıntılarının mantığın saygısızlığıyla zedelendiğini hissederler.

Konvansiyon üyesi güçlükle soluk almaya başlamıştı, can çekişmenin eziyetleri son soluklarına karışıyor, sözlerinin yarıda kesilmesine neden oluyordu, yine de gözlerinin parıltısından muhakeme gücünün hâlâ yerinde olduğu anlaşılıyordu. Devam etti:

— Şundan bundan birkaç söz daha etmemizi istiyorum. Bütünlüğüyle ele alırsak devrim insani bir girişimdir, ama ne yazık ki 93 bir misillemedir. Onu vahşet olarak değerlendiriyorsunuz mösyö, peki monarşiye ne diyeceksiniz? Carrier bir eşkıyaydı, peki Montrevel'e ne dersiniz? Fouqier-Tainville bir baldırı çıplaktı, peki Lamoignon-Bâville hakkında ne düşünüyorsunuz? Maillard bir katildi peki ya Saulx-Tavannes? Rahip Duchêne acımasızdı, peki Père Letellier'yi nasıl nitelendireceksiniz? Jourdan-Coupe-Tête bir canavardı ama Louvois markisi ondan daha gaddardı. Mösyö, mösyö bir arşidüşes ve kraliçe olan Marie Antoinette için üzülüyorum ama 1685 yılında, XIV. Louis döneminde, çocuğunu emzirirken yakalanıp beline kadar çıplak bir halde direğe bağlanan o zavallı Protestan kadına da üzülüyorum. Göğsü sütle, yüreği endişeyle kabarıyordu. Annesinden uzakta tutulan çocuk aç kalmış ve solmuş bir halde izlediği bu sahne karşısında can çekişip bağırırken, cellat annesine "Dinini değiştir!" diyor, onu çocuğunun ölümüyle, inançlarının ölümü arasında tercih yapmak zorunda bırakıyordu. Bir anneye uygulanan bu Tantalos işkencesine ne diyorsunuz? Mösyö, şunu aklınızda tutun. Fransız Devrimi'nin gerekçeleri vardı. Öfkesi gelecek kuşaklar tarafından bağışlanacak. Sonucu daha mükemmel bir dünyaya ulaşmaktı. En korkunç darbelerinden insanlık adına mutluluklar yayılıyor. Kısa kesiyorum. Bitiriyorum. Çok konuştum. Zaten ölüyorum.

Ve bakışlarını piskopostan ayırıp düşüncelerini şu dingin sözlerle tamamladı.

— Evet, ilerlemenin hoyratlıkları devrim olarak adlandırılıyor. Devrim süreci tamamlandığında insanlığın biraz hırpalandığı ama ileri gittiği anlaşılır.

Konvansiyon üyesi piskoposun savunma hatlarını peş peşe yıktığından emindi. Yine de, geriye Monsenyör Bienvenue'nün direniş hatlarından en sağlam olanı kalıyordu. Bu hattan, piskoposun sohbetin başlangıcındaki sert ifadesini yeniden takınarak dile getirdiği şu sözler çıktı:

— İlerleme Tanrı'ya inanmalıdır. İyiliğin hizmetkârı inançsız olamaz. Ateist bir önder insanlığı kötülüğe yönlendirir.

Halkın yaşlı temsilcisi cevap vermedi. Titreyerek göğe bakarken gözlerinde yavaşça beliren bir damla solgun yanağından aşağı süzüldü. Gözleri derinliklere dalmış bir halde alçak sesle, kendi kendine konuşurcasına şunları söyledi:

— Ey ideal! Yalnızca sen varsın!

Piskopos tasvir edilemez bir şok yaşadı.

Bir sessizliğin ardından, ihtiyar parmağını göğe doğru uzatarak devam etti:

— Sonsuzluk orada. Sonsuzluğun bir beni olmasa, benle sınırlı kalacak, sonsuzluk olarak adlandırılamayacaktı, başka bir deyişle var olmayacaktı. Oysa o var. Bu yüzden bir beni var. Sonsuzluğun bu beni Tanrı'dır.

Ölmek üzere olan ihtiyar bu son sözleri yüksek sesle, coşkunun ürpertisiyle, âdeta gökte birini görüyormuş gibi söyledi. Sözlerini bitirdiğinde gözleri kapandı. Harcadığı çaba gücünü tüketmişti. Geriye kalan birkaç saatlik ömrünü bir dakikada harcadığı ortadaydı. Söyledikleri onu ölümün içindekine yaklaştırmıştı. O kritik an geliyordu.

Piskopos vaktin daraldığını anladı, buraya rahip olarak gelmiş o soğuk tavrı aşamalarla aşırı duygulanımlara dönüşmüştü, bu kapalı gözlere baktıktan sonra kırışmış ve soğumuş o yaşlı eli tutup ölmekte üzere olan adama doğru eğildi.

— Tanrı'nın saati geldi. Karşılaşmamızın boşa gitmesinden pişmanlık duymayacak mısınız?

Konvansiyon üyesi yeniden gözlerini açtı. Yüzünde gölgelenmiş bir ciddiyeti yansıtan bir ifade vardı.

— Sayın piskopos, dedi gücünün tükenmesinden çok ruhun saygınlığından kaynaklanan bir ağırlıkla, hayatımı düşünme, inceleme ve gözlemlemeyle geçirdim. Ülkem beni işlerini yoluna sokmam için göreve çağırdığında altmış yaşındaydım. İtaat ettim. Suistimaller vardı, onlarla mücadele ettim; zorbalıklar vardı, onları yok ettim; haklar ve ilkeler vardı, onları kabul ve ilan ettim. Ülke işgal altındaydı, onu savundum; Fransa tehdit altındaydı, göğsümü ona siper ettim. Zengin değildim, yoksul biriyim ben. Devletin üst düzey yöneticilerinden biri oldum, duvarları altın ve gümüşün ağırlığıyla yarılmaya yüz tuttuğu için payandalanmak zorunda kalan hazinenin mahzenleri ağzına kadar doluydu. Arbre-Sec Caddesi'nde yirmi iki santime yemek yerdim. Baskı görenlerin yardımına koştum, acı çekenleri rahatlattım. Sunağın örtüsünü yırttığım doğru ama bunu ülkenin yaralarını sarmak için yaptım. İnsanlığın aydınlığa doğru yürüyüşünü her zaman destekledim ve bazen o acımasız ilerleyişe direndim. Yeri geldiğinde kendi düşmanlarımı, sizleri korudum. Flandre'daki Peteghem'de, Merovenj krallarının yazlık saraylarının bulunduğu yerde Sainte-Claire-en-Beaulieu Manastırı vardı, orayı 1793'te ben kurtardım. Görevimi elimden geldiğince yapıp, herkese mümkün olduğunca iyilik ettim. Ardından, görevden alındım, takip edildim, eziyet gördüm, iftiralara maruz kaldım, alay konusu oldum, lanetlendim, sürgüne gönderildim. Yıllardan beri, kırlaşmış saçlarımla, birçok kişinin beni aşağılama hakları olduğunu düşündüklerini hissettim, o zavallı, cahil kalabalıklar bana lanetlenmiş gözüyle bakıyorlardı, kimseden nefret etmeden nefretin yalıtılmışlığını kabul ettim. Şimdi, seksen altı yaşında öleceğim. Benden ne istiyorsunuz?

— Kutsanmanızı,[11] dedi piskopos.

Ve diz çöktü.

Piskopos başını kaldırdığında, son nefesini veren ihtiyarın yüzünü muhteşem bir ifade kaplamıştı.

Piskopos eve dönerken bilemediğim derin düşüncelere dalmıştı. Bütün gece dua etti. Ertesi gün birkaç gözüpek meraklı ona konvansiyon meclisi üyesi hakkında sorular sorduklarında, o sadece gökyüzünü göstermekle yetindi.

O günden sonra çocuklara ve yoksullara daha fazla şefkat ve dostluk gösterdi.

---

11 Fransızcası "Votre bénédiction". Metnin gelişi ve devamındaki ifadeler durumu belirsiz kılmakta, kimin kutsandığı anlaşılmamaktadır. Söz konusu cümlenin çevirisi konusunda uzlaşı olmadığından, çevirmenin tercihi korunmuştur. (e.n.)

"O yaşlı hain G." hakkındaki her ima onu garip düşüncelere sürüklüyordu. Kimse bu ruhun kendi ruhunun yanından geçmesinin ve bu vicdanın kendi vicdanına yansımasının onu mükemmeliyete daha da yaklaştırdığını inkâr edemezdi.

Bu "taşra ziyareti" şehirde bazı söylentilere neden olmuştu.

— Böyle bir kişinin son duasını bir piskoposun mu okuması gerekirdi? Dine dönmesi beklenemezdi. Tüm devrimciler kâfirdi. O zaman neden oraya gitmişti? Orada görecek ne vardı? Demek şeytanın bir ruhu götürmesini izleyecek kadar meraklıydı.

Bir gün, kendini nüktedan sanan, küstah bir dul kadın ona şöyle bir imada bulundu:

— Monsenyör, yüceliğinizi kırmızı bereyle ne zaman taçlandıracağınızı merak ediyorlar.

— Ah! İşte ne canlı, ne hoş bir renk, diye yanıtladı piskopos. Ne mutlu ki bu rengi devrimcilerin beresinin üzerindeyken aşağılayanlar, bir kardinal şapkasının üzerinde onurlandırıyorlar.

XI

Bir Kısıtlama

Buradan Monsenyör Bienvenu'nün "filozof bir piskopos" ya da "yurttaş bir din adamı" olup olmadığı sonucunu çıkaranlar fazlasıyla yanılırlar. Konvansiyon üyesi G. ile karşılaşmaları ya da daha doğrusu bazı fikirlerde uzlaşmaları onda kendisini daha da sevecen kılan bir şaşkınlık yaratmıştı. Hepsi bu.

Monsenyör Bienvenu'nün bir siyaset adamı olmamasının yanı sıra, o zamanki gelişmeler karşısındaki tavırlarını önceden nasıl belirleyeceğini asla düşünmediğini burada kısaca belirtmemiz gerek.

Bu yüzden birkaç sene önceye geri dönelim.

Piskoposluğa terfi etmesinden bir süre sonra imparator M. Myriel'e de diğer birçok piskopos gibi baron unvanı vermişti. Bilindiği gibi Papa 5 Temmuz 1809'u 6 Temmuz'a bağlayan gece tutuklanmış, Napoléon bu vesileyle M. Myriel'i Paris'te yapılacak Fransa ve İtalya piskoposları toplantısına çağırmıştı. Notre-Dame'da yapılan bu toplantının ilk oturumu 15 Haziran 1811'de, Kardinal Fesch'in başkanlığında gerçekleşti. M. Myriel, toplantı için Paris'e gelen doksan beş piskopos arasında yer alsa da, sadece bir oturuma ve üç dört özel konferansa katılmıştı. Doğayla iç içe, dağlık, yoksul bir bölgenin piskoposu olarak dile getirdiği düşünceleriyle seçkin şahsiyetlerin katıldığı oturumun havasını değiştiriyordu. Kısa süre sonra, Digne'e döndü. Bu hızlı geri dönüşün nedeni sorulduğunda: "Onların canını sıkıyordum. Açık duran bir kapı gibi onlara dışarının havasını getiriyordum," diyordu.

Bir başka seferinde "Ne yapmamı bekliyordunuz? O beyefendiler prenslere benziyordu. Bense, zavallı bir köy piskoposuyum," demişti.

İşin doğrusu tepkileri üzerine çekmişti. Yaptığı onca garipliğin dışında, bir akşam en seçkin meslektaşlarının birinin evinde ağzından şu sözleri kaçırmıştı: "Sarkaçlı saatler, halılar, üniformalı uşaklar ne de güzel! Böyle bir ortam çok can sıkıcı olmalı! Kulağıma hiç durmadan: Aç insanlar var! Üşüyen insanlar var! Yoksullar var! Yoksullar var! diye fısıldayan şu gereksiz eşyalardan tek birine bile sahip olmak istemezdim."

Bu arada, lükse duyulan kinin, sanata duyulan kini de beraberinde getireceği için pek de akılcı olmadığını belirtelim. Yine de, din adamları için gösteriler ve törenler dışında görkemli bir yaşam sürdürmek bir kusur olarak görülür ve böyle merhametli bir kişiliğe gölge düşürür. Varlıklı bir rahibe hiç de iyi bir gözle bakılmaz. Rahip yoksulların yanında olmalıdır. Emeğin tozunu yutmadan, kutsal yoksulluğu biraz olsun yaşamadan tüm sıkıntılara, tüm bahtsızlıklara, tüm yoksulluklara, gece gündüz hiç durmadan müdahale etmek mümkün müdür? Ateşin başında olup ısınmayan bir insan düşünülebilir mi? Sürekli olarak bir fırında çalıştığı halde, saçının bir tek teli bile yanmayan, tırnakları kararmayan, bir damla ter dökmeyen, yüzünde bir kül tanesi bulunmayan bir işçi düşünülebilir mi? Rahibin, özellikle de piskoposun çözmesi gereken ilk sorun yoksulluktur.

İşte sayın piskoposun düşüncesi de kuşkusuz böyleydi.

Zaten, bazı hassas konularda bizim "çağın düşünceleri" olarak adlandırdığımız şeyleri paylaştığını düşünmemek gerekiyordu. Dönemin teolojik tartışmalarına pek karışmıyor, Kilise ve Devlet'in itibarını sarsan konularda suskunluğunu koruyor, ama üstüne çok gidilirse Fransız Kilisesi yerine Papalık'tan yana tavır koyuyordu. Bir tasvir yaptığımız ve hiçbir şeyi gizlemememiz gerektiğine inandığımız için, iktidarı kaybeden Napoléon'a karşı çok soğuk bir tutum içinde olduğunu söylemek zorundayız. 1813'ten beri, aleyhindeki tüm gösterilere katılmış ya da destek çıkmış, Elba Adası'ndan dönüşünden sonra onunla görüşmeyi reddetmiş, *Yüz Gün* boyunca yönetim bölgesindeki cemaate imparator için genel dualar etmeleri talimatını vermekten kaçınmıştı.

Kız kardeşi Matmazel Baptistine dışında, biri general, biri vali olan iki erkek kardeşi vardı. İlkiyle imparatorun Cannes'da karaya çıkması sırasında, Provence'da bin iki yüz askere komuta ederken Napoléon'un peşinden gidip onu tutuklamadığı için bir süre dargın kalmıştı. Valilikten emekli olduktan sonra, Paris'te, Causette Caddesi'ndeki evinde yaşayan, yürekli ve saygıdeğer diğer kardeşiyle yazışmaları daha içtendi.

Bu yüzden, Monsenyör Bienvenu'nün de siyasi bir tavır aldığı, kederli günler geçirdiği, kararsız kaldığı dönemleri vardı. Dönemin tutkularının gölgesi, zihni ilahi konularla meşgul olan bu yumuşak ve ulvi kişiliğe de yansımıştı. Kuşkusuz, böyle bir adamın siyasi düşüncelerinin olmaması onu daha değerli kılardı. Söylediklerimiz yanlış anlaşılmasın, "siyasi düşünce" denen şeyi, ilerlemeye duyulan büyük özlemle, günümüzde tüm seçkin zekâlara rehberlik etmesi gereken yüce yurttaşlık, demokrasi, insanlık inançlarıyla aynı kefeye koymuyoruz. Bu kitapla doğrudan ilişkisi olmayan konuların fazla derinine inmeden sadece şunu söylemek istiyoruz: Monsenyör Bienvenu'nün kralcı olmaması ve dingin bakışlarını bu dünyanın kurgularının ve kinlerinin, insani meselelerin fırtınalı gelgitlerinin üzerinde net bir şekilde parıldadıkları görülebilen üç saf ışıktan, yani Gerçek'ten, Adalet'ten ve Merhamet'ten bir an olsun bile ayırmaması daha uygun olurdu.

Tanrı'nın Monsenyör Bienvenu'yü siyasi bir misyon için yaratmadığını kabul etmekle birlikte, hak ve özgürlük adına karşı çıkışlarını, onurlu muhalefetini, her şeye kadir Napoléon'a karşı haklı ve tepkili direnişini anlayışla karşılar ve takdir ederdik. Ama yükselenlerde hoşumuza giden şeyler, yıldızı sönenlerde o kadar hoşumuza gitmiyor. Mücadeleyi sadece tehlike olduğunda seviyoruz ve her halükârda, son anda karar verme hakkı sadece ilk başta mücadele verenlere aittir. Refah döneminde ısrarlı bir muhalefet yapmayan yıkılış döneminde susmalıdır. Başarının habercisi, çöküşün tek meşru yargılayıcısıdır. Bize gelince kader işe el atıp darbesini indirince ona izin veririz. 1812 bizi yumuşatmaya başladı. 1813'te felaketlerle yüreklenen suskun yasama gücünün sessizliğini alçakça bozması bizi öfkelendirmeliydi, bunu alkışlamak hataydı; 1814'te ihanet eden generallerin, bir çirkeften diğerine bulaşan, kutsallaştırdıktan sonra hakaret eden senatonun, putlarının yüzüne tüküren o dönek putataparlığın karşısında başını diğer yana çevirmek bir görevdi; 1815'te Fransa, ufukta beliren büyük felaketlerin yaklaşmasıyla titrediğinde, Napoléon'un önüne Waterloo yolunun açıldığı belli belirsiz seçildiğinde, ordunun ve halkın kaderin mahkûmunu acınası bir şekilde alkışlamasının gülünecek bir yanı yoktu ve Digne piskoposununki gibi bir yüreğin, tiranı mahkûm etmesine rağmen, büyük bir milletin ve uçurumun kenarında büyük bir adamın sıkı sıkıya kucaklaşmasını anlaması gerekirdi.

Bunun dışında her konuda, adil, dürüst, insaflı, akıllı, mütevazı ve saygınlığına yakışacak bir tarzda davranırdı; iyiliksever, iyi niyetliydi, iyi niyetliliği de bir tür iyilikseverlik sayılırdı. O bir din adamı, bir bilge, bir insandı. Hatta kınadığımız ve neredeyse acımasızca yargıladığımız bu siyasi tavrı bile belki de söz ettiğimizden daha hoşgörülü ve uysaldı. Belediye konağının kapıcısı oraya imparator tarafından atanmıştı. Eski muhafız birliğinin yaşlı bir astsubayıydı, Austerlitz Savaşı'nda Légion d'honneur nişanı almıştı, ateşli bir Bonapartistti. Bu zavallının ağzından bazen hiç düşünmeden söylediği ve o zamanın yasasının *kışkırtıcı sözler* olarak nitelendirdiği laflar kaçıyordu. İmparatorun simgesi, nişanın üzerinden silindiğinden beri üniforması olan kıyafetleri giymiyordu kendi deyişiyle, onun nişanını taşımaya zorlanmamak içindi bu. Napoléon'un kendisine verdiği nişanın üzerindeki kartal sembolünü kendi elleriyle söküp atmıştı ve o boşluğun yerine yeni bir şey koymak istemiyor, "yüreğimin üzerinde üç kurbağayı taşımaktansa ölmeyi tercih ederim!" diyordu. XVIII. Louis'yle yüksek sesle alay etmekten keyif alıyordu. "İngiliz tozluğu giymiş yaşlı damla hastası, keçi sakalıyla Prusya'ya gitsin," diyor, en çok nefret ettiği iki şey olan İngiltere ve Prusya'yı aynı bedduada bir arada kullanmak hoşuna gidiyordu. Bu bedduaları sürdürmesi yüzünden işinden atılmış, karısı ve çocuklarıyla beş parasız sokaklarda kalmıştı. Piskopos onu yanına çağırıp hafifçe payladıktan sonra onu katedralin kapıcısı yaptı.

Monsenyör Bienvenu, dokuz yıl sonra, hayırsever davranışları ve sevecen tavırları sayesinde Digne şehrinde şefkatli ve babacan biri olarak saygınlık kazanmıştı. Napoléon'a karşı tutumu bile imparatoruna hayran olan ama piskoposunu seven ve zavallı bir sürüyü andıran halk tarafından kabullenilmiş, sessizce bağışlanmıştı.

XII

Monsenyör Bienvenu'nün Yalnızlığı

Bir piskoposun yanında, neredeyse her zaman etrafına genç subaylar toplanan bir general gibi, rahiplerden oluşan bir kortej bulunur. O sevecen ermiş François de Sales bu grubu "acemi çaylak rahipler" olarak adlandırır. Her meslekte öne çıkanların etrafında bir hevesliler sürüsü vardır. Çevresinden destek almayan bir iktidar, maiyeti olmayan bir kral yoktur. Gelecek avcıları görkemli bir şimdiki zamanın etrafında dönüp dururlar. Her başpiskoposun kurmay heyeti vardır. Biraz itibarlı bir piskoposun etrafında her zaman, piskoposluk sarayının düzenini sağlayan ve monsenyörün gülümsemesini dikkatle izleyen papaz okulu öğrencileri bulunur. Piskoposun gözüne girmek diyakoz yardımcılığına doğru adım atmak anlamına gelir. Papalık piskopos arpalıklarını hafife almaz.

Dışarıda heybetli şapkalar olduğu gibi kilisede de piskopos başlıkları vardır. Bunlar sarayda itibarları olan, zengin, yüksek gelirli, becerikli, herkes tarafından kabul gören, dua etmek kadar bağış dilemeyi de bilen, cemaatini bekleme odalarında bekletmeye aldırmayan, kilise ile siyasetin kesişme noktasında yer alan, rahipten çok başrahip, piskopostan çok başpiskopos olan piskoposlardır. Ne mutlu onlara yakın olana! Günümüzde rahip, düzenli olarak iktidara yürüyebilen tek kişidir –hem de ne iktidar. Nüfuzlu kişiler olduklarından, etraflarındaki dalkavuklarına, gözdelerine ve piskoposluğun saygınlıklarına ulaşmak amacıyla gözlerine girmeye çalışan tüm gençlere, geliri yüksek makamları, rahip ödentilerini, başdiyakozlukları, rahiplikleri ve katedral görevlerini yağmur gibi yağdırırlar. Kendileri yükseldikçe tıpkı hareket halindeki güneş sistemi gibi uydularını da yükseltirler. Işıltıları artlarından gelenlerin yolunu aydınlatır. Yükselmeleri çevrelerine küçük terfiler halinde dağılır. Piskoposa daha geniş bir yönetim bölgesi, gözdeye daha önemli bir rahiplik. Üstelik Roma hemen yakındadır. Başpiskopos olmayı bilen bir piskopos, kardinal olmayı bilen bir başpiskopos sizi Papa'yı seçen meclise, Roma Kilise Mahkemesi'ne götürebilir, boynunuza siyah haçlarla işlenmiş beyaz yünden atkıyı takmanızı, ruhban meclisinin toplantılarına dinleyici olarak katılmanızı, Papa'nın oda hizmetçisi, ardından da başpiskopos olmanızı sağlayabilir ve başpiskoposlukla kardinallik arasında bir adım, kardinallikle papalık arasında sadece bir oylamanın hafif pusu vardır. Her piskopos başlığı papalık tacını düşler. Günümüzde rahip düzenli olarak iktidara hem de ne görkemli bir iktidara yürüyebilen tek kişidir! Bu yüzden papaz okulu büyük özlemlerin fidanlığıdır! Koroda yüzü kızararak ilahi söyleyen nice çocuk, nice genç rahip başlarının üzerinde Perrette'in[12] süt güğümünü taşırlar. Belki de tutku kendini kolayca ilahi bir çağrı olarak ilan edebiliyordur? Mutlu ve huzurlu olduğu için iyi niyetle ve kendi kendini aldatarak!

Monsenyör Bienvenu mütevazı, yoksul, kendine özgü bir şahsiyet olarak önemli piskoposlar arasında yer almıyordu. Bu durum etrafında tek bir genç rahip olmamasından anlaşıyordu. Paris'te "itibar göremediğinden" söz etmiştik. Bu yalnız yaşlı adamın yanında parlak bir geleceği hayal etmek mümkün değildi. Tohum halindeki hiçbir tutku onun gölgesinde yeşermek çılgınlığını yapmazdı. Piskoposluğunun meclis üyeleri ve rahipleri kendisi gibi halktan gelen yaşlı insanlardı, kardinallik gibi bir hevesleri olmadığı için bu bölge piskoposluğuna kapanmışlardı, piskoposlarına

12 La Fontaine'in bir kahramanı. (ç.n.)

benziyorlardı ama onlar hedeflerine ulaşmış, o ise beklemediği bir görevle yetinmişti. Monsenyör Bienvenu'nün yanında yükselmenin olanaksızlığını hisseden genç papaz okulu öğrencileri, okulu bitirir bitirmez Aix ya Auch başpiskoposluğuna tavsiye edilmelerini istiyorlar ve onun yanından hızla uzaklaşıyorlardı. Çünkü tekrarlayacağımız gibi hepsi arkalarında bir destek olmasını istiyorlardı. Aşırı fedakâr bir ermişin yanında bulunmak tehlikeliydi; telafisi imkânsız bir yoksulluk size de bulaşabilirdi, yükselmeye yarayan ilişkiler ağını sarsabilir, dolayısıyla sizi istemediğiniz bir inzivaya yöneltebilirdi, bu yüzden herkes bu ahmakça erdemden uzak duruyordu. İşte Monsenyör Bienvenue'nün yalnızlığı bundan kaynaklanıyordu. İç karartıcı bir toplumda yaşıyoruz. İşte başarı, yukarıdaki çürümeden damla damla yağan bu bilgidir.

Bu arada, başarının fazlasıyla iğrenç bir şey olduğunu belirtmeliyiz. Meziyete olan sahte benzerliği insanları yanılgıya düşürüyor. İnsanların çoğu için başarı neredeyse üstünlükle aynı anlama geliyor. Yeteneğe çok benzeyen başarıya inanan bir enayi vardır: Tarih. Sadece Juvenalis ve Tacitus ona karşı homurdanırlardı. Günümüzde, neredeyse resmî bir düşünce sistemi onun evine uşaklık etmek için girdi ve bekleme salonunda hizmet etmeye başladı. Başarınız: Kuram. Zenginlik kapasite gerektiriyor. Piyangoda kazanana becerikli, kurnaz bir adam deniyor. Kazanan saygıdeğer oluyor. Dünyaya üstün vasıflarla gelin! Hepsi bu. Şanslı olun, arkası gelir; mutlu görünün sizi soylu sansınlar. Bir yüzyıl boyunca ses getiren beş altı önemli istisna dışında, çağdaş beğeni anlayışı miyopluktan ibarettir. Yaldız altındır. Sıradan biri olmak hiçbir şeyi değiştirmez, sonradan görme olmalı. Sıradanlık kendine hayran olan ve sıradanlığı alkışlayan yaşlı bir Narkissos'tur. Kişiyi Musa, Eshilos, Dante, Michelangelo ya da Napoléon yapan o büyük yetenek halk yığınları tarafından hemen ödüllendirilir ve hangi alanda olursa olsun hedefine ulaşan alkışlanır. İnsanlar, bir noterin milletvekili olmasını, sahte bir Corneille'in *Tiridate*'ı yazmasını, bir hadımın hareminin olmasını, asker Prudhomme'un tesadüfen dönemin en önemli savaşını kazanmasını, bir kimyacının Sambre-et-Meuse ordusu için kartondan ayakkabı tabanları icat etmesini ve deri yerine satılan bu kartondan dört yüz bin frank kazanmasını, bir işportacının tefecilikle evlenip ona hem annesi hem babası olacağı yedi sekiz milyonu doğurtmasını, bir vaizin genizden gelen sesi nedeniyle piskopos olmasını, zengin bir evin kâhyasının işinden ayrıldığında Maliye Bakanlığı'na atanacak kadar zenginleşmesini, tıpkı Mousqueton'un yüzünü güzellik, İmparator Claude'un yakalığını ihtişam diye adlandırdıkları gibi deha olarak adlandırıyorlar. Gökyüzünün derinliklerindeki takımyıldızlarla, ördeklerin bataklık çamurunda ayaklarıyla yaptıkları yıldızları birbirlerine karıştırıyorlar.

XIII

İnandıkları

Dini bütünlük açısından Digne piskoposunu eleştirecek değiliz. Böyle bir kişiye ancak saygı duyabiliriz. Adilin vicdanı dobra konuşmasından anlaşılır. Zaten, bazı mizaçları dikkate aldığımızda, insani erdemin tüm güzelliklerinin olabildiğince gelişmesinin bizimkinden farklı bir inanç sisteminde gerçekleşeceğini kabul ediyoruz.

Bu dogma ya da şu gizem hakkında ne düşünüyordu? Vicdanın bu gizleri ancak ruhlar mezara çıplak girdiğinde ortaya çıkıyordu. İmanın güçlüklerinin asla ikiyüzlülükle çözülemeyeceğini düşündüğünden eminiz. Elmas asla çürümez. Elinden geldiğince inanıyor, sıklıkla *Credo in Patrem*[13]

13 Tanrı'ya inanıyorum. (ç.n.)

diye haykırıyordu. Vicdanı mutlu eden ve size alçak sesle, "Tanrı senin yanında!" diyen o huzuru hayır işleri sayesinde yaşıyordu.

İmanının ötesinde piskoposun insanlara yoğun bir sevgi duyduğunu belirtmemiz gerekiyor. Bu yüzden, *quia multum amavit*[14] bencilliğin, ukalalığın parolasını aldığı kederli dünyamıza uygun nitelendirmelerle "ciddi insanlar", "ağırbaşlı insanlar" ve "mantıklı insanlar" olarak anacağımız kişiler onun incinebileceğini düşünüyorlardı. Bu sevgi yoğunluğu ne anlama geliyordu? Daha önce de belirttiğimiz gibi insanlardan taşan, yeri geldiğinde nesnelere kadar yayılan dingin bir iyilikseverlik haliydi. Hiçbir şeyi hor görmez, Tanrı'nın yarattıklarına karşı hoşgörülü davranırdı. En mükemmeli de dâhil olmak üzere, her insanda hayvanlara karşı bilinçsiz bir şiddet duygusu vardır. Digne piskoposu birçok rahipte bulunan bu şiddet duygusuna sahip değildi. İşi Brahmanizm'e vardırmasa da, Zebur'daki şu sözler üzerine uzun uzun düşündüğü söylenebilirdi: "Hayvanların ruhunun nereye gittiği biliniyor mu?" Görünüşün çirkinlikleri, içgüdünün çarpıklıkları onu rahatsız etmiyor, öfkelendirmiyor, aksine bunlar karşısında duygulanıp neredeyse hüzünleniyordu. Düşüncelere dalmış bir halde, bu durumun nedenini, açıklamasını, bahanesini görünen yaşamın ötesinde ararmış gibi görünüyordu. Bazen Tanrı'dan kullarına vereceği cezayı hafifletmesini istiyordu. Üst üste yazıldıkları için birbirleriyle iç içe geçmiş iki metni inceleyen bir dilbilimci gibi hiç öfkelenmeden doğaya hâlâ hâkim olan karmaşayı incelerdi. Böyle düşüncelere daldığında, bazen ağzından garip sözler kaçırıyordu. Bir sabah, bahçede tek başına olduğunu sandığı ama kız kardeşinin arkasından geldiği sırada, aniden durup toprakta siyah, tüylü, ürkütücü bir örümcek görmüş, kız kardeşi onun şunları söylediğini duymuştu:

— Zavallı hayvan! Ama bu onun suçu değil.

---

14 Çok sevdiği için. (ç.n.)

İyiliğin neredeyse kutsal olan bu çocukluklarından niye söz etmeyelim? Çocuksu, kabul, ama bu ulvi çocukluklara François d'Assise ve Marcus Aurelius'da da rastlanırdı. Piskopos bir gün bir karıncayı ezmemek için ayağını burktu.

Bu onurlu adam işte böyle yaşıyordu. Bazen bahçede uyuyakaldığında onunkinden daha saygın bir ifadeyle karşılaşılamayacağı söylenebilirdi.

Gençliği, hatta erkekliği üzerine söylenenlere bakılırsa, Monsenyör Bienvenu o zamanlar tutkulu, hatta şiddete eğilimli bir adamdı. Evrensel hoşgörüsü doğal bir içgüdüden çok, yaşamın içinden bir düşünceden bir düşünceye yavaşça geçerek yüreğine sızan o büyük inançtan kaynaklanıyordu, çünkü bir kayada olduğu gibi bir kişilikte de su damlalarının açtığı delikler olabilir. Bu delikler kaybolmaz, bu oluşumlar yok edilemez.

1815'te, daha önce de belirttiğimizi sandığımız gibi yetmiş beş yaşındaydı ama altmışın üzerinde göstermiyordu. Uzun boylu değildi, tıknazcaydı, bu yüzden uzun yürüyüşler yapıyordu. Bu ayrıntılarla bir sonuca varacağımızı iddia etmesek de sıkı bir yürüyüşçüydü ve henüz beli fazla bükülmemişti; seksen yaşındaki XVI. Gringoire dimdik durup gülümsese de, bu onun lanet olası bir piskopos olmasını engellemiyordu. Monsenyör Bienvenu'nün "temiz bir yüzü" vardı ama temiz yüzünü unutturacak kadar da sevecendi.

Niteliklerinden biri olan ve daha önce sözünü ettiğimiz bu çocuksu neşeyle konuşurken, herkes onun yanında kendini rahat hissediyor, âdeta tüm benliğinden bir sevinç yayılıyordu. Pembe ve kırışıksız teni, güldüğünde ortaya çıkan bakımlı, bembeyaz dişleri, ona bir erkek olarak bakıldığında bir çocuk, bir yaşlı gözüyle bakıldığında temiz yürekli saf bir adam görüntüsü veriyor, bu hali karşısındaki kişiye onunla kolaylıkla yakınlaşabileceğini hissettiriyordu. Hatırlayacağımız gibi Napoléon üzerinde de böyle bir izlenim bırakmıştı. Gerçekten de, onu ilk kez görenler için ilk bakışta saf bir adam gibi görünüyordu. Ama birkaç saat yanında kalıp, onun düşünceye daldığını görenler için o saf yürekli adamın yüzü nasıl tasvir edeceğimi bilemediğim etkileyici bir ifadeye bürünüyor, beyaz saçlarının etkisiyle görkemli görünen geniş ve ağırbaşlı alnı daldığı düşüncelerin etkisiyle de aynı heybetlilikle beliriyor, parıltısını yaymaya devam eden bu iyilikseverlik yüce bir görüntü sunmayı sürdürüyor, insanda gülümserken kanatlarını yavaşça açan bir meleğin yaratacağı duygulanımları uyandırıyordu. İzah edilemeyecek bir saygı yavaşça yüreklere doluyor ve insan karşısında bakış açısı ufkun derinliklerine uzandığı için o derece hoşgörülü, kendini kanıtlamış, yüce ruhlardan birini görür gibi oluyordu.

Daha önce de belirttiğimiz gibi, düzenlenen ayinlerin, yapılan araştırma ve incelemelerin, edilen duaların yanı sıra sadaka toplama, sıkıntı çekenleri teselli etme, bir parça toprağı ekme, kardeşlik, azla yetinme, konukseverlik, feragat ve güven hayatının tüm günlerini dolduruyordu. *Dolduruyordu* uygun bir sözcük ve hiç kuşku yok ki piskoposun bir günü iyi niyetli düşünceler, güzel sözler ve iyiliksever davranışlarla tıka basa doluydu. Yine de, iki kadın odalarına çekildiğinde, soğuk ya da yağmurlu hava bahçede bir iki saat gezinmesini engellediğinde günü tamamlanmış sayılmazdı. Karanlık gökyüzünün sunduğu olağanüstü görüntüler karşısında düşüncelere dalarak uykuya hazırlanmak onun için bir ritüel haline gelmişti. Bazen, gecenin ilerlemiş saatlerinde, henüz uyumamış olan iki kadın onun bahçenin ağaçlıklı yollarında ağır adımlarla yürüdüğünü duyuyorlardı. Orada, kendisiyle baş başa kalmış, sakince düşüncelere dalmış bir halde, yüreğinin dinginliğiyle gökyüzünün dinginliğini kıyaslıyor, karanlıklarda takımyıldızların görünen, Tanrı'nın görünmeyen manzarasının ihtişamı karşısında duygulanıyor, yüreğini Bilinmeyen'den akan düşüncelere açıyordu. Gece çiçeklerinin kokularını yaydıkları anlarda, yıldızlı gecenin ortasında lamba gibi yanan, yaradılışın evrensel ışığının merkezinde coşkuyla kendinden geçen yüreğini doğaya sunduğunda, belki kendi de aklından geçenleri bilmiyor, içinden bir şeyin dışarıya doğru süzüldüğünü, bir şeyin de içine doğru alçaldığını hissediyordu. Bu anlarda âdeta ruhun girdapları evrenin girdaplarıyla gizemli bir şekilde yer değiştiriyordu!

Tanrı'nın yüceliğini ve varlığını, olağandışı bir gizem olan gelecekteki sonsuzluğu, ondan daha olağandışı olan geçmişteki sonsuzluğu, gözlerinin önünde her yöne doğru kaybolup giden tüm sonsuzlukları düşünüyor ve anlaşılamaz olana onu anlamaya çalışmadan bakıyordu. Tanrı'yı sorgulamıyor, onun karşısında gözleri kamaşıyordu. Maddeyi şekillendiren, onun gücünün ortaya çıkmasını sağlayan, bireysellikleri bir bütün içinde, boyutları bir enginlik içinde, sayısız olanı sonsuzluk içinde yaratan ve ışığın aracılığıyla güzelliği üreten atomların o muhteşem bir araya gelişlerini izliyordu. Yaşam ve ölüm bu bir araya gelişlerin hiç durmadan çözülüp düğümlenmesinden kaynaklanıyordu.

Bakımsız bir asmaya yaslanmış tahta bir banka oturup, meyve ağaçlarının cılız silüetlerinin arasından yıldızlara bakıyordu. Yeterince ağaç bulunmayan, virane evler ve hangarla kaplı bu bir dönümlük bahçeyi seviyor onunla yetiniyordu.

Boş zamanı pek olmayan hayatının azıcık boş zamanını gündüzleri bahçıvanlığa, geceleri karanlık gökyüzünü izleyerek düşüncelere dalmaya ayıran bu ihtiyarcığa daha fazla ne gerekiyordu? Tavanında gökyüzünün yer aldığı bu küçük bahçe Tanrı'nın en zarif, en yüce yapıtlarını hayranlıkla seyretmesi için yeterince büyük değil miydi? Gerçekten de, her şey oradaydı ve bundan başka ne istenebilirdi? Gezinmek için küçük bir bahçe ve düşlere dalmak için sonsuzluk. Ayaklarının altında ekip biçebileceği bir toprak, başının üzerinde inceleyebileceği ve üzerinde düşünebileceği sonsuzluk; yerde birkaç çiçek ve gökte tüm yıldızlar.

XIV

Düşündükleri

Son bir söz.

Bu ayrıntıların içeriği, özellikle de yaşadığımız bu dönemde, bizde piskoposun modaya uygun bir deyişle "panteist" olduğu izlenimini bırakabilecek nitelikte olsa ve bizi piskoposun günahıyla sevabıyla, bazen yalnız zihinlerde yeşerip dinlerin yerini alacak ölçüde olgunlaşan o şahsi felsefelere sürüklendiğini düşündürse de, Monsenyör Bienvenu'yü tanıyanların hiçbirinin aklından böyle bir şey geçmezdi. Bu adamı aydınlatan yüreğiydi. Bilgeliği yüreğinden gelen ışıkla şekillenmişti.

Az felsefe çok iş. Karmaşık düşünceler kafa karışıklığını da beraberlerinde getirirler; zihnini böyle konularla yormazdı. Havari yürekli olabilir, ama piskopos ölçülü olmalıdır. Muhtemelen, dehalara özgü bazı sorunların çözümüne zamansız bir şekilde giriştiğinde hata yapabileceğinden endişelenmişti. Muammanın sundurmalarının altında kutsal bir dehşet vardır; bu karanlıklarda içine dalınacak aralıklar mevcuttur, ama yaşamınız boyunca, bir şey size oralara girmemenizi söyler. Oraya girenin vay haline!

Soyutlamanın ve karmaşık düşüncelerin, dogmanın biraz üzerinde yer alan olağanüstü derinliklerine dalan dâhiler Tanrı'ya kendi düşüncelerini önerirler. Duaları cüretkâr bir tartışmaya çağrı anlamına gelir. Hayranlıkları sorgulayıcıdır. Bu iş endişe ve sorumlukla dolu bir dinin dik bayırlarını tırmanmaktır.

İnsan düşüncesinin sınırı yoktur. Riskleri ve tehlikeleri göze alarak gözlerini kamaştıranı derinlemesine inceler. Hatta muhteşem bir tepkiyle doğayı aydınlatır; etrafımızı çevreleyen gizemli dünya aldığını geri verir; hayranlıkla izleyenlerin hayranlıkla izlenmeleri muhtemeldir. Ne olursa olsun, dünyada, düşsel ufkun derinliklerinde mutlakın yükseltilerini ve sonsuz dağın korkunç görüntüsünü net bir şekilde seçebilen insanlar –bunlara insan denilebilir mi?– vardır. Bu insanlara hiç benzemeyen Monsenyör Bienvenu bir dâhi değildi. Swedenborg ve Pascal gibi büyük filozofların çıldırma pahasına ulaşmaya çalıştıkları bu yüce düşüncelerden korkardı. Kuşkusuz, bu güçlü düşlerin ahlaki yararları vardır ve ideal mükemmeliyete bu sarp yollardan ulaşılır. O, kestirme yolu, yani İncil'i tercih ediyordu.

Ayin kaftanına İlyas peygamberin paltosunun kıvrımlarını eklemeye çalışmıyor, gelecekteki olayların karmaşık yalpaları hakkında önceden yorumlar yapmıyor, nesnelerin ışığını aleve dönüştürmeyi denemiyordu. Peygamberlik ve büyücülükle hiç ilgisi olmayan bu mütevazı ruh sadece seviyordu.

Dualara insanüstü bir ehemmiyet vermesi mümkündü ama çok fazla sevilemeyeceği gibi çok fazla dua edilemezdi ve duaları metinlerin ötesine götürmek bir sapkınlıksa, Sainte Thérese ve Saint Jérome sapkın sayılabilirlerdi.

Acı çekene, günah çıkartmak isteyene ilgi gösterirdi. Evren ona büyük bir hastalık gibi görünüyor, her yerde hummanın, sıtmanın izlerini görüyor, acının teşhisini koyuyordu ve muammayı çözmeye çalışmadan yaraya pansuman yapmaya çalışıyordu. Yaratılmış nesnelerin ürkütücü görüntüsü ona hüzün veriyordu. Sadece, diğerlerine acımanın ve acıyı dindirmenin en uygun usulünü nasıl esinleyeceğini düşünüyordu. Bu nadir rastlanan iyi yürekli rahip için var olan her şey teselli arayan bir keder unsuruydu.

Altın bulmaya çalışan insanlar vardır, o, merhamet bulmaya çalışıyordu. Evrensel yoksulluk onun maden yatağıydı. Her yanı kaplayan keder her zaman için bir iyilik yapma fırsatıydı. *Birbirinizi sevin* der, başka bir şey dilemezdi ve tek düsturu buydu. Bir gün, adını daha önce de zikrettiğimiz, kendini "filozof" sanan o senatör piskoposa şunları söyledi: "Ama dünyanın haline baksanıza, herkes birbirine karşı savaşıyor, en zeki en güçlü oluyor. Sizin *birbirinizi sevin* sözleriniz saçmalıktan ibaret." *Tamam o zaman*, diye karşılık verdi Monsenyör Bienvenu tartışmaya girmeden, *bu bir saçmalıksa, tıpkı istiridyenin içindeki inci gibi ruhun da onun içine kapanması gerek.* Bunun üzerine oraya kapanıyor, orada yaşıyor, insanı kendine çeken ve ürküten büyük sorunları, soyutlamanın sonu gelmez açılımlarını, metafiziğin uçurumlarını, kaderi, iyiliği, kötülüğü, insanın insana karşı savaşını, insanın vicdanını, hayvanın düşünceli uyurgezerliğini, ölümden sonraki dönüşümü, mezarın içerdiği varoluşları, varlığını ısrarla koruyan bene karşı yaşanan sürekli hayranlıkları, özü, maddeyi, varlığı ve yokluğu, ruhu, doğayı, özgürlüğü, zorunluluğu, ciddi sorunları, insan zihninin devasa başmeleklerin üzerine eğildiği uğursuz karanlıkları, Lucrecia'nın, Manu'nun, Saint-Paul'ün ve Dante'nin sonsuzluğa sabit bakışlar yönelttiklerinde orada yıldızların parıldamasını sağlayan, şimşek çakan gözleriyle izledikleri korkunç uçurumları gibi, havari için Tanrı'ya, ateist için hiçliğe yönelmiş derinlikleri bir kenara bırakarak mutlu oluyordu.

Monsenyör Bienvenu gizemli sorunları derinliğine araştırmayıp zihnini bulandırmadan sadece dışarıdan gözlemleyen ve ruhunda belirsizliğe karşı büyük bir saygı duyan bir adamdı.

İkinci Kitap
Düşüş

I

Bir Yürüyüş Gününün Akşamı

1815 yılının Ekim ayının ilk günlerinde, güneşin batmasından yaklaşık bir saat önce, yaya olarak yolculuk eden bir adam Digne şehrine girdi. O sırada, pencerelerinde ya da kapılarının eşiğinde bulunan az sayıda kentli bu adama kaygıyla bakıyorlardı. Böyle sefil görünümlü birine rastlamak pek de kolay değildi. Orta boylu, biraz tıknaz, gücü yerinde, orta yaşlı bir adamdı. Kırk altı ya da kırk sekiz yaşlarında olmalıydı. Öne doğru inmiş, deri siperlikli kasketi güneşten ve samyelinden esmerleşmiş, ter içinde kalmış yüzünün bir bölümünü gizliyordu. Yakası gümüş bir düğmeyle tutturulmuş olan kalın çuhadan sarı gömleğinin arasından kıllı göğsü görünüyordu; eğrilmiş ipten bir kravatı, mavi çadır bezinden bir dizi beyazlaşmış, bir dizi delinmiş, yıpranmış bir pantolonu, dirseklerinden biri yeşil kumaşla yamalanmış yırtık pırtık bir ceketi vardı. Sırtındaki yepyeni asker çantası ağzına kadar doluydu ve sıkıca düğümlenmişti, gövdesi motiflerle işlenmiş uzun ve kalın bastonuyla, çorapsız ayaklarındaki tabanı çivili ayakkabılarıyla, usturayla kazınmış saçları ve uzamış sakalıyla dikkatleri üzerine çekiyordu.

Ter, sıcak, yaya yolculuk, toz bu sefil bütünlüğe tasvir edemeyeceğim bir iğrençlik katıyordu.

Saçları dibinden kazınsa da köklerinin sık olduğu görünüyordu, çünkü şimdiden uzamaya başlamış ve bir süredir kazınmamış gibi görünüyorlardı.

Onu kimse tanımıyordu. Bu hiç kuşkusuz şehirden geçen bir yolcuydu. Nereden geliyordu? Güneyden, belki de deniz kenarından. Zira Digne şehrine, yedi ay önce Cannes'dan Paris'e giden İmparator Napoléon da aynı yoldan girmişti. Oldukça yorgun görünen bu adam bütün gün yürümüş olmalıydı. Şehrin aşağısındaki eski kasabanın kadınları onun Gassendi Bulvarı'nın ağaçlarının altında durup, gezinti yolunun kenarındaki çeşmeden su içtiğini görmüşlerdi. Ardından gelen çocuklar onun iki yüz adım ötedeki pazar meydanındaki çeşmede yeniden durup su içtiğini gördüklerine göre çok susamış olmalıydı.

Poichevert Caddesi'nin köşesine geldiğinde, sola dönüp belediye binasına doğru yürümeye başladı. İçeri girdikten on beş dakika sonra dışarı çıktı. Kapının yanında, 4 Mart günü, General Drouot'nun Digne kentinin ürkmüş sakinlerine Napoléon'un Juan Körfezi beyannamesini okuduğu taştan bankta bir jandarma oturuyordu. Adam kasketini çıkarıp onu mütevazı bir şekilde selamladı. Selamına karşılık vermeyen jandarma onu bir süre dikkatle izledikten sonra belediye binasına girdi.

O zamanlar Digne'de tabelasında *Croix-de-Colbas* yazan güzel bir han vardı. Bu hanın sahibi, Grenoble'de *Trois Dauphins* hanını işleten ve imparatorun öncü süvari birliğinde görev yapmış başka bir Labarre ile olan akrabalığı nedeniyle şehirde saygı gören Jacquin Labarre'dı. İmparatorun karaya çıkışı sırasında, bölgede *Trois Dauphins* hanı hakkında birçok söylenti yayılmıştı. Arabacı kılığına girmiş General Bertrand'ın ocak ayında bu hana sıklıkla gidip geldiği, askerlere onur nişanı, burjuvalara ise avuç dolusu Napoléon altını dağıttığı söyleniyordu. İşin doğrusu, Napoléon Grenoble'e geldiğinde vilayet konağında kalmak istememiş, belediye başkanına teşekkür ederek "Tanıdığım, güvenilir bir adamın yanına gidiyorum," demiş ve *Trois Dauphins*'e yerleşmişti. *Trois Dauphins*'in sahibi Labarre'ın bu şanı yirmi beş fersah uzaktaki *Croix-de-Colbas*'nın sahibi Labarre'a kadar ulaşmıştı. Şehirde onun için şöyle deniyordu: *Grenoble'dekinin kuzeni.*

Adam bölgenin en konforlu hanı olan *Croix-de-Colbas*'ya yönelip, caddeye açılan mutfağa girdi. Tüm ocaklar yanıyor, şöminedeki büyük bir ateş keyifle alevler saçıyordu. Aynı zamanda aşçılık yapan han sahibi ocaklarla tencereler arasında gidip geliyordu. Yandaki salonda yüksek sesle konuşup gülüşen yük arabacılarına muhteşem bir yemek hazırladığı için oldukça meşguldü. Yolculuk edenlerin bildiği gibi kimse yük arabacıları kadar leziz yemekler yiyemez. Ateşin üzerindeki şişe geçirilmiş iri bir dağ sıçanı, yanındaki beyaz keklikler ve dağ horozlarıyla birlikte kızarıyordu; ocakların üzerinde Lauzet Gölü'nde tutulmuş iki iri sazan balığı ve Alloz Gölü'nün bir alabalığı pişiyordu.

Kapının açıldığını ve içeri birinin girdiğini duyan hancı gözlerini ocakların üzerinden ayırmadan sordu:

— Mösyö ne istiyor?

— Yemek ve yatacak bir yer.

— Bundan daha kolayı olamaz, diye karşılık verdi han sahibi. Ardından, başını çevirip yolcuyu tepeden tırnağa inceledikten sonra ekledi: Tabii parasını ödemek koşuluyla.

Adam ceketinin cebinden deri bir kese çıkararak yanıtladı:

— Param var.

— Öyleyse emrinizdeyim.

Kesesini cebine koyan adam sırt çantasını kapının yanına bıraktıktan sonra, elindeki bastonuyla ateşin yanındaki alçak tabureye oturdu. Digne dağlık bir bölgede olduğu için ekim akşamları serin olurdu.

Bu arada mutfakta gidip gelen hancı yolcuyu inceliyordu.

— Yemek ne zaman hazır olur? diye sordu adam.

— Birazdan, diye yanıtladı hancı.

Yolcu sırtı dönük bir halde ısınırken, saygıdeğer hancı cebinden bir kalem çıkarıp pencerenin kenarındaki masanın üzerinde duran eski bir gazeteden bir parça kopardı. Kenarına bir iki satır yazıp katladıktan sonra kâğıt parçasını yanında hem yamak hem de çırak olarak çalıştığı anlaşılan bir çocuğa uzattı. Kulağına bir şeyler söylendikten sonra, çocuk belediyeye doğru koşmaya başladı.

Olan bitenleri hiç fark etmeyen yolcu bir kez daha sordu:

— Yemek ne zaman hazır olacak?

— Birazdan, dedi hancı.

Hancı çocuğun geri getirdiği kağıdı cevap bekleyen birinin aceleciliğiyle açtı. Dikkatlice okuduktan sonra kafasını sallayıp bir an düşündü. Nihayet pek de huzur verici olmayan düşüncelere dalmış gibi görünen yolcuya yaklaştı.

— Mösyö, dedi, sizi misafir edemeyeceğim.

Adam taburesinde hafifçe doğruldu.

— Ama neden? Paranızı ödemeyeceğimden mi korkuyorsunuz? Peşin vermemi ister misiniz? Size söylediğim gibi param var.

— Sorun bu değil.

— Nedir?

— Paranız var...

— Evet.

— Ama benim odam yok.

Adam sakince karşılık verdi:

— Bana ahırda bir yer verin.

— Mümkün değil.

— Neden?

— Her yanı atla dolu.

— Tamam o zaman! diye ekledi adam, ambarın köşesinde bir tutam samanın üzerinde yatarım. Bunu yemekten sonra konuşuruz.

— Size yemek de veremem.

Yabancı bu ölçülü ama katı ifadeyi ciddiye alıp ayağa kalktı.

— Şu işe bakın! Ama ben açlıktan ölüyorum. Sabahtan beri hiç durmadan on iki fersah yol yürüdüm. Parasını ödeyeceğime göre yemek yemek istiyorum.

— Size verecek yemeğim yok, dedi hancı.

Adam ocaklara ve fırınlara döndü:

— Yemeğiniz yok! Peki ya bunlar?

— Onları ayırdım.

— Kime?

— Yük arabacılarına.

— Kaç kişiler?

— On iki.

— Burada yirmi kişiye yetecek yemek var.

— Hepsini sipariş edip parasını peşin ödediler.

Adam yeniden yerine oturup sesini yükseltmeden ekledi:

— Bir hana geldim, açım ve burada kalıyorum.

Bunun üzerine, hancı kulağına doğru eğilip adamın içini titreten bir vurguyla,

— Çekip gidin, dedi.

O sırada öne doğru eğilmiş olan yolcu bastonunun demir ucuyla ateşe biraz kor iteliyordu. Birden geri döndü ve yanıt vermek için ağzını açarken, bakışlarını kendisine sabitleyen hancı yine alçak sesle ekledi:

— Bakın, fazla söze gerek yok. İsminizi söylememi ister misiniz? Adınız Jean Valjean. Şimdi kim olduğunuzu söylememi ister misiniz? İçeri girdiğinizde, bir şeylerden şüphelenmiştim, belediyeye haber gönderdim, işte gelen yanıt. Okumayı biliyor musunuz?

Böyle konuşurken handan belediyeye, belediyeden hana gidip gelen kıvrılmış kâğıdı yabancıya uzattı. Adam kâğıda bir göz attı. Hancı kısa bir sessizlikten sonra devam etti: "Herkese kibar davranırım. Şimdi çekip gidin."

Başını öne eğen adam yere bıraktığı çantasını alıp dışarı çıktı.

Anacaddeye çıkıp, aşağılanmış ve kederli bir halde evlerin kenarında rastgele yürümeye başladı. Bir kez bile arkasına bakmadı. Arkasını dönseydi, etrafına hanın tüm konuklarının ve gelip geçenlerin toplandığı hancının *Croix-de-Colbas*'nın kapısının eşiğinde hararetle konuşarak parmağıyla kendisini işaret ettiğini, dinleyicilerin kuşku ve korku dolu bakışlarını görecek, kısa süre sonra buraya gelişinin şehirde olay yaratacağını tahmin edecekti.

Tüm bunları görmedi. Ezilmiş insanlar arkalarına bakmazlar. Kötü kaderin kendilerini izlediğini iyi bilirler.

Bir süre bu şekilde, tanımadığı sokaklara tesadüfen girerek, aniden kederlenenler gibi yorgunluğunu unutmuş bir halde yürümeye devam etti. Birden karnının iyice acıktığını hissetti. Gece yaklaşıyordu. Kendisine bir barınak bulup bulamayacağını anlamak için etrafına baktı. Güzel hanın kapısı kendisine kapanmıştı; daha mütevazı bir lokanta, daha viran bir barınak arıyordu.

Caddenin sonunda bir ışık gözüküyor, alacakaranlığın beyazlığında demir direğin ucuna asılmış bir çam dalı beliriyordu. Oraya doğru yürüdü.

Burası gerçekten de Chaffaut Caddesi'ndeki meyhaneydi.

Bir an duran yolcu camdan, masanın üzerindeki küçük bir lamba ve şöminedeki ateşle aydınlanan meyhanenin basık salonuna baktı. Birkaç kişi içki içiyor, meyhaneci ateşin önünde ısınıyordu. Ateş bir ocak çengeline asılmış tencereyi kaynatıyordu.

Aynı zamanda küçük bir han olan bu meyhaneye biri caddeye, diğeri gübre dolu küçük bir avluya açılan iki kapıdan giriliyordu.

Cadde tarafındaki kapıdan girmeye cesaret edemeyen yolcu avluya doğru yürüyüp bir kez daha durdu, ardından çekingen bir ifadeyle kolunu kaldırdığı kapıyı itti.

— Kimsiniz? diye sordu meyhaneci.

— Yemek yemek ve yatmak isteyen biri.

— Tamam. Burada yemek yenilir ve yatılır.

İçeri girdiğinde, içki içen adamların hepsi ona doğru döndüler. Salonun bir yanını lamba diğer yanını şöminenin ateşi aydınlatıyordu. Çantasını çıkarırken bir süre onu incelediler.

— İşte ateş. Yemek tencerede pişiyor. Dostum gelip biraz ısının.

Şöminenin yanına oturup yorgunluktan tükenmiş ayaklarını ateşe doğru uzattı; tencereden güzel bir koku yayılıyordu. Öne doğru eğdiği kasketinin altından, sadece, yüzünde sürekli olarak sıkıntı içinde yaşayanlara özgü yürek sızlatıcı ifadeye belli belirsiz bir rahatlamanın karıştığı görülebiliyordu.

Aslında yüzüne genellikle sert, kararlı ve hüzünlü bir ifade hâkimdi. Garip duygulanımları içeren bu yüz ifadesi önce mütevazı görünüyor, ardından sertleşmeye başlıyordu. Kaşlarının altındaki gözleri çalıların altındaki bir ateş gibi parlıyordu.

Bu arada, masadaki adamlardan biri, Chaffaut Caddesi'ndeki meyhaneye gelmeden önce atını Labarre'ın ahırına bırakmış olan bir balıkçıydı. O sabah, tesadüfen bu berbat kılıklı yabancıyla Bras d'Asse ile... (ismini unuttum. Sanırım Escoublon'du) arasında karşılaşmıştı. Oldukça yorgun görünen yabancı ondan kendisini atının terkisine almasını istemiş, balıkçının yanıtı ise atını mahmuzlamak olmuştu. Yarım saat önce, Jacquin Labarre'ın etrafını çevreleyen grubun içinde yer alan bu balıkçı, sabahki sevimsiz karşılaşmayı *Croix-de-Colbas*'nın önüne toplananlara anlatmıştı. Meyhaneciye oturduğu yerden, fark edilmeyen bir işaret yaptığında adam yanına geldi. Alçak sesle bir şeyler konuştuktan sonra meyhaneci düşüncelere daldı.

Şöminenin yanına gelen meyhaneci elini aniden adamın omzuna koyarak:

— Buradan gideceksin, dedi.

Yabancı ona dönüp yumuşak bir ses tonuyla:

— Ah! Biliyor musunuz?...

— Evet.

— Diğer handa beni kabul etmediler.

— Ve buradan da kovuluyorsun.

— Nereye gidebilirim ki?

— Başka bir yere.

Dışarı çıktığında, *Croix-de-Colbas*'dan beri onu izleyen ve kendisini beklermiş gibi görünen birkaç çocuk ona taş fırlattılar. Bir an öfkeyle geriledikten sonra onları bastonuyla tehdit etti; çocuklar bir kuş sürüsü gibi dağıldılar.

Cezaevinin önünden geçerken, kapıda bir çana bağlı duran demir zinciri çekti.

Kapının deliği açıldı.

— Mösyö, dedi şapkasını saygıyla çıkararak, kapıyı açıp bu gece burada kalmama izin verir misiniz?

Bir ses yanıt verdi:

— Cezaevi yolgeçen hanı değildir. Kendinizi tutuklattırın, o zaman kapı sizin için açılacak.

Delik kapandı.

Yolcu birçok bahçenin bulunduğu küçük bir sokağa girdi. Bazıları çitlerle çevrili değildi, bu da sokağa hoş bir görünüm veriyordu. Bu bahçelerin ve çitlerin arasında penceresi aydınlık, tek katlı küçük bir ev gördü. Meyhanede olduğu gibi camdan içeri baktı. Kireç badanalı bu büyük odada üzerinde basma renkli kumaştan bir yorgan bulunan bir yatak, köşede duran bir beşik, birkaç tahta sandalye ve duvara asılmış bir çifte vardı. Odanın ortasındaki masada sofra kurulmuştu. Bakır bir lamba beyaz sofra örtüsünü, gümüş gibi parlayan kalaydan ibriği, dumanı tüten kahverengi çorba kasesini aydınlatıyordu. Bu masaya kucağında küçük bir çocuğu zıplatan, kırk yaşlarında neşeli ve temiz yüzlü bir adam oturmuştu. Yanında, bebeğini emziren gencecik bir kadın vardı. Baba gülüyor, çocuk gülüyor, anne gülümsüyordu.

Yabancı bu hoş ve iç rahatlatıcı sahne karşısında bir an düşlere daldı. Aklından neler geçiyordu? Bunu sadece kendisi söyleyebilirdi. Muhtemelen bu neşeli ailenin konuksever davranacağını ve öylesine mutlu yaşanan bu evde kendisine biraz merhamet edileceğini düşünüyordu.

Cama hafifçe vurdu.

Ses duyulmadı. Bir kez daha vurdu.

Kadının kocasına şunları söylediğini duydu:

— Sanırım cama vuruyorlar.

— Ben duymadım, dedi kocası.

Cama üçüncü kez vurdu.

Ayağa kalkan adam lambayı alıp kapıyı açtı.

Uzun boylu, yarı köylü yarı zanaatkâr bir adamdı. Üzerinde sol omzuna kadar yükselen ve ön cebinde bir çekicin, kırmızı bir mendilin, bir barut kabının bulunduğu bir önlük vardı. Başını geriye doğru atmıştı, yakası açılmış ve kıvrılmış gömleği sayesinde beyaz, çıplak, bir boğanınkini andıran boynu görünüyordu. Kaşları kalın, siyah favorileri genişti, gözleri yuvalarından fırlamış gibiydi, çenesi bir hayvanınkine benziyordu ve tüm bunların dışında yüzünde kendi evinde olmanın tasvir edilemez ifadesi vardı.

— Mösyö, dedi yolcu, beni bağışlayın. Parasını ödesem bana bir tas çorba ve bahçedeki hangarda uyumam için bir köşe verebilir misiniz? Söyleyin, parasını ödesem, mümkün mü?

— Kimsiniz? diye sordu ev sahibi.

— Puy-Moisson'dan geliyorum. Bütün gün yürüyerek on iki fersah yol kat ettim. Parasını ödesem, mümkün mü?

— Parasını ödeyen dürüst bir adama barınma imkânı sağlamayı reddetmezdim. Ama neden hana gitmiyorsunuz?

— Oda yokmuş.

— Ah bu mümkün değil! Bugün panayır ya da pazar yok. Labarre'a gittiniz mi?

— Evet.

— Eee?

Yolcu sıkıntıyla yanıt verdi:

— Bilmiyorum, beni kabul etmedi.

— Chaffaut Caddesi'ndeki yere gittiniz mi?

Yabancının sıkıntısı artıyordu; geveleyerek cevap verdi:

— O da beni kabul etmedi.

Yüzünü kuşkucu bir ifade kaplayan köylü yabancıyı tepeden tırnağa inceledi ve aniden titreyerek haykırdı:

— Yoksa siz?...

Yabancıya bir kez daha bakan köylü üç adım geri atıp duvardaki tüfeğini aldı.

Bu arada, *Yoksa siz?..* sözleri üzerine karısı ayağa fırlamış, iki çocuğunu kolları arasına alıp, hemen kocasının arkasına sığınmıştı, açık göğüsleri, korku dolu gözleriyle yabancıya bakıyor, alçak sesle mırıldanıyordu: *Tso-maraude.*[15]

Tüm bunlar anlatılamayacak kadar kısa bir zaman diliminde olup bitmişti. Yabancıya birkaç saniye boyunca tıpkı bir engerek yılanını incelermiş gibi bakan ev sahibi kapıya yeniden yaklaştı:

— Defol git! dedi.

— Merhamet, dedi yabancı, bir bardak su.

— Bir tüfek mermisi! dedi köylü.

Ardından kapıyı sertçe kapadıktan sonra iki kalın sürgü çekti. Az sonra, pencerenin kapanan kanatları üzerine yerleştirilen demir çubuğun gürültüsü duyuldu.

Hava kararmaya devam ediyor, Alplerin soğuk rüzgârı esiyordu. Batmakta olan günün solgun ışığı sayesinde caddenin kenarında, duvarları çimen topaklarıyla örülmüş gibi görünen derme çatma bir kulübeyi fark eden yabancı tahta çiti kararlı bir şekilde aşıp bahçeye girdi. Yaklaştığı kulübe-

15 Fransız Alpleri şivesiyle: *Hırsız kedi.* (V. Hugo) (ç.n.)

nin kapısının çok alçak, daracık bir girişi vardı ve yol bekçilerinin yol kenarına inşa ettikleri yapılara benziyordu. Buranın gerçekten de bir yol bekçisine ait olduğunu düşündü; soğuktan donuyor, açlıktan kıvranıyordu; açlığı kabullense de, burası en azından soğuğa karşı bir barınaktı. Bu tür barınaklarda genellikle gece kalınmazdı. Yüzükoyun yere uzanıp kulübenin içine doğru ilerledi. İçerisi sıcaktı ve bir saman yığını vardı. Çok yorulduğu için bir süre hiç kımıldamadan bu yatağın üzerine uzandı. Ardından, ağır gelen ve yastık olarak kullanabileceği sırt çantasının kayışlarından birini çözmeye koyuldu. O sırada, vahşi bir hırlama duyarak gözlerini kaldırdı. Karanlıkta, barınağın girişinde kocaman bir buldog başı belirdi.

Burası bir köpek kulübesiydi.

Yine de, kendisi de güçlü ve ürkütücüydü. Bastonunu silah, çantasını kalkan olarak kullanıp kulübeden çıktığında giysilerinin yırtıkları daha da büyümüştü.

Geriye adımlar atıp, köpeği uzak tutmak için bastonuna eskrim ustalarının parad olarak adlandırdıkları manevraları yaptırarak bahçeden çıktı.

Çiti güçlükle aşıp, caddenin ortasında yeniden yapayalnız, barınaksız, çatısız, sığınaksız, saman yatağından ve o sefil köpek kulübesinden bile kovulmuş bir halde kaldığını fark ettiğinde, kendini bir taşın üzerine bıraktı. Yoldan geçen birinin onun şöyle haykırdığını duyduğu söyleniyordu:

— Bir köpek kadar bile değerim yok!

Kısa süre sonra, ayağa kalkıp yürümeye başladı. Tarlalarda sığınacak bir ağaç, bir saman yığını bulmak umuduyla şehirden çıktı.

Bir süre başını öne eğerek yol aldı. Yerleşim merkezlerinden uzaklaştığını hissettiğinde, gözlerini kaldırıp etrafı inceledi. Bir tarladaydı, önünde kökünden biçilmiş samanlarla kaplı ve hasattan sonra usturaya vurulmuş bir baş gibi görünen o alçak tepeciklerden biri vardı.

Ufuk kapkaranlıktı; bunun nedeni sadece gecenin karanlığı değil, aynı zamanda tepeciğe yaslanmış gibi görünen ve yükselirken gökyüzünü kaplayan çok alçak bulutlardı. Yine de ay doğmak üzereydi ve bu bulutlar, alacakaranlığın başının tam üzerinde yarattığı hafif aydınlık sayesinde, göğün zirvesinde yeryüzüne solgun bir ışık yansıtan beyazımtırak bir kubbe oluşturuyorlardı.

Bu yüzden yerin gökten daha aydınlık olması iç karartıcı bir etki yaratıyordu ve tepeciğin cılız çeperleri karanlık ufukta silik ve belli belirsiz görünüyorlardı. Tüm bu bütünlük iğrenç, küçük, kasvetli ve sınırlıydı. Tarlada ve tepecikte yolcunun birkaç adım ötesinde titreşerek kıvrılan eğri büğrü bir ağaçtan başka bir şey yoktu. Bu adam hiç kuşkusuz, zihnin ve zekânın, insanı nesnelerin gizemli görünümlerine duyarlı kılan inceliklerinden yoksundu; yine de, bu gökyüzündeki, bu tepecikteki, bu ovadaki, bu ağaçtaki derin hüzün karşısında bir an hiç kımıldamadan hayallere daldıktan sonra hemen yolunu değiştirdi. Doğanın insana düşman gibi göründüğü anlar vardır.

Geri döndü. Digne'in kapıları kapanmıştı. Din savaşları sırasında kuşatma altında kalan Digne'in çevresi 1815'te hâlâ dört bir yanında yıkılmış kuleler bulunan eski surlarla çevriliydi. Yolcu gediklerin birinden geçip yeniden şehre girdi.

Saat akşamın sekizi olmalıydı. Caddeleri bilmediğinden rastgele yürümeye devam etti.

Bu şekilde önce valiliğe ardından papaz okuluna vardı. Katedral meydanından geçerken kiliseye yumruğunu salladı.

Bu meydanın köşesinde, Elba Adası'ndan getirilen ve Napoléon'un imparator ve imparatorluk muhafız birliği adına orduya bildirilmek üzere bizzat kendisinin yazdırdığı metnin ilk kez basıldığı bir matbaa vardı.

Yorgunluktan tükendiği ve hiç umudu kalmadığı için bu matbaanın yanındaki taş bankın üzerine yattı.

O sırada kiliseden çıkan yaşlı bir kadın karanlıkta taşın üzerine uzanmış adamı fark etti.

— Dostum orada ne yapıyorsunuz, diye sordu.

— Gördüğünüz gibi yatıyorum iyi yürekli hanımefendi, diye yanıt verdi öfkeyle.

Gerçekten de iyi yürekli hanımefendi nitelendirmesine layık olan bu kadın R. markiziydi.

— Bu bankın üzerinde mi?

— On dokuz yıl boyunca, tahta bir şiltem vardı, dedi adam, şimdi de taştan bir şilteyle yetiniyorum.

— Asker miydiniz?

— Evet iyi yürekli hanımefendi, askerdim.

— Neden hana gitmiyorsunuz?

— Çünkü param yok.

— Ne yazık, dedi R. markizi, benim de yanımda sadece dört santim var.

— Siz yine de verin.

Adamın dört santimi alması üzerine R. markizi devam etti:

— Bu parayla bir handa kalamazsınız. Yine de bir deneseydiniz? Geceyi bu şekilde geçirmeniz mümkün değil. Kuşkusuz açsınız ve soğuktan donmuş bir haldesiniz. Merhamet edip size bir barınak bulabilirlerdi.

— Tüm kapıları çaldım.

— Eee?

— Herkes beni kovdu.

"İyi yürekli hanımefendi" adamın koluna dokunup ona meydanın öbür yanındaki piskoposluğun yanındaki basık tavanlı küçük evi gösterdi.

— Tüm kapıları çaldınız mı? diye sordu.

— Evet.

— Şu kapıyı da mı?

— Hayır.

— Gidip o kapıyı çalın.

II

Bilgeliğe Öğütlenen Tedbirlilik

O akşam saygıdeğer Digne piskoposu kentteki gezintisinden sonra, erken saatte odasına çekilmişti. Ne yazık ki henüz tamamlayamadığı *Ödevler* konusunda yoğun bir şekilde çalışıyor, bu ciddi konu üzerine din adamlarının ve filozofların neler söylediklerini özenle gözden geçiriyordu. İki bölüme ayrılmış kitabının ilk bölümü herkesin ödevlerini, ikincisi ise ait olduğu sınıfa göre her bireyin ödevlerini ele alıyordu. Herkesin ödevleri önemliydi ve dört taneydi. Aziz Matta onları dörde ayırmıştı: Tanrı'ya karşı ödevler (*Matta*, VI), kişinin kendisine karşı ödevleri (*Matta*, V, 29, 30), insanlara karşı ödevler (*Matta*, VII, 12), doğadaki canlılara karşı ödevler (*Matta*, VI, 20, 25). Piskopos diğer ödevleri başka kaynaklardan bulmuştu, hükümdarların ve uyrukların ödevleri *Romalılara Mektup*'ta, yöneticilerin, evli kadınların, annelerin ve delikanlıların ödevleri *Aziz Petrus*'un mektubunda, kocaların, babaların, çocukların ve hizmetkârların ödevleri *Efeslilere Mektup*'ta, müminlerin ödevleri *İbranilere Mektup*'ta, bakirelerin ödevleri *Korintlilere Mektup*'ta yer alıyordu. Tüm bu alıntılardan uyumlu bir bütün oluşturup insanlara sunmak istiyordu.

Madam Magloire, saat sekizde her akşam olduğu gibi yatağın kenarındaki dolaptan gümüş sofra takımlarını almaya geldiğinde, o hâlâ çalışıyor, dizlerinin üzerine biçimsiz bir şekilde yerleştirdiği kalın kitaptan küçük kâğıtlara not almaya devam ediyordu. Bir süre sonra, sofranın hazır olduğunu ve belki de kız kardeşinin kendisini beklediğini düşünerek kitabı kapadı, masadan kalkıp yemek salonuna geçti.

Boyu eninden fazla olan şömineli yemek salonunun kapısı (daha önce de söylediğimiz gibi) caddeye, penceresi bahçeye bakıyordu.

Gerçekten de, Madam Magloire sofranın son hazırlıklarını tamamlıyordu.

Servis yaparken bir yandan da Matmazel Baptistine ile sohbet ediyordu. Güzel bir ateşin yandığı şöminenin yanındaki masada bir lamba vardı.

İkisi de altmışını geçmiş bu iki kadını kafanızda kolayca canlandırabilirsiniz: Madam Magloire kısa boylu, toplu, hareketli; Matmazel Baptistine uysal, zayıf, narin, ağabeyinden biraz uzundu ve üzerinde 1806'nın moda rengi olan kızıl kahverengi bir elbise vardı, bunu Paris'ten almıştı ve onu hâlâ giyiyordu. Bir sayfada güçlükle anlatılacak bir düşünceyi tek bir sözcükle ifade etme meziyetine sahip olan halk dilini kullanacak olursak Madam Magloire'da bir *köylü*, Matmazel Baptistine'de bir *hanımefendi* havası vardı. Madam Magloire'ın başında fitilli bir başlık, boynunda da evdeki tek kadın mücevherini temsil eden altın bir haç, üzerinde bembeyaz bir atkının tamamladığı kısa ve geniş kollu, abadan bir elbise, belinden yeşil bir kuşakla bağlanmış, ön cebinin askıları omuzlarına toplu iğnelerle bağlanmış yeşil kırmızı ekose bir önlük, ayaklarında hiç de zarif olmayan ayakkabılar ve Marsilyalı kadınlarınki gibi sarı çoraplar vardı. Matmazel Baptistine'in 1806 kalıplarına göre dikilmiş kollarında apoletler bulunan kopçalı ve düğmeli elbisesi kısa ve dardı. Kırlaşmış saçlarını *çocuksu* bir şekilde kıvırcık bir peruğun altında gizliyordu. Madam Magloire zeki, hareketli ve iyi yürekli bir kadındı; dudak kenarlarının aynı hizada olmaması, üst dudağının alt dudağından daha kalın olması yüzüne sert ve buyurgan bir ifadenin hâkim olmasını sağlıyordu. Monsenyör sustuğunda, onunla saygının ve rahatlığın birbirine karıştığı kararlı bir tarzda konuşuyordu, ama monsenyör konuştuğunda daha önce de belirttiğimiz gibi, matmazel gibi edilgen bir şekilde itaat ediyordu. Ağzını pek açmayan Matmazel Baptistine itaat etmek ve ağabeyinin hoşuna gidecek şekilde davranmakla yetiniyordu. Gençliğinde bile güzel değildi; iri mavi gözleri patlak, uzun burnu kemerliydi; tüm yüzünden tüm benliğinden ilk başta da söylediğimiz gibi tasvir edilemez bir iyilik yayılıyordu. Her zaman iyi yürekli davranırdı ama inanç, merhamet, umut gibi ruhu hafifçe ısıtan üç erdem onu zamanla ermişlik seviyesine yükseltmişti. Dünyaya bir dişi koyun olarak gelmiş, din onu bir meleğe dönüştürmüştü. Zavallı azize kız! Kaybolan tatlı anılar!

Matmazel Baptistine o akşam piskoposlukta gelişen olayları, yaşayanların en ufak ayrıntılarını bile hâlâ hatırlayacakları sıklıkta anlatmıştı.

Piskopos salona girdiğinde, Madam Magloire hararetli bir şekilde konuşuyor, matmazelin hiç yabancı olmadığı, piskoposun da artık alıştığı bir konudan, giriş kapısının kilidinden söz ediyordu.

Anlaşıldığına göre, Madam Magloire akşam yemeği için alışverişe çıktığında bazı söylentilere tanık olmuştu. Berbat kılıklı bir serserinin, görüntüsüyle kuşku uyandıran bir berduşun şehirde gezindiği, bu gece evlerine geç dönmeyi düşünenlerin başlarına kötü şeyler gelebileceği, vali ve belediye başkanının arası açık olduğu için olay çıkmasına göz yumulması nedeniyle polisin görevini tam anlamıyla yerine getiremediği, bu yüzden sağduyulu insanların polisin görevini üstlenip kendilerini korumaları, kapılarını özenle *kilitleyip, sürgülemeleri* gerektiği söyleniyordu.

Madam Magloire bu son sözleri üzerlerine basarak söylese de, soğuk odasından gelen piskopos şöminenin önüne oturmuş ısınıyor, başka bir şey düşünüyordu. Madam Magloire bir işe yaramadığını anladığı sözlerini tekrarladı. Bunun üzerine, Madam Magloire'ı ağabeyini kızdırmadan memnun etmek isteyen Matmazel Baptistine çekingen bir ifadeyle şu sözleri söyleme cesaretini gösterdi:

— Ağabeyim, Madam Magloire'ın söylediklerini duyuyor musunuz?

— Bir şeyler söylediğini duydum, diye karşılık verdi piskopos. Ardından iskemlesini yana çevirip, iki elini dizlerinin üzerine koyduktan sonra ateşin aşağıdan aydınlattığı o içtenlikli, kolayca neşelenen yüzünü yaşlı hizmetkâra çevirdi:

— Söyleyin bakalım. Ne var? Ne var? Demek büyük bir tehlikeyle karşı karşıyayız?

Bunun üzerine, Madam Magloire farkına varmadan biraz abartarak her şeyi yeni baştan anlattı. Bir çingene, bir serseri, tehlikeli bir dilenci şu anda şehirdeymiş, Jacquin Labarre onu hanından kovmuş, Şehre Gassendi Bulvarı'ndan girmiş ve hava kararırken sokakları kolaçan ediyormuş, sırtında çantası ve elinde ipi olan korkunç suratlı bir adammış.

— Gerçekten mi? dedi piskopos.

Kendisine bu soruyu yöneltmesi üzerine cesaretlenen Madam Magloire piskoposun söylediklerini dikkate almasının uzak bir ihtimal olmadığını düşünerek zafer kazanmış bir edayla devam etti:

— Evet monsenyör, söylediğim gibi. Bu gece bu şehirde bir felaket yaşanacak. Herkes böyle söylüyor. Ayrıca polis onu yakalayacak durumda değil (gerekli bir tekrar). Dağlık bir bölgede yaşıyoruz ve geceleri caddelerde sokak lambaları yanmıyor! Her yer kapkaranlık! Ben böyle düşünüyorum monsenyör, matmazel de benim gibi düşünüyor...

— Ben, diye araya girdi Matmazel Baptistine, hiçbir şey düşünmüyorum. Ağabeyim ne yaparsa haklıdır.

Madam Magloire bu tepkiyi duymamış gibi devam etti:

— Bu evin hiç de güvenli olmadığını düşünüyoruz, monsenyör izin verirse anahtarcı Paulin Musebois'ya gidip kapının eski sürgülerini takmasını söyleyeceğim, bir dakikalık iş; sadece bu geceliğine olsa da, sürgü takmamız gerek çünkü dışarıdan açılan bir kapıdan ve kapısı herkese açık olan bir evden daha ürkütücü bir şey olamaz. Ayrıca monsenyör gece yarısı bile olsa her gelene girin deme alışkanlığına sahip, aman Tanrım, izin istemeye bile gerek yok...

O sırada kapıya sertçe vuruldu.

— Girin, dedi piskopos.

III

Gözü Kapalı İtaatin Kahramanlığı

Kapı açıldı.

Sanki biri kararlı bir şekilde ve büyük bir güçle itiyormuş gibi hızla, ardına kadar açıldı.

İçeri bir adam girdi.

Daha önceden tanıdığımız bu adam az önce bir barınak aramak için sokaklarda dolaşan yolcuydu.

İçeri girip, bir adım attıktan sonra, arkasındaki kapıyı açık bırakarak durdu. Omzunda çantası, elinde bastonu, gözlerinde sert, yürekli, yorgun, haşin bir ifade vardı. Şöminenin ışığında iğrenç, kasvetli görünüyordu.

Kendinde çığlık atacak gücü bile bulamayan Madam Magloire'ın ağzı titremesi yüzünden kapanmıyordu.

Başını kapıya doğru çeviren Matmazel Baptistine içeri giren adamı fark edince biraz korkarak hafifçe doğruldu, ardından kafasını yavaş yavaş şömineye doğru çevirip ağabeyine baktığında, yüzünü derin bir dinginlik kapladı.

Piskopos sakin bakışlarını adama sabitlemişti.

Yolcuya ne istediğini sormak için ağzını açtığında, adam iki elini bastonunun üzerine dayayıp bakışlarını sırasıyla ihtiyara ve kadınlara yöneltttikten sonra, piskoposun konuşmasını beklemeden yüksek sesle kendini tanıttı:

— İşte. Adım Jean Valjean. Kürek mahkûmuyum. On dokuz senemi zindanda geçirdim. Dört gün önce serbest bırakıldım ve Toulon'dan Pontarlier'ye gitmek için dört gündür yürüyorum. Bugün on iki fersah yol kat ettim. Akşam şehre geldiğimde bir hana girdim. Belediye başkanlığına göstermem gereken sarı kimliğim yüzünden beni geri çevirdiler. Başka bir hana gittim. Bana "Defol git!" dediler. Her yolu denedim. Kimse beni kabul etmedi. Cezaevine gittim, kapıcı beni içeri almadı. Bir köpek kulübesine girdim. Köpek beni ısırıp sanki bir insanmış gibi kovdu. Âdeta kim olduğumu biliyordu. Açık havada yatmak için tarlalara gittim. Gökyüzünde yıldız yoktu. Yağmur yağacağını ve bunu engelleyecek yüce bir Tanrı'nın var olmadığını düşünerek bir kapı eşiği bulmak üzere şehre döndüm. Orada, meydanda, bir taşın üzerinde yatıyordum, iyi yürekli bir hanımefendi bana evinizi gösterip kapınızı çalmamı söyledi. Ben de kapınızı çaldım. Burası neresi? Han mı? Param var. On dokuz yıllık kürek mahkûmluğum boyunca yüz dokuz frank on beş santim kazandım. Öderim. Ne olacak ki? Param var. Çok yoruldum, on iki fersah yol yürüdüm, çok açım. Burada kalmama izin verir misiniz?

— Madam Magloire, dedi piskopos, sofraya bir tabak daha koyun.

Adam üç adım atıp masanın üzerindeki lambaya yaklaştı.

— Vay canına, diye devam etti, olan biteni anlamamış gibi görünerek, bu mümkün değil. Duymadınız mı? Ben bir kürek mahkûmuyum. Ağır hapis cezası aldım. Cebinden katlanmış büyük bir sarı kâğıt çıkardı. İşte kimliğim. Gördüğünüz gibi, sarı. Gittiğim her yerden kovulmamı sağlıyor. Okumak ister misiniz? Okumayı zindanda öğrendim. Orada gitmek isteyenler için bir okul var. Bakın üzerinde ne yazıyor: Jean Valjean, serbest bırakılmış kürek mahkûmu, doğum yeri... Bu sizin için önemli değil, on dokuz yıl zindanda kalmış. Beş yıl hırsızlıktan, on dört yıl dört kez kaçmayı denediği için. Bu şahıs çok tehlikelidir. İşte hepsi bu. Herkes beni kapı dışarı etti. Siz beni kabul ediyor musunuz? Burası han mı? Bana yiyecek bir şeyler ve yatacak bir yer verir misiniz? Ahırınız var mı?

— Madam Magloire, dedi piskopos, yüklükteki yatağa temiz çarşaf koyun.

Daha önce iki kadının ne kadar itaatkâr olduklarını belirtmiştik.

Madam Magloire talimatı yerine getirmek için salondan çıktı.

Piskopos adama döndü.

— Mösyö, oturun ve ısının. Birazdan yemek yiyeceğiz ve siz yemek yerken yatağınız hazırlanacak.

O anda, adam durumu iyice anladı. Yüzünün karamsar ve sert ifadesinin yerini olağanüstü bir değişimle şaşkınlık, kuşku, sevinç kapladı. Aklını kaybetmiş biri gibi gevelemeye başladı:

— Nasıl? Bu gerçek mi? Beni kabul ediyor musunuz? Beni, bir kürek mahkûmunu kovmuyor musunuz? Senli benli konuşmadan bana *mösyö* diye hitap ediyorsunuz! Bana hep "Defol git köpek!" dediler. Beni kovacağınızı sanıyordum. Bu yüzden hemen kim olduğumu söyledim. Ah! Beni buraya gönderen o iyi yürekli kadın! Yemek yiyeceğim! Bir yatak, çarşaflar! Herkes gibi! Bir yatak! On dokuz yıldır bir yatakta uyumadım! Gitmemi istemiyorsunuz. Siz saygıdeğer insanlarsınız. Zaten param var. Karşılığını ödeyeceğim. Bağışlayın sayın hancı, isminiz nedir? Ne kadar isterseniz ödeyeceğim. Siz yürekli bir adamsınız. Hancısınız, öyle değil mi?

— Ben burada yaşayan bir rahibim, dedi piskopos.

— Bir rahip! Ah! Yürekli bir rahip! Yani benden para istemiyor musunuz rahip? Öyle mi? O büyük kilisenin rahibi? Şu işe bakın! Bu doğru, ne aptalım! Takkenizi fark etmemişim.

Konuşurken çantasını ve bastonunu bir kenara koymuş, kimliğini cebine yerleştirdikten sonra oturmuştu. Matmazel Baptistine onu şefkatle izliyordu.

— Siz insansınız sayın rahip, kimseyi aşağılamıyorsunuz. İyi bir rahip olmak ne güzel. Demek para ödememe gerek yok?

— Hayır, dedi piskopos, paranız sizde kalsın. Ne kadar paranız var? Yüz dokuz frank mı demiştiniz?

— Ve on beş santim, diye ekledi adam.

— Yüz dokuz frank on beş santim. Bu parayı ne kadar zamanda kazandınız?

— On dokuz yılda.

— On dokuz yılda!

Piskopos derin derin iç çekti.

Adam devam etti:

— Paramın neredeyse tamamı bende. Dört günden beri, sadece Grasse'da arabaların yüklerini boşaltarak kazandığım yirmi beş santimi harcadım. Rahip olduğunuza göre, size zindanda da bir rahibimiz olduğunu söyleyeceğim. Bir gün bir piskopos görmüştüm. Ona monsenyör diye hitap ediyorlardı. Marsilya'daki Majore'un piskoposuydu. Rahiplerin üstüydü. Bilirsiniz, bağışlayın, yanlış söyledim, ama bu konular bana o kadar yabancı ki! Siz bizleri anlarsınız! Zindanın ortasında bir sunağın üzerinde ayin düzenledi, başının üzerinde altından sivri bir şey vardı. Öğlen ışığında parlıyordu. Biz üç yanda sıraya girmiştik, karşımızda fitilleri ateşlenmeye hazır toplar vardı. Onu iyi göremiyorduk. Çok uzakta olduğu için onu duyamıyorduk. İşte piskopos budur.

O konuşurken piskopos ardına kadar açık duran kapıyı kapamaya gitmişti.

Geri gelen Madam Magloire masaya bir tabak koydu.

— Madam Magloire, dedi piskopos, o tabağı ateşe en yakın yere koyun. Ve konuğuna dönerek ekledi: Alplerde gece rüzgârı sert olur. Üşüdünüz mü, mösyö?

O yumuşacık ciddi sesi ve içtenliğiyle her *mösyö* deyişinde adamın yüzü aydınlanıyordu. Bir kürek mahkûmuna *mösyö* demek, Méduse[16] kazazedesine bir bardak su vermek anlamına geliyordu. Aşağılanma saygıya susamıştır.

---

16 1816'da, Moritanya açıklarında batan Méduse fırkateyninden sağ kurtulanlar bir sandalda on beş gün boyunca aç susuz kalmışlardı. (ç.n.)

— Şu işe bakın, diye ekledi piskopos, pek de iyi aydınlatmayan bir lamba.

Piskoposun ne demek istediğini anlayan Madam Magloire monsenyörün yatak odasındaki şöminenin üzerinde duran iki gümüş şamdanı yakıp masanın üzerine bıraktı.

— Sayın rahip, dedi adam, iyi yürekli bir insansınız, beni aşağılamayıp evinize kabul ediyorsunuz. Mumlarınızı benim için yakıyorsunuz. Yine de, sizden nereden geldiğimi ve bahtsız bir adam olduğumu saklamadım.

Yanına oturan piskopos ona hafifçe dokundu:

— Bana kim olduğunuzu söylemeyebilirdiniz. Burası benim değil İsa'nın evi. Bu kapı içeri girene adını değil bir derdi olup olmadığını sorar. Yorgunsunuz, aç ve susuzsunuz; hoş geldiniz. Bana teşekkür etmeyin ve sizi evime kabul ettiğimi söylemeyin. Burada sadece bir barınağa ihtiyacı olanlar kendi evinde sayılır. Size bu evin benden çok size ait olduğunu söylüyorum. Buradaki her şey size ait. İsminizi bilmeme ne gerek var? Zaten siz söylemeden önce de benim için bir isminiz vardı.

Adam şaşkın gözlerini fal taşı gibi açtı:

— Gerçekten mi? İsmimi biliyor muydunuz?

— Evet kardeşim, diye yanıtladı piskopos.

— Bakın sayın rahip! diye haykırdı adam, buraya geldiğimde çok açtım, ama o kadar iyi yüreklisiniz ki, nasıl oldu bilmiyorum, açlığımı unuttum.

Piskopos bakışlarını ona yöneltti:

— Çok acı çektiniz mi?

— Ah! Kırmızı mahkûm kazağı, ayakta pranga, üzerinde uyumak için bir tahta, sıcak, soğuk, iş, kürek mahkûmluğu, bir tek söz için katıksız hücre hapsi, yatakta hasta yatarken bile zincire vurulma. Köpekler, köpekler daha mutludur! On dokuz yıl! Kırk altı yaşındayım. İşte elimde sarı bir kimlik var.

— Evet, dedi piskopos, kasvetli bir yerden çıkmışsınız. Dinleyin. Tanrı, gözleri yaşlarla kaplı bir günahkârın pişmanlığını, yüz dürüst insanın beyaz elbisesine tercih eder. O kederli mekândan insanlara kin ve öfke duyarak çıkarsanız, acınacak hale düşersiniz; oradan iyi, temiz, barışçıl düşüncelerle çıkarsanız hepimizden daha değerli olursunuz.

Bu arada, Madam Magloire akşam yemeğini masaya getirmişti; mönüde sudan, zeytinyağından, tuz ve ekmekten, biraz domuz yağından, bir parça koyun etinden, incirden yapılmış bir çorba, taze peynir ve kalın bir çavdar ekmeği vardı. Madam Magloire, piskoposun her zamanki yemeğine eski bir Mauves şarabı eklemişti.

Piskoposun yüzünü birden misafirperver kişilere özgü o neşeli ifade kapladı:

— Masaya! dedi bir yabancı evinde yemeğe kaldığında her zaman yaptığı gibi heyecanla. Adamı sağına oturttu. Son derece sakin ve doğal görünen Matmazel Baptistine soluna oturdu.

Piskopos yemek duasını okuduktan sonra, her zamanki gibi çorbayı kendi eliyle dağıttı. Adam kendinden geçercesine yemeye başladı.

Piskopos aniden:

— Sanırım bu masada bir şeyler eksik, dedi.

Gerçekten de, Madam Magloire sadece gerekli olan üç gümüş çatal bıçak takımını getirmişti. Oysa, evde piskoposun davetlisi varsa örtünün üzerine altı çatal bıçak takımı getirmek âdettendi, masum bir gösteriş merakı. Bu zarif gösteriş merakı, hoş ve ciddi kuralları olan bu evde yoksulluğu saygınlığa yükselten sevimli bir çocukluk belirtisiydi.

Demek istenileni anlayan Madam Magloire tek bir söz etmeden çıktı ve bir süre sonra piskoposun istediği üç çatal bıçak takımı sofradaki üç kişinin önüne simetrik bir şekilde yerleştirilmiş bir halde parıldıyordu.

IV

Pontarlier Peynirhaneleri Hakkında Ayrıntılar

Şimdi, masada olup bitenler hakkında bir fikir verebilmek için Matmazel Baptistine'in Madam Boischevron'a mahkûm ile piskoposun konuşmalarını naif bir titizlikle anlattığı mektubunu aktaracağız:

...Bu adam hiç kimseye aldırmadan büyük bir açgözlülükle yemeğini yiyordu. Yine de, yemekten sonra:

— Ulu Tanrı'nın sayın rahibi, tüm bunlar benim için mükemmel ikramlar, ama kendileriyle yemek yememe izin vermeyen yük arabacılarının sofralarının sizinkinden daha zengin olduğunu söylemem gerekir.

Aramızda kalsın ama bu sözler karşısında biraz sarsıldım.

Ağabeyim yanıtladı:

— Onlar benden daha fazla yoruluyorlar.

— Hayır, diye ekledi adam, onların daha fazla parası var. Gördüğüm kadarıyla siz yoksulsunuz. Belki de rahip bile değilsiniz. Gerçekten rahip misiniz? Ah! Ulu Tanrı adil olsaydı, sizin rahip olmanız gerekirdi.

— Ulu Tanrı adilden de üstündür.

Ardından ekledi:

— Mösyö Jean Valjean, Pontarlier'ye mi gidiyorsunuz?

— Yolum oradan geçiyor.

Sanırım buna benzer bir şey söyledi. Ardından devam etti.

— Sabah gün doğar doğmaz yola çıkmalıyım. Yolculuk zorlu geçiyor. Geceler soğuk, gündüzler sıcak oluyor.

— Güzel bir yere gidiyorsunuz, dedi ağabeyim. Devrim sırasında, ailem mahvolduğunda önce Franche-Comté'ye sığınmıştım, orada bir süre kol gücüyle çalışarak yaşadım. İyi niyetliydim. Uğraşacak bir şeyler buldum. Kendime bir iş seçmem gerekiyordu. Orada, kâğıthaneler, tabakhaneler, damıtım evleri, yağ, saat, çelik, bakır ve en önemli dört tanesi Lods'da, Châtillon'da, Audincourt'da ve Beure'de bulunan demir fabrikaları vardı...

Yanılmıyorsam, ağabeyimin saydığı isimler bunlardı, ardından lafını yarıda keserek bana döndü:

— Sevgili kız kardeşim, o bölgede akrabamız yok mu?

Cevap verdim:

— Aralarında eski rejim zamanında, Pontarlier kapılarının güvenliğinden sorumlu yüzbaşı Lucenet'nin de bulunduğu bazı akrabalarımız var.

— Evet, dedi ağabeyim, ama 93'te hiç akrabamız yoktu, orada kimsemiz kalmamıştı. Orada çalıştım. Mösyö Jean Valjean gittiğiniz Pontarlier'nin sakinlerinin geçmişi çok eskilere dayanan bir sanayileri vardır. Peynirhanelerini yemişlik olarak adlandırırlar.

Bunun üzerine ağabeyim adam yemek yerken ona Pontarlier'nin yemişliklerini en ince ayrıntılarına kadar anlattı. Bu yemişliklerin iki türü vardır: zenginlere ait olan ve her yaz üç dört ton peynir üreten kırk elli ineğin bulunduğu *büyük ambarlar* ve dağ köylerinde ineklerini ortak kullanıp ürünü paylaşan yoksullara ait olan yemişlik *kooperatifleri*. Bunlar *grurin* adını verdikleri bir peynirci çalıştırırlar, grurin ortakların sütünü üç kez alır ve miktarları bir çubukla ölçüp deftere kaydeder; peynirhanelerde iş nisan sonuna doğru başlar, peynirciler haziran ortasında ineklerini dağa götürürler.

Adam yedikçe canlanıyordu. Ağabeyim ona kendisi pahalı olduğu için içmediği o nefis Mauves şarabını içiriyor, adama sizin de bildiğiniz doğal neşesiyle tüm bu detayları anlatıyor, arada bir bana da nazik göndermelerde bulunuyordu. Bu peynircilik konusu üzerinde sıklıkla duruyor, âdeta adama doğrudan ya da sert bir ifadeyle peynirhanelerde çalışmanın kendisi için yararlı olacağını söylemekten kaçınıyor, bunu kendisinin anlamasını bekliyordu. Bir şey dikkatimi çekti. Bu adam size söylediğim gibi biriydi. Ağabeyim, ilk geldiğinde İsa'dan bahsetmesinin dışında, yemek hatta gece boyunca bu adama kim olduğunu hatırlatacak ya da kendisinin de kim olduğunu öğretecek tek bir söz bile etmedi. Görünüşe göre, bir piskoposun bir kürek mahkûmunu etkilemek için biraz vaaz vermesi için uygun bir fırsattı. Belki de bir başkası, bu bahtsız elinin altındayken, bedenini beslerken ruhunu da beslemeyi, araya bazı ahlaki öğütler ve sitemler katmayı ya da gelecekte daha dürüst davranması için onu yüreklendirmeyi düşünebilirdi. Ağabeyim ona ne nerede doğduğunu ne de geçmişini sordu. Çünkü geçmişinde işlediği suçlarda kendisinin de payı olduğuna inanıyor, ona geçmişini anımsatacak tek bir söz bile etmekten kaçınırmış gibi görünüyordu. Öyle ki bir ara Pontarlier dağlıları için *Gökyüzüne yakın oldukları için huzurlu bir işleri var, masum oldukları için mutlular,* derken ağzından kaçan bu sözlerin adamı inciteceğinden korkarak lafını yarıda kesti. Biraz düşündükten sonra sanırım ağabeyimin yüreğinden geçenleri anladım. Kuşkusuz, Jean Valjean adlı bu adamın çok yakın bir zamana kadar eziyet çektiğini, en iyisinin onu zihnini dağıtmak, kısa süre için de olsa, onun kendisini herkes gibi normal bir insan olarak görmesini sağlamak olduğunu düşünüyordu. Gerçekten de, merhamet bundan daha iyi ifade edilebilir mi? Sayın hanımefendi, vaazlardan, ahlaki öğütlerden ve imalardan uzak duran bu hassasiyet kutsi bir eğilimi barındırmıyor mu? Bir adam acı çekiyorsa, en büyük merhamet onun yarasına dokunmamak değil mi? Sanırım ağabeyimin aklından geçenler bunlardı. Her halükârda, böyle düşündüyse de bunu adama, hatta bana bile fark ettirmemeye çalıştığını söyleyebilirim. Bütün tavırları her zamankinden farksızdı ve Jean Valjean ile yemek yerken âdeta Gédéon le Prévost ya da bir rahiple sofraya oturmuş gibi davrandı.

Yemeğin sonunda incirlerimizi yerken, kapı çalındı. Gelen kucağındaki küçük çocuğunu taşıyan Gerbaud Ana'ydı. Ağabeyim çocuğu alnından öptükten sonra, benden Gerbaud Ana'ya verilmek üzere bir frank istedi. Bu arada, adam hiçbir şeye aldırmıyor, hiç konuşmuyor, oldukça yorgun görünüyordu. Yaşlı yoksul Gerbaud gittikten sonra, ağabeyim şükran duasını okudu, ardından adama dönerek, "Uyumaya ihtiyacınız olmalı," dedi. Madam Magloire masayı hızla topladığında, yolcunun yatağına geçmesi için bizim yemek salonundan ayrılmamız gerektiğini anladım ve ikimiz de odalarımıza çıktık. Bu arada, Madam Magloire'ı adamın yatağına odamdaki Fôret-Noire karacasının derisinden yapılmış bir örtüyü sermesi için gönderdim. Geceler buz gibi, bu örtü insanı sıcak tutar. Ne yazık ki örtü eskidi, tüylerinin çoğu döküldü. Ağabeyim onu Almanya'da, Tuna yakınlarındaki Tuttlingen'deyken, yemek yerken kullandığım fildişi saplı bıçakla birlikte almıştı.

Madam Magloire'ın kısa süre sonra geri dönmesi üzerine, çamaşır asılan salonda Tanrı'ya dua ettik ve hiç konuşmadan odalarımıza çekildik.

V

Sükûnet

Monsenyör Bienvenu kız kardeşine iyi geceler diledikten sonra masanın üzerindeki şamdanlardan birini aldı, diğerini de konuğuna verdi:

— Mösyö, sizi odanıza götüreceğim.

Adam onu izledi.

Daha önce de sözünü ettiğimiz gibi, yüklüğün bulunduğu dua odasına girip çıkmak için piskoposun yatak odasından geçmek gerekiyordu.

Bu odadan geçtikleri sırada Madam Magloire her gece yatmadan önce yaptığı gibi son görevini yerine getiriyor, gümüş takımlarını yatağın başucundaki dolaba yerleştiriyordu.

Piskopos konuğunu üzerine beyaz ve tertemiz bir çarşafın serildiği yatağın bulunduğu yüklüğe yerleştirdi. Adam şamdanı küçük bir masanın üzerine bıraktı.

— Haydi, dedi piskopos. İyi geceler. Yarın sabah yola çıkmadan önce, ineklerimizin sütünden bir bardak içersiniz sıcak sıcak.

— Teşekkürler sayın rahip, dedi adam.

Bu saygı dolu sözleri söylemesinin hemen ardından, aniden ve düşünmeden, iki ermiş kız orada olsalardı, korkudan donakalacakları garip bir hareket yaptı. Şimdi bile o anda aklından geçenleri tahmin etmemiz çok zor. Bir uyarıda bulunmak ya da tehdit savurmak mı istiyordu? İçgüdüsel ve kendisinin bile anlayamadığı bir itkinin etkisi altında mıydı? Aniden yaşlı adama dönüp, kollarını kavuşturdu ve vahşi bakışlarını ona sabitleyerek boğuk bir sesle haykırdı:

— Demek öyle! Beni evinize alıp hemen yanı başınızda yatırıyorsunuz!

Lafını yarıda kesti, ardından canice bir gülümsemeyle ekledi:

— İyi düşündünüz mü? Benim bir katil olmadığımı nereden biliyorsunuz?

— Bunu Tanrı bilir, diye karşılık verdi piskopos.

Ardından, dudaklarını dua eden ya da kendi kendiyle konuşan biri gibi oynatıp sağ elinin iki parmağını ciddi bir ifadeyle kaldırarak öne doğru eğilmeyen adamı kutsadı ve başını çevirmeden, arkasına bakmadan odasına döndü.

Yüklük kullanıldığında, ince şayaktan büyük bir perde sunağı gizlerdi. Piskopos bu perdenin önünden geçerken diz çöküp kısa bir dua okudu.

Bir an sonra bahçesindeydi, yürüyor, düşlere dalıyordu; Tanrı'nın geceleri uyuyamayanlara gösterdiği büyük gizemli görüntülerin tamamını ruhuyla ve düşüncesiyle seyre dalıyordu.

Adama gelince, çok yorgun olduğundan beyaz çarşafları bile fark edememiş, mumu kürek mahkûmlarına özgü bir tarzla burun deliklerinden çıkan havayla söndürdükten sonra kendini giysileriyle yatağa bırakmış, hemen derin bir uykuya dalmıştı. Saatler gece yarısını çaldığında piskopos bahçeden eve girdi.

Birkaç dakika sonra, küçük evde herkes uyuyordu.

VI

Jean Valjean

Gecenin ilerleyen saatlerinde, Jean Valjean uyandı.

Jean Valjean, Brie'nin köylerinde yaşayan yoksul bir köylü ailesindendi. Çocukluğunda okuma yazma öğrenmemişti. Yetişkinlik çağına geldiğinde, Favorelles'de ağaç budayıcılığı yapıyordu. Annesinin adı Jeanne Mathieu, babasınınki Jean Valjean ya da Vlajean'dı, bu muhtemelen bir lakap veya *voila Jean*'ın[17] birleştirilmiş haliydi.

Jean Valjean hüzünlü olmasa da, sevgi dolu insanlara özgü kişiliğiyle düşünceli bir gençti. Yine de, en azından görünüşte, oldukça uyuşuk ve silik biriydi. Anne babasını çok küçük yaşta kaybetmişti. Annesi doğum sonrasında yeterli tedavi göremediği için zaafiyetten, kendisi gibi budayıcı olan babası da ağaçtan düşerek ölmüştü. Jean Valjean'ın tek

17 İşte Jean. (ç.n.)

yakını ileride yedi çocuğuyla dul kalacak olan kendinden bir hayli büyük olan ablasıydı. Bu abla Jean Valjean'ı büyütmüş, kocası yaşadığı sürece onu besleyip barındırmıştı. Kocası öldüğünde yedi çocuğun en büyüğü sekiz, en küçüğü bir yaşındaydı. Jean Valjean da o sırada yirmi beş yaşını dolduruyordu. Babanın yerini alıp kendini yetiştiren ablasına destek olmaya başladı. Bir görev olarak verdiği bu destek konusunda pek de istekli olduğu söylenemezdi. Gençliği böylesine zorlu ve para getirmeyen bir işte geçiyordu. Bir sevgilisi olduğu asla duyulmamıştı. Âşık olacak zamanı yoktu.

Akşam yorgun bir halde eve dönüp hiç konuşmadan yemeğini yiyordu. O yemeğini yerken, ablası, Jeanne ana sıklıkla yemeğinin en güzel bölümünü, bir et parçasını, bir domuz yağı dilimini, lahananın göbeğini tabağından alır, çocuklarından birine verirdi, başını neredeyse yüzü tabağının içine girecek kadar eğmiş bir halde, tabağının etrafına yayılan ve gözlerini saklayan uzun saçlarıyla yemeğini yemeye devam eden Jean Valjean hiçbir şeyi fark etmemiş gibi davranır, ona karışmazdı. Favorelles'de, Valjean'ların kulübesine pek uzak olmayan dar sokağın karşı tarafında Marie-Claude adında çiftçi bir kadın vardı. Genellikle aç olan küçük Valjean'lar bazen oraya gidip Marie-Claude'dan anneleri adına bir litre borç süt alır, bir çitin arkasında ya da yolun bir kenarında içerlerdi. Güğümü büyük bir telaşla paylaştıkları için küçük kızlar çoğunlukla sütün bir kısmını önlüklerine dökerlerdi. Anne bu hırsızlığı fark etse, haylazları acımasızca cezalandıracaktı. Kaba saba bir adam olan Jean Valjean annelerinin haberi olmadan Marie-Claude'a sütün parasını öder, böylece çocuklar cezalandırılmaktan kurtulurlardı.

Ağaç budama mevsiminde bir frank yevmiye alır, başka zamanlar hasatçı, vasıfsız işçi, sığırtmaç, çiftlik hizmetkârı olarak çalışır, para kazanmak için elinden geleni yapardı.

Ablası da çalışıyordu ama yedi çocukla baş etmek kolay mıydı? Yoksulluğun sarmalayıp yavaş yavaş sıkıştırdığı acınası bir aileydi. Çok sert geçen bir kış mevsiminde Jean işsiz kaldı. Aile ekmeksiz, sözcüğün tam anlamıyla yedi çocukla birlikte ekmeksiz kaldı!

Bir pazar akşamı, Favorelles kilise meydanındaki fırıncı Maubert Isabeau yatmaya hazırlandığı sırada, dükkânının camlı, parmaklıklı vitrinine şiddetli bir darbe indirildiğini duydu. Geldiğinde bir yumruk darbesinin camda oluşturduğu aralıktan bir kolun uzandığını, bir ekmeği kavrayıp geri çekildiğini gördü. Isabeau dışarı fırlayıp tabana kuvvet kaçan hırsızın peşine düştü ve onu yakaladı. Hırsız ekmeği yere atsa da, kolu hâlâ kanlar içindeydi. Bu kişi Jean Valjean'dı.

Bu olay 1795'te yaşanmıştı. Jean Valjean "ikamet edilen bir evde zor kullanarak hırsızlık yapmak" suçuyla mahkeme önüne çıkarıldı. Büyük bir ustalıkla kullandığı bir tüfeği vardı, az da olsa kaçak avcıydı ve bu aleyhineydi. Kaçak avcılara karşı haklı bir önyargı vardı. Kaçak avcılık tıpkı kaçakçılık gibi eşkıyalığın yakın akrabası sayılırdı. Yine de, bu insan türleri ile şehirlerin katilleri arasında bir uçurum olduğunu belirtelim. Kaçak avcı ormanda, kaçakçı ise dağda ya da denizde yaşar. Yozlaşmış şehirler çok acımasız insanlar üretirler. Dağlar, denizler, ormanlar, insanı vahşileştirip acımasızlaştırsalar da, insanın insani yanını pek yok etmezler.

Jean Valjean mahkûm oldu. Yasa maddesi çok netti. Uygarlığımızda, bir cezanın büyük bir yıkımı ilan ettiği ürkütücü anlar vardır. Düşünen bir yaratığın toplumdan uzaklaştığı ve toplumun onu telafi edilemez bir şekilde yüzüstü bıraktığı an, ne hüzünlü bir andır! Jean Valjean beş yıl kürek cezasına mahkûm olmuştu.

22 Nisan 1796'da Paris'te, başında bir general bulunan İtalya'daki Fransız ordusunun Montenotte zaferini kazandığı ve Direktuvar'ın Beş Yüzler Meclisinin bu generale Bu-

onaparte ismini verdiği duyuruldu; aynı gün Bicêtre'de, Jan Valjean'ın da bir parçası haline geldiği büyük bir zincir oluşturuldu. Cezaevinin bugün yaklaşık doksan yaşlarında olan eski kapıcısı avlunun kuzey köşesindeki dördüncü sıranın sonuna zincirlenen bu bahtsızı çok iyi hatırlıyordu. Diğerleri gibi yere oturmuştu. Neden orada olduğunu anlamış gibi görünmüyor, sadece ürkütücü bir durumla karşı karşıya olduğunu hissediyordu. Yoksul ve her şeyden habersiz bir adamın düşünceleri arasından, olağandışı bir şeyler olacağı düşüncesinin geçtiği seçilebiliyordu. Kafasının arkasındaki halkasının çivisine sert çekiç darbeleri indirilirken ağlıyor, sel gibi akan gözyaşları konuşmasını engelliyor, sadece ara sıra ağzından şu sözcükler dökülüyordu: *Faverolles'de ağaç budayıcısıydım.* Ardından, hıçkırıklara boğularak kaldırdığı sağ elini sanki boyları farklı olan yedi çocuğun başına değdirirmiş gibi kademeli olarak aşağı indiriyor ve bu hareketinden ne suç işlediyse bunu yedi küçük çocuğu beslemek ve giydirmek için yaptığı tahmin ediliyordu.

Boynundaki zinciriyle bir yük arabasına bindirildi ve yirmi yedi gün süren bir yolculuğun ardından Toulon'a getirildi. Orada, mahkûmların kırmızı kazağını giydikten sonra, ismi de dâhil olmak üzere hayatındaki her şey silindi, artık Jean Valjean değil 24601 numaraydı. Ablasına, yedi çocuğuna ne olmuştu? Onlarla kim ilgileniyordu? Kökünden testereyle kesilmiş genç ağacın bir avuç yaprağı ne haldeydi?

Tanrı'nın bu zavallı kulları her zaman olduğu gibi desteksiz, yol göstericisiz, barınaksız kalmışlar, hayat onları nereye sürüklerse oraya gitmişler, belki de her biri bir yana savrulup zamanla insanlığın o kasvetli yürüyüşünde onca bahtsızın peş peşe kaybolup gittiği o uğursuz karanlığın, o soğuk sisin içine dalmışlardı. Yaşadıkları yerden ayrılmışlardı. Köylerinin çan kulesi, tarlalarının sınır taşı onları unutmuştu. Zindandaki birkaç yılın ardından Jean Valjean bile onları unutmuş, yüreğindeki yara kabuk bağlamıştı. Hepsi bu. Toulon'da mahkûm olarak geçirdiği yıllar boyunca ablasından söz edildiğini bir kez duymuştu. Sanırım mahpusluğunun dördüncü yılının sonlarına doğruydu. Bu bilginin ona kimden ulaştığını bilmiyorum. Bir hemşehrisi ablasını görmüştü. Saint-Sulpice Caddesi yakınlarında, yoksulların yaşadığı Geindre Sokağı'nda sadece en küçük oğluyla birlikte oturuyormuş. Diğer altısı neredeydi? Belki bunu anneleri bile bilmiyordu. Her sabah Sabot Caddesi, 3 numaradaki matbaaya gidiyor, orada katlayıcılık ve dikicilik yapıyormuş. Kışın saat altıda, gün doğmadan orada olması gerekiyormuş. Matbaa binasında bir okul varmış, yedi yaşındaki oğlunu da bu okula götürüyormuş, Ama o matbaada saat altıda işbaşı yaptığı halde, okul yedide açıldığı için çocuğun kış vakti, avluda, açık havada bir saat beklemesi gerekiyormuş. Rahatsız oldukları için çocuğun matbaada beklemesine izin vermiyorlarmış. Sabah yoldan geçen işçiler bu zavallı çocuğun bazen yarı uyuklar bir halde, bazen de uyuyarak kaldırımda sepetinin üzerine uzandığını görüyorlarmış. Yağmur yağdığında, çocuğa acıyan yaşlı bir kapıcı kadın onu içinde berbat bir yatak, bir çıkrık ve iki tahta iskemle bulunan virane kulübesine alıyor, çocuk bir köşede daha az üşümek için kediye sarılarak uyuyor, saat yedide okula giriyormuş. İşte Jean Valjean'a anlatılan bunlardı. Bir an için zihninde sevdiği bu insanların kaderleri için tıpkı aniden açılan bir pencere gibi bir şimşek çakmış, ardından bu pencere kapanmıştı; bir daha onlardan söz edildiğini hiç duymadı. Onlardan hiçbir haber almadı, onları bir daha hiç görmedi ve bu acıklı hikâyenin devamında onlarla asla karşılaşılmayacak.

Bu dördüncü yılın sonlarına doğru, hapisten kaçma sırası Jean Valjean'a geldi. Bu hüzünlü mekânda her zaman yapıldığı gibi arkadaşları ona yardım ettiler. Hapisten kaçtı. Her an yakalanma korkusuyla arkasına dönmek, en ufak bir gürültüde irkilmek, her şeyden, tüten bacadan, yanından geçen adamdan, havlayan köpekten, dörtnala giden attan, çalan saatten, etrafını görebildiği için gündüzden, etrafını göremediği için geceden, yoldan, patikadan, çalılıktan, uyumaktan korkmak özgürlük sayılırsa, iki gün boyunca tarlalarda özgürce gezindi. İkinci günün akşamı yakalandı. Otuz altı saattir ne uyumuş ne de bir şey yemişti. Mahkemenin bu suç yüzünden cezasını üç yıl uzatması üzerine mahkûmiyet süresi sekiz yıla çıktı. Altıncı yıl da kaçma sırası ondaydı; bu hakkını kullandı, ama kaçışının tadını çıkaramadı. Yoklamada kaçtığı anlaşılınca, bir top atışıyla uyarılan gece devriyeleri onu inşa edilmekte olan bir geminin omurgasının altında buldular; devriyelere karşı koysa da yakalandı. Kaçış ve isyan. Kürek mahkûmları yasasında bunun karşılığı ikisi çifte zincirle bağlı olarak geçirilecek, beş yıl ağırlaştırılmış hapis cezasıydı. Cezası on üç yıla çıkmıştı. Onuncu yılda sıra yine ona geldiğinde kaçmayı bir kez daha denedi. Başarılı olamasa da, bu yeni girişim için üç yıl ceza alınca mahkûmiyet süresi on altı yıla çıktı. Nihayet, sanırım on üçüncü yılda son bir kez daha denedi. Dört saatlik özgürlüğü ona üç yıla patladı. On dokuz yıl sonra, 1815 Ekim'inde, 1796'da bir camı kırıp bir ekmek çaldığı için girdiği cezaevinden çıktı.

Burada küçük bir parantez açalım. Bu kitabın yazarı ceza yasası ve yasa tarafından lanetlenme üzerine yaptığı araştırmalarda, ekmek çalmanın bir kaderin felaketinin başlangıç noktası olduğuna ikinci kez rastladı. Claude Gueux bir ekmek çalmıştı; Jean Valjean bir ekmek çalmıştı; bir İngiliz istatistiğine göre, Londra'da yapılan beş hırsızlıktan dördünün nedeni açlıktı. Cezaevine ağlayarak ve titreyerek giren Jean Valjean oradan duygularını kaybetmiş bir adam olarak çıktı. Oraya umudunu kaybetmiş bir halde girmiş ve oradan karamsar bir ruh haliyle ayrılmıştı.

Bu ruhta neler değişmişti?

VII

Umutsuzluğun İçyüzü

Anlatmaya çalışalım.

Toplumun kendisinin neden olduğu bu konulara değinmesi gerek.

Cahil olsa da aptal bir adam olmadığını söylemiştik. İçindeki doğal ışık aydınlanmıştı. Mutsuzluk, ki onun da kendine has bir ışığı vardır, bu zihnin ışığını artırmıştı. Sopanın, zincirin, zindanın, yorgunluğun, kürek cezasını yerine getirirken tepedeki kavurucu güneşin, mahkûmların tahta yataklarının etkisiyle vicdanına sığınmış, yaşadıklarını düşünmüştü.

Kendi mahkemesini kurdu. Kendi kendini yargılamaya başladı.

Haksız yere cezalandırılan suçsuz biri olmadığının farkındaydı. Kendine aşırıya kaçan ve kınanacak bir girişimde bulunduğunu, istemiş olsaydı belki de o ekmeğin kendisine verilebileceğini, her halükârda, merhametin ve çalışmanın sonuçlarını beklemenin daha uygun olacağını itiraf ediyordu; aç kalındığında beklenebilir mi? demenin karşılıksız bırakılabilecek bir soru olmadığını, öncelikle açlıktan ölenlere nadir rastlandığını, ardından da ne yazık ve ne mutlu ki, uzun süre manevi ve maddi baskıya maruz kalsa da, insanın doğası gereği kolay kolay ölmediğini, bu yüzden sabretmek gerektiğini, bunun zavallı yavrucaklar için bile daha hayırlı olacağını, kendisi gibi yoksul ve güçsüz bir insanın tüm toplumun yakasına şiddetle yapışmasının ve yoksulluktan hırsızlık yoluyla kurtulacağını düşünmesinin çılgınca bir girişim olduğunu, her halükârda, onursuzluğa girilen kapıdan sefaletten kurtulmak için çıkılamayacağını ve nihayet haksız olduğunu itiraf etti.

Ardından, kendine sordu:

Bu iç karartıcı öyküde tek suçlu kendisi miydi? Öncelikle çalışan biri olarak işini kaybetmesi, çalışkan biri olarak ekmeğini kaybetmesi ciddi bir sorun değil miydi? Ardından, işlenmiş ve itiraf edilmiş bu suça verilen bu ceza acımasız ve abartılı değil miydi? Yasanın verdiği cezada mahkûmun işlediği suçtan daha fazla suistimal yok muydu? Terazinin kefaret kefesindeki ağırlık, diğer kefedekinden daha fazla değil miydi? Cezanın aşırılığı suçluluk damgasının silinip gitmesini sağlıyor muydu? Ve bu aşırılık durumu tersine çevirmeye, baskıcı yasaların hatasını suçlunun hatasıyla örtmeye, suçluyu kurban, borçluyu alacaklı durumuna düşürmeye ve adaletin onu bizzat ihlal edenden yana tecelli etmesine neden olmuyor muydu? Kaçış girişimleriyle peş peşe ağırlaştırılan bu ceza sonunda en güçlünün en zayıfa uyguladığı bir baskıya, toplumun bireye karşı işlediği, her gün yeniden başlayan ve on dokuz yıl süren bir suça dönüşmüyor muydu?

Toplumun, kendi üyelerine bir vakada sağduyusuz öngörüsüzlüğünü, bir vakada acımasız öngörüsünü dayatmaya, zavallı bir adamı sonsuza dek bir hatayla bir aşırılık, işsizliğin neden olduğu bir hatayla cezanın aşırılığı arasında tercih yapmak zorunda bırakmaya hakkı olup olmadığını soruyordu kendine.

Toplumun, tesadüfün sihirli değneğiyle gelen refahtan en az pay alan, dolayısıyla korunmaya en layık olan üyelerine böyle davranması acımasızlık değil miydi?

Bu sorulara cevap verdiğinde, toplumu yargılayıp onu kendi nefretine mahkûm etti.

Toplumu başına gelenlerin sorumlusu olarak görüyor ve kendi kendine bir gün bunun hesabını ondan sormakta tereddüt etmeyeceğini, verdiği zararla kendisine verilen ceza arasında büyük bir uçurum olduğunu söylüyor ve nihayet cezasının aslında bir haksızlıktan değil yozlaşmadan kaynakladığı sonucuna varıyordu.

Öfke saçma ve çılgınca olabilir, haksız yere sinirlenilebilir; incinme duygusu ise ancak kişinin aslında bir şekilde haklı olduğunu düşündüğünde ortaya çıkabilir. Jean Valjean kendisini incinmiş hissediyordu.

Üstelik, insan toplumu ona sadece kötülük etmiş, sadece Adalet olarak adlandırdığı ve kendi çıkarlarına dokunulduğu zaman gösterdiği öfkeli yüzüyle bakmıştı. İnsanlar ona yalnızca zarar vermek için yaklaşmışlardı. Onlarla girdiği her ilişkide bir darbe almış, çocukluğundan, annesinin, ablasının yanında yaşadığı dönemden beri tek bir dostça söze, iyi niyetli bir bakışa rastlamamıştı. Zamanla, acı çeke çeke, hayatın bir savaş olduğuna ve kendisinin bu savaşta yenildiğine inanmaya başlamıştı. Kininden başka silahı olmadığı için kürek cezası sırasında onu bilemeye ve cezaevinden çıkarken onu da beraberinde götürmeye karar vermişti.

Toulon'da, iyi halli kürek mahkûmlarına en gerekli bilgileri öğretmek için İgnorantin[18] rahipleri tarafından kurulmuş bir okul vardı. O da iyi halli mahkûmlar arasında yer alıyordu. Kırk yaşında, okula gidip okumayazmayı, toplama çıkarmayı öğrendi. Zekâsını geliştirmenin kinini bilemek anlamına geleceğine inanıyordu. Bazı durumlarda bilgi ve aydınlık kötülüğün uzamasına yol açar.

Bunu söylemek üzücü ama, bahtsızlığına neden olan toplumu yargıladıktan sonra, toplumu şekillendiren kaderi de yargılayıp mahkûm etti.

Böylece, on dokuz yıllık bir işkence ve kölelik dönemi boyunca bu ruh, bir yükseldi bir alçaldı; bu ruha bir yandan aydınlık, diğer yandan karanlık doldu.

Görüldüğü gibi, Jean Valjean kötü yaratılışlı biri değildi. Kürek cezasını çekmeye geldiğinde hâlâ iyi yürekliliğini koruyordu. Toplumu mahkûm ettiğinde, kötülüğe, kaderi mahkûm ettiğinde inançsızlığa yöneldiğini hissetti.

---

18 1495'te, Saint-Jean-de-Dieu tarafından kurulan bu tarikatın amacı hastalara yardımcı olmak, cahilleri eğitmekti. (ç.n.)

Burada bir saniye durup düşünmemiz gerekiyor.

İnsan kişiliği bu şekilde, tepeden tırnağa, tamamıyla dönüşebilir mi? Tanrı tarafından yaratılan insan, insan tarafından kötülüğe itilebilir mi? Ruh kader tarafından bütünüyle değiştirildiğinde kötülüğe meyilli hale getirilebilir mi, kader kötü olabilir mi? Korkunç bir felaketin baskısı altında kalan yürek, tıpkı alçak bir tonozun altında sıkışan omurilik gibi şekilsizleşip, bünyesinde çirkinlikleri ve onarılamaz hasarları barındırır hale gelebilir mi? Her insanın ruhunda, özellikle de Jean Valjean'ın ruhunda, bu dünyada yozlaşmayan, öbür dünyada ölümsüzleşen, iyiliğin geliştirebileceği, ateşin canlandırabileceği, alevlendirebileceği, görkemli bir şekilde parıldamasını sağlayabileceği ve kötülüğün asla tamamıyla söndüremeyeceği bir ilk kıvılcım, bir ilahi unsur yok mudur?

Toulon'da, dinlenme saatlerini düşünmeye ayıran, kollarını kavuşturmuş, sürüklenmemesi için zincirinin ucunu cebinin içine sokmuş bir halde bir bocurgatın koluna oturan Jean Valjean'ı, insana öfkeyle bakan yasaların kurbanı, gökyüzüne acımasızca bakan uygarlığın lanetlisi olan bu karamsar, ağırbaşlı, sessiz ve düşünceli kürek mahkûmunu gören her fizyoloji uzmanı bu ciddi ve içinden çıkılmaz soruların sonuncusuna muhtemelen *hayır* diyecekti.

Kuşkusuz, orada telafisi mümkün olmayan bir sefaleti görecek olan fizyoloji uzmanı, belki de yasanın hasta ettiği bu kişiye acıyacak, ama onu tedavi etmeyi bile denemeyecek, bakışlarını bu ruhun hayal meyal seçebildiği derinliklerinden kaçırıp, tıpkı cehennemin kapısındaki Dante gibi, Tanrı'nın parmağının her insanın alnına yazdığı: *Umut* sözcüğünü bu yaratığa yakıştıramayacaktı!

Bizim okurlarımız için tahlil etmeye giriştiğimiz bu ruh durumu, Jean Valjean için de bu denli açık mıydı? Jean Valjean ahlaki sefaletini oluşturan tüm bu unsurları oluştukları sırada ve oluştuktan sonra net bir şekilde görebiliyor muydu? Bu kaba saba, cahil adam kendisini yavaş yavaş, onca yıldır zihninin iç ufkunu oluşturan kasvetli görüntülere indirip çıkaran o düşünceler silsilesinin net bir şekilde farkında mıydı? İçindeki hareketliliğin, orada yaşananların bilincinde miydi? Bunu söylemeye cesaret edemeyeceğiz; hatta buna inanmıyoruz. Jean Valjean, yaşadığı bu kadar felaketten sonra bile, düşüncelerini netleştiremeyecek kadar cahildi. Bazen, neler hissettiğini bile tam olarak anlayamıyordu. Jean Valjean karanlıkların içindeydi, orada acı çekiyor, orada nefret ediyor, âdeta her şeyden nefret ediyordu. Genellikle, bir kör ya da uyurgezer gibi etrafını elleriyle yoklayarak bu karanlıkta yaşıyordu. Sadece, ara sıra, iç ve dış etmenler sayesinde bir öfke sarsıntısı, bir keder artışı yaşıyor, aniden tüm ruhunu, her yanını, önünü ve arkasını aydınlatan ve korkunç bir ışığın huzmeleri sayesinde kaderinin iğrenç uçurumlarını ve kasvetli görüntülerini yansıtan solgun ve hızlı bir şimşeğin etkisini hissediyordu.

Şimşek geçip gittiğinde, gece yeniden çöküyor ve nerede olduğunu bilemiyordu.

Bu benliğin acımasız, yani sersemletici yanı baskın olan kederlerinin özelliği garip bir değişimle insanı yavaş yavaş vahşi ve yırtıcı bir hayvana dönüştürmesiydi. Jean Valjean'ın peş peşe ve ısrarlı kaçış denemeleri yasanın insan ruhu üzerinde yarattığı garip tahribatı kanıtlamaya yeterliydi. Jean Valjean bu yararsız ve çılgınca girişimlerini, önüne çıkan her fırsatta, sonucunu bir an bile düşünmeden, daha önceki deneyimlerinden hiç ders çıkarmadan tekrarlamıştı. Kafesin kapısını açık bulan kurt gibi hemen kaçıyordu. İçgüdüleri ona "Kaç!" derken, muhakemesi "Kaçma!" diyordu. Ama böyle şiddetli bir eğilim karşısında muhakeme kayboluyor, içgüdüler ağır basıyordu. Yakalandığında, karşılaştığı acımasızlıklar sadece onu daha fazla korkutmaya yarıyordu.

Atlamamamız gereken bir ayrıntı da, onun kürek mahkûmları arasında olağanüstü gücüyle ünlendiğiydi. Jean Valjean yorgun olduğunda bile, bir kabloyu çekmek, bir bocurgatı çevirmek konusunda dört kişiye bedeldi. Bazen sırtında çok ağır yükler taşıyor, yeri geldiğinde kriko denilen ve eskiden ismini Paris hallerinin yakınındaki Montorgueil Caddesi'nden aldığı için *orgueil*[19] olarak anılan o aletin yerini tutuyordu. Arkadaşları ona Kriko Jean lakabını takmışlardı. Bir keresinde, Toulon belediye konağının balkonu tamir edilirken, Puget'nin balkonu destekleyen o muhteşem sütunlarından biri çökmek üzereyken, Jean Valjean omzuyla sütuna destek vermiş ve işçilerin gelmesini beklemişti.

Çevikliği gücünü geride bırakıyordu. Sürekli olarak kaçmayı hayal eden bazı kürek mahkûmları sonunda güçle becerinin bir araya geldiği gerçek bir bilimi, kasların bilimini öğrenirler. Kuvvetlerin gizemli dengesi her zaman sineklere ve kuşlara özenen mahkûmların günlük eğlencesi haline gelmişti. Dikine tırmanmak, bir çıkıntı gördüğünde destek noktası bulmak Jean Valjean için çocuk oyuncağıydı. Duvarın bir açısını yakaladığında, sırtını ve diz arkasını kasıyor, dirseklerini ve topuklarını taşın girintilerine yerleştiriyor, sihirli bir şekilde üçüncü kata bazen de zindanın çatısına çıkıyordu. Az konuşuyor, hiç gülmüyordu. Yılda bir iki kez, kürek mahkûmlarına özgü, şeytanın gülüşünün yankısını andıran o iğrenç kahkahalardan birini atması için olağanüstü gülünç bir sahneyle karşılaşması gerekiyordu. Onu görenler, hiç durmadan ürkütücü bir şeylere bakmakla meşgul olduğunu düşünüyorlardı.

Gerçekten de, bir yerlere boş boş bakıyordu.

Tamamlanmamış bir kişiliğin ve bastırılmış bir zekânın hastalıklı algıları arasından belli belirsiz canavarı andıran bir şeyin üzerine yüklendiğini hissediyordu. İçinde sürünüp durduğu bu loş ve kasvetli alacakaranlıkta, başını çevirip yukarı bakmaya çalıştığında, her seferinde, öfkeyle karışmış bir korkuyla, başının üzerinde nesnelerin, yasaların, önyargıların, insanların, olguların çeperlerini seçemediği, kütle-

19 Kibir, kurum. (ç.n.)

sinden korktuğu, korkunç dik bayırlarla üst üste dizilerek göz alabildiğince yükselirmiş gibi görünen ürkütücü yığınını fark ediyordu, bu, aslında uygarlık olarak andığımız o olağanüstü piramitten başka bir şey değildi. Bu iç içe geçmiş hareketli, şekilsiz bütünlüğün ortasında, sağda solda, kâh yakınında, kâh uzaktaki erişilmez yaylaların üzerinde bir topluluğu, canlı renklerle aydınlanmış bir ayrıntıyı, gardiyanı ve sopasını, jandarmayı ve kılıcını, başlıklı bir başpiskoposu, en yukarıda ise tıpkı bir güneş gibi parıldayan taç giymiş, göz kamaştırıcı imparatoru görür gibi oluyordu. Uzaklardaki bu ihtişamın, gecesinin karanlığını dağıtmak yerine onu daha kasvetli, daha katlanılmaz kıldığını düşünüyordu. Tüm bunlar, yasalar, önyargılar, olaylar, insanlar, nesneler, Tanrı'nın uygarlığa dayattığı o karmaşık ve gizemli hareketliliğe uygun bir şekilde başının üzerinde gelip gidiyor, onu acımasızlığın eşlik ettiği tasvir edemediğim bir dinginlikle, kayıtsızlığın eşliğindeki bir amansızlıkla ezip geçiyordu. Bahtsızlığın en derinlerine düşmüş ruhlar, belirsizliklerin artık hiç önemsenmeyen uçurumlarına yuvarlanmış bahtsızlar, yasaları reddedenler, başlarının üzerinde, altında olmayanlar için olağanüstü görünen ama altında olanları tüm ağırlığıyla ezen toplumu hissederler.

Bu koşullar altında düşünen Jean Valjean'ın hayalleri nasıl olabilirdi?

Değirmen taşının altındaki buğday tanesi düşünebilse, kuşkusuz Jean Valjean gibi düşünecekti.

Tüm bunlar, hayallerle iç içe geçmiş gerçeklikler, gerçekliklerle iç içe geçmiş fanteziler sonunda onda neredeyse tasvir edilemez bir ruh hali yarattılar.

Ara sıra, zindandaki çalışmasının ortasında, işi bırakıp öylece duruyordu. Düşünceye dalıyordu. Öncesine kıyasla daha da olgunlaşmış ve altüst olmuş aklı, ona isyan ediyordu. Başına gelenlere bir anlam veremiyor, etrafını çevreleyen her şeyi bir düş olarak yorumluyor, kendi kendine "Hayal görüyorum," diyordu. Birkaç adım ötesindeki gardiyana bakıyor, onun hayali bir varlık olduğunu düşünüyor, bu hayali varlık aniden ona sopasını indiriyordu.

Gerçek dünya onun için yok gibiydi. Jean Valjean'ın hayatında güneşe, güzel yaz günlerine, serin nisan sabahlarına yer yok denebilirdi. Ruhunu hangi hava deliğinden sızan ışığın aydınlattığını bilemiyorum.

Bitirirken, özetlediklerimizi ve belirttiğimiz olgularla vardığımız kesin sonuçları özetlersek, Favorelles'in masum ağaç budayıcısı, Toulon'un ürkütücü kürek mahkûmu Jean Valjean'ın on dokuz yılda iki olumsuz davranış biçimi geliştirdiğini söylemekle yetineceğiz: İlki, kafası karışmış bir halde, hiç düşünmeden, içgüdüsel olarak çektiği acılara misilleme yaparmışçasına aniden harekete geçmesi; ikincisi, yaşadığı felaketin şekillendirdiği yanlış düşüncelerle ciddi bir şekilde, bilinçli olarak tasarladığı ve başını derde sokacak davranışlarda bulunmasıydı. Bu planlı girişimler sadece belli bir kişiliğe sahip olanların kat edebileceği art arda gelen üç aşamadan geçiyordu: Muhakeme, irade, dikkafalılık. Düşüncelerini pratiğe geçirmesini sağlayan etkenler doğal öfkesi, ruhunun kederi, maruz kaldığı haksızlıkların derin etkisi, hâlâ kaldıysa, iyiler, masumlar ve dürüstler de dâhil olmak üzere tüm insanlara olan tepkisiydi. Tüm bu düşüncelerinin çıkış ve varış noktası insan yasalarına duyduğu kindi; bu kin gelişim sürecinde herhangi bir ilahi güç tarafından durdurulmazsa, zamanla topluma, ardından insanlığa ve evrene duyulan kine dönüşebilir, kendini herhangi birine şiddetli bir zarar verme arzusu halinde dışa vurabilirdi. Anlaşılacağı gibi, Jean Valjean'ın kimliğinde *çok tehlikeli bir şahıs* olduğunun yazması boşuna değildi.

Yıllar geçtikçe bu ruh yavaşça ama tehlikeli bir şekilde duygusuzlaşmış, duygusuz yürek gözyaşlarını kurutmuştu. Cezaevinde kaldığı on dokuz yıl boyunca tek bir damla gözyaşı bile dökmemişti.

VIII

Dalga ve Karanlık

Denizde bir adam!

Ne önemi var! Gemi durmuyor. Rüzgâr esiyor, belli bir rota izlemek zorunda olan o kasvetli gemi yoluna devam ediyor.

Adam gözden kayboluyor, sonra yeniden beliriyor, suya gömülüyor ve tekrar yüzeye çıkıyor, sesleniyor, kollarını sallıyor, kimse onu duymuyor, kasırgayla sallanan gemi manevrasını yapıyor, tayfalar ve yolcular denizle boğuşan adamı fark etmiyorlar; zavallı kafası devasa dalgaların arasında bir noktadan ibaret.

Derinliklere doğru umutsuz çığlıklar atıyor. Çekip giden o yelkenli nasıl da hayalet gibi görünüyor! Ona bakıyor, çılgınca bakıyor. Gemi uzaklaşıyor, soluklaşıyor, küçülüyor. Az önce diğer tayfalarla birlikte güvertede gidip gelen, soluk alıp verme ve güneşi görebilme olanağına sahip olan bir insandı. Şimdi ne olmuştu da bu hale düşmüştü? Ayağı kayıp suya düşmüş, işi bitmişti.

Uçsuz bucaksız denizin ortasında çırpınıyor. Ayağının altında kayan sulardan, felaketten başka bir şey yok. Rüzgârla yarılıp çalkalanan dalgalar etrafını korkunç bir şekilde kuşatıyor, dipsiz uçurumun yalpaları onu sürüklüyor, suların tüm kıvrımları başının etrafında dönüp duruyor, bir dalga yığını üzerine püskürüyor, belli belirsiz boşluklar onu yarı yarıya yutuyor; suya her batışında karanlıklarla kaplı uçurumları görür gibi oluyor, hiç tanımadığı ürkütücü deniz bitkileri onu kavrıyor, ayaklarını düğümlüyor, kendilerine doğru çekiyor, kendini uçurumun, köpüklerin parçası gibi hissediyor, dalgalar onu bir top gibi birbirlerine atıyor, kederin sularını yutuyor, hain okyanus onu boğmaya çalışıyor, enginliğiyle onun can çekişmesiyle alay ediyor. Bu okyanusun tamamı âdeta kin kusuyor.

O yine de karşı koyuyor.

Kendini savunmaya çalışıyor, yüzeyde kalabilmek için çaba harcıyor, yüzüyor. Hemen tükenen o zavallı kuvvet hiç tükenmeyenle çarpışıyor.

Peki ama gemi nerede? Orada. Ufkun soluk karanlığında zorlukla seçiliyor.

Boralar esiyor; tüm köpükler onu sarmalıyor. Gözlerini kaldırdığında bulutların kurşuniliğini görüyor. Can çekişirken denizin devasa çılgınlığına eşlik ediyor. Bu çılgınlığın işkencesine maruz kalıyor. Yeryüzünün ötesinden nereden geldiği bilinmeyen garip, ürkütücü sesler duyuyor.

Bulutların arasında, tıpkı insani kederlerin üzerindeki melekler gibi kuşlar uçuşuyor, ama onun için ne yapabilirler? Uçuyor, ötüyor, süzülüyorlar, o ise hırıldıyor.

Okyanus ve gökyüzü denen, kendisi için biri mezar diğeri kefen işlevi görecek iki sonsuzlukla sarmalandığını hissediyor. Hava kararıyor, saatlerdir yüzüyor, gücü tükeniyor; içindeki insanlarla uzaklaşan o gemi ufukta silinip gitti, alacakaranlığın girdabında tek başına, suya batıp çıkıyor, geriliyor, eğilip bükülüyor, altındaki görünmezin cani dalgalarını hissediyor, "İmdat!" diyor.

Hiç kimse yok. Tanrı nerede?

"İmdat!" diyor. Biri! Biri! Sürekli "İmdat!" diyor.

Ufukta hiçbir şey yok. Gökyüzünde hiçbir şey yok.

Enginliklere, dalgalara, yosunlara, gizli kayalıklara yalvarıyor; hepsi sağır. Fırtınaya, sarsılmaz bir şekilde sadece sonsuzluğa itaat eden fırtınaya yakarıyor.

Etrafını karanlık, sis, ıssızlık, çalkantılı ve çılgınca bir uğultu, sert suların sınırsız kıvrımları çevreliyor. İçini korku ve bezginlik kaplıyor. Altında uçurum onu bekliyor. Tek bir destek noktası yok. Kadavranın uçsuz bucaksız karanlığın içindeki kasvetli yolculuğunu düşünüyor. Soğukla felç olmaya başlıyor. Büzüşüp kapanan elleri hiçliğe tutunuyor. Rüzgârlar, bulutlar, girdaplar, esintiler, yıldızlar hiçbir işe yaramıyor! Ne yapmalı? Umutsuzca kendini koyuveriyor, bıkkınlıkla ölmek istiyor, her şeyi oluruna bırakıyor ve işte sonsuza dek boğulmanın kasvetli derinliklerine batıyor.

Ah! İnsan toplumlarının amansız yürüyüşü! Yürüyüş sırasındaki insan ve ruh kayıpları! Yasanın yok ettiklerini yutan okyanus! Dayanışmanın lanet olası çürüyüşü! Ah, ahlaki yozlaşma!

Deniz, ceza yasalarının lanetlediklerini attığı acımasız sosyal karanlık. Deniz, sonsuz bir sefalet.

Bu girdapta akıntıya kapılan ruh bir cesede dönüşebilir. Onu kim diriltecekti?

IX

Yeni Şikâyetler

Cezaevinden çıkma saati geldiğinde, Jean Valjean kendisine *Özgürsün!* diyen o garip sözleri duyduğunda, eşi benzeri bulunmayan, beklenmedik bir an yaşadı, canlı bir ışık huzmesi, insanlardan yayılan gerçek bir ışık huzmesi aniden içine doldu. Ama bu ışık solmakta gecikmedi. Özgürlük düşüncesiyle gözleri kamaşan Jean Valjean yeni bir hayat kurabileceğine inanmıştı. Özgürlüğün, sarı kimlik belgesiyle verilen özgürlüğün ne olduğunu çok çabuk anladı.

Ve bunun yanı sıra çok fazla sıkıntı çekeceğini hissetti. Kürek cezası boyunca, kazandığı paranın yüz yetmiş bir frank olacağını hesaplamış ama zorunlu dinlenme ve bayram günlerini hesaba katmayı unuttuğu için yaklaşık yirmi dört frank daha az alacağını düşünememişti. Ne olduysa, bu yekûn çeşitli kesintilerle eksilirken eline sayılan yüz dokuz frank on beş santime düşmüştü.

Hiçbir şey anlamamış, dolandırıldığını sanmıştı. Tam olarak parasının çalındığını sanmıştı.

Serbest kalışının ertesi günü, Grasse'ta, bir portakal çiçeği damıtımevinin kapısında balyaları indiren adamlar görmüş, çalışmak istediğini söylemişti. İş yoğunluğundan dolayı onu geri çevirmediler. O da hemen işe koyuldu. Zeki, güçlü, becerikli bir adam olarak elinden geleni yaptığında işveren memnun görünüyordu. Çalıştığı sırada, oradan geçen bir jandarma ondan belgelerini istediğinde, sarı kimlik belgesini göstermek zorunda kaldı. Ardından, Jean Valjean işine devam etti. Birkaç dakika önce, işçilerden birine günlük ne kadar yevmiye aldıklarını sormuş, *otuz metelik* ödendiğini öğrenmişti. Akşam olduğunda, ertesi sabah yola çıkmak zorunda olduğundan damıtımevinin sahibinden yevmiyesini istedi. Adam hiçbir şey söylemeden ona onbeş metelik verdi. Karşı çıkınca ona şu yanıt verildi: Bu senin gibi biri için yeterli. Üsteleyince de, adam iki gözünün arasına bakarak "Beğenmiyorsan damaltına geri dön!" dedi.

Bir kez daha kendisini dolandırılmış gibi hissetti.

Toplum, devlet, kesintiler yaparak parasının büyük miktarını çalmıştı. Şimdi sıra kendisini azar azar dolandıran insanlardaydı.

Serbest bırakılmak, özgürlük demek değildi. Cezaevinden çıkılsa da mahkûmluğun ruh halinden çıkılmıyordu.

İşte Grasse'da başına bunlar gelmişti. Digne'de nasıl muamele gördüğünü anlatmıştık.

X

Uyanan Adam

Katedralin saati ikiyi çaldığında, Jean Valjean uyanmıştı.

Onu uyandıran yatağının çok rahat olmasıydı. Neredeyse yirmi yıldan beri bir yatakta yatmamış, giysilerini çıkarmasa da bir yatakta uyumak gibi yeni bir olay uykusunu bölmeye yetmişti.

Dört saatten fazla uyumuştu. Yorgunluğu geçmişti. Dinlenmeye fazla zaman ayırmaya alışkın değildi.

Bir anlığına etrafındaki karanlığa bakmak için açtığı gözlerini yeniden uykuya dalmak için kapadı.

Gün çeşitli duygulanımlarla hareketli geçtiğinde, yaşanan olaylar zihni meşgul ettiğinde uykuya dalınır, ama uyanıldığında yeniden uyunamaz. Uykuya dalmak kolaydır, ama uyanıp yeniden uyumak için aynı şey söylenemez. İşte Jean Valjean bu durumdaydı. Uyuyamadığı için düşüncelere dalmıştı.

Zihindeki düşüncelerin karmakarışık olduğu o anlardan birini yaşıyordu. Beyninde âdeta anlam veremediği bir gelgit yaşanıyordu. Eski ve taptaze anıları iç içe geçmiş dalgalar gibi çalkanıyor, garip bir şekilde birbirlerine karışıyor, içeriklerinden bağımsızlaşıyor, biçimlerini kaybediyor, ölçüsüz bir şekilde geliştikten sonra aniden âdeta çamurlu ve bulanık bir suda kayboluyorlardı. Aklından birçok şey geçse de, zihnini sürekli olarak meşgul eden ve diğerlerini bastıran bir düşünce vardı. Bu düşünceyi hemen söyleyeceğiz: Madam Magloire'ın masanın üzerine yerleştirdiği altılı gümüş takım ve büyük kepçe gözünden kaçmamıştı.

Bu altılı gümüş takım aklından çıkmıyordu. Birkaç adım ötesinde duruyorlardı. Yüklüğe geçmeden önce, yaşlı hizmetkârın onları yan odadaki yatağın başucunda bulunan küçük bir dolaba yerleştirdiklerini görmüş, bu dolabın yerini kafasına kazımıştı. Yemek salonundan yatak odasına girildiğinde hemen sağdaydı. Som gümüşten bu takım eski olduğu için çok değerliydi. Kepçeyi de eklerse, en az iki yüz frank ederlerdi. Bu meblağ on dokuz yıl boyunca kazandığının iki katıydı. Aslında "cezaevi yönetimi" "çalmamış" olsa daha fazlasını kazanmış olacaktı.

Tam bir saat boyunca, zihni bir direnişin de işin içine karıştığı çalkantılarla salınıp durdu. Saat üçü çaldığında gözlerini yeniden açıp yatağında doğruldu, kollarını uzatıp yüklüğün bir köşesine attığı çantasını el yordamıyla aradı, ardından bacaklarını aşağı sarkıtıp ayaklarını döşemenin üzerine bıraktı ve kendini nasıl olduğunu anlamadan yatağının üzerinde oturmuş bir halde buldu.

Bir süre herkesin uyuduğu evdeki tek uyanık kişi olarak, onu bu karanlıkta bu haliyle gören birini ürkütecek şekilde düşüncelere daldı. Aniden eğilip ayakkabılarını çıkardı ve onları yavaşça yatağın yanındaki hasırın üzerine koydu, ardından yeniden hiç kımıldamadan düşüncelere daldı.

Daldığı bu iğrenç hayallerin ortasında, demin sözünü ettiğimiz düşünceler zihnini hiç durmadan kurcalıyor, gelip gidiyor, geri dönüyor, üzerinde bir ağırlık oluşturuyorlardı. Ardından nedenini bilmeden ve düşlerinin gayriihtiyari takıntısıyla cezaevinde tanıdığı Brevet adlı bir kürek mahkûmunu düşündü. Adamın pantolonunu pamuk ipliğinden örülmüş tek bir askı tutuyordu. Bu askının damalı süslemeleri aklından çıkmıyordu.

Saat üçü çeyrek geçeyi ya da üç buçuğu çalmasa gün doğana kadar bu şekilde düşünebilirdi. Saatin sesi sanki ona, "Hadi iş başına!" demişti.

Ayağa kalktı, bir süre daha tereddüt edip etrafı dinledi; ev sessizdi, bunun üzerine küçük adımlarla hayal meyal seçebildiği pencereye doğru yürüdü. Gece çok karanlık değildi; gökyüzünde rüzgârın kovaladığı bulutların üzerinde uçuştuğu bir dolunay vardı. Bu durum bahçenin peş peşe bir aydınlanıp bir kararmasına, ay tutulmasının ya da kapalı bir havanın aniden açılması gibi görüntüler oluşmasına, odaya da alacakaranlığın dolmasına yol açıyordu. Bulutlar nedeniyle ara sıra kesintiye uğrayan bu alacakaranlık insanın önünü görmesine izin veriyor, bir mahzenin hava deliğinin önünden gelip geçenlerin yarattığı solgunluğa benziyordu. Jean Valjean kenarına geldiği pencereyi inceledi. Bahçeye açılan bu pencerede parmaklık yoktu ve o dönemde âdet olduğu üzere küçük bir kama çiviyle kapanmıştı. Açtığı pencereyi, keskin bir soğuğun aniden içeri dolması üzerine hemen kapattı. Bahçeye inceleyen dikkatli bakışlarla baktı. Bahçe, aşılması kolay, oldukça alçak, beyaz bir duvarla çevrilmişti. Daha ötede, eşit aralıklı ağaçların tepelerini seçebildi, bu durumda duvar, bahçeyle bir caddeyi ya da ağaçlıklı bir sokağı ayırıyordu.

Bahçeyi kolaçan ettikten sonra, kararlı bir ifadeyle yüklüğe yürüyüp çantasını açtı, içini karıştırıp, çıkardığı bir şeyi yatağın üzerine koydu, ayakkabılarını gözlerinden birine yerleştirdiği çantasını kapayıp omuzlarına aldı, kasketini takıp siperliğini öne indirdi, el yordamıyla bulduğu bastonunu pencerenin köşesine bıraktı, ardından yatağın üzerine bıraktığı şeyi kararlı bir şekilde kavradı. Bu, uçlarından biri bir mızrak gibi sivriltilmiş küçük bir demir çubuğa benziyordu.

Bu karanlıkta, bu demir parçasının hangi amaçla kullanılacağını kestirebilmek zordu. Bir kaldıraç ya topuz olabilir miydi?

Gündüz vakti olsa, bunun madencinin demir çubuğundan başka bir şey olmadığı anlaşılabilirdi. Kürek mahkûmları bazen Toulon'u çevreleyen yüksek tepelerdeki kayaları parçalamakla görevlendirilirdi ve yanlarında madenci aletlerini taşımaları nadir rastlanan bir durum değildi. Madencilerin saf demirden çubukları alt taraflarında kayaları delmeye yarayan sivri bir uçla sonlanırdı.

Çubuğu sağ eline aldı ve nefesini tutup, sessiz adımlarla yan odanın, bilindiği gibi piskoposun odasının kapısına yöneldi. Kapıya geldiğinde onun yarı açık durduğunu gördü. Piskopos kapıyı kapamamıştı.

XI

Ne Yapıyor?

Jean Valjean etrafını dinledi. Çıt çıkmıyordu.

Kapıyı içeri girmek isteyen bir kedinin kaçamak ve endişeli hafifliğiyle parmağının ucuyla itti.

İtilince boyun eğen kapı, girişi biraz daha genişleten hafif ve sessiz bir hareket yaptı.

Bir süre bekledikten sonra, kapıyı daha cüretkâr bir şekilde ikinci kez itti.

Kapı sessizce boyun eğmeye devam etti. Şimdi açıklık içeri girebileceği kadar genişti. Ama kapının yanında girişi engelleyecek şekilde garip bir açıyla duran küçük bir masa vardı.

Jean Valjean güçlüğü fark etti. Kapı aralığının ne pahasına olursa olsun daha da genişlemesi gerekiyordu.

Kararını verip bu kez ilk ikisinden daha güçlü bir şekilde kapıyı itti. Kapının uzun zamandır yağlanmamış menteşesi bu karanlıkta aniden boğuk ve yayılması uzun süren bir ses çıkardı.

Jean Valjean titredi. Bu menteşenin gürültüsü kulağında kıyamet gününün borusu gibi korkunç bir şekilde yankılandı. İlk anın yanılsamasıyla, bu menteşenin korkunç bir şekilde canlandığını ve herkesi uyandırmak için köpek gibi havladığını düşündü.

Afallamış bir halde titreyip, ayaklarının ucuna basmaktan vazgeçerek durdu. Şakaklarındaki damarların demirhane çekiçleri gibi inip kalktığını hissetti, göğsünden çıkan soluğun mağaradan çıkan bir rüzgârın gürültüsüne benzediğini düşündü. Bu öfkeli menteşenin korkunç gürültüsünün tüm evi bir deprem gibi sarsacağını sanıyordu; ittiği kapı alarm zilini çalmış, herkesi uyandırmıştı; ihtiyar yatağından kalkacak, iki yaşlı kadın çığlıklar atacak, yardımlarına koşulacaktı; on beş dakika geçmeden şehirde söylentiler yayılacak, jandarmalar kapıya dayanacaktı. Bir an için işinin bittiğini düşündü.

Hiç hareket etmeden, tıpkı tuzdan bir heykel gibi olduğu yerde taş kesilmişti. Birkaç dakika geçti. Kapı ardına kadar açılmıştı. İçeri bakmaya cesaret ettiğinde hiçbir hareketlilik olmadığını fark etti. Kulak kesildi. Evde hiçbir şey hareket etmiyordu. Paslanmış menteşe kimseyi uyandırmamıştı.

Bu ilk tehlikeyi atlatsa da zihninde korkunç bir karmaşa vardı. Yine de geri adım atmadı. İşinin bittiğini sandığında bile geri adım atmamıştı. İşini çabucak görmeye karar verip bir adım attı ve odaya girdi.

Odaya dingin bir sessizlik hâkimdi. Sağda solda, gün ışığında bir masanın üzerine yayılmış kâğıtlar, açık kitaplar, bir taburenin üzerine yığılmış ciltler, üzeri giysi dolu bir koltuk, bir dua iskemlesi oldukları kolayca anlaşılabilecek ama gecenin bu saatinde beyazımtırak nesneler, karanlık köşeler gibi görünen belli belirsiz şekiller vardı. Jean Valjean mobilyalara çarpmamak için temkinli bir şekilde ilerledi. Odanın dibinden uyuyan piskoposun düzenli ve huzurlu soluğu duyuluyordu.

Aniden durdu. Yatağın kenarındaydı. Buraya sandığından çok daha çabuk ulaşmıştı.

Doğa bazen âdeta bizi düşündürmek için etkilerini ve görüntülerini bizim davranışlarımıza tam zamanında belli belirsiz ve akıllı bir şekilde karıştırır. Jean Valjean yatağın karşısında durduğu sırada, yaklaşık yarım saatten beri gökyüzünü kaplayan büyük bir bulut, sanki özellikle yaparmışçasına dağılmış, uzun pencereyi aşan ay ışığı bir anda piskoposun solgun yüzünü aydınlatmaya başlamıştı. Huzur içinde uyuyordu. Aşağı Alplerin soğuk geceleri yüzünden, yatağa kollarını, bileklerini örten kahverengi yünden bir hırkayla girmişti. Başı kendini uykunun ellerine teslim etmenin huzuruyla yastığın üzerine devrilmişti; onca hayırseverliğe, onca ulvi davranışa tanıklık etmiş olan eli, parmağındaki rahip yüzüğüyle dışarı sarkıyordu. Tüm yüzü belli belirsiz bir hoşnutlukla, umutla, ahiret mutluluğuyla aydınlanıyordu. Dudaklarında gülümsemeden öte bir ışıldama vardı. Alnının üzerine görünmeyen bir ışığın tasvir edilemez yansıması vuruyordu. Adillerin ruhu uyku sırasında gizemli bir göğü izler.

Bu göğün bir yansıması piskoposun üzerindeydi.

Vicdanının aynası olan bu gökyüzü içinde olduğu için ışıklı bir saydamlık yayıyordu.

Ay ışığı, içindeki aydınlıkla bütünleştiği anda uyuyan piskopos çok heybetli görünüyordu. Yine de odada tatlı ve tasvir edilemez bir yarı aydınlık vardı. Gökyüzündeki bu ay, uykuya dalmış bu doğa, hiçbir yaprağın titreşmediği bu bahçe, bu huzurlu ev, o saat, o an, sessizlik bu adamın saygın uykusuna görkemli ve sözle ifade edilemeyen bir şeyler katıyor ve bu beyaz saçları, bu kapalı gözleri, umut ve güven dolu bu yüzü, bu ihtiyar başı ve bu çocuksu uykuyu heybetli ve dingin bir haleyle sarmalıyorlardı.

Ulviliğinin farkında olmayan bu adamda neredeyse ilahi bir ifade vardı.

Gecenin karanlığında, elindeki demir çubuğuyla ayakta hiç kımıldamadan duran Jean Valjean yüzünden aydınlık yayılan bu ihtiyara ürkerek bakıyordu. Daha önce böyle bir şeye hiç rastlamamıştı. Bu güven onu korkutuyordu. Ahlaki âlemde bundan daha muhteşem bir tablo görülemezdi: kaygılı, altüst olmuş, kötü bir davranışın eşiğine gelmiş bir vicdan, adil bir insanın uykusunu izliyordu.

Yalnızlığın ortasında yanı başındaki kişinin bu uykusunda, belli belirsiz olsa da, kendini açıkça belli eden bir yücelik hissediyordu.

Kendisi de dâhil olmak üzere, kimse aklından neler geçtiğini söyleyemezdi. Yine de, bir tahmin yürütmek için büyük bir şiddet eğiliminin, büyük bir sükûnetle bir araya geldiğini hayal etmek gerekirdi. Yüzündeki yabani bir şaşkınlığı yansıtan ifadeden kesin bir sonuç çıkarmak mümkün değildi. Bakıyordu. Hepsi bu. Ama ne düşündüğünü tahmin etmek imkânsızdı. Kesin olan tek şey duygulandığı ve altüst olduğuydu. Ama bu duygunun içeriği neydi?

Gözünü ihtiyardan ayıramıyordu. Tavırlarından ve yüz ifadesinden bariz bir şekilde yayılan tek şey garip bir kararsızlıktı. Âdeta, dibine çakılacağı ya da sağ kurtulacağı iki uçurum arasında gidip geliyordu. Bu kafayı kırmaya ya da bu eli öpmeye hazırmış gibi görünüyordu.

Birkaç saniye sonra, alnına doğru kaldırdığı sol koluyla kasketini çıkardı, ardından kolunu aşağı indirip, sol elinde kasketi, sağ elinde demir çubuğu, yabani başının üzerindeki dikilmiş saçlarıyla piskoposu izlemeye devam etti.

Piskopos bu ürkütücü bakışlar altında huzur içinde uyuyordu.

Ay ışığının etkisiyle şöminenin üzerinde belli belirsiz seçilen haç, birini kutsamak, birini bağışlamak için iki kolunu yana açmış gibi görünüyordu.

Aniden, kasketini takan Jean Valjean, piskoposa bakmadan yatağın yanından hızla geçip başucunda duran dolaba yöneldi, kilidi zorlamak istermiş gibi demir çubuğu kaldırdı, anahtar dolabın üzerindeydi, kapağı açtığında ilk fark ettiği gümüş takımlarının bulunduğu sepetti; sepeti alıp çıkaracağı gürültüye aldırmadan hızlı adımlarla odayı aştı, kapıya ulaşıp dua odasına girdi, pencereyi açtıktan sonra bastonunu aldı, pencereden bahçeye atladı, gümüş takımlarını çantasına koyup sepeti fırlattı, bahçeyi geçip duvarın üzerinden bir kaplan gibi atladıktan sonra kaçmaya başladı.

XII

Piskopos Çalışıyor

Ertesi sabah gün doğarken Monsenyör Bienvenu bahçesinde geziniyordu. Madam Magloire allak bullak olmuş bir halde ona doğru koştu.

— Monsenyör monsenyör, diye bağırdı, Yüceliğiniz gümüş takımı sepetinin nerede olduğunu biliyor mu?

— Evet, dedi piskopos.

— Tanrı'ya şükürler olsun! Nereye kaybolduğunu ben bilmiyorum.

Piskopos az önce tarhlardan birinde bulduğu sepeti Madam Magloire'a gösterdi.

— İşte.

— Ama içinde hiçbir şey yok! Gümüş takımlar nerede?

— Ah! diye karşılık verdi piskopos. Demek gümüş takımlarını merak ediyordunuz? Nerede olduklarını bilmiyorum.

— Ulu Tanrım! Çalındı! Dün akşamki adam onları çaldı.

Madam Magloire, paniğe kapılmış yaşlı bir kadının çabukluğuyla göz açıp kapayıncaya kadar dua odasına koşup piskoposun yanına döndü. Yere eğilmiş olan piskopos tarha düşen sepetin kırdığı kaşıkotunu iç çekerek inceliyordu. Madam Magloire'ın haykırışını duyup ayağa kalktı.

— Monsenyör adam gitmiş! Gümüş takımları çalınmış!

Bu şekilde bağırırken, gözleri bahçenin köşesindeki tırmanma izlerine takıldı. Duvarın üzerindeki zikzaklı süs kırılmıştı.

— Bakın! Oradan gitmiş. Cochefillet Sokağı'na atlamış! Ah! Çok iğrenç! Gümüş takımlarımızı çaldı!

Bir an sessiz kalan piskopos ciddi bakışlarını Madam Magloire yöneltarek yumuşak bir ses tonuyla:

— Öncelikle, o takımlar bize mi aitti? diye sordu.

Madam Magloire afalladı. Yeni bir sessizlikten sonra piskopos devam etti:

— Madam Magloire, o takımları uzun zamandan beri haksız yere elimde tutuyordum. Onlar aslında yoksullara aitti. O adam da kuşkusuz bir yoksuldu.

— Ne yazık! diye karşılık verdi Madam Magloire. Benim için ya da matmazel için bir önemi yok. Ama monsenyör için üzülüyorum. Monsenyör bundan sonra yemeğini nasıl yiyecek?

Piskopos ona şaşkın bir ifadeyle baktı:

— Ah! O da laf mı! Kalay takımlarımız yok mu?

Madam Magloire omuzlarını silkti.

— Kalay kokar.

— O zaman demir takımları kullanırız.

Madam Magloire anlamlı bir ifadeyle yüzünü buruşturdu.

— Demir yemeğin tadını bozar.

— O zaman, dedi piskopos, ahşap takımları kullanırız.

Bir süre sonra, Jean Valjean'ın dün akşam oturduğu masada kahvaltı ediyordu. Monsenyör Bienvenu kahvaltısını ederken, bu konu üzerine hiç konuşmayan kız kardeşine ve alçak sesle homurdanan Madam Magloire'a neşeyle bir parça ekmeği bir süt bardağına bandırmak için ahşap da olsa, çatal bıçağa ihtiyaç olmadığını söylüyordu.

— Şu akla bak! diyordu Madam Magloire tek başına gidip gelirken, böyle bir adamı eve almak! Ve hemen yan odaya yerleştirmek! Ne mutlu ki sadece hırsızlık yapmış! Aman Tanrım! Düşünmesi bile insanın içini ürpertiyor!

Ağabey ve kız kardeşi masadan kalkarlarken kapı vuruldu.

— Girin, dedi piskopos.

Kapı açıldığında eşikte garip ve sert görünümlü birkaç kişi belirdi. Üç adam bir dördüncüyü yakasından tutuyorlardı. Üçü jandarma, diğeri ise Jean Valjean'dı.

Grubun şefi olduğu anlaşılan kapının yanındaki onbaşı içeri girip piskoposa doğru ilerledi ve asker selamı verdi.

— Monsenyör... dedi

Bu söz üzerine, kederli ve umutsuz görünen Jean Valjean başını şaşkın bir ifadeyle kaldırdı.

— Monsenyör! diye mırıldandı. Demek rahip değilmiş...

— Kes sesini, dedi jandarma. Monsenyör piskopostur.

Bu arada, Monsenyör Bienvenu yaşlılığının elverdiği ölçüde aceleyle yanlarına yaklaşmıştı.

— Ah! Siz miydiniz? diye haykırdı Jean Valjean'a bakarak. Sizi gördüğüme sevindim. Ama size takımların yanı sıra gümüş şamdanları da almanızı söylemiştim, böylece iki yüz franka satabilecektiniz. Onları da takımlarla birlikte neden götürmediniz?

Gözlerini açan Jean Valjean saygıdeğer piskoposa hiçbir insan dilinin tasvir edemeyeceği bir ifadeyle baktı.

— Monsenyör, dedi jandarma onbaşı, bu adamın bize söyledikleri doğru mu? Onunla yolda karşılaştık. Şüpheli biri gibi görünüyordu. Onu durdurduk. Yanında bu gümüş takımlar...

— Ve size onları geceyi evinde geçirdiği yaşlı bir rahibin verdiğini söyledi değil mi? diye araya girdi piskopos gülümseyerek. Durumu anlıyorum. Ve siz de onu buraya getirdiniz. Bir yanlışlık olmuş.

— Bu durumda, onu serbest bırakabilir miyiz? diye sordu onbaşı.

— Elbette, dedi piskopos.

Jean Valjean jandarmaların yakasını bırakmaları üzerine geriledi.

— Beni serbest bıraktıkları doğru mu? dedi uykusunda konuşurken gevelermiş gibi.

— Evet serbestsin, söylenenleri duymuyor musun? dedi bir jandarma.

— Dostum, dedi piskopos, gitmeden önce şamdanlarınızı alın.

Şömineye doğru gidip iki şamdanı Jean Valjean'a getirdi. İki kadın piskoposu rahatsız edecek tek bir söz söylemeden, ona bir bakış bile yöneltmeden olan biteni izliyorlardı.

Tüm bedeni titreyen Jean Valjean iki şamdanı afallamış, kendini kaybetmiş bir halde aldı.

— Şimdi gidebilirsiniz, dedi piskopos. Bu arada dostum, geri geldiğinizde, bahçeden geçmenize gerek yok. Caddeye bakan kapıdan girip çıkabilirsiniz. Gece gündüz açıktır, sadece kapının kolunu çevirmeniz yeter.

Sonra jandarmalara dönerek:

— Beyler gidebilirsiniz, dedi.

Jandarmalar uzaklaştılar.

Jean Valjean bayılmak üzereymiş gibi görünüyordu.

Yanına yaklaşan piskopos ona alçak sesle:

— Bana bu parayı dürüst bir adam olmak için harcayacağınıza söz verdiğinizi asla unutmayın, dedi.

Herhangi bir söz verdiğini hatırlamayan Jean Valjean afalladı. Bu sözleri üzerlerine basa basa söyleyen piskopos heybetli bir ifadeyle ekledi:

— Jean Valjean, kardeşim, artık kötülüğe değil iyiliğe aitsiniz. Ruhunuzu satın alıp içindeki karanlık ve tehlikeli düşünceleri çıkarıyorum ve onu Tanrı'ya teslim ediyorum.

XIII

Petit-Gervais

Jean Valjean şehirden âdeta kaçarcasına çıktı. Tarlalarda hızla yürüyor, önüne çıkan her yola, her patikaya giriyor, yeniden aynı yere döndüğünü fark etmiyordu. Sabah boyunca, hiçbir şey yemeden, açlığını hissetmeden bu şekilde yürüdü. Bir dizi yeni duygulanımın etkisi altındaydı. Kime karşı beslediğini bilemediği bir öfke yaşıyordu. Duygulanmış mıydı yoksa aşağılanmış mıydı, bunu söyleyebilecek durumda değildi. Ara sıra garip bir acıma duygusuyla yüreği sızlıyor, yirmi yıldan beri katılaşan yüreğiyle bu duyguya karşı koyuyor, bu çatışma onu yoruyordu. Başına gelen felaketin adaletsizliğinin etkisiyle korkunç bir sükûnete gömülen yüreğinin sarsıldığını hissediyor, endişeleniyor, kendi kendine bu sükûnetin yerini neyin alacağını soruyordu. Bazen, cezaevinde jandarmalar arasında olmasının kendisi için daha hayırlı olacağını ve böylece olayların bu şekilde gelişmesiyle bu ölçüde sarsılmayacağını düşünüyordu. Mevsim epeyce ilerlemiş olsa da, geçtiği çitlerin arasında yer alan geç açmış çiçeklerin kokusu ona çocukluk anılarını hatırlatıyor, uzun zamandır zihninde canlanmadıkları için bu anılara katlanamıyordu.

Gün boyunca tasvir edilmesi mümkün olmayan düşünceler zihnini kurcalayıp durdular.

Batmak üzere olan güneş toprağın üzerindeki en ufak çakıl taşının gölgesini uzatırken, Jean Valjean kızıl renge boyanmış, tamamıyla ıssız büyük ovadaki bir çalılığın arkasına oturmuştu. Uzaklarda, küçük bir çan kulesinin bile belirmediği ufukta sadece Alpler vardı. Jean Valjean, Digne'den çıktığından beri üç fersah yol katetmiş olmalıydı. Çalılığın birkaç adım ötesinde, ovayı kesen bir patika vardı.

Ona rastlayacak birine yırtık pırtık giysilerini daha da ürkütücü gösterecek olan bu düşünceli halinin ortasında neşeli bir ses duydu.

Başını çevirdiğinde, on yaşlarında bir köylü çocuğunun beline bağladığı *viel*'i[20] ve sırtındaki küçük sandığıyla şarkı söyleyerek patikadan geçtiğini gördü.

Pantolonlarının deliğinden dizleri görünen, bir kentten diğerine yolculuk eden o sevimli, neşeli çocuklardan biriydi.

Çocuk şarkı söylerken ara sıra duruyor, muhtemelen tüm serveti olan birkaç bozuk parayla yazı tura oynuyordu. Bu bozuk paralar arasında bir de kırk santim vardı.

Jean Valjean'ı fark etmeyen çocuk çalılığın yanında durup şimdiye kadar büyük bir ustalıkla hepsini elinin tersine düşürdüğü bozuk paraları havaya doğru fırlattı.

Ama bu kez kırk santimlik bozuk para elinden kayıp Jean Valjean'ın oturduğu çalılığa yuvarlandı.

Jean Valjean paranın üzerine bastı.

Bu arada, çocuk parasının nereye yuvarlandığını görmüştü.

İstifini hiç bozmadan adama doğru yürüdü.

Etraf tamamıyla ıssızdı. Göz alabildiğince uzanan ovada ve patikada kimse yoktu. Gökyüzünün derinliklerinde

20 Ortaçağa özgü, kemana benzeyen yaylı bir çalgı. (e.n.)

uçuşan bir kuş sürüsünün zayıf çığlıklarından başka bir şey duyulmuyordu. Çocuk, saçlarını altın örgülerle donatan ve kızıl ışığıyla Jean Valjean'ın vahşi yüzünü kan rengine boyayan güneşe sırtını dönmüştü.

— Mösyö, dedi küçük köylü çocuğu, cehalet ve masumiyetin karışımından kaynaklanan çocuksu bir güvenle, paramı alabilir miyim?

— Adın ne? diye sordu Jean Valjean.

— Petit-Gervais mösyö.

— Defol git, dedi Jean Valjean.

— Mösyö, diye üsteledi çocuk, paramı geri verir misiniz?

Başını öne eğen Jean Valjean yanıt vermedi.

Çocuk tekrarladı:

— Mösyö paramı verin!

Jean Valjean'ın bakışları yere sabitlenmişti.

— Param! diye bağırdı çocuk, beyaz gümüş param!

Jean Valjean onu hiç duymuyormuş gibi görünüyordu. Çocuk gömleğinin yakasına yapışıp onu sarsarken aynı zamanda hazinesinin üzerindeki çivili iri ayakkabıyı yerinden oynatmaya çabalıyordu.

— Paramı istiyorum! Kırk santimimi istiyorum!

Çocuk ağlıyordu. Hâlâ yerinde oturan Jean Valjean başını kaldırdı. Gözleri boş bakıyordu. Çocuğu şaşkınlıkla fark ettiğinde, elini bastonuna uzatıp korkunç bir sesle bağırdı: Kim var orada?

— Ben mösyö, diye karşılık verdi çocuk. Petit-Gervais ben! Ben! Lütfen ayağınızı kaldırıp bana kırk santimimi geri verin, lütfen! Ardından küçük olmasına rağmen öfkeli, âdeta tehditkâr bir ifadeyle:

— Hadi, ayağınızı kaldıracak mısınız? Ayağınızı kaldırın! dedi.

— Ah! Demek hâlâ buradasın! dedi Jean Valjean ve ayağı hâlâ gümüş paranın üzerinde dururken aniden ayağa kalkıp ekledi:

— Canını kurtarmak ister misin?

Ona korkuyla bakan çocuğun tüm bedeni titredi ve birkaç saniyelik şaşkınlıktan sonra başını hiç geri çevirmeye ve çığlık atmaya cesaret edemeden koşarak var gücüyle kaçmaya başladı.

Yine de, bir süre sonra soluk soluğa durmak zorunda kaldı ve yeniden düşüncelere dalan Jean Valjean onun hıçkırarak ağladığını duydu.

Bir süre sonra çocuk gözden kaybolmuştu.

Güneş batmış, Jean Valjean'ın etrafını gölgeler sarmıştı. Gün boyunca hiçbir şey yememişti; muhtemelen ateşi çıkmıştı.

Çocuk kaçtığından beri ayakta durmuş, yerinden hiç kımıldamamıştı. Soluğu göğsünü uzun ve düzensiz aralıklarla kaldırıyordu. On on iki adım ötesine sabitlediği bakışları otların üzerindeki mavi fayanstan kırık bir tabağı incelermiş gibi görünüyordu. Aniden ürperdi; akşam serinliğini hissetmeye başlamıştı.

Kasketini alnının üzerine sıkıca yerleştirdi, gayriihtiyari bir hareketle gömleğinin düğmelerini iliklemeye çalıştı, bir adım atıp bastonunu almak için eğildi.

O sırada, ayağının toprağa yarı yarıya gömdüğü ve çakıl taşlarının arasında parlayan kırk santimi fark etti. Âdeta galvanik bir akımın etkisiyle sarsıldı. "Bu da nedir?" dedi dişlerinin arasından. Üç adım gerileyip durdu, gözlerini karanlıkta parıldayan o nesnenin bakışlarını kendisine dikmiş gibi göründüğü ve az önce ayağıyla ezmiş olduğu o noktadan ayıramıyordu.

Birkaç dakika sonra, her yanı kasılarak gümüş paraya doğru hamle yaptı, onu eline alıp doğruldu ve bir sığınak arayan ürkmüş, titreyen vahşi bir hayvan gibi ovanın enginliklerine, ufkun her noktasına doğru bakmaya başladı.

Hiçbir şey göremedi. Gece bastırmıştı, ova soğuk ve loştu, alacakaranlığın ortasında mor renkli bulutlar göğe doğru yükseliyorlardı.

Ah! dedi ve çocuğun gözden kaybolduğu noktaya doğru hızlı adımlarla yürümeye başladı. Otuz adım attıktan sonra durdu ve hiçbir şey göremedi.

Bunun üzerine var gücüyle bağırdı: "Petit-Gervais! Petit-Gervais!"

Sustu ve dinledi.

Hiçbir yanıt yoktu.

Issız ve kasvetli ova enginliklerle çevriliydi. Etrafında bakışlarının kaybolup gittiği bir karanlıktan ve sesinin boğulduğu bir sessizlikten başka bir şey yoktu.

Buz gibi esen Poyraz, etrafındaki nesnelere iç karartıcı bir görüntü veriyordu. Küçük ağaçlar sıska dallarını âdeta birini tehdit eder ve peşinden gidermişçesine inanılmaz bir öfkeyle sallıyorlardı.

Yeniden yürümeye, ardından da koşmaya başladı, zaman zaman duruyor, duyulabilecek en korkunç, en hüzünlü bir sesle ıssızlığa haykırıyordu: Petit-Gervais! Petit-Gervais!

Kuşkusuz çocuk bu haykırışı duysa bile korkudan ona görünmemek için elinden geleni yapacaktı. Ama çocuk hiç şüphesiz şimdiden çok uzaklara gitmişti.

Atla giden bir rahibe rastladığında yanına gidip:

— Sayın rahip yolunuza bir çocuk çıktı mı? dedi

— Hayır, diye yanıtladı rahip.

— Adı Petit-Gervais.

— Kimseyi görmedim.

Çantasından çıkardığı iki beş frankı rahibe uzattı.

— Sayın rahip bu para yoksullar için. Sayın rahip, on yaşlarında bir çocuktu, sırtında küçük bir sandık, sanırım bir de *viel* vardı. O gezgin köylü çocuklardan biriydi, onu tanıyor musunuz?

— Onu hiç görmedim.

— Petit-Gervais? Söyler misiniz, bu köylerden birinde oturmuyor mu?

— Söylediğiniz gibiyse dostum, yabancı bir çocuk olmalı. Onlar gezgindir. Kimse onları tanımaz.

Jean Valjean çantasından aceleyle iki beş franklık daha çıkarıp rahibe uzattı.

— Cemaatinizin yoksulları için, dedi.

Ardından kafası karışmış bir halde ekledi:

— Sayın rahip, beni yakalatın. Ben bir hırsızım.

Atını mahmuzlayan rahip ürkmüş bir halde uzaklaştı.

Jean Valjean daha önce izlediği yönde koşmaya başladı.

Etrafına bakınarak, seslenip bağırarak uzun bir yol kat etse de, kimseye rastlamadı. İki üç kere ovada kendisine yere uzanmış ya da diz çökmüş biri gibi görünen bir şeylere doğru koştu, ama bunlar çalılıklardan ya da toprağın üzerindeki kayalardan başka bir şey değildi. Nihayet üç patikanın kesiştiği bir noktada durdu. Ay yükselmişti. Bakışlarını etrafında gezdirdikten sonra son bir kez daha bağırdı: "Petit-Gervais! Petit-Gervais! Petit-Gervais!" Sesi bir yankı bile yaratmadan sislerin içinde sönüp gitti. Zayıf bir sesle kekelercesine bir daha tekrarladı: "Petit-Gervais!" Bu son çabasıydı; aniden bacakları görünmeyen bir gücün, vicdansızlığının ağırlığıyla onu eziyormuşçasına kıvrıldı; tükenmiş bir halde büyük bir taşın üzerine yığıldı, yumruklarını saçlarının arasına daldırıp yüzünü dizlerine bastırarak bağırdı: "Ben bir sefilim!"

O anda duygularının doruk noktasına ulaşmasıyla ağlamaya başladı. On dokuz yıldan beri ilk defa ağlıyordu.

Görüldüğü gibi, Jean Valjean piskoposun evinden ayrıldığında, dünyayı her zamankinden farklı düşüncelerle gözlemlemeye başlamıştı. İçinde neler olup bittiğini anlayamıyordu. İhtiyarın meleklere yaraşan davranışına ve tatlı sözlerine karşı koymaya çalışıyordu. "Bana dürüst bir insan olacağınıza dair söz verdiniz. Ruhunuzu satın alıp içindeki sapkın düşünceleri çıkarıyorum ve onu Tanrı'ya teslim ediyorum." Bu sözler aklından hiç çıkmıyor, bu ilahi hoşgörüye içimizdeki kötülüğün kalesi olan kibirle karşı çıkıyordu. Bu rahibin bağışlamasının kendisini hâlâ sarsan bir saldırı olduğunu, bu merhametli davranışa direnirse, yüreğinin katılığının sonsuza dek yumuşamayacağını, boyun eğerse insanların yıllar boyunca davranışlarıyla yüreğine doldurduğu o hoşuna giden kinden vazgeçmesi gerekeceğini, bu kez kendi kötülüğü ile o adamın iyiliği arasında yeneceği veya yenileceği muazzam ve nihai bir savaşın yaşanacağını belli belirsiz hissediyordu.

Zihninde çakan bu şimşeklerin etkisiyle, korkunç bakışlarla sarhoş gibi yürürken, Digne'de başından geçenlerin geleceğini belirleyebileceği konusunda net bir düşüncesi var mıydı? Hayatın belli anlarında insanı uyaran ya da tedirgin eden o gizemli uğultuları duyuyor muydu? Bir ses kulağına kaderini belirleyecek anın geldiğini, kendisi için orta yol bulunmadığını, bundan böyle insanların en mükemmeli olmazsa en kötüsü olacağını, bu andan itibaren ya piskopostan daha yükseklere çıkması ya da kürek mahkûmundan daha aşağılara düşmesi gerektiğini, iyi olmak istiyorsa bir meleğe, kötülük yolunda devam etmek istiyorsa bir canavara dönüşmesi gerektiğini söylüyor muydu?

Burada da önceden yaptığımız gibi şu soruları sormamız gerekiyor: Tüm bunlardan düşüncelerine bir gölgenin yansıdığını fark ediyor muydu? Kuşkusuz, daha önce de söylediğimiz gibi, felaket zekâyı eğitmişti, yine de Jean Valjean'ın tüm bahsettiklerimizi çözümleyecek durumda olduğu şüpheliydi. Görmekten çok hayal meyal seçebildiği bu düşünceler aklından geçiyor olsalar bile, onu tasvir edilemez ve kederli bir karmaşaya sürüklemekten başka bir işe yaramıyorlardı. Zindan denen o muğlak ve karanlık yerden çıktığında, piskopos ruhuna kötülük etmiş, onu uzun süre karanlıkta yaşayan birinin aniden yoğun bir ışığa maruz kalmasına benzer bir durumla karşı karşıya bırakmıştı. Kendine sunulan gelecekteki tertemiz, pırıl pırıl yaşamı içini endişe ve korkuyla dolduruyor, gerçekten de ne yapacağını bilemiyordu. Kürek mahkûmunun gözleri erdem karşısında, tıpkı aniden güneşin doğuşunu gören bir baykuş gibi kamaşmış, körleşmişti.

Kendisinin de farkında olduğu gerçek artık aynı adam olmadığı, içindeki her şeyin değiştiği, piskopos onunla konuştuktan ya da ona dokunduktan sonra bir daha asla, eskiden olduğu gibi aklına eseni yapmakta özgür olmayacağıydı.

Bu ruh haliyle, Petit-Gervais ile karşılaşmış, kırk santimine el koymuştu. Neden? Bunu kesinlikle açıklayamazdı; bu gasp olayı zindandan getirdiği kötü düşüncelerin son etkisinin ve olağanüstü çabasının, bir itki kalıntısının, statikte *potansiyel güç* olarak adlandırılan olgunun bir sonucu muydu? Buydu ve belki de daha azıydı. Basitçe söyleyelim: Zihni beklenmedik ve yeni birçok çatışmalı düşüncenin ortasında çırpınırken, ayağını gümüşün üzerine alışkanlık ve içgüdüyle basıp paraya el koymasına neden olan kendisi değil, içindeki vahşi hayvandı. Aklı başına geldiğinde ve bu alçakça davranışın bilincine vardığında Jean Valjean endişeyle sarsılmış ve korkunç bir çığlık atmıştı.

Bu garip bir olaydı ve sadece içinde bulunduğu durumda gerçekleşebilecek bir şekilde çocuğun parasına el koyarak, bir daha asla yapamayacağı bir şeyi yapmıştı.

Ne olursa olsun, üzerinde önemli bir etki yaratan bu son kötü davranışı zihnindeki karmaşayı aniden dağıtarak yoğun karanlıkları bir yana, aydınlığı bir kenara ayırıp içinde bulunduğu ruh halini kimyasal bir maddenin bir bileşenini çökelten, diğerini yüzeyde bırakan bir ayıraç gibi etkiledi.

İlk başta, kendini gözlemlemeden ve hiç düşünmeden günahlarından arınmaya çalışan bir insan gibi, parasını geri vermek istediği çocuğu bulmak için çılgınca çabaladı, ardından bunun bir işe yaramayacağının ve mümkün olmadığının farkına vararak umutsuzluğa kapıldı. "Ben bir sefilim!" diye bağırdığı sırada, kim olduğunu fark etmeye başlıyor, dışarıdan baktığında bir hayalet gibi görünen benliğinden sıyrılıyor ve önünde, elindeki bastonu, beline kadar inmiş gömleği, sırtındaki çalınmış eşyalarla dolu çantası, kararlı ve iç karartıcı yüz ifadesi, iğrenç tasarılarla dolu zihniyle aşağılık kürek mahkûmu Jean Valjean'ın ete kemiğe bürünmüş halini görüyordu.

Daha önce de belirttiğimiz gibi yaşadığı felaketin aşırılığı hayatını hayaller kurarak geçirmesine neden olmuştu. Bu da hayallerinden biri olabilirdi. Gerçekten de, karşısında Jean Valjean'ın o iğrenç yüzünü gördüğünde, kendi kendine bu korkunç adamın kim olduğunu sormak üzereydi.

Zihni, hayallerin gerçekliği yutacak kadar derin olduğu, şiddetli ve son derece korkunç bir şekilde sakin o anlardan birini yaşıyordu. Önündeki nesneler görünmüyor, zihnindeki imgeler beyninden dışarı çıkmış gibi beliriyordu.

Böylece âdeta kendisini karşıdan seyretti ve aynı zamanda bu halüsinasyonun arasından, gizemli derinliklerde önce meşale sandığı bir aydınlık gördü. Bilincinde beliren bu ışığa daha dikkatlice baktığında bunun insana benzediğini ve bu meşalenin piskopos olduğunu fark etti.

Vicdanı karşısında beliren bu iki adamı, piskoposu ve Jean Valjean'ı art arda izledi. Birincinin ikinciye baskın çıkması uzun sürmedi. Hayallere dalması uzadıkça, bu tür kendinden geçişlere özgü garip bir etkiyle piskopos gözünde büyüyüp ışıldıyor, Jean Valjean küçülüp silikleşiyordu. Bir süre sonra sadece bir gölgeden ibaretti. Aniden gözden kayboldu. Ortada sadece piskopos kalmıştı.

Muhteşem bir parıltıyla bu sefilin ruhunu aydınlatıyordu. Jean Valjean uzun süre boyunca sıcak gözyaşları dökerek, hıçkırarak, bir kadından daha çok zaaf göstererek, bir çocuktan daha fazla ürkerek ağladı.

Ağladıkça, zihni olağanüstü ve hem büyüleyici hem korkutucu bir ışıkla gitgide daha da aydınlanıyordu. Geçmiş yaşamı, ilk hatası, suçunun cezasını uzun süre ödemesi, yüzünün alıklaşması, yüreğinin katılaşması, kafasında kurduğu intikam planlarıyla şenlenen serbest bırakılması, piskoposun evinde yaşadıkları, piskoposun kendini bağışlamasının ardından işlediği en alçakça, en canavarca suç olarak gördüğü kırk santime el koymuş olması, tüm bunlar zihninde net bir şekilde ve şimdiye dek hiç rastlamadığı bir aydınlığın içinde yeniden canlanıyordu. Hayatını gözden geçirdiğinde korkunç bir yaşam sürdüğünü, ruhunun ürkütücü göründüğünü fark etti. Yine de bu yaşamın ve ruhun üzerinde hafif bir ışık vardı. Âdeta cennetin ışığında şeytanı görüyordu.

Kaç saat boyunca ağladı? Ağladıktan sonra ne yaptı? Nereye gitti? Bunları kimse asla öğrenemedi. Sadece o gece, Grenoble'den Digne'e gelen bir arabacının, piskoposluk caddesinde, Monsenyör Bienvenu'nün kapısında, diz çökmüş bir halde dua eden bir adamı gördüğü söyleniyordu.

Üçüncü Kitap
1817 Senesinde

I

1817 Senesi

1817 senesi, XVIII. Louis'nin gururunun da eşlik ettiği krallara yakışır bir dik duruşla hükümdarlığının yirmi ikinci yılını ilan ettiği senedir. 1817, aynı zamanda Bruguiere de Sorsum'un üne kavuştuğu seneydi. Pudra kullanmanın ve sorguç tipi saç modelinin yeniden moda olacağını uman berberlerin dükkânları gök mavisi rengine boyanmış, zambak desenleriyle süslenmişti. Kont Lynch'in her pazar Saint-Germain-des-Prés Kilisesi'nin mütevelli heyeti üyesi olarak, yüksek meclis üyesi giysileri, kırmızı kordonu, uzun burnu ve önemli bir girişime imza atmış bir kişiye özgü heybetli görünüşüyle kendisine ayrılan özel bölmede oturduğu naif bir dönemdi. Kont Lynch'in imzasını attığı önemli girişim, 12 Mart 1814'te, Bordeaux belediye başkanı olarak, şehri zamanından biraz önce Angoulême düküne teslim etmesiydi. Yüksek meclis üyesi olması bundan kaynaklanıyordu. 1817'de moda, dört ila altı yaş arasındaki çocukları Eskimoların başlıklarına benzeyen, kulaklıkları maroken tarzda sepilenmiş geniş kasketler takmaya zorluyordu. Fransız ordusu Avusturya usulünce beyaz üniforma giyiyor, lejyon olarak adlandırılan alaylar, numaralandırılmak yerine bulundukları bölgenin ismiyle anılıyorlardı. Sainte-Hélene'de sürgünde olan Napoléon, İngiltere kendisine yeşil kumaş vermeyi reddettiğinden eski elbiselerini ters yüz ediyordu. 1817'de, Pellegrini şarkı söylüyor, Matmazel Bigottini dans ediyordu; Potier ünlü bir aktördü, Ordy ise henüz doğmamıştı. Madam Saqui, Forioso'nun yerini alıyordu. Fransa'da hâlâ Prusyalılar vardı. Delalot önemli bir şahsiyetti. Meşrutiyet, Pleignier, Carbonneau ve Tolleron'un önce ellerini, sonra kafalarını giyotinle keserek kendini kanıtlıyordu.[21] Dışişleri Bakanı Prens Talleyrand ve Maliye Bakanı Rahip Louis birbirlerine iki kâhinin gülümsemesiyle bakıyorlardı. 14 Temmuz 1790'da Talleyrand piskopos olarak Champ-de-Mars'da Federasyon Bayramı için düzenlenen ayini yönetirken, Louis diyakoz olarak yanında yer almıştı. 1817'de, aynı Champ-de-Mars'ın yan yollarında, yağmurun altında ıslanan, otların arasında çürüyen, maviye boyanmış, yaldızları dökülmüş kartal ve arı desenleriyle süslenmiş silindir şeklinde tahta direkler vardı. İki yıl önce, imparatorun Champ-de-Mai'deki[22] kerevetini destekleyen bu direklerin bazı bölümleri Gros-Caillou yakınlarında karargâh kuran Avusturyalıların yaktıkları ateşle yanmıştı. Direklerin birkaçı yakılan bu ateşlerde kül olup gitmiş, *kaiserlich*[23] iri elleri ısıtmaya yaramıştı. Champ-de-Mai'nin dikkat çeken yanı haziran ayında, Champ-de-Mars'ta toplanmış olmasıydı. 1817'de, iki şey popülerdi: Voltaire'in Touquet Yayınevinden çıkan kitapları ve üzerinde Anayasa metni bulunan enfiye kutuları. Parislileri heyecanlandıran en son olay kardeşinin başını kesip

21 Bu üç kişi 1817'de değil, 27 Temmuz 1816'da idam edilmişlerdir. (ç.n.)

22 Napoléon'un, sürgünden döndüğü Yüz Gün sırasında, Mayıs ayında, Champ-de-Mars alanında kurduğu meclis. (ç.n.)

23 Alm. Krallara layık, krallara ait. (e.n.)

Marché-aux-Fleurs'ün havuzuna atan Dautun cinayetiydi.[24] Kaptan Chaumareix'e utanç, ressam Géricault'ya şan verecek olan o uğursuz *Meduse* fırkateyniyle ilgili yeni haberler alınamamasından dolayı Donanma Bakanlığı'ndan şüpheleniliyordu. Albay Selves, Süleyman Paşa olmak için Mısır'a gidiyordu. Harpes Caddesi'ndeki Thermes Sarayı fıçıcı dükkânı olmuştu. Cluny Konağı'nın sekizgen kulesinin sahanlığında, gökbilimci Messier'nin XVI. Louis döneminde rasathane olarak kullandığı ahşap küçük bölme hâlâ görülebiliyordu. Duras düşesi gök mavisi satenden imparatorluk dönemi tarzına uygun X şeklindeki iskemle ve sehpalarla döşenmiş süslenme odasında üç dört dostuna henüz yayınlanmamış *Ourika*'yı okuyordu. Louvre'daki N harfleri kazınıyordu. Austerlitz Köprüsü isminden vazgeçip Jardin du Roi adını alıyor,[25] Austerlitz Köprüsü'nün ve Jardin des Plantes botanik bahçesinin kimliklerini gizleyecek çifte bir muammaya yol açıyordu. Horatius'u okurken, imparator olan kahramanları ve kendilerini veliaht gibi tanıtan kunduracıları[26] düşünen XVIII. Louis'nin, Napoléon ve Mathurin Bruneau gibi iki endişe kaynağı vardı. Fransız Akademisi ödül konusu olarak *bilimin verdiği mutluluğu* öneriyordu. Kraliyet Başsavcısı Bellart, hatiplik yeteneğini gösteriyor, onun gölgesinde gelecekte Paul-Louis-Courier'nin alaylarının hedefinde yer alacak Savcı Broe yetişiyordu. Arlincourt olarak anılan sahte bir Marchangy ortaya çıkmadan önce, Marchangy olarak anılan sahte bir Châteaubriand vardı. *Claire d'Albe* ve *Malek-Adel* başyapıt olarak kabul ediliyor,

24 Charles Dautun kardeşi Auguste'ü 9 Kasım 1814'te öldürmüş, 29 Mart 1815'te infaz edilmiştir. (ç.n.)

25 Austerlitz Köprüsü'nün ismi 1815'te Jardin-du-Roi olarak değiştirilmiştir. (ç.n.)

26 XVI. Louis'nin oğlu veliaht XVII. Louis 1793'te Temple Hapishanesi'nde bir kunduracının yanına çırak olarak verilmişti. Mathurin Bruneau kendisini hapisten kaçan XVII . Louis olarak tanıtıyor, tahtın kendisine ait olduğunu iddia ediyordu. (ç.n.)

Madam Cottin dönemin en önemli yazarı sayılıyordu.[27] Enstitü akademisyen Napoléon Bonaparte'ı listesinden siliyordu. Bir kraliyet fermanı Angoulême'de deniz okulunun kurulduğunu bildiriyordu, Angoulême dükü büyük bir amiral olduğu için Angoulême bir liman kenti olmanın tüm ayrıcalıklarına sahipti, aksi takdirde monarşinin ilkeleri sarsılabilirdi. Bakanlar kurulunda, Franconi'nin at üzerindeki yaptığı cambazlıkları resmeden ve sokaklardaki haytaların başına üşüştüğü afişlerine göz yumulup yumulmayacağı tartışılıyordu. *Agenese*'in dört köşe yüzlü, yanağı benli yazarı M. Paer, Ville d'Eveque Caddesi'nde oturan Sassenaye markizinin dostlarıyla birlikte verdikleri küçük konserleri yönetiyor, tüm genç kızlar sözlerini Edmond Géraud'nun yazdığı *Ermite de Saint Avelle*'i söylüyorlardı. *Le Nain Jaune*'un[28] yerini *Le Miroir*[29] alıyordu. İmparator yanlısı Lemblin kafesi Bourbon'ları destekleyen Valois kafesine karşı koyuyordu. Louvel tarafından daha o zamandan beri, gölgesi gibi izlenen duc de Berry Sicilyalı bir prensesle evleniyordu. Madame de Staël öleli bir yıl olmuştu.[30] Muhafız birliği askerleri Matmazel Mars'ı ıslıklıyorlardı. Büyük gazeteler küçücüktü. Sayfaların büyüklüğü sınırlı olsa da, özgürlükler sınırsızdı. *Le Constitutionnel* anayasa yanlısıydı. *La Minerve* dergisi büyük yazar Châteaubriand'ın ismini *Châteaubriant* olarak yazıyor, bu *t* harfi burjuvaları çok güldürüyordu. Satılık gazetelerin satılık gazetecileri 1815 sürgünlerine hakaret ediyorlardı: David'in artık yeteneği kalmamıştı, Arnault artık eskisi kadar mantıklı düşünemiyordu, Carnot'nun gözlemlerinin doğruluğu tartışılırdı; Soult hiçbir savaş kazanamamış-

27 Marie Sophie Cottin 22 Mart 1770 - 25 Ağustos 1807 arasında yaşamış Fransız kadın edebiyatçıdır. Malek Adel bir roman değil, Cottin'in *Mathilde ou mémoires tirés de l'histoire des croisades* adlı başka bir yapıtının kahramanıdır. (ç.n.)

28 15 Aralık 1814-15 Temmuz 1815 tarihleri arasında yayımlanan Bonapart yanlısı gazete. (ç.n.)

29 *Le Miroir* gazetesi ilk kez 15 Şubat 1821'de yayımlanmıştır. (ç.n.)

30 Madame de Staël 14 Temmuz 1817'de ölmüştür. (ç.n.)

tı; Napoléon artık eskisi gibi bir dâhi değildi. Kimse bir sürgüne gönderilen mektupların onun eline nadiren geçtiğini bilmiyor, polis dinî bir görevi yerine getirirmişçesine onlara el koyuyordu. Aslında bu yeni bir şey değildi; sürgündeki Descartes da[31] bundan yakınıyordu. David'in bir Belçika gazetesine biraz öfkeyle kendisine gönderilen mektupları alamadığını yazması, bu vesileyle sürgünle alay eden kralcı gazetelerin hoşuna gitmişti. Kral katili ya da kralın idamı için oy verenler, düşmanlar ya da müttefikler, Napoléon ya da Buonaparte[32] sözcüklerini kullananlar arasında büyük bir uçurum vardı. Tüm sağduyulu insanlar, "Anayasanın ölümsüz yaratıcısı" olarak nitelenen XVIII. Louis ile birlikte devrimler çağının kapandığını ileri sürüyorlardı. Pont-Neuf'ün topraklı sekisindeki IV. Henri heykelinin ayaklık taşına *Redivivus*[33] sözcüğü oyuluyordu. M. Pieté, Thérese Caddesi, 4 numarada, monarşinin güçlenmesi için gizli toplantılar düzenliyordu. Sağ kanadın liderleri ciddi öngörülerde bulunup: "Bacot'ya yazmalı," diyorlardı. Canuel, O'Mahony ve Chappedelaine, kralın kardeşi X. Charles tarafından da el altından desteklenen ve ileride "Su Kıyısı Komplosu" olarak anılacak olan planın taslaklarını hazırlıyorlardı. Epingle Noire gizli örgütü de kendi payına komplolar hazırlıyor, Delaverderie, Trogoff ile görüşüyordu. Liberalliği belli ölçülerde destekleyen M. Decazes'in fikirleri kabul görüyordu. Her sabah, Saint-Dominique Caddesi, 27 numaralı evindeki penceresinin önünde, pantolonu, ayağında terliği, kır saçlarını çevreleyen atkısı ile beliren Châteaubriand, gözlerini aynaya sabitlemiş bir halde önünde açık duran eksiksiz dişçi alet takımını kullanarak dişlerini temizliyor, aynı zamanda kâtibi M. Pilorge'a *Anayasa Koşullarında Monarşi*'yi yazdırıyor-

31 Descartes hiç sürgün edilmemiş, 1628'de kendi isteğiyle Hollanda'ya gitmiştir. (ç.n.)

32 Napoléon'un İtalyan kökenli olduğunu belirterek, onu küçük düşürmek için kullanılan lakap. (ç.n.)

33 Yeniden doğan. (ç.n.)

du.[34] Hatırı sayılır eleştirmenler Lafon'u Talma'ya tercih ediyor, M. de Féletz yazılarını A harfiyle, M. Hoffmann ise Z harfiyle[35] imzalıyorlardı, Charles Nodier, *Thérese Aubert*'i yazıyordu. Boşanma yürürlükten kaldırılmıştı.[36] Liselere kolej deniyor, yakalarında altın zambaklı rozetler taşıyan kolejliler Roma kralı[37] hakkında ağır sözler söylüyorlardı. Sarayın gizli polisi, annesi Orléans düşesine, Orléans dükünün hafif süvari generali üniformasıyla, dragon süvarisi generali Berry dükünden daha yakışıklı göründüğü portrelerin her yerde sergilendiğini ihbar ediyordu; çok sakıncalıydı! Paris şehri kendi ödediği vergilerle Invalides'in kubbesini yaldızlatıyordu. Sağduyulu insanlar, kendi kendilerine, M. Clausel de Montals'in, şu ya da bu vesileyle M. Clausel de Coussergues ile çeşitli konularda ters düşmesi, M. de Salaberry'nin bu durumdan hoşnut kalmaması halinde ne yapacağını soruyorlardı. Molière'in kabul edilmediği Akademi'nin üyesi komedyen Picard'ın *İki Philibert*'i, alınlığındaki bazı harfleri koparılmış olmasına rağmen İMPARATORİÇENİN TİYATROSU yazısının hâlâ net bir şekilde okunabildiği Odéon'da sergileniyordu. Cugnet de Montarlot'ya karşı çıkılıyor ya da destek olunuyordu. Fabvier komplocu, Bavoux devrimciydi. Kitapçı Pélicier, Voltaire'in kitabını *Fransız Akademisi Üyesi Voltaire'in Eserleri* adı altında yayınlıyor ve safça "Bu başlık satışları artıracak," diyordu. Kamuoyunun genel görüşü Charles Loyson'un asrın dehası olacağı yönündeydi, şanın tetikleyicisi olan ihtiras onu kemirmeye başlıyor, hakkında şu mısra yazılıyordu:

> Uçarken bile, Loyson'un ayakları olduğu hissedilir.

---

34 Bu kitap 1816'da yayımlanmıştır. (ç.n.)

35 Hoffmann, 14 Haziran 1824'te Victor Hugo'nun eserleri konusunda yazdığı bir makalede, bu imzayı 1817'den çok daha sonra kullandığını belirtmiştir. (ç.n.)

36 8 Mayıs 1816'da kaldırılmıştır. (ç.n.)

37 Altın zambak kraliyetin simgesidir. Roma kralı ise Napoléon'un oğludur. (ç.n.)

Kardinal Fesch'in görevden çekilmeyi kabul etmemesi üzerine, Lyon piskoposluğu'nu Başpiskopos M. de Pind yönetiyordu. Sonradan general olan yüzbaşı Dufour'un hatıralarında yazdığına göre Fransa ile İsviçre arasında Dappes Vadisi tartışmaları başlıyordu. Henüz pek tanınmayan Saint-Simon, yüce düşlerini biriktiriyordu. Bilimler Akademisi'nde gelecek kuşakların unuttuğu bir Fourier ve bilemediğim bir tavan arasında gelecekte hatırlanacak bilinmeyen bir Fourier vardı. Lord Byron sivrilmeye başlıyor, Millevoye bir şiirinde onu Fransa'ya şu sözlerle tanıtıyordu: *Lord Byron adlı biri.* David d'Angers mermer tozunu yoğurmaya başlıyor, Rahip Caron papaz okulu öğrencileri toplantısında, ileride Lamennais olarak anılacak Félicité Robert adındaki ismi duyulmamış bir rahipten övgüyle söz ediyordu. Seine üzerinde yüzen bir köpeğin gürültüsüyle çalkalanıp tüten bir şey Tuileries'nin pencerelerinin altından geçip Pont Royal ile Pont XV. Louis arasında gidip geliyordu; bu, pek işe yaramayan bir oyuncağı andıran, hayalperest bir mucidin düşsel bir icadı olan ütopya buharlı bir gemiydi. Parisliler, bu işe yaramaz gemiye kayıtsızlıkla bakıyorlardı.[38] Enstitüye hükümet darbesiyle, fermanla ve yandaşlarıyla çekidüzen veren ve birçok akademisyeni yetiştiren seçkin yönetici M. de Vaublanc, bunu başarsa da kendisi akademisyen olamamıştı. Saint-Germain Mahallesi ve Marsan Çiftliği sakinleri dindarlığından dolayı Emniyet Müdürü olarak M. Delaveau'nun atanmasını istiyorlardı. Dupuytren ve Récamier Tıbbiye'nin amfisinde İsa'nın yeryüzüne Tanrı olarak mı indiği konusunda hararetle tartışıyorlardı. Bir gözü Eski Ahit'in Yaratılış bölümünde, bir gözü doğada olan Cuvier yobazların gözüne girmek için fosillerle İncil'in metinlerini uyumlu hale getirmeye çalışıyor, Musa'ya mamutlar aracılığıyla dalkavukluk ediyordu. Parmentier'nin

38 Birçok kaynağa göre, buharlı gemi 1817'de, Parisliler için bir ütopya değildi. (ç.n).

anısına sadık kalan saygıdeğer ziraatçı M. François de Neufchâteau yerelmasına *parmentier* patatesi denmesi için büyük çaba harcıyor ama bunu başaramıyordu. Eski piskopos, eski konvansiyon üyesi, eski senatör rahip Grégoire'ın adı kralcı polemiklerde "hain Grégoire" haline dönüşmüştü. Kullandığımız bu haline dönüşmüştü deyişi M. Royer-Collard tarafından yeni bir deyiş olarak değerlendirilmişti. Iéna Köprüsü'nün üçüncü kemerinin altında yer alan ve iki yıl önce, Blucher'nin köprüyü havaya uçurmak için açtığı patlayıcı deliğini tıkamak üzere yerleştirilen yeni taş beyazlığıyla hâlâ dikkatleri çekiyordu. Adalet, Notre-Dame'a giren Artois kontuna yüksek sesle: *Lanet olsun! Bonaparte'ın Talma ile kol kola Bal-Sauvage'a girdiği günleri özlemle anıyorum,* diye bağıran bir adamın yakasına yapışmış, bu kışkırtıcı sözler altı ay hapis cezasına mal olmuştu.

Dönekler yaptıklarını rahatça itiraf ediyor, savaşın hemen öncesinde düşman saflarına geçenler aldıkları ödülleri saklamaya gerek görmüyor, her yerde zenginliklerinin ve itibarlarının alçaklığıyla utanmazca boy gösteriyorlardı. Ligny ve Quatre-Bras'nın satın alınmış asker kaçakları hırpani giysileri içinde monarşiye bağlılıklarını açıkça sergiliyor, İngiltere'de hâlâ açık bir tuvaletin duvarına yazılanları unutmuş gibi görünüyorlardı: *Please adjust your dress before leaving.*[39]

İşte, bugün unutulan 1817 yılından karmakarışık, belirsiz bir şekilde geriye kalanlar. Tarih bu özellikleri ihmal eder, bunu yapmamış olsaydı sonsuzluğun istilasına uğrardı. Yine de haksız yere ufak olarak nitelendirilen bu ayrıntılar yararlıdır; insanlık tarihinde küçük önemsiz olaylar ya da doğada önemsiz yapraklar diye bir şey yoktur. Yüzyılların görünümü her yıl yaşanan gerçeklerle ortaya çıkar.

Bu 1817 yılında, dört genç Parisli "güzel bir oyun" sergilediler.

---

39 İng. Lütfen dışarı çıkmadan önce kılığınıza kıyafetinize çekidüzen verin. (ç.n.)

II

Çifte Dörtlü

Bu Parislilerden biri Toulouselu, diğeri Limogeslu, üçüncüsü Cahorslu ve dördüncüsü Montaubanlıydı; yine de öğrenciydiler ve Paris'te okuyanların Parisli oldukları söylendiğine göre, Paris'te okumak Paris'te doğmak anlamına geliyordu.

Bu dört genç çok silik tiplerdi; herkes onların bir benzerini muhakkak görmüştü; yolda tesadüfen rastlanılan o ne iyi ne kötü, ne bilge ne cahil, ne dâhi ne ahmak olan gençlerdendiler; yirmi yaş denilen o sevimli nisanın güzelliği yüzlerine yansıyordu. O dönemde Arthur'lar henüz ortaya çıkmadığından sıradan dört Oscar'dılar.[40] *Onun için Arabistan'ın tüm güzel kokularını yakın*, diye haykırıyordu romans. *Oscar ilerliyor, Oscar, onu göreceğim!* Ossian[41] dönemi bitiyordu, zarafet İskandinav ve Kaledonya usulüydü, saf İngiliz tarzı daha sonraları talep görecekti ve Arthur'ların ilki, Wellington dükü, henüz Waterloo Savaşı'nı yeni kazanmıştı.

Bu Oscar'ların adları, Toulouselu Félix Tholomyès, Cahorslu Listolier, Limogeslu Fameuil ve Montaubanlı Blachevelle idi. Doğal olarak her birinin metresi vardı. Blachvelle İngiltere'ye gittiği için Favourite olarak adlandırılan kızı seviyor, Listolier takma adı olarak bir çiçeğin ismini kullanan Dahlia'ya hayranlık duyuyor, Fameuil, Josephine'in kısaltması olan Zéphine'e tapıyor, Tholomyès ise güneş renginde güzel saçları olduğu için Sarışın olarak anılan Fantine'e ilgi duyuyordu.

Geçici aşklarla hüsrana uğrasalar da, yüzlerinde hâlâ çalışmanın verdiği dinginliğin bir kalıntısını ve ilk darbeyi

40 İskoç yazar James Macpherson'un 1760'da yazdığı destandaki İskandinav ve Alman prensler. (ç.n.)

41 Macpherson'un 1760'da yazdığı ve Napoléon'un çok etkilendiği destan. (ç.n.)

alan kadınların ruhlarında görülen o dürüstlük çiçeğini saklayan, dikiş iğnelerini tamamıyla bir kenara bırakmadıkları için emekçi kimliklerini biraz da olsa korumaya devam eden Favourite, Dahlia, Zéphine ve Fantine güzel parfümler sürerek çevrelerine ışık saçan o büyüleyici kızlar arasında yer alıyorlardı. İçlerinden yaşça en küçük olana genç ve yaşı yirmi üç olana ihtiyar lakabını takmışlardı. Hiçbir şeyi atlamamak için, ilk üçünün, henüz ilk aşk yanılsamasını yaşayan Sarışın Fantine'den daha deneyimli, daha tasasız ve yaşamın hengamesinde daha uçarı olduklarını söyleyelim.

Dahlia, Zéphine, özellikle de Favourite, Fantine'den daha farklıydı. Yazılmaya henüz yeni başlamış romanlarında şimdiden birden çok bölüm vardı ve ilk bölümdeki âşık Adolphe'un yerini, ikinci bölümde Alphonse, üçüncü bölümde ise Gustave alıyordu. Yoksulluk ve gösteriş merakı, biri azarlayan, diğeri dalkavukluk eden iki lanetli danışmandır ve halkın içinden gelen güzel genç kızların kulaklarına fısıldayarak, her biri kendi payına öğütler verirler. Korunaksız ruhlar onlara kulak verir. İsimlerinin lekelenmesi ve üzerlerine taş atılması bu yüzdendir. İffetli ve erişilmez olanın görkeminden muzdariptirler. Ne yazık! Ya Jungfrau'nun[42] karnı açsa?

İngiltere'ye gittiği için Zéphine ve Dahlia'nın hayranlık besledikleri Favourite genç yaşta kendi evini çekip çeviriyordu. Her şeyi abartan, kendisiyle övünüp duran kaba saba bir adam olan babası hiç evlenmemişti, yaşına rağmen özel dersler veriyordu. Bu öğretmen, gençken günün birinde bir odacı kadının eteğinin şöminenin kül siperine takılıp kaldığını görmüş, bu aksilik yüzünden ona âşık olmuş, bu aksilikten Favourite doğmuştu. Ara sıra babasıyla karşılaştıklarında adam onu selamlardı. Bir sabah rahibe kılıklı yaşlı bir kadın evine gelip ona:

---

42 Bern Alplerinin tırmanılması zor, en yüksek üçüncü dağıdır ve Almancada "genç kız" anlamına gelir. (e.n.)

— Benim kim olduğumu biliyor musunuz matmazel? demişti.

— Hayır.

— Senin annenim. Ardından, yaşlı kadın dolabı açmış, yiyip içmiş, şiltesini getirmiş ve eve yerleşmişti. Bu suratsız ve sofu anne, Favourite ile asla konuşmuyor, saatler boyunca hiç ağzını açmadan oturuyor, dört kişinin yiyeceği yemeği yiyor ve kızı hakkında kötü şeyler söylemek için kapıcının evine gidiyordu.

Dahlia'yı Listolier'ye, belki de başkalarına, aylaklığa yönelten çok çekici pembe tırnaklarıydı. Bu tırnaklarla çalışmak mümkün müydü? Erdemli kalmak isteyen ellerine acımamalıdır. Zéphine'e gelince, Fameuil'ün kalbini biraz şakacı ve okşayıcı bir ifadeyle "Evet mösyö," diyerek çalmıştı.

Delikanlılar birbirleriyle arkadaş olduklarından, genç kızlar da birbirleriyle dost oldular. Bu tür aşklar dostlukların etkisiyle katmerlenirler.

Bilge ve filozof olmak ayrı şeylerdir ve bunun kanıtı, bu küçük uygunsuz ilişkiler dikkate alındığında, Favourite, Zéphine ve Dahlia'nın filozof, Fantine'in bilge olmasıdır.

"Bilge mi?" diye sorulabilir, "Ya Tholomyès?" Hz. Süleyman, buna aşkın, bilgeliğin bir parçası olduğu şeklinde yanıt verirdi. Bizse, Fantine'in aşkının ilk, tek ve sadakatli bir aşk olduğunu söylemekle yetineceğiz.

Dördü arasında âşığı dışında kimseyle senlibenli konuşmayan sadece oydu.

Fantine halkın içinden gelen, âdeta çiçek gibi açılan kızlardan biriydi. Toplumun ulaşılamayacak ölçüde derin katmanlarından çıktığı için, alnında isimsizliğin ve meçhuliyetin damgası vardı. Montreuil-sur-mer'de doğmuştu. Ana babasının kim olduğunu kim bilebilirdi? Kimse ne annesini ne babasını tanıyordu. Adı Fantine'di. Neden Fantine? Onun başka bir adla anıldığını kimse duymamıştı.

Doğduğu dönemde Direktuvar yönetimi hâlâ iktidardaydı. Ailesi olmadığı için soyadı yoktu; kilise olmadığı için vaftiz edilmemişti. Küçük yaşta çıplak ayakla sokaklarda dolaşırken geçen bir yolcu ona hoşuna giden bir isim vermişti. Yağmur yağdığında alnına düşen bir damla gibi bu ismi almıştı. Ona Küçük Fantine diye hitap ediyorlardı. Kimse daha fazlasını bilmiyordu. Fantine on yaşında yaşadığı şehri terk edip çevredeki çiftçilerin yanında çalışmaya gitti. On beş yaşında "şansını denemek" için Paris'e geldi. Fantine güzeldi ve elinden geldiğince iffetli kalmaya çalıştı. Güzel dişleri olan çekici bir sarışındı. Çeyiz olarak altını ve incileri vardı ama altın başının üzerinde ve incileri ise ağzının içindeydi.

Yaşamak için çalıştı; yürek de açlık hissettiğinden çalışmaya devam ederken birini sevdi.

Tholomyès'i sevdi.

Bu ilişki delikanlı için gelip geçici bir heves, Fantine içinse aşk anlamına geliyordu. Quartier Latin'in öğrenciler ve hafifmeşrep işçi kızlarla kaynaşan caddeleri bu düşün başlangıcına tanık oldular. Fantine, onca aşk serüveninin başladığı ve bittiği Pantheon tepesinin labirentlerinde Tholomyès'ten her yol ağzında ona rastlayacak şekilde kaçmıştı. Aramaya benzeyen bir kaçınma tarzı vardır. Sonunda taşra şarkılarındaki aşk hikâyesi başlamıştı.

Blachevelle, Listolier ve Fameuil kendilerinden daha zeki olan Tholomyès'in başını çektiği bir grup oluşturuyorlardı.

Öğrencilik için yaşı bir hayli geçkin olan Tholomyès zengindi; dört bin franlık bir geliri vardı; dört bin franklık bir gelir Sainte-Geneviève tepesinde görkemli bir rezaletti. Tholomyès, otuz yaşında, kendine bakmayan bir sefahat düşkünüydü. Yüzü kırışmış, dişleri dökülmüştü ve saçlarının dökülmeye başlamasını umarsızca şu sözlerle açıklıyordu: *Otuzunda kafatası, kırkında dizkapağı.* Yediklerini pek de kolay hazmedemiyor ve bir gözü sürekli nemleniyordu. Ama gençliği tükendikçe neşesi alevleniyordu, dişlerinin yerine alaycı bir gülümsemeyi, saçlarının yerine neşeyi, sağlığının yerine ironiyi yerleştiriyor ve yaşlanan gözü hiç durmadan gülüyordu. Yıpransa da yüzünde çiçekler açıyordu. Zamanından önce yitip giden gençliği savaş alanından düzenli bir şekilde geri çekiliyor, kahkahalar atıyor ama bu değişimleri kimse fark etmiyordu. Vaudeville Tiyatrosu yazdığı bir oyunu geri çevirmişti. Ayrıca zayıfların gözünde büyük bir gücü temsil edecek şekilde her şeyden fazlasıyla kuşkulanıyordu. Bu yüzden, ironik ve kel bir adam olarak grubun başını çekiyordu. *Iron* İngilizcede demir anlamına gelir. Yoksa ironi sözcüğünün kökeni bu muydu?

Bir gün üç arkadaşını bir kenara çekip onlara bir kâhin edasıyla:

— Fantine, Dahlia, Zéphine ve Favourite bizden bir yıla yakın bir süredir kendilerine bir sürpriz yapmamızı bekliyorlar. Biz de onlara ciddi ciddi söz vermiştik. Bize ve özellikle bana hep bundan söz ediyorlar. Bizim kızlar bana, Saint-Janvier'ye *Faccia gialluta, fa o miraclo*, "Sarı surat, bize mucizeni göster," diye bağıran Napolili yaşlı kadınlar gibi sürekli olarak, "Tholomyès, sürprizini ne zaman yumurtlayacaksın?" diye soruyorlar. Aynı zamanda ebeveynlerimiz de bize mektup yazıyorlar. İki ağzı keskin bıçak. Sanırım zamanı geldi. Bunun üzerine biraz konuşalım.

Bunun üzerine, sesini alçaltan Tholomyès'in gizemli bir şekilde çok neşeli bir şeyler söylemesiyle dört ağızdan aynı anda korkunç ve coşkulu bir kahkaha yayıldı, ardından Blachevelle:

— Güzel bir fikir! diye haykırdı.

Önlerine çıkan duman kaplı bir meyhaneye girdiklerinde konuşmaları gölgelerin ardında kayboldu.

Bu belirsiz sohbetin sonucu bir sonraki pazar günü dört kızı da davet ettikleri eğlenceli bir parti oldu.

III

Dörde Dört

Öğrencilerin ve hafifmeşrep işçi kızların kırk beş yıl önceki kır partilerini zihnimizde canlandırmak pek de kolay bir iş değildir. Paris'in Parislilerin yaşam tarzı olarak adlandırılabilecek çehresi yarım yüzyıldan beri tamamıyla değişti. İki tekerlekli arabanın yerini vagonlar, küçük teknelerin yerini buharlı gemiler aldı; o zamanlar Saint-Cloud denen yere bugün Fécamp deniyor. 1862'nin Paris'i, banliyösü Fransa olan bir şehirdir.

Dört çift o dönemde kırlarda mümkün olan tüm çılgınlıkları bir bir yaptılar. Tatil yaklaşıyordu, sıcak ve güneşli bir yaz günüydü. Bir önceki gün, aralarında okuma yazmayı bilen tek kız olan Favourite dördü adına Tholomyès'e şunları yazmıştı: "Erken yola çıkmak mutluluktur." Bu yüzden, sabahın beşinde kalkıp yolcu arabasıyla Saint-Cloud'a gittiler, kuruyan çağlayanı gördüklerinde "Kurumadığı zamanlarda çok güzel görünüyor olmalı!" diye haykırdılar, Castaing'in o zamanlar henüz gelmemiş olduğu *Tête-Noire* isimli handa kahvaltı ettiler, büyük havuzun beşli kümeler halinde düzenlenmiş çiçek tarhlarının kenarında halka oyunu oynadılar, Diyojen fenerine çıktılar, Sèvres Köprüsü'nde rulet oynadılar, Puteaux'da çiçek topladılar, Neuilly'de kamıştan flütler satın aldılar, her yerde elmalı turta yediler, çok keyifli zaman geçirdiler.

Çılgın bir ruh hali içinde tıpkı kaçışan çalıbülbülleri gibi uğuldayıp gevezelik eden genç kızlar ara sıra delikanlılara hafifçe tokat atıyorlardı. Yaşamın sabah sarhoşluğu! Hayran olunası yıllar! Kızböceklerinin kanatları titreşiyor. Ah! Kim olursanız olun, hatırlamıyor musunuz? Çalıların arasında, arkanızdan gelen güzel yüzü korumak için dalları hiç aralamadınız mı? Yağmurla ıslanmış bir bayırdan gülerek aşağı kayarken: "Ah! Yeni çizmelerim ne hale geldi!" diyen sevgilinizin elinden tutmadınız mı?

Hemen söyleyelim ki, Favourite kendinden emin ve anaç bir ifadeyle "Çocuklar patikalarda sümüklüböcekler dolaşıyor. Bu yağmurun habercisidir," dese de sağanak denen o sevimli aksilik o gün kendini bu neşeli gruptan mahrum bırakmıştı.

Dördü de çılgınca eğleniyorlardı. Éléonore adlı bir sevgilisi olan dönemin ünlü klasik şairi M. de Labouisse, o sabah saat onda Saint-Cloud'un kestane ağaçları altından geçerken onları görmüş ve hayalindeki Üç Güzeller tablosunu canlandırarak, "Bir tanesi fazla," diye haykırmıştı. Blachevelle'in, kızların en büyüğü olan yirmi üç yaşındaki ihtiyar sevgilisi en önden iri yeşil dallara doğru koşuyor, hendeklerin üzerinden sıçrıyor, kendinden geçmişçesine çalılıkları aşarken genç bir kır tanrıçasının canlılığıyla gruba önderlik ediyordu. Tesadüfün, birbirlerine yaklaştıklarında ve birbirlerini tamamladıklarında güzelliklerini daha da ortaya çıkaracak şekilde bir araya getirdiği Zéphine ve Dahlia dostluktan çok güzel görünme hevesi yüzünden birbirlerinden hiç ayrılmıyor, yan yana İngiliz usulü pozlar veriyorlardı. İlk hatıra albümleri ortaya çıkmaya başlıyordu, daha sonraları erkekleri etkileyen Byron tarzı gibi, o dönemde de kadınlarda melankolik bir ifade ağırlığını hissettiriyor, cinsilatifin saçları açılıp saçılmaya başlıyordu. Zéphine ve Dahlia'nın saçları lüle lüleydi. Öğretmenleri hakkında bir tartışmaya girmiş olan Listolier ve Fameuil, Fantine'e M. Delvincourt ve M. Blondeau arasındaki farklılıkları anlatıyorlardı.

Blachevelle bir tek amaç için, pazar günleri Favourite'in biçimsiz kaşmir şalını kolunda taşımak için yaratılmışa benziyordu.

Grubun lideri olan Tholomyès onları arkadan izliyordu. Çok neşeli görünse de, önderliğin onun elinde toplandığı hissediliyor, bu sevinçli görünümün altında diktatörlüğün gölgesi seçilebiliyordu. Çin kumaşından bol paçalı pantolonu, bakır örgülü ayak altı kayışlarıyla şık görünüyor, elinde hinthurması dalından yapılmış iki yüz franklık bir baston taşıyordu. Her şeye cüret edebildiğinden, ağzında yaprak sigarası olarak adlandırılan garip bir şey tutuyordu. Onun için hiçbir şey kutsal değildi, sigarasını tüttürüyordu.

— Bu Tholomyès olağanüstü bir genç, diyordu diğerleri saygıyla. Şu pantolona, şu kararlı duruşuna bakın!

Fantine'e gelince neşeyi temsil ediyordu. Tanrı hiç kuşkusuz o parlak, bembeyaz dişlerine gülme görevini vermişti. Başından çok elinde tutmayı tercih ettiği uzun, çene altından beyaz bir bağcıkla bağlanan küçük bir şapka takmıştı. Her an için kolayca çözülüp dalgalanmaya hazır olan ve sürekli olarak toplamak zorunda kaldığı gür, sarı saçları söğütlerin altından kaçan su perisi Galatea'yı tasvir etmek üzere yaratılmışa benziyordu. Konuşurken büyüleyici bir hal alan pembe dudaklarının Erigone'un eski büstlerindeki gibi yukarı doğru kalkmış kenarları gözüpekleri cesaretlendirir gibi görünse de, gölgeli uzun kirpikleri yüzünün alt kısmındaki bu çekiciliği dengelemek istermişçesine ağırbaşlı bir şekilde aşağı doğru eğiliyorlardı. Giysilerinin gizemli bir alev gibi parlayan, âdeta şarkılar söyleyen bir görünümü vardı. Bareges kumaşından yünlü mor bir elbise, kurdeleleri işlemeli, beyaz, ince çoraplarının üzerinde X harfleri oluşturan, yüksek ve kalın tabanlı, koyu sarı bir ayakkabı ve ismi Canebiere lehçesinde *quinze aôut*'nun[43] farklı bir şekilde telaffuz edilmesiyle canezou'ya dönüşmüş olan ve güzel, hava, sıcaklık, güney anlamına gelen o Marsilya tarzı muslinden kısa bir bluz giymişti. Önceden de söylediğimiz gibi ondan daha atılgan olan diğer üç kız, çiçeklerle kaplı şapkalarının altında oldukça çekici ve zarif görünen dekolte elbiseler giymişlerdi. Yine de, sarışın Fantine'in, saydam, biraz uygunsuzluk ve tereddüt arz eden, bedeninin hatlarını

43 15 Ağustos. (ç.n.)

bir gösterip bir saklayan bluzu bu cüretkâr giysilerin yanında, hayânın kışkırtıcı bir hazinesine benziyordu ve gözleri deniz yeşili renkli Cette vikontesinin başkanlığındaki o ünlü aşk kurulu, iffetlilik adına yarışan bu bluza şuhluk ödülünü verebilirdi. Bazen çok saf görünen bir kişinin çok bilge olması muhtemeldir.

Fantine, önden bakıldığında mükemmel, yandan bakıldığında çok zarif görünen yüzü, koyu mavi gözleri, dolgun gözkapakları, küçük ve kemerli ayakları, hayran olunası bir şekilde uyumlu el ve ayak bilekleri, yer yer gök mavisi toplardamarlarının dallanmalarının belirdiği beyaz teni, çocuksu ve körpe yanakları, Aegina'lı Juno gibi güçlü boynu, esnek ve kuvvetli ensesi, ortalarında bluzunun arasından görülebilen şehvet uyandırıcı bir çukurun bulunduğu ve Coustou'nun elinden çıkmışa benzeyen omuzları, düşüncelere dalmanın soğuttuğu neşesi, heykel gibi vücuduyla benzersiz bir kadındı ve bu kumaşların, kurdelelerin altında bir heykelin, heykelin altında da bir ruhun olduğu tahmin ediliyordu.

Fantine pek farkında olmasa da güzeldi. Her şeyi mükemmeliyetle kıyaslayan ve nadir rastlanan hayalperestler, güzelliğin gizemli uzmanları, bu küçük işçi kızın Paris'in zarafetini yansıtan saydamlığı arasından o eski kutsal ahengi sezinleyebilirlerdi. Gölgede kalmış bu kız, çok güzeldi. Bu güzelliği iki şeye borçluydu: Stiline ve ritmine. Stil idealin, ritim ise devinimlerin görünümüdür.

Fantine'in neşeyi temsil ettiğini söylemiştik; Fantine aynı zamanda hayânın da temsilcisiydi.

Onu yaşının, gençliğinin ve geçici sevdaların arasından dikkatle inceleyen bir gözlemci bedeninden sarsılmaz bir ağırbaşlılık ve mütevazılığın yayıldığını anlayabilirdi. Yüzünde genellikle hafif bir şaşkınlık ifadesi vardı. Bu iffetli şaşkınlık Psykhe'yi Venüs'ten ayıran nüanstı. Fantine'in parmakları kutsal ateşin küllerini altın bir toplu iğneyle karıştıran bir Vesta rahibesi gibi uzun, beyaz ve inceydi. Daha sonra göreceğimiz gibi Tholomyès'in hiçbir talebini geri çevirmemesine rağmen, sakin olduğu anlarda yüzü olağanüstü bir bekâreti yansıtıyor, bazense yüzünü aniden ciddi ve ağırbaşlı bir saygınlık kaplıyordu ve hiçbir şey yüzündeki neşenin büyük bir hızla sönüp gittiğini ve yerini birdenbire derin bir içe kapanışa bıraktığını görmek kadar ilginç ve kafa karıştırıcı olamazdı. Bazen kendini acımasızca dışa vuran bu ciddiyet bir tanrıçanın küçümsemesini andırıyordu. Dümdüz bir hat üzerinde sıralanan alnı, burnu ve çenesi yüzünün ahenkli olmasını sağlayacak dengeli bir oranlama arz ediyorlardı. Burnunun alt kısmını üst dudağından ayıran o kendine özgü aralıkta, Friedrich Barbarossa'yı, İkon kazılarında bulunan bir Diana heykeline âşık eden o gizemli işareti taşıyan, çekici ve hafif bir kıvrım vardı. Aşk bir hatadır; kabul. Fantine bu hatanın üzerinde yüzen masumiyetti.

IV

Tholomyès Bir İspanyol Şarkısı Söyleyecek Kadar Neşeli

O gün, bir uçtan diğerine dek seherle kaplıydı. Tüm doğa tatile çıkmanın keyfiyle gülümsüyor gibiydi. Saint-Cloud'un bahçelerinden güzel kokular yayılıyor, Seine'in esintisi yaprakları hafifçe kımıldatıyor, dallar rüzgârla hafifçe salınıyor, arılar yaseminleri yağmalıyor, derbeder kelebekler civanperçemlerinin, yoncaların, yabani yulafların üzerine üşüşüyorlardı. Fransa kralının görkemli bahçesinde aylaklar takımı, kuşlar vardı.

Dört neşeli çift, güneşle, tarlalarla, çiçeklerle, ağaçlarla iç içe geçmiş bir halde ışıldıyordu.

Ve konuşan, koşuşturan, dans eden, kelebek avlayan, gündüzsefası toplayan, ajurlu pembe çoraplarını uzun otların içinde ıslatan, cennetten gelmiş gibi görünen bu körpe, delişmen, iyi yürekli kızlar topluluğu, sevse bile kendini dalgın ve yabanıl bir direnişe kaptırmış Fantine'i saymazsak, ara sıra sevgililerinden öpücükler alıyordu. "Senin her zaman tuhaf bir halin var," diyordu Favourite.

Bunlar mutluluğun dışa vurumudur. Mutlu çiftlerin bu birliktelikleri, yaşama ve doğaya olan en derin çağrıdır ve her şeyden okşayışları ve ışığı açığa çıkarırlar. Eskiden çayırları ve ağaçları özellikle âşıklar için yaratan bir peri varmış. Âşıkların hiç durmadan tekrarlanan, öğrenciler ve çalılıklar olduğu sürece varlığını koruyacak olan okulu asmaları bundan kaynaklanır. İlkbaharın düşünürler arasında popüler olmasının nedeni budur. Soylular ve küçük esnaflar, dükler, yüksek meclis üyeleri ve mübaşirler, saray erkanı ve kentliler, eskiden söylendiği gibi bu perinin uyruklarıdır. İnsanlar gülerler, kendilerini tanımaya çalışırlar, havada yüceleşmenin aydınlığı vardır, sevmek ne büyük bir dönüşüm yaratır! Noter katipleri tanrıdır. Ve hafif çığlıklar, otlar arasında kovalamacalar, sıçrarken yakalanan beller, melodiye dönüşen argo sözcükler, bir heceyi dile getirirmişçesine alevlenen aşklar, bir ağızdan diğerine aktarılan o kirazlar, tüm bunlar alev saçarak ilahi zaferler gibi yükselirler. Güzel kızlar kendilerini tatlı bir şekilde saçıp savururlar. Bunun sonsuza dek sürüp gideceğine inanılır. Bu coşkulu kendinden geçişleri izleyen filozoflar, şairler, ressamlar gözleri kamaştığı için ne yapacaklarını bilemezler. Watteau "Kythira'ya yolculuk!" diye haykırır; halkın ressamı Lancret maviliklerde uçuşan burjuvalarını hayranlıkla izler; Diderot tüm gelip geçici aşklara kollarını açar ve d'Urfé romanlarına Galyalı din adamlarını katar.

Dört çift, yemekten sonra Hindistan'dan yeni gelmiş olan, ismini şu an unuttuğumuz bir bitkiyi görmek üzere o zamanlar Kralın Bahçesi olarak anılan yere gittiler. O dönemde tüm Paris'in dikkatini Saint-Cloud'a yöneltmesine neden olan bu garip, sevimli ve yapraksız ağaççığın iç içe geçmiş, çok sayıdaki iplik gibi ince dalları, üzerini kaplayan küçücük milyonlarca beyaz gülü vardı ve bu haliyle çiçeklerle bitlenmiş bir saçı andırıyordu. Etrafında her zaman kendisini hayranlıkla izleyen bir kalabalık oluşuyordu.

Ağacı incelemelerinin ardından Tholomyès: "Sizi bir eşek gezisine davet ediyorum!" diye haykırmıştı, eşekçiyle fiyat konusunda anlaştıktan sonra Vanvres ve Issy'ye gitmişlerdi. Issy'de ilginç bir olay yaşandı. Kamu malı olan parkın mülkiyeti o dönemde askeri mühimmatçı Bourgin'in eline geçmişti. O gün tesadüfen parkın kapısı ardına kadar açıktı. Parmaklıklı kapıyı geçtikten sonra, kukla keşişi mağarasında ziyaret etmiş, şehvet uyandıran yapmacık davranışlarda bulunan bir sefihin milyonere, Turcaret'nin Priapos'a dönüştüğü aynalar odasının gizemli oyunlarını denemiş ve Bernis rahibinin övdüğü iki kestane ağacının arasına gerilmiş ağdan salıncakta hızla sallanmışlardı. Kahkahaların eşliğinde havalanan eteklerinin kıvrımları Greuze'e esin verecek güzel kızları peş peşe sallayan Toulouselu Tholomyès, Toulouse, Tolosa'nın kuzeni olduğundan biraz da olsa İspanyol sayılırdı. Bu yüzden, muhtemelen iki ağacın arasına gerilmiş bir ipte son hızla sallanan güzel kızlardan ilham alarak Galiçyalılara özgü melankolik bir ifadeyle eski bir İspanyol taşra şarkısını söylemeye başlamıştı:

Soy de Badajoz.
Amor me llama.
Toda mi alma
Es en mis ojos
Porque ensenas
A tus piernas.[44]

Salıncakta sallanmayı sadece Fantine reddetmişti.

— Bu tür davranışları hiç sevmem, diye mırıldandı Favourite yüzünü buruşturarak.

---

44 Badajozluyum ben / Aşk beni çağırıyor / Tüm ruhum / Gözlerime yansır / Çünkü sen gösterirsin / Bana bacaklarını. (ç.n.)

Eşeklerin ardından, sıra yeni eğlencelere geldi; Seine'i tekneyle, Passy'yi yaya olarak geçtikten sonra Étoile Meydanı'nın girişine geldiler. Hatırlanacağı gibi sabah beşten beri ayaktaydılar; ama bunun ne önemi vardı! *Pazar günleri insan yorulmaz, pazar günleri yorgunluğun sözü geçmez* diyordu Favourite. Dört çift saat üçe doğru, o zaman Beaujon tepelerinde ilginç bir mekanizmayla çalışan ve yılankavi güzergâhı Champ-Elysées'nin ağaçlarının üzerinden seçilebilen hız treniyle aşağı kayıyorlardı.

Ara sıra Favourite "Peki ya sürpriz?" diye bağırıyor, Tholomyès de "Biraz sabır," diye yanıtlıyordu.

V

Bombarda'nın Meyhanesinde

Kayma faslı bittiğinde, akşam yemeğini nerede yiyeceklerini düşünmeye başladılar ve nihayet biraz yorulduklarını hisseden sekizli grup neşeyle Bombarda'nın meyhanesine daldılar. Burası, birçok yerde şubesi bulunan ünlü meyhaneci Bombarda'nın Champs-Elysées'de açtığı ve tabelası Delorme geçidinin yanındaki Rivoli Caddesi'nden görülen bir mekândı.

Dibinde bir yüklük ve yatak bulunan, camlarına muhteşem ağustos güneşinin vurduğu iki penceresinin karşısındaki karaağaçların arasından rıhtımın ve nehrin izlenebildiği büyük ama göze hiç hoş görünmeyen bir odaya yerleştiler (Meyhanenin pazar kalabalığından dolayı bu izbeliğe razı olmuşlardı). İki masadan birinin üzerinde kadın ve erkek şapkalarının çevrelediği büyük bir çiçek demeti vardı. Dört çift üzerinde yemeklerin, tabakların, bardakların, şarap şişelerinin ve bira testilerinin yığılmış olduğu diğer masaya oturmuşlardı. Masanın üzeri pek düzenli değildi, masanın altına ise korkunç bir karmaşa hâkimdi; Molière şöyle der:

Masanın altında ayakların çarpışmasından
korkunç bir gürültü yayılıyordu.

İşte sabahın beşinde başlayan bu keyifli öykü akşamüstü dört buçuğa doğru bu odada devam ediyordu. Güneş batıyor, hevesler tükeniyordu.

Güneş ve kalabalıkla dolu Champs-Elysées, şöhretini borçlu olduğu iki şey olan ışığa ve toza dönüşmüştü. Marly'nin kişneyen heykelleri andıran atları bir altın bulutunun içinde şaha kalkıyor, gösterişli yolcu arabaları gelip gidiyordu. Şık üniformalı bir muhafız süvari bölüğü önündeki borazancıyı izleyerek Neuilly Caddesi'ne doğru iniyordu. Batan güneşle hafifçe pembeleşen beyaz bayrak Tuilleries'nin kubbesinde dalgalanıyordu. Hallerinden memnun görünen insanlar yeniden XV. Louis adını alan Concorde Meydanı'nda geziniyor, birçoğu 1817'de henüz yakalıklardan kaybolmaya yüz tutmamış gümüş zambak rozeti taşıyorlardı. Sağda solda, küçük kızlar etraflarında halka oluşturan kalabalığın alkışlarının eşliğinde dans ediyor, rüzgâra Yüz Gün'e lanet okuyan ve o günlerde çok popüler olan bir Bourbon şarkısının şu nakaratlarını gönderiyorlardı:

Gentli babamızı bize geri verin
Babamızı bize geri verin.

Pazar elbiselerini giymiş, hatta bazıları burjuvalar gibi zambak rozetleri takmış kenar mahalle sakinleri Marigny Meydanı'nda halka oyunu oynuyor, atlıkarıncalara biniyorlardı. Diğerleri içiyor, başlarına kâğıttan başlıklar takmış matbaa çıraklarının gülüşleri duyuluyordu. Her şey ışıl ışıldı. Krallığın yoğun bir güvenlik, tartışılmaz bir barış sağladığı, Emniyet Müdürü Angles'in krala yazdığı gizli ve özel raporun şu satırlarla sona erdiği bir dönemdi: "Majesteleri, her şey en ufak ayrıntısına kadar gözden geçirildi, bu insanların korkulacak bir yanları yok. Duyarsız ve kedi gibi uysallar. Taşranın alt tabakaları harekete geçmeye hazırdır, ama Paris'tekiler öyle değil. Hepsi küçük insanlar. Bir muhafız askerinizin yerini tutmaları için birkaçını bir araya getirmek gerekir. Başkentin bu kesimi hakkında endişeye mahal yoktur. Ayrıca bu insanların boylarının elli yıldan beri giderek kısaldığı ve Devrim'den öncekinden daha kısa göründükleri de dikkat çekicidir. Hiçbir tehdit oluşturmuyorlar. Netice itibarıyla, bu ayaktakımı kendi halindedir."

Emniyet müdürleri bir kedinin aslana dönüşmesinin mümkün olamayacağına inanıyorlardı; yine de Paris halkı mucizeler yaratmakta ustaydı. Zaten Kont Angles tarafından bu kadar aşağılanan kedi, eski cumhuriyetlerde saygı uyandırır, onların gözünde özgürlüğün temsilcisi gibi görünürdü ve Pire'deki kanatsız Minerva'ya yanıt olarak Korent Meydanı'nda kedinin devasa bir bronz heykeli yer alırdı. Restorasyon döneminin saf polisi Paris halkına çok "iyi gözle" bakıyordu. Bu halk sanıldığı gibi "kendi halinde bir ayaktakımı" değildi. Eski Yunan'da Atinalı neyse, bir Fransız'ın gözünde Parisli odur; kimse onun kadar rahat uyuyamaz; kimse onun kadar uçarı ve tembel olamaz; kimse onun kadar yaşananları unutmuş gibi görünemez; yine de bu özelliklere pek güvenilemez; büyük bir rehavet içinde olmasına rağmen, işin ucunda zafer varsa her türlü çılgınlığı yapmak konusunda takdire şayandır. Ona bir mızrak verin, 10 Ağustos 1792'yi geri getirecektir, ona bir tüfek verin Austerlitz Savaşı'nı yeniden kazanacaktır. Napoléon'un destek noktası, Danton'un danışmanıdır. Söz konusu olan vatan mı? Askere yazılır. Özgürlük tehdit altında mı? Kaldırım taşlarını yerinden söker. Dikkatli olun! Öfke dolu saçları destanlar yazar; gömleği Eski Yunan'daki askerlerin giysilerine dönüşür. Dikkatli olun. Önlerine çıkan ilk Grenetat[45]

45 Mayıs 1839'da, Blanqui ve Barbès'in başını çektikleri ayaklanmanın gerçekleştiği cadde. (ç.n.)

Caddesi'nde ayaklanabilirler. Zamanı geldiğinde, o kenar mahalleli büyüyecek, o küçük adam ayağa kalkıp etrafına ürkütücü bakışlar yöneltecek, soluğu fırtınaya dönüşecek ve o zavallı güçsüz göğüsten Alplerin kıvrımlarını sarsacak bir rüzgâr fırlayacak. Devrim, Avrupa'yı Paris'in ordulara dönüşen bu kenar mahallelileri sayesinde fethetti. Neşesini belli edercesine şarkı söyler. Şarkısını doğasına oranlarsanız, göreceksiniz! Carmagnole'ün[46] nakaratlarıyla yetinirse sadece XVI. Louis'yi devirir; ama ona Marseillaise'i söyletirseniz tüm dünyayı özgürlüğe kavuşturur.

Angles'in raporunun kenarına bu notu düştükten sonra dört çiftimize geri dönelim. Söylediğimiz gibi akşam yemeği bitmek üzereydi.

VI

Herkesin Birbirine Hayran Olduğu Bölüm

Yemek sohbetleri ve aşk sohbetleri, her ikisi de belirsizlikler arz eder; aşk sohbetleri bulutları, yemek sohbetleri dumanları andırır.

Fameuil ve Dahlia şarkılar mırıldanıyorlardı; Tholomyès içiyor, Zéphine gülüyor, Fantine gülümsüyordu. Listolier, Saint-Cloud'dan satın aldığı tahta flütü çalıyor, Blachevelle'e sevgi dolu bakışlar yönelten Favourite:

— Blachevelle, seni çılgınca seviyorum, diyordu.

Blachevelle bu iltifata bir soruyla karşılık verdi:

— Favourite, artık seni sevmediğimi söylesem ne yapardın?

— Ben mi? diye haykırdı Favourite. Ah! Şaka bile olsa böyle söyleme! Beni sevmekten vazgeçersen, peşini bırakmaz, yüzünü gözünü tırmalar, seni suya atardım, senin tutuklanmanı sağlardım.

46 10 Ağustos 1792'de Paris halk ayaklanması sırasında söylenen marş. (ç.n.)

Blachevelle gururu okşanmış bir adamın şehvetli kendini beğenmişliğiyle sırıttı. Favourite devam etti:

— Evet, polis çağırırdım! Ah! Burnundan getirirdim! Alçak herif!

Coşkuyla kendinden geçen Blachevelle sandalyesine yaslanıp kibirle gözlerini kapattı.

Yemeğini yiyen Dahlia uğultunun ortasında Favourite'e alçak sesle:

— Demek Blachevelle'ine tapıyorsun? dedi.

— Ondan nefret ediyorum, diye karşılık verdi çatalını kavrayan Favourite az önceki ses tonuyla. Cimrinin teki. Evimin hemen karşısında oturan bir genci seviyorum. O delikanlı çok hoş, onu tanıyor musun? Tavırları bir aktörünkine benziyor. Aktörleri severim. Eve döndüğünde annesi: "Aman Tanrım! Huzurum kalmadı. Şimdi yine bağırmaya başlayacak. Ama oğlum, kafamı şişiriyorsun!" diyor. Fare dolu çatılara, tırmanabildiğince yüksek kara deliklere çıkıp ne dediğini pek anlamasam da aşağıdan duyulabilecek şekilde şarkılar söylüyor, tumturaklı konuşmalar yapıyor. Şimdiden bir avukatın yanında dava dilekçelerini yazarak günde bir frank kazanıyor. Saint-Jacques du Haut-Pas Kilisesi'nin eski korocusunun oğlu. Ah! Çok hoş bir çocuk. Bir gün krep yapmak için hamur açtığımı gördüğünde bana: *Matmazel, eldiveninizden çörek yapsanız, onu bile yerim,* dedi. Böyle şeyleri ancak sanatçılar söyler. Ah! Çok hoş bir çocuk. Bu ufaklık yüzünden dengem bozulmak üzere. Umurumda değil, Blachevelle'e ona taptığımı söylüyorum. Yalan atıyorum! Anlıyor musun? Yalan atıyorum!

Bir an duran Favourite devam etti:

— Dahlia, çok mutsuzum, anlıyor musun? Bütün yaz yağmur yağdı, rüzgâr sinirimi bozuyor, rüzgâr öfkemi dindirmiyor, Blachevelle çok pinti, pazardan ancak bezelye alabiliyoruz, ne yiyeceğimizi bilemiyoruz, İngilizlerin dediği gibi spleen'den[47] muzdaribim yani içim sıkılıyor, tereyağı çok pa-

47 Hüzün, karasevda, iç sıkıntısı. (e.n.)

halı! Üstelik, içinde bir yatağın bulunduğu bir mekânda yemek yememiz çok korkunç, bu, beni hayattan tiksindiriyor.

VII

Tholomyès'in Bilgeliği

Kimilerinin şarkı söyleyip, kimilerinin hep bir ağızdan avazları çıktığınca bağırarak konuşuyor olması, odayı büyük bir gürültünün kaplamasına neden olurken, Tholomyès araya girdi:

— Ağzımıza geleni bu kadar hızlı bir şekilde dile getirmeyelim, diye haykırdı. Dikkatleri üzerimize çekmek istiyorsak önce düşünelim. Fazla doğaçlama zihni ahmakça boşaltır. Akan bira köpüklenmez. Beyler aceleye gerek yok. Bu ziyafeti görkemli kılalım, düşüncelere dalarak yemek yiyelim, bu şölenin tadına yavaşça varalım. Acele etmeyelim. İlkbahara baksanıza; acele ederse alev alev yanar, yani donar. Aşırı gayret şeftali ve kayısı ağaçlarını mahveder. Aşırı gayret güzel akşam yemeklerinin zarafetini ve keyfini bozar. Bu kadar çabalamaya gerek yok beyler! Grimon de la Reyniere, Talleyrand ile aynı fikirdeydi.

Gruptan isyankâr ve boğuk bir homurdanma yükseldi.

— Tholomyès, bizi rahat bırak, dedi Blachvelle.

— Kahrolsun tiran! dedi Fameuil.

— Bombarda, bol yemek, bol sohbet! diye bağırdı Listolier.

— Pazar eğlencesi devam ediyor, dedi Fameuil.

— Çakırkeyifiz, diye ekledi Listolier.

— Tholomyès, dedi Blachevelle, mon calme'ı[48] seyret.

— Dinginliğin markisi sensin, diye karşılık verdi Tholomyès.

48 Yazar birazdan Montcalm markisi ile ilgili bir kelime oyunu yapacak. *Mon calme*, dinginliğim demektir. (ç.n.)

Bu vasat kelime oyunu küçük bir göle atılan taşın etkisini yarattı. Montcalm markisi o dönemde kralcılığıyla tanınıyordu. Tüm kurbağalar sustular.

— Dostlar, diye haykırdı Tholomyès gücü tekrar eline geçiren birinin ses tonuyla, aklınızı başınıza toplayın. Ansızın ağızdan çıkan bu sesteşlik sizi fazla şaşırtmamalı. Ağızdan bu şekilde çıkan her sözün illa ki etkileyici ve saygı uyandırıcı olması gerekmez. Sesteşlik uçuşan bir zihnin dışkısıdır. Şaka istendiği yere çekilebilir ve zihin bir saçmalık yumurtladıktan sonra, göğün maviliklerine dalar. Kayalığın üstündeki beyazımtırak bir leke akbabanın onun üzerinde dönüp durmasını engellemez. Sesteşliğe hakaret etmek benim işim değil! Ona değerli olduğu ölçüde saygı duyarım, daha fazla değil. İnsanlık tarihinde ve belki de insanlık tarihinin dışında yüce, ulvi, etkileyici olan ne varsa kelime oyununa malzeme olmuştur. İsa, havari Petrus hakkında, Musa, İshak hakkında, Eshilos, Polyneikes hakkında, Kleopatra, Octavius hakkında kelime oyunu yapmıştır. Ayrıca, Kleopatra'nın bu kelime oyununu Aktium Savaşı'ndan önce yaptığını ve bu kelime oyunu olmasa, kimsenin Yunanca'da kepçe anlamına gelen Toryne şehrinin adını hatırlamayacağını iyi bilin. Söylediklerimin kabul edildiğini düşünerek demin verdiğim tavsiyelere geri dönüyorum. Kardeşlerim, bir kez daha tekrarlıyorum, nüktelerde, neşeli, keyifli konularda, kelime oyunlarında bile çabalamaya, karmaşaya, aşırılığa gerek yok. Beni dinleyin, ben de Amphiaraos'un temkinliliği ve Sezar'ın kelliği var. Her şeyin, muammanın bile bir sınırı vardır. *Est modus in rebus.*[49] Akşam yemeklerinin de bir sınırı vardır. Hanımlar, elmalı turtayı seviyorsunuz, ama aşırıya kaçmayın. Turtalarda bile sağduyu ve sanat olmalıdır. Oburluk oburu cezalandırır, Gula da Gulax'ı. Hazımsızlık ulu Tanrı tarafından mideleri terbiye etmek için görevlendirilmiştir. Ve şunu

49 Her şeyin bir ölçüsü vardır. (ç.n.)

aklınızda tutun: Tutkularımızın her birinin, hatta aşkın bile fazla doldurulmaması gereken bir midesi vardır. Her konuda *bitti* sözcüğünün kullanılması gereken bir zaman vardır, durum tehlikeli bir hal almaya başladığında kendini tutmayı bilmek, iştahın üzerine bir sürgü çekmek, fantezileri sorgulamak ve gerekirse kendi kendini cezalandırmak gerekir. Bilge kişi zamanı geldiğinde kendi kendini frenlemeyi bilir. Bana biraz güvenin. Çünkü, girdiğim sınavlar da göz önüne alınırsa, biraz hukukçu sayılırım, çünkü henüz hâkimin önüne yeni gelmiş bir davayla, yargılama süreci devam eden bir dava arasındaki farkı bilirim, çünkü Munatius Demens'ın Roma'da ağır ceza yargıcı olduğu dönemde akraba katillerine ve insanlığa karşı suç işleyenlere nasıl işkence edildiği üzerine Latince bir tez yazdım, çünkü görünen o ki hukukçu olacağım, bundan da benim hiçbir şekilde bir ahmak olmadığım sonucuna varılabilir. Arzularınızda ölçülü olmanızı tavsiye ederim. İyi konuştuğum, adımın Félix Tholomyès olması kadar doğrudur. Zamanı geldiğinde, Cornelius Sullaya Origenes gibi kahramanca bir karar alıp dünyadan elini eteğini çeken kişi ne mutludur!

Favourite onu büyük bir dikkatle dinliyordu:

— Félix! dedi, ne güzel bir sözcük! Latince mutlu anlamına gelen bu ismi seviyorum.

Tholomyès devam etti:

— Başıbozuklar, centilmenler, komplocular, dostlarım! Aşkın acılarından ve gerdek gecesinden vazgeçip aşka meydan okumak mı istiyorsunuz? Bundan daha kolay bir şey olamaz. İşte reçetesi: Limonata için, aşırı çalışıp kendinizi zorlayın, yorulun, taş taşıyın, uyumayın, uyanık kalın, azotlu içecekler ve nilüfer çayı tüketin, haşhaş ve hayıt özlerini aynı bardakta için, bunlara sıkı bir diyet ekleyin, açlıktan kıvranın, soğuk suyla banyo yapın, ottan kemerler takın, losyonlara kurşun asetat, lapalara sirkeli su katın.

— Bir kadını tercih ederim, dedi Listolier.

— Kadın! dedi Tholomyès, onlara güvenmeyin. Kendini kadının değişken yüreğine kaptıranların vay haline! Kadın vefasız ve riyakârdır. Doğası gereği rakibi olarak gördüğü yılandan nefret eder.

— Tholomyès, diye bağırdı Blachevelle, sen sarhoşsun!

— Ne sandın! dedi Tholomyès.

— O zaman neşeli ol, diye ekledi Blachevelle.

— Kabul, diye karşılık verdi Tholomyès.

Ve bardağını doldurarak ayağa kalktı.

— Şarabın şerefine! *Nunc te, Bacche, canam!*[50] Pardon, matmazeller, bu İspanyolcadır. Ve bunun kanıtı sinyoralar, her halkın kendine özgü bir fıçısı olmasıdır. Kastilya arroba'sı on altı litre, Alicante cantaro'su on iki litre, Kanarya Adaları'nın almude'si yirmi beş litre, Balear Adaları'nın cuartin'i yirmi altı litre, Deli Petro'nun fıçısı otuz litre çeker. Yaşasın Büyük lakabıyla anılan çar ve yaşasın ondan daha büyük olan fıçısı! Matmazeller, size bir dost tavsiyesi: Uygun görürseniz komşunuzu kocasıyla aldatın. Aşkın özü yanılmaktır. Geçici aşk dizleri nasırlanmış bir İngiliz hizmetçi kız gibi aptallaşıp dizlerinin üzerine çökmek anlamına gelmez. Tatlı aşk neşeyle aldanır! Yanılgının insana özgü olduğu söylenir, ben yanılgının âşık olduğunu söylüyorum. Hanımlar, hepinize tapıyorum. Ey Zéphine, ey Joséphine, yüzünüz buruşmuş, burnunuz eğri olmasaydı daha çekici olacaktınız. Yanlışlıkla üzerine oturulmuş gibi görünen güzel bir yüzünüz var. Favourite'e gelince, ey su perileri, sanat tanrıçaları! Blachevelle günün birinde Guérin-Boisson Caddesi'ndeki dereden geçerken bacaklarını gösteren beyaz bir çorap giymiş güzel bir kız gördü ve bu ilk izlenimin hoşuna gitmesiyle ona âşık oldu. Sevdiği kız Favourite'ti. Ey Favourite, dudakların İyonyalılarınkileri andırıyor. Lakabı dudak ressamı olan Euphorion adında Yunanlı bir ressam vardı. Sadece bu adam senin ağzını çizmeye layıktır. Dinle!

50 Vergilius. "Ve şimdi, Bacchus, senin için şarkı söyleyeceğim." (ç.n.)

Senden önce bu isme layık bir yaratık yoktu. Elmayı Venüs gibi almak ya da Havva gibi yemek için yaratılmışsın. Güzellik seninle başlıyor. Havva'dan söz ediyordum, onu sen yarattın. Güzelliğin yeniden keşfedilmesi ödülüne sen layıksın. Ey Favourite, şiirden düzyazıya geçeceğim için sizinle senlibenli konuşmayı kesiyorum. Az önce ismimden söz ediyordunuz. Bu, beni duygulandırdı; ama kim olursak olalım isimlere güvenmeyelim. Yanıltıcı olabilirler. Adım Félix ve mutlu değilim. Sözcükler yalan söyler. Bize verilen bilgilere körü körüne inanmayalım. Tıpa sipariş etmek için Liege'e, eldiven için Pau'ya mektup yazmayalım. Miss Dahlia, sizin yerinizde olsam Rosa adını alırdım. Çiçeğin güzel kokması, kadının da akıllı olması gerek. Fantine hakkında hiçbir şey söylemiyorum, dalgın, hayalperest, düşünceli, duyarlıdır; bir rahibenin hayâsına sahip su perisi görünümlü bir hayaldir, yosmalıkla emekçilik arasında yolunu şaşırsa da yanılsamalara sığınır, şarkı söyler, dua eder, ne gördüğünü ve ne yaptığını pek bilmeden göğün maviliklerine bakar, gözleri gökyüzündeyken, içinde dünyada varolandan daha fazla kuş bulunan bir bahçede gezinir! Ey Fantine, şunu iyi bil: Ben Tholomyès, bir yanılsamayım ama hayallerin sarışın kızı beni dinlemiyor bile! Zaten, ondaki her şey körpelikten, incelikten, gençlikten ve sabahın hoş aydınlığından ibarettir. Ey Fantine, siz papatya ya da inci olarak anılmaya layıksınız, ışıldayan bir mücevhersiniz. Hanımlar, size ikinci tavsiyem. Asla evlenmeyin, evlilik bir aşıdır, ya tutar ya da tutmaz, bu tehlikeden uzak durun. Ama, şu işe bakın! Neler söylüyorum ben? Saçmalıyorum. Evlenen kızların tedavisi mümkün değildir ve biz bilgelerin söyleyebileceği şeyler yelek ve potin diken kızların zengin kocalar düşlemesini engelleyemeyecek. Tamam, kabul; ama güzellerim şunu aklınızdan çıkarmayın: Çok fazla şeker yiyorsunuz. Ey kadınlar, tek hatanız şeker kemirmeniz. Ey kemirici cinsiyet, güzel, küçük dişlerin şekere hayranlık besliyor. Oysa, iyi dinleyin: şeker tuzdur. Tuz vücudu kurutur. Şeker tüm tuzların içinde en kurutucu olanıdır. Kanın içindeki sıvıları toplardamarlara pompalar ve kanın pıhtılaşmasına, katılaşmasına, akciğerlerde urlar oluşmasına, dolayısıyla ölüme neden olur. Bu yüzden şeker hastalığı ve verem birbirlerine eşlik ederler. Bu yüzden şeker yemezseniz ömrünüz uzar! Şimdi erkeklere dönüyorum: Beyler, gönülleri fethedin. Birbirlerinizin sevgililerinizi taciz edin. Değiş tokuş yapın. Aşkta dostluğa yer yoktur. Güzel bir kadının bulunduğu her yerde düşmanlık vardır. Karargâhta oturmak yok, göğüs göğüse savaş! Güzel bir kadın *casus belli*'dir;[51] güzel bir kadın açıkça işlenen bir suçtur. Tarihteki tüm işgallere kadınların iç etekleri yol açmıştır. Kadın erkeğin hakkıdır. Romulus Sabinalı, William Saksonyalı kadınları, Sezar Romalı kadınları kaçırdı. Sevilmeyen erkek diğerlerinin âşıkları üzerinde akbaba gibi süzülür; bana gelince, bu bahtsız bekârlara Bonaparte'ın İtalyan ordusuna söylediği o yüce sözleri tekrarlayacağım: "Askerler, sizin her şeyiniz eksik, düşmanınsa her şeyi var."

Tholomyès sözlerine ara verdi.

— Tholomyès biraz soluklan, dedi Blachevelle.

Bu arada, Listolier ve Fameuil'ün de hafifçe eşlik ettikleri, akla gelen ilk kelimelerle uydurulmuş, kafiyeleri bazen uygun bazen uygunsuz, ağacın kımıltısı ve rüzgârın uğultusu gibi anlamsız olan, pipoların dumanından doğan ve bu dumanla birlikte uçup giden o işçi şarkılarından birini yakınan bir ifadeyle söylüyordu. Grup Tholomyès'in bıktırıcı söylevine şu şarkıyla karşılık veriyordu:

Mösyö Clermont
Saint-Jean yortusunda
Papa olsun diye
Bir aracıya para verdi ahmaklar
Ama Clermont Papa olamazdı
Çünkü rahip bile değildi
Bunun üzerine öfkelenen aracı
Onlara paralarını geri verdi.

---

51 Lat. Savaş nedeni. (ç.n.)

Ama bu şarkı Tholomyès'in doğaçlama yapma arzusunu yatıştıracak türden değildi, içkisini içip bardağı yeniden doldurduktan sonra devam etti.

— Bilgeliğe lanet olsun! Söylediğim her şeyi unutun. İffetlilik, yücelik taslamayalım, temkinli olmayalım. Neşe için kadeh kaldırıyorum, neşeli olalım! Hukuk eğitimimizi çılgınlıklarla, ziyafetlerle tamamlayalım. *İndigestion et digeste.*[52] Justinianos erkek, Ripaille[53] dişi olsun. Neşeyi ruhumuzun derinliklerinde hissedelim! Ey evren! Dünya iri bir elmastır. Ben mutluyum. Kuşlar olağanüstüdür. Her yanımızda şölenler! Bülbül bedavaya şarkı söyleyen Elleviou'dur. Yaz, seni selamlıyorum. Ey Luxembourg! Ey Madame Caddesi'ndeki ve Rasathane yolundaki tarım emekçileri! Ey hayalperest genç askerler! Ey çocuklara bakarken, çocuk yapmayı planlayan çekici dadılar! Odéon'un kemerleri olmasa, Amerika'nın pampaları hoşuma giderdi. Ruhum bakir ormanlarda ve savanalarda uçuşuyor. Her şey güzel. Sinekler güneş ışığında vızıldıyor. Güneş sinekkuşunu hapşırdı. Sarıl bana Fantine!

Ve yanlışlıkla Favourite'e sarıldı.

VIII

Bir Atın Ölümü

— Edon'un yemekleri Bombarda'dan daha lezzetli, diye haykırdı Zéphine.

— Bombarda'yı Edon'a tercih ederim, dedi Blachevelle. Daha lüks. Asya tarzını yansıtıyor. Aşağıdaki salona baksanıza. Duvarlarda aynalar var.

---

52 Yazar kelime oyunu yapıyor. *Indigestion*, hazımsızlık, *digeste* ise hem hazmı kolay, hem de Eski Roma'da yasalar derlemesi anlamına gelir. I. Justinianos, *Digesta*'da Roma hukunun en önemli eserlerini bir araya getirmiştir. (ç.n.)

53 Âlem yapma. (ç.n.)

— Ben tabağımdakini tercih ederim, dedi Favourite.

Blachevelle ısrar etti:

— Şu bıçaklara bakın. Bombarda'da sapları gümüşten ama Edon'da kemikten. Oysa, gümüş kemikten daha kıymetlidir.

— Çenesi gümüşten olanlar hariç, dedi Tholomyès.

O sırada Bombarda'nın pencerelerinden görülebilen Invalides'in kubbesine bakıyordu.

Bir sessizlik oldu.

— Tholomyès, diye bağırdı Fameuil, az önce Listolier ile tartıştık.

— Tartışma iyidir ama kavga daha iyidir, diye yanıtladı Tholomyès.

— Felsefe hakkında tartışıyorduk.

— Peki.

— Descartes'ı mı yoksa Spinoza'yı tercih edersin?

— Désaugiers'yi, dedi Tholomyès.

Bunları söyledikten sonra, içkisini içip ekledi:

— Yaşamayı kabul ediyorum. Hâlâ bu kadar saçmalayabiliyorsak, dünyada her şey bitmiş denemez. Ölümsüz tanrılara şükrediyorum. Yalan söylenir ama gülünür. Onaylanır ama şüphe duyulur. Tasımdan beklenmeyen fışkırır. Bu güzel. Dünyada hâlâ paradoksun sürprizli kutusunu neşeyle açıp kapamasını bilenler var. Hanımlar, şu sakince içtiğiniz, deniz seviyesinin altı yüz otuz beş metre üzerindeki Curral das Freiras bağlarının üzümünden yapılmış Madere şarabı! İçerken dikkat edin! Altı yüz otuz beş metre! Ve muhteşem meyhaneci Bombarda, sizden altı yüz otuz beş metre karşılığında dört buçuk frank istiyor!

Farmeuil yeniden araya girdi:

— Tholomyès senin fikirlerin önemlidir. En sevdiğin yazar kim?

— Ber...

— Quin?

— Hayır. Choux.

Ve Tholomyès devam etti:

— Bombarda'ya bravo! Bana Mısırlı bir dansçı kız getirseydi, onu Elephanta'lı Munhophis ile, bir yosma getirse onu Heronea'lı Thygelion ile bir tutardım! Çünkü hanımlar, Eski Yunan'da ve Mısır'da Bombardalar vardı. Bunu bize Apulea aktarır. Ne yazık! Hep aynı şeyler, hiçbir yenilik yok. Yaradan'ın yarattığında hiçbir değişiklik yok! *Nil sube sole novum*[54] der Süleyman; *amor omnibus idem*[55] der Vergilius, ve Carabine, tıpkı Aspasia'nın Pericles ile Samos filosuna katılması gibi, Carabin ile birlikte Saint-Cloud kadırgasına biner. Son bir söz. Hanımlar, Miletli Aspasia'nın kim olduğunu biliyor musunuz? Kadınların henüz bir ruha sahip olmadıkları bir dönemde yaşasa bile, pembe ile lâl rengi karışımı, ateşten daha yakıcı, seherden daha serin bir ruhtu. Kadınlığın iki uç noktasını temsil eden Aspasia fahişe bir tanrıçaydı. Sokrates artı Manon Lescaut. Aspasia, Prometheus'a bir yosma gerekirse diye yaratılmıştı.

O sırada, rıhtımdaki bir at yere yığılmasa, coşan Tholomyès'i durdurmak mümkün olmayacaktı. Bu olay hem konuşmacının sözünü kesmiş hem de arabayı durdurmuştu. Yere yığılan, oldukça ağır bir arabayı çeken, zayıf, yaşlı, deri yüzücüye layık bir Beauce kısrağıydı. Bombarda'nın önüne geldiğinde, yorgun ve bitkin düşen at daha yola devam etmeyi reddetmiş, bu olay üzerine etrafta bir kalabalık toplanmıştı. Öfkelenen ve küfürler savuran arabacının koşullara uygun düşen *Mendebur!* sövgüsü eşliğinde indirdiği acımasız bir kamçı darbesi yaşlı beygirin bir daha ayağa kalkamayacak şekilde yere serilmesine neden olmuştu. Etrafta toplananların uğultusu üzerine, Tholomyès'in neşeli dinleyicileri başlarını o yana çevirdiler. Tholomyès bu durumdan söylevini tamamlayan melankolik bir dörtlüğü okumak için yararlandı:

---

54 Güneşin altında yeni bir şey yok. (ç.n.)

55 Aşk herkes için aynıdır. (ç.n.)

İster iki tekerlekli yük arabasına, ister süslü bir faytona koşulsun
İkisi de aynı kaderi paylaştıkları bu dünyadan göçüp gitti
Ve beygir belli bir zaman diliminde
Tıpkı diğer beygirler gibi yaşadı!

— Zavallı at, diye iç geçirdi Fantine.

Bunun üzerine Dahlia haykırdı:

— Tamam, Fantine şimdi de atlar için sızlanmaya başlayacak! İnsan bu kadar ahmak olabilir mi?

O sırada, kollarını kavuşturan ve başını geriye atan Favourite, kararlı bakışlarını Tholomyès'e dikerek sordu:

— Eee! Sürpriz nerede?

— Doğru. Zamanı geldi, diye karşılık verdi Tholomyès. Beyler, bu hanımlara sürpriz yapmanın vakti geldi. Hanımlar, bizi biraz bekleyin.

— Önce birer öpücük, dedi Blachevelle.

— Alınların üzerine, diye ekledi Tholomyès.

Her biri ciddi bir ifadeyle sevgililerinin alnına bir öpücük kondurdu; ardından parmaklarını dudaklarına dayararak tek sıra halinde kapıya yöneldiler.

Favourite onlar çıkarken ellerini çırptı.

— Şimdiden çok eğlenceli, dedi.

— Fazla geç kalmayın, diye mırıldandı Fantine. Sizi bekliyoruz.

IX

Neşenin Neşeli Sonu

Odada yalnız kalan genç kızlar, ikili gruplar halinde dirseklerini pencerelerin kenarlarına yaslayıp başlarını dışarı çıkararak, bir camdan diğerine birbirleriyle çene çalmaya başladılar.

Bombarda'dan kol kola çıkan delikanlıların geri dönüp kendilerine gülümseyerek işaretler yaptıklarını ve her pazar

Champs-Elysées'yi dolduran o puslu kalabalığın arasında gözden kaybolduklarını gördüler.

— Fazla geç kalmayın! diye bağırdı Fantine.

— Bize ne getirecekler acaba? diye sordu Zéphine.

— Eminim güzel bir şey olacak, dedi Dahlia.

— Ben altından olmasını tercih ederim, diye ekledi Favourite.

Birazdan, yüksek ağaçların arasından görebildikleri nehrin kenarındaki hareketliliğe dalıp gittiler. Yolcu ve posta arabalarının hareket saatiydi. O dönemde, güneye ve batıya giden tüm posta arabaları Champs-Elysées'den geçer, birçoğu rıhtımı izleyerek, kentin dışına Passy Kapısı'ndan çıkarlardı. Her dakika, sarı ve siyah renklere boyanmış, güçlü atlar koşulmuş, bavullar, sandıklar, çantalar yüzünden şekilsiz bir görünüme bürünmüş, içinde başları bir görünüp bir kaybolan yolcuların yer aldığı ağır yüklü birkaç araba, zemini çiğneyerek, kaldırım taşlarını zedeleyerek, bir demirhanenin tüm kıvılcımlarını etrafa saçarak, duman yerine toz yayarak, kalabalığın arasında öfkeyle ilerleyerek geçip gidiyor, bu karmaşa genç kızların hoşuna gidiyordu. Favourite şöyle haykırıyordu:

— Bu ne uğultu! Âdeta zincir yığınları havada uçuşuyor.

Bir ara, kalın karaağaçların arasından güçlükle seçilebilen bir araba bir an için durup ardından dörtnala hareket etti. Bu durum Fantine'i şaşırtmıştı.

— Çok garip! dedi. Posta arabalarının durduğunu hiç görmemiştim.

Favourite omuzlarını silkti.

— Bu Fantine çok ilginç bir kız. Onun meraklandığının farkındayım. En basit olaylar karşısında şaşkına dönüyor. Şöyle varsayalım: Ben bir yolcuyum, arabacıya doğru ilerliyorum, beni rıhtımdan alırsınız diyorum. Araba rıhtımdan geçerken beni almak için duruyor. Bu her zaman rastlanılan bir olaydır. Tatlım, sen hayatı tanımıyorsun.

Zaman bir süre böyle akıp gitti. Favourite aniden uykudan yeni uyanmış biri gibi yerinden sıçradı.

— Peki ama sürprize ne oldu? dedi.

— Gitmelerinin üzerinden uzun zaman geçti! dedi Fantine.

Fantine iç çekerken, yemek servisini yapan garson içeri girdi. Elinde mektuba benzeyen bir şey vardı.

— Bu da nesi? diye sordu Favourite.

— Beylerin sizler için bıraktıkları bir kâğıt, dedi garson.

— Neden hemen getirmediniz?

— Çünkü beyler bu kâğıdın hanımlara bir saat sonra iletilmesini istediler.

Favourite kâğıdı garsonun elinden çekip aldı. Bu gerçekten de bir mektuptu.

— Şuraya bak! dedi. Adres yok. Ama üzerinde şöyle yazıyor: İŞTE SÜRPRİZ!

Mektubu aceleyle açıp okumaya başladı (okumayı biliyordu):

Ey sevgililerimiz!

Şunu bilin ki bizim ebeveynlerimiz var. Ebeveyn sözcüğünü pek yakından tanımıyorsunuz. Medeni kanun bunu, dürüst ve çocuksu bir ifadeyle babalar ve anneler olarak tanımlar. İşte, bu ebeveynler yakınıyorlar, bu ihtiyarcıklar, bu iyi yürekli erkekler ve kadınlar bizi yolunu şaşırmış müsrif çocuklar olarak görüyor, geri dönmemizi öneriyor, döndüğümüzde bunu kutlamak için ziyafetler vereceklerini söylüyorlar. Erdemli kişiler olarak onlara itaat ediyoruz. Bu mektubu okuduğunuz sırada, beş güçlü at bizi babalarımıza ve annelerimize götürüyor olacak. Bossuet'nin dediği gibi kirişi kırıyoruz. Yola çıktık, yola devam ediyoruz. Laffitte'in kollarında ve Caillard'ın kanatlarında kaçıyoruz. Toulouse arabası bizi uçurumun dibinden çekip alıyor ve güzel sevgililerimiz, uçurum sizsiniz! Tırısa kalkmış atlarla, saatte üç fersah hızla topluma, görevlerimize, düzene geri dönüyoruz. Vatan bizden herkes gibi, vali, aile reisi, korucubaşı ve meclis üyesi olmamızı bekliyor. Bu kararımıza saygı gösterin. Kendimizi feda ediyoruz. Bizim için hemen ağlayıp, yerimize başka birilerini bulun. Bu mektup yüreğinizi parçalıyorsa, siz de onu parçalayın. Elveda.

Neredeyse iki yıl boyunca sizi mutlu ettik.

Bize kin gütmeyin.

İmza:
BLACHEVELLE
FAMEUİL
LISTOLİER
FELİX THOLOMYÈS

Not: Hesap Ödendi.

Dört kız birbirlerine baktılar.

Sessizliği ilk bozan Favourite oldu.

— Olsun! diye haykırdı, bu da bir şaka sayılır.

— Çok gülünç, dedi Zéphine.

— Bu fikir Blachevelle'den çıkmış olmalı, diye ekledi Favourite. Bu huyu beni ona âşık ediyor. Hemen gitti, hemen sevildi. Hepsi bu.

— Hayır, dedi Dahlia, bunun Tholomyès'in fikri olduğu anlaşılıyor.

— Bu durumda, lanet olsun Blachevelle'e! Yaşasın Tholomyès! diye ekledi Favourite.

— Yaşasın Tholomyès! diye bağırdılar Dahlia ve Zéphine.

Ve kahkahalara boğuldular. Fantine de diğerleri gibi güldü.

Bir saat sonra, odasına döndüğünde ağladı. Söylediğimiz gibi, bu ilk aşkıydı; kendini Tholomyès'e kocasına adar gibi adamış ve zavallı kızın ondan bir çocuğu olmuştu.

Dördüncü Kitap
Emanet Etmek Bazen Terk Etmektir

I

Bir Başka Anneyle Karşılaşan Anne

Bu yüzyılın ilk çeyreğinde, Paris yakınlarındaki Montfermeil'de bugün artık izine rastlanmayan ucuz bir lokanta vardı. Karı koca Thénardierler tarafından işletilen bu lokanta Boulanger Sokağı'ndaydı. Kapının üstünde duvara çivilenmiş tahta bir levha görülüyordu. Bu tahtanın üzerine sırtında, geniş apoletleri gümüş yıldızlarla kaplı bir generali taşıyan bir adama benzeyen bir şeyler çizilmişti; kırmızı fırça darbeleriyle oluşturulmuş lekeler kanı temsil ediyordu; tablonun geri kalanındaki duman muhtemelen bir savaşı simgeliyordu. Altında şu yazı okunuyordu: WATERLOO ÇAVUŞUNA.

Bir hanın kapısında iki tekerlekli bir yük arabasının bulunmasından daha doğal bir şey olamazdı. Yine de, 1818 yılının bir ilkbahar akşamı, Waterloo çavuşunun lokantasının bulunduğu dar sokağı kaplayan bu araba ya da daha doğrusu araba parçası, kütlesiyle kuşkusuz oradan geçen bir ressamın dikkatini çekecekti.

Bu, ormanlık bölgelerde kalas ve ağaç gövdelerini taşımak için kullanılan yük arabalarından birinin ön kısmıydı. Bu ön kısım içine kalın bir ok yerleştirilmiş milli demir bir dingil ve onları taşıyan iki kocaman tekerlekten oluşuyordu. Bir aradayeken tıknaz, şekilsiz, ezici bir izlenim bırakıyorlardı. Bu bileşimin, devasa bir topun kundağını andırdığı da söylenebilirdi. Sokağın zemini tekerleklere, jantlara, poyralara, dingil ve oka, katedrallerin özellikle boyandığı o iğrenç sarımtırak badanaya benzeyen bir çamur tabakası bulaştırmıştı. Tahtalar çamurun, demirler pasın altında kayboluyordu. Dingilin altından kürek mahkûmu Golyat'a yaraşan kalın bir zincir sarkıyordu. Taşıması gereken kalaslardan çok, kendisine koşulacak mamutları, hırs ve servet tanrılarını hatırlatan bu zincir devlere ve insanüstü güçlere özgü bir zindanı andırıyor, bir canavarın bedeninden kopmuş gibi görünüyordu. Bu zincir Homeros'un Polyphemeus'u, Shakespeare'in Caliban'ı bağlayacağı türdendi.

Yük arabasının ön kısmının bu sokakta ne işi vardı? Öncelikle yolu kapamak, ardından da paslanmasını tamamlamak için oradaydı. Eski toplumsal düzende bu şekilde yol ortasına bırakılmış ve orada bulunması için başka bir neden gerekmeyen çok sayıda kurum vardı.

Dingilin altından sarkan zincirin ortası yere çok yakındı ve bir salıncağın ipini andıran eğiminin üzerine o akşam zarif bir iç içe geçme halini yansıtırcasına iki küçük kız oturmuştu. Biri yaklaşık iki buçuk yaşında, diğeri on sekiz aylık olan kızların küçüğü büyüğünün kolları arasındaydı. Ustalıkla bağlanmış bir mendil düşmelerini engelliyordu. Bu ürkütücü zinciri gören bir anne: "Hah! İşte çocuklarım için bir oyuncak," demişti.

Zarafetle ve özenle giydirilmiş iki çocuk hurda yığının içinde âdeta iki gül gibi ışıldıyordu. Gözlerinde zafer kazanmış bir ifade vardı, körpe yanakları gülümsüyor gibiydi. Biri kumral, diğeri esmerceydi. Saf yüzlerinde hayranlıkla karışık bir şaşkınlık vardı; yanlarındaki çiçekli bir çalılık, yoldan geçenlere onlardan gelirmiş gibi görünen güzel bir koku yayıyordu; on sekiz aylık olanı çocukluğun o iffetli patavatsızlığıyla çıplak zarif karnını sergiliyordu. Mutlulukla yoğrulmuş, ışıkla aydınlanmış bu iki sevimli başın üzerinde ve etrafında, pasla kararmış, vahşi eğriler ve açılarla karmakarışık olmuş ürkütücü ve devasa ön kısım bir mağaranın ağzı gibi görünüyordu. Birkaç adım ötede, hanın kapısının önünde çömelmiş olan, yüzünde pek hoş olmasa da o anda dokunaklı bir ifade bulunan anne uzun bir salıncakta çocuklarını sallıyor, onlara bir kaza olması ihtimaline karşı annelere özgü hayvani ve ilahi bir şekilde bakıyordu; salıncağın her gidiş gelişinde iğrenç halkalar öfke dolu bir çığlığı andıran tiz bir gürültü çıkarıyor, küçük kızlar coşkuyla kendilerinden geçiyor, batan güneş bu neşeye karışıyordu. Hiçbir şey devlerin zincirini meleklerin salıncağına dönüştüren kaderin bu cilvesi kadar büyüleyici olamazdı.

Anne iki kızını sallarken ahenksiz bir ses tonuyla o zamanlar meşhur olan şu romansı söylüyordu:

Böyle olması gerekiyor, diyordu bir savaşçı.

Şarkısı ve hayranlıkla izlediği kızları, yoldan geçenleri duymasını ya da görmesini engelliyordu.

Bu arada, biri yanına yaklaşmıştı, romansın ilk dörtlüğüne başladığı sırada, aniden kulağına çok yakından şu sözleri söyleyen bir ses duydu:

— Madam, iki kızınız da çok güzel.

Güzel ve şefkatli Imogine'e.

diye yanıtladı romansına devam eden anne, ardından başını çevirdi.

Birkaç adım ötesinde bir kadın vardı. Bu kadının kucağında da bir çocuk vardı.

Ayrıca sırtında oldukça ağır görünen bir çanta taşıyordu. Bu kadının çocuğu görülebilecek en ilahi varlıklardan biriydi. Giysilerinin zarafetiyle diğer ikisiyle yarışabilecek olan iki üç yaşlarındaki bu kız çocuğu ince kumaştan bir başlık takmıştı, zıbınında kurdeleler, başlığında danteller vardı. Kalkık eteğinin kıvrımı beyaz, tombul ve dolgun oyluklarının görülmesine izin veriyordu. Pespembe ve sağlıklıydı. Güzel küçük kızın yanakları insanda onları ısırma arzusu uyandırıyordu. Gözleri hakkında sadece bir hayli iri oldukları ve muhteşem kirpiklerle çevrelendikleri söylenebilirdi. Uyuyordu.

Yaşına özgü mutlak bir güvenle uyuyordu. Çocuklar annelerinin şefkatle dolu kucaklarında derin uykulara dalarlar.

Anneye gelince, yoksul ve hüzünlü görünüyordu. Üzerinde köylü giysisine dönüşmeye yüz tutmuş bir işçi giysisi vardı. Gençti. Güzel olduğu söylenebilir miydi? belki de; ama bu haliyle hiç de öyle görünmüyordu. Bir tutamı dışarıya sarkan ve oldukça güre benzeyen sarı saçları çirkin, dar ve çeneden bağlanmış bir başlığın altına sıkıca hapsedilmişti. Güzel dişler gülünce ortaya çıkar ama o hiç gülmüyordu. Gözleri uzun zamandır kurumamış gibiydi. Solgundu, çok yorgun, hasta bir hali vardı; kucağında uyuyan kızına evladını besleyen bir annenin kendine özgü edasıyla bakıyordu. Malullerin burunlarını sildiklerine benzeyen, bir atkı gibi katlanmış geniş, mavi bir mendil göğsünü beceriksizce gizliyordu. Güneşten esmerleşmiş, çil lekeleriyle kaplanmış ellerinin işaret parmakları sertleşmiş ve iğneyle delik deşik olmuştu, üzerinde yünden kahverengi bir pelerin, kumaş bir elbise, ayağında kaba ayakkabılar vardı. Bu kadın Fantine'den başkası değildi.

İlk bakışta tanınması zor olsa da, dikkatle incelendiğinde güzelliğini hâlâ koruduğu söylenebilirdi. Gizli bir alayın başlangıcını simgeleyen hüzünlü bir kıvrım yanağını kırıştırıyordu. Elbisesine gelince, neşeyle, çılgınlıkla ve müziğin eşliğinde dikilmiş gibi görünen o süslü, leylak kokuları yayan elbisesi, güneşte elmas gibi ışıldayan ama eriyince ağacı çırılçıplak, simsiyah bırakan kırağılar gibi sönükleşmişti.

O "güzel sürprizin" üzerinden on ay geçmişti.

Bu on ay süresince olup bitenler tahmin edilebilirdi.

Terk edildikten sonra sıkıntılar başlamış, Fantine hemen akabinde Favourite'in, Zéphine'in, Dahlia'nın dostluğundan mahrum kalmıştı; erkeklerin kopardığı bağ kadınlar tarafından onarılmamış, on beş gün sonra, onlara dost oldukları söylense bunu büyük bir şaşkınlıkla karşılayacak hale gelmişlerdi, çünkü artık bu dostluğun varlık nedeni geçerliliğini kaybetmişti. Çocuğunun babası çekip gidince –ne yazık ki bu tür ayrılıkların telafisi mümkün değildir– Fantine'in çalışma isteği azalmış, eğlence hevesi artmış bir halde yapayalnız kalmıştı. Tholomyès ile olan ilişkisi onun bildiği tek mesleğini ihmal etmesine, böylece müşterilerini, iş olanaklarını kaybetmesine yol açmıştı. Hiçbir geçim kaynağı yoktu. Okumayı biraz bilen, yazmayı hiç bilmeyen Fantine'e çocukluğunda sadece imzasını atmayı öğretmişlerdi. Bir arzuhalci aracılığıyla Tholomyès'e üç mektup yazmış, hiçbirine yanıt alamamıştı. Fantine, günün birinde, kızına bakan dedikoducu kadınların, "Bu çocukları insan yerine koymak mümkün mü? Onları kimse umursamaz!" dediğini duymuş, bunun üzerine kızını umursamayan ve bu masum bebeğe omuzlarını silken Tholomyès'i düşünmüş, zihninde bu adam hakkında karamsar düşünceler belirmişti. Nasıl bir karar vermeliydi? Bunu kime danışacağını bilemiyordu. Bir hata yapmıştı ama hatırlanacağı gibi doğası gereği hayâlı ve erdemliydi. Çok sıkıntılı bir döneme gireceğini ve uçurumun eşiğinde olduğunu belli belirsiz hissetti. Cesaretli olmak gerekiyordu, cesareti vardı ve dik durmaya çalıştı. Aklına doğduğu yere, Montreuil-sur-mer'e dönmek geldi. Orada, belki de birileri kendini tanıyacak ve ona bir iş verecekti; evet; ama hatasını gizlemesi gerekecekti. Ve zihninde hayal meyal ilkinden daha acılı bir ayrılık yaşamak zorunda kalacağını canlandırıyordu. Yüreği daralsa da, kararını vermişti. Fantine, ilerleyen sayfalarda da görüleceği gibi hayat konusunda çekingen bir cesarete sahipti. Şimdiden, yiğitçe bir karara varıp her türlü süsten vazgeçmiş ve basma kumaştan elbiseler giymeye başlamıştı ve ipekli giysilerini, kurdelelerini, dantellerini geriye kalan tek gurur kaynağı olan kızına saklamıştı. Varını yoğunu satmış, eline geçen iki yüz franktan borçlarını ödedikten sonra geriye seksen frank kalmıştı. Yirmi iki yaşında, güzel bir ilkbahar sabahı çocuğunu sırtına alarak Paris'i terk etti. Bu ana kızı gören biri hallerine acırdı. Bu kadının dünyada bu çocuktan, bu çocuğun da dünyada bu kadından başka kimsesi yoktu. Fantine'in çocuğunu emzirmesi göğüslerini yormuştu ve hafifçe öksürüyordu.

Kendisinden fazla söz etmeyeceğimiz M. Félix de Tholomyès'in, sadece, yirmi yıl sonra Louis-Philippe döneminde, nüfuzlu ve zengin bir taşra avukatı, bilinçli bir seçmen ve acımasız bir yargıçlar kurulu üyesi olduğunu ve ehlikeyif bir yaşam sürdürmeye devam ettiğini söylemekle yetineceğiz.

Fantine, ara sıra dinlenmek için yaptığı gibi, o zamanlar Paris banliyösüne sefer yapan küçük yolcu arabalarına binmiş, fersah başına üç dört santim ödedikten sonra, öğleye doğru, Montfermeil'deki Boulanger Sokağı'na varmıştı.

Thénardier hanının önünden geçerken, canavarı andıran salıncaklarının üzerinde büyüleyici bir görünüm sergileyen iki küçük kız âdeta gözlerini kamaştırmış ve bu mutluluk tablosunun önünde durmuştu.

İnsanın büyülendiği anlar vardır. Bu iki küçük kız Fantine'e o anlardan birini yaşatmıştı.

Duygulanmış bir halde onları inceliyordu. Meleklerin varlığı cennetin habercisidir. Bu hanın üzerinde Tanrı'nın gizemli eliyle yazılmış BURASI yazısını görür gibi oldu. Bu iki küçük kız kuşkusuz mutlu bir yaşam sürdürüyorlardı. Onları hayranlıkla izliyordu, çocukların annesi şarkısının iki mısrası arasında soluklanırken, kendini daha önce de okuduğumuz şu sözleri etmekten alıkoyamamıştı:

— Madam, iki kızınız da çok güzel.

En vahşi yaratıklar bile yavruları okşandığında uysallaşırlar.

Anne başını kaldırıp teşekkür ettikten sonra, yolcuyu kapının kenarındaki banka oturttu. İki kadın sohbet etmeye başladılar.

— Adım Madam Thénardier, dedi iki küçük kızın annesi. Bu hanı işletiyoruz.

Ardından, dişlerinin arasından romansını söylemeye devam etti:

Böyle olması gerekiyor, ben bir şövalyeyim,
Ve Filistin'e gidiyorum.

Tüm sevimsizliğiyle bir kadın askeri andıran Madam Thénardier, kızıl saçlı, etine dolgun, iri kemikli bir kadındı. Ve kişiliğiyle tezat oluşturan o düşünceli ifadesini okuduğu hayalperest kitaplara borçluydu. Erkeksi bir cilvebazdı. Meyhaneci kadınların hayal gücüne eklemlenen eski romanların bu tür etkileri vardır. Hâlâ gençti; yaklaşık otuz yaşlarındaydı. Çömelmiş halde duran bu kadın biraz doğrulsaydı, belki de uzun boyu ve sirklere özgü seyyar, devasa bir heykeli andıran bedeniyle, daha ilk anda yolcu kadını ürkütüp onun güvenini sarsacak ve önümüzdeki sayfalarda anlatacaklarımızı yazmamıza gerek kalmayacaktı. Bir kişinin ayakta duracak yerde oturması kaderleri belirler.

Yolcu kadın hikâyesini biraz değiştirerek aktardı.

İşçi olduğunu, kocasının öldüğünü, Paris'te iş bulamadığını ve iş aramak için başka bir yere, doğduğu kente gittiğini, Paris'ten o sabah yaya olarak ayrıldığını ve çocuğunu sırtında taşıdığı için yorulduğu sırada Villemomble arabasına rastladığını, Villemomble'dan Montfermeil'e yaya olarak geldiğini, kızının da biraz yürüdüğünü ama küçük olduğu için onu yeniden kucağına aldığını ve çocuğun uyuduğunu anlattı.

Ve bu sözlerin ardından kızını uyandıracak şekilde tutkuyla öptü. Çocuk annesininki gibi iri, mavi gözlerini açtığında etrafına baktı, ama neye? Küçük çocukların, bizim erdemlerimizin karşısındaki masum aydınlıklarının gizemini yansıtan o ciddi, bazen de acımasız ifadesiyle hiçbir şeye, her şeye. Kendilerini melekler gibi hissettikleri ve bizim insan olduğumuzu bildikleri söylenebilirdi. Ardından, gülmeye başlayan çocuk, annesinin engellemeye çalışmasına rağmen koşmak isteyen küçük bir yaratık gibi karşı konulmaz bir enerjiyle yere atladı. Birden, salıncağın üzerindeki iki kızı görüp durdu ve hayranlığını belli edercesine dilini çıkardı.

Kızlarının mendilini çözen Thénardier ana onları salıncaktan indirip:

— Üçünüz oyun oynayın, dedi.

Bu yaştaki çocuklar çabuk kaynaşırlar, bir dakika sonra, küçük Thénardierler yeni gelen arkadaşlarını da yanlarına alarak büyük bir keyifle toprakta delikler açmaya başlamışlardı.

Yeni gelen kız çok neşeliydi; annesinin iyi yürekliliği yumurcağın neşesine yansımıştı; eline aldığı tahta parçasını kürek gibi kullanarak büyük bir enerjiyle ancak bir sineğin sığabileceği bir çukur kazıyordu. Bir çocuğun mezar kazıcısının işini yapması gülünç görünüyordu.

İki kadın sohbete devam ediyorlardı.

— Sizin yavrucağın ismi ne?

— Cosette.

Cosette'i Euphrasie diye okuyun. Kızın adı Euphrasie olsa da, annesi tıpkı Josefa'yı Petita, Françoise'ı Sillete olarak değiştiren annelerin ve halkın o tatlı ve zarif içgüdüsüyle ona Cosette diye hitap ediyordu. Bu kelime türetme tarzı etimologların keyfini kaçıracak, tüm hesaplarını altüst edecek türdendi. Théodore'u Gnon'a dönüştüren bir büyükanne tanımıştık.

— Kaç yaşında?

— Yakında üçü bitirecek.

— Benim büyük kız gibi.

Bu arada üç küçük kız karşılaştıkları yeni bir olayın etrafında derin bir endişe ve büyük bir mutlulukla toplanmışlardı. İri bir yersolucanı topraktan çıkıyordu; korkmuş, şaşkınlıkla kendilerinden geçmişlerdi.

Birbirlerine değen üç ışıltılı alın âdeta bir hale oluşturuyordu.

—Çocuklar hemen kaynaşıyorlar, diye bağırdı Thénardier ana, onları görenler üç kız kardeş sanır!

Bu sözler, diğer annenin zihninde muhtemelen beklediği bir kıvılcım oluşturdu. Thénardier'nin elini kavrayıp, gözlerini ona sabitleyerek:

— Çocuğuma bakmak ister misiniz? diye sordu.

Thénardier'nin yüzünü ne kabul ne de reddeden şaşkın bir ifade kapladı.

Cosette'in annesi devam etti:

— Bakın, kızımı doğduğum yere götüremem. O yanımdayken iş bulmam zor olur. O bölgenin insanları gariptir. Ulu Tanrı hanınızın önünden geçmemi sağladı. Güzel, tertemiz, hallerinden memnun kızlarınızı gördüğümde altüst oldum. İçimden: İşte iyi bir anne. Üç kız, kardeş olurlar, dedim. Üstelik dönmekte gecikmeyeceğim. Çocuğuma bakmak ister misiniz?

— Düşünmem gerek, dedi Thénardier.

— Ayda altı frank vereceğim.

O sırada lokantanın içinden gelen bir erkek sesi duyuldu:

— Yedi franktan aşağı olmaz. Ayrıca, altı ay peşin ödeme.

— Altı kere yedi kırk iki eder, dedi Thénardier.

— Vereceğim, dedi anne.

— Ve ilk masraflar için on beş frank, diye ekledi adam.

— Toplamda elli yedi frank yapıyor, dedi Madam Thénardier. Ve bu rakamların arasından, hayallere dalmış bir halde şarkı söylüyordu:

Böyle olması gerekiyor, diyordu bir savaşçı.

— Ödeyeceğim, dedi anne, seksen frankım var. Geri kalanı memlekete gitmeme yeter. Yayan gideceğim. Orada biraz para kazandıktan sonra yavrumu almaya geleceğim.

Erkek sesi devam etti.

— Küçüğün çamaşırları, giysileri var mı?

— Bu kocam, dedi Madam Thénardier.

— Elbette var, zavallının tek hazinesi. Kocanız olduğunu anlamıştım. Üstelik güzel, muhteşem düzinelerce takımı, hanımefendilere yaraşır ipekli elbiseleri var! Hepsi çantamda.

— Onları bırakmanız gerek, dedi erkek sesi.

— Onları bırakacağım! diye karşılık verdi anne. Kızımı çırılçıplak bırakmam çok tuhaf olur!

Lokanta sahibinin yüzü belirdi.

— Tamam, dedi.

Pazarlık böylece sona erdi. Geceyi handa geçiren anne parasını ödeyip çocuğunu bıraktıktan sonra çamaşırların ve giysilerin yükünün eksilmesiyle hafifleyen çantasını bağladı ve yakında geri döneceğini umarak sabah yola koyuldu. Sakince karar verilen bu yola çıkışlar genellikle hüsranla sonuçlanır.

Thénardierlerin, yolda bu anneyle karşılaşan bir komşusu geri geldiğinde:

— Caddede yürek sızlatıcı bir şekilde ağlayan bir kadın gördüm, dedi.

Cosette'in annesi gittiğinde, adam karısına:

— Bu sayede, yarın vadesi dolan senedimi ödeyeceğim. Elli frank eksikti. Protesto çekilmesinin ardından icra mahkemesine düşmenin ne demek olduğunu biliyor musun? Kızlarınla birlikte fare kapanı kurman işe yaradı.

— Hiç farkında değildim, dedi karısı.

II

İki Karanlık Kişiliğin İlk Tasviri

Yakalanan fare pek çelimsizdi; ama kedi sıska bir fareyle bile keyiflenebilir.

Thénardierler kimin nesiydi?

Şimdilik giriş yapalım. Taslağı daha sonra tamamlayacağız.

Bu kişiler, orta ve alt sınıfın arasında yer alan ve alt sınıfın hatalarından bazılarını orta sınıfın neredeyse tüm günahlarıyla harmanlayan, işçinin cömert emeğine ya da burjuvanın düzenliliğine sahip olmayan, sonradan görme kaba insanlardan ve düşkünleşmiş zeki insanlardan oluşan kırma bir sınıfın mensuplarıydı.

Bunlar, tesadüfen loş bir ateşin kendilerini ısıtmasıyla kolayca canavara dönüşen küçük insanlardı. Kadının kişiliğinin derinliklerinde bir hayvan, adamın benliğinde bir alçaklık vardı. Kötülüğe yönelen her iğrenç eğilime uyum sağlamak konusunda her ikisi de son derece yetenekliydi. Sürekli olarak karanlıklara çekilen, hayatta ilerlemekten çok gerileyen deneyimlerini onursuzluklarını artırmak için kullanan, hiç durmadan alçaklaşan, giderek artan bir karanlığa bulanan çağanoz gibi ruhlar vardır. İşte bu adam ve bu kadının ruhları böyleydi.

Özellikle Mösyö Thénardier'nin yüz ifadesi karşısındakinin kişiliğini tanıyabilen biri için çok rahatsız ediciydi. Bazı insanlardan kuşkulanmak için onlara bakmak yeterlidir, çünkü her yanlarında bir tedirginliğin izleri hissedilir. Arkalarındakilerden endişe duyar, önündekileri tehdit ederler. Onlarda tanıdık olmayan bir şey vardır. Ne yaptıkları kadar ne yapacakları da kestirilemez. Bakışlarındaki karanlık onları ele verir. Geçmişlerindeki karanlık sırları ve geleceklerindeki puslu gizemleri sezinlemek için söyledikleri tek bir sözü duymak, sergiledikleri tek bir tavrı gözlemlemek yeterlidir.

Bu Thénardier söylediğine göre bir asker, bir çavuştu; muhtemelen 1815 Muharebesi'ne katılmış, hatta söylendiği kadarıyla yüreklice çarpışmıştı. Neler olduğunu daha sonra göreceğiz. Lokantanın levhası bu savaşlardan birine göndermeydi. Kendi eliyle çizmişti çünkü her şeyden biraz anlıyor, bu yüzden her işi eksik yapıyordu.

Cléile'nin yerini *Lodoiska*'nın aldığı antik klasik romanın, her zaman soylu olsa da, giderek sıradanlaştığı, Matmazel de Scudéri'den Madam Bournon-Malarme'a ve Madame de Lafayette'ten Madam Barthélemy-Hadot'ya düştüğü, Parisli kapıcı kadınların sevgi dolu yüreklerini tutuşturduğu, hatta banliyöleri bile kırıp geçirdiği bir dönemdi. Madam Thénardier'nin zekâsı ancak bu tür kitaplara yetecek kadardı. Onlardan besleniyor, beyin namına var olan her şeyini onların içinde boğuyordu. Bu yüzden, daha çok genç yaştayken, hatta daha sonraları bile, düzeyli bir sahtekâr, imla kurallarını bilmeyen okumuş bir muhabbet tellalı, hem ince hem kaba, ama duygusallık konusunda Pigault-Lebrun'ü ve kendi jargonuyla söylediği gibi "sekse dair her şeyi" okumuş katıksız bir hödük olan kocasının yanında düşünceli bir tavır takınıyordu. Kocası kendisinden on on beş yaş büyüktü. Dağınık ve gür saçları kırlaşmaya başladığında, Pamela Megere'e dönüştüğünde, Madam Thénardier saçma romanların keyfine varmış iri yarı, kötü yürekli bir kadından başka bir şey değildi. Oysa, bu saçmalıkları okumanın bir bedeli vardır. Bu yüzden büyük kızının adı Eponine'di, zavallı küçüğe gelince, Madam Thénardier'nin düşünceleri Ducray-Duminil'in bir romanındaki bilemediğim mutlu bir olay sayesinde değişmese adı Azelma yerine az kalsın Gulnare olacaktı.

Zaten, geçerken söyleyelim ki, göndermede bulunduğumuz ve vaftiz isimlerinin karmaşası olarak adlandırılan bu ilginç dönemde her şey gülünç ve yüzeysel değildi. Belirttiğimiz romanesk unsurun yanında, bunun toplumsal bir izdüşümü de vardı. Günümüzde, bir sığırtmaç çocuğun adının Arthur, Alfred ya da Alphonse ve bir vikontun –vikont kaldıysa– adının Thomas, Pierre ya da Jacques olması nadir rastlanan bir durum değildir. Halkın üzerine "soylu" ismini ve aristokratın üzerine köylü ismini koyan bu değişim eşitliğin anaforundan başka bir şey değildir. Yeni esintinin karşı konulmaz etkisi her alanda olduğu gibi isimlere de yansımıştır. Bu belirgin ahenksizliğin altında, büyük ve derin izler bırakan bir olay, Fransız Devrimi vardır.

III

Çayırkuşu

Refaha ermek için kötü yürekli olmak yetmez. Lokantada işler yolunda gitmiyordu.

Thénardier yolcu kadının elli yedi frankı sayesinde protestodan kurtulmuş ve imzasını lekelememişti. Bir sonraki ay, yeniden paraya ihtiyaçları olduğunda, kadın Paris'e gidip Cosette'in giysilerini altmış frank karşılığında rehine bıraktı. Thénardierler bu parayı da harcadıktan sonra, küçük kızı merhamet ettikleri için evlerine aldıkları bir çocuk gibi görmeye ve ona göre davranmaya alıştılar. Artık giysisi kalmadığı için, ona küçük Thénardierlerin eski etek ve gömleklerini yani paçavraları giydirdiler. Artıklarla, köpeğe oranla daha iyi, kediye göre daha kötü bir şekilde beslediler. Zaten kedi ve köpek onun her zamanki sofra arkadaşıydılar;

Cosette yemeğini masanın altında onlarla birlikte, onlarınki gibi bir çanakta yiyordu.

Daha sonra da görüleceği gibi, Montreuil-sur-mer'e yerleşen anne her ay çocuğundan haber almak için mektup yazıyor ya da daha doğrusu yazdırıyor, Thénardierler de hep aynı şeyi tekrarlayarak yanıt veriyorlardı: "Cosette çok iyi."

İlk altı ay dolunca, anne yedinci ay için yedi frank gönderdi ve her ay düzenli olarak ödemeyi sürdürdü. Thénardier henüz bir yıl dolmadan: "Bize ne büyük iyilik yapıyor! Yedi frankla ne yapmamızı bekliyor ki!" demiş ve ayda on iki frank ödemesi için ona mektup yazmıştı. Çocuğunun mutlu ve sağlıklı olduğuna ikna edilen anne bu teklifi kabul ederek on iki frank gönderdi.

Bazıları birinden nefret etmeden diğerlerini sevemez. Thénardier ana iki kızını tutkuyla seviyor, diğer kızdan nefret ediyordu. Bir anne sevgisinin böylesine alçakça eğilimleri olması üzücüdür. Cosette'in evinde işgal ettiği minicik yeri kendi çocuklarından çalınmış sayıyor, bu küçüğün kızlarının soluduğu havayı azalttığını düşünüyordu. Bu kadının, kendine benzeyen diğer kadınlar gibi okşayışlara, dayaklara ve hakaretlere ayırdığı günlük bir kotası vardı. Cosette olmasaydı, ne kadar sevse de, kızlarına bu kotayı uygulayacaktı; ama el kızı dayakları üzerine çekerek onların sadece okşayışlardan paylarını almalarına destek oluyordu. Cosette'in her davranışı üzerine şiddetli ve hak etmediği cezaların yağmasına neden oluyordu. Hiç durmadan cezalandırılan, azarlanan, terslenen, dayak yiyen ve yanında kendisine benzeyen iki küçük yaratığın seher güneşi içinde yaşadıklarını gören bu uysal ve çelimsiz kız bu dünyadan ve Tanrı'dan hiçbir şey anlamıyordu.

Madam Thénardier'nin Cosette'e karşı kötü davrandığını gören Eponine ve Azelma da ona karşı kötü davranmaya başladı. Bu yaştaki çocuklar annelerini taklit ederler. Sadece uyguladıkları şiddetin dozu azdı. Hepsi bu.

Bir yıl, ardından bir yıl daha geçti.

Köyde:

— Bu Thénardierler çok merhametli insanlar. Zengin olmasalar da kendilerine bırakılan yoksul bir çocuğu yetiştiriyorlar!

Annesinin Cosette'i unuttuğu düşünülüyordu.

Bu arada, bilmem hangi karanlık yöntemlerle çocuğun muhtemelen gayrimeşru olduğunu ve annenin bunu itiraf edemediğini öğrenen Thénardier "yaratığın" büyüdüğünü ve "daha çok yediğini" ileri sürüp onu geri göndermekle tehdit ederek ayda on beş frank istedi. "Canımı sıkmasın!" diye haykırıyordu, "Aksi takdirde yumurcağını sakladığı pisliklerinin ortasına gönderirim. Parayı artırması gerek." Anne ayda on beş frank ödemeyi kabul etti.

Çocuk her geçen gün büyüyor, sefaleti de artıyordu.

Cosette küçükken diğer iki çocuk adına dayak yiyor, hakaretlere maruz kalıyordu; biraz büyüdüğünde, yani daha beş yaşını doldurmadan evin hizmetçisi oldu.

Beş yaşında, bu mümkün değil denecek. Ama, ne yazık ki gerçek böyleydi. Kısa süre önce, resmî belgelerde bu dünyada yapayalnız kalmasından dolayı beş yaşından itibaren "yaşamak için çalıştığı ve hırsızlık yaptığı" yazılan Dumollard adlı bir öksüzün davasına tanıklık etmedik mi?

Cosette'i alışverişe gönderiyor, odaları, avluyu, caddeyi süpürtüyor, bulaşıkları yıkatıyor, hatta yükleri taşıtıyorlardı. Thénardierler, hâlâ Montreuil-sur-mer'de olan annenin parayı ödemekte güçlük çekmeye başlamasıyla, çocuğa böyle davranmakta haklı olduklarını düşündüler. Birkaç ay sıkıntı çektiler.

Anne bu üç yılın sonunda, Montfermeil'e gelmiş olsaydı, kızını tanıyamayacaktı. Bu eve geldiğinde çok güzel ve körpecik olan Cosette şimdi zayıflamış, solgunlaşmıştı. Endişeli bir hali vardı. Thénardierler ona "Sinsi!" diyorlardı.

Haksızlık onu hırçınlaştırmış, sefalet çirkinleştirmiş, geriye, iri oldukları için daha büyük bir kederi yansıtırmış gibi görünen güzel gözleri kalmıştı.

Henüz altı yaşını doldurmamış bu zavallı çocuğun kış günlerinde daha gün ağarmadan üzerindeki yırtık pırtık elbiselerle, küçük kızarmış ellerindeki koca bir süpürge ve gözlerindeki yaşlarla, titreyerek sokağı süpürdüğünü görmek yürekleri sızlatıyordu.

Yörede ona çayırkuşu diye hitap ediliyordu. Lakap takmayı seven halk, kuş kadar küçük olan, titreyen, her şeyden ürken, evde ve köyde her sabah ilk önce uyanan, daha gün ağarmadan sokakları, tarlaları arşınlayan küçük kıza bu adı layık görmüştü.

Ama çayırkuşu hiçbir zaman şakımıyordu.

Beşinci Kitap
Çöküş

I

Kara Boncuk Üretimindeki Gelişimin Öyküsü

Bu arada, Montfermeil sakinlerinin söylediğine göre çocuğunu terk etmiş gibi görünen o anneye ne olmuştu? Neredeydi? Ne yapıyordu?

Küçük Cosette'ini Thénardierlerin yanına bıraktıktan sonra yoluna devam etmiş ve Montreuil-sur-mer'e gelmişti.

Hatırlanacağı gibi bu olay 1818'de yaşanmıştı.

Fantine'in on yıl önce ayrıldığı bu şehrin çehresi değişmişti. Fantine giderek yoksullaşırken, doğduğu kent refaha ermişti.

Yaklaşık iki yıldan beri, küçük kentlerde büyük gelişmeler olarak kabul edilen sınai hamleler gerçekleşmişti.

Bu ayrıntı önemli olduğu için onu açımlamayı, yani biraz altını çizmeyi yararlı buluyoruz.

Montreuil-sur-mer eski zamanlardan beri, İngiliz karakehribarının ve Almanya kara boncuğunun taklit üretimini yapıyordu. Hammaddenin pahalı olmasının işçilik ücretlerini etkilemesi nedeniyle bu sanayi güçlükle ayakta duruyordu. Fantine, Montreuil-sur-mer'e geldiği sırada, bu "kara ürünlerin" üretiminde beklenmedik bir gelişme yaşanmıştı. 1815 sonlarına doğru kente hiç kimsenin tanımadığı bir adam yerleşmiş ve üretim sürecinde reçine yerine gomalak ve özellikle bilezik yapımında lehimlenmiş sac yerine yapıştırılmış sac kullanılmasını önermişti.

Bu küçük değişiklikler bir devrim anlamına gelmişti.

Gerçekten de, hammadde fiyatlarını oldukça düşüren bu küçük değişiklikler, ilk olarak bölgenin refah düzeyini artıracak şekilde işçi ücretlerinin yükselmesini sağlamış, ikinci olarak tüketicinin lehine üretimi mükemmelleştirmiş, üçüncü olarak üreticinin yararına ürünlerin üç katı kârla daha ucuz fiyata satılmasını sağlamıştı.

Böylece bir taşla üç kuş vurulmuştu.

Üç yıldan az bir sürede, bu girişimin mimarı zenginleşmişti, bu iyi bir şeydi ve çevresindeki herkes zenginleşmişti, bu daha da iyi bir şeydi. Bölgenin yabancısıydı. Geçmişi hakkında hiçbir şey bilinmiyordu; kente yerleştiği zaman hakkında çok az şey biliniyordu.

Şehre, çok az miktarda bir parayla, en fazla birkaç yüz frankla geldiği anlatılıyordu.

Dâhiyane bir fikrin hizmetine sunulan, düzenle ve düşünceyle artırılan bu küçük sermaye kendini ve tüm yöre halkını zenginleştirmişti.

Montreuil-sur-mer'e geldiğinde, üzerinde sadece elbiseleri vardı, görünümü ve konuşması bir işçininkine benziyordu.

Söylenene göre, bir Aralık akşamüstü, sırtında çantası, elinde akdiken ağacından bastonuyla küçük Montreuil-sur-mer şehrine gizlice girdiğinde belediye binasında büyük bir yangın çıkmıştı. Bu adam hayatını tehlikeye atarak alevlerin arasına dalmış, jandarma yüzbaşısının iki çocuğunu kurtarmış; bu yüzden kimsenin aklına kimliğini sormak gelmemişti. Ondan sonra adı öğrenilmişti. *Madeleine Baba* olarak anılıyordu.

II

Madeleine

Dalgın ve iyi niyetli görünen bu adam yaklaşık elli yaşlarındaydı. İşte onun hakkında söylenebilecek tek şey buydu.

Muhteşem bir yöntemle yeniden şekillendirdiği bu sanayideki hızlı gelişmeler sayesinde, Montreuil-sur-mer önemli bir iş merkezi haline gelmişti. Çok fazla kara kehribar tüketen İspanya, her yıl büyük siparişler veriyordu. Montreuil-sur-mer bu sanayi dalında neredeyse Londra ve Berlin'le rekabet edecek durumdaydı. Madeleine Baba'nın kazancı kente gelişinin ikinci yılında içinde biri erkeklere, diğeri kadınlara ayrılmış iki atölye bulunan büyük bir fabrika açacak ölçüde büyüktü. Geçim sıkıntısı çeken herkes buraya gelip iş bulabilir, ekmeğini kazanabilirdi. Madeleine Baba erkeklerden dürüst, kadınlardan ahlaklı ve hepsinden erdemli olmalarını istiyordu. Kesin kararlı ve hoşgörüsüz olduğu tek nokta buydu. Montreuil-sur-mer'in bir garnizon şehri olmasından dolayı baştan çıkarma olaylarına sık rastlanıyor ve bu durum bu tutumunda haklı olduğunu gösteriyordu. Zaten şehre gelişi bir nimet, varlığı bir kutsiyetti. Madeleine Baba gelmeden önce kentte işler yolunda gitmiyordu; şimdiyse herkes emeğin sağlıklı yaşamını sürdürüyordu. Büyük bir hareketlilik herkesi ısıtıyor, her yere sızıyordu. İşsizlik ve yoksulluk bitmişti. İçinde biraz para bulunmayan zavallı bir cebe, içinde biraz neşe barındırmayan yoksul bir eve rastlanmıyordu.

Madeleine Baba herkesi işe alıyor, onlardan tek bir şey istiyordu: Dürüst erkekler olun! Dürüst kızlar olun!

Söylediğimiz gibi, Madeleine Baba nedeni ve öncüsü olduğu bu faaliyetin ortasında zenginleşiyor ama sıradan bir ticaret adamında nadir rastlanacak şekilde tek kaygısının para kazanmak olmadığı anlaşılıyor, kendinden çok başkalarını düşünürmüş gibi görünüyordu. 1820'de, Laffitte'in bankasında altı yüz otuz bin frankı olduğu biliniyordu ama altı yüz otuz bin frankı kendine ayırmadan önce, şehir ve yoksullar için bir milyon franktan fazla harcamıştı.

Donanımsız hastaneye on yatak bağışlamıştı. Montreuil-sur-mer yukarı şehir ve aşağı şehir olarak ikiye ayrılmıştı. İkâmet ettiği aşağı şehirde harabe haline dönmüş berbat bir kulübe okul olarak kullanılıyordu; biri kızlar, diğeri erkekler için iki okul inşa ettirdi. İki öğretmene çok düşük olan resmî maaşlarının iki katını cebinden ödüyordu ve günün birinde bu duruma şaşıran birine: "Devletin en önemli iki görevlisi sütanne ve öğretmendir," yanıtını vermişti. Kendi parasıyla o zamanlar Fransa'da pek yaygın olmayan bir bakımevi açmış, yaşlı, sakat işçiler için bir dayanışma sandığı oluşturmuştu. Fabrikasının etrafında, çok sayıda yoksul ailenin yerleştiği bir mahalle kurulmuş, ücretsiz hizmet veren bir eczane açılmıştı.

İşe ilk giriştiği dönemlerde, saftirikler onun için "zengin olmak isteyen bir açıkgöz" demişler, kendisinden önce şehri zenginleştirmeye çalıştığını gördüklerinde "gözü yükseklerde" diye eklemişlerdi. Bu adamın dindar olduğu ve o dönemde itibar görecek şekilde ibadetlerini yerine getirdiği dikkate alınırsa bu saptamanın daha yerinde olduğu söylenebilirdi. Her pazar ayine giderdi. Her yerde rekabetin kokusunu alan bölge milletvekili bu dindarlıktan endişelenmekte gecikmedi. İmparatorluk meclisinin üyeliğini yapmış olan bu milletvekili, yükselmesini sağlayan, Oratoire cemaatine mensup olan ve Otranto Dükü Fouché adıyla anılan bir dostunun dinî düşüncelerini paylaşıyordu. Yalnız kaldığında Tanrı'yla tatlı tatlı alay etse de, zengin fabrikatör Madeleine'in saat yedi ayinine gittiğini gördüğünde onun kendine karşı aday olabileceğini anlayıp kendisinin daha ileri bir adım atması gerektiğine karar verdi; günah çıkarmak için Cizvit bir rahibe başvurdu, büyük ayine ve akşamüstü ayinine gitmeye başladı. O dönemde, gözün yükseklerde olması kelimenin tam anlamıyla dindarlık yarışıydı. Yoksullar da ulu Tanrı gibi bu tutkudan yararlandılar. Saygıdeğer milletvekilinin iki yatak daha bağışlamasıyla hastanedeki yatak sayısı on ikiye çıktı.

Bu arada, 1819'da, bir sabah vakti şehirde, sayın valinin Madeleine Baba'nın bölgeye yaptığı katkılar nedeniyle önermesi üzerine, kral tarafından belediye başkanlığına atanacağı söylentileri yayıldı. Şehre yeni geldiğinde onu "gözü yükseklerde" olarak niteleyenler herkesin desteklediği bu vesileden yararlanarak coşkuyla "İşte! Biz söylememiş miydik?" dediler. Montreuil-sur-mer bu yeni haberle çalkalanıyordu. Söylentiler doğruydu. Birkaç gün sonra *Moniteur*'de belediye başkanlığına atandığı yazılmıştı. Ertesi gün, Madeleine Baba bu görevi reddetti.

Aynı 1819 yılında, Madeleine'in geliştirdiği yöntemle üretilen ürünler Sanayi Fuarı'nda sergilendiler; kral jüri heyetinin raporu doğrultusunda ona Légion d'honneur nişanını layık gördü. Küçük şehirde yeniden söylentiler yayıldı: "Tamam! Demek ki amacı nişanı almakmış!" Madeleine Baba nişanı reddetti.

Hiç kuşkusuz bu adam bir muammaydı. Bazı saflar şu sonuca vardılar: "Bu adam maceracının teki."

Görüldüğü gibi bölge kendisine çok şeyi, yoksullar ise her şeyi ona borçluydular; sonunda çevresine çok yararlı olduğu için ona saygı duymak ve çok iyi niyetli biri olduğu için onu sevmek kaçınılmaz oldu; özellikle işçileri ona hayranlık duyuyorlardı, o da bu hayranlığı karamsar bir ciddiyetle karşılıyordu. Zengin olduğunda, "sosyetenin mensupları" onu saygıyla selamlayarak Mösyö Madeleine olarak adlandırdılar. İşçileri ve çocuklar ise ona, gülümsemesine neden olacak şekilde *Madeleine Baba* diye seslenmeye devam ettiler. Yükseldikçe davetler yağıyor, "sosyete" onu davet ediyordu. Montreuil-sur-mer'in ilk zamanlarda zanaatkâra kapalı olan şatafatlı salonları, kapılarını bu milyonere ardına kadar açmıştı. Ona binlerce öneride bulunuldu. Hepsini reddetti.

Bazı saftirikler bu sefer yine kendilerini tutamadılar: “Eğitim almamış cahil bir adam. Nereden geldiği meçhul. Sosyete içinde nasıl davranacağını bilmiyor. Okuma yazma-bilip bilmediği de belli değil.”

Ona, para kazandığını gördüklerinde “tüccar”, parasını çevresindekilere dağıttığını gördüklerinde “gözü yükseklerde”, nişanları reddettiğinde “maceracı”, sosyeteyi reddettiğini gördüklerinde “kaba saba, cahil bir adam” demişlerdi.

1820'de, Montreuil-sur-mer'e gelmesinin üzerinden beş yıl geçtiğinde, bölgeye yaptığı hizmetlerin ihtişamı, yöre halkının tamamının talebi kralın onu yeniden belediye başkanı olarak atamasına neden olmuştu. O bu teklifi yeniden geri çevirdi. Ama valinin bu konuda diretmesi, şehrin ileri gelenlerinin ondan ricalarda bulunmaları, sokaklara dökülen halkın yalvarışları karşısında sonunda bu görevi kabul etti. Halktan yaşlı bir kadının kapısının eşiğinden ona öfkeyle şöyle bağırmasının bu kararında özellikle belirleyici olduğu gözlerden kaçmamıştı: *İyi bir belediye başkanı yararlıdır. İnsan önünde iyilik yapma fırsatı varken, geri adım atar mı?*

Bu, yükselişinin üçüncü aşamasıydı. Madeleine Baba Mösyö Madeleine olmuş, Mösyö Madeleine de belediye başkanı olmuştu.

III

Laffitte'in Bankasına Yatırılan Para

Belediye başkanı olduktan sonra da ilk günlerdeki mütevazılığını korumuştu. Kırlaşmış saçları, ciddi bakışları, bir işçininkini andıran esmer teni, filozoflar gibi düşünceli yüzüyle genellikle kenarları geniş bir şapka takıyor, çenesine kadar düğümlediği çuhadan uzun bir redingot giyiyordu. Başkanlık görevlerini yerine getiriyor, bunun dışında yalnız yaşamayı tercih ediyordu. İnsanlarla az konuşuyor, kibarlık gösterilerinden kaçınıyor, hafif bir selam verdikten sonra uzaklaşıyordu. Sohbet etmekten kaçınmak için sadece gülümsüyor, gülümsemekten kaçınmak için bağış yapıyordu. Kadınlar onun için: "Ne sevimli bir ayı!" diyorlardı. Tarlalarda gezinmekten keyif alıyordu. Yemeklerini her zaman için tabağının kenarına koyduğu bir kitabı okuyarak tek başına yiyordu. Küçük, düzenli bir kütüphanesi vardı. Soğuk ve güvenilir dostlar olan kitapları seviyordu. Zenginleştikçe artan boş zamanlarını zihnini eğitmek için harcıyordu. Montreuil-sur-mer'e geldiğinden beri, her geçen yıl daha da kibarlaştığı, uysallaştığı dikkati çekiyordu.

Kır gezilerinde yanına nadiren kullandığı tüfeğini alıyordu. Tesadüfen kullanması gerektiğinde attığını vuran yaman bir nişancı olduğu anlaşılıyordu. Zararsız bir hayvanı asla öldürmez, küçük bir kuşa asla nişan almazdı.

Artık genç sayılmasa da, olağanüstü bir güce sahip olduğu söyleniyordu. İhtiyacı olana elini uzatıyor, atları yerden kaldırıyor, çamura gömülmüş bir arabayı itiyor, kaçan bir boğayı boynuzlarından yakalıyordu. Evinden çıkarken cebinde hep bozuk para taşıyor, geriye cebi boş olarak dönüyordu. Bir köyden geçtiğinde, yırtık pırtık giysili yumurcaklar sevinçle arkasından koşar, etrafında küçük sineklerden oluşan bir bulut oluştururlardı.

Köylülere hiç bilmedikleri yararlı küçük ayrıntıları öğrettiğine bakılırsa geçmişte tarlalarda çalıştığı tahmin edilebilirdi. Onlara buğday güvelerini yok etmek için ambara su serpmelerini, tahta döşemenin yarıklarına tuzlu su dökmelerini, buğday bitinden kurtulmak için duvarlara, çatılara, otlaklara, evlerin içine çiçeklenmiş ısırganotu asmalarını öğütlüyordu. İpek böceği hastalıklarının, fide yanıklarının, zararlı ve buğdayı yiyen asalak otların köklerini kurutmak için "reçeteleri" vardı. Bir tavşan yuvasını farelerden korumak için yuvanın yanına yerleştirdiği bir hintdomuzunun kokusundan yararlanıyordu.

Günün birinde, ısırgan otlarını koparmaktan helak olmuş köylüleri gördüğünde, köklerinden koparılmış ve şimdiden kurumuş bu bitki yığınlarına bakarak "Ölmüşler. Aslında onlardan yararlanmayı bilmeniz iyi olurdu. Isırgan otu körpeyken yaprakları çok lezzetlidir; kartlaştığında keten ve kenevir gibi telcikleri ve lifleri oluşur. Isırgan otu doğrandığında kümes hayvanları, öğütüldüğünde büyükbaş hayvanlar için güzel bir yem olur. Samana katılan ısırganotu hayvanların tüylerini parlaklaştırır; tuzla karıştırıldığında muhteşem bir sarı boya oluşturur. Yılda iki kez biçilen mükemmel bir ottur. Peki ısırganotu ne ister? Biraz toprak yeter, ne özen ne ekim ister. Sadece ot olgunlaştıkça tohumları döküldüğü için toplaması zordur. Hepsi bu. Isırgan otu biraz çabayla yararlı hale gelecekken, ihmal edildiğinden zararlı bir ota dönüşüyor. O zaman onu kökünden koparıyorsunuz. Çoğu insan ısırganotuna benzer!" demiş, kısa bir sessizliğin ardından eklemişti: "Dostlarım, şunu aklınızda iyi tutun, kötü ot ya da kötü insan yoktur, sadece kötü çiftçiler vardır." Çocuklar, saman ve hindistan cevizi kabuğundan sevimli objeler yaptığı için onu daha çok seviyorlardı.

Bir kilisenin kapısına siyah bir örtü asıldığında, içeri giriyor, diğerleri bir vaftiz töreni beklerken, o cenazelere gidiyordu. Birinin dul kalması ya da başına bir felaket gelmesi halinde yüce merhametiyle onun yardımına koşuyor, siyah giysileriyle yas tutan ailelerin, dostlarının, cenaze ilahileri okuyan rahiplerin arasına karışıyordu. Âdeta ahiretin görüntüleriyle dolu bu cenaze mezamirlerini düşüncelerinin yol göstericisi olarak görüyordu. Ölümün karanlık uçurumunun kenarında şarkı söyleyen bu hüzünlü sesleri, gözlerini göğe kaldırmış bir halde, âdeta sonsuzluğun tüm gizemlerini içine çekmek istercesine dinliyordu.

Yaptığı onca hayırsever işi tıpkı kötü bir davranışta bulunmuş gibi gizlerdi. Gece vakti gizlice evlere giriyor, merdivenleri kendini hiç belli etmeden çıkıyordu. Kulübesine dönen zavallı bir yoksul geri döndüğünde kapısının açık, hatta zorlanmış olduğunu gördüğünde "Hırsız girmiş!" diye haykırıyor, içeri girdiğinde ilk gördüğü bir mobilyanın üzerine bırakılmış altın para oluyordu. İçeri giren "hırsız" Madeleine Baba'ydı.

Kibar ve hüzünlüydü. Halk onun için "İşte zengin ama kibirli olmayan, mutlu ama halinden memnun görünmeyen bir adam," diyordu.

Onun gizemli bir adam olduğunu söyleyen bazıları mobilyaları kanatlı kum saatlerinden, kavalkemiğinden haçlardan ve kafataslarından ibaret olan ve gerçek bir keşiş hücresini andıran odasına asla girilemediğini iddia ediyorlardı. Bu söylenti, günün birinde Montreuil-sur-merli zarif ve muzip birkaç kadının evine gelip ona şu soruyu soracakları ölçüde yaygınlaşmıştı: "Sayın başkan, bize odanızı göstersenize. Oranın bir mağaraya benzediği söyleniyor." Gülümseyen Madeleine Baba onları hemen o "mağaraya" götürdü. Meraklılıklarının cezasını almışlardı. Oda maundan yapılmış olduğu için oldukça çirkin görünen mobilyalarla döşenmiş, duvarlar yarım franklık kâğıtlarla kaplanmıştı. Şöminenin üzerinde duran ve damgalandıkları için gümüşten yapılmışa benzeyen eski iki şamdandan başka bir şey göremediler. Küçük şehirlilere özgü zeki gözlemlerden biri.

Yine de, oraya kimsenin giremediği ve bu odanın bir keşiş mağarası, bir hayal âlemi, bir çukur, bir mezar olduğu söylentisi yayılmaya devam etti.

Ayrıca Laffitte'in bankasında her zaman çekilmeye hazır olarak bulunan yüklü miktarda parası olduğu söyleniyor ve M. Madeleine bir sabah bankaya gidip bir makbuz imzaladıktan on dakika sonra iki ya da üç milyonunu alabileceği iddia ediliyordu. Aslında, daha önce de söylediğimiz gibi bu "iki üç milyon" altı yüz otuz ya da kırk bin franktan ibaretti.

IV

Mösyö Madeleine Yas Tutuyor

1821 yılının başlarında, gazeteler "Monsenyör Bienvenu lakaplı" Digne piskoposu M. Myriel'in seksen iki yaşında ermişlik makamına erişmiş bir halde bu dünyadan göçtüğünü yazdılar.

Burada gazetelerin atladığı bir ayrıntıyı, Digne piskoposunun ölmeden uzun yıllar önce kör olduğunu ve kız kardeşi yanında olduğu için bu körlükten memnuniyet duyduğunu belirtmemiz gerekir.

Bu arada şunu da ekleyelim, gerçekten de kör olmak ve sevilmek, hiçbir şeyin eksiksiz olmadığı bu dünyada, mutluluğun eşi benzeri bulunmaz biçimlerinden biridir. Yanınızda ihtiyaç duyduğunuz ve kendini size adamış bir kadının, kızın, kız kardeşin, zarif bir varlığın bulunması, ihtiyaç duyduğunuz kişinin sizi vazgeçilmez olarak gördüğünün hissedilmesi, bize kendi varlığından verdiklerini fark ederek hiç durmadan duyduğu şefkatin ölçülmesi, aklınızdan tüm zamanını bana ayırdığına göre tüm yüreğini bana adamış düşüncesinin geçmesi, yüzü olmasa da düşüncesinin görülmesi, karanlığa gömülen bir dünyada bir varlığın sadakatinin hissedilmesi, elbisenin hışırtısının bir kanat çırpışı gibi algılanması, onun gidip gelmesinin, dışarı çıkıp geri dönmesinin, konuşmasının, şarkı söylemesinin duyulması ve bu adımların, bu sözlerin, bu şarkının merkezinde sizin olduğunuzun düşünülmesi, her dakika kendinizin çekim merkezi olduğunuzun gözlenmesi, sakat olduğunuz ölçüde güçlü olduğunuzun hissedilmesi, karanlıkta ve karanlık sayesinde bu meleğin etrafında döndüğü bir yıldız haline dönüşülmesi gibi mutluluklar nadir rastlanan niteliktedir. Hayatın en yüce mutluluğu kişinin sevildiğine, kendisi olduğu için hatta kendine rağmen sevildiğine inanmasıdır, işte körlerde bu inanç vardır. O keder içinde hizmet edilmek okşanmaktır. Bir şeyleri eksik midir? Hayır. Aydınlığı yitirmek aşkı yitirmek anlamına gelmez. Hem de ne aşk! Tamamıyla erdemden oluşmuş bir aşk. Kesinliğin olduğu yerde körlük varolamaz. Ruhu el yordamıyla arayan ruh onu bulur. Ve bulunan ve sınanan bu ruh bir kadındır. Bir el size destek olur, bu onun elidir; bir ağız alnınıza dokunur, bu onun ağzıdır; yanınızda bir soluk duyarsınız, bu odur. Tapınışından merhametine kadar her şeyi ondan almak, hiçbir zaman terk edilmemek, size yardım eden o tatlı zayıflığa sahip olmak, o bükülmez kamışa yaslanmak, ellerinizle Tanrı'ya dokunup onu kollarınızın arasına almak; elle tutulabilir bir tanrıyla bütünleşmek, ne büyük bir mutluluk kaynağıdır! Yürek, o karanlık, semavi çiçek gizemli bir şekilde açılır. Bu karanlık dünyanın tüm aydınlığına bedeldir! Melek ruh hep oradadır; uzaklaşsa da geri gelir; düş gibi silinir ve gerçeklik gibi yeniden belirir. Yaklaşan sıcaklık duyumsanır, işte oradadır. İnsan içini dinginliğin, neşenin ve coşkunun kapladığını, gece karanlığında ışıldadığını hisseder. Ve binlerce küçük emek. Bu boşlukta devasa görünen önemsiz şeyler. Kadın sesinin, sizi oyalamak için kullanılan ve sizin için karanlığa gömülmüş dünyanın yerini tutan tasvir edilemez vurgusu. İnsan ruhla okşanır, hiçbir şey görmese de, kendisine hayranlık duyulduğunu hisseder. Bu, karanlıkların cennetidir.

İşte Monsenyör Bienvenu bu cennetten diğerine geçmişti.

Ölüm ilanı Montreuil-sur-mer'in yerel gazetesinde yayınlandı. Mösyö Madeleine ertesi gün siyahlar giyip şapkasına bir yas şeridi taktı.

Şehirde bu yasla ilgili söylentiler yayıldı. Bu tutumu geçmişini aydınlatan solgun bir ışık gibiydi. Saygıdeğer piskoposla bir yakınlığı olduğu sonucuna varıldı. Salonlarda yankılanan *Digne piskoposu için yas tutuyor* sözleri Mösyö Madeleine itibarını çok artırdı ve Montreuil-sur-mer'in soylular dünyasında aniden büyük bir saygı görmeye başladı. Küçük Saint-Germain kenar mahallesi muhtemelen bir piskoposun akrabası olan M. Madeleine üzerindeki karantinayı kaldırmayı düşündü. M. Madeleine saygınlığının bu artışını yaşlı kadınların giderek artan reveransları ve gençlerin giderek sıklaşan gülümsemeleri sayesinde fark etti. Bir akşam, bu küçük soylular dünyasının ileri gelenlerinden bir kadın şehrin en eskilerinden biri olması hakkını kullanarak ona şu soruyu yöneltmeye cesaret etti:

— Sayın başkan, kuşkusuz müteveffa Digne piskoposunun kuzenisiniz, öyle değil mi?

— Hayır madam, dedi.

— Ama, yas giysilerine bürünmüşsünüz, diye ekledi dul kadın.

— Gençliğimde onun ailesinin yanında uşak olarak çalışıyordum, diye yanıtladı.

Dikkati çeken bir başka hususta, belediye başkanının ne zaman şehirden geçen ve temizlenecek baca arayan genç bir Savoielı görse onu yanına çağırıp ismini sorması ve eline para tutuşturmasıydı. Küçük Savoielılar bunu kendi aralarında konuşuyorlar ve şehirden daha sık geçiyorlardı.

V

Ufuktaki Belli Belirsiz Şimşekler

Zamanla, kendisine gösterilen tüm tepkiler sönüp gitmişti. İlk başlarda, M. Madeleine yükselen herkesin başına geldiği gibi iftiralara ve dedikodulara maruz kalmış, bunu kötü niyetli girişimler izlemiş, ardından muzipliklerin hedefi olmuş, en sonunda tüm bunların tamamıyla ortadan kalkmasıyla ona eksiksiz, içten ve topyekûn bir saygı beslenmeye başlanmıştı. Böylece, 1821 yılında, Montreuil-sur-mer'de sayın başkanın ismi, tıpkı 1815'te, Digne'de, monsenyör piskoposun ismi gibi telaffuz edilir hale gelmişti. M. Madeleine'e danışmak için on fersah uzaktan gelenler vardı. Anlaşmazlıkları çözüyor, davalar açılmasını engelliyor, düşmanları barıştırıyordu. Herkes onu kendi haklı davasının yargıcı gibi görüyordu. Ruhunda âdeta doğal bir yasa kitabı vardı. Altı yedi yıl içinde, bir saygınlık dalgası tıpkı bir bulaşıcı hastalık gibi bütün bölgeyi kaplamıştı.

Şehirde ve bölgede bu salgının etkisinden sakınmaya çalışan tek bir kişi vardı ve Madeleine Baba ne yaparsa yapsın, bu adam kendisini endişelendiren ve uyaran sarsılmaz bir içgüdüyle ona karşı sert bir tutum izlemeye devam ediyordu. Gerçekten de, bazı insanları soğuk ya da sıcak bulmamıza sebep olan, bir kişiliği diğerinden ayıran, tereddüt etmeyen, şaşırmayan, asla yanılgıya düşmeyen, kendi karanlığını aydınlatan, buyurgan, aklın tüm tavsiyelerine ve mantığın tüm ahlak bozuculuğuna karşı koyan ve tüm içgüdüler gibi hayvani, katıksız, eksiksiz olan bir içgüdü vardı. Bu içgüdü, insanların kaderleri ne olursa olsun, köpek-insanı kedi-insanın, tilki-insanı kaplan-insanın varlığından gizlice haberdar ediyordu.

Mösyö Madeleine dingin, sevgi dolu yüreğiyle herkesin takdirini toplayarak bir caddeden geçtiğinde, sıklıkla, kurşuni renkte bir redingot giymiş, elinde kalın bir baston, başında aşağı doğru indirdiği bir şapka bulunan uzun boylu bir adam aniden onun arkasında beliriyor ve bakışlarını ona sabitledikten sonra, kollarını kavuşturuyor, başını yavaşça sallayıp, üst ve alt dudağını *Ama bu adam da kim? Kuşkusuz onunla bir yerlerde karşılaştım. Ne de olsa, beni kandırması uzun sürmeyecek* anlamına gelen bir ifadeyle burnuna doğru kaldırarak, gözden kayboluncaya kadar onu izliyordu.

Neredeyse tehdit edici boyutlara ulaşacak bir ciddiyetle donanmış olan bu ciddi adam onu bir an için de olsa hayal meyal gören bir gözlemcinin zihnini meşgul edecek türdendi.

Adı Javert'di ve polisti.

Montreuil-sur-mer'de zahmetli ama yararlı olan müfettişlik görevini yerine getiriyordu. Madeleine'in şehre ilk geldiği sırada orada değildi. Javert bu görevini daha sonra devlet bakanı olan ve o dönemde Paris emniyet müdürlüğü yapan Kont Angles'in yardımcısı M. Chabouillet'nin desteğine borçluydu. O sırada, büyük fabrikatör zenginleşmiş, Madeleine Baba, Mösyö Madeleine olmuştu.

Bazı polis memurlarının alçaklıkla otoritenin iç içe geçtiği farklı bir yüz ifadeleri vardır. Javert'in yüzüne bu ifade hâkim olsa da, alçaklığın izleri yeterince baskın değildi.

Bizim inancımıza göre, ruhlar gözle görülebilseydi, insan türünden her bireyin bir hayvan türüne tekabül ettiği ilginç bir şekilde fark edilebilecek ve filozofun güçlükle sezinleyebildiği gerçeklik kolayca ortaya çıkacaktı. Bu gerçeklik, istiridyeden kartala, domuzdan kaplana kadar tüm hayvanların insanın içinde olduğuna ve her birinin hatta bazen birkaçının birlikte, bir insanın benliğine yerleştiğine dayanıyordu.

Hayvanlar erdemlerimizin ve günahlarımızın gözümüzün önünde dolaşan simgelerinden, ruhlarımızın görülebilen hayaletlerinden başka bir şey değildirler. Bize onları üzerlerinde düşünmemiz için gösteren Tanrı, hayvanlar sadece birer simgeden ibaret olduklarından onlara kelimenin tam anlamıyla eğitilebilecek kapasiteyi layık görmedi; bu neye yaradı? Bunun aksine, gerçekliği temsil eden ve kendine özgü bir sonları olan ruhlarımıza zekâyı yani eğitilebilme imkânını verdi.

Anlaşılacağı gibi, bunları, görünürdeki dünyevi yaşamın sınırlı bakış açısıyla ve insan olmayan varlıkların önceki ve sonraki benlikleriyle ilgili kapsamlı sorunsala önyargıyla yaklaşmadan söylüyoruz. Görülebilir ben, düşünürün gizli beni yadsımasına asla izin vermez.

Şimdi, bir an için, bizimle birlikte her insanın içinde bir hayvan olduğunu kabul ederseniz, dingin polis müfettişi Javert'i hangi hayvanın temsil ettiğini saptamamız daha kolay olacak.

Asturyalı çiftçiler, dişi bir kurdun her seferinde kendi yavrularına ilaveten bir köpek doğurduğuna ve annenin bu köpeği büyüdüğünde diğer yavrularını yiyeceği endişesiyle öldürdüğüne inanırlar.

İşte dişi kurdun doğurduğu bu erkek köpeği bir insan yüzüyle donatırsanız karşınıza Javert çıkar.

Javert, kocası kürek mahkûmu olan falcı bir kadının çocuğu olarak hapishanede doğmuştu. Büyüdükçe dışına itildiği toplumun içine asla giremeyeceğini düşünüp umutsuzluğa kapıldı. Toplumun kendine saldıranlardan ve kendini koruyanlardan oluşan iki insan grubunu telafisi mümkün olmayacak şekilde kendisinin dışında tuttuğunu gözlemledi; bu iki insan grubu dışında bir tercih yapması mümkün değildi; aynı zamanda kişiliğinin derinliklerindeki katılığın, düzene uyumluluğun, dürüstlüğün, mensubu olduğu derbederler takımına duyduğu açıklanamaz bir kine karıştığını hissediyordu. Polis okuluna girip başarılı oldu. Kırk yaşında müfettişlik görevine terfi etmişti.

Gençliğinde güneyde, kürek mahkûmlarının başında görev yapmıştı.

Daha ileri gitmeden önce, az önce Javert'e layık gördüğümüz o insan yüzü konusunda hemfikir olalım.

Javert'in insan yüzü, basık bir burundan, yanaklarından derin burun deliklerine doğru yükselen iki kocaman favoriden ibaretti. Bu iki orman ve iki oyukla ilk kez karşılaşanlar kendilerini oldukça huzursuz hissediyorlardı. Javert nadir olsa da, korkunç bir şekilde güldüğünde, aralanan ince dudaklarının arasından sadece dişleri değil diş etleri de görülüyor, burnunun etrafında yırtıcı bir hayvanın burnundakine benzeyen yassı ve vahşi bir kıvrım beliriyordu. Zaten kafatasının büyük bir bölümü çene kemiğinden oluşuyordu; kaşlarına kadar inen saçları alnını gizliyor, iki gözünün arasında sürekli olarak bir öfke yıldızı gibi parlayan bir çatılmanın varlığı fark ediliyordu; bakışlarında karanlık, dudaklarında soğuk ve ürkütücü bir ifade vardı, tavırları acımasız bir komutanınkine benziyordu.

Bu adamın yüreğine basit ve göreli olarak çok iyi, ama abartıldığında kötücül eğilimler taşıyan iki duygu hâkimdi: Otoriteye karşı saygı ve isyankârlığa karşı kin. Onun gözünde hırsızlık, cinayet ve işlenen tüm suçlar isyankârlığın tezahürleriydi. Başbakandan korucubaşına kadar devlet hizmetinde çalışanlara körü körüne, derin bir inanç besliyor, kötülüğün yasal eşiğini bir kereliğine de olsa aşanlara aşağılama, nefret ve tiksintiyle yaklaşıyordu. Bu konuda kesin kararlıydı ve istisnai durumları umursamıyordu. Bir yandan "Devlet memuru yanılgıya düşemez, yargıç asla haksızlık yapmaz," diyor, diğer yandan "Kendilerini geri dönüşümsüz bir şekilde mahvedenlerin içinde bulundukları durumdan kurtulmaları hiçbir şekilde mümkün değildir," diye düşünüyordu. İnsanlık yasasına her şeyi yapabilme ya da daha doğrusu lanetlileri saptama gücünü atfeden ve toplumun en dip katmanına cehennem nehrini yerleştiren o aşırılıkta sınır tanımaz zihinlerin görüşlerini paylaşıyordu. Hüzünlü düşüncelere dalan, sabırlı, ciddi, ağırbaşlı, bağnazlar gibi hem mütevazı hem kibirli bir adamdı. Bakışları bir burgu gibi soğuk ve deliciydi. Hayatı şu iki sözcükle özetlenebilirdi: Tetikte olmak ve gözlemlemek. Dünyada dolambaçlı ne kadar yol varsa, onları düz bir hat üzerinden aşıyordu; yararlı olduğunun, görevlerinin kutsiyetinin farkındaydı ve kendini muhbirliğe bir rahip gibi adamıştı. Eline düşenin işi bitikti! Zindandan firar eden babasını yakalatabilir, sürgünden kaçan annesini ihbar edebilir ve bunları erdemin verdiği iç huzuruyla yapardı. Bunun yanı sıra, yoksunlukların, yalıtılmışlıkların, özverilerin, dürüstlüğün damgasını vurduğu eğlenceye asla yer olmayan bir yaşam sürdürüyordu. Sarsılmaz bir görev aşkı, polisliği Spartalıların Sparta'yı algılayışı gibi benimsemesi, amansız bir gözlemcilik, vahşi bir dürüstlük, mermer gibi sert bir hafiyelik, Vidocq'un içindeki

Brütüslük, ilkeleri uğruna her şeyi feda etmek onun temel düsturlarındandı.

Javert'in tüm kişiliği gözleyen ve saklanan bir adamı yansıtıyordu. O dönemde, evrenin yaradılışına dair üstün bilgiler üzerinde duran Joseph de Maistre'in aşırı kralcıların gazetelerinde sıklıkla yer alan mistik okulu onu bir sembol olarak göstermekten geri durmayacaktı. Alnı şapkasının altında kayboluyor, gözleri kaşlarının altından görünmüyor, kravatının içine gömülen çenesi fark edilmiyor, elleri redingotunun yenlerinin içinde kayboluyor, redingotunun altındaki sopası belli olmuyordu. Ama zamanı geldiğinde, tıpkı bir pusunun karanlığından çıkmışa benzeyen kemikli ve dar alnı, kasvetli bakışları, tehdit edici çenesi, kocaman elleri ve esrarengiz bir sopa aniden beliriyordu.

Pek nadir rastlanan boş zamanlarında, kitaplardan nefret etse de okuyor, böylece cehaletini gidermeye çalışıyordu. Bu alışkanlığı tumturaklı sözlerine yansıyordu.

Söylediğimiz gibi hiçbir günah işlememişti. Keyfi yerinde olduğunda, enfiye kutusunu açıyor, böylelikle insanlığa biraz olsun yakınlaşma fırsatı buluyordu.

Kolayca anlaşılacağı gibi, Javert, Adalet Bakanlığı'nın yıllık istatistiklerinde *serseriler* başlığı altında topladığı kişilerin korkulu rüyasıydı. Javert'in ismini duyduklarında paniğe kapılıyor, Javert'in yüzü karşılarında belirdiğinde taş kesiliyorlardı.

İşte bu korkunç adam böyleydi.

Javert, M. Madeleine üzerine sabitlenmiş kuşkucu ve tahminler yürüten bir bakış gibiydi. M. Madeleine sonunda bunu fark etse de pek umursamadı. Tek bir soru bile yöneltmediği Javert'den ne uzak duruyor ne de ona yaklaşıyor, bu can sıkıcı ve ezici bakışların farkında değilmiş gibi görünüyordu. Javert'e herkes gibi içten ve yakın davranıyordu.

Javert'in ağzından kaçan birkaç söz dikkate alınırsa, so- dan gelen ve içgüdüyü olduğu kadar iradeyi de barınd-

bir merakla Madeleine Baba'nın geçmişte bıraktığı tüm izleri gizlice araştırdığı tahmin edilebilirdi. Her şeyi bilirmiş gibi görünüyor, bazen bir bölgede ortadan kaybolan bir aile hakkında bazı bilgiler edindiğini ima ediyordu. Bir keresinde kendi kendine şunları söylemişti: "Sanırım onun kim olduğunu biliyorum!" Ardından, üç gün tek bir söz bile etmeden düşüncelere dalmıştı. Onu gerçeklere götüren verilerin ipleri kopmuşa benziyordu.

Zaten, mutlak gerçeği bulduğunu sanan bazı düşüncelerin düzeltilmesi gerekebilir, bir insanın gerçekten yanılgıya düşmemesi mümkün değildir ve içgüdünün özü kesinlikle yanılabilir, amacından uzaklaşabilir, yolunu şaşırabilir bir özelliğe sahiptir. Aksi takdirde zekâdan üstün olacak, hayvanın zihni insanınkinden daha çok aydınlanacaktır.

Javert kuşkusuz M. Madeleine'in kusursuz doğallığından ve dinginliğinden hoşnutsuzdu.

Yine de, bir gün garip bir davranışı M. Madeleine'i etkiler gibi oldu. Bakın hangi vesileyle.

VI

Fauchelevent Baba

Bir sabah Montreuil-sur-mer'in kaldırımsız sokaklarından birinden geçen M. Madeleine bir gürültü duydu, biraz uzakta bir kalabalığın toplandığını gördü. Fauchelevent adlı yaşlı bir adam atının yere yığılması üzerine arabasının altında kalmıştı.

Bu Fauchelevent o dönemde bile M. Madeleine'in nadir düşmanlarından biriydi. Madeleine şehre geldiğinde, biraz okumuş bir köylü olan eski noter kâtibi Fauchelevent'ın işleri kötüye gitmeye başlamıştı. Basit bir işçinin zenginleştiğini görüp mesleğinin üstadı olarak kendisinin iflasa sürüklendiğini anlayınca içi kıskançlıkla dolmuş, Madeleine'e her fırsatta zarar vermek için elinden geleni ardına koymamıştı. Ardından, iflas ettiğinde geriye bir arabayla bir attan başka bir şeyi kalmayan, kimi kimsesi olmayan bu yaşlı adam hayatını kazanmak için arabacılık yapmaya başlamıştı.

İki bacağı kırılan at yerinden kalkamıyordu. Tekerleklerin arasına sıkışan yaşlı adam tüm arabanın ağırlığı göğsüne yüklenecek biçimsizlikte düşmüştü. Araba çok yüklüydü. Fauchelevent Baba yürekleri sızlatacak şekilde inliyordu. Onu tekerleğin altından çıkarmaya çalışmaları boşunaydı. Uygunsuz bir hamlenin, beceriksizce bir yardımın, yanlış bir hareketin sebep olabileceği bir sarsıntı işini bitirebilirdi. Arabayı kaldırmadan onu kurtarmak mümkün değildi. Kaza anında olay yerine gelen Javert birini kriko bulmaya göndermişti.

M. Madeleine kaza mahalline geldiğinde herkes saygıyla kenara çekildi.

— Yardım edin! diye bağırıyordu ihtiyar Fauchelevent. Bu yaşlı adamı kurtaracak yiğit bir genç yok mu?

M. Madeleine çevresindekilere döndü:

— Kriko var mı?

— Getirmeye gittiler, diye yanıtladı bir köylü.

— Ne zaman getirirler?

— En yakın nalbantın bulunduğu Flachot'ya gittiler, ama dönmeleri en az on beş dakikayı bulur.

— On beş dakika! diye haykırdı Madeleine. Bir önceki gün yağmur yağdığı için zemin çamur içindeydi. Her geçen saniye toprağa daha da gömülen araba yaşlı arabacının göğsüne giderek daha fazla basınç uyguluyordu. Beş dakika içinde kaburga kemiklerinin kırılması kaçınılmazdı.

— On beş dakika bekleyemeyiz, dedi Madeleine köylülere.

— Başka çare yok!

— Zaman kalmıyor! Arabanın çamura gömüldüğünü görmüyor musunuz?

— Lanet olsun!

— Dinleyin, dedi Madeleine, arabanın altında hâlâ birinin oraya girip sırtında kaldıracağı kadar bir boşluk var. Yarım dakikada zavallı adamı kurtarabiliriz. Burada yürekli, güçlü kuvvetli biri var mı? Beş altın Louis vereceğim!

Kimse kımıldamadı.

— On Louis, dedi Madeleine.

Çevresindekiler gözlerini kaçırdılar. İçlerinden biri: "Bunun için boğa gibi güçlü olmak gerek. Üstelik arabanın altında ezilme riski de var!" diye mırıldandı.

— Hadi! diye üsteledi Madeleine, yirmi louis!

Sessizlik yine bozulmadı.

— Bunu kötü niyetli olduklarından yapmıyorlar, dedi bir ses.

Arkasını dönen M. Madeleine, bu sesin şimdiye kadar fark etmediği Javert'e ait olduğunu anladı.

Javert ekledi:

— Bu iş güç ister. Bunun gibi bir arabayı sırtında kaldırmak için olağanüstü biri olmak gerekir.

Ardından bakışlarını M. Madeleine'e sabitleyip, her sözcüğün üzerine basa basa devam etti:

— Mösyö Madeleine, hayatımda sizin istediğinizi yerine getirebilecek tek bir kişi tanıdım.

Madeleine'in içi titredi.

Javert kayıtsız bir ifadeyle ama gözlerini Madeleine'den ayırmadan devam etti:

— Bir kürek mahkûmuydu.

— Öyle mi? dedi Madeleine.

— Toulon'da.

Madeleine'in rengi soldu.

Bu arada araba yavaşça toprağa gömülmeye devam ediyor, soluk soluğa kalan Fauchelevent Baba inliyordu.

— Boğuluyorum! Kaburgalarım kırılıyor! Bir kriko! Ah!

Madeleine etrafına baktı:

— Demek kimse bu zavallı ihtiyarı kurtarıp yirmi Louis kazanmak istemiyor?

Çevredekilerden hiç ses çıkmadı. Javert yine araya girdi:

— Hayatım boyunca, o kürek mahkûmundan başka bir krikonun yerini tutacak hiç kimseye rastlamadım.

— Ahhh! Eziliyorum! diye bağırdı ihtiyar.

Başını kaldırdığında, Javert'in kendisine diktiği atmaca bakışlarını fark eden Madeleine yerlerinde hiç kımıldamadan duran köylülere bakıp kederle gülümsedi. Ardından, tek bir söz bile söylemeden dizlerinin üzerine çöktü ve kalabalığın çığlık atmasına zaman tanımadan arabanın altına girdi.

Bir an korkunç bir bekleyiş ve sessizlik yaşandı.

Bu ürkütücü ağırlığın altına giren Madeleine'in iki kez boşuna bir çabayla dirseklerini ve dizlerini birleştirmeye çalıştığı görüldü. Herkes ona:

— Madeleine Baba! Oradan çıkın! diye bağırıyor, ihtiyar Fauchelevent bile: "Mösyö Madeleine! Hadi gidin! Görüyorsunuz ki ölmek üzereyim! Beni kaderime terk edin! Yoksa siz de ezileceksiniz!" diyordu. Madeleine hiç karşılık vermedi.

İzleyiciler soluk soluğa kalmışlardı. Tekerlekler gömülmeye devam ediyordu ve artık Madeleine'in de arabanın altından çıkması imkânsız hale gelmişti.

Aniden devasa kütlenin sarsıldığı, arabanın yavaşça yükseldiği, tekerleklerin topraktan yarılarına kadar çıktıkları görüldü. Boğuk bir sesin "Acele edin! Yardıma koşun!" diye bağırdığı duyuldu. Bu, son bir çaba harcayan Madeleine'in sesiydi.

Hepsi arabaya doğru koştular. Tek bir kişinin fedakârlığı herkese güç ve cesaret vermişti. Araba yirmi kol tarafından kaldırıldı. İhtiyar Fauchelevent kurtulmuştu.

Madeleine solgun yüzü terler içinde kalmış bir halde ayağa kalktı. Elbiseleri yırtılmış, çamura bulanmıştı. Herkes ağlıyor, yaşlı adam dizlerini öperken ona yüce Tanrım diye hitap ediyordu. Yüzünü mutlu ve ilahi bir kederin kapladığı Madeleine sakin bakışlarını kendisini hâlâ incelemekte olan Javert'e yöneltti.

VII

Fauchelevent Paris'te Bahçıvan Oluyor

Düştüğü sırada Fauchelevent Baba'nın dizkapağı çıkmıştı. Madeleine Baba onu fabrikasının içinde işçiler için yaptırdığı ve iki gönüllü rahibe hemşirenin çalıştığı revire götürttü. İhtiyar, ertesi sabah komodinin üzerinde Madeleine Baba'nın kendi eliyle yazdığı bin franklık bir banknot buldu: *Arabanızı ve atınızı satın alıyorum.* Araba kırılmış, at ölmüştü. Fauchelevent iyileşse de, dizi yanlış kaynamıştı. M. Madeleine, rahibelerin ve rahibinin tavsiyeleri üzerine ihtiyarı, Paris, Saint-Antoine Mahallesi'ndeki kadınlar manastırına bahçıvan olarak yerleştirdi.

Bir süre sonra, M. Madeleine belediye başkanı seçildi. Javert, M. Madeleine'i kendisine şehir üzerinde tüm yetkiyi veren başkanlık kuşağını takmış bir halde ilk kez gördüğünde, sahibinin giysileri altına saklanmış bir kurdun kokusunu alan bir buldog gibi ürpererek titredi. O andan itibaren ondan mümkün olduğunca uzak durmaya çalıştı. Görevinin gerekleri onun M. Madeleine ile bir araya gelmesini zorladığında ona derin bir saygıyla yaklaştı.

M. Madeleine'in Montreuil-sur-mer'de yarattığı refahın görülen emareleri dışında, dikkatleri üzerine yeterince çekmese de, bir başka yararlı yanı vardı. Bu gerçek hiç şaşmazdı. Halk sıkıntıya düşüp işsizlik baş gösterdiğinde, ticarette işler yolunda gitmeyip mükellefler yoksulluktan dolayı vergilerini ödeyemeyecek ve geciktirecek hale düştüklerinde, vergi toplamada güçlük çeken devlet tahsildarlara ve icralara büyük bütçeler ayırırdı. İşler açılıp, bölge refaha ve huzura kavuştuğunda, vergiler kolayca ödendiği için devletin masrafları azalırdı. Toplumsal zenginliğin ve sefaletin vergi toplama masrafları gibi şaşmaz bir termometresi vardır. Montreuil-sur-mer'de, yedi yıl içinde, vergi toplama masrafları dörtte üç oranında düşmüştü. O zamanın Maliye Bakanı M. de Villele sıklıkla bu bölgeyi örnek olarak gösteriyordu.

İşte Fantine geri döndüğünde durum böyleydi. Onu kimse hatırlamadı. Ne mutlu ki, M. Madeleine fabrikasının kapısı bir dost yüzü gibiydi. Oraya gidip kadınlar atölyesinde işe başladı. Fantine bu sektörde yeni olduğu için yeterince becerikli değildi ve yevmiyesi pek fazla tutmuyordu, yine de geçimini sağlıyordu, sorun çözülmüş, hayatını kazanmaya başlamıştı.

VIII

Madam Victurnien Ahlaki Değerler İçin Otuz Beş Frank Harcıyor

Hayatını kazanmaya başladığını fark eden Fantine'in yüreği sevinçle doldu. Emeğiyle dürüstçe çalışmak Tanrı'nın ne büyük bir lütfuydu! Çalışma arzusu geri gelmişti. Bir ayna satın alıp gençliğini, güzel saçlarını, dişlerini keyifle seyretti. Birçok şeyi unutmuştu, sadece Cosette'ini ve geleceğini düşünerek mutlu oluyordu. Küçük bir oda kiralayıp, sefahat döneminden kalan bir alışkanlıkla içini taksitle alınmış mobilyalarla döşedi.

Daha önce de belirttiğimiz gibi, evli olduğunu söyleyemediği için kimseye kızından bahsedemiyordu.

Görüldüğü gibi, ilk başlarda, Thénardierlere düzenli olarak ödeme yapıyor, okuma yazma bilmediği için, onlara bir arzuhalci aracılığıyla sık sık mektuplar gönderiyordu.

Kadınlar atölyesinde Fantine'in "mektuplar yazdığı" ve "kendini bir şey sandığı" fısıltıları yayılmaya başlamıştı.

İnsanların üzerlerine vazife olmayan işlerle uğraşması, başkalarının hayatlarını gözlemesi kadar saçma bir şey olamaz. "Neden bu adam sadece hava kararırken geliyor?","Filanca mösyö perşembe günleri anahtarını neden çiviye asmıyor?", "Neden hep dar sokaklardan gitmeyi tercih ediyor?", "Madam neden arabadan evinin önüne gelmeden önce iniyor?", "Neden elinde bir yığın kâğıt varken mektup kâğıdı aldırıyor?" vs. Bazı insanlar kendilerini hiç ilgilendirmeyen muammaları çözmek için on hayır işine ayıracakları parayı ve zamanı harcarlar; üstelik bunu para kazanma amacı gütmeden, keyif için, merakı merakla ödemek için yaparlar. Bir adamı ya da bir kadını günlerce izler, gece karanlığında, soğukta yağmur altlarında, kapı kenarlarında nöbet tutar, habercilere para yedirir, arabacıları ve uşakları sarhoş etmek için içki ısmarlar, odacı kadınları, kapıcıları satın alırlar. Neden? Görmek, bilmek, anlamak ve anlatmak konusundaki amansız tutkularını tatmin etmek gibi bir saçmalık için. Ve açığa çıkan bu sırlar, gazetelere düşen bu gizler, herkes tarafından öğrenilen bu muammalar sıklıkla felaketlere, düellolara, iflaslara, ailelerin yıkılmasına, insanların mahvolmasına neden olurken, hiç çıkarı olmadan sadece içgüdüleriyle hareket ederek "her şeyi açığa çıkaranlar" bu yıkımların keyfini sürerler. Bu çok hazin bir durumdur.

Bazı kişiler sadece konuşma ihtiyaçlarını tatmin etmek için kötülük yaparlar. Konuşmaları, salonlardaki sohbetleri, bekleme odalarındaki gevezelikleri odunu çabuk tüketen sobalara benzer; onlara çok yakacak gerekir ve yakacak malzemeleri de çevrelerindeki insanlardır.

Bu yüzden Fantine'i gözlüyorlardı.

Ayrıca birçoğu onun sarı saçlarını, beyaz dişlerini kıskanıyordu.

Atölyede, herkesin ortasında çocuğunu, belki de sevdiği adamı düşündüğü anlarda gözyaşlarını silmek için arkasını döndüğü fark ediliyordu.

Geçmişteki hüzünlü ilişkilerin sona ermesi kederli bir sürecin yaşanmasına yol açardı.

Her ay en az iki kere: *Hancı Mösyö Thénardier, Montfermeil,* adına ücretini peşin ödeyerek mektup gönderdiği öğrenildi. Lokanta, midesini kırmızı şarapla doldururken cebindeki sırları anlatmak gibi bir âdeti olan yaşlı arzuhalcinin ağzından laf alındı. Ve nihayet Fantine'in bir çocuğu olduğu anlaşıldı. Bu, gayrimeşru bir kız çocuğu olmalıydı. Montfermeil'e gidip Thénardier ile konuşan işgüzar bir kadın geri döndüğünde "Otuz beş frankıma mal olsa da gerçeği öğrendim. Çocuğu gördüm!" demişti.

Bu işgüzarlığı yapan tiksinç kadın, kendini herkesin namus bekçisi sanan Madam Victurnien'di. Elli beş yaşında, yaşlandıkça çirkinliği artan, titrek sesli, ruh hali değişken bir kadındı. Bu ihtiyar şaşılacak bir şekilde bir zamanlar genç olmuştu. 93'te, kırmızı beresiyle Bernardin'lerin manastırdan kaçıp Jakobenlere katılan bir keşişle evlenmişti. Sıska, sert, hırçın, sivri dilli, kirpi gibi dikenleri olan, yılan gibi zehir saçan bu kadın kendisine şiddet uygulayan, boyun eğdiren keşiş ölünce dul kalmıştı. Gövdesi kırışan bir ısırganotunu andırıyordu. Restorasyon Dönemi'nde kendini bütünüyle dine adadığı için rahipler keşiş kocasını bağışlamışlardı. Herkese duyurarak bir kiliseye vasiyet bıraktığı küçük bir mal varlığı, Arras piskoposluğunda saygın bir yeri vardı. İşte bu Madam Victurnien, Montfermeil'e gitmiş ve geri döndüğünde: "Çocuğu gördüm," demişti.

Tüm bunlar zaman almış, Fantine'in fabrikada çalışmaya başlamasının üzerinden bir yıldan fazla geçmişti. Bir sabah, atölyenin ustabaşısı sayın belediye başkanının kendisine elli frank gönderdiğini, artık bu atölyede çalışmasını istemediğini ve şehirden ayrılmasını tavsiye ettiğini söyledi.

Thénardierler, tam da o ayda yedi franktan on iki franka çıkardıkları ücretin on beş franka yükseltilmesini talep etmişlerdi.

Fantine altüst olmuştu. Kira ve mobilya borcu olduğu için şehirden ayrılamazdı. Elli frank bu borcu kapatmaya yetmezdi. Yalvarmak için birkaç söz gevelemesi üzerine ustabaşı kadın ona hemen atölyeden çıkmasını söyledi. Fantine zaten vasıfsız bir işçiydi. Umutsuzluktan çok utanca kapılmış bir halde atölyeden çıkıp odasına döndü. Demek işlediği suç artık herkes tarafından biliniyordu!

Tek bir söz söyleyecek gücü olmadığını hissediyordu. Ona sayın başkanı görmesini öğütleseler de buna cesaret edemedi. Başkan iyi yürekli olduğu için ona elli frank vermiş, dürüst bir adam olduğundan onu işten kovmuştu. Bu karar karşısında boyun eğdi.

IX

Madam Victurien'in Başarısı

Keşişin dul eşi sonunda hayırlı bir iş yapmıştı.

Zaten, M. Madeleine'in olup bitenlerden hiç haberi yoktu. Bunlar hayatın her alanında rastlanan iç içe geçmiş olaylardı. M. Madeleine kadınların atölyesine neredeyse hiçbir zaman girmezdi.

Bu atölyenin başına kendisine rahibin emanet ettiği ve son derece güvendiği yaşlı bir kızı getirmişti. Saygın, adil, dürüst biri olan ustabaşı, sadece vermeye dayalı, ama anlamaya ve bağışlamaya kapalı bir merhamet anlayışına sahipti. M. Madeleine atölyenin tüm sorumluluğunu ona vermişti. Üstün yetenekli insanlar yetkilerini sıklıkla birileriyle paylaşmak zorunda kalırlar. İşte ustabaşı elinde tuttuğu bu güçle ve doğruyu yaptığına olan inancıyla davayı açmış, Fantine'i yargılayıp mahkûm etmiş, ardından infazı uygulamıştı.

Verdiği elli franka gelince, bu parayı M. Madeleine'ine kendisine sadaka ve işçilere destek amacıyla emanet ettiği ve ne amaçla harcandığını denetlemediği yardım fonundan ödemişti.

Şehirde hizmetçilik yapmaya karar veren Fantine her kapıyı çalmış, herkes onu geri çevirmişti. Şehri terk edemezdi. Mobilyalar –hem de ne mobilyalar!– yüzünden borçlu olduğu eskici ona: "Buradan giderseniz, sizi bir hırsız gibi yakalatırım," demiş, ev sahibi ise ona şu öneriyi getirmişti: "Gençsiniz, güzelsiniz, kiranızı ödeyebilirsiniz." Elli frankı ev sahibi ve eskici arasında paylaştırdıktan sonra, gerekli olanları bir kenara ayırıp mobilyaların çoğunu geri verdi. Şimdi geriye kalan yatağıyla, işsiz ve parasızdı, üstelik hâlâ yüz frank borcu vardı.

Garnizondaki askerler için kalın gömlekler dikmeye başladı. Günde bir frank kazanıyor ama kızına günde elli santim ayırması gerekiyordu. İşte o dönemde Thénardierlerin ödemelerini aksatmaya başlamıştı.

Yine de, akşamları eve döndüğünde kendisi için mumunu yakan yaşlı bir kadın ona sefalet içinde yaşamanın koşullarını öğretti. Azla yetinmenin peşinde parasız pulsuz yaşamak bekler. Bunlar iki oda gibidir, ilki loştur ikincisi karanlık.

Fantine kışı odun yakmadan nasıl geçireceğini, birkaç meteliğinizi darı olarak yiyen bir kuştan nasıl vazgeçileceğini, etekten nasıl yatak örtüsü, yatak örtüsünden nasıl etek yapılacağını, karşı pencerenin ışığında yemek yerken mumundan nasıl tasarruf edeceğini öğrendi. Yoksul ve dürüst bir yaşam sürdüren güçsüz insanların bir santimi nasıl harcadıklarını herkes bilemezdi. Sonunda bu alışkanlık bir yetenek haline dönüştü. Bu üstün yeteneği kazanan Fantine'in cesareti biraz olsa da geri geldi.

O dönemde bir komşusuna şunları söylüyordu: "Aman sen de! Günde beş saat uyuyup geri kalan zamanımı dikiş dikmekle geçirsem, her zaman ekmek paramı çıkarabilirim.

Üstelik insan kederli olduğunda daha az yiyor. Tamam o zaman! Bir yanda acılar, endişeler, biraz ekmek, diğer yanda keder, bunlar beni beslemeye yeter."

Yaşadığı bu hüzünlü dönemde kızının yanında olması onun için büyük bir mutluluk anlamına gelecekti. Onu yanına almayı düşündü. Ama bu mümkün müydü? Onunla yoksulluğunu mu paylaşacaktı? Üstelik Thénardierlere borcu vardı! Borcunu nasıl ödeyecekti? Ya yolculuk masrafları! Onları nasıl karşılayacaktı?

Ona yoksul bir yaşam sürdürme konusunda dersler veren zavallı yaşlı kadının adı Marguerite'ti ve yoksullara olduğu kadar zenginlere de merhamet eden, yazmasını ancak imzasını *Margeritte* olarak atacak kadar bilen, Tanrı'ya bilimsel gerçekmişçesine inanan dürüst bir mümindi.

Dünyada bir gün göğe yükselecek olan bu erdemli ruhların sayısı çoktur. Her günün bir yarını vardır.

Fantine, ilk başlarda evden dışarı çıkamayacak kadar utanç duyuyordu.

Sokağa çıktığında, insanların arkasından kendisini parmaklarıyla gösterdiklerini tahmin ediyordu. Herkes ona bakıyor ve kimse selam vermiyordu. Yoldan geçenlerin acımasız ve soğuk küçümsemeleri bir ayaz gibi tenine ve bedenine işliyordu.

Küçük şehirlerde bahtsız bir kişi herkesin alayları ve meraklı bakışları karşısında kendini çırılçıplak hisseder. Oysa Paris'te en azından sizi kimse tanımaz ve bu meçhullük bir giysinin yerini tutar. Ah! Paris'e gitmeyi nasıl da istiyordu! Ama bu mümkün değildi.

Yoksulluğa alıştığı gibi itibarsızlığa da alışması gerekiyordu. Zamanla kararını verdi. İki üç ay sonra, utancından sıyrılıp hiçbir şey olmamış gibi dışarı çıktı. "Umurumda değil," diyordu.

Başını yukarı kaldırıp hüzünlü bir gülümsemeyle sokaklarda dolaştıkça küstahlaştığını hissetti.

Bazen penceresinden, kendisi sayesinde "hak ettiği yeri bulan bu yaratığın" hüzünlü halini gören Madam Victurnien kendisiyle gurur duyuyordu. Kötülerin mutluluğu kapkaranlıktır.

Aşırı çalışmayla yorgun düşen Fantine'in hafif öksürük nöbetleri sıklaşmaya başlamıştı. Bazen komşusu Marguerite'e: "Bakın, ellerim ne kadar sıcak," diyordu.

Yine de, sabahları eski kırık bir tarakla bükülmemiş ipek gibi aşağı sarkan güzel saçlarını tararken bir dakika için bile olsa da, zarafetinin mutluluğunu yaşıyordu.

X

Başarının Devamı

İşten kışın sonlarına doğru kovulmuştu; yaz geçmiş, kış geri gelmiş, günler kısalmış, işler kesat gitmeye başlamıştı. Kışla birlikte sıcaklık, aydınlık, güneşli günler azalmıştı, akşam sabaha yakınlaşıyor, her yanı sisler, alacakaranlıklar kaplıyor, kararmış pencerelere aydınlık yansımıyordu. Gökyüzü bir hava deliği gibi beliriyor, gündüzler mağaralara dönüşüyor, güneş acınacak bir halde görünüyordu. Korkunç bir mevsim! Kış göğün suyunu ve insanın yüreğini taşa çevirir. Alacaklıları da üstüne geliyorlardı.

Çok az kazanan Fantine'in borçları kabarmıştı. Paralarını düzenli bir şekilde alamayan Thénardierler ona sürekli olarak, içeriği keder veren, cevap vermesi bütçesini sarsan mektuplar yazıyorlardı. Günün birinde, ona küçük Cosette'inin bu soğuklarda çırılçıplak dolaştığını, yün bir eteğe ihtiyacı olduğunu ve en azından on frank göndermesi gerektiğini yazdılar. Okuduğu mektubu bütün gün elleriyle buruşturdu. Akşam, caddenin köşesindeki berbere gidip saçlarını açtı. Hayran olunası sarı saçları beline kadar uzanıyordu.

— Muhteşem saçlar! diye haykırdı berber.

— Karşılığında ne kadar vereceksiniz?

— On frank.

— Kesin o zaman.

Yün bir etek alıp Thénardierlere gönderdi.

Aslında para göndermesini bekleyen Thénardierler bu eteği öfkeyle Eponine'e giydirdiler. Zavallı çalıkuşu titremeye devam etti.

Fantine "Kızım artık üşümeyecek. Onu saçlarımla giydirdim," diye düşündü. Kırpılmış başını gizleyen küçük, yuvarlak başlıklar taksa da, hâlâ çok güzel görünüyordu.

Fantine'in yüreğinde karanlık bir çatışma vardı.

Artık saçlarını tarayamayacağını fark ettiğinde, çevresindeki herkese nefret beslemeye başladı. Uzun süreden beri, Madeleine Baba'ya herkesin duyduğu saygıyı paylaşmıştı; yine de, kendisini onun kovduğunu, başına gelen felaketlere onun sebep olduğunu düşündükçe ondan, özellikle de ondan nefret etmeye başladı. İşçilerin kapının önünde beklediği saatlerde fabrikanın önünden geçtiğinde gülerek şarkı söylermiş gibi yapıyordu.

Bir keresinde, onun bu şekilde gülerek şarkı söylediğini gören yaşlı bir işçi kadın: "Bu kızın sonu kötü olacak," demişti.

Yüreğinde biriken öfkeyle, âdeta meydan okumak istercesine önüne ilk çıkan bir adamın sevgilisi oldu. Aylak, dilenci bir müzisyen olan bu sefil adam onu dövüyordu ve kısa süre sonra tıpkı kadının kendisini tiksintiyle kabul etmesine benzer bir şekilde Fantine'i terk etti.

Kızına hayranlık besliyordu.

Düşkünleştikçe, etrafındaki her şey kararıyor, ruhunun derinliklerindeki o küçük tatlı melek ışıldıyordu. Kendi kendine "Zengin olduğumda, Cosette'imi yanıma alacağım," diyor ve gülüyordu. Sürekli öksürüyor, sırtı terliyordu.

Bir gün Thénardierlerden bir mektup aldı: "Cosette kızamık denilen salgın bir hastalığa yakalandı. İlaçlar çok pahalı olduğundan almaya gücümüz yetmiyor. Bir hafta içinde kırk frank göndermezseniz küçük kız ölecek."

Kahkahalar atarak yaşlı komşusuna "Ah! Ne güzel! Kırk frank! İki Napoléon altını eder! Bu parayı nereden bulmamı bekliyorlar ki? Bu köylüler çok ahmak!"

Yine de, merdivenin yanındaki pencerenin önüne gidip mektubu yeniden okudu.

Ardından merdivenleri inip koşarak, sıçrayarak ve gülmeye devam ederek dışarı çıktı.

Yolda ona rastlayan biri:

— Neden bu kadar neşelisiniz? diye sordu.

— Köylüler bana saçma sapan şeylerle dolu bir mektup yazdılar. Benden kırk frank istiyorlar. Lanet olası köylüler, diye cevapladı.

Meydandan geçerken, garip görünümlü bir arabanın üzerine çıkan kırmızı elbiseli bir adamın etrafında toplanan kalabalığa nutuk çektiğini fark etti. Bu turneye çıkmış gezgin bir dişçiydi, çevresindekilere diş takımları, macunlar, tozlar ve iksirler gösteriyordu.

Kalabalığa karışan Fantine ayaktakımı için argo, saygın insanlar için anlaşılmaz sözcükler içeren bu söylevi gülerek dinlemeye başaldı. Genç kızı gülerken gören sahte dişçi aniden haykırdı:

— Orada gülen kız, çok güzel dişleriniz var. İki paletinizi satmak isterseniz, size her biri için bir Napoléon altını veririm.

— Paletlerim ne demek? diye sordu Fantine.

— Paletler, diye karşılık verdi usta dişçi, ön üst dişlerdir.

— Çok korkunç! diye haykırdı Fantine.

— İki Napoléon! diye homurdandı yanında duran yaşlı bir dişsiz kadın. Bu kız ne şanslı!

Oradan hızla uzaklaşan Fantine kendisine

— Güzel kız, bu teklifi düşünün! İki Napoléon işinize yarayabilir. Kararınızı değiştirirseniz, bu akşam *Tillac d'argent* hanına gelin, orada olacağım, diye bağıran adamın boğuk sesini duymamak için kulaklarını tıkadı.

Öfkeyle eve dönen Fantine olayı iyi yürekli komşusu Marguerite'e anlattı:

— Bunu anlayabiliyor musunuz? Ne kadar iğrenç bir adam, öyle değil mi? Böyle adamların şehir şehir gezmesine nasıl izin veriyorlar? İki ön dişimi çekecekmiş! Ama o zaman çok korkunç görünürüm! Saçlar yeniden uzar, ama dişler! Ah! Canavar adam! Kendimi beşinci kattan aşağı atmayı tercih ederim! Bana bu akşam *Tillac d'argent* hanında olacağını söyledi.

— Size ne kadar para teklif etti? diye sordu Marguerite.

— İki Napoléon.

— Kırk frank eder.

— Evet, dedi Fantine, kırk frank eder.

Bir süre düşüncelere daldıktan sonra, dikiş dikmeye koyuldu. On beş dakika sonra, işini bırakıp Thénardierlerin mektubunu okumak için merdivene doğru gitti. Döndüğünde yanında çalışan Marguerite'e:

— Kızamığın ne demek olduğunu biliyor musunuz? diye sordu.

— Evet, diye yanıtladı Marguerite, kızamık bir hastalıktır.

— Çok ilaç almayı gerektirir mi?

— Ah! Hem de çok korkunç ilaçlar!

— Vücudun hangi bölgesinde görülür?

— Bilinen hastalıklardan biridir.

— Çocuklara bulaşır mı?

— Özellikle çocuklara.

— Ölümcül müdür?

— Hem de nasıl.

Fantine mektubu bir kez daha okumak için merdivenin kenarına gitti.

Akşam dışarı çıktığında, hanların bulunduğu Paris Caddesi'ne yöneldiği görüldü.

Ertesi sabah, mumu idareli kullanmak için sürekli birlikte çalıştıkları Fantine'in odasına giren Marguerite, onun yatağın üzerinde solgun, buz kesmiş bir halde oturduğunu gördü. Yatmamıştı. Başlığı dizlerinin üzerindeydi. Bütün gece yanan mum neredeyse tükenmek üzereydi.

Bu garip durum karşısında taş kesilen Marguerite eşikte durarak haykırdı:

— Tanrım! Mumun hepsi yanmış! Burada bir şeyler olmuş.

Sonra saçsız başını kendine doğru çeviren Fantine'e baktı.

Fantine bir gün öncesine göre on yaş yaşlanmıştı.

— İsa aşkına! dedi Marguerite, Fantine neyiniz var?

— Hiçbir şeyim yok! diye yanıtladı Fantine. Tam tersine. Kızım ilaçlar sayesinde o korkunç hastalıktan ölmeyecek. Halimden memnunum.

Konuşurken, yaşlı kıza masanın üzerinde parıldayan iki Napoléonu işaret ediyordu.

— Ah! Ulu Tanrım! dedi Marguerite. Ama bu bir servet. Bu altınları nereden buldunuz?

— Onları kazandım, diye yanıtladı Fantine gülerek.

O sırada mum yüzünü aydınlatıyordu. Bu kanlı bir gülümsemeydi. Dudaklarının kenarında kırmızımtırak bir tükürük ve ağzının içinde kara bir delik vardı.

Dişleri sökülmüştü.

Kırk frankı Montfermeil'e gönderdi.

Zaten Cosette hasta değildi. Bu, Thénardier'nin ondan para sızdırmak için çevirdiği bir dolaptı.

Fantine aynasını pencereden aşağı fırlattı. Uzun zamandan beri, ikinci kattaki odasından ayrılmış, çatının altına, kapısı mandalla kapanan, tavanı belli bir açıyla zemine doğru eğildiği için kafasını sürekli tavana çarptığı bir odaya taşınmıştı. Zavallı odasının dibine tıpkı kaderinin derinliklerine doğru gittiği gibi gitgide daha fazla eğilerek geçebiliyordu. Artık karyolası yoktu, yorgan olarak bir paçavrayı kullanıyordu, yerde bir şilte, onun dışında hasırı yıpranmış bir iskemle vardı. Bir köşede unutulduğu için kurumuş bir gül fidanı, diğer köşede su koymak için kullandığı bir yağ kabı vardı; kışın donan bu kabın çeperinde suyu içmek için kırdığı buzun izlerinden oluşan birçok halka vardı. Utanma duygusunu kaybetmiş, zarafeti mahvolmuştu. Son zamanlarda, kirli başlıklarla dışarı çıkıyor, zamanı olmadığından ya da kayıtsızlığından giysilerini onarmıyordu. Topukları yıprandıkça, çoraplarını ayakkabılarının içine çekiyor, çoraplarının kıvrımları dikey olarak aşağı uzanıyordu. Eski ve yıpranmış korsesini en ufak bir harekette yırtılan pamuklu bez parçalarıyla yamıyordu. Caddelerde, merdivenlerde karşılaştığı alacaklıları sürekli çıngar çıkarıyor, ona hiç aman vermiyorlardı. Gecelerini ağlayarak ve düşünerek geçiriyordu. Gözleri çok parlaktı ve sol kürekkemiğinin üzerinde hiç dinmeyen bir ağrı hissediyor, devamlı öksürüyordu. Madeleine Baba'ya derin bir nefret besliyor, yine de halinden hiç yakınmıyordu. Günde on yedi saat dikiş dikiyordu ama hapishanenin taşeron işlerini halleden bir girişimci tutuklu kadınları ucuza çalıştırdığı için ücretler aniden düşmüş, serbest çalışan işçilerin günlük kazançları yetmiş beş santime inmişti. Günde on yedi saatlik çalışmanın karşılığında yetmiş beş santim! Alacaklıları gitgide acımasızlaşıyor, mobilyalarının neredeyse tamamını geri alan eskici ona hiç durmadan "Kaltak, paramı ne zaman ödeyeceksin?" diyordu. Ulu Tanrım, ondan ne istiyorlardı? Kendini her yandan kıstırılmış hissediyor ve içinde yırtıcı bir hayvanınkine benzer eğilimler gelişiyordu. Tam da o dönemde, Thénardier, ona büyük bir iyi niyetle para göndermesini beklediklerini, kendisine acilen yüz frank gerektiğini, aksi takdirde atlattığı ağır hastalığın ardından nekahat dönemini geçiren küçük Cosette'i başına geleceklere hiç aldırmadan bu soğukta kapıya koyacağını yazmıştı. "Yüz frank," diye düşündü Fantine. Ama günde beş frank kazanabileceğim bir iş var mı?

— Tamam o zaman! dedi içinden, geriye ne kaldıysa onu satalım.

Bahtsız kadın fahişeliğe başladı.

XI

Christus Nos Liberavit [56]

Fantine'in başına gelen bu felaketin anlamı neydi? Toplum bir köle satın almıştı.

Kimden? Sefaletten.

Açlıktan, soğuktan, yalnızlıktan, terk edilmişlikten, yoksulluktan. Acıklı bir pazarlık. Bir parça ekmeğe karşı bir ruh. Sefalet arz ediyor, toplum kabul ediyor.

İsa'nın kutsal yasası toplumumuzu yönetse de, henüz her alanına tam anlamıyla nüfuz edemedi; Avrupa uygarlığında köleliğin kalktığı söyleniyor. Bu doğru değil. Kölelik hâlâ zarafeti, zaafiyeti, güzelliği, anneliği temsil eden kadınlar üzerinde erkeklerin büyük yüz karalarından biri olarak uygulanıyor ve buna fahişelik deniyor.

Bu kederli dramın bu sahnesinde, eski Fantine'den geriye hiçbir şey kalmamıştı. Çamur olmuş ve mermere dönüşmüştü. Ona dokunan üşüdüğünü hissediyordu. Gelip geçiyor, isteklerinize katlanıyor, ardından sizi tanımıyordu. Yüzünü onursuz ve acımasız bir ifade kaplamış, hayat ve toplumsal düzen ona son sözlerini söylemişlerdi. Başına gelebilecek ne varsa gelmişti. Tüm bunların acısını hissetmiş, hepsine katlanmış, her sınavdan geçmiş, her acıyı çekmiş, her şeyini kaybetmiş, hep ağlamıştı. Ölümün uykuya benzediği gibi kayıtsızlığa benzeyen boyun eğişe boyun eğmişti. Artık hiçbir şeyi umursamıyor, hiçbir şeyden korkmuyordu. Tüm bulutlar üzerine yığılmış, tüm okyanuslar üzerinden

---

56 İsa bizi kurtardı. (ç.n.)

geçmişti! Ama ne önemi vardı! O, suyu sonuna kadar emmiş bir süngerdi.

En azından böyle sanıyordu, ama her şeyin sonuna gelindiğini ve artık dibe vurulduğunu düşünmek bir hataydı. Ne yazık! Tüm bu kaderler neden böyle iç içe gemiş halde sürüklenirler? Bu neden böyledir?

Bunu tüm karanlıkları gören bilir.

Tektir. Adı Tanrı'dır.

XII

M. Bamatabois'nın Avareliği

Tüm küçük şehirlerde, özellikle de Montreuil-sur-mer'de, yılda iki yüz bin frankı saçıp savuran Paris'teki benzerleri gibi, yılda bin beş yüz frankı kemirip tüketen delikanlılar vardır. Bunlar, hiçbir insani değeri bulunmayan, biraz toprağa, biraz ahmaklığa, biraz zekâya sahip olan, salonlarda hödük gibi davranan, meyhanelerde kendini soylu bir beyefendi sanan, tarlalarından, ormanlarından, köylülerinden söz eden, beğeni sahibi olduklarını göstermek için aktristleri ıslıklayan, savaşçı olduklarını göstermek için garnizonun subaylarıyla dövüşen, ava çıkan, sigara ve içki içen, esneyip duran, enfiye çeken, bilardo oynayan, arabadan inen yolculara bakan, kafelerden çıkmayan, masalarının altında kemik yiyen köpekleri ve servis yapan metresleriyle akşam yemeklerini hanlarda yiyen, bir meteliğin hesabını soran, o yılın modasını abartan, trajedilere hayranlık duyan, kadınları aşağılayan, eski çizmelerini yıpratan, Parislinin gözüyle Londra'yı ve Pont-à-Moussonlunun gözüyle Paris'i taklit eden, hiç çalışmadan, hiçbir işe yaramadan, suya sabuna dokunmadan derbederce yaşlanan, özgün hiçbir yanı bulunmayan o sınıfa mensup, iğdiş edilmiş, asalak kişilerdir.

M. Félix Tholomyès, Paris'i hiç görmeden taşrada yaşasaydı bu adamlardan biri olacaktı.

Daha zengin olsalardı beyefendi, daha yoksul olsalardı aylak olarak anılacaklardı. Aslında bunlar avare tiplerdi. Bu aylaklar arasında sıkıcı olanlar, canı sıkılanlar, hayalperestler ve ilginç gençler vardı.

O dönemde bir beyefendi geniş bir yakalık, boyun bağı, köstekli saat takar, içlerinde mavi ve kırmızının da yer aldığı üç renkli üç yeleği üst üste giyer, çift sıralı gümüş düğmeleri omuzlarına kadar yükselen zeytin yeşili renginde kuyruklu kısa bir ceket ve iki kenar şeridinde her zaman tek olan sayıları bir ile on bir arasında değişen pensler bulunan daha koyu yeşil bir pantolonla gezerdi. Bunlara topuklarında küçük demirler olan yarım botları, kenarları dar, yüksek bir şapkayı, gür saçları, kalın bir bastonu ve Poitiers cinaslarıyla süslenen sohbetleri, özellikle de mahmuzları ve bıyıkları eklerseniz bu beyefendileri zihninizde canlandırabilirsiniz. O dönemde, bıyıklar burjuvalığı, mahmuzlar piyade subaylığını temsil ediyordu.

Taşralı beyefendinin mahmuzları daha uzun, bıyıkları daha ürkütücüydü.

Güney Amerika cumhuriyetlerinin İspanya'yla, Bolivar'ın Morillo'yla savaştığı dönemdi. Kenarları dar şapka giyenler kralcı sayılıyor ve Morillo yandaşı olarak nitelendiriliyor, Bolivarcı denilen liberaller kenarları geniş şapkalar takıyorlardı.

Geçtiğimiz sayfalarda anlatılanlardan sekiz on ay sonra, 1823 Ocak ayının ilk günlerinde, karlı bir akşam vakti, bu beyefendilerden, bu avarelerden, Morillocu olduğu için "sağduyulu" sayılanlardan biri, soğuk havalarda o dönemin modasını tamamlayan kalın bir paltonun sıcaklığına sarınmış bir halde, dekolte bir balo elbisesi ve başına taktığı çiçeklerle subaylar kafesinin camekânı önünde gidip gelen bir kadına laf atıp duruyordu. Bu beyefendi modaya uygun bir şekilde tütün içiyordu.

Her önünden geçtiğinde, bu kadına sigarasının dumanıyla birlikte nüktedan ve komik olduğunu sandığı birkaç hakaret yağdırıyordu: "Ne kadar çirkinsin!", "Bir köşeye saklanmak ister misin?", "Ağzında diş kalmamış!" vs. Bu mösyönün adı Bamatabois idi. Süslenmiş hüzünlü bir hayalet gibi karın üzerinde gidip gelen kadın ona cevap vermiyor, hatta başını bile çevirmiyor, sessizce ve kasvetli bir şekil sürdürdüğü gelgitler sırasında tıpkı falakaya yeniden yatırılan bir asker gibi, beş dakikada bir bu alaylara maruz kalıyordu. Kuşkusuz bu umursamazlıktan incinen aylak, kadının arkasını döndüğü bir andan yararlanarak, sessizce ona doğru ilerledi, kahkahasını bastırmaya çalışırken yere eğilip bir avuç kar aldı ve bu karı kadının iki çıplak omzunun arasından sırtına bıraktı. Çığlık atan kadın arkasını döndü, adamın üzerine bir panter gibi sıçrayarak en ağır ve ürkütücü hakaretlerin eşliğinde tırnaklarını yüzüne geçirdi. Alkolün etkisiyle boğuklaşmış bir sesle savrulan bu hakaretler gerçekten de öndeki iki dişi eksik olan bir ağızdan iğrenç bir şekilde çıkıyordu. Bu Fantine'den başkası değildi.

Çıkan gürültü üzerine kafeden dışarı fırlayan subaylar yoldan geçenlerle birlikte bir kadın ve bir erkekten oluştuğu güçlükle anlaşılan bu girdabın etrafında gülen, yuhalayan, alkışlayan geniş bir çember oluşturdular. Şapkası yere düşen adam çırpınıyor, başındaki süs çiçekleri dağılan, öfkeden morardığı için korkunç görünen dişsiz ve saçsız kadın haykırarak ona tekme ve yumruk darbeleri indiriyordu.

Aniden kalabalığı yaran uzun boylu bir adam kadını çamurla kaplı saten korsesinden kavrayarak "Benimle geliyorsun," dedi.

Başını kaldıran kadının öfkeli sesi hemen kesildi. Bakışları donuklaştı, moraran yüzü sarardı. Korkudan titriyordu. Javert'i tanımıştı.

Beyefendi bunu fırsat bilip olay yerinden uzaklaşmıştı.

XIII

Polisin Bazı Sorularının Karşılığı

Kalabalığı yaran ve hızlı adımlarla meydanın dibindeki karakola doğru ilerleyen Javert kendisine hiç karşı koymayan sefil kadını arkasından sürüklüyor, ikisi de tek bir söz etmiyorlardı. Neşelerinin doruk noktasına ulaşmış olan izleyiciler laflar atarak peşlerinden geliyorlardı. Büyük bir sefalet, amansız hakaretlere vesile olurdu.

Sobayla ısınan basık tavanlı karakolda bir nöbetçi vardı. Camlı ve parmaklıklı kapıyı açan Javert kızla birlikte içeri girip meraklıları hayalkırıklığına uğratacak şekilde kapıyı kapattı. Ayak parmalarının ucunda dikilip boyunlarını karakol kapısının buğulu camına doğru uzatan izleyiciler içeride neler olduğunu görmeye çalışıyorlardı. Merak oburluktur. Görmek oburca yemektir.

İçeri giren Fantine yığıldığı köşede hiç kımıldamadan, sessiz, korkmuş bir köpek gibi çömelmiş bir halde duruyordu.

Karakol çavuşunun masanın üzerine yanan bir mum bırakması üzerine, iskemlesine oturan Javert cebinden pullu bir kâğıt çıkarıp yazmaya başladı.

Bu sınıftan kadınlar yasalarımız tarafından tamamıyla polisin insafına bırakılmıştır. Polis istediğini yapar, onları keyfince cezalandırıp mesleklerini icra etmek ve özgürlük olarak adlandırdıkları iki hüzünlü şeyden mahrum eder. Javert soğukkanlıydı, ciddi yüzüne hiçbir duygu yansımıyordu. Yine de, zihni çok ciddi bir meseleyle meşgulmuş gibi görünüyordu. Acımasız vicdanının tüm özenini, sınırsız yetkisini hiçbir denetime tabi olmadan kullandığı o anlardan birini yaşıyordu. O anda, polis iskemlesini mahkeme heyeti gibi görüyordu. Yargılıyor, yargılıyor ve mahkûm ediyordu. Yaptığı büyük işin etrafına zihnindeki tüm düşünceleri davet ediyordu. Bu kızın yaptıklarını düşündükçe, daha da isyankârlaştığını hissediyordu. Bir suç işlendiğini gördüğü kesindi. Caddede, insan sayılmayacak bir yaratığın mülk sahibi bir seçmen tarafından temsil edilen topluma hakaret ettiğine, saldırdığına tanık olmuştu. Bir fahişe bir burjuvaya meydan okumuştu. Javert bunu görmüştü. Sessizce yazıyordu.

Yazısını bitirip imzasını attıktan sonra katladığı kâğıdı karakol çavuşuna uzattı ve "Yanınıza üç adam alıp bu kızı cezaevine götürün," dedi. Ardından, Fantine'e dönüp "Altı ay hapse mahkûm oldun," diye ekledi.

Bahtsız kadın titredi.

— Altı ay! Altı ay hapis! diye bağırdı. Altı ay boyunca günde yarım frank kazanmak! Ama Cosette'im ne olacak? Kızım! Kızım! Ama sayın müfettiş, Thénardierlere hâlâ yüz frank borcum olduğunu biliyor musunuz?

Karakol nöbetçilerinin çamurlu çizmeleriyle ıslanmış döşemenin üzerinde süründü, ayağa kalkmadan ellerini birleştirip dizleriyle hızlı adımlar attı.

— Mösyö Javert, dedi. Beni bağışlayın. Sizi temin ederim ki haksız değildim. Olayın nasıl başladığını görseydiniz bunu anlayacaktınız! Ulu Tanrı adına yemin ederim ki, suçsuzum. Tanımadığım bir burjuva beyefendi sırtıma buz doldurdu. Kimseye zarar vermeden sakince yürürken sırtımıza kar doldurmaya hakları var mı? Birden şok oldum. Gördüğünüz gibi biraz hastayım! Üstelik bir süreden beri bana hakaret ediyor, "Çirkinsin!", "Dişlerin yok!" diyordu. Dişlerim olmadığını biliyorum. Ben ise hiç umursamıyor, eğlenmek isteyen bir mösyö olduğunu düşünüyordum. Ona saygılı davranıp hiçbir şey söylemedim. Az sonra sırtıma kar doldurdu. Mösyö Javert, iyi yürekli müfettişim! Orada söylediklerime tanıklık edecek biri yok mu? Belki kızmakla haksızlık ettim. Bilirsiniz, insan ilk başta kendine hâkim olamaz. Tepki gösterir. Hem de, hiç beklemediğiniz bir anda sırtınıza buz gibi kar döküldüğünde. Üstelik, bu mösyönün şapkasını ezmekle hata ettim. Ama neden çekip gitti? Ondan özür dileyebilirdim. Ah! Tanrım, ondan özür dilemek gururumu hiç de incitmezdi. Mösyö Javert, beni bu seferlik bağışlayın. Bakın cezaevlerinde günde on iki santim kazanıldığını bilmiyorsunuz, bu hükümetin suçu değil, ama günde on iki santim kazanılıyor, düşünsenize, yüz frank borcum var, bunu ödeyemezsem, küçük kızımı bana geri gönderecekler. Ah! Tanrım, yaptığım bu aşağılık işle onu yanımda barındıramam! Ah Cosette'im, Meryem Ana'nın küçük meleği, zavallıcık, başına neler gelecek! Size ona bakan Thénardierlerin köylü, hancı ve muhakeme gücünden yoksun olduklarını söyleyeceğim. Onların paraya ihtiyaçları var. Beni hapse atmayın! Altın kalpli müfettiş Javert'im, kızımın kış ortasında başına neler geleceğine aldırmadan sokağa atılacağını anlıyor musunuz? Merhamet edin. Daha büyük olsaydı, geçimini sağlayabilirdi, ama bu yaşta mümkün değil. Aslında ben kötü bir kadın değilim. Beni bu hale getiren alçaklık ya da açgözlülük değil. Yoksulluğumdan dolayı sevmememe rağmen, biraz olsun rahatlattığı için içki içtim. Mutlu olduğum dönemlerde, düzensiz bir kadın olmadığımı anlamak için dolaplarıma bakmak yeterliydi. Birçok giysim vardı. Mösyö Javert, merhamet edin!

Kuru ve kısa bir öksürüğün eşliğinde, iki büklüm olmuş, hıçkırıklara boğulmuş, gözyaşlarıyla körleşmiş, boğazı kurumuş bir halde, ellerini ovuşturarak, can çekişen bir insanın sesiyle hafifçe kekeleyerek konuşuyordu. Büyük kederler sefilleri dönüştüren ilahi ve korkunç bir ışıktır. Fantine yeniden güzelleşmişti. Bazen konuşmasına ara veriyor, hafiyenin redingotunu şefkatle öpüyordu. Granitten bir yüreği bile yumuşatabilirdi ama karşısında tahta bir yürek vardı.

— Tamam! dedi Javert, seni dinledim. Her şeyi iyice anlattın mı? Şimdi yürü! Altı ay hapiste kalacaksın! Tanrı insan kılığına girip buraya gelse senin için hiçbir şey yapamaz.

Bu gösterişli *Tanrı insan kılığına girip buraya gelse senin için hiçbir şey yapamaz* sözlerini duyduğunda kararın kesin olduğunu anlayıp olduğu yere yığılırken mırıldandı:

— Merhamet!

Javert arkasını döndü.

Askerler Fantine'i kollarından kavradılar.

Bir adam birkaç dakika önce kimse farkına varmadan içeri girmişti. Kapıyı kapamış, duvara yaslanmış ve Fantine'in umutsuz yakarışlarını duymuştu.

Askerler ayağa kalkmak istemeyen bahtsız kadının kollarını kavradıklarında, bir adım atıp beklediği o karanlık köşeden çıktı ve:

— Bir dakika lütfen! dedi.

Gözlerini kaldıran Javert, M. Madeleine'i tanıyınca, şapkasını çıkarıp onu öfkeli bir beceriksizlikle selamladı:

— Bağışlayın sayın başkan...

Bu sayın başkan sözleri Fantine üzerinde garip bir etki yarattı. Topraktan çıkan bir hayalet gibi ayağa kalkıp askerleri iki koluyla iteledikten sonra, kendine engel olunmasına izin vermeden doğrudan M. Madeleine'e doğru yürüdü, afallamış bakışlarını ona sabitleyerek haykırdı:

— Ah! Demek sayın başkan sensin!

Ardından bir kahkaha atıp yüzüne tükürdü. Yüzünü silen M. Madeleine:

— Müfettiş Javert, bu kadını serbest bırakın, dedi.

Javert çıldırmak üzere olduğunu hissetti. O anda hayatı boyunca hiç hissetmediği ve birbirine karışmış darbeler halinde gelen şiddetli duygular yaşadı. Halktan bir kızın bir belediye başkanının yüzüne tükürmesi en ürkütücü karabasanlarında bile mümkün olamazdı. Diğer yandan, zihninin derinliklerinde bu kadının kim olduğu ve bu belediye başkanının kim olabileceği hakkında belli belirsiz, iğrenç bir yakınlaşma kuruyor, bu çirkin saldırıda olağanüstü bir durumun bulunmadığını korkuyla sezinliyordu. Ama yüzünü sakince kurulayan bu belediye başkanının, bu yöneticinin, *Bu kadını serbest bırakın* dediğini duyduğunda gözleri şaşkınlıkla kamaştı, ne düşüneceğini, ne söyleyeceğini bilemedi; sınırlarını zorlayan bir afallamayla tek laf edemedi.

Bu sözler Fantine'i garip duygulara sevk etmişti. Çıplak kolunu kaldırıp sendelercesine elini sobanın kapağına uzattı. Bu arada etrafına bakınıyor, kendi kendine konuşurmuş gibi alçak sesle şunları söylüyordu:

— Özgürlük! Beni serbest bırakacaklar! Altı ay hapis yatmayacak mıyım? Bunların söylenmiş olması mümkün değil. Yanlış duydum. Bu canavar belediye başkanı bunları söylemiş olamaz! İyi yürekli Mösyö Javert yoksa serbest bırakılmamı siz mi söylediniz? Ah! Bakın! Size olanları anlatacağım, siz de gitmeme izin vereceksiniz. Başıma gelenlerin tek sorumlusu bu lanet, bu iblis belediye başkanı. Mösyö Javert, düşünsenize beni işten kovdu! Hem de atölyede dedikodu yapan birkaç alçak yüzünden. Bundan korkunç bir şey olabilir mi? İşini dürüstçe yapan zavallı bir kızı işten atmak! Sonra parasız kaldığımda başıma tüm bu felaketler geldi. Önce polis beyefendilerin hapishane taşeronlarının zavallılara haksızlık etmesini önlemek üzere bir düzenleme yapmaları gerekiyor. Size bunu açıklayacağım. Gömlek dikerek günde bir frank kazanıyorsunuz, sonra bu ücret yarım franka düşüyor, bu parayla geçinmek mümkün değil. Bu durumda herkes başının çaresine bakıyor. Ben küçük Cosette'im yüzünden fahişelik yapmaya başladım. Şimdi her şeyin bu soysuz belediye başkanının başının altından çıktığını anlıyor musunuz? Subayların kafesinin önünde o burjuva beyefendinin şapkasını ezdim. Ama o da elbisemi kara buladı. Bizim gibilerin akşamları giyebileceği tek bir ipek elbisesi vardır. Mösyö Javert, gördüğünüz gibi kimseye kasıtlı olarak kötülük yapmadım ve her yanda benden daha kötü oldukları halde daha mutlu görünen kadınlara rastlıyorum. Mösyö Javert serbest bırakılmamı siz söylediniz, öyle değil mi? Hakkımda bilgi toplayın, ev sahibimle konuşun, artık kiramı ödeyebiliyorum, size benim dürüst bir kadın olduğumu söyleyecekler. Ah! Tanrım, beni bağışlayın, farkında değildim, soba ben kapağını araladığım için tütüyor.

M. Madeleine onu büyük bir dikkatle dinliyordu. Kadın konuşurken, yeleğinin cebini karıştırmış, bir kese çıkarıp açmış, boş olduğunu görünce yeniden cebine koymuştu.

— Ne kadar borcunuz olduğunu söylemiştiniz? diye sordu Fantine'e.

Gözünü Javert'den ayırmayan Fantine başını ona doğru çevirdi:

— Ben seninle mi konuşuyorum?

Sonra yüzünü askerlere döndü:

— Söyleyin, yüzüne nasıl tükürdüğümü gördünüz mü? Ah! İhtiyar iblis, buraya beni korkutmak için geldin ama ben senden korkmuyorum. Mösyö, Javert'den, altın kalpli Mösyö Javert'den korkuyorum!

Bu şekilde konuşurken yeniden müfettişe döndü.

— Anlayacağınız gibi, sayın müfettiş, adil olmak gerekiyor. Sizin adil davrandığınızı biliyorum. Sayın müfettiş, aslında sıradan bir olay, eğlenmek isteyen bir adam bir kadının sırtına biraz kar dolduruyor, bu durum subayları güldürüyor, insanların oyalanacak bir şeylere ihtiyacı var, bizler de onları eğlendirmek için bu işi yapıyoruz! Ardından siz geldiniz, düzeni sağlamak zorundaydınız, kadını suçlu olarak karakola getirdiniz ama iyi yürekli olduğunuz için iyice düşününce serbest bırakılmamı söylediniz, çünkü altı ay hapis yatarsam çocuğuma para gönderemem. Ama "Bir daha gözüme görünme alçak!" diyebilirsiniz. Ah! Mösyö Javert, bir daha hiçbir şey yapmayacağım! Artık ne yaparlarsa yapsınlar kılımı kıpırdatmayacağım. Bugün kendimi kötü hissettiğim için bağırdım, o beyefendinin sırtımı karla dolduracağını beklemiyordum, üstelik söylediğim gibi sağlığım yerinde değil, öksürüyorum, midemde canımı yakan bir şişlik var, doktor tedavi olmamı söyledi. Bakın, dokunun, elinizi verin, çekinmeyin, işte şurada.

Artık ağlamıyor, okşayıcı bir ses tonuyla konuşuyordu. Javert'in kaba elini beyaz ve zarif göğsüne dayarken ona gülümseyerek bakıyordu.

Aniden, giysilerini düzeltti, elbisesinin yerde sürünürken neredeyse dizlerine kadar yükselen kıvrımlarını aşağı indirdi ve kapıya yöneldi, askerleri dostça selamlarken onlara alçak sesle:

— Çocuklar, sayın müfettiş serbest bırakılmamı söyledi, gidiyorum, dedi.

Kapının kolunu eliyle tuttu. Bir adım daha atsa sokakta olacaktı.

O ana kadar gözlerini yere dikmiş bir halde hiç kımıldamadan ayakta duran Javert, bu sahnenin ortasında yerinden eğreti bir şekilde oynatıldığı için tekrar yerine yerleştirilmesini bekleyen bir heykel gibi görünüyordu.

Kapı kolunun sesiyle kendine geldi. Başını yetkin bir otoriteyi temsil eden, gücün kaybedildiği anlarda daha da ürkütücü olan, yırtıcı hayvanda vahşi, değersiz insanda gaddar bir şekilde beliren o ifadeyle kaldırdı.

— Çavuş, diye bağırdı, bu hayâsız kadının gittiğini görmüyor musunuz? Size onun gidebileceğini kim söyledi?

— Ben, dedi Madeleine.

Javert'in sesiyle titreyen Fantine suçüstü yakalanmış bir hırsız gibi kapının kolunu bıraktı. Madeleine'in sesini duyunca geri döndü ve o andan itibaren tek bir söz etmeden, rahatça soluk alıp vermekten bile çekinerek kimin konuştuğunu anlamak için bir Madeleine'e bir Javert'e bakmaya başladı.

Başkan Fantine'in serbest bırakılması talimatını verdikten sonra çavuşa bu şekilde hitap edebilmesi için, Javert'in söylendiği gibi "zıvanadan çıkmış olması" gerekiyordu. Sayın başkanın orada olduğunu unutacak bir duruma mı düşmüştü? "Bir yetkilinin" böyle bir talimat vermesinin mümkün olmadığı ve kuşkusuz belediye başkanının farkında olmadan başka bir şey söylemek istediği sonucuna mı varmıştı? Ya da, iki saatten beri tanık olduğu garip olaylar karşısında, olağanüstü kararlar alınması, astın üste, hafiyenin yöneticiye, polisin yargıca dönüşmesi gerektiğini ve bu olağanüstü taşkınlığın etkisiyle düzenin, yasanın, ahlakın, hükümetin, toplumun tamamıyla kendisinde cisimleştiğini mi düşünüyordu?

Her ne olursa olsun, M. Madeleine o *ben* sözcüğünü kullandığında, polis Javert'in soğuk bir ifadeyle, solgun bir yüzle, morarmış dudaklarıyla, umutsuz bakışlarıyla, hafifçe titreyen bedeniyle belediye başkanına döndüğü görülmüş ve ona gözlerini yere dikerek sert bir ses tonuyla beklenmedik bir şekilde cevap vermişti:

— Sayın başkan, bu mümkün değil.

— Nasıl? dedi Madeleine.

— Bu sefil kadın bir burjuvaya hakaret etti.

— Müfettiş Javert, diye devam etti M. Madeleine yatıştırıcı ve dingin bir ses tonuyla, dinleyin. Siz dürüst bir insansınız, sizinle anlaşmakta güçlük çekeceğimizi sanmıyorum. Gerçeği anlatayım. Bu kadını götürdüğünüz sırada meydandan geçiyordum, orada hâlâ bir kalabalık vardı, neler olduğunu sorup her şeyi öğrendim, suçlu olan burjuvaydı ve aslında polisin onu yakalaması gerekirdi.

— Bu sefil kadın sayın başkana da hakaret etti.

— Bu beni ilgilendirir, dedi M. Madeleine. Hakaret bana edildiğine göre istediğim gibi davranabilirim.

— Sayın başkan beni bağışlasın, ona edilen hakaret adalete edilmiş demektir.

— Müfettiş Javert, diye karşılık verdi, adaletin önceliği vicdandır. Bu kadını dinledim. Ne yaptığımın farkındayım.

— Ben de sayın başkan, bu duruma bir anlam veremiyorum.

— O halde itaat etmekle yetinin.

— Ben görevime itaat ediyorum. Görevim bu kadının altı ay hapis yatması gerektiğini dayatıyor.

M. Madeleine yumuşak bir sesle cevap verdi.

— Şunu iyi bilin. Bir gün bile hapis yatmayacak.

Bu kararlı sözler üzerine Javert bakışlarını başkana sabitleme cesaretini gösterdi ve derin bir saygıyı yansıtan bir ses tonuyla karşılık verdi:

— Sayın başkana karşı çıktığıma çok üzgünüm, böyle bir şey hayatımda ilk kez başıma geliyor, ama kendisine yetkilerimin sınırı dâhilinde hareket ettiğimi belirtmeme izin verme lütfunda bulunacaktır. Sayın başkan öyle istediğine göre burjuvanın başına gelenleri anlatayım. Oradaydım. Bu kız, seçmen ve meydanın köşesindeki, kesme taştan yapılmış üç katlı, balkonlu o güzel evin sahibi olan Mösyö Bamatabois'ya saldırdı. Ne de olsa böyle şeylerle karşılaşılabiliyor. Sayın başkan, sonuç itibarıyla bu konu sokakların güvenliğini sağlayan polisin alanına giriyor, bu yüzden bu kadını serbest bırakmıyorum.

Bunun üzerine, kollarını kavuşturan Madeleine şehirde daha önce kimsenin duymadığı sert bir ses tonuyla cevap verdi.

— Bahsettiğiniz olay belediye zabıtasının yetki alanına girer. Ceza kanununun dokuz, on bir, on beş ve altmış altıncı maddelerine göre bu konuda yetkili benim. Bu kadının serbest bırakılmasını emrediyorum.

Javert son bir hamlede bulunmak istedi.

— Ama sayın başkan...

— Size keyfi tutuklama ile ilgili olarak 13 Aralık 1799 tarihli yasanın seksen birinci maddesini hatırlatmak isterim.

— Sayın başkan izin verirseniz...

— Tek bir söz daha etmeyin.

— Ama...

— Dışarı çıkın, dedi Madeleine.

Javert darbeyi tıpkı bir Rus askeri gibi cepheden, tam göğsüne almıştı. Belediye başkanını yerlere kadar eğilerek selamladıktan sonra çıktı.

Kapının kenarında duran Fantine müfettişin önünden geçişini şaşkınlıkla izledi.

Bu arada garip bir altüst oluş yaşıyordu. İki karşıt gücün kendisi hakkında tartıştıklarına tanık olmuş, ellerinde özgürlüğünü, hayatını, ruhunu, çocuğunun geleceğini tutan iki adamın çatıştıklarını görmüştü. Bu adamlardan biri onu karanlığa, diğeri ise aydınlığa çekiyordu. Korkunun büyüteciyle izlediği bu düelloda iki adam ona iki dev gibi görünmüştü; biri şeytan, diğeri iyilik meleği gibi konuşuyordu. Melek şeytanı yenmişti ve bu meleğin, bu kurtarıcının nefret ettiği o adam, uzun süreden beri başına gelen tüm felaketlerin sorumlusu olarak gördüğü o belediye başkanı, Madeleine olması karşısında tüm bedeni titriyordu! Üstelik kendisine iğrenç bir şekilde hakaret etmesine rağmen kendisini kurtarmıştı.Yoksa yanılmış mıydı? Tüm ruhunu baştan başa değiştirmesi mi gerekiyordu?... Ne yapacağını bilmiyor, titriyordu. Kendinden geçmiş bir halde dinliyor, afallayarak bakıyor ve M. Madeleine'in söylediği her sözde, içindeki nefretin korkunç karanlıklarının eriyip, yıkılıp gittiğini ve yüreğini tasvir edilemez bir sevincin, güvenin ve sevginin ısıttığını hissediyordu.

Javert dışarı çıkınca, M. Madeleine ona dönüp ağlamasını bastırmak için güçlükle konuşan ciddi bir adamın ifadesiyle:

— Sizi dinledim, dedi. Söyledikleriniz hakkında hiçbir şey bilmiyordum. Gerçek olduklarını sanıyorum, gerçek olduklarını hissediyorum. Fabrikamdan neden ayrıldığınızı bile bilmiyordum. Neden bana danışmadınız? Ama çözümü var: Borçlarınızı ödeyeceğim, çocuğunuzu buraya getirmenizi ya da sizin oraya gitmenizi sağlayacağım. Burada, Paris'te, nerede isterseniz orada yaşayacaksınız. Çocuğunuzun ve sizin sorumluluğunuzu üzerime alıyorum. İsterseniz artık hiç çalışmayın. Size gerekli parayı vereceğim. Yeniden mutlu ve onurlu bir yaşam sürdüreceksiniz. Üstelik, dinleyin, her şey anlattığınız gibiyse, bundan zaten kuşku duymuyorum, Tanrı önünde erdeminizi ve kutsallığınızı asla kaybetmemişsiniz. Ah zavallı kadın!

Zavallı Fantine'in yüreğinin kaldıramayacağı şeyler söylüyordu. Cosette'i yanına almak! Bu alçakça yaşamdan kurtulmak! Cosette'le birlikte özgür, varlıklı, mutlu, onurlu bir yaşam sürdürmek! Sefaletinin ortasında aniden cennetin gerçeklerinin belirdiğini görmek! Kendisiyle konuşan bu adama şaşkınlıkla baktı ve ancak iki üç kere hıçkırabildi: Ah! Ah! Ah! Bacakları kıvrıldı, M. Madeleine'in önünde diz çöktü ve M. Madeleine, engellemesine fırsat bırakmayan bu kadının elini tutup dudaklarına götürdüğünü hissetti.

Ardından Fantine bayıldı.

Altıncı Kitap
Javert

I

Tedavi Dönemin Başlangıcı

M. Madeleine Fantine'i fabrikasındaki revire taşıtıp onu rahibelere emanet etti. Ateşi çok yüksekti. Gece zaman zaman sayıklayıp yüksek sesle kendi kendine konuşsa da sonunda uykuya daldı.

Ertesi gün öğleye doğru uyanan Fantine yatağının hemen yanında birinin soluk alışverişini duyup karyolasının perdesini araladı ve ayakta, başının üzerinde duran bir şeye bakan M. Madeleine'i gördü. Merhamet ve endişeyle dolu bu bakış yakarıyordu. Onun bakışlarını yönelttiği noktayı gözlemleyen Fantine, M. Madeleine'in gözlerini duvara asılı bir haça diktiğini fark etti.

M. Madeleine artık Fantine'in gözünde başka bir kimliğe bürünmüştü. Onu ışıklı bir haleyle çevrelenmiş gibi görüyordu. Tanrı'ya içtenlikle yakarışını uzun süre hiç konuşmadan izleyen Fantine sonunda çekingen bir ifadeyle:

— Orada ne yapıyorsunuz? dedi.

Bir saatten beri orada duran M. Madeleine, Fantine'in uyanmasını bekliyordu. Kızın ellerini tutup nabzını yokladıktan sonra yanıtladı:

— Nasılsınız?

— İyiyim, uyudum, dedi, sanırım daha iyiyim. Önemli bir şeyim yok.

Belediye başkanı kadının daha önceki sorusuna yeni duymuş gibi karşılık verdi:

— Yukarıda acı çekene yakarıyordum.

Ve içinden ekledi: "Aşağıda acı çeken için."

Bütün geceyi ve sabahı bilgi toplamakla geçiren M. Madeleine şimdi her şeyi, Fantine'in yaşamındaki yürek sızlatan tüm ayrıntıları biliyordu. Devam etti:

— Zavallı anne, çok acı çekmişsiniz. Ah! Ama üzülmeyin artık, Tanrı'nın sevdiği kullarına bahşettiği ödüllere layıksınız. İnsanlar bu şekilde meleklere dönüşüyorlar. Ama bu dönüşüm için acı çekmeleri onların suçu değil; nasıl davranmaları gerektiğini bilmiyorlar. Bakın, çıktığınız o cehennem cennetin giriş bölmesidir. Yola oradan devam etmek lazım.

Derin bir iç çekti. Fantine ise iki dişin eksik olduğu o muhteşem gülümsemesiyle gülümsüyordu.

Javert daha o gece bir mektup yazmış, ertesi sabah Montreuil-sur-mer Postanesi'ne kendi elleriyle teslim etmişti. Paris'e gönderilen mektubun üzerinde: *Sayın Emniyet Müdürü Sekreteri M. Chabouillet*'ye yazıyordu. Karakoldaki olay kulaktan kulağa yayıldığı için, mektubu gören postane müdiresi ve personeli Javert'in yazısını tanıyıp Paris'e istifa mektubunu gönderdiğini sandılar.

M. Madeleine de hemen Thénardierlere bir mektup yazdı. Fantine'in onlara yüz yirmi frank borcu vardı. Belediye başkanı onlardan, gönderdği üç yüz frankla borcu kapatmalarını ve hasta annesinin beklediği kızını hemen Montreuil-sur-mer'e getirmelerini istedi.

Bu mektup Thénardier'yi şaşkına çevirdi. "Vay canına!" dedi karısına. "Bu çocuğu bırakmayalım. O sıska tarla kuşu sağılacak bir ineğe dönüşecek. Sanırım, ahmağın biri annesine gönlünü kaptırdı."

Mektuba ustalıkla düzenlenmiş beş yüz küsur franklık bir borç özetiyle karşılık verdi. Borcun üç yüz frankın üzerindeki tutarına karşı çıkmak mümkün değildi. Bu meblağ Eponine ve Azelma'nın uzun süren hastalıkları sırasında doktor ve ezcane masraflarına ayrılmıştı. Daha önce de söylediğimiz gibi Cosette hastalanmamış, küçük bir isim değişikliği oyunu yapan Thénardier faturanın altına: *üç yüz frank alınmıştır*, yazısını eklemişti.

Kalan üç yüz frankı da gönderen M. Madeleine onlara *Cosette'i hemen getirin* diye yazmıştı.

— Şuraya bak! dedi Thénardier, çocuğu götürmeyelim.

Bu arada hastalığı iyileşmeyen Fantine hâlâ revirde yatıyordu.

Rahibeler "bu kızı" ilk başlarda tiksintiyle yaklaşarak tedavi etmişlerdi. Reims'deki alçak kabartmaları görenler çılgın bakirelere bakan bilge bakirelerin alt dudaklarını küçümsercesine bükmelerini hatırlarlar. Vesta rahibelerinin yoldan çıkmış kadınlara karşı duydukları bu evvel zamandan kalma küçümseme kadın saygınlığının en derin içgüdülerinden biridir; rahibeler dini bütünlüğün de katkısıyla Fantine'e bu şekilde yaklaştılar. Ama Fantine kısa süre içinde süngülerini düşürmeyi başardı. Sözleri hep mütevazı ve gönül alıcıydı ve içindeki anne acıma duyguları uyandırıyordu. Ateşinin çok yükseldiği bir gün rahibeler şu sözleri sayıkladığını duydular: "Günahkâr bir kadındım ama çocuğum yanıma geldiğinde Tanrı beni bağışlamış olacak. Sefih bir yaşam sürdürken Cosette'imi yanıma alamaz, onun şaşkın ve hüzünlü bakışlarına katlanamazdım. Aslında her şeyi onun için yapıyordum ve Tanrı beni bu yüzden bağışlıyor. Cosette buraya geldiğinde yüce Tanrı'nın beni kutsadığını hissedeceğim. Onu gözümün önünden ayırmayacağım, o masum yüzü görmek beni iyileştirecek. O hiçbir şey bilmiyor. Rahibelerim, onu bir görseydiniz, tam bir melek. O yaşlarda kanatlar hâlâ yerinde durur."

M. Madeleine günde iki kez onu ziyaret ediyordu ve Fantine her seferinde:

— Yakında Cosette'ime kavuşabilecek miyim? diye soruyordu.

— Belki yarın sabah. Her an gelebilir, onu bekliyorum, diye yanıtlıyordu belediye başkanı.

Ve solgun yüzü parıldayan anne:

— Ah! diyordu, ne kadar mutlu olacağım!

Fantine'in bir türlü iyileşmediğini söylemiştik. Aksine durumu her hafta daha da ciddileşiyordu. İki kürek kemiğinin arasındaki çıplak tenine temas eden o kar yumağı terlemelerini aniden kesmiş, ardından uzun yıllardan beri için için gelişen hastalığın seyri birdenbire şiddetlenmişti. O dönemde göğüs hastalıklarının teşhisi ve tedavisi Laennec'in faydalı yönlendirmeleri aracılığıyla gerçekleşiyordu. Fantine'in ciğerlerini dinleyen doktor başını salladı.

— Durumu nasıl? diye sordu M. Madeleine.

— Görmek istediği bir çocuğu mu var? dedi doktor.

— Evet.

— O zaman onu buraya getirmek için acele edin.

M. Madeleine'in içi titredi.

— Doktor ne dedi? diye sordu Fantine.

M. Madeleine gülümsemeye çalıştı.

— Kızınızı hemen getirmemizi söyledi. Sağlığınıza kavuşmanıza yardımcı olacakmış.

— Ah! dedi Fantine, hakkı var! Ama bu Thénardierler kızımı neden hâlâ göndermiyorlar? Ah kızım gelecek. İşte mutluluğun hemen yanı başımda olduğunu hissediyorum!

Bu arada, Thénardier "çocuğu göndermiyor" ve bunun için yüzlerce bahane uyduruyordu. Cosette'in sağlığı kış günü yolculuk yapacak kadar iyi değilmiş. Üstelik ufak tefek borçlar varmış, onların faturalarını topluyormuş vs.

— Cosette'i getirmesi için birini göndereceğim! dedi Madeleine Baba. Gerekirse kendim giderim.

Fantine'in söylediklerini bir kâğıda yazıp imzalattı:

Mösyö Thénardier,
Cosette'i bu mektubu getiren kişiye emanet edeceksiniz.
Geriye kalan küçük borçlarınız ödenecek.
Sizi saygıyla selamlıyorum.

FANTINE.

Olaylar bu şekilde seyrederken, ciddi bir sorun ortaya çıktı. Hayatımızın gizemli kayasını boşuna yontarız, kaderin kara damarı her zaman bir yerlerden belirir.

II

Jean Nasıl Champ'a Dönüştü

Bir sabah, Montfermeil'e gitme kararı vermesi halinde belediyenin muallakta kalacak olan acil işlerini önceden halletmek için bürosunda çalışan M. Madeleine'e müfettiş Javert'in kendisiyle görüşmek istediği bildirildi. Bu ismi duyan M. Madeleine'in yüzünü elinde olmadan hoşnutsuz bir ifade kapladı. Karakoldaki olaydan sonra, Javert ondan her zamankinden daha fazla uzak durmuş, M. Madeleine'se onu bir daha hiç görmemişti.

— İçeri alın, dedi.

Javert girdi.

M. Madeleine şöminenin yanındaki masasında devriye polislerinin hazırladıkları şikâyet tutanaklarını inceliyor, elindeki kalemiyle notlar ekliyordu. Javert'in içeri girmesini umursamadı. Kendini zavallı Fantine'i düşünmekten alamıyor, müfettişe karşı soğuk davranmayı uygun buluyordu.

Javert kendini saygıyla selamlasa da, sırtı dönük oturan belediye başkanı başını ona çevirmeden dosyasına notlar eklemeye devam etti.

Çalışma odasında birkaç adım atan Javert sessizliği bozmadan olduğu yerde bekledi. Javert'in kişiliğini bilen, uygarlığın hizmetindeki bu vahşiyi, Romalı, Spartalı karışımı, yarı keşiş yarı asker bu garip adamı, yalan söylemeyi beceremeyen bu muhbiri, bu dürüst hafiyeyi, uzun süreden beri gözlemleyen, M. Madeleine'e karşı beslediği eski ve gizli nefreti, Fantine konusunda belediye başkanıyla tartıştığını bilen bir bilge o anda Javert'i inceleseydi şöyle diyecekti: "Bu adamın başına neler gelmiş olabilir?" Bu dürüst, açık, içtenlikli, namuslu, ağırbaşlı ve zalim vicdanı tanıyanlar Javert'in büyük bir iç hesaplaşma yaşadığını anlayabilirlerdi. Javert'in aklından geçen her şey yüzüne yansırdı. Şiddete eğilimli insanlarda olduğu gibi ani bir dönemecin eşiğindeydi. Yüzünü asla böylesine garip ve alışılmamış bir ifade kaplamamıştı. İçeri girdiğinde, kinin, öfkenin, kuşkunun izlerini barındırmayan bir bakışla M. Madeleine'in önünde eğilmiş, koltuğunun birkaç adım gerisinde durmuştu ve şimdi asla ılımlı davranmayı bilmemiş ve her zaman sabırlı davranmış bir adamın naif ve soğuk katılığıyla, âdeta hazırola geçmişçesine duruyor, şapkasını eline almış, gözlerini önüne eğmiş bir halde tek bir söz etmeden, hiç kımıldamadan, içten bir alçakgönüllülük ve dingin bir boyun eğmişlikle, subayın karşısındaki bir askerin, yargıcın karşısındaki bir suçlunun ifadesiyle belediye başkanının yüzünü kendisine dönmesini bekliyordu. Ona atfedebileceğimiz tüm duygular, tüm hatıralar gibi yok olmuştu. Granit gibi sert olduğu için içine nüfuz edilemeyen bu yüzde kasvetli bir hüzün vardı. Tüm benliğinden alçalmanın, kararlılığın ve cüretkâr bir bezginliğin soluğu yayılıyordu.

Nihayet kalemini masaya bırakan belediye başkanı iskemlesinde yarı dönerek sordu:

— Evet Javert, ne oldu?

Kendini toplamak istermişçesine bir an sessiz kalan Javert sükûnetini koruyan hüzünlü bir heybetlilikle sesini yükseltti.

— Sayın başkan, bir suç işlendi.

— Ne suçu?

— Alt kademedeki bir görevli bir yöneticiye ciddi bir şekilde saygısızlık etti. Bu olayı bilginize sunmayı bir görev olarak kabul ediyorum.

— Bu görevli kim? diye sordu M. Madeleine

— Ben, dedi Javert.

— Siz mi?

— Ben.

— Peki bu görevli hakkında şikâyette bulunacak yönetici kim?

— Siz sayın başkan.

M. Madeleine koltuğunda doğruldu. Bakışlarını yerden ayırmayan Javert kararlı bir ifadeyle devam etti:

— Sayın başkan, sizden yetkinizi kullanarak beni görevimden azletmenizi istiyorum.

Şaşkına dönen M. Madeleine konuşmak için ağzını açsa da, Javert ekledi:

— İstifa edebileceğimi söyleyebilirsiniz, ama bu yetmez. İstifa etmek onurlu bir şeydir. Hata yaptım, cezalandırılmam, kovulmam gerek.

Ve kısa bir sessizlikten sonra:

— Sayın başkan, geçen seferinde bana haksız yere acımasızca davrandınız. Şimdi haklı olarak acımasızca davranın.

— Ah! Şu işe bakın! Ama neden? diye haykırdı M. Madeleine. Bu saçmalık da neyin nesi? Ne anlama geliyor? Bana karşı nasıl bir suç işlediniz? Bana karşı nasıl bir haksızlık ettiniz? Kendinizi suçluyor, görev yerinizin değiştirilmesini istiyorsunuz...

— Kovulmayı istiyorum, dedi Javert.

— Tamam kovulmayı. Çok güzel. Ama nedenini anlayamıyorum.

— Anlayacaksınız sayın başkan.

Derin bir iç çeken Javert soğuk ve hüzünlü bir ifadeyle devam etti:

— Sayın başkan, altı hafta önce o kız yüzünden tartışmamızın ardından, öfkelenerek sizi ihbar ettim.

— İhbar mı ettiniz?

— Paris Emniyet Müdürlüğü'ne.

Javert gibi nadir olarak gülen M. Madeleine gülmeye başladı.

— Polisin yetki alanına müdahale eden bir belediye başkanı olarak mı?

— Eski bir kürek mahkûmu olarak.

Başkanın yüzü soldu.

Bakışlarını yerden ayırmayan Javert devam etti:

— Öyle sanıyordum. Uzun zamandan beri, bir benzerlik, Faverolles hakkında bilgi toplamanız, gücünüz, ihtiyar Fauchelevent olayı, nişancılıktaki yeteneğiniz, biraz sürüdüğünüz bacağınız, ne bileyim, bir sürü saçmalık yüzünden böyle düşünüyor, sizin Jean Valjean olduğunuza inanıyordum!

— İsmi neydi dediniz?

— Jean Valjean. Yirmi yıl önce, Toulon'da muhafız birliği komutan yardımcısıyken tanıdığım bir kürek mahkûmuydu. Söylenenlere göre, bu Jean Valjean bir piskoposun evini soymuş, ardından anayolda küçük bir gezgin çocuğun parasını gaspetmiş. Sekiz yıldan beri nasıl olduğunu anlayamadığımız bir şekilde gizleniyor, her yerde aranıyordu. Düşündüm... Nihayet o suçu işledim! Öfkeyle karar vererek sizi emniyet müdürlüğüne ihbar ettim.

Dosyayı yeniden eline alan M. Madeleine büyük bir kayıtsızlığı yansıtan bir ses tonuyla:

— Size ne yanıt verildi? diye sordu.

— Deli olduğumu söylediler.

— Yani?

— Yani haklıydılar.

— Ne mutlu ki bunu anlamışsınız!

— Haklılar çünkü gerçek Jean Valjean yakalanmış.

Elindeki kâğıdı masanın üzerine düşüren M. Madeleine başını kaldırıp bakışlarını Javert'e sabitledikten sonra tasvir edilemez bir ses tonuyla:

— Bak şu işe! dedi

Javert sözlerine devam etti:

— Sayın başkan, neler olup bittiğini anlatayım. Ailly-le-Haut-Clocher civarında Champmathieu Baba adlı yaşlı bir adam varmış. Çok yoksulmuş. Kimse onu umursamıyormuş. Bu adamların nasıl geçindikleri bilinmez. Son olarak, bu sonbaharda şeyin... Neyse isminin ne önemi var, bahçesinde sirkelik elma çalarken yakalanmış. Duvarı tırmanıp, dalları kırmış, hırsızlık yapmış. Yakalandığında elinde hâlâ ağaç dalları varmış. Adamı hapse tıkmışlar. Buraya kadar anlattıkları sulh ceza mahkemesinin işi. Ama kader devreye girmiş. Zindanın koşulları kötü olduğu için sorgu hâkimi Champmatieu'yü Arras'taki eyalet hapishanesine nakletmiş. Hangi suçtan dolayı yakalandığını bilemediğim ve iyi hali nedeniyle koğuş sorumlusu yapılmış eski kürek mahkûmu Brevet, Arras Hapishanesi'nde yatıyormuş. Sayın başkan, Champmathieu daha içeri girer girmez Brevet, "Ama ben bu adamı tanıyorum. Bir kürek mahkûmudur. İhiyar bana baksanıza! Siz Jean Valjean'sınız!" diye haykırmış. Şaşırmış gibi davranan Champmathieu'nün "Jean Valjean! Jean Valjean da kim?" demesi üzerine, Brevet "Soytarılık yapma, sen Jean Valjean'sın! Yirmi yıl önce Toulon'da birlikte kürek mahkûmuyduk," demiş. Champmathieu elbette ki inkâr ediyor! Anlayacağınız gibi soruşturma derinleştiriliyor. Ben de bu davaya dâhil oldum. İşte varılan sonuç: Bu Champmathieu, otuz yıl kadar önce, birçok yerde, özellikle de

Faverolles'de ağaç budayıcısı olarak çalışmış. Ondan sonra izi kaybedilmiş. Uzun süre sonra önce Auvergne'de, sonra da, araba tamirciliği yaptığını ve orada çamaşırcı bir kızı olduğunu söylediği Paris'te görülmüş, ama bunlar henüz kanıtlanmadı. Hırsızlık yüzünden küreğe mahkûm olmadan önce Jean Valjean ne iş yapıyordu? Ağaç budayıcılığı. Nerede? Faverolles'de. Başka bir bulgu ise şu: Bu Jean Valjean'ın vaftiz ismi Jean, annesinin aile ismiyse Mathieu imiş. Hapisten çıktıktan sonra kimliğini gizlemek için annesinin ismini kullanıp kendini Jean Mathieu olarak tanıtmasını düşünmekten daha doğal ne olabilir? Auvergne'e gitmiş. O bölgenin şivesinden dolayı Jean, *chan*'a dönüştüğü için ona Chan Mathieu diye hitap edilmeye başlanmış. Bizimki buna hiç karşı çıkmayınca en sonunda Champmatieu olarak anılmış. Beni anlıyorsunuz değil mi? Favorelles'de araştırma yapılıyor. Jean Valjean'ın ailesi ortada yok. Bilirsiniz, bu sınıftan insanlarda aileler sıklıkla yok olup gider. Bunlar çamur olmadıkları zaman toza dönüşürler. Üstelik, bu öykünün başlangıcı otuz yıl öncesine dayandığı için Faverolles'de Jaen Valjean'ı kimse tanımıyor. Toulon'a başvuruluyor. Orada Brevet'den başka Jean Valjean'ı tanımış olan iki kürek mahkûmu daha var. Müebbet hapse mahkûm olmuş Cochepaille ve Chenildieu adlı bu iki kişi hapisten getirilip Champmathieu ile yüzleştiriliyorlar. Onlar da hiç tereddüt etmeden, Brevet gibi bu kişinin Jean Valjean olduğunu söylüyorlar. Aynı yaşta, elli dört yaşındadır, aynı boyda, aynı görünüşte, netice de aynı adam. İhbar mektubunu Paris Emniyet Müdürlüğü'ne işte o dönemde göndermiştim. Yanıt olarak aklımı kaçırmış olduğumu ve Jean Valjean'ın Arras'ta adaletin elinde bulunduğunu söylediler. Jean Valjean'ı burada yakaladığımı sanırken bu durum karşısında nasıl şaşırdığımı tahmin edersiniz! Sorgu hâkimine yazdım. Beni çağırttı, Champmathieu'yü gördüm...

— Ya sonra? diye araya girdi M. Madeleine.

Javert kararlı ve hüzünlü bir ifadeyle yanıt verdi:

— Sayın başkan, gerçek gerçektir. Öfkelensem de bu adam Jean Valjean'dı. Ben de onu tanıdım.

M. Madeleine açlak sesle:

— Emin misiniz? diye sordu.

Javert derin bir inancı yansıtan o acılı gülümsemeyle güldü:

— Evet eminim!

Bir an düşüncelere dalarak gayriihtiyari olarak masanın üzerindeki çanaktan mürekkebi kurutmaya yarayan bir tutam talaş aldı:

— Şimdi gerçek Jean Valjean'ı gördükten sonra böyle bir şeyi nasıl düşünebildiğimi anlayamıyorum. Beni bağışlayın sayın başkan.

Altı hafta önce, herkesin içinde kendisini aşağılayan ve dışarı çıkmasını söyleyen kişiye bu ciddi ve yalvaran sözleri yönelten Javert, bu kibirli adam farkında olmasa da bir doğallık ve ağırbaşlılık abidesiydi. M. Madeleine bu yakarışa ani bir soruyla karşılık verdi:

— Peki, adam ne diyor?

— Ah! Elbette ki sonunun kötü olduğunu biliyor. Jean Valjean'sa, aynı suçu tekrarlamış oluyor. Çocuk olsa, bir duvara tırmanmayı, bir dalı kırmayı, elmaları aşırmayı haylazlık sayarız; ama bir yetişkin için bu bir suçtur, bir kürek mahkûmu için cinayet anlamına gelir. Duvardan atlayıp bir başkasının mülküne girme ve hırsızlık, hepsi bu. Artık sulh cezada değil ağır ceza mahkemesinde yargılanacak. Birkaç gün hapis değil ömür boyu kürek cezası alacak. Üstelik gezgin çocuğun başına gelenler de dava konusu olacak. Elbette! Çabalaması gerekir, öyle değil mi? Evet, Jean Valjean hariç herkes böyle yapardı. Ama Jean Valjean sinsidir. Onu bu yanıyla da tanıdım. Bir başkası işlerin kötüye gittiğini hissedip çırpınır, bağırıp çağırır, çaydanlığın ateşte kaynadığını fark edip Jean Valjean olmayı kabul etmek istemezdi. Oysa bu durumu anlamamış gibi görünüp: "Benim adım Champmathieu, adım sadece bu!" diyor. Şaşkın görünüyor, aptalmış gibi davranıyor, kendi bilir. Ah! O adam çok kurnazdır! Ama olsun, delililer ortada. Dört kişi onu tanıdı; alçak ihtiyar mahkûm olacak. Dava Arras Ağır Ceza Mahkemesi'nde görülecek. Tanık olarak oraya gideceğim.

Yeniden işine dönen M. Madeleine elindeki dosyasını sakince karıştırıyor, okuyor ve ara sıra işi başından aşkın biri gibi notlar alıyordu. Javert'e döndü:

— Bu kadarı yeter Javert, dedi. Aslında tüm bu ayrıntılar beni hiç ilgilendirmiyor. Boşuna zaman kaybediyoruz, yapmamız gereken acil işler var. Javert, şimdi hemen Saint-Saulve Caddesi'nin köşesinde ot satan Madam Buseaupied'nin evine gidip arabacı Pierre Chesnelong'u şikâyet etmesini söyleyeceksiniz. Bu kaba saba adam onu ve çocuğunu az kalsın ezecekti. Cezalandırılması gerek. Ardından, Montre-de-Champigny Caddesi'ne, M. Charcellay'a gideceksiniz. Komşusunun oluğunun bahçesine yağmur suyu akıtıp evinin temelini zedelediğinden yakınıyor. Sonra polise şikâyette bulunan Guilburg Caddesi'ndeki dul Doris'e ve Garraud-Blanc Caddesi'ndeki Madam Renée le Bossé'ye uğrayıp zabıt tutacaksınız. Ama size çok iş yüklüyorum. Bana bir hafta ya da on gün içinde Arras'taki mahkemeye gideceğinizi söylememiş miydiniz?

— Daha önce, sayın başkan.

— Ne zaman?

— Ama sanırım sayın başkana duruşmanın yarın olduğunu ve bu akşam posta arabasıyla yola çıktığımı söylemiştim.

M. Madeleine elini garip bir şekilde salladı.

— Peki dava ne kadar sürecek?

— En fazla bir gün. Karar yarın akşam açıklanır. Ama kararı beklemeyeceğim, ifademin dinlenmesinin hemen ardından geri döneceğim.

— Tamam, dedi M. Madeleine.

Ve eliyle Javert'e çıkmasını işaret etti.

Javert gitmedi.

— Bağışlayın sayın başkan, dedi...

— Yine ne var? diye sordu M. Madeleine.

— Sayın başkan, size hatırlatmam gereken bir şey var.

— Nedir?

— Azledilmem gerekiyor.

M. Madeleine ayağa kalktı.

— Javert onurlu bir insansınız, size saygı duyuyorum. Hatanızı abartıyorsunuz. Zaten bu saygısızlık da bana karşı yapıldı. Javert sizin mesleği bırakmanız değil, terfi etmeniz gerekiyor. Ben görevinizde kalmanızı uygun görüyorum.

Javert derinliklerinde pek aydınlanmamış ama katı ve iffetli bir vicdanın görünür gibi olduğu saf gözbebeklerini M. Madeleine'e yönelterek sakin bir ses tonuyla:

— Sayın başkan, ben sizin gibi düşünmüyorum, dedi.

— Size bu konunun beni ilgilendirdiğini tekrarlıyorum, diye yanıtladı M. Madeleine.

Ama düşüncesinde ısrarlı olan Javert devam etti:

— Abartmaya gelince, hiçbir şeyi abartmıyorum. Bakın size düşüncelerimi aktarayım. Sizden haksız yere kuşkulandım. Bu önemli değil. Bir üstümden şüphelenmek suistimal olsa da, mesleğimiz gereği herkesten şüpheleniriz. Ama sizin gibi saygın bir belediye başkanını, bir yöneticiyi bir öfke nöbeti sırasında öcümü almak için elimde hiç kanıt olmadan ihbar ettim! Bu ciddi, çok ciddi bir suçtur. Otoritenin bir görevlisi olarak, sizin kişiliğinizde otoriteye hakaret ettim! Astlarımdan biri bunu yapsa onu mesleki yetersizliğinden dolayı kovardım. Bakın sayın başkan bir şey daha söyleyeceğim. Hayatım boyunca suçlulara karşı hep acımasız davrandım ve haklıydım. Şimdi, kendime karşı acımasız davranmazsam, haklı olarak yaptığım her şey haksızlıklara dönüşecek. Kendimi diğerlerinden daha fazla kollamaya hakkım var mı? Hayır. Nasıl olur! Başkalarını cezalandırıp kendimi muaf tutacağım! Ama o zaman bir sefilden ne farkım kalacak? "O alçak Javert!" diyenler haklı çıkacak! Sayın başkan, bana iyilik yapmanızı istemiyorum, başkalarına yaptığınız iyilikler canımı yeterince sıkmıştı. Halktan bir kızı burjuvaya, polisi bir belediye başkanına, alt kademedeki birini üstüne karşı haklı bulmaya dayanan bir iyiliği ben kötü niyetlilik olarak görüyorum. Toplum bu iyilik anlayışı yüzünden yozlaşıyor. Tanrım! İyi olmak çok kolay, önemli olan adil davranabilmek. Bakın! Sandığım kişi olsaydınız, size karşı hiç de iyi davranmayacaktım! Başınıza neler geleceğini görecektiniz! Sayın başkan, herkes gibi muamele görmeliyim. Katilleri yakalarken, hırsızları şiddetle cezalandırırken kendi kendime hep, "Bak bir suç işlersen, seni yakalarsam, o zaman kendine dikkat et!" diyordum. Suç işledim, bunu kabul ediyorum, olan oldu! Tamam, aşağılandım, işten kovuldum! olsun. Kollarım var, çiftçilik yaparım, umurumda değil. Sayın başkan, görevin gereklilikleri bir örnek istiyor. Sizden sadece müfettiş Javert'i azletmenizi istiyorum.

Tüm bunları garip bir dürüstlük anlayışı olan bir adama özgü anlam veremediğim tuhaf bir yüceliğin verdiği mütevazı, gururlu, umutsuz ve inançlı bir ifadeyle söylemişti.

— Bakarız, dedi M. Madeleine.

Ve ona elini uzattı.

Gerileyen Javert yabani bir ses tonuyla:

— Bağışlayın sayın başkan, ama bu mümkün değil. Bir belediye başkanı bir muhbirin elini sıkmaz.

Sonra dişlerinin arasından ekledi:

— Evet muhbir, polislik görevimi kötüye kullandığımdan beri sadece bir muhbirim.

Sonra saygıyla selam vererek kapıya yöneldi.

Geriye dönüp gözlerini her zamanki gibi önüne eğmiş bir halde:

— Sayın başkan, yerimi bir başkası alana kadar görevime devam edeceğim, dedi.

Çıktığında, koridorun döşemesinde uzaklaşan o sert ve kararlı adımları dinleyen M. Madeleine düşüncelere daldı.

Yedinci Kitap
Champmathieu Davası

I

Rahibe Simplice

Anlatacağımız olayların tamamı Montreuil-sur-mer'de bilinmese de, bu şehirde iz bırakan az sayıda olaydan biri olan bu öyküyü en ince ayrıntılarına kadar aktarmamamız büyük bir eksiklik olacaktır.

Bu detaylarda, okuyucunun gerçekleşmesinin mümkün olamayacağını düşündüğü bazı durumları gerçeğe olan saygımızdan dolayı oldukları gibi anlatacağız.

M. Madeleine, Javert ile görüşmesinin ardından, öğleden sonra her zaman yaptığı gibi Fantine'i ziyarete gitti.

Fantine'i görmeden önce Hemşire Simplice'i çağırttı.

Tüm hemşire rahibeler gibi Lazarist olan ve revirde görev yapan iki dindar kadının adları Perpétue ve Simplice'ti.

Sıradan bir köylü olan rahibe Perpétue hemşire rahibelik görevine bir kapıdan girer gibi kolayca girmiş, kendini Tanrı'nın hizmetine bir oda hizmetçisiymiş gibi adamıştı. Aşçı nasıl aşçıysa o da bir rahibeydi. Bu tip insanlara nadir rastlanmazdı. Manastır tarikatları çömlek çamuru gibi kolayca bir Kapüsen'e ya da Ursuline'e dönüştürülebilen bu köylüleri seve seve kabul ederlerdi. Bu kaba saba kızlar ibadetin ağır işlerinde kullanılırlardı. Bir sığırtmaçın Carmel tarikatı mensubu olması kimseye zarar vermezdi; birinin diğerine dönüşmesi için fazla emek harcamaya gerek yoktu; köylü cehaletinin ve manastırın ortak temeli hazır haldeydi ve köylüyle keşişi hemen kaynaştırırdı. İş gömleği biraz bollaştığında rahip cübbesine dönüşürdü. Pontoise yakınlarındaki küçük Marines kasabasından gelen, taşra ağzıyla konuşan, ilahiler söyleyen, homurdanan, yatalakların çaylarına sofuluklarına ya da ikiyüzlülüklerine göre şeker koyan, hastalara kaba davranan, ölmek üzere olanlara ilgisizce yaklaşan, Tanrı'yı âdeta yüzlerine fırlatan, can çekişmeyi öfkeli dualarla taşa tutan, yürekli, dürüst, kırmızı yanaklı, koyu dindar bir kızdı.

Hemşire Simplice balmumu beyazı gibi beyazdı. Hemşire Perpétue'nün yanında sıradan bir mumun yanındaki kilise şamdanının mumu gibi görünürdü. Vincent de Paul kafasındaki hemşire rahibe imgesini onca özgürlüğü onca yükümlülüğe katarak ilahi bir şekilde şu güzel sözlerle tasvir etmişti: "Hastaların evleri onların manastırları olacak, evleri kiralık bir odadan ibaret olacak, şapel olarak yörelerindeki kiliseleri, ibadethane olarak kentin sokaklarını, hastane koğuşlarını kullanacaklar, duvarları itaatten, parmaklıkları Tanrı korkusundan, peçeleri mütevazılıktan oluşacak." Bu ideal Hemşire Simplice'de cisimleşmişti. Kimse Hemşire Simplice'in yaşını söyleyemezdi; hiç genç olmamış, hiç yaşlanmayacakmış gibi görünüyordu. Uysal, ağırbaşlı, sevimli, soğuk, asla yalan söylemeyen bir kişiydi –kadın demeye cesaret edemiyoruz. Kırılgan görünecek kadar uysaldı ama granitten daha sağlamdı. Bahtsızlara o zarif, ince, tertemiz parmaklarıyla dokunurdu. Sözlerinde âdeta bir sessizlik vardı; ses tonu bir günah çıkarma bölmesine uygun düşecek ve bir salonu büyüleyecek türdendi. Zarafeti abadan elbisesiyle uyum içindeydi, teniyle giysisi arasındaki o sert temas ona sürekli olarak cenneti ve Tanrı'yı hatırlatıyordu. Bir ayrıntı üzerinde duralım. Asla yalan söylememek, önemsiz bile olsa çıkarı için gerçeğin, kutsal gerçeğin dışında hiçbir şey söylememek Hemşire Simplice'in en belirgin özelliği, erdeminin dışa vurumuydu. Tarikatta bu sarsılmaz doğruculuğuyla ünlüydü. Rahip Sicard sağır dilsiz Massieu'ye yazdığı bir mektupta Hemşire Simplice'den söz etmişti. Ne kadar içten ve temiz yürekli olursak olalım, bu temizliğin üzerinde küçük bir yalanın çatlağı vardır. Onda hiçbir çatlak yoktu. Küçük yalan, masum yalan, onun için mümkün müdür? Yalan söylemek mutlak kötülüktür. Az yalan söylemek olası değildir; yalan söyleyen her konuda yalan söyler; yalan söylemek şeytanın yüzüdür; şeytanın iki ismi vardır, biri şeytan, diğeri yalan. İşte düşündükleri böyleydi ve düşüncelerini uyguluyordu. Bu yüzden, az önce sözünü ettiğimiz o beyazlığın ışıltısı dudaklarını, gözlerini bile kaplıyordu. Gülümsemesi, bakışları beyazdı. Vicdanının camekânında tek bir örümcek ağı, tek bir toz zerresi yoktu. Vincent de Paul'e itaat etmeye başladığında, özel olarak Simplice ismini seçmişti. Bilindiği gibi, Siraküza'da doğan Sicilyalı Azize Simplice, Segesta'da doğduğu yalanını söyleyip kendini kurtarmak yerine iki memesinin kesilmesini tercih etmişti. Bu azize bu ruha uygundu.

Tarikata katıldığında, Hemşire Simplice'in şekerlemelere düşkün olmak ve kendisine mektuplar gönderilmesini sevmek gibi zamanla düzelttiği iki kusuru vardı. İri harflerle ve Latince yazılmış bir dua kitabından başka bir şey okumazdı. Latinceyi anlamasa da, kitabı anlıyordu.

Muhtemelen içindeki gizli erdemi hissettiği için Fantine'e şefkatle yaklaşan bu dindar kız, kendini onu mükemmel bir şekilde tedavi etmeye adamıştı.

Hemşire Simplice'i bir kenara çeken M. Madeleine ona daha sonraları hatırlayacağı garip ses tonuyla Fantine'le ilgili öğütler verdi.

Hemşirenin yanından ayrılıp Fantine'e yaklaştı.

Her gün M. Madeleine'in gelişini bir ısı ve sevinç kaynağı gibi bekleyen Fantine hemşirelere: "Sadece sayın başkan geldiğinde yaşadığımı hissediyorum," diyordu.

O gün ateşi çok yüksekti. M. Madeleine görür görmez:

— Cosette nerede? diye sordu.

Belediye başkanı gülümseyerek yanıtladı:

— Yakında gelecek.

Fantine'e her zaman olduğu gibi yakınlık gösteren M. Madeleine'in yanında yarım saat yerine bir saat kalması kadını çok sevindirdi. Herkese hastaya büyük bir özen gösterilmesi için ricalarda bulundu. Bir an için yüzünü çok karamsar bir ifadenin kapladığı görüldü. Ama bunun nedeninin kulağına eğilen doktorun ona "Durumu kötüye gidiyor,"demiş olmasından kaynaklandığı daha sonra anlaşıldı.

Ardından belediyeye döndüğünde, bürodaki yardımcısı onun çalışma odasının duvarında asılı duran Fransa yol haritasını dikkatle incelediğini ve bir kâğıdın üzerine birkaç rakam yazdığını gördü.

II

Üstat Scaufflaire'in Öngörüsü

Belediyeden çıkıp şehrin bitiminde, adı Fransızcalaştırıldığında Scaufflaire olan, at ve araba kiralayan Flaman üstat Scaufflaer'e gitti.

Scaufflaire'e gitmek için en kestirme yol M. Madeleine'in oturduğu mahallenin kilise rahibinin evinin bulunduğu tenha bir sokaktan geçiyordu.

Söylendiğine göre, saygıdeğer bir kişi olan rahip çok yerinde öğütler veriyordu. M. Madeleine rahibin evinin önüne geldiğinde yoldan geçen bir kişi şuna tanık oldu: Rahibin evinin önünden geçen sayın başkan bir an durup hiç kımıldamadan bekledikten sonra rahibin evinin birçok mimari tarzı yansıtan ve üzerinde demir bir tokmak bulunan kapısına döndü. Eliyle kavradığı tokmağı kaldırdı; yeniden kararsız kalıp bir süre düşündü; birkaç saniye sonra gürültüyle değil sessizce yerine bıraktı ve yoluna az öncekinden daha hızlı bir şekilde devam etti.

M. Madeleine geldiğinde üstat Scaufflaire bir koşum takımını tamir ediyordu.

— Üstat Scaufflaire, diye sordu, iyi bir atınız var mı?

— Sayın başkan, dedi Flaman, atlarımın hepsi iyidir. İyi bir at demekle neyi kastediyorsunuz?

— Bir günde yirmi fersah kat edebilecek bir at.

— Vay canına, dedi Flaman, yirmi fersah!

— Evet.

— Bir arabaya koşulacak mı?

— Evet.

— Peki yolculuktan sonra ne kadar dinlenecek?

— Ertesi gün yeniden yola çıkması gerekebilir.

— Aynı yolu kat etmek için mi?

— Evet.

— Vay canına! Demek yirmi fersah?

M. Madeleine cebinden rakamları yazdığı kâğıdı çıkardı. Flaman'a 5, 6, 8 1/2 rakamlarını gösterdi.

— Görüyorsunuz, toplamda on dokuz buçuk ediyor, hadi yirmi diyelim.

— Sayın başkan, dedi Flaman, işinizi halledeceğim. Muhtemelen arada bir görmüş olduğunuz küçük, beyaz bir Bas-Boulonnais atım var. Ateş gibi. Onu önce binek atı yapmak istediler. Ama ne mümkün! Çifteler atıyor, üzerine binenleri yere fırlatıyordu. Dengesiz bir hayvan olduğu sanılıyor, onu ne yapacaklarını bilemiyorlardı. Onu satın alıp arabaya koştum. Mösyö, meğer istediği buymuş, bir kız gibi uysallaştı, rüzgâr gibi gidiyor. Ah! Sırtına çıkmamak gerek. Binek atı olmayı sevmiyor. Herkesin bir tutkusu var. Çekmek evet, taşımak hayır. Onu anlamak lazım.

— Bu yolu kat edebilecek mi?

— Tırıs giderse, yirmi fersahınızı sekiz saate kalmadan kat eder. Ama şartlarım var.

— Dinliyorum.

— Öncelikle, yolun yarısında onu bir saat dinlendireceksiniz. Bu arada yemek yiyecek ve hancının çocuğunun yulafını çalmaması için yemeğini yerken başında durmanız gerekecek; çünkü hanlarda yulafın atlar yerine seyis çırakları tarafından yendiğini iyi bilirim.

— Başında duracağım.

— İkinci olarak... Sayın başkan körüklü araba mı istiyor.

— Evet.

— Sayın başkan araba sürmeyi biliyor mu?

— Evet.

— Tamam o zaman, sayın başkan tek başına ve atı yormamak için yanına valiz almadan yolculuk edecek.

— Kabul.

— Ama sayın başkan tek başına yolculuk edeceği için at yulafını yerken başında duracak.

— Bunu konuşmuştuk.

— Dinlenmeler de dâhil olmak üzere günde otuz frank alırım. Bir frank eksik olmaz, atın yeminin ücretini de sayın başkan ödeyecek.

M. Madeleine kesesinden çıkardığı üç Napoléon altınını masanın üzerine bıraktı.

— İşte iki günlük avans.

— Dördüncü olarak, böyle bir yolculukta körüklü araba çok ağır olduğundan atı yoracak. Sayın başkanın iki tekerlekli küçük bir arabayla yetinmesi gerekecek.

— Tamam.

— Hafiftir, ama üstü açıktır.

— Olsun.

— Sayın başkan kış mevsiminde olduğumuzu hesaba kattı mı?

M. Madeleine yanıt vermeyince Flaman devam etti:

— Havanın çok soğuk olduğunu?

M. Madeleine sessizliğini bozmadı.

Üstat Scaufflaire ekledi:

— Yağmurun yağabileceğini?

M. Madeleine başını kaldırıp:

— Araba ve at yarın sabah dört buçukta kapımın önünde olacak, dedi.

— Tamam sayın başkan, diye karşılık verdi Scaufflaire, ardından başparmağının tırnağıyla masanın üzerindeki bir lekeyi kazırken, Flamanların inceliklerine eklemeyi iyi bildikleri umursamaz bir ifadeyle:

— Bakın şimdi aklıma geldi! Sayın başkan bana nereye gittiğini söylemedi. Konuşmanın başlangıcından beri aklı hep bu sorudaydı ama bu soruyu sormaya neden cesaret edemediğini bilmiyordu.

— Atınızın ön bacakları güçlü müdür? dedi M. Madeleine.

— Evet sayın başkan. İnişli yollarda biraz yavaşlarsınız. İzleyeceğiniz güzergâhta çok fazla inişli yol var mı?

— Sabah saat tam dört buçukta kapımın önünde olmayı unutmayın, diye karşılık veren M. Madeleine dışarı çıktı.

Flaman az sonra kendi kendine söyleyeceği üzere tıpkı "bir ahmak" gibi kalakalmıştı.

Belediye başkanının dışarı çıkmasından iki üç dakika sonra kapı yeniden açıldı; gelen yine belediye başkanıydı.

Yüzünde hâlâ o kayıtsız ve dalgın ifade vardı.

— Mösyö Scaufflaire, dedi, biri diğerini taşıyan at ve arabanın fiyatı nedir?

— Biri diğerini çeken sayın başkan, dedi Flaman bir kahkaha atarak.

— Tamam öyle olsun.

— Sayın başkan atı ve arabayı satın almak mı istiyor?

— Hayır ama her ihtimale karşı size bir teminat bırakmak istiyorum. Dönüşte parayı geri ödersiniz. At ve araba için ne kadar istiyorsunuz?

— Beş yüz frank sayın başkan.

— Alın.

M. Madeleine masanın üzerine beş yüz franklık bir banknot bıraktıktan sonra dışarı çıktı ve bu kez geri dönmedi.

Üstat Scaufflaire bin frank istemediğine çok üzüldü.

Aslında, at ve araba toplam üç yüz frank ediyordu.

Karısını yanına çağıran Flaman ona olan bitenleri anlattı. Görüş alışverişine başladıklarında karısı "Paris'e gidiyor," dedi. "Sanmıyorum," diye karşılık verdi Flaman. M. Madeleine rakamları yazdığı kâğıdı şöminenin üzerinde unutmuştu. Adam kâğıdı alıp inceledi. "Beş, altı, sekiz buçuk? Bu rakamlar posta hanlarının arasındaki mesafeleri belirtiyor olmalı." Sonra karısına dönüp "Buldum," dedi. "Nasıl yani?" dedi karısı. "Burayla Hesdin'in arası beş fersah, Hesdin ile Saint-Pol arası altı fersah, Saint-Pol'den Arras'a gitmesi için sekiz buçuk fersah yol alması gerekiyor. Arras'a gidiyor."

Bu arada M. Madeleine evine dönmüştü. Üstat Scaufflaire'in yanından ayrıldıktan sonra rahibin kapısının düşüncelerini etkileyeceğini hissederek o sokaktan geçmemiş, en uzun yolu tercih etmişti. Odasına kapanmış, her zaman erkenden yattığı için kimsenin dikkatini çekmemişti. Yine de, M. Madeleine'in yegâne hizmetçisi olan fabrika kapıcısı odasının ışığının sekiz buçukta söndüğünü görmüş ve tahsillattan geri dönen veznedara "Sayın başkan hasta mı? Halinde bir gariplik vardı," demişti.

Bu veznedar M. Madeleine'in tam altındaki odada oturuyordu. Kapıcının sözlerine aldırmadan odasına gidip uyudu. Gece yarısına doğru, aniden uyandı, uyurken başının üzerinde bir gürültü duymuştu. Dinledi. Üst kattan gidip gelen ayak sesleri geliyordu. Daha dikkatli dinlediğinde ayak seslerinin M. Madeleine'in odasından geldiğini anladı. Bu garip bir durumdu; genellikle M. Madeleine uyanmadan önce odasında hiç gürültü olmazdı. Biraz sonra, veznedar bir dolabın açılıp kapandığını, bir mobilyanın yerinden çekildiğini duyar gibi oldu; bir sessizliğin ardından yine adım sesleri gelmeye başladı. Artık uyku sersemliğini üzerinden atmış bir halde yatağında doğrulan veznedar penceresinden baktığında karşı duvarda aydınlık bir pencerenin kızılımtırak yansımasını gördü. Işığın geliş yönünden bunun M. Madeleine'in odası olduğunu düşündü. Işık bir lambadan çok yanan bir alevden yansırmış gibi görünüyordu. Pervazların gölgesi görülmediğinden pencerenin ardına kadar açık olduğu anlaşılıyordu. Bu soğuk havada pencerenin açık olması garipti. Veznedar yeniden uyudu. Bir iki saat sonra tekrar uyandığında üst kattan gelen düzenli ve yavaş adımların sesini duydu.

Duvardaki ışık artık bir lambadan ya da mumdan yayılırmışçasına solgun ve ölgündü. Pencere hâlâ açıktı.

Bakın M. Madeleine'in odasında neler olup bitiyordu.

III

Kafatasındaki Fırtına

Okuyucu hiç kuşkusuz M. Madeleine'in Jean Valjean'dan başkası olmadığını anlamıştır.

Bu vicdanın derinliklerini daha önce de incelemiştik; şimdi bir kez daha incelemenin zamanı geldi. Bunu heyecanla ve içimiz titreyerek yapacağız. Dünyada bu tür gözlemlerden daha korkunç bir şey yoktur. Zihnin gözü insan dışında hiçbir yerde bundan daha göz kamaştırıcı, daha karanlık bir görüntüyle karşılaşamaz, bakışlarını daha ürkütücü, daha karmaşık, daha gizemli ve daha sonsuz bir şeye sabitleyemez. Orada denizden, ondan daha engin gökten bile daha engin olan ruhun derinliklerinin görüntüsü vardır.

Tek bir kişinin, çok sıradan bir kişinin vicdanı üzerine bir şiir yazmak, tüm destanları daha yüce ve nihai bir destanda eritip karıştırmak anlamına gelir. Vicdan hayallerin, aşırılıkların, eğilimlerin kaosu, düşlerin fırını, utanç verici düşüncelerin barınağı, safsataların batakhanesi, tutkuların savaş alanıdır. Ara sıra düşünen bir insanın solgun yüzünden içeri sızıp o ruha, o karanlığa bakarsanız, orada, dış dünyanın sessizliğinin gölgesinde, Homeros'ta olduğu gibi devlerin savaşını, Milton'da olduğu gibi ejderhaların ve canavarların dövüşmelerini, hayalet bulutlarını, Dante'de olduğu gibi hayalî sarmalları görürsünüz. Her insanın içinde taşıdığı ve beyninin iradesini ve günlük davranışlarını umutsuzlukla ölçtüğü o sonsuzluk ne de kasvetlidir!

Alighieri bir gün karşısında tereddüde kapıldığı uğursuz bir kapıyla karşılaştı. İşte bizim karşımızda da, eşiğinde duraksadığımız bir kapı var. Yine de içeri girelim.

Okuyucunun da önceden bildiği gibi, Petit-Gervais ile karşılaştığından beri Jean Valjean'a neler olduğuyla ilgili anlatacak pek fazla bir şeyimiz yok. O andan itibaren, görüldüğü gibi başka bir adam olmuş, piskoposun kendisinden istediklerini yapmıştı. Bu sadece bir dönüşüm değil tüm benliğine yansıyan bir değişimdi.

Ortadan kaybolmayı başarmış, şamdanları hatıra olarak saklayıp gümüş takımlarını satmıştı, Fransa'yı şehir şehir dolaştıktan sonra, Montreuil-sur-mer'e gelmiş, ulaşılamazı gerçekleştirmeyi başardıktan sonra vicdanının geçmişiyle hüzün kattığı ve hayatının ikinci bölümünün ilk bölümünü yalanladığını hissettiği mutlu, dingin, güvenli, umut dolu bir yaşam sürdürmeye başlamıştı. Aklında sadece iki düşünce vardı: İsmini saklamak ve hayatını kutsileştirmek; insanlardan kaçmak ve yüzünü Tanrı'ya dönmek.

Zihninde bir bütün oluşturacak şekilde iç içe geçmiş olan bu soğurucu ve buyurgan iki düşünce tüm davranışlarını denetliyor, yaşamını nasıl sürdüreceği konusunda genellikle hemfikir oldukları için onu insanlardan uzak durmaya yönlendiriyor, onu iyi niyetli ve temiz bir insan olmaya yöneltiyor, ona hep aynı öğütleri veriyorlardı. Yine de bazen aralarında tartışma çıkıyordu. Hatırlanacağı gibi, böyle durumlarda Montreuil-sur-mer'de herkesin M. Madeleine olarak tanıdığı adam birinciyi ikinciye, güvenliğini erdemine feda etmekte hiç duraksamıyordu. Bu yüzden, tüm sakınımlarına ve tüm temkinliliğine rağmen, piskoposun verdiği şamdanları saklamış, onun yasını tutmuş, yoldan geçen tüm gezgin çocukları yanına çağırıp Petit-Gervais'yi sormuş, Faverolles'deki aileler hakkında bilgi toplamış ve Javert'in endişe verici imalarına karşın ihtiyar Fauchelevent'ın hayatını kurtarmıştı. Daha önceden de fark ettiğimiz gibi bilgeleri, ermişleri, adilleri örnek alarak ilk görevinin kendisine karşı olmadığını düşünüyordu.

Yine de, asla böyle bir durumla karşı karşıya kalmadığını söylememiz gerekir.

Çektiği acıları anlattığımız bu bahtsız adamı yöneten iki düşünce asla böyle ciddi bir çatışmaya girmemişti. Bunu, çalışma odasına giren Javert'in ilk sözleriyle birlikte belli belirsiz ama derin bir şekilde anlamıştı. O denli özenle gizlediği o isim garip bir şekilde telaffuz edildiği anda şaşkınlığa kapılıp kaderin bu uğursuz tesadüfüyle âdeta sarhoş olmuştu ve bu şaşkınlığın ortasında büyük sarsıntıları önceleyen bir titremeyle fırtınanın yaklaştığını hisseden bir meşe, savaşın yaklaştığını hisseden bir asker gibi gardını almıştı. Şimşek ve yıldırım dolu karanlıkların üzerine doğru geldiğini hissetmiş, Javert'i dinlerken aklına hemen koşup, kendini ihbar etmek, o Champmathieu'nün yerine hapse girmek gelmişti. Tıpkı etinden et koparılırmış gibi acı veren bu dokunaklı düşünceden sıyrıldığında, kendi kendine *Bakalım!*

Bakalım! demiş, bu yürekli hamleyi bastırıp kahramanlığın karşısında geri çekilmişti.

Kuşkusuz, piskoposun bilgece sözlerinin, onca yıllık pişmanlığın ve özverinin ardından, bir tövbekârlık sürecine giren bu adamın böyle korkunç bir durum karşısında bile bir an olsun duraksamadan dibinde cennetin göründüğü o uçuruma doğru aynı kararlı adımlarla yürümesi harika olurdu, ama böyle olmadı. Bu ruhta neler olup bittiğini anlatmamız ve sadece bundan söz etmemiz lazım. Öncellikle kendini koruma içgüdüsü ağır basmış, aceleyle dağılan düşüncelerini bir araya getirmiş, duygularını bastırmış, Javert'in, o büyük tehlikenin varlığını gözlemlemiş, korkunun baskısıyla kararını ertelemiş, karşı karşıya kaldığı durumla sersemlemiş bir halde tıpkı kalkanını yerden alan bir savaşçı gibi soğukkanlı davranmıştı.

Günün geri kalan saatlerinde hali böyleydi, içindeki kasırgayla ve dışarıya yansıttığı derin sükûnetiyle "koruyucu önlemler" olarak adlandırılacak işleri yapmıştı. Her şey karmakarışıktı ve zihnini yoruyordu; şaşkınlığı hiçbir düşünceyi net bir şekilde değerlendiremeyeceği ölçüde büyüktü ve ağır bir darbe alması dışında kendisi hakkında hiçbir şey söyleyecek durumda değildi. Her zamanki gibi Fantine'in kederli yatağının yanına gidip, kendisine öyle davranması ve yokluğu halinde hemşirelere neler yapacakları konusunda talimatlar vermesi gerektiğini öğütleyen iyi niyetli bir içgüdünün etkisiyle ziyaretini uzatmıştı. Belli belirsiz belki de Arras'a gitmesi gerekeceğini hissediyordu ve bu yolculuğa karar vermemiş olsa da, tüm şüphelerden uzak olduğuna göre oraya gidip neler olup bittiğini görmesinde hiçbir sakınca olmadığını düşünüyordu, bu yüzden her ihtimale hazırlıklı olmak için Scaufflaire'den araba kiralamıştı.

Akşam yemeğini iştahla yedikten sonra odasına çekilip düşüncelere daldı.

Durumunu gözden geçirdiğinde beklenmedik bir olayla karşı karşıya bulunduğunu anladı, bu olay tam olarak tasvir edemeyeceğim bir endişe içgüdüsüyle iskemlesinden kalkıp kapısını sürgülemesine neden olacak ölçüde beklenmedikti. İçeriye bir şeyin daha girmesinden korkuyor, her ihtimale karşı önlem alıyordu.

Birazdan kendisini rahatsız eden ışığı da söndürdü. Birilerinin kendini görebileceğini düşünüyordu.

Ama birileri de kimdi?

Ne yazık ki kapı dışarı etmek, körleştirmek istediği içeri girmiş ona bakıyordu.

Bu, vicdanı yani Tanrı'ydı.

Yine de, ilk başlarda, bir yanılsamaya kapılarak yalnız ve güvenlik içinde olduğunu hissetti; kapıyı sürgülediği için kimsenin ona erişemeyeceğini, mumu söndürdüğü için kimsenin onu göremeyeceğini düşündü. Böylece kendini toparlayıp dirseklerini masaya dayadı, çenesini eline yaslayıp düşüncelerin karanlığına daldı.

— Neredeyim? Hayal mi görüyorum? Bana ne söylediler? Javert'i gördüğüm ve ondan duyduklarım doğru mu? Bu Champmathieu de kimin nesi? Bana mı benziyor? Bu mümkün mü? Dün ne kadar huzurlu ve her türlü kaygıdan uzaktım! Dün bu saatte neler yapıyordum? Bu sorun nereden çıktı? Nasıl çözülecek? Ne yapmak gerek?

İşte böyle bir hengâme içindeydi. Beyni dalgalar gibi akıp giden düşüncelerini zapt edecek gücü kaybetmişti ve onları durdurabilmek için alnını iki elinin arasına alıyordu. İradesini, muhakeme gücünü altüst eden ve bir gerçeğe, bir çözüme kavuşturmak istediği bu karmaşa endişeden başka bir sonuç vermiyordu.

Başı âdeta alevler içindeydi. Pencereye gidip ardına kadar açtı. Gökyüzünde yıldız yoktu. Yeniden masaya oturdu.

İlk saat böyle akıp geçti.

Yine de zihninde yavaş yavaş belli belirsiz bir taslak şekillenmeye ve sabitlenmeye başlamıştı ve gerçeğin kesinliğiyle sorunun bütününü olmasa da, bazı ayrıntılarını sezinleyebiliyordu.

Önce olağanüstü ve kritik bir durumla karşı karşıya olsa da, her şeye kendisinin karar verebileceğini düşünerek şaşkınlığa kapıldı.

Katı ve dinî amaçları doğrultusunda sergilediği davranışları bir kenara bırakılırsa, bugüne kadar yaptığı her şey ismini içine gömmeye çalıştığı bir delik kazmaktan ibaretti. İçine kapandığı saatlerde, uykusuz gecelerinde en çok korktuğu şey o ismin bir yerlerde telaffuz edilmesiydi. Kendi kendine bunun her şeyin sonu olacağını, bu ismin ağıza alındığı gün yeni yaşamının, hatta kimbilir belki de yeni ruhunun yok olacağını söylüyor, bunun mümkün olabileceğini düşünmek bile içini titretiyordu. Kuşkusuz böyle anlarda biri ona günün birinde bu ismin kulağında yankılanacağını, o iğrenç Jean Valjean sözünün karanlıklardan çıkıp karşısına dikileceğini, içine sarmalandığı gizemi dağıtan o olağanüstü ışığın aniden başının üzerinde parıldayacağını, bu ışığın daha yoğun bir karanlığa dönüşeceğini, aralanan perdenin sırrını daha da koruyacağını, bu depremin binasını sağlamlaştıracağını, bu muhteşem olayın, kendi uygun görürse, varlığını daha huzurlu ve nüfuz edilemez kılmaktan başka bir sonuç doğurmayacağını ve Jean Valjean'ın hayaletiyle yüzleşmesinin ardından, iyi yürekli, saygıdeğer bujuva M. Madeleine'in her zamankinden daha onurlu, daha dingin ve daha saygın bir yaşam sürdüreceğini söyleseydi, başını sallayacak ve bu sözleri anlamsız bulacaktı. Evet şimdi tam da bu söylenenlerle karşı karşıyaydı. Tanrı, olanaksız olan her şeyin bir araya gelerek oluşturduğu yığının, bu çılgınca şeylerin gerçeğe dönüşmesine izin vermişti!

Düşünceleri giderek aydınlanmaya, belirginleşmeye devam ediyor, giderek karşı karşıya olduğu durumun gerçekliğini daha iyi kavrıyordu.

Bir uykudan uyandığını, gece karanlığında uçurumun kenarına doğru inen bir yokuştan titreyerek aşağı kaydığını, geriye dönmeye çalışsa da bunu başaramadığını düşünüyordu. Karanlıkta, kaderin kendisi sandığı ve kendisinin yerine uçuruma yolladığı bu yabancıyı hayal meyal seçebiliyordu. Uçurumun kapanması için kendisinin ya da bir başkasının oraya yuvarlanması gerekiyordu.

İşi gidişatına bırakmaktan başka çare yoktu.

Zihni iyice aydınlandığında şunları itiraf etti: Zindandaki yeri boş duruyor, ne yaparsa yapsın hep onu bekliyordu, Petit-Gervais davası onu oraya sürükleyecekti, bu boş yerin onu her zaman bekleyeceği ve sonunda kendisine çekeceği kaçınılmaz ve kesindi. Ardından kendi kendine şunları söyledi: Şu anda o yere gidecek biri vardı, Champmathieu adında biri bu bahtsızlığı yaşamıştı, kendisine gelince, varlığını artık zindanda Champmathieu'nün, toplumda M. Madeleine'in kişiliğinde sürdürecekti, bir düştüğünde mezar taşı gibi bir daha kalkmayan o alçaklık taşını insanların Champmathieu'nün başının üzerine mühürlemesine engel olmazsa, hiçbir şeyden endişelenmesine gerek kalmayacaktı.

Tüm bunlar o kadar garip ve sarsıcıydı ki, insanın hayatında en fazla iki üç kere yaşayacağı, yürekteki tüm kuşkuları harekete geçiren, ironi, sevinç ve umutsuzluktan oluşan, bir iç kahkahayı andıran o vicdanı çırpınmayla aniden tasvir edilmesi mümkün olmayan bir hareketle mumunu yeniden yaktı.

— Ne oldu ki? dedi kendi kendine. Neden böyle korkuyorum ki? Tüm bunları düşünmenin ne anlamı var? İşte kurtuldum! Her şey bitti. Geçmişin hayatıma yeniden sızabileceği yarı aralık tek kapı şimdi sonsuza dek kapandı! O ürkütücü içgüdüsüyle benim kim olduğumu tahmin etmiş gibi görünen ve kuşkusuz ki tahmin eden, uzun süreden beri canımı sıkan o Javert, her yerde sürekli olarak beni izleyen o korkunç av köpeği izimi kaybedip yolunu şaşırdı! Artık Jean Valjean'ı yakaladığı için halinden memnun, beni rahat bırakacak! Kimbilir, belki de bu şehirden ayrılmak isteyecek! Ve bu olayın gelişmesinde benim hiçbir payım yok! Ah! Şu işe bak! Bu durum başımı neden belaya soksun ki? Beni görenler de büyük bir felaket yaşadığımı sanacaklar! Sonuç itibarıyla biri bir bahtsızlığa maruz kalacaksa bunda benim suçum yok. Her şeye Tanrı karar verdi. Kuşkusuz işlerin böyle yürümesini istiyor! Hangi hakla onun planını bozabilirim ki? Şimdi benim yapmam gereken nedir? Bu işe neden karışayım ki? Umurumda değil! Nasıl! Halimden memnun değil miyim? Bundan başka ne isteyebilirim ki? Yıllardır hedeflediğim amaca, gecelerimin düşüne, dualarımın temeline ulaştım, artık güvenlik içindeyim! Tanrı böyle istiyor. Tanrı'nın iradesine karşı elimden hiçbir şey gelmez. Peki Tanrı neden böyle istiyor? Başladığım işe devam etmem, iyilik yapmam, günün birinde önemli ve yüreklendirici bir örnek olmam, yaşadığım tövbekârlık sürecine ve yeniden yöneldiğim erdeme biraz olsun mutluluk katabilmem için! Gerçekten de, bugün o iyi yürekli rahibe her şeyi anlatıp günah çıkartmak ve öğüt almak için gitmekten neden o kadar korktuğumu anlayamıyorum. Kuşkusuz o da bana aynı şeyleri söyleyecekti. Tamam, olayları akışına bırakalım! Ulu Tanrı'nın işine karışmayalım!

Vicdanın derinliklerinde, kendi uçurumunun kenarına eğilmiş halde böyle düşünüyordu. İskemlesinden kalkıp odada yürümeye başladı. "Tamam," dedi. "Artık bunu düşünmeyelim. Karar alındı!" Yine de kendini hiç mutlu hissetmiyordu.

Tam tersine.

Denizin bir kıyıya tekrar vurduğu gibi bir düşünceden diğerine geçmeye engel olunamıyordu. Tayfa için gelgit neyse, suçlu için vicdan azabı odur. Tanrı ruhu okyanus gibi kabartır.

Birkaç saniye sonra, istemese de kendisine *Düşün!*, iki bin yıl önce bir başka mahkûma *Yürü!* diyen o gizemli güce boyun eğerek, kendisinin konuşup kendisinin dinlediği, susması gerekenleri söylediği, duymak istemediklerini işittiği o kasvetli diyaloğa devam etti.

Daha ileri gitmeden ve tam olarak anlaşılmak için bir gözlem üzerinde ısrarla durmamız gerekiyor.

Herkesin kendi kendine konuştuğu kesin bir doğrudur; düşünen bir insanın bunu yaşamamış olması mümkün değildir. Hatta sözün en muhteşeminin insanın içinde düşünceden vicdana gidip, vicdandan düşünceye geri dönmesiyle ortaya çıktığı söylenebilir. Bu kitapta kullanılan *dedi, haykırdı* sözcüklerini sadece bu anlamda yorumlamak gerekir; insan dış ortamın sessizliğini bozmadan kendi kendine söylenir, kendiyle konuşur, haykırır. Büyük bir uğultu vardır, ağzımız hariç her yanımız konuşur. Ruhun gerçekleri görülmez ve elle dokunulmaz olsalar da gerçektirler.

"Alınan karara" nasıl vardığını sorguladı. Kendi kendine tasarladıklarının canavarca olduğunu, "işi oluruna bırakıp ulu Tanrı'ya havale etmenin" büyük bir acımasızlık anlamına geleceğini itiraf etti. Kaderin ve insanların bu yanılgısını oluruna bırakmak, engel olmamak, sessiz kalarak desteklemek, nihayet hiçbir şey yapmamak her şeyi yapmış olmak demekti! Bu, ikiyüzlü alçaklığın doruk noktası, kalleş, sinsi, iğrenç bir suçtu!

Bahtsız adam sekiz yıldan beri ilk kez kötü bir düşüncenin ve kötü bir davranışın kekremsi tadını hissediyordu.

Tiksintiyle tükürdü.

Kendini sorgulamaya devam etti. *Amacıma ulaştım!* sözleriyle neyi anlatmak istediğini kendine acımasızca sordu. Gerçekten de hayatının bir amacı olduğunu kabul etti. Ama amacı neydi? İsmini saklamak mı? Polisi yanıltmak mı? Her şeyi bu küçük amaca ulaşmak için mi yapmıştı? Daha soylu, daha gerçekçi bir amacı yok muydu? Kişiliğini değil, ruhunu kurtarmak. Yeniden dürüst ve iyi bir insan olmak. Adil davranmak! Her zaman olmak istediği, piskoposun da tavsiye ettiği özellikle bu değil miydi? Geçmişine kapıyı kapamak mı? Ama, ulu Tanrım! O kapıyı kapatamıyor, alçakça bir davranışla yeniden açıyordu! Yeniden hırsızların hem de en iğrenci oluyordu! Bir başkasının varlığını, yaşamını, huzurunu, güneşini çalıyordu! Bir katile dönüşüyordu! Zavallı bir adamı manevi olarak öldürüyor, onu göz göre göre kürek mahkûmluğu denen o öldürmeyen ölümle cezalandırıyordu! Tam tersine, teslim olmak, böyle iğrenç bir yanılgının darbesine maruz kalmış o adamı kurtarmak, kendi ismini yeniden sahiplenmek, zorunluluk icabı yeniden kürek mahkûmu Jean Valjean olmak, gerçekten de yeniden doğuşu anlamına gelecek ve çıktığı cehennemin kapısını sonsuza dek kapayacaktı! Görünüşte oraya yeniden düşmek, gerçekte oradan çıkmak demekti! Bunu yapması gerekiyordu! Bunu yapmazsa şimdiye kadar hiçbir şey yapmamış olacaktı. Yaşamının kimseye bir yararı dokunmayacak, tövbesi kabul olmayacaktı. Bu şekilde sürdürülecek bir hayat neye yarardı? Piskoposun ölüden çok canlı bir halde orada olduğunu, gözlerini kendisine sabitlediğini, bundan böyle Belediye Başkanı Madeleine'i, tüm erdemlerini tiksintiyle izleyeceğini, kürek mahkûmu Jean Valjean'a ise hayranlık duyacağını hissediyordu. İnsanlar maskesini görseler de, piskopos yüzünü görüyordu. İnsanlar yaşamını görüyorlarsa, piskopos onun vicdanını görüyordu. Bu yüzden Arras'a gitmek, sahte Jean Valjean'ı özgürlüğüne kavuşturmak, gerçeği itiraf etmek gerekiyordu! Ne yazık! Bu fedakârlıkların en büyüğü, zaferlerin en dokunaklısı, atılacak adımların en sonuncusudur; ama bunu yapmak gerekiyordu. Acı dolu kader! İnsanların gözünde yeniden alçaklık mertebesine girmese, Tanrı'nın gözünde ermiş sayılmayacaktı!

— Tamam o zaman, dedi, kararımızı alalım! Görevimizi yapalım. Bu adamı kurtaralım!

Bu sözleri farkında olmadan yüksek sesle söyledi.

Kitaplarını düzenledi. Sıkıntıya düşmüş esnaflardan aldığı borç senetlerini ateşe attı. Odasında o sırada biri olsa, üzerinde *Mösyö Laffitte, Bankacı, Artois Caddesi, Paris* yazısını görebileceği bir mektubu kaleme alıp zarfa koydu.

Yazı masasından içinde birkaç banka senedinin bulunduğu cüzdanını ve o yıl seçimlerde kullandığı kimliğini aldı.

Onu ciddi düşüncelere dalmış bir halde bu işleri yaparken görenler, içinden neler geçtiğini anlayamayacaklardı. Sadece bazen dudaklarını kıpırdatıyor, bazen de kafasını kaldırıp âdeta tam da aydınlatmak ya da sorgulamak istediği bir şey varmışçasına bakışlarını karşıki duvara sabitliyordu.

M. Laffitte'in mektubunu cüzdanıyla birlikte cebine soktu.

Düşüncelerinin yönü değişmemişti. Gözlerinin önünde parıldayan ışıklı harflerle yazılmış ve bakışlarının açısına göre yer değiştiren görevini net bir şekilde görmeye devam ediyordu: *Git! Kimliğini açıkla! Teslim ol!*

Hatta önünde şimdiye kadar hayatının akışını belirleyen o iki düşüncenin belirgin şekillere bürünmüş halde kımıldadıklarını görüyordu: İsmini gizlemek, ruhunu kutsallaştırmak. Bu iki düşünce ona ilk defa birbirlerinden net çizgilerle ayrılmış gibi görünüyor, aralarındaki farkı hissediyordu. Bu düşüncelerden birinin her zaman için doğru olduğunun, diğerinin ise yozlaşmaya müsait olduğunun; biri özveriyi temsil ederken diğerinin benliği temsil ettiğinin; biri *gelecek* derken diğerinin *ben* dediğinin; birinin aydınlıktan diğerininse karanlıktan geldiğinin farkına varıyordu.

Birbirleriyle çatıştıklarını görüyordu. Düşündükçe zihninin gözünde büyümeye başlamışlar, devasa boyutlara ulaşmışlardı; içinde demin de sözünü ettiğimiz sonsuzluğun, karanlıkların ve aydınlıkların ortasında bir tanrıça ve bir devin dövüştüğünü hissediyordu.

Korku içinde olan biteni izliyor ama iyi düşüncenin kazanacağını duyumsuyordu.

Vicdanının ve kaderinin bir başka nihai anına yaklaştığını, piskoposun yeni hayatının ilk evresini, Champmathieu'nün ise ikinci evresini belirlediği hissediyordu. Büyük altüst oluştan sonra, büyük sınanma.

Bu arada, biraz yatışan heyecanı yavaş yavaş artıyordu. Aklından binlerce düşünce geçse de aldığı kararı pekiştirmeye devam ediyorlardı.

Bir an için kendi kendine belki de çok hızlı karar aldığını, ne de olsa bu Champmathieu'nün çok da önemli biri olmadığını ve hırsızlık yaptığını söylemiş, ardından kendi kendine şu yanıtı vermişti. Bu adam gerçekten de birkaç elma çaldıysa, cezası kürek mahkûmiyeti değil, bir ay hapis olacaktı. "Hem hırsızlık yaptığı nereden belli? Kanıtlandı mı?" Jean Valjean isminin altında ezildiği için belki de delil aramaya gerek duymuyorlardı. Savcılar hep böyle davranmazlar mıydı? Kürek mahkûmu olduğuna göre, hırsızlık yaptığına kolayca inanılabilirdi.

Birazdan, kendi kararıyla teslim olursa bu davranışın çok kahramanca bir davranış olmasının dikkate alınacağını, yedi yıllık onurlu yaşamının ve yaşadığı bölgenin refahı için yaptıklarınının gözden geçirilmesiyle serbest bırakılacağını düşündü.

Ama bu varsayım hızla yok olup gitti ve kederli bir gülümsemeyle, zihninde Petit-Gervais'den kırk santim gasp etmesinin suçun tekrarı anlamına geleceğini, bu davanın yeniden ele alınacağını, yasanın kesin hükümlerine göre ömür boyu kürek cezasına mahkûm olacağını canlandırdı.

Bu yanılsamadan vazgeçip gerçeklikten daha fazla uzaklaşmayı, teselliyi ve gücü başka yerde aramayı denedi. Kendi kendine görevini yerine getirmesi gerektiğini, belki de görevinden kaçması halinde görevini yerine getirmesinden duyacağı huzuru bulamayacağını, *işleri oluruna bırakıp,* Montreuil-sur-mer'de kalarak saygınlığının, göklere çıkarılan isminin, hayır işlerinin, itibarının, merhametinin, zenginliğinin, halk tarafından sevilmesinin, erdeminin bir suçla lekelenmesine izin verirse, bu iğrenç karışımın ruhunda nasıl olumsuz bir etki bırakacağını düşündü, oysa zindanda, teşhir direğinde fedakârca davranıp, ayağına zinciri, başına yeşil başlığı takmayı, hiç durmadan çalışmayı, acımasız bir utancı göze alırsa ilahi bir düşünceyle bütünleşmiş olacaktı!

Sonunda, gitmesinin zorunlu olduğuna, kaderinin böyle şekillendiğine, Tanrı'nın düzenlemelerine müdahale etmeye hakkı olmadığına, her halükârda dışarıdaki erdemle zindandaki iğrençlik, zindandaki ermişlikle dışarıdaki alçaklık arasında bir tercih yapması gerekeceğine karar verdi.

Zihninde bunca iğrenç düşüncenin çalkanıp durması cesaretini kırmasa da, beynini yoruyordu. Elinde olmadan başka, ilgisiz şeyleri düşünmeye başladı.

Atardamarlarındaki kan şakaklarını çatlatırcasına şiddetle akıyor, odasında gidip gelmeye devam ediyordu. Önce kilisede, ardından belediye konağında saat gece yarısını çaldı. Saatlerin on iki vuruşunu sayıp iki çanın seslerini karşılaştırdı. Bu vesileyle, birkaç gün önce bir hurdacıda gördüğü ve üzerine: *Antoine Albin de Romainville* yazılmış satılık eski bir çanı hatırladı.

Üşümüştü. Ateşi biraz canlandırdı. Pencereyi kapamak aklından bile geçmedi.

Yine de, yeniden şaşkınlığa gömülmüştü. Gece yarısı çanı çalmadan önce neler düşündüğünü anımsamak için büyük bir çaba harcaması gerekti. Nihayet bunu başardı.

— Ah! Evet teslim olmaya karar vermiştim.

Ve aniden Fantine'i düşündü.

— Vay canına! dedi, ya o zavallı kadına ne olacak?

O anda yeni bir kriz patlak verdi.

Hayalinde birdenbire canlanan Fantine onda beklenmedik bir ışık huzmesinin etkisini yaratıyordu. Etrafındaki her şey şekil değiştirirken haykırdı:

— Ah! Şu işe bak! Şimdiye kadar hep kendimi düşünüp sadece nasıl davranmam gerektiğiyle ilgilenmişim! Susmak ya da teslim olmak, kimliğini gizlemek ya da ruhunu kurtarmak, hor görülen ve saygı duyulan bir yönetici ya da alçak ve itibarlı bir kürek mahkûmu olmak, hep kendimle ilgili, hep ben, yalnızca ben! Ama ulu Tanrım, tüm bunlar bencillikten başka bir şey değil. Bencilliğin farklı boyutları olsa da, bencillik bu! Biraz olsun başkalarını düşünemedim mi? Ermişliğin ilk kuralı başkalarını düşünmektir. Hadi, fikir yürütelim! Ben silinip gider, ortadan kaybolur, unutulursam, buradakilerin başına neler gelecek? Teslim olursam, Champmathieu'yü serbest bırakıp beni zindana atacaklar, tamam ama ya sonra? Burada neler olacak? Ah! Burada, bir şehir, bir sanayi, fabrikalar, işçiler, kadınlar, erkekler, yaşlı büyükbabalar, çocuklar, yoksul insanlar var! Tüm bunları ben yarattım, ben yaşattım; nerede tüten bir baca varsa sobasına odunu, tenceresine etini ben koydum; refahı, alışverişi, krediyi ben yarattım; benden önce hiçbir şey yoktu; hayatı canlandırdım, bereketi artırdım, insanları teşvik edip tüm bölgeyi kalkındırdım; ben olmazsam, bu ruh da yok olur. Kendimi feda edersem, her şey ölüp gider. Ya onca acı çeken, yoldan çıkarken bile onca erdem sergileyen ve istemeden mahvına neden olduğum o kadın! Ya annesine söz verdiğim için almaya gideceğim o çocuk? Ona yaşattığım bunca felaketin telafisi olarak o kadına bir şeyler borçlu değil miyim? Kendimi ele verirsem neler olur? Anne ölür. Çocuk başının çaresine bakmak zorunda kalır. İşte teslim olursam yaşanacaklar bunlar. Ya teslim olmazsam? Bakalım, ya teslim olmazsam?

Kendi kendine bu soruyu sorduktan sonra biraz duraladı; bir an duraksamayla titredi ama bu tereddüt kısa sürdü ve sorusuna sükûnetle yanıt verdi:

— Tamam, o adam kürek mahkûmu olacak, bu doğru, ama lanet olsun! Hırsızlık yaptı! Hırsızlık yapmamış olabileceğini söylemem boşuna, hırsızlık yaptı! Ben burada kalıp görevime devam ediyorum. On yılda, on milyon kazanıp bu parayı şehrin yararına dağıtırım, elimde bir şey kalmasa da umurumda değil! Hiçbir şeyi kendim için yapmıyorum! Herkesin yaşam düzeyi yükselir, sanayi canlanır, fabrika ve atölyeler çoğalır, aileler, yüzlerce, binlerce aile mutlu olur! bölge nüfusu kalabalıklaşır; çiftlikler köylere, kullanılmayan araziler çiftliklere dönüşür; sefalet ve onunla birlikte ahlaksızlık, fahişelik, hırsızlık, cinayetler, tüm günahlar, tüm suçlar ortadan kaybolur! Ve o zavallı anne kızını büyütür! İşte hepsi bu, zengin ve onurlu bir şehir! Ah şuraya bak, aklımı kaçırmışım, saçmalamışım, demek kendimi ele vermekten söz ediyordum? Gerçekten de, dikkatli davranıp, hemen karar almamalı. Ne yani, demek soylu ve özverili davranmak hoşuma gidiyordu! Bu sadece bir melodram! Çünkü sadece kendimi düşünecektim, şuna bak! Bir hırsızı, hiç kuşkusuz sahtekârın birini belki de biraz abartılmış ama özünde haklı bir cezadan kurtarmak için bu bölgede yaşayan herkesin mahvına neden olacak, zavallı bir kadının hastanede ölüp gitmesine, zavallı küçük bir kızın sokaklarda köpekler gibi donmasına göz yumacaktım! Ah! Ama bu çok iğrenç! Anne çocuğuna kavuşamadan! Çocuk annesini tanıyamadan! Ve tüm bunlar kuşkusuz bu suçu için olmasa da bir başkası için kürek mahkûmluğunu hak etmiş o elma hırsızı ihtiyar alçak için! Bir suçluyu kurtarıp masumları feda etmeye, en fazla birkaç yıl ömrü kalmış ve kulübesinde de en az zindandaki kadar eziyet çekecek o ihtiyar serseri için anneleri, kadınları çocukları feda etmeye yarayan ne ince bahaneler! Dünyada benden başka kimsesi olmayan ve şu anda kuşkusuz o namussuz Thénardierlerin evinde soğuktan tüm bedeni moraran o zavallı küçük Cosette! Ve ben tüm bu zavallılara karşı görevlerimi yerine getiremeyecektim! Budalaca davranıp, teslim olmaya gidecektim! Her şeyi kötü yanıyla ele alalım. Bütün bunların benim için kötü bir davranış olduğunu ve vicdanımın beni bir gün suçlayacağını varsayalım, başkalarına iyilik yaptığım için sadece bana yöneltilen bu suçlamaları, bu kötü davranışın sadece bana zarar verdiğini kabul etmek: İşte özveri, erdem budur.

Ayağa kalkıp yeniden yürümeye başladı. Bu kez halinden memnunmuş gibi görünüyordu.

Elmaslar sadece toprağın karanlıklarında, gerçekler sadece düşüncenin derinliklerinde bulunur. Bu derinliklere inip, bu en koyu karanlıkları uzun süre el yordamıyla araştırdıktan sonra, nihayet o elmaslardan, o gerçeklerden birini bulduğunu, onu elinde tuttuğunu düşünüyor, ona baktıkça gözleri kamaşırmış gibi oluyordu.

— Evet işte bu! dedi içinden, gerçeğe ulaştım. Çözümü buldum. Neticede bir karara varmak gerek. Kararımı verdim. İşi oluruna bırakalım! Hiç sendelemeyelim, geri adım atmayalım. Bu sadece benim değil herkesin çıkarına olacak. Ben Madeleine'im, Madeleine olarak kalıyorum. Jean Valjean'ın vay haline! Artık ben o değilim. O adamı tanımıyor, kim olduğunu bilmiyorum, şu an bir Jean Valjean varsa, başının çaresine baksın! Umurumda değil. Gecenin ortasında göklerde süzülen uğursuz bir isim, bir yerlerde durup birinin başına düşerse, kendi bilir!

Şöminenin üzerindeki küçük aynaya baktı ve:

— Vay canına! dedi, bir karara varmak beni yatıştırdı! Şimdi başka biri gibi görünüyorum.

Birkaç adım daha atıp aniden durdu.

— Tamam! dedi. Alınan kararın tek bir sonucu hakkında dahi tereddüte düşmek yok. Beni hâlâ Jean Valjean yapan bağlar var. Onları yok etmek gerek! Bu odada bile, hiç sesini çıkarmadan aleyhimde tanıklık yapıp suçlanmama neden olacak şeyler var, tamam, hepsini yok etmek gerek.

Ceplerini karıştırıp bir kese çıkardı, bağını çözüp içinden bir anahtar aldı.

Anahtarı, duvarı kaplayan kâğıdın deseninin en karanlık nüansları arasında neredeyse görülmeyen bir deliğe soktu. Kapağın açılmasıyla, duvarın köşesiyle şöminenin üst kısmı arasına yerleştirilmiş gizli bir dolap belirdi. Bu bölmenin içinde, bezden bir işçi gömleğinden, eski bir pantolon ve sırt çantasından ibaret olan birkaç paçavra ve iki ucuna demir çakılmış, akdikenden yapılmış kalın bir baston vardı. Jean Valjean'ın 1815 Ekim'inde Digne'den geçtiğini görenler bu sefil kıyafetleri kolayca tanıyabilirlerdi.

Onları da, tıpkı gümüş şamdanlar gibi nereden nereye geldiğini hatırlamak için saklamıştı. Ancak bunları sadece kürek mahkûmu için saklıyor, piskoposun şamdanlarını herkesin görmesine izin veriyordu.

Sürgüye rağmen aniden açılacakmış gibi korktuğu kapıya kaçamak bir bakış yöneltti; ardından onca yıldır kendini riske atarak kutsal emanetler gibi koruduğu nesnelere hiç bakmadan ani ve hızlı bir hamleyle paçavraları, bastonu, sırt çantasını kucağına alıp hepsini ateşe attı.

Gizli dolabın kapağını kapadı ve artık içi boş olduğu için yararsız olan önlemleri artırarak görünmemesi için önüne büyük bir mobilyayı itti.

Birkaç saniye sonra, oda ve karşı duvar kızıl ve titrek bir yansımanın ışığıyla aydınlanıyordu. Her şey yanıyor, çıtırdayan baston odanın ortasına kadar kıvılcımlar fırlatıyordu.

İçindeki iğrenç kumaş parçalarıyla birlikte yanıp giden sırt çantasından geriye küllerin ortasında ışıldayan bir şey kalmıştı. Eğildiğinde bunun gümüş bir para olduğunu hemen anladı. Bu, hiç kuşkusuz küçük gezginden gasbedilen kırk santimdi.

O ateşe hiç bakmadan gidip gelmeye devam ediyordu.

Bakışları aniden alev yansımalarının şöminenin üzerinde parıldamalarına neden olduğu iki gümüş şamdana yöneldi.

— Vay canına, dedi içinden, Jean Valjean tüm benliğiyle hâlâ orada. Onları da yok etmek lazım.

İki şamdanı aldı.

Şöminede hâlâ onları hemen tanınamayacak külçelere dönüştürecek kadar ateş vardı.

Ateşin üzerine eğilip bir anlığına ısındığında rahatladığını hissetti. Sıcacık! dedi.

Şamdanlardan biriyle korları karıştırdı.

Bir dakika sonra, ikisi de ateşin içinde yanmaya başlayacaklardı. O anda bir sesin içinden ona doğru bağırdığını duyar gibi oldu: "Jean Valjean! Jean Valjean!"

Tüyleri diken diken oldu; korkunç bir haykırışı dinler gibiydi.

— Evet işte bu, işini tamamla! diyordu ses. Yaptığın işi bitir! Bu şamdanları yok et! Anılarını ateşe at! Piskoposu unut! Her şeyi unut! Hadi, Champmathieu'nün mahvına neden ol! Çok güzel! Kendini alkışlamalısın! Tamam kabul, her şey kararlaştırıldı, işte kendinden ne istendiğini bilmeyen, belki de hiçbir suçu olmayan, senin isminin bir felaket, bir suç gibi altında ezdiği masum yaşlı bir adam, senin yerine mahkûm olup zindana atılacak, ömrünün son günlerini korku ve sefalet içinde tamamlayacak! Çok güzel. Sen, dürüst bir adam ol. Onurlu ve saygıdeğer belediye başkanı olarak kal, şehri zenginleştir, yoksulları doyur, öksüzleri yetiştir, mutlu, erdemli, hayran olunası bir yaşam sürdür, bu arada, sen burada mutlu ve ışıltılı şekilde yaşarken, bir başkası senin kırmızı kazağını giyecek, yüzkarasıyla ismini ve zincirini taşıyacak! Evet, böylesi daha güzel! Ah sefil!

Alnından terler boşanıyor, sert bakışlarını şamdanlara sabitliyordu. Bu arada içinde konuşanın sözleri bitmemişti:

— Jean Valjean! Etrafında büyük bir gürültü yayan, yüksek sesle konuşan, sana hayır duaları okuyan birçok ses olacak, ama kimsenin duymayacağı tek bir ses sana karanlıklardan lanet okuyacak. Tamam o zaman! Dinle alçak! tüm bu hayır duaları gökyüzüne yükselmeden yere düşecek ve Tanrı'ya sadece lanetlenmelerin ulaşacak!

Bilincinin karanlıklarından gelen bu ses ilk başlarda hafif olsa da, yavaş yavaş ürkütücü bir hal almış, kulağında yankılanmaya başlamıştı. Âdeta içinden çıkmış, şimdi dışarıda konuşmaya başlamıştı. Son sözlerini odada kaygıyla başka biri olup olmadığını araştıracak ölçüde net bir şekilde duymuştu.

— Orada biri mi var? diye sordu afallamış bir halde ve yüksek sesle.

Sonra, bir ahmağınkine benzeyen bir kahkaha atarak:

— Ne ahmağım! Burada kim olabilir ki? dedi.

Odada biri vardı, ama bu kişi insan gözünün görebileceği türden değildi.

Şamdanları şöminenin üzerine koydu.

Ardından alt katta uyuyan adamın rüyalarını altüst eden ve sıçrayarak uyanmasına neden olan o tekdüze ve kasvetli yürüyüşüne devam etti.

Bu yürüyüş hem içini rahatlatıyor, hem de sarhoş ediyordu. İnsan bazen, olağanüstü koşullarda karşılaştığı herkesten öğüt almak için hamle yapar. Birkaç saniye sonra, nerede olduğunu bilemez hale gelmişti. Şimdi, peş peşe aldığı iki karar karşısında da benzer bir korkuyla geri adım atıyor, kendisine öğüt veren iki düşünceyi de birbirinden lanetli buluyordu. Ne bahtsızlık! Champmathieu'nün kendisi sanılması ne büyük bir tesadüf! Kaderin önce kendisini iyiliğe yöneltiğini sandığı bir yöntemi sayesinde lanetlenmek!

Bir an için geleceği düşündü. Kendini ele vermek, ulu Tanrım! Teslim olmak! Neler kaybedeceğini ve nelere göğüs gereceğini gözden geçirdi. Demek bu huzurlu, tertemiz, aydınlık, saygın, onurlu, özgür yaşama elveda diyecekti! Tarlalarda gezinemeyecek, mayıs ayında kuşların şakıdığını duyamayacak, küçük çocuklara sadaka veremeyecekti! Kendisine yöneltilen minnet ve sevgi dolu bakışların huzurunu hissedemeyecekti! Kendi inşa ettiği bu evi, bu küçük odayı terk edecekti! O anda bunların hepsi ona çok cezbedici görünüyordu. Bu kitapları okuyamayacak, şu beyaz ahşap masanın üzerinde yazı yazamayacaktı! Tek hizmetkârı olan yaşlı kapıcı ona sabah kahvesini getiremeyecekti! Ulu Tanrım! Bunların yerine kürek cezasına, boynuna geçirilen halkaya, kırmızı kazağa, ayağındaki zincire, yorgunluğa, zindana, tahta yatağa, yaşadığı tüm korkunçluklara katlanacaktı! Bu yaşta, bulunduğu konumdan sonra! Hâlâ genç olsaydı! Ama bu yaşta, herkesin kendiyle senlibenli konuşmasına, gardiyanın üstünü başını aramasına, zindancının sopa darbelerine maruz kalmak! Çivili ayakkabılar içinde çorapsız yalın ayak dolaşmak! Pırangasını denetlemesi için sabah akşam gardiyana bacağını uzatmak! Kendisini *İşte Montreuil-sur-mer'de belediye başkanlığı yapmış olan ünlü Jean Valjean!* diye parmakla gösterecek meraklıların bakışlarına katlanmak. Akşam yorgunluktan tükenmiş, terler içinde kalmış, yeşil başlığı gözlerinin üzerine inmiş bir halde, çavuşun kırbacının eşliğinde, tersanenin dalgalarla sallanan zindanının merdivenlerini tırmanmak! Ah! Ne büyük sefalet! Kader de akıllı bir insan gibi kötü, insan yüreği gibi canavar olabilir mi?

Ve, her halükârda, düşüncelerinin temelindeki o acıklı ikileme düşüyordu: *Cennette kalıp şeytana dönüşmek! Cehenneme gidip melek olmak!*

Ne yapmalı ulu Tanrım! Ne yapmalı?

İçinden onca çaba harcayarak kurtulduğu fırtına yeniden üzerine çullandı. Birbirlerine karışmaya başlayan düşünceleri umutsuzluğa özgü bir şaşkınlığı ve bilinçsizliği barındırıyorlardı. Aklına sürekli olarak, bir zamanlar duyduğu bir şarkının iki mısrasının eşliğinde Romainville ismi geliyordu. Romainville'in genç âşıkların nisanda leylak toplamaya geldiği, Paris yakınlarındaki küçük bir orman olduğunu düşünüyordu.

Bacakları da zihni gibi sendeliyor, kendi haline bırakılmış küçük bir çocuk gibi yürüyordu.

Bazı anlarda yorgunluğuna karşı koyarak, aklını yeniden toplamak için çaba harcıyor, kendini bu kadar yoran bu sorunu son bir kez defa ve nihai olarak gözden geçirmeye çalışıyordu. Teslim olmak mı gerekiyor? Susmak mı gerekiyor? Hiçbir şeyi net bir şekilde göremiyor, zihninde şekillenen tüm düşüncelerin belli belirsiz görüntüleri dumanların içinde peş peşe kaybolup gidiyorlardı. Sadece, zorunlu ve kaçınılmaz olarak hangi kararı alırsa alsın, içinde bir şeylerin öleceğini, sağdaki ya da soldaki bir mezara gireceğini, mutluluğunun ya da erdeminin can çekişmesini yaşadığını hissediyordu.

Ne yazık! Tüm kararsızlıkları geri gelmiş, başladığı noktaya dönmüştü.

İşte bu zavallı ruh böyle çırpınıyordu. Bu bahtsız adamdan bin sekiz yüz yıl önce, insanlığın tüm ermişliklerini ve tüm acılarını üzerinde toplamış olan gizemli bir varlık da, zeytin ağaçları sonsuzluğun sert rüzgârında titreşirken, uzun süre boyunca, kendine yıldızlarla dolu derinliklerden gelen karanlıklar ve gölgelerle dolup taşarmış gibi görünen o ürkütücü kutsal çanağı eliyle itmişti.

IV

Uyku Sırasında Kaderin Aldığı Şekiller

Saat sabahın üçünü çaldığında, beş saattir neredeyse hiç ara vermeden bu şekilde yürümenin yorgunluğuyla iskemlesine yığıldı.

Uykuya dalıp bir rüya gördü.

Bu rüya, rüyaların birçoğu gibi, içinde bulunduğu durumla sadece uğursuz ve dokunaklı bir şekilde bağlantılı olsa da onu sarsmıştı. Bu kabûstan, gördüklerini kaleme alacak ölçüde etkilenmişti. Ardında bıraktığı bir kâğıda kendi elleriyle yazdığı bu mektubu buraya harfi harfine aktarmayı görev kabul ediyoruz.

Gördüğü rüya ne olursa olsun, onu aktarmadan geçersek bu gecenin öyküsü yarım kalmış olur. Bu hasta bir ruhun karanlık bir macerasıdır.

İşte zarfın üzerinde şunlar yazılıydı:

O gece gördüğüm rüya

Kırdaydım. Tek bir otlağın bulunmadığı geniş ve hüzünlü bir kırdı. Ne gece ne de gündüzdü.

Kardeşimle, çocukluk yıllarımdaki kardeşimle, kendisini hiç düşünmediğim ve artık neredeyse hiç hatırlamadığım kardeşimle geziniyordum.

Sohbet ediyor, gelip geçenlerle karşılaşıyorduk. Caddeye bakan bir eve taşındıktan sonra camlarını her zaman açık tutan eski bir komşu kadından söz ediyorduk. Konuşurken, o açık pencere yüzünden üşüdük.

Kırda tek bir ağaç yoktu.

Yanımızdan bir adamın geçtiğini gördük. Çırılçıplak bedeni kül renginde olan bu adam toprak rengi bir ata binmişti. Adamın saçları yoktu; kafatası ve kafatasının üzerindeki damarlar görünüyordu. Elinde asma dalı kadar esnek, demir gibi ağır bir değnek vardı. Bu atlı bize hiçbir şey söylemeden çekip gitti.

Kardeşim "Patikadan gidelim," dedi.

Patikada ne bir çalılık ne de bir tutam yosun vardı. Gökyüzü de dâhil her şey toprak rengiydi. Birkaç adım sonra konuştuğumda bana kimse cevap vermiyordu. Kardeşimin yanımda olmadığını fark ettim.

Bir köye girdim. Buranın Romainville (neden Romainville?)[57] olduğunu düşündüm.

Girdiğim ilk sokakta kimse yoktu. İkinci bir sokağa girdim. İki sokağın kesiştiği noktada sırtını duvara yaslamış bir halde ayakta duran bir adam vardı. Adama: "Burası neresi? Neredeyim?" diye sordum. Adam cevap vermedi. Bir evin açık duran kapısını görüp içeri girdim.

İlk odada kimse yoktu. İkinci odaya girdim. Odanın kapısının arkasında sırtını duvara yaslamış bir halde ayakta duran bir adam vardı. Adama "Bu ev kimin? Neredeyim?" diye sordum. Cevap vermedi. Evin bir bahçesi vardı.

Evden çıkıp bahçeye girdim. Bahçe ıssızdı. İlk ağacın arkasında ayakta duran bir adamla karşılaştım. Adama "Bu bahçe kimin? Neredeyim?" diye sordum. Cevap vermedi.

Köyde gezinirken buranın bir şehir olduğunu fark ettim. Tüm sokaklar boş, tüm kapılar açıktı. Caddelerden tek bir kişi bile geçmiyor, odalarda kimse yürümüyor, bahçelerde kimse gezmiyordu. Ama her duvar köşesinde, her kapının, her ağacın arkasında susarak ayakta duran bir adam vardı. Her seferinde tek bir adamla karşılaşıyordum. Bu adamlar yanlarından geçtiğim sırada bana bakıyorlardı.

Şehirden çıkıp tarlalarda yürümeye başladım.

Bir süre sonra, arkamı döndüğümde büyük bir kalabalığın ardımdan geldiğini gördüm. Şehirde gördüğüm adamların hepsini tanıdım. Kafaları garip gözüküyordu. Aceleleri yokmuş gibi görünüyorlarsa da, benden hızlı yürüyorlardı. Yürürken hiç ses çıkarmıyorlardı. Bir anda

---

57 Bu parantezi Jean Valjean açmıştır. (ç.n.)

bana yetişen bu kalabalık etrafımı sardı. Adamların yüzleri toprak rengindeydi.

Şehre girdiğimde görüp soru sorduğum ilk adam bana: "Nereye gidiyorsunuz? Uzun zamandan beri ölmüş olduğunuzun farkında değil misiniz?" dedi.

Yanıt vermek için ağzımı açtığımda etrafımda kimsenin kalmadığını fark ettim.

Uyandı. Her tarafını buz kesmişti. Sabah yeli gibi soğuk bir rüzgâr açık kalan pencerenin pervazlarının menteşelerini gıcırdatıyordu. Ateş sönmüştü. Mum tükenmek üzereydi. Dışarıda hâlâ gece karanlığı vardı.

Ayağa kalkıp pencereye doğru yürüdü. Gökyüzünde hâlâ yıldız yoktu.

Penceresinden evin avlusu ve cadde görünüyordu. Aniden caddenin zemini üzerinden tok ve sert bir gürültünün yayılması üzerine gözlerini aşağıya indirdi. Aşağıda ışıkları karanlıkta garip bir şekilde uzayıp kısalan iki kırmızı yıldız gördü.

Zihni hâlâ düşlerinin pusuna yarı dalmış bir halde olduğundan "Şu işe bak!" diye düşündü "Gökte tek yıldız bile yok. Şu an hepsi yeryüzüne inmiş."

Bu arada, şaşkınlığı dağılırken, ilkine benzer bir gürültüyle kendine geldi, aşağı baktığında iki yıldızın bir arabanın fenerleri olduğunu fark etti. Yaydıkları aydınlıktan bu arabanın şeklini görebiliyordu. Küçük beyaz bir atın koşulduğu iki tekerlekli bir arabaydı. Duyduğu gürültü atın nal sesiydi.

— Bu araba da neyin nesi? dedi içinden. Sabahın bu saatinde buraya niye geldi?

O sırada odasının kapısına hafifçe vuruldu.

Tüm bedeni titredi ve ürkütücü bir ses tonuyla bağırdı:

— Kim o?

Biri karşılık verdi:

— Benim sayın başkan.

Yaşlı kapıcı kadının sesini tanıdı.

— Evet, dedi, ne var?

— Sayın başkan saat beşe geliyor.

— Bana ne bundan?

— Sayın başkan araba.

— Ne arabası?

— İki tekerlekli bir at arabası.

— İki tekerlekli at arabası mı?

— Sayın başkan bir araba istememiş miydi?

— Hayır, dedi.

— Arabacı sayın başkanı beklediğini söyledi.

— Hangi arabacı?

— M. Scaufflaire'in arabacısı.

— M. Scaufflaire mi?

Bu isim yüzünün önünden bir yıldırım geçmişçesine içini ürpertti.

— Ah! Tamam, dedi, M. Scaufflaire.

Yaşlı kadın o anda onu görebilseydi dehşete kapılırdı.

Uzun bir sessizlik oldu. Şaşkın bir ifadeyle mumun alevini inceliyor, fitilin yanında yanan mumu parmağına doluyordu. Yaşlı kadın bekliyordu. Yine de sesini yükseltmeye cesaret etti.

— Sayın başkan ne cevap vereyim?

— Tamam, geldiğimi söyleyin.

V

Tekerleklerin Parmakları

O dönemde, Arras ile Montreuil-sur-mer arasındaki posta hizmetleri imparatorluk döneminden kalma küçük posta arabalarıyla veriliyordu. İç kısımları kızıl deriyle kaplanmış, yaylı bir zemberek üzerinde asılı duran bu iki tekerlekli arabalarda biri sürücüye diğeri yolcuya ait olmak üzere iki yer vardı. Tekerlekler diğer arabaları belli bir mesafede tutmaya yarayan ve Almanya yollarında hâlâ rastlanan koruyucu poyralarla donanmıştı. Arkada duran dikdörtgen biçimli devasa mektup sandığı arabayla bütünleşmiş gibi görünürdü. Bu sandık siyaha, araba sarıya boyanırdı.

Günümüzdekilere hiç benzemeyen ve şekilsiz bir kamburu andıran bu arabaların uzakta, ufukta bir yokuşu tırmanırkenki görüntüleri termit olarak adlandırılan ve küçük başlarıyla koca gövdelerini sürükleyen o böcekleri andırıyordu. Zaten çok hızlı gidiyorlardı. Arras'tan her gece birde yola çıkan bir posta arabası, Paris postasının geçmesinin ardından sabah beşe doğru Montreuil-sur-mer'e varıyordu.

O gece, Hesdin yolundan Montreuil-sur-mer şehrine girmekte olan posta arabasının bir dönemeçte karşı yönden gelen ve içinde sadece paltolu bir adamın bulunduğu, beyaz at koşulmuş iki tekerlekli bir arabaya yandan hafifçe çarpmasıyla beyaz atlı arabanın tekerleği ağır bir darbe almıştı. Posta arabacısının sürücüsü arkasından seslense de, onu duymayan yolcu tırısa kalkmış atıyla yoluna devam etti.

— İşte çok acelesi olan bir adam, dedi posta arabacısı.

Böylesine acele eden adam acınası düşünce gelgitleri içinde çırpındığını anlattığımız kişiydi.

Nereye gidiyordu? Bunu kendisi de söyleyemezdi. Niye böyle acele ediyordu? Bunu bilmiyordu. Önündeki yolda rastgele gidiyordu. Nereye? Kuşkusuz Arras'a ama belki de başka bir yere. Bazen bunu hissediyor, içi ürperiyordu. Gecenin bu karanlığına bir uçurum gibi dalıyordu. Bir şey onu itiyor, bir şey geri çekiyordu. Aklından neler geçtiğini kimse söyleyemese de, herkes anlardı. Bilinmezin o karanlık mağarasına hayatında bir kez olsun girmemiş bir insan var mıdır?

Zaten, hiçbir şeye karar vermemiş, hiçbir plan yapmamış, vicdanının eğilimleri bir sonuca varamamıştı. Gece boyunca düşündüklerinin ardından başlangıç noktasına dönmüştü.

Arras'a neden gidiyordu?

Scaufflaire'in arabasını kiralarken söylediklerini tekrarlıyor, sonuç ne olursa olsun, olan biteni kendi gözleriyle görmenin, yargılamanın hiçbir sakıncası olmadığını, hatta bunun temkinli davranmak anlamına geleceğini, bir karara varmadan iyice gözlem yapmak gerektiğini, uzaktan baktığında insanın her şeyi gözünde büyüttüğünü, nihayet o sefil Champmathieu'yü gördüğünde vicdanının onun kendisinin yerine zindana gitmesine razı olacağını, kürek mahkûmuyken kendini tanımış olan Javert'in, Brevet'nin, Chenildieu'nün, Cochepaille'ın duruşmaya gelseler de kendisini tanımayacaklarını düşünüyordu. Kendi kendine "Şu işe bak! Ne kadar da saçma! Javert benden yüz fersah uzakta, tüm tahminler ve varsayımlar Champmathieu'nün üzerinde yoğunlaşmış, hiçbir şey varsayımlar ve tahminler kadar inatçı olamaz, bu yüzden hiçbir tehlike yok," diyordu.

Kuşkusuz sıkıntılı anlar yaşayacak ama işin içinden sıyrılacaktı; ne de olsa ne kadar kararsız kalsa da, kaderini kendi ellerinde tutuyor, bu düşüncede ısrar ediyordu.

Aslında, Arras'a hiç gitmemeyi tercih ederdi.

Yine de gidiyordu. Bunları düşünürken, düzenli ve kendinden emin bir şekilde tırıs giderek saatte iki buçuk fersah yol kateden atını kamçılıyordu.

Araba ilerledikçe içinde bir şeylerin geri çekildiğini hissediyordu.

Gün doğarken düz bir ovadaydı, Montreuil-sur-mer şehri oldukça gerisinde kalmıştı. Beyazlaşan ufka baktı; farkına varmadan bir kış seherinin gözlerinin önünden geçen tüm soğuk görüntülerine baktı. Sabahların da akşamlar gibi hayaletleri vardır. Onları görmese, farkına varmasa da, bu karanlık ağaç ve tepe silüetleri ruhundaki sarsıntıya kasvetli, lanetli bir şeyler ekliyorlardı.

Yol kenarındaki ıssız evlerden birinin önünden her geçişinde kendi kendine "Yine de içeride uyuyan birileri var!" diyordu.

Atın tırıs gidişi, koşum takımlarının çıngırakları, tekerleklerin zemine sürtünüşü hüzünlülerin iğrenç, keyiflilerin sevimli bulacağı dingin ve tekdüze bir gürültü yayıyorlardı.

Hesdin'e vardığında gün iyice ağarmıştı. Atı dinlendirmek ve yulafını yedirmek için mola verdi.

Başı ve karnı büyük, boynu küçük, göğsü ve sağrısı geniş, bacakları cılız ve ince, ayakları sağlam olan bu at Scaufflaire'in söylediği gibi Boulonnais cinsindendi, bu cins atlar çirkin görünseler de gürbüz ve sağlıklıydılar. İki saatte beş fersah yol kat eden bu muhteşem hayvanın sağrısında tek bir damla bile ter yoktu.

Arabadan inmedi. Yulaf getiren seyis yamağı birden eğilip sol tekerleği inceledi.

— Bu halde uzağa gitmeyi mi düşünüyorsunuz? diye sordu.

Düşüncelere dalmış bir halde yanıtladı:

— Niye sordunuz?

— Uzaktan mı geliyorsunuz?

— Beş fersah öteden.

— Vay canına!

— Neden öyle dediniz?

Çocuk yeniden eğilip bakışlarını tekerleğe sabitledi, bir an sessiz kaldıktan sonra doğruldu:

— Bu tekerleğin beş fersah yol kat etmesi mümkün olabilir ama artık çeyrek fersah bile gidemez.

Arabadan aşağı atladı.

— Siz ne diyorsunuz dostum?

— Siz ve atınızın anayolun bir hendeğinde devrilmeden beş fersah yol almanızın bir mucize olduğunu söylüyorum. Kendiniz bakın.

Gerçekten de, tekerlek ciddi bir şekilde hasar görmüş, posta arabasının çarpmasıyla iki parmağı kırılmış, cıvatası tutmayan poyrası zedelenmişti.

— Dostum, dedi seyis yamağına, burada araba tamircisi var mı?

— Elbette mösyö.

— Gidip onu getirebilir misiniz?

— İşte zaten kendisi burada. Üstat Bourgaillard! Baksana!

Kapısının eşiğinde duran araba tamircisi üstat Bourgaillard tekerleği inceledikten sonra yüzünü kırılmış bir bacak gören bir cerrah gibi buruşturdu.

— Bu tekerleği hemen tamir edebilir misiniz?

— Evet mösyö.

— Ne zaman yola çıkabilirim?

— Yarın.

— Yarın mı?

— Tamiri bir gün sürer. Mösyö'nün acelesi mi var?

— Hem de çok. En geç bir saat içinde yola çıkmam gerek.

— Bu mümkün değil mösyö.

— Ne isterseniz öderim.

— Mümkün değil.

— Peki iki saat diyelim!

— Bugün yola çıkmanız mümkün değil. İki parmağı ve poyrayı onarmak gerek. Mösyö yarından önce yola çıkamaz.

— İşim yarına kadar bekleyemez. Bu tekerleği onarmak yerine yeni bir tekerlek taksak?

— Bu nasıl olacak?

— Siz araba tamircisi değil misiniz?

— Elbette mösyö.

— Bana bir tekerlek satar mısınız? Böylece hemen yola çıkabilirim.

— Yedek tekerlek mi?

— Evet.

— Sizin arabanıza tam olarak uyacak bir tekerleğim yok. İki tekerlek bir çift oluşturur. Her tekerlek birbirine uymaz.

— O halde bana bir çift tekerlek satın.

— Mösyö her tekerlek her dingile uymaz.

— Yine de deneyin.

— Bir işe yaramaz mösyö. Elimde ancak yük arabalarına uygun tekerlekler var. Burası küçük bir yer.

— Bana kiralayabileceğiniz iki tekerlekli bir araba yok mu?

Arabanın kiralık olduğunu ilk bakışta anlayan tamirci omuzlarını silkti.

— Size kiralanan arabaları nasıl kullandığınız belli oluyor. Elimde olsa da size araba kiralamam.

— O zaman satın.

— Arabam yok.

— Nasıl! Eski bir arabanız da mı yok? Gördüğünüz gibi fiyatta anlaşmaya hazırım.

— Burası küçük bir yer. Şehirde oturan bir burjuva kırk yılda bir kullandığı faytonunu bana emanet etti. Onu size kiralayabilirim. Ama burjuvanın onu görmemesi gerek, üstelik fayton olduğu için iki at gerekir.

— İki posta atı alırım.

— Mösyö nereye gidiyor?

— Arras'a.

— Ve mösyö oraya bugün mü varmak istiyor?

— Evet.

— İki at alarak?

— Neden olmasın?

— Oraya sabah dörtte varmanız sizin için uygun mu?

— Elbette ki hayır.

— Atları alırsanız, size sormak istediğim bir şey var... Mösyönün sürücü belgesi var mı?

— Evet.

— Tamam ama iki posta atı alsa bile mösyö Arras'a yarından önce varamaz. Sapa bir yerdeyiz. Posta konakları yeterli hizmeti veremiyor, atlar tarlalarda. Saban mevsimi başlıyor, güçlü atlar gerek, bu yüzden posta konakları da dâhil olmak üzere her yerden at topluyorlar. Mösyö her posta konağında üç dört saat bekleyecek. Üstelik tırmanılması gereken çok sayıda tepe olduğundan yavaş gidecek.

— Tamam atla gideceğim. Atı çözün. Bir yerlerden eyer satın alırım.

— Kuşkusuz alırsınız ama bu at sırtına eyer konulmasına izin verir mi?

— Doğru, bunu düşünmemiştim, eyeri sevmiyor.

— O zaman...

— Ama köyde kiralık bir at bulamaz mıyım?

— Arras'a hiç mola vermeden gidecek bir at mı?

— Evet.

— İstediğiniz atı buralarda bulamazsınız. Kimse sizi tanımadığı için satın almanız gerekecek. Ama beş yüz ya da bin frank da verseniz aradığınız türden satılık ya da kiralık bir at bulamazsınız!

— Ne yapmam gerek?

— Doğrusunu söylemek gerekirse, en iyisi tekerleği tamir etmemi bekleyip yola yarın çıkmak.

— Yarın çok geç olacak.

— Vay canına!

— Arras'a giden posta arabası saat kaçta geçiyor?

— Yarın akşam. İki posta arabası gece servisini yapıyor, biri gelirken diğeri gidiyor.

— Bu tekerleği tamir etmek için size bir gün mü gerekiyor?

— Hem de tam bir gün!

— İki kişi çalışsa?

— İsterse on kişi çalışsın!

— Parmakları iple bağlasanız?

— Parmakları bağlayabilirim. Ama poyrayı mümkün değil. Üstelik jantın durumu da kötü.

— Şehirde araba kiralayan kimse yok mu?

— Hayır.

— Başka bir tamirci var mı?

Çırak ve üstat tamirci aynı anda başlarını sallayarak cevap verdiler.

— Hayır.

İçini büyük bir sevinç kapladı.

Tanrı'nın işin içine karıştığı kesindi. Arabanın tekerleğine hasar vererek daha ileri gitmesini engelleyen oydu. Bu ilk uyarının farkına varmadan yola devam etmek için elinden geleni yapmış, bütün olanakları büyük bir özenle araştırmış, ne hava koşulları, ne yorgunluk, ne masraflar karşısında geri adım atmıştı. Kendini suçlamasını gerektirecek bir şey yoktu. Daha ileri gidemiyorsa, yapabileceği bir şey kalmamıştı! Kendi hatası değildi, bu, vicdanının değil Tanrı'nın kararıydı.

Soluk aldı. Javert'in ziyaretinden beri, ilk kez özgürce ve tüm ciğerlerini doldurarak nefes alıyordu. Yüreğini yirmi dört saattten beri sıkan demir bilek onu bırakmıştı.

Artık Tanrı kendinden yana olduğunu belli edermiş gibi görünüyordu.

Yapabileceği her şeyi yaptığını ve artık huzur içinde geri dönmesinin zamanının geldiğini düşündü.

Tamirciyle bir hanın odasında konuşsaydı, buna kimse tanık olmayacak, kimse onları duyamayacak, her şey o odada olup bitecek ve böylece bize artık anlatacak bir şey kalmayacaktı ama bu konuşma sokakta yapılmıştı. Sokakta yapılan her konuşma çevresinde bir halka yaratır. Her yerde neler olup bittiğini öğrenmek için can atan meraklılar vardır. Tamirciye sorular sorduğu sırada gelip geçenler etraflarında durup onları dinlemeye başlamış, kimsenin dikkate almadığı genç bir çocuk birkaç dakika boyunca konuşmalara kulak kabarttıktan sonra koşarak gruptan uzaklaşmıştı.

Söylediğimiz gibi iç huzuruna kavuşan yolcunun geri dönme kararı aldığı sırada bu çocuk yaşlı bir kadınla birlikte ona doğru geliyordu.

— Mösyö, dedi kadın, oğlum bir araba kiralamak istediğinizi söyledi.

Bir çocuğun getirdiği yaşlı bir kadının ettiği bu sıradan sözler sırtından ter boşanmasına neden oldu. Kendini bırakan elin hemen arkasında onu yeniden kavramaya hazır beklediğini hissetti.

— Evet, kiralık bir araba arıyorum.

Ve aceleyle ekledi:

— Ama burada yokmuş.

— Tabii ki var, dedi yaşlı kadın.

— Nerede? diye sordu tamirci.

— Bende.

İçi ürperdi. Ölümcül el onu yeniden kavramıştı.

Gerçekten de, yaşlı kadının hangarında sorgun ağacından yapılmış iki tekerlekli eski bir araba vardı. Yolcunun ellerinden kaçtığını fark eden tamirci ve hancı çocuk araya girdiler.

Eski bir arabaydı, doğrudan dingilin üzerine yerleştirilmişti, oturma sıraları içeriden kayışla asılmıştı, içeri yağmur giriyordu, tekerlekler nemden paslanmış, yıpranmıştı, yolcunun arabasından daha iyi durumda değildi, tam bir yaysız yolcu arabasıydı! Bu mösyö onu kiralamakla hata edecekti vs.

Tüm bunlar gerçekti, ama o külüstür, yaysız araba, o şey, her ne olursa olsun, iki tekerleğinin üzerinde hareket ediyordu ve Arras'a gidebilirdi.

İstenen parayı ödedi, arabasını tekerleği onaracak olan tamirciye dönüşte geri almak üzere emanet edip beyaz atı diğer arabaya koşturdu, bindi ve sabahtan beri izlediği güzergâhta yoluna devam etti.

Araba harekete geçtiğinde, kendi kendine az önce gideceği yere gitmeyeceğini düşünerek garip bir sevinç duyduğunu itiraf etti. Âdeta öfkeyle gözden geçirdiği bu sevinci saçma buldu. Geri döndüğüne niye seviniyordu ki? Ne de olsa bu yolculuğa kendi isteğiyle kimse tarafından zorlanmadan çıkmıştı.

Ve kuşkusuz, kendi istemedikçe başına bir şey gelmeyecekti.

Hesdin'den çıkarken kendisine "Durun! Durun!" diye bağıran bir ses duydu. Arabayı içinde umuda benzeyen telaşlı ve heyecanlı bir şeyler barındıran bir duyguyla aniden durdurdu.

Bu yaşlı kadının oğluydu.

— Mösyö, dedi, bu arabayı size ben buldum.

— Eee?

— Bana hiçbir şey vermediniz.

Herkese kolayca para dağıtmasına rağmen, bu isteği aşırı ve neredeyse iğrenç buldu.

— Ah! Hayta, sen misin? dedi. Havanı alırsın!

Atını kamçılayıp tırısa kaldırarak yoluna devam etti.

Hesdin'de çok zaman kaybettiği için bunu telafi etmek istiyordu. Cesur küçük at arabayı iki ata bedel bir güçle çekiyordu ama aylardan şubattı, yağmur yağmıştı, yollar berbattı. Üstelik araba öncekinden çok daha ağırdı ve çok fazla yokuş vardı.

Hesdin'den Saint-Pol'e gelmesi yaklaşık dört saat sürdü. Dört saatte beş fersah.

Saint-Pol'de önüne çıkan ilk handa atının koşum takımlarını çıkarıp onu ahıra götürdü. Scaufflaire'e söz verdiği gibi at yemini yerken yanında durdu. Hüzünlü ve karmaşık şeyler düşünüyordu.

Hancının karısı ahıra girdi.

— Mösyö yemek yemek ister mi?

— Vay canına, doğru, dedi, çok acıkmışım.

Temiz ve şen bir yüzü olan bu kadını izledi. Kadın onu masaların üzerinde örtü yerine muşambalar olan alçak tavanlı bir salona götürdü.

— Biraz çabuk olun, dedi, bir an önce yola çıkmam lazım.

Şişman bir Flaman hizmetçi kadın hemen tabağı getirdi. Yolcu ona iç huzuruyla bakıyordu.

— İşte ihtiyacım buymuş, diye düşündü. Yemek yememiştim.

Yemek servis edildiğinde hemen ekmeği alıp bir parça ısırdı, ardından yavaşça masanın üzerine bırakıp bir daha dokunmadı.

Yan masada yemek yiyen bir arabacıya:

— Ekmekleri neden bu kadar acı? diye sordu. Alman arabacı onu duymadı.

Ahıra atın yanına döndü.

Bir saat sonra Saint-Pol'den ayrılıp Arras'a beş fersah uzaklıktaki Tinques'e yöneldi.

Yolculuk sırasında ne yapıyor, ne düşünüyordu? Sabah olduğu gibi ağaçlara, samandan çatılara, ekilmiş tarlalara, yolun her dönemecinde dağılarak kaybolup giden manzaraya bakıyordu. Bu seyir bazen ruha yeterli gelir, onu âdeta düşünceden uzaklaştırır. Binlerce şeyi ilk kez ve son kez görmekten daha melankolik ve daha etkileyici ne olabilir ki? Yolculuk etmek her an doğup, her an ölmek anlamına gelir. Belki de zihninin belli belirsiz derinliklerinde bu değişen ufuklarla insanın varoluşunu yakınlaştırıyordu. Yaşamın her nesnesi sürekli olarak önümüzden kaçıp gider. Karanlıklar ve aydınlıklar birbirlerine karışır. Bir göz kamaşmasının ardından, bir karaltı; bakılır, acele edilir, geçip gideni yakalamak için eller uzatılır; her olay bir yolun dönemecidir; ve aniden insan yaşlanmış olduğunu fark eder. Sanki bir sarsıntı hissedilir, her şey siyaha bürünür, karanlık bir kapı belirir, yaşamın sizi sürükleyen kasvetli atı durur. Ve yüzü peçeli meçhul birinin karanlıklar içinde onun koşum takımını çözdüğü görülür.

Okuldan çıkan çocuklar Tinques'e giren bu yolcuya bakarken akşamın alacakaranlığı çökmeye başlamıştı. Hâlâ yılın kısa günleri yaşanıyordu. Tinques'de durmadı. Köyden çıkarken, yola taş döşeyen bir işçi başını kaldırıp:

— At çok yorulmuşa benziyor, dedi.

Gerçekten de zavallı hayvan ağır gidiyordu.

— Arras'a mı gidiyorsunuz? diye sordu yol işçisi.

— Evet.

— Bu tempoyla giderseniz, oraya erken varamazsınız.

Atı durdurup:

— Buradan Arras'a ne kadar yol var? diye sordu.

— Yaklaşık yedi fersah.

— Nasıl olur? Posta konakları arasındaki mesafeleri yazan kitapçıkta beş fersah bir çeyrek yazıyor.

— Ah! diye karşılık verdi yol işçisi, demek yolda onarım olduğunu bilmiyorsunuz? Bir çeyrek fersah sonra yol kesilecek. Daha ileri gitmek mümkün değil.

— Öyle mi?

— Sola dönüp Carency'ye giden yolu izleyeceksiniz, ırmağı geçtikten sonra Camblin'e varacak, oradan sağa, Arras'a giden Mont-Saint-Eloy yoluna sapacaksınız.

— Ama hava kararıyor, yolumu kaybederim.

— Buralı değil misiniz?

— Hayır.

— Üstelik hepsi de sapa yollar. Bakın mösyö, dedi yol işçisi, size bir öğüt vermemi ister misiniz? Atınız yorgun; Tinques'e dönün. Orada iyi bir han var. Geceyi bu handa geçirip sabah Arras'a gidersiniz.

— Bu akşam orada olmam gerek.

— O zaman başka. Yine de o hana gidip takviye bir at alın. Atlara bakan çocuk size rehberlik eder.

Yol işçisinin sözünü dinleyip geri döndü. Yarım saat sonra aynı yoldan ama bu kez takviye olarak aldığı güçlü atı tırısa kalkmış bir halde yeniden geçiyordu. Ahırdan bir çocuk arabanın sürücü koltuğuna oturmuştu.

Yine de vakit kaybettiğini hissediyordu.

Hava tamamen kararmıştı.

Sapa yola girdiler. Yol giderek berbatlaşıyor, araba bir hendekten diğerine sıçrıyordu. Arabayı süren çocuğa:

— Hep tırıs gidersen çifte bahşiş veririm, dedi.

Bir sarsıntıda falaka kırıldı.

— Mösyö, dedi çocuk, falaka kırıldı, atımı nasıl koşacağımı bilmiyorum, bu yol karanlıkta daha da berbattır, Tinques'e dönüp geceyi orada geçirirseniz, yarın sabah erkenden Arras'ta oluruz.

— Bir ip ve bıçak var mı? diye karşılık verdi.

— Evet mösyö.

Bir ağaç dalını kesip falaka yaptı.

Yirmi dakika daha kaybetseler de, bu kez dörtnala yola koyuldular.

Ova kapkaranlıktı. Alçak, kısa, siyah sis bulutları tepelere yayıldıktan sonra, duman gibi göğe yükseliyorlardı. Bulutlardan beyazımtırak ışık huzmeleri yayılıyordu. Denizden gelen sert bir rüzgâr ufkun her köşesinde evdeki mobilyaları çeken birinin çıkardığına benzer bir gürültü yayıyordu. Hayal meyal seçilebilen her şey insanda korku uyandıran görüntüler sergiliyordu. Gecenin bu derin soluklarında ne çok şey titreşiyordu!

Soğuk içine işliyordu. Dünden beri hiçbir şey yememişti. Digne yakınlarındaki geniş ovada yaptığı gece yürüyüşünü belli belirsiz hatırlıyor, sekiz yıl önceki bu macera ona sanki dün yaşanmış gibi geliyordu.

Uzaklardaki bir çanın sesi duyuldu.

— Saat kaç?

— Yedi mösyö, Saat sekizde Arras'ta olacağız. Üç fersah yolumuz kaldı.

O sırada zihninde daha önce nasıl olup da akıl edemediğine şaşırdığı bir düşünce belirdi: Belki de harcadığı bunca çaba boşa gidecekti; en azından duruşmanın saatini öğrenebilirdi; bir işe yarayıp yaramayacağını bilmeden böyle bilinçsizce yola çıkması tam bir saçmalıktı. Sonra kafasında bazı hesaplar yaptı: Ceza mahkemesi duruşmaları genellikle sabah dokuzda başlardı ve çok uzun sürmezdi; elma hırsızlığı davası fazla zaman almayacak, kimlik belirlenmesinden sonra, birkaç tanık dinlenecek, avukatlara pek iş düşmeyecekti ve kendisi de oraya mahkeme karara vardıktan sonra ulaşacaktı!

Arabacı çocuk atları kamçılıyordu. Irmağı geçmişler ve Mont-Saint-Eloy'u geride bırakmışlardı. Hava giderek daha da kararıyordu.

VI

Rahibe Simplice'in Sınavı

Tam da o sırada Fantine sevinç içindeydi.

Geceyi çok kötü geçirmiş, ateşinin iyice yükselmesine eşlik eden korkunç öksürük nöbetleri yüzünden hayaller görmüştü. Sabah, doktorun ziyareti sırasında sayıklıyordu. Biraz paniğe kapılmış gibi görünen doktor, M. Madeleine gelir gelmez kendisine haber verilmesini istemişti.

Sabah boyunca kaygılı tavırlar sergileyen Fantine az konuştu ve bir şeylerle uğraşmak için çarşafında kıvrımlar oluşturmaya başladı. Çukurlaşmış, feri sönmüş sabit bakan gözleri ara sıra aydınlanıyor, yıldızlar gibi ışıklar saçıyordu. Kasvetli bir saat yaklaştığında, göğün aydınlığı, âdeta yeryüzünün aydınlığının boşalttığı mekânları doldurur.

Hemşire Simplice'in kendisini nasıl hissettiğini her soruşunda, hep aynı cevabı veriyordu: "İyiyim. M. Madeleine'i görmek istiyorum."

Fantine birkaç ay önce, iffetinin, onurunun, neşesinin son anlarını yaşarken, kendi kendinin gölgesiydi, şimdi ise kendinin hayaletiydi. Fiziki koşullar, manevi sıkıntıların etkisini hızlandırmıştı. Yirmi beş yaşındaki bu yaratığın alnı kırışmış, yanakları pörsümüş, burun delikleri büzülmüş, diş etleri çekilmiş, yüzü kurşun rengine bürünmüş, boynunun kemikleri çıkmış, köprücük kemikleri iyice belirginleşmiş, kolları bacakları cılızlaşmış, teni toprak rengine boyanmış, sarı saçlarına aklar karışmıştı. Ne yazık! Hastalık yaşlılığın belirtilerini nasıl da hemen ortaya çıkarıyor!

Öğlen tekrar gelen doktor bazı tavsiyeler verdikten sonra sayın başkanın revire gelip gelmediğini sordu, aldığı yanıt karşısında başını salladı.

M. Madeleine her gün saat üçte hastayı görmeye gelirdi. Dakiklik iyiliğin bir göstergesi olduğu için dakikti.

Saat iki buçuğa doğru Fantine hareketlenmeye başladı. Yirmi dakika içinde rahibeye en az on kere "Hemşirem, saat kaç?" diye sordu.

Saat üçü çaldığında, üçüncü çanla birlikte genellikle yatağında güçlükle hareket edebilen Fantine doğruldu; sararmış, kurumuş kasılan ellerini bir gerginlikle birleştirdiğinde hemşire onun bir bezginlik halinden sıyrılmak istermişçesine derin derin iç çektiğini duydu. Fantine dönüp kapıya baktı.

Kapı açılmadı; içeri kimse girmedi.

Hiç kımıldamadan, gözlerini kapıya dikmiş, soluğunu tutmuş bir halde on beş dakika bekledi. Hemşire onunla konuşmaya cesaret edemedi. Kilisenin çanı üçü çeyrek geceyi çaldığında Fantine kendini yastığının üzerine bıraktı.

Hiçbir şey söylemeden çarşafında yeniden kıvrımlar oluşturmaya başladı.

Yarım saat, ardından bir saat geçti, kimse gelmedi; saatin her çalışında Fantine yatağında doğruluyor, kapıya bakıyor, ardından yeniden yastığına gömülüyordu.

Ne düşündüğü açıkça anlaşılsa da, o hiçbir şey söylemiyor, hiç yakınmıyor, sadece kaygı verici bir şekilde öksürüyor, âdeta üzerine bir karanlık çöküyordu. Yüzü solgun, dudakları maviydi. Ara sıra gülümsüyordu.

Saat beşi çaldığında, hemşire onun alçak sesle, sakince şunları söylediğini duydu: "Ama yarın gidecek olmama rağmen, beni bugün görmeye gelmemekle haksızlık ediyor!"

Hemşire Simplice de kendi payına M. Madeleine'in gelmemiş olmasına şaşırıyordu.

Bu arada yatağından tavana bakan Fantine bir şeyler hatırlamaya çalışırmış gibi görünüyordu. Aniden bir soluğu andıran zayıf bir sesle şarkı söylemeye başladı. Hemşire Fantine'in şarkısını dinliyordu:

Varoşlar boyunca gezerken
Sana ne güzel elbiseler alacağız.

Peygamberçiçekleri mavi, güller pembe,
Peygamberçiçekleri mavi, sevdiklerime kavuşacağız.

Sobamın yanında duran Meryem Ana
Dün işlemeli kaftanıyla dedi ki bana:
İşte bir gün benden istediğin çocuk kaftanımın altında,
Hemen şehre koşup iplik, yüksük alın,
Unutmayın kumaşı da.

Varoşlar boyunca gezerken
Sana ne güzel elbiseler alacağız.
Sobamın yanında duran kutsal Meryem Ana
Kurdelelerle süslenmiş bir beşik yaptım ona.
Tanrı en güzel yıldızını sunacaktı bana,
Çocuğumu tercih ettim ona.
Madam bu kumaştan ne yapacağız?
Bebeğime çeyiz hazırlayacaksınız.

Yıkayın bu kumaşı. Nerede? Derede.
Hazırlayın ondan, hiç kirletmeden, yıpratmadan,
Üzerine çiçekler işleyeceğim
Güzel bir etek ve zıbın.
Madam, bebek ortada yok, kumaşı ne yapmalı?
Beni gömmek için bir kefen
Hiçbir süsü olmamalı.
Varoşlar boyunca gezerken
Sana ne güzel giysiler alacağız.
Peygamberçiçekleri mavi, güller pembe.
Peygamberçiçekleri mavi, sevdiklerime kavuşacağız.

Çocuğundan ayrı düştüğünden beri aklına hiç gelmeyen bu eski şarkı eskiden küçük Cosette'ini uyuturken söylediği bir ninniydi. Bu şarkıyı insanı hatta bir rahibeyi ağlatacak ölçüde hüzünlü ve yumuşak bir sesle söylüyordu. Her zaman ağırbaşlı ve ciddi davranmaya alışkın olan rahibe gözünde bir damla yaşın belirdiğini hissediyordu.

Altıyı çalan saati duymamış gibi görünen Fantine etrafındaki hiçbir şeyle ilgilenmiyordu.

Hemşire Simplice sayın başkanın geri dönüp dönmediğini, revire gelip gelmeyeceğini öğrenmek üzere fabrikanın kapıcısına bir hizmetçi kızı gönderdi. Kız birkaç dakika sonra geri döndü.

Yatağında hiç kımıldamadan yatan Fantine derin düşüncelere dalmış gibi görünüyordu.

Hizmetçi kız Hemşire Simplice'e alçak sesle, sayın başkanın sabahın altısına doğru bu soğuk havada, beyaz bir at koşulmuş iki tekerlekli bir arabayla, yanına bir arabacı bile almadan tek başına yola çıktığını, kimsenin nereye gittiğini bilmediğini, bazılarının onu Arras yolunun dönemecinde, bazılarının ise Paris yolunda gördüklerini söylediklerini anlattı. Yola çıkarken kapıcı kadına her zamanki uysal ifadesiyle bu akşam dönmeyeceğini söylemişti sadece.

İki kadın, sırtlarını Fantine'in yatağına dönmüş bir halde fısıldaşıyorlardı, hizmetçi kız hemşirenin sorularını yanıtlarken, Fantine bazı hastalıkların, sağlıklı bir insanın özgür hareketleriyle ölümün ürkütücü zaafiyetini bir araya getiren o telaşlı çevikliğiyle dizlerinin üzerinde doğrulmuş, büzüşmüş yumruklarını yastığına dayamış, başını yatağının perdeleri arasından dışarı çıkarıp onları dinlemeye başlamıştı. Aniden bağırdı:

— M. Madeleine'den bahsediyorsunuz! Neden alçak sesle konuşuyorsunuz? Ne yapıyor? Neden gelmiyor?

Sesi kendisine korkuyla dönen iki kadının bir erkek sesi duyduklarını sanacakları kadar sert ve boğuktu.

— Cevap verin! diye bağırdı Fantine.

Hizmetçi kız kekeledi:

— Kapıcı kadın bana bugün gelemeyeceğini söyledi.

— Çocuğum, dedi hemşire, sakin olun, yatağınıza uzanın.

Pozisyonunu hiç değiştirmeyen Fantine hem buyurgan hem de yürek sızlatan bir sesle:

— Gelemeyecek mi? Ama neden? Neden gelemeyeceğini biliyorsunuz. Aranızda fısıldaşıyordunuz. Nedenini öğrenmek istiyorum.

Hizmetçi kız aceleyle rahibenin kulağına şunları söyledi: "Ona belediye meclisi toplantısında olduğunu söyleyin."

Hizmetçi kızın söylediklerinin yalan olduğunu fark eden Hemşire Simplice hafifçe kızardı. Bir yandan da, hastaya gerçeği söylemenin ona korkunç bir darbe indirmek anlamına geleceğini, Fantine'in içinde bulunduğu durumda bunun tehlikeli sonuçları olabileceğini düşünüyordu. Yüzünün kızarması uzun sürmedi. Hemşire dingin ve hüzünlü bakışlarını Fantine'e yöneltip:

— Sayın başkan gitmiş, dedi.

Doğrulan Fantine bağdaş kurarak oturdu. Gözleri parlarken o kederli yüzde beklenmedik bir sevinç ışıltısı belirdi.

— Gitmiş! diye haykırdı. Cosette'imi almaya gitmiş!

Ardından iki elini yukarı doğru kaldırırken yüzünü tasvir edilemez bir ifade kapladı. Dudakları kımıldıyor, alçak sesle dua ediyordu.

Duası bittiğinde "Hemşirem," dedi, "yatağıma yeniden uzanıyorum, benden ne isterseniz onu yapacağım; az önce hata ettim, yüksek sesle konuştuğum için sizden beni bağışlamanızı diliyorum, yüksek sesle konuşmak kötü bir davranıştır, bunu iyi biliyorum, sevgili hemşirem, ama anlarsınız, çok mutluyum. Tanrı uludur, M. Madeleine iyi yüreklidir; düşünsenize küçük Cosette'imi almak için Montfermeil'e gitmiş."

Yeniden yatağına uzanıp yastığını düzelten rahibeye yardımcı oldu ve Hemşire Simplice'in kendine hediye ettiği boynundaki küçük gümüş haçı öptü.

— Çocuğum, dedi hemşire, şimdi dinlenin ve artık konuşmayın.

Fantine iki nemli eliyle bu terlemeyi hissederek canı sıkılan hemşirenin elini tuttu.

— Bu sabah Paris'e gitmek için yola çıkmış. Aslında Paris'ten geçmesine bile gerek yok. Montfermeil, Paris'ten önce biraz solda kalır. Ona dün Cosette'ten söz ettiğimde bana *yakında*, *yakında* dediğini hatırlıyor musunuz?

Bana sürpriz yapmak istiyor. Biliyor musunuz? Bana kızımı Thénardierlerden geri almak için bir kâğıt imzalattırdı. Karşı çıkamazlar, öyle değil mi? Yetkililer emanet edilen bir çocuğun parası ödendikten sonra alıkoyulmasına göz yummazlar. Hemşirem, benden susmamı istemeyin. Çok mutluyum, çok iyiyim, hiçbir şeyim kalmadı, Cosette'i yeniden göreceğim, hatta karnım çok acıktı. Onu görmeyeli beş yıl oldu. Siz bunu anlayamazsınız! Üstelik göreceksiniz, çok kibardır! Ne güzel, küçük, pembe parmakları olduğunu bilseydiniz! Öncellikle elleri çok güzel olacak. Bir yaşındayken elleri gülünç görünüyordu. Tıpkı benimkiler gibi! Şimdi büyümüş olmalı. Yedi yaşında bir matmazel. Ben ona Cosette diyorum ama asıl adı Euphrasie. Bu sabah şöminenin üzerindeki toza bakarken, yakında Cosette'ime kavuşacağımı sezinlemiştim. Tanrım! İnsanın çocuklarını yıllar boyunca görmemesi ne büyük hata! Hayatın sonsuza dek sürmeyeceğini düşünmek gerekiyordu! Ah! Sayın başkan onu almaya gitmekle ne iyi yaptı! Demek hava çok soğuk? En azından paltosunu alsaydı. Yarın burada olacak, öyle değil mi? Yarın bayram olacak. Hemşirem, yarın sabah bana dantelli küçük başlığımı giymemi hatırlatır mısınız? Montfermeil büyük bir kasabadır. Bir zamanlar oraya yaya olarak gitmiştim. Bana oldukça uzak gelmişti. Ama artık posta arabaları çok hızlı gidiyor! Cosette ile birlikte yarın burada olacak. Burayla Montfermeil'in arası ne kadar?

Mesafeler konusunda hiçbir bilgisi olmayan hemşire "Ah! Sanırım yarın burada olacak," diye yanıtladı.

— Yarın! Yarın! dedi Fantine. Yarın Cosette'i göreceğim! Ulu Tanrı'nın iyi yürekli hemşiresi, bakın artık hasta değilim. Çılgına döndüm. İsteyen olursa, kalkıp dans bile ederim.

Onu on beş dakika önce gören biri, şimdi onu tanıyamayacaktı. Pembeleşmiş teniyle canlı ve doğal bir sesle konuşuyor, tüm yüzünü bir gülümseme kaplıyordu. Ara sıra kendi kendine alçak sesle konuşurken gülüyordu. Annelerin sevinci neredeyse çocukların sevincine benzer.

— Tamam artık, dedi rahibe, işte mutlusunuz, ama sözümü dinleyip artık konuşmayın.

Başını yastığa koyan Fantine alçak sesle:

— Evet dinlen, yarın çocuğunu göreceğine göre akıllı davran. Hemişre Simplice haklı, buradaki herkes haklı, dedi.

Ardından hiç kımıldamadan, başını bile oynatmadan, fal taşı gibi açılmış gözleri ve neşeli ifadesiyle dört bir yana bakmaya başladı ve hiç sesini çıkarmadı.

Hemşire uyuyacağını umarak yatağın perdelerini kapattı.

Saat yedi buçuk civarında gelen doktor, hiçbir gürültü duymadığı için Fantine'in uyuduğunu sanıp parmak uçlarına basarak yavaşça yatağa yaklaştı. Perdeleri araladığında, idare lambasının ışığında Fantine'in iri dingin gözleriyle kendisine baktığını gördü.

— Mösyö, onun yatması için yanıma küçük bir yatak konacak, öyle değil mi? diye sordu.

Doktor sayıkladığını düşünürken ekledi:

— Bakın, burada yeterince yer var.

Doktor Hemşire Simplice'i bir kenara çekip ondan olup bitenleri, M. Madeleine'in bir iki günlüğüne burada olmayacağını, sayın başkanın Montfermeil'e gittiğini sanan hastanın kafasını karıştırmamak için ona kesin bir şey söylenmediğini, netice itibarıyla tahmininde haklı olabileceğini öğrendiğinde başını onaylarcasına salladı.

Kendisine seslenen Fantine'in yatağına yanaştı:

— Düşünsenize sabah uyandığında o küçük kediciğe günaydın diyeceğim ve gece uyumadan onun uykudaki soluğunu dinleyeceğim. Dingin soluk alışverişi bana iyi gelecek.

— Bana elinizi verin, dedi doktor.

Elini uzatırken gülerek haykırdı:

— Ah! Bakın! Aslında bilmiyorsunuz! Artık iyileştim. Cosette yarın geliyor.

Doktor afalladı. Durumu iyiydi. Nefes darlığı azalmış, nabzı güçlenmişti. Sanki yeni bir hayat bu zavallı tükenmiş hastaya can vermişti.

— Sayın doktor, diye devam etti, hemşire size sayın başkanın küçük kızımı almaya gittiğini söyledi mi?

Ona sakin olmasını, sağlığına zarar verecek aşırı heyecanlardan kaçınmasını öğütleyen doktor kaynamış kınakına ve ateşinin çıkması halinde verilecek ateş düşürücü bir ilaç yazdı. Giderken hemşireye şunları söyledi: "Durumu iyi. Kim bilir? Kader yarın sayın başkanın çocukla birlikte buraya dönmesini sağlar. Çok şaşırtıcı dönüşümlere, büyük sevinçlerin hastalıkları sona erdirdiğine rastlanmıştır; bunun oldukça ilerlemiş bir hastalık olduğunu biliyorum ama bütün bunlar çok gizemli şeyler! Belki de onu kurtaracağız."

VII

Yolcu Gelir Gelmez Dönüş Hazırlıklarına Başlıyor

Yolda bıraktığımız araba, Arras'taki *Poste* otelinin araba kapısından içeri girdiğinde saat sekize geliyordu. Şu ana kadar izlediğimiz adam arabadan inip han görevlilerinin nazik sorularına dalgın bir şekilde karşılık verdi, takviye atı geri gönderdikten sonra küçük beyaz atı bizzat kendisi ahıra götürdü; ardından zemin kattaki bir bilardo salonunun kapısını itti, bir masaya oturdu. Altı saatte alacağını umduğu yolu on dört saatte kat etmişti. Ama bunun kendi suçu olmadığını kabul ediyor, pek de öfkelenmiyordu.

Otelci kadın içeri girdi.

— Mösyö geceyi burada geçirecek mi? Yemek yiyecek mi?

Başını olumsuz bir ifadeyle salladı.

— Ahırda çalışan çocuk mösyönün atının çok yorgun olduğunu söylüyor.

Burada sessizliği bozdu.

— At yarın sabah yola çıkabilir mi?

— Ah mösyö! En az iki gün dinlenmesi gerekir.

— Posta bürosu burada mı?

— Evet mösyö.

Otelci kadın onu büroya götürdüğünde kimliğini gösterip, o gece posta arabasıyla Montreuil-sur-mer'e geri dönüp dönemeyeceğini sordu; arabacının yanındaki koltuk boştu; parasını ödeyip biletini aldı. "Mösyö araba saat tam birde kalkıyor, gecikmeyin," dedi görevli.

İşini hallettikten sonra otelden çıkıp şehirde yürümeye başladı.

Arras'ı tanımadığı için karanlık caddelerde rastgele yürüyordu. Yine de, gelip geçenlere adres sormaktan kaçınırmış gibi bir hali vardı. Küçük Crinchon deresini geçtikten sonra dar sokaklardan oluşan bir labirentte yolunu kaybetti. Bir burjuva el feneriyle kendisine doğru geliyordu. Bir duraksamanın ardından, birilerinin soracağı soruyu duyacağından korkuyormuşçasına önüne arkasına bakıp bu adama danışmaya karar verdi.

— Mösyö, dedi, Adliye Sarayı nerede, söyleyebilir misiniz?

— Demek buralı değilsiniz mösyö, diye karşılık verdi epey yaşlıca bir adam olan burjuva, tamam o zaman beni izleyin. Ben de Adliye Sarayı'na yani Vali Konağı'na doğru gidiyordum. Şu sıralar Adliye Sarayı tadilatta olduğu için davalar geçici olarak valilikte görülüyor.

— Ceza mahkemeleri de mi orada?

— Elbette mösyö; size anlatayım, bugünkü Vali Konağı devrimden önce Piskoposluk'tu. 82'de piskopos olan Mösyö Conzié oraya büyük bir salon inşa ettirmişti. İşte yargılamalar o büyük salonda yapılıyor.

Yolda burjuva devam etti:

— Mösyö bir davayı izlemek istiyorsa, sanırım biraz geç oldu. Duruşmalar genellikle altıda biter.

Bu arada, büyük meydana vardıklarında burjuva ona geniş, karanlık bir binanın cephesindeki ışıklarla aydınlanmış dört büyük pencereyi gösterdi.

— Şuraya bakın, mösyö, şansınız varmış, tam saatinde geldiniz. Şu dört pencereyi görüyor musunuz? Ceza mahkemeleri oradadır. Işıklar yandığına göre davalar uzamış, duruşmalar akşama kalmış olmalı. Bir davayı izlemeye mi geldiniz? Cinayet davası mı? Tanık mısınız?

— Herhangi bir davayı izlemeye gelmedim, sadece bir avukatla görüşeceğim.

— O zaman başka, dedi burjuva. Bakın mösyö, işte nöbetçinin beklediği kapı. Büyük merdivenden yukarı çıkacaksınız.

Burjuvanın söylediklerini yerine getirdi. Birkaç dakika sonra, büyük bir kalabalığın ve sağda solda gruplaşmış halde fısıldaşan cübbeli avukatların bulunduğu bir salona ulaştı.

Mahkeme salonlarının kapısında kendi aralarında mırıldanan kara cübbeli adamlardan oluşan bu grupları görmek her zaman insanın yüreğini daraltır. Merhamet ve acıma sözcüklerinin yayılmasına nadir rastlanan bu sohbetlerde, sıklıkla önceden belirlenmiş mahkûmiyetler tartışılır. Bu gruplar yanlarından geçen hayalperest bir gözlemciye vızıldayan zihinlerin toplu halde her türden kasvetli yapılar inşa ettikleri karanlık kovanlar gibi görünür.

Bu geniş ve tek bir lambayla aydınlanmış salon eski piskoposluğun giriş bölümüydü. Ceza davalarının görüldüğü büyük salondan o sırada kapalı duran iki kanatlı bir kapıyla ayrılıyordu.

Ortam çok loş olduğundan önüne çıkan ilk avukata danışmakta bir sakınca görmedi.

— Mösyö, dedi, davalar ne durumda?

— Bitti, dedi avukat.

— Bitti!

Bu sözü avukatın geri dönmesine neden olacak ölçüde etkileyici bir ses tonuyla söylemişti.

— Pardon, mösyö, akrabası mısınız?

— Hayır burada kimseyi tanımıyorum. Peki mahkûmiyet kararı verildi mi?

— Elbette. Başka bir karar çıkması mümkün değildi.

— Kürek cezası mı?

— Ömür boyu.

Güçlükle duyulabilen ölgün bir sesle sordu:

— Kimlik tespiti yapıldı mı?

— Ne kimliği? diye karşılık verdi avukat. Kimlik tespitine gerek yok. Her şey ortada. O kadın çocuğunu öldürmüştü, bu durum kanıtlandı, mahkeme heyeti kasıt unsurunu dikkate almayıp müebbet hapis cezası verdi.

— Demek bir kadın?

— Elbette. Adı Limosin. Ama siz neden söz ediyorsunuz?

— Hiçbir şeyden ama dava sonuçlandıysa, salon neden hâlâ aydınlık?

— İki saat önce başlayan başka bir dava yüzünden.

— Hangi dava?

— Ah! Onun da sonucu belli. Dilenci kılıklı bir adam, kürek cezasına mahkûm olmuş eski bir sabıkalı, hırsızlık yapmış. Adını bilmiyorum. Haydut suratlının teki. Sadece yüz ifadesinden dolayı onu kürek cezasına mahkûm ederdim.

— Mösyö, diye sordu, salona girme imkânı var mı?

— Pek sanmam. İçerisi ağzına kadar dolu. Yine de duruşmaya ara verildiğinde dışarı çıkanlar oldu, oturum başlarken girmeyi deneyebilirsiniz.

— Nereden giriliyor?

— Şu büyük kapıdan.

Avukat yanından ayrıldıktan sonra, neredeyse aynı anda olası tüm duyguları birbirine karışmış bir halde yaşadı. Bu kayıtsız avukatın sözleri yüreğini peş peşe buzdan iğneler ve ateşten bıçaklar gibi delmişti. Henüz hiçbir şeyin sona ermediğini anlayınca bir soluk aldı ama hissettiğinin memnuniyet mi yoksa keder mi olduğunu kendi bile söyleyemezdi.

Birçok grubun yanına yaklaşıp söylenenleri dinledi. Duruşma listesi çok yüklü olduğundan, mahkeme başkanı bugün iki sıradan davanın daha görülmesine karar vermişti. Çocuk katilinden başlanmış, şimdi sıra "dolap beygiri" gibi hep aynı yere, zindana dönen kürek mahkûmuna gelmişti. Bu adamın elma çaldığı söylense de bu, henüz tam olarak kanıtlanmış değildi, ama kanıtlanan daha önce Toulon'da kürek mahkûmu olduğuydu. Bu da işini zorlaştırıyordu. Zaten adamın ve tanıkların ifadesi dinlenmiş, geriye avukatın savunması ve savcının iddianamesi kalmıştı; gece yarısından önce sonuçlanması mümkün değildi. Adam muhtemelen mahkûm olacaktı; şiir yazan zeki ve iyi yürekli bir çocuk olan yargıç *suçlularını asla ıskalamazdı.*

Duruşma salonunun kapısında bir mübaşir vardı.

— Mösyö kapı birazdan açılacak mı? diye sordu mübaşire.

— Açılmayacak.

— Nasıl! Duruşma yeniden başladığında kapı açılmayacak mı?

— Duruşma yeniden başladı, diye yanıtladı mübaşir, ama kapı yeniden açılmayacak.

— Neden?

— Çünkü salon hıncahınç dolu.

— Ne! Tek kişilik bile yer yok mu?

— Hiç yer yok. Kapı kapandı. Kimse içeri giremez.

Mübaşir kısa bir sessizlikten sonra ekledi: "Sayın başkanın arkasında hâlâ iki üç koltuk boş, ama sayın başkan oraya sadece kamu yöneticilerini kabul ediyor."

Mübaşir bunları söyledikten sonra arkasını döndü.

Başını öne eğip bekleme salonunu geçtikten sonra her basamakta tereddüt edermiş gibi görünerek merdivenleri indi. Kendi kendiyle çeliştiği belliydi. Zihninde dünden beri süren şiddetli çatışma sona ermemişti ve her an yeni bir düğüm noktasına evriliyordu. Merdivenin sahanlığına indiğinde, tırabzana yaslanıp kollarını kavuşturdu. Aniden redingotunun düğmelerini açıp iç cebinden cüzdanını aldı, bir kalem çıkarttı, defterinden bir sayfa kopardı ve fenerin ışığında kâğıdın üzerine şunları yazdı: *M. Madeleine, Montreuil-sur-*

mer Belediye Başkanı; ardından merdiveni koşarcasına çıkıp, kalabalığı yararak mübaşire doğru yürüdü, ona kâğıdı uzatıp buyurgan bir ses tonuyla "Bunu sayın başkana iletin," dedi.

Kâğıda bir göz atan mübaşir bu sözlere itaat etti.

VIII

İtibarlı Bir Giriş

Montreuil-sur-mer belediye başkanı farkında olmasa da, oldukça tanınmış bir adamdı. Erdeminin ünü tüm Aşağı Boulonnais'ye yayıldığı yedi yılın ardından, küçük bir bölgenin sınırları dâhilinde kalmakla yetinmemiş ve komşu vilayetlere de ulaşmıştı. Siyah boncuk sanayisini geliştirerek kendi şehrine verdiği saygın hizmetin dışında, Montreuil-sur-mer şehrinin yüz kırk beldesinin tamamına yararı dokunmuş, gerektiğinde, diğer vilayetlere de yardımcı olup sanayilerinin canlanmasına katkıda bulunmuştu. Boulogne'un tül fabrikası, Frévent'in keten iplik üreten imalathanesi, Boubers-sur-Canche'ın su gücüyle işletilen bez fabrikası onun teşvik ve kredileri sayesinde kurulmuştu. M. Madeleine'in ismi her yerde saygıyla anılıyor, Arras ve Douai şehirleri, böyle bir belediye başkanı olan Montreuil-sur-mer'e imreniyordu.

Bu duruşmaya başkanlık eden Douai kraliyet mahkeme heyeti üyesi herkeste derin bir saygı uyandıran bu ismi tanıyordu. Yargıçlar odasını mahkeme salonuna bağlayan kapıyı yavaşça açan mübaşir başkanın koltuğuna doğru eğilip, üzerinde az önce okuduklarımıza ilaveten: *Bu mösyö duruşmaya katılmak istiyor* yazan kâğıdı uzattı. Başkan saygı dolu bir ifadeyle kalemini alıp altına bir şeyler yazdığı kâğıdı mübaşire geri verirken "İçeriye alın," dedi.

Hikâyesini anlattığımız bahtsız adam salonun kapısında mübaşirin yanından ayrıldığı sırada durduğu yerde hiç kımıldamadan beklemişti. Daldığı düşlerin ortasında birinin kendisine: "Mösyö beni izleme onurunu bahşederler mi?" diye sorduğunu duydu. Az önce kendisine sırtını dönen mübaşir şimdi onu yerlere kadar eğilerek selamlıyordu. Kendisine uzattığı kâğıdı açıp yanında duran lambanın ışığında okudu:

Ceza Mahkemesi Heyeti Başkanı, M. Madeleine'e saygılarını sunar.

Bu sözler ağzında garip ve acı bir tat bırakmışçasına kâğıdı buruşturdu.

Mübaşiri takip etti.

Birkaç dakika sonra, yeşil örtülü masanın üzerindeki iki mumun aydınlattığı, duvarları tahta kaplı, kasvetli bir odadaydı. Kulaklarında hâlâ yanından ayrılan mübaşirin son sözleri vardı: "Mösyö, işte mahkeme heyetinin odası; şu kapının bakır tokmağını çevirdiğinizde, kendinizi mahkeme salonunda sayın başkanın koltuğunun arkasında bulacaksınız." Bu sözler zihninde geçtiği dar koridorların ve inip çıktığı siyah merdivenlerin belli belirsiz anısıyla karışıyordu.

Mübaşir onu yalnız bırakmış, o olağanüstü an gelip çatmıştı. Düşüncelerini toplamaya çalışsa da bunu yapmayı başaramıyordu. Düşüncenin beyindeki ipleri özellikle yaşamın acı gerçeklerine bağlanmaları gerektiği anda koparlar. Tam da yargıçların fikir alışverişinde bulunup mahkûmiyet kararı aldıkları yerdeydi. O kadar insanın yaşamının altüst olduğu, az sonra adının yankılanacağı ve kaderinin şu an kesiştiği bu sakin ve ürkütücü odaya şaşkın bir sükûnetle bakıyordu. Önce duvara sonra kendine bakıyor, o odanın bu oda, bu adamın da kendisinin yerinde olmasına şaşırıyordu.

Yirmi dört saatten beri yemek yememiş, arabanın sarsıntılarıyla bitkin düşmüştü, ama bunları hissetmiyordu; âdeta hiçbir şey hissetmiyordu.

Duvarda asılı duran ve içinde bir camın altında Paris Belediye Başkanı ve Bakan Jean Nicholas Pache'ın kendi eliyle yazdığı eski bir mektup bulunan çerçeveye yaklaştı. Pache'ın Komün'e elinde tutuklu olarak bulunan bakanların ve milletvekillerinin listesini yolladığı bu mektubun 9 Haziran, yıl II olarak atılan tarihinde kuşkusuz bir hata vardı. O anda onu gören ve gözlemleyen biri bu mektubu çok ilginç bulduğunu sanırdı, çünkü gözlerini ondan ayıramıyor, tekrar tekrar ama dikkatini yöneltmeden ve umursamadan okuyordu. Fantine'i ve Cosette'i düşünüyordu.

Düşlere dalmış bir halde başını çevirdiğinde, gözleri kendisini ceza mahkemesi salonundan ayıran kapının bakır tokmağına yöneldi. Bu kapıyı neredeyse unutmuştu. Bakır tokmağa sabitlediği bakışları önce dinginken ardından korkunun baskısıyla giderek ürkütücü bir hal aldı. Saçlarının arasından sızan ter damlaları şakaklarına boşanıyordu.

Bir an için, isyan duygusuyla karışan bir kendine hâkim olma haliyle: *Lanet olsun! Beni oraya girmeye zorlayan biri mi var?* demek isteyen tasvir edilemez bir hareket yaptı. Ardından aceleyle geri dönüp içeri girdiği kapıyı gördü, ona doğru yürüyüp açtı ve dışarı çıktı. Artık o odada değil, dışarıda, az önce geldiği, basamaklar ve kapılarla kesilen, sağda solda hastaların başucundaki idare lambalarına benzer fenerlerle aydınlanan uzun, dar koridordaydı. Soluk alıp etrafı dinledi, arkasında, önünde hiçbir gürültü yoktu; arkasından geliyorlarmış gibi kaçmaya başladı.

Bu koridorun birçok dönemecini geride bıraktıktan sonra tekrar etrafını dinledi. Çevresinde aynı sessizlik, ayaklarının dibinde aynı gölge vardı. Soluk soluğa kalıp sendelediğinde duvara yaslandı. Taş soğuktu, teri alnında donmuştu, titreyerek doğruldu.

O zaman, bu karanlıkta ayakta durup soğuktan ya da başka bir şeyden titrerken düşündü.

Gece ve gündüz boyunca düşünmüştü; artık kendine "Yazık!" diyen bir sesten başka bir şey duymuyordu.

Bir çeyrek saat böyle geçti. Nihayet başını öne eğip endişeyle iç çekti, kollarını aşağı sarkıtıp geri döndü. Yavaşça ve perişan bir halde yürüyor, birinin kendini yakalayıp geri götürdüğünü duyumsuyordu.

Mahkeme heyetinin odasına geri döndü. İlk önce kapının tokmağını fark etti. Bu yuvarlak ve cilalı bakırdan tokmak gözünde dehşet verici bir yıldız gibi parlıyordu. Ona kaplanla karşı karşıya duran bir koyun gibi bakıyor, gözlerini ondan ayıramıyordu.

Ara sıra bir adım atıp kapıya yaklaşıyordu. Kulak verseydi yan salondan gelen karmaşık bir mırıldanmanın gürültüsünü duyacaktı ama dinlemiyor, duymuyordu.

Aniden, nasıl olduğunu anlamadan kendini kapının yanında buldu, kasılan parmaklarının tokmağı kavramasıyla kapı açıldı.

Duruşma salonundaydı.

IX

Kararların Şekillendiği Bir Mekân

Bir adım attı, arkasındaki kapıyı farkına varmadan kapadıktan sonra ayakta durarak etrafını gözlemledi.

Kâh uğultuların kâh sessizliğin hâkim olduğu, bir ceza davasının kalabalığın ortasında sıradan ve iğrenç ciddiyetiyle işini gördüğü, yetersiz aydınlatılmış, oldukça geniş bir salondu.

Salonun kendinin de bulunduğu bir ucunda yıpranmış cübbeleri ve dalgın ifadeleriyle tırnaklarını kemiren ya da gözlerini kapatan yargıçlar, diğer ucunda yırtık pırtık giysili bir kalabalık, birbirlerinden farklı tavırlar sergileyen avukatlar, dürüst ve sert yüzlü askerler, yıpranmış ve lekeli duvar kaplamaları, kirli bir tavan, yeşilden çok sarıya benzeyen şayaklarla kaplı masalar, ellerin değmesiyle siyahlaşmış kapılar, duvara çakılan çivilere asılmış aydınlıktan çok duman yayan meyhane lambaları, masaların üzerindeki bakır şamdanlardaki mumlar, karanlık, çirkinlik, hüzün vardı ve yasa olarak anılan o büyük insani olgunun ve adalet olarak anılan o büyük ilahi olgunun varlığı hissedildiği için tüm bunlar ağırbaşlı ve yüce bir görünüm kazanıyordu.

Kalabalıktan kimse onu fark etmedi. Tüm bakışlar tek bir noktaya, başkanın solundaki duvarda, küçük bir kapıya yaslanmış tahta bir banka yönelmişti. Birçok mumun aydınlattığı bu bankın üzerinde iki jandarmanın arasında duran bir adam vardı.

Bu adam, o adamdı.

Onu aramadı, onu gördü. Gözleri sanki bu yüzün nerede olduğunu önceden biliyorlarmış gibi kendiliğinden o noktaya yöneldi.

Yüzü tam anlamıyla benzemese de, tavırlarında, görünümünde, gür saçlarında, vahşi ve endişeli gözbebeklerinde, gömleğinde yaşlanmış halini görür gibi oldu. Bu adam, Digne'e girdiği günkü gibi öfke doluydu ve on dokuz yıl boyunca zindanın döşemesinden topladığı korkunç düşüncelerinin ruhunda sakladığı iğrenç hazinesini yansıtıyordu.

— Tanrım! Ben de mi bu hale geleceğim? diye düşündü içi ürpererek.

Altmış yaşlarında görünen bu kaba yaratığın, şaşkın ve ürkmüş bir hali vardı.

Kapının kapanma sesinin duyulması üzerine, ona bir yer göstermişlerdi, başını ona çeviren başkan bu kişinin Montreuil-sur-mer belediye başkanı olduğunu anlayarak onu selamlamıştı. Bakanlığının görevleri nedeniyle birçok kez Montreuil-sur-mer'e geldiği için M. Madeleine'i tanıyan savcı da onu aynı şekilde selamladı. O ise bu selamlamaları hayal meyal seçebildi. Âdeta sanrı görüyor, etrafına bakınıyordu.

Yargıçlar, zabıt kâtibi, jandarmalar, acımasız bir merakla olup bitenleri izleyen bir kalabalık, tüm bunları daha önce, yirmi yedi yaşındayken görmüştü. Hareket eden, gerçekliğini hissetiren bu uğursuz görüntüyle yeniden karşı karşıyaydı. Bu, hafızasının bir yanılsaması, düşüncesinin serabı değildi, salonda ete kemiğe bürünmüş halde gerçek jandarmalar, gerçek yargıçlar, gerçek bir kalabalık vardı. Olan olmuştu, geçmişinin lanetli görüntülerinin gerçekliğin tüm ürkütücülüğüyle etrafında yeniden belirdiğini, yeniden canladığını fark ediyordu.

Her şey apaçık önünde duruyordu.

Korkuya kapılıp gözlerini kapadı ve yüreğinin derinliklerinden haykırdı: "Asla!"

Ve kaderin, tüm düşüncelerini titreten, onu çılgına çeviren trajik bir oyunuyla kendisi tam karşısında duruyordu! Herkes yargılanan adamın Jean Valjean olduğunu sanıyordu!

Gözlerinin önünde beklenmedik bir görüntü beliriyor, hayaleti, hayatının en korkunç anının dramını sergiliyordu.

Aynı yargı mekanizması, gecenin aynı saati, yargıçların, askerlerin, izleyicilerin neredeyse aynı olan yüzleri, her şey eskisi gibiydi. Sadece başkanın başının üstünde, mahkûm edildiği dönemde mahkeme salonlarında bulunmayan bir haç vardı. Yargılandığı sırada Tanrı orada değildi.

Birilerinin kendini tanıyabileceği düşüncesiyle ürkerek arkasındaki iskemleye yığıldı. Oturduğunda yüzünü saklamak için yargıçların masalarının üzerindeki bir kâğıt yığınından yararlandı. Şimdi kimseye görünmeden her şeyi görebilirdi. İçine gerçeklik duygusu dolunca yavaş yavaş kendini toparladı. Konuşulanları dinleyecek kadar sakinleşti.

M. Bamatabois mahkeme heyeti üyeleri arasında yer alıyordu.

Javert'i arasa da, tanıkların oturduğu sıra zabıt kâtibinin masasının arkasında kaldığı için onu göremedi. Üstelik, salon söylediğimiz gibi yeterince aydınlık değildi.

İçeri girdiğinde suçlunun avukatı savunmasını tamamlıyordu. Dava üç saatten beri devam ediyordu, artık herkes pürdikkat kesilmişti. Bu kalabalık üç saatten beri korkunç bir gerçek yanılsamasının altında yavaş yavaş ezilen son derece ahmak ya da son derece kurnaz bir adama, bir yabancıya, sefil bir yaratığa bakıyordu. Bu adam, bilindiği gibi, elinde yakındaki Pierron bahçesinin bir elma ağacının olgun elmalarla yüklü kırılmış bir dalıyla yürürken yakalanmıştı. Bu adam kimdi? Hakkında soruşturma yapılmış, hepsi aynı kanaatte olan tanıklar dinlenmiş, tüm tartışmaların sonunda olay aydınlanmıştı. Suçlamada: "Elimizde sadece bir meyve hırsızı, bir sahtekâr değil, eski bir kürek mahkûmu, çok tehlikeli bir haydut, adaletin uzun süreden beri peşinde olduğu ve sekiz yıl önce Toulon Hapishanesi'nden çıktığında anayolda Petit-Gervais adlı gezgin bir çocuğu Ceza Kanunu'nun 383. maddesi çerçevesinde ele alınacak bir şekilde gasp etmiş Jean Valjean adında bir suçlu var. Bu gasp olayı daha sonra kimliği yasal olarak tespit edildiğinde ele alınacak. Yeni bir hırsızlık yaparak suçunu tekrar etti. Onu bu son vakadan dolayı mahkûm edin, önceki suçu daha sonra yargılanacak," deniyordu. Adam bu suçlama ve tanıkların ortak kanaati karşısında şaşırmış gibi görünüyordu. Hayır anlamında hareketler, işaretler yapıyor ya da tavana bakıyordu. Güçlükle konuşup yanıt verse de, tüm benliğiyle bu suçlamayı reddediyordu. Çevresinde savaş düzeni almış bu zekâlar karşısında bir ahmak ve kendini ele geçiren bu toplum karşısında bir yabancı gibiydi. Yine de, onu korkunç bir gelecek bekliyor, iddiaların gerçekliği her dakika artıyor, tüm kalabalık üzerine gitgide daha fazla yüklenen ve felaketine yol açacak bu suçlamaları ondan daha büyük bir endişeyle izliyordu. Üstelik, bir süre sonra kimliği kesin olarak tespit edilip Petit-Gervais davası da mahkûmiyetle sonuçlanırsa, kürek cezasının ölüm cezasına çevrilmesi olasılığı da vardı. Bu adam kimin nesiydi? Bu duyarsızlığı nasıl bir kişilikten kaynaklanıyordu?

Ahmak mı yoksa kurnaz mıydı? Her şeyi çok iyi anlıyor ya da hiçbir şey anlamıyor muydu? Bu sorular izleyicileri olduğu kadar mahkeme heyetini de ikiye bölmüş gibi görünüyordu. Bu davada ürkütücü ve kafa karıştırıcı bir şeyler vardı; dram sadece kasveti değil belirsizliği de içeriyordu. Avukat savunmasını, uzun zamandan beri baronun belagatini temsil eden ve o dönemde Paris'te olduğu kadar, Romorantin ya da Montbrison'da tüm avukatlarca kullanılan, günümüzde ise klasikleştiği için etkileyici ciddiyeti ve görkemli dokunaklılığı nedeniyle sadece savcılar kurulunun resmi sözcülerine yaraşan o taşra diliyle yapmıştı. Bu dilde, karı ve koca *eş*, Paris, *sanatın ve uygarlığın merkezi*, kral, *hükümdar*, monsenyör piskopos, *papalığın kutsal temsilcisi*, savcı, *kovuşturmanın belagatli yorumcusu*, savunmalar, *kulağın algıladığı vurgular*, XIV. Louis dönemi, *altın çağ*, tiyatro, *Melpomene tapınağı*, hanedan, *krallarımızın ulvi soyu*, konser, *müzikal şölen*, vilayet garnizon komutanı sayın general, *yiğit savaşçı vs.*, papaz okulu öğrencileri, *ruhani reislik adayları*, gazetelerde çıkan yanlış haberler, *sayfalarının sütunlarında zehir saçan sahtekârlık* vs. anlamına geliyordu. Avukat savunmasına elma hırsızlığı gibi, güzel bir üslupla izahı kolay olmayan vakayla başlamıştı, ama Bénigne Bossuet bile bir cenaze töreninde bir tavuğa göndermede bulunmuş ve işin içinden muvaffakiyetle sıyrılmıştı. Avukat, elma hırsızlığının maddi kanıtlarla desteklenmediğini iddia etmişti. Kimsenin, adını ısrarla Champmathieu olarak andığı müvekkilini duvara tırmanırken ya da dalı kırarken görmediğini, sadece elindeki dalla (avukat buna *küçük bir dal parçası* diyordu) yakalandığını, ama sanığın bu dalı yerde bulup aldığını söylediğini ileri sürüyordu. Aksini kim kanıtlayabilirdi? Hiç kuşku yok ki, bu dal duvara tırmanıp onu koparan hırsız tarafından çalınmış, ardından paniğe kapılan bu düzenbaz dalı yere atmıştı. Ama bu hırsızın Champmathieu olduğunu kanıtlayan neydi? Tek bir şey. Eski bir kürek mahkûmu olması.

Avukat talihsiz bir şekilde kesin olarak saptanan bu niteliği inkâr etmiyordu; sanık Favorelles'de ikâmet etmiş, orada ağaç budayıcılığı yapmıştı, Champmathieu isminin kökeni Jean Mathieu olabilirdi; tüm bunlar doğruydu; ne de olsa dört tanık hiç tereddüt etmeden Champmathieu'nün kürek mahkûmu Jean Valjean olduğunu doğrulamışlardı, avukat bu tanıklıklara sadece müvekkilinin şahsi çıkarlarını gözeten inkârlarla karşı koyabiliyordu; ama onun kürek mahkûmu Jean Valjean olduğu varsayılsa da, bu durum onun elma hırsızı olduğunu kanıtlar mıydı? Bu bir kanıt değil en fazla bir tahmin olabilirdi. Sanık, avukatın da "tüm iyi niyetiyle" kabul ettiği gibi "kötü bir savunma yöntemini" benimsemişti. Hırsızlığı ve kürek mahkûmu olduğunu yadsımakta ısrar ediyordu. Kürek mahkûmu olduğunu itiraf etmesi hiç kuşkusuz yargıçların hoşgörülü davranmalarına yol açacaktı; avukat ona tavsiyede bulunsa da, hiçbir şey itiraf etmezse paçayı kurtaracağını sanan sanık bunu ısrarla reddetmişti. Bu bir hataydı ama zekâsının kıt olup olmadığını da dikkate almak gerekmiyor muydu? Bu adam belli ki ahmağın biriydi. Zindanda yaşadığı uzun bahtsızlıklar, zindandan çıktığında çektiği büyük sefaletler onu alıklaştırmıştı vs., kendini iyi savunamıyordu, ama bu durum onu mahkûm etmek için bir gerekçe sayılabilir miydi? Petit-Gervais olayına gelince, dava konusu olmadığı için ondan hiç söz etmiyordu. Avukat mahkeme heyeti üyelerinden sanığın Jean Valjean olduğuna kesin olarak inanıyorlarsa, ona eski bir kürek mahkûmuna uygun düşen polisiye yaptırımları uygulamalarını ve onu aynı suçu işleyen bir kürek mahkûmu olarak korkunç bir şekilde cezalandırmamalarını rica etti.

Savcı avukata genellikle tüm savcıların yaptığı gibi sert bir üslup ve süslü cümlelerle yanıt verdi.

Avukatı "açıksözlülüğünden" dolayı kutlayıp bu açıksözlülükten ustaca yararlandı. Avukatın verdiği tüm tavizler sayesinde sanığa yüklendi. Avukat sanığın Jean Valjean olduğunu kabul etmiş gibi görünüyordu. Bunu fırsat bilerek bu adamın Jean Valjean olduğunu iddia etti. Mahkeme heyeti tarafından kabul edildiği için, bu tartışılamazdı. Savcı burada suçların kaynaklarına ve nedenlerine inip ilginç bir bağlantı kurdu, daha başlangıç döneminde *Oriflamme* ve *Quotidienne*'in eleştirmenlerinin *şeytanın akımı* olarak adlandırmaya layık gördükleri romantik akıma yüklendi ve akla uygun bir şekilde Champmathieu'nün, daha doğrusu Jean Valjean'ın suçunu bu sapkın edebî akımın etkisiyle bağlantılandırdı. Değerlendirmelerini tamamladığında, Jean Valjean'a geçti. Bu Jean Valjean kimdi? Jean Valjean'ın tasviri toplumun kustuğu bir canavar, vs. Theramenes'in söylevlerinde yer alan bu tür tasvirler trajedinin işine yaramasa da, hukuki belagate her zaman hizmet eder. Dinleyiciler ve mahkeme heyeti üyeleri *ürperdiler.* Tasvirini tamamladıktan sonra, savcı bir hatibin, yarın sabah çıkacak yerel gazetenin coşkusunu doruk noktasına çıkaracak ifadesiyle devam etti: "İşte böyle bir adam vs., serseri, dilenci, hayatını kazanacak imkânları olmayan vs., yaşamını suç işleyerek geçirmeye alışmış ve Petit-Gervais vakasının da kanıtladığı gibi kürek cezası sırasında kendini pek terbiye edememiş vs., sokakta, tırmandığı duvarın birkaç adım ötesinde, elinde çaldığı dalla yakalanmış bir adam, suçüstü yakalandığını, hırsızlığı, duvara tırmandığını, her şeyi inkâr ediyor, adına, kimliğine kadar her şeyi inkâr ediyor! Burada değinmeyeceğimiz yüzlerce kanıtın dışında, dürüst polis müfettişi Javert, alçaklığın cezasını çekerken tanıştığı üç eski arkadaşı, kürek mahkûmları Brevet, Chenildieu ve Cochepaille onu tanıdıklarına tanıklık ettiler. Bu şaşırtıcı ortak kanaate kim karşı çıkabilir? İnkâr ediyor. Bu ne duyarsızlık! Sayın mahkeme heyeti üyeleri adaletin gereğini yapacaksınız vs." Savcı konuşurken, sanık onu ağzı açık bir halde, hayranlığa eşlik eden bir şaşkınlıkla dinliyordu. Bir insanın böyle konuşabilmesi karşısında afalladığı belliydi. Ara sıra, iddianamenin en kiritik noktalarında, kendini tutamayan belagatin suçluyu en ağır sıfatlar tufanıyla bir fırtına gibi sardığı anlarda, duruşmaların başlangıcından beri yaptığı gibi sessiz ve hüzünlü bir protestoyla başını yavaşça soldan sağa çeviriyordu. Hemen yakınındaki izleyiciler onun alçak sesle iki üç kere şunları söylediğini duymuşlardı: "İşte M. Baloup'ya haber vermemenin sonucu!" Savcı mahkeme heyeti üyelerine ahmaklığın değil, becerinin, kurnazlığın, adaleti yanıltma alışkanlığının dışa vurumu olan ve bu adamın "yoğun sapkınlığını" ortaya koyan planlanmış bu şaşkın tavrı da dikkate almalarını belirtti. Sözlerini Petit-Gervais davasının daha sonra görüleceğini söyleyerek ve en ağır cezanın verilmesini talep ederek bitirdi.

Hatırlanacağı gibi şimdilik hakkında ömür boyu kürek cezası isteniyordu.

Ayağa kalkan avukat "muhteşem söylevi" dolayısıyla "sayın savcıya" iltifat ettikten sonra elinden geldiğince karşılık vermeye çalıştı ama işi zorlaşıyor, ayağının altındaki zemin giderek kayıyordu.

X

İnkâr Taktiği

Dava sonuçlanmak üzereydi. Başkan sanığa ayağa kalkmasını işaret ederek ona son kez söz verdi: "Savunmanıza ekleyecek bir şeyiniz var mı?"

Ayağa kalkıp yırtık pırtık başlığını elinde yuvarlayan adam söyleneni duymamışa benziyordu.

Başkan sorusunu tekrarladı.

Bu kez söyleneni duyup anlamış gibi görünen adam uykudan uyanan biri gibi gözlerini etrafında gezdirdi, halka, jandarmalara, avukatına, mahkeme heyeti üyelerine baktı, iri yumruğunu oturduğu bankın önüdeki tahta masaya koydu, bir kez daha etrafına baktı ve aniden bakışlarını savcıya sabitleyip bir volkan püskürmesi gibi konuşmaya başladı. Söylediği tutarsız, kaba, birbiriyle çelişen, karmakarışık sözler sanki ağzından hep birlikte dışarı çıkmak için acele ediyorlardı.

— Şunu söyleyeceğim. Paris'te M. Baloup'nun yanında araba tamirciliği yaptım. Zor bir meslektir, araba tamirciliğinde hep dışarıda, avlularda, iyi üstatların yanında hangarların altında çalışılır, geniş bir alan gerektirdiği için kapalı atölyelerde çalışmak mümkün değildir. Kışın aşırı soğuklarda ısınmak için insan kollarını ovuşturur; ama üstatlar zaman kaybı olarak gördükleri için buna izin vermezler. Taşların arasında buz varsa demiri işlemek zordur. Bu iş insanı çabuk yıpratır. Bu meslekte genç yaşta yaşlanılır. Kırk yaşına geldiğinizde işiniz bitmiştir. Ben elli üç yaşındayım, çok sıkıntı çektim. Üstelik işçiler çok vicdansızdır! Artık genç değilseniz, size ihtiyar baykuş, yaşlı bunak! derler. Günde bir buçuk frank kazanıyordum, üstatlar yaşlı olmamı bahane edip bana en düşük ücreti veriyorlardı. Ayrıca nehir kenarında çamaşırcılık yapan bir kızım vardı. O da para kazanıyordu, böylece geçinip gidiyorduk. Onun işi de zordu. Bütün gün yağmura, kara, yüzünü yarıp geçen rüzgâra rağmen beline kadar leğenin içinde çalışıyor, her yer buz tutsa bile çamaşır yıkaması gerekiyordu; fazla çamaşırları olmayan insanlar hemen yanında yıkamasını bekliyorlardı; çamaşırı yıkamazsa müşteri kaybederdi. Tahtalar birbirine iyi eklemlenmediği için her yandan üzerine sular dökülüyordu. Elbiselerinin her yanı ıslaktı. Soğuk su içine işliyordu. Suyun musluktan aktığı Enfants-Rouges çamaşırhanesinde de çalıştı. Orada çamaşırlar musluğun önünde yıkanır, leğende durulanırdı. Kapalı yer olduğundan orada daha az üşüyordu. Ama sıcak buğu çok tehlikeliydi ve gözleri mahvediyordu. Akşam yedide yorgun halde eve geliyor, hemen yatıyordu. Kocası onu dövüyordu. Öldü. Üzüldük. Dans partilerine gitmeyen iyi huylu, kendi halinde bir kızdı. Bir keresinde büyük perhizden önceki salı günü kutlamalara katılmak yerine saat sekizde yatmıştı. İşte. Doğruyu söylüyorum. Sormanız yeter. Ah elbette! Ne aptalım! Paris bir uçurumdur. Champmathieu Baba'yı kim tanır? Yine de size Mösyö Baloup'dan söz ediyorum. Mösyö Baloup'ya sorun. Bunun dışında benden ne istediğinizi bilmiyorum.

Adam susup ayakta bekledi. Tüm bunları yüksek, boğuk, sert bir sesle, hızlı hızlı, öfkeli ve vahşi bir naiflikle söylemiş, bir keresinde kalabalığın içinden birini selamlamak için sözlerine ara vermişti. Rastgele ortaya attığı bu ifadeler peş peşe gelen hıçkırıklara benziyor ve her birine odun kesen bir oduncuyu andıran jestler ekliyordu. Konuşması bittiğinde izleyiciler kahkahalara boğuldu. Etrafına bakıp herkesin güldüğünü görünce, hiçbir şey anlamadığı için kendisi de gülmeye başladı.

Çok berbat bir sahneydi.

Dikkatli ve iyi niyetli bir adam olan başkan sesini yükseltip, mahkeme heyeti üyelerine "sanığın yanında çalıştığını söylediği eski araba tamirci ustası Mösyö Baloup'nun adının boş yere anıldığını, iflas ettiği için ortadan kaybolduğunu" hatırlattı. Ardından sanığa dönerek söyleyeceklerini dinlemesini öğütleyerek devam etti: "Düşünmeniz gereken bir noktadasınız. Hakkınızdaki ciddi suçlamaların çok ağır sonuçları olabilir. Sanık, sizin çıkarınız adına, sizi son bir kez daha uyarıyorum, şu iki konu hakkında net bir açıklama yapın: Öncelikle, Pierron bahçesinin duvarını aşıp, dalı kırdıktan sonra elma çaldınız mı, yani hırsızlık ve haneye tecavüz suçlarını işlediniz mi? İkincisi evet ya da hayır, eski kürek mahkûmu Jean Valjean siz misiniz?"

Sanık söyleneni anlayan ve vereceği yanıtı iyi bilen bir adam gibi başını anlamlı bir şekilde salladı. Ağzını açıp başkana döndü:

— Önce...

Ardından, önce başlığına sonra tavana bakıp sustu.

— Sanık, dedi savcı acımasız bir ses tonuyla, kendinize dikkat edin. Size sorulan hiçbir soruya cevap vermiyorsunuz. Kafanızın karışıklığı mahkûm olmanıza yol açacak. İsminizin Champmathieu olmadığı kesin, siz önce annesinin adını kullanarak kimliğini Jean Mathieu olarak gizleyen, Auvergne'e yerleşen, doğduğu Faverolles'de ağaç budayıcılığı yapan kürek mahkûmu Jean Valjean'sınız. Pierron bahçesinin duvarını aşıp olgun elmaları çalan da sizsiniz, bu kesin. Sayın mahkeme heyeti üyeleri bunu dikkate alacaklar.

Sanık sonunda yerine oturmuştu; savcı sözünü bitirdiğinde aniden ayağa kalkıp haykırdı:

— Siz çok kötü bir insansınız! İşte bunu söylemek istiyor, ama nasıl ifade edeceğimi bilemiyordum. Ben hiçbir şey çalmadım, her gün yemek yemem. Ailly'den geliyordum, kırları sapsarı bir renge bürüyen, bataklıkların taşmasına, yolun kenarında kaybolan kumların üzerinde sadece ot demetlerinin görülmesine neden olan bir sağanak altında buraya geri dönüyordum, yerde kırılmış bir elma dalı gördüm, başıma bunca iş açacağını bilmeden dalı yerden aldım. Üç aydır hapisteyim, beni bir yerden bir yere naklediyorlar. Üstelik derdimi anlatamıyorum, hakkımda konuşuyor, bana "Cevap verin!" diyorlar. İyi yürekli bir genç olan jandarma beni dirseğiyle dürtüp alçak sesle "Cevap versene," diyor. Durumu nasıl açıklayacağımı bilmiyorum, ben okumadım, yoksul bir adamım. Bunu görmemek haksızlıktır. Hırsızlık yapmadım, yerde duran bir şeyi aldım. Jean Valjean, Jean Mathieu diyorsunuz! Bu kişileri tanımıyorum. Onlar köylüler. Ben Hôpital Bulvarı'nda Mösyö Baloup'nun yanında çalıştım. İsmim Champmathieu. Bana nerede doğduğumu söyleyerek kurnazlık yapıyorsunuz. Nerede doğduğumu ben bile bilmiyorum. Herkesin dünyaya geleceği bir ev yoktur. Öyle olsa her şey daha iyi olurdu. Annemin ve babamın şehir şehir gezen göçebe insanlar oldukları dışında hiçbir şey bilmiyorum. Bana çocukken Küçük diyorlardı, şimdiyse İhtiyar diyorlar.

İşte benim vaftiz isimlerim. İşinize nasıl gelirse öyle kullanın. Auvergne'de ve Favorelles'de bulundum. Şuraya bakın! Auvergne'e ve Favorelles'e gittiğim için kürek mahkûmu mu olmam gerek? Size hırsızlık yapmadığımı ve adımın Champmathieu Baba olduğunu söylüyorum. Mösyö Baloup'nun yanında çalıştım, orada yaşadım. Bu saçmalıklarınız atrık canımı sıkıyor! Neden herkes öfkeyle üzerime geliyor?

Sanığın söylediklerini ayakta dinleyen savcı başkana:

— Sayın başkan, kendini bir ahmakmış gibi göstermeye çalışan ama bunu başaramayan –bunu kendisine söylemek istiyoruz– sanığın bu karmaşık ama kurnazca inkârları karşısında siz ve mahkeme heyeti uygun görürse mahkûm Brevet, Cochepaille ve Chenildieu'nün ve Polis Müfettişi Javert'in bu salona yeniden çağrılıp son bir kez daha sanığın Jean Valjean olup olmadığına tanıklık etmelerini öneriyorum, dedi.

— Sayın savcıya Polis Müfettişi Javert'in ifadesini verdikten hemen sonra, komşu bir vilayetin merkezindeki görevine dönmek üzere mahkeme salonundan, hatta şehirden ayrıldığını bildirmek isterim. Sayın savcının ve sanığın avukatının onayıyla ona biz izin verdik, dedi başkan.

— Bu doğru sayın başkan, diye karşılık verdi savcı. Mösyö Javert burada olmasa da, birkaç saat önce bu salonda söylediklerini sayın mahkeme heyeti üyelerine tekrarlamak isterim. Javert alt kademede çalışsa da, önemli görevleri katı ve titiz bir dürüstlükle yerine getiren saygın bir adamdır. İşte söyledikleri şöyleydi: "Sanığın inkârlarını yalanlayan manevi ve maddi kanıtlara ihtiyacım yok. Onu çok iyi tanıyorum. Bu adam Champmathieu değil, son derece gaddar ve tehlikeli bir adam olan eski kürek mahkûmu Jean Valjean'dır. Cezasının bitiminde onu büyük bir pişmanlıkla serbest bıraktılar. Hırsızlık suçu nedeniyle on dokuz yıl kürek mahkûmluğu yaptı. Beş altı kez kaçma girişiminde bulundu. Petit-Gervais ve Pierron vakaları dışında, müteveffa Digne piskoposunun evinde de hırsızlık yaptığından şüpheleniyorum. Toulon

Hapishanesi'nde muhafız birliği komutan yardımcısıyken onu çok sık gördüm. Onu çok iyi tanıdığımı bir kez daha tekrarlıyorum."

Bu kesin tanıklık izleyiciler ve mahkeme heyeti üyeleri üzerinde derin bir etki yarattı. Savcı sözlerini Javert orada olmasa da, üç tanık Brevet, Chenildieu ve Cochepaille'ın resmen salona çağrılıp tekrar ifade vermelerinde üsteleyerek tamamladı.

Başkanın mübaşire talimat vermesi üzerine, birazdan tanık odasının kapısı açıldı. Mübaşir bir jandarmanın eşliğinde Brevet'yi salona soktu. Heyecanları doruk noktasına çıkan izleyicilerin yürekleri tek bir bedendeymiş gibi çarpıyordu.

Eski kürek mahkûmu Brevet'nin üzerinde hapishanelerin siyah gri ceketi vardı. Brevet altmış yaşlarında yüzünde hem bir iş adamının hem bir alçağın ifadesini barındıran bir adamdı. Bu ikisi bazen bir arada bulunabilir. Çevirdiği kötü işlerden sonra yeniden girdiği hapishanede koğuş sorumlusu olmuştu. Cezaevi yöneticileri yararlı olmaya çalıştığını söylüyor, rahipler dinî vecibelerini yerine getirme konusunda ona tanıklık ediyorlardı. Bu olayların Restorasyon Dönemi'nde gerçekleştiğini unutmayalım.

— Brevet, dedi başkan, yüz kızartıcı bir suç işlediğiniz için yemin edemezsiniz.

Brevet başını öne eğdi.

— Yine de, diye devam etti başkan, ilahi merhamet izin verirse, yasanın itibarsızlaştırdığı bir kişide bile onur ve adalet duygusu kalabilir. İşte bu nihai anda bu duyguya sesleniyorum. Umduğum gibi içinizde bu duyguya hâlâ yer varsa bana yanıt vermeden önce bir sözünüzün bu adamın mahvına neden olacağını ve adaleti aydınlatacağını iyi düşünün. Çok önemli bir an ve yanıldığınıza inanıyorsanız sözünüzü geri alabilirsiniz. Sanık, ayağa kalkın. Brevet, sanığa iyi bakın, hatıralarınızı canlandırın ve ruhunuz ve vicdanınızla bize bu adamın eski arkadaşınız kürek mahkûmu Jean Valjean olup olmadığını söyleyin.

Brevet mahkûma baktıktan sonra mahkeme heyetine döndü.

— Evet sayın başkan, onu ilk kez ben tanıdım ve bu konuda ısrarlıyım. Bu adam 1796'da girdiği Toulon Hapishanesi'nden 1815'te çıkan Jean Valjean'dır. Ben ondan bir yıl sonra çıktım. Şimdi bir ahmak gibi görünüyor, yaşı nedeniyle alıklaşmış olmalı, zindanda sinsinin tekiydi. Onu kesinlikle tanıyorum.

— Yerinize oturun, dedi başkan. Sanık siz ayakta kalın.

Kırmızı kazağı ve yeşil beresinin de belirttiği gibi ömür boyu kürek cezasına çarptırılmış olan Chenildieu'yü getirdiler. Cezasını çektiği Toulon Hapishanesi'nden bu tanıklık için getirtilmişti. Yaklaşık elli yaşlarında, kısa boylu, atik tetik, yüzü kırışmış, çelimsiz, sarışın, küstah bir adamdı, tüm bedeninden hastalıklı bir zaafiyet ve gözlerinden olağanüstü bir güç yayılıyordu. Hapishanedeki arkadaşları ona *Je-nie-Dieu*[58] adını takmışlardı.

Başkan ona da Brevet'ye söylediklerini tekrarladı. İşlediği alçakça suçun yemin etmesine izin vermediğini hatırlattığında Chenildieu kafasını kaldırıp karşısındaki kalabalığa baktı. Kafasını iyice toplamasını söyleyen başkan sanığı tanıdığı konusunda hâlâ aynı şeyi düşünüp düşünmediğini sordu.

Chenildieu kahkaha attı.

— Vay canına! Demek onu tanıyor muyum? Beş yıl aynı zincire bağlı kaldık. Dostum, demek şimdi bana surat asıyorsun, öyle mi?

— Yerinize oturun, dedi başkan.

Mübaşir, diğeri gibi ömür boyu kürek cezasına çarptırılan kırmızı kazaklı Cochepaille'ı getirdi. Lourdeslu bir köylü, Pirenelerin yarı ayısı olan bu adam bir süre dağda sürüleri güttükten sonra, çobanlığı bırakıp haydutluğa geç-

58 Tanrı'yı inkâr ediyorum. (çn)

mişti. Cochepaille sanık kadar yabani, ondan daha ahmak gibi görünüyordu. Bu kişi doğanın yırtıcı hayvan taslağında yarattığı ve toplumun kürek cezasına mahkûm ettiği o bahtsız adamlardan biriydi.

Onu birkaç dokunaklı sözle gayrete getirmeye çalışan başkan diğer ikisi gibi ona da karşısındaki adamı hiç tereddüt etmeden tanıyıp tanımadığını sordu.

— Bu Jean Valjean, dedi Cochepaille. Hatta çok güçlü olduğu için ona Kriko Jean diyorlardı.

Bu üç adamın peş peşe verdikleri içten ve iyi niyetli ifadeler izleyiciler arasında sanığın aleyhine kanaatleri belirten mırıldanmalara yol açmış, her yeni tanıklıkla bu mırıldanmalar daha da artmış ve uzayıp gitmeye başlamıştı. Sanık onları, mahkeme heyetinin temel savunma taktiği olarak gördüğü o şaşkın yüz ifadesiyle dinlemişti. Yanındaki jandarmalar ilk tanık dinlenirken onun "Ah! Şu işe de bak!" diye hafifçe homurdandığını duymuşlardı. İkinci tanığın ardından sesini daha da yükselterek âdeta memnun bir halde "Ne güzel!" demiş, üçüncü tanığın ardından "Muhteşem!" diye haykırmıştı.

— Sanık, duydunuz. Söyleyeceğiniz bir şey var mı?

— Söyleyeceğim, tek kelimeyle muhteşem!

İzleyicilerden neredeyse mahkeme heyeti üyelerine kadar yayılan bir uğultu yankılandı. Adamın aklını kaçırdığı belliydi.

— Mübaşirler, dedi başkan, sessizliği sağlayın. Oturumu kapatacağım.

O sırada, başkanın hemen yanında bir hareketlenme oldu. Bağıran bir ses duyuldu:

— Brevet, Chenildieu, Cochepaille! Buraya bakın.

Bu ses herkesin yüreğini donduracak ölçüde acınası ve korkunçtu. Gözler sesin geldiği noktaya yöneldiler. Başkanın arkasında, ayrıcalıklı izleyicilerin arasında yer alan bir adam ayağa kalkıp mahkeme heyetiyle salonu ayıran bölmenin kapısını itmişti ve şimdi salonun ortasında ayakta duruyordu. Onu tanıyan başkan, savcı, M. Bamatabois ve onlarca kişi hep bir ağızdan haykırdılar:

— Mösyö Madeleine!

XI

Champmathieu İyice Afallıyor

Bu, gerçekten de oydu. Zabıt kâtibinin lambası yüzünü aydınlatıyordu. Elinde şapkası vardı, giysileri düzenliydi ve redingotu özenle düğmelenmişti. Yüzü çok solgundu ve hafifçe titriyordu. Arras'a geldiğinde kır olan saçları bir saat içinde bembeyaz olmuştu.

Tüm başlar dikildi. Salondaki şaşkınlığı tasvir etmek mümkün değildi. Sesi çok dokunaklı, görünümü çok sakin olduğu için ilk başta kimse hiçbir şey anlamadı. Herkes birbirine kimin bağırdığını soruyordu. Kimse böylesine sakin bir adamın böyle ürkütücü bir şekilde bağırabileceğine inanamıyordu.

Bu kararsızlık birkaç saniye sürdü. Daha başkan ve savcı tek bir söz bile söyleyemeden, jandarmalar ve mübaşirler tek bir hamle bile yapamadan, herkesin o anda M. Madeleine olarak tanıdığı adam Cochepaille, Brevet ve Chenildieu'ye doğru yaklaşmıştı.

— Beni tanımıyor musunuz? dedi.

Afallayan üç tanık başlarını olumsuzluk belirten bir ifadeyle salladılar. Korkan Cochepaille ona bir asker selamı verdi. Mahkeme heyeti üyelerine dönen M. Madeleine yumuşak bir sesle:

— Sayın heyet üyeleri, sanığı serbest bırakın. Sayın başkan, beni tutuklayın. Aradığınız adam o değil, benim. Adım Jean Valjean.

Tek bir ağız bile soluk almıyordu. İlk şaşkınlık şokunun yerini bir mezar sessizliği almıştı. Salona olağanüstü bir olay gerçekleştiğinde kitleleri sarmalayan o ilahi korku hâkimdi.

Yine de, başkanın yüzünde sempatik ve hüzünlü bir ifade vardı; savcıya hızlı bir göz işareti yapmış, heyet üyeleriyle alçak sesle bir şeyler konuşmuştu. Herkes tarafından duyulabilecek bir sesle salona hitap etti:

— Burada bir doktor var mı?

Savcı söze girdi:

— Sayın mahkeme heyeti üyeleri, duruşmaya ara vermemize neden olan olay bizde olduğu gibi sizde de ifade etmeye gerek duymadığımız bir duyguya yol açacak ölçüde beklenmedik ve garip. Hepiniz, en azından Montreuil-sur-mer'in saygıdeğer belediye başkanının ününü duymuşsunuzdur. Salonda bir doktor varsa, kendisine sayın başkanın düşüncesi doğrultusunda Mösyö Madeleine'e eşlik etmesini ve onu evine götürmesini rica ediyoruz.

M. Madeleine savcının sözlerini bitirmesine izin vermeden hoşgörülü ve buyurgan bir ses tonuyla araya girdi. İşte kırk yıl önce, duyanların hâlâ kulaklarında çınlayan ve bu sahneye tanık olan bir izleyicinin duruşmadan hemen sonra harfi harfine kaleme aldığı sözler şöyleydi.

— Sayın savcı, size teşekkür ederim ama deli değilim. Bunu anlayacaksınız. Büyük bir hata yapmak üzereydiniz, bu adamı serbest bırakın, görevimi yerine getiriyorum, ben bahtsız bir mahkûmum. Burada her şeyi net bir şekilde görebilen tek kişi benim ve size gerçeği söylüyorum. Şu anda yaptığımı yukarıdaki Tanrı görüyor ve bu benim için yeterli. İşte buradayım, beni tutuklayabilirsiniz. Yine de elimden geleni yapmıştım. Başka bir kimlikle gizlenip zengin oldum, belediye başkanlığına seçildim; dürüst insanların arasına karışmak istedim. Ama gördüğünüz gibi bunu başaramadım. Elbette ki size söyleyemeyeceğim şeyler var, size tüm hayatımı anlatacak değilim, bir gün hepsi öğrenilecek. Monsenyör piskoposu soyduğum doğru; Petit-Gervais'nin parasını gaspettiğim doğru. Jean Valjean'ın bahtsız bir alçak olduğunu söylemekte haklısınız. Belki de tüm kabahat onda değil. Sayın yargıçlar dinleyin, benim kadar alçalmış bir adam ne kadere karşı koyabilir, ne de topluma öğütler verebilir; ama gördüğünüz gibi, içinden kurtulmaya çalıştığım alçaklık hali zarar vericidir. Kürek zindanları kürek mahkûmunu yaratır. Dilerseniz bunun üzerinde biraz düşünün. Kürek cezasından önce pek de zeki olmayan, ahmak, zavallı bir köylüydüm, kürek cezası beni değiştirdi. Ahmakken gaddar, kütükken yanan kor oldum. Zamanla hoşgörümü ve iyi niyetimi yitirirken, acımasızlaşmaya başladım. Ama bağışlayın, ne dediğimi anlayamazsınız. Şöminemin külleri arasında yedi yıl önce Petit-Gervais'den gaspettiğim kırk santimi bulabilirsiniz. Daha fazla ekleyecek bir şeyim yok. Beni tutuklayın. Tanrım! Sayın savcı başını sallıyor, içinizden: "M. Madeleine çıldırmış olmalı," diyor, bana inanmıyorsunuz! İşte bu çok can sıkıcı. Bu adamı mahkûm etmeyecek misiniz? Nasıl olur? Demek bu adamlar beni tanımıyorlar! Javert'in burada olmasını isterdim. O beni tanırdı!

Hiçbir şey bu sözlere eşlik eden ses tonu kadar iyi niyetli ve karamsar bir melankoli barındırımazdı.

Üç kürek mahkûmuna döndü:

— Evet ben sizi tanıyorum! Brevet! Hatırlıyor musunuz?..

Lafını yarıda kesti, bir anlık bir tereddütten sonra ekledi:

— Zindandaki ekose pantolon askını hatırlıyor musun?

Şaşkınlıkla neye uğradığını şaşıran Brevet onu ürkmüş bir halde tepeden tırnağa inceledi. Devam etti:

— Kendine Je-nie-Dieu lakabını takan Chenildieu, sağ omzunda derin bir yanık var, çünkü bir gün orada yazılı olan T. F. P. harflerini silmek için omzunu korlarla dolu bir ocağa bastırdın, yine de harfler hâlâ görülebiliyor. Cevap ver, doğru değil mi?

— Doğru, dedi Chenildieu.

Cochepaille'a döndü:

— Cochepaille, sol dirseğinin iç yüzünde yanmış barutla mavi harflerle kazınmış bir tarih var. Bu tarih, imparatorun Cannes'da karaya çıktığı 1 Mart 1815'tir. Kolunu sıyır.

Cochepaille kolunu sıyırdığında, etrafındaki tüm bakışlar onun çıplak koluna sabitlendi. Bir jandarma lamba getirdi; tarih oradaydı.

Bahtsız adam görenlerin hatırladıkça hâlâ yüreklerini sızlatan bir gülümsemeyle dinleyicilere ve yargıçlara döndü. Bu zaferin ve aynı zamanda umutsuzluğun gülümsemesiydi.

— Gördüğünüz gibi, dedi, ben Jean Valjean'ım.

Artık bu salonda ne yargıç, ne savcı, ne jandarma kalmıştı; sadece sabit bakışlar ve heyecanla çarpan yürekler vardı. Herkes orada ne amaçla bulunduğunu hatırlamıyordu; savcı orada sanığı suçlamak için, başkan orada başkanlık etmek için, avukat orada savunma yapmak için bulunduğunu unutmuştu. Çok garip bir şekilde kimse bir soru sormuyor, hiçbir yetkili duruma müdahale etmiyordu. Bu ulvi sahnelerin özgünlüğü, tüm ruhları fethetmek ve tüm tanıkları izleyici haline getirmektir. Belki de kimse ne hissettiğini tanımlayamıyor, sadece önünde büyük bir ışığın parıldadığını düşünüyordu; herkesin gözleri kamaşmıştı.

Kuşkusuz ışıklar yayan bu adam Jean Valjean'dı. Bu adamın ortaya çıkması az önce karanlığa gömülmüş bir olayın aydınlıklarla dolmasına yetmişti. Artık başka bir şey söylemeye ihtiyaç duymasa da, tüm bu kalabalık âdeta bir elektrik akımına kapılmış gibi hemen ve bir bakışta bir başkasının kendi yerine mahkûm olmaması için teslim oluşunun basit ve muhteşem öyküsünü anlamıştı. Ayrıntılar, duraksamalar, olası küçük karşı çıkışlar bu engin, ışıklı gerçek karşısında silinip gitmişlerdi. Bu şaşkınlık kısa sürede geçse de yerini bir karşı konulmazlığa bıraktı.

— Duruşmayı daha fazla oyalamak istemiyorum, dedi Jean Valjean. Beni tutuklamadığınız için gidiyorum. Yapmam gereken birçok şey var. Sayın savcı kim olduğumu, nereye gittiğimi biliyor, istediği zaman beni tutuklatabilir.

Çıkış kapısına yöneldiğinde tek bir ses yükselmedi, tek bir kol onu engellemek için uzanmadı. Herkes kenara çekildi. O anda kitleleri gerileten ve bir insanın karşısında hizaya sokan ilahi bir durum yaşanıyordu. Ağır adımlarla kalabalığı yardı. Kapıyı kimin açtığı asla bilinmedi, ama çıkışa geldiğinde kapının açık olduğunu fark etti. Arkasını dönüp:

— Sayın savcı emrinizdeyim, dedi.

Ardından izleyicilere seslendi:

— Siz, buradaki herkes, benim acınmaya layık olduğumu düşünüyorsunuz, öyle değil mi? Tanrım! Yaptığım şeyin imrenilmeye layık olduğunu düşünüyorum. Yine de, tüm bunların hiç yaşanmamasını tercih ederdim.

Dışarı çıktığında, kapı açıldığı gibi kapandı, çünkü olağanüstü bir etki bırakanlar her zaman için kalabalıktan birinin kendilerine hizmet edeceğinden emindirler.

Bir saat geçmeden, mahkeme heyeti Champmathieu'ye isnat edilen suçlamaların geçersiz olduğunu ilan etti. Serbest bırakılması karşısında tüm bu insanların çıldırdığını sanan ve bu durumdan hiçbir şey anlamayan Champmathieu afallamış bir halde çekip gitti.

Sekizinci Kitap
Karşı Darbe

I

M. Madeleine Hangi Aynada Saçlarına Bakıyor

Gün doğmaya başlıyordu. Ateşlenen Fantine uykusuz ama mutlu düşlerle dolu bir gece geçirdikten sonra, sabah uyuyakalmıştı. Hiç yanından ayrılmayan Hemşire Simplice bu uykuyu fırsat bilip kınakına haşlamaya gitti. Birkaç saniyeden beri revirin laboratuvarında bulunan saygıdeğer hemşire, alacakaranlığın eşyalar üzerine yaydığı gölge yüzünden ilaçlara ve küçük şişelere doğru eğilmiş bir halde onlara yakından bakıyordu. Aniden başını çevirip hafif bir çığlık attı. Sessizce içeri giren M. Madeleine karşısındaydı.

— Sayın başkan, siz misiniz? diye haykırdı.

— O zavallı kadın nasıl? diye karşılık verdi alçak sesle.

— Şu an kötü değil. Ama oldukça sıkıntılı bir gün geçirdik!

Olan bitenleri, Fantine'in dün çok kötü ama şimdi iyi olduğunu, çünkü sayın başkanın kızını almak için Montfermeil'e gittiğini sandığını anlattı. Hemşire sayın başkana sormaya cesaret edemese de, haline bakınca kısa sürede Montfermeil'den gelmediğini anladı.

— Çok güzel, dedi, hayallerini yıkmamakla iyi yapmışsınız.

— Evet, diye karşılık verdi hemşire, ama şimdi, sayın başkan, sizi görüp kızının yanınızda olmadığını fark edince ona ne diyeceğiz?

M. Madeleine bir an düşüncelere daldı.

— Tanrı bize ne yapacağımızı söyleyecek, dedi.

— Yine de ona yalan söyleyemeyiz, dedi hemşire alçak sesle.

Odaya dolan gün ışığı M. Madeleine'in yüzünü aydınlatıyordu. Hemşire tesadüfen başını kaldırdı.

— Aman Tanrım mösyö! diye haykırdı, size neler olmuş? Saçlarınız bembeyaz!

— Beyaz mı?

Aynası olmayan Hemşire Simplice bir çantayı karıştırıp içinden revir doktorunun hastanın soluk almasından ölüp ölmediğini anlamak için kullandığı küçük bir camı çıkardı.

Camı alan M. Madeleine saçlarını inceledi ve "Şu işe bak!" dedi.

Bu sözleri başka bir şey düşünüyormuşçasına kayıtsız bir ifadeyle söyledi.

Hemşire tüm bunlarda sezinlediği garip bir bilinmezliğin etkisiyle yüreğinin buz kestiğini hissetti.

— Onu görebilir miyim?

— Sayın başkan kızını getirmeyecek mi? dedi soru sormak için cesaretini güçlükle toplayan hemşire.

— Elbette, ama en az iki üç gün gerek.

— Sayın başkanı görmezse, dedi hemşire çekinerek, sayın başkanın geri döndüğünü bilmeyecek, onu yatıştırmak kolay olacak ve çocuk geldiğinde doğal olarak sayın başkanın onu getirmek için gittiğini düşünecek. Yalan söylemeye gerek kalmayacak.

Birkaç saniye düşünen M. Madeleine sakin ciddiyetiyle:

— Hayır hemşirem, onu görmem gerek. Belki zamanım olmaz.

Rahibe sayın başkanın sözlerine belirsiz ve garip bir anlam katan bu *belki* sözünü fark etmemiş gibiydi. Gözlerini önüne eğip saygı dolu bir ifadeyle yanıt verdi:

— O halde, uyuyor ama sayın başkan girebilir.

Düzgün kapanmayan ve gıcırdamasıyla hastayı uyandırabilecek bir kapıyı biraz inceledikten sonra, Fantine'in odasına girip yatağına yaklaştı ve perdeleri araladı. Uyuyordu. Soluğu göğsünden bu tür hastalıklara özgü ve gece hasta çocuklarının başında bekleyen o zavallı anneleri üzecek bir tınıyla çıkıyordu. Ama bu acınası soluk alışverişi uykusu sırasında tüm yüzüne yayılarak ona başka bir görünüm veren o tasvir edilemez dinginliği pek fazla etkilemiyordu. Solgun yüzü beyazlaşmış, yanakları al al olmuştu. Bakirelik ve gençlik döneminden geriye kalan tek güzelliği olan uzun sarı kirpikleri kapalı ve eğik olsalar da titreşiyorlardı. Tüm benliğiyle aralanmaya ve onu götürmeye hazır kanatların çırpınması gibi titriyor, ürperdiği hissedilse de gözle görülmüyordu. Onu bu halde görenler asla umutsuz bir hastalığın pençesinde olduğuna inanmazlardı. Ölecek birinden çok uçacak biri gibi görünüyordu.

Dal, bir el meyvesini koparmak üzere kendine doğru yaklaştığında hem kendini gizlemek hem de kendini sergilemek istermişçesine ürperir. Ölümün gizemli parmakları ruhu toplamak için geldiği anda insan da buna benzer bir titreme yaşar. İki ay önce, onu bu sığınakta ilk kez ziyarete geldiği günde olduğu gibi bir hastaya, bir haça bakan M. Madeleine bir süre hiç kımıldamadan yatağın yanında bekledi. O zaman da, biri uyuyup, diğeri dua ederken ikisi de aynı durumdaydılar, sadece şimdi akıp giden iki ayın ardından birinin saçları kırlaşmış, birinin saçları beyazlaşmıştı.

Hemşire kendisiyle birlikte odaya girmemişti. M. Madeleine yatağın yanında ayakta duruyor, sanki odada bulunan birine susmasını işaret edermiş gibi parmağını dudaklarına götürüyordu.

Gözlerini açan Fantine, onu görünce sakin bir gülümsemeyle:

— Cosette nerede? dedi.

II

Mutlu Fantine

Ne şaşkınlığını ne de sevincini belirten bir tepki verdi, zaten tüm benliğinden sevinç yayılıyordu. "Cosette nerede?" gibi sıradan bir soruyu M. Madeleine'in nasıl yanıt vereceğini bilemeyeceği ölçüde hiçbir kuşku ve endişeye yer vermeyen derin bir inanç ve güvenle sormuştu. Devam etti:

— Orada olduğunuzu biliyordum, uyusam da sizi görüyordum. Sizi uzun süreden beri görüyor ve gece boyunca sizi izliyordum. Etrafınızda her türden ilahi imgelerle büyük bir parıltının ortasında duruyordunuz.

M. Madeleine bakışlarını haça doğru yöneltti.

— Ama söylesenize Cosette nerede? Neden onu uyandığımda yatağımın kenarında bulacağım şekilde bırakmadınız?

M. Madeleine gayriihtiyari bir dalgınlıkla bir daha asla hatırlamayacağı bir cevap verdi.

Ne mutlu ki, gelişinden haberdar olan doktor imdadına yetişmişti.

— Çocuğum, dedi doktor, sakin olun, kızınız burada.

Fantine'in gözlerindeki parıltılar tüm yüzünü aydınlattı. Ellerini hem çok ateşli hem de çok dingin bir dua edercesine kavuşturdu.

— Ah! diye haykırdı, onu bana getirin!

Annenin dokunaklı yanılsaması! Cosette onun için hâlâ kucakta getirilecek küçük bir bebekti.

— Şimdi değil, dedi doktor. Hâlâ hastasınız. Çocuğunuzu görmek sizi sarsabilir. Önce iyileşmeniz gerek.

Sert bir müdahaleyle araya girdi:

— Ama ben iyiyim! Size iyileştiğimi söylüyorum! Bu doktor ahmağın teki olmalı! Ah! Çocuğumu görmek istiyorum!

— Bakın, dedi doktor, nasıl da öfkeleniyorsunuz. Böyle devam ederseniz, çocuğunuzu görmenize izin vermeyeceğim. Onu görmek yetmez, onun için yaşamak gerekir. Aklınızı başınıza topladığınızda, onu size kendi ellerimle getireceğim.

Zavallı anne başını eğdi.

— Sayın doktor, sizden özür diliyorum, sizden gerçekten özür diliyorum. Eskiden böyle konuşmazdım, başıma o kadar felaket geldi ki bazen ne dediğimi bilmiyorum. Anlıyorum, heyecanlanmamdan korkuyorsunuz, istediğiniz kadar bekleyeceğim, ama kızımı görmemin bana hiçbir zarar vermeyeceğine yemin ederim. Onu görüyorum, dün akşamdan beri gözümün önünden hiç gitmiyor. Beni anlıyor musunuz? Şimdi onu bana getirirlerse onunla sakin sakin konuşacağım. Hepsi bu. Ta Montfermeil'den bana getirilen çocuğumu görmek istemem doğal değil mi? Öfkeli değilim. Mutlu olacağımı iyi biliyorum. Bütün gece beyazlıklar ve bana gülümseyen insanlar gördüm. Sayın doktor ne zaman isterse Cosette'imi bana getirecek. İyileştiğim için ateşim düştü; hastalığımın geçtiğini hissediyorum; ama bir hasta gibi davranıp buradaki hanımları memnun etmek için hiç kımıldamayacağım. İyice sakinleştiğimi fark ettiklerinde: "Artık çocuğunu getirmek gerek," diyecekler.

M. Madeleine yatağın yanındaki iskemleye oturmuştu. Fantine ona doğru döndü; sakin ve "çok uslu" görünmek için büyük bir çaba harcadığı belli oluyor, hastalığın çocuksu zaafiyetiyle kendisinin çok sakin olduğunu görürlerse Cosette'i ona getirmekte güçlük çıkarmayacaklarını düşünüyordu. Yine de, kendine hâkim olmaya çalışsa da, M. Madeleine'e sorular yağdırmaktan geri kalmıyordu.

— Sayın başkan, yolculuğunuz nasıl geçti? Ah! Onu bana getirmekle ne büyük iyilik ettiniz! Bana sadece nasıl olduğunu söyleyin. Yolculuğa dayanabildi mi? Ne yazık! Beni tanımayacak! Aradan geçen bunca zamandan sonra zavallı yavrucak beni unutmuştur! Çocukların hafızası tıpkı kuşlar gibi zayıftır. Bugün bir şey görür, yarın başka bir şey ve artık hiçbir şey düşünmez. Çamaşırları beyaz mıydı? Thénardierler ona iyi bakmışlar mıydı? Ne yemek yiyordu? Ah! Yoksulluk döneminde bu soruları kendi kendime sorduğumda nasıl acı çektiğimi bir bilseydiniz! Artık her şey geçmişte kaldı! Şimdi mutluyum! Ah! Onu görmeyi nasıl da isterdim! Sayın başkan kızımı nasıl buldunuz? Kızım güzel, öyle değil mi? Posta arabasında çok üşümüş olmalısınız! Onu bir an için olsa da yanıma getiremez misiniz? Sonra hemen geri götürürsünüz! Söyleyin! Siz başkansınız, isteseniz!

M. Madeleine elini tuttu:

— Cosette güzel bir kız, dedi. Sağlığı yerinde, onu kısa süre sonra göreceksiniz, ama şimdi sakinleşin. Çok heyecanlı konuşuyorsunuz, üstelik kollarınızı yataktan dışarı çıkarıyorsunuz, bu da öksürmenize neden oluyor.

— Gerçekten de, öksürük nöbetleri Fantine'in neredeyse her sözünü yarıda kesiyordu.

Mırıldanmayı kesen Fantine çok ateşli yakarmalarla uyandırmak istediği güveni tehlikeye atmaktan korkuyordu, bu yüzden başka konulara geçti.

— Montfermeil çok güzel, öyle değil mi? Yazın oraya eğlenmeye gidilir. Thénardierlerin işleri yolunda mı? Onların mahallesine pek kimse uğramaz. Zaten hanları da bir tür lokanta.

Fantine'in elini bırakmayan M. Madeleine onu endişeyle izliyordu; ona söylemeyi düşündüğü şeyler konusunda şu an tereddüte düştüğü aşikârdı. Doktor muayenesini tamamladıktan sonra gitmiş, yanlarında bir tek Hemşire Simplice kalmıştı.

O sırada, Fantine sessizliğin ortasında haykırdı.

— Onu duyuyorum! Tanrım! Onu duyuyorum!

Herkesin susması için kollarını uzattı, soluğunu tutup hayranlıkla dinlemeye başladı.

Avluda kapıcı kadının ya da bir işçinin çocuğu oynuyordu. Bu, her zaman rastlanan ve hüzünlü olayların gizemli bir şekilde sahneleşinde rol alan tesadüflerden biriydi. Çocuk gidip gelen, ısınmak için koşan, gülen ve yüksek sesle şarkı söyleyen küçük bir kızdı. Ne yazık! Çocukların oyunları hangi işe karışmazlar ki? İşte Fantine bu küçük kızın şarkısını dinliyordu.

— Ah! dedi. Bu Cosette'im! Sesini tanıyorum!

Çocuğun uzaklaşmasıyla sesi de giderek duyulmaz hale geldi. Fantine bir süre daha dinledi, ardından yüzünü karamsar bir ifade kapladı M. Madeleine onun alçak sesle şunları söylediğini duydu: "Kızımı görmeme izin vermeyen o doktor ne kadar kötü yürekli! Adamın yüzünde meymenet yok!"

Yine de neşeli düşünceleri geri geldi. Başını yastığına yaslamış bir halde kendi kendine konuşmaya devam etti: "Ne kadar mutlu olacağız! Öncelikle, küçük bir bahçemiz olacak! Mösyö Madeleine bana söz verdi. Kızım bahçede oynayacak. Şimdi harfleri biliyor olmalı. Ona hecelemeyi öğreteceğim. Çimenlerin üzerinde kelebeklerin peşinden koşacak. Onu seyredeceğim. Sonra ilk ekmek şarap ayinine katılacak. Ah! Evet ilk ekmek şarap ayinine ne zaman katılacak?"

Parmaklarıyla saymaya başladı.

— Bir, iki, üç, dört... yedi yaşında. Beş yıl sonra. Beyaz tüllü, ajurlu çoraplarıyla küçük bir kadına benzeyecek. Ah! İyi yürekli hemşirem, ne kadar ahmak olduğumu görüyorsunuz, kızımın ilk ekmek şarap ayinini düşünüyorum!

Gülmeye başladı.

Fantine'in elini bırakmış olan M. Madeleine bu sözleri başını öne eğmiş, dipsiz düşüncelere dalmış bir halde esen bir rüzgâr gibi dinliyordu. Aniden konuşmayı kesmesi üzerine başını kaldırıp ona baktı. Fantine dehşete kapılmıştı.

Artık hiç konuşmuyor, soluk bile almıyordu; yatağında hafifçe doğrulmuştu, zayıf omzu geceliğinden dışarı çıkıyordu; az önce ışıltılar yayan yüzü solmuştu ve korkuyla büyümüş gözlerini odanın diğer ucundaki ürkütücü bir şeye sabitlemiş gibi görünüyordu.

— Tanrım! diye haykırdı. Fantine, neyiniz var?

Bakışlarını gördüğü nesneden ayırmadan hiç yanıt vermedi; bir eliyle M. Madeleine'in koluna dokunurken diğer eliyle arkasına bakmasını işaret ediyordu.

Arkasını döndü ve Javert'i gördü.

III

Javert Halinden Memnun

İşte olup bitenler:

M. Madeleine, Arras'taki duruşma salonundan çıktığında, saat gece yarısını yarım saat geçiyordu. Yer ayırtttığı posta arabasına yetişmek için hana tam saatinde dönmüştü. Sabah altıya doğru Montreuil-sur-mer'e gelmiş, ilk işi postaneden M. Laffitte'e mektup göndermek olmuş, ardından Fantine'i görmek için revire gitmişti.

Bu arada, ceza mahkemesi salonundan çıkar çıkmaz, ilk şaşkınlığını atlatan savcı söz alarak Montreuil-sur-mer'in saygıdeğer belediye başkanının nedeni daha sonra aydınlatılacak bu çılgınca davranışının kanaatinde hiçbir değişiklik yaratmadığını ve kuşkusuz gerçek Jean Valjean olan bu Champmathieu'nün mahkûmiyetinin karara bağlanmasını talep etmişti. Savcının bu ısrarı, izleyicilerin, mahkeme heyetinin ve herkesin duygularıyla tezat oluşturuyordu. Avukat bu talebi geçersiz kılmakta ve M. Madeleine'in, yani gerçek Jean Valjean'ın itirafları sayesinde davanın gidişatının tamamıyla değiştiğini ve mahkeme heyetinin karşısında artık bir masumun bulunduğunu ileri sürmekte pek güçlük çekmemişti. Avukat yargı hataları konusunda ne yazık ki pek de yeni olmayan ek bilgiler sunmuş, başkanın da kendisine katılmasıyla mahkeme heyeti birkaç dakika sonra Champmathieu'nün beraatine karar vermişti.

Yine de, savcıya bir Jean Valjean gerekiyordu ve artık elinde Champmathieu olmadığına göre, sanığın Madeleine olduğunu kabullenmişti.

Champmathieu'nün serbest bırakılmasının hemen ardından savcıyla başkan toplantı odasına kapanıp "Montreuil-sur-mer belediye başkanının yakalanmasına" karar verdiler. Sayın savcı hemen oracıkta kendi eliyle başsavcıya yazdığı raporda bu cümleye yer verdi. İlk şaşkınlığın ardından başkanın itiraz edeceği pek fazla bir şey kalmamıştı. Adaletin uygulanması gerekiyordu. Üstelik açıkça söylemek gerekirse, başkan iyi yürekli ve çok zeki olsa da, ateşli bir kralcıydı ve Montreuil-sur-mer belediye başkanının Cannes'da karaya çıkan kişinin *Buonaparte* değil *İmparator* olduğunu söylemesi karşısında büyük bir şok yaşamıştı.

Böylece tutuklama kararı alındı. Savcı Montreuil-sur-mer'e dörtnala gitmesi talimatıyla özel bir ulak gönderdi ve Polis Müfettişi Javert'i bu kararı uygulaması konusunda görevlendirdi.

Bilindiği gibi, Javert tanıklık ettikten hemen sonra Montreuil-sur-mer'e dönmüştü.

Ulak tutuklama kararını getirdiğinde Javert yeni uyanmıştı.

Oldukça zeki bir polis olan ulak, Javert'e birkaç kelimeyle Arras'ta yaşananları anlattı. Savcı tarafından imzalanan tutuklama kararı şöyle kaleme alınmıştı: "Müfettiş Javert, bugünkü duruşmada eski kürek mahkûmu Jean Valjean olduğunu itiraf eden Montreuil-sur-mer Belediye Başkanı Mösyö Madeleine'i tutuklamakla görevlendirilmiştir."

Javert'i hiç tanımayan ve revirin bekleme odasına girdiğini gören biri olan bitenleri tahmin edemez, onun sıradan bir adam olduğunu düşünürdü. Şakaklarına düzenli bir şekilde dökülen kırlaşmış saçları, soğuk ve ciddi ifadesiyle her zamanki sakinliğiyle merdivenleri çıkmıştı. Kendisini iyi tanıyan biri onu o an dikkatle gözlemleseydi korkuyla ürperirdi. Deri yakalığının ensesinde durması gereken tokası sol kulağının üzerindeydi. Bu durum alışılmadık bir iç çatışmanın belirtisiydi.

Görevini de üniformasına gösterdiği özenle yerine getiren Javert kusursuz bir adamdı; caniler konusunda kuralcı, elbisesinin düğmeleri konusunda çok titizdi.

Yakasının tokası bu haldeyse, iç dünyadaki yer sarsıntıları olarak adlandırılacak duygulardan birini yaşıyor olmalıydı.

Yandaki karakoldan bir onbaşı ve dört asker almış, onları avluda bırakıp silahlı askerlerin sayın başkanı ziyaret etmesine alışık olduğu için hiç kuşkulanmayan kapıcı kadından Fantine'in odasını öğrenmişti.

Fantine'in odasının önüne gelen Javert tokmağı çevirip kapıyı bir hastabakıcının ya da bir hafiyenin sessizliğiyle iterek odaya girmişti.

Açık söylemek gerekirse içeri girmemiş, şapkasını başına geçirmiş, sol elini çenesine kadar düğmelenmiş redingotunun içine sokmuş bir halde yarı açık kapının önünde durmuştu. Dirseğinin kıvrımında, arkasında kaybolan kocaman bastonunun kurşun sapı görülebiliyordu.

Kimseye hissettirmeden bir dakika boyunca böyle beklemiş, aniden gözlerini o tarafa çeviren Fantine onu fark edip M. Madeleine'i durumdan haberdar etmişti. Bakışları karşılaştığı anda, hiç kımıldamadan olduğu yerde duran, yaklaşmaya yeltenmeyen Javert ürkütücü bir hal almıştı. Hiçbir insani duygu sevinç kadar ürkütücü olamazdı.

Bu, cehenneme götürmesi gereken ruhu bulan şeytanın yüzüydü. Sonunda Jean Valjean'ı yakalamanın verdiği güven yüreğinden geçenleri yüzüne yansıtıyordu. Derinlerdeki duyguları yüzeye çıkmıştı. Bir süre sürdüğü izi kaybetmenin ve Champmathieu karşısında birkaç dakika boyunca yanılmanın ezikliği, önceden tahmin etmenin ve uzun süre doğru bir önseziyle hareket etmenin gururuyla silinip gidiyordu. Javert'in memnuniyeti kendinden emin tavırlarından anlaşılabiliyordu. Zaferin şekilsizliği dar alnına yayılıyor, memnun bir yüzün sergileyebileceği en büyük dehşet kendini hissettiriyordu.

Javert o anda göklerde uçuyordu. Tam anlamıyla farkında olmasa da, koşulların ve başarısının belli belirsiz sezgisiyle, kötülüğü ezmek gibi ilahi görevleri olan adaletin, aydınlığın ve gerçeğin kendi kimliğinde bütünleştiklerini duyumsuyordu. Arkasında ve çevresinde, sonsuz bir derinlikte, otorite, mantık, sonuçlanmış bir dava, yasal vicdan, kamu adına yapılmış bir kovuşturma, tüm yıldızlar vardı; düzeni koruyor, yasadan yıldırımlar çıkarıyor, toplumun intikamını alıyor, mutlak gerçeğe destek oluyor, parıltıların üzerinde yükseliyordu; bu zaferde meydan okumanın ve mücadelenin izleri vardı; ayakta, kibirli ve şanlı bir ifadeyle dururken, göğün ortasındaki gaddar bir başmeleğin insanüstü hayvaniliğini sergiliyordu; yerine getirdiği görevin ürkütücü gölgesi sıktığı yumruğunda toplumsal kılıcın belli belirsiz parıltısını yansıtıyordu; topuklarının altında mutluluk ve öfkeyle suçu, günahı, isyanı, perişanlığı, cehennemi tutuyor, ışıldıyor, yok ediyor, gülümsüyordu ve canavarı andıran bu Mikâil'de tartışılmaz bir ululuk vardı.

Javert ürkütücü görünse de, iğrenç değildi.

Dürüstlük, içtenlik, iyi yüreklilik, inanç, görev aşkı yollarını şaşırdıklarında iğrençleşebilirler, ama bu iğrençlikte bile soyluluklarını korurlardı; insan vicdanına özgü görkemlilikleri dehşetin içinde bile varlığını sürdürürdü: Bunlar yanılgı gibi bir günahı olan erdemlerdi. İçi gaddarlıkla dolu bir bağnazın acımasız ve dürüst sevinci içinde iğrenç bir saygınlığı barındıran bir ışıltı yayar. Javert, farkında olmasa da, o dehşet verici mutluluğunun içinde zafer kazanan tüm cahiller gibi acınacak haldeydi. İyiliğin kötü yanı olarak adlandırılabilecek bir görüntünün yayıldığı bu yüz kadar dokunaklı ve korkunç bir şey olamazdı.

IV

Otorite Haklarını Geri Alıyor

Fantine, Javert'i başkanın kendisini elinden kurtardığı günden beri hiç görmemişti. Hasta beyni hiçbir şey anlamadı, sadece kendisini götürmeye geldiğinden korkttu. Bu ürkütücü yüzü görmeye katlanamıyordu, öleceğini hissetti, yüzünü iki eliyle saklayarak endişeyle bağırdı: "Mösyö Madeleine, beni kurtarın!"

Jean Valjean –onu artık bu isimle anacağız– ayağa kalkmıştı. Fantine'e en yumuşak ve en sakin sesiyle:

— Sakin olun. Sizin için gelmedi, dedi.

Sonra Javert'e dönüp:

— Ne istediğinizi biliyorum, dedi.

— Hadi çabuk! diye karşılık verdi Javert.

Bu iki sözcüğe eşlik eden ses tonunda yırtıcı ve dizginsiz bir şeyler vardı. Javert "Hadi, çabuk!" değil, "Haçbuk!" demişti. Hiçbir imla kuralı bu sözlerin telaffuz edildiği vurguyu izah edemezdi; bunlar, bir insanın ağzından çıkan sözler değil bir kükremeydi.

Her zaman yaptığı gibi konuya girmedi, tutuklama belgesini göstermedi. Ona göre, Jean Valjean gizemli ve ele geçirilmez bir dövüşçü, beş yıldan beri belinden kavrasa da yere deviremediği bir güreşçiydi. Bu tutuklama bir başlangıç değil sondu. Bu yüzden "Hadi çabuk!" demekle yetindi.

Bunları söylerken, bir adım bile atmadı; Jean Valjean'a, bir bumerang gibi sefilleri kendisine çekmeye alışık olduğu o bakışlardan birini gönderdi.

İki ay önce, Fantine'in iliklerine kadar işlediğini hissettiği bakış buydu.

Javert'in bağırması üzerine, Fantine yeniden gözlerini açtı. Sayın başkan oradaysa neden korkacaktı ki?

Salonun ortasına doğru yürüyen Javert yeniden bağırdı:

— Şu işe bak! Gelmeyecek misin?

Etrafına bakan bahtsız kadın odada rahibe ve sayın başkandan başka kimsenin bulunmadığını fark etti. Kime böylesine iğrenç bir şekilde senlibenli hitap edebilirdi ki? Sadece kendisine. Ürperdi.

O sırada, hastalığının en şiddetli dönemlerindeki en karanlık düşlerinde bile göremediği beklenmedik bir olaya tanıklık etti.

Javert'in sayın başkanın yakasına yapıştığını ve sayın başkanın başını öne eğdiğini gördü. Tüm dünyanın yok olup gittiğini düşündü.

Javert gerçekten de Jean Valjean'ın yakasına yapışmıştı.

— Sayın başkan! diye bağırdı Fantine.

Javert tüm dişlerini ortaya çıkaran o ürkütücü kahkahalarından birini attı.

— Artık burada sayın başkan yok!

Jean Valjean redingotunun yakasını kavrayan ele karşı koymadı.

— Javert... dedi.

Javert lafını kesti:

— Bana sayın müfettiş diye hitap edeceksin.

— Mösyö, diye devam etti Jean Valjean, sizinle özel bir şey konuşmak istiyorum.

— Yüksek sesle! Yüksek sesle konuş, diye karşılık verdi Javert; benim karşımda yüksek sesle konuşulur!

Jean Valjean sesini alçaltarak ekledi:

— Sizden bir ricada bulunacağım...

— Sana yüksek sesle konuşmanı söyledim.

— Ama bunu sadece sizin duymanız gerekir...

— Umurumda değil! Seni dinlemiyorum!

Jean Valjean başını kaldırıp çok alçak sesle ve hızla şunları söyledi:

— Bana üç gün izin verin! Şu bahtsız kadının çocuğunu getirmem için üç gün! Kefaletini ve masrafları öderim! İsterseniz siz de bana eşlik edebilirsiniz.

— Dalga mı geçiyorsun? diye bağırdı Javert. Şuraya bak! Bu kadar ahmak olduğunu sanmıyordum! Benden üç gün izin istiyorsun! Bu kızın çocuğunu getirmeye gideceğini söylüyorsun! Ah! Ah! Ne güzel! Ne güzel!

Fantine titredi.

— Çocuğum! diye haykırdı, bana çocuğumu getireceklermiş! Demek burada değil! Hemşirem bana yanıt verin, Cosette nerede? Mösyö Madeleine! Sayın başkan!

Javert ayağını yere vurdu.

— İşte şimdi de öteki başladı! Sen sussana dilenci kadın! Şehir it kopuk dolmuş, kürek mahkûmları yönetici olmuş, sokak kızları kontesler gibi tedavi ediliyor! Ah! Ama! Her şey değişecek; artık zamanı geldi!

Bakışlarını Fantine'e sabitleyip, Jean Valjean'ın kravatını, gömleğini ve yakasını yeniden kavradı:

— Sana artık Mösyö Madeleine'in ve belediye başkanının olmadığını söylüyorum. Burada bir hırsız, bir haydut, Jean Valjean adlı bir kürek mahkûmu var! İşte onu yakaladım!

Kaskatı kesilmiş kolları ve iki elinden destek alan Fantine sıçrayarak yatağında doğruldu, Jean Valjean'a, Javert'e, hemşireye baktı, bir şeyler söylemek istermişçesine ağzını açtı, genzinden bir hırıltı yayıldı, dişleri takırdadı, çırpınan ellerini açarak kollarını endişeyle öne doğru uzattı ve boğulan bir insan gibi etrafından bir şeyler beklermişçesine debelendi, ardından aniden yastığının üzerine yığıldı.

Yatağın başucuna çarpan başı göğsünün üzerine düştü, ağzı ve feri kaçmış gözleri açık kaldı.

Ölmüştü.

Jean Valjean elini Javert'in yakasına yapışmış elinin üzerine koyup onu bir çoçuğun eli gibi açtıktan sonra:

— Bu kadını siz öldürdünüz, dedi.

— Bu kadarı yeter! diye bağırdı Javert, buraya saçmalıklar dinlemeye gelmedim. Vaktimizi harcamayalım, askerler aşağıda bekliyor, hemen gidelim, yoksa başparmak kelepçesi takacağım!

Odanın bir köşesinde, hastaların başında bekleyenlerin arada bir dinlenmek için uzandıkları eski bir demir karyola vardı. Jean Valjean o yatağa doğru ilerledi, gelişkin kasları için hiç de zor olmayacak bir şekilde karyolanın fazlasıyla yıpranmış başucunu göz açıp kapayıncaya kadar parçaladı ve eline demir bir çubuk aldıktan sonra Javert'e baktı. Javert kapıya doğru geriledi.

Jean Valjean elindeki demir çubukla Fantine'in yatağına doğru gitti. Başucuna geldiğinde Javert'e dönüp güçlükle işitilen bir sesle:

— Size bir süre bana ilişmemenizi tavsiye ederim.

Javert titredi.

Askerlere haber vermeyi düşünse de, Jean Valjean o sırada kaçabilirdi. Bu yüzden eliyle bastonunun ucunu kavrayıp bakışlarını Jean Valjean'dan ayırmadan kapıya yaslandı.

Jean Valjean dirseğini karyolanın başucunun topuzuna, alnını eline yaslayarak yatağında hareketsiz uzanmış olan Fantine'e bakmaya başladı. Orada hayallere dalmış, sessiz bir halde hayatın hiçbir sorununu düşünmeden öylece kaldı. Yüzünde ve tavırlarında tasvir edilemez bir acıma duygusunun izlerinden başka bir şey yoktu. Birkaç saniye sonra, Fantine'e doğru eğilip onunla alçak sesle konuşmaya başladı.

Ona neler söyledi? Toplumun cehenneme yolladığı bir adam ölmüş bir kadına ne söyleyebilirdi ki? Hangi sözcükleri kullandı? Hiç kimse bunu duyamazdı. Ölü bu sözleri işitmiş miydi?

Belki de ulvi gerçeklikler anlamına gelen dokunaklı yanılsamalar vardır. Bu sahnenin tek tanığı olan ve her yerde, Jaen Valjean'ın kulağına bir şeyler söylediği sırada Fantine'in solgun dudaklarında, ölümün şaşkınlığıyla bomboş bakan gözbebeklerinde tasvir edilemez bir gülümsemenin belirdiğini net bir şekilde gördüğünü anlatan Hemşire Simplice de kuşkusuz bu dokunaklı yanılsamalardan birini yaşamıştı.

Fantine'in başını iki elinin arasına alıp tıpkı annelerin çocuklarına yaptığı gibi yastığın üzerine yerleştiren Jean Valjean, ardından geceliğinin şeritlerini bağladı ve saçlarını başlığının içine topladı. Nihayet gözlerini kapadı.

O anda, Fantine'in yüzü garip bir şekilde aydınlanmış gibi görünüyordu.

Ölüm büyük bir ışığın içine giriştir.

Jean Valjean, Fantine'in yataktan sarkan elinin önünde diz çöktü, hafifçe kaldırıp öptü.

Ardından Javert'e dönüp:

— Şimdi sizinle geliyorum, dedi.

V

Masrafsız Bir Mezar

Javert, Jean Valjean'ı şehir hapishanesine teslim etti.

M. Madeleine'in tutuklanması Montreuil-sur-mer'de büyük bir şaşkınlık ya da daha doğrusu olağanüstü bir şok etkisi yaratmıştı. Sadece, *o bir kürek mahkûmuymuş* sözleri üzerine neredeyse herkesin ona sırt çevirdiğini gizleyemediğimiz için üzgünüz. Daha iki saat geçmeden yaptığı tüm iyilikler unutulmuş ve sadece kürek mahkûmu niteliğiyle anılır olmuştu. Doğrusu, henüz hiç kimse Arras'ta neler olup bittiğinin ayrıntılarını bilmiyordu. Gün boyunca, şehrin her yanında şu tür konuşmalara tanık olundu:

— Bilmiyor musunuz? Serbest bırakılmış bir kürek mahkûmuymuş! Kim? Belediye başkanı. Hadi canım! M. Madeleine mi? Evet. Gerçekten mi? Adı Madeleine değilmiş; iğrenç bir ismi var, Béjean, Bojean, Boujean. Aman Tanrım!

Tutuklanmış. Tutuklanmış mı? Nakledilinceye kadar şehir hapishanesinde kalacak. Nakledilinceye kadar mı? Demek nakledilecek! Nereye nakledilecek? Bir zamanlar ana yolda birini gaspettiği için ceza mahkemesine gönderilecek. Elbette! Bunu tahmin ediyordum. Çok iyi, mükemmel, fedakâr bir adamdı. Nişanı reddediyor, önüne çıkan her yumurcağa para dağıtıyordu. Bunların altında, gizlenen kasvetli bir geçmiş olduğunu hep düşünmüştüm.

Salonlardaki sohbetler de sıklıkla bu tarzdaydı.

Drapeau blanc'ın abonesi olan yaşlı bir kadın derinliğini ölçmenin neredeyse imkânsız olduğu şu düşüncesini dile getiriyordu:

— Hiç üzülmedim. Buonapartçılar başlarına neler geleceğini öğrensinler!

İşte M. Madeleine denen hayaletin gölgesi Montreuil-sur-mer'in üzerinden bu şekilde dağıldı. Tüm şehirde sadece üç dört kişi onun anısına sadık kaldılar. Ona hizmet eden yaşlı kapıcı da bu kişilerden biriydi.

Aynı günün akşamı, bu mütevazı yaşlı kadın odasında hâlâ olayın şokunu atlatamamış bir halde hüzünlü düşüncelere dalmıştı. Fabrika gün boyunca kapalı kalmış, araba kapısı sürgülenmiş, sokak ıssızlaşmıştı. Evde, Fantine'in naaşı başında Hemşire Perpétue ve Simplice'den başka kimse yoktu.

M. Madeleine'in her zamanki dönüş saatinde, gayriihtiyari olarak ayağa kalkan sadık kapıcı kadın bir çekmeceden M. Madeleine'in odasının anahtarını ve her akşam odasına çıkmak için kullandığı el şamdanını çıkardı, ardından sanki gelmesini bekliyormuş gibi anahtarı çiviye asıp, el şamdanını masasının üzerine koydu.

Birazdan, yeniden iskemlesine oturup düşünmeye başladı. Zavallı yaşlı kadın tüm bunları bilinçsizce yapmıştı.

İki saatten fazla bir süre sonra düşlerinden sıyrılarak haykırdı: "Şu işe bak! Ulu Tanrım! Anahtarı çiviye asmışım!"

O sırada, kapıcı odasının camı açıldı, aralıktan içeri uzanan bir el, anahtarı ve el şamdanını kavradı, kapıcının şamdanının ateşinde bir mum yaktı.

Gözlerini kaldırdığında ağzı açık kalan kapıcı kadın gırtlağından gelen bir çığlığı bastırmaya çalıştı.

Bu eli, bu kolu, bu redingotun yenini tanıyordu.

Bu M. Madeleine'di.

Konuşmadan önce, daha sonra bu macerayı anlatırken söylediği gibi *nutku tutulmuş bir halde* kalakaldı.

— Tanrım! Sayın başkan! diye haykırdı nihayet, sanıyordum ki...

Durdu, cümlenin sonu, başındaki saygıyı yok edecekti. Onun için Jean Valjean hâlâ sayın başkandı.

Kadının düşüncelerini tamamladı:

— Hapishanedeydim. Bir pencerenin parmaklığını kırıp çatının üzerinden kendimi aşağıya bıraktım ve işte buradayım. Odama çıkıyorum, bana Hemşire Simplice'i çağırın. Hiç şüphesiz o zavallı kadının yanındadır.

Yaşlı kadın aceleyle söylenenleri yaptı.

Ona hiçbir tavsiyede bulunmayan Jean Valjean kadının kendini kendisinden daha iyi koruyacağından emindi.

Araba kapısını açtırmadan avluya girmeyi nasıl başardığı asla bilinemedi. Üzerinde her zaman yan kapıyı açan bir maymuncuk taşırdı; ama üzeri aranırken onu almış olmalıydılar. Bu ayrıntı da aydınlığa kavuşmadı.

Merdivenle odasına çıkarken, el şamdanını son basamaklardan birinin üzerine bıraktı, kapıyı sessizce açıp el yordamıyla penceresini ve kanadını kapamaya gitti, ardından şamdanını alıp tekrar odaya girdi.

Penceresi sokağa baktığı için bu önlemi alması gerekiyordu.

Etrafına, masasına, iskemlesine, üç gündür bozulmamış yatağına bir göz attı. Evvelsi akşamki karışıklıktan hiçbir iz kalmamıştı. Kapıcı kadın odasını düzenlemiş, küllerin arasından çıkardığı bastonun yanmamış iki demir ucunu ve ateşle kararmış kırk santimi masanın üzerine bırakmıştı.

Bir kâğıt alıp üzerine: *İşte bastonun iki demir ucu ve duruşma salonunda sözünü ettiğim Petit-Gervais'den gaspettiğim kırk santim,* yazdı ve kâğıdı, gümüş parayı ve bastonun iki demir ucunu odaya giren birinin ilk önce fark edeceği şekilde masanın üzerine bıraktı. Dolaptan çıkardığı eski bir gömleği yırttı. İki gümüş şamdanı gömleğin parçalarıyla sarmaladı. Zaten ne acelesi ne de telaşı vardı. Ve piskoposun şamdanlarını sarmalarken kara ekmeğinden bir parça ısırdı. Bu ekmeği muhtemelen hapisten kaçarken yanına almıştı.

Bu durum, daha sonra odada araştırma yaparken yerde ekmek kırıntıları bulan polisler tarafından kayıtlara geçti.

Kapıya iki kere hafifçe vuruldu.

— Girin, dedi.

Bu Hemşire Simplice'ti.

Solmuş, gözleri kızarmıştı. Elinde tuttuğu mum titriyordu. Kaderin bahtsızlıklarının, ne kadar mükemmel, ne kadar katılaşmış olsak da, içimizin derinliklerinden insan doğasını dışarı çıkartmak gibi özelliği vardır. Gün boyunca yaşadığı duygular rahibeyi yeniden kadına dönüştürmüş, ağlamış, titremişti.

Jean Valjean üzerine bir şeyler yazdığı bir kâğıdı rahibeye uzattı ve:

— Hemşirem, bunu rahibe vereceksiniz, dedi.

Hemşire açık duran kâğıda göz attığında:

— Okuyabilirsiniz, dedi.

Hemşire okudu: "Sayın rahipten burada bıraktığım her şeye göz kulak olmasını rica ederim. Bıraktığım parayla davamın ve bugün ölen kadının cenaze masraflarını karşılayabilir. Gerisi yoksullara dağıtılsın."

Hemşire konuşmak istese de, birbirine eklemlenmiş birkaç heceyi güçlükle telaffuz edebildi. Yine de sonunda:

— Sayın başkan, o zavallı bahtsız kadını son bir kez daha görmek ister mi? demeyi başardı.

— Hayır peşimdeler, beni odasında yakalamaları ruhunu sızlatır.

Sözlerini tamamlamak üzereyken merdivende büyük bir gürültü duyuldu. Yukarı çıkan adımların sesi işitildi, yaşlı kapıcı kadın kulakları tırmalayan yüksek bir sesle bağırıyordu:

— Beyefendiler, size Tanrı adına yemin ederim ki, gündüz ve gece buraya kimse girmedi, ben de odamdan hiç ayrılmadım!

Bir adam karşılık verdi:

— Ama şu odada ışık yanıyor.

Javert'in sesini tanımışlardı.

Oda kapı açıldığında sağ duvarın köşesini gizleyecek şekilde inşa edilmişti. Mumu söndüren Jean Valjean o köşeye gizlendi.

Hemşire Simplice masanın kenarında diz çöktü.

Kapı açıldı.

Javert içeri girdi.

Koridorda askerlerin fısıltıları ve kapıcı kadının karşı çıkışları yankılanıyor, rahibe gözlerini kaldırmadan dua ediyordu.

Şöminenin üzerindeki mum odayı hafifçe aydınlatıyordu.

Hemşireyi gören Javert afalladı.

Hatırlanacağı gibi Javert'in özü, kişiliği, dayanağı otoriteye olan saygısından oluşuyordu. İtirazı ve sınırlamayı tüm benliğiyle reddederdi. Anlaşılacağı gibi, onun için dinî otorite her şeyden önce gelirdi, her konuda olduğu gibi yüzeysel ve kusursuz bir dindardı. Ona göre bir rahip asla yanılmayan bir ruh, bir dindar asla günah işlemeyen bir varlıktı. Bu ruhlar dünyaya içinden sadece gerçeğin çıktığı tek bir kapıyla kapatılmışlardı.

Hemşireyi fark ettiğinde ilk tepkisi geri çekilmek oldu.

Yine de yerine getirmesi gereken ve kendisini buyurgan bir şekilde aksi yöne iten bir görevi vardı. İkinci tepkisi ona en azından bir soru sormak için orada beklemek oldu.

Hemşire Simplice'in hayatı boyunca hiç yalan söylemediğini bilen Javert ona özellikle bu yüzden saygı duyuyordu.

— Hemşirem, dedi, bu odada yalnız mısınız?

Zavallı kapıcı kadının bayılacağını hissettiği ürkütücü bir an yaşandı.

Gözlerini kaldıran hemşire yanıt verdi:

— Evet.

— Israr ettiğim için beni bağışlayın, dedi Javert, ama bu benim görevim, bu akşam hapisten kaçan ve peşinde olduğumuz Jean Valjean adlı adamı gördünüz mü?

— Hayır, diye karşılık verdi hemşire.

Yalan söylemişti. Hiç duraksamadan, kendini feda edercesine üst üste iki kez yalan söylemişti.

— Bağışlayın, dedi Javert ve onu eğilerek selamlayıp gitti.

Ey ermiş kız! Uzun yıllardan beri bu dünyada yaşamıyorsunuz; aydınlıkların içinde bakire kız kardeşlerinize ve melek erkek kardeşlerinize kavuştunuz; bu yalan size cennetin kapılarını açsın!

Javert, hemşirenin söylediklerinin doğruluğuna masanın üzerinde sönmüş duran ve hâlâ tüten mumun garipliğine dikkat etmeyecek kadar inanmıştı.

Bir saat sonra, ağaçların ve pusların arasından yürüyen bir adam Montreuil-sur-mer'den Paris'e doğru uzaklaşıyordu. Bu adam Jean Valjean'dı. Ona rastlayan birkaç arabacının söylediğine göre üzerinde bir ceket, elinde bir bohça vardı. Bu ceketi nereden bulmuştu? Bunu kimse bilmiyordu. Yine de, yaşlı bir işçi birkaç gün önce geriye bir tek ceketini bırakarak fabrikanın revirinde ölmüştü. Belki de o ceketti.

Fantine üzerine son bir söz.

Hepimizin bir annesi var, toprak ana. Fantine'i bu anaya geri verdiler.

Rahip, Jean Valjean'ın kendine bıraktığı parayı mümkün olduğunca yoksullara ayırmakla iyilik yaptığını sanıyordu ve belki de iyilik yapmıştı. Ne de olsa, bir kürek mahkûmu ve bir fahişe söz konusuydu. Bu yüzden, Fantine'in defnedilmesini çok sadeleştirdi, öyle ki onu yoksulların cesetlerinin üst üste yığıldığı bir çukura gömdürdü.

Böylece Fantine, mezarlığın herkese ait olan ve hiç kimseye ait olmayan, yoksulların çürüyüp gittiği bir köşesine gömüldü. Ne mutlu ki Tanrı ruhları nerede bulacağını bilir. Karanlıklara, kemiklerin arasına yatırılan Fantine küllerle iç içe geçmiş, bir yoksul çukuruna atılmıştı. Mezarı da yatağına benzemişti.

COSETTE

Birinci Kitap
Waterloo

I

Nivelles'den Gelirken Karşılaşılanlar

Geçen yıl (1861) güzel bir mayıs sabahı, bu kitabın yazarı olan bir yolcu Nivelles'den La Hulpe'a doğru yaya olarak yola çıktı. Art arda gelen devasa dalgalar gibi zemini bir yükseltip bir alçaltan tepelerin arasında çalkanan geniş ağaçlıklı bir yolu izliyordu. Lillois ve Bois-Seigneur-Isaac'i geçtikten sonra, batıda, Braine-l'Alleud'nün ters dönmüş bir vazoyu andıran çan kulesini fark etmişti. Yüksek bir koruyu geride bıraktıktan sonra, bir yan yolun dönemecinde, üzerinde: *Eski 4. Bariyer* yazan bir direğin yanında, ön cephesinde *Aux quatre vents, Echabeau, Özel Kafe* levhası bulunan bir meyhaneye rastladı.

Bu meyhaneden çeyrek fersah ötede, yolun toprakla doldurulmuş bölümünde bir kemerin altından suların aktığı küçük bir vadiye ulaştı. Yolun bir yanında, seyrek de olsa yemyeşil görünen ağaçlıklar, diğer yandaki çayırlara doğru zarafet ve karmaşa içinde yayılarak Braine-l'Alleud'ye uzanıyordu.

Yolun sağ tarafındaki hanın kapısının önünde dört tekerlekli bir yük arabası, bir dizi şerbetçiotu sırığı, bir saban vardı, geniş çitin kenarında bir tutam kurumuş çalı, kireç tüten dörtgen bir çukur yer alıyor, önü samanla kaplı eski bir hangarın girişinde bir merdiven duruyordu. Genç bir kız muhtemelen seyyar bir tiyatro topluluğunun bir temsilinin afişi olan bir kâğıdın rüzgârda uçuştuğu bir tarlada yabani otları ayıklıyordu. Hanın köşesinde, bir ördek sürüsünün yüzdüğü su birikintisinin yanında, taşları iyi döşenmemiş bir patika çalıların arasına gömülüyordu. Yolcu o yöne saptı.

Tuğla örmeli sivri beşik çatının altındaki XV. yüzyıldan kalma bir duvar boyunca yüz adım yürüdükten sonra, kendini düz eşiği, iki yanındaki yuvarlak kabartmalarıyla XIV. Louis döneminin ağırbaşlı tarzını yansıtan taş kemerli bir kapının önünde buldu. Bu kapı üzerinde hiçbir süsleme olmayan bir cephenin ortasında yer alıyor, cepheye dikey olan bir duvar neredeyse kapıya değiyor ve onu keskin bir dik açıyla kuşatıyordu. Tüm mayıs çiçekleri birbirlerine karışmış halde, kapının önündeki çimenlikte duran üç tırmığın arasından fışkırıyordu. Köhnemiş kanadının üzerinde eski, paslanmış bir tokmak bulunan kapı kapalıydı.

Güneş gözalıcıydı, dallar rüzgârdan çok kuş yuvalarından gelirmiş gibi görünen bir mayıs esintisiyle tatlı tatlı titreşiyordu. Muhtemelen âşık olmuş, küçük, cüretkâr bir kuş büyük bir ağacın üzerinde kendinden geçmişçesine şakıyordu.

Öne doğru eğilen yolcu kapının sol yanındaki destek taşının altında, bir kürenin üzerindeki oyuğu andıran geniş, yuvarlak çukuru inceledi. O sırada, kanatların aralanmasıyla bir köylü kadın belirdi.

Yolcuyu görmüş, neyi incelediğini fark etmişti.

— Bir Fransız güllesi onu bu hale getirdi, dedi.

Ardından ekledi:

— Kapının üstünde, çivinin yanında gördüğünüz ise bir karabina mermisinin işi. Mermi tahtayı delemedi.

— Burası neresi? diye sordu yolcu.

— Hougomont, diye yanıtladı köylü kadın.

Doğrulan yolcu birkaç adım atıp çitlerin üzerinden etrafına baktığında, ufukta, ağaçların arasındaki küçük bir tepeyi ve bu tepenin üstünde duran uzaktan aslana benzeyen bir şeyi fark etti.

Waterloo Savaşı'nın geçtiği savaş meydanındaydı.

II

Hougomont

Hougomont, bu kasvetli bölge, Avrupa'nın büyük oduncusu olarak anılan Napoléon'un, Waterloo Savaşı sırasında ilk kez engelle, ilk direnişle karşılaştığı, baltasını taşa vurduğu yerdi.

Burada artık bir şato değil, bir çiftlik vardı. Hougomont'un ismi, bölgenin eski halini bilen biri için *Hougomons*'du.[1] Bu köşk Villers Manastırı'na altıncı şapelini bağışlayan Somerel Derebeyi Hugo tarafından inşa ettirilmişti.

Kapıyı iten yolcu kolunu sundurmanın altındaki eski bir faytona çarptıktan sonra avluya girdi.

Burada dikkatini çeken ilk şey, üst bölümü döküldüğünden bir kemeri andıran, XVI. yüzyıldan kalma bir kapıydı. Abidevi görünüm sıklıkla yıkıntılar arasından doğar. Kemerin yanındaki duvara, IV. Henri döneminden kalma ve arasından meyve bahçesindeki ağaçların görülebildiği kemer taşlı bir başka kapı açılıyordu. Bu kapının yanında bir gübre çukuru, kazmalar, kürekler, birkaç yük arabası, döşeme taşı ve demir çıkrığıyla eski bir kuyu, sıçrayan bir tay, şişinerek gezinen bir baba hindi, üzerinde küçük bir çan kulesi bulunan bir şapel ve şapelin duvarında meyveleri çiçeklenen

1 Hugo Tepesi. (ç.n.)

bir armut ağacı vardı, işte Napoléon'un fethetmeyi düşlediği avlu bu haldeydi. Bu toprak parçasını ele geçirseydi, tüm dünya onun olabilirdi. Tavuklar gagalarıyla etrafa toz saçıyorlardı. Bir gürleme sesi duyuluyordu, dişlerini gösteren ve İngilizlerin yerini devralan iri bir köpek oradaydı.

İngilizler burada hayranlık verici bir direniş göstermiş, Cooke'un dört muhafız birliği, yedi saat boyunca gözü dönmüş bir ordunun saldırılarına karşı koymuştu.

Hougomont, haritada, geometrik düzlemde binaları ve çitleri dâhil olmak üzere, bir köşesine çentik atılmış düzensiz bir dikdörtgen gibi görünür. İşte hemen yanındaki duvar tarafından korunan güney kapısı bu çentik atılmış köşede yer alır. Hougomont'un, biri güneyde şatoya, diğeri kuzeyde çiftliğe ait olmak üzere iki kapısı vardır. Napoléon, Hougomont'a kardeşi Jerome'u göndermişti; Guilleminot, Foy ve Bachelu tümenlerinin ciddi bir direnişle karşılaştıkları bu mevzide, Reille'in neredeyse tüm kolordusu başarısızlığa uğrarken, Kellermann'ın gülleleri o kahraman duvarda tükenip gitmişti. Hougomont'u kuzeyden zorlamak için Baudin tugayı yeterli değildi, Soye tugayı güneyden hücuma geçse de, Hougomont'u ele geçirememişti.

Çiftliğin binaları avluyu güneyden çevreliyor. Fransızların yıktığı kuzey kapısının bir parçası duvara asılı halde aşağı sarkmış. Bu kapı, saldırının darbelerinin izlerini taşıyan iki çatma kirişin üzerine çivilenmiş dört keresteden ibaret.

Fransızlar tarafından göçertilmiş ve sarkan tahta bloğun yerine bir tahta parçası yerleştirilmiş olan kuzey kapısının, altı taştan üstü tuğladandı ve duvara düzgün bir şekilde oyulmuş bu kapı avlunun kuzeyini koruyordu. Bu, her küçük çiftlikte karşılaşılan, dayanıklı tahtadan yapılma iki geniş kanadı bulunan, ötesinde çayırlar uzanan sıradan bir araba kapısıydı. Bu girişte ne korkunç çatışmalar yaşanmıştı. Her çeşit kanlı el izi bu kapının üzerinde uzun zaman kalmıştı. Baudin'in öldürüldüğü yer de burasıdır.

Çarpışmanın kasırgası, hâlâ bu avluda, onun dehşeti hâlâ hissediliyor; göğüs göğüse bir savaşın yıkıntısı taşlaşmış bir halde duruyor, yaşıyor, ölüyor, dünmüş gibi; duvarlar can çekişiyor, taşlar düşüyor, gedikler bağırıyor, delikler yaraları andırıyor, öne doğru eğilmiş halde titreşen ağaçlar kaçmak için çabalarmış gibi görünüyor.

1815 yılında bu avluda daha çok bina vardı. O dönemde yıkılan binalar şimdi diş şeklinde taşlar, çıkıntılar, köşeli dirsekler oluşturuyor.

İngilizler burada mevzilenmiş, Fransızlar içeri girseler de burayı ele geçirememişlerdi. Şapelin yanında, Hougomont şatosunun tek kalıntısı olan bir duvar âdeta karnı yarılmışçasına yıkılmış halde durur. Şato bir kale burcu, şapel ise korugan işlevini üstlenmişti. Askerler birbirlerini burada katlettiler. Duvarların arkasından, çatıların yükseltilerinden, mahzenlerin derinliklerinden, tüm pencerelerden, tüm hava deliklerinden, taşların aralarından, dört bir yandan yaylım ateşine tutulan Fransızlar çalı demetleri getirip duvarları ve insanları ateşe verdiler. Bombardımana verilen karşılık yangın oldu.

Viran olan bu duvarın, demir parmaklıklarla kaplı pencerelerin arasından duvarları tuğlayla örülmüş ana binanın yıkık dökük odaları seçiliyor; İngilizler bu odalarda pusuya yatmışlardı; zemin kattan çatıya kadar yarılmış merdivenin sarmalı kavkısı kırılmış kabuklu bir hayvanın içi gibi görünüyor. İki katlı bu merdivende kuşatılan İngilizler üst basamaklara çıkmış, alt basamakları kırıp aşağı atmışlardı. Mavi taştan bu geniş basamaklar ısırganotları arasında bir yığın oluşturuyorlar. En alttakinin üzerine üç dişli yaba resmi kazılmış on on iki erişilmez basamak hâlâ duvardaki yuvalarına sabitlenmiş bir halde duruyor. Geri kalan her şey dişsiz bir çeneye benziyor. Biri ölmüş, biri dibinden hasar görmüş iki ağaç orada; her nisan ayında yeşillenen ikinci ağaç, 1815'ten beri merdivenin arasından yükselmiş.

Katliam şapelde gerçekleşti. Sükûnetine yeniden kavuşsa da, içerisi yeniden sakinleşse de bir garip görünüyor. O kıyımdan sonra orada hiç ayin yapılmadı. Yine de, yontulmamış bir taşın dibine yaslanmış tahta bir sunak yerinde duruyor. Badanalanmış dört duvar, sunağın hemen karşısında bir kapı, kemerli iki küçük pencere, kapının üstünde büyük tahta bir haç, haçın üzerinde bir tutam otla kapanmış bir hava deliği vardı ve yerde, bir köşede camlı kırık bir çerçeve; işte şapel bu vaziyette. Sunağın yanına Sainte-Anne'ın XV. yüzyıldan kalma tahta bir heykeli çivilenmiş; çocuk İsa'nın başını bir karabina mermisi uçurmuş. Fransızlar bir süre ele geçirdikten sonra yine kaybettikleri şapeli yakmışlar. Büyük bir fırın gibi alevler içinde kalan bu viranenin kapısı, tahta döşemesi yanmış, tahta Mesih yanmamış. Ateş, şimdi kararmış küçük parçalar gibi görünen ayaklarını kemirdikten sonra sönmüş. Bölgede yaşayanların söylediğine göre bu bir mucize. Başı uçurulan çocuk İsa, Mesih kadar kutlu değilmiş.

Duvarlar yazılarla kaplı. İsa'nın ayaklarının yanında şu isim okunuyor: *Henquinez*. Ardından diğerleri: *Conde de Rio Maior, Marques y Marquesa de Almagro (Habana)*. Öfkeyi belirten ünlem işaretleriyle sonlanan Fransız isimleri de var. Duvar 1849'da beyaza boyanmış. Milletler birbirlerine bu duvar üzerinde hakaret ediyor.

İşte bu şapelin kapısında elinde balta tutan bir ceset bulundu. Ceset, Asteğmen Legros'a aitti.

Şapelden çıkıldığında, solda bir kuyu beliriyor. Bu avluda iki kuyu var. İnsan kendine, "Kuyunun neden kovası ve makarası yok?" diye soruyor. Çünkü bu kuyudan su çekilmiyor. Neden çekilmiyor? Çünkü içi iskelet dolu.

Bu kuyudan son su çeken kişinin adı Guillaume Van Kylsom'du. Hougomont'da bahçıvanlık yapıyordu. Ailesi 18 Haziran 1815'te kaçıp ormanlara saklanmıştı.

Villers Manastırı'nın etrafındaki orman, günler ve geceler boyunca bu dört bir yana dağılmış halkı barındırdı. Günümüzde de, yanmış eski ağaç gövdelerine benzeyen kalıntılar, sık çalılıkların dibinde titreşen o zavallı karargâhların yerlerini hâlâ belli ediyorlar.

Bir mahzene sığınan Guillaume Van Kylsom "şatoyu korumak" için Hougomont'da kaldı. Onu gizlendiği yerde yakalayan İngilizler bu adamı kılıç darbeleriyle ürkütüp hizmetkârları olarak kullandılar. Susadıklarında, Guillaume bu kuyudan çektiği suyu onlara götürüyordu. Birçoğu son yudumlarını orada içti. Onca ölünün son damlalarını içtiği bu kuyunun kendisi de ölmeliydi.

Çatışmadan sonra, cesetleri gömmek için acele edildi. Galibiyeti kendine özgü bir tarzla hırpalayan ölüm, şanın peşine vebayı takar. Tifüs, zaferin hemen yanı başındadır. Bu derin kuyuyu mezarlığa dönüştürüp içine üç yüz ölü attılar. Belki biraz acele etmişlerdi. Hepsi ölmüş müydü? Efsane buna hayır yanıtını veriyor. Söylentilere göre, o gece kuyudan yardım isteyen cılız sesler yükselmiş.

Avlunun ortasında tek başına duran bu kuyunun üç yanını, paravanın kanatları gibi kıvrılmış, yarısı taştan yarısı tuğladan yapılmış ve kare şeklindeki küçük bir kuleyi andıran üç duvar çevreliyor. Su, açık duran dördüncü kenardan çekiliyordu. Bu kenarın şekilsiz gözpencere görüntüsü, belki de bir top güllesinin eseridir. Bu küçük kulenin tavanı birkaç kirişten ibaret. Sağ mesnet duvarının demir süsü haça benziyor. Öne doğru eğilip kuyunun içine bir göz atıldığında, bakışlar karanlık yığının doldurduğu, tuğladan derin bir silindirin içinde kayboluyor.

Kuyuyu çevreleyen duvarın üzerinde Belçika'daki tüm kuyularda yer alan mavi, geniş döşeme taşı yok. Mavi döşeme taşının yerine iri kemiklere benzeyen, budaklı ve iç içe geçmiş beş altı biçimsiz tahta parçasının yaslandığı bir kiriş var. Ne kovası, ne zinciri, ne makarası kalmış, yine de bir zamanlar oluk işlevini gören yalağı yerinde duruyor. Civardaki ormanların kuşları yağmur sularının toplandığı bu yalaktan ara sıra su içmeye gelirler. Bu yıkıntının içindeki çiftlik evinde de hâlâ oturanlar var. Avluya bakan bu evin kapısında gotik zarif bir kilidin yanında, yanlamasına yerleştirilmiş yonca şeklinde bir tokmak vardır. Hannoverli Teğmen Wilda'nın çiftliğe sığınmak için bu tokmağa uzattığı eli Fransız bir istihkâm eri tarafından balta darbesiyle kesilmişti.

Bu evde oturan ailenin büyükbabası uzun süre önce ölen eski bahçıvan Van Kylsom. Saçları kırlaşmış bir kadın bize: "O sırada üç yaşındaydım," diyor. "Korkan ablam ağlıyordu. Bizi ormana götürdüler. Annemin kucağındaydım. İnsanlar neler olup bittiğini dinlemek için kulaklarını yere yaslıyorlardı. Bense top seslerini taklit edip, *bum, bum*, diye bağırıyordum."

Önceden de söylediğimiz gibi, avlunun solundaki bir kapı meyve bahçesine açılıyor.

Meyve bahçesinin hali ise içler acısı.

Üç bölümden, âdeta üç perdeden oluşuyor. İlk bölümünde bir bahçe, ikincisinde bir meyve bahçesi, üçüncüsünde ise bir koru var. Bu üç bölümün duvarları ortak. Şato ve çiftlik binalarının girişinde, sağda bir çit, solda ve dipte birer duvar bulunuyor. Sağ duvar tuğladan, dip duvar taştan. Önce, frenküzümü fidanları ile yabani bitkilerin ve onların üzerinde parmaklıkları çifte kabartılı bir çitin bulunduğu, kesme taştan muhteşem bir sekiyle çevrelenen aşağıya doğru eğilimli bir bahçeye giriliyor. Le Nôtre öncesine dayanan en eski Fransız tarzına göre düzenlenmiş bu derebeyi bahçesi şimdi viran olmuş, berbat bir haldedir. Çitin, diğerleri mermi sıyrıklarıyla otların üzerine serilmiş olsa da, kırk üç tanesinin hâlâ ayakta duran parmaklıklarının üzerinde taştan gülleleri andıran küreler var. Duvarla çitin kesiştiği noktada, kırılmış bir bacağı andıran bir parmaklık duruyor.

Birinci hafif piyade birliğinin altı askerinin içine girip bir daha çıkamadıkları, inlerindeki ayılar gibi tuzağa düşürüldükleri, biri karabina tüfekleriyle donanmış iki Hannover bölüğüyle çarpıştıkları yer, işte meyve bahçesinden daha aşağıda kalan bu bahçeydi. Bu parmaklıkların kenarına mevzilenen Hannoverlilerin yukarıdan yağdırdıkları ateşe, siper olarak frenküzümü fidanlarını kullanıp, iki yüz kişiye aşağıdan yukarıya attıkları mermilerle karşılık veren bu yürekli altı hafif piyade eri, ölmeden önce bir çeyrek saat direnmişti.

Birkaç basamak çıktıktan sonra bahçeden meyve bahçesi olarak anılan bölüme geçiliyor. Burada, yaklaşık yarım dönümlük bir alanda yarım saatten az bir sürede bin beş yüz asker ölmüştü. Duvar çatışmaya yeniden başlamaya hazır görünüyor. İngilizlerin duvara değişken yüksekliklerde açtığı otuz altı mazgal deliği hâlâ yerinde. On altıncısının önünde mezar taşları granitten iki İngiliz mezarı vardır. Asıl saldırı güneyden geldiği için, mazgal delikleri sadece o duvarın üzerinde bulunabilir. Dışarıdaki uzun, geniş bir çit tarafından gizlenen bu duvarın yakınlarına gelen Fransızlar önlerinde yalnız bu çitin bulunduğunu sanarak üzerinden aştıklarında, pusuya düşmüş, karşılarında İngilizlerin otuz altı mazgal deliğinden aynı anda ateş açtıkları bu duvarı bulmuşlardı. Bu yaylım ateşin sonunda Soye tugayı imha edilmiş, Waterloo Savaşı da böyle başlamıştı.

Yine de meyve bahçesi ele geçirilmişti. Merdivenleri olmayan Fransızlar duvara tırnaklarıyla tırmandılar. Ağaçların altında göğüs göğüse çarpışıldı. Tüm bu otlar kanla sulandı. Yedi yüz kişilik Nassau taburu orada yok edildi. Kellermann'ın iki topçu bataryasının namlularını yönelttikleri duvar güllelerle dövüldü.

Diğerleri gibi mayıs ayının izlerini taşıyan bu bahçede sarı düğünçiçekleri, beyaz papatyalar var, otlar yükselmiş, saban atları otluyorlar, ağaçlara gerilmiş çamaşır ipleri, gelip geçenin kafasını eğmesine neden oluyor, bu sürülmemiş toprakta yürürken insanın ayağı köstebek çukurlarına giriyor. Otların arasında kökünden koparılmış bir ağaç gövdesinin yeşillendiği dikkati çekiyor. Binbaşı Blackmann son nefesini vermek üzereyken sırtını bu gövdeye dayamıştı. Yandaki büyük ağacın altında, Nantes Fermanı'nın feshedilmesiyle Almanya'ya iltica eden bir Fransız ailesine mensup Alman General Duplat can vermişti. Onun hemen yanında, samandan ve çamurdan bir bezle sarılmış hasta, yaşlı bir elma ağacı öne doğru eğiliyor. Neredeyse tüm elma ağaçları yaşlılıktan ölüp gidiyor. Hepsinde bir mermi izi seçiliyor. Bu meyve bahçesinde çok sayıda ölü ağaç iskeleti var. Kargalar dallarda uçuşuyor, ötede menekşelerle kaplı bir koru görülüyor.

Ölen Baudin, yaralanan Foy, yangın, katliam, kıyım, İngiliz, Alman ve Fransız kanlarının öfkeyle birbirlerine karıştıkları bir kan gölü, cesetlerle dolu bir kuyu, imha edilen Nassau ve Brunswick alayları, ölen Duplat, ölen Blackmann, ayakları, kolları kopan İngiliz öncü piyadeleri, Reille'in kolordusunun kırk taburundan yirmisinin imha edilmesi, sadece şu Hougomont viranesinde kılıçtan geçirilen, boğazı kesilen, mermilere hedef olan, yanan üç bin insan ve tüm bunlar bir köylünün oradan geçen bir yolcuya, *Mösyö, bana üç frank verirseniz, size Waterloo'yu anlatırım,* demesi için!

III

18 Haziran 1815

Geri dönelim –bu yazarın doğal hakkıdır– ve 1815 yılına hatta bu kitabın ilk bölümünde anlatılan çatışmanın başlamasından biraz öncesine uzanalım.

1815 Haziran'ının 17'sini 18'sine bağlayan gece yağmur yağmasa, Avrupa'nın geleceği farklı olacaktı. Birkaç damla fazla ya da eksik bu su, Napoléon'u alaşağı etti. Waterloo'nun Austerlitz'in sonu olması için Kader'in biraz yağmura ihtiyacı vardı ve gökyüzünden geçen zamansız bir bulut bir dünyanın çökmesine yetti.

Waterloo Savaşı, Blücher'in yardıma koşmasına yeterli zamanı sağlayacak şekilde, saat on bir buçukta başladı. Neden? Çünkü topçu bataryalarının harekete geçmesi için yağmurla ıslanan zeminin biraz sertleşmesi beklenmişti.

Napoléon topçu subayıydı ve stratejileri bu doğrultuda şekilleniyordu. Bu olağanüstü komutanın benliğinde, Direktuvar'a verdiği Abukir Limanı Muharebesi'yle ilgili raporunda *Güllelerimizden biri altı askeri öldürdü*, yazan bir adam gizliydi. Tüm savaş planlarını güllelerin üzerine kuruyordu. Bataryaların namlularını belirli bir noktaya yönlendirmek onun zaferinin anahtarıydı. Düşman generalin stratejisini bir kale olarak görüyor, onu topa tutuyor, zayıf noktayı güllelerle vuruyor, savaşları topla başlatıp topla bitiriyordu. Dehâsı top atışına dayanıyordu. Karargâhları yok etmek, alayları dağıtmak, hatları yarmak, kitleleri dört bir yana savurmak, vurmak, dövmek, hiç durmadan dövmek onun için en önemlisiydi ve bu konuda güllelerine güveniyordu. Bir dehâ olağanüstü yöntemle bir araya gelince, bu kasvetli savaşçıyı on beş yıl boyunca yenilmez kılmıştı.

18 Haziran 1815'te, sayıca üstün olduğu toplarına her zamankinden daha fazla güveniyordu. Wellington'ın yüz elli dokuz, Napoléon'un iki yüz kırk topu vardı.

Zeminin kuru olması halinde bataryaların erkenden harekete geçtiğini varsayarsak, savaş sabah altıda başlayıp Prusya ordusunun yetişmesinden üç saat önce ikide sona erecekti.

Bu savaşın kaybedilmesinde Napoléon'un payına düşen hata neydi? Bir deniz kazasının suçu kaptana yüklenebilir miydi?

Napoléon'un o dönemdeki belirgin fiziki çöküşü zihnini de etkilemiş miydi? Savaşla geçen yirmi yıl, kını olduğu gibi kılıcı, bedeni olduğu gibi ruhu da yıpratmış mıydı? Komutan ne yazık ki artık yaşlı bir asker olduğunu hissediyor muydu? Kısacası birçok saygın tarihçinin inandığı gibi bu dehâ sönüp gidiyor muydu? Güçsüzlüğünü kendinden bile saklamak için mi çılgınca girişimlerde bulunuyordu? Bir macera esintisinin yarattığı karmaşa karşısında kararsız kalmaya mı başlamıştı? Bir general için bağışlanamaz bir şekilde tehlikenin bilincinde değil miydi? Savaşın devleri denen bu büyük adamlar sınıfında dehânın ileriyi göremez hale geldiği bir yaş sınırı var mıydı? Yaşlılık emsal teşkil eden dehâları etkileyemez; Dante'ler ve Michelangelo'lar için yaşlanmak dehânın yücelmesidir; Hannibal'ler ve Napoléon'lar için tam tersi mi geçerliydi? Napoléon zafere giden yolu mu kaybetmişti? Tehlikeleri, tuzakları tahmin edemeyecek, uçurumların çökmekte olan kıyılarını fark edemeyecek durumda mıydı? Felaketlerin kokusunu alamıyor muydu? Eskiden kararlı parmağıyla zafere giden tüm yolları parıltılı savaş arabasından işaret eden bu adam, şimdi o lanetli şaşkınlıkla görkemli birliklerini uçuruma mı sürüklüyordu? Kırk altı yaşında aklını kaybetmeye mi başlamıştı? Kaderin bu muhteşem araba sürücüsü artık tehlikelere gözü kapalı dalan bir şaşkına mı dönüşmüştü?

Biz böyle düşünmüyoruz.

Herkesin kabul ettiği gibi stratejisi kusursuzdu. Müttefik hattının bağrında doğrudan bir delik açmak, onu ikiye bölmek, İngilizleri Hal'e ve Prusyalıları Tongres'a sürmek, Wellington ve Blücher'i iki parça haline getirmek, Mont-Saint-Jean'ı, Brüksel'i ele geçirmek, Almanları Ren'e, İngilizleri denize dökmek, tüm bunlar Napoléon'un savaş planlarının dâhilindeydi. Gerisi savaş başlayınca görülecekti.

Anlattığımız dramın önemli sahnelerinden biri bu savaşla bağlantılı olsa da, kuşkusuz burada Waterloo'nun tarihini inceleyeceğimizi iddia etmiyoruz; zaten bizim konumuz olmayan bu tarih hem Napoléon hem de tarihçiler topluluğu tarafından görkemli bir şekilde yazıldı. Bize gelince, olaya uzaktan bakan bir tanık, ovadan geçen bir yolcu, insan etiyle yoğrulmuş bu toprakları gözlemleyen, belki de yanılsamaları gerçek olarak gören bir araştırmacı olarak Napoléon'u ve tarihçileri kendi tartışmalarına bırakıyoruz; bilim adına, içinde kuşkusuz yanılgılar da barındıran bir olaylar bütününe kafa tutmaya hakkımız olmadığını, kapsamlı bir çalışma için kaçınılmaz olan askerî donanımdan, stratejik birikimden yoksun olduğumuzu düşünüyoruz; bize göre Waterloo'da, iki komutanı bir tesadüfler zinciri yönlendirdi ve söz konusu kader, o gizemli sanık olunca, biz de olayları halk gibi, o saf yargıç gibi değerlendiriyoruz.

IV

A

Waterloo Savaşı'nı zihinlerinde net bir şekilde canlandırmak isteyenlerin yere hayalî bir A harfi çizmeleri yeterlidir. A'nın sol bacağı Nivelles yolu, sağ bacağı Genappe yolu, bacaklar arası bağlantı çizgisi Ohain'den Braine-l'Alleud'ye giden çukur yolu, A'nın zirvesi Wellington'ın konuşlandığı Mont-Saint-Jean'ı, sol alt çizgi Reille ve Jérôme Bonaparte'ın mevzilendiği Hougomont'u, sağ alt çizgi Napoléon'un karargâhı Belle-Alliance'ı temsil eder. A'nın ara çizgisinin sağ bacakla kesiştiği noktanın biraz altı Haie-Sainte'dir. Bu ara çizginin orta noktası savaşın son sözünün söylendiği yerdir. Buraya dikilen aslan heykeli aslında kraliyet muhafız birliğinin kahramanlığının simgesidir.

A'nın tepesi, bacakların ara çizgiye bitişik noktalarının üst bölümü ve ara çizgi arasındaki üçgen Mont-Sait-Jean yaylasıdır. Tüm savaş bu yaylayı ele geçirme hesaplarıyla sürüp gitmiştir.

İki ordunun kanatları, Erlon'un karşısında Picton, Reille'in karşısında Hill yer alacak şekilde sağa ve sola, Genappé ve Nivelles yollarına doğru uzanmıştır.

A'nın tepesinin, Mont-Saint-Jean yaylasının arkasında Soignes ormanı yer alır.

Ovaya gelince, her yükseltinin bir eğimi izlediği kıvrımlardan oluşan, geniş, dalgalarla kaplı bir deniz gibi görünen ve tüm dalgalanmaların Mont-Saint-Jean'a doğru yükselip ormanda sonlandığı bir arazidir bu.

Savaş alanındaki iki düşman ordu birbirlerinin beline dolanmış iki güreşçiye benzer. Biri diğerini geriletip yere sermeye çalışır. Bu alanda her noktanın önemi vardır; bir çalılık bir destek noktası, bir duvar köşesi bir omuz siperidir; sırt yaslanacak küçük bir kulübenin eksikliği bir alayın bozgununa yol açar; ovanın bir çukuru, arazinin bir engebesi, elverişli bir yan yol, ordu adı verilen o devin topuğunun geri çekilmesini durdurabilir. Savaş alanını terk eden yenilmiş sayılır. Bu yüzden ordu komutanının, en ufak ağaç kümesini ve en hafif arazi yükseltilerini bile derinlemesine incelemesi gerekir.

İki general bugün Waterloo denen Mont-Saint- Jean ovasını özenle incelemişlerdi. Wellington, bir yıl önce, öngörülü bir bilgelikle bu ovayı büyük bir savaşın gerçekleşeceği bir alan olarak dikkatli bir şekilde gözlemlemişti. 18 Haziran'daki bu düelloda, Wellington avantajlı, Napoléon ise sakıncalı bir mevkide konumlanmıştı. İngiliz ordusu yukarıda, Fransız ordusu aşağıdaydı.

Burada, 18 Haziran 1815 şafağında, atının üstündeki Napoléon'un, elindeki dürbünle Rossomme tepesinde çevreyi gözlemlerkenki halini tasvir etmek pek de anlamlı olmayacak. Onun bu görüntüsünü zaten herkes biliyor. Brienne Okulu'nun küçük şapkasının altındaki bu dingin yüz, bu yeşil üniforma, nişanını saklayan beyaz devrik yaka, apoletlerini gizleyen redingot, yeleğin altındaki kırmızı şeridin köşesi, deri pantolon, lâl rengi kadife eyer örtüsünün dört köşesinde taçlı N harflerinin ve kartal resimlerinin yer aldığı beyaz at, ipek çorapların üstündeki süvari çizmesi, gümüş mahmuzlar, Marengo Muharebesi'nde kullandığı kılıcı, son Sezar'ın kimilerinin alkışlayıp, kimilerinin acımasız bakışlar yönelttiği tüm görüntüsü hafızalarda hâlâ taptazedir.

Uzun süre aydınlık içinde kalan bu görüntü, kahramanların çoğunun yaydığı ve her zaman için kısa ya da uzun bir süre boyunca gerçekliği gizleyen bir tür efsanevi bir karanlıkla iç içeydi, ama günümüzde tarih, ışığı olaylara tutuyor.

Bu aydınlık, yani tarih acımasızdır, aydınlığın kaynağı ve hatta kendisi olduğu için, parıltıları karanlığa gömmek gibi garip ve ilahi bir taraf vardır onda; aynı kişiden iki farklı hayalet yaratır ve bu hayaletlerden biri diğerine saldırır; sonuç itibarıyla zorbanın karanlıkları komutanın göz kamaştırıcılığıyla çarpışır. Böylece halkların nihai olarak değerlendirmesinde daha gerçek bir ölçüt ortaya çıkar. Yerle bir olan Babil İskender'in, zincire vurulan Roma Sezar'ın, katledilen Kudüs Titus'un yüceliklerine gölge düşürür. Tiranlık tiranın peşinden gider. Arkasında kendi silüetini taşıyan bir karanlık bırakmak, bir insan için felakettir.

V

Savaşların Bilinmeyen İçyüzü

Bu savaşın ilk evresini herkes bilir: İlk başlarda her iki orduda da, ama Fransızlardan çok İngilizlerde bir şaşkınlık, belirsizlik, tereddüt, kaygı duyguları yaşandı.

Tüm gece yağmur yağmış, toprak çamura dönüşmüştü; yalaklarda ve ovanın çukurlarında biriken suyun seviyesi bazı noktalarda mühimmatın yüklendiği arabaların dingiline kadar yükseliyor, koşum takımlarının kolanlarından çamur akıyordu; hareket halindeki bu kafilenin karmaşası ve ezici gücü yüzünden yere devrilen buğday ve çavdar, çukurları doldurmasaydı, tekerleklerin altına yataklık edip destek olmasaydı, özellikle Papelotte tarafındaki küçük vadilerde hareket etmek imkânsız hale gelecekti.

Savaş geç başladı; önceden de belirttiğimiz gibi, topçu bataryalarını elinde tutup, savaş alanının herhangi bir noktasına çevirdiği bir tabanca gibi kullanmaya alışkın olan Napoléon, atlara koşulmuş topların kolayca ve hızla ilerleyebilmeleri için beklemişti. Zeminin kuruması için güneşin çıkması gerekiyordu. Ama bu gerçekleşmedi. Koşullar Austerlitz'deki buluşmaya benzemiyordu. İlk top patladığında İngiliz General Colville, saatinin on ikiye yirmi beş kalayı gösterdiğini gördü.

Savaş, Fransız ordusunun sol kanadının Hougomont üzerine belki de imparatorun istemediği ölçüde büyük bir şiddetle saldırmasıyla başladı. Napoléon o sırada Quiot tugayını karşı ordunun merkezine doğru yönlendirirken, Ney Fransız ordusunun sağ kanadını İngilizlerin Papelotte'da mevzilenen sol kanadına doğru kaydırdı.

Hougomont'a saldırmanın, Wellington'ı o yana, yani sola çekmek gibi bir amacı vardı. Dört İngiliz bölüğü ve yürekli Belçikalılardan oluşan Perponcher tümeni mevzilerini sağlam bir şekilde korumamış olsaydı, bu plan başarılı olacaktı. Wellington bu direniş sayesinde, tüm birliklerini oraya yığmadı ve takviye olarak sadece dört bölük ve Brunswick'in bir taburunu gönderdi.

Fransız sağ kanadının amacının, İngiliz sol kanadını püskürtmek, Brüksel yolunu kesip Prusyalıların olası takviyesinin önüne geçmek, Mont-Saint-Jean'ı zorlamak, Wellington'ı Hougomont'a, oradan Braine-l'Alleud'ye, oradan da Hal'e doğru kıstırmak olduğu barizdi. Birkaç aksilik dışında, bu saldırı başarılı oldu. Papelotte ve Haie-Sainte ele geçirildi.

Bir ayrıntıyı belirtmemiz gerek. İngiliz piyadesinde, özellikle de Kempt tugayında acemiler vardı. Bizim korkunç piyadeler karşısında kahramanca çarpışan bu genç askerler, deneyimsizliklerine rağmen işlerinin üstesinden yüreklice gelirken, özellikle de avcı birliği görevini mükemmel bir şekilde yerine getirdi; avcı birliğinin askeri, biraz kendi haline bırakılırsa âdeta kendi generaline dönüşür; bu çaylaklar, Fransızların icat kabiliyetinden ve hiddetinden örnekler sergilediler. Bu acemi piyadelerin başarısı Wellington'ın pek de hoşuna gitmedi.

Haie-Sainte'in ele geçirilmesinden sonra, savaş bir belirsizlik evresine girdi.

O gün, öğlenden saat dörde kadar belirsiz bir ara hasıl oldu; savaşın tam da ortasında, çarpışmanın karanlığının eşlik ettiği bu süre neredeyse bulanıktı. Alacakaranlık çöktüğünde, pusların arasından geniş çalkantılar, baş döndürücü bir serap, kalpaklar, uçuşan eyer keseleri, çapraz kayış takımları, humbaracı fişeklikleri, hafif süvarilerin sırma ceketleri, kıvrımlarla kaplı kırmızı çizmeler, burma saçaklarla süslü ağır şapkalar, İngilizlerin Brunswick'in siyaha çalan piyadesine karışan piyadelerinin kızıl üniformaları, İngiliz askerlerinin omuzlarında apolet yerine taşıdıkları beyaz yuvarlak şeritler, Hannoverli hafif süvarilerin deriden yapılmış, bakır ve kırmızı at yelesinden şeritlerle süslü uzun miğferleri, dizleri çıplak İskoçların damalı kolsuz etekleri, bizim humbaracıların kalın, beyaz tozlukları gibi günümüzde neredeyse hiç bilinmeyen savaş kıyafetleri belirdi, bunlar stratejik tasvirler değil, Gribeauval'den[2] çok Salvator Rosa'nın[3] işine yarayacak tasvirlerdi.

Bir savaşa her zaman bir miktar fırtına karışır. *Quid obscurum, quid divinium.*[4] Her tarihçi bu kargaşaları kendi keyfince değerlendirebilir. Generallerin tasarıları ne olursa olsun silahlı kitlelerin çatışmasının hesaplanamayan sonuçları vardır; muharebe sırasında komutanların planları iç içe

---

2 Jean Baptiste Vaquette de Gribeauval (1715-1789), Fransız topçu düzenini yeniden oluşturmuş asker ve mühendis. (ç.n.)

3 1615-1673 yılları arasında yaşamış İtalyan ressam ve şair. (ç.n.)

4 Bilinmeyen karanlıklar, bilinmeyen ilahi mucizeler. (çn)

geçip birbirlerini dönüştürmeye başlar. Cephenin bir hattı, tıpkı suyu sünger gibi çeken ve suyu çok az özümseyen iki toprak arasındaki fark gibi, diğer hattın yuttuğundan daha çok asker yutar. Oraya hesapta olmayan miktarda asker göndermek gerekir. Bunlar beklenmedik harcamalardır. Savaş hattı bir yılan gibi kıvrılır; kan serpintileri akla hayale gelmeyecek biçimde sel gibi akar; cepheler dalgalanır, sürekli yer değiştiren alaylar, burunlar ve körfezler oluşturur, tüm gizli kayalıklar bir öne bir arkaya doğru sürekli olarak hareket halindedirler; piyadenin olduğu yere topçu, topçunun olduğu yere süvari gelir; taburlar toz bulutları içindedir. Orada bir şey vardı, şimdi bakın, kaybolup gitti; dumanların arasındaki görüntüler yer değiştirir; karaltılı kıvrımlar ilerler, sonra da geri çekilirler; âdeta mezarlıktan gelen bir rüzgâr, acınası toplulukları iteler, püskürtür ve nihayet dört bir yana dağıtır. Göğüs göğüse savaşmak nedir? Bir titreşim, bir salınımdır. Bir düzlemin hareketsizliği bir güne değil bir dakikaya işaret eder. Bir savaşı resmedebilmek için fırçasının ucunda kargaşa bulunan güçlü ressamlardan biri olmak gerekir; Rembrandt bu işi Vandermeulen'den daha iyi becerir. Vandermeulen öğlen doğru, saat üçte ise yalan söyler. Geometri insanı yanıltır, gerçek olan sadece kasırgadır. İşte bu durum Folard'a Polybius'a karşı çıkma hakkını verir. Savaşın her zaman için bir boğuşmaya dönüştüğü, kendini açıkça ortaya koyduğu ve Napoléon'un kendisinden bir alıntı yaparsak "orduların tarihinden çok alayların biyografisine konu olacak" çok sayıda ayrıntının dört bir yana saçıldığı anları vardır. Bu durum tarihçiye savaşı özetlemek gibi meşru bir hak kazandırır. Tarihçi, savaşın sadece ana hatlarını kavrayabilir ve ne kadar bilinçli ve birikimli olursa olsun, hiçbir anlatıcı savaş denen o korkunç bulutu mutlak bir biçimde sabitleyemez.

Gerçekten de bu değerlendirme tüm büyük savaşlar için, özellikle de Waterloo için geçerlidir.

Yine de, öğleden sonranın ilerleyen saatlerinde savaşın gidişatı belirginleşmeye başlamıştı.

VI

Öğleden Sonra Saat Dört

Saat dörde doğru, İngiliz ordusunun durumu ağırlaşmıştı. Orange prensi merkeze, Hill sağ kanada, Picton sol kanada kumanda ediyordu. Tutkulu ve yürekli Orange prensi Hollandalı ve Belçikalı askerlere: *Nassau! Brunswick! Asla geri çekilmek yok!* diye haykırıyordu. Güçsüz düşen Hill Wellington'a doğru çekiliyordu, Picton ölmüştü. İngilizlerin Fransız 105. piyade alayının sancağını ele geçirdikleri sırada, Fransızlar General Picton'ı başına isabet eden bir mermiyle öldürmüşlerdi. Wellington'ın biri Hougomont diğeri Haie-Sainte olmak üzere iki destek noktası vardı; Hougomont hâlâ dirense de alevler içindeydi, Haie-Sainte ise düşmüştü. Burayı savunan Alman taburundan geriye sadece kırk iki asker kalmış, subayların beşi dışında hepsi ya ölmüş ya da esir düşmüş, bu ambarda üç bin savaşçı katledilmişti. Muhafız birliğinin İngiltere'nin en iyi boksörü olduğu için arkadaşları tarafından yıkılmaz çam yarması olarak anılan çavuşlarından biri ufak tefek bir Fransız trampetçisi tarafından öldürülmüştü. Baring mevzisini kaybetmiş, Alten kılıçtan geçirilmişti. Alten tümeni ve Deux-Ponts ailesinden bir prensin başını çektiği Lunebourg taburu da dâhil olmak üzere birçok sancak kaybedilmişti. Gri etekli İskoçlar yok olmuştu, Ponsonby'nin güçlü dragon süvarileri balta darbeleriyle doğranmışlardı. Bro'nun mızraklı süvarileri ve Travers'in zırhlı birlikleri karşısında bozguna uğrayan bu yiğit süvari birliğinin bin iki yüz atından geriye altı yüz tane kalmış, üç süvari yarbayından ikisi yere yığılmıştı. Hamilton yaralanmış, Mater ölmüş, Ponsonby yedi mızrağın hedefi olmuştu. Gordon ve Marsh ölmüş, beşinci ve altıncı tümenler imha edilmişti.

Hougomont yara almış, Haie-Sainte kaybedilmiş, geriye yalnızca hâlâ direnen merkez kalmıştı. Hill'i Merbe-Braine'den, Chassé'yi Brain-l'Alleud'den getirten Wellington merkezi güçlendirmişti.

Yarım ayı andıran, çok yoğun ve sağlam askerî birlikleriyle İngiliz ordusunun merkezi güçlü bir şekilde konuşlanmıştı. Arkasına köyü, önüne ise dik bir bayırı almış bir halde Mont-Saint-Jean yaylasında bekliyordu. Sırtını, o dönemde Nivelles kamu idaresine ait olan ve bir kavşak noktasını belirten sağlam bir taş eve yaslamıştı; XVI. yüzyıldan kalma bu ev, güllelerini hiçbir hasar vermeden sekip gideceği ölçüde sağlamdı. İngilizler yaylanın etrafındaki çitleri oyup, akdikenler arasında boşluklar açmış, dalların arasına top namlularını yerleştirmişlerdi. Tuzağı benimseyen savaşın şüphesiz izin verdiği Kartacalılara özgü bu kalleşçe plan, imparatorun sabah dokuzda düşman bataryalarını denetlemek üzere gönderdiği Haxo'nun, geri döndüğünde Napoléon'a Nivelles ve Genappe yollarını tutan iki barikat dışında önlerinde hiçbir engelin bulunmadığı rapor etmesini sağlayacak kadar mükemmel bir şekilde yapılmıştı. Ekinlerin yükseldiği bir mevsimdi; Kempt tugayının karabinalarla donanmış bir taburu yaylanın sınırında, buğdayların arasına mevzilenmişti.

İngiltere-Hollanda ordusunun bu şekilde desteklenen merkezi, avantajlı bir konumdaydı.

Bu konuşlanmanın riski savaş alanının hemen bitişiğinde yer alan, Groenendael ve Boitsfort göletleriyle ikiye ayrılan Soignes ormanıydı. Bu konumdaki bir ordu geri çekilirse dağılır, alaylar bölünür, bataryalar bataklıklarda heba olurdu. Birçok uzman tarafından savunulan, birçokları tarafından da itiraz edilen bu kanıya göre, geri çekilme herkesin kendi canını kurtarmaya çalışacağı bir bozgunla sonuçlanacaktı.

Wellington, bu merkeze Chassé'nin sağ, Wincke'nin ise sol kanattaki tugaylarını ve Clinton tümenini eklemiş, Hackett'in alaylarına, Mitchell tugayına, Maitland'ın muhafız taburlarına destek olarak Brunswick'in piyadelerini, Nassau'nun birliklerini, Kielmansegge'nin Hannoverli askerlerini ve Ompteda'nın Almanlarını göndermişti. Böylece elinin altında yirmi altı tabur vardı. *Sağ kanat* Charras'nın dediği gibi, *merkezin arkasına kıvrılmıştı.* Devasa topçu bataryaları bugün "Waterloo Müzesi" olarak anılan o mevkide kum torbalarının arkasına gizlenmişti. Ayrıca Wellington'ın elinde Somerset'in eğimli bir arazide gizlenmiş bin dört yüz dragon süvarisi vardı. Bu, İngiliz süvarisinin ünlü Somerset tugayıydı. Ponsonby yıkılsa da, Somerset ayaktaydı.

Hazırlıklar tamamlanabilmiş olsaydı neredeyse bir tabya oluşturmuş olacak olan bu bataryalar, alçak bir bahçenin duvarının arkasına yerleştirilmiş ve üzerleri aceleyle kum torbaları ve eğimli bir toprak katmanıyla örtülmüştü. Ama bu çalışma tamamlanamamış, bataryaların etrafını kazıklarla çevreleyecek zaman kalmamıştı.

Kaygılı olsa da soğukkanlılığını koruyan Wellington, gün boyunca bugün hâlâ yerinde duran eski Mont-Saint-Jean değirmeninin biraz önünde, tutkulu ve güzellik düşmanı bir İngiliz'in iki yüz franka satın alıp götürdüğü bir karaağacın altında, atının üzerinde aynı ifadeyle bekledi. Wellington orada soğukkanlı bir kahramanlık sergiliyordu. Yaveri Gordon onun yanında ölmüştü. Kendisine yakınında patlayan bir gülleyi gösterirken, "Lordum, talimatlarınız nedir, kendinizi bu şekilde öldürtürseniz ne yapmamızı emrediyorsunuz?" diye soran Lord Hill'e: "Benim yaptığımı yapmanızı," diye yanıt vermiş, Clinton'a kısaca: "Son asker ölene kadar buradan ayrılmayacaksınız," demişti. O gün savaşın gidişatı belirgin bir şekilde kötüydü. Wellington, Talavera, Vittoria ve Salamanca muharebelerindeki eski dostlarına: *Beyler! Geri çekilmeyi aklınıza getirebilir misiniz? Eski İngiltere'nin büyüklüğünü düşünün!* diye bağırıyordu.

Saat dörde doğru, İngiliz hattı arkadan sarsıldı. Yaylanın bayırında bataryalar ve avcı erlerinden başka hiçbir şey görünmüyordu; Fransız toplarıyla püskürtülen alaylar bugün hâlâ Mont-Saint-Jean çiftliğine giden patikayı kesmekte olan noktaya çekildiler. İngiliz cephesi geriledi. Wellington geri çekildi. Napoléon "Bozgunun başlangıcı!" diye bağırdı.

VII

Napoléon'un Keyfi Yerinde

Hastalığı ve basuru yüzünden atının üzerindeki rahatsız haline rağmen, imparator hiç o günkü kadar keyifli olmamıştı. Sabahtan beri, aklından neler geçtiğini dışa hiç yansıtmayan yüzü gülüyordu. 18 Haziran 1815 günü, mermer maskeli bu derin ruh nedensiz bir şekilde ışıldıyordu. Austerlitz'de karamsar olan bu adam, Waterloo'da neşeliydi. Büyük yazgıları olan adamların bile böyle yanılgıları vardır. Sevinçlerimiz belirsizdir. En ulvi gülümseme Tanrı'ya aittir.

Ridet Caesar, Pompeius flebit,[5] diyordu Fulminatrix lejyonerleri. Bu kez Pompeius'un ağlaması gerekmiyordu ama Sezar'ın güldüğü kesindi.

Dün gece birde, atına binip Bertrand ile fırtınanın ve yağmurun ortasında Rossomme çevresindeki tepeleri keşfe çıktığında, Frischemont'dan Braine-l'Alleud'ye uzanan ufuk hattı boyunca İngiliz ateşlerini gördüğünde sevinmiş, Waterloo için kendisi tarafından belirlenen muharebe gününü kaderin uygun bulduğunu düşünmüştü; atını durdurmuş ve şimşeklere bakıp gök gürültülerini dinlerken bir süre yerinden hiç kımıldamamış, bu kadercinin karanlığa şu sözü hay-

---

5 Sezar gülüyor, Pompeius ağlıyordu. (ç.n.)

kırdığı duyulmuştu: "Hemfikiriz." Napoléon yanılıyordu. Hemfikir değillerdi.

Bir dakika bile uyumadığı o gecenin her anı onun için bir sevinç kaynağı olmuştu. İleri hatları denetlemiş, ara sıra nöbetçilerle konuşmak için durmuştu. Hougomont ormanının kenarında harekete geçmiş bir birliğin ayak seslerini duyduğunda "Wellington'ın artçı birlikleri geri çekiliyor. Ostende'den gelen altı bin İngiliz'i esir alacağım," demişti. İçini dökmek için sohbet ediyordu, 1 Mart'taki karaya çıkışı sırasında mareşale Juan Körfezi'nin tutkulu çiftçisini gösterip: *İşte, Bertrand, şimdiden bir takviye!* diye haykırdığı andaki coşkusuna kavuşmuştu. 17 Haziran'ı 18'ine bağlayan gece Wellington'la alay ediyor, "O küçük İngiliz'e bir ders vermek gerek," diyordu. Yağmur şiddetini artırıyor, imparator konuşurken gök gürlüyordu.

Sabah üç buçukta bir hayal kırıklığı yaşadı; keşif için gönderdiği subaylar düşmanın hiç hareket etmediğini bildirmişlerdi. Hiçbir şey kımıldamıyordu, ordugâhın tek bir ateşi bile sönmemişti. İngiliz ordusu uyuyordu. Karada derin bir sessizlik, gökyüzünde gürültü vardı. Saat dörtte ulaklar yanına, mevzilenmek için sol uçtaki Ohain Köyü'ne giden bir İngiliz süvari tugayına, muhtemelen Vivian'ınkine rehberlik etmiş bir köylüyü getirdiler. Saat beşte, alaylarından firar etmiş iki Belçikalı ona İngiliz ordusunun savaşı beklediğini bildirdiklerinde Napoléon: *Daha iyi! Onları geri püskürtmek yerine tamamıyla yok etmeyi yeğlerim*, diye haykırmıştı.

Sabah, Plancenoit yolunun köşesinde atından inip ayağını çamurlu zemine basmış, Rossomme çiftliğinden bir mutfak masası ve bir iskemle getirtmişti. Ayaklarının altına halı niyetine bir ot demeti serildiğinde yerine oturmuş, masanın üzerine savaş alanının haritasını koyduktan sonra Soult'a: *Güzel bir satranç tahtası!* demişti.

Gece boyunca yağan yağmur yüzünden balçığa dönmüş yollarda zorlanan tayın konvoyları sabah kahvaltısına yetişememiş, uyumayan ve sırılsıklam olan askerler aç kalmıştı, yine de bu durum Napoléon'un Ney'e neşeyle haykırmasına engel olamamıştı: *Yüzde doksan kazanacağız.* İmparator saat sekizdeki kahvaltısına birçok generali davet etmişti. Kahvaltı sırasında, Wellington'ın iki gün önce Brüksel'de, Somerset düşesinin balosuna katıldığı anlatıldığında, başpiskoposu andıran suratıyla kaba bir savaş adamı olan Soult: *Asıl balo bugün olacak,* demişti. İmparator kendisine: *Wellington, majestelerinin harekete geçmesini bekleyecek kadar saf değil,* diyen Ney'le dalga geçmişti. Zaten mizacı böyleydi. Fleury de Chaboulon onun için *şaka yapmaktan keyif alıyor*, der, Gourgaud *kişiliğinin özünde neşenin yattığını* belirtir, Benjamin Constant ise *sık sık gülünç olmaktan öte ilginç şakalar yaptığını* dile getirirdi. Devin bu neşeli hali üzerinde durulmaya değer. Humbaracılarına "homurdanıcılar" der, kulaklarını çimdikler, bıyıklarını çekerdi. İçlerinden biri *İmparator bize sürekli şakalar yapıyor*, diyordu. 27 Şubat günü, Elba Adası'ndan Fransa'ya yaptığı esrarlı yolculuk sırasında, açık denizde Napoléon'un saklandığı *Inconstant* yelkenlisine rastlayan Fransız savaş gemisi *Zephyr*'in kaptanı Napoléon hakkında bilgi almak istediğinde, başında hâlâ Elba'da giymeye alıştığı ve üzerinde arı resimli kırmızı beyaz kokartla süslenmiş bir şapkanın bulunduğu imparator ses borusunu gülerek eline almış ve cevabı kendisi vermişti: *İmparatorun sağlığı yerinde.* Böyle gülen biri önemli olayları pek de ciddiye almaz. Napoléon, Waterloo kahvaltısı sırasında birçok kez kahkaha atmıştı. Kahvaltıdan sonra bir çeyrek saat düşüncelere dalmış, ardından ot demetinin üzerine oturup ellerine bir kalem alan, dizlerinin üzerine bir kâğıt yerleştiren iki generale savaş düzenini yazdırmıştı.

Saat dokuzda, borazanlar, trampetler, davullardan oluşan bandonun öncülüğünde iki hat halinde sıralanan tümenleri, beş kol halindeki tugaylarının ortasında yer alan topçu bataryalarıyla harekete geçen ve bir miğfer, kılıç, süngü denizini andıran Fransız ordusunun güçlü, kalabalık, neşeli görüntüsü karşısında heyecanlanan imparator iki kere "Muhteşem! Muhteşem!" diye haykırmıştı.

Saat dokuzdan on buçuğa kadar tüm ordu inanılmayacak bir şekilde, imparatorun ifadesini tekrarlarsak "Altı V" oluşturarak, altı hat üzerinde savaş düzenini almıştı. Savaş cephesinin biçimlenmesinden kısa süre sonra, göğüs göğüse çarpışmaların öncesinde, fırtına patlamadan evvelki derin sessizliğin ortasında, kendi talimatıyla Erlon, Reille ve Lobau birliklerinden ayrılan, Nivelles ve Genappe yollarının kesişme noktasında bulunan Mont-Saint-Jean'ı döverek savaşı başlatacak olan ve namluları on iki santimetre çapında gülleler fırlatabilen toplardan oluşan üç bataryayı gören imparator, Haxo'nun omzuna vurarak şunları söylemişti: *İşte general, yirmi dört güzel kız.*

Sonuçtan emin olduğu için, önünden geçen ve köy ele geçirilir geçirilmez Mont-Saint-Jean'da barikatlar oluşturmakla görevlendirdiği 1. istihkâm bölüğünü gülümsemesiyle cesaretlendirmişti. Bu dinginliği sarsan tek şey bir merhamet sözcüğü olmuştu; solunda bugün büyük bir mezarın bulunduğu noktada muhteşem atlarıyla beliren hayran olunası İskoçları gördüğünde şöyle demişti: *Yazık.*

Sonra atına binip Rossomme'a doğru gitmiş ve savaş sırasındaki ikinci karargâhı olarak Genappe'tan Brüksel'e giden yolun sağındaki dar bir çimenliği seçmişti. Akşam yedide, Belle-Alliance ile Haie-Sainte arasındaki üçüncü karargâhı fazlasıyla tehlikeliydi; bugün hâlâ yerinde duran ve muhafız birliğinin ovanın eğiminde arkasına kümelendiği bu nokta oldukça yüksek bir tümsek üzerindeydi. Gülleler bu tümseğin etrafında, zeminden Napoléon'a doğru sekiyorlardı. Brienne'de olduğu gibi kafasının üzerinde mermiler vızıldıyordu. Atının ayaklarını bastığı yerin hemen yakınında, yıpranmış gülleler, eski kılıç bıçakları, paslanmış, şekilsiz mermiler bulundu. *Scabra rubigine.*[6] Birkaç yıl önce topraktan hâlâ patlamamış ve ateşleme düzeneği falya deliği hizasında kırılmış altmışlık bir obüs çıkarıldı. İşte imparator bu son karargâhta, ürkmüş, bir hafif süvarinin eyerine bağlanmış bir halde duran ve her patlamada geri dönüp Napoléon'un arkasına saklanmaya çalışan art niyetli köylü rehberi Lacoste'a, *Ahmak, utan biraz. Kendini sırtından vurduracaksın,* diyordu. Bu satırların yazarı bu tümseğin yumuşak bayırında kumları kazarak kırk altı yılın pasıyla yıpranmış bir güllenin kalıntılarını ve parmaklarının arasında mürver dalları gibi kırılan eski demir parçalarını buldu.

Ovanın, Napoléon ve Wellington'ın karşı karşıya geldiği noktasında, farklı eğimlerle oluşmuş engebeler artık yok, kimse 18 Haziran 1815'te ne halde olduklarını bilmiyor. Bu kasvetli alandan ona bir anıt yapmak için gerekli olanları alırken gerçek kabartısını ortadan kaldırdılar ve keyfi kaçan tarih de artık burada kendini tanıyamıyor. Onu şan kazanması için şekilsizleştirdiler. İki yıl sonra, Waterloo'yu yeniden gören Wellington: *Savaş alanımı altüst etmişler*, diye haykırmıştı. Bugün büyük bir toprak piramidin üzerinde aslan anıtının bulunduğu yerde, o zamanlar Nivelles yoluna doğru hafif eğimli bir yokuşla alçalan ama Genappe yolu tarafında neredeyse dik bir bayır oluşturan bir tepe vardı. Bu dik bayırın yüksekliği, Genappe'dan Brüksel'e giden yolun solunda İngilizlere, sağında Almanlara ait iki büyük mezarlığın tümsekleri sayesinde bugün hâlâ ölçülebilir. Fransızlara gelince, ovanın tamamı onlara mezar olmuştu. Yüksekliği kırk beş metre, çevresi yaklaşık bir kilometre olan aslanlı tepenin oluşturulması için götürülen binlerce araba dolusu toprak sayesinde, savaş günü, özellikle Haie-Sainte tarafında dik ve sarp bir yamaç halinde beliren Mont-Saint-Jean yaylası bugün hafif bir eğimle aşılabilir haldedir. O yamaç İngiliz toplarının çarpışmanın merkezini, vadinin dibindeki çiftliği

6 Lat. Sert pas. (ç.n.)

göremeyecekleri kadar eğimliydi. 18 Haziran 1815'te, yağmurlar bu sarp yamaçta derin çukurlar oluşturmuş, balçık ilerlemeyi daha da zorlaştırmıştı, bu yüzden askerler sadece tırmanmıyor, çamura batıyorlardı. Yaylanın bayırı boyunca uzanan ve uzaktan bakan bir gözlemcinin fark etmesinin mümkün olmadığı bir hendek vardı.

Bu hendek de neyin nesiydi? Anlatalım. Belçika'nın iki köyü olan ve ikisi de eğimli arazilerin arkasında gizlenen Braine-l'Alleud ve Ohain'i birbirine, engebeli bir ovadan geçen ve sıklıkla tepelerin arasına girip gözden kaybolan ve bu yüzden bazı noktalarda bir çukurluğa dönüşen yaklaşık yedi buçuk fersahlık bir yol bağlıyordu. Bu yol 1815'te de, günümüzdeki gibi Genappe ve Nivelles yolları arasındaki Mont-Saint-Jean yaylasını tepesinden kesiyordu. Ancak, o zamanlar çukur olan bu yol, iki bayırının toprağı anıt tepe yapımında kullanıldığı için şimdi ovayla aynı düzeyde. Bu yolun güzergâhının büyük bir bölümü bugün olduğu gibi o zaman da bir hendekten oluşuyordu. Boyu bazı noktalarda dört metreye ulaşan ve dik bayırları kışın sağanak yağmur altında göçen bu derin hendekte kazalar oluyordu. Yol, Braine-l'Alleud'nün girişinde, ölünün isminin *Brükselli Tüccar Monsieur Bernard Debrye* ve kaza tarihinin *Şubat 1637* olarak yazıldığı mezar taşının[7] yanındaki taştan haçın da belirttiği gibi bir yolcunun bir arabanın altında ezilmesine yol açabilecek kadar dardı. Yol, Mont-Saint-Jean yaylasında öyle derindi ki, Mathieu Nicaise adlı bir köylü toprak kayması sırasında ezilerek ölmüştü; tepesi ekim hazırlıkları sırasında kopmuş, ama Haie-Sainte ile Mont-Saint-Jean çiftliği arasındaki yolun solunda kalan çimenli yamaçta devrilmiş ayaklığı bugün hâlâ görülebilen bir başka taş haç da bu kazayı gösteriyordu.

---

7 Mezar taşına yazılanlar: BRÜKSEL'İN (okunmuyor) TÜCCARLIK YAPAN MÖSYÖ BERNARD DE BRYE BİR TALİHSİZLİK ESERİ BURADA BİR ARABA TARAFINDAN EZİLDİ. ŞUBAT 1637. (y.n.)

Bir savaş günü, Mont-Saint-Jean'ı çevreleyen bir bayırın tepesindeki bu hendek, toprakların arasında gizlenen bu çukur yol hiç belli olmuyordu, yani korkunçtu.

VIII

İmparator Rehber Lacoste'a Bir Soru Soruyor

Söylediğimiz gibi, Waterloo Savaşı'nın sabahında Napoléon'un keyfi yerindeydi.

Haksız da sayılmazdı; hazırladığı savaş planı bizim de gözlemlediğimiz gibi mükemmeldi. Savaş başladığında, Hougomont ve Haie-Sainte'deki sıkı direniş, Baudine'in ölmesi, Foy'un yaralanarak etkisiz hale gelmesi, Soye tugayının o duvarın önünde beklenmedik bir biçimde imha edilmesi, elinde ne kestanefişeği ne de barut kalmış Guilleminot'nun korkunç bir şekilde afallaması, bataryaların çamura saplanması, desteksiz on beş topun çukur bir yolda Uxbridge tarafından ele geçirilmesi, yağmurla balçık haline dönüşmüş zemine düşen güllelerin İngiliz hatlarına pek fazla hasar veremeden çamur saçan volkanlar gibi toprağa gömülmesi, Piré'nin Braine-l'Alleud'deki hiçbir işe yaramayan şaşırtma taktiği dolayısıyla on beş süvari bölüğünün neredeyse tamamının yok edilmesi, İngiliz sağ ve sol kanatlarının pek fazla zayiat vermemesi, Ney'in büyük bir yanılgıyla 1. kolordunun dört tümenini savaş alanına yayacağı yerde, askerleri yirmi yedi saf ve iki yüz kişilik cepheler halinde toplayarak mermilerin ve korkunç güllelerin hedefi haline getirmesi, süvari kollarının dağılması, gizlenen bataryaların aniden hemen yanlarında ortaya çıkarak Bourgeois'yı, Donzelot'yu, Durutte'u tehdit etmesi, Quiot'yu püskürtmesi, politeknik mezunu teğmen Vieux'nün Haie-Sainte'in kapısını balta darbeleriyle kırdığı anda, Grenappe'dan

Brüksel'e giden yolun dönemecinde barikat kuran İngilizlerin yukarıdan aşağıya doğru açılan yaylım ateşinde yaralanması, piyadelerin ve süvarilerin arasında kalan Marcognet tümeninin Best ve Pack'in askerleri tarafından kurşun yağmuruna tutulması, Pontsonby'nin süvarileri tarafından kılıçtan geçirilmesi, yedi topu işlevsiz hale gelen Saxe-Weimar prensinin Erlon'un karşısında Frischemont'u ve Smohain'i kararlı bir şekilde savunması, 105. ve 45. alayların sancaklarının teslim alınması, Wavre ile Plancenoit arasında keşfe çıkmış üç yüz askerlik avcı birliğinin esir aldığı Prusyalı esmer hafif süvari askerinin bildirdiği kaygı verici haberler, Grouchy'nin gecikmesi, Hougomont'un meyve bahçesinde yarım saatten az bir sürede bin beş yüz askerin öldürülmesi, Haie-Sainte'in önünde bin sekiz yüz askerin katledilmesi gibi fırtınalı gelişmeler Napoléon'un gözünün önünden savaş bulutları gibi geçmiş, bakış açısını pek değiştirmemiş ve imparatorun bu kararlı yüz ifadesine karamsarlığın izlerini eklememişti. Napoléon savaşa bütünselliği içinde bakar, ayrıntıların acıklı tablosuna dair küçük hesaplar yapmazdı; rakamlar sonucu, yani zaferi işaret etmedikçe onları umursamaz, sonuca kendi damgasını vuracağından emin olduğu için başlangıçta işlerin yolunda gitmemesine aldırmazdı; hiçbir sorun çıkmayacağını düşünerek sabırla beklemesini biliyor, kendini kaderle bir tutuyor, ona âdeta şöyle diyordu: Cesaret edemezsin.

Yarısı aydınlıkta, yarısı karanlıkta olan Napoléon, iyiliğin kendisini koruduğunu, kötülüğün kendisine hoşgörülü davrandığını hissediyordu. Aralarında, eski çağ kahramanlarının yıkılmazlığını sağlayan bir iş birliği ya da suç ortaklığı vardı ya da o, öyle olduğunu sanıyordu.

Yine de arkasında Berezina'nın, Leipzig'in ve Fontainebleau'nun gölgesi olduğunda, Waterloo'dan çekinmesi gerekirdi. Göğün derinliklerindeki gizemli bir kaş çatması, görünür hale gelebilirdi.

Wellington geri çekilirken, Napoléon sevinçle titredi. Aniden, Mont-Saint-Jean'ın boşaldığını ve İngiliz ordusunun cephesinin gözden kaybolduğunu fark etmişti. İngilizler geri çekilerek birleşiyorlardı. Üzengilerinin üzerinde yarı doğrulmuş halde duran imparatorun gözünün önünde zafer şimşeği çakıyordu.

Soignes ormanına çekilen Wellington'ın ordusu yok edilirse, İngiltere, Fransa tarafından yerle bir edilmiş olacak, Crécy'nin, Poitiers'nin, Malplaquet'nin, Ramillies'nin intikamı alınacaktı. Marengo'nun galibi Azincourt'un üzerini karalayacaktı.

Bunun üzerine, tarihin bu korkunç dönüm noktasını düşünen imparator, dürbününü son bir kez tüm savaş alanında gezdirdi. Arkasında hazır olda bekleyen muhafız birliği onu ilahi bir yaratık gibi tepeden tırnağa inceliyordu. Napoléon düşünüyor, yamaçları gözlemliyor, eğimleri kaydediyor, ağaçlıkları, çavdar tarlasını, patikayı dikkatle inceliyor, her çalılığı sayarmış gibi görünüyordu.

İki ayrı yerde konuşlanmış, ağaç yığınları arkasındaki İngiliz barikatlarına bir tür kararlılıkla baktı: Mevzilerden biri Haie-Sainte'in yukarısında Genappe yolunda konuşlanmıştı ve tüm İngiliz bataryaları arasında içinde savaş alanını derinlemesine görebilen iki topa sahipti, Nivelles yolunda konuşlanmış diğer mevzide ise Chassé tugayının Hollandalı süngüleri parlıyordu. Chassé barikatının yanında, Braine-l'Alleud'ye giden yan yolun köşesinde beyaza boyanmış eski Saint-Nicolas şapelini fark etti. Öne doğru eğilip rehberi Lacoste'a alçak sesle bir şeyler söyledi. Rehber başını olumsuz, muhtemelen kalleşçe bir ifadeyle salladı.

Atının üzerinde doğrulan imparator düşüncelere daldı.

Wellington geri çekilmişti.

Geriye, bu geri çekilmeyi bir bozgunla tamamlamak kalıyordu.

Aniden geri dönen Napoléon savaşın kazanıldığını bildirmek üzere Paris'e dörtnala giden bir ulak gönderdi.

Napoléon yıldırımlar saçan dâhilerden biriydi.

Şimdi şimşeğine de kavuşmuştu.

Milhaud'nun zırhlılarına Mont-Saint-Jean yaylasını ele geçirmeleri talimatını verdi.

IX

Beklenmeyen

Gürbüz atların üzerindeki dev gibi yapılı üç bin beş yüz zırhlı süvariyle donanmış yirmi altı bölük, çeyrek fersahlık bir cephe oluşturuyordu. Arkalarından destek kuvvet olarak Lefebvre Desnouettes tümeni, yüz altı seçkin jandarma, muhafız birliğinin bin yüz doksan yedi avcı eri ve yine muhafız birliğinin sekiz yüz seksen mızraklı süvarisi geliyordu. Tuğsuz miğferleri, dövülmüş demirden zırhları, eyer kaşlarında tabancaları, uzun kılıçları vardı. Sabah dokuzda, borazanların ve bandonun, *İmparatorun selametini gözetelim* şarkısı eşliğinde, biri yanlarında biri ortalarında iki batarya olmak üzere, geniş bir kolda iki sıra halinde ilerlerken tüm ordunun hayranlığını toplamış, Genappe ile Frischemont arasındaki yolda bulunan güçlü ikinci hatta konuşlanmışlardı. Napoléon tarafından bilgece oluşturulan bu ikinci hattın sol ucunda Kellermann'ın, sağ ucunda Milhaud'nun zırhlı süvarileri âdeta iki demir kanat gibi görünüyorlardı.

İmparatorun, yaveri Bertrand aracılığıyla ilettiği talimat üzerine, Ney kılıcını çekip en ön safa geçti. Ardından devasa süvari bölükleri harekete geçti.

Bu görüntü olağanüstüydü.

Sancakları, borazanları rüzgârda uçuşan bu süvariler, bir tümen bir kol oluşturacak şekilde kılıçlarını çekmiş, tek bir insanda, tek bir atılımda bütünleşmiş bir halde, tıpkı gedik açmak isteyen tunçtan bir koçbaşı gibi Belle- Alliance tepesini inip, az önce yüzlerce askerin öldüğü o ürkütücü derinliklerin toz bulutu arasında gözden kayboldular, ardından bu karaltıdan çıkıp yekpare bir kütle halinde küçük vadinin diğer yanında yeniden belirdiler, üzerlerine bir gülle bulutu inerken Mont-Saint-Jean yaylasının ürkütücü çamurlu bayırını tırısa kalkmış atlarıyla tırmanmaya başladılar. Top ve tüfek atışlarının kesintiye uğradığı anlarda, bu güçlü, tehditkâr, sarsılmaz kafilenin kulakları sağır eden tepinişi duyuluyordu. Wathier tümeni sağda, Delord tümeni solda olmak üzere iki koldan ilerliyorlardı. Uzaktan bakıldığında, yaylanın tepesinde çelikten iki yılan gibi görünüyorlardı. Bu, savaşa olağanüstü bir görüntü kazandırıyordu.

Ağır süvarilerin Moskova'daki büyük tabyayı ele geçirmelerinden beri buna benzer bir sahne görülmemişti; Murat burada değildi ama Ney bu sahnede de yer alıyordu. Bir canavarı andıran bu kitle tek bir ruhta bütünleşmiş gibiydi. Her bölük dalgalanıyor, bir polipin halkaları gibi kabarıyordu. Ancak sağda solda yarılan büyük bir duman bulutunun arasından görülebiliyorlardı. Miğferlerin, çığlıkların, kılıç şakırtılarının, at sağrılarının bando ve top seslerinin arasından gelen silkeleniş sesleri, korkunç ve düzenli bir uğultu, hidraların pulları gibi görünen zırhların gürültüsü birbirine karışıyordu.

Bu anlattıklarımız başka bir çağa ait görünüyorlardı. Buna benzer bir görüntüyle hiç kuşkusuz at-insan karışımı yaratıkları, Olympos'u dörtnala tırmanan o insan yüzlü, at gövdeli devleri, o korkunç, yüce, sarsılmaz yarı tanrı yarı hayvanları anlatan Orpheus'a özgü eski destanlarda karşılaşılabilirdi.

İlginç bir rakamsal benzerliğin eseri olarak yirmi altı süvari bölüğünü yirmi altı tabur karşılayacaktı. Yaylanın tepesinin arkasında, gizlenmiş bataryaların gölgesinde her bir kareye iki tabur düşen toplam on üç kare olarak konuşlanmış ve ilkinde yedi, ikincisinde altı kare bulunan iki hat üzerinde sıralanmış İngiliz piyadesi sakin, sessiz, hareketsiz bir halde, kundaklar omuzda, eller tetikte bekliyordu. Ne onlar zırhlı süvarileri, ne de zırhlı süvariler onları görüyordu. İngiliz piyadesi, bu insan kalabalığının, üç bin atın giderek artan uğultusunu, tırısa kalkmış toynakların peş peşe ve düzenli gürültüsünü, kılıçların şakırtısını ve vahşi denebilecek bir soluğun hırıltısını duyuyordu. Korkunç bir sessizliğin ardından, aniden tepenin üzerinde kılıçları sallayan kalkık kollar, miğferler, borazanlar, sancaklar belirdi ve bıyıkları kırlaşmış üç bin kafadan "Yaşasın imparator!" haykırışları yükseldi. Süvarilerin yaylada açık alana çıkmak için harekete geçişi, bir yer sarsıntısının başlangıcını andırıyordu.

Aniden İngilizlerin solunda, bizim sağımızda, zırhlı kolun en önündeki atın, korkunç bir kişnemenin ardından şaha kalkmasıyla hüzünlü bir sahne yaşandı. İngilizlerin kare düzenlerini ve toplarını yok etme arzusu ve öfkesiyle dizgininden boşanmışçasına tepenin doruk noktasına ulaşan zırhlı süvariler, İngilizlerle aralarında bir çukurun, bir hendeğin olduğunu fark ettiler. Burası Ohain'in çukur yoluydu.

Çok korkunç bir andı. Atların hemen ayaklarının dibinde dikey olarak uzanan ve ağzı açık bekleyen bu beklenmedik çukur dört metre derinliğindeydi. İkinci sıra birinciyi, üçüncü sıra ikinciyi itti; şahlanan atlar geriye doğru sağrılarının üzerine devrilip nalları havaya dikerken süvarileri yere düşürüp eziyorlardı. Geri çekilmek mümkün değildi ve süvariler namludan fırlamış mermiler gibiydi. Böylece İngilizleri ezmek için biriktirilen güç, Fransızları ezdi. Acımasız çukur ancak dolduğunda tatmin olacaktı; birbirlerini ezerek karmakarışık bir halde çukura yuvarlanan süvariler ve atlar orada canlı et yığınları halinde birikip bir zemin oluşturduklarında tümenin geri kalanı üzerlerinden geçti. Dubois tugayının neredeyse üçte biri bu uçurumda can verdi.

Bu, bozgunun başlangıcıydı.

Hiç kuşkusuz abartıya kaçan yerel söylentilere göre iki bin at ve bin beş yüz asker Ohain çukuruna gömülmüştü. Aslında bu rakam, savaşın ertesi gününde bu çukura atılan diğer cesetleri de kapsar.

Napoléon, Milhaud'nun zırhlı süvarilerine bu talimatı vermeden önce araziyi dikkatle incelemiş, ama yaylanın yüzeyinde tek bir kıvrım bile oluşturmayan bu çukur yolu görememişti. Yine de, Nivelles yolunun köşesindeki küçük beyaz şapeli fark ettiğinde muhtemelen bir aksilik olup olmadığını öğrenmek için Lacoste'a danışmıştı. Rehberin yanıtı "Hayır," olmuştu. Bu yüzden, Napoléon'un felaketinin bir köylünün başını olumsuz anlamda sallamasından kaynaklandığı söylenebilirdi.

Diğer aksiliklerin de ortaya çıkması kaçınılmazdı.

Napoléon'un bu savaşı kazanması mümkün müydü? Yanıtımız "Hayır," olacak. Neden? Wellington yüzünden mi? Blücher yüzünden mi? Hayır. Tanrı yüzünden.

Bonaparte'ın Waterloo Savaşı'nı kazanması XIX. yüzyılın yasasında yer almıyor, Napoléon'un dâhil olmayacağı bir dizi farklı olay yoldaydı. Olayların kötü gidişatı çok önceden belirlenmiş, bu olağanüstü adamın sonu yaklaşmıştı.

İnsan kaderi üzerine uyguladığı büyük basınçla tüm dengeleri bozan bu adam, evrenin yasalarından çok kendine güveniyordu. İnsanların taşkınlığı tek bir kafada toplanmayı, dünya tek bir adamın beyninde bir araya gelmeyi sürdürürse, bu uygarlığı yok ederdi. Şaşmaz ilahi adaletin tecelli etme zamanı gelmişti. Maddi ve manevi âlemlerde ilkelere ve unsurlara tabi olan evrensel çekim yasası muhtemelen bu durumdan şikâyetçiydi. Tüten kan, ağzına kadar dolu mezarlıklar, gözü yaşlı analar adaletin yerine gelmesinin en ateşli savunucularıydı. Dünya aşırı bir yük altında eziliyorsa, uçurum karanlıklardan gelen gizemli inlemeleri duyar.

Napoléon sonsuzluğa ihbar edilmiş ve onun yok olması kararlaştırılmıştı.

Tanrı'nın canını sıkıyordu.

Waterloo bir savaş değil, dünyanın çehresinin değişmesidir.

X

Mont-Saint-Jean Yaylası

Hendeğin fark edildiği sırada, gizlenen bataryalar da ortaya çıkmıştı.

Altmış top ve on üç kare düzenindeki yirmi altı tabur hemen önlerindeki zırhlı süvarileri gülle ve mermi yağmuruna tutuyorlardı. Yürekli General Delord İngiliz bataryalarına bir asker selamı verdi.

İngilizlerin savaş alanının dört bir yanındaki topları aceleyle karelerin içine girmişlerdi. Zırhlı süvariler bir an bile duraksamadılar. Çukur yol faciası onları kırıp geçirse de, cesaretlerini yitirmemişlerdi. Sayıları azaldıkça yüreklilikleri artıyordu. Hendek kazasına sadece Wathier tümen kolu maruz kalmış, âdeta tuzağı hisseden Ney'in sola kaydırdığı Delord tümeni hiç kayıp vermeden muharebe alanına gelmişti.

Gözü dönmüş zırhlı süvariler ellerindeki kılıçlar, tabancalarla İngiliz karelerine dörtnala saldırdılar.

Savaşlarda ruhun katılaşmasıyla, askerin heykele ve tüm bedenin granite dönüştüğü anlar vardır. Çılgınca bir saldırıya uğrayan İngilizler yerlerinden kımıldamadılar.

Bu yüzden dehşet verici sahneler yaşandı.

İngiliz karelerinin tüm cepheleri aynı anda saldırıya uğradı. Çevrelerini alevler saçan bir yarım ayın sarmaladığı piyadeler soğukkanlılıklarını kaybetmediler. Diz çöken ilk sıra zırhlı süvarileri süngüleriyle karşılıyor, ikinci sıra üzerlerine ateş ediyor, ikinci sıranın arkasındaki topçuların topları doldurmasının ardından karenin ön cephesi açılıyor ve gülleler yollandıktan sonra yeniden kapanıyordu. Zırhlılar atlarının ezici güçleriyle karşılık veriyorlardı. Şaha kalkan atlar sıraların, süngülerin üzerinden atlıyor, devasa gövdeleriyle canlı dört duvarın ortasına düşüyorlardı. Mermiler zırhların üzerinde delikler açıyor, zırhlılar karelerde gedikler oluşturuyorlardı. Yığınla insanın atların altında ezilmesi ve süngülerin bu sentorların karınlarını yarmasıyla ortaya hiçbir yerde rastlanamayacak ölçüde ürkütücü yaralanma görüntüleri çıkıyordu. Çılgına dönmüş süvarilerin yıprattığı kareler küçülseler de yerlerinden kımıldamıyor, tükenmeyen güllelerini saldırganlara göndermeye devam ediyorlardı. Bu çarpışmanın görüntüsü canavarcaydı. Kareler artık taburlar değildi, kraterlere dönüşmüşlerdi; zırhlılar artık süvariler değildi, kasırgaya dönüşmüşlerdi. Her kare bir bulutun saldırdığı bir volkandı, lavlar yıldırımlarla çarpışıyordu.

75. İskoç alayından oluşan ve her türlü tehlikeye açık olan en sağ uçtaki kare, ilk saldırıların ardından neredeyse tamamıyla yok olmuştu. Etrafındaki askerler öldürülürken ortada bir davulun üzerine oturmuş bir halde duran gaydacı, ormanların ve göllerin yansımasıyla parlayan melankolik gözlerini derin bir kayıtsızlıkla öne eğmiş, bir dağ havası çalıyordu. Tıpkı Argos'u hatırlayarak ölen Yunanlılar gibi İskoçyalılar da Lothian'ı düşünerek ölüyorlardı. Bir zırhlı süvarinin gaydayı ve onu tutan kolu kesen kılıcı, şarkıyı yarıda keserek şarkıcıyı öldürdü.

Hendek felaketiyle sayıları göreli olarak azalan zırhlı süvarilerin karşısında neredeyse tüm İngiliz ordusu olsa da, her biri on askere bedel bir güçle çarpışıyordu.

Bu arada, birkaç Hannover taburunun geri çekildiğini gören Wellington'ın aklına süvarileri geldi. Napoléon o sırada piyadesini düşünse savaşı kazanırdı. Bu ihmal ölümcül bir hataydı.

Saldırganlar aniden saldırıya uğradıklarını hissettiler. İngiliz süvarileri hemen arkalarındaydı. Önlerinde kareler, arkalarında Somerset'in bin dört yüz dragon süvarisi vardı. Somerset'in sağında Dornberg'in komutasındaki Alman hafif süvari birliği, solunda Trip'in karabinalarla donanmış Belçikalı askerleri yer alıyordu; piyade ve süvari birlikleri tarafından önden arkadan, sağdan soldan saldırıya uğrayan zırhlı süvariler hepsiyle mücadele etmek zorunda kaldılar. Kasırgaya dönüştüklerinden hiçbir şey umurlarında değildi. Tasvir edilemez bir kahramanlık gösterdiler.

Üstelik arkalarında kendilerini sırtlarından vurmak için aralıksız patlayan toplar vardı. Sol kürekkemiği hizasında delinmiş bu zırhlardan biri Waterloo Müzesi'nde sergilenmektedir.

Böyle Fransızlara böyle İngilizler gerekiyordu.

Bu çatışma artık göğüs göğüse savaş değil, bir karanlık, bir öfke, ruhların ve cesaretlerin baş döndürücü taşkınlığı, şimşekler saçan kılıçların kasırgasıydı. Birkaç saniye sonra dragon süvarilerinin sayısı bin dört yüzden sekiz yüze indi; yarbayları Fuller öldü. Ney'in, Lefebvre-Desnouettes'in mızraklı süvarileri ve avcı erleriyle yardıma koşması üzerine, Mont-Saint-Jean yaylası peş peşe bir Fransızlar, bir İngilizler tarafından ele geçirildi. Zırhlı süvariler atlarından inip piyadeye dönüşüyorlar ya da daha doğrusu birbirlerine kenetlenmiş askerlerden oluşan bu korkunç kalabalık yaka paça dövüşüyordu. Mevzilerini hâlâ korumakta olan kalelere yapılan on iki saldırı sırasında, Ney atını, öldüğü için dört kez değiştirmek zorunda kaldı. Zırhlı süvarilerin yarısı hâlâ yayladaydı. Bu çarpışma iki saat sürdü.

İngiliz ordusu derin bir yara almıştı. Zırhlı süvariler ilk saldırı sırasında çukur yolun gazabına uğramasalar, hiç kuşkusuz düşmanın merkezini yerle bir edip zaferi kazanırlardı. Talavera Muharebesi'ne ve Badajoz Kuşatması'na katılmış olan Clinton bu muhteşem süvariler karşısında taş kesilmişti. Yüzde yetmiş beş oranda yenilmiş olan Wellington, onlara kahramanca bir hayranlık besliyor, alçak sesle "Muhteşem!"[8] diyordu.

On üç karenin yedisini yok edip altmış topu saflarına katmış ya da işlevsiz hale getirmiş olan zırhlı süvariler, üç zırhlı süvari ve muhafız birliğinin üç avcı eri tarafından Belle-Alliance çiftliğindeki Napoléon'a götürülen altı İngiliz alayının sancağını da ele geçirdiler.

Wellington'ın durumu kritikleşmişti. Bu garip savaş, her biri kendi payına hiç durmadan dövüşüp direnirken sürekli kan kaybeden iki öfkeli yaralının mücadelesi gibiydi. İlk önce hangisi ölecekti?

Yayladaki savaş sürüyordu.

Zırhlı süvariler nereye kadar ilerlemişlerdi? Bunu kimse bilemezdi. Ama kesin olan, savaşın ertesi günü bir zırhlı süvarinin ve atının Nivelles, Genappe, La Hulpe ve Brüksel yollarının kesiştikleri noktadaki Mont-Saint-Jean araba kantarında ölü bulunmuş olmasıydı. Bu süvari İngiliz hatlarını yarmıştı. Bu cesedi toplayanlardan biri bugün hâlâ Mont-Saint-Jean'da yaşıyor. Dehaze adındaki bu adam o zaman on sekiz yaşındaydı.

Wellington yenilmek üzere olduğunu hissediyordu. Bozgun yakındı.

Zırhlı süvariler düşmanın merkezini yaramadıkları için başarılı olamamışlardı. Hem herkes yaylaya sahipti, hem de kimse yaylanın sahibi değildi ve netice itibarıyla yaylanın büyük bir bölümü İngilizlerin elindeydi. Wellington köyü ve yüksek ovayı, Ney ise tepeleri ve yamaçları elinde tutuyordu. İki taraf da bu kasvetli araziye kök salmış gibiydi.

Ama İngilizlerin kaybının telafisi mümkün görünmüyordu. Ordunun kan kaybı çok fazlaydı. Wellington, sol kanat için takviye isteyen Kempt'e: *Takviye yok, ölene kadar çarpışsınlar!* diyordu. Napoléon da neredeyse aynı dakikada, iki

8 *Splendid!* (y.n.)

ordunun tükenişinin ilginç benzerliğini yansıtırcasına kendisinden piyade desteği isteyen Ney'e: *Piyade! Nereden bulmamı bekliyor ki? Yaratmamı mı istiyor?* diye haykırıyordu.

Yine de, İngiliz ordusunun yarası daha ağırdı. Demir zırhlı, çelik göğüslü süvarilerin amansız saldırıları piyadeye çok ağır kayıplar verdirmişti. Bir sancağın etrafına toplanmış birkaç asker alayın yerini belirtiyor, bir taburun komutanlığını bir yüzbaşı ya da teğmen yapıyordu. Daha önce Haie-Sainte'de bozguna uğrayan Alten tümeni neredeyse tamamen imha edilmişti; Van Kluze tugayının yürekli Belçikalılarının cesetleri çavdar tarlasında yatıyordu; 1811'de, İspanya'da, bizim saflarımıza katılarak Wellington'a karşı, 1815'te İngilizlere katılarak Napoléon'a karşı savaşan Hollandalı humbaracılardan geriye birkaç kişi kalmıştı. Çok sayıda subay ölmüştü. Ertesi gün bacağı gömülen Lord Uxbridge'in dizi kırılmıştı. Zırhlı süvarilerin saldırısı sırasında, Fransız ordusundan Delord, l'Héritier, Colbert, Dnop, Travers ve Blancard yaralansalar da, İngiliz ordusundan Delancey, Van Meeren, Ompteda ölmüş, Alten ve Barne yaralanmıştı, Wellington'ın tüm kurmay heyeti dağılmış ve İngiltere bu kanlı dengede en kötü payı almıştı. 2. piyade muhafız alayının beş yarbayı, dört yüzbaşısı, üç teğmeni, 30. piyade alayının yirmi dört subayı ve yüz on iki askeri ölmüştü, 79. dağcı alayının yirmi dört subayı yaralanmış, on sekiz subayı ve dört yüz elli askeri ölmüştü. Başlarında daha sonra yargılanıp rütbeleri sökülecek olan Hacke'in bulunduğu Cumberland'ın Hannoverli hafif süvari alayı göğüs göğüse savaş sırasında geri çekilmiş ve bozgunun tohumlarını Brüksel'e kadar ekerek Soignes ormanına sığınmıştı. Fransızların ilerlediklerini ve ormana doğru yaklaştıklarını gören yaralılarla dolu yük arabaları hızlarını artırıyor, Fransız süvarilerinin kılıçtan geçirdiği Hollandalılar "İmdat!" diye bağırıyorlardı. Hâlâ yaşayan tanıkların söylediklerine göre, Vert-Coucou'dan Groenendael'e uzanan Brüksel yolunda kaçanlardan oluşan yaklaşık iki fersahlık bir kalabalık vardı. Panik Malines'deki Condé prensinin ve Gent'teki XVIII. Louis'nin kulağına gidecek ölçüde büyüktü. Wellington'ın, Mont-Saint-Jean çiftliğinde oluşturulan geçici hastanenin arkasındaki zayıf bir birliğin ve sol kanadı tutan Vivivan ve Vandeleur tugaylarının dışında süvarisi kalmamıştı. Bu gelişmeler Siborne ve son durumu İngiltere-Hollanda ordusunun asker sayısının otuz dört bine düştüğünü söyleyecek kadar abartan Pringle tarafından aktarılmıştır. Demir dük sakin görünse de dudakları solmuştu. Savaşta İngiliz kurmay heyeti arasında yer alan Avusturyalı gözlemci Vincent ve İspanyol gözlemci Alava, dükün savaşı kaybettiğini düşünüyorlardı. Akşamüstü beşte cebinden saatini çıkaran Wellington'ın şu karamsar sözleri söylediği duyuldu: *Ya Blücher ya gece!*

Tam da o sırada Frischemont tepeleri üzerinde bir süngü hattı parıldadı.

O an, bu büyük dramın dönüm noktasıydı.

XI

Napoléon'a Kötü, Bülow'a İyi Rehber

Napoléon'un içler acısı yanılgısını biliyoruz; Grouchy'yi umarken, Blücher gelmiş; yaşamın yerini ölüm almıştı.

Kaderin böyle dönemeçleri vardır; dünya imparatorluğu beklenirken Sainte-Helene'in yolu görünür.

Blücher'in generali Bülow'a rehberlik yapan küçük çoban ona ormandan Plancenoit'nın aşağısı yerine Frischemont'un yukarısından çıkmayı tavsiye etseydi, XIX. yüzyılın gidişatı belki de farklı olacak, Napoléon savaşı kazanacaktı. Prusya ordusu, Plancenoit'nın yukarısı dışındaki tüm yollarda bataryalarının aşamayacağı aşılmaz hendeklerle karşılaşacak ve Bülow zamanında yetişemeyecekti.

Prusyalı General Muffling'in de belirttiği gibi bir saatlik bir gecikme halinde Blücher, Wellington'ı sağ bulamayacak; "Savaş kaybedilmiş olacaktı."

Görüldüğü gibi Bülow tam zamanında yetişmişti. Aslında oldukça gecikmişti. Dion-le-Mont'da konakladıktan sonra şafakta yola çıksa da, tümenleri çamurlu yollar yüzünden hızlı ilerleyememişti. Çamurlar top arabalarının poyralarına kadar yükseliyordu. Üstelik, Dyle Irmağı'nı dar Wavre Köprüsü'nden geçmesi gerekmişti; köprüye giden yol Fransızlar tarafından ateşe verildiğinden mühimmat arabaları ve toplar alevler içindeki evlerin arasından geçememiş, yangının sönmesi beklenmişti. Öğle vakti, Bülow'un öncü birlikleri henüz Chapelle-Saint-Lambert'e ulaşamamışlardı.

Savaş iki saat önce başlasa saat dörtte bitecek ve Blücher, Napoléon'un kazandığı savaşın ortasına düşecekti. İşte akıl erdiremediğimiz bir sonsuzluğun olağanüstü rastlantıları böyledir.

Dürbünüyle çevreyi gözlemleyen imparator, öğle saatlerinden itibaren ufkun derinliklerinde dikkatini çeken bir şey fark etmişti. "Orada birliklere benzeyen bir bulut görüyorum," demiş, ardından Dalmaçya düküne "Soult, Chapelle-Sainte-Lambert istikametinde ne görüyorsunuz?" diye sormuştu. Dürbününü o tarafa çeviren mareşal, "Dört, beş bin kişi majesteleri, kuşkusuz Grouchy geliyor," diye yanıtlamıştı. Yine de bu kütle, bulutların arasında hareketsizmiş gibi görünüyordu. İlk önce imparator tarafından fark edilen bu "bulutu" tüm kurmay heyeti dürbünleriyle gözlemlemişti. Bazıları *mola vermiş birlikler*, çoğunluğu da *ağaç bunlar* demişti. Bulutun hiç kımıldamadığı gerçekti. İmparator bu belirsiz noktanın keşfi için Domon'un hafif süvari tümenini görevlendirdi.

Gerçekten de, öncü kolu çok zayıf olan ve savaş hattına büyük bir güçle girme talimatını alan Bülow, orada kolorduyu beklemek için mola vermişti, ama saat beşte Wellington'ın tehlike altında olduğunu öğrenen Blücher, Bülow'a hücum emrini verirken şu ilginç sözleri söylemişti: "İngiliz ordusuna moral vermek lazım."

Kısa süre sonra, Losthin, Hiller, Hacke ve Ryssel tümenleri Lobau'nun kolordusu karşısında toplanıyor, Prusya Kralı Wilhelm'in süvarisi Paris ormanından çıkıyordu, Plancenoit alevler içindeydi ve Prusya gülleleri Napoléon'un arkasında muhafız birliğinin saflarına kadar yağmur gibi yağmaya başlamıştı.

XII

Muhafız Birliği

Gerisini biliyoruz: Üçüncü ordunun katılmasıyla savaşın gidişatının değişmesi, aniden seksen altı topun ateşlenmesi, I. Pirch ile Bülow'un gelmesi, Blücher'in bizzat yönettiği Zieten'in süvarileri, geri çekilen Fransızlar, Ohain yaylasını terk etmek zorunda kalan Marcognet, Papelotte'tan püskürtülen Durutte, gerileyen Donzelot ve Quiot, taarruza uğrayan Lobau, hava kararmak üzereyken bitap düşmüş alayların yeni bir savaşa başlaması, öne doğru atılarak yeniden saldırıya geçen İngiliz ordusu, Fransız ordusunda açılan devasa gedikler, birbirlerine destek olan İngiliz ve Prusya topları, toplu imha, cepheden gelen saldırı, yandan gelen saldırı, bu korkunç bozgun anında savaş hattına giren muhafız birliği.

Muhafız birliği askerleri, öleceklerini hissettikleri için: "Yaşasın imparator!" diye bağırıyorlardı. Tarihte alkışlanmaya layık bu ihtişamlı can çekişme kadar duygulandırıcı bir şey olamaz.

Hava gün boyunca kapalıydı. Tam o sırada, saat sekizde, ufukta aniden aralanan bulutlar Nivelles yolunun karaağaçlarının arasından batan güneşin kasvetli kızıllığının görülmesine izin verdi. Austerlitz'te güneşin doğduğu görülmüştü.

Bu son direnişte her tabura bir general kumanda ediyordu. Friant, Michel, Roguet, Harlet, Mallet, Poret de Morvan oradaydılar. Muhafız birliğinin humbaracılarının geniş kartal armalı uzun şapkaları simetrik, sıraya girmiş, dingin bir halde bu çatışmanın dumanının arasına katıldığında düşman Fransa'ya saygı duydu; kanatları savaş düzenine girmiş bu ordu karşısında kazananlar kaybettiklerini, karşı tarafın zaferden zafere koştuğunu sanıp geri çekildiler. Ama Wellington'ın, *Muhafızlar, ayağa kalkıp, nişan alın!* diye bağırması üzerine, İngiliz muhafızlarının çitlerin arkasında yatarak mevzilenmiş kızıl alayı ayağa kalktı, bir mermi bulutu kartallarımızın etrafında titreşen üç renkli bayrağı kalbura çevirdi, hep birden saldırıya geçmeleriyle büyük kıyım başladı. Karanlıkta etrafındaki ordunun sıvışmaya başladığını ve bozgunun derin sarsıntısını hisseden imparatorluk muhafız birliğinin "Yaşasın imparator!" nidalarının yerini "Kaçan kurtulur!" haykırışlarına bıraktığı duyuldu ve kaçanları arkada bırakarak giderek artan bir öfkeyle ve attığı her adımda daha fazla ölerek ilerlemeye devam etti. Ne bir tereddüt ne bir ürkeklik belirtisi vardı. Bu birliğin askerleri bir general kadar kahramandılar. Hiçbiri ölüme yürümekten kaçınmadı.

Kabullenilmiş ölümün tüm yüceliğiyle kendinden geçen Ney bu ateş fırtınasında kendini mermilerin, güllelerin önüne atıyordu. Beşinci atı da ölmüştü. Alev saçan gözleri, köpüren dudakları, düğmeleri çözülmüş çamurlu üniforması, bir süvarinin kılıç darbesiyle yarısı kopmuş apoleti, bir mermiyle yamru yumru olmuş büyük kartal nişanı, elindeki kırık kılıcıyla kan ter içinde kalmış bir halde muhteşem görünüyor, *Bakın bir Fransız mareşali savaş alanında nasıl ölür görün!* diye bağırıyordu. Ama çabası boşunaydı, ölmedi. Öfkeli ve gaddardı. Drouet d'Erlon'a şu soruyu yöneltti: *Seni öldürmelerine izin vermeyecek misin?* İnsan yığınlarını ezen güllelerin ortasında haykırıyordu: *Demek benim payıma bir şey düşmüyor! Ah! İngiliz güllelerinin karnımı yarıp geçmelerini nasıl isterdim!* Bahtsız adam, senin işini Fransız mermileri görecekti![9]

XIII

Felaket

Muhafız birliğinin arkasında yaşanan bozgun korkunçtu.

Ordu Hougomont'dan, Haie-Sainte'den, Papelotte'dan, Plancenoit'dan, dört bir yandan geri çekildi. "İhanet!" çığlığını, "Kaçan kurtulur!" izledi. Dağılan bir ordu buzların çözülmesine benzer. Her şey eğilip bükülür, çatlar, çatırdar, yüzer, kayar, düşer, çarpışır, telaşa kapılır, acele eder. Beklenmedik bir parçalanma. Şapkası, fuları, kılıcı olmayan Ney bir atın üstüne atlayıp Brüksel yolunda hem İngilizlerin hem Fransızların karşısına dikilip onları durduruyor. Orduyu zapt etmeye, geri çağırmaya çalışıyor, hakaretler yağdırıyor, bozguna tutunuyor. Taşkınlıklar yapıyor. Askerler, *Yaşasın Mareşal Ney!* diye bağırıp yanından kaçıyorlar. Durutte'un iki alayı Almanların kılıçları ve Kempt, Best, Pack, Rylandt tugaylarının yaylım ateşleri arasında afallamış halde sarsılarak bir gidip bir geliyorlar; çarpışmaların en kötü sonucu bozgundur; silah arkadaşları savaşın en alçakça davranışıyla kaçmak için birbirlerini öldürürler. Bir uçtaki Lobau ile diğer uçtaki Reille dalgalara kapılmışlar. Napoléon'un muhafız birliğinin geri kalanıyla bir set oluşturması, süvari taburlarını son bir çabayla harcaması

9 Mareşal Michel Ney, Bourbon hanedanının yeniden iktidara gelmesi üzerine ölüm cezasına çarptırılıp, 7 Aralık 1815'te kurşuna dizildi. (ç.n.)

boşuna. Quiot Vivian'ın, Kellermann Vandeleur'ün, Lobau Bülow'un, Morant Pirch'in, Domon ve Subervic Prusya Kralı Wilhelm'in önünde geri çekiliyorlar. İmparatorun süvari birliklerinin saldırısını yöneten Guyot, İngiliz dragon süvarilerinin ayaklarının dibine yığılıyor. Dörtnala koşturan Napoléon kaçakları sıkıştırıyor, tehdit ediyor, onlara yalvarıyor. Sabah "Yaşasın imparator!" diye bağıran tüm ağızlar sanki onu zorlukla tanırlarmış gibi açık kalıyorlar. Taze kuvvet olarak gelen Prusya süvarisi öne doğru atılıyor, düşmanı kılıçtan, baltadan geçirerek öldürüyor, yok ediyor. Atlar hücum ediyor, toplar kaçıyor; nakliye askerleri kaçmak için mühimmat sandıklarını taşıyan arabaların atlarının koşum takımlarını çözüyor, dört tekerleği havaya dikilmiş şekilde devrilen yük arabaları kaçanların önünü kesip katliamlara neden oluyor. İzdiham yaşanıyor, herkes birbirini eziyor, ölülerin ve canlıların üzerinde yürünüyor. Kollar kendilerini kaybediyor. Kaçan kırk bin askerin yığıldığı yollar, patikalar, köprüler, ovalar, tepeler, vadiler, ormanlar baş döndürücü bir kalabalığı ağırlıyor. Çığlıklar, umutsuzluk, çavdar tarlasına atılan çantalar ve tüfekler, kılıç darbeleriyle açılan yollar, artık ne dost, ne subay, ne general var; tasvir edilemez bir dehşet. Zieten Fransa'yı keyfince kılıçtan geçiriyor. Aslanlar karacalara dönüyor. İşte kaçış böyleydi.

Fransızlar Genappe'ta bir cephe oluşturup saldırıya göğüs germeyi denediler. Lobau'nun topladığı üç yüz asker köyün girişinde bir barikat oluştursa da Prusyalıların ilk gülle mermisiyle hepsi kaçmaya başladı, Lobau esir düştü. Günümüzde bu güllenin izi, Genappe'a girmeden birkaç dakika önce, yolun sağındaki tuğla kulübenin beşik çatısında hâlâ görülür. Kuşkusuz zaferin tadını yeterince çıkaramayan öfkeli Prusyalılar Genappe'a saldırdılar. Kovalamaca dehşet vericiydi. Blücher herkesin katledilmesi emrini verdi. Kendisine Prusyalı bir esir getiren her Fransız humbaracısını ölümle tehdit eden Roguet'nin yaptığı da buna benzer bir iğrençlikti. Blücher, Roguet'den daha gaddar çıktı. Genappe'da bir hanın kapısında kıstırılan muhafız birliği generali genç Duhesme, kılıcını uzattığı bir hafif süvari tarafından kendi kılıcıyla öldürüldü. Zafer, kaybedenlerin katledilmesiyle sonuçlandı. Tarihçi olduğumuz için cezalandıralım: Yaşlı Blücher'in onuru lekelenmişti. Bu vahşet felaketin doruk noktası oldu. Umutsuz kaçış, Genappe'dan, Quatre-Bras'ya, Sombreffe'e, Frasnes'a, Thuin'e, Charleroi'ya kadar sürüp sınırda sona erdi. Ne yazık! Peki bu şekilde kaçan kimdi? Büyük ordu.

Tarihi şaşırtan bu karmaşanın, bu vahşetin, bu kahramanlığın en yüce mertebesinden yıkıntıların arasına düşüşün bir sebebi yok muydu? Vardı. Devasa bir gerçeğin gölgesi Waterloo'ya düşmüştü. Bu, kaderin günüdür. O günü insanüstü bir güç yarattı. Başların korkarak öne eğilmesi, büyük ruhların kılıçlarını teslim etmesi bu yüzdendir. Avrupa'yı fethedenler karanlıkta korkunç bir varlığı hissederek hiçbir şey söylemediler, hiçbir şey yapamadılar. *Hoc erat in fatis.*[10] O gün insanın dünyaya bakış açısı değişti. Waterloo XIX. yüzyılın menteşesidir. Büyük yüzyılın iktidara gelmesi için büyük adamın ortadan kaybolması gerekiyordu. Bu görevi kendisine karşı konulamayan biri üstlendi. Kahramanların paniği bu şekilde anlaşılabilir. Waterloo Savaşı'nda buluttan öte bir göktaşı vardı. Tanrı oradan geçmişti.

Hava kararırken, Bernard ve Bertrand, Genappe yakınlarındaki bir tarlada bozgunun akıntısıyla oraya kadar sürüklenmiş, yeni indiği atının dizginini koltuğunun altına yerleştirmiş, şaşkın bakışlarıyla tek başına Waterloo'ya geri dönen vahşi, kasvetli, düşünceli bir adamı redingotundan kavradılar. Bu kişi, bu kâbusun yüce uyurgezeri olan ve hâlâ ileri doğru gitmeye çalışan Napoléon'du.

---

10 Kaderlerinde bu yazılıydı. (ç.n.)

XIV

Son Tabur

Muhafız birliğinin birkaç taburu, bozgunda korkunç dalgaların çarptığı kayalıklar gibi yerlerinden hiç kımıldamamış, geceye kadar dayanmışlardı. Gece çöktü, ölüm de onu izledi, sarsılmadan bu çifte karanlığı beklediler ve sonra her yandan kuşatıldılar. Diğerlerinden yalıtılmış, dört bir yana dağılan orduyla bağlantıları kopmuş her bir alay kendi payına ölüyordu. Bu son çatışma için bazıları Rossomme tepeciklerinde, bazıları da Mont-Saint-Jean ovasında konuşlanmıştı. Bu kasvetli birlikler kaderlerine terk edilmiş, yenilmiş, dehşete kapılmış bir halde olağanüstü bir can çekişmenin belirtilerini sergiliyorlardı. Ulm, Wagram, Iéna, Friedland o sırada öldüler.

Dokuza doğru, akşamın alacakaranlığında, Mont-Saint-Jean yaylasının aşağısında geriye bir tek tabur kalmıştı. Gündüz Fransız zırhlı süvarilerinin tırmandığı, şimdi ise İngiliz askerleriyle kaplı bu uğursuz vadide, zafer kazanmış düşmanın top atışları ve yaylım ateşi altında mücadele veriyordu. Bu taburun komutanı Cambronne adlı tanınmamış bir subaydı. Her top atışında küçülen, kare düzenindeki bu tabur yine de güllelere tüfeklerle karşılık veriyordu. Uzaktaki kaçaklar, soluksuz kalıp durdukları anlarda karanlıkta giderek artan bu kasvetli gök gürültüsünü dinliyordu.

Tabur bir avuç askere, sancakları paçavraya, mermileri biten tüfekleri sopaya dönüştüğünde, cesetlerin sayısı sağ kalanların kat kat üstüne çıktığında, galipler arasında ölmek üzere olan bu yiğit askerlere karşı kutsal bir korku duygusu uyandı ve soluklanan İngiliz topçusu sustu. Âdeta mola verilmişti. Bu savaşçıların etrafında hayalet yığınlarına benzeyen süvari silüetleri, topların karanlık görüntüleri vardı, top tekerleklerinin ve kundaklarının arasından beyaz gökyüzünü fark eden kahramanlar, ölümün, savaşın dumanının arasından gözünü kendilerine dikmiş bir halde ilerleyen devasa başını seçebiliyorlardı. Alacakaranlıkta topların doldurulduğunu duyabiliyorlardı, karanlığın ortasında etraflarını bir halka halinde çeviren ve kaplan gözlerini andıran meşaleler yanıyordu; fitiller İngiliz toplarının falye deliklerine yaklaşıyordu. O sırada, bu askerlerin ertelenmiş ölümlerini elinde tutan ve adı kimilerine göre Colville, kimilerine göre Maitland olan bir İngiliz general duygulanarak: *Yürekli Fransızlar, teslim olun!* diye bağırdı. Cambronne'un yanıtı ise şöyle oldu: *Bok herif!*

XV

Cambronne

Fransız okuyucu kendisine saygı gösterilmesini isteyeceğinden, belki de bir Fransız'ın ağzından çıkan bu en güzel sözcük burada tekrarlanamayabilir. Tarihte, yüceliğe tanıklık etmek yasaktır.

Riskleri ve tehlikeleri göze alarak bu yasağı çiğniyoruz.

Demek ki bu devlerin arasında bir titan varmış: Cambronne.

Bu sözü söyledikten sonra ölmekten daha yüce ne olabilir! Çünkü ölmek istemek, ölmek demektir ve mermi yağmuruna rağmen hâlâ yaşıyorsa, bu o adamın suçu değildir. Waterloo Savaşı'nı, bozguna uğrayan Napoléon, saat dörtte geri çekilen ve saat beşte umutsuzluğa kapılan Wellington ya da savaşa son anda katılan Blücher değil, Cambronne kazanmıştır.

Sizi öldüren yıldırımı bu sözle çarpmak, galip gelmektir.

Felakete bu yanıtı vermek, kadere bu sözü söylemek, geleceğin cesur adamının temelini atmak, bu cevabı Hougomont'un hain duvarına, Ohain'in çukur yoluna, Grouchy'nin gecikmesine, Blücher'in yetişmesine fırlatmak, mezarla alay etmek, onu öldükten sonra bile sağ kalınacak bir yer haline dönüştürmek, Avrupa koalisyonunu bir deyişin içinde boğmak, krallara Sezarların döneminde bilinen o ayakyollarını sunmak, Fransa'nın şimşeğini de içine katarak en son sözcüğü ilk sözcük yapmak, Waterloo'yu küstahça bir karnavalla sonlandırmak, Leonidas'ı Rabelais ile tamamlamak, bu zaferi telaffuz edilmesi mümkün olmayan ulvi bir sözle özetlemek, toprağı kaybedip tarihi korumak, bu kıyımdan sonra hâlâ bir kahraman olarak anılmak olağanüstü bir iştir.

Bu cevap, yıldırıma hakaret etmek, Eshilos'a özgü bir yüceliğe ulaşmak anlamına gelir.

Bu sözcük bir kırılma etkisi yarattı. Bu, küçümseyen bir göğsün çatlaması, yoğunlaşan bir can çekişmenin patlamasıydı. Kim kazandı? Wellington'mı? Hayır. Blücher yetişmeseydi, kaybedecekti. Blücher mi? Hayır. Wellington savaşı başlatmasa, o sonunu getiremeyecekti. Bu Cambronne, bu son saatin yolcusu, savaşın küçücük bir parçası olan bu meçhul asker bu felaketin içinde bir yalan olduğunu hissettiğinde acısı ikiye katlanıp öfkeden kudururken kendisine yaşam gibi alaycı bir seçenek sunuluyor! İnsan buna nasıl tepki vermez! Avrupa'nın bütün kralları, mutlu generaller, gürleyen Jüpiterler oradalar, yüz bin muzaffer askerleri ve onların arkasında bir milyon askerleri, fitili ateşlenmiş topları, ayaklarının altında imparatorluk muhafız birliği ve büyük ordu var, Napoléon'u ezip geçmişler ve geriye bir tek Cambronne, sadece bu solucan kalmış. O da karşı koyacak. Bu yüzden kılıç gibi bir sözcük arıyor. Ağzına köpükler doluyor ve bu köpükten o sözcükler çıkıyor. Bu olağanüstü ve vasat zaferin, kazananı olmayan bu zaferin karşısına bu umutsuz adam dikiliyor; zaferin muhteşemliğini sezerken, hiçliğini kavrıyor ve ona yüzüne tükürmekten daha beterini yapıp gücün, niceliğin, maddi üstünlüğün ağırlığı altında ezilirken ruhunda bir ifade buluyor: Dışkı. Tekrar edelim, bunu yapmak, bunu söylemek, bu sözü bulmak galip gelmektir.

O ölümcül anda olağanüstü bir yüreklilik bu meçhul adamın ruhuna girdi. Cambronne, Tanrı'dan gelen bir esinle tıpkı Rouget d'Isle'in Marseillaise'i bulduğu gibi Waterloo'nun sözcüğünü buldu. İlahi kasırgadan kopan bir yayıntı bu adamların arasından geçtiğinde hepsi ürperdi, biri ölüm şarkısını söylerken diğeri korkunç bir çığlık attı. Cambronne olağanüstü bir küçümsemeyi ifade eden bu sözcüğü sadece imparator adına Avrupa'ya değil, devrim adına geçmişe fırlattı. Cambronne'da devlerin kadim ruhlarıyla karşılaştık, onların sesini duyduk. Danton konuşuyordu ya da Kléber kükrüyordu âdeta.

Cambronne'un bu sözüne bir İngiliz sesinin, *Ateş!* diye yanıt vermesi üzerine toplar ateşlendi, tepe sarsıldı, namluların tunçtan ağızları son bir kez daha gülle kustu, korkunç bir sahneydi, yükselen ayın ışığında beyazlığı belli belirsiz seçilen büyük bir duman tabakası her yanı kapladıktan sonra dağıldı, geriye hiçbir şey kalmamıştı. Bu muhteşem kalıntı, muhafız birliği yok edilmişti. Bu canlı tabyanın dört duvarı yerde yatıyor, sağda solda cesetlerin arasında hafif kımıltılar güçlükle seçilebiliyordu. Böylece Roma birliklerinden daha yüce olan Fransız birlikleri Mont-Saint-Jean'ın yağmur ve kanla ıslanmış toprağının üzerinde, karaltı halinde beliren buğdayların arasında, şu an sabahın dördünde Nivelles posta arabasını ıslık çalarak ve atını kamçılayarak süren Joseph'in geçtiği bu noktada son nefeslerini vermişlerdi.

XVI

Quot Libras In Duce?[11]

Bir muammayı andıran Waterloo Savaşı, kazananlar kadar kaybedenler için de belirsizlik arz eder. Napoléon için bir

11 Komutanın gücü ne kadar belirleyicidir? (ç.n.)

panikti,[12] Blücher orada sadece alevleri görüyor, Wellington olan bitenden hiçbir şey anlamıyordu. Yetersiz raporlara, karmakarışık değerlendirmelere bakalım. Kimi kekeliyor, kimi geveliyor. Jomini, Waterloo Savaşı'nı dört bölüme ayırıyor; Muffling savaşın üç dönüm noktası olduğunu belirtiyor; bazı noktalarda görüş ayrılığına düşsek de Charras, kibirli bakışlarıyla ilahi rastlantıyla çatışmaya giren insan dehâsının bu felaketinin ana hatlarını kavrayan tek kişidir. Diğer tarihçiler gözleri kamaştığı için el yordamıyla yol almışlardır. Şimşek gibi geçen o günü, aslında askerî monarşilerin yıkılmasını, kralların şaşkın bakışları altında tüm krallıklarda gücün çöküşü, savaşın yolunu kaybetmesi izledi. Bu olguda insanüstü bir gücün ezici ağırlığı vardır, insanın katkısına ise hiç yer yoktur.

Waterloo'yu Wellington'ın ve Blücher'in elinden geri almak, İngiltere'ye ya da Almanya'ya bir şey kaybettirir mi? Hayır. Dünyanın dört bir yanına ün salmış İngiltere ya da yüce Almanya, Waterloo sorununu gündeme getirmezler. Waterloo, ne ün salmış İngiltere ne de yüce Almanya için mevzubahis olmaz. Tanrı'ya şükür ki halklar kılıçların iç karartıcı serüvenlerinin dışında kalırlar. Almanya, İngiltere ya da Fransa bir kılıcın kınına sığmazlar. Waterloo'nun bir kılıç şakırtısından ibaret olduğu bu dönemde, Almanya'da Goethe Blücher'in üzerindedir ve İngiltere'de Wellington'ın üzerinde de Byron vardır. Fikirlerin engin doğuşu bizim yüzyılımıza özgüdür ve bu şafakta İngiltere ve Almanya'nın muhteşem pırıltısı vardır. Görkemlerini düşünceye borçludurlar. Uygarlık seviyesini yükseltmek doğalarında vardır; bunun kaynağı bir rastlantı değil, bizzat kendileridir. XIX. yüzyılda yükselmelerinin kökeni Waterloo'ya dayanmaz. Bir zaferden sonra ani bir kalkınmaya sadece barbar toplu-

12 "Bir savaş sona erdi, bir gün bitti, yanlış önlemler düzeltildi, ertesi gün büyük başarılar güvence altındaydı, her şey dehşetli bir panik anında kaybedildi." (Napoléon, *Sainte-Helene notları.*) (y.n.)

luklarda rastlanır. Bu durum bir fırtınayla kabarıp gürleyen göğün geçici kibrine benzer. Uygar toplumlar, özellikle yaşadığımız çağda, bir komutanın şansı ya da şanssızlığıyla yükselip alçalmazlar. İnsanlık üzerindeki ağırlıkları bir savaştan çok daha önemli şeylere bağlıdır. Onurları, Tanrı'ya şükür, saygınlıkları, ışıkları, dehâları; kahramanların, fatihlerin, bu şans oyunu meraklılarının savaşların tombalasında çekebilecekleri numaralar değildir. Kaybedilen savaş sıklıkla ilerlemeyi de beraberinde getirir. Zaferler azaldıkça özgürlükler artar. Askerî bando sustuğunda sözü mantık alır. Bu, kaybeden kazanır oyunudur. Bu yüzden, Waterloo'yu eksisiyle artısıyla ele alalım. Rastlantıya ait olanı rastlantıya, Tanrı'ya ait olanı Tanrı'ya bırakalım. Waterloo nedir? Zafer mi? Hayır. Tombaladan çıkmış bir numara.

Avrupa'nın kazandığı tombalanın bedelini Fransa ödedi.

Oraya bir aslan heykeli dikmeye değmezdi.

Zaten Waterloo tarihteki en ilginç karşılaşmaya tanıklık etti. Napoléon ve Wellington iki düşman değil, iki zıt karakterdi. Antitezleri seven Tanrı hiçbir zaman bu kadar etkileyici bir kontrastı, bu kadar olağanüstü bir yüzleştirmeyi ortaya koymamıştı. Bir yanda yalınlık, öngörü, geometri, temkinlilik, hazır tutulan yedek kuvvet, sarsılmaz bir soğukkanlılık, muhteşem bir yöntem, araziyi dikkate alıp bundan yararlanmasını bilen bir strateji, taburları dengeleyen bir taktik, eksiksiz bir kıyam, dakikası dakikasına hesaplanmış, hiçbir şeyin tesadüfe bırakılmadığı bir savaş, eski klasik cesaret, mutlak kusursuzluk; diğer yanda önsezi, kehanet, garip bir askerî yetenek, insanüstü bir içgüdü, alev saçan kartal gibi bakan, yıldırım gibi vuran gözler, küçümseyici bir taşkınlığın olağanüstü sanatı, derin bir ruhun tüm gizemleri, kaderle iş birliği; uyarılan ve bir şekilde itaat etmeye zorlanan nehir, ova, orman, tepe, savaş alanının üzerinde bile tahakküm kurmaya çalışan bir despot, onu yüceltse de, bazen kafasını karıştıran strateji bilimine karışmış bir inanç vardı. Wellington savaşın Barrême'i, Napoléon Michelangelo'suydu ve bu kez dehâ matematiğe yenilmişti.

İki taraf da birini bekliyordu. Hesabını iyi yapan kazandı. Napoléon, Grouchy'yi bekliyordu, gelmedi. Wellington, Blücher'i bekliyordu, o geldi.

Wellington, intikamını alan klasik bir savaşçıdır. Onunla kariyerinin başlangıcında, İtalya'da karşılaşan Bonaparte muhteşem bir zafer kazanmış, yaşlı baykuş genç akbabadan kaçmıştı. Eski taktik sadece yıldırım çarpmışa dönmemiş, aynı zamanda rezil de olmuştu. Yirmi altı yaşındaki bu Korsikalı da kimin nesiydi, her şeyi karşısına alan, erzakı, mühimmatı, topları, ayakkabıları, ordusu olmayan, bir avuç adamla Avrupa koalisyonunun üzerine yürüyüp imkânsızı gerçekleştirircesine akıl almaz zaferler kazanan bu muhteşem cahil kimdi? Neredeyse hiç soluk almadan, savaşçıları ve değişmez savaş taktikleriyle Beaulieu'yü Alvinzi'nin, Wurmser'i Beaulieu'nün, Melas'ı Wurmser'in, Mack'i Melas'ın üzerine devirerek Almanya imparatorunun beş ordusunu peş peşe püskürten, yıldırımlar saçan bu çılgın nereden çıkmıştı? Bir yıldızın küstahlığını taşıyan, savaşın bu yeniyetmesi de kimdi? Tabanları yağlayan Harp Akademisi, onu aforoz ediyordu. Eski mutlak monarşinin yeniye, işini bilen kılıcın alev saçan palaya, muhasebecinin dehâya duyduğu amansız kin bundan kaynaklanıyordu. 18 Haziran 1815 günü, bu kin son sözünü söylemiş ve Lodi'nin, Montebello'nun, Montenotte'nin, Mantoue'nun, Marengo'nun, Arcole'un altına Waterloo'yu yazmıştı. Vasat çoğunluğun gözüne hoş görünen bu zaferini, tarih bir ironi olarak kabul etti. Tükenmekte olan Napoléon karşısında genç Wurmser'i buluyordu.

Gerçekten de, karşısında Wurmser'i bulması için Wellington'ın saçlarının ağarması yeterliydi.

Waterloo ikinci sınıf bir komutanın kazandığı birinci sınıf bir savaştır.

Waterloo Savaşı'nda hayran olunması gereken İngiltere, İngiliz direnişi, İngiliz kararlılığı, İngiliz kanıdır; ister hoşa gitsin ister gitmesin, İngiltere'yi olağanüstü kılan komutanı değil ordusudur.

Garip bir şekilde nankörlük eden Wellington, Lord Bathurst'a yazdığı bir mektupta, 18 Haziran 1815'te savaşan ordusunun "berbat" olduğunu belirtir. Waterloo topraklarına birbirine karışmış halde gömülen o kasvetli kemik yığınları bu konuda ne düşünür?

İngiltere Wellington'a karşı çok mütevazı davrandı. Wellington'ı büyütmek, İngiltere'yi küçültmektir. Wellington da diğerleri gibi bir kahramandır. O İskoçlar, Maitland ve Mitchell alayları, Pack ve Kempt'in piyadesi, Ponsonby ve Somerset'in süvarisi, mermi yağmuru altında gayda çalan o İskoç yaylalıları, tüfek tutmayı yeni öğrenseler de, Essling ve Rivoli'nin tecrübeli birliklerine kafa tutan o gencecik acemi askerler, işte büyük olan onlardır. Wellington'ın sebatkârlığının hakkını vermek gerekir ve burada bunu tartışmayacağız, ama piyadelerinin ve süvarilerinin her biri onun kadar güçlüydü. Demir asker demir düke bedeldi. Bize gelince, sadece İngiliz askerini, İngiliz ordusunu, İngiliz halkını yüceltecegiz. Zafer İngiltere'nindir. Waterloo sütunu, zirvesinde bir insan figürü barındıracağı yerde, bir halkın heykeli gibi yükselseydi daha adil olacaktı.

Ama bu büyük İngiltere burada söylediklerimize öfkelenecek. Kendi 1688'i ve bizim 1789'umuzdan sonra, hâlâ feodal yanılsamalar içinde. Irsiyete ve hiyerarşiye inanıyor. Güç ve şan konusunda en önde giden bu halk, kendini halk değil millet olarak görüyor. O kadar ki halkı gönüllü bir bağla bir araya getirip, başına bir lord getiriyor. İşçinin[13] küçümsenmesine, askerin dayak yemesine izin veriyor. Hatırlanacağı gibi, İngiliz askerî hiyerarşisi subay kademesinin

13 Hugo, burada İngilizcede "işçi" anlamına gelen "workman" sözcüğünü kullanıyor. (e.n.)

altındaki hiçbir askerin adının kahraman olarak anılmasına izin vermediği için, Lord Ranglan'ın raporunda, Inkermann Muharebesi'nde orduyu kurtardığı söylenen çavuştan söz edilmemiştir.

Waterloo gibi bir çatışmada, rastlantıların olağanüstü inceliğini her şeyden üstün tutuyoruz. Gece yağan yağmur, Hougomont duvarı, Ohain hendeği, top seslerini duymayan Grouchy, Napoléon'u yanıltan, Bülow'un yolunu aydınlatan rehberler; tüm bu felaketler mükemmel bir şekilde düzenlenmiştir.

Sonuç olarak, Waterloo'da bir savaştan çok bir katliamın gerçekleştiğini söyleyelim.

Waterloo tüm düzenli savaşlar arasında asker sayısına göre cephesi en küçük olandır. Napoléon'un üç çeyrek, Wellington'ın yarım fersahlık cephelerinde her iki taraftan yetmiş iki biner asker çarpıştı. Kıyımın nedeni bu sıkışıklıktır.

Hesaplamaların ardından ortaya şu oranlar çıktı. Asker kaybı: Austerlitz'de Fransa yüzde on dört, Rusya yüzde otuz, Avusturya yüzde kırk dört. Wagram'da Fransızlar yüzde on üç, Avusturyalılar yüzde on dört. Moskova'da Fransızlar yüzde otuz yedi, Ruslar yüzde kırk dört. Bautzen'de Fransızlar yüzde on üç, Ruslar ve Prusyalılar yüzde on dört. Waterloo'da Fransızlar yüzde elli altı, müttefikler yüzde otuz bir. Waterloo'da bu oran toplamda, savaşan yüz kırk dört bin askerden altmış bini öldüğü için yüzde kırktır.

Bugün insanların kayıtsızlığı nedeniyle toprağın sükûnetini yaşayan Waterloo savaş meydanının diğer ovalardan bir farkı yok.

Yine de, geceleri oradan çevreye hayalî bir pus yayılır ve ovada gezinen bir yolcu etrafına bakar, kulak kabartıp Filibe'nin kasvetli ovalarında dolaşan Vergilius gibi hayallere dalarsa, felaketin kâbusu onu yakalar. Dehşet verici 18 Haziran geri gelir; anıt tepe silinip gider, o aslan gözden kaybolur, savaş alanı gerçeğe dönüşür; piyade birlikleri ovada dalgalanır, öfkeli atlılar ufku yarar; korkuya kapılan hayalci kılıçların şimşeğini, süngülerin kıvılcımlarını, güllelerin alevlerini, yıldırımların çarpışmasını görüp, hayalî savaşın uğultusunu mezarın dibinden gelen bir hırıltı gibi belli belirsiz duyar; gölgeler humbaracılardır; bu solgun ışıklar zırhlı süvarilerdir; bu iskelet Napoléon'a, şu iskelet Wellington'a aittir; her şey artık var olmasa da savaşmaya devam eder ve bayırlar kızıla boyanır, ağaçlar titreşir, öfke bulutlara dek yayılır ve Mont-Saint-Jean'ın, Hougomont'un, Frischemont'un, Papelotte'un, Plancenoit'nın o kasvetli yükseltileri, karanlıkta ölüp giden hayaletlerin kasırgasıyla taçlanmış gibi görünürler.

XVII

Waterloo'dan Olumlu Sonuçlar Çıkarılabilir mi?

Waterloo'dan asla nefret etmeyen çok saygın liberal bir akım var. Biz onlardan değiliz. Bizim için Waterloo özgürlüğün şaşkına döndüğü bir vakadan ibaret. Böyle bir yumurtadan böyle bir kartal çıkması kuşkusuz beklenmedik bir şey.

Sorunun tepe noktasına yerleştirildiğinde, Waterloo karşı devrimin içten pazarlıklı bir zaferi olarak görünüyor. Fransa'ya karşı Avrupa, Paris'e karşı Petersburg, Berlin ve Viyana; yeni girişimlere karşı statüko, 20 Mart 1815 sayesinde, 14 Temmuz 1789'a karşı bir saldırı, Fransızların karşı koyulmaz ayaklanmalarının karşısında monarşilerin telaşa kapılması. Nihayet, yirmi altı yıldır volkan gibi lavlar saçan büyük bir halk kitlesinin düşlendiği gibi söndürülmesi. Brunswick'lerin, Nassau'ların, Romanoff'ların, Hohenzollern'lerin, Habsbourg'ların Bourbon'larla dayanışması. Waterloo, sağrısında kralların kutsal hakkını taşır. İmparatorluğun despotik yapısından dolayı krallığın, eşyanın doğal tepkisi uyarınca zorunlu bir şekilde liberalliğe savrulması ve Waterloo'nun ardından, galip ülkelerin üzüntüyle karşıladıkları bir anayasal düzenin kurulduğu doğrudur. Bunun nedeni gerçek anlamda asla yenilmeyen, ilahi ve kesinlikle karşı konulamaz bir güç olan devrimin, Waterloo'dan önce Bonaparte'ın eski tahtları yerinden atması, Waterloo'dan sonra ise XVIII. Louis'nin kendisinin bahşettiği anayasaya uyması sayesinde kendini her zaman için yenilemiş olmasıdır. Eşitliği kanıtlamak için eşitsizliği kullanan Napoléon, Napoli tahtına bir arabacıyı, İsveç tahtına bir çavuşu getirir; XVIII. Louis, Saint-Ouen'de İnsan Hakları Bildirisi'ne imza atar. Devrimin ne olduğunu anlamak istiyorsanız, ona İlerleme deyin, ilerlemenin ne olduğunu anlamak istiyorsanız ona Yarın deyin. Yarın, karşı konulmaz bir şekilde işini daha bugünden görmeye başlar ve ilginç bir şekilde her zaman hedefine ulaşır. Wellington'ı asker, Foy'u hatip yapmak için kullanır. Hougomont'da yere düşen Foy, meclis kürsüsünde ayağa kalkar. Böylece ilerleme yoluna devam eder. Bu işçi için aletin iyisi kötüsü yoktur. Alpleri aşan bir adam da, Père Eliysée'nin[14] sendeleyen yaşlı hastası da hesaplarını hiç altüst etmeden onun ilahi görevine uyarlar. Gut hastasından da, fatihten de yararlanır; fatihi dış işlerinde, gut hastasını iç işlerinde kullanır. Bir yandan kılıcıyla Avrupa tahtlarının çöküşünü yavaşlatan Waterloo, diğer yandan devrimci görevin sürdürülmesini sağladı. Savaşçının yerini düşünür aldı. Waterloo'nun durdurmak istediği yüzyıl, onun üzerine yürüyüp yoluna devam etti. Bu uğursuz zafer özgürlük tarafından yenilgiye uğratıldı.

Sonuç itibarıyla, tartışılmaz bir şekilde şunu söyleyebiliriz ki, Waterloo'da zafer kazanan, Wellington'ın arkasından gülümseyen, ona, söylendiği gibi Fransa'da dâhil olmak üzere Avrupa'nın tüm mareşallerinin asasını getiren, aslan tepesini oluşturmak üzere kemiklerle dolu toprakları yük arabalarıyla sevinçle taşıyan, o anıtın ayaklığına zafer ka-

14 Marie-Vincent-Talochon (1753-1817), XVIII. Louis'nin başcerrahı. (ç.n.)

zanmış bir edayla 18 Haziran 1815 tarihini yazan, Blücher'i bozgun sırasında kaçanları kılıçtan geçirmeye teşvik eden, Mont-Saint-Jean yaylasının üzerinden Fransa'nın üzerine bir avcı kuşu gibi eğilen karşı devrimdi. O alçakça *parçalara ayırma* sözlerini mırıldanan karşı devrimdi. Paris'e gelip krateri gördüğünde, bu külün ayaklarını yaktığını hissedince vazgeçti ve anayasa sözcüğünü yeniden gevelemeye başladı.

Waterloo'da, sadece Waterloo'da olup bitenleri görüp onun özgürlük eğilimi taşıdığını asla düşünmeyelim. Karşı devrim, tıpkı Napoléon'un istemeden devrimci olması gibi istemeden liberalliğe savrulmuştu. 18 Haziran 1815'te, atın üzerindeki Robespierre yere devrilmişti.

XVIII

Kraliyetin Kutsal Hakkının Nüksetmesi

Diktatörlüğün sona ermesiyle, Avrupa'nın tüm sistemi çöktü.

İmparatorluk, çökmüş Roma'dakine benzer bir şekilde bir karanlığın içine yığıldı. Tıpkı barbarlık döneminde olduğu gibi uçurum yeniden belirdi. Ancak lakabı karşı devrim olan 1815 barbarlığının soluğu çabuk kesildi ve fazla ileri gidemeden durdu. İmparatorluk için gözyaşı döküldüğünü, hem de kahramanlar tarafından gözyaşı döküldüğünü itiraf edelim. Zafer kılıçla birlikte imparatorluk asasına dönüşüyorsa, imparatorluk zaferin ta kendisi olmuş demektir. Yeryüzüne bir tiranlığın yayabileceği solgun, daha da ileri gidelim, o karanlık ışığın tamamını saçmıştı. Gündüzle karşılaştırıldığında, bu geceye karşılık geliyordu. Gecenin ortadan kaybolması, ay tutulması etkisi yaratmıştı.

XVIII. Louis Paris'e döndü. 8 Temmuz'da düzenlenen şenlikler 20 Mart'ın coşkusunu silip attı. Korsikalı, Bearnlının[15] antitezine dönüştü. Tuileries'nin kulesine beyaz bayrak asıldı. Hartwell'in köknar ağacından yapılma masası, XIV. Louis'nin zambak desenli koltuğunun önünde yer aldı. Austerlitz'in modası geçtiği için, Bouvines ve Fontenoy muharebelerinden daha dünmüş gibi söz edildi. Sunak ve taht görkemli bir şekilde yakınlaştılar.

XIX. yüzyılın, toplum selametinin üzerine en az münakaşa edilmiş biçimlerinden biri Fransa'da ve Avrupa'da kuruldu. Avrupa'da şapkalara beyaz kokart takıldı. Trestaillon ünlendi. Orsay rıhtımındaki kışlanın cephesinin güneşi temsil eden taşlarının üzerinde *non pluribus impar*[16] yazısı yeniden belirdi. Bir imparatorluk muhafız birliğinin bulunduğu her yere bir de kırmızı ev yapıldı. Kazanılamayan zaferlerle yüklenen, bu değişikliklerle çehresi değişen, belki de Marengo ve Arcole'dan biraz utanan Carrousel zafer takı, işin içinden Angoulême dükünün heykeliyle sıyrıldı. 93'te ürkütücü bir ceset çukuruna dönüşen ve içinde XVI. Louis ile Marie-Antoinette'in kemiklerinin de yer aldığı Madeleine Mezarlığı mermerle ve akik taşlarıyla kaplandı. Vincennes şatosunun hendeğinden, Enghien dükünün Napoléon'un taç giydiği ayda öldürüldüğünü[17] hatırlatan bir mezar sütunu çıkarıldı. Bu ölümden kısa süre sonra, Napoléon'un taç giyme törenine katılan Papa VII. Pius yükseliş gibi düşüşü de kutsamıştı. Schönbrunn'da Roma kralı olarak anılması sakınca yaratacak dört yaşında bir gölge vardı.[18] Olaylar bu şekilde gelişti ve krallar yeniden tahtlarına döndüler; Avrupa'nın efendisi bir kafese kapatıldı, eski rejimin ismi yeni rejim oldu

---

15 Korsikalı Napoléon ile Fransa kralı arketipi olan Bearnlı IV. Henri'den söz ediliyor. (ç.n.)

16 Lat. Sözcüğü sözcüğüne çevrildiğinde, *birçoğundan farklı değil* anlamını taşısa da, Güneş Kral olarak anılan XIV. Louis'ye atfedildiği için uzmanlar tarafından, *Her şeyin üzerinde* şeklinde yorumlanır. (ç.n.)

17 Enghien dükü, 21 Mart 1804'te öldürülüyor, Napoléon 2 Aralık 1804'te taç giyiyor. (ç.n.)

18 Napoléon'un Roma kralı olarak anılan oğlu o sırada Viyana'da, Schönbrunn Sarayı'ndaydı. (ç.n.)

ve yeryüzünün tüm karanlığıyla tüm aydınlığı yer değiştirdi, çünkü bir yaz gününün öğleden sonrasında bir çoban, ormanda bir Prusyalıya, *Buradan değil şuradan gidin!* demişti.

Bu 1815 yılı iç karartıcı bir nisan ayı gibiydi. Tehlikeli ve zehirli eski gerçeklikler yeni görünümlere büründüler. Yalan 1789 ile evlendi, krallığın kutsal hakkına anayasa makyajı yapıldı, uydurmalar anayasaya dâhil edildi, önyargılar, batıl inançlar ve art düşünceler 14. madde sayesinde liberalizmle cilalandılar. Yılanların deri değiştirmesi gibi.

İnsan, Napoléon tarafından hem yüceltilmiş, hem alçaltılmıştı. Materyalizmin hüküm sürdüğü bu dönemde ideal, ideoloji denen garip bir isim almıştı. Büyük bir adamın gelecekle alay etmesi ciddi bir tedbirsizlikti. Yine de halklar, topçuya tutkun en ön saf savaşçılarının gözleriyle onu arıyorlardı. Neredeydi? Ne yapıyordu? Yoldan geçen biri bir Marengo ve Waterloo malulüne, *O öldü!* dediğinde, bu asker ona, *Onu hiç tanımamışsınız!* diye karşılık vermişti. Hayalgüçleri, yere serilmiş bu adamı tanrılaştırıyordu. Waterloo'dan sonra Avrupa'nın ruhu karanlıklara gömülmüştü. Napoléon'un yok olmasıyla bu muazzam mahal uzun süre bomboş kaldı.

Krallar bu boşluğa yerleştiler. Eski Avrupa, bu durumdan kendini yeniden düzenlemek için yararlandı. Sainte-Alliance ittifakı oluşturuldu. Belle-Alliance, daha önce Waterloo'nun uğursuz bir savaş alanı olduğunu söylemişti.

Yeniden yapılanan bu eski Avrupa'nın karşısında yeni bir Fransa'nın ana hatları çizildi. İmparatorun alay ettiği gelecek, alnındaki Özgürlük yıldızı ile sahneye girmiş, genç kuşakların ateş saçan gözleri ona yönelmişti. Hem geleceğe, yani özgürlüğe, hem de geçmişe, yani Napoléon'a hayranlık beslenmesi garip bir durumdu. Yenilgi yenileni yüceltmişti. Yere serilmiş Bonaparte ayaktaki Napoléon'dan daha ulu görünüyordu. Galip gelenler korkuya kapıldılar. İngiltere onu Hudson Lowe ile gözaltında tutuyor, Fransa onu Montchenu ile gözlüyordu. Kavuşturduğu kolları, kralların kaygısı haline gelmişti. Aleksandr onu şöyle adlandırıyordu: Uykusuzluğum. Bu korku Napoléon'un içindeki devrimci ruhtan kaynaklanıyor, böylece liberal Bonapartizmin izahını ve hoş görülmesini sağlıyordu. Bu hayalet eski dünyayı titretiyor, krallar ufuktaki Sainte-Helene kayalıkları yüzünden dilediklerince hüküm süremiyorlardı.

Napoléon, Longwood'da can çekişirken, dünyaya Waterloo savaş meydanında sakin bir şekilde çürüyen altmış bin askerin huzurundan bir şeyler yayılıyordu. Viyana Kongresi'nin 1815'te aldığı kararları Avrupa, restorasyon olarak adlandırdı.

İşte Waterloo buydu.

Ama sonsuzluğun umurunda mıydı? Bu kasırga, bu bulut, bu savaş, ardından bu barış, tüm bu gölgeler bir ottan diğerine sıçrayan çiçekbitiyle, Notre-Dame'ın bir kulesinden diğerine uçan kartalı bir tutan o muhteşem gözün ışığını bir an bile karartmadı.

XIX

Gece Vakti Savaş Alanı

Bu kitabın gidişatının gerektirdiği şekilde o kasvetli savaş alanına geri dönelim.

18 Haziran 1815 gecesi dolunay vardı. Kaçanların izlerini açık eden bu aydınlık, Blücher'in amansız takibini kolaylaştırdı ve bu bahtsız kitleyi gözü dönmüş Prusya süvarisine teslim ederek katliama yardımcı oldu. Felaketlerde bazen gecenin bu trajik inceliğinin payı vardır.

Son top ateşinden sonra Mont-Saint-Jean ovası ıssız kaldı.

İngilizler Fransızların karargâhlarına girdiler, yenilenin yatağında yatmak zaferin her zamanki alışkanlığıdır. Ordugâhlarını Rossomme'un biraz ilerisine kurdular.

Prusyalılar kaçanların peşine düşerken, Wellington Lord Bathurst'a rapor yazmak üzere Waterloo Köyü'ne gitti.

Sic vos non vobis[19] sözleri yaşama uyarlanabilseydi, en çok Waterloo'ya uygun düşerdi. Waterloo hiçbir şey yapmamış, çatışmanın yarım fersah uzağında kalmıştı. Mont-Saint-Jean topa tutulmuş, Hougomont, Papaelotte, Plancenoit alevler içinde kalmış, Haie-Sainte saldırıya uğramış, Belle-Alliance iki galibin karşılaşmasına tanık olmuştu; ama bu isimleri hatırlayan pek fazla kimse yoktur, oysa savaşta hiç çalışmayan Waterloo bütün onurları üzerine toplamıştır.

Savaşla övünenlerden değiliz; yeri geldiğinde ona kendi gerçeklerini söyleriz. Savaşın hiç saklamadığımız ürkütücü güzelliklerinin yanı sıra bazı çirkinliklerinin de olduğunu kabul etmeliyiz. Bu çirkinliklerden en şaşırtıcısı zaferden sonra aceleyle ölülerin soyulmasıdır. Savaşı izleyen günün güneşi her zaman için çıplak cesetlerin üzerine doğar.

Bunu kim yapar? Zaferi bu şekilde kim lekeler? Zaferin cebine elini uzatan o kaçamak, iğrenç eller kime aittir? Zaferin arkasından işlerini gören o yankesiciler kimlerdir? Aralarında Voltaire'in de bulunduğu bazı düşünürler bunların zaferi kazananlardan başkası olmadığını, ayakta kalanın yere düşeni yağmaladığını söyler. Gündüzün kahramanı, gecenin vampiridir. Ne de olsa, insanın öldürdüğü kişiyi soymaya hakkı vardır. Bize gelince, biz böyle düşünmüyoruz. Zaferi kazananla, ayakkabıyı çalanın aynı kişi olması bizce mümkün değildir.

Kesin olan, hırsızların zafer kazananların ardından geldiğidir. Ama askerin kendisini, özellikle günümüzün askerini bu konunun dışında tutalım.

Her ordunun suçlanması gereken bir kuyruğu vardır. Yarasa insanlar, yarı uşak yarı haydutlar, savaş denen alacakaranlıkla birlikte ortaya çıkan tüm yarasagiller, savaşmayan üniformalılar, sahte hastalar, ürkütücü görünümlü sakatlar,

19 İşinizi yaptınız, ama kendiniz için değil. (ç.n.)

bazen yanlarındaki karılarıyla küçük arabalarıyla tırıs giden ve çaldıklarını satan sahtekâr erzak tedarikçileri, subaylara rehberlik etmek isteyen dilenciler, serseriler, kapkaççılar. Eskiden ilerleyen ordular –günümüzden söz etmiyoruz– kendi deyimleriyle "döküntüler" olarak adlandırdıkları bu güruhu peşlerinden sürüklerdi. Hiçbir ordu, hiçbir millet bu yaratıklardan sorumlu değildi; İtalyanca konuşup Almanların, Fransızca konuşup İngilizlerin peşinden giderlerdi. Cerisoles zaferini izleyen gece, Fransızca konuşan İspanyol bir cepçinin Picard lehçesiyle saçma sapan bir şeyler söylediğini duyan Fervacques markisi, onu bizimkilerden biri sanarak aldanmış ve bu adam tarafından haince öldürülerek soyulmuştu. Hırsızlıktan hırsız doğuyordu. Ancak disiplinli bir tedavinin iyileştirebileceği bu cüzzama neden olan o iğrenç deyişti: *Düşmanın sırtından geçinmek*. Bazı şöhretlerin yanıltıcı yanları vardır; bazı büyük generallerin neden bu kadar ünlü oldukları her zaman bilinmez. Turenne, yağmaya izin verdiği için askerleri tarafından çok seviliyordu; göz yumulan kötülük iyiliğin bir parçasını oluşturur; Turenne, Palatinat'yı kan gölüne çevirip ateşe verecek kadar iyiydi. Orduların ardında komutanın tutumuna göre az ya da çok sayıda yağmacı olurdu. Hoche ve Marceau'nun ardında hiç döküntü olmazdı; hakkını vermek gerekirse, Wellington'ın da az sayıda döküntüsü vardı.

Yine de, 18 Haziran'ı 19'una bağlayan gece ölüler soyuldu. Suçüstü yakalanan kişinin kurşuna dizilmesi emrini veren Wellington'ın katı tutumuna rağmen vurgunculuk inatla sürdü. Çapulcuların bazıları savaş alanının bir köşesinde kurşuna dizilirken, bazıları başka bir köşede işlerini görüyorlardı.

Bu ovanın üzerindeki ay kasvetliydi.

Gece yarısına doğru, bir adam geziniyor, daha doğrusu Ohain hendeğine çıkan yamacı sürünerek tırmanıyordu. Az önce tasvir ettiğimiz kişilerden biri olduğu her halinden belliydi. Ne İngiliz, ne Fransız, ne köylü, ne asker olan, insandan çok gulyabaniye benzeyen, ölülerin kokusunu alan, zaferi hırsızlık olarak gören bu adam Waterloo'yu soymaya çalışıyordu. Üzerinde gömlekten çok hırkaya benzeyen bir şey vardı, endişeli ve gözüpekti, öne doğru ilerliyor, arkasına bakıyordu. Bu adam da kimdi? Gece kendi payına, gündüzün bildiğinden daha fazlasını biliyordu. Çantası olmasa da, kuşkusuz hırkasının geniş cepleri vardı. Ara sıra durup kimsenin kendisini fark edip etmediğini anlamak için çevresindeki ovaya bakıyor, aniden eğiliyor, yerde sessiz ve hareketsiz duran bir şeyi tırtıklıyor, ardından doğrulup sıvışıyordu. Sürünerek ilerlemesi, davranışları, hızlı ve gizemli hareketleriyle alacakaranlıkta ortaya çıkıp harabeleri gezen ve Normandiya efsanelerinde Alleurs olarak anılan o umacılara benziyordu.

Geceleri bazı uzun bacaklı kuşlar bataklıklarda böyle bir görünüm sergilerler.

Tüm bu karaltıları dikkatli bir şekilde gözlemleyen bir bakış, biraz ötede, Nivelles yolunun, Mont-Saint-Jean'dan Braine-l'Alleud'ye giden yolla kesiştiği noktada, bir kulübenin arkasına gizlenmiş halde duran, geminin arasından ısırganotlarını yiyen aç, cılız, çarpık bacaklı bir beygirin koşulduğu, üstü katranlanmış hasırla kaplı bir askerî erzak arabasını ve bu arabada sandıkların ve kutuların üzerine oturmuş kadına benzeyen bir şeyin bulunduğunu fark edebilirdi. Belki de bu arabayla bu yağmacı arasında bir bağlantı vardı.

Karanlık dingindi. Gökte tek bir bulut bile yoktu. Ay beyazsa toprağın kızıl olması ne fark eder. Bunlar gökyüzünün kayıtsızlıklarıdır. Çayırlarda, mermi ve güllelerle kırılmış ama kabuklarına asılı kaldıkları için yere hâlâ düşmemiş dallar gece rüzgârında hafifçe sallanıyorlardı. Neredeyse bir soluğu andıran bir esinti çalılıkları hareketlendiriyordu. Otlarda, ruhunu teslim edenlerin titremesini andıran bir titreme vardı.

Uzaktan, İngiliz ordugâhının devriyelerinin ve nöbetçi subaylarının belli belirsiz ayak sesleri geliyordu.

Biri batıda, diğeri doğuda yanmaya devam eden Hougomont ve Haie-Sainte'i sarmış devasa alevler, ufuktaki tepeler üzerinde iki ucunda iki kızıl yakut bulunan çözülmüş bir kolyeyi andıran, bir yarım ay şeklindeki devasa İngiliz ateş kordonuyla birleşiyordu.

Ohain hendeği felaketinden söz etmiştik. Bunca yürekli asker için ölümün ne anlama geldiğini düşünmek bile insanın içini ürpertiyor.

Korkunç olan bir şey, düşleri geride bırakan bir gerçeklik varsa, o da yaşamak, güneşi görmek, erkeklik gücüne tam olarak sahip olmak, sağlıklı ve neşeli olmak, yiğitçe gülmek, karşıda duran göz kamaştırıcı zafere koşmak, göğsünde bir ciğerin soluk aldığını, bir yüreğin çarptığını, beyninde bir iradenin akıl yürüttüğünü hissetmek, konuşmak, düşünmek, umut etmek, sevmek, bir anneye, bir kadına, çocuklara, aydınlığa sahip olmak ve birden, birkaç saniyelik bir çığlığın ardından bir uçuruma yuvarlanmak, düşmek, ezmek, ezilmek, buğday başaklarını, çiçekleri, yaprakları, dalları görmek, hiçbir şeye tutunamamak, boşuna çırpınmak, kılıcın bir işe yaramadığını, altında insanların, atların olduğunu, karanlıklarda bir çiftenin kemikleri kırdığını, bir topuğun gözleri oyduğunu hissetmek, atların nallarını öfkeyle ısırmak, boğulmak, hırlamak, büzüşmek, altta kalmak ve kendi kendine şöyle demektir: *Az önce yaşıyordum!*

Bu içler acısı felaketin yaşandığı yere şimdi derin bir sessizlik hâkimdi. Yığınlar halinde iç içe geçmiş atlar ve süvarilerle dolan hendek, korkunç bir karmaşayı sergiliyordu. Cesetler, ovayla hendeğin yüzeyini aynı hizaya getirdikleri için meyil kalmamıştı. Üstte bir cesetler yığını, altta bir kan gölü; işte 18 Haziran 1815 gecesi hendeğin hali böyleydi. Nivelles yoluna kadar sızan kan orada, bugün hâlâ görülebilen bir ağaç kümesinin önünde geniş bir sıvı birikintisi oluşturuyordu. Hatırlanacağı gibi, zırhlı süvariler bu kan gölünün tam karşısında, Genappe yoluna doğru uzanan bu hendeğe yuvarlanmışlardı. Cesetlerin yüksekliği hendeğin derinliğiyle doğru orantılıydı. Delord tümeninin geçtiği hendeğin ortasında yüzey düzleşiyor, ölüler katmanı ise inceliyordu.

Okuyucuya kısaca tasvir ettiğimiz yağmacı o tarafa doğru ilerliyordu. Bu devasa mezarı karıştırıyor, inceliyor, ölüleri iğrenç bir bakışla gözden geçiriyor, kanların üzerinde yürüyordu.

Aniden durdu.

Birkaç adım ötesindeki hendekte, ölü yığınlarının bittiği noktada, insan ve at yığınlarının altında, ayın aydınlattığı açılmış bir el belirdi.

Bu elin parmağında parıldayan bir şey, altın bir yüzük vardı.

Adam bir an eğilip diz çöktü ve doğrulduğunda parmakta yüzük yoktu.

Aslında tam olarak doğrulmamıştı, sırtını ölü yığınlarına dönüp, bedeninin ön kısmı toprağın üzerine dayadığı iki işaret parmağına yaslanmış bir halde, sinsi ve ürkek bir ifadeyle etrafı gözlüyordu. Çakalın dört ayağı bazı eylemlerle güzel bir uyum içindedir.

Sonra kararını verip ayağa kalktı.

O anda birinin kendisini arkasından yakaladığını hissederek irkildi.

Arkasını döndüğünde, açık duran elin kapanarak hırkasının kenarını kavradığını fark etti.

Onurlu bir adam böyle bir durumda korkardı. Ama bizimki gülmeye başladı.

— Şu işe bak, dedi, demek hırkamı tutan bir ölüymüş. Hortlağı bir nöbetçiye tercih ederim.

Yine de, yorgun düşen el onu bıraktı. Mezarda güç çabuk tükenir.

— Ah! Şu işe bak, diye ekledi yağmacı, yoksa bu ölü yaşıyor mu? Bir bakalım.

Yeniden öne eğilip, ceset yığınını karıştırdı, rahat hareket etmesini engelleyen kolları bacakları iteledi, önce eli, ardından kolu kavradı, başını çekip bedeni dışarı çıkardı ve birkaç saniye sonra, hendeğin karanlığında cansız ya da en azından baygın bir adamı sürüklüyordu. Bu bir zırhlı süvari subayıydı, hatta zırhının altında beliren sırma apoletine bakılırsa üst düzey bir subaydı, başında miğferi yoktu. Şiddetli bir kılıç darbesi kanlarla kaplı yüzünü yarmıştı. Zaten, kolları bacakları kırılmış gibi görünmüyordu ve bu sözler uygun düşerse, mutlu bir tesadüf sayesinde üzerindeki ölüler onun ezilmesini önleyecek şekilde yığılmışlardı. Gözleri kapalıydı.

Zırhının üzerinde gümüş Légion d'honneur nişanı vardı.

Yağmacının söküp aldığı bu nişan ceplerinin derinliklerinde gözden kayboldu.

Ardından subayın cebini yokladığında bir saat buldu, yeleğini karıştırdığında bulduğu keseyi hemen cebine attı.

Can çekişen birine yaptığı yardımların bu aşamasında subay gözlerini açtı.

— Teşekkürler, dedi ölgün bir sesle.

Kendini sürükleyip getiren adamın ani ve sert hareketleri, gecenin serinliği, rahatça soluk alabilmesi sayesinde uyuşukluğundan sıyrılmıştı.

Hiç yanıt vermeyen yağmacı başını kaldırdı. Ovada muhtemelen yaklaşan bir devriyenin ayak sesleri duyuldu. Subay can çekişen sesiyle mırıldandı:

— Savaşı kim kazandı?

— İngilizler.

Subay ekledi:

— Ceplerimi arayın. Orada bir saat ve bir kese bulacaksınız. Onları alın.

Bu iş zaten halledilmişti.

Yağmacı söyleneni yapar gibi ceplerini karıştırdıktan sonra:

— Hiçbir şey yok, dedi.

— Beni soymuşlar, diye karşılık verdi subay, üzgünüm. Onları siz almalıydınız.

Devriyenin ayak sesleri giderek daha net bir şekilde duyuluyordu.

— İşte geliyorlar, dedi yağmacı oradan uzaklaşmaya karar vermiş gibi bir hareket yaparak.

Kolunu güçlükle kaldıran subay onu tuttu.

— Benim hayatımı kurtardınız, kimsiniz?

Yağmacı alçak sesle ve hızla cevap verdi:

— Sizin gibi Fransız ordusundanım. Şimdi gitmem gerek. Yakalanırsam kurşuna dizilirim. Hayatınızı kurtardım. Artık başınızın çaresine bakın.

— Rütbeniz nedir?

— Çavuş.

— İsminiz?

— Thénardier.

— Bu adı unutmayacağım, dedi subay. Siz de benim adımı aklınızda tutun. İsmim Pontmercy.

İkinci Kitap
Orion Gemisi

I

24601 Numara 9430 Numara Olarak Değişiyor

Jean Valjean yeniden yakalanmıştı.

Okuyucu acıklı ayrıntıların üzerinden hızla geçmemiz sayesinde bize minnet duyacaktır. Burada sadece, Montreuil-sur-mer'de yaşanan şaşırtıcı gelişmelerden birkaç ay sonra o dönemin gazetelerinde çıkan iki kısa yazıyı aktarmakla yetineceğiz.

Bu yazılar biraz özet geçilmiştir. Hatırlanacağı gibi o dönemde henüz *Gazette des Tribunaux* çıkmıyordu.

İlk yazıyı 25 Temmuz 1823 tarihli *Drapeau blanc* gazetesinden alıntılıyoruz:

Pas-de-Calais kentinde nadir rastlanan bir olay yaşandı. Şehrin yabancısı olan M. Madeleine adlı bir adam birkaç yıldan beri, kullandığı yeni yöntemler sayesinde kentte uzun süreden beri faaliyet gösteren karakehribar ve kara boncuk sanayini canlandırmıştı. Zengin olmuştu ve şunu da ekleyelim ki şehri de zenginleştirmiş, hizmetlerine karşı minnet duygularıyla belediye başkanı seçilmişti. Polis, M. Madeleine'in 1796'da hırsızlık suçundan mahkûm olmuş ve serbest kaldıktan sonra sürgüne gönderilmiş Jean Valjean adlı eski bir kürek mahkûmu olduğunu ortaya çıkarttı. Jean Valjean yeniden kürek cezasına çarptırıldı. Anlaşıldığı kadarıyla tutuklanmadan önce ticaretten yasal bir şekilde kazandığı söylenen ve M. Laffitte'in bankasına yatırdığı yarım milyonun üzerindeki parayı çekmeyi başarmış. Toulon Hapishanesi'ne geri döndüğünden beri Jean Valjean'ın bu parayı nereye sakladığı öğrenilemedi.

Daha ayrıntılı olan ikinci yazı aynı tarihli *Journal de Paris* gazetesinden alıntılandı:

Jean Valjean adlı eski bir kürek mahkûmu halkın büyük ilgi gösterdiği bir yargılama için Var Ağır Ceza Mahkemesi huzuruna çıkarıldı. Bu alçak polisi yanıltmayı başarmış, ismini değiştirerek kuzey şehirlerinden birinde belediye başkanı seçilmişti. Bu şehirde ticareti canlandırsa da sonunda savcılığın tükenmek bilmeyen çabalarıyla kimliği ortaya çıkarıldı ve tutuklandı. Tutuklandığı sırada yanında korkudan ölen fahişe metresi vardı. Herkülvari bir güce sahip olan bu sefil, hapisten kaçmanın bir yolunu bulsa da üç dört gün sonra Paris'te, başkentten Montfermeil Köyü'ne (Seine-et-Oise) sefer yapan bir posta arabasına binerken polis tarafından yeniden yakalandı. Bu üç dört günlük özgürlükten, en değerli bankalarımızdan birine yatırdığı yüklü miktardaki parayı çekmek için yararlandığı söyleniyor. Bu paranın altı yedi yüz bin frank olduğu tahmin ediliyor. İddianameye göre, sadece kendisinin bildiği bir yere gömdüğü bu para ele geçirilememiştir. Sonuç olarak, Jean Valjean Var Ağır Ceza Mahkemesi önüne yaklaşık sekiz yıl önce, anayolda, Ferneyli babacan filozofun aşağıdaki ölümsüz mısralarla tasvir ettiği o dürüst çocuklardan birinin parasını gasp etmek suçuyla çıkarıldı:

...Her yıl Savoie'dan gelen çocuklar
Temizlerler hafifçe elleriyle
Kurum dolu bacaları.

Bu eşkıya kendini savunmayı reddetti. Savcının ustalıkla hazırladığı ve belagatle okuduğu iddianamesine göre, Jean Valjean bu hırsızlığı mensubu olduğu Güneyli bir çetenin işbirliğiyle yapmıştı. Sonunda, suçlu bulunan Jean Valjean ölüm cezasına çarptırıldı. Bu caninin temyize gitmeyi reddetmesi üzerine, merhameti sonsuz kral, cezasını ömür boyu ağırlaştırılmış hapis cezasına çevirdi ve Jean Valjean derhal Toulon Hapishanesi'ne nakledildi.

Hatırlanacağı gibi, Jean Valjean, Montreuil-sur-mer'de dinî vecibelerini yerine getiren biri olarak tanınıyordu. Aralarında *Constitutionnel*'in de bulunduğu bazı gazeteler, bu ceza indiriminden ruhban takımının zaferi olarak söz ettiler.

Kürek mahkûmiyeti başladığında, Jean Valjean'ın numarası 9430 olarak değiştirildi.

Zaten, bir daha geri dönmemek üzere belirtelim ki, M.Madeleine ile birlikte Montreuil-sur-mer'deki refah dolu yaşam da ortadan kaybolmuş, kararsızlık içinde çırpındığı o gece tahmin ettiği her şey gerçekleşmişti; o eksilince gerçekten de *şehrin ruhu* eksilmişti. Başına gelen felaketten sonra, Montreuil-sur-mer'de büyük yöneticilerin ardından yapılan o bencilce paylaşım yaşandı, insan topluluklarında her gün belli belirsiz bir şekilde gerçekleşen ve tarihin sadece bir kez, o da İskender'in ölümünden sonra fark ettiği, verimli faaliyetlerin sinsi bir şekilde yok edilmesine tanık olundu. Teğmenler kral tacı giyerken, ustabaşılar fabrikatör olur, ihtiraslı bir rekabet başlar. M. Madeleine'in büyük atölyeleri kapanırken, binalar harabeye döndü. Dağılan işçilerin bir kısmı şehri terk etti, bir kısmı da mesleği bıraktı. Artık her işletme büyüyeceği yerde küçüldü, her şey iyilik amacıyla değil daha fazla kâr elde edebilmek için yapıldı. Merkezi bir yönetici kalmadığı için her yanı rekabet ve hırs kapladı. Her şeye hâkim olduğu için herkesi yöneten M.Madeleine'in düşüşünden sonra, herkes kendi çıkarını gözetmeye başladı, dayanışma düşüncesinin yerini çatışma, içtenliğin yerini düşmanlık, kurucunun herkese karşı iyi niyetli davranmasının yerini herkesin birbirine kin beslemesi aldı; M. Madeleine'in bağladığı ipler çözülüp koptu; kalitesiz ürünler yüzünden fiyatlar düştü, müşterilerin güvensizliği sürümün ve siparişlerin azalmasına neden oldu; ücretler düştü, işsiz kalan atölyeler iflas etti. Ardından yoksulların payına hiçbir şey kalmadı. Her şey yok oldu.

Devlet bile bir yerlerde birilerinin felakete uğradığının farkına vardı. M. Madeleine ve Jean Valjean'ın kimliklerinin aynı olduğunu tespit eden ağır ceza mahkemesinin kürek cezası kararının üzerinden dört yıl geçmeden, Montreuil-surmer şehrinin vergi tahsil masrafları, Maliye Bakanı Villele'in mecliste belirttiği gibi iki katına çıkmıştı.

II

Şeytanın Kaleminden Çıkmışa Benzeyen İki Mısra

Daha ileri gitmeden önce, aynı dönemde Montfermeil'de yaşanan ve belki de savcılığın bazı tahminleriyle örtüşen ilginç bir olayı bazı detaylarıyla anlatacağız.

Montfermeil'de çok eski bir batıl inanç vardır. Paris'in yakınlarında böyle bir inancın gelişmiş olması, bu olayı Sibirya'da sarısabır yetişmesinden daha ilginç ve değerli kılar. Biz her tür nadir yetişen bitkiye saygılıyız. İşte Montfermeil'in batıl inancı şöyle: Şeytanın çok eski çağlardan beri ormanı hazinelerini saklamak için kullandığına inanılır. Saftirik kadınlar hava kararırken, ormanın en ücra köşelerinde görüntüsü bir arabacıya ya da oduncuya benzeyen, tahta bir pabuç, bezden bir pantolon ve işçi gömleği giymiş, başının üzerinde tanınmasını sağlayacak şekilde bere ya da şapka yerine iki uzun boynuz bulunan esmer bir adama sıklıkla rastlandığını iddia ederler. Bu son özellik gerçekten de onun tanınmasını sağlayacak türdendir. Bu adam genellikle bir çukur kazmakla uğraşırmış. Onunla karşılaşmanın üç yolu varmış. İlki, ona yaklaşıp konuşmakmış. O zaman bu adamın bir köylü olduğu, esmer olmasının nedeninin alacakaranlığın çökmesinden kaynaklandığı, çukur kazmadığı, ama inekleri için ot kestiği ve sırtında taşıdığı gübre yabasının dişlerinin akşam karanlığında boynuz gibi göründüğü anlaşılırmış. Onu görüp evlerine dönenler bir hafta içinde ölürlermiş. İkincisi onu gözlemek, çukur kazıp geri kapattıktan sonra gitmesini beklemek, ardından hızla çukura koşmak ve adamın bıraktığı "hazineyi" almakmış. Bu durumda, bir ay içinde ölünürmüş. Nihayet üçüncüsü, esmer adamla hiç konuşmamak, ona hiç bakmamak ve var gücüyle kaçmakmış. Bu durumda bir yıl içinde ölünürmüş.

Bu üç yaklaşımdan her birinin kendi sakıncaları olduğundan, bir ay için de olsa, hazineye sahip olmak gibi bazı avantajlar sunan ikincisi en çok tercih edilenmiş. Söylendiğine göre, önlerine çıkan her fırsattan yararlanmak isteyen yürekli adamlar sıklıkla esmer adamın kapattığı çukuru yeniden açıp şeytanın hazinesini çalmaya çalışırlarmış. En azından, geleneksel söylentilere ve özellikle bir tür büyücü olan lanetli Normandiyalı Keşiş Tryphon'un bu konu üzerine eski Latince ile yazdığı bulmacayı andıran o iki mısraya inanmak gerekirse, bu girişim hiç de hayırlı değilmiş. Bu Tryphon'in, Rouen yakınlarındaki Saint-Georges de Bocherville Manastırı'ndaki mezarında kaplumbağalar cirit atarmış.

Genellikle çok derin olan bu çukurları açmak için çok çaba harcamak, her tarafı araştırmak, gece vakti çalışmak, gömleğini sırılsıklam etmek, mumunu yakmak, kazmasını köreltmek gerekiyormuş ve sonunda çukurun dibine ulaşılıp, "hazineye" el konduğunda ne bulunurmuş? Şeytanın hazinesi neyin nesiymiş? Bir frank, bazen bir ekü; bir taş, bir iskelet, kanayan bir ceset, bazen bir cüzdandan çıkarılmışa benzeyen kâğıt gibi dörde katlanmış bir hayalet, bazen de hiçbir şey. Tryphon, mısralarında bu patavatsız meraklıları âdeta uyarmak istiyor:

Fodit, et in fossa thesauros condit opaca,
As, nummos, lapides, cadaver, simulacra, nihilque.[20]

Söylendiğine göre, günümüzde de, kâh içinde mermiler bulunan bir barut kabı, kâh da hiç kuşkusuz şeytanın oyun

20 Toprağı kazıp, karanlık çukurlara hazineler gömüyor: Bir frank, bozuk paralar, taşlar, bir ceset, hayaller ve bir hiç. (ç.n.)

oynadığı yağlı ve kızıllaşmış iskambil kâğıtları bulunuyormuş. Tryphon'un XII. yüzyılda yaşadığı ve şeytanın, barutu Roger Bacon'dan, iskambil kartlarını da VI. Charles'dan önce icat etmeyi aklına getiremediği düşünülürse, bu iki hazinenin Tryphon'un mısralarında yer almaması doğal karşılanabilir.

Zaten bu kartlarla oyun oynayanlar tüm mal varlıklarını kaybederlermiş; kabın içindeki baruta gelince tüfeğin geri tepip merminin yüzünüzde patlamasına neden olmak gibi bir özelliği varmış.

Savcılığın, Jean Valjean'ın hapisten firar ettiği birkaç gün boyunca Montfermeil çevresinde dolaştığını düşündüğü dönemden kısa süre sonra, bu köyde Boulatruelle adlı yaşlı bir yol işçisinin ormanda bir işler çevirdiği fark edildi. Köyde, bu Boulatruelle'in eskiden kürek mahkûmu olduğu, bu yüzden polis gözetimine maruz kaldığı ve hiçbir yerde iş bulamadığı için il meclisi tarafından Gagny'den Lagny'ye giden kestirme yolun bakımında düşük ücretle çalıştırıldığı biliniyordu.

Yöre halkının pek de iyi gözle bakmadığı bu Boulatruelle, jandarmaların karşısında titreyerek gülümseyen, çok saygılı, çok mütevazı, herkesi selamlamak için şapkasını çıkarmaya hazır bir adam olsa da, onun muhtemelen bir çetenin mensubu olduğuna, hava kararırken ormanın bir köşesinde tuzaklar kurduğuna inanılıyordu.

Üstelik ayyaşın biriydi.

Boulatruelle, bir süreden beri taş döşeme ve yol bakım işini erken saatte bırakıp, kazmasıyla ormana gidiyordu. Akşama doğru, ona ormanın en ıssız, sık ağaçlıklarla kaplı en ürkütücü alanlarında rastlandığında bir şeyler araştırdığı seziliyor, bazen bir çukur kazdığı görülüyordu. Ormandan geçtiklerinde onu önce Belzebuth sanan, ama ardından Boulatruelle olduğunu anlayan köylü kadınların içleri yine de rahat etmiyordu. Bu karşılaşmaların Boulatrelle'in canını oldukça sıktığı fark ediliyordu. Saklanmaya çalıştığı açıkça belli oluyor, gizemli bir iş çevirdiği anlaşılıyordu.

Köyde *şeytanın yakın bir yerlerde olduğu gün gibi aşikâr,* deniyor, Boulatruelle'in onu gördüğü ve aradığı konuşuluyordu. Aslında, şeytanın kesesini bulmak tam ona göre bir işti. Voltaireciler ekliyorlardı: "Boulatreuelle mi şeytanı yakalayacak yoksa şeytan mı Boulatruelle'i?" Yaşlı kadınlar sürekli haç çıkarıyorlardı.

Bu arada, ormandaki işini halletmiş gibi görünen Boulatruelle yeniden düzenli olarak yol işçiliği yapmaya başlamıştı. Artık köyde *başka* şeylerden söz ediliyordu.

Yine de, bu işin altında ünlü efsane hazinelerinden çok, şeytanın altınlarından daha ciddi ve daha değerli bir servet yattığını ve yol işçisinin bu sırrın bir bölümüne vakıf olduğunu düşünen bazı kişilerin merakları sürüyordu. Zihinleri bu işle en çok meşgul olan iki kişi, okulun öğretmeni ve herkesin dostu olarak anıldığı için Boulatruelle ile ilişki kurmakta bir sakınca görmeyen meyhaneci Thénardier'ydi.

— Kürek mahkûmuymuş, diyordu Thénardier. Ah! Tanrım! Kimin kürek mahkûmu olduğu, kimin kürek mahkûmu olacağı bilinebilir mi?

Bir akşam öğretmen, Boulatruelle'in ormanda ne yaptığı konusunda adalet tarafından sorguya çekildiğinden, onu konuşturmak için işkence yapıldığından ve Boulatruelle'in özellikle de su işkencesine dayanamadığından emin olduğunu söylüyordu. "Onu şarap işkencesinden geçirelim," dedi Thénardier.

Ellerinden geleni yapıp yaşlı yol işçisini içirdiler. Boulatruelle sünger gibi içse de az konuştu. Mükemmel bir beceri ve görkemli bir ölçülülükle, bir ayyaşın susuzluğunu ve bir yargıcın temkinliliğini sergiledi. Yine de, Thénardier ve öğretmen, üstelemeleri üzerine ağzından kaçan birkaç anlamsız sözden şu sonuca vardıklarını sandılar:

Boulatruelle bir sabah işine giderken, ormanın bir köşesinde, bir çalılığın altında âdeta *gizlenmiş gibi görünen* bir kazma ve bir küreği fark ettiğinde şaşırmıştı. Yine de, bunların sucu Six-Fours Baba'ya ait olabileceğini düşünmüş ve yoluna devam etmiş olmalıydı. Ama aynı akşam, uzaktan birinin geldiğini gördüğünde kalın bir ağacın gövdesine saklanıp "bölgenin yabancısı olan ve çok iyi tanıdığı bir adamın" ormanın derinliklerine doğru gittiğini fark etmişti. Thénardier, yol işçisinin iyi tanıdığı ve hayatında özel bir yeri olan bu adamın onun kürek mahkûmu olan bir arkadaşı olduğunu düşünüyordu. Bu özel kişinin elinde kare şeklinde büyük bir kutu ya da küçük bir sandık vardı. Boulatruelle afallasa da, yedi sekiz dakika sonra "bu özel kişinin" peşinden gitmeyi akıl etmişti. Ama çok geçti, hava kararmış, Boulatruelle sık ağaçlıkların arasında gözden kaybolan özel kişiye yetişememişti. Bunun üzerine ormanı incelemeye karar vermişti. "Ay yükselmişti." Boulatruelle iki üç saat sonra özel dostunun bu kez elinde küçük sandık yerine kazma ve kürekle ormandan çıktığını görse de, kendinden üç kat güçlü olan ve muhtemelen kendini tanıyan biriyle karşılaştığını fark ettiğinde elindeki kazmayla üzerine saldıracak olan bu adamın yanına yaklaşmayı göze alamamış, çekip gitmesine izin vermişti. Tekrar bir araya gelen iki eski dostun dokunaklı karşılaşması. Ama gördüğü kazma ve kürek sayesinde zihninde bir şimşek çakan Boulatruelle sabahki çalılığa koşmuş ve orada kazmayla küreği bulamamıştı. Bunun üzerine, özel dostunun ormana girip kazmayla bir çukur açtığını, sandığı gömdükten sonra kürekle çukuru yeniden kapadığı sonucuna varmıştı. Demek ki, bir cesedi içine almayacak kadar küçük olan sandıkta para vardı. Böylece, araştırmalarına başlayan Boulatruelle, ormanın her yanını karış karış taramış, toprağın henüz yeni havalandığı her noktayı kazmıştı. Ama çabaları boşunaydı.

Hiçbir şey bulamamıştı. Artık Montfermeil'de kimse bu konuya kafa yormadı. Sadece bazı dedikoducu kadınlar: "Gagny'li yol işçisinin bunca dalavereyi bir hiç uğruna çevirdiğini sanmayın; bu işte şeytanın parmağı olduğu kesin," diyorlardı.

III

Çekiçle Tek Vuruşta Kırılabilmesi İçin Pranga Halkasının Önceden İşleme Tabi Tutulması Gerekir

Bu 1823 yılının ekim ayının sonuna doğru Toulon sakinleri, daha sonra Brest'te Deniz Harp Okulu öğrencilerine tahsis edilen ve o zamanlar Akdeniz filosuna dâhil olan *Orion* savaş gemisinin büyük bir fırtınanın ardından onarılmak üzere limana girdiğini gördüler. Denizin korkunç dalgalarının epeyce hırpaladığı gemi, limanda büyük ilgi uyandırdı. Bilemediğim bir sancağı taşıdığı için on bir top atışıyla selamlanan bu gemi, toplamda yirmi iki edecek şekilde on bir pare top atışıyla bu selama karşılık verdi. Kraliyet törenlerinin ve askerî törenlerin nezaketi sembolize eden karşılıklı gümbürtü alışverişlerinde, liman ve kale ritüellerinde, güneşin her doğuş ve batışının kaleler ve savaş gemileri tarafından selamlanmasında, limanların açılış ve kapanışlarında vs., kısacası uygar dünyada toplamda her yirmi dört saatte gereksiz yere yüz elli bin top atışının yapıldığı hesaplanmıştır. Bir top atışının altı franka mal olduğu düşünülürse, her gün dokuz yüz bin, her yıl yaklaşık üç yüz milyon frankın buhar olup uçtuğu söylenebilir. Bu sadece bir detay. Bu arada yoksullar açlıktan ölürler.

1823 yılı, Restorasyon tarafından "İspanya Savaşı Dönemi" olarak anılıyordu.

Bu savaş tek bir olayın içinde birçok olayı ve tuhaflıkları barındırıyordu. Bourbon hanedanı için bu, aile içi önemli bir meseleydi: Fransa kolu, Madrid kolunun yardımına koşup onu koruması altına alıyordu; bu girişim, kuzey hükümetlerine bağlılık ve uşaklıkla iç içe geçmiş olan millî geleneklerimize belirgin bir geri dönüştü; liberal gazeteler tarafından *Andujar kahramanı* olarak anılan ve sakin görünümün tersine zafer kazanmış bir adamın tavırlarına sahip

Angoulême dükü, ruhban sınıfının liberallerin gerçek dışı terörizmiyle çatışan terörizmini eziyordu; *descamisados*[21] adıyla ayaklanan baldırı çıplaklar soylu hanımefendilerin yüreğini hoplatıyordu; monarşi anarşi olarak nitelendirilen ilerlemenin önünde engel teşkil ediyor, 89'un teorileri bu karmaşada beklenmedik zamanlarda yarı yolda kalıyordu; dünyaya yayılan Fransız düşüncesine dur deniliyordu; kralların halklara karşı yürüttüğü bu haçlı seferinde, Carignan prensi Charles-Albert kırmızı yünden humbaracı apoletiyle Fransız başkomutanı Angoulême dükünün yanında gönüllü olarak savaşıyordu; imparatorluk dönemi askerleri sekiz yıllık bir aradan sonra başlıklarındaki beyaz kokartlarla, yaşlanmış, hüzünlü bir halde yeniden sefere çıkıyorlardı; bir avuç kahraman Fransız askeri tıpkı otuz sene önce Coblentz'deki beyaz bayrak gibi yabancı bir ülkede üç renkli bayrağı sallıyordu; keşişler birliklerimize karışıyor, özgürlük ve yenilik ruhu süngülerle, ilkeler top gülleleriyle yola getiriliyordu; Fransa, düşünceleriyle yaptıklarını silahlarıyla yıkıyordu; zaten düşman komutanlar satılmış, düşman askerler pasifti, şehirler milyonlarca asker tarafından kuşatılıyordu; askerî bir tehlike olmasa da, işgal edilen bölgelerdeki mayınların patlama olasılığı vardı; az kan dökülmüş, pek az şan kazanılmıştı, bazıları utanç duyuyor, kimse zaferden söz edemiyordu; XIV. Louis'nin torunları tarafından hazırlanan ve Napoléon'un generallerince yönetilen bu savaşın hüzünlü akıbeti büyük bir savaş ya da asla büyük bir siyasi strateji olarak anılmamak olmuştu.

Bazı ciddi askerî taktikler uygulandı, Trocadero'nun ele geçirilmesi gibi bazı iyi manevralar yapıldı; ama tekrar söyleyelim ki, netice itibarıyla bu savaşın borazanlarının sesleri çatlak, nedenleri ve sonuçları muğlaktı, tarih Fransa'nın bu

---

21 Türkçeye "baldırı çıplaklar" olarak tercüme edilebilen Fransızca "sans culottes" denen Fransız isyancılara İspanyolca'da "descamisados" yani "gömleksizler" denilirdi. (ç.n.)

sahte zaferi güçlükle kabullendiğini onaylamıştı. Bazı İspanyol subaylarının direnmek yerine kolayca teslim olmayı tercih ettiği gün gibi aşikârdı ve bu zaferden bir çürüme kokusu yayılıyordu; savaştan çok generaller kazanıldı ve galip asker aşağılanmış bir halde geldiği yere döndü. Bayrakların kıvrımlarında *Banque de France* yazısı okunabiliyordu.

1808'de, Zaragoza'nın üzerlerine korkunç bir şekilde yıkıldığını gören askerler, 1823'te kale kapılarının önlerinde kolayca açılması karşısında kaşlarını çatıyor, karşılarında Palafox'u görememenin üzüntüsünü yaşıyorlardı. Fransa'nın mizacında Ballesteros'in yerine Rostopçin'i tercih etmek vardır.

Üzerinde ısrarla durmanın yerinde olacağı daha kapsamlı bir bakış açısına göre Fransa'nın askerî ruhunu inciten bu savaş, demokratik ruhunu da öfkelendiriyordu. Bu köleleştirici bir girişimdi. Demokrasinin evladı olan Fransız askerinin hedefi, bu sefer de birini bir başkası için boyunduruk altına almak olmuştu. Berbat bir paradoks. Fransa'nın görevi halkları boğmak değil uyandırmaktır. 1792'den beri, Avrupa'daki tüm devrimler Fransa'nın ürünüdürler; özgürlük ışığı Fransa'dan yayılır. Bonaparte'ın da dediği gibi bunu görmeyen kördür!

1823'te, yüce gönüllü İspanyol ulusuna yapılan saldırı, Fransız Devrimi'ne de yapılmış kabul edilmelidir. Fransa bu canavarca suçu tepeden inme talimatlarla işliyordu; çünkü özgürlük savaşları dışında, ordular her şeyi tepeden inme talimatlarla yaparlar. *Edilgen itaat* denen şey budur. Bir ordu, bir miktar devasa güçsüzlükten gücün teşekkül ettiği bir bileşim, tuhaf bir başyapıttır. İnsanlığın, insanlığa rağmen insanlığa karşı sürdürdüğü savaş ancak bu şekilde açıklanabilir.

Bourbon hanedanı kendisi için hiç de hayırlı olmayan 1823 savaşını başarı olarak kabul edip, bir düşünceyi bir emirle yok etmenin tehlikelerini göremedi. Saflığı, suçun olağanüstü zafiyeti, hanedan bünyesine güç unsuru olarak katacak ölçüde ileri götürüp, siyasete sinsiliği soktu. 1830, 1823'te filizlenmeye başladı. İspanya Seferi'ni, kurullarında ve meclislerinde şiddetli güç gösterileri ve kraliyetin kutsal hak serüvenlerinin bir savı olarak kullanan hanedan, askerin itaatini milletin onayı gibi görmek yanılgısına düştü. İspanya'da *el rey neto*'yu[22] kuran Fransa, kendi ülkesinde mutlak monarşiyi kurabilirdi. Böyle bir özgüven tahtların çökmesine neden olur. Manselina[23] ağacının ya da bir ordunun gölgesinde uyumamak gerekir.

Orion savaş gemisine geri dönelim.

Angoulême dükü prensin komutasındaki ordu savaşırken, bir filo Akdeniz'de ilerliyordu. *Orion*'un bu filoya dâhil olduğunu ve devasa dalgaların verdiği hasarlar yüzünden Toulon limanına geldiğini belirtmiştik.

Bir savaş gemisinin limana yanaşmasında halk için tasvir edemeyeceğim derecede cezbedici bir yan vardır. Muazzam bir şeydir bu ve halk azameti sever.

Bir savaş gemisi insan dehâsı ile doğanın gücünün muhteşem bir şekilde bir araya gelmesidir.

Aynı anda maddenin katı, sıvı, akışkan hallerine karşı mücadele etmesi gereken bir savaş gemisi hem en ağır, hem de en hafif bileşenlerden oluşur.

Denizin dibindeki kayalıkları kavramak için on bir çapası, rüzgârı bulutlardan almak için Antil sivrisineğinden daha fazla kanadı ve duyargası vardır. Devasa borazanları andıran yüz yirmi topundan çıkan soluğu yıldırımlara kibirle karşılık verir. Okyanus birbirlerine ürkütücü bir şekilde benzeyen dalgalarıyla yolunu şaşırtmak istese de, geminin bir ruhu, kendisine her zaman kuzeyi göstererek rehberlik eden bir pusulası vardır. Fenerleri karanlık gecelerde yıldızların yerini tutar. Rüzgâra karşı yelkenleri ve halatları; suya karşı tahtası, kayalıklara karşı demiri, bakırı,

---

22 Meşruti monarşi. (ç.n.)

23 Özellikle Antiller'de yetişen yaprakları ve meyveleri zehirli bir ağaç. (ç.n.)

kurşunu; karanlıklara karşı ışığı, enginliklere karşı pusulasının ibresi vardır.

Bütünü savaş gemisini oluşturan tüm bu devasa bileşenler hakkında bir fikir edinmek isteyenlerin, Brest ya da Toulon'daki altı katlı, üstü kapalı tersanelerden birisine girmeleri yeterlidir. İnşa halindeki gemiler orada âdeta büyük bir çanın altındadır. Bu uzun kereste, seren direğidir; yere yatırılmış halde göz alabildiğince uzanan şu devasa tahta sütun, grandi direğidir ve dibinden bulutlara doğru yükselen doruk noktasına kadar yüksekliği altmış kulaçtır,[24] dipteki orta döşeğin çapı ise üç ayaktır.[25] Façasının üzerinde yükselen İngiliz grandisinin boyu iki yüz on yedi ayaktır. Babalarımızın gemilerindeki halatların yerini şimdi zincirler almıştır. Yüz toplu bir savaş gemisinin zincir yığınının eni yirmi, boyu dört, yüksekliği sekiz ayaktır. Peki bu gemiyi inşa etmek için ne kadar odun gerekir? Yaklaşık üç bin ton. Gemi yüzen bir ormandır.

Burada kırk yıl öncesine ait sıradan bir yelkenliden söz edildiğine dikkat edilmelidir; o sırada çocukluk dönemini yaşayan buhar, savaş gemisi denen bu başyapıta o zamandan beri yeni mucizeler getirdi; örneğin, günümüzün yüzeyi üç bin metrekareyi bulan yelkenleri ve iki bin beş yüz beygir gücündeki kazanıyla yol alan pervaneli karma gemisi şaşırtıcı bir mekanizmadır.

Harika yenilikleri bir kenara bırakırsak, Christophe Colomb'un ve Ruyter'in, insanlığın en büyük başyapıtlarından olan ve güçleri sonsuzluğun soluğu gibi tükenmeyen, yelkenlerine rüzgârı depolayan eski gemileri dalgaların engin yayılımı karşısında dimdiktir, yüzer ve hükmederler.

Yine de, boranın altmış ayak uzunluğundaki o sereni bir ekin sapı gibi kırdığı, rüzgârın dört yüz ayak yüksekliğindeki o direği kamış gibi eğdiği, on ton çeken o çapanın

24 Kulaç: Yaklaşık 2 metreye karşılık gelen uzunluk ölçüsü. (ç.n.)

25 Ayak: Yaklaşık otuz santimetreye karşılık gelen uzunluk ölçüsü. (ç.n.)

dalgaların ağzında bir turnabalığının çenesindeki olta iğnesi gibi eğilip büküldüğü, kasırganın o devasa topların hiçbir işe yaramadan inleyen kükremelerini boşluğa ve karanlığa gönderdiği, tüm bu gücün ve heybetin, daha üstün bir güç ve heybet karşısında silinip gittiği anlar vardır.

Devasa bir gücün devasa bir güçsüzlüğe dönüşmesi her zaman için insanların düşüncelere dalmasına neden olur. Meraklıların bu muhteşem savaş ve yolcu gemilerinin etrafında nedenlerini kendilerine bile tam olarak açıklayamadan birikmelerinin sebebi budur.

İşte o dönemde de, her gün sabahtan akşama kadar işleri güçleri *Orion*'a bakmak olan ve Paris'te aylaklar takımı olarak anılan insanlar Toulon limanının rıhtımlarında ve mendireklerinde toplanıyorlardı.

Orion uzun zamandan beri hasta bir gemiydi. Önceki yolculukları sırasında karinasında hızını yarıya düşürecek ölçüde kalın kabuklu hayvan tabakaları birikmişti; geçen yıl kabukluları kazımak için kızağa çekilmiş, ardından yeniden denize açılmıştı. Ancak bu kazıma işlemi sırasında, karinanın armuzları hasar görmüştü. Gemi, Balear açıklarında, o zamanlar sacdan yapılmayan borda kaplamalarının aralıklarından sızan suyla dolmaya başlamıştı. Şiddetli bir ekinoks fırtınası iskele tarafında lombarı ve pruvaya yakın postalardan birini göçertmiş, mizana direğinin çarmıklarına hasar vermiş, bu aksiliklerin ardından Orion, Toulon'a dönmüştü.

Mürettebatıyla birlikte tersanenin biraz açığına demirleyen gemi onarılıyordu. Sancak tarafı hasar görmese de, bazı noktalarda geminin kafesine hava girmesi için birkaç borda kaplamasının çivileri sökülmüştü.

Bir sabah gemiyi hayranlıkla izleyen kalabalık bir kazaya tanık oldu.

Mürettebat yelkenleri serene bağlıyordu. Yelkeninin sancak tarafındaki üst köşesini bağlayan gabyacı dengesini kaybetti. Sendelediğinde tersanenin rıhtımına toplanan kalabalıktan çığlıklar yükseldi. Başının ağırlığının gövdesine baskın çıkmasıyla serenin etrafında döndü, düşerken önce bir eliyle sonra diğeriyle bir gönderin ipine tutunup havada asılı kaldı. Altındaki denizin derinliği baş döndürücüydü. Tutunduğu gönderin ipi, düşüşün sarsıntısıyla salıncak gibi sallanmıştı. Adam bu ipin ucunda sapan taşı gibi gidip geliyordu.

Yardımına koşmak korkunç bir tehlikeye atılmak anlamına geliyordu. Tayfaların, askere yeni alınmış bu kıyı balıkçılarının hiçbiri bunu göze alamadılar. Bu arada yorulmaya başlayan bahtsız gabyacının yüzündeki endişe görünemese de, kollarının ve bacaklarının bitkin düştüğü seçilebiliyordu. Kolları korkunç bir gerginliğin etkisiyle bükülüyor, yukarı çıkmak için yaptığı her hamle sadece gönderin ipinin salınımlarını artırmaya yarıyordu. Gücünü tüketeceği korkusuyla bağırmıyordu. Herkes ipi bırakacağı anı bekliyor, bazen bütün başlar düşüşünü görmemek için başka yöne çevriliyordu. Bir ipin ucunun, bir sırığın, bir ağaç dalının hayat anlamına geldiği anlar vardır ve bir canlının olgun bir meyve gibi yere düşmesini görmek çok ürkütücüdür.

Aniden bir yabankedisinin çevikliğiyle kasaraya doğru tırmanan bir adam belirdi. Kırmızı kazağından kürek mahkûmu, yeşil beresinden ömür boyu kürek mahkûmu olduğu anlaşılıyordu. Direğin çanaklığının hizasına geldiğinde rüzgârın yeşil beresini uçurmasıyla bembeyaz saçlarla kaplı bir baş belirdi; bu genç bir adam değildi.

Gerçekten de, bir kürek mahkûmu olarak gemideki angarya işlerde çalıştırılan bu adam, bütün tayfalar titreyip geri çekilirken hemen nöbetçi subayının yanına koşup gabyacıyı kurtarmak için hayatını riske atacağını söylemişti. Subayın onaylaması üzerine, ayağındaki zincirin halkasını bir çekiç darbesiyle parçalamış, sonra eline bir ip alıp çarmıklara doğru atılmıştı. O anda bu zincirin nasıl da kolayca kırıldığına kimse dikkat etmemişti. Bunu ancak, çok daha sonra anladılar.

Göz açıp kapayıncaya kadar çıktığı sereni birkaç saniye boyunca ölçmek için inceledi. Rüzgârın gabyacıyı ipin ucunda salıncak gibi salladığı bu birkaç saniye, izleyicilere asırlar gibi gelmişti. Nihayet gözlerini yukarı kaldıran kürek mahkûmu öne doğru bir adım attı. Onun serenin üzerinde koştuğunu gören kalabalık derin bir soluk aldı. Serenin ucuna geldiğinde, elindeki ipin bir ucunu oraya bağlayıp diğer ucunu aşağı sarkıttı, ardından ipe tutunarak aşağı inmeye başladığında tasvir edilemez bir endişeye kapılan izleyiciler bu kez uçurumun üzerinde iki adamın asılı kaldığını gördüler.

Âdeta bir örümcek, bir sineği yakalamak üzereydi, ama burada örümcek beraberinde ölümü değil yaşamı getiriyordu. On binlerce bakış bu ikili üzerine sabitlenmişti. Tek bir çığlık, tek bir söz duyulmuyor, herkes aynı ürpertiyle kaşlarını çatıyordu. Tüm ağızlar, iki zavallıyı sallayan rüzgâra en ufak bir esinti daha katmamak için soluk vermiyordu.

Bu arada, kürek mahkûmu gabyacının yanına yaklaşmayı başarmış, tam zamanında yetişmişti; bir dakika daha gecikse umutsuz ve yorgunluktan tükenmiş olan bu adam boşluğa yuvarlanacaktı. Kürek mahkûmu onu bir elinde tuttuğu iple, diğer eliyle sıkıca bağlamıştı. Sonunda serene çıkıp gabyacıyı da oraya çektiği görüldü; bir süre gücünü toplaması için beklediği adamı kollarıyla kavrayıp serenin üst direği alt direğe bağlayan kütüğüne götürdü ve biraz sonra kasarada arkadaşlarının ellerine teslim etti.

Kalabalıktan bir alkış tufanı yükseldi; yaşlı gardiyanlar ağlıyor, rıhtımdaki kadınlar kucaklaşıyorlardı. Bir anda hepsinin duygusal bir öfkeyle haykırdıkları duyuldu: Bu adamı affedin!

Bu arada, bir an önce işinin başına dönmek isteyen kürek mahkûmu kendini aşağı bırakıp bir alttaki serenin üzerinde koşmaya başladı. Tüm bakışlar onu izliyordu. Bir an yorgunluktan ya da baş dönmesinden duraksayıp sendelediğini görenler korkuya kapıldı. Aniden, kürek mahkûmunun denize düşmesiyle kalabalıktan korkunç haykırışlar yükseldi.

Zavallı kürek mahkûmu *Orion* ile onun yanına demirleyen *Algésiras* fırkateyninin arasına çok tehlikeli bir şekilde düşmüştü. İkisinden birinin altında boğulup gitmesinden korkuluyordu. Dört kişi aceleyle bir kayığa bindiler. Kalabalık onları cesaretlendiririrken, herkesin içini yeniden endişe kaplıyordu. Suyun yüzeyine çıkmayan adam âdeta bir yağ fıçısına düşmüş gibi tek bir çalkantı yaratmadan ortadan kaybolmuştu. Suya atlayanların araştırmaları boşunaydı. Akşama kadar süren çalışmalarda cesedi bile bulunamadı.

Ertesi gün, Toulon gazetesinde birkaç satırlık şu haber yer aldı: "17 Kasım 1823. Dün, Orion'da görev yapan bir kürek mahkûmu bir tayfaya yardım etmeye çalışırken denize düşüp boğuldu. Cesedi bulunamadı. Tersanenin ucundaki temel kazıklarının arasına sıkışıp kaldığı tahmin ediliyor. Hapishane kayıtlarında 9430 numara olarak yer alan bu adamın adı Jean Valjean'dı."

Üçüncü Kitap
Bir Ölüye Verilen Sözü Tutmak

I

Montfermeil'de Su Sorunu

Ourcq Nehri'ni Marne Nehri'nden ayıran o yüksek yaylanın güneyinde, Livry ve Chelles arasında bulunan Montfermeil, günümüzde yıl boyunca alçı sıvalı olan villaları ve pazar günleri ışıldayan burjuvalarıyla tanınmış büyük bir kasabadır. 1823'de, ahşap evlerden oluşan bir köy olan Montfermeil'de, bunca beyaz ev, bunca halinden memnun burjuva yoktu. Sağda solda heybetli görünümleriyle, ferforje korkuluklu balkonlarıyla, kapalı kanatlarının beyazı üstüne yeşilin her tonunu yansıtan küçük cam bölmeli pencereleriyle dikkati çeken birkaç sayfiye evine rastlansa da, Montfermeil sıradan bir yerdi. İşlerini çocuklarına devretmiş eski kumaş tüccarları, tatillerini burada geçiren avukatlar henüz Montfermeil'i keşfetmemişlerdi. Hiçbir anayolun geçmediği, bereket ve refah içindeki köylülerin huzurlu bir yaşam sürdüğü, sakin ve şirin bir köydü. Sadece yaylanın yükseltisi yüzünden su sıkıntısı çekiliyordu.

Suyu epeyce uzaktan getirmek gerekiyordu. Köyün Gagny tarafındaki mahallesi suyunu ormanlardaki muhteşem göllerden sağlıyor, kiliseyi çevreleyen Chelles tarafındaki mahallesi ise içecek suyunu Montfermeil'den çeyrek saat uzaklıktaki Chelles yolunun kenarındaki bir tepenin bayırında bulunan kaynaktan temin ediyordu.

Bu yüzden aristokrasinin büyük konakları, Thénardierlerin ucuz lokantası da dâhil olmak üzere her evin su ihtiyacını karşılaması oldukça zahmetli bir işti ve bu işi meslek haline getirmiş yaşlıca bir adama bir kova su için on metelik ödeniyordu. Ancak bu işten günde yarım frank kazanan bu adam yazın akşam yediye, kışın akşam beşe kadar çalışıyordu ve hava kararıp, zemin katların pencere kanatları kapandığında, içecek suyu olmayan ya kendisi almaya gidiyor ya da bu işi ertesi güne bırakıyordu.

İşte, okuyucunun unutmuş olamayacağı zavallı küçük Cosette'in en büyük korkusu buydu. Hatırlanacağı gibi Cosette, Thénardierlere iki bakımdan yarar sağlıyordu: Annesinin gönderdiği para ve yaptığı hizmetçilik bakımından. Bu yüzden önceki bölümlerde anlattığımız nedenlerle anne para yollamayı tamamıyla kesince, Thénardierler onu işlerini gördürmek için yanlarında alıkoydular. Onlara hizmetçilik ediyor, gerektiğinde su almaya gidiyordu. Bu yüzden, gece kaynağa gitmekten çok korkan çocuk evde suyun asla eksik olmamasına çok dikkat ediyordu.

Montfermeil'de, özellikle 1823 yılının Noel'i çok şatafatlı geçti. Kış yumuşak başlamıştı, henüz ne kar ne de buz vardı. Paris'ten gelen sokak göstericileri belediye başkanından izin alarak çadırlarını köyün anacaddesine kurmuşlar, seyyar satıcılar da, yine başkanın hoşgörüsüyle tezgâhlarını kilise meydanına Boulanger Sokağı'na kadar uzanan yola –belki de hatırlayacaksınız Thénerdierlerin meyhanesinin bulunduğu sokaktı bu– açmışlardı. Bu panayır, hanları ve meyhaneleri doldurmuş, bu küçük sakin köye gürültülü ve coşkulu bir yaşam getirmişti. Hatta, sadık bir tarihçi olarak, meydanda sergilenen ilginç şeyler arasında, bir çadırın içinde paçavralar giymiş ve nereden geldiği bilinmeyen palyaçoların sergilediği bir hayvan koleksiyonu bulunduğunu belirtmeliyiz. Bu palyaçolar 1823'te, Montfermeil köylülerine Kraliyet Müzemize 1845'de getirilmiş, gözleri üç renkli bir rozeti andıran o ürkütücü Brezilya akbabalardan birini gösteriyordu. Doğabilimcilerin sanırım Caracara Polyborus olarak adlandırdıkları bu kuş, gündüz yırtıcı kuşları takımına ve Yeni Dünya akbabaları familyasına mensuptur. Köye yerleşmiş birkaç yaşlı Bonapartçı asker, bu hayvanı hayranlıkla izliyordu. Palyaçolar bu üç renkli rozeti, Tanrı'nın kendi koleksiyonları için özel olarak yarattığı bir tabiat olayı olarak tanıtıyorlardı.

Noel gecesi, Thénardier hanının basık tavanlı salonunda dört beş mumun etrafındaki masalarda, çoğunluğu arabacı ve işportacı olan birçok kişi içki içiyordu. Meyhanenin diğer salonlarına benzeyen bu salonda masalar, kalaydan güğümler, şişeler, içki ve tütün içenler, az ışık, çok gürültü vardı. 1823 yılında, burjuva sınıfında moda olan çiçek dürbünü ve hareli kumaşla kaplı teneke lamba bir masanın üzerinde duruyordu. Karısı güzel bir ateşin üzerinde pişen akşam yemeğini gözlerken, Thénardier konuklarıyla içki içip politikadan konuşuyordu.

Temel konuları İspanya Savaşı ve Angoulême dükü olan politik sohbetlerin dışında, yerel sorunların uğultusu da duyuluyordu:

— Nanterre ve Suresnes'de şarap üretimi çok verimli. Bir yerde on fıçı beklenirken on iki fıçı şarap çıkmış. Cenderelerden bol üzüm suyu akmış. Ama üzümün olgunlaşması gerekmez mi?

— O bölgelerde bağbozumu için üzümün olgunlaşması beklenmez, beklenirse ilkbaharda erkenden sirkeye dönüşür. Yani kalitesiz bir şarap mı? Buradakilerden daha da kalitesiz. Bağbozumu üzüm yeşilken yapılmalıdır. Vs.

Ya da bir değirmenci haykırıyordu:

— Çuvalların içindekinden biz mi sorumluyuz? İçinden ayıklamaya vaktimiz olmadığı için değirmen taşının altına atmamız gereken bir yığın tohum çıkıyor; karamuk, ölü ipekböceği, yanık buğday, burçak, tavuk yemleri, kenevir tohumu, tilki kuyruğu ve daha bir sürü ıvır zıvır, bazı buğdayların, özellikle de Breton buğdaylarının içinden çıkan çakıl taşlarından söz etmiyorum bile. Tıpkı içinde çivi olan kalasları kesmek istemeyen hızarcılar gibi Breton buğdayını öğütmek istemiyorum. Tüm bunları öğütürken çıkan tozun ne kadar pis olduğunu düşünsenize. Sonra undan şikâyet ediyorlar. Haksızlar. Unun kalitesizliği bizim suçumuz değil.

İki pencerenin arasındaki bir masada ilkbaharda biçilecek bir çayır için bir orakçı toprak sahibiyle pazarlık yapıyordu:

— Otun ıslak olması sorun değil. Daha kolay kesilir. Mösyö, çiy yararlıdır. Benim için fark etmez, ot sizin otunuz, ama taze ve kesilmesi daha zor. Ne kadar körpeyse, orağın demirine o kadar direnir.

Vs.

Cosette her zamanki gibi, üstündeki yırtık pırtık giysiler ve çıplak ayaklarındaki nalınlarla şöminenin kenarındaki mutfak masasının kenarına oturmuş bir halde, solgun bir ışığın önünde küçük Thénardierlere yün çorap örüyordu. Yavru bir kedi iskemlelerin altında oyun oynuyor, körpe çocuk sesleriyle Eponine ve Azelma'nın yan odada gülüşüp konuştukları duyuluyordu.

Şöminenin kenarındaki çiviye bir kırbaç asılmıştı.

Ara sıra evin bir yerlerindeki daha küçük bir çocuğun çığlığı meyhanenin gürültüsünü delip geçiyordu. Bu, Thénardier'nin birkaç kış önce doğurduğu üç yaşını biraz geçkin küçük bir erkek çocuğuydu, kadın bu çocuk için "Nasıl doğdu bilemiyorum, soğuğun etkisiyle herhalde," diyordu. Annesi tarafından beslense de, onun tarafından sevilmiyordu. Yumurcağın haykırışları katlanılmaz hale geldiğinde Thénardier, "Oğlun yaygarayı koparıyor, git bak ne istiyor," diyor, anne de "Aman umurumda değil! Canımı sıkıyor," diye cevap veriyordu. Ve kendi haline bırakılmış bu küçük çocuk karanlıklarda bağırmaya devam ediyordu.

II

İki Kişinin Tasvirinin Tamamlanması

Bu kitapta şimdiye kadar Thénardierlerin sadece yandan görünüşleri anlatıldı; onlara yüzlerinin her cephesinden bakmanın zamanı artık geldi.

Thénardier ellisini aşmıştı; Madam Thénardier ise kadınlar için elli yaş anlamına gelen kırk yaşına gelmişti; bu yüzden karı kocanın yaşları birbirine uygundu.

Okuyucuların belki de ilk taslak tasvirimizden de hatırlayacakları gibi Madam Thénardier uzun boylu, sarışın, al yanaklı, etine dolgun, iri kıyım, çevik bir kadındı ve söylediğimiz gibi, panayırlarda saçlarına kaldırım taşlarını bağlayarak ayağa dikilen o devasa yabani kadınların soyundan geliyordu. Evde her şeyi o yapıyor, yatakları, odaları düzeltiyor, çamaşır yıkıyor, yemek pişiriyor, her şeyin yolunda gidip gitmemesine ya da gerektiğinde huzursuzluk çıkmasına o karar veriyor, yeri geldiğinde şeytanın rolünü üstleniyordu. Hizmetçisi olarak sadece Cosette vardı; bir filin hizmetindeki fare. Sesiyle camları, mobilyaları, insanları titretiyor, çil lekeleriyle kaplı yüzü kevgiri andırıyordu. Sakalı vardı ve kadın gibi giyinmiş bir hamaldan hiç farkı yoktu. En ağır küfürleri ediyor, cevizi bir yumrukta kırdığı için övünüyordu. Ara sıra, devanasının altındaki kırıtkan kızı garip bir şekilde ortaya çıkaran o romanları okumamış olsaydı, kimsenin aklına ona "Bu bir kadın," demek gelmezdi. Bu Thénardier, kendini beğenmiş genç bir kadınla ağzı bozuk bir mahalle kadının kırmasıydı. Konuştuğunu duyanlar onu jandarma; içtiğini görenler onu arabacı, Cosette'e nasıl davrandığını fark edenler onu cellat olarak nitelendiriyorlardı. Dinlendiği zamanlar bir dişi ağzından dışarı fırlıyordu.

Thénardier kısa boylu, sıska, solgun, kemikleri dışarı çıkmış, çelimsiz bir adamdı; hasta gibi görünse de, sağlığı çok yerindeydi, zaten dolandırıcılığının temelinde bu yatıyordu. Genellikle temkinli davranarak gülümsüyor ve on meteliği bile çok gördüğü bir dilenci de dâhil olmak üzere neredeyse herkese kibar davranıyordu. Bakışları bir sansarınkini andırıyor, yüzünü okumuş bir adamın ifadesi kaplıyordu. Rahip Delille'in portrelerine çok benziyordu. En büyük övünç kaynağı arabacılarla içmesi ve kimsenin onu sarhoş etmeyi başaramamasıydı. Geniş bir pipoyla tütün içer, bir ceket ve ceketin altına siyah, eski bir kazak giyerdi. Edebiyat ve materyalizm konularında yüksekten atar, söylediklerini desteklemek için sıklıkla Voltaire'in, Raynal'in, Parny'nin ve daha da garibi Saint Augustin'in adlarını anardı. Bir "ideolojisi" olduğunu iddia ederdi. Zaten bir dolandırıcı, bir *filousophe*'tu.[26] Bu ikisinin arasında bir nüans vardır. Nasıl rol yaptığını hatırlıyoruz; Waterloo'da 6. ya da 9. alayda çavuş olarak görev aldığını abartarak anlatıyordu. Güya, tek başına ölüm saçan bir süvari taburuna karşı koymuş, kurşun yağmuru altında bedenini siper ederek "ağır yaralı bir generali" kurtarmıştı. Duvarında alevler saçan bir levhanın yer alması ve hanının bölgede "Waterloo Çavuşunun Meyhanesi" olarak tanınması bundan kaynaklanıyordu. Liberal, gelenekçi ve Bonapartistti. Champ d'Asile'de hissesi vardı. Köyde rahip olmak için eğitim aldığı söyleniyordu.

---

26 Hugo, Fransızcada "yankesici" anlamına gelen "filou" sözcüğüyle bu sözcüğü yaratıyor. (ç.n.)

Biz ise onun sadece Hollanda'da hancılık eğitimi aldığına inanıyoruz. Kırma takımından olduğu her halinden anlaşılan, Paris'te bir Fransız, Brüksel'de bir Belçikalı olarak geçinen, her iki sınırı da kolaylıkla geçen bu alçak muhtemelen Flandre'daki Lille'de yaşayan bir Flaman ailesinin soyundan geliyordu. Waterloo'daki yiğitliğini biliyoruz. Gelgitler, iniş çıkışlar, kurnazlıklar, serüvenler hayatının temel unsurlarıydı; bulanık bir bilinç parçalanmış bir hayatı beraberinde getirir. 18 Haziran 1815'te, sözünü ettiğimiz gibi yolları kolaçan eden, bundan çaldığını ona satan, karısı ve çocukları yanında olmak üzere ağır aksak giden bir arabayla ve her zaman zaferi kazanacak ordunun ardında olma içgüdüsüyle hareket halindeki birlikleri takip eden o dolandırıcı erzak tedarikçisi askerlerden biriydi. Bu savaşın ardından, kendi ifadesiyle "kazandığı ganimet" sayesinde Montfermeil'e gelip bir meyhane açmıştı.

Keselerden, saatlerden, altın yüzüklerden, gümüş nişanlardan oluşan, cesetlerin ekildiği tarlalardan hasat gibi toplanan bu ganimet büyük bir meblağ tutmadığı için erzakçıyı bulunduğu toplumsal konumdan pek fazla öteye taşıyamamış, onun ancak meyhaneci mertebesine erişmesini sağlamıştı.

Thénardier'nin küfrettiği sırada yaptığı garip bir el hareketi kışlayı, haç çıkarması ise rahip okulunu hatırlatıyordu. İyi bir hatipti. Kendisinin bilge bir adam olduğunun sanılmasını istiyordu. Yine de köyün öğretmeni yazılarındaki ulama hatalarını fark etmişti. Yolcuların adisyonlarını mükemmel bir şekilde hazırlasa da, deneyimli gözler bazen imla hatalarını gözlemleyebiliyorlardı. Thénardier sinsi, doymak bilmeyen, aylak ve kurnaz bir adamdı. Temizliğe gelen hizmetçi kadınları küçümsemezdi, bu yüzden karısı hizmetçi tutmamaya karar vermişti. Bu devasa, kıskanç yaratık tüm kadınların bu yerden bitme, çelimsiz ve sarışın adamı arzulayacaklarını sanıyordu.

Thénardier'nin en büyük özelliği kurnaz, ılımlı ve dengeleri gözeten bir alçak olmasıydı. İkiyüzlülüğü de bünyesinde barındıran bu insan türü çok tehlikelidir.

Ancak bu ılımlılık nadir de olsa, yeri geldiğinde en az karısı kadar öfkelenmesine engel değildi ve tüm insanlığa kızdığı, içinde derin bir kin kazanının kaynadığı, sürekli olarak intikam ateşiyle tutuşan, önlerinden geçen herkese başlarına gelen felaketin sorumluluğunu yükleyen, meşru bir hakmış gibi karşısına ilk çıkana yaşadığı tüm hayal kırıklıklarından, tüm iflaslardan, tüm felaketlerden yakınan o adamlardan birine dönüştüğü, içinde köpüren öfke mayasının ağzına, gözlerine yansıdığı o anlarda görünümü çok korkunç olurdu. O sırada onun gazabına uğrayan ne talihsizdir!

Bu niteliklerinin dışında, Thénardier dikkatli ve kavrayışlı, yerine göre sessiz ya da geveze bir adamdı ve yüksek zekâsından her zaman yararlanmayı bilirdi. Bakışlarında dürbünle çevreyi gözetlerken gözlerini kırpıştırmaya alışmış denizcilerinkine benzer bir şeyler vardı. Thénardier bir devlet adamıydı.

Meyhaneye ilk defa gelip, Madam Thénardier'yi gören bir kişi, "İşte hanın sahibi," der ve yanılgıya düşerdi. Hanın sahibesi bile değildi. Sahip ve sahibe kocasıydı. Kadın yapıyor, adam yaratıyor, görünmeyen ve süreğen bir tür manyetik güçle her şeyi yönetiyordu. Mamutun itaat etmesi için bir sözü, bir işareti yetiyordu. Thénardier, Madam Thénardier için, farkında olmasa da nevi şahsına münhasır ve yüce biriydi. Doğuştan sahip olduğu erdemler sayesinde, "Mösyö Thénardier" ile en küçük bir ayrıntıda bile anlaşmazlığa düşmez, zaten kabul edilemeyecek bir varsayım uyarınca, hangi konuda olursa olsun ona herkesin içinde haksız olduğunu söylemez, "yabancıların yanında" kadınların her zaman yaptığı ve diplomatik dilde kralın tahtını sarsmak olarak nitelendirilen o hatayı yapmazdı. Birliktelikleri her zaman bir kötülüğe yol açsa da, Thénardier'nin kocasına boyun eğişinde bir tür hayranlık gizliydi. Bu çelimsiz despot, bu gürültü ve et yığınını parmağında oynatıyordu. Önemsizliği ve gülünçlüğü açısından bakılırsa, bu durum maddenin ruha olan hayranlığı gibi evrensel bir olguyla açıklanabilirdi, zira bazı çirkinlikler varlık nedenlerini sonsuz güzelliğin derinliklerinde bulurlar. Bu adamın bu kadın üzerindeki mutlak hâkimiyeti içindeki bir gizeme dayanıyordu. Kadın onu bazen yanmış bir mum, bazen de bir pençe gibi görüyordu.

Bu kadın sadece çocuklarını seven ve sadece kocasından korkan korkunç bir yaratıktı. Anne olması memeliler sınıfına mensup olmasından kaynaklanıyordu. Zaten, anneliği kızları için geçerliydi ve görüleceği gibi erkek çocuklara yansımıyordu. Adamınsa tek derdi zengin olmaktı.

Ama bunu başaramıyor, büyük yeteneğini sergilemeye layık bir tiyatro sahnesi bulamıyordu. Sıfırı tüketmek iflas anlamına geliyorsa, Thénardier, Montfermeil'de iflas ediyordu; oysa İsviçre'de ya Pireneler'de olsa, bu meteliksiz adam milyoner olabilirdi. Ama bir hancı, kaderin kendini bıraktığı yerde otlamak zorundadır.

Anlaşılacağı gibi, tüm hancıları kapsamayan bu hancı sözcüğü bazı istisnaları vurgulamak için kullanılmıştır.

Aynı yıl, 1823'te Thénardier'nin sağa sola, kendisini endişelendiren ufak tefek borçları vardı.

Kaderin kendisine karşı uyguladığı inatçı adaletsizliğe rağmen, Thénardier, ilkel toplumlarda bir erdem, uygarlaşmış toplumlarda ise bir meta anlamına gelen misafirperverliği derinlikle ve çağdaş bir biçimde çok iyi kavrayanlardan biriydi. Ayrıca nişancılığıyla ünlü bir kaçak avcıydı. Özellikle soğuk ve dingin gülümsemesi çok tehlikeliydi.

Hancılık konusundaki düşünceleri bazen zihninden kıvılcımlar halinde fışkırır, mesleğiyle ilgili özlü sözleri karısının kafasına sokmaya çalışırdı. Bir gün karısına coşkuyla ve alçak sesle şunları söylüyordu: "Hancının görevi önüne gelen müşteriye yahniyi, huzuru, ışığı, ateşi, kirli çarşafları, hizmeti, bitleri, gülümsemeyi satmak; yolcuları ağırlayıp küçük keseleri boşaltmak, büyük keseleri dürüstçe hafifletmek, yolculuk eden aileleri saygıyla konuk etmek, erkeği rendelemek, kadını yolmak, çocuğu soymak; açık pencereyi, kapalı pencereyi, şöminenin köşesini, koltuğu, iskemleyi, tabureyi, tüyden yatağı, şilteyi ve saman yığınını hesaba eklemek; görüntünün aynayı ne kadar yıprattığını hesaplamak ve cehennemin şeytanları vasıtasıyla yolcuya köpeğinin yediği sineğe kadar her şeyin parasını ödetmektir!"

Kurnazlığın ve öfkenin evliliğini temsil eden bu adam ve bu kadın, iğrenç ve ürkütücü bir bütünlük arz ediyorlardı.

Kocası kafasında bazı düşünceleri evirip çevirip bir araya getirmeye çalışırken, kadın ortada görünmeyen alacaklıları hiç düşünmez, dünden ya da yarından hiç kaygılanmadan o anki coşkusunu yaşardı.

Bu iki yaratık işte böyleydi. Cosette bunların arasında, bir yandan değirmen taşında öğütülen bir yandan da bir kerpetenle sıkıştırılan bir mahluk gibi, çifte baskının altında yaşıyordu. Adamın ve kadının yaklaşımları farklıydı; Cosette'in dayaktan pestilini çıkaran kadındı; kışın çıplak ayakla dolaşmasının nedeni ise adamdı.

Cosette merdivenleri inip çıkıyor, çamaşır yıkıyor, toz alıyor, elbiseleri fırçalıyor, yerleri süpürüyor, koşuşturuyor, soluk soluğa kalıyor, ağır eşyaları kaldırıyor ve o çelimsiz haliyle bütün işlerin üstesinden geliyordu. Gaddar bir sahibeden, zehir saçan bir sahipten merhamet beklenemezdi. Thénardier'nin meyhanesi içinde titreşen Cosette'i yakalamış bir örümcek ağına benziyordu. Baskının en muhteşem örneği bu lanetli hizmetçilik aracılığıyla gerçekleşiyordu. Sanki sinek örümceklere hizmet ediyordu.

Küçük çocuk hiç tepki vermiyor, susuyordu.

Bu küçücük yaşlarda, kendilerini insanların arasında çırılçıplak hisseden ve Tanrı'yı terk eden bu ruhlarda ne fırtınalar eser?

III

İnsanlara Şarap, Atlara Su Gerekir

Hana dört yeni yolcu gelmişti.

Cosette hüzünlü bir şekilde düşünüyordu; çünkü sekiz yaşında bile olmamasına rağmen, daha şimdiden yaşlı bir kadın gibi karamsar bir ifadeyle düşlere dalacak kadar acı çekmişti.

Madam Thénardier'nin attığı bir yumrukla gözü morarmıştı. Kadın bu vesileyle ara sıra, "Gözünün üzerindeki kabartıyla daha çirkin görünüyor, öyle değil mi?" diyordu.

Cosette gecenin oldukça ilerlediğini, gelen yolcuların odalarındaki sürahilere ve taslara su doldurmak gerektiğini ve su deposunda yeterince su kalmadığını düşünüyordu.

Thénardierlerde pek fazla su içilmemesi içini biraz olsun rahatlatıyordu. Gelenler arasında susamış olanlar da vardı, ama bu susuzluk su testisinden çok şarap güğümüyle gideriliyordu. Bu şarap kadehlerinin ortasında bir bardak su isteyene bir yabani gözüyle bakılırdı. Yine de, çocuk bir an için titredi, fırının üzerinde kaynayan tencerenin kapağını kaldıran Madam Thénardier bir bardak alıp, su deposuna yaklaştı. Musluğu çevirdiğinde, başını kaldıran çocuk onun tüm hareketlerini izliyordu. Musluktan akan iplik gibi su, bardağı yarısına kadar doldurdu. "Şu işe bak, hiç su kalmamış!" dedi, ardından çocuğun soluk bile almadığı bir sessizlik yaşandı.

— Olsun, diye ekledi Thénardier yarısına kadar dolan bardağı incelerken, bu kadarı da yeter.

Cosette yeniden işine koyulsa da, çeyrek saat boyunca yüreğinin göğsünden fırlayacağını hissetti.

Akıp giden dakikaları sayıyor, yarın sabahın gelmesini diliyordu.

Ara sıra dışarı bakan içkicilerden biri haykırıyordu: "Etraf zifiri karanlık! Bu saatte caddede fenersiz yürümek için kedi olmak lazım!"

Ve Cosette titriyordu.

Aniden hana yerleşen seyyar satıcılardan biri içeri girip sert bir ses tonuyla:

— Atıma içecek su verilmemiş, dedi.

— Verildi, dedi Thénardier.

— Anacığım, size verilmediğini söylüyorum, diye karşılık verdi işportacı.

Cosette masanın altından çıkmıştı.

— Ah! Evet mösyö! dedi, at içti, hem de bir kova su içti, ona suyunu ben götürdüm, onunla konuştum. Bu doğru değildi. Cosette yalan söylüyordu.

— Şu işe bakın, yumruk kadar boyu, pabuç kadar dili var, üstelik yalan söylüyor, diye haykırdı işportacı. Sana atın su içmediğini söylüyorum küçük soytarı! Su içmediği zaman nasıl soluk aldığını iyi bilirim.

Israr eden Cosette endişeyle boğuklaşmış ve zor duyulan bir sesle karşılık verdi:

— Hem de fazlasıyla içti!

— Hadi, dedi işportacı öfkeyle, bu kadarı yeter, atıma su verin, bu mesele kapansın!

Cosette masanın altına girdi.

— Aslında bu doğru, dedi Thénardier, hayvan su içmediyse içmesi gerek.

Sonra etrafına baktı:

— İyi ama o nerede?

Öne doğru eğildiğinde masanın öbür ucuna, neredeyse adamların ayaklarının dibine büzüşmüş olan Cosette'i fark etti.

— Buraya gelecek misin? diye bağırdı.

Cosette saklandığı delikten çıktığında Madam Thénardier ekledi:

— Matmazel isimsiz-köpek, git de ata su getir.

— Ama madam, dedi Cosette alçak sesle, hiç su kalmadı.

Thénardier kapıyı ardına kadar açtı:

— Tamam o zaman, git getir!

Başını öne eğen Cosette şöminenin yanındaki kovayı aldı.

Çocuk kendinden daha büyük olan bu kovanın içine kolayca oturabilirdi.

Ocağın başına dönen Thénardier tahta bir kaşıkla yemeğin tadına bakarken homurdandı:

— Kaynak orada. Sanki zor bir iş. Soğanları süzseydim daha iyi olacaktı.

Ardından içinde bozuk para, karabiber ve yabani sarımsak bulunan bir çekmeceyi açtı.

— Matmazel kurbağa, diye ekledi, geri dönerken fırından büyük bir ekmek al. İşte bir frank.

Cosette hiç ses çıkarmadan aldığı parayı önlüğünün kenarındaki küçük cebine koydu.

Ardından elindeki kovayla kapının önünde hiç kımıldamadan durdu. Sanki birinin yardımına koşmasını bekler gibiydi.

— Hadi git! diye bağırdı Thénardier.

Cosette'in dışarı çıkmasıyla kapı kapandı.

IV

Tezgâhtaki Bebek

Hatırlanacağı gibi, üstü kapalı tezgâhlar dizisi kiliseden Thénardier'nin meyhanesine kadar uzanıyordu. Gece yarısı ayinine giden köy sakinlerinin önlerinden geçmesinden dolayı, kâğıttan hunilerin üzerine yerleştirilmiş mumlarla aydınlatılan bu tezgâhlar o sırada Thénardier'nin meyhanesinde oturan Montfermeil okulunun öğretmeninin söylediğine göre "büyülü bir görüntü" oluşturuyordu. Buna karşın gökyüzünde tek bir yıldız bile yoktu.

Thénardierlerin kapısının tam karşısında yer alan son tezgâhta oyuncaklar, gözalıcı incik boncuklar, tenekeden yapılmış şirin objeler satılıyordu. Satıcı tezgâhının en önündeki beyaz örtülerin üzerine pembe tülden elbisesi, başındaki sırmalı çiçekleri ve gerçek saçlarıyla iki ayak boyunda, gözleri mineden kocaman bir bebek yerleştirmişti. Gün boyunca on yaşın altındaki çocukların afallamış bakışlarla izledikleri bu muhteşem bebek, Montfermeil'de kendisini satın alacak kadar zengin ya da müsrif bir anne bulamamıştı. Eponine ve Azelma onu saatler boyunca hayranlıkla izlemişlerdi, doğrusu bu ya Cosette bile ona kaçamak bakışlar yöneltmeye cesaret etmişti.

Eline kovasını alan Cosette solgun ve yorgunluktan tükenmiş bir halde dışarı çıktığında, gözlerini hanımefendi olarak adlandırdığı bu olağanüstü bebeğe çevirmekten kendini alıkoyamadı. Zavallı çocuk taş kesilmiş bir halde olduğu yerde kaldı. Bu bebeği henüz yakından görememişti. Bu tezgâh ona bir saray gibi görünüyor, bebeğin gerçek değil hayal ürünü olduğunu düşünüyordu. Kasvetli ve dondurucu bir yoksulluğun derinliklerine gömülmüş bu bahtsız çocuğun üzerine sevinç, görkem, refah ve mutluluk düşsel bir parıltı gibi yayılıyordu. Cosette çocukluğun naif ve hüzünlü bilgeliğiyle kendisini bu bebekten ayıran uçurumun derinliğini ölçüyor, kendi kendine böyle bir "şeye" sahip olabilmek için kraliçe ya da en azından prenses olmak gerektiğini söylüyordu. Bu güzel pembe elbiseyi, bu parlak güzel saçları inceliyor ve "Bu bebek ne kadar mutlu olmalı!" diye düşünüyordu. Gözlerini bu fantastik tezgâhtan ayıramıyor, baktıkça gözleri kamaşıyordu. Cenneti gördüğünü sanıyor, bu büyük bebeğin arkasındaki diğer bebekleri meleklere, perilere benzetiyor, tezgâhın arkasındaki işportacı onda Tanrı izlenimini bırakıyordu.

Bu hayranlık dolu kendinden geçişin içinde her şeyi, hatta yapması gereken işleri bile unutmuştu. Aniden, Thénardier'nin kaba sesiyle gerçekliğe döndü: "Şu işe bak, kaz kafalı demek hâlâ gitmedin! Dur bekle! Şimdi yanına geliyorum! Orada ne yapıyor anlamadım! Küçük canavar çabuk koş!"

Caddeye bir göz atan Madam Thénardier, Cosette'in hayallere daldığını fark etmişti.

Kovasını kapan Cosette atabileceği en hızlı adımlarla oradan uzaklaştı.

V

Tek Başına Küçük Bir Kız

Thénardier'nin hanı köyün kiliseye yakın mahallesinde yer aldığı için Cosette'in suyu Chelles tarafındaki ormanın kaynağından alması gerekiyordu.

Tek bir tezgâha bile bakmadan yoluna devam etti. Boulanger Sokağı'ndaki ve kilisenin etrafındaki tezgâhların ve çadırların ışıkları yolu aydınlatıyordu, ama kısa süre sonra son tezgâhın son ışığının da sönmesiyle zavallı çocuk kendini karanlığın içinde buldu. Ancak içini bir heyecan kapladığından, yürürken kovanın sapını var gücüyle sallıyor, çıkan gürültü kendisine eşlik ediyordu.

İlerledikçe karanlıklar daha da koyulaşıyordu. Sokaklarda kimse yoktu. Yine de, yanından geçtiğinde ona doğru dönüp hiç kımıldamadan dudaklarının arasından: "Bu çocuk nereye gidiyor böyle? Yoksa masallardaki kurt çocuk mu?" diye mırıldanan, ardından kendisini tanıyıp, "Tamam, çayırkuşuymuş!" diye mırıldanan bir kadına rastladı.

Cosette böylece Montfermeil köyünü Celles istikâmetinde sonlandıran dolambaçlı ve ıssız sokakları geride bıraktı. Evler ve hatta yolun iki yanında duvarlar oldukça yoluna cesaretle devam etti. Ara sıra, bir pencere kanadının aralığından bir mum ışığı gördüğünde, orada aydınlığın, yaşamın, insanların olduğunu düşünüyor, içi rahatlıyordu. Yine de, ilerledikçe, yürüyüşü gayriihtiyari yavaşlıyordu. Son evin köşesini geçtiğinde durdu. Son tezgâhtan öteye gitmek zor olmuştu, son evden öteye gitmek imkânsızdı. Kovayı yere bırakıp korkmuş ve kararsız kalmış çocuklara özgü bir hareketle ellerini saçlarının arasına daldırıp yavaşça kafasını kaşımaya başladı. Önünde Montfermeil değil, siyah ve ıssız bir boşluk gibi görünen tarlalar vardı. Hiç kimsenin olmadığı, hayvanların, belki de hortlakların cirit attığı bu karanlığa umutsuzlukla baktı. Daha dikkatli baktığında, otların arasında yürüyen hayvanların seslerini duyup, ağaçların ortasında hareket eden hortlakları net bir şekilde gördü. Bunun üzerine kovasını yeniden kavradı, korku ona cesaret vermişti: "Boş ver!" dedi, "Ona kaynakta hiç su kalmadığını söylerim!" Ve kararlı bir şekilde gerisin geri Montfermeil'e doğru yürümeye başladı.

Daha yüz adım atmadan tekrar durdu ve yeniden kafasını kaşımaya başladı. Şimdi zihninde ağzı sırtlanı andıran, gözleri öfkeyle alev saçan o iğrenç Madam Thénardier'yi canlandırıyordu. Çocuk önüne ve arkasına içler acısı bir bakış yöneltti. Ne yapmalı, ne etmeli, ne yöne gitmeliydi? Önünde Thénardier'nin hayaleti, arkasında gecenin ve ormanların hortlakları vardı. Thénardier korkusunun ağır basmasıyla köyden çıkarak yeniden kaynağa doğru koşmaya başladı. Etrafına hiç bakmadan, hiçbir sese kulak kabartmadan koşarak yoluna devam etti. Nefes nefese kaldığında koşmayı bıraksa da, yürümeyi sürdürdü. Kendini kaybetmiş bir halde ilerliyordu.

Koşarken ağlamak istiyor, ormanın gece ürpertisi tüm benliğini kaplıyordu.

Hiçbir şey düşünmüyor, hiçbir şey görmüyordu. Bu küçük varlık gecenin enginliğiyle karşı karşıyaydı. Bir yanda karanlık, diğer yanda bir atom parçası.

Cosette gündüzleri defalarca katettiği için ormanın sınırından kaynağa kadar uzanan yedi sekiz dakikalık yolu biliyordu. Garip bir şekilde yolunu kaybetmedi. Bir içgüdü kalıntısı ona farkında olmadan rehberlik ediyordu. Yine de, ağaçlarda ve çalılıklarda bir şeyler görmek korkusuyla sağına soluna bakmıyordu. Nihayet kaynağa vardı.

Burası etrafı yosunlar ve IV. Henri'nin işlemeli yakalıklarına benzetilen tırtıklı otlarla çevrili, birkaç kaldırım taşıyla döşenmiş, suyun balçık zeminin içine oyduğu yaklaşık iki ayak yüksekliğinde doğal, dar bir yalaktı. İçinden hafif, sakin bir gürültüyle bir çay akıyordu.

Cosette soluklanmaya zaman ayırmadı. Her taraf zifiri karanlık olsa da, bu kaynağı yeterince tanıyordu. Karanlıkta, sol eliyle kaynağın üzerine doğru eğilen ve genellikle destek almak için kullandığı genç meşe ağacını aradı, bir dalına tutunup asıldı, öne doğru eğilip kovayı suya daldırdı. Gücünü üç katına çıkaracak ölçüde güdülenmişti. Bu şekilde öne doğru eğildiğinde, önlüğünün cebindeki bir frankın suya düştüğünü fark etmedi. Cosette ne parayı ne de cebinden düştüğünü görmüştü. Neredeyse ağzına kadar dolan kovayı otların üzerine bıraktı.

O anda yorgunluktan tükendiğini fark etti. Hemen yola koyulmak istese de, kovayı doldurmak için harcadığı çaba bir adım atmasına bile izin vermeyecek kadar yoğundu. Oturmak zorunda olduğunu hissedince kendini otların üzerine bırakıp bir süre dizlerinin üzerine çömelmiş bir halde bekledi.

Gözlerini kapadı, ardından, yapacak başka bir şey bulamadığı için nedenini bilmeden yeniden açtı. Yanındaki kovanın içinde çalkanan su beyaz ateşten yılanları andıran halkalar oluşturuyordu.

Başının üzerindeki gökyüzünde duman kümelerini andıran iri, siyah bulutlar vardı. Karanlığın kasvetli maskesi bu çocuğun üzerine hafifçe eğilirmiş gibi görünüyordu.

Göğün karaltısının derinliklerinde Jüpiter yatıyordu.

Çocuk ürkmüş bakışlarla hiç bilmediği ve karşısında korkuya kapıldığı o kocaman yıldızı izliyordu. Gerçekten de, o sırada ufka çok yakın duran bu yıldız kendisine korkunç bir kızıllık katan kalın bir sis tabakasının ortasındaydı. Kasvetli bir şekilde lâl rengine bürünen sis tabakası yıldızın boyutlarını genişletiyor, onun âdeta ışıltılı bir yara gibi görünmesine neden oluyordu.

Ovada serin bir rüzgâr esiyordu. Karanlık ormanda ne bir yaprak hışırtısı duyuluyor, ne de yaz aylarının o solgun ve taze ışıltıları görülüyordu. Kalın dallar ürkütücü bir şekilde yükseliyor, sıska ve şekilsiz çalılar ağaçlıkların arasından ıslık çalıyordu. Uzun otlar poyrazın etkisiyle yılanbalıkları gibi kıvrılıyorlar, böğürtlenler avlarını yakalamaya çalışan pençelerle donanmış uzun kollar gibi eğilip bükülüyorlardı. Rüzgârın sürüklediği birkaç kuru süpürgeotu peşinden bir şey geliyormuşçasına korkuyla kaçarmış gibi görünüyordu. Her yanda kasvetli enginlikler uzanıyordu.

Karanlık baş döndürücüdür. İnsana aydınlık gerekir. Gündüzün aksi istikametine dalan yüreğinin sıkıştığını hisseder. Göz karanlıklara bakınca zihin bulanır. Ay tutulmasında, gecede, isli bir donuklukta en gözüpekler için bile endişe vardır. Kimse gece vakti, tek başına içi titremeden ormanda yürüyemez. Karanlık ve ağaçlar, ürkütücü ve kalın katmanlar oluşturur. Tam olarak seçilemeyen derinliklerde düşsel bir gerçeklik belirir. Algılanamayacak nesneler birkaç adım ötenizde hülyalı bir biçim alır. Boşlukta ya da zihinde uyuyan çiçeklerin düşlerine benzeyen belli belirsiz ve kavranması mümkün olmayan bir şeylerin dalgalandığı görülür. Ufukta ürkütücü görüntüler vardır. Devasa karanlık boşluğun yayıntıları solunur. İnsan korksa da, arkasına bakmak ister. Gecenin oyukları, iç karartıcı hale gelen nesneler, yüründükçe dağılan suskun şekiller, iç içe geçmiş karanlıklar, öfkeli çalılıklar, kurşuni renkte su birikintileri, karanlığın içine yansıyan kasvet, sessizliğin mezarlıkları andıran enginliği, karşılaşılması olası meçhul varlıklar, gizemle eğilen dallar, ürkütücü ağaç gövdeleri, titreşen uzun ot yığınları; tüm bunların karşısında savunmasız kaldığında ürpermeyen, endişeyi yakınında hissetmeyen bir gözüpeklik yoktur. Âdeta ruhun karanlığa karışmasına benzer iğrenç bir his duyulur. Karanlıkların bedene nüfuz etmesi bir çocuk için tasvir edilemeyecek ölçüde ürkütücüdür.

Ormanlar kıyamet günü gibidir ve küçük bir ruhun kanat çırpışları onun devasa kubbesinin altında bir can çekişmenin hırıltısına dönüşür.

Neler yaşadığının farkında olmayan Cosette, doğanın bu devasa karanlığının kendisini kavradığını hissediyor, içini sadece korku değil korkudan daha dehşet verici bir şey kaplıyordu. Titriyordu. Onu yüreğinin derinliklerine kadar donduran bu titremenin garipliğini açıklayacak sözleri bulamıyoruz. Bakışları vahşileşmişti. Kendini yarın aynı saatte yeniden buraya gelmekten alıkoyamayacağını hisseder gibiydi.

Bunun üzerine, bir anlam veremese de kendini ürküten bu garip ruh halinden sıyrılmak için içgüdüsel olarak yüksek sesle, bir, iki, üç, dört diye ona kadar saymaya başladı ve bitirdiğinde yeniden tekrarladı. Bu sayede, etrafını çevreleyen nesneleri doğru bir şekilde algılamaya başladı. Su çekerken ıslanan ellerinin üşüdüğünü hissetti. Ayağa kalktı. Doğal ve karşı konulmaz korkusu yeniden içini kaplamıştı. Tek düşüncesi tarlaların, ormanların arasından evlere, pencerelere, yanan mumlara doğru var gücüyle kaçmaktı. Önünde duran kovaya baktı. Madam Thénardier'den kovayı orada bırakıp kaçamayacak kadar korkuyordu. Sapını iki eliyle kavradığı kovayı güçlükle kaldırdı.

On adım attı, ama ağzına kadar dolu kova ağırdı, bu yüzden tekrar yere bıraktı. Bir an soluklandıktan sonra sapı yeniden kaldırdı ve yürümeye başladı. Bu kez daha uzun süre yürüse de, tekrar durmak zorunda kaldı. Birkaç saniye dinlendikten sonra yeniden yola koyuldu. Yaşlı bir kadın gibi başını ve bedenini öne eğmiş bir halde yürüyor, kovanın ağırlığı cılız kollarını geriyor ve kolları kaskatı kesiliyordu. Sonunda, demir sap ıslanmış küçük ellerinin uyuşmasına ve buz kesmesine neden oldu; ara sıra durmak zorunda kalıyor ve her durduğunda kovadan taşan soğuk su çıplak bacaklarına dökülüyordu. Bir kış gecesi, bir ormanın derinliklerinde yaşanan bu sahnenin kahramanı olan bu küçük çocuğun içler acısı halini o sırada sadece Tanrı görüyordu.

Ve de ne yazık ki annesi!

Çünkü mezarlarındaki ölülerin gözlerini açtıran olaylar vardır.

Acılı bir hırıltıyla soluyor, hıçkırıklar boğazına düğümleniyor, ama uzakta bile olsa Thénardier'nin korkusundan ağlamaya cesaret edemiyordu. Thénardier'nin her zaman yakınında bir yerlerde olduğunu düşünmeye alışmıştı.

Bu arada yavaş yürüdüğünden uzun bir mesafe katedememişti. Molaların süresini kısaltması ve iki mola arasında daha çok yürümeye çalışması boşunaydı. Bu şekilde yürümeye devam ederse Montfermeil'e ulaşmasının bir saati aşacağını ve Thénardier'den dayak yiyeceğini düşünerek endişeleniyor, bu endişeye gece vakti bir ormanda tek başına olmasının korkusu ekleniyordu. Yorgunluktan tükenmiş ve hâlâ ormandan çıkamamıştı. Bildiği yaşlı bir kestane ağacının yanına vardığında, iyice dinlenmek için diğerlerinden daha uzun bir mola verdi, ardından tüm gücünü toplayıp kovayı eline aldı ve korkusuzca yürümeye devam etti. Yine de zavallı küçük kız kendini "Ey Tanrım! Tanrım!" diye haykırmaktan alıkoyamamıştı.

O sırada aniden kovanın ağırlığını hiç hissetmedi. Kendisine kocaman görünen bir el sapı kavramış ve güçlü bir şekilde kaldırmıştı. Başını kaldırdığında, ayakta dimdik duran, siyah bir silüetin karanlıkta yanında yürüdüğünü gördü. Arkasından geldiğini fark etmediği bir adamdı bu. Tek kelime etmeden taşıdığı kovanın sapını kavramıştı.

Yaşamın her rastlantısında içgüdülerin rolü vardır.

Çocuk korkmamıştı.

VI

Boulatruelle'in Tahminlerini Haklı Çıkaracak Bir Olay

1823 Noel'inin öğleden sonrasında, bir adam Paris'teki Hôpital Bulvarı'nın en tenha bölümünde uzun süre dolaştı. Kalacak bir yer ararmış gibi görünen bu adam Saint-Marceau kenar mahallesinin harabeyi andıran girişindeki en mütevazı evlerin önünde durmayı tercih ediyordu.

İlerleyen sayfalarda göreceğimiz gibi bu adam gerçekten de bu ücra mahallede bir oda kiralamıştı.

Giysileriyle olduğu kadar kişiliğiyle de iyi halli bir dilenci olarak nitelendirecek bir tiplemeyi temsil eden bu adamda aşırı yoksullukla aşırı temizlik bir araya gelmişti. Bu, duyarlı yüreklerde, çok yoksul ve çok saygıdeğer kişilere karşı çifte saygıyı uyandıran ve nadir rastlanan bir karışımdır. Başında yuvarlak, oldukça eski ve fazlasıyla fırçalanmış bir şapkası, üzerinde o dönemde kimseye çok da ilginç görünmeyen, toprak sarısı renginde astarına kadar yıpranmış bir redingot, cepleri geçen yüzyıldan kalmaymış gibi görünen geniş bir yelek, dizleri grileşmiş siyah bir pantolon, ayağında siyah yünden çoraplar ve bakır tokalı sağlam ayakkabılar vardı. Varlıklı bir ailenin çocuklarının yurt dışından yeni dönmüş eğitmenine benziyordu. Bembeyaz saçlarından, kırışmış alnından, solgun dudaklarından, bıkkınlığın ve yaşamdan bezginliğin yansıdığı yüzünden altmış yaşın üzerinde olduğu düşünülebilirdi. Ama yavaş olsa da sağlam basan adımlarına, her hareketine yansıyan güçlü görünümüne bakılırsa en fazla elli yaşında olduğu söylenebilirdi. Alnının iyice derinleşmiş çizgileri onu dikkatle gözlemleyen birinde olumlu bir izlenim bırakırdı. Dudağı hem katılığı hem tevazuyu temsil eden bir kıvrımla büzüşüyordu. Bakışlarının derinlerinde tasvir edemediğim iç karartıcı bir dinginlik beliriyordu. Sol elinde mendille düğümlenmiş bir bohça vardı; sağ eliyle bir çitten koparılmışa benzeyen bir sopaya yaslanıyordu. Üzerinde özenle çalışılmış, budaklarla donanmış, kırmızı mumdan yapılma, mercan bir topuzla süslenmiş bu sopa hiç de çirkin görünmüyordu; bir değnekti ama bastona benziyordu.

Bu bulvardan özellikle kışın çok az kişi geçerdi. Zaten bu kendi halindeki adam da insanlara yaklaşmaktan çok onlardan uzak durmak ister gibiydi.

O dönemde, Kral XVIII. Louis, neredeyse her gün en sevdiği beldelerden biri olan Choisy-le-Roy'a gidiyordu. Neredeyse hiç şaşmaz bir şekilde saat ikiye doğru dörtnala giden arabası ve muhafız birliğiyle Hôpital Bulvarı'ndan geçtiği görülürdü.

Mahallenin, saatin yerini tutan bu geçişine tanık olan yoksul kadınları, "Tuileries'ye döndüğüne göre saat iki olmalı," diyorlardı.

Bir kral geçtiğinde her zaman olduğu gibi bir karmaşa başlıyor, kimileri koşuşturuyor, kimileri hizaya giriyordu. Zaten kralın hızlı ama görkemli bir şekilde belirip gözden kaybolması Paris caddelerinde belli bir etki yaratıyordu. Yürüyemediği için koşmak isteyen bu sakat, kötürüm kral dörtnala gitmeyi seviyor, şimşek gibi parıldamaktan keyif alıyordu. Yalın kılıçların arasından ılımlı ve ciddi bir ifadeyle geçerken, kapılarına kalın zambak dalları çizilmiş, yaldızlarla kaplı ağır arabası gürültüyle ilerliyordu. İnsan arabaya şöyle bir göz atacak zamanı zor buluyordu. İçeride, sağ köşede, beyaz satenden kapitone yastıkların üzerinde, geniş, kararlı ve kırmızı bir surat, pudralı bir alın, kibirli, sert ve kurnaz bir bakış, bir burjuva giysisinin üzerindeki burma saçakları salınan iki büyük apolet, Toison d'or, Saint-Louis, Légion d'honneur ve gümüş Saint-Esprit nişanları, koca bir göbek ve geniş mavi bir şerit görülüyordu; bu kraldı. Paris'in dışında, dizlerini sıkıca saran uzun İngiliz tozluklarının üzerinde tuttuğu beyaz tüylü şapkasını şehre döndüğünde başına geçirse de halkı pek fazla selamlamazdı. İnsanlara soğuk bir şekilde bakar, onlar da ona aynı şekilde karşılık verirlerdi.

Saint-Marceau Mahallesi'nde ilk kez göründüğünde yarattığı tek etki bir kenar mahallelinin arkadaşına söylediği şu sözler olmuştu: "İşte bizi bu çam yarması yönetiyor."

Kralın şaşmaz bir şekilde aynı saatte geçişi Hôpital Bulvarı için günlük sıradan bir olay haline gelmişti.

Bu ayrıntıyı bilmediğine bakılırsa, sarı redingotlu adam kuşkusuz bu mahallede, muhtemelen de Paris'te yaşamıyordu. Saat ikide, etrafı muhafız birliğinin gümüş şeritler takmış süvarileriyle çevrili kraliyet arabası Salpêtriere'i dönüp bulvara girdiğinde şaşırmış, hatta ürkmüş gibiydi. Yolda ondan başka kimse olmadığı için hemen bir sur duvarının köşesine çekilmesi Havre dükünün onu fark etmesine engel olmamıştı. O gün muhafız birliğinin komutanı olarak krala eşlik eden Havre dükünün karşısında oturan krala, "İşte suça eğilimi olan meymenetsiz bir adam," demişti. Kralın yolunu açmakla görevli polisler de onu fark etmişlerdi ve içlerinden birine onun peşinden gitmesi talimatı verilmişti. Ama adamın kenar mahallenin ıssız, dar yollarına dalması ve havanın kararmaya başlaması yüzünden polis izini kaybetmiş, bu olay Paris Emniyet Müdürü Kont Angles'e o akşam rapor edilmişti.

Polise izini kaybettirdiğinde adımlarını sıklaştıran redingotlu adam takip edilip edilmediğini anlamak için sık sık arkasına baktı. Dördü çeyrek geçe, yani hava karardığında, o gün Les deux forçats adlı oyunun sergilendiği Saint-Martin Kapısı'ndaki tiyatronun önünden geçiyordu. Tiyatronun sokak fenerleriyle aydınlanan bu afişinin dikkatini çekmesi üzerine hızlı yürümesine rağmen okumak için durdu. Birazdan Planchette Çıkmazı'nda, o dönemde içinde Lagny posta arabasının bürosunun da bulunduğu Plat d'étain hanına girdi. Saat dört buçukta hareket edecek olan arabanın atları koşulmuştu ve arabacının çağırdığı yolcular yüksek demir basamağı çıkıyorlardı.

— Yeriniz var mı? diye sordu adam.

— Sadece yanımda, dedi arabacı.

— Tamam.

— Binin o zaman.

Bu arada, yola çıkmadan önce yolcunun vasat giysilerine, ufak bohçasına göz atan arabacı parayı peşin aldı.

— Lagny'ye mi gidiyorsunuz?

— Evet.

Yolcu Lagny yolunun ücretini ödedi. Araba yola koyulup şehrin çıkışını geçtiğinde arabacı bir sohbet başlatmak istese de yolcu ona tek heceli yanıtlarla karşılık verdi. Bunun üzerine, arabacı ıslık çalmaya, atlarına küfretmeye başladı.

Arabacı paltosuna sarındı. Hava soğuktu ama yolcu buna aldırmazmış gibi görünüyordu. Gournay'i ve Neuilly-sur-Marne'ı geride bırakan araba saat altıda Chelles'e vardığında, arabacı atları dinlendirmek için kraliyet manastırının eski binalarından birindeki arabacılar hanının önünde durdu.

— Ben iniyorum, dedi adam.

Bohçasını ve bastonunu alıp arabadan aşağı atladı.

Hana girmemiş, birkaç saniye sonra gözden kaybolmuştu.

Birkaç dakika sonra Lagny'ye doğru hareket eden araba Chelles anayolunda ona rastlamadı.

Arabacı içerideki yolculara döndü.

— İşte buralı olmayan bir adam, çünkü onu tanımıyorum, dedi. Bir frankı yokmuş gibi görünüyor, ama paraya kıyıyor. Lagny ücreti ödeyip Chelles'de iniyor. Hava karardı, herkes evine çekildi, hana girmiyor ve ortadan kayboluyor. Demek ki yerin dibine girdi.

Adam yerin dibine girmemiş, karanlıkta Chelles anayolunu aceleyle geçtikten sonra, bu bölgeyi bilen ve daha önce buraya gelmiş biri gibi kiliseye gelmeden önce sola dönüp Montfermeil'e giden köy yoluna sapmıştı.

Hızla kat ettiği bu yolun Gagny'den Lagny'ye giden eski ağaçlıklı yolla kesiştiği noktada karşıdan birilerinin geldiğini duydu. Hemen bir hendeğe saklanıp adamların geçip gitmesini bekledi. Aslında gereksiz bir önlemdi, çünkü daha önce de belirttiğimiz gibi çok karanlık bir aralık gecesiydi. Gökyüzünde sadece iki üç yıldız görünüyordu.

Tepenin yokuşu bu noktada başlıyordu. Montfermeil yoluna girmeyen adam sağa, tarlalara doğru yöneldi ve hızlı adımlarla ormana girdi.

Ormanda yavaşlayıp sadece kendinin bildiği gizemli bir yolu ararmış gibi ağaçlara dikkatle tek tek bakarak ağır adımlarla yürüdü. Bir an yolunu şaşırmış gibi kararsız kaldı. Nihayet ağaçları el yordamıyla yoklayarak beyazımtırak kalın taşların yığıldığı bir düzlüğe ulaştı. Hızla bu taşlara yönelip gecenin sisinin ortasında hepsini gözden geçirdi. Bu taş yığınının birkaç adım ötesinde bitkilerin siğilleri olarak niteleyeceğimiz çıkıntılarla kaplı bir ağaç vardı. O ağaca gidip, elini tüm çıkıntıları tanımak ve saymak istermişçesine gövdesinde gezdirdi.

Bu dişbudak ağacının tam karşısında kabukları döküldüğü için sargı bezi yerine çivili bir çinko levha yerleştirilmiş hasta bir kestane ağacı vardı. Ayak parmaklarının ucunda dikilip bu çinko levhaya dokundu.

Ardından bir süre toprağın yeni kazılıp kazılmadığını anlamaya çalışırmışçasına ağaçla taşlar arasındaki zeminde gidip geldi.

Sonra ormandaki yoluna devam etti. İşte Cosette'in karşılaştığı adam buydu.

Montfermeil istikametinde yürürken inleyerek ilerleyen, taşıdığı yükü yere bırakıp tekrar eline aldıktan sonra yoluna devam eden bu küçük gölgeyi fark etmişti. Yanına yaklaştığında bunun kocaman bir su kovasını taşıyan küçük bir çocuk olduğunu fark etmiş ve kovanın sapını sessizce kavramıştı.

VII

Cosette Karanlıkta Tanımadığı Bir Adamla Yan Yana Yürüyor

Cosette söylediğimiz gibi korkmamıştı.

— Çocuğum bu taşıdığınız yük sizin için çok ağır, dedi adam ciddi ve alçak bir sesle.

Cosette başını kaldırıp yanıt verdi:

— Evet mösyö.

— Verin, ben taşıyacağım.

Cosette'in kovayı bırakmasıyla adam önden yürümeye başladı.

— Gerçekten de çok ağırmış, dedi dişlerinin arasından.

Ardından ekledi:

— Küçük kız, kaç yaşındasın?

— Beş mösyö.

— Bu kovayla uzaktan mı geliyorsun?

— Ormandaki kaynaktan.

— Gittiğin yer uzak mı?

— Buradan bir çeyrek saat sürer.

Bir an susan adam ardından aniden sordu:

— Demek annen yok öyle mi?

— Bilmiyorum.

Adama fırsat vermeden ekledi:

— Sanmıyorum. Diğerlerinin var. Benim yok.

Ve bir sessizlikten sonra devam etti:

— Sanırım hiç annem olmadı.

Duran adam kovayı yere bırakıp öne doğru eğildi ve iki elini çocuğun iki omzuna koyduktan sonra ona bakmaya ve karanlıkta yüzünü görmeye çalıştı.

Cosette'in sıska ve çelimsiz yüzü göğün solgun ışığında belli belirsiz seçilebiliyordu.

— İsmin ne?

— Cosette.

Elektrik akımına kapılmış gibi görünen adam ona bir kez daha bakıp, ellerini Cosette'in omuzlarından çekti. Kovayı alıp yeniden yürümeye devam etti.

— Küçük kız, nerede yaşıyorsun? diye sordu az sonra.

— Montfermeil'de, orayı biliyor musunuz?

— Gittiğimiz yer mi?

— Evet mösyö.

Adam biraz ara verdikten sonra tekrar sordu:

— Seni bu saatte ormana su almaya kim gönderdi?

— Madam Thénardier.

Adam kayıtsız bir ifade vermeye çalıştığı ama garip bir şekilde titreyen bir ses tonuyla sordu:

— Bu Madam Thénardier ne iş yapıyor?

— Yanında çalışıyorum. Bir hanı işletiyor.

— Han mı? İyi o zaman bu gece orada kalacağım. Beni oraya götür.

— Zaten oraya gidiyoruz.

Adam oldukça hızlı yürüse de, Cosette zorlanmadan arkasından gidiyor, yorulduğunu hissetmiyordu. Ara sıra gözlerini tasvir edilemez bir sükûnet ve kendinden geçişle bu adama doğru kaldırıyordu. Ona yüzünü Tanrı'ya dönmesini ve dua etmesini asla öğretmemişlerdi. Yine de, içinden umuda ve sevince benzeyen bir şeylerin gökyüzüne doğru yükseldiğini hissetti.

Birkaç dakika sonra adam yeniden sordu:

— Madam Thénardier'nin hizmetçisi yok mu?

— Hayır mösyö.

— Bir tek sen mi varsın?

— Evet mösyö.

Kısa bir aranın ardından Cosette sesini yükseltti:

— Yani iki küçük kız daha var.

— Hangi küçük kızlar?

— Ponine ve Zelma.

Çocuk, Thénardier'nin roman kahramanlarının ismini bu şekilde kısaltıyordu.

— Ponine ve Zelma kimler?

— Madam Thénardier'nin küçük hanımları, kızları da denilebilir.

— Peki onlar ne yapıyorlar?

— Ah! Onların güzel bebekleri, yaldızlı bir yığın oyuncakları var. Oynuyorlar, eğleniyorlar.

— Bütün gün mü?

— Evet mösyö.

— Ya sen?

— Ben çalışıyorum.

— Bütün gün mü?

Gecenin karanlığında görülemeyen bir damla yaşın biriktiği gözlerini kaldıran çocuk sakin bir şekilde yanıtladı:

— Evet mösyö.

Kısa bir sessizliğin ardından ekledi:

— Bazen işimi bitirdiğimde, izin verirlerse ben de eğleniyorum.

— Nasıl eğleniyorsun?

— Nasıl istersem. Bana karışmıyorlar. Ama pek fazla oyuncağım yok. Ponine ve Zelma bebekleriyle oynamamı istemiyorlar. Kurşundan küçük bir kılıcım var, boyu şu kadar.

Çocuk küçük parmağını gösteriyordu.

— Tabii ki kesmiyor, öyle değil mi?

— Sadece salatayı ve sineklerin başını keser.

Köye girdiklerinde Cosette yabancıya rehberlik etti. Fırının önünden geçtiklerinde Cosette ekmek almayı unutmuştu. Artık soru sormayan adam hüzünlü bir sessizliğe gömülmüştü. Kiliseyi geride bıraktıklarında, tezgâhları gören adam Cosette'e sordu:

— Demek panayır var?

— Hayır mösyö, bugün Noel.

Hana yaklaştıklarında Cosette adamın koluna çekingen bir ifadeyle dokundu:

— Mösyö?
— Ne var çocuğum?
— İşte eve geldik.
— Sorun nedir?
— Şimdi kovayı bana verir misiniz?
— Neden?
— Madam kovayı sizin taşıdığınızı görürse beni döver.

Adam kovayı verdi. Birazdan meyhanenin kapısının önündeydiler.

VIII

Belki de Zengin Olan Bir Yoksulu Hanında Ağırlamanın Sıkıntısı

Kendini hâlâ oyuncakçının tezgâhında duran bebeğe bir göz atmaktan alıkoyamayan Cosette kapıya vurdu. Kapının açılmasıyla elinde bir mum tutan Madam Thénardier belirdi.

— Ah! Demek sensin küçük haylaz! Tanrı'ya şükür gelebildin, demek yollarda oyalanıp eğlendin! Küçük soytarı!

— Madam, dedi tir tir titreyen Cosette, bir mösyö burada kalmak istiyor.

Asık yüzünü hancılara özgü bir değişimle yapmacık, sevimli bir ifade kaplayan Thénardier gözleriyle yeni gelen adamı bir avcı gibi taradı.

— Bu mösyö mü?

— Evet madam, dedi elini şapkasına götüren adam.

Zengin yolcular bu kadar kibar olmaz. Bu jestin ve Thénardier'nin yabancının giysilerini ve bohçasını göz açıp kapayıncaya kadar gözden geçirmesinin ardından o sevimli yüz yerini yeniden asık bir surata bıraktı. Soğuk bir ses tonuyla:

— Girin beyim, dedi.

"Bey" içeri girdiğinde onu bir kez daha gözlemleyen Thénardier, özellikle yıpranmış redingotunu ve göçmüş şapkasını fark edince başını salladı, burnunu kıvırıp gözünü kırparak hâlâ arabacılarla içki içen kocasına danıştı. Kocası işaret parmağını fark edilemeyecek bir şekilde dudaklarının üzerine götürdü, bunun anlamı: Tam bir sefil demekti. Bunun üzerine Thénardier haykırdı:

— Ah üzgünüm beyim, ama hiç odam kalmamış.

— Bana tavan arasında ya da ahırda bir yer verebilirsiniz, dedi adam. Size oda ücreti ödeyeceğim.

— İki frank.

— Kabul. İki frank.

— Tamam o zaman.

— İki frank, dedi bir arabacı alçak sesle Thénardier'ye, ama oda ücreti sadece bir frank.

— Onun için iki frank, diye karşılık verdi Thénardier aynı katı ses tonuyla. Yoksullara daha aşağısına oda vermem.

— Doğru, dedi kocası sakince, böyle insanlar yüzünden hanın adı çıkar.

Bu arada bohçasını ve bastonunu bir oturağın üzerine bırakan adam, Cosette'in aceleyle bir şişe şarap ve bir bardak getirdiği bir masaya oturmuştu. Suyu isteyen satıcı, kovayı atına kendi elleriyle götürmüştü. Mutfak masasının altındaki yerine yerleşen Cosette yün örmeye başlamıştı.

Doldurduğu şarap bardağını dudaklarına götüren adam çocuğu büyük bir dikkatle inceliyordu.

Cosette çirkindi. Mutlu olsa belki de güzel görünecekti. Bu acınası küçük çocuğun tasvirini daha önce kısaca yapmıştık. Sıska ve solgun bir çocuk olan Cosette altı yaşlarında olsa da, dört beş yaşındaymış gibi görünüyordu. Karanlığa gömülmüş gözleri ağlamaktan çökmüştü. Dudaklarının köşelerinde idam mahkûmlarında ve umutsuz hastalarda gözlemlenen o doğal endişeyi yansıtan bir kıvrım vardı. Elleri annesinin tahmin ettiği gibi "çatlaklar" içindeydi. O sırada küçük kızı aydınlatan ateş, kemiklerinin çıkıntılarını ve zayıflığını korkunç bir şekilde gözler önüne seriyordu. Her zaman üşüyüp titrediği için dizlerini birbirine yapıştırmayı alışkanlık haline getirmişti. Tüm giysisi yazın insanlarda acıma duygusu uyandıran, kışın ise soğuğun dehşetini hissetmesine neden olan bir paçavradan ibaretti. Yünden değil bezden yapılmış bu yırtık pırtık giysinin bazı yerlerinden derisi görülebiliyor, her yanda Thénardier'nin izini bıraktığı mavi ve siyah lekeler seçilebiliyordu. Çıplak bacakları kırmızı ve inceydi. Köprücükkemiklerinin çukurları içler acısıydı. Bu çocuğun duruşu, davranışları, ses tonu, bir sözcükten diğerine geçerkenki duraksaması, sessizliği, en ufak bir hareketi, kısacası tüm benliği tek bir düşünceyi yansıtıyordu: Korku.

Korku tüm bedenine yayılmış, âdeta her yanını kaplamıştı; mümkün olduğunca daha az yer kaplamak için dizlerini kalçalarına sıkıştırmasına, topuklarını eteğinin altına saklamasına neden olan ve hiç durmadan artan korkusu ancak yeterince soluk almasına izin veriyor, âdeta onun dış görünümünü oluşturuyordu. Gözbebeklerinin derinliğinde dehşetin gizlendiği şaşkınlık dolu bir köşe vardı.

Bu korku, Cosette'in sırılsıklam olmasına rağmen ateşin önünde ısınacağı yerde, hemen işine koyulmasına neden olacak ölçüde ürkütücü boyutlardaydı.

Beş altı yaşlarındaki bu çocuğun bakışları öylesine kasvetli ve bazen de öylesine hüzünlüydü ki, bazı anlarda onun bir ahmak ya da bir iblise dönüştüğü düşünülebilirdi.

Daha önce de belirttiğimiz gibi hiç dua etmemiş, kilisenin kapısından içeri adım atmamıştı. Madam Thénardier, "Zamanım mı var?" diyordu.

Sarı redingotlu adam gözlerini Cosette'den ayırmıyordu.

Aniden Thénardier haykırdı:

— Şimdi aklıma geldi, ekmek nerede?

Cosette, Thénardier'nin sesini yükseltmesi üzerine her zamanki alışkanlığıyla hemen masanın altından çıktı.

Ekmeği tamamıyla unutmuş olduğu için korkmuş çocukların her zaman için kurtuluş yolu olarak gördükleri o son çareye başvurup yalan söyledi.

— Madam fırın kapanmıştı.

— Kapıya vursaydın.

— Vurdum madam.

— Eee?

— Açmadılar.

— Yarın bunun doğru olup olmadığını öğreneceğim ve yalan söylüyorsan sana okkalı bir dans öğreteceğim. Bu arada, bir frankı geri ver.

Elini önlüğünün cebine daldıran Cosette'in yüzü yemyeşil oldu. Bir frank yoktu.

— Ah şuna bak! dedi Thénardier, beni duymadın mı?

Cebini yeniden karıştıran Cosette hiçbir şey bulamadı. Bu para nereye saklanmış olabilirdi? Söyleyecek tek bir söz bile bulamayan zavallı kız taş kesilmişti.

— Bir frankı kayıp mı ettin? diye hırladı Thénardier, yoksa onu benden çalmayı mı düşünüyorsun?

O sırada, kolunu şöminenin köşesinde asılı duran kırbaca doğru uzattı.

Bu korkunç hamleyi gören Cosette bağırmaya başladı:

— Merhamet edin! Madam! Madam! Bunu bir daha asla yapmayacağım.

Thénardier kırbacı eline aldı.

Bu arada sarı redingotlu adam kimseye fark ettirmeden yeleğindeki keseyi karıştırmıştı. Zaten içen ve kâğıt oynayan diğer yolcuların hiçbir şeye aldırdıkları yoktu.

Şöminenin köşesinde tortop olan Cosette yarı çıplak kollarını ve bacaklarını gizlemeye çalışıyordu. Thénardier kırbacı indirmek için kolunu kaldırdı.

— Pardon madam, dedi adam, az önce bu küçük kızın önlüğünün cebinden düşen bir şey gördüm. Belki de paradır.

Öne doğru eğilip bir süre parayı ararmış gibi yaptı.

— İşte burada, dedi doğrulurken.

Ve parayı Thénardier'ye uzattı.

— Evet buradaymış.

Aslında bu yüz yirmi beş santimlik bir bozukluktu, ama Thénardier kâr ettiğini düşünerek parayı cebine koydu ve çocuğa vahşi bir bakış fırlatarak sadece şunları söylemekle yetindi:

— Bir daha bunu sakın yapma!

Thénardier'nin "yuvası" olarak adlandırdığı masanın altına girip iri gözlerini bu meçhul yabancıya sabitleyen Cosette'in yüzünü daha önce hiç görülmemiş bir ifade kaplamaya başladı. Bu naif afallamaya âdeta şaşkınlık dolu bir güven duygusu eşlik ediyordu.

— Yemek yemek ister misiniz? diye sordu Thénardier yolcuya.

Derin düşüncelere dalmış gibi görünen adam ona yanıt vermedi.

— Bu adam da kimin nesi? dedi dişlerinin arasından. İğrenç bir sefil. Yemek yiyecek parası yok. Oda ücretini ödeyebilecek mi? Yine de, yerdeki parayı cebe atmamasına şükretmeli.

O sırada bir kapının açılmasıyla, Eponine ve Azelma içeri girdiler.

Gerçekten de, bunlar köylüden çok kentliye benzeyen, birinin kumral saçları iyi taranmış, diğerinin uzun siyah saç örgüleri beline kadar uzanan iki körpe, etine dolgun, temiz, sağlıklı, güzel ve şirin kızdı. Üzerlerinde sıcak tutan giysiler vardı, ama annelerinin marifeti sayesinde bu kumaşların kalınlığı şıklıklarını gizlemiyordu. Kışın hazırlıkları ilkbaharın izleri silinmeden yapılmıştı. Çevrelerine ışık saçan bu iki küçük kızın görünümlerinde hükmeden bir ifade vardı. Giysilerinde, neşeli hallerinde, çıkardıkları gürültüde bu hükümranlığın izleri seçilebiliyordu. İçeri girdiklerinde, onlara hayranlık dolu bakışlar yönelten Thénardier azarlayıcı bir ses tonuyla, "Ah! Demek nihayet gelebildiniz!" dedi.

Ardından onları dizlerinin arasına alıp saçlarını taradı, kurdelelerini bağladı ve annelere özgü bir şekilde hafifçe silkeleyerek yanından ayrılmalarına izin verirken haykırdı: "Ne zevksiz giyinmişler!"

Ateşin kenarına oturan kızların ellerinde neşeli çığlıklarla dizlerinin üzerinde çevirip durdukları bir bebek vardı. Cosette ara sıra başını örgüsünden kaldırıp onların oyun oynayışlarını hüzünle izliyordu.

Eponine ve Azelma bir köpek gibi davrandıkları Cosette'e bakmıyorlardı. Bu üç küçük kızın yaşlarının toplamı yirmi dördü bulmasa da, bir yanda kıskançlık, bir yanda hor görü olmak üzere şimdiden toplumun özünü temsil ediyorlardı.

Thénardier kardeşlerin bebekleri çok solgun, çok eski, kırık dökük olsa da, hayatında hiç bebeği olmayan, tüm çocukların anlayabilecekleri bir deyişle söylersek gerçek bir bebeği olmayan Cosette'e hiç de çirkin görünmüyordu.

Salonda gidip gelen Madam Thénardier, aniden Cosette'in yün öreceği yerde oyun oynayan küçük kızlarını izleyerek oyalandığını fark etti.

— Ah! İşte yakaladım seni! diye bağırdı. Demek böyle çalışıyorsun! Şimdi seni kırbaç darbeleriyle çalıştıracağım.

İskemlesinden kalkmayan yabancı Thénardier'ye döndü.

— Madam, dedi biraz kaygılı bir ifadeyle gülümseyerek, boş verin! Bırakın oynasın!

Biraz but yiyip, yemekle birlikte iki şişe şarap içse ya da iğrenç bir sefili andıran görünümü olmasa, bu dileği bir emir gibi yerine getirilirdi. Ama Thénardier, böyle bir şapkası olan birinin bir dilekte bulunmasını, böyle bir redingotu olan bir adamın isteğini hoşgörüyle karşılayamazdı. Soğuk bir ses tonuyla karşılık verdi:

— Karnını doyurduğumuza göre çalışması gerek. Onu boş otursun diye beslemiyorum.

— Ne iş yapıyor? diye sordu yabancı dilenci, giysileriyle ve bir hamalınkine benzeyen omuzlarıyla tezat oluşturan yumuşak bir sesle.

Thénardier cevap vermeye tenezzül etti:

— Kısa süre sonra çıplak ayaklarla dolaşmak zorunda kalacak olan kızlarıma çorap örüyor.

Adam Cosette'in zavallı kızarmış ayaklarına bakarak devam etti:

— Bu çorapları ne zaman bitirmesi gerek?

— En az üç dört gün içinde, tembel.

— Peki bittiğinde bu çorapların fiyatı ne kadar tutacak?

Thénardier adama aşağılayıcı bir bakış yöneltti.

— En az bir buçuk frank.

— Onları beş franka satar mısınız?

— Vay canına! diye haykırıp kahkaha attı onları dinleyen bir arabacı, beş frank mı? Beş papel! Güzel bir teklif!

Mösyö Thénardier söze girmesi gerektiğini düşündü.

— Evet mösyö, almak istiyorsanız, bu iki çift çorabı size beş franka veririz. Misafirlerimizin hiçbir teklifini geri çevirmeyiz.

— Hemen ödemeniz gerekir, dedi Thénardier her zamanki özlü ve net tavrıyla.

— Çorapları satın alıyorum, diye karşılık verdi cebinden beş frank çıkarıp masanın üstüne koyan adam.

Ardından Cosette'e döndü.

— Şimdi emeğinin karşılığını ödedim. Hadi çocuğum, oyununu oyna.

— Beş frankı duyunca oldukça heyecanlanan arabacı bardağını bırakıp masaya doğru koştu.

— Gerçekten de bu beş frank! diye bağırdı parayı incelerken. Sahte değil!

Thénardier masaya yaklaşıp parayı sessizce cebine attı.

Karısının söyleyecek hiçbir sözü kalmamıştı. Dudaklarını ısırdı ve yüzünü nefret dolu bir ifade kapladı.

Bu arada korkudan titreyen Cosette şu soruyu sormaya cesaret etti:

— Madam bu doğru mu? Oyun oynayabilir miyim?

— Oyna, dedi Thénardier korkunç bir ses tonuyla.

— Teşekkürler madam.

Ve ağzıyla Thénardier'ye teşekkür ederken, tüm ruhuyla yolcuya teşekkür ediyordu.

Thénardier yeniden içmeye başladığında karısı kulağına:

— Bu sarı redingotlu adam kim olabilir? demişti.

— Böyle redingotlar giymiş çok milyoner gördüm, diye karşılık verdi Thénardier kendinden emin bir ifadeyle.

Cosette örgü örmeyi bıraksa da masanın altından çıkmamıştı. Cosette her zaman mümkün olduğunca az hareket ederdi. Arkasındaki kutudan eski kumaş parçalarını ve küçük kurşun kılıcını almıştı.

Olup bitenlere hiç aldırmayan Eponine ve Azelma çok önemli bir işle meşguldüler. Ellerindeki bebeği yere atmış, kediyle uğraşmaya başlamışlardı. Büyük kız Eponine tüm miyavlamalarına ve çırpınmalarına rağmen küçük kediyi mavi ve kırmızı renkli eski püskü giysi parçalarıyla kundaklamaya çalışıyordu. Bu ciddi ve güçlü işi yaparken, kız kardeşine çocukların, kelebeklerin görkemli kanatlarını andıran ama yakalamak istendiğinde kaçıp giden o tatlı, hayran olunası üslubuyla hitap ediyordu:

— Kardeşim, gördüğün gibi bu bebek diğerinden daha eğlenceli. Kımıldıyor, bağırıyor, hem de sıcacık. Bu yüzden onunla oynayalım. O benim küçük kızım olacak. Ben bir hanımefendi olacağım. Seni görmeye geleceğim, sen de ona bakacaksın. Birazdan bıyıklarını fark ettiğinde şaşıracaksın. Ardından kulaklarını ve kuyruğunu görüp şaşıracaksın. Ve bana, "Ah! Tanrım!" diyeceksin. Ben de sana, "Evet madam, benim küçük kızım böyle. Şimdiki kız çocukları böyle oluyor," diyeceğim.

Azelma, Eponine'i hayranlıkla dinliyordu.

Bu arada, açık saçık şarkılar söylemeye başlayan içkicilerin kahkahaları zemini titretiyordu. Thénardier onları cesaretlendiriyor, şarkılarına eşlik ediyordu.

Kuşların her şeyden yuva yaptıkları gibi çocuklar da her şeyden bebek yaparlar. Eponine ve Azelma kediyi kundaklarken, Cosette de kendi payına kılıcı kundaklıyordu. Bu işi bitirdikten sonra, onu kollarının üzerine yatırıp uyutmak için alçak sesle ninni söylemeye başlamıştı.

Bebek kadınsı çocukluğun en önemli gereksinimlerinden ve en sevimli içgüdülerinden biridir. Ona özen göstermek, bir şeyler öğretmek, onu süslemek, giydirmek soymak, yeniden giydirmek, biraz azarlamak, sallamak, şımartmak, uyutmak, bir nesnenin bir insan olduğunu düşünmek, küçük kızların geleceği bundan ibarettir. Düşler kurup çene çalarken, küçük bebek giysileri, korseler, zıbınlar dikerken, çocuk genç kız olur, genç kız olgunlaşır, olgunlaşan kız kadın olur. İlk çocuk, son bebeğin arkasından gelir.

Bebeksiz bir küçük kıza çok nadir rastlanır ve bu kız çocuksuz bir kadın kadar bahtsızdır.

Bu yüzden Cosette kılıcını bebeği yapmıştı.

Sarı adama yaklaşan Thénardier:

— Kocam haklı, bu adam belki de Mösyö Laffitte'dir. Zenginlerin böyle garip şakaları vardır! diye düşünüyordu.

Adamın masasına dirseklerini yaslayıp:

— Beyefendi, dedi...

Bu beyefendi lafı üzerine adam ona doğru döndü. Thénardier ona daha önce sadece beyim ya da adamcağız diye hitap etmişti.

— Gördüğünüz gibi mösyö, diye ekledi vahşi yüz ifadesinden daha da can sıkıcı olan yumuşak bir tavır takınarak, çocuğun oynamasını ben de isterim, buna karşı değilim, ama cömert davrandığınız için buna sadece bir kere izin verebilirim. Şuna baksanıza, hiçbir şeyi yok. Çalışması lazım.

— Demek bu çocuk sizin değil, öyle mi?

— Ah Tanrım, hayır mösyö! Merhamet edip yanımıza aldığımız zavallı bir küçük kız. Ahmak bir çocuk. Kafasının içi suyla dolu olmalı. Baksanıza kafası ne kadar büyük. Onun için elimizden geleni yapıyoruz, zengin değiliz. Ailesine boşuna mektup yazıyoruz, altı aydan beri cevap gelmiyor. Sanırım annesi öldü.

— Ah! dedi adam ve yeniden düşüncelerine daldı.

— Çocuğunu bırakıp gittiğine göre, annesi de matah bir kadın olmamalı, diye ekledi Thénardier.

Cosette bu konuşma boyunca sanki bir içgüdüyle kendisinden söz edildiğini duyarmışçasına gözlerini Thénardier'den ayırmamıştı. Bir şeyler anlamaya çalışıyor, bazı kelimeleri duyuyordu.

Bu arada iyice sarhoş olan içkiciler, beğenilerine uygun düşecek şekilde Meryem Ana'yı ve çocuk İsa'yı da kattıkları açık saçık nakaratlarını tekrarlamaya devam ediyorlardı. Thénardier de kahkahalara eşlik etmeye gitmişti. Masanın altındaki Cosette bakışlarını gözlerine yansıyan ateşe dikmiş bir halde, uyduruk kundağını sallıyor ve alçak sesle ninni söylüyordu: "Annem öldü! Annem öldü! Annem öldü!"

Hancı kadının ısrarları üzerine, sarı "milyoner" adam sonunda yemek yemeyi kabul etti.

— Mösyö ne yemek ister?

— Ekmek ve peynir.

— Bu tam bir dilenci, diye düşündü Thénardier. Sarhoşlar şarkılarını söylerken, masanın altındaki Cosette de kendi şarkısını söylüyordu.

Aniden şarkısını yarıda kesti. Yana doğru döndüğünde, küçük Thénardierlerin kediyle oynamak için mutfak masasının birkaç adım ötesine attıkları bebeği fark etmişti.

Bunun üzerine, kendisine çok küçük gelen kundaklı kılıcı bir kenara bırakıp bakışlarını salonda gezdirdi. Thénardier kocasıyla alçak sesle konuşurken paraları sayıyor, Ponine ve Zelma kediyle oynuyor, yolcular yiyip içiyor, şarkılar söylüyorlardı. Hiç kimse ona bakmıyordu. Kaybedecek zaman yoktu. Masanın altından çıkıp dizlerinin ve ellerinin üzerinde sürünürken bir kez daha etrafına baktı, ardından aceleyle uzandığı bebeği kavradı. Bir saniye sonra, her zamanki yerine oturmuştu, sırtını kolları arasına aldığı bebeği gölgeleyecek şekilde dönmüş bir halde hiç kımıldamadan duruyordu. Bir bebekle oynamanın mutluluğu, onun için yoğun bir haz yaşatacak kadar nadiren başa gelen bir şeydi.

Mütevazı yemeğini ağır ağır yiyen yolcu dışında kimse onu görmemişti.

Bu sevinç bir çeyrek saat sürdü.

Ama Cosette aldığı tüm önlemlere rağmen, şöminenin ateşinin bebeğin masadan dışarı çıkan bir ayağını aydınlattığını fark etmemişti. Karanlıktan çıkan bu pembe ve aydınlık ayağı fark eden Azelma, "Abla! Şuna bak!" dedi.

İki kız afalladılar. Cosette bebeği almaya cüret etmişti!

Ayağa kalkan Eponine elindeki kediyi bırakmadan annesinin yanına gidip eteğini çekiştirdi.

— Beni rahat bıraksana! dedi annesi. Ne istiyorsun?

— Anne şuna bak!

Eliyle Cosette'i işaret ediyordu.

Bebeğe sahip olmanın coşkusuna kapılmış olan Cosette hiçbir şey görmüyor, hiçbir şey duymuyordu.

Thénardier'nin yüzünü bu tür kadınların cadaloz olarak anılmalarını sağlayan ve dehşetle yaşamın hiçliklerini bir araya getiren o kendine özgü ifade kapladı.

Bu kez incinen gururu öfkesini daha da artırıyordu. Cosette tüm sınırları aşmış, "hanımefendilerin" bebeğine göz koymuştu. Yüzü bir mujiğin, veliaht oğlunun geniş mavi kordonunu denemeye çalıştığını gören bir çariçeninkinden farksızdı.

Öfkenin boğuklaştırdığı bir sesle haykırdı:

— Cosette!

Cosette ayağının altındaki zemin sarsılmış gibi titreyip arkasını döndü.

— Cosette! diye tekrarladı Thénardier.

Bebeği alan Cosette umutsuzluğa karışan bir saygıyla onu yavaşça yere bıraktı. Ardından gözlerini ondan ayırmadan kavuşturduğu ellerini bu yaştaki bir çocuk için ürkütücü bir görünüm arz edecek şekilde büzüştürdü ve ormandaki koşuşturması, kovanın ağırlığı, parayı kaybetmesi, kırbacın görüntüsü, Thénardier'nin söylediği onur kırıcı laflar da dâhil olmak üzere o gün yaşadığı hiçbir olayın başaramadığı bir şekilde ağlamaya başlayıp hıçkırıklara boğuldu.

Bu arada yolcu ayağa kalkmıştı.

— Neler oluyor? diye sordu Thénardier'ye.

— Görmüyor musunuz? dedi Thénardier parmağıyla Cosette'in ayaklarının dibindeki suç unsurunu göstererek.

— Eee ne olmuş?

— Bu dilenci kız, çocukların bebeğine dokunmaya cüret etmiş!

— Bütün bu gürültü bunun için mi? Peki bebekle oynasa ne olacak?

— Ona o kirli, o iğrenç elleriyle dokunmuş!

O sırada Cosette'in hıçkırıkları daha da yoğunlaştı.

— Kes sesini! diye bağırdı Thénardier.

Adam kapıya doğru yürüyüp dışarı çıktı.

Thénardier adamın yokluğunu fırsat bilip masanın altına Cosette'e acı bir çığlık attıracak bir tekme savurdu.

Kapının yeniden açılmasıyla içeri giren adamın ellerinde daha önce sözünü ettiğimiz ve sabahtan beri köyün bütün yumurcaklarının hayranlıkla izlediği o meşhur bebek vardı. Bebeği Cosette'in önüne koyup:

— Al bu senin, dedi.

Orada düşüncelere dalmış bir halde geçirdiği bir saatten beri, fenerlerle ve mumlarla görkemli bir şekilde aydınlatıldığından meyhanenin camlarından bir şenlik ateşi gibi görünen oyuncakçı tezgâhını belli belirsiz fark etmiş olmalıydı.

Gözlerini kaldırdığında elindeki bebekle kendisine bir güneş gibi yaklaşan bu adamın o beklenmedik bu senin sözlerini duymuştu. Bir adama bir bebeğe bakıp yavaşça geri çekildi ve masanın altındaki duvarın dibine gizlendi.

Artık ağlamıyor, bağırmıyor, soluk almaya bile cesaret edemezmiş gibi görünüyordu.

Thénardier, Eponine, Azelma heykele dönüşmüşler, sarhoşlar bile şarkılarına ara vermişlerdi. Tüm meyhaneye derin bir sessizlik hâkimdi.

Taş kesilip suskunlaşan Thénardier tahminlerini yürütmeye başlıyordu:

— Bu ihtiyar da kimin nesi? Yoksul mu? Milyoner mi? Belki de her ikisi, yani bir hırsız.

Kocasının yüzünü, baskın içgüdünün tüm hayvani gücüyle belirdiği anlarda insanın alnındaki kırışıklığı daha da anlamlı hale getiren o ifade kaplamıştı. Meyhaneci bir bebeğe, bir yolcuya bakıyor, bu adamda bir para kesesinin kokusunu alıyordu. Bu hali bir şimşek çakması kadar sürdü. Karısına yaklaşıp alçak sesle:

— Bu meret en az otuz frank eder. Saçmalamak yok. Adamın her dediği yapılacak!

Kaba kişilerin naif kimselerle ortak yanı kolayca fikir değiştirmeleridir.

— Hadi Cosette, dedi Thénardier yumuşatmak istediği ama içine şirret kadınlara özgü bir yapmacıklığın karıştığı bir ses tonuyla, bebeğini almayacak mısın?

Cosette deliğinden çıkmaya cesaret etti.

— Küçük Cosette'im, diye ekledi Thénardier sevecen bir ifadeyle, mösyö sana bir bebek verdi. Alsana. O senin.

Cosette muhteşem bebeği âdeta dehşetle inceliyordu. Yüzü hâlâ yaşlarla ıslanmış olsa da, gözlerine tıpkı sabahın alacakaranlığı gibi sevincin garip ışıltıları doluyordu. O anda, kendisine aniden "Küçük kız, siz Fransa kraliçesisiniz," dense ancak bu denli sevinebilirdi.

Bu bebeğe dokunursa bebeğin şimşekler saçmaya başlayacağını sanıyordu.

Bu konuda bir yere kadar haklıydı, çünkü Thénardier'nin kendini azarlayıp döveceğini düşünüyordu.

Yine de bebeğin çekiciliği üstün geldi, ona doğru yaklaşırken Thénardier'ye dönerek çekingen bir ifadeyle mırıldandı:

— Madam onu alabilir miyim?

Bu umutsuz, ürkek, büyülenmiş ifadeyi hiçbir sözcük tasvir edemezdi.

— Elbette! dedi Thénardier, o senin. Mösyö sana verdi.

— Gerçekten mi mösyö? Bu doğru mu? Bu hanımefendi benim mi?

Yabancının gözleri buğulanmıştı. Konuşursa ağlayacak kadar duygulanmıştı. Başını sallayıp "hanımefendinin" elini Cosette'in eline tutuşturdu.

Cosette elini hanımefendinin eli yakıyormuşçasına hızla geri çekip, gözlerini yere dikti. O anda dilini yakışık almaz bir şekilde dışarı çıkardığını söylemek zorundayız. Aniden geri dönüp bebeği coşkuyla kavradı.

— Ona Catherine adını vereceğim, dedi.

Cosette'in yırtık pırtık giysilerinin bebeğin kurdeleleri ve yepyeni pembe muslinleriyle iç içe geçip onları kucaklaması çok ilginç bir görüntüydü.

— Madam onu iskemlenin üzerine koyabilir miyim?

— Evet çocuğum.

Şimdi Cosette'e kıskanarak bakma sırası Eponine ve Azelma'ya gelmişti.

Catherine'i bir iskemlenin üzerine koyup önünde yere oturan Cosette hiç kımıldamadan, tek bir söz bile söylemeden onu hayranlıkla izledi.

— Cosette onunla oynasana, dedi yabancı.

— Ah! Oynuyorum, diye yanıtladı çocuk.

Âdeta Tanrı adına Cosette'i ziyarete gelen bu yabancı, bu meçhul adam o anda Thénardier'nin dünyada en çok nefret ettiği kişiydi. Yine kendine hâkim olması gerekiyordu. Kocasının tüm davranışlarını ikiyüzlülükle taklit etmeye alışkın olsa da, bu gördükleri karşısında hissettiklerine katlanamadı. Kızlarını aceleyle yataklarına gönderdikten sonra, sarı adama anaç bir ifadeyle Cosette'in bugün çok yorulduğunu söyleyip onun da yatmaya gitmesi için izin istedi. Catherine'i kollarının arasına alan Cosette yatmaya gitti.

Thénardier ara sıra, söylediği gibi içini rahatlatmak için salonun kocasının oturduğu öbür ucuna gidiyor, ona yüksek sesle söylemeye cesaret edemeyeceği ölçüde öfkeli sözler söylüyordu:

— Yaşlı ahmak! Kendini ne sanıyor? Buraya gelip huzurumuzu kaçırıyor! O küçük canavarın oyun oynamasını istiyor! Ona bebekler alıyor! İki frank vermeyeceğim bir köpeğe kırk franklık bebek alıyor! Biraz daha ileri gitse ona Berry düşesi gibi majesteleri diye hitap edecek! Bunun mantıklı bir yanı var mı? Demek ki bu esrarengiz bunak aklını kaçırmış!

— Neden? Çok basit, diye yanıtlıyordu kocası. Keyif alıyor olabilir! Sen kız çalıştığında keyifleniyorsun, o oynadığında keyifleniyor. Bu onun hakkı. Bir yolcu parasını ödüyorsa istediğini yapar. Bu ihtiyar insanları seviyorsa, sana ne bundan? Ahmağın tekiyse sana ne? Parası olduğuna göre işine neden karışıyorsun?

Ne üstadın konuşması ne hancının muhakemesi itiraz kabul eder.

Masaya dirseklerini dayayan adam yeniden düşüncelere daldı. Diğer yolcular, satıcılar ve arabacılar kafaları biraz karıştığı için artık şarkı söylemiyorlar, saygılı bir endişeyle adamı inceliyorlardı. Beş frankları cebinden kolayca çıkaran, tahta pabuçlar giymiş küçük pasaklılara devasa bebekler alan bu yoksul giyimli garip adam hiç kuşkusuz itibarlı ve ürkütücü bir beyefendiydi.

Saatler akıp geçti. Gece yarısı ayini, Noel yemeği bitmiş, müşteriler gitmiş, meyhane kapanmış, basık tavanlı salon boşalmış, ateş sönmüştü, yabancı hâlâ aynı yerde ve aynı şekilde duruyordu. Ara sıra masaya dayadığı dirseğini değiştiriyordu. Hepsi bu. Cosette gittiğinden beri tek bir kelime etmemişti.

Salonda sadece nezaket icabı ve meraklarından dolayı Thénardierler kalmıştı.

— Bütün geceyi böyle mi geçirecek? diye homurdanıyordu Madam Thénardier.

Saat ikiyi çaldığında, yenilgiyi kabul edip kocasına:

— Ben yatmaya gidiyorum, sen istediğini yap, dedi. Köşedeki masaya oturan Thénardier bir mum yakıp *Courrier Français*'yi okumaya başladı.

Bir saat böyle geçti. Saygın hancı *Courrier Français*'yi tarihinden basıldığı matbaaya kadar didik didik en az üç kere okumuştu.

Thénardier hareket etti, öksürdü, balgam çıkardı, sümkürdü, iskemlesini gıcırdattı. Adamda hiçbir tepki yoktu. Thénardier:

— Uyuyor mu acaba? diye düşündü. Adam uyumuyor, ama hiçbir şey onu uyandıramıyordu.

Nihayet şapkasını çıkaran Thénardier yavaşça yaklaşarak:

— Mösyö dinlenmeyecek mi? diye sormaya cesaret etti.

Yatmayacak mı ona sıradan ve samimi gelmişti. Dinlenmek ihtişamı ve saygınlığı temsil ediyordu. Bu sözlerin ertesi sabah hesabın şişirilmesine yarayacak gizemli ve takdire şayan özellikleri vardı. Yatılan bir oda bir frank, dinlenilen bir oda yirmi frank ederdi.

— Vay canına! dedi yabancı, haklısınız. Ahırınız nerede?

— Mösyö, diye karşılık verdi gülümseyerek mumu alan Thénardier, size yolu göstereceğim.

Adamın bohçasını ve bastonunu almasıyla Thénardier onu birinci kattaki iki ucu geminin pruvası ve kıçı gibi kıvrılmış bir gemi yatağının, pamuklu bezden kırmızı perdelerin bulunduğu, maundan mobilyalarla döşenmiş görkemli bir odaya götürdü.

— Burası neresi? diye sordu yolcu.

— Bizim gerdek odamız. Şimdi karımla birlikte başka bir odada kalıyoruz. Buraya yılda sadece üç dört kere girilir.

— Ahırda yatmayı tercih ederdim, dedi adam aniden.

Thénardier bu nazik öneriyi duymazlıktan geldi.

İçinde harlı bir ateşin yandığı şöminenin üzerindeki iki yeni mumu yaktı.

Şöminenin üzerindeki bir kavanozun altında gümüş telli ve portakal çiçekli bir kadın başlığı vardı.

— Bu da ne? diye sordu yabancı.

— Bu karımın gelinlik şapkası mösyö.

Yolcu şapkaya *demek bu canavar da bir zamanlar bakireymiş,* dercesine baktı.

Zaten Thénardier yalan söylüyordu. Bu viraneyi meyhane yapmak için kiraladığında, bu odayı bu şekilde döşenmiş bir halde bulmuş, mobilyaları satın almış ve "karısına" soylu, zarif bir hava katacağını, dolayısıyla hanının İngilizlerin söyledikleri gibi saygınlığının artacağını düşünerek bir eskiciden bu portakal çiçeğini almıştı.

Yolcu arkasını döndüğünde hancı gözden kaybolmuş, ertesi sabah şanına yakışır bir şekilde soyacağı bir adamla uygunsuz bir samimiyet kurmak istemediğinden, iyi geceler dilemeye cesaret edemeden sessizce sıvışmıştı.

Hancı odasına çekildiğinde, karısı yatmıştı ama uyumuyordu. Kocasının ayak seslerini duyduğunda ona dönüp:

— Haberin olsun, yarın Cosette'i kapının önüne koyacağım, dedi.

Thénardier soğuk bir ifadeyle karşılık verdi.

— Her şeyi ne kadar da abartıyorsun!

Başka bir şey konuşmadılar, kısa süre sonra mumları söndü.

Bir köşeye bohçasını ve bastonunu koyan yolcu hancının gitmesi üzerine bir koltuğa oturmuş, bir süre düşüncelere dalmıştı. Ardından ayakkabılarını çıkarıp, mumlardan birini aldıktan sonra diğerini söndürdü, kapıyı itip odadan çıktığında bir şeyler arıyormuş gibi etrafına baktı. Bir koridoru geçip merdivene ulaştı. Orada bir çocuğun soluk alıp verişine benzeyen hafif bir ses duydu. Bu sesi izlediğinde merdivenin altına açılan, daha doğrusu merdivenin oluşturduğu üçgen bir girintinin kenarına geldi. Bu girinti basamakların altındaydı. Orada, her çeşit eski sepetlerin, kırık şişelerin, toz toprağın ve örümcek ağının arasında yatak denilebilirse, ot minderden otu görülebilecek şekilde yırtık bir yatak ve ot minder görülebilecek şekilde delik deşik bir yorgan vardı. Çarşaf yoktu. Döşemenin üzerine yerleştirilmiş bu yatakta Cosette uyuyordu.

Adam yaklaşıp ona baktı.

Derin bir uykuya dalmış olan Cosette kışın daha az üşümek için giysileriyle yatıyordu.

İri gözleri karanlıkta parıldayan bebeğe sarılmıştı. Ara sıra uyanacakmış gibi derin bir iç çekiyor, bebeği kollarının arasına sıkıştırıyordu. Yatağının yanında tahta pabuçlarının teki vardı.

Cosette'in kümesinin yanındaki açık kapıdan karanlık geniş bir oda görünüyordu.

Yabancı içeri girdi. Dipte, camlı bir kapının arasından birbirinin aynısı olan tertemiz iki yatak fark ediliyordu. Eponine ve Azelma'ya ait olan bu yatakların arkasında akşam boyunca bağıran küçük çocuğun uyuduğu sorgun ağacından bir beşiğin üst bölümü seçilebiliyordu. Yabancı, bu odanın yanında Thénardierlerin odasının bulunduğunu tahmin etti. Geri dönmek üzereyken, bakışları hanların, içinde her zaman için hafif bir ateş bulunan, ateş bulunsa bile hep soğuk görünen o geniş şöminelerinden birine takıldı. Yabancının dikkatini çekecek şekilde içinde ateş, hatta kül bile bulunmayan bu şöminede şık ve farklı büyüklüklerde iki küçük ayakkabı vardı. Yolcu, çocukların Noel günü karanlıklardan gelen iyilik perilerinin gözalıcı hediyelerini beklemek üzere ayakkabılarını şömineye bırakan sevimli ve çok eski zamanlara dayanan alışkanlıklarını hatırladı. Eponine ve Azelma bunu unutmamış, ayakkabılarının tekini şömineye bırakmışlardı.

Yolcu öne doğru eğildi.

Peri, yani anne şimdiden gelmişti, ayakkabıların üzerinde yepyeni elli santimler parıldıyordu.

Adam doğrulup odasına gitmek üzereyken, şöminenin en karanlık köşesinde başka bir şey gördü. İyice baktığında bunun kaba saba, kırık dökük, küller ve kurumuş çamurlarla kaplı ürkütücü bir tahta pabuç olduğunu fark etti. Bu Cosette'in ayakkabısıydı. Cosette çocukların her zaman yanıltılabilse de cesaretini hiç kaybetmeyen o yürek sızlatan güveniyle tahta pabucunu şömineye koymuştu.

Umutsuzluktan başka bir şey tanımayan bir çocuğun umut beslemesi çok ulvi ve hoş bir şeydir.

Bu pabucun üzerinde hiçbir şey yoktu.

Yeleğinin cebini karıştıran yabancı eğilip Cosette'in pabucunun üzerine bir altın para bıraktı.

Ardından sessiz adımlarla odasına gitti.

IX

Thénardier'nin Pazarlığı

Ertesi sabah gün doğmadan önce meyhanenin basık tavanlı salonunda mum yanan bir masaya oturmuş olan Thénardier elindeki kalemle sarı redingotlu yolcunun hesabını çıkarıyordu.

Ayakta duran karısı öne eğilmiş, onu izliyordu. Hiç konuşmuyorlardı. Bir yanda derin bir düşünce, diğer yanda insan zekâsının bir harikasının doğuşuna ve gelişmesine bakan ilahi bir hayranlık vardı. Evde bir gürültü duyuluyordu; bu merdiveni süpüren Cosette'ti.

Bir çeyrek saatin ve birkaç değişikliğin ardından Thénardier şu başyapıtı yaratmıştı:

1 numaralı odada kalan mösyönün hesabı

Akşam yemeği	3 fr.
Oda	10 fr.
Mum	5 fr.
Ateş	4 fr.
Servis	1 fr.
Toplam	23 fr.

Servis sözcüğü servisse diye yazılmıştı.

— Yirmi üç frank! diye haykırdı kadın biraz tereddüdün de karıştığı bir coşkuyla.

Thénardier, tüm büyük sanatçılar gibi eserinden memnun değildi.

— Bu da bir şey mi! dedi.

Sesinde Viyana Kongresi'nde Fransa'nın hesabını çıkartan Castlereagh'ın vurgusu vardı.

— Mösyö Thénardier haklısın, bunu ödemeli, diye mırıldandı kızlarının önünde Cosette'e verilen bebeği düşünen karısı, uygun bir hesap, ama biraz fazla, ödemek istemeyebilir.

Thénardier soğuk bir ifadeyle gülümsedi:

— Ödeyecek.

Bu gülüş kararlılığın ve otoritenin yüce ifadesiydi. Bu şekilde söylenen bir şey gerçekleşmeliydi. Israr etmeyen kadın masaları düzeltirken salonda gidip gelen kocası ekledi:

— Bin beş yüz frank borcum var!

Şöminenin kenarına gidip ayaklarını sıcak küllere doğru uzattıktan sonra düşüncelere daldı.

— Ah şu işe bak! diye karşılık verdi kadın, bugün Cosette'i kapı dışarı edeceğimi unutmadın değil mi? O canavar, bebeğiyle yüreğimi kemiriyor! Onu bir gün daha evde tutmaktansa, XVIII. Louis ile evlenmeyi tercih ederim!

Piposunu yakan Thénardier bir duman çektikten sonra:

— Hesabı adama verirsin, dedi.

Ardından dışarı çıktı.

O salondan çıkar çıkmaz yolcu içeri girdi.

Thénardier hemen yarı açık kapının arkasına, kendisini sadece karısının görebileceği bir yere gizlendi.

Sarı adamın elinde bohçası ve bastonu vardı.

— Ne kadar erken kalktınız! dedi Thénardier, yoksa mösyö hanımızdan ayrılıyor mu?

Böyle konuşurken elindeki hesap kâğıdını canı sıkkın bir halde çeviriyor, üzerinde tırnaklarıyla kırışıklıklar oluşturuyordu. Sert yüzünde hiç alışık olmadığı çekingen ve tedirgin bir ifade vardı.

Oldukça "yoksul" görünen bir adama böyle bir hesabı vermenin hiç de kolay olmadığını düşünüyordu.

Dalgın görünen yabancı:

— Evet madam, gidiyorum, dedi.

— Mösyönün Monfermeil'de yapacak işleri yok muydu?

— Hayır buradan geçiyordum, hepsi bu. Madam borcum ne kadar?

Thénardier hiçbir şey söylemeden hesabı uzattı.

Adam kâğıdı açıp baktı, ama dikkati başka yerdeydi.

— Madam, Montfermeil'de işler nasıl gidiyor?

— Şöyle böyle mösyö, diye karşılık verdi adamın hiçbir tepki vermediğini görerek afallayan Thénardier.

Hazin ve dokunaklı bir ses tonuyla devam etti:

— Ah! Mösyö hayat koşulları zorlaştı! Üstelik bu bölgede çok az burjuva yaşıyor! Gördüğünüz gibi küçücük bir yer. Arada bir mösyö gibi cömert ve zengin yolcular uğramasa halimiz haraptı! Çok masrafımız var. Bakın, o küçük kız bize çok pahalıya mal oluyor.

— Hangi küçük kız?

— Bildiğiniz küçük kız! Cosette! Burada ona herkes çayırkuşu der!

— Öyle mi? dedi adam.

— Taktıkları lakaba baksanıza, bu köylüler çok ahmak! Çayırkuşundan çok yarasaya benziyor. Görüyorsunuz mösyö, kimseden merhamet beklemiyoruz, ama kimseye de merhamet edemeyiz. Hiçbir şey kazanmıyoruz ve çok borcumuz var. Gelir vergisi, kira, kapı, pencere vergisi! Mösyö yönetimin korkunç paralar istediğini bilir. Üstelik kızlarım var. Başkalarının çocuğunu besleyemem.

Adam kayıtsızlığını belli etmeye çalışan ama hafifçe titreyen bir sesle sordu:

— Birisi sizi ondan kurtarmak istese ne yapardınız?

— Kimden? Cosette'ten mi?

— Evet.

Meyhaneci kadının kırmızı ve hiddetli yüzü iğrenç bir ışıltıyla aydınlandı.

— Ah mösyö! İyi yürekli mösyö! Onu alın, götürün, üzerine şeker, mantar dökün, onu yiyin, için, o zaman sizi kutsal Meryem Ana ve cennetin tüm ermişleri kutsayacak!

— Kabul mü?

— Kabul! Onu götürüyor musunuz?

— Götürüyorum.

— Hemen mi?

— Hemen. Çocuğu çağırın.

— Cosette! diye bağırdı Thénardier.

— Bu arada, diye ekledi adam, hesabımı ödeyeceğim. Ne kadar tuttu?

Hesap kâğıdına bir göz attığında şaşkınlığını belli edercesine sordu:

— Yirmi üç frank mı?

Meyhaneci kadına bakıp tekrarladı:

— Yirmi üç frank mı?

İki kez tekrarlanan bu sözlerin arasında ünlem işaretini soru işaretinden ayıran ince bir vurgu farkı vardı.

Bu şoku karşılayacak zamanı bulan Thénardier, kendinden emin bir şekilde cevap verdi:

— Elbette mösyö! Yirmi üç frank.

Yabancı masanın üzerine beş tane beş frank bıraktı.

— Gidip kızı getirin, dedi.

O sırada salonun ortasına doğru ilerleyen Mösyö Thénardier:

— Mösyönün borcu yirmi altı santim, dedi.

— Yirmi altı santim mi? diye bağırdı karısı.

— Oda için yirmi, akşam yemeği için altı santim, dedi Thénardier soğuk bir ifadeyle. Küçük kıza gelince, mösyö ile bu konuyu konuşmam lazım. Bizi yalnız bırak.

Yeteneğin beklenmeyen şimşekleriyle gözleri kamaşan Thénardier büyük aktörün sahnedeki yerini aldığını hissedip hiçbir şey söylemeden dışarı çıktı.

Yalnız kaldıklarında, yolcuya bir iskemle gösteren Thénardier ayakta bekledi ve yüzünü saf, temiz bir ifade kapladı.

— Mösyö, size bu çocuğa hayranlık beslediğimi söyleyeceğim. Yabancı ona dik dik baktı:

— Hangi çocuğa?

— Ne garip! İnsan bağlanıyor. Tüm bu paranın ne önemi var? Franklarınızı geri alın. Bu çocuğa hayranım.

— Kim bu çocuk?

— Bizim küçük Cosette'imiz! Onu bizden almak istemiyor musunuz? Tamam o zaman, siz nasıl dürüst bir adamsanız, ben de açıkça konuşacağım: Bunu kabul edemem. Bu çocuğun eksikliğini hissedeceğim. Onu ilk gördüğümde küçücüktü. Bizi masrafa soktuğu, kusurları olduğu, zengin olmadığımız, sadece bir hastalığı için dört yüz franktan fazla ilaç parası harcadığım doğru! Ama ulu Tanrı için bir şeyler yapmak gerekiyor. Ne babası ne annesi var, onu ben yetiştirdim. Ekmeğimi onunla paylaştım. Gerçekten de bu çocuğa çok düşkünüm. Anlarsınız, insan birisine sevgiyle bağlanıyor; ben tam bir ahmağım, ben doğru dürüst akıl yürütemiyorum; onu, o küçük kızı seviyorum; karım biraz fevri davranır, ama o da kızı seviyor. O bizim çocuğumuz gibidir. Onun evde cıvıldamasına ihtiyacım var.

Yabancı ona hâlâ dik dik bakıyordu. Devam etti:

— Bağışlayın mösyö, ama insan çocuğunu yoldan geçen birine vermez. Haksız mıyım? Üstelik zenginsiniz, dürüst bir adama benziyorsunuz, ama onun mutluluğu söz konusu olunca bir şeyleri bilmek gerek. Anlıyor musunuz? Kendimi feda edip onun gitmesine izin verdiğimi varsayalım, onu yetiştiren babasının yanı başında olduğunu bilmesi için onu ara sıra ziyaret etmem gerek, bu yüzden onun nereye gittiğini, ne yaptığını, kimle yaşadığını bilmek isterim. Neticede mümkün olmayan şeyler vardır. İsminizi bile bilmiyorum. Onu götürmüş olsaydınız, "Çayırkuşu nerede? Nereye uçup gitti?" diyecektim. En azından birkaç belge, bir kimlik görmek gerek!

Âdeta vicdanın derinlerine inen bakışlarını Thénardier'ye dikmiş olan yabancı, ciddi ve sert bir ses tonuyla cevap verdi:

— Mösyö Thénardier, Paris'ten beş fersah öteye gelmek için izin belgesi gerekmiyor. Cosette'i götüreceksem götürüyorum demektir, hepsi bu. İsmimi, nerede yaşadığımı, onu nereye götüreceğimi bilmeyeceksiniz, onun hayatı boyunca sizi bir daha görmesini istemiyorum. Ayağındaki zinciri kırıyorum ve çekip gidiyor. Bu işinize geliyor mu? Evet ya da hayır?

Thénardier tıpkı bazı belirtilerden karşılarında yüce bir Tanrı olduğunu anlayan iblisler ve melekler gibi çok zorlu bir adamla yüz yüze geldiğini anladı. Net ve bilgece bir kavrayış çabukluğuyla bunu sezmişti. Dün arabacılarla içki içip, piposunu tüttürürken, açık saçık şakalar yaparken, gece boyunca yabancıyı incelemiş, onu bir kedi gibi gözlemlerken bir matematikçi gibi sorgulamıştı. Onu içgüdüsel olarak kendi keyfi için izlemiş, birisi tarafından tutulmuş bir muhbir gibi her davranışını gözlemişti. Sarı redingotlu adamın tek bir jestini, tek bir hareketini bile gözden kaçırmamış, bu meçhul adam Cosette'e olan ilgisini kesin olarak belli etmeden önce bunu tahmin etmişti. Bu yaşlı adamın derin bakışlarının sürekli olarak çocuğun üzerinde yoğunlaştığını sezmişti. Bu ilginin kaynağı neydi? Bu adam kimin nesiydi? Kesesi o kadar doluyken giysileri neden bu kadar sefildi? Bunlar cevaplarını bulamadığı için kendisini öfkelendiren sorulardı. Tüm gece bunları düşünmüştü. Cosette'in babası olamazdı. Acaba büyükbabası mıydı? O halde neden kendini hemen tanıtmamıştı? İnsan bir hakka sahipse bunu kullanır. Bu adamın Cosette üzerinde bir hakkı olmadığı kesindi. Öyleyse kimdi? Thénardier varsayımların ortasında kayboluyor, her şeyi hayal meyal seçebiliyor, ama hiçbir şeyi tam olarak göremiyordu. Ne olursa olsun, konuşmanın başlangıcında bu ilginin altında bir şeyler yattığından, adamın kimliğini belli etmek istemediğinden emin olduğu için kendini güçlü hissediyordu, ama yabancının net ve kararlı yanıtıyla karşı karşıya gelip bu gizemli adamın sadece gizemli olduğunu anladığında güçsüzlüğünü fark etti. Böyle bir tavır beklemiyordu. Tahminleri bozguna uğramıştı. Düşüncelerini hemen toparlayıp eksileri artıları hesapladı. Durumun gidişatını bir bakışta sezebilecek yetenekte bir adam olan Thénardier hedefe doğrudan ve hızla gitmeye karar verdi. Savaşın o nihai anında ne yapacaklarını sadece kendileri bilen büyük komutanlar gibi bataryasını aniden saklandığı yerden çıkardı.

— Mösyö, dedi, bana bin beş yüz frank gerekiyor.

Yan cebinden siyah deriden eski bir cüzdan çıkaran yabancı içinden üç tane beş yüz franklık banknot çekti ve masanın üzerine bıraktı. Ardından iri başparmağını banknotların üzerine dayayıp meyhaneciye:

— Cosette'i getirin, dedi.

Bütün bunlar olup biterken Cosette ne yapıyordu?

Uyanır uyanmaz pabucunun başına giden Cosette orada bir altın para bulmuştu. Bu bir Napoléon altını değil, Restorasyon'un bastığı ve üzerinde defneden bir taç yerine XVIII. Louis'nin Prusya usulü at kuyruğu saçlı resminin yer aldığı yepyeni bir yirmi franktı. Cosette'in gözleri kamaştı. Kaderi onu sarhoş etmeye başlıyordu. Hiçbir zaman görmediği için altın paranın ne olduğunu bilmiyordu. Parayı çalarmışçasına hemen cebine sakladı. Yine de onun kendisine ait olduğunu biliyor, bu parayı oraya kimin koyduğunu tahmin ediyor, ama korkuyla dolu bir sevinç hissediyordu. Memnun ve özellikle de şaşkındı. Yaşadığı bu harika olaylar ona gerçek gibi görünmüyorlardı. Bebekten, altın paradan korkuyor, bu harikalar karşısında gayriihtiyari titriyordu. Yabancı onu korkutmuyor, aksine içini rahatlatıyordu. Dünden beri, şaşkınlıklarının ortasında, uykusunun arasında küçük çocuk aklıyla yaşlı, yoksul ve hüzünlü görünen, çok zengin ve iyi yürekli olan bu adamı düşünüyordu. Ormanda bu adama rastladığından beri hayatındaki her şey değişmişti. Gökyüzündeki ufacık bir kırlangıçtan bile daha mutsuz olan Cosette, bir annenin gölgesine, bir kanadın altına sığınmanın ne demek olduğunu asla bilmemişti. Beş yaşından, yani hatıralarının zihninde ilk kez şekillendiği o dönemden beri zavallı çocuk ürperiyor ve titriyordu. Bahtsızlığın sert poyrazına çırılçıplak maruz kalmışken şimdi üzerine bir şeyler giymiş gibi hissediyordu. Bir zamanlar buz gibi olan yüreği şimdi ısınmaya başlamıştı. Cosette artık Thénardier'den eskisi kadar korkmuyordu. Yalnız değildi, oralarda biri vardı.

Hemen her sabahki işine koyulmuştu. Dün bir frankı düşürdüğü önlüğünün aynı cebine yerleştirdiği o altın para zihnini meşgul ediyordu. Ona dokunmaya cesaret edemese de, dakikalarca hayranlıkla izliyordu, belirtmemiz gerekir ki o sırada dilini çıkarıyordu. Merdiveni süpürürken arada bir duruyor, süpürgesini, tüm evreni unutarak olduğu yerde hiç kımıldamadan cebinin dibinde parıldayan bu yıldıza bakıyordu.

Altın parayı hayranlıkla izlediği anlardan birinde Thénardier yanına geldi.

Kocasının talimatı üzerine onu almaya gelmiş ve beklenmedik bir şekilde onu ne bir tokat ne de bir hakaretle cezalandırmıştı.

— Cosette, dedi yumuşatmaya çalıştığı bir ses tonuyla, hemen gel.

Kısa süre sonra Cosette basık tavanlı salona giriyordu.

Yabancı elindeki bohçanın bağını çözdü. Bu bohçada yün bir elbise, bir önlük, pazenden sıkı bir yelek, bir etek, bir atkı, yün çoraplar, ayakkabılar ve yedi yaşındaki bir çocuğun ölçülerine uygun bir entari vardı. Hepsinin rengi siyahtı.

— Çocuğum, dedi adam, bunları al ve hemen üzerini değiştir.

Kapılarını açmaya başlayan Montfermeil sakinlerinin Paris Caddesi'nden Livry yönüne doğru giden yoksul giyimli yaşlı bir adamı ve kucağındaki bebeğiyle onun elini tutan yas giysileri içindeki küçük bir kızı gördükleri sırada gün doğuyordu.

Bunlar Cosette ve adamımızdı.

Adamı kimse tanımıyordu; Cosette artık yırtık pırtık giysiler içinde olmadığından birçoğu onu da tanıyamadı.

Cosette gidiyordu. Kiminle? Bilmiyordu. Nereye? Bilmiyordu. Tek anladığı Thénardierlerin meyhanesinden ayrıldığıydı. Kimse ona elveda demeyi aklından geçirmemiş, o da kimseye elveda demeyi düşünmemişti. Nefret edildiği bu evden nefret ederek çıkıyordu.

Zavallı tatlı çocuğun yüreği o güne dek korkudan başka bir duyguyu tatmamıştı.

İri gözleriyle gökyüzünü inceleyen Cosette ciddi bir ifadeyle yürüyordu. Ara sıra eğilip yeni önlüğünün cebine koyduğu altın paraya bakıyor, ardından gözlerini adama yöneltiyordu. Tanrı'nın yanında yürüyordu sanki, Cosette böyle hissediyordu.

X

Elindekiyle Yetinmeyen Daha Beteriyle Karşılaşabilir

Her zamanki alışkanlığıyla işleri kocasına devretmiş olan Thénardier'yi büyük bir sürpriz bekliyordu. Adam ve Cosette'in dışarı çıkmalarının ardından, Thénardier on beş dakika beklemiş, ardından kararını verip ona bin beş yüz frankı göstermişti.

— Hepsi bu mu? dedi karısı.

Evliliklerinin başlangıcından beri kocasının bir davranışını eleştirmeye ilk defa cesaret ediyordu.

Darbe etkili oldu.

— Aslında haklısın, ahmağın tekiyim. Şapkamı ver.

Kıvırdığı üç banknotu cebine koyup aceleyle dışarı çıktı, ama gittikleri yönü bilmediği için ilk önce sağa saptı. Çayırkuşu ile adamın Livry istikametine gittiğini görmüş olan komşularının kendini uyarmaları üzerine, hızlı adımlarla ve kendi kendine konuşarak o yönde yürümeye başladı.

— Bu adam hiç kuşkusuz sarılar giymiş bir milyon frank ve ben de hayvanın biriyim. Hiç umursamadan önce bir frank, sonra beş frank, sonra elli frank, nihayet bin beş yüz frank verdi. On beş bin frankı da hiç tereddüt etmeden verebilirdi. Ama onu yakalayacağım.

Hem sonra, çocuk için önceden hazırlanmış giysi bohçası da çok ilginçti; tüm bunların altında bir sır vardı. Yakalanan sırların peşleri bırakılmazdı. Zenginlerin altın dolu süngerlere benzeyen sırlarını sıkmasını bilmek gerekirdi. Tüm bu düşünceler beynini altüst ederken, kendi kendine "Ben hayvanın biriyim," diyordu.

Montfermeil'den çıkıp Livry yolunun köşesi dönüldüğünde, yolun çok uzakta yaylaya kadar uzanan bölümü görülebiliyordu. Oraya ulaştığında, adamı ve küçük kızı görebileceğini düşündü. Görüş alanının erişebildiği en uzak noktaya baksa da kimseyi göremeyince yeniden gelip geçenlere danıştı. Bu arada zaman kaybediyordu. Yoldan geçenlerden, aradığı adamla çocuğun Gagny yönündeki ormana doğru gittiklerini öğrendiğinde aceleyle o istikamete doğru yürümeye başladı.

Kendisinden oldukça ileride olsalar da, bir çocuk yavaş yürürdü, o ise hızla ilerliyor, üstelik bölgeyi çok iyi tanıyordu.

Aniden durup çok önemli bir şeyi unutan ve geriye dönmeye hazırmış gibi görünen bir adamın ifadesiyle alnına vurdu.

— Tüfeğimi yanıma almalıydım! dedi.

Thénardier bazen biz farkında olmadan aramızdan geçip, kader bize sadece yüzlerinden birini gösterdiği için, onları tanımamıza fırsat kalmadan kaybolup giden o çifte kişilikli yaratıklardan biriydi. Birçok insanın kaderinde bu şekilde kişiliğinin bir yarısı gizlenmiş halde yaşamak vardır. Thénardier, sakin ve sıradan bir yaşam sürdüğü anlarda kendisini dürüst bir tüccar, iyi yürekli bir burjuva olarak gösterecek –dürüst bir tüccar, iyi yürekli bir burjuva olacak demiyoruz– tüm niteliklere sahipti. Aynı zamanda, bazı koşullar, bazı şoklar dipte yatan kişiliğini açığa çıkardığında, bünyesinde bir alçağa dönüşmesini sağlayacak her türden iğrençliği barındırırdı. İçinde canavar besleyen bir esnaftı. Şeytan ara sıra Thénardier'nin yaşadığı batakhaneye gelip iğrençliğin bu başyapıtının önünde hayallere dalıyor olmalıydı.

Bir anlık tereddütten sonra:

— Boş ver! dedi, ben dönene kadar kaçmış olurlar!

Ve bir keklik sürüsünün kokusunu alan bir tilkinin bilgeliğiyle, kendinden emin bir halde yoluna hızla devam etti.

Gerçekten de, gölleri geride bırakıp doğrudan Bellevue Bulvarı'na giden yolu çaprazlamasına geçerek tepenin etrafını çevreleyen ve Chelles Manastırı'nın eski su kanalının kemerini kaplayan o çimenlik yola ulaştığında bir çalılığın üstünden, hakkında onca tahminde bulunduğu şapkayı fark etti. Alçak çalılıkların üzerinden adamın şapkası seçilebiliyordu. Thénardier, adamın ve Cosette'in orada durduklarını anladı. Çocuk küçük olduğu için görünmese de bebeğin kafası fark edilebiliyordu.

Thénardier yanılmıyordu. Adam Cosette'in biraz dinlenmesi için mola vermişti. Çalılığın etrafını dönen meyhaneci aniden aradığı kişilerin gözünün önünde belirdi.

— Pardon mösyö, bağışlayın, dedi nefes nefese kalmış bir halde, alın bin beş yüz frankınız.

Böyle konuşurken adama beş yüz franklık üç banknotu uzattı.

Adam gözlerini kaldırdı:

— Bu ne anlama geliyor?

— Bu çocuğu geri alacağım anlamına geliyor mösyö, diye karşılık verdi Thénardier saygılı bir ses tonuyla.

Titreyen Cosette adama sokuldu.

Adam Thénardier'nin gözlerinin derinliklerine bakıp her hecenin üstüne basa basa cevap verdi:

— Cosette'i ge-ri mi a-la-cak-sı-nız?

— Evet mösyö, onu geri alıyorum. Size nedenini anlatacağım, bunu iyice düşündüm. Aslında onu size vermeye hakkım yok. Gördüğünüz gibi dürüst bir adamım. Bu küçük kız benim değil, onun bir annesi var. Onu bana annesi emanet ettiği için sadece annesine teslim edebilirim. Bana annesinin öldüğünü söyleyebilirsiniz. Tamam. Bu durumda, çocuğu ancak bana annesinin yazıp imzaladığı bir kâğıdı getiren kişiye verebilirim. Durum çok açık.

Adam hiç karşılık vermeden cebini karıştırdığında Thénardier içinde banknotların bulunduğu bir cüzdanın ortaya çıktığını gördü.

— Güzel! diye düşündü sevinçle titreyen meyhaneci, beni ikna etmek için rüşvet vermeye çalışacak!

Yolcu cüzdanını açmadan önce etrafını bir kolaçan etti. Ormanda ya da vadide hiç kimse yoktu. Bunun üzerine cüzdanını açan adam içinden Thénardier'nin beklediği bir avuç banknot yerine hancıya uzattığı küçük bir kâğıt parçası çıkardı:

— Haklısınız, dedi, okuyun.

Kâğıdı alan Thénardier okudu:

Montreuil-sur-mer, 25 Mart 1823

Mösyö Thénardier,
Cosette'i bu mektubu getiren kişiye emanet edeceksiniz.
Geri kalan küçük borçlarınız ödenecek.
Sizi saygıyla selamlıyorum.

FANTINE.

— Bu imzayı tanıyor musunuz? diye sordu adam.

Thénardier, Fantine'in imzasını tanımıştı.

Söyleyecek hiçbir şeyi yoktu. Tırtıklamayı umduğu parayı alamamanın ve yenilmenin çifte öfkesini hissetti.

— Gerektiğinde kullanmak üzere bu kâğıdı saklayabilirsiniz.

Thénardier kâğıdı düzenli bir şekilde katladı.

— Bu imza iyi taklit edilmiş, diye homurdandı. Tamam kabul!

Ardından umutsuzca çabaladı.

— Mösyö tamam, kâğıdı getiren kişi siz olduğunuza göre bana "küçük" borçları ödemeniz gerek. Aslında hiç de küçük değiller.

Ayağa kalkan adam redingotunun yıpranmış, tozlu kollarını fiske darbeleriyle temizledi.

— Mösyö Thénardier, ocak ayında anne size yüz yirmi frank borcu olduğunu söylüyordu; şubatta ona beş yüz franklık bir borç pusulası gönderdiniz; bu borcun üç yüz frankını şubat sonunda, üç yüz frankını mart başında aldınız. Çocuğun on beş franklık bakım ücreti dokuz ayda yüz otuz beş frank eder. Zaten size istediğinizden yüz frank fazlası gönderilmişti. Geriye otuz beş frank kalıyor. Ben size bin beş yüz frank ödedim.

Thénardier o anda, çelik tuzağı ısıran bir kurdun hissettiklerini hissetti.

— Bu adam şeytan mı yoksa? diye düşündü.

Kurt gibi davranıp bir hamle yaptı. Cüretkârlığı daha önce de başarılı olmuştu.

— A-dı-nı bil-me-di-ğim mösyö, dedi bu kez kararlı ve saygılı tavırlarını bir kenara bıraktığı bir ifadeyle, ya Cosette'i alacağım ya da bana üç bin frank vereceksiniz.

— Hadi Cosette gidelim, dedi yabancı sakince.

Sol elini Cosette'e uzatırken, sağ eliyle yerdeki bastonunu aldı.

Thénardier değneğin kalınlığını ve mekânın ıssızlığını gözden geçirdi.

Afallamış bir halde hiç kımıldamadan duran meyhanecinin yanından ayrılan adam çocukla birlikte ormana daldı.

Onlar uzaklaşırlarken Thénardier adamın hafifçe kamburlaşmış geniş omuzlarını ve iri yumruklarını inceliyordu.

Ardından bakışlarını kendine, sıska kollarına ve ince ellerine yöneltti.

— Ava çıktığıma göre tüfeğimi yanıma almamakla ne büyük ahmaklık etmişim! diye düşünüyordu.

Yine de hancı pes etmedi.

— Nereye gittiğini öğrenmeliyim, dedi ve onları uzaktan izlemeye devam etti. Elinde Fantine imzasını taşıyan alaycı bir kâğıt parçası ve teselli olarak bin beş yüz frank kalıyordu.

Cosette'i Livry ve Bondy istikametine götüren adam başını öne eğmiş, düşüncelere dalmış bir halde hüzünle, ağır ağır yürüyordu. Kışın ağaçların yaprakları fazlasıyla seyreldiği için, Thénardier oldukça uzakta olsa da onları gözden kaybetmiyordu. Ara sıra takip edilip edilmediklerini anlamak için geri dönen adam aniden Thénardier'yi fark etti. Hemen Cosette ile birlikte izlerini kaybettirebilecekleri sık bir ağaçlığa girdi.

— Lanet olsun! diyen Thénardier adımlarını sıklaştırdı.

Ağaçların yoğunluğu yüzünden onlara yaklaşmak zorunda kalmıştı. Adam ağaçların en sık olduğu noktada arkasını döndüğünde Thénardier'nin dalların arasına saklanması boşunaydı, adamın onu görmemiş olması mümkün değildi. Ona kaygılı bir bakış fırlatıp başını salladıktan sonra yoluna devam edince hancı peşinden gitti. Böylece iki üç yüz adım kadar daha gittiler. Arkasına bir kez daha dönen adam hancıyı yeniden fark etti. Bu kez ona öyle kararlı bir bakış yöneltti ki, daha ileri gitmenin bir "yararı" olmayacağını anlayan Thénardier geriye döndü.

XI

Cosette, Yeniden Ortaya Çıkan 9430 Numarayı Piyangoda Kazanıyor

Jean Valjean ölmemişti.

Suya düştüğünde ya da daha doğrusu suya atladığında, gördüğümüz gibi ayağında zincir yoktu. Sağını solunu kollayarak bir kayığın bağlı olduğu demir atmış bir geminin altına kadar yüzdü. Akşama kadar bu kayıkta saklandıktan sonra yeniden suya atlayıp Brun Burnu'na yakın bir noktada karaya çıktı. Yanında parası olduğu için orada üstüne giyecek bir şeyler aldı. O zamanlar Balaguier yakınlarındaki kaçak forsalara elbise tedarik ederek iyi kazanç sağlayan bir kır kahvesi vardı. Ardından, Jean Valjean yasaya ve toplumsal kadere izini kaybettirmek isteyen tüm karamsar kaçaklar gibi gizemli ve dolambaçlı bir yol izledi. İlk önce Beausset yakınlarındaki Pradeaux'da gizlendi. Ardından Yüksek Alpler bölgesinde Briançon yakınlarındaki Grand-Villard'a gitti. Kaçışın dallanıp budaklanan yolları, bir köstebek yolunda el yordamıyla ve endişeyle bulunuyordu. Çok sonraları Civrieux bölgesindeki l'Ain'den, Pireneler'de Accons'da, Grande-de-Doumecq olarak anılan yerin yakınlarındaki Chavailles Köyü'nden ve Périgueux yakınlarındaki Brunies'nin Chapelle-Gonaguet Beldesi'nden geçtiği öğrenildi.

Paris'e ulaştığında ilk işi yedi sekiz yaşlarındaki küçük bir kız çocuğuna yas giysileri almak, ardından da bir oda tutmak oldu. Bu işleri hallettikten sonra Montfermeil'e gitti.

Hatırlanacağı gibi bir önceki kaçışında, polis bu bölgeye gizemli bir yolculuk yaptığı hakkında istihbarat almıştı.

Öldüğünün sanılması üzerindeki karanlığı zaten daha da yoğunlaştırıyordu. Paris'te eline bu olaydan söz eden bir gazete geçmişti. Kendini güvende hissediyor, tıpkı gerçekten ölmüş gibi huzur duyuyordu.

Cosette'i Thénardierlerin pençesinden kurtardığı günün akşamında hava kararırken çocukla birlikte Monceaux Kapısı'ndan Paris'e giriyordu. Oradan bir arabaya binip Observatoire Meydanı'na gitti. Arabadan inip parasını ödedikten sonra Cosette'in elinden tuttu ve ikisi birlikte, gecenin karanlığında Ourcine ve Glacière caddelerinin paralelindeki ıssız sokaklardan yürüyerek Hôpital Bulvarı'na yöneldiler.

Gündüz Cosette için çok ilginç ve heyecanlı geçmişti; ücra hanlardan aldıkları ekmek ve peyniri çitlerin ardında yemişler, sık sık araba değiştirmişler, bazen de yürümüşlerdi; Cosette bunlardan yakınmasa da yorulmuştu ve Jean Valjean bunu yürürken elini daha fazla çekmeye başladığında anlamış, onu sırtına almıştı. Catherine'i elinden bırakmayan Cosette başını Jean Valjean'ın omzuna dayayıp uyumuştu.

Dördüncü Kitap
Gorbeau Viranesi

I

Üstat Gorbeau

Kırk yıl önce, Salpêtriere Mahallesi'nin izbe yolarına girip, bulvardan geçerek İtalya Kapısı'na kadar çıkan yalnız bir yolcu Paris'in âdeta gözden kaybolduğu bir bölgeye ulaşır. Burası ıssız bir yer değildi, gelip geçenler vardı; burası kırsal bir bölge değildi, evler ve caddeler vardı; burası bir şehir değildi, caddelerde anayollardakine benzer araba izleri ve otlar vardı; burası bir köy değildi, binalar çok yüksekti. Peki burası neresiydi? Kimsenin oturmadığı meskûn bir yer, birilerinin yaşadığı ıssız bir mekân, büyük şehrin bir bulvarı, gece bir ormandan daha ürkütücü, gündüz ise bir mezarlıktan daha kasvetli olan bir Paris caddesiydi.

Burası eski Marché-aux-Chevaux Mahallesi'ydi.

Bu gözüpek yolcu, Marché-aux-Chevaux'nun eski duvarlarını, hatta sağında yüksek duvarlarla çevrili bir köy evinin bahçesinin yer aldığı Petit-Banquier Sokağı'nı geçmeyi göze aldıktan sonra, devasa kunduz yuvaları gibi yükselen meşe kabuğu tozu yığınlarının örttüğü çayırı; kenarındaki kütük, talaş, yonga yığınlarının üzerinde bir köpeğin havladığı tahta çiti; ilkbaharda çiçeklerle kaplanan, yosun ve karalar bağlamış bir kapısı bulunan ve uzanıp giden alçak duvarı aştıktan sonra daha da ücra bir yere doğru ilerleyip üzerinde büyük harflerle: AFİŞ YAPIŞTIRMAK YASAKTIR yazısının okunduğu korkunç bir viranenin önüne geldiğinde, pek bilinmeyen Vignes-Saint-Marcel Sokağı'nın köşesine varmış olurdu. O zamanlar orada bir imalathanenin yanında ve iki bahçe duvarının arasında ilk bakışta samandan yapılmış bir kulübe gibi küçük görünen ama aslında bir katedral kadar büyük olan bir virane vardı. Küçük görünmesinin nedeni sadece beşik çatısının ana caddeye bakıyor olmasıydı. Neredeyse tamamı gizlenmiş olan evin, caddeden sadece kapısı ve bir penceresi görülüyordu.

Bu virane tek katlıydı.

Dikkatle incelendiğinde göze çarpan ilk şey, bir viraneye ait olduğu asla belli olmayan, penceresi moloz taş yerine kesme taştan olsaydı bir konağa ait gibi görünen kapısıydı.

Kapı, kenarları özensizce oyulmuş kütüklere benzeyen, atma kirişlerle kabaca birbirine bağlanmış kurt yenikli tahtaların bir araya gelmesinden ibaretti. Bu kapı doğrudan kendi genişliğinde, çamurla, alçıyla, tozlarla kaplı, yüksek basamaklı, caddeden bir el merdiveni gibi görünen ve iki duvarın karanlığı arasında gözden kaybolan dik bir merdivene açılıyordu. Bu kapının biçimsiz üst kısmı, ortasında testereyle üçgen şeklinde kesilmiş ve kapı kapandığında hem pencere hem vasistas işlevi gören bir boşluğun bulunduğu dar bir padavrayla kaplıydı. Kapının iç bölümüne mürekkebe daldırılmış iki fırça darbesiyle 52 rakamı yazılmıştı ve aynı fırça padavranın üzerine 50 rakamını karalamıştı; bu yüzden insan nerede olduğu konusunda tereddüde kapılıyordu. Kapının üstü, *burası 50 numara*, derken kapının içi *hayır 52 numara*, diyordu. Üçgen vasistastan toz renginde bir çaput sarkıyordu.

Geniş ve oldukça yüksek olan pencere panjurlar ve büyük çerçevelerle kaplıydı, ancak bu büyük çerçevelerin camlarının bazı yerlerinde kâğıtla ustaca bantlanmış olsa da, hem gizlenen hem de kendini belli eden çatlaklar vardı; parçalanmış ve kırılmış panjurlara gelince, içeridekilerin görünmesini önlemekten çok dışarıdan geçenleri tehdit ediyorlardı. Bazı parmaklıkları eksik olan tepe penceresine diklemesine tahtalar çivilenmiş, ortaya panjur olarak başlayıp pencere kanadı olarak sonlanan bir görüntü çıkmıştı.

İğrenç görünümlü bu kapı ve viraneye dönse de hâlâ saygın görünen bu pencere, kendilerini aynı evin cephesi üzerinde görenlerde, farklı yüz ifadeleri ve birbirine benzeyen yırtık pırtık giysileriyle yan yana yürüyen, biri hep dilencilik yapmış, diğeri ise bir zamanlar soylu bir ailenin mensubu olmuş iki dilenci izlenimini bırakıyorlardı.

Merdivenler, eve dönüştürülebilecek bir hangara benzeyen geniş bir bölmeyle sonlanıyordu. Bu bölmenin bağırsak kanalını oluşturan uzun koridorun sağında solunda çeşitli büyüklüklerde, gerektiğinde içine yerleşilebilecek ve odadan çok küçük barakaları andıran bölümler vardı. Bu odalar ışığı bazı boşluklardan alıyorlardı. Her şey karanlık, can sıkıcı, kasvetli, iç karartıcıydı; mezarlığa benzeyen bu binaya çatıdaki ya da kapıdaki yarıklardan soğuk ışınlar ya da dondurucu kuzeydoğu rüzgârı giriyordu. Bu tür yapıların ilginç ve hoş bir özelliği çok sayıda örümceği barındırmalarıdır.

Giriş kapısının bulvara bakan sol bölümünün bir insan boyu yüksekliğindeki duvarla örülmüş çatı penceresi, çocukların geçerken attıkları taşlarla dolmuş, kare şeklinde bir oyuk oluşturuyordu.

Bu binanın bir bölümü birkaç yıl önce yıkıldı. Yine de, günümüze kalan kısmından bir zamanlar ne halde olduğu anlaşılabiliyor. Yapının tamamı en fazla yüz yaşında. Yüz yıl bir kilise için gençlik, bir ev için yaşlılık dönemidir. İnsanın evi yaşamının kısalığını, Tanrı'nın evi onun sonsuzluğunu andırır.

Postacıların 50-52 numara olarak andıkları bu bina, mahallede Gorbeau'nun evi olarak biliniyordu.

Bu ismin nereden geldiğini anlatalım.

Küçük olayların koleksiyonunu yapanlar, anekdotları toplayıp, gelip geçici tarihleri bir toplu iğneyle hafızalarına tutturanlar, geçtiğimiz asırda 1770'li yıllara doğru, Châtelet'de ebeveynleri muhtemelen La Fontaine'den esinlendiği için biri Corbeau[27] diğeri Renard[28] ismini taşıyan iki savcının yaşadığını bilirler. Hukukçular için biçilmiş bir alay konusuydu bu, onlar da bundan bolca istifade ettiler. Adliye Sarayı'nın koridorlarında mısraları biraz aksayan şu şiir yankılanmaya başlamıştı:

Bir dosyanın üzerine tüneyen Üstat Corbeau,
Gagasında bir haciz belgesi tutar;
Yayılan kokuyu duyan Üstat Renard,
Ona şu hikâyeyi anlatmaya başlar:
Karga kardeş merhaba! vs.

İğneli sözlerden ve peşlerini bırakmayan kahkahalardan bunalan iki saygın savcı, isimlerinden kurtulmak için krala başvurmaya karar verdi. Dilekçeleri XV. Louis'ye, biri sağda biri solda olmak üzere Papa'nın elçisinin ve Kardinal La Roche-Aymon'un majestelerinin önünde, diz çökerek yatağından kalkan Madam du Barry'nin çıplak ayaklarına terliklerini giydirdikleri günde ulaştı. Neşe içinde gülen kral gülmesine devam edip iki piskoposu kendi hallerine bıraktıktan sonra, iki savcıya isim değiştirme hakkını bahşetti ya da bahşeder gibi yaptı. Kral, Corbeau'nun isminin ilk harfine bir kuyruk eklenerek Gorbeau olmasına izin verdi; onun kadar şanslı olmayan Üstat Renard'ın isminin ilk harfi olan R'nin önüne bir P eklenmesine, böylece adının Prenard[29] olmasına karar verdi; aslında bu ikinci ismin ilkinden aşağı kalır yanı yoktu.

---

27 Corbeau: Karga. (ç.n.)

28 Renard: Tilki. (ç.n.)

29 Fransızca'da Prenard sözcüğü yok. Hugo, "tiryaki" anlamına gelen Preneur'ü kullanmak yerine, Renard sözcüğüyle uyum sağlayan Prenard'ı kullanıyor. (ç.n.)

Bölgedeki söylentilere göre bu Üstat Gorbeau, Hôpital Bulvarı, 50-52 numaralı binanın sahibi, hatta o muhteşem pencerenin yaratıcısıydı.

İşte bu virane, bu yüzden Gorbeau'nun evi olarak anılıyordu.

50-52 numaralı evin karşısında, bulvarın ağaçları arasında, dörtte üçü ölmüş bir karaağaç yükselir; yine evin karşısında o zamanlar evlerin, kaldırım taşlarının bulunmadığı, mevsimine göre yeşil ya da çamur rengi yaprakları olan bakımsız ağaçların yer aldığı ve doğrudan Paris şehir duvarında sonlanan Barriere des Gobelines Caddesi başlar. Civardaki bir fabrikanın çatısından duman duman kükürt kokusu yayılır.

Şehrin kapısı çok yakındı. Sur 1823'te hâlâ ayaktaydı.

Bicêtre yoluna açılan bu kapı, insanın zihnini kasvetli görüntülerle dolduruyordu. İdam mahkûmları, imparatorluk ve Restorasyon Dönemi'nde infaz edilmek üzere Paris'e buradan giriyorlardı. Adalet, failini bulamadığı için aydınlığa kavuşmayan, ürkütücü bir muamma olarak kalan o gizemli "Fontainebleau Kapısı Cinayeti" burada işlenmişti. Birkaç adım daha yürüdüğünüzde kendinizi, Ulbach'ın Ivryli çoban kızını melodramlardaki gibi gök gürültüsünün eşliğinde hançerlediği o uğursuz Croulebarbe Sokağı'nda bulursunuz. Birkaç adım sonra, Saint-Jacques Kapısı'nın, giyotin sehpasını gizlediği için insan hayatına önem verenlerin son tesellisi olan dalları budanmış o iğrenç karaağaçlarına, yücelik gösterip ortadan kaldırmaya ya da gücünü kullanıp savunmaya cesaret edemediği ölüm cezasının karşısında geri çekilen tüccar ve burjuva bir toplumun o aşağılık ve utanç verici Grève Meydanı'na ulaşırsınız.

Otuz yedi yıl önce, lanetlenmiş ve ürkütücülüğüyle nam salmış Saint-Jacques Meydanı'nı bir kenara bırakırsak, bu kasvetli bulvarın, günümüzde dahi kimseye çekici görünmeyen en kasvetli noktası belki de 50-52 numaralı evin bulunduğu yerdi.

Burjuvaların evleri burada ancak yirmi beş yıl sonra belirmeye başladı. Bu iç karartıcı yerde insan, karamsar düşüncelerle kendini kubbesi hayal meyal seçilen Salpêtriere[30] ile kapının hemen yanındaki Bicêtre[31] arasında, yani kadın ve erkek çılgınlığının ortasında kalmış gibi hissederdi. Uzaktan bakınca göz alabildiğine uzanan mezbahalar, surlar, kışla ya da manastıra benzeyen fabrikaların bazı cepheleri seçiliyordu; her tarafta barakalar ve molozlar, kefeni andıran simsiyah eski ve bembeyaz yeni duvarlar, birbirlerine paralel olarak uzanan ağaç dizileri, dümdüz sıralanan binalar, soğuk düz hatlar ve keskin açıların kasvetli hüznü vardı. Bir engebeye, mimari bir aykırılığa, bir kıvrıma bile rastlanmıyordu. Her şey, dondurucu, düzenli ve iğrenç bir bütünlük arz ediyordu. İnsanın yüreğini simetri kadar daraltan başka bir şey yoktur. Çünkü simetri iç sıkıntısıdır, iç sıkıntısı da yas tutmanın özünde vardır. Umutsuzluk ağzını yaya yaya esner. Acı çekilen cehennemden daha dehşet verici olan, içinde can sıkıntısı çekilen cehennemdir. Böyle bir cehennem var olsaydı, Hôpital Bulvarı'nın bu bölümü onun anayolu olurdu.

Bu arada özellikle kışın, hava kararırken, alacakaranlığın poyrazının karaağaçların son kızıl yapraklarını kopardığı, yıldızsız göğün derin bir karanlığa gömüldüğü ya da ayın ve rüzgârın bulutlarda delikler açtığı anlarda, bu bulvar birden daha da ürkütücü bir hal alır, dümdüz siyah hatlar sonsuzluğun kesitleri gibi karanlıklara dalıp gözden kaybolurdu. Yoldan geçenler kendilerini sayısız darağacı söylentisini düşünmekten alamazdı. İnsan bu karanlıkta kendisine tuzaklar kurulduğunu hisseder, karanlığın belli belirsiz şekilleri kuşku uyandırır, ağaçlar arasında bulunan her dört köşe çukur mezara benzerdi. Gündüz her şey çirkindi; akşam her şey kasvetliydi; gece her şey korkunçtu.

---

30 Akıl hastası kadınların tedavi edildiği hastane. (ç.n.)

31 Akıl hastası erkeklerin tedavi edildiği hastane. (ç.n.)

Yazın güneş batarken, sağda solda yağmurlarla küflenmiş banklara oturmuş dilenen birkaç yaşlı kadına rastlanırdı.

Eski olmaktan çok modası geçmiş gibi görünen bu mahalle zaten o sıralarda dönüşmeye başlamıştı. O dönemde burayı o haliyle görmek isteyenlerin acele etmeleri gerekiyor, her geçen gün bu bütünlüğün bir parçası yok oluyordu. Bugün ve yirmi yıldan beri Orleans Garı eski mahalleyi huzursuz eder. Bir başkentin kıyısına inşa edilen bir gar, kenar mahallenin ölümü, bir kentin doğumu anlamına gelir. İnsan hareketliliğinin yoğunlaştığı bu büyük merkezlerin etrafında, bu güçlü trenlerin uğultusunun, uygarlığın kömür yiyip ateş kusan bu korkunç atlarının soluğunun ortasında, tohumlarla dolu toprak, âdeta titreyerek açılır, insanların oturduğu eski evleri yutar ve yerlerine yenilerinin yükselmesini sağlar. Eski evler yıkılırken, yeni evler ortaya çıkar.

Orleans'a giden trenlerin kalktığı garın Salpêtriere'in topraklarını işgal etmesinden beri, Saint-Victor hendeklerinin ve Jardin de Plantes'ın yakınlarında yer alan ve günde üç dört kez posta arabalarının, faytonların, omnibüslerin akınına uğrayarak sarsılan eski dar sokakların evleri zamanla geri çekilmeye başladılar, çünkü açıklamak garip görünse de bazı şeyler kesin bir biçimde doğrudur, aynı şekilde büyük şehirlerde güneşin evlerin cephesini güneye döndürdüğü, arabaların sık geçişinin caddeleri genişlettiği de. Yeni bir yaşamın belirtileri bariz bir şekilde fark edilir. Bu eski kenar mahallenin en ücra köşelerinde kaldırımlar yükselir, henüz üzerinden geçen yolcular olmasa bile caddeler uzayıp gitmeye başlar. 1845 Temmuz'unun o unutulmaz sabahı aniden asfaltın kara dumanlarının yükseldiği görüldüğünde, uygarlığın Ourcine Sokağı'na kadar ulaştığı ve Paris'in Saint-Marceau kenar mahallesini sınırlarına dâhil ettiği söylenebilirdi.

II

Baykuş ve Çalıbülbülünün Yuvası

İşte Jean Valjean, Gorbeau'nun bu viranesi önünde durmuş, yırtıcı kuşlar gibi yuvasını yapmak için bu ıssız yeri seçmişti.

Yeleğinin cebini karıştırıp bir maymuncuk çıkardı, kapıyı açıp içeri girdi, ardından kapıyı özenle kapayıp sırtındaki Cosette ile merdivenleri çıktı.

Merdivenin en üst basamağında cebinden çıkardığı başka bir anahtarla başka bir kapıyı açtı. İçeri girip kapısını hemen kapattığı oldukça geniş çatı katının mobilyası, yere serilmiş bir şilte, bir masa ve birkaç iskemleden ibaretti. Bir köşesinde kor ateşi görülen soba yanıyordu. Bulvarın lambası bu fakirhaneyi belli belirsiz aydınlatıyordu. Dipte küçük bir oda ve bir yatak vardı. Jean Valjean çocuğu uyandırmadan bu yatağın üzerine bıraktı.

Çakmağıyla bir mum yaktı, masanın üzerindeki her şey önceden hazırlanmıştı. Cosette'e dünkü gibi, kafa karışıklığına yol açacak kadar güçlü bir iyilik ve acıma duygusunun sarhoşluğuyla baktı. Küçük kız, sadece büyük bir gücün ya da büyük bir güçsüzlüğün verebileceği huzurlu bir güven duygusuyla kiminle olduğunu bilmeden uyumuştu ve nerede olduğunu bilmeden uyumaya devam ediyordu.

Jean Valjean öne doğru eğilip çocuğun elini öptü.

Dokuz ay önce de son uykusuna dalan annenin elini öpmüştü.

O kederli, ilahi, dokunaklı duygu yüreğine yeniden doluyordu.

Güneş yükselse de uyumaya devam eden Cosette'in yatağının önünde diz çöktü. Aralık güneşinin solgun bir ışını tavan arasının penceresini aşıp, tavana gölgenin ve ışığın uzantılarını gönderiyordu. Aniden bulvardan geçen yüklü bir taş ocağı arabası fırtınanın gümbürtüsüyle sarstığı odayı tepeden tırnağa titretti.

— Evet madam! diye haykırdı sıçrayarak uyanan Cosette, geldim işte buradayım!

Ve uykunun ağırlaştırdığı gözkapaklarını yarı yarıya aralayarak yataktan dışarı fırlayıp kolunu duvarın köşesine uzattı.

— Ah! Tanrım! Süpürgem! dedi.

Gözlerini iyice açtığında Jean Valjean'ın gülümseyen yüzünü gördü.

— Ah! Bu gerçekmiş! Günaydın mösyö, dedi.

Doğal olarak mutluluğu ve sevinci temsil eden çocuklar mutluluğu ve sevinci bir anda içtenlikle benimserler.

Ayağının ucundaki Catherine'i fark eden Cosette ona sarılıp oyun oynamaya başladığında Jean Valjean'ı soru yağmuruna tuttu: Neredeydi? Paris büyük müydü? Madam Thénardier uzakta mıydı? Geri gelmeyecek miydi? vs.

Aniden haykırdı: "Burası ne kadar güzel!"

Bakımsız, virane bir evde olsa da, burada kendini özgür hissediyordu.

— Yerleri süpürmem gerekiyor mu? diye sordu nihayet.

— Oyun oyna, dedi Jean Valjean.

Gün böyle geçti. Hiçbir şey anlamaya çalışmayan Cosette bebek ve bu iyi yürekli adam arasında tasvir edilemez ölçüde mutluydu.

III

İç İçe Geçmiş İki Bahtsızlıktan Mutluluk Doğar

Ertesi sabah gün doğarken, yine Cosette'in yatağının yanına oturan Jean Valjean hiç kımıldamadan onu izliyor, uyanmasını bekliyordu.

Ruhuna yeni bir şeyler doluyordu.

Jean Valjean hiçbir zaman hiçbir şeyi sevmemişti. Yirmi beş yaşından beri bu dünyada yalnızdı. Ne baba, ne koca, ne âşık, ne de dost olmuştu. Hapishanede karamsar, kötü niyetli, saf, cahil ve yabani bir adamdı. Yaşlı kürek mahkûmunun yüreği pek çok duyguya açtı ve göz alabildiğine uzanan bakir topraklara benziyordu. Ablasının ve yeğenlerinin belli belirsiz ve uzaklarda kalan hatıraları sonunda tamamen unutulup gitmişti. Onları bulabilmek için elinden geleni yapmış, bulamayınca da unutmak zorunda kalmıştı. İnsan doğası böyledir. Yaşayıp yaşamadığını bilemiyoruz, ama gençliğinin diğer tatlı duyguları da uçurumun dibinde kaybolup gitmişti.

Cosette'i gördüğünde, onu Thénardierlerden kurtarıp özgürlüğüne kavuşturduğunda, yüreğinde bir şeylerin kıpırdandığını hissetmiş, içinde tutkuya, şefkate dair uyanan ne varsa bu çocuğa yönelmişti. Küçük kızın uyuduğu yatağın yanına geliyor, orada sevinçten titriyor, karnında, bağırsaklarında bir anne gibi sancılar, kasılmalar hissediyor ve bunların nedenini anlayamıyordu, zira sevmeye başlayan bir yüreğin o tuhaf çırpınışları pek gizemli, pek tatlıdır.

Zavallı yaşlı yürek yeniden doğmuş gibiydi!

Ancak kendisi elli beş, Cosette beş altı yaşlarında olduğu için hayatında aşk namına hissedebileceği her şey âdeta tasvir edilemez bir ışıkta bütünleşmişti.

Bu, karşılaştığı ikinci beyaz görüntüydü. Piskopos ufkunda erdemin gününü ağartmıştı; Cosette ise aşkın gününü ağartıyordu.

İlk günler bu göz kamaşmasıyla geçti.

Cosette de, o zavallı küçük kız da farkında olmadan bir başkasına dönüşüyordu. Annesi terk ettiğinde onu hiç hatırlamayacak kadar küçüktü. Gördüğü her şeye tutunmak isteyen asma filizlerine benzeyen tüm çocuklar gibi, o da sevmeyi denemiş ama başaramamıştı. Thénardierler, kızları, diğer çocuklar da dâhil olmak üzere herkes onu elinin tersiyle itmiş, sevdiği köpek öldükten sonra hiçbir şey, hiç kimse ona yakınlık göstermemişti. Daha önce de belirttiğimiz gibi, daha beş altı yaşındayken yüreği içler acısı bir şekilde soğumuştu. Suç onda değildi, eksik olan sevebilme yetisi değil, sevebileceği kimsenin olmamasıydı, ne yazık! Bu yüzden, ilk günden beri bu iyi yürekli adamı hissettiği ve düşlediği her şeyle sevmeye başladı. Ama bu duyguya yabancıydı, yüreğinde sevinç çiçekleri açıyordu.

Tıpkı bu viraneyi güzel bulduğu gibi, hiç de yaşlı ya da yoksul olarak görmediği bu adamı da yakışıklı buluyordu.

Bunlar çocukluğun şafağının, gençliğin, sevincin tezahürüydü. Yeni bir dünya ve yeni bir yaşam da yaşadığı duyguları depreştiriyordu. Hiçbir şey mutluluğun bir çatı katının üzerine düşen rengârenk yansıması kadar hoş olamaz. Hepimizin geçmişinde mavi renkli bir tavan arası vardır.

Doğanın Jean Valjean ile Cosette arasına yerleştirdiği elli yıllık derin uçurumu dolduran kader, bir yas duygusunun benzerliğini paylaşan, yaşları farklı ve köklerinden koparılmış bu iki varlığı karşı konulmaz gücüyle birleştirip birbirlerine bağlamıştı. Gerçekten de biri diğerini tamamlıyordu. Cosette'in içgüdüsü bir baba, Jean Valjean'ın içgüdüsü bir evlat arıyordu. Karşılaşmaları onlar için bir buluşma anlamına geldi. Ellerinin bir araya geldiği o gizemli anda birbirleriyle kaynaştılar. Bu iki ruh birbirlerini fark ettiklerinde birbirlerine ihtiyaç duyduklarını anlayıp sıkıca kucaklaştılar.

Sözcükleri en anlaşılır, en yalın halleriyle kullanırsak, mezarın duvarlarıyla her şeyden yalıtılmış olan Jean Valjean'ın bir Dul, Cosette'in ise Öksüz olduğu söylenebilirdi. Bu yüzden Jean Valjean ilahi bir gücün etkisiyle Cosette'in babası oldu.

Ve aslında, Jean Valjean'ın Chelles ormanının karanlığında elini kavradığı anda Cosette'te bıraktığı gizemli izlenim yanılsama değil gerçekti. Bu adamın bu çocuğun kaderine girişinde Tanrı'nın müdahalesi vardı.

Sığınağını iyi seçmiş olan Jean Valjean orada kendini zaten tam anlamıyla güvenlik içinde hissediyordu.

Cosette ile birlikte kaldığı küçük odanın penceresi bulvara bakıyordu. Evin bu yegâne penceresi hem karşıdan, hem de yandan komşuların bakış açılarından uzaktı.

50-52 numaralı evin virane bir sundurmayı andıran ve bostancıların depo olarak kullandıkları zemin katının birinci katla hiçbir bağlantısı yoktu. Zemin katla birinci kat arasında gizli bir giriş bölmesi ya da merdiveni olmayan ve binanın âdeta burun direğini oluşturan bir tahta döşeme vardı. Birinci katta söylediğimiz gibi birkaç oda ve birinde Jean Valjean'ın ev işlerini gören yaşlı bir kadının kaldığı birkaç tavan arası vardı. Evin diğer odaları boştu.

Odayı *asıl kiracı* olarak anılan ve binanın kapıcılığını yapan bu yaşlı kadından Noel günü kiralayan Jean Valjean, kendini İspanya'da malı mülkü olan ve servetinin büyük bir bölümünü kaybettiği için küçük kızıyla Paris'e gelmiş bir rantiye olarak tanıtmış, altı aylık kirayı peşin ödedikten sonra onu odaya ve küçük odaya mobilya almakla görevlendirmişti. İşte geldikleri akşam sobayı yakan ve her şeyi hazırlayan bu yaşlı kadındı.

Haftalar gelip geçerken, bu ikili bu yoksul viranede mutlu bir yaşam sürdürüyordu.

Gün ağarmak üzereyken Cosette gülmeye, cıvıldamaya, şarkı söylemeye başlıyordu. Çocukların da kuşlar gibi sabah şarkıları vardır.

Jean Valjean bazen onun kırmızı ve çatlaklarla kaplı küçük elini öpüyor, her zaman dayak yemeye alışmış zavallı çocuk bunun ne anlama geldiğini bilemeden utançla uzaklaşıyordu.

Bazen ciddileşiyor ve küçük siyah elbisesini inceliyordu. Artık yırtık pırtık elbiseler değil yas giysileri giyen Cosette sefaletten çıkıp hayatın içine giriyordu.

Ona okuma yazma öğretmeye başlayan Jean Valjean, bazen çocuğa sözcükleri heceletirken, hapishanede okuma yazma öğrenmesinin amacının insanlara kötülük etmek olduğunu hatırlıyordu. Şimdi ise amacı bir çocuğa okumayı öğretmekti. Bu nedenle yaşlı kürek mahkûmunun yüzüne meleklerin düşünceli gülümsemesi yayılıyordu.

Bunun Tanrı'nın, insan olmayan bir varlığın öngörüsü, iradesi olduğunu hissediyor, derin düşlere dalıyordu. İyi düşüncelerin de kötü düşünceler gibi içinde kaybolduğumuz dolambaçları vardır.

Cosette'e okuma yazma öğretmek, oyun oynamasına izin vermek, Jean Valjean'ın yaşamında olup bitenler bundan ibaretti. Bazen ona annesinden söz ediyor, bazen dua etmeyi öğretiyordu.

Küçük kız başka türlü nasıl hitap edeceğini bilemediği için ona *Baba* diyordu.

Saatler boyunca onun bebeğini giydirip soymasını izleyen, şarkılarını dinleyen Jean Valjean artık yaşamı önemsiyor, insanların iyi ve adil olduklarını düşünüyor, kimseyi suçlamıyor, bu çocuğu sevdiği için çok yaşlanana kadar yaşamamak için bir neden bulamıyor, geleceğinin Cosette'in yaydığı parlak ışıklarla aydınlandığını görüyordu. Bazen en mükemmel insanlar bile bencilce düşünmekten uzak duramazlar. Ara sıra onun ileride çirkin bir kız olacağını bir tür keyifle düşünüyordu.

Bu şahsi bir görüştü, ama aklımızdan geçenleri tam anlamıyla dile getirirsek, Jean Valjean'ın Cosette'i sevmeye başladığı sırada iyilik yolunda sebat etmek için böyle bir bağlanmaya ihtiyacı olup olmadığını tam olarak söyleyemeyiz. İnsanların kötülüğünü, toplumun sefaletini bütünlük arz etmeyen ve zorunlu olarak gerçeğin bir yanını gösteren yeni bir bakış açısıyla gözlemliyor, kadının kaderinin Fantine'de, kamunun otoritesinin Javert'de cisimleştiğini düşünüyordu. Hapishaneye bu kez iyilik yaptığı için dönmüş, yeni kederlerle karşı karşıya kalmıştı; bıkkınlık, bezginlik, tiksinti onu yeniden kavrıyor, bazen piskoposun anısı bile çok sonraları daha ışıltılı ve muzaffer bir halde yeniden belirmek üzere karanlığa gömülüyordu; yine de bu kutsal hatıra yavaş yavaş silinmeye başlıyordu. Cesaretini kaybeden Jean Valjean'ın yeniden kötülüğe meyletmeyeceğini kim bilebilirdi? Sevdi ve gücünü yeniden topladı. Ne yazık ki, onun hayatı da Cosette'inki gibi pamuk ipliğine bağlıydı. Kızı korudu, kız da onu güçlendirdi. Kız onun sayesinde hayata adım atmasını öğrendi; o da kızın sayesinde erdemli bir yaşam sürdürebildi. O çocuğa destek, çocuk da ona dayanak noktası oldu. Ah! Kaderin dengelerinin nüfuz edilemez ve ilahi gizemi!

IV

Asıl Kiracının Gözlemleri

Temkinli davranan Jean Valjean gündüzleri asla dışarı çıkmıyordu. Her akşam alacakaranlık çökerken, bazen yalnız, sıklıkla da Cosette ile birlikte bulvarın en ıssız yan yollarında bir iki saat geziniyor, hava karardığında kiliselere, özellikle de evin hemen yakınındaki Saint-Médard Kilisesi'ne giriyordu.

Cosette'i yanında götürmediğinde, çocuk yaşlı kadınla kalıyor, ama bu iyi yürekli adamla dışarı çıkmaktan daha çok keyif alıyordu. Onunla bir saat gezinmeyi Catherine'le geçirdiği büyüleyici anlara tercih ediyordu. Elinden tutan Jean Valjean ona güzel öyküler anlatıyordu.

Görünen o ki Cosette çok da neşeli bir çocukmuş.

Yaşlı kadın ev işlerini ve yemeği yapıp alışverişe gidiyordu.

İçinde her zaman biraz ateş bulunan sobalarıyla, sıkıntı içindeki kanaatkâr insanlar gibi yaşıyorlardı. Jean Valjean mobilyaları hiç değiştirmemiş, sadece Cosette'in odasının camlı kapısının yerine tahta bir kapı koymuştu.

Üzerinde hep sarı redingotu, siyah pantolonu, başında da eski şapkası vardı. Yolda onu yoksul sanıyorlar, bazen yaşlı kadınlar eline bir santim tutuşturuyorlardı. Jean Valjean bir santimi alıp onları saygıyla selamlıyordu. Bazen de o dilenen bir yoksula rastlıyor, kimsenin görüp görmediğini anlamak için arkasına baktıktan sonra kaçamak adımlarla bahtsız adamın yanına yaklaşıyor, eline bir bozuk para, sıklıkla da gümüş bir frank bırakıp hemen oradan uzaklaşıyordu. Bu yaptığı sakıncalı bir işti. Mahallede adı *sadaka veren dilenciye* çıkmaya başlamıştı.

Çevresindekilere sürekli kıskanç ve dikkatli bakışlar yönelten, asık suratlı, yaşlı *asıl kiracı* fark ettirmeden Jean Valjean'ı gözetliyordu. Biraz sağır olduğu için çok gevezeydi. Biri altta, biri üstte olmak üzere hep birbirine değen iki dişi kalmıştı ağzında. Hiçbir şey bilmediği için Montfermeil'den geldiği dışında hiçbir şey söyleyemeyen Cosette'e sorular sormuştu. Bu dedikoducu kadın bir sabah Jean Valjean'ın kendisine garip gelen bir ifadeyle evin kullanılmayan odalarından birine girdiğini gördü. Onu, yaşlı bir dişi kedinin adımlarıyla izledikten sonra, hemen karşıdaki kapının yarığından kendini belli etmeden gözetlemeye başladı. Jean Valjean kuşkusuz tedbirli davranmak için sırtını hep bu kapıya dönerdi. Cebinden bir yüksük, bir makas ve iplik çıkardığını, redingotunun astarının alt köşesini söktüğünü ve oradan sarımtırak bir kâğıt parçasını çekip aldığını gören yaşlı kadın dehşete kapılarak bunun bin frank olduğunu fark etti. Bin frankı hayatında ikinci ya da üçüncü kez gördüğü için korkuyla uzaklaştı.

Birazdan yanına gelen Jean Valjean ondan dün altı aylık kira geliri olarak aldığını söylediği bu bin frankı bozdurmasını istedi. "Nereden almış olabilir?" diye düşündü yaşlı kadın, dün akşam saat altıda dışarı çıkmıştı ve banka hiç kuşkusuz o saatte kapalı olmalıydı. Parayı bozdurmaya giderken tahminler yürüttü. Hakkında konuşuldukça abartılan bu bin frank, Vignes-Saint-Marcel Sokağı'nın dedikoducu kadınlarının ürkütücü söylentiler yaymasına yol açtı.

Birkaç gün sonra, Jean Valjean kollarını sıvamış bir halde koridorda testereyle odun kesiyor, Cosette de hayranlıkla onun odun kesişini izliyordu. Odada tek başına temizlik yapan yaşlı kadın bir çiviye asılı duran redingotu dikkatle inceledi. Astar yeniden dikilmişti. Redingotu eliyle iyice yokladığında alt köşelerde ve koltukaltlarında kalın kâğıtlar bulunduğunu hissetti. Bunlar hiç şüphesiz bin frank desteleriydi!

Kadın ayrıca redingotun ceplerinde iğnelerden, makaslardan, ipliklerden başka kalın bir cüzdanın, büyük bir bıçağın ve şüpheli bir ayrıntı olarak farklı renklerde birçok peruğun bulunduğunu gördü. Redingotun her cebi âdeta beklenmedik olaylar karşısında alınacak önlemleri içeriyordu.

V

Yere Düşen Beş Frank Gürültü Çıkarır

Saint-Médard yakınlarındaki kullanılmayan bir kuyunun bileziğinde Jean Valjean'ın her geçişinde birkaç santim sadaka verdiği, bazen de sohbet ettiği bir yoksul otururdu. Bu dilenciyi çekemeyenler onun *sivil polis* olduğunu söylüyorlardı. Yetmiş beş yaşındaki bu adam sürekli dualar mırıldanan bir kilise hademesiydi.

Bir akşam, yanında Cosette olmadan oradan geçen Jean Valjean, henüz yeni yanan sokak fenerinin altında, her zamanki yerinde oturan dilenciyi fark etti. Bu adam genellikle dua edermiş gibi yere doğru eğilirdi. Jean Valjean yanına gidip her zamanki sadakasını verdiği sırada dilenci aniden kafasını kaldırıp bakışlarını ona sabitledi, ardından hızla başını öne eğdi. Bir şimşeği andıran bu bakışlar Jean Valjean'ın içini titretti. Sokak fenerinin ışığında, sanki yaşlı kilise hademesinin sakin ve dingin yüzünü değil, tanıdık ve ürkütücü bir çehreyi görmüştü. Kendini karanlıkta aniden bir kaplanla yüz yüze gelmiş gibi hissetti. Soluk almaya, konuşmaya, olduğu yerde kalmaya, kaçmaya cesaret edemeden, paçavradan bir takkenin kapladığı başını öne eğen ve kendisinin hâlâ orada olduğunun farkında değilmiş gibi görünen dilenciyi inceleyerek ürkmüş ve taş kesilmiş bir halde geri çekildi. O garip anda bir içgüdünün, belki de gizemli korunma içgüdüsünün etkisiyle hiçbir şey söylemedi. Dilencinin boyu, üzerindeki yırtık pırtık giysileri aynıydı ve görüntüsü her günkü gibiydi.

— Yok canım!... dedi Jean Valjean, aklımı kaçırdım galiba! Hayal görüyorum! Bu mümkün değil! Ve kafası iyice karışmış bir halde eve döndü.

Gördüğü bu yüzün Javert'e ait olduğunu kendine itiraf etmekte zorlanıyordu.

Gece düşünürken, kafasını bir kez daha kaldırması için adama soru sormadığına pişman oldu.

Ertesi akşam hava kararırken yine oraya gitti. Dilenci her zamanki yerindeydi.

— İyi akşamlar ihtiyar, dedi Jean Valjean sadakasını verirken kararlı bir şekilde.

Dilenci kafasını kaldırıp hüzünlü bir ses tonuyla:

— Teşekkürler iyi yürekli beyefendi, dedi. Bu adam kilise hademesiydi.

Jean Valjean içinin rahatladığını hissedip gülmeye başladı. "Şu işe bak, onun Javert olduğunu nasıl düşündüm? dedi içinden. Ah! Şu işe bak, yoksa artık hayal mi görmeye başladım?" Ve artık bu konuyu hiç düşünmedi.

Birkaç gün sonra, akşam sekize doğru, odasında Cosette'e yüksek sesle kelimeleri heceletirken evin kapısının açılıp kapandığını duyduğunda bu işte bir gariplik olduğunu hissetti. Evin diğer kiracısı olan yaşlı kadın, mum yakmamak için hava kararır kararmaz yatardı. Cosette'e susmasını işaret eden Jean Valjean birinin merdivenden yukarı çıktığını işitti. Belki de yaşlı kadın hastalanmış, eczaneye ilaç almaya gitmişti. Dinlemeye devam etti. Adımlar ağırdı ve bir erkeğinkine benziyordu, ama yaşlı kadının kalın ayakkabıları vardı ve hiçbir şey bir erkeğin adımlarına yaşlı bir kadınınki kadar benzemezdi. Yine de Jean Valjean mumu söndürdü.

Cosette'e alnını öpüp "Hadi şimdi sessizce yatağına git," derken adımlar durmuştu. Karanlıkta hiç kımıldamadan iskemlesinde sırtı kapıya dönük halde oturan Jean Valjean soluğunu tutarak sessizce bekledi. Uzun süre sonra, hiçbir ses duymayınca gürültü çıkarmadan arkasını döndü ve bakışlarını kapıya yönelttiğinde anahtar deliğinde bir ışık gördü. Bu ışık kapının ve duvarın karanlığında kasvetli bir yıldız gibi görünüyordu. Kuşkusuz orada elindeki mumuyla içerisini dinleyen biri vardı.

Birkaç dakika sonra ışık uzaklaştı. Ancak ayak sesleri duymamıştı, bu durum kapıyı dinleyen kişinin ayakkabılarını çıkardığını belirtiyordu.

Giysileriyle yatağına giren Jean Valjean sabaha kadar gözünü kırpmadı.

Gün ağardığı sırada yorgunluktan içi geçmiş bir haldeydi, koridorun dibindeki bir tavan arasına açılan bir kapının gıcırtısıyla irkildi, ardından dün gece merdivenleri çıkan aynı ayak seslerini duydu. Adımlar yaklaşıyordu. Yataktan fırlayıp gece eve giren ve kapısını dinleyen kişiyi görebilmek umuduyla gözünü kapının oldukça geniş olan anahtar boşluğuna dayadı. Gerçekten de, bu kez Jean Valjean'ın kapısının önünden hiç durmadan geçen bir adamdı. Koridor adamın yüzünün seçilemeyeceği kadar loştu, ama adam merdivenin başına geldiğinde, dışarıdan sızan bir ışık huzmesi onun silüetinin belirmesini ve Jean Valjean'ın sırtını tamamen görmesini sağladı. Üzerinde uzun bir redingot, koltuğunun altında bir baston olan bu adam uzun boyluydu. Jean Valjean, Javert'in ürkütücü yakalığını gördü.

Jean Valjean onu bulvara bakan penceresinden izleyebilirdi. Ama pencereyi açmak gerektiğinden buna cesaret edemedi.

Bu adam içeriye kendi anahtarıyla kendi eviymiş gibi girmişti. Bu anahtarı ona kim vermişti? Bu ne anlama geliyordu?

Sabah yedide, Jean Valjean temizliğe gelen yaşlı kadına anlamlı bakışlar yöneltse de hiçbir şey sormadı. Kadının halinde hiçbir değişiklik yoktu. Odayı süpürürken:

— Mösyö dün gece eve birinin girdiğini duydu mu? diye sordu.

Bu yaşta ve böyle bir bulvarda akşamın sekizi gece sayılırdı.

— Evet, gerçekten de, diye yanıtladı doğal bir ses tonuyla. Gelen kimdi?

— Evin yeni bir kiracısı.

— İsmi nedir?

— Tam olarak hatırlamıyorum. Dumont ya da Daumont gibi bir şey.

— Bu Mösyö Dumont ne iş yapıyormuş?

Onu sansar gözleriyle inceleyen yaşlı kadın:

— Sizin gibi bir rantiye, dedi.

Belki de kötü bir niyeti yoktu. Yine Jean Valjean bu işin altında bir şeyler yattığını sezer gibi oldu.

Yaşlı kadın gittiğinde, bir dolaptan aldığı yüz frank kadar bir parayı cebine koydu. Paranın sesinin duyulmaması için ne kadar önlem alsa da, elinden kayan beş frank yerde gürültüyle yuvarlandı.

Alacakaranlık çökerken aşağı inip bulvarın her yanını dikkatle inceledi. Kimseyi göremedi. Bulvar tamamıyla ıssız görünüyordu. Yine de biri ağaçların arkasına gizlenmiş olabilirdi.

Yukarı çıktı.

— Gel, dedi Cosette'e.

Kızın elinden tuttu ve birlikte dışarı çıktılar.

Beşinci Kitap
Karanlık Ava
Dilsiz Bir Köpek Sürüsü

I

Stratejinin Zikzakları

Burada, az sonra ve daha ileride okunacak sayfalar için bir not düşmek gerekli görünüyor.

Bu kitabın kendinden istemeyerek söz etmek zorunda kalan yazarı uzun yıllardan beri Paris'te yaşamıyor.[32] O ayrıldıktan sonra, Paris bir dönüşüm geçirdi. Paris artık yazarın kendisine yabancı gelen bir şehir. Hayata bakış açısının şekillendiği Paris'i sevdiğini söylemeye gerek yok. Hafızasına coşkuyla kazıdığı gençliğinin Paris'i yıkımlar ve yeni inşaatlardan dolayı artık mevcut değil. Onun Paris'ten hâlâ varlığını sürdürüyormuş gibi söz etmesi hoş görülsün. Yazarın okuyucuyu, "Şu caddede şu ev vardı," diyerek gezdireceği yerde, bugün o ev ya da o cadde olmayabilir. Okurlar gerek duyarlarsa bu değişimleri yerinde inceleyebilirler. Yeni Paris'i bilmeyen yazara gelince, o kendisi için çok değerli olan o hayalleri gözlerinin önüne getirerek yazıyor. İlk çocukluğundan beri yaşa-

32 III. Napoléon'un 2 Aralık 1851'deki hükümet darbesinden sonra yurtdışına giden Victor Hugo, Paris'e 1870 Eylül'ünde geri döndü. (ç.n.)

dığı bu kentte geriye o günlerden bir şeyler kalmış olduğunu, her şeyin tamamen yok olup gitmediğini düşlemek ona keyif veriyor. İnsan, çocukluğunun geçtiği bir şehre sürekli olarak gelip gittiğinde geçtiği yollara dikkat etmez, o çatıların, o kapıların, o pencerelerin kendisi için bir anlam ifade etmediğini, o duvarların kendine yabancı olduğunu, o ağaçların sıradan bir manzara teşkil ettiğini, içine girilmeyen o evlerin hiçbir işe yaramadığını, üzerinde yürünen o kaldırımların taşlardan ibaret olduğunu düşünür. Daha sonraları, orada olmadığınızda, o caddeler, o sıradan ağaçlar gözünüzde tüter, o çatıların, pencerelerin, kapıların eksikliğini hisseder, hiç kimsenin girmediği o evlere her gün girildiğini, o kaldırımlarda ruhunuzu, yüreğinizi, kanınızı bırakmış olduğunuzu fark edersiniz. Anılarınızda sakladığınız, artık göremediğiniz ve belki de hiç göremeyeceğiniz tüm bu yerler kederli bir sevince dönüşüp, melankolik bir görünümle size geri döner, kutsal toprakları sizin için görünür kılarken âdeta tüm Fransa'yı gözlerinizin önüne sererler ve onları o zamanki halleriyle sevmeye, anmaya devam edip, aynı şekilde kalmaları için ısrar edersiniz, çünkü bir ülkenin görünümüne bir annenin yüzü gibi bağlanılır.

Bu yüzden, geçmişten bugün gibi söz etmemiz hoş görülsün. Okuyucularımızdan bunları dikkate almalarını rica ettikten sonra devam ediyoruz.

Bulvardan hemen ayrılan Jean Valjean caddelere dalmış, elinden geldiğince zikzaklar çizerek bazen izlenip izlenmediğinden emin olmak için geri dönmüştü.

Peşine düşülen geyiklere özgü bu manevranın, diğer avantajlarının yanı sıra ayak izlerinin seçilebildiği topraklarda avcıları ve köpekleri yanıltmak gibi bir özelliği vardır. Bu durum avcılıkta *yanlış iz sürme* olarak anılır.

O gece dolunayın olması Jean Valjean'ın canını sıkmadı. Henüz ufka çok yakın olan ay caddelerde geniş gölge ve aydınlık öbekleri oluşturuyordu. Evlerin ve duvarların gölgeleri boyunca ilerlerken, yolun aydınlıkta kalan bölümlerini gözleyen Jean Valjean belki de gölgelikleri gözünden kaçırıyordu. Yine de, Poliveau Caddesi'nin yakınlarındaki ıssız sokaklardan geçerken takip edilmediğinden emindi.

Cosette hiç soru sormadan yürüyordu. Hayatının ilk altı yılında çektiği acılar kişiliğini bir şekilde edilgenleştirmişti. Zaten, bir daha üzerinde durma fırsatı bulamayacağımız bir gözleme göre, farkında olmadan bu iyi yürekli adamın garipliklerine ve kaderin ilginçliklerine alışmıştı. Üstelik kendini onun yanında emniyette hissediyordu.

Cosette gibi nereye gittiğini bilmeyen Jean Valjean da kızın kendine güvendiği gibi Tanrı'ya güveniyor, kendini de görünmeyen daha büyük bir elin bir yerlere sürüklediğini hissediyordu. Zaten hiçbir karar vermemiş, hiçbir plan yapmamıştı. Hatta gördüğü kişinin Javert olup olmadığından, Javert olsa bile kendisini tanıyıp tanımadığından bile tam olarak emin değildi. Kılık değiştirmemiş miydi? Öldüğüne inanılmıyor muydu? Yine de,birkaç günden beri garip gelişmeler yaşanıyor, kuşku duyması için daha fazlası da gerekmiyordu. Gorbeau'nun evine bir daha dönmemeye karar vermişti. Barınağından kovulmuş bir hayvan gibi yerleşecek bir ev bulmadan önce saklanacak bir delik arıyordu.

Jean Valjean, Ortaçağ'dan kalma sokağa çıkma yasağı alışkanlığıyla şimdiden uykuya dalmış olan Mouttefard Mahallesi'nde dolambaçlar çizdi; bilgece stratejilerle Censier ve Copeau caddeleri ile Battoir-Saint-Victor ve Puits-l'Ermite caddeleri arasında farklı kombinasyonlar oluşturdu. Bu caddelerde kiralık evler olsa da, kendine uygun bulmadığı için içlerine girmedi. Üstelik peşinden gelseler bile kendisini bulamayacaklarından emindi.

Saint-Etienne du Mont'un çanı saat on biri çaldığında, Pontoise Caddesi 14 numaradaki polis karakolunun önünden geçiyordu. Birkaç saniye sonra daha önce de sözünü ettiğimiz içgüdüyle arkasına baktı. O sırada, karakolun fenerinin ışığında net bir şekilde seçilebilen üç adamın art arda yolun karanlık tarafına geçip kendisini yakından takip ettiklerini fark etti. Adamlardan biri komiserin evinin olduğu yola girdi. En önden gelen oldukça şüpheli görünüyordu.

— Gel çocuğum, dedi Cosette'e ve hızla Pontoise Caddesi'nden çıktı. Orada, bugün Rollin College'inin ve Neuve-Sainte-Geneviève Caddesi'nin yol ağzının bulunduğu bir kavşak vardı.

(Sanırım, Neuve-Sainte-Geneviève'in eski bir cadde olduğunu ve posta arabalarının Postes Caddesi'nden on yılda bir geçtiğini söylemeye gerek yok. XIII. yüzyılda çömlekçilerin ikâmet ettiği Postes Caddesi'nin gerçek adı Pots'dur.)

Bu kavşağa parlak bir ay ışığı vuruyordu. Kendini hâlâ izliyorlarsa, bu aydınlık kavşakta geçişlerinin onlar tarafından kolayca görebileceğini düşünerek bir kapının dibine gizlendi.

Gerçekten de üç dakika geçmeden yeniden beliren adamların sayısı dörde çıkmıştı. Uzun kahverengi redingotlar, yuvarlak şapkalar giymiş bu uzun boylu adamların hepsinin elinde kalın bastonlar vardı. Karanlıktaki sinsice yürüyüşleri de en az iri kıyım bedenleri ve geniş yumrukları kadar ürkütücüydü. Âdeta dört hayalet burjuva kılığına girmişti.

Kavşağın ortasında durup birbirlerine danışmak için toplandıklarında kararsız görünüyorlardı. Şefleriymiş gibi görünen adam geri dönüp sağ eliyle Jean Valjean'ın gittiği istikameti işaret etti; bir diğeri ise ısrarla aksi yönü gösteriyordu. Şefleri arkasını döndüğünde Jean Valjean ay ışığının yüzünü iyice aydınlattığı Javert'i gördü.

II

Ne Mutlu ki Austerlitz Köprüsü'nden Arabalar Geçiyor

Jean Valjean'ın kararsızlığı sona erse de, ne mutlu ki aynı şey peşindekiler için geçerli değildi. Onların zaman kaybı kendisinin zaman kazanmasını sağlıyordu. Duraksamalarından yararlanıp saklandığı kapının altından çıktı ve Jardin des Plantes'a giden Postes Caddesi'ne girdi. Yorulmaya başlayan Cosette'i kucağına aldı. Yolda kimse yoktu ve fenerler dolunay yüzünden yakılmamıştı.

Adımlarını sıklaştırdı.

Birazdan, cephesindeki eski yazı ay ışığında net bir şekilde okunabilen Goblet çömlek imalathanesine vardı:

Burası Goblet'nin oğullarının imalathanesi;
Gelin seçin testilerden, güğümlerden,
Çiçekli vazolardan, tuğlalardan, künklerden
Dileyen alsın döşeme taşlarından.

Clef Sokağı'nı ve Saint-Victor Çeşmesi'ni geride bıraktıktan sonra Jardin des Plantes'ın paralelindeki alt yollardan yürüyerek rıhtıma ulaştı. Orada arkasını döndü. Rıhtım, yollar bomboştu. Arkasından gelen yoktu. Soluklandı.

Austerlitz Köprüsü'ne geldi.

O dönemde köprüden geçiş ücreti alınıyordu. Gişeye bir santim uzattı.

— İki santim, dedi köprünün sakat bekçisi. Kucağınızda yürüyebilecek yaşta bir çocuk taşıyorsunuz. İki kişilik ödeyin.

Arkasında bir tanık bırakmanın sıkıntısıyla parayı ödedi. Her kaçış hiçbir iz bırakmadan gerçekleştirilmelidir.

O sırada yanından kendisi gibi sağ kıyıya giden ağır bir yük arabası geçiyordu. Bu işine yaradı. Tüm köprüyü bu arabanın gölgesinde geçebilirdi.

Köprünün ortasına doğru, ayakları uyuşan Cosette yürümek istedi. Jean Valjean onu yere bırakıp elinden tuttu.

Köprüyü aştığında, biraz sağdaki şantiyeleri fark etti. Oraya ulaşmak için oldukça geniş ve aydınlık bir alanı geçmek gerekse de hiç tereddüt etmedi. Peşindekiler hiç kuşkusuz izini kaybetmişlerdi ve Jean Valjean kendini güvende sanıyordu. Bakınıyordu ama, peşinde kimse yoktu.

Duvarla çevrili iki şantiyenin arasında küçük Chemin-Vert-Saint-Antoine Caddesi yer alıyordu. Bu dar ve loş sokak âdeta kendisi için yapılmıştı. Girmeden önce arkasına baktı. Bulunduğu noktadan Austerlitz Köprüsü'nü boylu boyunca görebiliyordu.

Jardin des Plates'tan sağ kıyıya yönelen dört gölge, o sırada köprüye giriyorlardı.

Bu dört gölge peşindeki dört adama aitti.

Jean Valjean yeniden kıstırılan bir hayvan gibi ürperdi.

Tek umudu, Cosette'in elinden tutarak geniş, aydınlık meydanı geçtiği sırada adamların köprüye girmemiş ve kendisini fark etmemiş olmalarıydı.

Bu durumda, önündeki küçük yola girip şantiyelere, bataklıklara, tarlalara, boş arazilere ulaşmayı başarabilirse kurtulabilirdi.

Güvenilir olduğunu düşündüğü bu küçük, sessiz yola girdi.

III

1727 Yılının Paris Şehir Planı

Üç yüz adım sonra yolun sağ ve soldaki iki caddeye açıldığı bir yol ayrımına geldi. Jean Valjean'ın önünde âdeta bir Y harfinin iki kolu vardı. Hangisini seçmeliydi?

Hiç sallanmadan sağdakine girdi.

Neden?

Çünkü sol kol bir kenar mahalleye yani bir yerleşim merkezine giderken, sağ kol kırlara, yani ıssız çayırlıklara açılıyordu.

Bu arada Cosette'in adımları Jean Valjean'ı yavaşlattığından çok hızlı yürüyemiyorlardı.

Jean Valjean onu kucağına aldığında, başını omzuna yaslayan Cosette tek bir şey söylemedi.

Ara sıra arkasına dönüp bakan Jean Valjean, caddenin gölge tarafından gitmeye özen gösteriyordu. Arkasındaki yol dümdüz uzanıyordu. İki üç kez arkasını döndüğünde hiçbir şey görmedi, her yana derin bir sessizlik hâkimdi, içi biraz olsun rahatlamış bir halde yoluna devam etti. Birazdan yeniden arkasına baktığında, yolun az önce geçtiği karanlık bölümünde bir şeylerin kımıldadığını görür gibi oldu.

Bir yan yol bulup oraya saptı ve bir kez daha izini kaybettirmek umuduyla yürüyüş temposunu hızlandırdı.

Bir duvarın önüne geldi.

Bu duvar daha ileriye gitmesine engel değildi; bu duvar, girmiş olduğu yolun sonlandığı bir yan yolun sınırında bulunuyordu.

Burada da sağa mı yoksa sola mı gideceğine karar vermesi gerekti.

Sağa baktı. Hangarların ve ambarların aralıklarla sıralandığı bu yol ucunda büyük, beyaz bir duvarın net bir şekilde görüldüğü çıkmaz bir sokaktı.

Sola baktı. Bu yol açıktı ve yaklaşık iki yüz adım sonra başka bir caddeye açılıyordu. Kurtuluş bu taraftaydı.

Jean Valjean hayal meyal seçebildiği bir caddeyle sonlanan sokağa doğru sola dönmeyi düşündüğü sırada, sokağın ve ulaşmak istediği caddenin köşesinde hiç kımıldamayan siyah bir heykel gördü.

Bu hiç kuşkusuz orada yolu tutmuş bir halde bekleyen bir adamdı.

Jean Valjean geriledi.

Jean Valjean, kısa süre önceki çalışmalarla kimileri tarafından çirkinleşme, kimileri tarafından da dönüşüm olarak nitelendirilecek şekilde tepeden tırnağa değişen ve Sainte-Antoine kenar mahallesiyle Rapée arasında yer alan bir noktada bulunuyordu. Tarlaların, şantiyelerin ve eski binaların bulunduğu bu bölgede günümüzde yepyeni büyük caddeler, oyun alanları, sirkler, hipodromlar, tren istasyonları ve bir de Mazas Hapishanesi vardır; ilerleme görüldüğü gibi beraberinde düzenleyicisini de getirmiştir.

Yarım yüzyıldan beri *Quatre-Nations* Enstitüsü'ne ve *Opéra-Comique*'e *Feydeau* demekten asla vazgeçmeyen popüler halk dilinde Jean Valjean'ın bulunduğu nokta *Petit-Picpus* olarak anılıyordu. Saint-Jacques Kapısı, Paris Kapısı, Sergents Kapısı, les Porcherons, la Galiote, les Célestins, les Capucins, le Mail, La Bourbe, l'Arbre-de-Cracovie, la Petite-Pologne, le Petit-Picpus, bunların hepsi yeni Paris'in üzerinde yüzen eski Paris isimleridir. Halkın hafızası geçmişin bu kalıntıları üzerinde dalgalanır.

Aslında hiçbir zaman varlık gösteremeyen ve bir mahalle taslağı olarak kalan Petit-Picpus, neredeyse eski bir İspanyol şehrinin manastırı gibi görünüyordu. Yollarına yeterince kaldırım döşenmemiş, caddeleri düzene sokulmamıştı. Sözünü edeceğimiz iki üç cadde dışında her yanı duvarlar ve boş arazilerle kaplıydı. Burada ne bir dükkâna ne bir arabaya rastlanır, sağda solda pencerelerde tek tük mum ışıkları görünür, saat ondan sonra ışıklar sönerdi. Bahçeler, manastırlar, şantiyeler, bataklıklar, nadir rastlanan tek katlı evler, evlerin yüksekliğinde duvarlar.

İşte geçen yüzyılda bu mahalle böyleydi. Devrim onu umursamamıştı. Cumhuriyetçi belediye orayı yerle bir etmiş, moloz yığınına çevirmişti. Otuz yıl önce bu mahalle yeni binaların arkasında gözden kayboluyordu. Günümüzdeyse tamamıyla silinip gitti. Hiçbir şehir planında izine rastlanmayan Petit-Picpus, Paris'te, Plâtre Caddesi'nin hemen karşısında, Saint-Jacques Caddesi'ndeki Denis Thierry Yayınevi ve Lyon'da Jean Girin'in Mercière Caddesi'ndeki kitap ve yayınevi tarafından yayınlanan planda oldukça net bir şekilde belirtilmişti. Petit-Picpus'un, Chemin-Vert-Saint-Antoine Caddesi'nin solda Picpus Sokağı'na, sağda ise Polonceau Caddesi'ne açılmasıyla oluşan Y harfi şeklinde bir bölümü vardı. Y'nin iki kolu yukarıda Droit-Mur Sokağı'nda bir çizgi halinde birleşiyorlardı. Polonceau Caddesi orada sonlanıyor, Picpus Sokağı daha da ileri gidip Lenoir pazar yerine kadar uzanıyordu. Seine'den gelip Polonceau Caddesi'nin sonuna ulaşan birinin solunda aniden dik açıyla Droit-Mur Sokağı, önünde bu caddenin duvarı ve sağında Droit-Mur Sokağı'nın bir uzantısı olan Genrot çıkmazı beliriyordu.

Jean Valjean işte tam bu noktadaydı.

Daha önce de belirttiğimiz gibi, Droit-Mur Sokağı'yla Picpus Sokağı'nın köşesinde bekleyen siyah silüeti gören Jean Valjean gerilemişti. Bu hayalet tarafından gözlendiğine hiç şüphe yoktu.

Ne yapmalıydı? Geri dönmek için geç kalmıştı. Az önce, karanlıkta, biraz arkasında hareket ettiğini gördüğü karaltı hiç kuşkusuz Javert ve ekibiydi. Muhtemelen Jean Valjean'ın sonuna vardığı caddenin başlangıcında bulunan ve göründüğü kadarıyla bu labirenti iyi tanıyan Javert önlemini almış, adamlarından birini çıkışı tutmak için oraya göndermişti. Gerçeğe çok benzeyen bu tahminler Jean Valjean'ın kederli zihninde ani bir rüzgârda uçuşan bir toz yumağı gibi dönüp durmaya başlamışlardı. Genrot çıkmazını inceledi; yol kapalıydı. Picpus Sokağı'nın köşesini inceledi; orada bir nöbetçi vardı. Gölgesi ay ışığıyla beliren bu karanlık silüeti görüyordu. İleri gitmek bu adamın, geri gitmek Javert'in eline düşmek anlamına geliyordu. Kendini yavaşça sıkılmaya başlayan bir ağın içindeymiş gibi hisseden Jean Valjean umutsuzca gökyüzüne baktı.

IV

El Yordamıyla Kaçış

Bundan sonra anlatacaklarımızı anlayabilmek için, zihninizde Droit-Mur Sokağı'nı ve özellikle de Polonceau Caddesi'nden bu sokağa girerken solda kalan köşeyi gözününüzde net bir şekilde canlandırmanız gerekiyor. Sağda Picpus Sokağı'na kadar, neredeyse tamamıyla yoksul görünümlü evlerle çevrelenmiş olan Droit-Mur Sokağı'nın solunda, Picpus Sokağı'na yaklaştıkça kademeli olarak hafifçe geriye çekilerek yükselen birçok kattan oluşmuş gösterişsiz, kasvetli tek bir bina vardı. Bu konumuyla Picpus Sokağı tarafından oldukça yüksek görünen bu bina, Polonceau Caddesi tarafından, bahsettiğimiz köşeye doğru küçük bir duvardan ibaret kalacak şekilde alçaldığı için çok küçük gözüküyordu. Bu duvar caddede düz bir hat üzerinde sonlanmıyor, biri Polonceau, diğeri Droit-Mur Sokağı'nın köşesindeki iki gözlemcinin göremeyeceği içerlek bir köşe pahı oluşturuyordu.

Duvar, bu köşe pahının iki köşesinden başlayarak Polonceau Caddesi'ndeki 49 numaralı bir eve kadar ve yüksekliğinin daha da azaldığı Droit-Mur Sokağı'nda sözünü ettiğimiz kasvetli eve kadar uzanıyor, bu evin beşik çatısını yeni geniş bir açı oluşturacak şekilde kesiyordu. Bu iç karartıcı beşik çatıda tek bir pencere ya da daha doğrusunu söylemek gerekirse çinkoyla kaplı ve her zaman kapalı duran iki kanat vardı.

Burada sözünü ettiğimiz ayrıntıların aslının tıpatıp aynı olması mahallenin eski sakinlerinin hafızalarında çok değerli anıları canlandıracaktır.

Köşe pahı devasa ve harap haldeki bir kapıyı andıran bir şeyle tamamıyla kaplanmıştı. Bu kapı müsveddesi, üsttekileri alttakilerden daha geniş olan ve birbirlerine enlemesine olarak uzun demir tellerle bağlanmış dikey tahtalardan oluşan biçimsiz bir bütünlük arz ediyordu. Yanda normal büyüklükte ve en fazla elli yıl önce açıldığı anlaşılan bir araba kapısı vardı.

Köşe pahının üzerinde bir ıhlamur ağacının dalları beliriyordu ve duvar Polonceau Caddesi tarafında sarmaşıklarla kaplanmıştı.

İçinde kimsenin oturmadığı bu kasvetli binanın, tehlikeyi hemen yakınında hisseden Jean Valjean'ı çeken ıssız bir görünümü vardı. Gözlerini hızla üzerinde gezdirdiği bu binaya girmeyi başarırsa belki de kurtulacağını düşünüyordu. Bu düşünce birazdan ümide dönüştü.

Bu binanın Droit-Mur Sokağı'na bakan cephesinin orta bölümündeki katların hepsinin pencerelerinde eski, kurşundan yapılma oluk tahliye hazneleri vardı. Merkezi oluktan çıkıp bu haznelere ulaşan olukların dallanmaları binanın cephesine âdeta bir ağaç görünümü veriyordu. Yüzlerce dirsekle birbirlerine bağlanan olukların bu dallanmaları eski çiftliklerin önünde eğilip bükülen bağ kütüklerini andırıyordu.

Demir ve sac borulardan oluşan bu garip çardak Jean Valjean'ın hemen dikkatini çekti. Ses çıkarmamasını tembih ettiği Cosette'i bir taşın kenarına oturttuktan sonra oluğun kaldırıma indiği noktaya koştu. Belki de buradan yukarı tırmanıp eve girebilirdi. Ama işlevini yitirmiş kırık dökük oluk gömmesine güçlükle tutunuyordu. Zaten bu sessiz evin çatı katı da dâhil olmak üzere tüm pencerelerinde kalın demir parmaklıklar vardı. Üstelik ay bu cepheyi iyice aydınlattığından, yolun ucundaki adam yukarı tırmandığını fark edebilirdi. Cosette'i ne yapacaktı? Onu üç katlı bir evin tepesine çıkarması mümkün müydü?

Oluktan tırmanmaktan vazgeçip Polonceau Caddesi'ne geri dönmek için duvar boyunca yerde sürünerek ilerledi.

Cosette'i bıraktığı köşe pahına gelince, orada kendisini kimsenin göremeyeceğini fark etti. Söylediğimiz gibi, bu nokta hangi yönden bakılırsa bakılsın seçilemiyordu. Ayrıca karanlıktı ve iki kapısı vardı. Belki de onları zorlayabilirdi. Üzerinden ıhlamur ağacını gördüğü sarmaşıklarla kaplı duvar henüz ağaçların yaprakları açmasa da, hiç kuşkusuz saklanabileceği ve geceyi geçirebileceği bir bahçeye bakıyordu.

Zaman akıp gidiyordu, çabuk karar vermeliydi.

Araba kapısını eliyle yokladığında kapının içeriden ve dışarıdan iptal edilmiş olduğunu anladı.

Daha büyük bir ümitle diğer kapıya yaklaştı. Harap olmuş bu kapının genişliği onu daha dayanıksız kılıyordu. Tahtalar çürümüş, üç demir tel de çürümüştü. Kurtların yediği bu girişi zorlamak mümkün görünüyordu.

Biraz incelediğinde, bunun bir kapı olmadığını fark etti. Ne menteşesi, ne kilidi, ne göz deliği vardı. Demir şeritler baştan başa aralıksız bir şekilde üzerinden geçiyorlardı. Tahtaların yarıklarından on yıl önce buradan geçenlerin görebildiği molozları ve kabaca çimentolanmış taşları fark etti. Büyük bir üzüntüyle kendi kendine bu kapı müsveddesinin bir binanın dış cephesinin tahta kaplaması olduğunu itiraf etti. Tahtayı koparması zor değildi ama bu kez ardındaki duvarla karşı karşıya gelecekti.

V

Gazlı Aydınlatma ile İmkânsız Olan

O sırada, biraz uzaktan gelen boğuk ve ahenkli bir gürültü duyduğunda bakışlarını caddenin köşesine yöneltti. Manga halinde sıralanan yedi sekiz asker Polonceau Caddesi'ne girmişti. Kendisine doğru gelen süngülerin parıldadığını gördü.

Başlarında Javert'in bulunduğu bu askerler yavaşça ve temkinli bir şekilde ilerlerken sık sık duruyor, duvarların her köşesini ve kapı, pencere aralıklarını yokluyorlardı.

Burada yürütülecek tahmin yanılmazdı, Javert rastladığı devriyeleri yanına almıştı. İki yardımcısı da askerlerin saflarına katılmışlardı.

Yürüyüş tempolarına ve duraklamalarına bakılırsa Jean Valjean'ın bulunduğu yere varmaları bir çeyrek saat sürecekti. Korkunç bir andı. Önünde üçüncü kez dehşet verici bir şekilde açılan bu uçurumla arasında birkaç dakika vardı. Ve bu kez uçurumun dibinde sadece kürek mahkûmiyeti yoktu, Cosette mahvolacak, mezarın çukuruna benzeyen bir yaşam sürdürecekti.

Mümkün olan tek şey vardı.

Jean Valjean'ın özelliği yanında birine bir ermişin düşüncelerini, diğerine bir forsanın olağanüstü yeteneklerini yerleştirdiği iki heybe taşımasıydı. Gerektiğinde ikisinden birinin içini karıştırırdı.

Toulon Hapishanesi'nden defalarca kaçması sırasında edindiği yeteneklerin yanı sıra, hatırlanacağı gibi merdivene, kancaya gerek duymadan, sadece kaslarının gücüyle ensesinden, omuzlarından, kalçalarından, nadiren de taş kabartılarından destek alarak dik bir duvarı gerekirse altıncı kata kadar çıkmanın o inanılmaz sanatının üstadı sayılırdı. Bu sanat, mahkûm Battemolle'ün yirmi yıl önce kaçtığı Paris Conciergerie Hapishanesi'nin avlusunun ürkütücü bir ünle anılmasına neden olmuştu.

Jean Valjean gözleriyle üzerinde ıhlamur ağacının göründüğü duvarı ölçtü. Yaklaşık on sekiz ayak yüksekliğindeydi. Büyük binanın beşik çatısıyla oluşturduğu açının alt bölümünde muhtemelen, yoldan geçenler olarak adlandırılan o bokböceklerinin bu çok elverişli mola yerinde durmalarını önlemek için yapılmış üçgen bir taş duvar vardı. Duvar köşelerinin bu şekilde önlem olarak doldurulması Paris'te çok yaygındır.

Beş ayak yüksekliğindeki bu taşın üzerine çıkıldığında geriye tırmanılması gereken yaklaşık on üç ayaklık bir mesafe kalıyordu.

Üst parmaklığı olmayan duvarın üzerinde yassı bir taş vardı.

Sorun Cosette'in duvara tırmanmayı bilmemesiydi. Jean Valjean onu orada bırakmayı aklından geçirmiyordu. Onu yanında götürmesi ise imkânsızdı. Böyle garip bir tırmanış için insanın tüm gücünü toplaması gerekiyordu. Ufacık bir yük dengesini bozup aşağı yuvarlanmasına neden olabilirdi.

Bir ip gerekti. Jean Valjean'ın ipi yoktu. Gece yarısı Polonceau Caddesi'nde ipi nereden bulacaktı? Kuşkusuz, bir krallığı olsa o anda bir ip için ondan vazgeçerdi.

Tüm olağanüstü durumlar bizi kâh körelten kâh aydınlatan şimşekler çakarlar.

Jean Valjean'ın umutsuz bakışları Genrot çıkmazının fener direğine ilişti.

O dönemde Paris caddelerinde havagazı lambaları yoktu. Fenerciler, hava kararırken belli aralıklarla yerleştirilmiş fenerleri, inip yeniden yükselmelerini sağlayan ve yolu bir baştan diğerine kadar katedip bir direğin yuvasında sonlanan bir ip sayesinde yakarlardı. İpin dolandığı çıkrık, lambanın altındaki küçük bir demir dolabın içindeydi, bu dolabın anahtarı fenercide bulunurdu. İp yıpranmasın diye metalle kaplanırdı.

Ulvi bir mücadelenin kararlılığıyla caddeyi bir hamlede aşan Jean Valjean çıkmaz sokağa girip bıçağının ucuyla küçük dolabın kilit dilini kanırttı. Kısa süre sonra Cosette'in yanına döndüğünde elinde bir ip vardı. Kaderle mücadele eden bu garip çözüm bulucular işlerini çabuk hallederler.

O gece fenerlerin yanmadığını belirtmiştik. Genrot çıkmazının feneri de diğerleri gibi sönüktü ve yanından geçen biri fenerin yerinde olup olmadığını fark edemezdi.

Bu arada ilerleyen saat, bulunulan mekân, karanlık, Jean Valjean'ın garip hareketleri, gidiş gelişleri Cosette'i endişelendirmeye başlamıştı. Başka bir çocuk olsa şimdiye kadar çoktan çığlıklar atmıştı. O ise Jean Valjean'ı redingotunun kenarını çekmekle yetindi. Yaklaşan devriyenin ayak sesleri giderek daha net bir şekilde duyuluyordu.

— Baba, dedi alçak sesle, korkuyorum. Gelenler kim?

— Şişşt! dedi bahtsız adam, Madam Thénardier geliyor.

Cosette'in titremesi üzerine ekledi:

— Hiç sesini çıkarma. Bırak işimi göreyim. Thénardier seni arıyor, bağırıp ağlarsan seni almaya gelecek.

Bunun üzerine, hiç acele etmeden ama devriyelerin ve Javert'in az sonra orada olacakları bir anda, dikkatleri daha da çeken kesin bir kararlılıkla hiçbir şeyi ikinci kez tekrarlamadan, çözdüğü kravatını çocuğu incitmemeye özen göstererek koltukaltlarından geçirdi, kravatı denizcilerin kırlangıç düğümü olarak adlandırdıkları bir şekilde ipin bir ucuna bağladı, diğer ucunu dişlerinin arasına aldı, ayakkabılarını ve çoraplarını çıkarıp duvarın arkasına fırlattı, taşın üzerine çıkıp, duvarın ve beşik çatının köşesinden topuklarının ve dirseklerinin altında âdeta bir merdiven varmış gibi güçlü ve kararlı bir şekilde yukarı tırmanmaya başladı. Yarım dakika geçmeden duvarın üzerinde diz çökmüştü.

Onu şaşkınlıkla izleyen Cosette tek bir söz bile etmedi. Jean Valjean'ın talimatı ve Thénardier'nin ismi kanını dondurmuştu.

Birden Jean Valjean'ın kendisine alçak sesle bağırdığını duydu:

— Sırtını duvara yasla.

Çocuk söyleneni yaptı.

— Hiç ses çıkarma ve korkma.

Ve ayaklarının yerden kesildiğini hisseden Cosette daha ne olduğunu anlamadan kendini duvarın üstünde buldu.

Jean Valjean onu kavrayıp sırtına aldı, iki küçük elini sol eliyle tuttu, yüzükoyun yattı ve duvar boyunca köşe pahına doğru süründü. Orada, tahmin ettiği gibi çatısı tahta çitin üzerinde yükselen ve ıhlamur ağacının kenarından oldukça hafif bir eğimle zeminin çok yakınına kadar alçalan bir ev vardı.

Duvarın bu yanda, cadde tarafında daha yüksek olması sevindirici bir rastlantıydı. Jean Valjean ayağının altındaki zemini oldukça derindeymiş gibi görebiliyordu.

Çatının eğimli yüzeyine ulaştığında henüz duvarın çıkıntısını bırakmamıştı. Tam o sırada devriyenin geldiğini haber veren bağırtılar ve Javert'in gürleyen sesi duyuldu.

— Çıkmaz sokağı araştırın! Droit-Mur ve Picpus sokakları kontrol altında. Çıkmaz sokakta olduğundan eminim!

Askerler aceleyle Genrot çıkmazına daldılar.

Cosette'e destek olarak kendini çatıdan aşağı bırakan Jean Valjean ıhlamur ağacına ulaştığında yere atladı. Korkudan ya da cesaretten dolayı hiç ses çıkarmayan Cosette'in elleri biraz sıyrılmıştı.

VI

Muammanın Başlangıcı

Jean Valjean kendini geniş, garip görünümlü ve âdeta kış geceleri seyredilmek üzere hazırlanmış hüzünlü bir bahçede buldu. Dikdörtgen şeklindeki bu bahçenin dibinde iki yanı uzun kavak ağaçlarıyla çevrili bir yol, köşelerde yükselen ulu ağaçlar, ortada tek başına duran büyük bir ağacın seçilebildiği aydınlık bir alan, iri çalılara benzeyen eğri büğrü birkaç meyve ağacı, sebze tarhları, fanusları ay ışığında parlayan bir kavun tarlası ve eski bir çirkef kuyusu vardı. Sağda solda yosundan kararmış gibi görünen banklar fark ediliyordu. Yolların kenarlarında dimdik yükselen küçük siyah ağaççıklar yer alıyordu. Bahçenin yarısını otlar, geri kalanını küf kaplamıştı.

Jean Valjean'ın yanında inmek için çatısından yararlandığı ev, çalı çırpı yığınları ve onların arkasında, duvarın hemen karşısında parçalanmış yüzü karanlıkta şekilsiz bir maske gibi görünen taş bir heykel vardı.

Yıkık dökük odalarından biri dolu olan ve âdeta hangar olarak kullanılan ev virane gibiydi.

Droit-Mur Sokağı'nın Petit-Picpus Sokağı'yla kesiştiği noktadaki büyük evin iki cephesi bu bahçeye dik açı oluşturacak şekilde uzanıyordu. Bu cephelerin içi dışından daha berbattı. Parmaklılarla kaplı pencerelerden hiç ışık sızmıyordu. Üst katlarda hapishanelerde olduğu gibi ocak eteklikleri vardı. Cephelerden biri diğerine, bahçeye devasa kara bir çarşaf gibi yayılan gölgesini yansıtıyordu.

Etrafta başka bir ev görünmüyor, bahçenin dibi siste ve karanlıkta kayboluyordu. Yine de, arkalarında tarlaları gizlermiş gibi kesişen duvarları ve Polonceau Caddesi'nin alçak çatılarını belli belirsiz seçebilmek mümkündü.

Bu bahçeden daha ıssız ve yabani bir şeyi tasavvur edebilmek imkânsızdı. Kuşkusuz gecenin ilerleyen saatlerinde olduğu için kimsecikler yoktu; ama bu bahçe öğle saatlerinde bile gezilebilecek bir yere benzemiyordu. Jean Valjean'ın ilk işi ayakkabılarını bulup giymek olmuş, ardından Cosette ile birlikte hangara girmişti. Kaçan biri kendini asla tam olarak gizlenmiş hissetmez. Sürekli olarak Thénardier'yi düşünen çocuk Jean Valjean'ın mümkün oldukça bir köşeye büzüşmek içgüdüsünü paylaşıyor, titreyerek ona sarılıyordu.

Çıkmaz sokağı ve caddeyi araştıran devriyelerin gürültüsü, taşlara indirilen dipçik darbeleri, Javert'in hafiyelere seslenişleri ve anlaşılmayan sözlerine karışan lanet okumaları duyuluyordu.

Bir çeyrek saat sonra, fırtına uğultusunu andıran bu gürültü uzaklaşmaya başlıyor, Jean Valjean soluk bile almıyordu.

Elini hafifçe Cosette'in ağzına dayamıştı.

Zaten içinde bulunduğu yalnızlığın, çok yakından gelen o öfkeli gürültünün bile bozamayacağı garip bir dinginliği vardı. Bu duvarlar âdeta Kutsal Kitap'ta sözü geçen sesi iletmeyen o sağır taşlardan yapılmıştı.

Aniden, bu derin sükûnetin ortasında yeni, ilahi, semavi, tasvir edilemez bir gürültü yükseldi, az önceki gürültü ne kadar korkunçsa, bu yeni gürültü o kadar büyüleyiciydi. Bu, karanlıklardan yükselen bir ilahi, gecenin kasvetli ve ürkütücü sessizliğinde duanın ve ahengin göz kamaştırıcı yansımasıydı. Kadın sesleriydi; bakirelerin saf ve temiz, çocuklarınsa naif söyleyişlerinin bir araya geldiği bu sesler, âdeta bu dünyadan gelmiyor, yeni doğanların duymaya başladıkları, can çekişenlerin ise şimdiden duydukları tınılara benziyordu. Sesler, bu ilahi bahçeye tepeden bakan o kasvetli binadan geliyordu. Sanki iblislerin uğultusunun uzaklaşmaya başladığı anda, karanlığın içinden meleklerin korosu yaklaşıyordu.

Cosette ve Jean Valjean diz çöktüler.

Tövbekâr adam ve masum çocuk neler olup bittiğini, nerede olduklarını bilmeseler de, diz çökmeleri gerektiğini hissediyorlardı.

Bu sesler, binanın uyandırdığı ıssızlık izlenimini ortadan kaldırmayacak kadar garipti. Kimsenin yaşamadığı bir binada doğaüstü bir ilahi yankılanıyor gibiydi.

İlahi sürerken, Jean Valjean hiçbir şey düşünmüyor, geceyi değil, mavi gökyüzünü görüyor, hepimizin içinde var olan kanatların açıldığını hissediyordu.

İlahi sona erdi. Belki uzun sürmüştü. Ama Jean Valjean ne kadar zaman geçtiğini bilmiyordu. İnsanın coşkuyla kendinden geçtiği saatler bir dakikaymış gibi gelir.

Caddeye ve bahçeye yeniden sessizlik hâkim olmuş, tehdit eden ya da iç rahatlatan her şey silinip gitmişti. Rüzgâr, duvarın tepesinde tatlı ve hüzünlü bir ses çıkaran kuru otların hışırdamasına neden oluyordu.

VII

Muammanın Devamı

Gecenin ayazından, saatin sabahın bir ile ikisi arasında olduğu anlaşılıyordu. Zavallı Cosette hiçbir şey söylemiyordu. Başını koluna yaslamasından dolayı uyuduğunu sanan

Jean Valjean eğilip ona baktı. Gözleri açık olan Cosette'in düşünceli hali Jean Valjean'ın içini sızlattı. Titremeye devam ediyordu.

— Uyumak istiyor musun? diye sordu Jean Valjean.

— Çok üşüyorum.

Ardından ekledi:

— O hâlâ burada mı?

— Kim?

— Madam Thénardier.

Jean Valjean Cosette'i susturmak için uydurduğu bahaneyi çoktan unutmuştu.

— Ah! dedi, gitti. Artık korkacak bir şey yok.

Çocuk göğsünün üstünden bir yük kalkmış gibi derin bir soluk aldı.

Toprak nemli, hangarın dört bir yanı açıktı, ayaz gittikçe şiddetleniyordu. Jean Valjean redingotunu çıkarıp Cosette'in üzerine örttü.

— Şimdi daha az üşüyorsun, değil mi?

— Ah, evet baba!

— Tamam, beni biraz bekle. Hemen döneceğim.

Hangardan çıkıp daha uygun bir sığınak bulmak için büyük binanın etrafını dolaşmaya başladı. Önüne çıkan kapıların hepsi kapalıydı. Zemin katının tüm pencerelerinde parmaklıklar vardı.

Binanın köşelerinden birini geçerken, içlerinden hafif bir ışık sızan kemerli pencereleri fark etti. Ayaklarının ucunda dikilip pencerelerden birinden içeri baktı. Pencerelerin hepsi geniş taşlarla döşenmiş, kemerler ve sütunlarla donanmış, hafif bir ışıktan ve devasa karaltılardan başka hiçbir şeyin seçilemediği oldukça büyük bir salonu çevreliyordu. Işık bir köşede yanan bir idare lambasından geliyor, bu ıssız salonda hiçbir şey hareket etmiyordu. Yine de, iyice baktığında yerde, döşemenin üzerinde kefenle kaplanmış, yere yüzükoyun uzanmış, başını taşa yaslamış, kollarını kavuşturmuş, ölümün hareketsizliği içinde yatan bir insan bedenine benzeyen bir şey görür gibi oldu. Döşemenin üzerinde sürünürmüş gibi görünen bu cismin boynunda bir ip vardı.

Tüm salona az aydınlanan mekânları daha da ürpertici kılan bir pus yayılıyordu.

Hayatı boyunca birçok iç karartıcı manzarayla karşılaşan Jean Valjean, o geceden sonra, o kasvetli mekânda, gece karanlığında hayal meyal seçebildiği, bilinmeyen bir gizemi barındıran o garip nesne kadar kanını donduran, ürkütücü bir görüntüye rastlamadığını sıklıkla dile getirmişti. Bu cismin ölü olduğunu düşünmek korkunçtu ve yaşıyor olma ihtimalini düşünmek daha da korkunçtu.

Alnını cama dayayıp bu nesnenin kımıldayıp kımıldamayacağını gözlemek cesaretini gösterdi. Kendisine çok uzun gelen bir süre boyunca boşuna bir çabayla öylece kaldı, yere uzanmış nesne hiç kımıldamıyordu. Aniden içini kaplayan büyük bir korkuyla, arkasına bakmaya cesaret edemeden hangara doğru koşarak kaçmaya başladı. Arkasını dönse o nesnenin kollarını açmış bir halde koşar adımlarla kendisine yaklaştığını göreceğini hissediyordu.

Soluk soluğa hangara vardığında dizleri tutmuyor, sırtından ter boşanıyordu.

Neredeydi? Paris'in ortasında böylesine garip bir mezarı andıran bir yapının bulunacağı kimin aklına gelirdi? Karanlıkta meleklerin sesleriyle insanları çağıran ve geldiklerinde onlara aniden bu korkunç görüntüyü sunan, cennetin ışıklı kapısını vaat ederken mezarın dehşet verici kapısını açan bu garip ev, gecenin gizemleriyle dolu bu ürkütücü bina da neyin nesiydi? Yine de bu bir bina, caddede numarası olan bir evdi! Gördüğü bir düş değildi! Bunu anlamak için taşlarına dokunmaya ihtiyacı vardı.

Soğuk, kaygı, korku, gecenin tüm heyecanı onu titretiyor, tüm bu düşünceler beyninde birbirleriyle çatışıyorlardı.

Cosette'e yaklaştı. Uyuyordu.

VIII

Çifte Muamma

Cosette başını bir taşa yaslayıp uykuya dalmıştı.

Yanına oturup onu incelemeye başlayan Jean Valjean ona baktıkça sakinleştiğini, daha mantıklı düşünebildiğini fark etti.

Bu kızla birlikte oldukları süre boyunca, yaşamının özünün bu gerçekliğe dayanacağını, ondan başka hiçbir şeye ihtiyaç duymayacağını, her şeyden sadece onun adına korkacağını net bir şekilde kavrıyor, üzerini örtmesi için çıkardığı redingotuna rağmen soğuğu hiç hissetmiyordu.

Bu arada, daldığı düşlerin ortasında, bir süreden beri bahçeden gelen ve sallanan bir çıngırağı andıran garip bir ses duyuyordu. Zayıf da olsa net bir şekilde işitilebilen bu ses, gece otlaklara salınan büyükbaş hayvanların çıngıraklarından yayılan hafif bir müziğe benziyordu.

Başını sesin geldiği yöne çeviren Jean Valjean bahçede birini gördü.

İnsana benzeyen bir yaratık kavun tarlasında düzenli hareketlerle eğilip kalkarak, durarak, sanki bir şeyler sürüklermiş ya da yere bir şeyler yayarmış gibi yürüyordu. Bu yaratık topallıyor gibiydi.

Jean Valjean bahtsızların o bitmek bilmeyen ürpertisiyle titredi. Her şeye bir düşman gibi kuşkuyla yaklaşan bahtsızlar gündüze kendilerini gösterdiği için, geceye de aniden yakalanmalarına yardımcı olduğu için güvenmezler. Az önce bahçenin ıssız olması nedeniyle ürperirken, şimdi orada biri olduğu için titriyordu.

Düşsel korkuları yerlerini yeniden gerçek korkulara bıraktı. Javert ve hafiyelerinin belki de gitmediklerini, kuşkusuz caddeye birkaç nöbetçi bırakmış olduklarını, bu adamın kendini fark etmesi halinde hırsız var diye bağıracağını ve yakalanmasına sebep olacağını düşündü. Uyuyan Cosette'i hafifçe kollarının arasına alıp hangarın en uzak köşesindeki kullanılmayan eski mobilyalar yığınının arkasına götürdü. Cosette hiç kımıldamadı.

Oradan kavun tarlasındaki yaratığın hareketlerini gözetlemeye başladı. Çıngırak sesinin bu adamın hareket etmesinin ardından duyulması ilginçti. Gürültü adam yaklaştıkça artıyor, uzaklaştıkça azalıyordu; ani bir hareketine bir tremolo eşlik ediyor, durduğunda da ses kesiliyordu. Bu adama bir koç ya da öküz gibi bir çıngırak bağlandığı kesindi, ama bunun anlamı neydi?

Kendi kendine bu soruları sorarken, Cosette'in ellerine dokundu. Buz kesmişlerdi.

— Aman Tanrım! dedi.

Alçak sesle:

— Cosette! diye seslendi

Kız gözlerini açmadı.

Jean Valjean onu sertçe sarstı.

Kız uyanmadı.

— Ölecek! dedi ve tepeden tırnağa titreyerek ayağa kalktı.

Aklından birbirlerine karışmış halde en ürkütücü düşünceler geçti. Ürkütücü varsayımların bizi bir taşkınlık seli gibi kuşattığı ve beynimizin bölmelerini şiddetle zorladığı anlar vardır. Söz konusu olan sevdiğimiz bir kişiyse, ihtiyatlılığımızın keşfedemeyeceği çılgınlık yoktur. Böyle soğuk bir gecede açık havada uyumanın ölümcül sonuçları olabileceğini düşündü.

Rengi solan Cosette hiç kımıldamadan ayaklarının dibine serilmişti.

Göğsünü dinledi; soluk alıyordu ama bu soluk hafif ve tükenmeye yüz tutmuş gibiydi.

Onu nasıl ısıtabilirdi? Onu nasıl uyandırabilirdi?

Kafasındaki diğer düşünceler silinip gitmişti. Kendini kaybetmiş bir halde hangardan dışarı çıktı.

Bir çeyrek saat geçmeden Cosette'in ateş yanan bir odada bir yatağa yatırılması gerekiyordu.

IX

Çıngıraklı Adam

Hemen bahçede gördüğü adama doğru yürüdü. Yeleğinin cebinden çıkardığı gümüş paraları eline almıştı.

Jean Valjean birkaç adımda, başını öne eğdiği için kendini görmeyen adamın yanına ulaşıp bağırdı:

— Yüz frank!

Adam yerinden sıçrayarak başını kaldırdı.

— Bu gece bize barınacak bir yer bulursanız, yüz frank kazanacaksınız! diye tekrarladı Jean Valjean.

Ay Jean Valjean'ın ürkmüş yüzünü aydınlatıyordu.

— Şu işe bakın, demek sizsiniz Madeleine Baba! dedi adam.

Bu karanlıkta, bu bilinmeyen mekânda, bu meçhul kişi tarafından telaffuz edilen bu sözler karşısında Jean Valjean geri çekildi.

Bunun dışında her şeye hazırdı. Kendisiyle konuşan, bir köylü gibi giyinmiş, dizinde iri bir çıngırağın sarktığı deri bir dizlik bulunan beli bükülmüş, topal bir ihtiyardı. Karanlıkta yüzü seçilemiyordu.

Bu arada şapkasını çıkaran yaşlı adam titreyerek haykırıyordu:

— Aman Tanrım! Madeleine Baba burada ne işiniz var? Tanrı aşkına, buraya nasıl girdiniz? Demek gökten düştünüz! Bu çok da garip bir durum değil, sizin gibi biri bir yerden düşecek olursa, elbette ki gökten düşer. Şu halinize bakın! Kravatınız, şapkanız, ceketiniz yok! Sizi tanımayan birini korkutacağınızın farkında mısınız? Üstünüzde bir şey yok! Ulu Tanrım, artık ermişler çıldırıyor mu? Ama buraya nasıl girdiniz?

Bir kelimeyi diğeri izliyor, yaşlı adam bir taşralı gibi kaygı uyandırmayan tarzda konuşuyordu. Tüm bunları şaşkınlıkla temiz yürekliliğin iç içe geçtiği bir üslupla söylemişti.

— Siz kimsiniz? Bu ev de neyin nesi? diye sordu Jean Valjean.

— Ah! Şu işe bakın, bu kadarı da fazla, diye bağırdı ihtiyar, ben sizin buraya yerleştirdiğiniz kişiyim ve bu ev sizin beni yerleştirdiğiniz ev. Nasıl! Beni tanımadınız mı?

— Hayır, dedi Jean Valjean. Peki ya siz beni nereden tanıyorsunuz?

— Benim hayatımı kurtardınız.

Ay ışığı yüzüne vurduğunda Jean Valjean ihtiyar Fauchelevent'ı tanıdı.

— Ah! Demek sizsiniz, evet sizi tanıyorum.

— Ne mutlu! dedi ihtiyar sitemkâr bir ses tonuyla.

— Peki burada ne yapıyorsunuz?

— İşte, kavunlarımın üzerini örtüyorum!

Gerçekten de, Jean Valjean yanına geldiğinde ihtiyar Fauchelevent elinde kavun tarlasının üzerine serdiği koruma hasırının ucunu tutuyordu. Bahçeye çıktığı bir saatten beri hasırın bir bölümünü sermişti. Jean Valjean'ın hangardan gözlemlediği o ilginç hareketleri bu yüzden yapıyordu.

Devam etti:

— Kendi kendime, ay çok parlak, don yapacak, kavunlarıma paltolarını giydireyim mi? diye sordum. Jean Valjean'a dönerek, sizin de aynı şeyi yapmanız gerekirdi dedi, gülerek ekledi, ama burada ne işiniz var?

Bu adamın kendisini en azından Madeleine adıyla tanıdığını fark eden Jean Valjean temkinli bir şekilde konuşmaya başlayıp peş peşe sorular yöneltti. Roller garip bir şekilde değişmişe benziyordu. Bahçeye giren kendisi olsa da, yaşlı adamı sorguya çekti.

— Neden dizinize o çıngırağı taktınız?

— Bunu mu? Benden uzaklaşmaları için.

— Ne? Sizden uzaklaşmaları için mi?

Fauchelevent garip bir şekilde gözünü kırptı.

— Ah! Bu evde sadece kadınlar ve birçok genç kız var. Sanırım onlarla karşılaşmamın sakıncalı olduğunu düşünüyorlar. Çıngırak onları uyarıyor. Ben gelince onlar gidiyorlar.

— Bu ev neyin nesi?

— Ama bunu biliyorsunuz.

— Hayır bilmiyorum.

— Beni buraya bahçıvan olarak yerleştirmiştiniz!

— Bana hiçbir şey bilmiyormuşum gibi yanıt verin.

— Tamam o zaman, burası Petit-Picpus Manastırı!

Anılar Jean Valjean'ın hafızasında canlanıyordu. Rastlantı yani kader onu, iki yıl önce bir araba kazası sonucu sakat kalan ihtiyar Fauchelevent'ı kendi talimatıyla yerleştirdiği Saint-Antoine Mahallesi'nin manastırına fırlatmıştı. Kendi kendine konuşurmuş gibi tekrarladı:

— Petit-Picpus Manastırı!

— Evet, ama Madeleine Baba içeri nasıl girdiniz? Bir ermiş olsanız da nihayetinde erkeksiniz, buraya erkekler giremez.

— Siz de erkeksiniz.

— Bir tek ben varım.

— Yine de, burada kalmam gerekiyor, dedi Jean Valjean.

— Ah! Tanrım! diye haykırdı Fauchelevent.

İhtiyara yaklaşan Jean Valjean ciddi bir ses tonuyla:

— Fauchelevent Baba, sizin hayatınızı kurtardım, dedi.

— Bunu sizden önce ben hatırladım, diye karşılık verdi Fauchelevent.

— Tamam o zaman, benim sizin için yaptığımı şimdi siz benim için yapacaksınız.

Jean Valjean'ın güçlü ellerini kırışık ve titrek ellerinin arasına alan Fauchelevent birkaç saniye boyunca ne söyleyeceğinin bilemedi. Nihayet haykırdı:

— Ah! Ah! Size biraz olsun yardım edebilirsem ulu Tanrı beni kutsamış olacak! Hayatınızı kurtarmak! Sayın başkan bu yaşlı adama dilediğiniz talimatı verin!

Büyük bir sevinçle altüst olan yaşlı adamın yüzünden bir ışık saçılıyor gibiydi.

— Ne yapmamı istiyorsunuz?

— Size anlatacağım. Bir odanız var mı?

— Eski manastırın yıkıntısının arkasında, kimsenin göremeyeceği bir köşede üç odalı bir evim var.

Gerçekten de, yıkıntının arkasına kimsenin göremeyeceği bir şekilde inşa edilmiş olan bu kulübe Jean Valjean'ın bile gözünden kaçmıştı.

— Tamam. Şimdi sizden iki şey isteyeceğim.

— İsteyin sayın başkan.

— Öncelikle, benim hakkımda bildiklerinizi kimseye söylemeyeceksiniz. İkincisi, daha fazlasını öğrenmeye çalışmayacaksınız.

— Nasıl isterseniz. Sadece onurlu bir iş yapacağınızı ve her zaman ulu Tanrı'nın en iyi kullarından biri olduğunuzu biliyorum. Üstelik beni buraya siz yerleştirdiniz. Bu yüzden emrinizdeyim.

— Tamam. Şimdi benimle gelin. Çocuğu alacağız.

— Ah! Bir de çocuk mu var?

Tek bir söz daha söylemeden sahibinin peşinden giden bir köpek gibi Jean Valjean'ı izledi.

Yarım saat geçmeden, sıcak bir odada, yaşlı bahçıvanın yatağında uyuyan Cosette'in rengi yerine gelmişti. Jean Valjean kravatını takıp, redingotunu giymiş, duvarın üzerinden attığı şapkasını bulup başına geçirmişti; Jean Valjean giyinirken Fauchelevent dizliğindeki çıngırağı çıkarmış, süs niyetine duvardaki bir çiviye asmıştı. İki adam Fauchelevent'ın biraz peynir, esmer ekmek, bir şişe şarap ve iki bardak koyduğu masanın üzerine dirseklerini dayamışlardı. Az sonra yaşlı adam elini dizine koyduğu Jean Valjean'a:

— Ah! Madeleine Baba! Beni hemen tanıyamadınız! İnsanların hayatını kurtarıp onları unutuyorsunuz! Bu çok kötü! Onlar sizi hatırlıyorlar! Siz nankörsünüz! diyordu.

X

Javert'in Eli Boş Dönmesinin Hikâyesi

Âdeta tersinden gördüğümüz olaylar, aslında çok basit koşullarda gerçekleşmişti.

Jean Valjean, Javert'in kendisini Fantine'in öldüğü yatağın kenarında tutukladığı günün akşamı Montreuil-sur-mer Hapishanesi'nden kaçtığında, polis kaçak forsanın Paris'e gitmiş olabileceğini düşünmüştü. Her şeyin kaybolduğu bir anafor olan Paris'te her şey, tıpkı dünyanın boşluğunda olduğu gibi o anaforun çukurunda gözden kaybolup giderdi. Hiçbir ormanın, insanı bu kalabalık kadar iyi gizleyemediğini tüm kaçaklar bilirler. Paris'e bir anaforun çukurunda yutulmaya giderler; bazen bu yutulmalar kurtuluşu sağlar. Bunu polis de bilir ve tıpkı Montreuil-sur-mer'in eski belediye başkanı gibi başka yerde bulamadığını Paris'te arar. Araştırmaları yürütmek üzere Paris'e çağrılan Javert, gerçekten de Jean Valjean'ın yeniden yakalanmasına büyük katkıda bulunmuştu. Gayretkeşliği ve zekâsıyla Emniyet Müdürü Kont Angles'in yardımcısı olan ve kendisine daha önce de destek veren M.Chabouillet'nin gözüne girmiş ve Montreuil-sur-mer'in müfettişi Paris'e atanmıştı. Javert orada, sözcükler bu tür görevler için uygun kaçmasa da, yüzünün akıyla yararlı hizmetlerde bulunmuştu.

Artık Jean Valjean'ı düşünmüyordu –her zaman av peşinde olan bu köpekler şu an izini sürdükleri kurt yüzünden dün aradıkları kurdu unuturlar–, asla gazete okumayan Javert 1823'ün Aralık ayında, monarşi yanlısı olduğundan "Prens Angoulême dükünün" Bayonne'a muzaffer bir edayla girişinin ayrıntılarını öğrenmek için bir gazeteye göz atmış, kendisini ilgilendiren haberi okuduktan sonra sayfanın dibinde Jean Valjean'ın ismini fark etmişti. Gazete kürek mahkûmu Jean Valjean'ın öldüğünü Javert'de hiçbir kuşku uyandırmayan kesin bir dille aktarıyordu. Sadece: *İşte güzel bir mahkûmiyet*, demekle yetinen Javert gazeteyi elinden bırakmış, bu konuyu bir daha hiç düşünmemişti.

Bir süre sonra, Seine-et-Oise Emniyeti'nden Paris Emniyet Müdürlüğü'ne gönderilen bir raporda, Montfermeil'de, annesi tarafından bir hancıya emanet edilen yedi sekiz yaşlarında bir kız çocuğunun meçhul bir şahıs tarafından kaçırıldığı, Cosette adındaki bu kızın Fantine adlı annesinin bilinmeyen bir tarihte, bilinmeyen bir hastanede öldüğü bildiriliyordu. Bu raporu gözden geçiren Javert düşüncelere daldı.

Fantine ismini iyi hatırlıyor, Jean Valjean'ın bu yaratığın kızını aramak için üç gün izin isteyerek kendisini kahkahalara boğduğunu hiç unutmuyordu. Jean Valjean'ın Paris'te Montfermeil arabasına binerken yakalandığını hatırladı. Hatta bazı rivayetlere göre, yakalanmadan bir süre önce bir kez daha Montfermeil yakınlarına gitmiş ama köyde onu kimse görmemişti. Montfermeil'de ne işi olabileceğini kimse tahmin edemiyordu. Javert bunun nedenini şimdi anlıyordu. Jean Valjean, Fantine'in kızını almaya gidiyordu. Oysa şimdi bu çocuk meçhul bir şahıs tarafından kaçırılmıştı! Bu meçhul şahıs kim olabilirdi? Yoksa Jean Valjean'mıydı? Ama Jean Valjean ölmüştü. Javert kimseye bir şey söylemeden Planchette çıkmazındaki Plat d'étain'den Montfermeil arabasına bindi.

Orada, her şeyi aydınlatacağı büyük bir ışık bulmayı umarken zifiri karanlıkla karşılaştı.

Thénardierlerin ilk günlerde yakınıp olan biteni herkese anlatmaları üzerine, Çayırkuşu'nun kaçırılması köyde birçok söylentiye yol açmıştı. Bu hikâyenin birçok versiyonu anlatılmış, sonunda çocuğun kaçırıldığına karar verilmiş, Paris'e gönderilen rapor bu nedenle kaleme alınmıştı. Yine de, ilk öfkesi geçen Thénardier, hayran olunası içgüdüsüyle başsavcıya ihbarda bulunmanın hiç de hayırlı olmayacağını, *Cosette'in kaçırılması* konusundaki şikâyetinin ilk sonucunun adaletin parıldayan gözlerini kendisine ve çevirdiği gizli işlere yöneltmesi olacağını anlamıştı. Baykuşların en sevmediği şey ışığın kendi üzerlerine tutulmasıdır. Üstelik aldığı bin beş yüz frankı nasıl açıklayacaktı? Hemen kararını verip karısına bu konu hakkında hiç konuşmaması talimatını verdi ve kendisine *kaçırılan çocuktan* söz edildiğinde alttan almaya başladı. Söylentilere anlam veremiyordu; kuşkusuz bu küçük sevimli kızı aceleyle "elinden aldıklarında", ona duyduğu sevgiden dolayı birkaç gün daha yanında kalmasını istemiş, ama onu almaya gelen "büyükbabası" olduğu için elinden bir şey gelmemişti. Bu öyküye büyükbabayı eklemesi işini kolaylaştırıyordu. İşte Javert, Montfermeil'e geldiğinde ortalıkta bu söylentiler dolaşıyordu. Büyükbaba Jean Valjean ihtimalini ortadan kaldırıyordu.

Yine de, Javert bilgi edinmek için Thénardier'ye bazı sorular sordu. Bu büyükbaba ne iş yapıyordu ve ismi neydi? Thénardier sakince yanıt verdi:

— Zengin bir toprak sahibi. Kimliğini gördüm. Sanırım ismi M. Guillaume Lambert'di.

Lambert itibarlı ve güven verici bir isimdir. Javert Paris'e geri döndü.

— Jean Valjean'ın öldüğü kesin, diye düşündü, ne ahmağım.

Bu hikâyeyi unutmak üzereyken, 1824 Mart'ında, Saint-Médard Mahallesi'nde oturan ve "sadaka veren dilenci" olarak anılan garip bir kişiden söz edildiğini haber aldı. Söylendiğine göre, ismini kimsenin tam olarak bilmediği bu kişi Montfermeil'den geldiğinin dışında hiçbir şey bilmeyen yedi sekiz yaşında küçük bir kızla birlikte yaşıyordu. Montfermeil! Her zaman karşısına çıkan bu isim, Javert'in yine dikkatini çekti. Eskiden kilisede hademelik yapan, şimdiyse sokaklarda hafiye olarak dilenen ve bu kişinin sadaka verdiği yaşlı adam şu ayrıntıları ekliyordu: Sadece akşamları dışarı çıkan, yoksullar dışında kimseyle konuşmayan, kimseyi yanına yaklaştırmayan bu rantiye, çok yabani bir adamdı.

Astarının içinde banknotlar olduğu için milyonlarca frank eden eski, sarı bir redingot giyiyordu. Bu bilgiler Javert'in merakını kabartmıştı. Bir gün, bu fantastik rantiyeyi hiç ürkütmeden görebilmek için dilencinin yırtık pırtık giysilerini alıp her akşam diz çökmüş bir halde dualar okuduğu, dua okurken muhbirlik yaptığı yere oturdu.

Gerçekten de, "şüpheli şahıs" kılık değiştirmiş Javert'in yanına gelip sadaka verdi; Javert başını kaldırdığında Jean Valjean, Javert'i gördüğünü sanarak sarsılmış, Javert de Jean Valjean'ı gördüğünü sanarak altüst olmuştu.

Yine de, karanlıkta yanılmış olabilirdi; Jean Valjean'ın öldüğü resmî olarak bildirilmişti; yine de Javert bu kişinin Jean Valjean olduğundan ciddi bir şekilde şüphe ediyordu; ama işi konusunda çok titiz olan Javert bir şüphe yüzünden kimsenin yakasına yapışmazdı.

Adamı Gorbeau'nun evine kadar takip ettikten sonra "ihtiyar kadının" ağzından laf alması zor olmadı. Redingotun milyonlarla dolu olduğunu doğrulayan yaşlı kadın ona bin franklık banknotun hikâyesini anlattı. Onu görmüştü! Ona dokunmuştu! Bir oda kiralayan Javert o akşam eve yerleşti. Sesini duymak umuduyla esrarengiz kiracının kapısını dinlese de, anahtar deliğinden mum ışığını fark eden Jean Valjean sessiz kalarak oyununu bozdu.

Ertesi sabah evden ayrılmaya karar veren Jean Valjean'ın beş frankı yere düşürmesi üzerine paranın sesini duyan yaşlı kadın adamın evi terk edeceğini düşünüp durumu hemen Javert'e bildirmişti. Jean Valjean akşam dışarı çıktığında, Javert iki adamıyla birlikte bulvarın ağaçlarının arasında bekliyordu.

Javert emniyetten takviye istese de, yakalamayı umduğu kişinin ismini söylememiş, bu sırrını üç nedenden dolayı gizlemişti: Öncelikle en ufak bir ihtiyatsızlık Jean Valjean'ı alarma geçirebilirdi; ikincisi, Paris'in gedikli polisleri öldüğü sanılan kaçak bir kürek mahkûmunu, adaletin bir zamanlar *en tehlikeli eşkıyalardan biri* olarak sınıflandırdığı bir mahkûmu yakalamayı yeni gelen Javert'e kaptırmak istemezlerdi; nihayet Javert bir sanatçı olarak hiç umulmayanı gerçekleştirmek zevkine sahipti. Uzun süre önceden haber verilerek parıltısı soldurulan başarılardan nefret ederdi. Başyapıtlarını karanlıkta hazırlar, onları aniden sergilerdi.

Javert, Jean Valjean'ı bir ağaçtan diğerine, sonra da bir cadde köşesinden diğerine kadar izlemiş, avının kendini en güvende hissettiği anlarda bile gözünü ondan ayırmamıştı. Peki Javert Jean Valjean'ı neden tutuklamıyordu? Çünkü içinde hâlâ bir şüphe vardı.

O dönemde polisin özgür basının işini zorlaştırması nedeniyle dilediği gibi davranamadığını hatırlamak gerek. Gazetelerde yer alan bazı keyfî uygulamalar mecliste tepki uyandırmış ve emniyet teşkilatını pasifleştirmişti. Bireysel özgürlüğe tacizde bulunmak ciddi bir suçtu. Polisler görevden alınmak korkusuyla hata yapmaktan çekiniyorlardı. Yirmi gazetede şu kısa başlıkla verilecek haberin yaratacağı etkiyi düşünsenize: "Dün, saygıdeğer bir toprak sahibi olan ve yedi sekiz yaşındaki torunuyla dolaşmaya çıkan beyaz saçlı yaşlı bir büyükbaba kaçak bir kürek mahkûmu olarak Emniyet Müdürlüğü'ne getirildi!"

Ayrıca Javert'in kendine özgü titizlikleri olduğunu da tekrarlayalım; vicdanının talimatları emniyet teşkilatının talimatlarına ekleniyordu. Gerçekten de hâlâ tereddütlüydü.

Jean Valjean sırtını ona dönmüş bir halde karanlıkta yürüyordu. Üzüntü, endişe, bezginlik, kendini gece vakti kaçmak ve Paris'te Cosette ile birlikte bir sığınak aramak zorunda bırakan bu yeni bahtsızlık, adımını bir çocuğun adımına uydurma zorunluluğu, tüm bunlar Jean Valjean'ın her zamanki yürüyüş temposunu değiştirmiş, bedenine Javert'in kimliğinde cisimleşen polisi bile yanıltacak ölçüde bir dermansızlığın damgasını vurmuştu. Onun yanına yaklaşmanın imkânsızlığı, yurtdışından gelmiş bir eğitmeninkine benzeyen giysileri, Thénardier'nin onu büyükbaba olarak nitelemesi, nihayet öldüğüne inanılması Javert'in zihnindeki belirsizlikleri daha da yoğunlaştırıyordu.

Bir an aklına ona kimliğini sormak geldi. Ama bu adam Jean Valjean ya da yaşlı, onurlu bir rantiye değilse, muhtemelen Paris'teki karanlık ve kirli işlere iyice bulaşmış bir serseri, iyi bilinen bir taktik uyarınca diğer yeteneklerini gizlemek için sadaka veren tehlikeli bir çete reisi olabilirdi. Kuşkusuz onunla iş birliği yapan birileri, suç ortakları, gerektiğinde sığınabileceği gizli mekânları vardı. Caddelerde sürekli yol değiştirdiğine bakılırsa bu hiç de sıradan bir ihtiyar değildi. Onu hemen yakalamak "altın yumurtlayan tavuğu öldürmek" anlamına gelirdi. Beklemenin ne sakıncası vardı? Javert onu elinden kaçırmayacağından emindi.

Kendi kendine bu gizemli adam hakkında sorduğu yüzlerce soruyla şaşkın bir halde ilerliyordu.

Onun Jean Valjean olduğunu ancak çok daha sonra, Pontoise Caddesi'nde bir meyhanenin canlı ışığı yüzüne vurduğunda anladı.

Bu dünyada tepeden tırnağa sarsılarak titreyen iki varlık mevcuttur: Çocuğuna kavuşan anne ve avını bulan kaplan. Javert bu olağanüstü titremeyle sarsıldı.

Onun kesinlikle Jean Valjean olduğunu anladığında, sadece üç kişi olduklarını fark edip Pontoise Caddesi'ndeki polis karakolundan takviye istemişti. Dikenli sopayı kavramadan önce eldiven giymek gerekir.

Bu gecikme ve Rollin kavşağında yardımcılarına danışmak için durması yüzünden az kalsın avının izini kaybedecekti. Yine de Jean Valjean'ın peşindeki avcılarla arasına nehri koymak isteyeceğini hemen tahmin etmişti. Doğru yolda olup olmadığını anlamak için burnunu yere dayayan bir av köpeği gibi başını öne eğip düşündükten sonra şaşmak bilmeyen güçlü içgüdüsüyle Austerlitz Köprüsü'ne doğru yürüdü. Köprü bekçisiyle aralarında geçen şu konuşma üzerine haklı olduğunu anladı:

— Bir adam ve küçük bir kız gördünüz mü?

— Ona iki santim ödettim.

Javert köprüye girdiğinde karşı kıyıdaki meydanın aydınlığında Cosette'in elini tutan Jean Valjean'ı fark etmiş, onun Chemin-Vert-Saint-Antoine Caddesi'ne girdiğini görmüştü. O caddenin sonunda bir tuzak gibi bekleyen Genrot çıkmazını ve Droit-Mur Sokağı'nın Picpus Sokağı'na açılan tek çıkışını düşündü. Avcıların dediği gibi *önünü kesmek* için adamlarından birini hemen ara bir yoldan o çıkış noktasına yolladı. Arsenal garnizonuna dönmekte olan bir devriye birliğine rastlayıp onları da yanına aldı. Bu tür takiplerde askerler iyi bir kozdur. Zaten, bir yabandomuzunu yakalamak için avcının hüneri ve köpeklerin gücü gerekir. Bu önlemleri aldıktan sonra, sağdaki Genrot çıkmazı, soldaki nöbetçi sayesinde geriye döndüğünde kendisiyle karşı karşıya kalacak olan Jean Valjean'ı yakaladığını hissederek enfiyesini çekti.

Ardından oyununa başladı. Şeytani ve büyülü bir an yaşadı; yakaladığını bildiği adamın önünden yoluna devam etmesine izin verip onu yakalayacağı anı mümkün olduğunca geciktirmeyi arzuladı, onu yakaladığını bilmenin ve hâlâ özgürce yürüdüğünü görmenin keyfini çıkardı. Sineğin ağında kanat çırpmasını izleyen örümceğin, yakaladığı farenin bir süre kaçmasına izin veren kedinin duyduğu hazla gözlerini ondan ayırmıyordu. Yırtıcı kuşlar pençeleriyle yakaladıkları avı kıskaçlarına aldıkları anda dehşet verici bir şehvet duygusuna kapılırlar. O çırpınarak boğuluş ne büyük bir haz verir!

Javert bu anın tadını çıkarıyordu. Ağın ilmikleri sıkıca bağlanmıştı. Başarıdan emindi; artık sadece avucunu sıkması gerekiyordu.

Ne kadar kararlı, güçlü ve umutsuz olursa olsun Jean Valjean'ın direnmesi yanındaki takviye güç sayesinde imkânsızdı.

Javert yavaşça ilerlerken tıpkı bir hırsızın cebini yoklarmış gibi her köşe bucağı karış karış gözden geçiriyordu.

Ağın merkezine geldiğinde sineği bulamadı.

Ne kadar öfkelendiği tahmin edilebilir.

Droit-Mur ve Picpus sokaklarının köşesini tutan nöbetçiyi sorguladı; görev yerinden hiç ayrılmayan bu polis adamı görmemişti.

Etrafı köpek sürüsü tarafından çevrilmiş bir geyik bazen paçayı sıyırabilir, yani kaçıp kurtulabilir. O zaman en deneyimli avcılar bile ne diyeceklerini şaşırırlar. Duvivier, Ligniville ve Desprez afallayıp kalır. Böyle bir düş kırıklığı anında Artonge: *Bu bir geyik değil, büyücü*, diye haykırmıştı.

Javert de bu şekilde haykırmak istiyordu.

Hayal kırıklığına bir an için ümitsizlik ve öfke karıştı.

Napoléon'un Rusya Seferi'nde, İskender'in Hindistan Seferi'nde, Sezar'ın Afrika Savaşı'nda, Büyük Kiros'un İskitlerle savaşında ve Javert'in Jean Valjean seferinde hatalar yaptıkları kuşkusuzdur. Belki de eski kürek mahkûmunu tanımak konusunda tereddüt etmekle hata yapmıştı. Bir bakış yeterliydi. Onu evde kolayca yakalamamakla hata yapmıştı. Pontoise Caddesi'nde kesin olarak tanıdığında onu tutuklamamakla hata yapmıştı. Ay ışığının aydınlattığı Rollin kavşağında yardımcılarına danışmakla hata etmişti. Kuşkusuz fikir alışverişinde bulunmak, saygı duyulmayı hak eden köpeklerin düşüncelerini öğrenmek yararlıdır, ama avcı, kurt ve kürek mahkûmu gibi tehlikeli bir avın peşindeyse ne kadar tedbir alsa yetersizdir. Yolun her tarafına av köpeklerini salan Javert, hayvana takip edildiğini hissettirerek kaçmasına yol açmıştı. Özellikle de, Austerlitz Köprüsü'nde izini yeniden bulduğunda, böyle bir adamı avucunun içinde hissetmenin verdiği güvenle o korkunç ve tehlikeli oyunu oynamakla hata etmişti. Kendini olmadığı kadar güçlü hissetmiş, fareyle oyun oynayan aslan olduğunu sanmıştı. Aynı şekilde, takviye istemenin gerekli olduğunu düşündüğünde kendini çok zayıf hissetmişti. Kaçınılmaz bir önlem olsa da, değerli bir zaman dilimini kaybetmişti. Javert tüm bu hataları yapsa da, en birikimli, en disiplinli muhbirlerden biriydi. Avcılıkta söylendiği gibi sözcüğün tam anlamıyla *bilge bir köpekti.* Ama kim tamamen mükemmel olabilir ki?

En büyük stratejistlerin bile yanıldığı anlar vardır.

En büyük saçmalıklar, sıklıkla tıpkı kalın ipler gibi küçücük şeylerin bir araya gelmesinden yapılmıştır. Bir halatı alıp, onu oluşturan iplikleri ayırdıktan sonra hepsini teker teker koparırsanız "Bu da neymiş!" dersiniz. İplikleri örüp bir araya getirdiğinizde ortaya devasa bir şey çıkar; bu, Doğu'daki Markianos ile Batı'daki Valentinianus arasında tereddüt eden Attila'dır; bu, Capua'ya gelmekte geciken Hannibal'dir; bu Arcis-sur-Aube'da uyuyakalan Danton'dur.

Her ne olursa olsun, Jean Valjean'ı elinden kaçırdığını anladığı anda Javert aklını kaybetmedi. Kaçak kürek mahkûmunun çok uzaklaşmış olamayacağına kesin gözüyle baktığından nöbetçiler yerleştirdi, pusular, tuzaklar hazırladı ve tüm gece mahalleyi araştırdı. Gözüne çarpan ilk şey, ipi kesilmiş fener oldu. Değerli bir ipucu olsa da, bu kesik ip tüm araştırmalarını Genrot Çıkmaz Sokağı'na yöneltmesine neden oldu. Bu çıkmaz sokağın alçak duvarlarından ekilmemiş geniş arazilere doğru uzanan bahçelere geçilebiliyordu. Jean Valjean hiç kuşkusuz o tarafa kaçmış olmalıydı. Doğrusu, Genrot Çıkmaz Sokağı'na biraz daha girmiş olsaydı, muhtemelen yakalanacaktı. Javert bu bahçeleri ve arazileri karış karış taradı.

Gün doğarken, çevreyi gözlemeleri için iki adamını orada bırakıp, bir hırsıza yakalanmış bir muhbirin utancıyla emniyet müdürlüğüne döndü.

Altıncı Kitap
Petit-Picpus

I

Picpus Sokağı, Numara 62

Yarım asır önce, hiçbir şey bir araba kapısına Picpus Sokağı 62 numaranın araba kapısı kadar benzemezdi. Genellikle insanı cezbedici bir şekilde aralık duran bu kapıdan pek de kasvetli olmayan iki şey görülürdü, asma dallarıyla kaplı duvarların kuşattığı bir avlu ve gezinip duran bir kapıcının yüzü. Yüksek ağaçlar dipteki duvarın üzerinden bakınca fark edilirdi. Güneş ışığı avluyu şenlendirip bir bardak şarap kapıcıyı keyiflendirdiğinde, Picpus Sokağı'nın 62 numaralı kapısının önünden gülünç bir düşünceye kapılmadan geçmek mümkün olmazdı. Yine de, burası bir kısmı hayal meyal görülebilen kasvetli bir mekândı.

Eşik gülümsüyor, ev dua edip ağlıyordu.

Hiç de kolay olmayacak bir şekilde kapıcıyı atlatmayı başarıp –bunu başarmak neredeyse imkânsızdı, çünkü içeri girmek için bilinmesi gereken bir *Açıl susam açıl!* vardı– sağda iki duvar arasına sıkışmış, ancak tek kişinin sığabileceği dar bir merdivene açılan hole ulaşan birisi, bu merdivenin üstü kanarya sarısı, süpürgeliği çikolata rengi olan duvarlarından korkmadan yukarı çıkmaya kalkışırsa, önce ilk, sonra ikinci sahanlığı aşıp sarı ve çikolata renkli badananın sakin ısrarının eşliğinde birinci kattaki bir koridora girebilirdi. Merdiven ve koridor iki şık pencere tarafından aydınlatılıyor, koridor biraz ileride bir dirsek oluşturup karanlığa gömülüyordu. Bu köşeyi dönen kişi birkaç adım sonra kapalı olmadığı için daha da gizemli görünen bir kapıya ulaşıyordu. Kapı itildiğinde, yaklaşık dört metrekarelik, taş döşemeli, temiz, soğuk, duvarları rulosu bir frank olan yeşil çiçekli nankin kâğıdıyla kaplı küçük bir odayla karşılaşılıyordu. Odanın sol tarafının tamamını kaplayan, camları küçük bölmelere ayrılmış büyük bir pencereden beyaz ve mat bir ışık geliyordu. Etrafa bakıldığında kimse görülmüyor, kulak kabartıldığında bir ayak sesi ya da bir insan mırıltısı duyulmuyordu. Duvar çıplaktı, odada tek bir mobilya, tek bir iskemle dahi yoktu.

Etrafa bir kez daha bakıldığında kapının karşısındaki duvarda yaklaşık bir avuç büyüklüğünde, birbirlerini kesen, siyah, boğumlu, sağlam demir çubuklardan oluşan dört köşeli bir delik görülüyordu, ağın ilmeklerine benzeyen bu deliğin köşegeni on beş santim kadardı. Nankin kâğıdının yeşil çiçekçikleri düzen ve sükûnet içinde bu demir çubuklara kadar uzanıyor, bu iç karartıcı temas onları incitmiyordu. Bir deri bir kemik kalmış bir kişi bu dört köşeli delikten girip çıkmayı denese, bedenin geçmesine asla izin vermeyen, sadece gözlerin yani zihnin içeri sızmasına göz yuman bu parmaklık onu engellerdi. Bu yüzden tedbirler daha da artırılmış gibiydi, çünkü parmaklığın arkasına bir kevgirinkinden daha küçük binlerce delikle oyulmuş teneke bir levha yerleştirilmişti. Bu levhanın altına posta kutusunun aralığına benzeyen bir açıklık oyulmuştu. Parmaklıklı deliğin sağından küçük bir çana bağlanmış bir kurdele sarkıyordu.

Bu kurdele çekildiğinde küçük çanın çınlamasıyla hemen yakınlardan, insanın içini titreten bir ses duyuluyordu.

— Kim o?

Bu, insanın içini sızlatacak ölçüde yumuşak bir kadın sesiydi.

Burada da söylenmesi gereken sihirli bir söz vardı. Bu söz bilinmiyorsa, duvar yeniden sanki öteki yanında mezarın ürkütücü karanlığı varmışçasına sessizliğe gömülüyordu.

Sihirli söz telaffuz edildiğinde, ses yeniden duyuluyordu.

— Sağdan girin.

O zaman sağda, pencerenin karşısında, üzerinde griye boyanmış camlı bir çerçeve fark ediliyordu. Kapının tokmağı çevrilip eşikten geçildiğinde, bir tiyatro gösterisi için parmaklıklı bir locaya girilirken hissedildiği gibi hissediliyordu. Gerçekten de, camlı kapının soluk ışığıyla loş bir şekilde aydınlanmış, iki eski iskemlenin, yerde yıpranmış hasır bir döşemenin bulunduğu bu tiyatro locasında dirseğin dayanacağı hizada siyah renkli tahta bir raf vardı. Ancak bu locanın parmaklığı Opéra'daki gibi yaldızlı ahşaptan değil, ürkütücü bir şekilde iç içe geçmiş ve sıkılı yumrukları andıran takozlarla duvara gömülmüş kafes görünümündeki demir çubuklardan yapılmıştı.

Birkaç dakika geçtiğinde, bu mahzenin yarı karanlığına alışan gözler parmaklığı aşmak isteseler de bir adım ötesini göremiyorlardı. Orada yeşile çalan sarıya boyanmış tahta kirişlerle desteklenmiş siyah kepenkler vardı. Birbirlerine eklenmiş uzun, ince tabakalardan oluşan ve parmaklığın arkasını boylu boyunca gizleyen bu kepenkler her zaman kapalıydı.

Birkaç saniye sonra bu kepenklerin ardından biri size şöyle sesleniyordu:

— Buradayım. Ne istiyorsunuz?

Bu, sevimli ve neredeyse hayranlık uyandıran bir sesti. Kimse görünmüyor, bir soluğun sesi güçlükle duyuluyordu.Biri size âdeta mezarın duvarından ilahi bir çağrı yöneltiyordu.

Koşullar nadiren de olsa elverişli olursa, kepenklerden birinin dar şeridi yüzünüze açılıyor, ilahi çağrı bir görüntüye kavuşuyordu. Parmaklığın, kepengin ardında, parmaklığın izin verdiği ölçüde ağzı ve çenesi görünen, geri kalanı siyah bir tülle örtülmüş bir baş beliriyor, siyah bir başörtüsü ve siyah bir kefenle kaplanmış bir cisim hayal meyal seçiliyordu. Bu baş sizinle konuşsa da size bakmıyor ve asla gülümsemiyordu. Arkanızdan gelen ışık sizin onu beyaz, onun sizi siyah görebileceği şekilde düzenlenmişti. Bu ışık bir semboldü.

Bu arada gözler bu aralıktan, tüm bakışlara kapalı olan bu mekâna büyük bir ihtirasla dalıyorlardı. Yas giysilerine bürünmüş bu cismin etrafını derin bir belirsizlik sarmalıyordu. Bu belirsizliği anlamlandırmaya çalışan gözler bu görüntüyü neyin çevrelediğini ortaya çıkarmaya çabalıyorlardı. Kısa süre sonra, hayaletlerin, iç çekişlerin bile olmadığı bu mekânda geceden, boşluktan, karanlıklardan, kış sisine karışan mezarlık buğusundan, ürkütücü bir sükûnetten, hiçbir anlam verilemeyen bir gölgeden başka hiçbir şey görülemediği anlaşılıyordu.

İşte bu görülenler bir manastırın, Bernardin tarikatının Adoration Perpétuelle[33] Manastırı olarak bilinen o kasvetli ve iç karartıcı mekânın içiydi. Bu loca bir ziyaretçi odasıydı: Sizinle konuşan ses, duvarın öbür yanında demir parmaklık ve binlerce deliğe sahip teneke levha ile çifte koruma altına alınmış dört köşeli deliğin yanında hiç kımıldamadan, sessizce oturan bir rahibeye aitti. Parmaklıklı locanın gömüldüğü karanlık, bu ziyaretçi odasının dünyaya bakan başka bir penceresi olmamasından kaynaklanıyordu. Dışarıdan bakan gözler bu kutsal mekânı asla görmemeliydi.

Yine de bu karanlığın ötesinde bir aydınlık, bu ölümün içinde bir yaşam vardı. Bu manastır ne kadar korunaklı

---

33 Sonsuz Tapınma. (ç.n.)

olursa olsun, okuyucuyla birlikte içine sızmaya ve anlatıcıların asla görmedikleri için hakkında hiçbir şey söyleyemedikleri bu mekânı ölçüyü kaçırmadan tanıtmaya çalışacağız.

II

Martin Verga Cemaati ve Prensipleri

1824'te, uzun yıllardan beri aynı yerde bulunan bu manastır, Bernardin tarikatının Martin Verga cemaati rahibelerine aitti.

Dolayısıyla, bu Bernardin rahibeleri de Bernardin rahipleri gibi Clairvaux'ya değil, Benedikten rahipleri gibi Cîteaux'ya, başka bir deyişle Saint Bernard'a değil, Saint Benoît'ya bağlıydılar.

Dinler tarihiyle ilgili kitapları biraz karıştırmış olanlar Martin Verga'nın 1425'te, merkezi Salamanca'da, bir kolu Alcala'da olan bir cemaat kurduğunu bilirler. Bu cemaatin Avrupa'nın tüm Katolik ülkelerinde kolları vardır. Latin kilisesinde tarikatların birleşmesi çok yaygındır. Sadece burada söz konusu olan Saint Benoît tarikatından bahsedersek, Martin Verga cemaati dışında dört topluluk vardır; bunlardan ikisi İtalya'daki Mont-Cassin ve Sainte-Justine de Padoue; diğer ikisi Fransa'daki Cluny ve Saint-Maur; ayrıca Valombrosa, Grammont, Célestin, Camaldule, Chartreux, Humiliés, Olivateur, Silvestrin ve nihayet Cîteaux'dan oluşan dokuz tarikat daha vardır; diğer tarikatların gövdesini oluştursa da Cîteaux tarikanın kendisi Saint Benoît'nın bir koludur. Cîteaux tarikatının kurucusu 1098'de Langres piskoposluğunun rahibi olan Saint Robert'dir. Oysa 529'da, Subiaco Çölü'ne çekilen şeytan (Yaşlandığı için mi keşiş olmuştu?) yaşadığı eski Apollon Tapınağı'ndan on yedi yaşındaki Benoît tarafından kovulmuştu.

Hiç oturmadan yalın ayak gezen, boyunlarında bir söğüt dalı taşıyan Karmelit rahibelerinden sonra, en zorlu kurallar Martin Verga'nın Bernardin-Benedikten rahibeleri için geçerliydi. Siyah giysiler giyer, başlarına Saint Benoît'nın kesin buyruğu uyarınca çenelerine kadar uzanan örtüler takarlardı. Şayaktan geniş kollu bir elbise, yünden geniş bir peçe, çeneyi sarıp göğüs hizasında düz bir şekilde sonlanan bir başörtüsü, gözlerine kadar inen bir saç bandı; işte giysileri bunlardı. Beyaz saç bandı dışında her şey siyahtı. Acemi rahibeler aynı şekilde ama beyaz renkli elbiseler giyerlerdi. Manastır andını içmiş olan rahibelerin ayrıca yan ceplerinde bir tespih bulunurdu.

Martin Verga'nın Bernardin-Benedikten rahibeleri, tıpkı bu yüzyılın başında, Paris'te, biri Temple'da, diğeri Neuve-Sainte-Geneviève Caddesi'nde olmak üzere iki manastırları bulunan Saint-Sacrement rahibeleri gibi Sonsuz Tapınma kuralını benimserlerdi. Ancak Petit-Picpus'un sözünü ettiğimiz Bernardin-Benedikten rahibeleri, Neuve-Sainte-Geneviève ve Temple manastırlarındaki Saint-Sacrement rahibelerinden tamamıyla farklı bir tarikata mensuptular. Petit-Picpus'un Bernardin-Benedikten rahibeleri siyah, Neuve-Sainte-Geneviève Caddesi'nin Saint-Sacrement rahibeleri beyaz başörtüsü takarlardı, ayrıca Saint-Sacrement rahibeleri elbiselerine işlenmiş bir halde, Petit-Picpus rahibelerinde bulunmayan yaklaşık on beş santim uzunluğunda yaldızlı gümüşten ya da bakırdan bir haç taşırlardı. Saint-Sacrement rahibeleri ile Martin Verga cemaatinin rahibelerinin tek ortak noktası Sonsuz Tapınma kuralına uymalarıydı. Aynı şey İsa'nın çocukluğu, yaşamı ve ölümü ile Meryem Ana'nın yüceltilmesi konusunda ortak davranan ama birbirinden oldukça farklı olan ve gerektiğinde birbirlerini düşman olarak gören Felipe Neri'nin Floransa'daki İtalya tarikatı ile Pierre de Bérulle'un Paris'teki Fransa tarikatı için de geçerliydi. Bérulle bir kardinal, Felipe Neri ise sadece bir ermiş olduğundan Paris tarikatı kendini daha güçlü görürdü.

Martin Verga'nın katı İspanyol disiplinine geri dönelim.

Bernardin-Benedikten rahibeleri yıl boyunca çok az yemek yerler, büyük perhizde ve kendi özel günlerinde oruç tutarlar, sabah birde uyanıp üçe kadar dua okur, sonra sabah ayinine katılırlar, ince şayaktan çarşaflarda samanların üzerinde uyurlar, hiç yıkanmazlar, asla ateş yakmazlar, her Cuma kendilerini kırbaçlarlar, çok kısa teneffüsler dışında hiç konuşmazlar ve altı ay boyunca, yani 14 Eylül'deki Kutsal Haç Günü'nden Paskalya'ya kadar abadan elbiseler giyerler. Aslında kurallar bu giysinin tüm yıl boyunca giyilmesini dayatsa da, yaz sıcağında bu abadan elbisenin katlanılmaz hale gelip ateş basmalarına ve kas spazmlarına neden olması yüzünden bir reform uygulanmış, gelenek kısıtlanmıştır. Bu ılımlı uygulamaya rağmen, 14 Eylül'de bu elbiseyi giyen rahibeler üç dört gün boyunca ateş basmalarına maruz kalırlar. İtaat, yoksunluk, iffetlilik, manastır inzivası; işte kurallarla daha da ağırlaşan çileleri.

Başrahibe oy verme hakkına sahip oldukları için *seçmen analar* olarak adlandırılan rahibeler tarafından üç yıllığına seçilir. Bir rahibe en fazla üç kez seçilebileceği için başrahibelik görevinde en fazla dokuz yıl bulunabilir.

Aralarında daima dokuz ayak yüksekliğinde gerilmiş bir kumaş olduğu için ayini yöneten rahibi asla göremezler. Vaaz sırasında vaiz şapelin içindeyse, peçelerini yüzlerine örtüp alçak sesle konuşmak, gözlerini ve başlarını öne eğerek yürümek zorundadırlar. Manastıra girebilen tek erkek bölge başpiskoposudur.

Bir diğeriyse bahçıvandır, ama bu hep çok yaşlı bir adamdır ve bahçeye çıktığının anlaşılması ve rahibelerin varlığından haberdar olmaları için dizine bir çıngırak bağlanır.

Başrahibeye mutlak ve edilgen bir itaatle bağlıdırlar. Bu özverilerinin ruhani çevrelerdeki yükümlülüğüdür. *Ut voci Christi,* İsa'nın sesini duymuş gibi bir hareketle, *ad nutum, ad primum signum,* ilk işaretle ve hemen sevinçle, *prompte, hilariter, perseveranter, et coeca quadam obedientia*, sebatla, körü körüne itaatle, *quasi limam in manibus fabri*, işçinin elindeki eğe gibi, *legere vel scribere non addisccrit sine expressa superioris licentia*, kesin bir talimat olmadan ne okuyup ne yazabilirler.

Her biri sırayla *telafi ibadetini* yerine getirir. Telafi ibadeti tüm günahlar, kusurlar, yoldan çıkmalar, ihlaller, adaletsizlikler ve dünyada işlenen tüm suçlar için dua etmektir. *Telafi ibadetini* yerine getiren rahibe, akşam dörtten sabah dörde ya da sabah dörtten akşam dörde kadar aralıksız on iki saat boyunca boynuna bir ip geçirip, haçın önündeki taşa diz çökmüş, ellerini kavuşturmuş bir halde bekler. Yorgunluğu katlanılmaz hale gelince, yüzükoyun yere uzanıp, kollarını kavuşturur; ancak bu şekilde dinlenebilir. Yere kapandığında evrenin tüm günahkârları için dua eder. Bu yüceliğe ulaşan soylu bir ibadettir.

Bu ibadet üzerinde bir mumun yandığı bir direğin önünde yerine getirildiğinden, *telafi ibadetini yerine getirmek* ya da *direğe bağlanmak* olarak adlandırılır. Aşırı dindar rahibeler alçakgönüllü davranarak, eziyeti ve aşağılanmayı içeren bu son ifadeyi tercih ederler.

Telafi ibadeti tüm ruhun içine gömüldüğü bir yakarmadır. Direğe bağlı rahibe arkasına yıldırım düşse başını çevirmez.

Ayrıca, haçın önünde her zaman için diz çökmüş bir halde duran bir rahibe vardır. Bu bekleyiş bir saat sürer. Ardından nöbet değiştiren askerler gibi yerlerini bir başka rahibeye bırakırlar. Sonsuz Tapınma adı buradan gelir.

Başrahibeler ve rahibeler çoğunlukla azizeleri ya da şehitleri hatırlatan değil, Rahibe Nativité,[34] Rahibe Conception,[35] Rahibe Présentation,[36] Rahibe Passion[37] gibi İsa'nın yaşa-

---

34 Hz. İsa'nın doğum günü. (ç.n.)

35 Hz. İsa'nın Meryem Ana'nın rahmine düşüşü. (ç.n.)

36 Meryem Ana'nın göğe yükselişi. (ç.n.)

37 Hz. İsa'nın çilesi. (ç.n.)

mından kesitler sunan, ağırbaşlı isimleri tercih ederler. Yine de, azizelerin isimlerini kullanmak yasak değildir.

Onlarla karşılaşıldığında sadece ağızları görülür.

Hepsinin dişleri sarıdır. Manastıra diş fırçası asla giremez. Dişleri fırçalamak, alt basamağında ruhunu kaybetmenin yer aldığı bir merdivenin üst basamağıdır.

Hiçbir zaman hiçbir şey hakkında *benim* demezler. Hiçbir şeyleri yoktur ve hiçbir şeye bağlanamazlar. Her şeyden *bizim* diye söz ederler: Bizim peçemiz, bizim tespihimiz; giysilerinden söz ettiklerinden *bizim giysilerimiz* derler. Bazen bir dua kitabı, bir kutsal emanet, kutsanmış bir madalya gibi küçük nesnelere bağlandıklarını fark ettiklerinde ondan hemen vazgeçerler. Soylu bir kadının tarikatına gireceği sırada *Azizem, çok değer verdiğim kutsal bir İncil'i getirtmem için birini göndermeme izin verin*, sözlerine *Ah! Bir şeye çok değer veriyorsunuz! Bu durumda, aramıza katılmayın*, diye karşılık veren Azize Teresa'nın sözlerini hatırlarlar.

Kim için olursa olsun, *odasına* kapanmak, *kendi köşesine* çekilmek yasaktır. Kapıları her zaman açıktır. Birbirlerine yaklaştıklarında, biri *Tanrımıza şükredelim, sunaktaki kutsal haçımıza tapınalım!* der, diğeri *Sonsuza kadar*, diye yanıtlar. Aynı sözler biri diğerinin kapısını çaldığında da tekrarlanır. Birinin kapısına dokunulur dokunulmaz, diğer yandan aceleyle şu yumuşak ses yankılanır: *Sonsuza kadar!* Diğer ibadetler gibi bu sözlerin de alışkanlık haline gelmesi yüzünden bazen biri daha epeyce uzun olan *Tanrımıza şükredelim, sunaktaki kutsal haçımıza tapınalım!* sözlerini edemeden, diğeri *sonsuza kadar* der.

Visitation tarikatı rahibeleri bir odaya girdiklerinde, *Ave Maria*[38] derler ve odasına girilen rahibe de *Gratia plena*[39] diye karşılık verir. Gerçekten de bu onların "şefkat dolu" iyi günler selamlamasıdır.

---

38 Meryem Ana'ya selam olsun. (ç.n.)

39 Şefkat dolu. (ç.n.)

Günün her saatinde manastır kilisesinin çanı fazladan üç kere çalar. Çan seslerini duyan başrahibe, seçmen rahibeler, yeminli rahibeler, hizmetli rahibeler, acemi ve aday rahibeler konuşmalarını, düşüncelerini, yaptıkları işi yarıda bırakıp, örneğin saat beşse hep birden: *Saat beşte ve her saatte Tanrımıza şükredelim, sunaktaki kutsal haçımıza tapınalım!* derler. Saat sekizse: *Saat sekizde ve her saatte...* vs. ve her saat başı bu böyle sürüp gider.

Düşünceleri dağıtıp onları Tanrı'ya yöneltme amaçlı bu gelenek birçok tarikatta farklı yöntemlerle uygulanır. Örneğin, Enfant Jésus tarikatında, *Bu saatte ve her saatte İsa'nın aşkı yüreğimi yakıp tutuştursun!* denir.

Martin Verga'nın elli yıldan beri Petit-Picpus'ta inzivaya çekilen Bernardin-Benedikten rahibeleri ayin boyunca ilahileri ağırbaşlı bir monotonlukla, tok sesleriyle okurlar. Ayin kitabının her yıldız işaretinde durup alçak sesle *Jésus-Marie-Joseph*, derler. Ölüler ayini ilahileri, kadınların güçlükle inebileceği bir ses aralığında, kalın ve derin bir ses tonuyla söylendiğinde dokunaklı ve trajik bir etki yaratırlar.

Petit-Picpus rahibeleri, cemaatleri için ana sunağın altına bir yeraltı mezarı yaptırmışlardı. Ama, onların deyimiyle *yönetim,* ölülerinin bu mezara indirilmesine izin vermedi. Bu yüzden öldüklerinde manastırdan çıkmak zorunda kalıyorlardı. Bu durum onları üzüyor, inançlarını yerine getiremedikleri için derinden sarsıyordu.

Yine de küçük bir teselli olarak, bir zamanlar tarikatın arazisinin sınırları dâhilinde yer alan eski Vaugirard Mezarlığı'na günün özel bir saatinde, özel bir köşeye gömülme hakkını elde etmişlerdi.

Perşembe günleri de pazar günlerinin tüm ayinlerini tekrarlayan bu rahibeler, bir zamanlar İspanya'da ve İtalya'da hâlâ sürüp giden ama artık Fransa'da kutlanmadığı için kimsenin pek bilmediği yortuların geleneklerini titizlikle yerine getirirler. Şapeldeki bekleyişlerinin ardı arkası kesilmez.

Dualarının sayısı ve süresine gelince, içlerinden birinin ettiği şu naif sözlerin bu konuda iyi bir fikir verebileceğini düşünüyoruz: *Aday rahibelerin duaları korkunç, acemi rahibelerin duaları daha da berbat, yeminli rahibelerin duaları daha da berbat.*

Haftada bir başrahibenin başkanlığında toplanan rahibeler kuruluna seçmen rahibeler katılır. Taşın üzerine diz çöken her rahibe herkesin önünde yüksek sesle o hafta işlediği suçları ve günahları itiraf eder. Her itirafta birbirlerine danışan seçmen rahibeler günahları yüksek sesle kınarlar.

Yüksek sesle itiraf edilen biraz ciddi suçların yanı sıra, *küçük günahlar* olarak sayılan daha önemsiz kusurlar vardır. Bu küçük günahların cezası sadece *annemiz* olarak adlandırdıkları başrahibenin önünde ayin boyunca yüzükoyun yere yatmaktır. Başrahibenin oturduğu tahta koltuğun kenarına hafifçe vurmasıyla ceza sona erer. Aralarında, bir bardağın kırılmasının, bir peçenin yırtılmasının, bir ayine elinde olmadan birkaç saniye gecikmenin, bir notayı yanlış okumanın da bulunduğu bu kusurlar önemsiz olsalar da itiraf edilirler. Bu küçük günahları itiraf etmek kendiliğinden gelişir; suçlu suçunu kendi yargılayıp cezalandırır. Yortu ve pazar günleri ilahileri dört sehpalı bir kürsünün önünde koro rahibeleri okur. Bir gün, *Ecce*[40] ile başlayan bir mezamiri *Ecce* yerine, *do, si, sol* notalarıyla okuyan bir koro rahibesi bu dalgınlığı yüzünden ayin boyunca yüzükoyun yere uzanma cezası almıştı. Bu küçük kusurun bu kadar ciddiye alınmasının nedeni rahibeler kurulunda gülüşmelere yol açmasıydı.

Başrahibe de olsa bir rahibe ziyaretçi odasına çağrıldığında, hatırlanacağı gibi peçesini sadece ağzı görünecek şekilde örter.

Yabancılarla sadece başrahibe görüşebilir. Diğerleri çok nadir olarak en yakın akrabalarını görebilir. Dışarıdan gelen biri, dünyevi âlemde tanıdığı ve sevdiği bir rahibeyi ziyaret

40 İşte. (ç.n.)

etmek isterse, bu durum uzun tartışmalara yol açar. Gelen bir kadınsa ara sıra görüşme izni çıkar; rahibe onunla yalnızca bir anne ya da kız kardeş geldiğinde açılan kepenklerin arasından konuşur. Erkeklerin görüşme taleplerinin hiçbir zaman kabul edilmediğini söylemeye gerek yok.

İşte Saint Benoît'nın Martin Verga tarafından daha da katılaştırılan kuralları böyledir.

Diğer tarikatlardaki kızlar gibi neşeli, al yanaklı ve körpe olmayan bu rahibelerin solgun yüzlerinde hep ciddi bir ifade vardır. 1825'ten 1830'a kadar üç tanesi çıldırmıştır.

III

Katı Kurallar

Adaylık dönemi en az iki, sıklıkla dört yıldır; acemilik dönemi de dört yıl sürer. Bu yüzden son yeminlerin yirmi üç, yirmi dört yaşından önce edilmesine nadir rastlanır. Martin Verga'nın Bernardin-Benedikten tarikatının rahibeleri dulları aralarına asla almazlar.

Hücrelerinde kimseye bahsetmemeleri gereken bilinmedik çileler çekerler.

Yemin edecek bir acemi rahibeye en güzel elbiseleri giydirilir, başına beyaz güller takılır, parlatılan saçları bukle bukle yapılır, ardından yüzükoyun yere yatırılır; üzerine geniş siyah bir tül yayılıp ölüler ayini yapılır. Rahibeler iki sıra halinde dizilirler, ilk sıra yemin eden rahibenin yanından geçtiğinde hüzünlü bir ses tonuyla: *Kız kardeşimiz öldü,* derken, diğer sıra canlı bir ses tonuyla: *İsa'nın içinde yaşıyor!* diye karşılık verir.

Bu öykünün yaşandığı dönemde manastırın yanına yatılı bir okul açılmıştı. Bu okulda aralarında Matmazel Sainte-Aulaire'in, Matmazel Bélisson'un ve ünlü Katolik Talbot ailesine mensup bir kızın da bulunduğu çoğu soylu ve zengin ailelerden gelen öğrenciler okuyordu. Rahibeler tarafından dört duvar arasında eğitilen bu genç kızlar dış dünyadan ve yüzyıldan duydukları korku içinde büyüyorlardı. Bir gün içlerinden biri bize şunları söylemişti: *Caddenin kaldırımını gördüğümde tepeden tırnağa titriyordum.* Mavi bir elbise giyiyor, beyaz bir başlık takıyor, göğüslerinde yaldızlı gümüş ya da bakırdan bir haç taşıyorlardı. Bazı önemli bayram günlerinde, özellikle de Sainte-Marthe Yortusu'nda rahibe giysileri giyip, gün boyunca ilahi bir mutluluk yaşamaları için Saint Benoît'nın ayin ve ibadetlerine katılmaları lütfunda bulunuluyordu. İlk başlarda rahibeler kızlara giysilerini veriyorlardı. Ama kurallara aykırı bulunması üzerine bu uygulama başrahibe tarafından yasaklandı. Giysiler sadece acemi rahibelere ödünç verilebilirdi. Kuşkusuz dinî duyguların gelişimini güçlendirmek ve bu çocukları kutsal giysilere özendirmek gibi gizli bir düşünceyle manastır tarafından hoş görülen ve teşvik edilen bu seremonilerin, yatılı okulun kızları için gerçek bir mutluluk ve eğlence kaynağı olması ilgi çekicidir. Bu seremoniler onları keyiflendiriyordu. *Yeniydiler, değişiklik anlamına geliyorlardı.* Zaten çocukluğun bu safça gerekçeleri, bir kürsünün önünde elinde kutsal bir kâse tutup, dörtlü gruplar halinde saatler boyunca ayakta ilahiler söylemenin nasıl bir mutluluk olduğunu biz dünyalılara anlatmayı başaramazlar.

Öğrenciler, kendilerine dayatılan sıkı disiplinin yanı sıra manastırın tüm kurallarına uyum sağlıyorlardı. Dünyevi âleme geri dönüp uzun yıllar evli kaldıktan sonra bile kapının her vuruluşunda *Sonsuza kadar!* deme alışkanlığını üzerinden atamamış kadınlar vardır. Yatılı okul öğrencileri tıpkı rahibeler gibi ebeveynlerini sadece ziyaretçi odasında görebiliyorlardı. Anneleri bile onları kucaklayamıyordu. İşte kurallar bu derece katıydı. Bir gün annesi ve üç yaşındaki kız kardeşi tarafından ziyaret edilen genç bir kız küçük kardeşine sarılmasının imkânsızlığı karşısında ağlamıştı. Kardeşinin küçük elini öpebilmesi için en azından parmaklıkların arasından uzatmasına izin verilmesini rica ettiğinde, bu önerisi utanç verici bulunarak reddedilmişti.

IV

Neşeli Anlar

Yine de bu genç kızlar bu ağırbaşlı manastırda sevimli anılar bırakmıştı.

Bazı anlarda manastırı çocukluğun ışıltısı kaplıyordu. Teneffüs çanı çalıp kapılar menteşelerinde dönünce, kuşlar "Güzel! İşte çocuklar!" diyordu. Bir haçın kefen gibi belirdiği bu bahçeye bir gençlik seli akıyor, parıltılı yüzler, beyaz alınlar, neşenin ışığıyla dolu saf gözler, her türden şafak kızıllığı bu karanlıklara yayılıyordu. İlahilerden, çanlardan, yas çanlarından, ayinlerden sonra bu küçük kızların arıların vızıltısından daha sevimli gürültüleri yankılanıyordu. Neşenin kovanı açılıyor ve herkes balını getiriyordu. Oyunlar oynanıyor, koşuşturuluyor, herkes birbirine sesleniyor, gruplar oluşturuluyor, güzel, beyaz, küçük dişler köşelerde çene çalarken, peçeler uzaktan gülüşleri izliyor, karanlıklar aydınlıkları gözetliyordu. Ama kimin umurundaydı! Işıldıyor, gülüşüyorlardı. Bu iç karartıcı dört duvarın gözleri kamaştırdığı anlar vardı. Onlar da onca neşeye, arı sürülerinin sevimli uçuşmalarının yansımasıyla hafifçe aydınlanmış bir halde eşlik ediyorlardı. Âdeta bir yasın ortasında gökten gül yağıyordu. Genç kızlar rahibelerin gözlerinin önünde gülüp oynuyordu; günahsızlığın bakışları masumiyeti rahatsız etmez. Bu çocuklar sayesinde dinî bir ağırbaşlılıkla geçen onca saatten sonra masumiyetin saati yaşanıyordu. Küçükler sıçrıyor, büyükler dans ediyordu. Bu manastırda oyun cennetle iç içe geçmişti. Hiçbir şey bu körpe ruhların serpilişi kadar büyüleyici ve ulu olamazdı. Homeros gülmek için buraya Perrault[41] ile birlikte gelebilirdi ve bu karanlık bahçede, Hekabe[42] ve Büyükanne de[43] dâhil olmak üzere destanlarda ve masallarda, saraylarda ve kulübelerde yaşayan tüm yaşlıların yüzünü güldürecek ölçüde gençlik, sağlık, gürültü patırtı, keyif ve mutluluk vardı.

O sevimli ve insanı düşlere daldırırcasına gülümseten *çocuk sözleri* belki de her yerden çok bu manastırda söylenmiştir. Bir gün, bu iç karartıcı dört duvarın arasında beş yaşında bir kız çocuğu şöyle haykırmıştı: *Anneciğim! Bir abla bana burada dokuz yıl on ay daha kalacağımı söyledi. Ne büyük mutluluk!*

Şu unutulmaz konuşma da bu manastırda gerçekleşmişti:

SEÇMEN RAHİBE: Çocuğum neden ağlıyorsunuz?

ÇOCUK (altı yaşında), hıçkırarak: Alix'e Fransız Tarihi dersine çok iyi çalıştığımı söyledim. O ise bana hiçbir şey bilmediğimi söylüyor, ama ben hepsini biliyorum.

ALIX (dokuz yaşında): Hayır bilmiyor.

ANNE: Bunu nereden çıkardın çocuğum?

ALIX: Bana kitabın herhangi bir sayfasını açıp istediğimi sormamı, hepsine yanıt vereceğini söyledi.

— Sonra?

— Yanıt veremedi.

— Peki ona ne sordunuz?

— Söylediği gibi kitabın bir sayfasını açıp, karşıma çıkan ilk soruyu sordum.

— Soru neydi?

— *Ardından ne oldu?*

Manastırın yatılı okulunun öğrencilerini eğiten rahibelerden birinin biraz obur olan muhabbetkuşu ile ilgili derin bir gözlemi yine burada yapılmıştı:

---

41 Charles Perrault, Kırmızı Başlıklı Kız'ın yazarı. (ç.n.)

42 Homeros destanlarındaki doğurgan ve bahtsız kadın. (ç.n.)

43 Kırmızı Başlıklı Kız'ın büyükannesi. (ç.n.)

— *Çok zeki! Tıpkı insanlar gibi ballı, yağlı ekmeğin sadece üstünü yiyor!*

Yedi yaşındaki bir günahkârın daha sonra unutmamak için yazdığı şu itiraf da bu manastırın döşeme taşları üzerinde bulunmuştu:

"Tanrım, kendimi cimrilikle suçluyorum."

"Tanrım, kendimi zina yapmakla suçluyorum."

"Tanrım, kendimi bakışlarımı erkeklere yönelttiğim için suçluyorum."

Altı yaşındaki pembe bir ağız bu bahçenin çimenliklerinin üzerindeki bir bankta kendini dinleyen dört beş yaşlarındaki mavi gözlere şu masalı uydurmuştu:

"Her yanı çiçeklerle kaplı bir ülkede yaşayan üç küçük horoz varmış. Çiçekleri toplayıp ceplerine koymuşlar. Sonra, yaprakları toplayıp oyuncaklarının içine koymuşlar. O ülkede bir kurt ve çok fazla orman varmış; kurt küçük horozları yemiş."

Ve işte bir de şiir:

"Soytarı bir kediye sopayla vurmuş.
Ama bu onun için hiç hayırlı olmamış.
Bir kadın onu hapse attırmış."

Manastırın merhamet edip büyüttüğü terk edilmiş küçük bir kız şu saf ve dokunaklı sözleri burada etmişti. Diğerlerinin anneleri hakkında konuştuklarını duymuş ve bir köşede mırıldanmıştı:

Ben doğduğumda annem yanımda değildi!

Manastırın dış hizmetlerini gören ve koridorlarda elindeki anahtar desteleriyle sürekli koşuşturan Rahibe Agathe'a, büyük büyük ablalar –on yaşın üzerindekiler– *Agathocles*[44] adını takmışlardı.

Manastırın gün ışığını sadece bahçeye düzayak açılan oymalı bir kemer şeklindeki kapıdan alan yemekhanesi loş

44 V. Hugo'nun kelime oyunu: *Agathe* ile Fransızcada anahtar anlamına gelen *clé* sözcüğünü birleştiriyor. Anahtarlı Agathe. (ç.n.)

ve nemliydi, çocuklar burası için *hayvanlarla dolu* diyordu. Yakınındaki binalar bu yemekhanenin böcek gereksinimini karşılıyordu. Dört köşenin her birine öğrenciler tarafından özel ve anlamlı bir isim takılmıştı: Örümcek, Tırtıl, Tespihböceği, Cırcırböceği. Cırcırböceği köşesi mutfağa yakın ve daha sıcak olduğundan çok rağbet görürdü. Yemekhaneden yatılı okula yayılan bu isimler tıpkı eski Mazarin Koleji'nde[45] olduğu gibi dört bölgeyi birbirinden ayırmaya yarıyordu. Her öğrenci yemek sırasında oturduğu köşeye göre bu dört bölgeden birine mensuptu. Bir gün manastırı ziyaret eden başpiskopos sınıfa giren al yanaklı, sapsarı saçlı, küçük, güzel bir kızı gördüğünde kumral, sevimli, körpe yanaklı bir başka kıza sormuştu:

— Bu kız kim?

— O bir örümcek monsenyör.

— Şu işe bak! Ya yanındaki?

— O bir cırcırböceği.

— Ya şu?

— O bir tırtıl.

— Bak sen, ya siz?

— Ben bir tespihböceğiyim monsenyör.

Bu türden her manastırın kendine has özellikleri vardır. Bu yüzyılın başlangıcında, Écouen de çocukların âdeta ulvi bir gölgenin altında genç kızlığa geçtikleri o sevimli ve katı kurallı mekânlardan biriydi. Écouen'de Saint-Sacrement Yortusu'nun ayin alayına katılacak kızlar bakireler ve çiçekçiler olarak ayrılırdı. Alayda ayrıca sayvan kordonlarını taşıyan "sayvanlar" ve buhurdanlıkları sallayan "buhurdanlıkçılar" yer alırdı. Çiçekler çiçekçilerin doğal hakkıydı. Dört "bakire" en önde yürürdü. Bu önemli günün sabahında yatakhanede sıklıkla şu soru sorulurdu:

---

45 1661'de ölen Kardinal Mazarin'in vasiyeti üzerine açılan ve Roussillon, Artois, Alsace, Pignerol bölgelerinden gelen öğrencilere ücretsiz eğitim veren kolej. (ç.n.)

— Bakire nedir?

Madam Campan bu sözcüğün anlamını, alayın en arkasında yer alan, alayın önünde yürüyen on altı yaşındaki "büyük" kıza şu sözleri eden yedi yaşındaki "küçük" bir kızın ağzından anlatır: "Sen bakiresin, ben değilim."

V

Eğlenceler

Patenôtre blanche adı verilen ve insanları doğrudan cennete götürme erdemine sahip olan bir dua yemekhanenin kapısının üzerine iri siyah kabalistik sembollerle yazılmıştı:

> Tanrı'nın yaptığı, söylediği, cennete gönderdiği Petite Patenôtre Blanche. Akşam yatmaya gittiğimde, yatağımda üç melek olduğunu gördüm, ikisi başucumda, biri ayakucumdaydı. Ortalarındaki yüce Meryem Ana bana hiç korkmadan uyumamı söyledi. Ulu Tanrı babamdır, yüce Meryem Ana anamdır, üç havari erkek kardeşlerim, üç bakire kız kardeşlerimdir. İsa'nın içinde doğduğu zıbın bedenimi sarmalıyor; göğsümde Sainte-Marguerite'in haçı yazılı; Meryem Ana Tanrı'ya ağlayarak kırlara koşuyor, Saint-Jean'a rastlıyor, ona nereden geldiğini soruyor, *Ave Salus*'tan geliyorum. Orada Ulu Tanrı'yı gördünüz mü? Ayakları aşağı sarkmış, elleri çivilenmiş, başına akdikenden bir başlık geçirilmiş bir halde bir ağaçta çarmıha gerilmiş. Bu duayı akşam üç kez, sabah üç kez okuyanlar sonunda cennete gidecekler.

1827'de üç kat badananın altında gözden kaybolan bu özgün dua o zamanlar genç kızlıklarını yaşayan günümüzün yaşlı kadınlarının hafızalarından silinmeye başlıyor.

Duvara asılmış büyük bir haç, sanırım daha önce de söylediğimiz gibi tek kapısı bahçeye açılan yemekhanenin süslemelerini tamamlıyordu. Her birinin yanında iki tahta sıra bulunan iki dar masa, birbirlerine paralel olarak yemekhanenin bir ucundan diğer ucuna kadar uzanıyordu.

Duvarlar beyaz, masalar siyahtı; manastırlarda birbirinin yerine geçebilen renkler bu ikisinden ibaretti. Yemekler yavandı, hatta çocukların beslenmesi bile kısıtlıydı. Bir tabak etli sebze ya da tuzlanmış balık, işte hepsi buydu. Sadece yatılı okul öğrencileri için hazırlanan bu kısıtlı mönü bir istisnaydı. Çocuklar yemeklerini hiç ses çıkarmadan yerken başlarında duran nöbetçi rahibe ara sıra bir sineğin kurallara karşı gelerek uçması ya da vızıldaması halinde tahta bir kitabı açıp sertçe kapıyordu. Üst sınıflardan bir öğrencinin haçın dibindeki kürsünün sehpasına çıkıp yüksek sesle okuduğu ermişlerin hayatı bu sessizliğe çeşni katıyordu. Öğrenciler çıplak masaların üzerine belli aralıklarla yerleştirilmiş vernikli toprak kaplarda çatallarını, kaşıklarını, tabaklarını yıkıyor, bazen de cezayı göze alarak sert bir et parçasını ya da bozulmuş bir balığı bunların içine atıyorlardı. Bu kaplara *suyun halkaları* deniyordu.

Sessizliği bozan çocuk "diliyle haç" çıkarıyordu. Nerede? Yerde. Döşemeyi diliyle yalıyordu. Tüm sevinçlerin sonu olan toz, tek suçları biraz gevezelik etmek olan bu zavallı küçük gül yapraklarını cezalandırmakla görevlendirilmişti.

Manastırda *tek nüsha* halinde basılmış ve okunması yasak olan bir kitap vardı. Bu yabancı bir gözün içine sızmaması gereken bir sırdı. *Nemo regulas, seu constitutiones nostras, externis communicabit* [46]

Bir gün bu kitabı aşırmayı başarıp büyük bir merakla okumaya başlayan öğrenciler okudukları bölümü yakalanma korkusuyla sıklıkla kapatmak zorunda kaldıklarından, girdikleri bu büyük riskin karşılığında pek fazla keyiflenemediler. "En ilgi çekici" buldukları bölüm, genç erkek çocukların günahları üzerine yazılmış anlaşılmaz birkaç sayfaydı.

Bahçenin iki yanı cılız meyve ağaçlarıyla çevrili yolunda oyun oynarlardı. Sıkı gözetime ve cezaların katılığına rağ-

---

46 Kurallarımız ve kurumlarımız hakkında hiçbir bilgi dışarı sızmamalıdır. (ç.n.)

men, rüzgâr ağaçların dallarını sarstığında, bazen gizlice yere düşen yeşil bir elmayı, çürük bir kayısıyı ya da kurtlu bir armudu almayı başarıyorlardı. Şimdi, sözü önümde duran ve günümüzde Paris'in en zarif kadınlarından biri olan Madam *** düşesinin yirmi beş yıl önce burada öğrenciyken yazdığı bir mektuba bırakıyor, mektubu kelimesi kelimesine aktarıyorum: "Herkes elmasını ve armudunu mümkün olduğunca gözlerden uzakta tutmaya çalışır. Akşam yemeğinden önce yatağa çarşaf sermek için yukarı çıkıldığında yastığın altına saklanan meyveler gece yatakta yenir, bu mümkün değilse onları yemek için tuvalete gidilir." İşte hayatlarının en büyük hazlarından biri buydu.

Bir keresinde, başpiskoposun manastırı ziyarete geldiği günlerde, biraz Montmorencyliye benzeyen genç bir kız olan Matmazel Bouchard, böylesine ciddi bir kurumda hiç yakışık almayacak bir şekilde başpiskopostan bir gün izin isteyeceğini iddia etti. Arkadaşları bahsi kabul etseler de, bunu başaracağına inanmıyorlardı. Başpiskopos önlerinden geçtiğinde Matmazel Bouchard arkadaşlarının tasvir edilemeyecek ölçüde korku dolu bakışları arasında sıradan çıkıp: "Monsenyör, bir gün izin istiyorum," dedi. Dünyanın en güzel, en şirin pembe yüzüne sahip olan Matmazel Bouchard uzun boylu, alımlı bir kızdı. M. de Quélen gülümseyerek karşılık verdi: "Nasıl olur sevgili çocuğum, demek bir gün! Dilerseniz üç gün olsun. Size üç gün izin veriyorum." Başpiskoposun sözleri karşısında başrahibenin yapacağı bir şey yoktu. Bu olay manastırda büyük bir skandala neden olsa da, öğrenciler arasında yoğunluğunu tahmin edebileceğiniz ölçüde büyük bir sevinç yaratmıştı.

Yine de, katı kuralları olan bu manastır dış dünyanın tutkularının, dramlarının, hatta romantizmlerinin içeriye sızamayacağı kadar korunaklı değildi. Bunu kanıtlamak için, hikâyemizle ile hiçbir bağlantısı olmasa da gerçekliği tartışılmaz bir olayı kısaca anlatmakla yetineceğiz. Bunu okuyucunun zihninde bir manastırın iç dünyasını tam anlamıyla canlandırabilmesi için yapıyoruz.

O dönemde, manastırda rahibe olmasa da, büyük bir saygı gören *Madam Albertine* adlı gizemli bir kadın kalıyordu. Hakkında deli olduğundan ve dış dünyada ölü olarak kabul edildiğinden başka hiçbir şey bilinmiyordu. Söylendiğine göre bu gizemin altında, büyük bir evlilik için lazım olan servetin hazırlık aşamaları yatıyordu.

Henüz otuz yaşında bile göstermeyen bu esmer, oldukça güzel kadın iri, siyah gözleriyle etrafına boş boş bakıyor, baktığını görüp görmediğinden şüphe duyuluyordu. Yürümekten çok süzülüyor, hiç konuşmuyordu; kimse onun soluk alıp verdiğinden bile emin değildi. Burun delikleri son soluğunu vermişçesine büzük ve solgundu. Eline dokunmak kara dokunmaktan farksızdı. Bir hayaleti andıran garip bir zarafeti vardı. Geçtiği yerde herkes üşüyordu. Bir gün onun geçtiğini gören bir rahibe yanındakine "Ölü olduğu söyleniyor," dedi, diğer rahibe ise, "Belki de öyledir," diye karşılık verdi.

Yatılı okul öğrencilerinin en büyük merak konusu haline gelen Madam Albertine hakkında yüzlerce söylenti yayılıyordu. Manastırın şapelinde, *gül pencere* olarak adlandırılan vitray camın önünde bir bank vardı. Madam Albertine ayinlere tek bir yuvarlak pencerenin, *gül pencerenin* bulunduğu bu üst bölmedeki bankta katılıyordu. Vaizin ya da ayini yöneten rahibin görülebildiği bu bank rahibelere yasak olduğundan genellikle orada yalnız otururdu. O gün kürsüde, daha sonraları meclis üyesi olacak, 1815'te Léon prensiyken kızıl silahşorların komutanlığını yapacak ve 1830'da kardinal olduktan sonra Besançon başpiskoposuyken ölecek olan soylu genç rahip Mösyö de Rohan dükü[47] vardı. M. de Rohan, Petit-Picpus Manastırı'nda ilk kez vaaz veriyordu. Madam Albertine genellikle vaazları ve ayinleri hiç kımıldamadan son derece sakin bir şekilde dinlerdi. O

47 Louis-François Auguste de Rohan-Chabot (1788-1833). (ç.n.)

gün, M. de Rohan'ı fark ettiğinde hafifçe doğrulup, şapele hâkim olan sessizliğin ortasında yüksek sesle: *Şu işe bak! Auguste!* dedi. Şaşkına dönen cemaat ve vaiz, başlarını ona çevirdi, ama Madam Albertine yeniden hiç kımıldamadığı bankına oturmuştu. Dış dünyanın bir esintisi, yaşamın solgun bir ışığı bir an için bu solgun ve buz kesmiş yüzün üzerinden geçmiş, ardından yok olup gitmişti ve deli yeniden kadavraya dönmüştü.

Yine de, bu iki sözcük manastırda büyük yankı uyandırdı. Bu *Şu işe bak! Auguste!* sözleri hakkında onlarca yorum yapılıyordu! Gerçekten de M. de Rohan'ın diğer adı Auguste'tü. Böylesine büyük bir senyöre bu şekilde hitap edebildiğine göre onunla bir ilişkisi olmalıydı, belki de akrabası, hem de "küçük ismini"[48] bildiğine bakılırsa çok yakın bir akrabasıydı.

Kuşkusuz *magnates mulieres*[49] olmanın ayrıcalığıyla manastıra girebilen iki katıyürekli düşes Choiseul ve Sérent, cemaati sıklıkla ziyaret ediyorlardı. Bu iki yaşlı kadın yanlarından geçtiğinde zavallı kızların hepsi titriyor, başlarını önlerine eğiyorlardı.

Farkında olmasa da, yatılı okul öğrencilerinin ilgi odağı haline gelen ve o dönemde piskoposluk beklerken Paris başpiskoposu yardımcılığı görevine getirilen M. de Rohan, Petit-Picpus rahibelerinin manastırında ayin yönetmeyi alışkanlık haline getirmişti. Genç münzeviler aradaki şayak perdeden dolayı onu göremeseler de, yumuşak ve biraz tiz sesini ayırt edebiliyorlardı. Silahşorluk yapmıştı, üstelik çok şık giyindiği, arkaya doğru taradığı kumral saçlarını atkuyruğu halinde topladığı, hareli kumaştan muhteşem bir kemeri olduğu, çok zarif bir şekilde dikilmiş siyah bir cübbe giydiği söyleniyordu. Bu özellikleriyle on altı yaşındaki genç kızların zihinlerini oldukça meşgul ediyordu.

---

48 Göbek adı. (e.n.)

49 Soylu kadınlar. (ç.n.)

Dışarının hiçbir gürültüsü manastıra sızmazdı. Yine de, bir dönem bir flüt sesi bu işi başarmıştı. Bu olayı o zamanki öğrenciler hâlâ hatırlarlar.

Sesi yakından gelen bu flüt günde iki üç kere bugün artık geçmişte kalan: *Zébultém, Gel Ruhuma Hükmet* şarkısını çalıyordu. Genç kızlar sürekli onu dinlerken, seçmen rahibeler ne yapacaklarını bilemiyor, akıllar çalışmaya başlayınca cezalar da yağmaya başlıyordu. Bu durum aylarca sürdü. Yatılı okulun tüm kızları bu meçhul müzisyene az çok âşıktı. Her biri kendini Zébulté'nin yerine koyuyordu. Flüt sesi Droit-Mur Sokağı'ndan geliyordu; kızlar, bu flütü muhteşem bir şekilde çalarken aynı zamanda farkında olmadan hepsinin kalbini çalan bu "genç adamı" bir saniyeliğine de olsa şöyle bir görebilmek için her şeylerini verebilir, her riski göze alabilir, her yolu deneyebilirlerdi. Bazıları bir servis kapısından kaçıp Droit-Mur Sokağı'na bakan üçüncü kata çıktılar, ama pencerenin camı buzlu cam olduğu için hiçbir şey göremediler. İçlerinden biri, işi kolunu parmaklığın arasından çıkarıp beyaz bir mendil sallayacak kadar ileri götürdü. Daha da yürekli iki kız çatıya tırmanmayı göze alıp nihayet "genç adamı" görmeyi başardılar. Tavan arasında can sıkıntısını gidermek için flüt çalan bu kişi devrimden sonra göç etmiş, mal varlığını yitirmiş, yaşlı, kör bir adamdı.

VI

Küçük Manastır

Petit-Picpus Manastırı'nın birbirinden tamamıyla ayrı üç binası vardı: Rahibelerin oturduğu büyük manastır, öğrencilerin kaldığı yatılı okul ve nihayet küçük manastır. Bu bahçeli binada farklı tarikatlardan gelen, devrimle talan edilmiş manastırlardan geriye kalan her türden yaşlı rahibe kalıyordu. Siyahın, grinin, beyazın her tonunun bir araya geldiği, var olan tüm tarikatların bu birlikteliğine saygısızlık olmasa, iki sözcüğün bir araya getirilmesiyle bir sirk manastırı olarak adlandırılabilirdi.

İmparatorluk döneminden beri, manastırlarından edilmiş, dört bir yana dağılmış bu zavallı kızların Bernardin-Benedikten mensuplarının kanatları altına sığınmalarına izin verilmişti. Hükümet onlara düşük bir maaş ödüyordu; Petit-Picpus rahibeleri onlara şefkatle kucak açmışlardı. Garip bir karmaşaydı. Herkes kendi tarikatının kurallarına göre yaşıyordu. Bazen büyük bir ödül olarak yatılı okul öğrencilerinin onları ziyaret etmelerine izin veriliyordu. Bu yüzden bu genç hafızalar diğer birçokları gibi Azize Bazile Ana'nın, Azize Scolastique Ana'nın ve Jacob Ana'nın anılarını saklamışlardır.

Sainte-Aure tarikatından hayatta kalan tek sığınmacı kendini evinde gibi hissediyordu. Çok sonraları Martin Verga'nın Benediktenlerinin yerleştiği Petit-Picpus, XVIII. yüzyılın başlarında Sainte-Aure rahibelerinin manastırıydı. Çok yoksul olduğu için tarikatının muhteşem beyaz elbisesini ve lâl renkli omuzluğunu giyemeyen bu ermiş kız, bu giysileri herkese keyifle gösterdiği ve öldükten sonra manastıra bıraktığı bir kukla bebeğe giydirmişti. 1824'te bu tarikattan geriye yaşlı bir rahibe kalmıştı; günümüzde ise bu tarikatı kukla bir bebek temsil ediyor.

Bu saygın rahibelerin yanı sıra bir kiliseye ya da tarikata mensup olmayan bazı yaşlı kadınlar tıpkı Madam Albertine gibi, başrahibeden küçük manastıra yerleşme iznini almışlardı. Bunların arasında Madam Beaufort d'Hautpoil ve Markiz Dufrense de vardı. Bir başkası manastırda sadece sümkürürken çıkardığı korkunç gürültüyle tanınıyordu. Öğrenciler ona Madam Vacarmini[50] adını takmışlardı.

1820 ya da 1821 yılında, o dönemde *Intrépide* adlı küçük bir dergi yayımlayan Madam Genlis, Orléans dükünün

---

50 *Vacarme* Fransızcada "gürültü" anlamına gelir. (ç.n.)

tavsiye mektubunun da desteğiyle Petit-Picpus Manastırı'na yerleşmek istemişti. Kovanda vızıltılar başladı; seçmen rahibeler panik içindeydiler; Madam Genlis romanlar yazmış, yine de onlardan tiksindiğini söyleyen ilk kişi o olmuştu, üstelik artık yoğun bir şekilde ibadet edecek yaşa gelmişti. Tanrı'nın ve dükün yardımıyla oraya yerleşti, ama altı yedi ay sonra, bahçede gölgelik olmadığı gerekçesiyle manastırdan ayrıldı. Rahibeler buna çok sevindiler. Oldukça yaşlı olmasına rağmen hâlâ çok güzel harp çalıyordu.

Gittiğinde odasına bir hatıra bırakmıştı. Madam Genlis batıl inançlı bir Latince uzmanıydı. Bu iki özellik sanıyoruz ki onun hakkında yeterli bilgi veriyor. Birkaç yıl öncesine kadar, paralarını ve mücevherlerini sakladığı küçük dolabının içine yapıştırılmış sarı bir kâğıdın üzerine kırmızı mürekkeple yazdığı ve ona göre hırsızları ürkütmek amacı taşıyan şu beş Latince mısra hâlâ okunabiliyordu:

Imparibus meritus pendent tria corpora ramis;
Dismas et Gesmas, media est divina potestas;
Alta petit Dismas, infelix, infima, Gesmas;
Nos et res nostras conservet summa potestas.
Hos versus dicas, ne tu furto tua perdas.[51]

VI. yüzyıl Latincesiyle yazılmış bu mısralar, İsa'nın yanında çarmıha gerilen iki hırsızın adlarının herkes tarafından bilindiği gibi Dimas ve Gestas mı, yoksa Dismas ve Gesmas mı olduğu sorununu ortaya koyar. Bu harf dizilimi geçen yüzyılda Vikont Gestas'a yöneltilen kötü hırsızın soyundan gelme iddialarını çürütebilirdi. Zaten, bu mısralara eklenen yararlı erdem Hospitalière tarikatının temellerini oluşturur.

---

51 Değerleri eş olmayan üç beden dallara asılmışlar, / Dismas, Gesmas ve aralarında kutsal güç, / Dismas cenneti isterken, bahtsız Gesmas alçakça planlar yapıyor, / Kutsal güç bizi ve mal varlıklarımızı korusun. / Malını mülkünü hırsıza çaldırmamak için bu mısraları oku. (ç.n.)

Manastırın, büyük manastır ve yatılı okulu birbirinden ayıran kilisesi, anlaşılacağı gibi yatılı okul, büyük manastır ve küçük manastır tarafından ortak olarak kullanılıyordu. Hatta halk bile caddeye bakan küçük bir karantina kapısından girerek ayinlere katılabiliyordu. Ama her şey manastır sakinlerinin dışarıdan gelenlerin yüzlerini göremeyecekleri şekilde düzenlenmişti. Zihninizde, koro yerinin devasa bir el tarafından kavranıp diğer kiliselerde olduğu gibi sunağın arkasında uzanıp gideceği yerde, katlanarak bir tür salon ya da karanlık bir mağara oluşturacak şekilde ayini yöneten rahibin sağında yer aldığını; bu salonun daha önce sözünü ettiğimiz yedi ayak yüksekliğinde bir perdeyle gizlendiğini, bu perdenin karanlığında, arkalıklı tahta koltukların üzerinde solda rahibelerin, sağda yatılı okul öğrencilerinin, dipte manastır hizmetlilerinin ve acemi rahibelerin yığıldığını canlandırırsanız, kutsal ayine katılan Petit-Picpus rahibelerinin durumu hakkında bir fikre sahip olabilirsiniz. Koro yeri olarak adlandırılan bu mağara, bir dehlizle manastıra bağlanıyor, kilise gün ışığını bahçeden alıyordu. Kurallarının suskunluğu dayattığı rahibeler ayinlere katıldıklarında, halk onların varlıklarını ancak koltuklarından gürültüyle ayağa kalkıp yeniden yerlerine oturduklarında salona yayılan gıcırtıdan anlıyordu.

VII

Karanlıktaki Birkaç Silüet

1819 ve 1825 yılları arasında Petit-Picpus'un başrahibeliği görevini, rahibe ismi Innocente Ana olan Matmazel Blemeur yerine getiriyordu. *Saint-Benoît Tarikatı Ermişlerinin Hayatı* kitabının yazarı Marguerite de Blemeur'ün soyundan geliyordu. İkinci kez başrahibe seçilmişti. Daha önce bahsettiğimiz mektupta, kısa boylu, şişman, "çatlak sesiyle ilahiler söyleyen" biri olarak anılsa da, aslında manastırın tek neşe kaynağı olduğu için çok sevilen muhteşem bir kişilikti.

Rahibe Innocente tarikatın Dacier'si[52] olarak anılan atası Marguerite'e çekmişti. Zihni Latince, Grekçe ve İbranice ile tıka basa dolu olan bu aydın, bilge, tarih düşkünü rahibe bir Benedikten rahibesinden çok Benedikten keşişine benziyordu.

Başrahibenin yardımcısı gözleri neredeyse hiç görmeyen yaşlı İspanyol rahibesi Cineres Ana'ydı.

Seçmen rahibeler arasında en çok itibar görenler, manastırın mali işlerine bakan Sainte-Honorine Ana, acemi rahibelerin başöğretmeni Sainte-Gertrude Ana, yardımcı öğretmen Saint-Ange Ana, ayin eşyaları sorumlusu Annonciation Ana, revirde görev yapan ve tüm manastırda kötü niyetliliğiyle anılan tek rahibe olan Saint-Augustin Ana'ydı; onların ardından muhteşem bir sesi olan genç Sainte-Mechtilde Ana (Matmazel Gauvain), eskiden Filles-Dieu ve Gisors ile Magny arasındaki Trésor manastırlarında bulunan Anges Ana (Matmazel Drouet), Saint-Joseph Ana (Matmazel Cogolludo), Sainte-Adélaide Ana (Matmazel d'Auverney); manastırın katı kurallarına katlanamayan Miséricorde Ana (Matmazel de Cifuentes), çok zengin olan ve kurallara rağmen manastıra altmış yaşında kabul edilen Compassion Ana (Matmazel de la Miltière), Providence Ana (Matmazel Laudinière), 1847'de başrahibe olan Présentation Ana (Matmazel de Siguenza) ve nihayet sonunda akıl sağlıklarını kaybeden Sainte-Céligne Ana (heykeltraş Ceracchi'nin kız kardeşi) ve Sainte-Chantal Ana (Matmazel de Suzon) geliyordu.

En güzel rahibelerden biri, Bourbon Adası'nda doğmuş olan ve Şövalye Roze'un soyundan geldiği için Matmazel Roze adını taşıyan Assomption Ana adlı yirmi üç yaşında sevimli bir kızdı.

---

52 Anne Dacier (1647-1720), Fransız filolog. (ç.n.)

Korodan sorumlu Sainte-Mechtilde Ana bu görevinde yatılı okul öğrencilerinden yararlanıyordu. Genellikle bir gam oluşturacak şekilde, on on altı yaşları arasında, sesleri boylarıyla uyumlu yedi kız seçiyor, onları ayakta ilahiler söylerken en küçüğünden en büyüğüne doğru sıralıyordu. Bu görüntü izleyicilerde genç kızlardan oluşan bir kaval, meleklerden oluşan canlı bir panflüt izlenimi yaratıyordu.

Hizmetli rahibelerin ve yatılı okul öğrencilerinin en çok sevdiği rahibeler Sainte-Euphrasie, Sainte-Marguerite, artık bunamış olan Sainte-Marthe ve uzun burnuyla kızları güldüren Saint-Michel'di.

Tüm bu kadınlar çocuklara çok yumuşak davranıyorlardı. Rahibeler sadece kendilerine karşı acımasızdılar. Sadece yatılı okulda ateş yakılıyor, yemekler manastırınkilerle kıyaslandığında daha büyük bir özenle hazırlanıyordu. Yine de bir rahibenin yanından geçen bir yatılı okul öğrencisi ona bir soru sorduğunda karşılığını asla alamazdı.

Bu suskunluk kuralı tüm manastırda sözlerin canlı varlıklardan alınıp cansız nesnelere verilmesi sonucuna yol açmıştı. Konuşan kâh kilisenin çanı, kâh bahçıvanın çıngırağıydı. Dış hizmetleri gören kapıcı rahibenin yanında duran ve akustik bir telgraf işlevini görerek tüm manastırda duyulan güçlü bir zil, farklı ses tonlarıyla yerine getirilmesi gereken dünyevi görevleri hatırlatıyor, gerektiğinde manastırın bir sakinini ziyaretçi odasına çağırıyordu. Herkesin ve her şeyin kendine özgü bir çan sesi vardı. Başrahibeninki bir artı bir; yardımcısının bir artı ikiydi. Altı-beş, dersin başlangıcını haber veriyordu, öyle ki öğrenciler sınıfa değil altı-beşe girdiklerini söylüyorlardı. Sık sık duyulan dört-dört Madam Genlis'e aitti. Ondan pek haz etmeyenler bunu *dört şeytana bedel* diye yorumluyorlardı. Büyük bir olayı haber veren on dokuz çan sesiyle, sadece başpiskoposun karşısında menteşeleri üzerinde dönen sürgülerle kaplı korkunç demir kapı açılıyordu.

Söylediğimiz gibi, başpiskopos ve bahçıvan dışında manastıra hiçbir erkek girmiyordu. Yatılı okul öğrencileri iki erkek daha görüyorlardı, bunlardan biri koro yerinde bir parmaklığın arasından seçebildikleri yaşlı ve çirkin Rahip Banes, diğeri daha önce birkaç satırını okuduğumuz mektupta *yaşlı korkunç kambur M. Anciot* olarak söz edilen resim öğretmeni M. Ansiaux'di.

Görüldüğü gibi bu adamlar özellikle seçilmişti.

Bu ilginç manastır işte böyleydi.

VIII

Post Corda Lapides[53]

Manastırın manevi yaşamının tasvirini yaptıktan sonra birkaç cümleyle okuyucunun daha önceden hakkında fikir sahibi olduğu dış görünümünü anlatmak yerinde olacaktır.

Petit-Picpus-Saint-Antoine Manastırı, Polonceau Caddesi'nin, Droit-Mur, Picpus ve artık kullanılmasa da eski planlarda yer alan Aumarais sokaklarının kesişimlerinden oluşan geniş trapezi neredeyse tamamen dolduruyordu. Bu dört yol, bir hendeği andıran bu trapezi çevreliyordu. Manastır birçok binadan ve bir bahçeden oluşuyordu. Ana binanın tamamı yukarıdan kuş bakışı incelendiğinde karma yapıların, yere yayılmış bir darağacı direğini andıran bir biçimde yan yana gelmiş olduğu görülüyordu. Darağacının ana direği Droit-Mur Sokağı'nın, Picpus Sokağı ile Polonceau Caddesi arasında kalan kesitinden oluşuyordu; ana direğin uzantısı olan küçük kol Petit-Picpus Sokağı'na bakan ve 62 numaralı araba kapısında sonlanan yüksek, gri, parmaklıklarla kaplı kasvetli bir cepheden ibaretti. Bu cephenin ortasına doğru, tozun ve beyaz küllerin beyazlaştırdığı, örümcekle-

53 Kalpten sonra taşlar. (ç.n.)

rin ağlarını ördükleri kemerli, alçak, eski bir kapı vardı; bu kapı nadiren, manastırdan bir rahibenin tabutunun çıktığı pazar günleri bir iki saat açık kalırdı. Bu, kilisenin cümle kapısıydı. Darağacının iki direğinin birleştiği dirsekte kiler olarak kullanılan ve rahibelerin *masraf odası* diye andıkları kare şeklinde bir salon vardı. Büyük kolda anaların, rahibelerin ve acemi rahibelerin odaları, küçük kolda mutfaklar ile kilise ve manastırın yemekhaneleri yer alıyordu. 62 numaralı kapı ile artık kullanılmayan Aumarais Sokağı'nın köşesi arasında, dışarıdan görülmeyen yatılı okul bulunuyordu. Trapezin geri kalanını oluşturan bahçenin seviyesinin Polonceau Caddesi'nden çok alçakta kalması, içerideki duvarların dışarıdakilere oranla daha yüksek görünmesini sağlıyordu. Hafif tümsek olan bahçenin ortasında yer alan bir tepeciğin zirvesindeki sivri, koni şeklindeki köknar ağacından, tıpkı daire şeklinde bir meydandan dört bir yana ayrılan sokaklara benzeyen dört ağaçlıklı bir yol bahçeye düzenli bir şekilde dağılıyordu. Her büyük yol çatallanarak iki yola ayrılıp sekiz küçük yol oluşturuyordu, öyle ki bu alan çember şeklinde olsa yukarıdan ortasına haç yerleştirilmiş bir tekerlek gibi görünecekti. Hepsi bahçenin oldukça düzensiz ve eşit yüksekliklerde olmayan duvarlarında sonlanan bu yolların iki yanı frenküzümü fidanlarıyla çevriliydi. Dipte uzun kavak ağaçlarıyla kaplı bir yol Droit-Mur Sokağı'nın köşesindeki eski manastırın harabelerinden Aumarais Sokağı'nın köşesindeki küçük manastıra kadar uzanıyordu. Küçük manastırın önünde küçük bahçe denen bir yer vardı. Bu bütünlüğe bir avlu, iç binaların oluşturduğu çeşitli açılar, hapishane duvarları, hemen bitişikteki Polonceau Caddesi'nin diğer yanını sınırlayan uzun siyah çatı hattı eklenirse, Bernardinlerin Petit-Picpus'taki manastırlarının kırk beş yıl önceki hali gözlerde canlanabilir. Bu kutsal bina XIV. yüzyıldan XVI. yüzyıla kadar *on bin şeytanın batakhanesi* olarak anılan ve raket oynanan bir arazinin üzerine inşa edilmişti.

Zaten bunlar Paris'in en eski sokaklarıydı. Droit-Mur ve Aumarais isimleri çok eskiye dayansa da, bu isimleri taşıyan sokaklar onlardan daha da eskiydiler. Aumarais Sokağı'nın adı Maugout, Droit-Mur Sokağı'nın adı Eglantiers[54] olarak değişti, çünkü insanlar daha taşları yontmadan, Tanrı çiçekleri açtırıyordu.

IX

Rahibe Örtüsü Altında Bir Asır

Petit-Picpus'un bir zamanlar ne halde olduğunun ayrıntılarına girdiğimize ve bu ağırbaşlı sığınağın üzerine bir pencere açmaya cesaret ettiğimize göre, okuyucudan bize bu kitabın konusunun dışında kalsa da, bir manastırın bile kendine özgü kişilikleri barındırdığının anlaşılması için küçük bir anekdodu anlatmamıza izin vermesini istiyoruz.

Küçük manastırda, Fontevrault Manastırı'ndan gelmiş yüz yaşında bir ihtiyar vardı. Devrimden önce soylu bir aileye mensup olan bu kadın sürekli olarak XVI. Louis'nin Adalet Bakanı olan M. de Miromesnil'den ve çok yakından tanıdığı Madam Duplat'dan söz ederdi. Bu iki ismi her fırsatta tekrarlamaktan keyif alır, gururlanır, caddeleri olan bir şehre benzettiği Fontevrault Manastırı'nı göklere çıkarırdı.

Yatılı okulun öğrencilerini neşelendirecek şekilde Pikardi aksanıyla konuşurdu. Her yıl törenle yeminini tekrarlarken rahibe şunları söylerdi: "Monsenyör Saint François yeminini Monsenyör Saint Julien'e yutturdu, Monsenyör Saint Julien yeminini Monsenyör Saint Eusèbe'e yutturdu, Monsenyör Saint Eusèbe yeminini Monsenyör Saint Procope'a yutturdu vs., şimdi ben de yeminimi size yutturuyorum sayın peder." Bunun üzerine yatılı okul öğrencileri bıyık altından değil, peçelerinin altından gülüyor; bastırılmaya çalışılan küçük se-

54 Yabangülü ağacı. (ç.n.)

vimli kahkahalar seçmen rahibelerin kaşlarının çatılmasına neden oluyordu.

Bazen yüzlük ihtiyar geçmişten söz eder, *gençliğinde Bernardin rahiplerinin silahşorlara boyun eğmediğini* anlatırdı. Bir asırdan bahsediyordu, ama bu XVIII. yüzyıldı. Devrimden önce Champagne ve Bourgogne bölgelerindeki dört şarap geleneğini anlatırdı. Mareşal, prens, dük, meclis üyesi gibi önemli bir şahsiyet bu bölgelerdeki bir şehre geldiğinde kent eşrafı ona övgü dolu bir nutuk çeker ve içine dört farklı şarap konmuş dört gümüş kadeh ikram ederdi. İlkinin üzerinde *maymun şarabı*, ikincinin üzerinde *aslan şarabı*, üçüncünün üzerinde *koyun şarabı*, dördüncünün üzerinde *domuz şarabı* yazardı. Bu dört ibare sarhoşluğun dört aşamasını ifade ediyordu: İlk sarhoşluk keyif veriyor, ikincisi öfkelendiriyor, üçüncüsü afallatıyor, nihayet dördüncüsü yerlerde süründürüyordu.

Kilitli bir dolapta çok değer verdiği gizemli bir şey saklıyordu. Fontevrault kuralları bunu yasaklamadığı için bu objeyi kimseye göstermiyor, onu hayranlıkla izlemek istediğinde odasına çekilip bir köşeye gizleniyordu. Koridordan birinin geldiğini duyduğunda yaşlı ellerinin izin verdiği ölçüde dolabı aceleyle kapatıyordu. Ona bundan söz edildiğinde, konuşmayı çok sevmesine rağmen susuyordu. En meraklılar suskunluğu karşısında ve en ısrarcılar inadı karşısında geri adım attılar. Manastırdaki aylakların boş zamanlarında üzerinde yorum yaptıkları en önemli konulardan biri buydu. Yüzlük bir kadının, hazine gibi değer verip gizlediği bu şey ne olabilirdi? Acaba kutsal bir kitap mıydı? Acaba benzersiz bir tespih miydi? Yoksa kutsal bir emanet miydi? Tahminlerin ardı arkası kesilmiyordu. Yaşlı kadın öldüğünde, hepsi yakışık almayacak bir şekilde koşup dolabı açtılar ve kutsal kase gibi üç katlı bir örtüye sarılmış o gizemli nesneyi buldular. Bu, üzerine, uçuşan aşk meleklerini ellerindeki devasa şırıngalarla kovalayan eczacı kalfalarının resmedildiği bir

Faenza tabağıydı. Kovalamaca sırasında yüzler buruşuyor, komik ifadeler alıyordu. Küçük, sevimli aşk meleklerinden biri şimdiden şişlenmişti. Çabalıyor, küçük kanatlarını çırparak uçmaya çalışıyor, ama doktor ona şeytani bir bakışla gülüyordu. Çıkarılacak ders aşkın acıya yenik düşmesiydi. Oldukça ilginç görünen ve belki de Molière'e esin kaynağı olma onurunu yaşamış bu tabak, 1845 Eylül'ünde Beaumarchais Bulvarı'ndaki bir antikacıda hâlâ alıcısını bekliyordu.

Bu yaşlı kadın, söylediği kadarıyla *ziyaretçi odasını çok kasvetli bulduğundan* hiç ziyaretçi kabul etmek istemiyordu.

X

Sonsuz Tapınmanın Kökeni

Hakkında daha önce de fikir vermeye çalıştığımız, bu mezarı andıran ziyaretçi odası tamamen Petit-Picpus'a özgüydü ve başka manastırlarda aynı kasvetliliği sergilemiyordu. Özellikle de, Temple Caddesi'ndeki başka bir tarikatın manastırında siyah kepenklerin yerini kahverengi perdeler almıştı ve parkeyle döşenmiş bu odanın pencereleri beyaz muslinlerle bezenmiş, duvarları yüzü açık bir Benedikten rahibesinin portresiyle, çiçek resimleriyle, hatta türbanla kaplı bir kafayla süslenmişti.

Temple Caddesi'ndeki manastırın bahçesinde Fransa'nın en yüksek ve en güzel ağacı olarak kabul edilen ve XVIII. yüzyıl halkı tarafından *kraliyetin tüm kestane ağaçlarının babası* olarak anılan bir atkestanesi ağacı vardı.

Söylediğimiz gibi Temple Manastırı'nın Adoration Perpétuelle Benediktenleri, kökenleri Citeaux'ya dayanan Benediktenlerden çok farklıydı. Çok eski olmayan bu Adoration Perpétuelle tarikatının kuruluşu yaklaşık iki yüzyıl öncesine dayanır. 1649'da, Saint-Sacrement ayininin kutsiyeti Paris'in Saint-Sulpice ve Saint-Jean en Grève kiliselerinde birkaç gün arayla bozulmuş, bu ürkütücü ve nadir rastlanan saygısızlık tüm şehirde tepki uyandırmıştı, bunun üzerine Saint-Germain des Prés piskoposunun yardımcısı başrahibin önerisiyle tüm cemaatin katıldığı ve Papa'nın elçisinin yönettiği görkemli bir ayin düzenlenmişti. Ama bu kefaret, Boucs markizi Madam Courtin ve Châteauvieux konteslerince yeterli bulunmamıştı. Genel bir tepkiyi ifade etmese de, "kutsal sunağa" yapılan bu saygısızlığı hazmedemeyen bu iki ermiş kadın, bu günahın telafisinin ancak bir kızlar manastırında "Sonsuz Tapınma" ile mümkün olacağını düşünüyorlardı. Bunun üzerine, biri 1652'de, diğeri 1653'te olmak üzere bu ulvi amaç uğruna Saint-Benoît tarikatına bağlı bir manastır kurulması için Saint-Sacrement cemaatinin Benedikten rahibesi Catherine de Bar'a büyük miktarlarda bağış yaptılar. Catherine de Bar'a bu kuruluş için ilk izin "toplamda altı bin frank olmak üzere, ayda üç yüz frank gelir sağlamayacak olan hiçbir kızın kabul edilmemesi koşuluyla" Saint-Germain Başrahibi M. de Metz tarafından verildi. Saint-Germain başrahibinin ardından, kral da ihtira beratını kabul etti, başrahibin izin belgesi ve kralın fermanları 1654'te Sayıştay ve Meclis tarafından onaylandı.

İşte Paris'teki Benediktenlerin Adoration Perpétuelle du Saint-Sacrement tarikatının kurumsallaşmasının yasal olarak kutsanması böyle oldu. İlk manastırların "yeni çerçeveleri", Boucs markizi ve Châteauvieux kontesinin yaptıkları bağışlar sayesinde Cassette Sokağı'nda inşa edildi.

Anlaşılacağı gibi bu tarikatın Citeaux'nun Benediktenleriyle hiçbir bağlantısı yoktu. Tıpkı Sacré-Coeur rahibelerinin Cizvitlerin kurucusuna, Charité rahibelerinin Lazaristlerin kurucusuna bağlı olmaları gibi onlar da Saint-Germain des Prés başrahibine bağlıydılar.

Aynı şekilde içyüzünü anlattığımız Petit-Picpus Bernardinleriyle de hiçbir bağlantıları yoktu. Petit-Picpus'un

Bernardinleri 1657'de Papa VII. Alexandre'ın özel izniyle, Saint-Sacremenet Benediktenleri gibi Sonsuz Tapınma ibadetini yerine getirmeye başladılar. İki tarikat farklılıklarını yine de sürdürdü.

XI

Petit-Picpus'un Sonu

Restorasyon Dönemi'nin başlangıcından beri, XVIII. yüzyıldan itibaren yok olmaya başlayan tüm tarikatlar gibi Petit-Picpus da güç kaybetmeye başlamıştı. Derin dinî inançlar taşıma da tıpkı dua gibi insani bir ihtiyaçtır; ama devrimin dokunduğu her şey gibi o da dönüşüme uğrayacak, toplumsal gelişmenin düşmanıyken onun destekçisi haline gelecektir.

Petit-Picpus Manastırı hızla boşalıyordu. 1840'da küçük manastır ve yatılı okul kapandı. Artık orada ne yaşlı kadınlar, ne genç kızlar vardı; kimileri ölmüş kimileri de gitmişti. *Volaverunt.*[55]

Adoration Perpétuelle'in kuralları ürkütücü boyutlarda katıydı; katılımlar azalıyor, tarikat yeni mensup bulamıyordu. 1845'te hâlâ birkaç hizmetli rahibe vardı, ama koro rahibesi kalmamıştı. Kırk yıl önce yaklaşık yüz rahibe varken, bu sayı on beş yıl önce yirmi sekize inmişti. Acaba bugün kaç kişiler? 1847'de başrahibe, seçilme şansının düşüklüğünü gösterecek kadar gençti. Henüz kırk yaşında bile değildi. Rahibe sayısı azaldıkça yorgunluklar artıyor, herkesin işi daha da zorlaşıyordu; daha o zamandan Saint-Benoît'nın ağır kurallarını taşıyabilecek beli bükülmüşlerin sayısının ona kadar düşeceği anlaşılıyordu. Çoğunluğa da azınlığa da aynı basıncı uygulayan amansız yük ezip geçiyordu. Böylece

55 Uçup gitmişti. (ç.n.)

çoğu ölüp gitti. Bu kitabın yazarı Paris'te otururken içlerinden ikisi ölmüştü. Biri yirmi beş, diğeri yirmi üç yaşındaydı. Bu genç rahibe, Julia Alpinula gibi, *Hic jaceo. Vixi annos viginti et tres*[56] diyebilirdi. İşte bu çöküntüyü yaşayan manastır, kızların eğitiminden vazgeçti.

İçine girmeden edemediğimiz bu olağanüstü, meçhul, kasvetli evin önünden geçerken belki birilerine yararı olur diye Jean Valjean'ın melankolik öyküsünü dinleyenlerin de bize eşlik etmelerini istedik. Bugün çok yeni gibi görünen eski uygulamalarla dolu bu cemaatin, *hortus conclusus*'un, yani bir kapalı bahçenin içine nüfuz ettik. Bu ilginç mekândan ayrıntı ve saygının uzlaşabileceği ölçüde, ayrıntılı ama saygılı bir şekilde söz ettik. Her şeyi anlamıyoruz ama hiçbir şeyi de küçümsemiyoruz. Celladını kutsayan Joseph de Maistre'in haykırışına da, işi dinle alay etmeye kadar götüren Voltaire'in sırıtışına da aynı mesafede duruyoruz.

Geçerken, Voltaire'in mantıksızlığına da değinelim; çünkü Voltaire hem İsa'yı hem Calas'ı savunuyordu ve insanüstü varlıkları inkâr edenler için bile haç neyi ifade ediyor? Katledilen aklı.

XIX. yüzyılda dinî düşünce bir kriz yaşadı. Bazı şeylerin unutulması, yeni şeylerin öğrenilmesi koşuluyla gereklidir. İnsan beyninde boşluğa yer yoktur. Bazı yıkımların gerçekleşmesi hayırlıdır, ama yerine yenilerin inşa edilmesi koşuluyla.

Bu arada, artık var olmayan şeyleri de inceleyelim. En azından uzak durmak için bile olsa onları tanımak gerek. Geçmişin taklitleri sahte isimlerle kendilerini gelecek olarak adlandırıyorlar. Bu hortlak geçmiş, kimliğini değiştirebilir. Tuzağa karşı hazırlıklı olalım, ondan uzak duralım. Geçmişin yüzü batıl inanç, maskesi ikiyüzlülüktür. Yüzünü açığa çıkarıp maskesini düşürelim.

Manastırlara gelince karmaşık bir sorun oluşturuyorlar. Uygarlık onları mahkûm ederken, özgürlük onları koruyor.

---

56 Yirmi üç yıllık ömrümden sonra burada yatıyorum. (ç.n.)

Yedinci Kitap
Parantez

I

Manastır, Soyut Düşünce

Bu kitap, başkahramanı sonsuzluk olan bir dramdır.

İnsan, yan karakterdir.

Bu yüzden, yolumuzun üzerine çıkan bir manastırın içine sızmak zorunda kaldık. Neden? Çünkü hem doğunun, hem batının, hem eski hem modern çağların, Paganizmin, Budizmin, İslamiyetin, Hristiyanlığın bir parçası olan manastır, insanın sonsuzluğa yönelttiği optik aletlerden biridir.

Burası bazı fikirleri aşırıya kaçarak irdelemenin yeri değil; yine de tedbirliliğimizi, sınırlarımızı ve hatta öfkemizi bir kenara bıraksak da, bir insanın içinde sonsuzluğa her rastlayışımızda buna az çok saygı duyduğumuzu hissettiğimizi söylememiz gerek. Sinagogun, caminin, pagodanın, kızılderili çadırının hem tiksindiğimiz iğrenç bir yanı, hem hayranlık duyduğumuz ulvi bir yanı vardır. Tanrı'nın insanın duvarındaki yansıması zihin için nasıl da muhteşem bir görüntü, ne sonsuz bir düştür!

II

Manastır, Tarihsel Bir Olgu

Keşişlik kurumu tarihsel, akılcı ve gerçekçi bir bakış açısıyla mahkûm edilmiştir.

Bir ülkede manastırların çok sayıda bulunması onları hareketliliğin düğümlendiği noktalar, gelişmenin önünü tıkayan engeller haline getirir, iş merkezlerinin olması gereken yerde açılan manastırlar tembelliğin kurumsallaşmasına yol açar. Büyük insan topluluklarında manastır cemaatleri, meşenin üzerindeki ökseotunun, insanın derisindeki siğilin yerini tutar. Gelişmeleri ve refahları ülkenin yoksullaşması anlamına gelir. Uygarlığın başlangıç dönemlerinde, şiddeti maneviyatla azaltmak konusunda yararlı olan manastır düzeni halkların güçlenmesine engeldir. Ayrıca, örneklerini görmeye devam ettiğimiz gibi disiplin gevşeyip yozlaşma başladığında, masumiyet döneminde koruyuculuk niteliğini sağlayan tüm unsurlar tam tersi bir etki yaratırlar.

Münzevi yaşam tarzı miadını doldurmuştur. Çağdaş uygarlığın ilk eğitim aşamasında yararlı olan manastırlar etkinliklerini artırdıkça gelişmeyi ketlemeye, zararlı olmaya başlamışlardır. Manastırlar toplumların şekillenme tarzını belirleyen kurumlar olarak X. yüzyıl için uygun, XV. yüzyıl için tartışmalı, XIX. yüzyıl için tiksinti uyandırıcıdır. Manastır cüzzamı, biri Avrupa'nın aydınlığının diğeri ihtişamının sembolü olan iki muhteşem ülkeyi, İtalya ve İspanya'yı neredeyse iliklerine kadar kemirdi ve günümüzde bu iki saygın halk, 1789'un güçlü ve etkin tedavisi sayesinde iyileşmeye başlıyor.

Manastırlar, özellikle de eski yöntemlerin uygulandığı kadın manastırları, bu yüzyılın başında İtalya, Avusturya ve İspanya'daki konumlarıyla Ortaçağ karanlığının en çok yoğunlaştığı, dehşet verici olayların bir araya geldiği mekânlardır. Katolik manastırının her yanı ölümün karanlık ışıltısıyla kaplıdır.

Özellikle İspanyol manastırı berbattır. Karanlıkta, sisle kaplı kemerlerin, belli belirsiz seçilebilen kubbelerin altında katedraller kadar yüksek, devasa sunaklar belirir; karaltıların ortasında zincirlerin ucundan büyük beyaz haçlar sarkar; dirseklerinden kemikleri, dizkapaklarından kemik zarları, yaralarından iç organları görünen, yaraları hâlâ kanar gibi görünen, alınlarında yakuttan kan damlaları, gözlerinde elmastan gözyaşları bulunan, başlarına dikenli gümüş bir taç geçirilmiş, elleri altın çivilerle mıhlanmış o iğrenç ve muhteşem fildişi İsa'lar abanoz panonun üzerinde çırılçıplak bir halde orada sergilenir. Islak gibi görünen elmaslar ve yakutlar, gölgelerinde böğürleri, göğüsleri çile gömleği ve demir uçlu kırbaçla yaralanmış, ezilmiş, dizlerinin derileri dua etmekten sıyrılmış bir halde bekleşen peçeli varlıkları, kendini evli sanan kadınları, kendini melek sanan hayaletleri gözyaşlarına boğarlar. Bu kadınlar düşünürler mi? Hayır. Arzu duyarlar mı? Hayır. Severler mi? Hayır. Yaşarlar mı? Hayır. Sinirleri kemiklere, kemikleri taşlara dönüşmüş, peçeleri gecenin karanlığından örülmüştür. Peçenin altındaki solukları ölümün hüzünlü son nefesine benzer. Hortlağı andıran bir başrahibe onları hem kutsar hem de korkutur. Orada lekesizlik vahşidir. İşte eski İspanyol manastırları böyledir. Bu acımasız mekânlar yobazlığın batakhaneleri, bakirelerin mağarasıdır.

Katolik İspanya, Roma kilisesine Roma'dan daha bağlıydı. Katolik manastırının en görkemli örneği olan İspanyol manastırı Doğu'nun izlerini taşırdı. Başpiskopos, yani cennetin haremağası, Tanrı'ya adanmış bu ruhlar sarayını gözetler, kapısını sürgülerdi. Rahibe odalık, rahip hadımdı. Düşlerinde kendilerini gözde olarak hayal eden ateşli rahibeler İsa'ya sahip oluyorlardı. Gece olduğunda, yakışıklı genç adam çıplak bir halde çarmıhtan iniyor, hücrenin şehvet kaynağına dönüşüyordu. Yüksek duvarlar, çarmıhta gerili duran gizemli hanım sultanı, dünyevi zevklerden korurdu. Dışarıya yönelik bir bakış sadakatsizlikti. Çilehane kefenin yerini alıyordu. Doğu'da denize atılan Batı'da toprağa gömülürdü. Her iki tarafta da çaresiz kalan kadınların bazılarına dalgalar, bazılarına çukurlar reva görülmüştü, bir yanda boğuluyor, diğer yanda gömülüyorlardı. Canavarca bir benzerlik.

Günümüzde geçmişi savunanlar, inkâr edemeyeceklerini anladıklarından gülümsemekle yetiniyor. Tarihin ortaya koyduğu gerçekleri görmezden gelmek, felsefi yorumları çürütmek ve can sıkıcı olayları, iç karartıcı soruları savuşturmak için gayet uygun ve ilginç bir tarz geliştirildi. *Tumturaklı sözlerle abartı*, diyor kurnazlar. Tumturaklı sözlerle abartı, diye tekrarlıyor ahmaklar. Jean-Jacques, tumturaklı sözler söyleyen bir abartıcı; Diderot, tumturaklı sözler söyleyen bir abartıcı; Voltaire, Calas, Labarre ve Sirven hakkında abartarak tumturaklı sözler söylüyor. Son zamanlarda birileri Tacitus'un tumturaklı sözler söyleyen bir abartıcı, Neron'un ise mağdur olduğunu ve kuşkusuz "o zavallı Holofernes'e" acımak gerektiğini söylüyordu.

Yine de olaylar bu savunma tarzını geçersizleştirerek ayak diriyor. Bu kitabın yazarı, Brüksel'e sekiz fersah mesafede, Ortaçağ'ı yaşatan Villers Manastırı'nda, avlunun ortasındaki çayırda kuyulu zindanların girişlerini ve Dyle kıyısında yarısı toprağın, yarısı suyun altında kalan dört taş hücreyi kendi gözleriyle gördü. Bunlar *çilehaneler*di. Bu hücrelerden her birinin demir bir kapısı, bir kubur deliği, ırmağın dışarıdan iki ayak, içeriden altı ayak üzerinde yer alan, aydınlık bir penceresi vardı. Duvarın dışında dört ayak yüksekliğinde ırmak akıyordu. Çilekeş, yatak olarak ıslanmış toprak zemini kullanıyordu. Bu hücrelerden birinde duvara gömülmüş bir halka, bir diğerinde dört granit levhadan yapılmış, içine yatmak için çok kısa, ayakta durmak için çok alçak, kare biçiminde bir tabutluk vardı. Bunun içine bir insanı koyup üzerini bir taşla örtüyorlardı. Bu görülen, dokunulabilen bir gerçek. Bu *çilehaneler*, bu hücreler, bu demir menteşeler, bu halkalar, yanı başında ırmağın akıp gittiği bu aydınlık penceresi, bir mezar gibi taşla kapanan, ancak içinde ölü değil bir canlı bulunan bu granit tabutluk, bu kubur deliği, suların sızdığı bu duvarlar, bunların hepsi tumturaklı sözler!

III

Geçmişe Hangi Koşullar Altında Saygı Duyulabilir?

İspanya'da geçmişte, Tibet'te ise bugün hâlâ var olan manastır düzeni uygarlık için bir veremdir. Yaşamı durdurur. Nüfusu azaltır. Münzevilik ve hadımlık Avrupa için bir felaketti. Buna bilince uygulanan şiddeti, zorlama ibadetleri, sırtını manastıra dayayan feodaliteyi, yaşça büyük çocuklarını manastıra aktaran aileleri, sözünü ettiğimiz vahşetleri, *çilehaneler*i, kapalı ağızları, duvar örülmüş beyinleri, sonsuz yeminle hücreye kapatılmış onca bahtsız zekâyı, ilk cüppenin giyilişini, ruhların canlı canlı gömülmesini, bireysel işkencelerin ulusların çöküşüne eşlik etmelerini ekleyin, kim olursanız olun insanlığın icadı o iki kefenin, yani cüppe ve peçenin önünde titrediğinizi hissedeceksiniz.

Yine de, felsefeye, toplumsal gelişmeye rağmen bazı yerlerde münzevilik düşüncesinin XIX. yüzyılın ortasında hâlâ sürüp gitmesi, çilecilik dalgasının yeniden yükselmesi günümüzde uygar dünyayı şaşırtıyor. Bu köhnemiş kurumların varlıklarını sürdürme konusundaki inadı, bozulmuş bir parfümün saça sürülmesi konusundaki ısrarına, yenilmek isteyen bozuk balığın kibrine, yetişkin bir insana çocuk elbisesi giydirmenin sıkıntısına ve canlıları yeniden kucaklamaya gelecek cesetlerin şefkatine benziyor.

"Nankörler!" diyor giysi. "Sizi soğuk havalardan korudum. Beni artık neden istemiyorsunuz?", "Ben açık denizden geliyorum," diyor balık. "Ben eskiden güldüm," diyor parfüm. "Ben sizi sevmiştim," diyor ceset. "Ben sizi uygarlaştırmıştım," diyor manastır.

Tüm bunlara tek bir cevap verilebilir: "Bir zamanlar..."

İşlevini tamamlamış şeylerin sonsuza dek sürüp gideceğini ve insanları yalıtarak yönetmeyi düşlemek, geçerliliği kalmamış dogmaları yenilemek, ermişlerin sandıklarını yeniden yaldızlamak, manastırları yeniden badanalamak, kutsal emanet sandıklarını yeniden kutsamak, batıl inançları tazelemek, bağnazlıklara destek vermek, kutsal su serpmeçlerine yeniden sap takmak, manastır düzenini yeniden inşa etmek, toplumun kurtuluşunun asalakların artmasına bağlı olduğuna inanmak, geçmişi bugüne dayatmak insana garip geliyor. Yine de bu teorileri geliştirecek teorisyenler var. Aslında zeki insanlar olan bu teorisyenlerin geçmişin üzerine kutsal hak, atalara saygı, eski otorite, kutsal gelenek, meşruiyet sıvasını çekip bağırmak gibi çok basit bir yöntemleri var: "Hadi! Onurlu insanlar, bunu kabul edin." Eski çağlarda yaşayan falcıların neler yaptıklarını bilenler bunu daha iyi anlarlar. Siyah bir düveyi tebeşirle boyayıp: *Bos cretatus,* "O beyaz," diyorlardı.

Bize gelince öldüklerini kabul etmeleri koşuluyla bazı konulara saygıyla, geçmişe de hoşgörüyle yaklaşıyoruz. Yaşamak isterse, ona saldırıp öldürmeye çalışıyoruz.

Yaşama tutunma konusunda inatçı olan batıl inançların, sofulukların, yobazlıkların, dogmaların, tüm bu hortlakların sis perdelerinin altında dişleri ve tırnakları vardır; onlarla göğüs göğüse mücadele etmek, hiç durmadan savaşmak gerekir; çünkü hayaletlerle sonsuza dek çatışmaya mahkûm olmak insanlığın bahtsızlıklarından biridir. Karanlığı yakasından yakalayıp yere sermek zor iştir.

XIX. yüzyılın ortasında, Fransa'daki bir manastır ışığa karşı koyan baykuşların yuvası demektir. 89'un, 1830'un,

1848'in kentinin tam ortasında çileciliği savunan bir manastır, Paris'te filizlenen bir Roma tarihinin gidişatına aykırıdır. Olağan durumlarda, tarihe aykırılığı ortadan kaldırmak için ona yılları heceletmek yeterlidir. Ama olağan bir dönemde yaşamıyoruz.

Mücadele edelim.

Mücadele edelim ama ayırt etmesini bilelim. Gerçeğin özü asla aşırıya kaçmamaktır. Abartmaya ne ihtiyacı var? Yok edilmesi gereken ve aydınlatılıp izlenmesi gereken şeyler vardır. İyi niyetli, ciddi ve özenli bir gözlem yapabilmek ne büyük bir güçtür! Işığın yettiği yere alev taşımayalım.

Bu yüzden, XIX. yüzyıl söz konusu olduğunda genel anlamda, Avrupa'da olduğu gibi Asya'da, Osmanlı'da olduğu gibi Hindistan'da, tüm halklarda çileci manastırlara karşıyız. "Manastır" diyen "bataklık" demiş sayılır. Kokuşmuşlukları aşikârdır, durağanlıkları hastalıklıdır, mayalanmaları halkları güçten düşürür; çoğalmaları On Bela'dan farksızdır. Çileci Müslümanların, Buda rahiplerinin, Ortodoks papazlarının, Murabutların ve dervişlerin kaynaşan solucanlar gibi hızla ürediği ülkeleri düşünürken dehşete düşeriz.

Bunları söyledikten sonra, din sorununun varlığını hâlâ sürdürdüğünü kabul etmek gerek. Bazı gizemli, hatta ürkütücü yanları olan bu sorunu daha dikkatle incelememize izin verilsin.

IV

İlkeler Açısından Manastır

İnsanlar bir araya gelip toplu bir şekilde yaşarlar. Hangi hakla? Toplumsallaşma hakkıyla.

Evlerine kapanırlar. Hangi hakla? Her insanın kendi evine girip çıkma hakkıyla.

Evden dışarı çıkmazlar. Hangi hakla? Kendi evinde kalabilme özgürlüğünü dayatan hakla.

Peki, evlerinde ne yaparlar?

Alçak sesle konuşur; gözlerini önlerine eğer; ibadet ederler. Dünyadan, şehirlerden, hazlardan, mutluluklardan, kibirden, gururdan, çıkar ilişkilerinden ellerini eteklerini çekerler. Üzerlerinde kaba yünden ya da abadan bir giysi vardır. Hiçbirinin mal varlığı yoktur. Oraya girdiğinde zengin olan fakirleşir. Varını yoğunu herkese dağıtır. Eskiden soylu, beyefendi, toprak ağası olan orada köylüyle aynı konumdadır. İnziva herkese eşit davranır. Hepsinin tepesi keldir. Aynı cüppeyi giyer, aynı siyah ekmeği yer, aynı samanın üzerinde uyur, aynı külün üzerinde ölürler. Sırtlarında aynı heybe, bellerinde aynı kuşak vardır. Bir yere çıplak ayakla gidilmeye karar verilirse çıplak ayakla gidilir. Orada da bir prens olabilir, ama prensin gölgesi diğerlerinden uzun değildir. Hiçbir unvan yoktur. Aile isimleri silinip gitmiştir. Sadece küçük adlarıyla anılırlar. Hepsi vaftiz isimlerinin eşitliğine boyun eğer. Cismani ailelerinden kopmuş, kendi cemaatlerinde semavi bir aile oluşturmuşlardır. Artık insanlıktan başka akrabaları yoktur. Fakirlerin yardımına koşar, hastaları iyileştirmeye çalışırlar. İtaat edecekleri kişiyi kendileri seçerler. Birbirlerine "Kardeşim" diye hitap ederler.

Beni durdurup haykıracaksınız: "Ama işte ideal bir manastır!"

Hakkını vererek gözlemlemem için ideal bir manastır olması gerekiyor.

İşte bu yüzden bir önceki kitapta bir manastırdan saygıyla söz ettim. Ortaçağ'ı, Asya'yı bir kenara bırakıp, tarihsel ve toplumsal eleştiriyi ihtiyat payı olarak ayırdıktan sonra, sert polemiklerin gerekliliğine ihtiyaç duymadan saf felsefi bir bakış açısıyla, manastırın sadece kendi rızasıyla gelenleri kabul etmesi koşuluyla, manastır cemaatlerine özenli bir ağırbaşlılıkla yaklaşır, bazı bağlamlarda onlara saygı duyarım. Cemaatin olduğu yerde bir yönetim birimi vardır; bir yönetim biriminin olduğu yerde haklar vardır. Manastır şu formülün ürünüdür: Eşitlik, Kardeşlik. Ah! Özgürlük ne yücedir! Özgürlük, manastırı bir cumhuriyete dönüştürmek için yeterlidir.

Devam edelim.

Ama dört duvar arasında, giydikleri abadan elbiseleriyle eşit ve kardeşçe yaşayan bu adamlar ve kadınlar başka bir şey yaparlar mı?

Evet.

Ne yaparlar?

Karanlığa bakarlar, diz çökerler, ellerini birleştirirler.

Bunun anlamı nedir?

V

Dua

Dua ederler.

Kime?

Tanrı'ya.

Tanrı'ya dua etmek ne anlama gelir?

Bizim dışımızda bir sonsuzluk var mı? Kendiliğinden var olan bu sürekli sonsuzluk, sonsuzluk olduğu için illa ki maddesel olacaksa maddesi tükendiğinde bir yerlerde sınırlı mı kalacak yoksa sonsuzluk olduğu için illa ki ilahi bir kavrayışın ürünüyse, ilahi kavrayıştan yoksun kaldığında sona mı erecek? Biz kendimizi varoluş düşüncesine dayandırırken, bu sonsuzluk içimizde bir öz düşüncesini uyandırıyor mu? Başka bir deyişle, bizim de bağlantılı olduğumuz bir mutlak mı?

Dışımızda bir sonsuzluk olduğu gibi içimizde de bir sonsuzluk yok mu? Bu iki sonsuzluk (ne ürkütücü bir ikili) birbirleriyle örtüşmüyor mu? İkinci sonsuzluğun âdeta birincinin altında yattığı söylenemez mi? Eşmerkezli bir başka uçurumun aynası, yansıması, yankısı olan bir uçurum değil mi? İçimizdeki sonsuzluk da ilahi bir kavrayışı içerir mi? Düşünür, sever, arzular mı? İki sonsuzluk da aklı, ilahi kavrayışı içeriyorsa, her birinin temel bir ilkesi varsa, tıpkı aşağıdaki sonsuzluk gibi gökteki sonsuzluğun da bir beni olmalıdır. Aşağıdaki ben ruh, yukarıdaki ben Tanrı'dır.

Aşağıdaki sonsuzluğu, gökteki sonsuzlukla düşünce yoluyla iletişime geçirmek dua etmektir.

İnsan düşüncesinden hiçbir şeyi çekip almayalım; yok etmek kötüdür. Yenilikler ve dönüşümler gereklidir. İnsanın bazı yetileri Bilinmeyen'e, düşünceye, düşlere, duaya yönelmiştir. Bilinç nedir? Bilinmeyenin pusulasıdır. Görkemli, gizemli ışıltılar yayan düşünceye, düşlere, duaya saygısızlık etmeyelim. Ruhun bu heybetli ışımaları nereye gidiyor? Karanlığa, yani aydınlığa.

Demokrasinin büyüklüğü insana ait hiçbir değeri inkâr etmemesindedir. İnsan haklarının yanında, en azından bir köşede ruhun da hakları vardır.

Bağnazlıkları ezmek ve sonsuzluğa saygı duymak, işte yapılması gereken budur. Yaratılış ağacının önünde secde etmekle ve yıldızlarla dolu devasa dallarını hayranlıkla izlemekle yetinmeyelim. Görevimiz insan ruhunu geliştirmek, mucizeye karşı gizemi savunmak, anlaşılmayana tapınmak, zırvaları fırlatıp atmak, açıklanamayanın içinden sadece gerekli olanı kabul etmek, inancı arıtmak, dinin altına gizlenen batıl inançları yok etmek, Tanrı'yı aşırılıklardan arındırmaktır.

VI

Duanın Mutlak Yüceliği

Dua etme tarzlarına gelince, içten olmaları koşuluyla hepsi iyidir. Kitabınızı tersine çevirin ve sonsuzluğa dalın.

Bildiğimiz gibi sonsuzluğu yadsıyan bir felsefe var. Ayrıca güneşi yadsıyan ve patolojik olarak nitelendirilebilecek bir körler felsefesi de var.

Gerçek kaynağını bilmediğimiz bir anlamı yüceltmek körlere özgü bir küstahlıktır.

İlginç olan, el yordamıyla ilerleyen bu felsefenin, Tanrı'yı gören felsefe karşısındaki kibirli, yukarıdan bakan, acıyan tavrıdır. Âdeta bir köstebeğin şu haykırışı duyulur: "Güneşleriyle bende acıma duygusu uyandırıyorlar!"

Bildiğimiz gibi, ünlü, itibarlı, güçlü ateistler var. Aslında, bunlar kendi güçleriyle gerçeğe döndüklerinde ateist olduklarından kendileri bile tam olarak emin değiller, aslında tanımlamada yanılıyorlar ve her hâlükârda, bu zeki, birikimli insanların Tanrı'ya inanmamaları Tanrı'nın varlığını kanıtlıyor.

Onların kişiliğinde filozofları selamlarken, felsefelerini hiç acımadan eleştiriyoruz.

Devam edelim.

Hayran olunacak bir başka şey de kelimelerle yetinmenin kolaylığı. Kuzeyin, biraz karanlığa gömülmüş metafizik bir akımı Güç sözcüğünü İrade ile değiştirerek insan kavrayışında bir devrim yaptığını sandı.

Gerçekten de, bitki gelişiyor yerine, bitki istiyor demek, buna bir de evren istiyor eklenirse oldukça yararlı olacaktır. Neden? Çünkü buradan şu sonuca varılabilecektir: Bitki istiyor, demek bir beni var; evren istiyor, demek bir Tanrı'sı var.

Bu akımın düşündüklerinin tam tersini düşünen bize gelince, biz hiçbir şeyi iyice gözlemlemeden dışlamıyoruz, bu akımın kabul ettiği bitkinin iradesi bize, bu akımın inkâr ettiği evrenin iradesini kabul etmekten daha zor geliyor.

Sonsuzluğun, yani Tanrı'nın iradesini yadsımak, ancak sonsuzluğun yadsınmasıyla mümkün olabilir. Bunu kanıtladık.

Sonsuzluğun inkârı doğrudan nihilizme açılır. Her şey "zihnin bir kavrayışından ibaret" olur. Nihilizmle tartışmak mümkün değildir. Çünkü tutarlı bir nihilist hem konuştuğu kişinin, hem de kendi varlığından şüphe duyar.

Onun bakış açısına göre, kendisi bile kendisi için "zihninin bir kavrayışından" ibaret olabilir.

Ancak, sadece "zihin" sözcüğünü telaffuz ettiğinde bile yadsıdığı her şeyi kabullendiğinin farkında değildir. Netice itibarıyla, her şeyi "hayır" kelimesiyle sonlandıran bir felsefi düşünce için tüm yollar kapalıdır.

Hayır'a verilecek tek yanıt Evet'tir.

Nihilizm ile hiçbir yere varılmaz.

Hiçlik yoktur. Sıfır yoktur. Her şey bir şeydir. Hiçbir şey hiçbir şey değildir.

İnsan ekmekten çok kesinlemelerle yaşar.

Görmek ve göstermek yetmez. Kararlı bir duruşu olması gereken felsefe gücüyle insanı geliştirmeye yönelik bir etkide bulunmalıdır. Sokrates, Âdem'in içine girip Marcus Aurelius olarak çıkmalı, başka bir deyişle mutlu insanı bilge insana, cenneti Aristoteles'in okuluna dönüştürmelidir. Bilim, yüreği ferahlatmalıdır. Zevk almak, ne hüzünlü bir amaç, ne zayıf bir tutkudur! Hayvan zevk alır. Düşünmek ruhun gerçek zaferidir. İnsanların susuzluğunu düşünceyle gidermek, onlara Tanrı kavramını bir iksir halinde sunmak, içlerinde vicdanı ve bilimi bir araya getirmek, bu gizemli bütünleşmeyle onları adil kılmak; işte felsefenin gerçek işlevi budur. Ahlak gerçeklerin çiçeklenmesidir. Düşünce insanı harekete geçmeye yöneltir. Mutlak uygulanabilir olmalıdır. İdealin, insan düşüncesi için solunabilir, içilebilir, yenilebilir bir niteliği olması gerekir. *İşte etim, işte kanım, alın sizindir,* demek idealin hakkıdır. Bilgelik kutsal bir inanç birliğidir. Ancak bu koşulla bilim için yararsız bir sevgi olmayı bırakıp insanların birleşmesi için yegâne ve egemen bir araç haline gelir ve böylece felsefeyken din mertebesine yükselir.

Felsefe sadece merakı gidermek için elverişli bir koşul yaratacak şekilde, gizemi görebilmek amacıyla gizemin üzerine inşa edilmiş bir çıkıntı olmamalıdır.

Bize gelince, düşüncelerimizi açıklamayı başka sefere bırakarak, inanmak ve sevmek gibi iki devindirici gücün yokluğunda, insanın çıkış noktası, gelişmenin ise hedef noktası olabileceğini anlamadığımızı belirtmekle yetiniyoruz.

Gelişme hedeftir, ideal örnektir.

İdeal nedir? Tanrı'dır.

İdeal, mutlak, mükemmeliyet, sonsuzluk aynı şeylerdir.

VII

Kınama Sırasında Alınması Gereken Tedbirler

Tarihin ve felsefenin Yahudi din adamı Caiaphas'la, Yargıç Drakon'la, yasa koyucu Trimalcion'la, İmparator Tiberius'la mücadele etmek gibi hem basit hem de sonsuza dek sürecek birer görevleri vardır; hiçbir belirsizlik içermeyen bu mücadele net, yalın ve kesindir. Ama inzivaya çekilme hakkı, sakıncalarına ve suistimallerine rağmen onaylanmak ve korunmak ister. Münzevilik insani bir sorundur.

Manastırlardan, yanılgıyı ama masumiyeti de, tereddüdü ama iyi niyeti de, cehaleti ama fedakârlığı da, işkenceyi ama ermişliği de barındıran bu ibadethanelerden söz edildiğinde neredeyse her zaman evet ya da hayır demek gerekir.

Manastır bir tezattır. Ruhun kurtuluşu amaç, fedakârlık araçtır. Manastır, sonucu yüce bir özveri olan olağanüstü bir egoizmdir.

Hüküm sürmek için tahttan inmek münzeviliğin özüdür.

Manastırda keyif sürmek için acı çekilir. Ölüm adına bir senet imzalanır. Dünyanın karanlığında semavi aydınlıklar beklenir. Manastırda, cehennemin cenneti miras bırakması hayaliyle yaşanır.

Peçeyi takmak ya da cüppeyi giymek sonsuz yaşam için intihar etmektir.

Böyle bir meselenin alay konusu haline getirilmesi bize göre doğru değil. İyilik de kötülük de, her şey ciddi olarak ele alınmalı. Adil adam kaşlarını çatar, ama asla kötü niyetle gülmez. Öfkeyi anlarız ama kötülüğü asla.

VIII

İnanç, Yasa

Birkaç söz daha edelim.

Entrikalara karıştığında kiliseyi kınıyoruz, maneviyatın faniliğe sert davranmasını hor görüyoruz; ama düşünen adamı her yerde takdir ediyoruz.

Diz çökeni selamlıyoruz. İnanç, insan için gereklidir. Hiçbir şeye inanmayanın vay haline!

Düşlere dalmak zihin emeği harcamaktır; düşünmek harekete geçmektir.

Kavuşturulmuş kollar çalışır, birleştirilmiş eller iş görür. Gökyüzüne yöneltilen bakış bir eserdir.

Dört yıl hiç kımıldamadan oturan Thales felsefenin temelini attı.

Bizim için münzeviler aylak, yaşamdan elini eteğini çekenler avare değildir.

Karanlığı düşünmek ciddi bir iştir.

Söylediklerimizle hiç ters düşmeden belirtelim ki, yaşayanlar için ölümü sürekli düşünmek yararlıdır. Bu konuda rahip ve filozof hemfikirdir. *Ölmek gerekir.* Trappe tarikatı başrahibi Horatius'a karşılık verir.

Yaşamına mezarın gölgesini biraz olsun düşürmek bilgenin de, çilekeşin de yasasıdır. Bu bağlamda çilekeş ve bilge aynı görüşü paylaşır.

Maddi gelişmeyi istiyoruz. Ayrıca ahlaki yüceliği destekliyoruz.

Hiç düşünmeden aceleyle karar verenler: "Gizemliliğin ortasında hiç kımıldamadan duran bu yaratıklar ne işe yarıyorlar? Ne yapıyorlar?" derler.

Ne yazık! Bizi çevreleyen ve bekleyen karanlığın varlığında, evrenin devasa burgacının bizi nereye sürükleyeceğini bilemeden yanıtlıyoruz: "Belki de bu ruhların yaptığından daha ulvi bir iş yoktur." Ve ekliyoruz: "Belki de bundan daha yararlı bir iş yoktur."

Her zaman için dua etmeyenler adına dua edenlerin var olması gerekir.

Bizim için tek sorun duaya karışan düşüncenin niceliğidir.

Leibnitz'in dua etmesi ne yüce bir şeydir. Voltaire'in tapınması ne güzeldir. *Deo erexit Voltaire.*[57]

Dinlere karşı olan dinden yanayız.

Söylevlerin sefaletine, duanın kutsiyetine inananlardanız.

Zaten içinde bulunduğumuz ve ne mutlu ki XIX. yüzyıla damgasını vurmayacak olan bu anda, onca insanın alnını yere eğerek ruhunu biraz olsun yücelttiği bu saatte, keyif çatmak ve maddi dünyanın geçici ve boş işleriyle uğraşmaktan başka bir şeye değer vermeyen onca insan arasında, inzivaya çekilene saygı duyarız. Manastır bir vazgeçiştir. Yanılgıya sürükleyen fedakârlık yine de fedakârlıktır. Amansız bir hatanın sorumluluğunu üstlenmenin de bir yüceliği vardır.

Kendi bütünselliği içinde ve gerçeğin etrafında tüm bakış açılarının sıkı sıkıya gözden geçirilmesine dek dönüp durulduğunda, manastırın, özellikle de toplumumuzda daha fazla eziyet çeken kadın manastırlarının ve bu münzevi yaşamın bir karşı çıkışı içerdiğini, kadın manastırlarının tartışılmaz bir ihtişama sahip olduğunu söyleyebiliriz.

Bazı ana hatlarına değindiğimiz bu disiplinli ve kasvetli manastır inzivası yaşam değildir, çünkü özgürlük yoktur. Ölüm değildir, çünkü refaha ermek yoktur; tıpkı bir dağın

---

57 Voltaire, yaşadığı Ferney'de inşa ettirdiği küçük bir kilisenin kapısına bu yazıyı yazdırmıştır: *Voltaire bunu Tanrı için yaptı.* (ç.n.)

zirvesine benzeyen bu mekânın bir yanında içinde bulunduğumuz uçurum, diğer yanında içine yuvarlanacağımız uçurum yer alır; burası birbirinden ayırdığı iki dünya tarafından hem aydınlatılan hem de karanlığa gömülen, yaşamın solgun ışığının ölümün loş karanlığına karıştığı dar ve puslu bir sınır noktası, mezarın alacakaranlığıdır.

Bu kadınların inandıklarına inanmayan, ama onlar gibi inançla yaşayan bize gelince, gizemin hemen yanında yaşamayı göze alıp, kendilerine kapalı olan dünya ile cennetin henüz açılmamış kapılarının önünde beklerken gözlerini görünmeyen aydınlığa dönen, sadece nerede olduklarını bilmenin mutluluğunu yaşayan, uçurumu ve bilinmeyeni özleyen, ara sıra sonsuzluğun derin soluklarıyla hafifçe doğrulan, diz çökmüş, kendinden geçmiş, afallamış, ürkmüş bir halde bakışlarını karanlıklara sabitleyen bu fedakâr, titrek ve inançlı yaratıklara, bu mütevazı ve ulvi ruhlara ancak ruhani ve şefkatli bir ürküntüyle, imrenmeyle karışık bir acımayla bakarız.

Sekizinci Kitap
Mezarlıklar Kendilerine Verileni Alırlar

I

Manastıra Girme Usulünün Ele Alınışı

İşte, Fauchelevent'ın "gökten düştüğünü" söylediği Jean Valjean bu manastırdaydı.

Polonceau Caddesi'nin köşesindeki bahçe duvarını aşmıştı. Gecenin ortasında duyduğu meleklerin ilahisi, rahibelerin sabah ayininden geliyordu; karanlıkta hayal meyal görebildiği o salon şapeldi; yere uzandığını gördüğü o hayalet telafi ibadetini yerine getiren bir rahibeydi; sesini duyduğunda neye uğradığını şaşırdığı o çıngırak Fauchelevent babanın dizine bağladığı bahçıvan çıngırağıydı.

Cosette uyur uyumaz, Jean Valjean ve Fauchelevent canlı bir çalı çırpı ateşinin önünde bir bardak şarap ve bir parça ekmekten oluşan yemeklerini yemişler, ardından kulübenin tek yatağında Cosette yattığı için birer saman yığınının üzerine uzanmışlardı. Jean Valjean'ın gözlerini kapamadan önce söylediği, "Artık burada kalmam gerek," sözleri Fauchelevent'ın zihnini gece boyunca meşgul etmişti.

Doğrusunu söylemek gerekirse, ikisini de uyku tutmamıştı.

Javert'in izini bulduğunu anlayan Jean Valjean, Cosette ile Paris'e dönerlerse işlerinin biteceğini düşünüyordu. Üzerine esen yeni fırtınanın darbesi onu bu manastıra sürüklediğine göre, tek düşüncesi burada kalmaktı. Onun durumundaki bir bahtsız için bu manastır hem çok tehlikeli, hem de çok güvenliydi; buraya erkek giremediğinden, fark edilirse manastırdan doğrudan hapishaneye gideceği için çok tehlikeliydi; kendini buraya kabul ettirip, burada yaşamaya başlarsa, kimsenin aklına onu bu manastırda aramak gelmeyeceği için de çok güvenliydi. Kimsenin yaşadığını tahmin edemeyeceği bir yerde yaşamak kurtuluştu.

Fauchelevent da kendi payına derin düşüncelere dalmıştı. Kendi kendine bu işten hiçbir şey anlamadığını itiraf etmeye başlıyordu. Bu duvarlar varken, M. Madeleine bahçeye nasıl girmişti? Manastırın duvarlarını aşmak mümkün değildi. Yanındaki çocuğu içeri nasıl sokmuştu? Dik bir duvara bir çocukla birlikte tırmanılmazdı. Bu çocuk kimdi? İkisi birlikte nereden geliyorlardı? Fauchelevent manastıra geldiğinden beri, Montreuil-sur-mer'den hiç haber almamıştı ve neler olup bittiğini bilmiyordu. Madeleine Baba'nın tavrı bu sorulara izin vermiyor, zaten Fauchelevent içinden: "Bir ermişe soru sorulmaz," diyordu. M. Madeleine onun gözünde hâlâ eski itibarını koruyordu. Yine de, Jean Valjean'ın ağzından kaçırdığı bazı sözlerden, ekonomik kriz yüzünden muhtemelen iflas ettiği ve alacaklıların peşine düştüğü ya da siyasi bir eyleme karıştığı için saklandığı sonucuna varabiliyordu; bu sonuncu ihtimal, birçok kuzey köylüsü gibi eski bir Bonapartçı olan Fauchelevent'ın hoşuna gidiyordu. M. Madeleine kaçarken karşısına sığınak olarak bu manastır çıkmıştı ve burada kalmak istemesi doğaldı. Ama M. Madeleine'in küçük bir kız çocuğuyla burada olması Fauchelevent'ın kafasını kurcalıyor ve bunun nedenini bir türlü anlayamıyordu. Fauchelevent onları görüyor, onlara dokunuyor, onlarla konuşuyor, ama buna inanamıyordu. Anlaşılamayan, Fauchelevent'ın kulübesine girmişti. Tahminlerin içinde kaybolup giden Fauchelevent sadece tek bir konuda netti: M. Madeleine hayatını kurtarmıştı. Bu yegâne kesin düşünce kararını vermesi için yeterli oldu. Kendi kendine: "Şimdi sıra bende," dedi. Ve vicdanının sesiyle ekledi: "M. Madeleine arabanın altına girip beni kurtarmak için bu kadar düşünmemişti." M. Madeleine'i kurtarması gerektiği sonucuna vardı.

Yine de, kendi kendine çeşitli sorular sorup çeşitli yanıtlar verdi: Benim için yaptıklarından sonra, hırsız bile olsa onu kurtarır mıydım?" "Evet,", "Bir katil olsaydı onu kurtarır mıydım?", "Evet,", "Ermiş olduğuna göre onu kurtaracak mıyım?", "Evet."

Ama manastırda kalması büyük bir sorundu. Neredeyse düşsel olan bu girişim konusunda Fauchelevent hiç geri adım atmadı; özverisinden, iyi niyetinden, bu kez hayırlı bir iş için kullanacağı taşralı kurnazlığından başka merdiveni olmayan bu zavallı Pikardi köylüsü, manastırın ve Saint-Benoît kurallarının erişilmez sarp yamaçlarını tırmanmaya başladı. Ömrü boyunca bencilce bir yaşam sürdüren ve hayatının son günlerinde bu sakat haliyle dünyayla bir ilişkisi kalmayan Fauchelevent minnettarlığını gösterme fırsatı bulduğuna sevindi ve giriştiği bu erdemli işin üzerine tıpkı ölmek üzereyken elinin altında hayatında hiç tatmadığı güzel bir şarap kadehi bulup kana kana içen bir adam gibi atıldı. Buna bu manastırda yıllardır soluduğu havanın kişiliğini dönüştürdüğü ve sonunda nasıl olursa olsun hayırlı bir iş yapmasının gerekli olduğunu düşündürmeye başladığını ekleyebiliriz.

Böylece kararını verip kendini M. Madeleine'e adadı.

Onu zavallı Pikardi köylüsü olarak tanımlamıştık. Doğru ama eksik bir tanımlama. Öykünün bu noktasında, Fauchelevent Baba'nın kişiliğinden biraz söz etmek yararlı olacak. Köylüydü, ama noter kâtibi olmuş, bu da kurnazlığına dalavercilik, saflığına zekâ katmıştı. Farklı nedenlerden dolayı noter kâtipliğinde başarılı olamayınca, vasıfsız bir arabacı konumuna düşmüştü. Yine de, atlara gerekli olan küfürlere ve kamçı darbelerine rağmen, içinde noter kâtipliğinin izlerini taşıyordu. Doğuştan zekiydi; köyde nadiren konuştuğunda düzgün bir Fransızca konuşur, diğer köylüler onun neredeyse şapkalı bir beyefendi gibi konuştuğunu söylerlerdi. Fauchelevent gerçekten de, geçmiş yüzyılın biraz saygısız ve hafifmeşrep kelime dağarcığının, *yarı burjuva, yarı çiftçi* olarak tanımladığı ve şatodan kulübeye yöneltilen metaforların halkın kayıt defterinde *biraz taşralı, biraz kentli; biraz tuz biraz karabiber* olarak nitelendirdiği tiplerden biriydi. Fauchelevent kaderin sillesini yemiş, mal varlıklarını tüketmiş zavallı yaşlı bir adam olsa da, hâlâ etkili ve kötülüğe meyletmeyi her zaman engelleyen değerli bir nitelik olan içtenliğe sahip bir adamdı. Hataları ve günahları çevresine zarar verecek türden değildi; yüz ifadesi kendisini gözlemleyen birini rahatlatırdı. Bu yaşlı yüzün alnında, kötü niyetliliği ya da ahmaklığı ifade eden o can sıkıcı kırışıklıklardan eser yoktu.

Uzun uzun düşündükten sonra, gün doğarken gözlerini açan Fauchelevent Baba saman yığının üzerine oturmuş, uyuyan Cosette'e bakan M. Madeleine'i gördü. Yerinden doğrulup:

— İşte şimdi karşımdasınız, buraya nasıl girebildiniz? diye sordu.

Jean Valjean içinde bulunduğu durumu özetleyen bu sözler karşısında düşlerinden sıyrıldı.

İki adam sohbet etmeye başladılar.

— Öncelikle, dedi Fauchelevent, siz de küçük kız da bu odadan dışarı adım atmayacaksınız. Bahçeye çıkarsanız işimiz bitiktir.

— Doğru.

— Mösyö Madeleine, diye devam etti Fauchelevent, çok uygun ama aslında çok kötü bir zamanda geldiniz, rahibelerden biri çok hasta. Bu yüzden burayla pek fazla ilgilenemezler. Sanırım ölmek üzere. Gece gündüz dua okunuyor. Bütün cemaat bu işle meşgul. Ölmek üzere olan rahibe bir ermiş. Aslında burada hepimiz ermişiz; aramızdaki tek fark onların "hücremiz" dediklerine, benim "fakirhanem" demem. Ölüme hazırlık ayini, ardından da ölüm ayini yapılacak. Bugün içimiz rahat olabilir, ama yarın için güvence veremem.

— Yine de, diye karşılık verdi Jean Valjean, duvarın girintisindeki bu kulübe yıkıntıların arkasında kalıyor, üstelik ağaçlar yüzünden burayı manastırdan görebilmek mümkün değil.

— Ayrıca rahibeler buraya asla yaklaşmaz.

— Peki o zaman?

Bu peki o zamanın vurgusunu daha da güçlendiren soru işareti, *bana göre burada saklanmak mümkün* anlamına geliyordu. Fauchelevent bu soru işaretine yanıt verdi:

— Küçük kızlar var.

— Küçük kızlar mı?

Fauchelevent söylediği sözlere açıklık getirmek için ağzını açmak üzereyken bir çan sesi duyuldu.

— Rahibe öldü, dedi. İşte yas çanı başladı. Ve Jean Valjean'a dinlemesini işaret etti.

Birazdan ikinci çan sesi yankılandı.

— Bu yas çanı Mösyö Madeleine. Ceset kiliseden çıkana kadar yirmi dört saat boyunca her dakika çalacak. Teneffüslerde bir topun yuvarlanması buraya kadar gelmelerine neden oluyor, yasaklara rağmen her tarafı karıştırıyorlar. Bu küçük melekler şeytandan farksızlar.

— Kim?

— Küçük kızlar. Sizi hemen fark edip, "Şuraya bakın! Bir erkek!" diye bağırırlar. Ama bugün tehlike yok. Bütün gün dua edecekleri için teneffüse çıkmayacaklar. Çanı duyuyorsunuz. Söylediğim gibi her dakika başı yas çanı çalacak.

— Anlıyorum Fauchelevent Baba. Yatılı okul öğrencileri var.

Ve Jean Valjean, Cosette'in eğitim alacağı yeri bulduğunu düşündü.

— Elbette! diye haykırdı Fauchelevent, küçük kızlar var! Etrafınıza toplanıp bağrışacaklar! Ve sizden kaçacaklar! Burada erkek olmak cüzzamlı olmaktan farksız. Görüyorsunuz, ayağıma vahşi bir hayvanmışım gibi çıngırak bağlıyorlar.

Jean Valjean giderek daha derin düşüncelere dalıyordu.

— Bu manastır bizi kurtaracak, diye mırıldandı. Ardından sesini yükseltti:

— Evet burada kalmak zor.

— Hayır, dedi Fauchelevent, zor olan buradan çıkmak.

Jean Valjean kanının yüreğine hücum ettiğini hissetti.

— Dışarı çıkmak!

— Evet Mösyö Madeleine, içeri girmek için dışarı çıkmanız gerekir.

Ve bir yas çanının daha yankılanmasının ardından devam etti:

— Sizi burada bu şekilde bulmamaları gerek. Nereden geldiniz? Bana göre gökten düştünüz, çünkü sizi tanıyorum, ama rahibelerin sizin kapıdan girdiğinizi görmeleri gerek.

Aniden diğer çandan daha farklı çınlayan bir çanın sesi duyuldu.

— Ah! Seçmen rahibeleri çağırıyorlar. Rahibeler kuruluna gidecekler. Biri öldüğünde hep rahibeler kurulu toplanır. Gün doğarken öldü. Genellikle gün doğarken ölünür. Ama girdiğiniz yerden çıkamaz mısınız?

Rengi solan Jean Valjean'ı o korkunç caddenin düşüncesi bile ürpertiyordu. Kaplanlarla dolu bir ormandan çıkmayı başardığınızda, bir dostunuzun tekrar oraya dönmenizi tavsiye ettiğini düşünün. Jean Valjean polislerin mahalleyi karış karış taradıklarını, her yana nöbetçiler dikildiğini, yakasına yapışan ürkütücü yumrukları, belki de kavşağın köşesinde bekleyen Javert'i düşünüyordu.

— Mümkün değil! dedi, Fauchelevent Baba, benim gökten düştüğüme inanmaya devam edin.

— Buna inanıyorum zaten. Bunu bana söylemenize gerek yok. Yüce Tanrı yakından bakmak için sizi eline alıp tekrar bırakmış olmalı. Ama bir hata yapmış, sizi erkekler manastırına göndermeliydi. Bakın, bir çan daha. Kapıcının belediyeye gidip ölüyü görmesi için adli tabibi çağırmasını belirtiyor. Bu iyi yürekli rahibeler, ölüm formalitelerini, birilerinin buraya gidip gelmesini sevmezler. Bir doktor hiçbir şeye inanmaz. Peçeyi kaldırır. Hatta bazen başka bir şeyi kaldırır. Bu kez doktora ne çabuk haber verdiler! Neler oluyor acaba? Sizin küçük hâlâ uyuyor. İsmi ne?

— Cosette.

— Kızınız mı? Yani onun büyükbabası mısınız?

— Evet.

— Onu buradan çıkarmak kolay olacak. Avluya açılan bir servis kapım var. Kapıyı çaldığımda kapıcı açar; sırtımda küfem olur, küçüğü içine koyar çıkarım. Fauchelevent Baba sırtında küfesiyle dışarı çıkıyor, o kadar. Küçüğe sakin olmasını, hiç ses çıkarmamasını söylersiniz. Üzerinde bezden bir örtü olacak. Onu Chemin-Vert Caddesi'nde meyve satan yaşlı bir kadına bırakacağım, dostumdur, kulağı çok ağır işitir, kulübesinde de bir yatak var. Kulağına yüksek sesle bu kızın yeğenim olduğunu, ona yarına kadar bakmasını istediğimi söyleyeceğim. Ardından küçük kız sizinle birlikte geri dönecek. Çünkü sizi buraya geri getireceğim. Böyle olması gerek. Ama siz buradan nasıl çıkacaksınız?

Jean Valjean başını salladı.

— Kimsenin beni görmemesi gerek Fauchelevent Baba, tek sorun bu. Beni de Cosette gibi bir küfede ya da bir örtünün altında dışarı çıkarmanın bir yolunu bulun.

Fauchelevent çok güç bir durumla karşı karşıya kaldığının belirtisi olarak sol elinin orta parmağıyla kulağını kaşıyordu.

Üçüncü bir çan sesi duyuldu.

— İşte adli tabip gidiyor. Bakmış ve "Tamam ölmüş," demiştir. Doktor cennetin pasaportunu verdiğinde cenaze işlerinden bir tabut gönderirler. Ölen bir anneyse anneler, bir rahibeyse rahibeler kefenler. Sonra ben de tabutu çivilerim. Bahçıvanlık görevim bunu da gerektiriyor. Bir bahçıvan biraz da mezar kazıcısına benzer. Ölüyü adli tabipten başka hiçbir erkeğin giremediği, caddeye açılan basık tavanlı bir salona koyarlar. Tabut taşıyıcılarını ve kendimi erkek yerine koymuyorum. Tabutu o salonda çivilerim. Tabut taşıyıcıları gelip onu götürürler ve cenaze arabası dörtnala gider! İşte göğe böyle yükselirler. İçinde hiçbir şey olmayan bir kutu getirirler, içine bir şey koyup götürürler. İşte gömülme böyledir. *De profundis.*[58]

Yatay bir güneş ışını yüzünü sıyırıp geçerken ağzı hafifçe açık bir şekilde uyuyan Cosette ışığı içen bir melek gibi görünüyordu. Onu yeniden izlemeye başlayan Jean Valjean artık Fauchelevent'ı dinlemiyordu.

Dinlenilmemek susmak için bir neden değildir. Yaşlı bahçıvan sakin bir şekilde anlatmaya devam ediyordu:

— Vaugirard Mezarlığı'nda bir çukur kazılır. Kurallara uygun olmayan bu eski mezarlığın kapatılıp emekliye ayrılacağı söyleniyor. Yazık, çünkü yeri çok uygun. Oranın mezar kazıcısı Mestienne Baba dostumdur. Buradaki rahibelerin oraya hava kararırken götürülmek gibi bir ayrıcalıkları var. Valilik onlar için özel bir kararname hazırladı. Ama dünden beri ne çok şey yaşandı! Crucifixion Ana öldü, Madeleine Baba...

— Gömüldü, dedi Jean Valjean acı bir gülümsemeyle.

Fauchelevent bu söze bir göndermede bulundu.

— Elbette! Hep burada yaşasaydınız, sizin için gerçek bir cenaze töreni yapılırdı.

---

58 De profondus clamavi ad te domine: *Derinliklerden sana seslendim Tanrım.* Eski Ahit'in 130. mezmurunun başlangıcı. Cenaze törenlerinde okunur. (ç.n.)

Dördüncü çan çaldığında, çıngırağı astığı çividen aceleyle alan Fauchelevent onu dizliğine taktı.

— Bu kez başrahibe beni çağırıyor. İşte dizliğin tokası etime battı. Mösyö Madeleine yerinizden hiç kıpırdamadan beni bekleyin. Garip bir şeyler oluyor. Acıkırsanız şarap, ekmek ve peynir var, dedi ve "Geliyorum! Geliyorum!" diyerek kulübeden çıktı.

Jean Valjean onun sakat bacağının izin verdiği ölçüde aceleyle bahçeyi aşarken kavunlarına baktığını gördü.

Çıngırağının sesi rahibelerin kaçışmasına neden olan Fauchelevent Baba, on dakika geçmeden bir kapıya hafifçe vuruyor ve yumuşak bir ses ona, *Sonsuza kadar, sonsuza kadar*, yani, *Girin*, diye karşılık veriyordu.

Bu kapı bahçıvana gerekli talimatların verildiği bir görüşme odasına aitti. Bu oda rahibeler kurulunun toplantı salonunun bitişiğindeydi. Görüşme odasının tek iskemlesine oturmuş olan başrahibe, Fauchelevent'ı bekliyordu.

II

Fauchelevent Sıkıntılı Bir Durumla Karşı Karşıya

Bazı kişiliklerin ve bazı mesleklerin, özellikle de rahiplerin ve rahibelerin kritik anlarda hem huzursuz hem de ciddi görünmek gibi bir özellikleri vardır. Fauchelevent içeri girdiğinde genellikle neşeli olan, bilge ve sevimli Matmazel Blemeur'ün, Başrahibe Innocente Ana'nın yüzünden işte bu çifte belirtinin izleri yansıyordu.

Ürkekçe bir selam veren bahçıvan kapının eşiğinde bekledi. Tespihini çeken başrahibe gözlerini ona doğru kaldırıp:

— Ah! Siz mi geldiniz Fauvent Baba?

Bu kısaltma manastırda benimsenmişti.

Fauchelevent selamını tekrarladı.

— Fauvent Baba, sizi ben çağırttım.

— Ben de geldim saygıdeğer başrahibe.

— Sizinle konuşmam lazım.

— Benim de sizinle, dedi Fauchelevent içini ürperten bir yüreklilikle, saygıdeğer başrahibeye söyleyeceklerim var.

Başrahibe ona baktı.

— Ah! Benimle konuşmak istiyorsunuz.

— Bir ricam olacak.

— Tamam sizi dinliyorum.

Eski noter kâtibi ihtiyar Fauchelevent kendine güveni olan köylüler kategorisine dâhildi. Ustalıkla kullanılan cehalet bir güçtür; sizi kavradığında ondan çekinilmez. Fauchelevent manastırda geçirdiği iki yılı aşkın süre boyunca cemaatle iyi ilişkiler geliştirmeyi başarmıştı. Bahçesinde tek başına çalışırken, yaptığı tek şey merak etmekti. Gidip gelen bu peçeli kadınların uzağında olduğundan, önünde karaltıların hareketliliğinden başka bir şey göremiyordu. Yine de, dikkatli gözlemlerin sonunda, tüm bu hayaletleri ete kemiğe büründürmeyi başarmıştı ve bu ölüler ona göre yaşıyorlardı. Bakışları keskinleşen bir sağır, işitme duyusu gelişen bir kör gibiydi. Değişik çanların ne anlam ifade ettiğini anlamaya başlamış ve bu esrarengiz, suskun manastırın kendisinden hiçbir şey saklayamayacağı bir konuma ulaşmıştı; bu sfenks, manastırın kulağına tüm sırlarını söylüyordu. Her şeyi bilip her şeyi saklamak Fauchelevent'ın sanatıydı. Tüm manastır onun ahmağın biri olduğunu sanıyordu. Bu özellik dinde büyük bir meziyet sayılır. Seçmen anneler ona saygı duyuyordu. Bu meraklı dilsiz güven veriyordu. Ayrıca düzenli bir adamdı ve dışarıya sadece meyve ve sebze bahçelerinin ihtiyaçlarını karşılamak için çıkıyor, bu ölçülü davranışlarıyla kimseyi rahatsız etmiyordu. Bu arada iki kişiyi konuşturmayı başarmış, manastırdaki kapıcıdan görüşme odasının özelliklerini, mezarlıktaki kazmacıdan gömülme törenlerinin ayrıntılarını öğrenmiş, böylece bu dindar mekânda biri yaşama, diğeri ölüme yönelen çifte aydınlığı ele geçirmişti. Ama hiçbir şeyi suistimal etmiyor, rahibeler kurulu ona güveniyordu. Yaşlı ve topaldı, gözleri iyi görmüyordu, muhtemelen biraz da sağırdı, ne büyük meziyetler! Onun yerini doldurmak zordu.

Başrahibenin karşısındaki yaşlı adam değerinin bilindiğini hissetmenin güveniyle taşra usulü karmaşık ve uzun bir söyleve başladı. Yaşından, sakatlıklarından, yılların yorgunluğunun artık kendisi için katlanılmaz hale geldiğinden, büyük bahçenin gereksinimlerinin arttığından, dün olduğu gibi ayın çok parladığı geceleri kavun tarlasını hasır örtüyle kaplamakla geçirdiğinden uzun uzun söz ettikten sonra, lafı bir erkek kardeşi olduğuna (başrahibe aniden irkildi), pek de genç olmayan bir erkek kardeşi olduğuna (ikinci irkilme sırasında başrahibenin içi biraz rahatlamıştı), istenirse bu kardeşin yanına yerleşip kendisine yardım edeceğine, cemaate kendisinden daha büyük hizmetler vereceğine, ama kardeşi kabul edilmezse, onun büyüğü olarak kendini kırılmış ve işe yaramaz hissedeceğine, bu yüzden üzülerek buradan ayrılmak zorunda kalacağına, kardeşinin Tanrı'nın evinde eğitim alacak küçük bir kızı olduğuna ve kimbilir, belki bir gün onun da bir rahibe olabileceğine getirdi.

Konuşmasını tamamladığında, başrahibe tespih çekmeye ara verip ona:

— Bu akşama kadar sağlam bir demir çubuk bulabilir misiniz?

— Ne için?

— Kaldıraç olarak kullanmak için.

— Elbette saygıdeğer başrahibe, diye yanıtladı Fauchelevent.

Başka bir şey söylemeyen başrahibe ayağa kalkıp muhtemelen seçmen rahibelerin bir araya geldiği yan salona girdiğinde, Fauchelevent odada yalnız kaldı.

III

Başrahibe Innocente

Yaklaşık çeyrek saat sonra başrahibe geri dönüp iskemlesine oturdu.

İkisi de endişeliymiş gibi görünüyorlardı. Aralarında geçen diyaloğu elimizden geldiğince aktarıyoruz.

— Fauvent Baba?

— Saygıdeğer başrahibe?

— Şapeli biliyorsunuz, değil mi?

— Orada ayinleri dinlemem için bana ayrılmış küçük bir bölme var.

— Ve işiniz gereği daha önce koro yerine girdiniz, değil mi?

— İki üç kere.

— Bir taşı yerinden kaldırmak gerekiyor.

— Ağır mı?

— Sunağın yanındaki döşeme taşı.

— Mahzenin üzerindeki mi?

— Evet.

— Bu işi ancak iki erkek yapabilir.

— Bir erkek kadar güçlü olan Ascension Ana size yardım edecek.

— Bir kadın asla bir erkeğin yerini tutamaz.

— Size yardım edebilecek tek bir kadın var. Herkes elinden geleni yapacak. Dom Mabillon, Saint Bernard'ın dört yüz on yedi koşuklu mektubunu aktardı, oysa Merlonus Horstius ancak üç yüz altı ya da yedi tanesini aktarabildi, bu yüzden Merlonus Horstius'u küçümseyecek değilim.

— Ben de öyle.

— Önemli olan gücünün el verdiğince çalışmaktır. Manastır bir şantiye değil.

— Ve bir kadın da bir erkek değil. Kardeşim çok güçlüdür!

— Üstelik bir de kaldıracınız olacak.

— Bu tür kapılara uygun düşen tek anahtar odur.

— Taşın bir halkası var.
— Kaldıracı halkaya geçireceğim.
— Taş kendi ekseni etrafında dönecek şekilde yerleştirilmiş.
— Tamam saygıdeğer başrahibe. Mahzeni açacağım.
— Ve dört koro rahibesi size eşlik edecekler.
— Peki taş kaldırıldığında?
— Onu yeniden yerine yerleştirmek gerekecek.
— Hepsi bu mu?
— Hayır.
— Emirlerinizi bekliyorum saygıdeğer başrahibe.
— Fauvent, size güveniyoruz.
— Her şeyi yapmaya hazırım.
— Ve her konuda susmaya.
— Evet saygıdeğer başrahibe.
— Yeraltı mezarlığı açıldığında...
— Onu yeniden kapatacağım.
— Ama öncesinde...
— Nasıl, saygıdeğer başrahibe?
— Oraya bir şey indirmek gerekecek.

Bir sessizlik oldu. Başrahibe tereddüdünü yansıtan bir şekilde alt dudağını büktükten sonra, sessizliği bozdu.

— Fauvent Baba?
— Saygıdeğer başrahibe?
— Bildiğiniz gibi bu sabah bir anne öldü.
— Hayır bilmiyorum.
— Demek çan sesini duymadınız?
— Bahçenin dibinden hiçbir şey duyulmuyor.
— Gerçekten mi?
— Kendi çanımı bile güçlükle duyabiliyorum.
— Gün doğarken öldü.
— Üstelik bu sabah rüzgâr kulübeme doğru esmiyordu.
— Ermiş Crucifixion Ana öldü.

Bir an susan başrahibe içinden bir dua okurmuşçasına dudaklarını kıpırdattıktan sonra devam etti:

— Üç yıl önce, sırf Crucifixion Ana'nın sadece dua edişini görmek için, bir Jansenist olan Madam de Béthune Ortodoksluğa geçti.

— Ah evet, şimdi yas çanını duyuyorum saygıdeğer başrahibe.

— Analar onu kilisedeki ölüler odasına taşıdılar.

— Biliyorum.

— O odaya sizden başka hiçbir erkek girmemeli. Dikkatli olun. Ölüler odasına bir erkeğin girdiğini görmek pek tuhaf olur!

— Pek sık!

— Nasıl?

— Pek sık!

— Ne diyorsunuz?

— Pek sık diyorum.

— Neden pek sık?

— Saygıdeğer başrahibe, pek sık olan bir şey demiyorum, pek sık diyorum.

— Sizi anlamıyorum. Neden pek sık diyorsunuz?

— Sizin gibi söylemiş olmak için.

— Ama ben pek sık demedim.

— Söylemediniz ama ben sizin gibi söylemek için söyledim.

O sırada çanlar saat dokuzu çaldı.

— Saat dokuzda ve her saatte Tanrımıza şükredelim ve sunağın kutsal haçına tapınalım, dedi başrahibe.

— Âmin.

Saat tam zamanında çalmış, *pek sık* tartışmasını yarıda kesmişti. Aksi takdirde başrahibe ve Fauchelevent muhtemelen bu anlaşılmaz sohbete devam edeceklerdi.

Fauchelevent alnını sildi.

İçinden bir kez daha muhtemelen kutsal bir şeyler mırıldanan başrahibe ardından sesini yükseltti:

— Crucifixion Ana yaşarken inananların dinlerini değiştirmelerini sağlıyordu; öldükten sonra mucizeler yaratacak.

— Yaratacak! diye karşılık verdi başrahibeyi onaylayıp artık onun sözünü kesmemeye özen göstererek.

— Fauvent Baba cemaat Crucifixion Ana'nın kişiliğinde kutsandı. Kuşkusuz Bérulle kardinali gibi Tanrı'ya şu sözlerle hitap ederken ruhunu teslim etmek herkese nasip olmaz: *Hanc igitur oblationem.*[59] Ama aynı mutluluğu yaşayamasa da, Crucifixion Ana'nın ölümü de çok görkemliydi. Son ana kadar bilinci yerindeydi. Bizimle konuştu, ardından meleklerle konuştu. Bize son tavsiyelerini bildirdi. Biraz daha inançlı olup o salona girebilseydiniz, bir dokunuşta bacağınızı iyileştirebilirdi. Gülümsüyor, Tanrı'nın karşısında yeniden canlanıyordu. Bu ölümde cenneti sezdiren bir şeyler vardı.

Fauchelevent bunun bir dua olduğunu sanıp:

— Âmin, dedi.

— Fauvent Baba ölülerin isteklerini yerine getirmek gerek.

Başrahibe tespihinin birkaç tanesini çektikten sonra suskun bir şekilde oturan Fauchelevent ile konuşmaya devam etti.

— Bu konuyu ruhban sınıfının yaşamı üzerine değerli araştırmalar yapıp çok değerli eserler veren Notre-Seigneur'deki din adamlarına danıştım.

— Saygıdeğer başrahibe, buradan yas çanı daha iyi duyulabiliyor.

— Zaten bu bir ölüm değil, bir ermişin sonsuzluğa kavuşması.

— Tıpkı sizin gibi bir ermişin.

— Aziz Papamız VII. Pius'un özel izniyle yirmi yıldır tabutunda yatıyordu.

— İmp... Buonaparte'ye taç giydiren.

Fauchelevent gibi kurnaz biri için bu anı büyük bir talihsizlikti. Ne mutlu ki düşüncelere dalan başrahibe onu duymadı. Devam etti:

— Fauvent Baba?

---

59 Ayini yöneten kişinin mayasız ekmeği kutsamadan önce ettiği duanın ilk sözleri: *Bu fedakârlıkta...* (ç.n.)

— Saygıdeğer başrahibe?

— Kapadokya Başpiskoposu Saint Diodore mezar taşına sadece yer solucanı anlamına gelen şu sözün yazılmasını istemişti: *Acarus*. Ve isteği yerine getirildi. Öyle değil mi?

— Evet saygıdeğer başrahibe.

— Aquila Başrahibi Ermiş Mezzocane bir darağacının altına gömülmek istemişti, isteği yerine getirildi.

— Doğru.

— Tiber Nehri'nin denize açıldığı noktadaki Port'un piskoposu Saint-Terence gelip geçenlerin mezarına tükürmeleri için mezar taşına anne baba katillerininkine konulan sembolün kazılmasını istemişti. İsteği yerine getirildi. Ölülere itaat etmek gerek.

— Âmin.

— Fransa'da Roche-Abeille yakınlarında doğan Bernard Guidonis'in naaşı, Kastilya kralının arzusuna ve Bernard Guidonis'in İspanya'daki Tui bölgesinin piskoposu olmasına rağmen, kendi isteğiyle Limoges'daki Dominikenler kilisesine götürülmüş. Buna karşı çıkılabilir mi?

— Elbette hayır saygıdeğer başrahibe.

— Bu karar Plantavit de la Fosse tarafından onaylanmış.

Sessizce birkaç tespih tanesi daha çektikten sonra devam etti:

— Fauvent Baba, Crucifixion Ana yirmi yıldır yattığı tabutla gömülecek.

— Doğru.

— Bu uykusuna ebediyette de devam etmesi anlamına gelecek.

— Demek o tabutu çivilemem gerekecek?

— Evet.

— Peki cenaze işlerinin tabutunu kullanmayacak mıyız?

— Kesinlikle hayır.

— Saygıdeğer cemaatin emrindeyim.

— Dört koro rahibesi size eşlik edecek.

— Tabutu çivilemek için mi? Onlara gerek yok.

— Hayır. Onu aşağı indirmek için.

— Nereye?

— Yer altı mezarlığına.

— Hangi mezarlığa?

— Sunağın altındaki.

Fauchelevent irkildi.

— Sunağın altındaki yeraltı mezarlığı!

— Sunağın altındaki.

— Ama...

— Yanınızda demir bir çubuk olacak.

— Evet, ama...

— Çubuğu halkaya geçirip taşı kaldıracaksınız.

— Ama...

— Ölülere itaat etmek gerekir. Şapelin sunağının altındaki yeraltı mezarlığına, yaşarken dua ettiği yerin altına gömülmek dine aykırı bir şey değil; bu, Crucifixion Ana'nın en büyük isteğiydi. Bizden rica etti, yani bize emretti.

— Ama bu yasak.

— İnsanların yasağı, ama Tanrı'nın emri.

— Ya öğrenilirse?

— Size güveniyoruz.

— Ah, ben sizin duvarınızın bir taşıyım.

— Rahibeler kurulu toplandı. Hâlâ toplantı halinde olan seçmen rahibeler Crucifixion Ana'nın isteği üzerine tabutunun sunağımızın altına gömülmesine karar verdiler. Düşünsenize Fauvent Baba, ya burada mucizeler yaratırsa! Cemaatimiz Tanrı'nın gözünde ne kadar kutsanacak! Mucizeler mezarlardan çıkar.

— Ama saygıdeğer başrahibe, kamu sağlığı görevlisi...

— II. Saint Benoît gömülme konusunda Constantin Pogonat'ya karşı koydu.

— Ya polis komiseri...

— İmparator Constantius'un yönetimindeki yedi Alman kralından biri olarak Galya'ya giren Chonodemaire müminlere dinlerine uygun bir şekilde, yani sunağın altına gömülme iznini verdi.

— Ya valilik müfettişi...

— Haçın karşısında dünya hiçbir şeydir. Chatreux tarikatının on birinci başkanı Martin, cemaatine şunları söylerdi: *Stat crux dum volvitur orbis.*[60]

— Âmin, dedi Latince sözler duyduğunda böyle karşılık vermeyi alışkanlık haline getirmiş olan Fauchelevent.

Uzun süre suskun kalan birine bir dinleyici bulmak yeterli gelir. Hatip Gymnastoras zihninde biriken ikilemler ve tasımlarla hapishaneden çıktığında rastladığı ilk ağacın önünde durup onu ikna etmek için uzun bir söylev çeker. Suskunluğun barajına boyun eğmeye alışkın olduğu için ağzına kadar dolu olan başrahibe, kapağı açılmış gibi ayağa kalkıp coşkuyla haykırdı:

— Sağımda Benoît, solumda Bernard var. Bernard kimdir? Clarivaux'nun ilk başrahibi. Bourgogne'daki Fontaines onun doğduğunu gördüğü için kutsanmış bir bölgedir. Babasının adı Técelin, annesininki Alèthe'dir. İbadete Cîtaeaux manastırında başlayıp Clairveaux manastırında devam etti; Châlon-sur-Saône Piskoposu Guillaume de Champeaux, onu başrahip olarak görevlendirdi; yedi yüz çömezi vardı ve yüz altmış manastır kurdu; 1140'daki Sens Konsülü'nde, Abeillard'ı, Pierre de Bruys'ü ve öğrencisi Henry'yi ve Apostoliques olarak anılan sapkın bir grubu cezalandırdı, Arnauld de Brescia'ya, Yahudilerin katili keşiş Raoul'a ağızlarının payını verdi, 1148'deki Reims Konsülü'nde, Poitiers Piskoposu Gilbert de la Porée'yi, manastırları yağmalayan Éon de l'Étoile'ı mahkûm ettirdi, prensler arasındaki anlaşmazlıkları giderdi, genç VII. Louis'nin ufkunu aydınlattı, Papa III. Eugène'e tavsiyelerde bulundu, Temple'ı düzenledi, Haçlı Seferi'ni öğütledi, hayatı boyunca iki yüz elli, bir keresinde bir günde otuz dokuz mucize gerçekleştirdi. Benoît kimdir? Mont-Cassin patriği, Sainteté Claustrale'in ikinci kurucusu, Batı'nın Basileus'u. Kırk papa, iki yüz kardinal, elli patrik,

60 Haç durur, Dünya döner. (ç.n.)

bin altı yüz başpiskopos, dört bin altı yüz piskopos, dört imparator, on iki imparatoriçe, kırk altı kral, üç bin altı yüz ermiş yetiştiren tarikatı bin dört yüz yıldır varlığını sürdürüyor. Bir yanda Saint Bernard, diğer yanda kamu sağlığı görevlisi! Bir yanda Saint Benoît, diğer yanda valilik müfettişi! Devlet, belediye, valilik, cenaze işleri, kurallar, yönetim, bizim bunlarla ne işimiz var? Yoldan geçen sıradan bir insan bize nasıl muamele edildiğini görse öfkelenir. Küllerimizi Hz. İsa'ya sunma hakkımız bile yok! Kamu sağlığı devrimin bir icadı. Tanrı polis komiserlerine tabi kılındı; işte yaşadığımız çağ böyle. Fauvent sesinizi kesin!

Fauchelevent bu şok karşısında ne yapacağını şaşırmıştı. Başrahibe devam etti:

— Manastırın gömme hakkı konusunda hiçbir sorun yok. Bunu yadsımak için bağnaz ya da sapkın olmak gerekir. Korkunç bir kaos döneminden geçiyoruz. Bilinmesi gereken bilinmiyor, bilinmemesi gereken biliniyor. Herkes gaddar ve dinsiz olmuş. Bu çağda yüce Saint Bernard'ı Pauvres Catholiques tarikatının XIII. yüzyılda yaşamış iyi yürekli dindarı Bernard'dan ayırt edemeyenler var. Diğerleri XVI. Louis'nin giyotin sehpasını İsa'nın çarmıhıyla bir tutup küfre gidiyor. XVI. Louis sadece bir kraldı. Tanrı'nın gazabına dikkat edelim! Doğru ile yanlış birbirine karıştı. Voltaire'in ismini bilenler César de Bus'yü tanımıyorlar. Oysa César de Bus bir ermiş, Voltaire bir lanetlidir. Son Başpiskopos Périgord, kardinali Bérulle'ün yerini Charles de Condren'in, Condren'in yerini François Bourgoin'ın, Bourgoin'ın yerini Jean François Senault'nun, Jean François Senault'nun yerini Sainte-Marthe'ın aldığını bile bilmiyordu. Rahip Coton'un ismi Oratoire tarikatını kuran üç kişiden biri olduğu için değil, Protestan IV. Henry'nin hakaretlerine maruz kaldığından biliniyor. Böylece, oyunda hile yapan François de Sales soylular tarafından seviliyor. Üstelik dine saldırıyorlar. Neden? Çünkü kötü rahipler vardı, çünkü Gap Piskoposu Sagittaire ve Embrun piskoposu olan kardeşi Salone Saint-Momolle'un izinden gitmişlerdi. Ne olmuş ki?

Bu durum Martin de Tours'un aziz olmasına, paltosunun yarısını bir fakire vermesine engel oldu mu? Azizlere eziyet edip gözlerini gerçeklere kapatıyorlar. Her yanı karanlıklar sardı. Kör hayvanlar en vahşi olanlardır. Kimse cehennemi ciddiye almıyor. Ah! Lanetli halk! Bugün kral adına demek, devrim adına demektir. Kimse yaşayanlara ya da ölülere neler borçlu olduklarını düşünmüyor. Bir ermiş gibi ölmek yasaklandı. Gömülme törenini devlet düzenliyor. Bu korkunç bir şey. II. Léon ölülerle ilgili konularda valinin yetkisi ve imparatorun söz hakkına karşı mücadele etmek için Pierre Notaire'e ve Vizigotların kralına mektuplar yazdı. Châlons Piskoposu Gauthier bu konuda Bourgogne Dükü Othon'a kafa tutuyordu. Eski piskoposlar kurulu da ondan yanaydı. Eskiden kilise yönetiminde olduğu gibi dünyevi işlerde de söz sahibiydik. Tarikatın başkanı olan Cîteaux başrahibi, Bourgogne meclisinin doğal üyesiydi. Ölülerimizi istediğimiz gibi gömerdik. 543 yılı, 21 Mart Cumartesi günü İtalya'da Mont-Cassin'de ölmüş olsa da, Saint-Benoît'nın naaşı Fransa'da, Saint-Benoît-sur-Loire'daki Fleury manastırında değil mi? Bunların hiçbiri tartışılmaz. Koro rahiplerinden tiksiniyorum, başrahiplerden nefret ediyorum, sapkınları lanetliyorum, ama bana bunun karşıtını iddia edenlerden daha çok nefret ediyorum. Arnoul Wion'u, Gabriel Bucelin'i, Trithème'ı, Maurolicus'u ve Dom Luc d'Achery'yi okumak yeter.

Başrahibe soluklandıktan sonra Fauchelevent'a döndü.

— Anlaşıldı mı Fauvent Baba?

— Anlaşıldı saygıdeğer başrahibe.

— Size güvenebilir miyiz?

— Emrinizdeyim.

— Pekâlâ.

— Manastıra tüm yüreğimle bağlıyım.

— Tamam o zaman. Kapayacağınız tabutu rahibeler şapele götürecekler. Orada ölüler ayini düzenlendikten sonra manastıra geri dönülecek. On bir ile gece yarısı arasında demir çubuğunuzla geleceksiniz. Her şey büyük bir gizlilik içerisinde gerçekleşecek. Şapelde dört korocu rahibe, Ascension Ana ve sizden başka kimse olmayacak.

— Ya tapınan nöbetçi rahibe?

— Arkasına bakmayacak.

— Ama duyacak.

— Duymayacak. Zaten manastırın bildiğini dış dünya bilmez.

Bir sessizliğin ardından ekledi:

— Çıngırağınızı takmayacaksınız. Tapınan rahibenin orada olduğunuzu anlamasına gerek yok.

— Saygıdeğer başrahibe?

— Ne var Fauvent Baba?

— Adli tabip geldi mi?

— Bugün saat dörtte gelecek. Adli tabibin çağırtıldığını bildiren çan çaldı. Ama siz çan seslerini duymuyor musunuz?

— Sadece kendiminkine dikkat ediyorum.

— Böylesi daha iyi Fauvent Baba.

— Saygıdeğer başrahibe, en az iki metrelik bir çubuk gerekecek.

— Nereden bulacaksınız?

— Parmaklıkların bol olduğu yerde demir çubuk bulmak zor olmaz. Bahçenin dibinde yığınlarca demir var.

— Unutmayın, gece yarısından üç çeyrek saat önce.

— Saygıdeğer başrahibe?

— Başka bir sefer yine buna benzer bir iş çıkarsa, asıl güçlü olan kardeşimdir aklınızda olsun, bir Türk kadar güçlüdür!

— Bu işi elinizden geldiğince hızlı yapacaksınız.

— O kadar da hızlı yapamam. Sakatım, bu yüzden bana birinin yardım etmesi gerek. Topallıyorum.

— Topallamak bir kusur değildir, hatta belki de Tanrı'nın bir kutsamasıdır. Papalık üzerinde hak iddia eden Gregoire ile savaşıp VIII. Benoît'yı papalığa getiren İmparator II. Henri'nin iki lakabı vardı: Ermiş ve Topal.

— İki ayakkabısı olması ne güzel, diye mırıldandı aslında kulağı biraz ağır işiten Fauchelevent.

— Fauvent Baba düşündüm de, bu işe bir saat ayıralım. Saat on birde demir çubuğunuzla birlikte ana sunağın yanında olun. Ayin gece yarısı başlayacak. Her şeyin bir çeyrek saat önce tamamlanmış olması gerek.

— Cemaat için elimden geleni yapacağım. Tabutu çivileyeceğim. Saat tam on birde şapelde olacağım. Korocu rahibeler ve Ascension Ana da orada olacak. İki erkek olsa işimiz daha kolay olurdu. Neyse önemli değil! Yanımda kaldıracım olacak. Yeraltı mezarlığını açıp tabutu aşağı indireceğiz ve hiçbir iz bırakmadan taşı tekrar yerine koyacağız. Belediye görevlisi hiçbir şeyden şüphelenmeyecek. Saygıdeğer başrahibe, işler böyle yürüyecek, öyle değil mi?

— Hayır.

— Başka ne var?

— Geriye boş tabut kalıyor.

İkisi de bir süre hiç konuşmadan düşündüler.

— Fauvent Baba tabutu ne yapacağız?

— Onu mezara götürecekler.

— İçi boş olarak mı?

Yeni bir sessizlik oldu. Fauchelevent sol eliyle can sıkıcı bir düşünceyi başından savmak istermiş gibi bir hareket yaptı.

— Saygıdeğer başrahibe, tabutu kilisenin benden başka kimsenin giremediği basık tavanlı odasında çivileyeceğim ve üzerine örtü örteceğim.

— Evet ama tabutu arabaya taşıyacak ve mezara indirecek olanlar içinde hiçbir şey olmadığını anlayacaklar.

— Ah! Şey... diye haykırdı Fauchelevent.

Haç çıkaran rahibenin kendisine sertçe bakması üzerine *tan*'ı eklemeye cesaret edemedi.

Bu sövgüyü telafi etmek için hemen bir çözüm önerdi.

— Saygıdeğer başrahibe, tabutun içine toprak koyacağım. Böylece içinde birinin olduğunu sanacaklar.

— Haklısınız. Toprak da insan da aynı şeydir. O zaman boş tabut işini de siz halledeceksiniz.

— Hiç merak etmeyin.

Başrahibenin o ana kadar şaşkın ve kaygılı yüzü dinginleşti. Astına çıkmasını söyleyen bir üstün işaretini yaptı. Fauchelevent kapıya yöneldiğinde, başrahibe hafifçe sesini yükseltti:

— Fauvent Baba sizden çok memnunuz; yarın gömülme işleminden sonra, bana kardeşinizi getirin ve ona kızını da yanına almasını söyleyin.

IV

Jean Valjean Austin Castillejo'yu Okumuşa Benziyor

Topalların tek gözü görmeyenlerin göz kırpmalarına benzeyen adımları hedefe hızla ulaşamaz. Üstelik Fauchelevent'ın kafası karışmıştı. Bahçedeki kulübeye dönmesi bir çeyrek saat sürdü. Uyanan Cosette'i ateşin yanına oturtan Jean Valjean ona duvarda asılı duran küfeyi gösterirken:

— Küçük Cosette'im beni iyi dinle, diyordu. Bu evden gitmemiz gerekiyor, ama buraya geri dönüp çok rahat edeceğiz. Buradaki yaşlı adam seni bunun içinde taşıyacak. Beni bir kadının yanında bekleyeceksin. Seni almaya geleceğim. Ama Thénardier'nin seni geri almasını istemiyorsan hiç sesini çıkarma!

Cosette başını ciddi bir ifadeyle salladı.

Kapıyı açan Fauchelevent'ın gürültüsü üzerine ona döndü.

— Neler oldu?

— Her şey düzenlendi ve hiçbir şey hallolmadı. Sizi buraya getirme iznini aldım; ama buraya girmeden önce çıkmanız gerek. İşte bütün sıkıntı burada. Küçüğün işi kolay.

— Onu götürecek misiniz?

— Sesini çıkarmayacak, öyle değil mi?

— Sizi temin ederim.

— Peki ya siz Madeleine Baba?

Ve endişe dolu bir sessizliğin ardından haykırdı:

— Girdiğiniz yerden çıksanıza!

Jean Valjean ilk seferki gibi, "Mümkün değil," demekle yetindi.

Jean Valjean'dan çok kendisiyle konuşan Fauchelevent homurdandı:

— Canımı sıkan başka bir şey daha var. Tabutu gömeceğimi söyledim. İçine bir ceset yerine toprak koymayı düşünüyorum, ama işler yolunda gitmeyecek, adamlar toprağın hareket ettiğini hissedecekler. Anlıyor musunuz Madeleine Baba, belediyenin adamları durumu fark edecekler.

Onu dikkatle inceleyen Jean Valjean sayıkladığını zannetti.

Fauchelevent devam etti:

— Şey... dışarı nasıl çıkacaksınız? Her şeyin yarına kadar olup bitmesi gerekiyor! Sizi başrahibenin yanına yarın götüreceğim.

Bunun üzerine Jean Valjean'a bunun cemaate vereceği bir hizmetin ödülü olduğunu, gömülme törenlerine katıldığını, tabutları çivileyip mezarlıktaki kazmacıya yardım ettiğini, sabah ölen rahibenin yatak olarak kullandığı tabutunda kefenlenip şapelin sunağı altındaki yeraltı mezarlığına gömülmek istediğini, kurallara aykırı olsa da bu şahsiyetin son arzusunun yerine getirilmesinin gerektiğini, başrahibe ve seçmen rahibelerin yönetimin kurallarına aldırmadan bu isteği yerine getirme kararı aldıklarını, çivilediği tabutu şapeldeki taşı kaldırdıktan sonra yeraltı mezarlığına indireceğini, bunun karşılığında başrahibenin kardeşi olan Jean Valjean'ı bahçıvan ve yeğeni olan Cosette'i öğrenci olarak manastıra alacağını, başrahibenin mezarlıktaki uydurma gömülmeden sonra yarın akşam kardeşini getirmesini söylediğini, ama M. Madeleine dışarı çıkamazsa onu dışarıdan getiremeyeceğini, bunun önemli bir sorun teşkil ettiğini, ayrıca boş tabutu ne yapacağını bilemediğini anlattı.

— Boş tabut da neyin nesi? diye sordu Jean Valjean.

— Belediyenin tabutu.

— Hangi tabut? Hangi belediye?

— Bir rahibe öldüğünde, belediye tabibi gelip ölümü tescil eder. Belediye bir tabut gönderir. Ertesi gün bir cenaze arabası ve tabutu mezara taşıyacak görevliler gelir. Taşıyıcılar tabutu kaldırdıklarında içinde hiçbir şey olmadığını anlayacaklar.

— İçine bir şey koyun.

— Bir ölümü? Elimde ölü yok ki.

— Hayır.

— Nasıl yani?

— Bir canlı var.

— Hangi canlı?

— Ben varım, dedi Jean Valjean.

Fauchelevent sanki iskemlesinin altında kestanefişeği patlamış gibi ayağa fırladı.

— Siz!

— Neden olmasın?

Jean Valjean'ın yüzüne kış göğündeki parlak ışık gibi nadir rastlanan o gülümsemelerden biri yayıldı.

— Fauchelevent, hatırlarsanız, "Crucifixion Ana öldü," dediğinizde ben de "Madeleine Baba gömüldü," demiştim. İşte böyle olacak.

— Ah! Güldüğünüze göre ciddi değilsiniz.

— Çok ciddiyim. Buradan çıkmam gerekmiyor mu?

— Elbette.

— Size bana bir küfe ve bir bez bulmanızı söylemiştim.

— Doğru!

— Küfe köknardan, bez de siyah bir örtüden yapılacak.

— Beyaz bir örtü. Rahibelerin tabutuna beyaz örtü örtülür.

— Tamam beyaz olsun.

— Madeleine Baba, siz diğer insanlar gibi değilsiniz.

Kürek mahkûmiyetinin vahşi ve pervasız keşiflerinin izlerini taşıyan böyle garip fikirlerle karşılaşmak, manastırın etrafını saran dinginliğinden sıyrılıp "küçük entrikalar" olarak adlandırdığı işlere karışmak Fauchelevent'a Saint-Denis Sokağı'ndaki su birikintisinde balık avlayan bir martıyı görmüş birinin şaşkınlığını yaşatıyordu.

Jean Valjean devam etti:

— Buradan fark edilmeden çıkmam gerekiyor. İşte çözüm bu. Ama bana önce neler olup bittiğini anlatın. Bu tabut nerede?

— Boş olan mı?

— Evet.

— Aşağıda, ölüler odası denen yerde. İki ayaklı bir sehpanın üzerinde, bir örtünün altında.

— Uzunluğu ne kadar?

— İki metre.

— Ölüler odası nerede?

— Zemin katta, bahçeye bakan parmaklıklı penceresi dışarıdan kanatlarla kapanan ve iki kapısından biri manastıra, diğeri kiliseye açılan bir oda.

— Hangi kilise?

— Cadde tarafındaki halka açık kilise.

— Bu iki kapının anahtarı sizde mi?

— Hayır, bende manastıra açılan kapının anahtarı var; kiliseye açılan kapının anahtarı kapıcıda.

— Kapıcı bu kapıyı ne zaman açar?

— Sadece tabut taşıyıcıları geldiğinde. Tabut çıkınca kapı yeniden kapanır.

— Tabutu kim çiviliyor?

— Ben.

— Üzerine örtüyü kim örtüyor?

— Ben.

— Tek başınıza mı oluyorsunuz?

— Adli tabiplerden başka kimse oraya giremez. Duvarda bile yazılıdır bu.

— Bu gece manastırda herkes uykuya daldığında beni o odaya gizleyebilir misiniz?

— Hayır. Ama sizi ölüler odasının girişindeki, gömme işlerinde kullandığım aletleri koyduğum karanlık bir depoda saklayabilirim. Anahtarı bende.

— Yarın cenaze arabası tabutu almak için kaçta gelecek?

— Öğleden sonra üçe doğru. Tabut hava kararmadan biraz önce Vaugirard Mezarlığı'na gömülür. Buraya çok yakın değil.

— Tüm gece ve öğleye kadar deponuzda kalacağım. Acıkırsam ne yiyeceğim?

— Ben size bir şeyler getiririm.

— Tabutu saat ikide çivileyebilirsiniz.

Gerileyen Fauchelevent parmaklarını çıtırdattı.

— Ama bu mümkün değil!

— Ne? Bir çekiç alıp bir tahtaya birkaç çivi çakmak mı?

Tekrar edelim ki, Fauchelevent'a imkânsız görünen Jean Valjean için çok sıradan bir olaydı. Feleğin çemberinden geçmiş, bundan çok daha zor durumlarla karşılaşmıştı. Hapse düşen biri kaçışının zorluklarına uyum sağlamayı bilir. Mahkûm tıpkı kendisini kurtaracak ya da ölümüne neden olacak bir nöbete ihtiyaç duyan hasta gibi kaçmayı arzular. Kaçmak iyileşmektir. İyileşmek için nelere katlanılmaz? Bir tabuta çivilenip sandıktaki bir eşya gibi taşınmak, uzun süre bir kutunun içinde kapalı kalmak, saatler boyunca nefesini idareli kullanmak, ölmeden boğulmayı bilmek, bunlar Jean Valjean'ın korkunç meziyetleriydi.

Zaten tabutun içine bir canlı koymak sadece bir forsanın değil, bir imparatorun da kullandığı bir yöntemdi. Keşiş Austin Castillejo'nun söylediğine göre, tahttan indikten sonra Plombes'i[61] son bir kez görmek isteyen Charles-Quint,

---

61 Barbara Blomberg (1527-1597), Charles-Quint'in metresi. (ç.n.)

onu Yuste Manastırı'na sokup çıkarmak için aynı yöntemi uygulamıştı.

Kendini biraz toparlayan Fauchelevent haykırdı:

— Ama orada nasıl soluk alacaksınız?

— Alacağım.

— O kutunun içinde! Düşüncesi bile soluğumu kesiyor.

— Bir burgunuz vardır, tabutun başına birkaç delik açarsınız ve tahtayı biraz aralık kalacak şekilde çivilersiniz.

— Peki ya öksürür ya da hapşırırsanız?

— Kaçmak isteyen ne öksürür ne hapşırır.

Ve ekledi:

— Fauchelevent Baba, karar vermek lazım: Ya burada kalırım ya da cenaze arabasıyla çıkmamı kabul edersiniz.

Kedilerin yarı açık bir kapının iki kanadının önünde durup gezinmekten nasıl keyif aldıklarını herkes bilir. Kim bir kediye "Hadi ama, girsene!" dememiştir ki? Bazı insanlar, kader bir yanda bir maceranın sonunu aniden getirdiğinde ezilmekten korktukları için, önlerinde yarı açık duran bir durum karşısında kararsız kalırlar. En temkinliler, yani kedi gibi olanlar, kendilerini bazen en yüreklilerden daha fazla tehlikeye atarlar. Fauchelevent böyle bir tereddüt yaşıyor, yine de Jean Valjean'ın soğukkanlılığından etkileniyordu. Homurdandı:

— Aslında başka çare yok.

— Beni kaygılandıran tek şey, mezarlıkta neler olup biteceği, dedi Jean Valjean.

— Bu beni hiç kaygılandırmıyor, diye haykırdı Fauchelevent. Tabutla kurtulacağınıza eminseniz, ben de sizi mezardan kurtaracağıma eminim. Mezarcı Mestienne Baba arkadaşımdır. Eski toprak bir ayyaştır. Mezarcı ölüleri mezara koyar ve ben de mezarcıyı cebime koyarım. Neler olacağını anlatayım. Hava kararmadan, mezarlığın parmaklıklı kapısı kapanmadan üç çeyrek saat önce orada olacağız. Görevim icabı mezarın kenarına kadar gelen cenaze arabasının ardından gideceğim. Cebimde çekiç, kerpeten, keski olacak. Cenaze arabası durduğunda, tabut taşıyanlar tabutunuza bir ip bağlayıp sizi aşağı indirecekler. Dualar okuyan rahip haç çıkarıp tabutun üzerine kutsal suyu serptikten sonra gider, o zaman Mestienne Baba ile baş başa kalacağız. Dediğim gibi dostumdur. Ya sarhoştur ya da değildir. Sarhoş değilse ona "Bon Coing Meyhanesi kapanmadan bir şeyler içelim," diyeceğim. Onu oraya götürüp sarhoş edeceğim, Mestienne Baba'nın sarhoş olması uzun sürmez, her zaman akşamdan kalmadır, onu masanın altına yatırıp mezarlığa dönmek için kartını alacağım. Sizi tabuttan çıkaracağım. Sarhoşsa ona "Sen git, ben hallederim," diyeceğim. O gittiğinde sizi çukurdan çıkaracağım.

Fauchelevent, Jean Valjean'ın kendine uzattığı eli bir köylünün dokunaklı heyecanıyla sıktı.

— Fauchelevent Baba, o zaman anlaştık. Her şey yolunda gidecek.

— Yeter ki bir aksilik çıkmasın. O zaman sonumuz korkunç olur!

V

Ölümsüz Olmak İçin Sarhoş Olmak Yetmez

Ertesi gün, güneş batarken Maine Bulvarı'ndan tek tük de olsa gelip geçenler kafatası, kemik ve gözyaşı amblemleriyle süslenmiş eski bir cenaze arabasını şapkalarını çıkararak selamlıyorlardı. Bu arabada üzerine kollarını iki yana açmış iriyarı bir ölüye benzeyen geniş bir siyah haçın yerleştirildiği beyaz bir örtüyle kaplı bir tabut vardı. İçinde cüppeli bir rahip ve kırmızı başlık takmış bir korocu çocuğun bulunduğu siyahlara bürünmüş başka bir araba da arkadan geliyordu. Omuzlarına işlemeli siyah mihrap örtüsü takmış gri üniformalı iki tabut taşıyıcı arabanın sağında ve solunda yer alıyordu. En geride topallayarak yürüyen işçi tulumlu yaşlı bir adam Vaugirard Mezarlığı'na yönelen korteje eşlik ediyordu.

Bu adamın cebinde bir çekiç sapı, bir kerpetenin iki ucu ve bir keskinin bıçağı görülüyordu.

Vaugirard Mezarlığı, Paris mezarlıkları arasında istisna oluşturuyordu. Mahallenin eski deyişlere bağlı yaşlılarının atlı kapısı ve yaya kapısı olarak adlandırdıkları bir araba ve giriş kapısına sahip olmak gibi garip özellikleri vardı. Petit-Picpus'un Bernardin-Benekdiktenleri, daha önce de belirttiğimiz gibi, hava kararırken eskiden cemaatlerine ait olan bu toprakların bir köşesine gömülme hakkını elde etmişlerdi. Bu yüzden, mezar kazıcıları yaz akşamları ve kış geceleri yerine getirmeleri gereken bu görev için sıkı bir disipline tabi tutulmuşlardı. O dönemde Vaugirard Mezarlığı'nın kapıları, tıpkı diğer Paris mezarlıklarındakiler gibi belediye düzenlemeleri gereğince hava kararırken kapanıyordu. Birbirine bitişik olan parmaklıklı yaya ve atlı kapılarının yanında, mimar Perronnet'nin inşa ettiği ve mezarlık kapıcısının kaldığı bir kulübe vardı. Bu parmaklıklı kapılar güneş Invalides'in kubbesinin arkasında kaybolurken menteşelerinin üzerinde acımasızca dönüyorlardı. Ondan sonra, gecikmiş bir mezar kazıcısının dışarı çıkmasının tek yolu Cenaze İşleri Müdürlüğü'nün verdiği mezarcı kartıydı. Mezarcı, kapıcının penceresinin kanadındaki bir aralığa bu kartı attığında, sesi duyan kapıcı teli çekiyor ve yaya kapısı açılıyordu. Mezarcının kartı yoksa, içeri sesleniyor, bazen uyuyan kapıcı kalkıp mezarcıyı tanıdıktan sonra kapıyı anahtarıyla açıyor, ancak bunun karşılığında on beş frank para cezası ödemek zorunda kalıyordu.

Kurallara uymayan, kendine özgü nitelikleriyle yönetimin simetri anlayışını bozan bu mezarlık 1830'da kapatılmasıyla yerini Doğu Mezarlığı denen Mont-Parnasse Mezarlığı'na bıraktı. Mont-Parnasse'a miras olarak Vaugirard Mezarlığı'nın hemen yanında yer alan ünlü Bon Coing Meyhanesi kalmıştı; bir köşesi mezarlara, bir köşesi içki masalarına bakan bu meyhanenin kapısının üzerinde *Au Bon Coing* yazısının yanına ayva resmi çizilmiş olan bir tabela asılmıştı.

Artık devrini tamamlamış, kullanılmaz hale gelmiş olan Vaugirard Mezarlığı'nı küf kaplamıştı. Burjuvalar çiçeklerin terk ettiği, sefalet kokan bu mezarlığa gömülmekten pek de hazzetmiyorlardı. Ama zarafetiyle ünlü Père-Lachaise söz konusuysa işler değişiyordu, oraya gömülmek maun ağacından mobilyalara sahip olmak demekti. Eski Fransız bahçe stiline göre düzenlenmiş olan saygın Vaugirard Mezarlığı'nda düz ağaçlıklı yollar, şimşirler, mazılar, çobanpüskülleri, eski mezarların üzerinde porsuk ağaçları, yüksek otlar vardı. Gece oldukça hüzünlü görünen bu mezarlıkta iç karartıcı hatlar belirirdi.

Beyaz örtülü, siyah haçlı cenaze arabası Vaugirard Mezarlığı'na giden yola girdiğinde güneş henüz batmamıştı. Arabanın ardından giden topal adam Fauchelevent'dan başkası değildi.

Crucifixion Ana'nın yeraltı mezarlığına gömülmesi, Cosette'in dışarı çıkması, Jean Valjean'ın ölüler odasına girmesi hiçbir aksilik yaşanmadan gerçekleşmişti.

Şunu da belirtelim ki, Crucifixion Ana'nın manastırın sunağının altına gömülmesi bizim için gayet küçük bir günahtı. Bu, bir vazifeyi andıran hatalardan biriydi. Rahibeler bu işi iç huzuruyla, vicdanlarının takdiriyle yapmışlardı. Manastırda "yönetim", yetkenin tartışmaya her zaman açık olan müdahalesi anlamına geliyordu. Önce kurallar geliyor, yasa geri planda kalıyordu. Beyler istediğiniz yasaları çıkarın, ama onları kendinize saklayın. Sezar'ın aldığı ayakbastı parası, Tanrı'ninkilerin yanında bahşiş gibi kalır. Bir prens bir prensibin karşısında bir hiçtir.

Fauchelevent cenaze arabasının ardından halinden memnun bir şekilde topallayarak yürüyordu. Birinin rahibelerle işbirliği içinde manastır için, diğerinin de M. Madeleine'le işbirliği içinde manastıra karşı giriştiği çifte dalavere başarıyla sonuçlanmıştı. Jean Valjean'ın dinginliği çevresindekileri de etkileyecek kadar güçlüydü. Fauchelevent bu son görevini de başarıyla yerine getireceğinden emindi. Zaten geriye bir şey kalmamıştı. İki yıldan beri, temiz yürekli, tombul yanaklı mezarcı Mestienne'i on kere sarhoş etmişti. Onu avucunun içinde tutuyor, istediğini yaptırıyor, saçını başını dilediği şekle sokuyordu. Mestienne'in başı Fauchelevent'ın takkesine uyuyordu. Bu yüzden Fauchelevent'ın kendisine güveni sonsuzdu. Kortej mezarlığa giden yola girdiğinde keyfi yerinde olan Fauchelevent cenaze arabasına bakıp iri ellerini ovuştururken alçak sesle mırıldandı:

— İşte hoş bir şaka!

Kapının önüne gelindiğinde gömülme belgesinin gösterilmesi için araba durdu. Cenaze işleri görevlileri mezarlık kapıcısıyla konuştular. Genellikle bir iki dakika süren bu konuşma sırasında, meçhul bir adam cenaze arabasının arkasındaki Fauchelevent'ın yanına geldi. İşçiye benzeyen bu adamın üzerinde geniş cepli bir ceket, koltuğunun altında bir kazma vardı.

Fauchelevent hiç tanımadığı bu adama baktı.

— Siz kimsiniz?

— Mezar kazıcı.

Fauchelevent'ın yüzünü göğsüne top mermisi isabet ettiği halde sağ kalan bir adamın ifadesi kapladı.

— Mezar kazıcı mı?

— Evet.

— Siz mi?

— Ben.

— Mezar kazıcı, Mestienne Baba'dır.

— Öyleydi.

— Nasıl öyleydi?

— Öldü.

Fauchelevent bir mezar kazıcının ölmesi dışında her şeyi düşünebilirdi. Yine de, bu doğruydu; mezar kazıcılar da ölürdü. Başkalarının mezarlarını kaza kaza, kendilerinkini de açarlardı.

Afallayan Fauchelevent şu sözleri geveleyecek gücü güçlükle topladı:

— Ama bu mümkün değil!

— Mümkün.

— Ama, diye ekledi alçak sesle, mezar kazıcı Mestienne Baba'dır.

— Napoléon'dan sonra XVIII. Louis. Mestienne'den sonra Gribier. Köylü, benim adım Gribier.

Rengi solan Fauchelevent, Gribier'yi dikkatle inceledi. Uzun boylu, zayıf, solgun, görüntüsü iç karartan bir adamdı. Doktor olamadığı için mezar kazıcılığını tercih etmiş bir hali vardı.

Fauchelevent bir kahkaha attı.

— Ah! Ne garip şeyler oluyor! Mestienne Baba öldü. Zavallı Mestienne Baba öldü, ama yaşasın Lenoir Baba! Lenoir Baba'nın ne olduğunu biliyor musunuz? Testisi altı santime kırmızı şarap. İnanın Surêne şarabı! Gerçek Paris Surêne şarabı! Ah! İhtiyar Mestienne öldü demek! Buna çok üzüldüm; iyi bir adamdı. Ama sizde iyi bir adama benziyorsunuz. Öyle değil mi dostum? Biraz sonra birlikte içeriz.

— Ben okula gitmiş biriyim. Liseye kadar okudum. Asla içki içmem.

Tekrar yola koyulan araba mezarlığın anayolunda ilerliyordu.

Adımlarını yavaşlatan Fauchelevent artık sakatlıktan çok endişeden topallıyordu.

Kazmacı önünde yürüyordu.

Fauchelevent hiç beklenmedik bir sırada karşısına çıkan Gribier'yi bir kez daha inceledi.

Genç olup yaşlı görünen, zayıf görünüp çok güçlü olan tiplerden biriydi.

— Dostum! diye bağırdı Fauchelevent.

Adam arkasına döndü.

— Ben manastırın mezar kazıcısıyım.

— Meslektaşız o zaman.

Eğitimsiz olsa da, çok kurnaz bir adam olan Fauchelevent karşısında iyi bir hatip, zorlu bir adam olduğunu anlayıp homurdandı:

— Demek Mestienne Baba öldü.

— Kesinlikle. Ulu Tanrı vadesi dolanların defterini karıştırmış. Sıra Mestienne Baba'ya gelmiş. Mestienne Baba öldü.

Fauchelevent gayriihtiyari olarak tekrarladı:

— Ulu Tanrı...

— Ulu Tanrı, dedi adam bilgiç bir ifadeyle. Felsefeciler için Ebedi baba; Jakobenler için Ulvi varlık.

— Tanışmayacak mıyız? diye geveledi Fauchelevent.

— Tanıştık. Siz bir köylüsünüz, ben Parisliyim.

— İnsanlar birlikte içmeden tanışmış sayılmazlar. Bardağını boşaltan yüreğini de boşaltır. Benimle içmeye geleceksiniz. Böyle bir teklif geri çevrilmez.

— Önce iş.

"Şimdi yandım," diye düşündü Fauchelevent.

Rahibelerin köşesine giden küçük ağaçlıklı yola çok az kalmıştı.

Mezar kazıcı ekledi:

— Köylü, beslemem gereken yedi çocuk var. Onların yemek yemeleri için benim içmemem gerek.

Ve bir özlü söz bulmuş ciddi bir adamın hoşnut ifadesiyle ekledi:

— Onların açlığı benim susuzluğuma düşmandır.

Bir servi kümesini dönen araba ana yoldan çıkıp sık ağaçlıklı bir araziye girdi. Bu, mezara iyice yaklaşıldığının işaretiydi. Fauchelevent yavaş yürüse de, arabayı yavaşlatamıyordu. Ne mutlu ki, kış yağmurlarıyla ıslanmış kaygan toprak tekerleklere yapışarak arabanın daha hızlı gitmesini engelliyordu.

— Çok nefis bir Argenteuil şarabı var, diye mırıldandı mezarcının yanına yaklaşan Fauchelevent.

— Köylü, benim mezarcı olmamam gerekiyordu. Prytanée'de kapıcılık yapan babam edebiyat okumamı istiyordu. Ama işleri yolunda gitmedi. Parasını borsada batırdı. Ben de yazar olmaktan vazgeçtim. Yine de hâlâ arzuhâlcilik yapıyorum.

— Ama siz mezarcı değil misiniz? diye sordu bir dala hafifçe tutunarak.

— Biri diğerini engellemiyor. İkisini birden yükleniyorum.

Fauchelevent bu son sözleri anlamadı.

— Hadi içelim.

Burada bir gözlemde bulunmamız gerekiyor. Fauchelevent ne kadar endişeli olsa da, içmeyi teklif ediyor, ama kimin ödeyeceğine açıklık getirmiyordu. Genellikle Fauchelevent teklif eder, Mestienne Baba öderdi. İçki teklifi hiç kuşkusuz yeni mezarcının yarattığı yeni durumdan kaynaklanıyordu ve bu teklifi yapmak gerekiyordu, ama yaşlı bahçıvan Rabelais'nin namını taşıyan o dillere destan çeyrek saat boyunca bu konuda hiçbir şey söylemedi, söylemek niyetinde de değildi. Fauchelevent ne kadar kaygılı olsa da, hesabı ödemeyi pek düşünmüyordu.

Mezarcı küçümseyen bir gülümsemeyle devam etti:

— İnsan yemek yemeden yaşayamıyor. Mestienne Baba'nın işini kabul ettim. İnsan eğitim alınca filozof oluyor. Kafa emeğine kol emeğini de ekledim. Sèvres Caddesi'nde küçük bir arzuhalci dükkânım var. Şemsiyeciler Çarşısı'nı biliyor musunuz? Kızılhaç'ın tüm aşçı kadınları bana geliyorlar. Bitli piyadelerin sevgililerine aşk ilanlarını yazıyorum. Sabah hoş mektuplar yazıyorum, akşam mezar kazıyorum. İşte hayat böyle taşralı.

Araba ilerledikçe endişesi artan Fauchelevent dört bir yanına bakıyor, alnından iri ter damlaları boşanıyordu.

— Yine de, diye devam etti mezarcı, iki efendiye hizmet edilmiyor. Kalemi ya da kazmayı tercih etmem gerekecek. Kazma elimi yoruyor.

Araba durdu.

Önce korocu çocuk, ardından rahip aşağı indiler.

Cenaze arabasının ön tekerleklerinden biri az ötesinde açık bir çukur bulunan bir toprak yığının üzerindeydi.

— İşte hoş bir şaka! diye tekrarladı yüreği daralan Fauchelevent.

VI

Dört Tahta Arasında

Tabutun içinde kim vardı? Bildiğimiz gibi Jean Valjean.

Bu duruma karşı hazırlıklı olan Jean Valjean soluğunu idareli kullanıyordu.

Vicdani güvencenin diğer güvenceleri bu ölçüde etkilemesi gariptir. Dünden beri öngördüğü her şey hiç aksamadan yolunda gidiyor, o da Fauchelevent gibi Mestienne Baba'ya güveniyordu. Sonuçtan emindi. Böylesine kritik bir durumda böylesine bir sükûnet asla görülmemişti.

Tabutun dört tahtası korkunç bir huzur yayarken, Jean Valjean'ın sükûnetine âdeta ölülerin dinginliğinden bir şeyler karışıyordu.

Bu tabutun içinde, ölümle oynadığı korkunç dramın tüm evrelerini izleyebilmişti, hâlâ da izliyordu.

Jean Valjean, Fauchelevent'ın üzerindeki tahtayı çivilemesinden az sonra taşındığını ve arabanın üzerinde götürüldüğünü hissetmiş, sarsıntılar azaldığında kaldırım taşlarından toprağa, yani caddelerden ağaçlıklı yollara girildiğini anlamış, boğuk bir ses duyduğunda Austerlitz Köprüsü'nden geçtiklerini tahmin etmişti. Arabanın ilk duruşunda mezarlığa girdiklerini, ikinci duruşunda mezara geldiklerini sezmişti.

Aniden tabutu kavrayan elleri hissedip tahtaların üzerindeki boğuk sürtünme seslerini duydu; tabutu mezara indirmek için iple bağlıyorlardı.

Ardından başının döndüğünü hissetti.

Muhtemelen tabut taşıyıcı ve mezarcı ilk başta tabutun ön kısmını aşağı indirmişlerdi. Yatay bir düzeyde hiç kımıldamadan durduğunu hissedince kendini yeniden toparladı. Dibe indirilmişti.

Soğuğu hissetti.

Üzerinde buz gibi davudi bir ses yükseldi. Anlamasa da art arda yavaşça sıralanan Latince sözcükleri duydu:

— *Qui dormiunt in terrae pulvere, evigilabunt; alii in vitam aeternam, et alli in opprobrium, ut videant semper.* [62]

Bir çocuk sesi yükseldi:

— *De Profundis.*[63]

Davudi ses devam etti:

— *Requiem aeternam dona ei, Domine.*[64]

Çocuk sesi karşılık verdi:

— *Et lux perpetua luceat ei.*[65]

Üzerindeki tahtaya yağmur damlalarına benzeyen bir şeylerin çarptığını duydu. Bu muhtemelen kutsanmış suydu.

— Bitmiş olmalı, diye düşündü. Biraz daha sabır. Rahip gittiğinde Fauchelevent, Mestienne'i içmeye götürecek. Beni burada bırakacaklar. Ardından Fauchelevent tek başına dönüp beni buradan çıkaracak. Bir saatlik bir iş.

Davudi ses tekrar duyuldu:

— *Requiescat in pace.*[66]

Ve çocuk:

— *Amen*, dedi.

---

62 Toprakta uyuyanlar uyanacaklar; kimileri her zamanki gibi sonsuz hayatı, kimileri ise yüz karasını görecekler. (ç.n.)

63 Derinliklerden. (ç.n.)

64 Tanrım onlara sonsuz uykuyu bahşet. (ç.n.)

65 Ve sonsuz ışık üzerlerinde parıldasın. (ç.n.)

66 Huzur içinde uyusun. (ç.n.)

Kulak kesilen Jean Valjean uzaklaşan adım seslerine benzer bir şeyler duydu.

— İşte gidiyorlar, yalnız kaldım, diye düşündü Jean Valjean.

Aniden başının üzerinde gök gürültüsü sandığı bir gümbürtü duydu.

Bu, tabutun üzerine düşen bir kürek topraktı.

Ardından ikinci küreğin toprağı düştü.

Soluk aldığı deliklerden biri kapanmıştı.

Üçüncü küreğin, sonra da dördüncü küreğin toprağı düştü.

En güçlü insandan bile daha güçlü olan şeyler vardır. Jean Valjean bayıldı.

VII

Şu Sözün Kökenini Bulacağımız Bölüm: Kartı Kaybetmemek

Şimdi o sırada Jean Valjean'ın tabutunun üzerinde olup bitenlere gelelim.

Cenaze arabası uzaklaşıp, rahip ve korocu çocuk arabalarına binip gittiklerinde, gözlerini mezarcıdan ayırmayan Fauchelevent onun öne doğru eğilip küreğini toprak yığınına daldırdığını gördü.

Bunun üzerine Fauchelevent olağanüstü bir karar aldı.

Mezarla mezarcının arasına girip kollarını kavuşturdu:

— Ben ödüyorum!

Mezarcı ona şaşkınlıkla baktı:

— Köylü neyi ödüyorsun?

— Ben ödüyorum!

— Neyi?

— Şarabı.

— Hangi şarabı?

— Argenteuil.

— Argenteuil nerede?

— Bon Coing'da.

— Git işine! dedi mezarcı.

Ve tabutun üzerine bir kürek toprak attı.

Tabuttan tok bir ses yükseldi. Sendeleyen Fauchelevent kendisinin de mezara düşeceğini sandı. Boğulmanın hırıltısının karıştığı bir ses tonuyla bağırdı:

Mezarcı küreğini yeniden doldurduğunda Fauchelevent devam etti:

— Ben ödüyorum.

Ve mezarcının kolunu kavradı.

— Dinleyin beni dostum. Ben manastırın mezarcısıyım, size yardım etmeye geldim. Bu işi gece de yapabiliriz. Önce birer kadeh içelim.

Bu umutsuzca ısrarını tekrarlayıp konuşmaya devam ederken aklından şu kasvetli düşünce geçiyordu: "Hadi içti diyelim, ama bakalım sarhoş olacak mı?"

— Taşralı, dedi mezarcı, bu kadar ısrar ediyorsanız, tamam içelim. Ama önce işimizi bitirelim.

Ve küreğini toprağa yeniden daldırdığında Fauchelevent ekledi:

— Altı santime Argenteuil.

— Ah! Şu işe bakın, dedi mezarcı, çancı gibisiniz. Din don, din don; başka bir şey bilmiyorsunuz. Gidin bu nakaratları başka yerde tekrarlayın.

Ve ikinci küreğin toprağını da aşağı yolladı.

Fauchelevent ne söyleyeceğini bilemediği bir durumdaydı.

— Ama hadi gelin içelim, diye bağırdı, zaten ben ödeyeceğim!

— Çocuğu yatırdıktan sonra, dedi mezarcı.

Üçüncü küreği mezara boşalttı.

Ardından küreğini tekrar toprağa daldırırken ekledi:

— Bakın, bu gece hava soğuk olacak, üzerini örtmezsek ölü arkamızdan bağıracak.

O sırada, küreğini doldurmak için eğilen mezarcının cebi aralandı.

Fauchelevent'ın gayriihtiyari bakışları bu cebin üzerine sabitlendi.

Güneş henüz tam olarak batmadığından, hava aralanmış bir cebin dibindeki beyaz bir nesnenin fark edilebileceği kadar aydınlıktı.

Pikardili bir köylünün gözüne dolabilecek tüm parıltılar Fauchelevent'ın gözbebeklerinde bir araya geldiler. Aklından bir şey geçiyordu.

Küreğini toprağa daldıran mezarcıya çaktırmadan elini adamın cebine uzattı ve dipteki beyaz nesneyi çekip aldı.

Mezarcı dördüncü küreği de boşalttı.

Beşinci küreği doldurmak için döndüğünde, ona sakince bakan Fauchelevent:

— Acemi mezarcı, yeri gelmişken sorayım, kartınız yanınızda mı?

Mezarcı işini yarıda bıraktı.

— Ne kartı?

— Güneş batıyor.

— Güzel uyku takkesini de başına taksın.

— Mezarlığın kapısı kapanacak.

— Peki ya sonra?

— Kartınız yanınızda mı?

— Ah! Evet kartım! dedi mezarcı.

Ve cebini karıştırdı.

İki cebini de karıştırdıktan sonra iç ceplerini yokladı.

— Ama mümkün değil, dedi, kartım yok. Unutmuş olmalıyım.

— On beş frank para cezası, dedi Fauchelevent.

Mezarcının yüzü yemyeşil oldu. Kurşuni renkli yüzler solgunlaştıklarında yeşile dönerler.

— Ah Tanrım, lanet olsun! diye haykırdı. On beş frank para cezası!

— On beş frank, dedi Fauchelevent.

Şimdi sıra Fauchelevent'a gelmişti.

— Ah! Acemi çaylak umutsuzluğa kapılmaya gerek yok. Mezarı doldurmak için intihar etmenin anlamı yok. On beş frank on beş franktır, zaten bu parayı ödeyemezsiniz. Ben deneyimliyim, siz yenisiniz. Bu işlerin nasıl halledildiğini, nasıl dolaplar çevrildiğini iyi bilirim. Size bir dost tavsiyesi vereceğim. Güneş batıyor, şu anda Invalides'in kubbesinin hemen üzerinde, mezarlık beş dakika sonra kapanacak.

— Bu doğru, dedi mezarcı.

— Beş dakika içinde şeytanın ağzı gibi açık bu çukuru doldurup kapılar kapanmadan dışarı çıkamazsınız.

— Doğru.

— Bu durumda on beş frank ceza ödemeniz gerekir.

— On beş frank.

— Ama vaktiniz var...Nerede oturuyorsunuz?

— Kapının biraz ilerisinde. Buraya on beş dakika mesafedeki Vaugirard Caddesi, 87 numarada.

— Tabanları yağlarsanız, dışarı çıkmak için hâlâ vaktiniz var.

— Evet.

— Kapıdan çıktığınızda, dörtnala eve gidip kartınızı alırsınız, geri döndüğünüzde kapıcı kapıyı açar. Kartınız yanınızda olunca ceza ödemeniz gerekmez. Ben ölünüz kaçmasın diye burada bekleyeceğim.

— Size hayatımı borçluyum köylü.

— Hadi acele edin.

Minnet duygusuyla kendinden geçen mezarcı elini sıkıp koşmaya başladı.

Mezarcı sık ağaçlıkların arkasında gözden kaybolup artık ayak sesleri duyulmadığında, Fauchelevent mezara doğru eğilip alçak sesle:

— Madeleine Baba! dedi.

Cevap gelmedi.

İçi ürperen Fauchelevent mezara yuvarlanırcasına inerek tabutun üzerine atıldı:

— Orada mısınız?

Tabuttan ses gelmiyordu. Titremekten soluk alamayan Fauchelevent keskisini ve çekicini kullanarak üstteki tahtayı söktü. Alacakaranlıkta Jean Valjean'ın solgun yüzü ve kapalı gözleri belirdi.

Saçları diken diken olan Fauchelevent ayağa kalkıp âdeta her an yere yığılacakmış gibi sırtını çukurun kenarına dayadı. Jean Valjean'a baktı.

Jean Valjean solgun bir yüzle hiç kımıldamadan yatıyordu.

Fauchelevent soluğu andıran alçak bir sesle:

— Ölmüş! diye mırıldandı.

Ve doğrulduğunda, kollarını sıkılı yumrukları omuzlarına vuracak şekilde kavuşturdu.

— İşte ben insanların hayatını böyle kurtarıyorum! diye bağırdı.

Ardından zavallı ihtiyar hıçkırarak kendi kendine konuşmaya başladı. Kendi kendine konuşmanın mümkün olmadığını düşünmek bir yanılgıdır. Yoğun duygular kendilerini sıklıkla yüksek sesle dile getirirler.

— Mestienne Baba'nın suçu. O ahmak neden öldü ki? Hiç beklenmedik bir anda geberip gitmeye ne gerek vardı? Mösyö Madeleine'i o öldürdü. Madeleine Baba! Tabutun içinde. Zaten olması gereken yere getirildi. Her şey bitti. İşlerin böyle sonuçlanması akla mantığa sığar mı? Ah! Tanrım! Öldü! Ya küçük kız, onu ne yapacağım? Meyveci kadın ne diyecek? Onun gibi bir adamın böyle ölmesi mümkün mü Tanrım? Beni kurtarmak için arabanın altına girmişti! Madeleine Baba! Madeleine Baba! Elbette boğuldu, bunu ona söylediğimde bana inanmak istememişti. Ne büyük bir ahmaklık! Ulu Tanrı'nın en iyi kulu olan bu yürekli adam öldü! Ya küçük kız? Ah, böyle salakça bir işe giriştikten sonra artık oraya dönemem! Burada kalırım. İki ihtiyar iki çılgın gibi davranırsa sonu böyle olur! Ama manastıra nasıl girebildi? Zaten her şey o zaman başladı. Bu işler böyle halledilmemeli. Madeleine Baba! Madeleine Baba! Madeleine Baba! Mösyö Madeleine! Sayın başkan! Beni duymuyor.

Ve saçlarını yolmaya başladı.

Uzaktan ağaçların arasından bir gıcırtı sesi duyuldu. Bu mezarlığın kapanan kapısıydı.

Jean Valjean'ın üzerine doğru eğilen Fauchelevent, aniden bir mezarın hareket alanının elverdiği ölçüde geriye doğru sıçradı. Gözlerini açan Jean Valjean ona bakıyordu.

Bir ölünün canlandığını görmek bir ölü görmek kadar ürkütücüdür. Taş kesilen ve yaşadığı heyecanların şaşkınlığıyla karşısında bir ölü mü yoksa canlı mı olduğunu bilemeyen Fauchelevent kendine bakan Jean Valjean'a bakıyordu.

— Uyumuşum, dedi Jean Valjean.

Ve doğruldu. Fauchelevent diz çöktü.

— Yüce Meryem Ana! Beni korkuttunuz!

Sonra ayağa kalkıp bağırdı:

— Şükürler olsun! Madeleine Baba!

Jean Valjean ayılmış, açık havayla kendine gelmişti.

Böyle durumlarda sevinç korkunun geri tepmesi şeklinde tezahür eder. Fauchelevent kendini toplamak için neredeyse Jean Valjean kadar çaba harcadı.

— Demek ölmediniz! Ah! Siz çok muhteşem bir insansınız! Size o kadar seslendiğim için geri döndünüz. Gözlerinizin kapalı olduğunu gördüğümde "Tamam, boğulmuş işte!" dedim. Öfkeden aklımı kaçıracaktım. Beni Bicêtre'e götürmeleri gerekecekti. Ölmüş olsaydınız ne yapardım? Ya sizin küçük kız? Meyveci kadın hiçbir şey anlamayacaktı! Kucağına bir çocuk bırakılıyor ve büyükbabası ölüyor! Cennetin ulu ermişleri, ne macera ama! Ah! Yaşıyorsunuz, işte bundan daha büyük mutluluk olamaz.

— Üşüyorum, dedi Jean Valjean.

Bu söz Fauchelevent'ı aceleyle bekleyen gerçekliğe döndürdü. Kendilerine gelseler de, farkına varmadan kafaları hâlâ karışık olan bu iki adamın içinde mekânın kasvetliliğinin neden olduğu garip bir duygu vardı.

— Hemen buradan çıkalım, diye bağırdı Fauchelevent.

Cebini karıştırıp yanına aldığı matarayı çıkardı.

— Ama önce bir yudum için!

Matara temiz havanın başlattığı işi bitirdi. Birkaç yudum içki içen Jean Valjean kendini iyice topladı.

Tabuttan çıkıp, kapağı çivileyen Fauchelevent'a yardım etti.

Üç dakika sonra mezardan çıkmışlardı.

Zaten, rahatlayan Fauchelevent'ın acelesi yoktu. Mezarlık kapanmıştı. Mezarcı Gribier'nin ansızın gelmesinden endişelenmiyordu. O "acemi çaylak" evinde kartını aramakla meşgûldü ve kartı Fauchelevent'ın cebinde olduğundan onu bulması imkânsızdı. Kartı olmadan mezarlığa giremezdi.

Fauchelevent'ın küreği, Jean Valjean'ın kazmayı almasıyla, ikisi birlikte tabutu gömdüler.

Çukur dolduğunda, Fauchelevent Jean Valjean'a:

— Buradan gidelim, küreği ben taşırım, kazma sizde kalsın, dedi.

Hava kararıyordu.

O tabutun içinde kaskatı kesilmiş ve biraz da kadavraya dönüşmüş olan Jean Valjean hareket etmekte ve yürümekte zorlandı. Ölümün uyuşukluğu onu dört tahta arasında kavramıştı. Mezarın buzlarını bir şekilde eritmesi gerekiyordu.

— Soğuktan her yanınız uyuşmuş, dedi Fauchelevent. Topal olmam ne kötü, yoksa birlikte tepinebilirdik.

— Önemli değil! Dört adım yürüdükten sonra kendimi toplarım.

Cenaze arabasının geçtiği ağaçlıklı yollardan geri döndüler. Kapalı kapının ve kapıcının kulübesinin önüne geldiklerinde Fauchelevent mezarcının kartını aralıktan içeriye attı, kapıcının teli çekip kapıyı açmasıyla dışarı çıktılar.

— Her şey yolunda gidiyor! dedi Fauchelevent; Madeleine Baba bunu ne iyi akıl ettiniz!

Vaugirard kapısını hiç sorun çıkmadan geçtiler. Bir mezarlığın yakınlarında, bir kürek ve kazma iki geçiş belgesi gibidirler.

Vaugirard Caddesi bomboştu.

— Madeleine Baba, dedi yürürken bakışlarıyla evleri tarayan Fauchelevent, gözleriniz benden iyi görüyor. Bana 87 numarayı göstersenize.

— İşte burası.

— Caddede kimse yok, dedi Fauchelevent. Kazmayı bana verin ve beni iki dakika bekleyin.

87 numaralı kapıdan içeri giren Fauchelevent yoksulları her zaman tavan arasına götüren içgüdünün rehberliğinde en üst kata çıkıp karanlıkta kapıya vurdu. İçeriden bir ses yanıt verdi:

— Girin.

Bu, Gribier'nin sesiydi.

Fauchelevent kapıyı itti. Mezarcının evi tüm bahtsız fakirhaneler gibi mobilyasız ve kalabalıktı. Bir ambalaj sandığı –belki de bir tabut– konsol, bir yağ fıçısı musluk çeşmesi, bir ot minder yatak, döşeme de iskemleler ve masa niyetine kullanılıyordu. Bir köşede, eski bir halı parçasının üzerinde zayıf bir kadın ve bir yığın çocuk vardı. Bu zavallı oda bir altüst oluşun izlerini taşıyordu. Burada âdeta bir deprem yaşanmıştı. Kaldırılmış kapaklar, etrafa saçılmış eski püskü giysiler, kırılmış testi, gözü yaşlı anne, muhtemelen dayak yemiş çocuklar titiz ve öfkeli bir araştırmanın belirtileriydi. Kendini kaybetmişçesine kartını arayan mezarcının bu kartın kayboluşundan, testiden karısına kadar evde bulunan her şeyi sorumlu tuttuğu anlaşılıyordu. Adam oldukça umutsuz görünüyordu.

Ama yaşadığı maceranın sonucunu görmek için acele eden Fauchelevent başarısının bu hüzünlü yanını fark etmiyordu.

İçeri girip:

— Kazmanızı ve küreğinizi getirdim, dedi.

Gribier şaşkın şaşkın ona baktı.

— Köylü, siz mi geldiniz?

— Ve yarın sabah kartınızı mezarlığın kapıcısından alacaksınız.

Ve kazmayla küreği yere bıraktı.

— Bu ne anlama geliyor? diye sordu Gribier.

— Kartınızı yere düşürdüğünüz, gittiğinizden sonra onu yerde bulduğum, ölüyü gömdüğüm, çukuru doldurduğum, yani sizin işinizi yaptığım anlamına geliyor. Kapıcı kartınızı geri verecek ve ceza ödemeyeceksiniz. İşte hepsi bu acemi çaylak.

— Teşekkürler köylü! Bir dahaki sefere içkileri ben ödeyeceğim.

VIII

Başarılı Geçen Bir Sorgu

Bir saat sonra, gece karanlığında iki adam ve bir çocuk Picpus Sokağı 62 numaranın önünde bekliyorlardı. Adamlardan daha yaşlı olanı kapının tokmağını vurdu.

Bunlar Fauchelevent, Jean Valjean ve Cosette'ti.

İki adam Chemin-Vert Caddesi'ne, Fauchelevent'ın Cosette'i dün bıraktığı meyveci kadına uğrayıp çocuğu almışlardı. Cosette neler olup bittiğini anlayamadığı yirmi dört saat boyunca sessizce titremiş, titremekten ağlamaya fırsat bulamamıştı. Ne bir şey yemiş ne uyumuştu. Vefakâr meyveci kadın ona yüzlerce soru sorsa da, hüzünlü bakışlardan başka hiçbir yanıt alamamış, Cosette iki günden beri duyduğu ve gördüğü şeylerden hiç söz etmemişti. Olağanüstü bir şeyler yaşandığını seziyor, "uslu durması" gerektiğini hissediyordu. Ürkmüş bir küçük çocuğun kulağına farklı bir vurguyla söylenen şu *Hiçbir şey söyleme!* sözlerinin yoğun etkisine kim tanık olmamıştır ki? Korku dilsizdir. Zaten hiç kimse bir çocuk kadar iyi sır saklayamaz.

Yine de, o iç karartıcı yirmi dört saatin ardından Jean Valjean'ı yeniden gördüğünde attığı sevinç çığlığını duyan aklı başında bir insan, bu çığlığın bir uçurumdan kurtulmak anlamına geldiğini tahmin edebilirdi.

Fauchelevent, manastır görevlisi olarak parolaları bildiğinden önlerindeki tüm kapılar açıldı.

İşte o ürkütücü çıkmak ve girmek sorunu böyle çözülmüştü.

Bu konu hakkında daha önceden bilgilendirilen kapıcı avluyu bahçeye bağlayan ve yirmi yıl öncesine kadar araba kapısının tam karşısında yer alan duvarın dibinde görülebilen küçük servis kapısını açıp üçünü de buradan içeri aldı. Oradan Fauchelevent'ın dün başrahibeden talimatlar aldığı görüşme odasına geçtiler.

Başrahibe elinde tespihiyle onları bekliyor, peçesini indirmiş bir seçmen rahibe onun yanında ayakta duruyordu. Kanaatkâr bir mum görüşme odasını aydınlatıyor, daha doğrusu aydınlatıyormuş gibi görünüyordu.

Başrahibe Jean Valjean'ı gözden geçirdi. Hiçbir şey öne eğilmiş bir bakıştan daha dikkatli inceleyemez.

Ardından sorular sormaya başladı:

— Kardeşiniz mi?

— Evet saygıdeğer başrahibe, diye yanıtladı Fauchelevent.

— İsminiz nedir?

Fauchelevent yanıtladı:

— Ultime Fauchelevent.

Gerçekten de Ultime adında ölmüş bir erkek kardeşi vardı.

— Nerelisiniz?

Fauchelevent yanıtladı:

— Amiens yakınlarındaki Picquignyli.

— Yaşınız kaç?

Fauchelevent yanıtladı:

— Elli.

— Mesleğiniz nedir?

Fauchelevent yanıtladı:

— Bahçıvanım.

— Dinine bağlı bir Hristiyan mısınız?

Fauchelevent yanıtladı:

— Bizim ailede herkes öyledir.

— Bu küçük kız sizin mi?

Fauchelevent yanıtladı:

— Evet saygıdeğer başrahibe.

— Babası mısınız?

Fauchelevent yanıtladı:

— Büyükbabasıyım.

Seçmen rahibe, başrahibeye alçak sesle:

— Düzgün yanıtlar veriyor, dedi.

Jean Valjean henüz tek bir söz bile etmemişti.

Cosette'e dikkatle bakan başrahibe seçmen rahibeye alçak sesle:

— Çirkin bir genç kız olacak, dedi.

İki rahibenin odanın bir köşesinde çok kısık sesle birkaç dakika görüşmelerinin ardından başrahibe yerine dönüp:

— Fauvent Baba, çıngıraklı bir dizlik daha alacaksınız. Artık iki tane gerekiyor, dedi.

Gerçekten de, ertesi sabah bahçeden gelen iki çıngırak sesini duyan rahibeler kendilerini peçelerinin bir kenarını kaldırmaktan alamıyorlardı. Uzaktan, ağaçların arasından iki adamın yan yana toprağı belledikleri görülüyordu. Fauvent ve bir başkası. Olağanüstü bir olaydı. Sessizlik, kendi aralarında şunu dedirtecek kadar bozulmuştu: "Bahçıvan yardımcısı."

Seçmen rahibeler ekliyorlardı: "Fauvent Baba'nın kardeşi."

Gerçekten de, kurallara uygun bir şekilde kulübeye yerleşen Jean Valjean, deri bir dizlik ve bir çıngırak takmış, resmi olarak işe başlamıştı. Adı Ultime Fauchelevent'dı.

Büyükbabayla kızın manastıra kabul edilmelerinin belirleyici nedeni başrahibenin Cosette hakkındaki şu yorumuydu: *Çirkin bir genç kız olacak.*

Bu tahminini dile getiren başrahibe Cosette'e çok yakın davranmış, onu ücretsiz öğrenci olarak yatılı okula yerleştirmişti.

Bunda hiçbir mantıksızlık yoktu.

Manastırda ayna olmaması boşunaydı, kadınlar nasıl göründüklerini sezerlerdi; güzel olduklarını hisseden kızların rahibe olmaları kolay değildi; dinî eğilim güzellikle ters orantılıydı, bu yüzden güzellerden çok çirkinlere umut bağlanır, çirkin kızlara daha çok ilgi gösterilirdi.

Bu macera ihtiyar Fauchelevent'ın itibarını artırmış, üçlü bir başarı kazanmasını sağlamıştı; Jean Valjean'ın hayatını kurtarıp ona barınak sağlamış, mezarcı Gribier'nin "Beni para cezasından esirgedin," demesini sağlamış, manastır onun sayesinde Crucifixion Ana'nın tabutunu sunağın altına indirerek Sezar'ı alt edip Tanrı'yı memnun etmişti. Petit-Picpus'ta içinde ceset olan bir tabut ve Vaugirard Mezarlığı'nda içi boş bir tabut vardı; kamu düzeni hiç kuşkusuz derin bir şekilde sarsılmıştı, ama bunu kimse fark etmedi. Manastırın büyük bir minnettarlık duyduğu Fauchelevent hizmetlilerin en mükemmeli, bahçıvanların en değerlisi haline gelmişti. Başrahibe bir sonraki ziyaretinde başpiskoposa bu soylu davranışı biraz günah çıkartarak biraz da övünerek anlattı. Başpiskopos da takdirle karşıladığı bu olayı Mösyö'nün,[67] daha sonra Reims başpiskoposu ve kardinal olan günah çıkarıcısı M. de Latil'e gizlice aktardı. Fauchelevent'ın ünü Roma'ya kadar yayıldı. Önümüzde o zaman Papa olan XII. Léon'un bir akrabası olan ve onunla aynı aile adını taşıyan Paris Papalık Büyükelçisi Della Genga'ya yazdığı mektup ve şu satırlar var: "Paris'in bir manastırında mükemmel bir bahçıvan olan Fauvent adlı er-

---

67 XVIII. Louis'nin kardeşi X. Charles. (ç.n.)

miş bir kişi varmış." Kulübesine kadar ulaşmayan bu zaferin yankılarından bihaber olan Fauchelevent mükemmeliğinin ve ermişliğinin farkına varmadan ağaçları aşılamaya, yabani otları ayıklamaya ve kavunlarının üzerini örtmeye devam etti. Başarısından, altında *boynuzlu hayvanlar yarışmasında birinciliği kazanan öküz* yazısıyla *Illustrated London News*'da resmi basılan bir Durham ya da Surney öküzü kadar habersizdi.

IX

Manastıra Kapanma

Cosette manastırda da susmaya devam etti.

Doğal olarak Jean Valjean'ın kızı olduğuna inanıyordu. Zaten, hiçbir şey bilmediği için hiçbir şey söyleyemiyordu, ayrıca her şeyi bilse de hiçbir şey söylemeyecekti. Daha önce de söylediğimiz gibi hiçbir şey çocukları felaketler kadar sessizliğe itemez. Cosette çok çile çektiği için her şeyden, konuşmaktan, hatta soluk almaktan bile korkuyordu. Bir tek söz sıklıkla üzerine bir çığın yuvarlanmasına neden olmuştu! Jean Valjean'ı tanıdığından beri kendine güvenini yeni yeni kazanmaya başlamıştı. Manastıra çabucak alıştı. Sadece Catherine için üzülüyor, ama bunu dile getirmeye cesaret edemiyordu. Yine de, bir gün Jean Valjean'a: "Baba, bilseydim onu da yanıma alırdım," demişti.

Manastırın yatılı okuluna başlayan Cosette artık öğrenciler gibi giyiniyordu. Jean Valjean Thénardier'nin meyhanesinden ayrıldıklarında ona giydirdiği eski yas elbiselerini ondan geri aldı. Henüz yeterince eskimemişlerdi. Jean Valjean bu giysileri, yün çorabı ve ayakkabıları kafur ve manastırda bolca bulunan güzel kokulu otlarla birlikte bir yolunu bulup elde ettiği küçük bir valize yerleştirdi. Yatağının yanındaki iskemlenin üzerine koyduğu bu valizin anahtarı hep yanındaydı. Bir gün Cosette ona "Baba, bu güzel kokulu kutu da neyin nesi?" diye sormuştu.

Fauchelevent Baba anlattığımız ve farkında olmadığı bu başarının dışında iyiliksever davranışından dolayı ödüllendirilmişti; öncelikle böyle hayırlı bir iş yaptığından dolayı mutluydu; ayrıca bir başkasıyla paylaştığı için işi hafiflemişti. Nihayet, M. Madeleine geldiğinden beri, çok sevdiği tütünü daha çok ve parasını M. Madeleine ödediği için daha büyük bir keyifle içiyordu.

Ultime ismini benimsemeyen rahibeler ona *Öbür Fauvent* adını taktılar.

Bu ermiş kızlar biraz da olsa Javert'in bakışlarıyla donanmış olsalardı, bahçenin bakımı için gerekli malzemeleri almak üzere dışarıya hep yaşlı, sakat, topal Fauchelevent'ın çıktığını fark edebileceklerdi; ama kâh Tanrı'ya sabitledikleri gözleri muhbirlik yapmayı bilmediğinden, kâh da birbirlerini gözlemlemeyi tercih ettiklerinden buna hiç dikkat etmemişlerdi.

Zaten olduğu yerde hiç sesini çıkarmadan beklemek Jean Valjean için hayırlı olmuştu. Javert bir aydan fazla bir süre boyunca mahalleyi göz hapsinde tutmuştu.

Bu manastır Jean Valjean için etrafı uçurumlarla çevrili bir ada gibiydi. Artık onun dünyası bu dört duvar arasındaydı. Oradan iç huzurunu bulmaya yetecek ölçüde gökyüzünü, mutlu olabilecek ölçüde Cosette'i görebiliyordu.

Onun için oldukça huzurlu bir yaşam başlamıştı.

İhtiyar Fauchelevent ile birlikte bahçenin dibindeki kulübede yaşıyordu. 1845'de, hâlâ yerinde duran moloz taşından yapılmış bu virane, bilindiği gibi içinde hiç mobilya bulunmayan ve sadece dört duvarla çevrili üç odadan oluşuyordu. Jean Valjean boşuna bir çabayla karşı çıksa da, en büyük oda Fauchelevent'ın dayatmasıyla M. Madeleine'e ayrılmıştı. Bu odanın duvarında, dizliğin ve küfenin asıldığı iki çivinin dışında süs niyetine şöminenin üzerinde sergilenen ve aşağıya aynısını kopyaladığımız 93 yılına ait kralcı bir kâğıt para vardı.

Bu Vendéeli para duvara eski bir chouan[68] olan ve manastırda öldükten sonra yerini Fauchelevent'ın aldığı eski bahçıvan tarafından asılmıştı.

Her gün bahçede çalışan Jean Valjean çok yararlı işler yapıyordu. Eskiden ağaç budayıcısıydı, şimdi ise kendi isteğiyle bahçıvan olmuştu. Hatırlanacağı gibi, tarım konusunda hiç bilinmeyen ayrıntılara vakıf ve birikimliydi. Bu bilgilerinden faydalanıp bahçedeki tüm yabani ağaçları aşılayarak mükemmel meyveler vermelerini sağladı.

Cosette her gün onun yanında bir saat geçirmek için izin almıştı. Rahibeler hüzünlüyken, babası iyi yürekli olduğundan, onları mukayese ediyor, Jean Valjean'a hayran kalıyordu. Kulübeye girdiğinde içeriye cenneti getiriyordu. Yüzünde çiçekler açan Jean Valjean Cosette'i mutlu ettikçe kendi mutluluğunun da arttığını hissediyordu. Etrafımıza yaydığımız neşe her ışık gibi sönüp gidecek yerde bize daha büyük bir parıltıyla geri döndüğü için çok sevimlidir. Jean Valjean teneffüs saatlerinde uzaktan onun koşup oynadığını görüyor, onun gülüşünü diğerlerininkinden ayırt edebiliyordu.

---

68 Fransa'da 1. Cumhuriyet'e karşı ayaklanan kralcı Vendéeliler ve Bretonlara verilen ad. (ç.n.)

Çünkü artık Cosette gülüyordu.

Cosette'in yüzü bile değişmeye başlamış, o hüzünlü ifadesi kaybolmuştu. Güneşi andıran gülümseme insanın yüzünden kışı kovar.

Teneffüsün bitmesiyle Cosette sınıfa döndüğünde Jean Valjean sınıfın pencerelerine, gece olduğunda ise yatakhanenin pencerelerine bakıyordu.

Zaten Tanrı'nın çeşitli yöntemleri vardır; manastır Cosette'i değiştirdiği gibi, piskoposun Jean Valjean'da başlattığı eserini tamamlamasına katkıda bulunuyordu. Erdemin uçlarından birinin şeytanın inşa ettiği köprüyle kibirde sonlandığına şüphe yoktur. Tanrı onu Petit-Picpus Manastırı'na attığı sırada, Jean Valjean belki de farkında olmadan bu köprünün yakınlarındaydı; önceleri kendini sadece piskoposla kıyasladığında değersiz ve mütevazı hissetmiş, ama bir süreden beri başka insanlarla da mukayese ettiğinden içinde kibir doğmaya başlamıştı. Kimbilir? Belki de bu kibir, zamanla nefrete dönüşecekti.

Manastır onu bu yokuşun başında durdurmuştu.

Burası gördüğü ikinci hapishaneydi. Gençliğinde, hayatının başlangıç döneminde ve daha sonra kısa süre öncesinde, tüm acımasızlıkların adaletin haksızlığından ve yasanın hatalarından kaynaklandığını düşündüğü korkunç, ürkütücü bir mekânla karşılaşmıştı. Şimdi kürek mahkûmiyetinden sonra manastırı görüyor, bir zamanlar kürek mahkûmlarının arasında yer alırken, artık manastırı gözlemlediğini düşünüyor, onları zihninde endişeyle karşılaştırıyordu.

Bazen yabasına yaslanıp düşlerin dipsiz kuyusunun sarmallarını yavaşça iniyordu.

Eski arkadaşlarının ne kadar sefil bir yaşam sürdüklerini hatırlıyordu. Sabah gün doğarken kalkıp gece yarısına kadar çalışıyor, yılın sadece en soğuk aylarında ısıtılan salonlarda, üzerine en fazla iki parmak kalınlığında şilte serilmesine izin verilen kırık dökük karyolalarda ancak birkaç saat uyuyorlardı. Ürkütücü kırmızı kazaklar giyiyorlardı; merhamet edip kavurucu sıcaklarda bez pantolon, dondurucu soğuklarda yün hırka giymelerine izin veriyorlardı; şarap içmeleri ve et yemeleri ancak "ağır bir işe" gitmeden önce mümkündü. İsimlerini kaybetmiş, kimlikleri sadece numaralarla, rakamlarla belirlenmiş, saçları tıraş edilmiş bir halde gözlerini öne eğip seslerini alçaltarak utanç içinde sopa yiyerek yaşıyorlardı.

Ardından şimdi gördüğü insanları düşünüyordu.

Başlarını öne eğip alçak sesle konuşan bu insanlar da, utanç içinde olmasa bile dış dünyanın alayları arasında, sırtları sopayla yaralanmasa da çilenin kamçısıyla parçalanmış, saçları kesilmiş bir halde yaşıyorlardı. Onların da isimleri unutulup gitmiş, ulvi adlarla anılmaya başlamışlardı. Asla et yemiyor, şarap içmiyor, sıklıkla akşama kadar aç kalıyorlardı; kırmızı kazak yerine, ne kısaltıp ne uzatabildikleri, yazın kalın kışın ince gelen siyah yünden bir kefen giyiyorlardı; mevsimine göre bezden ya da özellikle yünden bir giysiden yoksun bir halde altı ay boyunca ateşlenmelerine neden olan abadan bir gömlekle yetiniyorlardı. Sadece şiddetli soğuklarda ısıtılan salonlarda değil, asla ateş yakılmayan hücrelerde yaşıyor, iki parmak kalınlığında şiltelerin değil, samanların üzerinde uyuyorlardı. Nihayet uyumalarına bile izin verilmiyor, her gece yoğun bir iş gününden sonra, ilk uykunun sersemliğiyle biraz olsun ısınmışken buz gibi ve karanlık bir şapelde diz çökmüş halde dua etmek üzere kalkmaları gerekiyordu.

Bazı günlerde, sırasıyla her birinin aralıksız on iki saat boyunca döşemenin üzerinde diz çökmüş ya da yüzünü taşa yaslayıp ellerini kavuşturduktan sonra yere uzanmış bir halde telafi ibadetini yerine getirmeleri gerekiyordu.

Diğerleri erkek, bunlar kadındı.

O adamlar ne yapmışlardı? Hırsızlık, tecavüz, yağma, cinayet, haydutluk, kalpazanlık, kundakçılık. Bu kadınlar ne yapmışlardı? Hiçbir şey.

Bir yanda haydutluk, kaçakçılık, tecavüz, şehvet düşkünlüğü, cinayet, kutsal olan her şeye hakaret, şiddetin her türlüsü, diğer yanda tek bir şey, masumiyet.

Âdeta gizemli bir biçimde havalanan, erdemle yeryüzüne ve cennete bağlı kalmayı sürdüren muhteşem bir masumiyet.

Bir yanda cinayetlerin alçak sesle paylaşılması, diğer yanda yapılan hataların yüksek sesle itiraf edilmesi. Hem de ne hatalar! Ne büyük suçlar!

Bir yanda hastalık saçan pis kokular, diğer yanda tasvir edilemez bir parfüm. Bir yanda gözaltında tutulan, silah zoruyla kontrol altına alınan ve hastaları yavaş yavaş kemiren ahlaki veba, diğer yanda tüm ruhların aynı ocakta iffetle korlaşması. Orada karanlıklar, burada gölge, ama aydınlık dolu, aydınlıkları ışıltılarla dolu bir gölge.

İki kölelik yuvası; ama ilkinde yasanın belirlediği bir sürenin sonunda özgürlüğe kavuşma, kaçma olasılığı var. İkincisindeyse, tüm umudu geleceğin derinliklerinde yer alan ve insanların ölüm olarak adlandırdıkları o özgürlük ışığına ulaşmak olan sonsuz bir bekleyiş.

İlkinde zincire, diğerinde inanca bağlanış.

İlkinden yayılan nedir? Korkunç bir ilenme, dişlerin gıcırtısı, nefret, umutsuz bir kötü niyetlilik, topluma karşı bir öfke çığlığı, gökyüzüne karşı alaycı bir gülümseme.

İkincisinden yayılansa kutsanma ve sevgi.

Ve birbirlerine bu kadar benzeyen ama birbirlerinden bu kadar farklı olan iki mekânda, bu iki insan grubu aynı görevi yerine getirip günahların bedelini ödüyorlar.

Jean Valjean ilk gruptakilerin şahsi kefaretlerini anlayabiliyordu. Ama o lekesiz, tertemiz varlıkların kefaretlerine bir anlam veremiyor, kendi kendine titreyerek soruyordu: "Neyin bedeli bu? Hangi günahın bedelini ödüyorlar?"

Vicdanından gelen bir ses yanıtlıyordu: "İnsani cömertliklerin en yücesi başkalarının günahının bedelini ödemektir."

Burada kişisel görüşlerimizi bir kenara bıraktığımızı, bir anlatıcı olarak kendimizi Jean Valjean'ın yerine koyup onun izlenimlerini aktardığımızı belirtelim.

Gözlerinin önünde, insanların hatalarını bağışlayan ve onların günahlarının bedelini ödeyen bir masumiyet, boyun eğilen bir kölelik, gönüllü olarak kabul edilmiş bir işkence, günah işlememiş ruhların, günah işleyenleri kurtarmak için çektikleri eziyet, Tanrı sevgisinde sonsuzlaşan ama orada farklı bir yeri olan bir insanlık aşkı, cezalandırılanların sefaletini yaşayan, ödüllendirilenlerin mutluluğuyla gülümseyen o güçsüz, zarif ruhlar özverinin en ulvi zirvesi, erdemin en yüce doruk noktası gibi beliriyordu.

Ve bundan şikâyet etme cüretini gösterdiğini hatırlıyordu!

Gece yarısı, sıklıkla bu masum ve amansızlıklarla bunalmış yaratıkların minnet dolu ilahilerini dinlemek için kalkıyor, adil olarak cezalandırılanların gökyüzüne sadece küfretmek için seslerini yükselttiklerini ve bir sefil gibi Tanrı'ya yumruğunu salladığını düşündükçe damarlarındaki kan donuyordu.

Kaderin kendini alçak sesle uyarır gibi hakkında derin düşüncelere dalmasına yol açtığı garip bir husus vardı: Tırmanmalar, duvarı aşmalar, ölüm pahasına göze alınan riskler, zorlu ve sert yükselişler; diğer çilehaneden çıkmak için gösterdiği tüm bu çabaları buraya gelmek için mi harcamıştı? Bu kaderin bir işareti miydi?

Burası da bir hapishaneydi ve kaçtığı yere iğrenç bir şekilde benziyordu, yine de böyle bir şeyi aklından hiç geçirmemişti.

Parmaklıkları, sürgüleri, demir çubukları yeniden görüyordu, bunlar kimi koruyordu? Melekleri.

Kaplanları çevreleyen bu yüksek duvarları, şimdi dişi koyunların etrafında yeniden görüyordu.

Burası bir cezalandırma değil feragat mekânıydı, yine de diğerinden daha ulu, daha hüzünlü ve daha acımasızdı. Bu bakireler forsalardan daha fazla azap çekiyordu. Gençliğini donduran soğuk ve sert bir rüzgâr akbabaların parmaklıklı ve asma kilitli çukurlarından geçiyordu; daha sert ve daha kederli bir ayaz güvercinlerin kafeslerine doğru esiyordu.

Neden?

Bunları düşündüğünde, içindeki her şey ulviliğin gizeminde kaybolup gidiyordu.

Bu düşünceler kibrini yok ediyordu. Kendini her bakımdan gözden geçiriyor, sıklıkla zayıflığını hissedip ağlıyordu. Altı aydır hayatına giren her şey onu Cosette'in sevgisi ve manastırın tevazusuyla piskoposun aziz buyruklarına doğru sürüklüyordu.

Bazen akşamın alacakaranlığında, bahçede kimsenin olmadığı saatlerde, onun şapelin yanındaki ağaçlıklı yolun ortasında, geldiği gece içeri baktığı pencerenin önünde, diz çökmüş, yüzünü, yere uzanıp dua ederken telafi ibadetini yerine getiren rahibenin bulunduğu noktaya dönmüş bir halde dua ettiği görülüyordu.

Sanki doğrudan Tanrı'nın önünde diz çökmeye cesaret edemezmiş gibi görünüyordu.

Bu huzurlu bahçe, bu güzel kokulu çiçekler, sevinç dolu çığlıklar atan bu çocuklar, bu ciddi ve sade kadınlar, bu sessiz manastır, kısacası etrafını çevreleyen her şey yavaş yavaş içine nüfuz ediyor ve ruhunu giderek bu manastırın sessizliği, bu çiçeklerin kokusu, bu kadınların yalınlığı, bu çocukların neşesi kaplıyordu. Ayrıca kendini hayatının ilkinde tüm kapıların yüzüne kapandığı, toplum tarafından dışlandığı ve ikincisinde insanların yeniden peşine düştüğü, önünde hapishanenin kapılarının yeniden açıldığı iki kritik döneminde peş peşe ağırlayan Tanrı'nın bu iki evini düşünüyor, ilki olmasa suçun, ikincisi olmasa eziyetin bağrına yeniden düşmüş olacağını anlıyordu.

Tüm yüreği minnetle eriyor, giderek daha fazla seviyordu.

Yıllar böyle akıp giderken, Cosette büyüyordu.

MARIUS

I

Birinci Kitap
Bütünsellik İçinde İncelenen Paris

I

Parvulus[1]

Paris'in bir çocuğu ve ormanın bir kuşu vardır; kuşun adı serçe; çocuğun adı yumurcaktır.

Biri harlı ateşi diğeri gün ağarmasını temsil eden iki düşünceyi bir araya getirip kıvılcımlarını, çocukluk ve Paris'le çarpıştırın; oradan küçük bir yaratık fışkırır. Plautus olsa, ona *Homuncio*[2] derdi.

Bu küçük yaratık hayli neşelidir. Her gün yemek yemez ve canı isterse her akşam gösterilere gider. Üzerinde gömleği, ayağında ayakkabısı, başını sokacak bir evi yoktur; bu haliyle sineklere benzer. Yaşı yedi ila on üç arasındadır, çetelerin içinde yaşar, kaldırımları arşınlar, açık havada gezer, babasından kalma topuklarından aşağı sarkan pantolonu giyer, kulaklarından aşağı inen başka bir babadan kalma eski şapkasını takar, tek kuşağının kenarı sarıdır. Koşar,

1 Ufacık, çok küçük. (ç.n.)

2 Küçük adam. (ç.n.)

pusu kurar, para dilenir, oyalanır, pipoların içini katranla karartır, lanetlenmiş gibi küfreder, meyhanelere girip çıkar, hırsızları tanır, kızlarla senli benlidir, argo sözcükler kullanır, açık saçık şarkılar söyler ve yüreğinde hiçbir kötülük yoktur. Ruhunda masumiyet denen ve çamurların içinde erimeyen bir inci gizlidir. Tanrı çocuğun masum olmasını ister.

Bu devasa şehre "Bu da kimin nesi?" diye sorulduğunda alınan yanıt şudur: "O benim küçük çocuğumdur."

II

Özelliklerinden Bazıları

Parisli yumurcak büyümüş de küçülmüş gibidir.

Fazla abartmayalım, sokakların bu sevimli haytasının bazen bir gömleği vardır, ama sadece bir tanedir, bazen ayakkabıları vardır, ama onların da tabanı yoktur; bazen bir evi vardır ve annesi orada olduğu için evini sever, ama özgürlüğünü yaşadığı sokakları tercih eder. Kendine özgü oyunları, burjuvalara duyduğu nefretten kaynaklanan muziplikleri, deyişleri vardır; ölmeyi *mezarın dibini boylamak* olarak adlandırır; araba çağırmak, arabaların basamaklarını indirmek, sağanak yağmurlarda *Pont des Arts*[3] *kurmak* diye adlandırdığı şeyi yapıp, yollara tahtalar serip yolcuları karşıdan karşıya geçirmek, yöneticilerin Fransız halkına çektikleri övgü dolu söylevleri haykırmak, iki kaldırım arasında gidip gelmek gibi kendine özgü işleri, ayrıca yollardan topladığı küçük bakır parçalarından oluşan parası vardır. *Mangır* adını almış bu ilginç para biriminin bu küçük çocukların bohem dünyalarında hiç değişmeyen ve itinayla belirlenen bir değeri vardır.

Nihayet titizlikle gözlemlediği faunasında uğurböcekleri, çiçekbitleri, tarla örümcekleri, iki sivri uca sahip kuyruğunu

3 Paris'te sadece yayalara açık olan tahta köprü. (ç.n.)

tehdit edercesine kıvıran kara "şeytan" böcekleri mevcuttur. Karnında pullar bulunsa da kertenkele olmayan, sırtında kabartılar bulunsa da kurbağa olmayan, eski kireç ocaklarının deliklerinde ve kurumuş çirkef kuyularında yaşayan, kâh yavaş, kâh hızlı sürünen, bağırmasa da bakan ve çok korkunç olduğu için henüz kimsenin görmediği siyah, kıllı, yapışkan, hayalî bir canavarı vardır, bu canavarın adını "sağır" koymuştur. Taşların arasında sağırları aramak onun için tüyler ürpertici bir zevktir. Keyif aldığı bir başka şey de kaldırım taşını aniden kaldırıp altındaki tespihböceklerini seyretmektir. Paris'in her bölgesi ilginç hazineleriyle meşhurdur. Ursulines şantiyelerinde kulağakaçanlar, Pantheon'da kırkayaklar, Champs-de-Mars'ın çukurlarında iribaşlar vardır.

Tumturaklı sözlere gelince Talleyrand'dan aşağı kalmaz. Hayâsızlık konusunda onu aratmasa da, daha onurludur. Birdenbire neşelenmek gibi bir yetiyle donanmıştır, çılgınca kahkahasıyla esnafı şaşırtır. Neşesinin coşku aralığı düzeyli komediden kaba güldürüye uzanır.

Bir cenazeye eşlik edenlerin arasında doktoru gördüğünde:

— Şu işe bakın, doktorlar ne zamandan beri eserlerini yanlarında taşıyorlar? diye haykırır.

Bir diğeri kalabalığa karışır. Gözlüklü ve köstekli saati olan ağırbaşlı bir adam öfkeyle dönerek bağırır:

— Utanmaz, az önce karımın "ölçüsünü" aldın!

— Kim? Ben mi mösyö? Üzerimi arayın!

III

Hoştur

Homuncio, her akşam bir yolunu bulup kazandığı birkaç santimle tiyatroya gider. O sihirli eşiği aştığında yumurcak hovardaya dönüşür. Tiyatrolar sintinesi yukarı gelecek şekilde doğrulmuş gemilere benzer. Hovardalar bu sintineye yığılır. Yumurcağın hovardalığı larvanın pervaneliği gibidir; aynı yaratık birdenbire uçuşmaya, havada süzülmeye başlar. Mutluluğunun parıltısı, coşkusunun gücü, kanat çırpmalarını andıran alkışlarıyla orada olması bu dar, pis kokulu, karanlık, iğrenç sintinenin Cennet'e dönüşmesine yeter.

Birine gereksiz olanı verip, ondan gerekli olanı alın, karşınıza yumurcak çıkar.

Sanata hafifçe istidadı olsa da, biraz üzülerek belirtelim ki, beğenisi klasik eserlere yönelik değildir. Doğası gereği okumaya eğilimli değildir. Bir örnek vermemiz gerekirse, bu küçük fırtınalı yürekler güruhunda Matmazel Mars'ın popülerliği, bir ironinin hedefi haline gelir. Yumurcak ondan Matmazel *Muche*[4] diye söz eder.

Sürekli bağırıp çağırıp, dalga geçen, kavga eden, lağımda balık tutan, çirkef kuyusunda avlanan, çöplerden neşe kaynağı yaratan, kavşaklarda tüm belagatiyle sövgüler düzen, sırıtan ve iğneleyen, ıslık çalan ve şarkı söyleyen, alkışlayan ve hakaretler eden, Hallelujah'ı Matanturlurette teranesiyle yatıştıran, De Profundis'ten Paris karnavalında söylenen şarkılara kadar tüm ezgileri monoton bir sesle okuyan, aramadan bulan, bilmediğini bilen, cepçilik yapacak kadar becerikli, bilgeliğe varacak kadar çılgın, edepsizliğe varacak kadar coşkulu olan bu ufaklık, üzerine yumurcağın çaputunu ve filozofun yırtık pırtık elbiselerini giymiş bir halde Olympos'ta çömelir, uzandığı gübre yığınından yıldızlarla kaplanmış olarak çıkar. Paris'in yumurcağı küçük Rabelais'dir.

Saat koyacak cebi yoksa pantolonundan hoşnut değildir.

Az şaşırır, az korkar, batıl inançlarla dalga geçer, abartıların balonunu söndürür, gizemli öykülerle alay eder, hortlaklara dilini çıkarır, kendini övenlerin havasını bozar, destansı yüceltileri gülünçleştirir. Bunların nedeni sıradan, incelikten uzak olması değildir, aksine görkemli hayalin yerine matrak

4 Muhteşem (ç.n.)

bir göz yanılsaması koyar. Adamastor[5] karşısına çıksa yumurcak: "Şu işe bak! Öcü gelmiş!" derdi.

IV

Faydası Dokunabilir

Paris başka hiçbir kentin beceremediğini yapar, aylaklarla başlayıp yumurcaklarla biter; bakmakla yetinen edilgen kabulleniş ve bitmek tükenmek bilmez girişkenlik; Prudhomme ve Fouillou. Paris, tarihinde buna sahip olan tek yerdir. Tüm monarşi aylaklıkta, tüm anarşi yumurcaklıkta cisimleşir.

Paris kenar mahallelerinin bu solgun çocuğu toplumsal gerçeklerin ve insani olguların düşünceli tanığı olarak sıkıntılar içinde yaşar, gelişir, büyür, ilişkiler kurar, "çözümler üretir." Kendini tasasız sansa da, öyle değildir. Bakar, gülmeye hazır bir hali vardır, başka şeylere de. Kim olursanız olun, adınız Önyargı, Suistimal, Alçaklık, Zulüm, Haksızlık, Despotluk, Adaletsizlik, Bağnazlık, Zorbalık ise gözleri faltaşı gibi açılmış yumurcağa dikkat edin.

Bu çocuk büyüyecek.

Hangi topraktan yoğruldu? Sıradan bir çamurdan. Bir avuç çamur, bir soluk, işte size Âdem. Tanrı'nın oraya uğraması yeter. Tanrı her zaman bir yumurcağın yanından geçer. Talih bu küçük varlık için çalışır. Talih sözcüğüyle biraz macerayı kastediyoruz. Sıradan, kaba toprakla yoğrulmuş bu cahil, eğitimsiz, alık, sıradan pigme beğenileri gelişkin bir dâhi mi yoksa estetik duygusundan yoksun bir mankafa mı olacak? Bekleyin, *currit rota,*[6] çocukları tesadüften, büyük-

---

5 Luis Vaz de Camoes'in (1524-1580) *Os Lusiadas* adlı eserinde yer alan Ümit Burnu'ndaki Fırtınalar Tanrısı. (ç.n.)

6 Devran dönüyor. (ç.n.)

leri kaderden yaratan Paris ruhu, o iblis, Latin çömlekçinin aksine testiden amfora yapar.

V

Sınırları

Yumurcak şehri sever, ayrıca bilge yanıyla yalnızlığı da sever. Fuscus gibi *urbis amator,*[7] Flaccus gibi *ruris amator*'dur.[8]

Büyük şehirleri, özellikle de Paris'i çevreleyen, iki farklı doğayı bünyesinde toplamış, biraz kırma, oldukça çirkin, yine de tuhaf bu kırlarda düşünerek yani dilediğince gezinmek, bir filozof için keyifli vakit geçirmek anlamına gelir. Kenar mahalleyi gözlemlemek bir amfibiyi gözlemlemektir. Ağaçların sonunun çatılarla, otların sonunun kaldırımlarla, saban izlerinin sonunun dükkânlarla, topraktaki tekerlek izlerinin sonunun tutkularla, ilahi mırıltıların sonunun insani uğultularla devam etmesi çok ilgi çekicidir.

Düşünürün, yoldan geçen birinin her zaman *kasvetli* olarak nitelendireceği bu pek de çekici olmayan bölgelerde görünürde amaçsızca dolaşması bu yüzdendir.

Paris kapılarında uzun süre gezinerek oyalandığı dönemler bu satırların yazarında derin hatıralar bırakmıştır. O kısa çimenler, o taşlı patikalar, o kireçler, o marnlar, o molozlar, sürülmemiş ve nadasa bırakılmış toprakların o içler acısı tekdüzeliği, bostancının ileride bir anda beliriveren turfandalık sebzeleri, yabaniyle kentlinin karışımı, garnizon bandosunun savaşı gevelercesine prova yaptığı ıssız köşe bucaklar, gündüz kuş uçmaz kervan geçmez, geceyse tehlikeli yollar, rüzgârla dönen viran değirmen, madencilerin kazı araçları, mezarlıkların köşesindeki kır kahveleri, güneşle

7 Şehir tutkunu. (ç.n.)

8 Kır tutkunu. (ç.n.)

yıkanmış, kelebeklerle kaplı uçsuz bucaksız arazileri dikine kesen uzun, kasvetli duvarların gizemli çekiciliği onu kendisine çeker.

Dünyada neredeyse hiç kimse Glacière, Cunette, Mont-Parnasse, Fosse-aux-loups, Marne kıyısındaki Aubiers, Mont-Souris, Tombe-Issoire, mermilerle delik deşik olmuş iğrenç Grenelle duvarı, artık mantar yetişmesine yol açmaktan başka bir işe yaramayan ve üzeri toprak hizasında çürümüş tahta bir kapakla örtülü eski bir ocağın bulunduğu Pierre-Plate de Châtillon gibi ilginç mekânları bilmez. Roma'nın taşrası gibi Paris'in banliyösünün de bir özgünlüğü vardır; ufkun bize sunduğu tarlalardan, evlerden, ağaçlardan başka bir şey görememek doğayı yüzeysel bir şekilde gözlemlemek anlamına gelir; nesnelerin tüm görüntüleri Tanrı'nın düşünceleridir. Bir ovanın bir şehirle birleştiği nokta her zaman için dokunaklı bir melankolinin izlerini taşır. Orada doğa ve insanlık sizinle aynı anda konuşur. Yerel özgünlükler o noktalarda kendilerini gösterir.

Bizim gibi, Paris'in çeperleri olarak adlandırılabilecek kenar mahallelerimizin bitişiğindeki bu ıssızlıklarda gezinenler hiç beklenmedik bir anda, sağda, solda, en tenha köşelerde, ince bir çitin ardında ya da kasvetli bir duvarın kenarında pis pis kokan, toza, çamura bulanmış, saçı başı dağılmış, yırtık pırtık giysileri, kafalarındaki peygamberçiçekleriyle misket oynayan gürültücü çocuk gruplarıyla karşılaşmıştır. Bunların hepsi yoksul aile çocuklarıdır. Paris kapılarının dışı onların soluk alabildikleri alanlardır, kenar mahalleler onlarındır. Her gün okuldan kaçıp orada toplanarak açık saçık şarkılardan oluşan repertuvarlarını tüm içtenlikleriyle söylerler. Oradadırlar ya da daha doğrusu mayıs ya da haziranın hoş aydınlığında, tüm bakışların uzağında, sorumsuzluğun, uçarılığın, kendi haline bırakılmışlığın, mutluluğun bağrında, toprağa oyulmuş bir deliğin etrafında misket oynarken, birkaç santim için tartışırken orada var olurlar. Sizi fark ettiklerinde, yapmaları gereken bir iş olduğunu, ekmeklerini kazanmaları gerektiğini hatırlayarak size mayısböcekleriyle kaplı eski bir yün çorabı ya da bir demet leylağı satmaya çalışırlar. Çocuklarla bu ilginç rastlaşmalar Paris banliyösünün hem çekici hem de dokunaklı zarafetlerinden biridir.

Bazen bu çocuk kümelerinin arasında genç kızlığa adım atmak üzere olan, zayıf, solgun, elleri esmerleşmiş, başlarına çavdar başaklarından ya da gelinciklerden taçlar geçirmiş, yüzleri çillerle kaplı, neşeli, yabani, çıplak ayaklı küçük kızlar da yer alır –kız kardeşleri midir? Bazıları buğday tarlalarında kiraz yerler. Akşam gülüşmeleri duyulur. Öğle güneşinin hararetli aydınlığında ya da alacakaranlıkta hayal meyal seçilen bu gruplar düşünürün daldığı hayallere karışarak zihnini uzun süre meşgul ederler.

Paris merkez, banliyö çeper, işte bu çocukların tüm dünyaları burasıdır. Bu sınırın ötesine asla geçmezler. Tıpkı sudan çıkamayan balık gibi Paris'in atmosferinden uzaklaşamazlar. Onlar için şehir kapılarının iki fersah ötesinde hiçbir şey yoktur. Evren Ivry'de, Gentilly'de, Arcueil'de, Belleville'de, Aubervilliers'de, Ménilmontant'da, Choisy-le-Roi'da, Billancourt'da, Meudon'da, Issy'de, Vanvre'da, Sèvres'de, Puteaux'da, Neuilly'de, Gennervilliers'de, Colombes'da, Romainville'de, Chatou'da, Asnieres'de, Bougival'de, Nanterre'de, Enghien'de, Noisy-le-Sec'de, Nogent'da, Gournay'da, Drancy'de, Gonesse'de sona erer.

VI

Biraz Tarih

Çok eski tarihlerde olmasa da, bu kitabın hikâyesinin geçtiği dönemde, her caddenin köşesinde bugünkü gibi bir polis yoktu (tartışmaya ayıracak zamanımız yok ama bu durum haytaların lehineydi); Paris başıboş çocuklardan geçilmiyordu. İstatistikler polis devriyelerinin her yıl açık arazilerde, inşa halindeki evlerde, köprü kemerleri altında ortalama iki yüz altmış evsiz barksız çocuk bulduklarını söylüyor. Bu çocuk yuvalarından biri ünlenerek "Arcole Köprüsü'nün kırlangıçlarını" yarattı. Zaten toplumsal hastalığın belirtilerinin en tehlikelisi bu mekânlarda ortaya çıkar. İnsanın bütün suçları çocuğun serseriliğinden başlar.

Yine de, Paris'i muaf tutalım. Belli ölçüler dâhilinde ve hatırlattığımız anıya rağmen bu muafiyet uygundur. Diğer büyükşehirlerde serseri bir çocuk harcanıp giden bir yetişkine dönüşürken, neredeyse her yerde kendi haline bırakılan bir çocuk onurunu ve vicdanını kemiren suçların uğursuz batağına sürüklenirken, Paris'in dıştan yıpranmış ve yozlaşmış gibi görünen yumurcağının yüreğinin tertemiz kaldığını ısrarla belirtmemiz gerekiyor. Paris'in havasında, okyanus suyundaki tuz gibi yer alan felsefi düşüncelerden kaynaklanan yozlaşmazlığın halk devrimlerimizin görkemli onurunda parıldadığını saptamak muhteşem bir şeydir.

Burada söylediklerimiz, yıkılmış bir ailenin kopan ipleriyle çevrelenmiş gibi görünen çocuklardan birine rastladığımız anda yaşadığımız yürek sıkışmasına engel olamıyor. Henüz gelişimini tamamlayamamış olan günümüz uygarlığında yıkılan ailelerin karanlığa gömülmesi, ne hale düşecekleri bilinmeyen çocukların heba olup gitmesi çok da anormal bir şey değildir. Karanlık kaderler bundan kaynaklanıyor. Bu hüzünlü durum ortaya "Paris'in kaldırımlarına düşmek" gibi bir deyiş çıkarmıştır.

Bu arada, eski monarşinin çocukların terk edilmesi konusunda hiçbir önlem almadığını belirtelim. Alt katmanlarda avareliğin, derbederliğin belli ölçülerde yer alması toplumun üst katmanlarının, güçlülerin işine geliyordu. Halk çocuklarının eğitim almasına katıksız bir nefret duyuluyordu. "Yarı aydınlar" ne işe yarardı? Parola buydu. Oysa cahil çocuğun sonu serseri olmaya varır.

Zaten monarşi arada sırada çocuklara ihtiyaç duyuyor ve sokakları yağmalıyordu.

Daha eskilere gitmeden, XIV. Louis dönemini ele alalım, kral haklı olarak bir donanma oluşturmak istiyordu. Fikir güzeldi. Ama bunu uygulamaya geçirmek için kullanılan yönteme bakalım. Rüzgârın oyuncağı olan yelkenli geminin yanında, gerektiğinde yedeğe çekilen, kâh kürekle, kâh buhar gücüyle istediği yere giden bir gemi olmazsa donanmadan söz edilemez; o zamanlar günümüzün buharlı gemilerinin işini kadırgalar görüyor, bu yüzden kadırgalar inşa etmek gerekiyordu, ama kadırga kürek mahkûmları olmadan harekete geçemeyeceği için kürek mahkûmlarına ihtiyaç vardı. Colbert[9] taşradaki yöneticilerden ve parlamenterlerden ellerinden geldiğince kürek mahkûmu yaratmalarını istiyor ve üst düzey yöneticiler ile yargıçlar bu görevi keyifle yerine getiriyorlardı. Ayin alayı geçerken şapkasını çıkarmayan biri Protestanlık suçlamasıyla kürek mahkûmiyeti cezasına çarptırılıyordu. Sokakta on beş yaşında, yatacak yeri olmayan bir çocuğa rastlandığında hemen küreğe gönderiliyordu. Ulu hükümranlık, büyük yüzyıl.

XV. Louis dönemi Paris'inde polisler bilinmeyen gizemli bir görev için çocukları topluyorlardı. Kralın kızıl renkli banyoları hakkındaki dehşet verici tahminler korkuyla fısıldanıyordu. Barbier bu olayları naif bir dille anlatır. Bazen çocuk ihtiyacı karşılanamadığında polis, babası olan çocukları da topluyordu. Umutlarını kaybeden babalar polislerin üzerine saldırıyor, meclis bu duruma müdahale edip idam cezasına karar veriyordu, kim için? Polisler için mi? Hayır, babalar için.

---

9 Jean-Baptiste Colbert, XIV. Louis'nin maliye bakanı. (ç.n.)

VII

Paris'in Haylazı Hindistan Kast Sisteminde Kendine Bir Yer Bulabilirdi

Paris'in âdeta bir kast oluşturan haylazlar takımına her isteyenin dâhil olamayacağı söylenebilirdi.

Edebî dile ilk kez 1834'te yayımlanan *Claude Gueux* adlı kitapçıkla giren halk dilindeki bu *haylaz* sözcüğü skandal yaratsa da kabul görmüştü.

Haylazların birbirlerine karşı saygınlıklarını belirleyen unsurlar çok çeşitlidir. Notre-Dame'ın kulelerinden düşen bir adamı gördüğü için büyük saygı ve hayranlık duyulan bir haylazla tanışıp konuştuk; bir diğeri Invalides Katedrali'nin kubbesinin heykellerinin geçici olarak bırakıldıkları arka avluya sızmayı başarıp kurşun "aşırdığı" için, bir üçüncüsü bir yolcu arabasının devrildiğini gördüğü için, yine bir diğeri az kalsın bir burjuvanın gözünü çıkaracak olan bir askeri "tanıdığı" için saygı görüyordu.

Bu durum Parisli haylaz yumurcağın, gizli bir anlam barındırdığı için sıradan insanların anlamadan gülüp geçtikleri şu yakınmasına neden oluyordu:

— *Tanrı'nın Tanrı'sı! Ne kadar bahtsızım! Hâlâ birinin beşinci kattan aşağı düştüğünü göremedim!*

Hiç kuşkusuz bu köylü fıkrası da güzeldir:

— Falanca baba, karınız hastalıktan öldü; neden doktor çağırmadınız?

— Ne yapabilirdim ki mösyö, bizler yoksul insanlarız, *kendi kendimize ölürüz.*

Köylünün edilgenliğini gösteren bu fıkranın yanı sıra kenar mahalle yumurcağının özgür düşünceli anarşizminin de bir fıkrası vardır. Arabaya bindirilip giyotin sehpasına götürülen bir mahkûmun günah çıkaran rahibi dinlediğini gören Paris çocuğu haykırır:

— *Ah! Ödlek! Rahibiyle konuşuyor!*

Dinî konulardaki gözüpeklik haylaz yumurcağı yüceltir. Yücelik önemlidir.

İdam cezalarının infazına katılmak bir ödevdir. Birbirlerine gösterirken gülüştükleri giyotininin çeşitli lakapları vardır: Çorbanın sonu, Homurdanıcı, Mavili (gökteki) Anne, Son lokma vs., vs. İdamı tüm ayrıntılarıyla izleyebilmek için duvarlara, balkonlara, ağaçlara tırmanır, parmaklıklara asılır, bacalara sarılırlar. Haylaz hem denizci hem de çatı ustası olarak doğar. Çatıdan da, yelken direğinden de pek korkmaz. Onun için Grève Meydanı'ndakinden daha görkemli bir şölen yoktur. Sanson[10] ve günah çıkarıcı rahip ünlü kişilerdir. Cesaretlendirmek için yuhalanan mahkûma bazen hayran kalınır. Dautun'un korkunç piskoposunun ölümü yüreklice karşıladığına tanık olan haylaz Lacenaire gelecek vaat eden şu sözleri söylemiştir: *Onu kıskandım.* Sokak çocukları Voltaire'i olmasa da Papavoine'ı[11] iyi tanırlar. Aynı öyküde "politikacılarla" katillerin adlarını birlikte anarlar. Herkesin son giysisini hatırlarında tutmak gibi bir gelenekleri vardır. Tolleron'un bir arabacı başlığı, Avril'in samur bir kasket, Louvet'nin yuvarlak bir şapka taktıklarını, ihtiyar Delaporte'un kel olduğunu ve şapka takmadığını, Castaing'in çok güzel ve teninin pembe olduğunu, Bories'nin romantik bir keçisakalı bıraktığını, Jean-Martin'in pantolon askısını hiç çıkarmadığını, Lecouffe ve annesinin sürekli tartıştıklarını bilirler. *Halinizden utanmayın,* diye bağırdı onlara bir yumurcak. Kalabalığın arasında boyu yetmediği için Debacker'in geçişini göremeyen bir diğeri rıhtımdaki bir feneri gözüne kestirip tırmanmaya çalışır. Orada nöbet tutan bir jandarma kaşlarını çatar. "Sayın jandarma, izin verin çıkayım," der yumurcak. Ve otoriteyi yumuşatmak için ekler: "Aşağı düşmeyeceğim."

---

10 XVI. Louis, Danton ve Robespierre'in infazlarını gerçekleştiren cellat. (ç.n.)

11 Louis-Auguste-Papavoine (1783-1825), ünlü Fransız çocuk katili. (ç.n.)

— Aşağı düşmen umurumda değil, diye yanıtlar jandarma.

Sokak çocukları arasında unutulmayacak bir kaza atlatmak büyük bir itibar sağlar. Bir yumurcak saygınlığının zirvesine, bir yerindeki derin, "kemiğine" kadar bir kesiğe sahip olduğunda ulaşır.

Yumruk da saygı görmek için hiç de yabana atılmayacak bir araçtır. Bir haylazın söylemekten en çok keyif aldığı sözlerden bazıları şunlardır: *Görüyorsun ya çok güçlüyüm, solak olmak çok imrenilen bir şeydir, şaşılık itibar kaynağıdır.*

VIII

Son Kralın Sevimli Bir Sözü

Yaz geldiğinde kurbağaya dönüşür; akşam hava kararırken Austerlitz ve Iéna köprülerinin önünden, kömür taşıyan salların, çamaşırcı kadınların kayıklarının üzerinden görgü kurallarına ve polise aldırmadan Seine'e balıklama dalar. Yine de, polislerin devriye gezip her yanı kolaçan etmesi bir keresinde oldukça dramatik bir olaya ve unutulmaz, kardeşçe bir çığlığa neden olmuştur. 1830 yıllarına doğru oldukça ünlü olan bu çığlık, bir yumurcağın bir diğerine yaptığı stratejik uyarıydı; Homeros'un bir dizesindeki gibi hecelerin üstüne basa basa söylenir, Eski Atina'nın Elusis şenliklerindeki tekdüze şarkılar kadar tarif edilemez işaret sistemine sahipti ve insan kendini Dionysos şenliklerinde gibi hissediyordu. Uyarı şöyledi: *Hey dalgacı, hey! Tufaya gelme, aynasızlar damlıyor, akrep var, pılını pırtını topla, kanalizasyondan tüy!*

Bazen bu küçük sinek –kendisini böyle nitelendirir– okumayı bilir, bazen de yazmayı bilir, ama her zaman için bir şeyler karalamasını bilir. Hangi ortaklaşa gizemli eğitimle öğrenildiği bilinmeyen, kamuya yararlı olabilecek tüm yeteneklerini sergiler: 1815'ten 1830'a kadar, hindi sesini taklit ediyordu; 1830'dan 1848'e kadar duvarlara armut resmi çiziyordu. Bir yaz akşamı Paris'e yaya olarak dönen Louis-Philippe küçücük bir yumurcağın ayaklarının ucunda dikilmiş, ter içinde kalmış bir halde Neuilly Kapısı'nın üzerine kömürle devasa bir armut resmi çizmeye çalıştığını gördü; kral, IV. Henri'den miras kalan bir babacanlıkla ona yardım edip resmi tamamladı ve: *Armut bunun üstünde de var,* diyerek ona bir Louis altını verdi. Haylaz yumurcak gürültüyü sever. Belli dozda şiddet hoşuna gider. "Rahiplerden" tiksinir. Bir gün, Université Caddesi'nde, bu afacanlardan biri 69 numaralı evin araba kapısına nanik yapıyordu. Oradan geçen birinin bunu neden yaptığını sorması üzerine çocuğun yanıtı şu olmuştu: *Orada bir rahip var.* Gerçekten de orada Papa'nın elçisi yaşıyordu. Yine de yumurcak ne kadar Voltaireci olursa olsun, kilise korosuna katılma fırsatı bulursa bunu kabul etmesi mümkündür ve ayinlerde kibarca görev alır. Hep arzu etse de Tantalos işkencesine maruz kalırcasına asla başaramadığı iki şey vardır: Yönetimi devirmek ve pantolonun söküklerini diktirmek.

Bilge bir yumurcak Paris'in tüm polislerini iyi tanır ve onlardan biriyle karşılaştığında görür görmez ismini yapıştırır. Sayılarını aklında tutar, alışkanlıklarını inceler ve her biri hakkında özel notlar tutar. Polislerin ruhunu açık bir kitap gibi okur. Size hiç teklemeden hemen gerekli bilgiyi verir: *Şu haindir, şu çok acımasızdır, şu uzundur, şu komiktir.* (Bu hain, acımasız, uzun, komik sözcüklerinin onun dilinde özel bir anlamı vardır.) "Şu kendini Pont-Neuf'ün sahibi sanır ve *milletin* korkulukların dışında yürümesine izin vermez; şunun *insanların* kulaklarını çekmek gibi bir takıntısı vardı, vs."

IX

Eski Galya Ruhu

Poquelin'deki çocukta ondan, bu hal çocuğundan, bir şeyler vardır, Beaumarchais'de de. Haylazlık Galya ruhunun özelliklerinden biridir ve sağduyuyla karıştığında haylazlık yumurcağa tıpkı alkolün şaraba kattığı gücü verir. Haylazlık bazen de kötü bir alışkanlıktır. Homeros dönüp dolaşıp aynı şeyleri söyler, kabul; Voltaire'in haylazlık yaptığı söylenebilir. Camille Desmoulins bir kenar mahalle çocuğuydu. Mucizelere karşı hoyratça davranan Championnet[12] Paris kaldırımlarından çıkmıştı; küçük yaşta Saint-Jean de Beauvais ve Saint-Etienne du Mont kiliselerinin *revaklarına işemiş*; Saint-Janvier'nin küçük mucizevi şişesine buyruk vermek için, Saint-Geneviève'in kutsal emanetlerinin saklandığı sandık karşısında laubali davranmıştı.

Paris'in sokak çocuğu saygılı, alaycı ve küstahtır. Yetersiz beslendiği ve midesi açlıktan hep zil çaldığı için dişleri çirkindir ve zeki olduğundan gözleri güzeldir. Yahova olsaydı, Cennet'in basamaklarını sıçrayarak tırmanırdı. Boksta çok beceriklidir. Her türlü gelişime açıktır. Çamurların içinde oyun oynar, ayaklanmalarda ayağa dikilir, küstahlığı mermilere karşı da direnir, haylazken kahraman olur, tıpkı küçük Thebaili gibi aslan postuna bürünür; Parisli bir yumurcak olan davulcu Bara[13] İncil'deki atın "Vah!" demesi gibi "İleri!" diye bağırır ve bir dakika içinde yumurcak deve dönüşür.

---

12 General Championnet (1762-1800), Fransız Devrim'i sırasında Napoli'yi işgal eden Championnet, Napoli halkının ayaklanmasını engellemek ve dikkatleri başka yöne çekmek için rahiplere Saint-Janvier'nin mucizesini gerçekleştirmelerini emreder. Mucizeye göre Saint-Janvier'nin küçük bir şişede saklanan kurumuş kanı yılda üç kere sıvı hale geçer. (ç.n.)

13 Joseph Bara (1779-1793), Fransız Devrimi'nin efsanevi kişiliği. Vendée Savaşı'nda kahramanca ölür. (ç.n.)

Çamur deryasının bu yumurcağı aynı zamanda örnek bir çocuktur. Molière'den Bara'ya uzanan bu zenginliği zihninizde canlandırın.

Netice itibarıyla her şeyi bir cümlede özetlemek gerekirse, yumurcak bahtsız olduğu için kendine eğlenceler bulan bir yaratıktır.

X

Ecce Paris, Ecce Homo[14]

Yine tek bir cümleyle özetlersek, günümüz Paris yumurcakları, tıpkı eski Roma'nın kötü Yunanlısı gibi, alnında eski dünyanın kırışıklarını taşıyan bir çocuk topluluğudur.

Yumurcak, bir ulus için hem bir lütuf, hem bir hastalık, iyileştirilmesi gereken bir hastalıktır; Nasıl? Işıkla.

Işık iyileştirir.

Işık aydınlatır.

Toplumun cömert aydınlığı bilimden, edebiyattan, sanattan, eğitimden yayılır. "İnsanlar yaratın, insanlar yaratın." Sizi ısıtmaları için onları aydınlatın. Evrensel bilginin görkemli sorusu mutlak gerçeğin karşı konulmaz yetkesiyle er geç sorulacak ve o zaman yönetimlerini Fransız düşüncesinin gözetimi altında sürdürenler şu seçimi yapmak zorunda kalacaklar: Fransa'nın çocukları ya da Paris'in yumurcakları, ışığın içindeki alevler ya da karanlıkların saman alevleri.

Yumurcak Paris'i, Paris dünyayı izah eder.

Çünkü Paris bir bütündür. Paris insanlığın doruk noktasıdır. Bu olağanüstü şehir ölmüş ve yaşayan tüm geleneklerin özetidir. Paris'i gören tüm tarihin arka yüzünü gök ile takımyıldızlar arasından gördüğünü sanır. Paris'in bir Capitole'ü, Hôtel de Ville'i, bir Parthénon'u, Notre-Dame'ı, bir Aven-

14 İşte Paris, işte insan. (ç.n.)

tin Tepesi, Saint-Antoine kenar mahallesi, bir Asinarium'u, Sorbonne'u, bir Panthéon'u, Panthéon'u, Kutsal Yolu, Italiens Bulvarı, bir Vents Kulesi, düşüncesi vardır ve Roma'nın infaz edilenleri teşhir ettiği basamakların yerini gülünçlük almıştır. Manolosuna "fiyaka düşkünü" denir, nehrin karşı yakasında yaşayanın adı kenar mahalle sakini, hamalın adı küfeci, Napolili aylak sınıfının adı hırsız sınıfı, Londralının adı ise gülünç züppedir.

Başka yerlerde var olan her şey Paris'te mevcuttur. Dumarsais'nin balıkçı kadını Euripides'in ot satan kadınına cevap verebilir, gladyatör Veinaus ip cambazı Forioso'da yeniden doğar, Therapontigonus humbaracı Vadeboncoeur ile kol kola gezer, antikacı Damasippe eskiciler arasında kendini mutlu hisseder, Vincennes tıpkı Diderot'yu hapse atacak olan Agora gibi Sokrates'i enseler, Grimod de la Reynière tıpkı Curtillus'un hazırladığı kirpi ızgarası gibi içyağında sığır rostosu hazırlar, Étoile Zafer Takı'nın tepesinde Plautus'un trapezinin yeniden belirdiğini görürüz, Apuleius'un[15] Poecile revağında karşılaştığı mızrak yiyen şarlatan Pont-Neuf'ün kılıç yutucusudur, Rameau'nun Yeğeni[16] ile asalak Curculion birlikte gezerler, Ergasile[17] kendini Cambacérès'ye d'Aigrefeuille[18] tarafından takdim ettirir, Roma'nın dört züppe delikanlısı Alcesimarchus, Phoedromus, Diabolus ve Argyrippe, Courtille'de Labatut posta arabasından iner; Aulus-Gellius, Congrio'nun[19] önünde, Charles Nodier'nin bir soytarının önünde durduğundan daha uzun süre durmaz; Marton bir dişi kaplan değildir, ama Pardalisca da ejderha değildir; şaka-

15 Madauruslu Apuleius'un *Başkalaşımlar ya da Altın Eşek* kitabında yer alan karakter. (ç.n.)

16 Denis Diderot'nun bir eseri. (ç.n.)

17 Plautus'un *Captivi* adlı eserinde kendini yemeğe davet ettirmeye çalışan asalak tipleme. (ç.n.)

18 Aigrefeuille Fulcuran-Jean-Joseph, Gastronom, bir dönem Cambacéres'in aşçıbaşılığını üstlenmiştir. (ç.n.)

19 Plautus'un *Tencere* adlı oyunundaki aşçı, Romalı derleyici Aulus Gellius *Attika Geceleri* adlı eserinde Congrio'ya sadece bir mısrada yer verir. (ç.n.)

cı Pantolabus, Café Anglais'de şehvet düşkünü Nomentanus ile dalga geçer, Hermogenes Champs-Elysées'de tenor sesiyle şarkı söylerken, Bobeche'in[20] kılığına girmiş Thrasius onun etrafında para dilenir; Tuileries'de paltonuzun düğmesine yapışan bir bahtsız size Thesprion'un iki bin yıl önceki sözlerini tekrarlatır: *Quis properantem me prehendit pallio?*[21] Surêne şarabı Albe şarabını taklit eder, Désaugiers'nin ağzına kadar dolu şarap kadehi Balatro'nun[22] büyük kupasından aşağı kalmaz, Père-Lachaise yağmurlu gecelerde Esquilies'deki solgun ışıkları yayar ve yoksulun beş yıllığına satın aldığı mezar kölenin kiralık tabutunun yerini tutar.

Paris'in sahip olmadığı bir şey bulun. Trophonius'un fıçısındaki her şey Mesner'in kovasında vardır; Ergaphilas, Cagliostro'da yeniden canlanır; Brahman rahibi Vâsaphanta Saint-Germain kontunda cisimleşir; Saint-Médard Mezarlığı Şam'daki Emeviye Camisi gibi mucizeler yaratır.

Ezop'u Mayeux[23], Canidie'si Matmazel Lenormand olan Paris de Delfi gibi hayalin şimşekler çakan gerçeklerinden korkar, tıpkı kâhin Dodona'nın sacayaklarını döndürmesi gibi ruh çağırır; Roma'nın kibar fahişeleri gibi, hafifmeşrep kızları tahta çıkarır ve netice itibarıyla XV. Louis, Claudius'tan daha kötüyse, Madam Dubarry[24] Messalina'dan[25] daha iyidir. Paris garip bir tiplemede yaşanmış ve hâlâ tanık olduğumuz Yunan çıplaklığını, İbrani çilelerini ve Gaskonya şakalarını bir araya getirir. Diyojen, Eyüp ve Palyaço'yu birbirlerine karıştırır, *Constitutionnel*'in eski sayılarıyla bir hayaleti giydirip onu Chodruc Duclos'ya dönüştürür.

---

20 Antoine Mandelot, Fransız komedyen. (ç.n.)
21 Yürürken paltoma yapışıp beni durduran da kim? (ç.n.)
22 Horatius'un satirlerindeki Romalı sefih. (ç.n.)
23 Karikatürist Travies'in Ezop gibi kambur olan ve Louis-Philippe dönemi burjuvazisinin gülünçlüklerini simgeleyen tiplemesi. (ç.n.)
24 XV. Louis'nin son metresi. (ç.n.)
25 Roma İmparatoru Claudius'un üçüncü karısı. (ç.n.)

Plutharkos *Tiranlık dönemi uzun sürmez* dese de, Roma halkı Sulla'ya ve Domitianus'a boyun eğiyor, ayaklanmaya yeltenmiyordu. Tiber Nehri Varus Vibiscus'un biraz felsefi olan şu övgüsüne bakılırsa Lethe'ydi:[26] *Contra Gracchos Tiberim habemus. Bibere Tiberim, id est seditionem oblivisci.*[27] Paris günde bir milyon litre su içse de, bu durum onun ikaz çanlarını çalmasına ve ayaklanmasına engel olmuyordu.

Yine de Paris uysal bir çocuktur. Her şeyi kendine yaraşırcasına kabul eder; Venüs konusunda zorluk çıkarmaz; onun Afrodit'i Hotantoludur; gülmesi koşuluyla her şeyi affeder; çirkinlik karşısında neşelenir, şekilsizlik onu keyiflendirir, günah onu düşüncelere daldırır; gülünç olun ve böylece yaratıcılığınızı gösterebilirsiniz; ikiyüzlülük, o ulvi hayâsızlık karşısında bile isyan etmez; Basile'in[28] karşısında bile burnunu tıkamayacak kadar aydındır ve Horatius'un Priapos'un "hıçkırığından" ürkmediği gibi Tartuffe'ün duasından da incinmez. Evrenselliğin tüm çizgileri Paris'in yüzündedir. Mabille'in balosunda Gianicolo'nun ağır danslarına yer olmasa da, balodaki bohçacı kadının tıpkı arabulucu Staphyla'nın bakire Planesium'u gözlemesi gibi yosmaya arzu dolu bakışlar yöneltir. Combat Kapısı, Kolezyum'a benzemese de, orada insanlar Sezar ile karşı karşıyaymış gibi acımasızdırlar. Suriyeli hancı kadın, Saguet Ana'dan daha naziktir, Vergilius Roma meyhanelerinde gezinse de, David d'Angers, Balzac ve Charlet, Paris'in barlarındaki masalarının başındadırlar. Paris hükmeder. Dehalar alev saçar, soytarılar orada refah içinde yaşarlar. Adonai'nin gök gürültüleri ve şimşeklerden oluşan on iki tekerlekli arabası

26 Yunan mitolojisine göre yer altında akan ve suyunu içenlerin geçmişlerini unuttukları nehir. (ç.n.)

27 Gracchus'lara karşı Tiber'imiz var. Tiber'in suyunu içenler ayaklanmayı unutur. Antik Roma'da Gracchus kardeşler olarak anılan Tiberius ve Gaius Plebler lehine toplumsal reformlar yapmaya kalkıştıkları için öldürülmüşlerdi. (ç.n.)

28 Johanne Thölde (1565-1624), kükürt, cıva vs. elementlerle bileşimler oluşturmuş simyacı. (ç.n.)

oradan geçer; Silenos eşeğiyle Paris'e girer. Silenos, Romponneau okunur.

Paris evrenle eşanlamlıdır. Paris Atina, Sybaris, Kudüs, Pantin'dir. Tüm uygarlıkların özeti olduğu gibi tüm barbarlıkların da özetidir. Paris bir giyotine sahip olmasa, buna çok kızardı.

Bir parça Grève Meydanı bulunması iyidir. Bu çeşni katılmasa tüm bu sonsuz şölenin ne anlamı olurdu? Bilgece gereğini yapan yasalarımız sayesinde, giyotinin bıçağı karnavalların üzerine kan damlatır.

XI

Alay Etmek, Hüküm Sürmek

Paris'in sınırı yoktur. Ondan başka hiçbir şehir buyruğu altında yaşayanları bazen gülünç duruma düşürecek kadar egemen değildir. İskender *Ey Atinalılar, sizi memnun etmek ne kadar zor!* diye haykırıyordu. Paris yasadan fazlasını yapıp modayı yaratır; modadan daha fazlasını yapıp, alışkanlığı. Paris uygun görürse ahmak gibi davranabilir; bazen kendini bu ahmaklığa kaptırdığında evren de onunla birlikte ahmaklaşır; ardından Paris uyanıp gözlerini ovuşturarak "Ne aptalım!" der ve insanlığın yüzüne bir kahkaha patlatır. Bu şehir ne muhteşemdir! İhtişamın ve maskaralığın uyum içinde olması, bu görkemin bu parodi tarafından rahatsız edilmemesi, aynı ağzın bugün kıyamet borusunu, ertesi gün kamış flütü çalması ne gariptir! Paris'in görkemli bir neşesi vardır. Onun neşesi yıldırımdan yapılmıştır ve elinde hükümdarın asasını tutar. Bazen bir yüz buruşturmasından kasırgalar doğar. Taşkınlıkları, günleri, başyapıtları, mucizeleri, destanları evrenin diğer ucuna kadar yayılır, saçma sapan tekerlemeleri de. Gülüşü tüm yeryüzüne lav saçan bir volkanın ağzıdır. Açık saçık şakaları kıvılcımlara benzer. Halklara gülünçlüklerini dayattığı kadar idealini de dayatır; insan uygarlığının en yüksek anıtları onun alaylarını kabullenip sonsuzluklarını onun hovardalıklarına adarlar. Gösterişlidir; dünyayı özgürleştiren 14 Temmuz'u vardır; 4 Ağustos gecesi bin yıllık feodaliteyi üç saat içinde ortadan kaldırmasını tüm milletlere dayatır; mantığını çoğunluğun iradesinin gücü olarak kullanır; ululuğun her kılığına bürünerek kendini geliştirir; ışığıyla Washington'ı, Kosciusko'yu, Bolivar'ı, Botzaris'i, Riego'yu, Bem'i, Manin'i, Lopez'i, John Brown'ı, Garibaldi'yi aydınlatır; 1779'da Boston'da, 1820'de Léon Adası'nda, 1848'de Pseth'de, 1860'da Palermo'da olduğu gibi, o geleceğin aydınlandığı her yerdedir; Harper's Ferry'de mevzilenen Amerikalı kölelik karşıtlarının ve Archi'de, deniz kıyısında, Gozzi'nin hanının önünde toplanan Anconalı yurtseverlerin kulağına o güçlü *Özgürlük* parolasını fısıldar; Canaris'i, Quiroga'yı, Pisacane'ı yaratır; dünyaya yüceliğin ışığını yayar; Byron Missolonghi'de, Mazet Barselona'da onun soluğunun itelemesiyle ölmüşlerdir; Mirabeau'nun ayaklarının altında kürsü, Robespierre'in ayaklarının altında kraterdir; kitapları, tiyatrosu, sanatı, bilimi, edebiyatı, felsefesi insanlığın el kitaplarıdır; Pascal'ı, Régnier'si, Corneille'i, Descartes'ı, Jean-Jacques'ı vardır; Voltaire'i her dakika, Molière'i tüm asırlar içindir; dünyaya kendi dilini konuşturur ve bu dil Tanrı'nın sözüne dönüşür; tüm zihinlerde ilerleme düşüncesini geliştirirken, gelecek kuşaklar için özgürleştirici felsefelerin kılıcını işler; 1789'dan beri düşünürlerinin ve şairlerinin ruhuyla tüm halkların kahramanlarını yaratır; yine de tüm bunlar haylazlık etmesine engel değildir ve Paris olarak adlandırılan bu muazzam deha ışığıyla tüm dünyayı dönüştürürken Theseus'un tapınağının duvarına kömürle Bouginier'nin burnunu çizer ve piramitlere *Hırsız Crédeville* diye yazar.

Paris her daim dişlerini gösterir, kükremediği zamanlarda ise güler.

Paris böyledir işte. Bacalarının dumanı evrenin düşünceleridir. İster taş ister çamur yığını deyin, o tinsel bir varlıktır. Büyük olmaktan daha fazlasıdır, o uçsuz bucaksızdır. Neden? Çünkü cüret eder.

Cüret etmek ilerlemenin bedelidir.

Tüm soylu fetihler az ya da çok cesaretin bedelidirler. Devrim'in gerçekleşmesi için Montesquieu'nün sezgisi, Diderot'nun öğütlemesi, Beaumarchais'nin bildirmesi, Condorcet'nin planlaması, Arouet'nin hazırlaması, Rousseau'nun öngörmesi yetmez, Danton'un cesaret etmesi gerekir.

Cesaret! çığlığı bir *fiat lux*'tür.[29] İnsanlığın ileri gitmesi için, doruklarda sürekli olarak onurlu cesaret örneklerinin yer alması gerekir. Tarihin gözünü kamaştıran gözüpeklikler insanlığın yolunu aydınlatır. Şafağın sökmesinde bile cesaret vardır. Denemek, meydan okumak, ısrar ve sebat etmek, kendine sadık kalmak, kadere göğüs germek, felaketi üzerimizde bize verdiği korkunun hafifliğiyle şaşırtmak, adaletsiz güce karşı koymak, sarhoş zafere sövmek, dik durmak, kafa tutmak; işte toplumların ihtiyaç duyduklarının örneği ve onları aydınlatan ışık. Aynı olağanüstü şimşek, Prometheus'un meşalesinden Cambronne'un piposuna dek uzanır.

XII

Halkta Gizli Olan Gelecek

Paris halkına gelince, yetişkin olsa da haylazlığını her daim muhafaza eder; bir çocuğu tasvir etmek, şehri tasvir etmektir, işte bu yüzden bu kartalı bu özgür serçenin kişiliğinde gözlemledik.

29 Lat. "Aydınlık olsun!" (ç.n.)

Parisli denen ırkın gerçek yüzü özellikle kenar mahallelerde –bunda ısrar ediyoruz– ortaya çıkar; safkan oradadır, asıl yüz oradadır, bu halk orada çalışır, orada acı çeker; çalışma ve acı insanın iki yüzüdür. Rapée'nin yük boşaltıcısından Montfaucon'un deri yüzücüsüne kadar en ilginç insan tiplerinin bir araya geldiği muazzam sayıdaki bilinmedik varlık orada yaşar. *Fex urbis,*[30] diye haykırır Cicero ve ardından öfkeli Burke ekler: *Mob*[31]; yığın, döküntü, ayaktakımı. Bu sözler aceleyle söylenmiştir. Tamam kabul. Ama ne önemi var? Çıplak ayakla yürümeleri beni ne ilgilendirir? Okuma bilmezler; olsun. Bu yüzden onları kendi hallerine mi bırakacaksınız? Onların bahtsızlığından lanetlenmişlik mi üreteceksiniz? Işık bu kitlelere sızamaz mı? Aydınlık! Çığlığına yeniden kulak verip, üzerinde ısrarla duralım! Aydınlık! Aydınlık!

Bu donuklukların saydamlaşmayacağını kim bilebilir? Devrimler dönüşüm anlamına gelmez mi? Hadi filozoflar, eğitin, aydınlatın, yüksek sesle düşünüp konuşun, güneşin parıltısına koşun, halkın toplandığı alanlara yakınlaşın, iyi haberler verin, alfabeyi öğretin, hakları ilan edin, Marseillaise'i söyleyin, coşku tohumları ekin, meşelerden yeşil dallar koparın. Düşünceyi bir burgaca çevirin. Bu kalabalık kitleler yücelebilir. Bazı zamanlarda ilkelerin ve erdemlerin çıtırdayan, kıvılcımlar saçan, titreşen bu sonsuz tutuşmasından yararlanmayı bilelim. Bu çıplak ayaklar, bu çıplak kollar, bu yırtık pırtık elbiseler, bu cehaletler, bu iğrençlikler, bu karanlıklar idealin fethedilmesinde yararlı olabilirler. Halkın arasına bakın, hakikati göreceksiniz. Ayağınızla çiğnediğiniz o bayağı kum fırına atılıp eritilir ve kaynatılırsa görkemli bir kristale dönüşecek, Galile ve Newton yıldızları onun sayesinde keşfedecekler.

---

30 Şehrin tortusu. (ç.n.)

31 Avam. (ç.n.)

XIII

Küçük Gavroche

Bu kitabın ikinci cildinde anlatılan olaylardan sekiz dokuz yıl sonra, Temple Bulvarı'nda ve Château-d'Eau yakınlarında, yüreği bomboş ve karanlıklar içinde olmasa, dudaklarındaki yaşına uygun gülümsemesiyle geçtiğimiz sayfalarda taslağını çizdiğimiz ideal yumurcak tipine tam olarak uygun düşecek on bir on iki yaşlarında bir çocuk dikkatleri çekiyordu. Bu çocuk babasına ait olmayan bir yetişkin pantolonu ve annesine ait olmayan bir kadın gömleğiyle oldukça gülünç görünüyordu. Bazıları merhamet edip ona yırtık pırtık elbiseler giydirmişti. Yine de bir babası ve annesi vardı. Ama babası onu düşünmüyor, annesi de onu sevmiyordu. Bu, annesi babası olsa da öksüz gibi yaşayan yumurcaklar arasında merhamete en çok ihtiyacı duyan çocuklardan biriydi.

Bu çocuk kendini hiçbir yerde sokaklarda hissettiği kadar iyi hissetmiyordu. Kaldırım taşları annesinin kalbinden daha yumuşaktı.

Ebeveyni bir tekmeyle onu hayatın içine atmıştı.

O da tüm saflığıyla uçup gitmişti.

Gürültücü, solgun, çevik, gözü açık, alaycıydı, hem sağlıklı hem hastalıklı bir görünüşü vardı. Gidiyor, geliyor, şarkı söylüyor, çakıl taşları arasında oynuyor, çamur deryalarında yuvarlanıyor, kediler ve serçeler gibi neşeyle ufak hırsızlıklar yapıyor, yumurcak dendiğinde gülüp hayta dendiğinde kızıyordu. Bir barınağı, ekmeği, ısınacak ateşi yoktu, sevgiden, şefkatten yoksundu; ama özgür olduğu için neşeliydi.

Bu zavallılar yetişkin olduklarında neredeyse her zaman toplumsal düzenin kendilerini öğüten değirmen taşıyla karşılaşırlar, ama çocuk oldukları sürece küçücük bir delikten kaçıp işin içinden sıyrılırlar.

Bu çocuk terk edilmiş olsa da, iki üç ayda bir "Hadi, annemi görmeye gideyim!" diyor, bunun üzerine bulvardan sirk alanına, oradan Saint-Martin Kapısı'na gidiyor, rıhtıma iniyor, köprülerden geçiyor, kenar mahallelerinin arasından Salpêtière'e ulaşıyor ve nereye geliyordu? Okuyucunun iyi tanıdığı 50-52 numaralı Gorbeau viranesine.

O dönemde, genellikle boş olan ve duvarında hep "kiralık odalar" levhası bulunan 50-52 numaralı evde nadir rastlanacak şekilde çok sayıda kişi kalıyor, Paris'in her yanında olduğu gibi bu kişiler birbirleriyle hiç ilişki kurmuyorlardı. Hepsi sıkıntıya düşen ve sefaletten sefalete yuvarlanıp toplumun en dip katmanındaki o iki varlığa, çamuru süpüren lağımcıya ve eski elbiseler toplayan paçavracıya dönüşene kadar sürüklendikleri o yoksul sınıfa mensuptular.

Jean Valjean'ın burada kaldığı dönemdeki "asıl kiracı" ölmüş, onun yerini bir benzeri almıştı. Hangi filozofun söylediğini bilemiyorum ama *yaşlı kadınlar asla eksik olmazlar.*

Madam Burgon adındaki yeni gelen bu yaşlı kadının hayatında dikkati çeken tek şey ruhunda peş peşe hüküm süren üç papağanın hanedanıydı.

Evde oturanların en yoksulu baba, anne ve epeyce yetişkin iki kızlarından oluşan ve dördü de daha önce sözünü ettiğimiz aynı virane odalardan birinde yaşayan dört kişilik bir aileydi.

İlk bakışta yoksulluğu dışında hiçbir dikkate değer özelliği bulunmayan bu ailenin babası odayı kiralarken kendini Jondrette olarak tanıtmıştı. Bu Jondrette, evin asıl kiracısının anmaya değer sözünü ödünç alırsak *hiçliğin girişini* andıran taşınmasından bir süre sonra, selefi gibi hem kapıcılık yapan, hem merdivenleri süpüren yaşlı kadına:

— Ana, biri gelip bir Polonyalıyı ya da bir İtalyan'ı, hatta bir İspanyol'u soracak olursa o benim, demişti.

Bu aile bizim neşeli baldırı çıplağın ailesiydi. Oraya gittiğinde hüzünden başka bir şey bulamıyor, daha da kötüsü hiçbir gülümsemeyle karşılaşmıyordu; ocak da yürekler gibi soğuktu. İçeri girdiğinde ona:

— Nereden geliyorsun? diye soruluyor.

O da:

— Sokaktan, yanıtını veriyordu.

Çıkarken nereye gittiği sorulduğunda:

— Sokağa, diyordu.

Bunun üzerine annesi:

— Neden buraya geliyorsun? diye çıkışıyordu.

Bu çocuk mahzenlerde yetişen solgun otlar gibi sevgiden yoksun bir şekilde yaşıyordu. Bu durumundan hiç sıkılmıyor, kimseye kızmıyor, bir baba ve annenin nasıl olması gerektiğini bilmiyordu.

Zaten annesi kız kardeşlerini seviyordu.

Bu arada, Temple Bulvarı'nda gezinen bu çocuğun adının Gavroche olduğunu söylemeyi unuttuk. Adı neden Gavroche'tu? Muhtemelen babasının adı Jondrette olduğu için.

Bağları koparmak bazı yoksul ailelerde sanki içgüdüsel olarak vardır.

Gorbeau evinde Jondrettelerin kaldığı oda koridorun ucundaydı. Bu odanın bitişiğindeki odada Mösyö Marius adlı çok yoksul bir genç kalıyordu.

Mösyö Marius'ün kim olduğunu anlatalım.

İkinci Kitap
Büyük Burjuva

I

Doksan Yaş ve Otuz İki Diş

Boucherat, Normandie ve Saintonge caddelerinin eski sakinleri kendisinden keyifle söz ettikleri M. Gillenormand adlı yaşlı bir adamın anılarını hâlâ dünmüş gibi hatırlarlar. Bu yaşlı adam onlar gençken yaşlıydı. Bu silüet, geçmiş olarak adlandırılan dalgaların o belli belirsiz çalkantılarına melankolik bakışlar yöneltenler için Temple Mahallesi'ne komşu sokakların labirentinde henüz tam anlamıyla yok olmamıştır. Tıpkı günümüzde yeni Tivoli Mahallesi'nin sokaklarına Avrupa'nın tüm başkentlerinin isimlerinin verilmesi gibi, XIV. Louis döneminde de bu sokaklara Fransa'nın taşra vilayetlerinin adları veriliyordu. Bu arada, bunun ilerlemenin gözle görünür hali olduğunu belirtelim.

1831'de, hâlâ hayatta olan M. Gillenormand uzun yaşadığı ve bir zamanlar herkese benzediği halde artık kimseye benzemediği için merak uyandıran kişilerden biri olmuştu. Gerçekten de, başka bir çağın insanı olan bu garip ihtiyar, XVIII. yüzyılın eski, kusursuz, biraz kibirli burjuvasını, tıpkı markiliğinin havasını yansıtan bir marki gibi temsil ediyordu.

Doksan yaşını geçmiş olsa da dimdik yürüyor, yüksek sesle konuşuyor, gözleri iyi görüyor, içkiyi sek içiyor, yiyor, içiyor, horluyordu. Otuz iki dişi de yerindeydi. Gözlüklerini ancak bir şey okuyacağı zaman takıyordu. Aşka eğilimli bir mizacı olsa da on yıldan beri kadınlardan kesinlikle vazgeçtiğini söylüyordu. Artık onların hoşuna gitmediğini belirtiyor, ama bunun nedenini açıklarken, "Çok yaşlıyım," değil, "Çok yoksulum," diyor ve ekliyordu: "Ah! İflas etmiş olsaydım, o zaman görecektiniz!" Gerçekten de, eski servetinden geriye yaklaşık on beş bin franklık bir gelir kalmıştı. En büyük hayalî bir mirasa konmak ve yüz bin franklık bir gelirle metresleriyle yaşamaktı. Anlaşılacağı üzere, M.Voltaire gibi hayatlarını hastalık hastalığıyla geçiren o nanemolla seksenliklerden, daha uzun dayanır dedikleri kırık testiye benzeyen ihtiyarlardan değildi, bu dinç ihtiyar sağlıklı bir yaşam sürmüştü. Gamsızdı, aceleciydi, fevriydi. Her fırsatta, özellikle de haksız olduğunda kıyameti koparırdı. Söylediğinin aksi iddia edildiğinde bastonunu kaldırır, o büyük yüzyıldaki gibi insanları döverdi.

Elli yaşını geçmiş, hiç evlenmemiş kızına sekiz yaşında bir çocukmuş gibi muamele eder, onu sık sık döver, gerektiğinde zevkle kırbaçlardı. Uşaklarına sertçe şamarlar atar, "Ah! Huysuz kadınlar!" derdi. Sövgülerinden biri: *Beyinsizlik abidesi!* idi. Garip âdetleri vardı; süsüne düşkün bir kuaför olan karısını kıskandığı için kendisinden nefret eden yarım akıllı bir berbere tıraş olurdu. M. Gillenormand onun her konudaki hassasiyetine hayranlık duyar, çok keskin görüşlü olduğunu söylerdi; işte sözlerinden birkaçı: "Gerçekten de kavrayışım öylesine güçlüdür ki bir pire beni ısırdığında onun hangi kadından bulaştığını tahmin edebilirim." En çok telaffuz ettiği sözler: *Duyarlı insan* ve *doğa* idi. Bu son sözcüğe çağımızdaki anlamını yüklemez, ateşli küçük taşlamalarında ondan: "Uygarlığın her şeyin bir parçasına sahip olmasını sağlamak için doğa ona barbarlığın hoş yanlarına kadar birçok şey veriyor," diye söz eder ve eklerdi: "Avrupa'da Asya ve

Afrika'daki numunelerden var, ancak daha küçük ebatta." Kedi salonun kaplanı, kertenkele cep timsahıdır. Opera'daki dansçı kızlar, pembe tenli vahşi kadınlardır. Erkekleri yemez, onların sırtından geçinirler. Ya da büyücülerdir! Erkekleri istiridyeye dönüştürüp yutarlar. Karayip piranaları sadece kemiklerini bırakır, onlarsa kabuklarını. İşte geleneklerimiz böyledir. Yemeyiz, kemiririz; öldürmeyiz, pençeleriz.

II

İşte Ev, İşte Sahibi

Marais'de, Filles-du-Calvaire Sokağı, 6 numarada oturuyordu. Evi satın aldı. O zamandan beri yıkılıp yeniden inşa edilen bu evin numarası muhtemelen Paris caddelerinin maruz kaldığı numaralandırma devrimleri sırasında değişmiştir. Birinci kat, caddeyle bahçeler arasında kalan, tavanlarına kadar Gobelin ve Beauvais'nin çoban resimleri işlenmiş halılarıyla kaplı geniş ve eski bir daireydi. Tavanlar ve duvarlardaki motiflerin minyatürleri koltukların üzerinde de yer alıyordu. Yatağının etrafını Coromandel lakasıyla dokuz kat cilalanmış bir paravan çevreliyordu. Pencerelerden sarkan geniş, uzun perdeler muhteşem kıvrımlar oluşturuyorlardı. Pencerelerin hemen altındaki bahçeye köşedeki pencerenin hemen yanında yer alan ve ihtiyar adamın hiç zorlanmadan inip çıktığı on iki on beş basamaklık bir merdiven açılıyordu. Odasının bitişiğinde kütüphaneden başka, duvarları XIV. Louis döneminde M. de Vivonne'un kendi forsalarına yaptırdığı, zambak ve çiçekler işlenmiş hasırla kaplı küçük bir odası vardı. Çok özen gösterdiği bu odadaki hasır kaplama kendisine yüz yaşında ölen ceberut bir büyük teyzeden miras kalmıştı. İki kere evlenmişti. Davranışları hiçbir zaman olmadığı bir saray adamının ve istese olabileceği bir hukukçunun davranışları arasında bir yerdeydi. İstediğinde neşeli ve gönül alıcıydı. Gençliğinde, somurtkan bir koca olduğu için karıları tarafından aldatılan, çekici bir sevgili olduğu için metresleri tarafından asla aldatılmayan adamlardan biriydi. Resimle ilgilenirdi. Odasında Jordaens'in iri fırça darbeleriyle dağınık ve tesadüfi biçimde serpiştirilmiş milyonlarca ayrıntıyı barındıran, kime ait olduğu bilinmeyen bir portresi vardı. M. Gillenormand'ın giyim tarzı XV., hatta XVI. Louis dönemini değil, Direktuvar döneminin genç züppelerinin giyim tarzını yansıtıyordu. O döneme kadar kendini çok genç sanıp modayı yakından izlemişti. Hafif kumaştan ceketi geniş devrik yakalı, kuyruklu ve çelik düğmeliydi. Kısa bir pantolon ve tokalı ayakkabılar giyerdi. Elleri her zaman yeleğinin ceplerindeydi. Büyük bir inançla şunları söylerdi: *Fransız Devrimi bir yığın serserinin işidir.*

III

Luc-Esprit[32]

On altı yaşındayken, bir akşam operada o dönemin Voltaire tarafından övülmüş, olgun ve ünlü iki güzeli olan Camargo ve Sallé'nin dürbünlerinin hedefinde yer alma onuruna erişmişti. İki ateş arasında kalınca, kahramanca geri çekilmiş, kendisi gibi on altı yaşında ve kedi gibi gizemli olan Nahenry adlı küçük bir dansçı kıza yönelmiş, ona âşık olmuştu. Birçok anısı vardı. "O Guimard-Guimardini-Guimardinette, Longchamps'da son kez gördüğümde tüylü şapkası, turkuvaz süslemeleri, sonradan görmelerin sevdiği

32 Fransızcada aydınlanma anlamına gelen "Luc" ismi ve ruh anlamına gelen "ésprit" sözcüğü birleşerek, "aydınlanma ruhu" ifadesini meydana getirir. Ayrıca bu isim, İncil'in dört yazarından biri olan Luc'ün (Luka) ve ünlü Fransız ahlak kuramcısı Jacques Esprit'nin (1611-1678) isimlerinin bir bileşimidir. (ç.n.)

renkteki elbisesi, yürekleri hoplatan manşonu ile ne güzel görünüyordu!" diye haykırırdı. Yeniyetmeyken keyifle ve coşkuyla söz ettiği bir Nain-Londrin ceketi giymişti.

— Tıpkı Yakındoğulu bir Türk gibi giyinmiştim, derdi.

Yirmi yaşındayken onunla tesadüfen karşılaşan Madam Boufflers onu "çekici bir çılgın" olarak nitelendirmişti. Sıradan burjuvalar gözüyle baktığı politikacıların ve iktidardakilerin isimlerini duyduğunda öfkeleniyordu. *Haber kâğıtları, çenesi düşükler* olarak adlandırdığı gazeteleri kahkahalarını bastırarak okuyordu. "Ah!" diyordu, "Bu adamlar da kimin nesi! Corbière! Humann! Casimir Perier! Bir de bakan olmuşlar. Şöyle yazan bir gazete düşünüyorum da, Bakan M. Gillenormand! Ne büyük komedi olurdu! Aman sen de! Bu ahmaklar bakan olduğuna göre benim ismim de onların arasında yer alabilirdi!" Her şeyi neşeyle uygun ya da uygunsuz bir isimle anar, kadınların yanında lafını hiç sakınmazdı. Kaba, açık saçık, sıradan hikâyeleri tasvir edilemez bir sükûnet ve hafif bir şaşkınlıkla anlatması onu çekici kılardı. Bu tavırları yaşadığı dönemin teklifsizliğini yansıtıyordu. O dönemde şiirde dolaylamaların, nesirde açık saçık sözlerin ağırlıklarını hissettirmesi ilgi çekicidir. Onun ileride bir dâhi olacağını öngören vaftiz babası ona şu iki anlamlı ismi takmıştı: Luc-Esprit.

IV

Yüz Yaşına Talip

Çocukluğunda, doğduğu Moulins kentinin kolejinde takdirler almış, Nevers dükü olarak andığı Nivernais dükü tarafından bizzat ödüllendirilmişti. Ne konvansiyon, ne XVI. Louis'nin ölümü, ne Napoléon, ne de Bourbon Hanedanı'nın geri dönüşü ona bu anıyı unutturamamıştı.

Nevers dükü onun gözünde yüzyılın en önemli şahsiyetiydi. “Ne muhteşem bir senyördü ve mavi şeridiyle ne kadar soylu görünüyordu!” derdi. M. Gillenormand’a göre, II. Yekatarina Polonya’nın paylaşılması suçunu Bestujev’in altın iksirinin sırrını üç bin rubleye satın alarak telafi etmişti. Bu konuyu düşündüğünde canlanıp haykırıyordu:

— Altın iksir, Bestujev’in sarı boyası, General Lamotte’un damlaları, bunun XVIII. yüzyılda küçücük şişesi bir Louis altınına satılırdı, aşk felaketlerine karşı en iyi ilaçtı bu, Venüs’ün panzehiriydi. XV. Louis Papa’ya iki yüz şişe göndermişti. Altın iksirin demir perklorattan başka bir şey olmadığı söylendiğinde öfkelenir, zıvanadan çıkardı. Bourbon Hanedanı’na hayranlık duyan M. Gillenormand 1789’dan nefret ederdi. Terör döneminde paçayı nasıl kurtardığını, kafasının kesilmesini engellemek için nasıl neşeli görünüp zeki davrandığını sürekli anlatırdı. Bir genç onun yanında cumhuriyeti övdüğünde morarır, bayılacak ölçüde sinirlenirdi. Bazen yaşını ima ederek: *Umarım doksan üçü ikinci kere görmem,* der, bazen yüz yaşına kadar yaşamayı umduğunu söylerdi.

V

Basque ve Nicolette

Kendine özgü düşünceleri vardı. İşte onlardan birisi: “Kadınları tutkuyla seven ve hiç umursamadığı, çirkin, huysuz, yasal haklarla donanmış, kanunların tepesine tünemiş ve gerektiğinde kıskanç bir karısı olan bir erkeğin işin içinden sıyrılması ve huzur bulması için yapacağı tek şey kesesinin iplerini karısına bırakmaktır. Bu feragat onu özgürleştirir. O zaman kadın işlerle meşgul olur, parayı yönetme tutkusuna kapılır, yarıcıları, çiftçileri yetiştirmeye girişir, avukatları toplantıya çağırır, noterlere ve noter kâtiplerine söylevler verir, adliyeye gider, davaları takip eder, kira kontratlarını yazar, kendini her şeye hâkim hisseder, satar, alır, düzenler, her şeyi denetler, söz verir, riske girer, sözleşme yapar, sözleşme imzalar ya da fesheder, ayrıcalık tanır, tanıdığı ayrıcalıktan vazgeçer, düzenler, bozar, para biriktirir, müsriflik yapar, ahmaklık yapar, bu şahsi ve görkemli mutluluk onu avutur. Kocası ondan tiksinirken, o kocasını batırmanın keyfini çıkarır." M. Gillenormand'ın pratiğe geçirdiği bu teori onun sonunu hazırlamıştı. İkinci karısı servetini, M. Gillenormand'ın günün birinde dul kaldığında kıt kanaat geçinmesini, yaşamı boyunca dörtte üçü kendisiyle birlikte tükenip gidecek olan on beş bin franklık bir gelire sahip olmasını sağlayacak şekilde yönetmişti. Birine miras bırakmak gibi bir derdi olmadığı için o da buna pek aldırmamıştı. Zaten mirasların sorunlara yol açtığına, *milli emlaka* kaldıklarına, paranın değerinin üçte birine düştüğüne tanık olduğundan defterikebire güvenmiyordu.

— Bunların hepsi Quincampoix macerası![33] derdi.

Daha önce de söylediğimiz gibi, Filles-du-Calvaire Sokağı'ndaki evi kendisine aitti. "Biri erkek, biri dişi" olmak üzere iki hizmetçisi vardı. M. Gillenormand yeni bir hizmetçi tuttuğunda onun adını değiştirirdi. Erkeklere Nîmois, Comtois, Poitevin, Picard gibi geldikleri taşranın ismini verirdi. Elli beş yaşında, dermansız, tıknefes, iriyarı bir adam olan ve yirmi adım yürümekte zorlanan son uşağına Bayonne'da doğduğu için Basque adını takmıştı. Kadın hizmetçilere gelince, hepsine (daha ileride söz edeceğimiz Magnon da dâhil olmak üzere) Nicolette diye hitap ederdi. Bir gün soylu kapıcılar takımından kibirli bir aşçı kadın evine gelmişti.

— Benden ne kadar maaş istiyorsunuz? diye sordu M. Gillenormand.

---

33 John Law, Banque Générale'i 1716'da bu caddede kurmuş, daha sonra Banque Royale'e dönüşen bu banka müşterilerinin yatırdıkları paraları ödeyemeyecek duruma düşmüştü. (ç.n.)

— Otuz frank.
— İsminiz nedir?
— Olympie.
— Elli frank alacaksın ve ismin Nicolette olacak.

VI

Magnon ile İki Çocuğu Hayal Meyal Beliriyor

M. Gillenormand'ın evinde keder öfke şeklinde tezahür ediyor, ümitsizliğe düşmek yaşlı adamı kızdırıyordu. Oldukça önyargılı ve patavatsızdı. Dış görünüşünün özgünlüğünü ve iç huzurunu oluşturan şeylerden biri daha önce de belirttiğimiz gibi yaşına göre dinç kalması ve bu niteliğini tüm benliğiyle benimsemesiydi. Bu durumu "krallara yaraşır bir şöhrete sahip olmak" olarak adlandırıyordu. Krallara yaraşır bu şöhret bazen beklenmedik tesadüflerle karşılaşmasına neden oluyordu. Günün birinde kendisine bir balık sepetinin içinde kundak bezine iyice sarmalanmış, cıyaklayan tombul bir bebek getirdiler. Altı ay önce kovduğu bir hizmetçi kadın bebeğin babasının kendisi olduğunu söylüyordu. M. Gillenormand o sırada seksen dört yaşındaydı. Çevresindekiler öfkelenip söylenmeye başladılar. Bu küstah şıllık bunu kime yutturacağını sanıyordu? Bu ne cüretkârlık, ne iğrenç bir iftiraydı! Hiç öfkelenmeyen M. Gillenormand iftirayla övünen yaşlı bir adamın sevimli gülümsemesiyle bebeğe bakarak etrafındakilere: "Ne olmuş? Ne var ki? Çok mu garip? Hepiniz cahil insanlar gibi apışıp kaldınız. Majesteleri IX. Charles'ın gayrimeşru çocuğu Angoulême dükü seksen beş yaşındayken on beş yaşında zevzek bir kızla evlenmişti; başpiskopos ve Sourdis kardinalinin kardeşi olan Alluye markisi Mösyö Virginal'in seksen üç yaşındayken Başkan Jacquin'in hanımının oda hizmetçisinden bir oğlu oldu, gerçek bir aşk çocuğuydu, daha sonra Malta şövalyesi ve Danıştay üyesi oldu; bu yüzyılın en önemli şahsiyetlerinden biri olan Başrahip Tabaraud doğduğunda babası seksen yedi yaşındaydı. Bunlar çok doğal olaylar. Ya İncil'e ne demeli! Yine de, bu küçük mösyönün benden olmadığını belirtmeliyim. Ona özenle bakılsın. Bu halde olması kendi suçu değil," demişti. Çok kalenderce bir tavırdı. Magnon adlı yaratık bir yıl sonra ona ikinci bir çocuk daha gönderdi. Yine bir erkek çocuğuydu. Bu kez M. Gillenormand uzlaşmaya karar verdi. İki yumurcağı annelerine gönderip aynı şeyi bir daha tekrarlamaması koşuluyla ona çocukların bakımı için ayda seksen frank göndereceğine söz verdi. Ardından ekledi: "Umarım anneleri onlara iyi bakar. Ara sıra onları görmeye geleceğim." Bunu da yaptı. Poitiers Akademisi'nde otuz üç yıl rektörlük yapmış ve yetmiş dokuz yaşında ölmüş rahip bir kardeşi vardı. *Onu genç yaşta kaybettim*, derdi. Geriye pek az anı bırakan bu kardeş gamsız bir pintiydi ve rahip olduğu için yoksullara sadaka vermesi gerektiğini düşünür ama onlara hep tedavülden kalkmış bozuk paraları verir, böylece cennetin yolundan cehenneme gitme imkânına kavuşurdu. Ağabey M. Gillenormand'a gelince, sadakayı esirgemez, seve seve ve soylu bir tarzla dağıtırdı. İyi niyetli, çabuk karar veren, merhametli bir adamdı ve zengin olsaydı daha hayırlı işlere yönelmiş olabilirdi. Kendisiyle ilgili her şeyin, hatta hakkında çevrilen dolapların bile soyluluk taşımasını isterdi. Bir gün, bir miras davasında bir iş adamı tarafından kabaca ve aleni bir şekilde dolandırıldığını fark ettiğinde şu görkemli sözleri etmişti: "Yuh olsun! Çok alçakça bir dolandırıcılık! Bu otlakçılıklardan utanç duyuyorum. Bu yüzyılda her şey, alçaklar bile yozlaştı. Lanet olsun! Benim gibi bir adam bu şekilde dolandırılmaz. Ormandaymışım gibi, ama berbat bir şekilde soyuldum. *Sylvae sint consule dignae!*"[34]

34 Ormanlar konsüllere layık olsun. (ç.n.)

Belirttiğimiz gibi iki kere evlenmişti; ilkinden bir kızı, diğerinden otuz yaşına gelmeden ölen ve aşk ya da tesadüf ya da başka bir neden yüzünden cumhuriyet ve imparatorluk ordularında savaşmış, Austerlitz'te nişanla ödüllendirilip Waterloo'da albaylık yapmış bir askerle evlenmiş bir başka kızı vardı. Damadına *Ailemin yüzkarası*, diyordu yaşlı burjuva. Sıkı bir enfiyeciydi ve dantelli yaka süsünü kendine özgü bir zarafetle elinin tersiyle düzeltirdi. Tanrı'ya da pek az inanıyordu.

VII

Kural: Akşam Haricinde Konuk Kabul Etmeme

İşte hiç dökülmemiş, beyazlamaktan ziyade kırlaşmış saçlarını köpek kulağı gibi iki yana tarayan M. Luc-Esprit Gillenormand böyle biriydi. Ve her şeye rağmen saygıdeğer bir adamdı.

Havailiğini ve soyluluğunu XVIII. yüzyıla borçluydu.

1814'te ve Restorasyon'un ilk yıllarında, henüz genç olan –sadece yetmiş dört yaşındaydı– M. Gillenormand, Saint-Sulpice yakınlarındaki Saint-Germain kenar mahallesinde, Servandoni Sokağı'nda oturuyordu. Seksen yaşını geçtiğinde soylular âleminden çekilip Marais'ye taşınmıştı.

Soylular âlemini terk ettiğinde alışkanlıklarına gömülmüştü. En temel ve değişmez alışkanlığı kapısını gündüz kapalı tutmak, hangi iş için olursa olsun evine gelenleri ancak akşamları kabul etmekti. Saat beşte akşam yemeğini yedikten sonra kapısı dileyene açıktı. Kendi yüzyılının bu alışkanlığından vazgeçmek istemiyordu.

— Gündüzler aşağılıktır ve yalnızca kapalı pencere kanatlarını hak ederler, aklı başında insanlar zihinlerinin ışığını zenitin yıldızları aydınlandığında yakarlar, diyor ve kapısını kral için bile olsa açmıyordu. Yaşadığı çağın eski zarafeti.

VIII

İki, Bir Çift Etmez

M. Gillenormand'ın daha önce sözünü ettiğimiz iki kızına gelince, on yıl arayla doğmuşlardı. Gençliklerinde birbirlerine çok az benziyorlardı, görünümleri kadar karakterleri de o denli farklıydı ki kardeş olduklarına ihtimal vermek zordu. Ruhunu aydınlık olan her şeye yönelten küçük kız çiçeklerle, şiirle, müzikle uğraşıyordu, görkemli yüceliklerde kanat çırpan, coşkulu ve temiz yürekli bir kızdı, çocukluğundan beri belli belirsiz bir kahramanın hayaliyle nişanlıydı. Büyük kızın da düşleri vardı; o da oldukça zengin bir erzak tedarikçisinin, göz kamaştırıcı biçimde ahmak bir kocanın, insana dönüşmüş bir milyonun ya da bir valinin, valilik resepsiyonlarının, boynuna zincir vurulmuş bir odacıbaşının, resmî baloların, belediye başkanının söylevlerinin, "valinin hanımı" olmanın hayalini kuruyor, tüm bunlar zihninde dönüp duruyordu. Böylece iki kız kardeş genç kız oldukları dönemde her biri kendi düşlerine dalmış bir halde oyalanıp gidiyorlardı. İkisinin de kanatları vardı, birinin kanatları meleğinkini, diğerinin kanatları kazınkini andırıyordu.

En azından bu dünyada hiçbir arzu tam anlamıyla gerçekleşmez. İçinde yaşadığımız bu çağda yeryüzünün hiçbir köşesinde cenneti bulmak mümkün değildir. Küçük kız hayallerinin erkeğiyle evlenmiş olsa da ölmüştü. Büyük kız evlenmemişti.

Büyük kız anlattığımız hikâyeye dâhil olduğu dönemde, yaşı geçkin bir erdem numunesi, iffet timsali, en sivri burnun ve en kalın kafanın cisimleşmiş haliydi. Önemli bir ayrıntı da, yakın akrabaları dışında kimsenin küçük adını asla bilmemesiydi. Ona *Büyük Matmazel Gillenormand* diye hitap ediyorlardı.

İffet konusunda, bir İngiliz *Miss*'inden aşağı kalmaz, utangaçlığı çok abartırdı. Hayatındaki en korkunç anısı, bir gün bir erkeğin çorap askısını görmüş olmasıydı.

Yaşı geçtikçe bu amansız utangaçlık daha da artmıştı. Hiçbir zaman yeterince kalın bulmadığı başörtüsü saçlarını asla göstermezdi. Kopçaları ve toplu iğneleri hiç kimsenin bakmayı düşünmediği yerlere iliştirirdi. Utangaçlığın özü, kale ne kadar güvenliyse nöbetçileri de o ölçüde artırır.

Yine de masumiyetin bu eski sırlarını açıklayabilen beri gelsin dedirtecek şekilde mızraklı süvari subayı olan Théodule adlı küçük yeğeninin kendisini öpmesine hiç sıkılmadan izin verirdi.

Bu gözde mızraklı süvariye rağmen, onu içine yerleştirdiğimiz *utangaçlar* sınıfına tam anlamıyla uygun düşüyordu. Matmazel Gillenormand'ın ruhuna alacakaranlık hâkimdi. Utangaçlık yarı erdemlilik yarı günahkârlıktır.

Utangaçlığına uygun bir astar olarak sofuluğu da ekliyordu. Vierge cemaatinin bir mensubu olarak bazı yortularda beyaz başörtü takar, özel duaları mırıldanır, "kutsal kana" ve "İsa'ya" saygısını gösterir, müminlere kapalı bir şapelin Cizvit ve rokoko tarzı sunağının önünde saatler boyunca derin düşüncelere dalar ve ruhunu küçük mermer bulutlarının ve yaldızlı ahşabın yaydığı kalın ışık huzmelerinin arasında süzülmeye bırakırdı.

Şapelde kendisi gibi yaşı geçkin bir bakire olan Matmazel Vaubois adında bir dostu vardı, Matmazel Gillenormand oldukça şaşkın görünen bu kadının yanında kendini bir kartal gibi hissetmenin keyfini yaşıyordu. Matmazel Vaubois'nın, *Agnus Dei* ve *Ave Maria* dışındaki tek ilgi alanı değişik reçeller hazırlamaktı; bu ahmak kakım,[35] türünün mükemmel bir örneği olarak zekâdan zerre kadar nasibini almamıştı.

Şunu da belirtelim ki Matmazel Gillenormand yaşlandıkça kaybetmekten çok kazanmıştı. Bu, edilgen kişiliklerin özelliğidir. Asla kötü olmadığı için göreli bir iyiliğe sahipti; üstelik yıllar aşırılıkları aşındırdığı için kişiliği zamanın yu-

35 Sansargiller familyasından kış aylarında tüyleri bembeyaz olan bir gelincik türü. (ç.n.)

muşatmasına maruz kalmıştı. Kendisinin bile sırrını bilemediği belirsiz bir hüznün etkisi altındaydı. Tüm benliği başlamadan bitmiş bir yaşamın şaşkınlığını yansıtıyordu.

Babasının evinin işlerini idare ediyordu. Tıpkı önceden tanıdığımız Monsenyör Bienvenu'nün yanındaki kız kardeşi gibi, M. Gillenormand'ın yanında da kızı vardı. Yaşlı bir adamla yaşı geçkin bir kızın, birbirlerine destek olan iki zayıf varlığın nadir rastlanmayan bu ortak yaşamlarının her zaman için dokunaklı bir yanı vardır.

Evde, bu yaşı geçkin kız ve yaşlı adam dışında M. Gillenormand'ın karşısında hep titreyen ve hiç sesini çıkarmayan bir erkek çocuğu vardı. Bu çocuğa hep sert bir ses tonuyla hitap eden M. Gillenormand bazen bastonunu havaya kaldırırdı: "Buraya gelin mösyö!", "Haylaz, madrabaz, yaklaşın!", "Küçük hokkabaz, cevap verin!", "Hayta, bir göreyim hele ne yaptığınızı!" vs., vs. Onu taparcasına seviyordu.

Torunu olan bu çocukla ileriki sayfalarda tanışacağız.

Üçüncü Kitap
Dede ile Torun

I

Eski Bir Salon

M. Gillenormand, Servandoni Sokağı'nda oturduğu sırada, birçok kibar ve soylu salonu ziyaret ediyor, burjuva olmasına rağmen bu salonlarda kabul görüyordu. Önce kendinde mevcut bulunan, ardından kendine atfedilen çifte zekâya sahip olduğundan toplantılarda gözler onu arıyor, gittiği yerlerde saygıyla ağırlanıyordu. Hâkimiyetini kuramayacağı hiçbir yere gitmezdi. Saygın olduğunun ne pahasına olursa olsun hissedilmesini ve kendisiyle ilgilenilmesini isteyen, sözlerinin geçmediği yerde eğlence konusu haline gelen insanlar vardır. M. Gillenormand böyle biri değildi; sıklıkla ziyaret ettiği kralcı salonlardaki üstünlüğü kendine olan saygısından bir şey kaybettirmiyor, her yerde itibar görüyordu. Hatta bazen M. de Bonald'a ve M. de Bnegy-Puy-Vallée'ye kafa tuttuğu bile oluyordu.

1817'ye doğru, haftanın iki öğleden sonrasını değişmez bir şekilde hemen yakınındaki Férou Sokağı'nda oturan ve kocası XVI. Louis döneminde Fransa'nın Berlin büyükelçisi olan saygıdeğer Barones T.'nin evinde geçiriyordu. Kendini tutkulu kendinden geçişlere ve manyetik görüntülere kaptırmış olan Baron T. sürgünde malını mülkünü kaybetmiş bir halde öldüğünde geriye sadece Mesmer ve kovasıyla[36] ilgili çok ilginç anılar içeren kırmızı marokenle ciltlenmiş, sırtı yaldızlanmış on ciltlik el yazması bir kitap bırakmıştı. Barones T. *ne idüğü belirsiz bir güruh* olarak nitelendirdiği saray erkânının uzağında, soylu, onurlu, yoksul, yalıtılmış bir yaşam sürüyordu. Bazı dostları haftanın iki günü dul kadının evinde bir araya gelerek saf kralcı bir topluluk oluşturuyorlardı. Çay içiliyor, rüzgârın ağıttan ya da övgüden yana esmesine göre yüzyıla, anayasasya, "Buonapartistlere", XVIII. Louis'in Jakobenizmine karşı nefret çığlıkları atılıyor ve daha sonra X. Charles olarak tahta çıkacak olan Mösyö hakkında alçak sesle umut dolu sözler ediliyordu.

Napoléon'un *Nicolas* olarak adlandırdığı aşağı tabakadan halkın şarkıları büyük bir sevinçle karşılanıyordu. Soylular âleminin en zarif, en çekici düşesleri federelere yönelik şu tekerlemelerle kendilerinden geçiyorlardı:

Sarkan gömleklerinizi
Sokun pantolonlarınızın içine
Demesinler sonra
Yurttaşlar beyaz bayrak çekti diye

Tehlikeli olduğu düşünülen cinaslarla, zehirli olduğu varsayılan masum kelime oyunlarıyla, dörtlüklerle, hatta beyitlerle bile dalga geçiliyordu; böylece Başbakan Dessolles'un, M. Decasez ve M. Deserre'in de üyesi oldukları ılımlı hükümeti üzerine yazılan şu beyit eğlence konusu oluyordu:

36 Franz Anton Mesmer (1734-1815), gözle görülemeyip, ölçülemeyen hayat enerjisinin (bir tür manyetik enerji) çeşitli kanallarla başka alanlara aktarılmasıyla hastalıkları tedavi etmeye çalışmış Alman hekim. Mesmer bu tedavi sırasında içinde su, demir parçaları, ezilmiş cam bulunan bir kova kullanıyordu. (ç.n.)

Temelinden sarsılan tahtı sağlamlaştırmak için
Zemini, safları, pençeleri sıklaştırmak gerek.

Ya da "iğrenç bir şekilde Jakoben olan" meclis üyelerinin isim listelerinden örneğin şu şekilde cümleler oluşturacak kombinasyonlar yapılıyordu: *Damas. Sabran. Gouvion-Saint-Cyr.*

Bu topluluklarda devrim gülünç bir şekilde taklit ediliyordu. Aynı öfkeyi karşı tarafa doğru sivriltmek için anlaşılmaz bir çaba sarf ediliyor, şu *olacak* şarkısı söyleniyordu:

Ah! Olacak! Olacak! Olacak!
Bonapartçılar fener direklerinde sallanacak!

Giyotine benzeyen şarkılar bir gün şu başı, bir gün bir başka başı kayıtsızca keserler. Değişen sadece başlardır.

1816'daki davada Fualdès, Bonapartçı olduğu için Bastide ve Jausion'dan yana tavır alınıyordu. Liberaller *kardeşler, dostlar* olarak nitelendiriliyorlardı, bu hakaretin son noktasıydı.

Barones T.'nin salonunda bazı kilise çanlarında olduğu gibi iki horoz vardı. Bunlardan biri M. Gillenormand, diğeri herkesin birbirinin kulağına âdeta saygıyla söylediği şu sözlerin hedefinde olan Lamothe-Valois kontuydu: *Biliyor musunuz? Bu, kraliçenin kolyesi skandalına adı karışan Lamothe*. Taraflar bazen garip bir şekilde karşılıklı genel af ilan ediyorlardı.

Burjuvazinin içinde onurlu konumların kolayca kurulan ilişkiler nedeniyle etkilerini kaybettiklerini de ekleyelim; görüşülen kimsenin kim olduğuna dikkat etmek gerekiyordu; tıpkı üşüyen kimselerin yakınında ısının azalması gibi, hor görülen kişilere yaklaşıldığında da itibar kaybediliyordu. Eski üst tabaka tüm yasalar gibi kendini bundan da muaf tutuyordu. Pompadour'un kardeşi Marigny, Soubise prensinin davetlerinde yer alıyordu. Du Barry, Vaubernier'nin isim babası olmasına rağmen, hayır, isim babası olduğu için Mareşal Richelieu'nün konağında saygı görüyordu. Soylular dünyası Olympos'a benzer. Ticaret ve Hırsızların Tanrısı Merkür ve Prens Guemenée orada kendi evlerinde gibidirler. Soylular dünyasının kapıları tanrı olması koşuluyla bir hırsıza bile açıktır.

1815'te, yetmiş beş yaşında olan Lamothe kontu kemikleri çıkık, soğuk yüzünde dingin ve ciddi bir ifade bulunan, yeleğinin düğmelerini fularına kadar ilikleyen, kiremit rengi uzun, bol pantolonunun içindeki bacaklarını hep üst üste atan, yüzü pantolonunun rengine benzeyen, davranışları çok kibar olan bir ihtiyardı.

Bu M. Lamothe'un bu salonda "itibar görmesi" "ününden" ve garip ama gerçek bir nedenle Valois isminden kaynaklanıyordu.

M. Gillenormand'a gelince saygınlığının haklı nedenleri vardı. Sözünü dinletiyordu. Çok rahat olması neşesinden hiçbir şey kaybettirmiyordu. Heybetli, onurlu, itibarlı, burjuvalara yaraşır kibirli bir hali vardı ve tüm bunlara geçkin yaşı da ekleniyordu. Yüzyıllık bir ömür sürmenin bir bedeli vardır. Yıllar başın üzerinde saygın bir kırlaşmaya yol açarlar.

Bunun dışında yaşlı bir kayanın çıkardığı kıvılcımları andıran sözleri vardı. XVIII. Louis'yi tahtına kavuşturduktan sonra onu Kont Ruppin adıyla ziyarete gelen Prusya kralı, XIV. Louis'nin soyundan gelen kral tarafından sanki Brandebourg markisiymiş gibi incelikli bir saygısızlıkla karşılanmıştı. M. Gillenormand bu tavrı onaylıyor, *Fransa kralı dışındaki tüm krallar taşra krallarıdır,* diyordu. Bir gün onun yanında sorulan şu soruya şu yanıt verilmişti:

— *Courrier français*'nin yayın yönetmenine ne ceza verildi?

— Kızağa çektiler.

— Kızağa değil ipe çeksinler, diye yorumladı M. Gillenormand. Böyle sözler kişinin toplumsal konumunu belirlerler.

Bourbonların geri dönüşünün yıldönümünde düzenlenen ayinlerden birinde M. Talleyrand'ı gördüğünde: *İşte Kötülük Hazretleri*, demişti.

M. Gillenormand bu toplantılara genellikle kızıyla, o kırkını geçse de elli yaşındaymış gibi gösteren uzun boylu matmazelle ve pembe yanaklı, beyaz tenli, gözlerinden mutluluk ve güven duygusu fışkıran yedi yaşında küçük bir çocukla gelirdi. Bu çocuk bu salona her girişinde tüm seslerin etrafında şöyle vızıldadığını duyardı: "Ne kadar güzel!", "Yazık!", "Zavallı çocuk!" Bu çocuktan birkaç sayfa önce bahsetmiştik. Ona zavallı çocuk denmesinin nedeni babasının "Loireli bir haydut" olmasıydı.

Loireli bu haydut daha önce belirttiğimiz gibi M. Gillenormand'ın *ailenin yüzkarası* diye nitelendirdiği damadıydı.

II

O Dönemin Kızıl Hayaletlerinden Biri

O dönemde yolu küçük Vernon şehrine düşen ve umarız yakında yerini iğrenç bir demir yığınına bırakacak o abidevi zarif köprüde gezinen biri bakışlarını korkuluktan aşağı yönelttiğinde deri bir kasket, kalın gri kumaştan bir pantolon, eskiden kırmızı bir şeritmiş hissi uyandıran sarı bir şeyin dikilmiş olduğu bir ceket ve tahta ayakkabılar giymiş elli yaşlarında bir adamı fark edebilirdi. Yüzü güneşle iyice esmerleşmiş, saçları neredeyse tamamen ağarmış, iki büklüm olmuş, zamanından önce yaşlanmış bu adam neredeyse her gün elinde bir budama bıçağı ve bir belle köprünün bitişiğinde yer alan ve Seine'in sol kıyısını bir taraçalar zinciri gibi sınırlayan duvarlarla çevrili arazilerde, biraz daha büyük olsalar bahçe, biraz daha küçük olsalar tarh olarak nitelendirilebilecek her yanı çiçeklerle kaplı o zarif arsalarda gezinirdi. Duvarla çevrili bu toprağın bir ucu nehirde, diğer ucu bir evde sonlanırdı. Bahsettiğimiz gri ceketli ve tahta pabuçlu adam 1817'ye doğru bu bahçelerin en küçüğüne sahip olan çok mütevazı bir evde oturuyordu. Orada kendisine hizmet eden ne yaşlı ne genç, ne güzel ne çirkin, ne köylü ne burjuva bir kadınla, dünyadan yalıtılmış bir halde, dingin ve yoksul bir yaşam sürüyordu. Bahçe olarak adlandırdığı bu toprak parçası kendi elleriyle diktiği çiçeklerin güzelliğiyle ün salmıştı. Çiçekler onun tek meşgalesiydi.

Emeği, sebatı, özeni ve su dolu kovalar sayesinde yaratıcıdan sonra yaratmayı başarmış, doğanın unutmuş gibi göründüğü bazı yeni lale türlerini ve yıldız çiçeklerini üretmişti. Becerikliydi, Amerika ve Çin'in nadir bulunan değerli bitkilerini ekmek için küçük fundalıklar oluşturmakta Soulange Bodin'den daha önce davranmıştı. Yazın, gün ağarırken, dalları budayarak, yabani otları ayıklayarak, süzgeçli kovasıyla suladığı çiçeklerinin ortasında hüzünlü, uysal, sevecen bir ifadeyle bahçesinde gezinirken bazen bir ağaçtaki kuşun ötüşünü, evlerden birindeki bir çocuğun cıvıltısını dinleyerek ya da gözlerini güneşin kızıl yakuta dönüştürdüğü birkaç çiy damlasının üzerindeki bir tutam ota sabitleyerek saatler boyunca hiç kımıldamadan düşlere dalardı. Sofrası çok fakirdi ve şaraptan çok süt içerdi. Bir yumurcak ona her istediğini yaptırır, hizmetçisi onu azarlardı. Yabani denecek kadar çekingendi, dışarı nadiren çıkar, camına vuran yoksullar ve iyi yürekli Başrahip Mabeuf dışında kimseyle görüşmezdi. Yine de kent sakinleri ya da yabancılar, merak edip lalelerini ve güllerini görmek isteyenler küçük evine uğradıklarında kapıyı gülümseyerek açardı. Bu kişi Loire haydududuydu.

O dönemde, askerî araştırma yazılarını, biyografileri, *Moniteur*'ü ve Büyük Ordu'nun raporlarını okuyan biri karşısına sıkça çıkan Georges Pontmercy isminden etkilenebilirdi. Georges Pontmercy'nin çok genç yaşta Saintonge alayında görev yaptığı sırada devrim patlak vermişti. Monarşinin düşüşünden sonra bile taşra isimlerini muhafaza eden eski alayların ancak 1794'ten sonra merkezî bir yönetime tabi kılınmalarından dolayı Saintonge alayı Ren ordusuna dâhil olmuştu. Houchard'ın artçı birliklerini oluşturan iki yüz askerin arasında yer alan Pontmercy Spire'de, Worms'da, Neustadt'da, Turkheim'da, Alzey'de, Mainz'de savaşmıştı. Prens Hesse'in kolordusuna karşı, artçı birliğin on ikinci askeri olarak eski Andernach surunu savunan Pontmercy, ordunun ana koluna ancak düşman topları müdafaa hattından bayırın eğimine kadar gedikler açtığında katılmıştı. Marchiennes'de ve bir gülle parçasının kolunu kırdığı Mont-Palissel Muharebesi'nde Kléber'in komutasında savaşmıştı. Ardından İtalya sınırına geçip Joubert ile birlikte Tende geçidini savunan otuz humbaracının arasında yer aldı. Bu müdafaadan sonra Joubert tugay komutanı, Pontmercy de asteğmen oldu. Napoléon'a, *Berthier hem topçu, hem süvari, hem humbaracı,* dedirten Lodi Muharebesi'nde, mermi yağmurunun ortasında Berthier'nin yanındaydı. Novi Muharebesi'nde General Joubert'in kılıcını kaldırıp "İleri!" diye haykırdığı anda vurularak öldüğünü görmüştü. Birliğiyle birlikte erzak tedariki için bindiği mavna Cenova'dan küçük bir limana doğru giderken yedi sekiz İngiliz yelkenlisinin ortasına düştüğünde, Cenovalı komutan topları denize atıp, askerleri iki güverte arasına gizleyerek karanlıkta bir ticaret gemisi gibi yol almaya karar vermişti. Direğin yelken ipine bayrağı çeken Pontmercy İngiliz yelkenlilerinin top gülleleri arasında yoluna gururla devam etti. Yirmi fersah ötede, daha da atılganlaşarak, mavnasıyla Sicilya'ya takviye birlikler taşıyan ve mezernalarına kadar asker ve atla dolu bir İngiliz nakliye gemisine saldırdı. 1805'te, Günzbourg'u Arşidük Fredinand'ın elinden alan Malher'in tümenindeydi. Meltingen'de, bir mermi yağmurunun altında ağır yaralanan 9. Dragon Süvari Alayı Komutanı Albay Maupetit'yi kollarının arasına alarak kurtardı. Austerlitz'de düşman ateşine karşı aşamalı düzen birliği halinde mükemmel bir şekilde ilerleyen ordunun en ön saflarında yer aldı. Rus İmparatorluk muhafız süvarisi, 4. cephe hattındaki taburu ezip geçtiğinde, Pontmercy bu birliği geri püskürtüp yok edenler arasındaydı. İmparator onu nişanla ödüllendirdi. Pontmercy, Wurmser'in Mantova'da, Melas'ın İskenderiye'de, Mack'ın Ulm'da esir düştüklerini gördü. Mortier'nin komutasında Hamburg'u ele geçiren büyük ordunun sekizinci kolordusunda yer aldı. Ardından eski Flandre alayı olan 55. alaya geçti. Eylau'da, bu kitabın yazarının amcası olan kahraman Yüzbaşı Louis Hugo'nun iki saat boyunca düşman ordusuna karşı bir mezarlığı savunan seksen üç askerlik birliğindeydi. Pontmercy bu mezarlıktan sağ olarak çıkan üç askerden biriydi. Friedland'de savaştı. Ardından Moskova'ya, Beresina'ya, Lutzen'e, Bautzen'e, Dresden'e, Wachau'ya, Leipzig'e, Gelenhausen'in geçitlerine, Montmirail'a, Château-Thierry'ye, Craon'a, Marne ve Aisne kıyılarına gitti, Laon bozgununa tanık oldu. Yüzbaşı olarak görev yaptığı Arnay-le-Duc'te, on Kazak askerini kılıçtan geçirip generalini değil ama onbaşısını kurtardığı sırada balta darbelerine maruz kaldı ve sadece sol kolundan yirmi yedi kırık kemik parçası çıkarıldı. Paris'in düşmesinden sekiz gün önce, bir arkadaşıyla görev değişimi yaparak süvari birliğine katıldı. Bir asker olarak kılıcı ve tüfeği, bir subay olarak bir süvari ya da piyade taburunu yönetmek gibi eski rejimin *çifte güç* olarak adlandırdığı bir yeteneği vardı. Askerî eğitimle mükemmelleştirilen bu yetenekten, örneğin hem süvari hem piyade olarak görev yapan dragon birlikleri gibi özel kuvvetler doğar. Elba Adası'nda Napoléon'a eşlik etti. Waterloo'da, Dubois tugayının zırhlı süvari taburunun komutanı olarak Lunebourg taburunun sancağını alıp imparatorun ayaklarının dibine atan oydu. Sancağı kaparken yüzüne bir kılıç darbesi aldığı için kan içinde kalmıştı. İmparator büyük bir memnuniyetle ona: *Albaysın, baronsun, Légion d'honneur nişanı alacaksın!* diye haykırdığında Pontmercy'nin yanıtı: *Ekselansları size dul karım adına teşekkür ederim,* olmuştu. Bir saat sonra Ohain çukuruna yuvarlandı. Şimdi bu Geogres Pontmercy kimdi? Loire haydudunun ta kendisiydi.

Ondan kısaca söz etmiştik. Waterloo Savaşı'ndan sonra, hatırlanacağı gibi Ohain hendeğinden çıkarılan Pontmercy orduya yetişmeyi başarmış, bir seyyar hastaneden diğerine nakledile nakledile Loire'daki konaklama alanlarına varmıştı.

Restorasyon yarım maaş bağladıktan sonra onu gözetim altında ikamet etmesi için Vernon'a yollamıştı. Yüz gün boyunca olup bitenleri gözardı eden Kral XVIII. Louis onun Légion d'honneur nişanını, albaylığını, baronluğunu tanımadı. O ise kendi payına *Albay Baron Pontmercy* imzasını atmak için hiçbir fırsatı kaçırmıyordu. Savcı bir subay aracılığıyla mahkemece "yasadışı" nişan takmak suçundan dolayı yargılanacağı haberini aldığında, Pontmercy acı bir gülümsemeyle şu yanıtı verdi: "Ben mi Fransızcayı anlamıyorum, yoksa siz mi Fransızca konuşamıyorsunuz bilemiyorum, ama gerçek şu ki hiçbir şey anlamıyorum." Ardından bir hafta boyunca dışarı nişanıyla çıksa da kimse ona canını sıkacak bir şey söylemeye cesaret edemedi. Birkaç kez savaş bakanı ve bölge garnizon komutanı tarafından gönderilen ve üzerinde *Sayın Komutan Pontmercy'ye* yazan mektupları açmadan geri postaladı. O sırada Sainte-Helène'de bulunan Napoléon da Sir Hudson Lowe'ın kendisine gönderdiği *General Bonaparte'a* yazılı mektuplara aynı şekilde davranıyordu. Pontmercy sonunda, söylememize izin verilirse, imparatoruna hık demiş burnundan düşmüş denecek kadar benzemişti.

Roma'da da, Flamanius'u selamlamayı reddeden ve Hannibal'in ruhunu biraz olsun taşıyan Kartacalı esir askerler vardı.

Bir sabah, Vernon'un bir caddesinde savcıya rastladığında yanına gidip, "Sayın savcı, yüzümdeki yara izini taşıyabilir miyim?" diye sormuştu.

Tabur komutanlığının yarı maaşından başka hiçbir geliri olmadığından Vernon'da bulabileceği en küçük evi kiralamıştı. Orada söylediğimiz gibi yalnız yaşıyordu. İmparatorluk döneminde iki savaş arasında, Matmazel Gillenormand ile evlenecek zamanı bulmuştu. Çok öfkelenen yaşlı burjuva içini çekerek ve şunları söyleyerek durumu kabullenmişti: *En soylu aileler bile bazen buna mecbur kalırlar.* 1815'te, her açıdan hayranlık uyandıran, eğitimli, seçkin ve kocasına layık bir kadın olan Madam Pontmercy arkasında bir çocuk bırakarak ölmüştü. Bu çocuk albayın yalnız yaşamının tek neşe kaynağı olsa da, dedesi kendisine gönderilmezse çocuğu mirasından mahrum bırakacağını dayatarak torununu istemişti. Çocuğun çıkarını düşünen baba bu durumu kabullenmek zorunda kalmış ve çocuğunu kaybettiği için çiçekleri sevmeye başlamıştı.

Zaten her şeyden elini eteğini çekmiş bir halde ne harekete geçiyor, ne de kötü şeyler düşünüyordu. Düşüncesini o sırada yaptığı masum işlerle geçmişte yaptığı büyük işler arasında paylaştırmıştı. Zamanını yeni bir karanfil cinsi üretmeyi umut etmekle ve Austerlitz'i anmakla geçiriyordu.

M. Gillenormand'ın damadıyla hiçbir ilişkisi yoktu. Albay onun için bir "haydut", o ise albay için bir "budala"ydı. M. Gillenormand bazen "baronluğuyla" ilgili alaycı imalarda bulunmak dışında albaydan hiç söz etmezdi. Pontmercy'nin oğlunu asla görmeyeceği ve konuşmayacağı, aksi takdirde çocuğun kovularak mirastan mahrum bırakılacağı konusunda kesin bir antlaşma sağlanmıştı. Pontmercy'yi bir vebalı gibi gören Gillenormandlar çocuğu kendi diledikleri şekilde yetiştirmek istiyorlardı. Albay belki de bu koşulları kabullenmekle hata etmişti, ama hayırlı bir iş yaptığına ve sadece kendini feda ettiğine inanarak onlara boyun eğmişti.

Dede Gillenormand'ın mirası büyük bir meblağ tutmazdı ama Büyük Matmazel Gillenormand'ınki hiç de yabana atılacak cinsten değildi. Kız kardeşinin çocuğu, anne tarafından çok zengin olan bu evde kalmış teyzenin doğal mirasçısıydı. Marius adlı bu çocuk sadece bir babası olduğunu biliyor, kimse ona bu konuda tek bir söz bile etmiyordu. Yine de, dedesinin kendisini götürdüğü salonlardaki fısıldaşmalar, imalar, göz kırpmalar uzun vadede çocuğun zihninde bir şeyler uyandırmıştı ve nihayetinde soluk aldığı yer olarak nitelendirebileceğimiz düşünceleri, kanıları süzerek yavaş yavaş kavradığından babasını utançla ve yüreği sıkışarak anmaya başlamıştı.

Çocuk bu şekilde büyürken, albay iki üç ayda bir sürgünden kaçan bir sabıkalı gibi gizlice Paris'e geliyor, teyze Gillenormand'ın Marius'ü Saint-Sulpice'deki ayine götüreceği saati bekliyordu. Orada teyzenin kendisini fark edeceği korkusuyla titreyerek bir sütunun arkasına gizleniyor, hiç kımıldamadan soluk almaya bile cesaret edemeden çocuğuna bakıyordu. Bu yüzü yaralı adam evde kalmış bu kızdan korkuyordu.

Vernon Başrahibi M. Mabeuf ile ilişkisi de bu gizli ziyaretlerinden doğmuştu.

Bu iyi yürekli rahip, yanağındaki yara izi ve gözündeki yaşlarla oğlunu seyreden adamı birçok kez fark etmiş olan, Saint-Sulpice Kilisesi'nin mütevelli heyeti üyesinin kardeşiydi. Oldukça erkeksi bir havası olmasına rağmen bir kadın gibi ağlayan bu adam kilise yöneticisini etkilemiş, bu yüz hafızasına kazınmıştı. Bir gün kardeşini görmek için Vernon'a gittiğinde, köprünün üzerinde karşılaştığı Pontmercy'yi tanımıştı. Bundan rahibe söz ettiğinde, ikisi birlikte bir bahane bularak albayı ziyaret ettiler. İlk başlarda oldukça ketum davranan albayın sonunda içini dökmesi üzerine rahip ve kardeşi olan biten her şeyi öğrenip Pontmercy'nin, oğlunun geleceği için kendi mutluluğunu nasıl feda ettiğini anladılar.

O günden sonra rahip ona saygı gösterip şefkatle davranırken, albay da kendi payına rahibi dostu gibi görmeye başladı. Zaten ikisi de içten ve temiz yürekliyse, yaşlı bir rahip ve eski bir asker kadar kolayca yakınlaşıp dostluk kurabilecek bir ikili düşünülemez. Aslında ikisi de aynı kişiydi, aralarındaki tek fark birinin kendini bu dünyadaki vatana, diğerininse öbür dünyadaki vatana adamış olmasıydı.

Marius, biri 1 Ocak'ta, diğeri ise Saint-Georges Yortusu'nda olmak üzere yılda iki kez babasına teyzesinin neredeyse hep aynı şekilde yazdırdığı mektupları gönderiyordu; M. Gillenormand sadece buna göz yumuyor, babanın sevgi dolu sözler içeren mektuplarını ise okumadan cebine sokuşturuyordu.

III

Requiescant[37]

Barones T.'nin salonu Marius Pontmercy'nin dünyayla tek bağlantısı, yaşama bakabileceği tek pencereydi. Bu kasvetli pencereden sıcaktan çok soğuk geliyor, gündüzden çok gece görünüyordu. Bu garip dünyaya girerken sevinç ve aydınlıkla dolu olan bu çocuk kısa süre içinde hüzünlü ve yaşına hiç uygun düşmeyecek ölçüde ciddi bir görünüm sergilemeye başladı. Etrafını çevreleyen gösterişli ve ilginç kişileri ciddi bir şaşkınlıkla izliyor, her şey bu şaşkınlığı daha da artırıyordu. Barones T.'nin salonunda Lévi olarak telaffuz edilen Mathan, Noé, Lévis ve Cambyse olarak telaffuz edilen Cambis isimlerini taşıyan yaşlı, soylu ve çok saygıdeğer kadınlar vardı. Bu eskimiş yüzler ve İncil'den çıkmış bu adlar çocuğun zihninde ezbere bildiği Eski Ahit'e karışıyorlardı ve yeşil örtülü bir lambanın loş ışığında, sert yüz hatları, kır ya da

37 Huzur içinde yatsınlar. (ç.n.)

beyaz saçları, sadece iç karartıcı renkleri seçilebilen bir başka çağa ait uzun elbiseleri, arada sırada ettikleri hem görkemli, hem tumturaklı sözleriyle ölgün bir ateşin etrafına daire şeklinde oturduklarında, onları ürkek bakışlarla gözlemleyen Marius karşısında kadınlar değil, patrikler ve büyücüler, gerçek varlıklar değil hayaletler olduğunu sanıyordu.

Bu hayaletlere bu salonun gediklisi olan birçok rahip ve birkaç soylu beyefendi eşlik ediyordu; Madam de Berry'nin başkâtibi olan Sassenay markisi, *Charles-Antoine* takma adıyla uyaklı odlar yayımlayan Valory vikontu, sırmadan burma saçaklı oldukça dekolte lâl renkli kadife tuvaletiyle bu karanlıkları ürküten güzel ve nüktedan bir karısı olan genç ve saçları kırlaşmış Beauffremont prensi, Fransa'nın "ölçülü nezaketi" en iyi bilen adamı olan Coriolis D'Espinouse, iyi yürekli yaşlı bir adam olan Amendre kontu ve kralın çalışma odası olarak anılan Louvre Kütüphanesi'nin sütunu M. de Port-de-Guy. Kel ve yaşlanmaktan çok eskimiş bir adam olan M. de Port-de-Guy 1793'de, on altı yaşındayken, asker kaçağı olarak kürek mahkûmiyeti cezasına çarptırıldığını ve devrim karşıtı olan seksenlik Mirepoix piskoposu ile aynı zincire bağlandığını, ama onun din adamı, kendisinin asker kaçağı olarak küreğe mahkûm olduklarını anlatıyordu. Toulon'a gönderilmişler. Görevleri geceleri giyotin sehpasına gidip gündüz kesilen başları ve bedenleri toplamakmış; kanlar içindeki o gövdeleri sırtlarında taşıdıklarından, kırmızı kürek mahkûmu harmanilerinin ensesinde sabahları kuruyan akşamları nemlenen bir kan pıhtısı olurmuş. Barones T.'nin bu hüzünlü öykülerin sıkça anlatıldığı salonunda Marat'yı lanetleye lanetleye Trestaillon'u alkışlamaya başlamışlardı. M. Thibord du Chalard, M. Lemarchant de Gomicourt ve sağın ünlü alaycısı M. Cornet Dincourt gibi bazı kralcı milletvekiller orada iskambil oynardı. Bazen M. Talleyrand'a giderken bu salona uğrayan kısa pantolonlu ve sıska bacaklı Ferrette savcısı sefahat âlemlerinde Artois kontuna eşlik etmişti ve Campaspe'ın önünde diz çöken Aristo'nun[38] aksine Guimard'ı[39] dört ayak üzerinde yürütmüş ve böylece gelecek kuşaklara filozofun intikamını bir savcının aldığını göstermişti.

Din adamlarına gelince, *Foudre*'daki yazar arkadaşı M. Larose'a, *Adam sen de! Kim elli yaşında değil ki? Belki sakalı bitmemiş birkaç delikanlı?* diyen Halma başrahibi, kralın vaizi Başrahip Letourneur, üzerinde düğmesiz eski bir cüppe bulunan ve henüz ne kont, ne piskopos, ne bakan, ne meclis üyesi olan Başrahip Frayssinous, Saint-Germain des Prés Başrahibi Keravenant, ayrıca o zamanlar Nisibi başpiskoposu olarak görev yapan, daha sonra kardinal olan ve uzun, düşünceli burnuyla dikkatleri çeken Papa'nın elçisi ve Papa'nın yedi danışmanından biri, Roma'daki Sainte-Marie-Majeure Bazilikası'nın piskoposluk meclisi üyesi, *postulatore di santi*, azizlerin avukatı, yani kimlerin azizlik mertebesine kabul edileceğine, hatta kimin cennete gideceğine karar veren üst düzey kilise yöneticisi Abbate Palmieri. Nihayet iki kardinal, M de Luzerne ve M. de Clermont-Tonnerre. Bir yazar olan M. de la Luzerne birkaç yıl sonra, *Conservateur*'deki makalelerinin Chateaubriand'ınkilerle yan yana yayımlanması onuruna erişecekti; Toulouse başpiskoposu olan M. de Clermont-Tonnerre yazları sıklıkla Paris'te, denizcilik ve savaş bakanı olan yeğeni Tonnerre markisinin yanında geçirirdi. Neşeli, ufak tefek bir ihtiyar olan Kardinal Clermont-Tonnerre'in yukarı sıyırdığı cüppesinin altından kırmızı çorapları görünürdü; *Ansiklopedi*'den nefret eder ve çılgınca bilardo oynardı, o dönemde yaz akşamları Madame Caddesi'ndeki Clermont-Tonnerre Konağı'nın önünden geçenler bilardo toplarının tokuşmalarını ve kardinalin, Papa'yı seçen kardinaller meclisi üyesi ve sözde Caryste piskoposu

38 *Aristote et Campaspe*, Aristoteles, Fransız ressam Etienne Jeaurat'nın tablosunda Büyük İskender'in metresi Campaspe'nin altında diz çökmüş halde resmedilmiştir. (ç.n.)

39 Marie-Madeleine Guimard (1743-1816) Ünlü Fransız dansçısı. (ç.n.)

Monsenyör Cottret'ye tiz sesiyle: *Dikkatli bak rahip vuruş yapıyorum*, diye bağırdığını duyarlardı. Kardinal Clermont-Tonnerre'i, Barones T. ile en yakın arkadaşı, eski Senlis piskoposu ve Akademi'nin kırk üyesinden biri olan M. de Roquelaure tanıştırmıştı. M. de Roquelaure uzun boyu ve Akademi'deki titizliği ile dikkati çekerdi; o dönemde Akademi toplantılarının yapıldığı kütüphanenin yanındaki salonun camlı kapısının önünden geçen meraklılar, her perşembe günü yeni pudralanmış yüzü, mor çoraplarıyla büyük ihtimalle yakalığını daha iyi göstermek için sırtını kapıya dönmüş halde ayakta duran eski Senlis piskoposunu görebilirlerdi. Çoğu aynı zamanda saray erkânına da dâhil olan bu ruhban sınıfı mensupları T.'nin salonunun ciddiyetine bir kat daha ciddiyet katıyordu; Vibraye markisi, Talaru markisi, Herbouville markisi, Dambray vikontu ve Valentinois dükü, bu beş fransız yüksek meclisi üyesi feodalitenin mevcudiyetini vurguluyorlardı. Valentinois dükü, yabancı bir ülkenin, Monako'nun prensi olsa da, Fransa ve yüksek meclis üyeliği hakkında öyle soylu düşünceleri vardı ki, her şeye onların gözüyle bakıyordu. *Kardinaller Roma'nın Fransa yüksek meclisi üyeleridir; lordlar İngiltere'nin Fransa yüksek meclisi üyeleridir*, derdi. Zaten, bu yüzyılda Devrim her şeye damgasını vurduğundan, bu feodal salon da söylediğimiz gibi bir burjuvanın, M. Gillenormand'ın egemenliği altındaydı.

Paris'in kralcı sosyetesinin özü ve kaymak tabakası buradaydı. Kralcı bile olsa şöhretli kimseleri karantinada tutuyorlardı. Şöhret içinde her zaman anarşiyi barındırırdı. Chateaubriand bu salona girse, Père Duchêne[40] etkisi yaratırdı. Yine de, hüküm sürdüğü Yüz Gün boyunca Napoléon'a destek verenlerden bazıları da hoş görülerek bu içine kapalı, katı kuralları olan cemaate katılabiliyorlardı. Beugnot kontu oraya düşünceleri değiştirilmek üzere kabul edilmişti.

---

40 Fransız Devrimi'nde, özellikle terör döneminde etkinlik gösteren radikal bir siyasi grup olan Hebertistlerin çıkardığı gazete. (ç.n.)

Günümüzün "soylu" salonları bu salonlara benzemezler. Saint-Germain kenar mahallesinde dinî inançlarda gevşeklik hissedilir. Günümüzün tüm kralcıları –onları övmek için söylüyoruz– demagogdur.

Barones T.'nin soyluları ağırlayan salonunda, büyük nezaket çiçeğinin altındaki beğeniler seçkin ve mağrurdu. Alışkanlıklarda ortaya çıkan her tür gayriihtiyari incelik toprağa gömülmüş olsa da hâlâ hayatta olan eski rejimin izlerini taşıyordu. Bu alışkanlıklardan bazıları, özellikle de günlük dille ilgili olanlar garip görünüyordu. Olguları derinlemesine incelemeyenler sadece modası geçmiş şeyleri taşrayla ilintilendiriyorlardı. Kocası general olan bir kadına *Madam General* diye hitap ediliyordu. *Madam Albay* da yadırganan bir unvan değildi. Çekici Madame de Léon kuşkusuz Longueville ve Chevreuse düşeslerinin anılarına olan saygısından dolayı prenses unvanını kullanmak yerine bu şekilde anılmayı tercih ediyordu. Créquy markizi de kendisini *Madam Albay* olarak tanıtıyordu.

Tuileries'de kralla sohbet ederken ona *majesteleri* yerine üçüncü şahısta *kral* diye hitap etmeyi de işte bu küçük soylular topluluğu icat etmişti, zira *majesteleri* "zorbanın lekelediği" bir ifadeydi.

Olayları ve insanları yargılıyor, yüzyılla onu anlamalarını engelleyecek ölçüde alay ediyor, yenilikler konusundaki şaşkınlıklarının artmasında birbirlerine katkıda bulunuyor, ellerindeki bilgi kalıntılarını birbirlerine aktarıyorlardı. Mathusalem[41], Epinemides'i[42] bilgilendiriyor, sağır köre olan bitenleri anlatıyordu. Koblenz'den[43] bu yana geçen zamanı yaşanmamış sayıyorlardı. Tıpkı XVIII. Louis'nin, Tanrı'nın lütfuyla hükümdarlığının yirmi beşinci yılını kut-

---

41 Nuh'un dedesi, 900 yıldan fazla yaşamıştır. (ç.n.)

42 MÖ VI-VII. yüzyılda yaşadığı, bilinen en eski paradoksal ifadelerden birinin sahibi olduğu, 50 yıla yakın bir süre uyuduğu rivayet edilen filozof. (ç.n.)

43 Fransız Devrimi sırasında soyluların yoğun bir şekilde göç ettikleri kent. (ç.n.)

laması gibi sürgünler de haklı olarak yeniyetmeliklerinin yirmi beşinci yılını kutluyorlardı.

Her şey uyum içindeydi; hiçbir şey uzun süre yaşamıyordu, sözler âdeta bir soluk gibiydi, salonla hemfikir olan gazete papirüse benziyordu. Gençler de vardı ama onlar da kısmen ölü gibiydi. Bekleme salonundaki uşakların giysileri eskimişti. Miatlarını tam anlamıyla doldurmuş bu insanlara aynı nitelikteki uşaklar hizmet ediyordu. Her şeyin uzun süre yaşamış ve mezara girmeye direnen bir havası vardı. Kelime dağarcığı şu sözcüklerden ibaretti: Muhafaza etmek, muhafaza, muhafazakârlık; önemli olan *iyi bir nam bırakmak, etrafa güzel kokular yaymaktı.* Gerçekten de bu saygıdeğer toplulukların bakış açılarından güzel kokular yayılıyor, fikirleri naftalin kokuyordu. Müzeyi andıran bu topluluklarda efendiler mumyalanıyor, uşakların içi samanla dolduruluyordu.

Devrim sırasında göç etmiş ve tüm mal varlığını kaybetmiş, yaşlı, saygın bir markiz tek uşağı olmasına rağmen *hizmetçilerim* demeye devam ediyordu.

Barones T.'nin salonunda ne yapılıyordu? Aşırıya kaçılıyordu.

Aşırı kralcı olmak tam anlamıyla ortadan kalkmış bir niteleme olmasa da, günümüzde hiçbir anlam ifade etmemektedir. Açıklayalım.

Aşırı kralcı olmak, çok ileri gitmek, taht adına kralın asasına ve sunak adına piskoposun başlığına saldırmak, arabayı hatalı sürmek, koşum takımlarına çifte atmak, sapkınların yanma derecesi konusunda odun yığınıyla tartışmak, putu kendine yeterince değer vermediği için kınamak, hakarete varacak ölçüde aşırı saygı göstermek, Papa'nın papalığının, kralın krallığının itibarının hakkını veremediğini söylemek, geceyi çok aydınlık bulmak, beyazlık adına kaymaktaşına, kara, kuğuya ve zambağa sitem etmek, bir şeyin düşmanlığa varacak derecede yandaşı olmak, yanında olayım derken karşısında yer almaktır.

Aşırı kralcılık Restorasyon'un özellikle ilk evresini ifade eder.

Tarihte hiçbir dönem 1814'te başlayan ve sağın işini bilen adamı M. de Villele'in 1820'de iktidara ağırlığını koymasıyla sonlanan bu zaman dilimine benzememiştir. Bu altı yıllık olağanüstü dönem hem parıltılı hem iç karartıcı, hem güleç hem kasvetliydi ve şafağın ışığıyla aydınlanırmış gibi görünse de, aynı zamanda ufku hâlâ kaplayan ve yavaşça geçmişe gömülen büyük felaketlerin karanlığıyla da örtülüydü. Bu aydınlıkta ve karanlıkta hem yeni, hem eski, hem gülünç, hem hüzünlü, hem genç, hem yaşlı küçük bir dünya gözlerini ovuşturuyordu; hiçbir şey geri dönüşe uykudan uyanış kadar benzemez; Fransa'ya öfkeyle bakan bu topluluğa Fransa alaycı bakışlar yöneltiyordu; yaşlı baykuşlar, yani markiler caddeleri dolduruyor, geri dönenler, hortlaklar, eski soylular her şeye şaşırıyor, saygın asilzadeler ülkelerini yeniden görmenin mutluluğuyla gülümserken, monarşilerinin yerinde yeller estiğini fark ederek ağlıyor, Haçlı seferlerinin soyluluğunu, imparatorluğu, yani kılıç soyluluğunu küçümsüyor, soyların tarihi silinip gidiyor, Charlemagne'ın yandaşlarının torunları Napoléon'un yandaşlarını hor görüyorlardı. Kılıçlar, söylediğimiz gibi birbirlerine hakaret yağdırıyordu; Fontenoy'un komik kılıcı bir pas yığınından ibaretken, Marengo'nun iğrenç kılıcı kasaturadan farksızdı. Geçmiş dünü tanımıyor, neyin yüce neyin gülünç olduğu anlaşılamıyor, birisi Napoléon'u hilekâr Scapin olarak adlandırıyordu. Artık var olmayan ve günümüze hiçbir şey bırakmamış bu dünyanın birkaç unsurunu tesadüfen çekip alıp onları zihnimizde yeniden canlandırmayı denediğimizde, ortaya Nuh Nebi'den kalma garip bir bütünlük çıkar. Gerçekten de bu dünya iki devrimin tufanı altında yok olup gitmiştir. Düşünceler ne devasa dalgalardır! Yok etmek ve boğmak görevini üstlendikleri her şeyi nasıl da çabuk kaplar, bir anda ne ürkütücü derinlikler yaratırlar!

İşte M. Martainville'in Voltaire'den daha zeki sayıldığı o uzak ve masum dönemlerin salonlarının görüntüsü böyleydi.

Bu salonların kendilerine özgü bir edebiyat ve siyaset anlayışı vardır. Fiévée'ye inanılır, M. Agier'nin sözleri yasa sayılır, Malaquais rıhtımında kitabevi bulunan yayıncı M. Colnet hakkında yorumlar yapılır, Napoléon Korsika'nın Devi olarak anılırdı. Daha sonraları, M. Buonaparte markisinin kralın ordusunun generali olarak tarihe geçmesi yüzyılın düşünce tarzına verilen tavizdi.

Bu salonlar saflıklarını uzun süre koruyamadı. 1818'den itibaren, bu salonlarda endişe verici bir ayrıntı olarak kabul edilebilecek bazı doktrinerler[44] boy göstermeye başladı. Bunlar kralcı olduklarını ve bundan pişmanlık duyduklarını söyler, aşırı kralcıların fazlasıyla gurur duydukları gelişmelerden utanırlardı. Zeki ve sakindiler; siyasi görüşlerinde seçkinciliğin ağırlığı hissediliyordu; başarılı olmak zorundaydılar. Zaten yararlı bir alışkanlık sonucu beyaz boyunbağlarını ve düğmeli giysilerini abartılı bir şekilde kullanıyorlardı. Doktriner kanadın hatası ya da bahtsızlığı yaşlı bir gençlik yaratmak oldu. Bilge gibi görünmeye çalışıyor, mutlak ve aşırı bir ilkeye ılımlı bir iktidarı aşılamayı düşlüyorlardı. Bazen nadir rastlanan bir kavrayışla yıkıcı liberalizmin karşısına muhafazakâr bir liberalizmi koyuyorlardı. Şunları söyledikleri duyulurdu: "Kralcılığa hakkını verelim: Birçok konuda hizmet verdi. Geleneği, ibadeti, dini, saygıyı geri getirdi. Sadık, yürekli, şövalye ruhlu, sevgi dolu, fedakârdır. İstemeden de olsa, ulusların yeni yüceliklerini monarşinin asırlardır sürüp giden yüceliklerine karıştırıyor. Devrimi, imparatorluğu, zaferi, özgürlüğü, yeni fikirleri, genç kuşakları, yüzyılı anlamayarak hata ediyor. Ama onun bize karşı yaptığı bu hatayı bazen biz de ona karşı yapmadık mı? Mirasçıları olduğumuz devrim herkesi kapsayacak bir anlayışa sahip olmalı. Kralcılığa saldırmak

---

44 Restorasyon döneminde (1814-1830) monarşiyle Fransız Devrimi'ni uzlaştırmaya çalışan kralcı liberaller. (ç.n.)

liberalizmin mantığına aykırıdır. Ne büyük hata ve ne büyük bir düşüncesizlik! Devrimci Fransa, tarihin Fransa'sına yani annesine, yani kendisine saygısızlık ediyor. 5 Eylül'den sonra monarşinin soylularına nasıl davranıldıysa, 8 Ağustos'tan sonra imparatorluk soylularına öyle davranılıyor. Onlar kartala adil davranmadılar, biz de zambağa adil davranmıyoruz. Demek ki her zaman yasaklanacak bir şeyler olması isteniyor! XIV. Louis'nin tacının yaldızını, IV. Henri'nin armasını kazımak, bunlar çok mu gerekli? Iéna Köprüsü'ndeki N harflerini sildiren M. de Vaublanc ile alay ediyoruz! Ne yapmıştı ki? Bizim yaptığımızı. Bouvines'i de Marengo gibi, zambakları da N harfleri gibi sahipleniyoruz. Onlar bizim mirasımız. Onları önemsememek neye yarar? Geçmişte de, günümüzde de vatanı inkâr etmemek gerekir. Neden tüm tarihi sahiplenmiyoruz? Neden tüm Fransa'yı sahiplenmiyoruz?"

İşte eleştirilmekten hoşlanmayan, sahip çıkıldıklarında öfkelenen doktrinerler kralcılığı böyle eleştirip böyle savunuyorlardı. Aşırı kralcılar kralcılığın ilk evresine, kilise de ikinci evresine damgasını vurdu. Atılganlığın ardından beceriklilik geldi. Bu gözlemlerimizi burada sonlandıralım.

Bu kitabın yazarı bu öykünün akışı içinde çağdaş tarihin bu ilginç dönemiyle karşılaştığında ona bir göz atmak, bugün tanınmayan bir toplumu bazı ilginç ana hatlarıyla tasvir etmek zorunda kaldı. Ama bunu hiçbir acı ve alaycı düşünceye yer vermeden çabucak yaptı. Annesiyle ilgili sevgi ve saygı dolu anılar onu geçmişe bağlıyor. Zaten bu küçük topluluğun bile kendine özgü bir yüceliği vardır. Ona gülünebilir, ama o aşağılanamaz ya da ondan nefret edilemez. Anlattığımız geçmişin Fransa'sıydı.

Marius tüm çocuklar gibi eğitimini tamamladı. Teyze Gillenormand'ın devreden çıkmasıyla, dedesi onu ukalalığı doruk noktasına ulaşmış saygın bir eğitmene emanet etti. Serpilmeye başlayan bu ruh bir iffet timsalinden bir bilgiçlik numunesinin eline geçti. Liseden sonra hukuk okuyan Marius kralcı, fanatik, ciddi bir gençti. Neşeli ve hayâsız halinden hoşlanmadığı için dedesini pek sevmiyordu ve babası konusunda ise kafası karışıktı.

Zaten duygusuzluğa varacak ölçüde ağırbaşlı, yabaniliğe varacak ölçüde saf olan bu çocuk ateşli ve soğuk, soylu, cömert, gururlu, dindar, coşkuluydu.

IV

Haydudun Sonu

Marius'ün liseyi bitirmesi M. Gillenormand'ın soylular âleminden elini eteğini çektiği zamana denk gelmiş, yaşlı adam Saint-Germain Mahallesi'ne elveda deyip Marais'ye, Filles-du-Calvaire Sokağı'ndaki evine yerleşmişti. Kapıcının dışında, yanında Magnon'dan sonra gelen Nicolette adlı odacı kadın ve yukarıda sözünü ettiğimiz tıknefes Basque çalışıyordu.

1827'de on yedi yaşında olan Marius bir akşam eve döndüğünde büyükbabasının elinde bir mektup olduğunu gördü.

— Marius, dedi M. Gillenormand, yarın Vernon'a gideceksin.

— Neden?

— Babanı görmek için.

İçi ürperen Marius bir gün babasını görebileceğinin dışında her şeyi düşünmüştü. Hiçbir şey ona bu kadar beklenmedik, şaşırtıcı, hatta sevimsiz görünemezdi. Bu durum uzaklığın yakınlığa baskın çıkması demekti. Bu bir üzüntü kaynağı değildi hayır, bir angaryaydı.

Marius siyasi antipatisi dışında, M. Gillenormand'ın kılıççı olarak andığı babasının kendisini sevmediğine inanıyordu, ne de olsa onu terk etmiş ve başkalarına bırakmıştı. Sevilmediğini hissettiği için o da hiç sevmiyor, "Bundan daha doğal ne olabilir ki..." diyordu.

M. Gillenormand'a soru soramayacak ölçüde şaşırmıştı. Dede devam etti:

— Hasta olduğunu söylüyor. Seni yanına çağırıyor.

Ve bir sessizlikten sonra ekledi: "Yarın sabah yola çık. Sanırım sabah altıda Fontaines avlusundan hareket edip akşam oraya varan bir araba var. Ona bin. Acele gelmen gerektiğini yazmış."

Ardından mektubu buruşturup cebine soktu. Marius o akşam yola çıkıp ertesi sabah babasının yanında olabilirdi. O dönemde, gece Bouloi Caddesi'nden kalkıp Rouen'e giden posta arabası Vernon'dan geçiyordu. Ama M. Gillenormand da, Marius de daha önce bir araba olup olmadığını öğrenmeyi akıllarından bile geçirmediler.

Ertesi gün hava karardığında Marius, Vernon'a varmıştı. Kentte mumlar yanmaya başlamıştı. İlk gördüğü kişiye *Mösyö Pontmercy'nin evini* sordu. Çünkü o da Restorasyon ile hemfikirdi ve babasının ne baronluk unvanını ne de albaylık rütbesini tanıyordu.

Ona evi gösterdiklerinde gidip kapıyı çaldı. Elinde lamba tutan bir kadın kapıyı açtı.

— Mösyö Pontmercy'yi görebilir miyim?

Kadın hiç kımıldamadı.

— Kendisi burada mı?

Kadın başını olumlu bir ifadeyle salladı.

— Onunla konuşabilir miyim?

Kadın bunun mümkün olmadığını belirtircesine başını iki yana salladı.

— Ama ben oğluyum! Beni bekliyor.

— Artık sizi beklemiyor, dedi kadın.

Marius o sırada kadının ağlamaya başladığını fark etti.

Kadının ona parmağıyla işaret ettiği basık tavanlı bir salona girdi.

Ocağın üzerine konmuş içyağından bir mumun aydınlattığı bu salonda, biri ayakta duran, biri diz çökmüş, biri de boylu boyunca döşemenin üzerine uzanmış üç adam vardı. Yerde yatan albaydı.

Diğerleri doktor ve dua eden rahipti.

Üç gün önce beyin hummasına yakalanan albay kötü bir önsezinin etkisiyle M. Gillenormand'a oğlunu yanına göndermesi için mektup yazmış, ardından hastalığı daha da ağırlaşmıştı. Marius'ün Vernon'a geldiği akşam bir sayıklama nöbetine giren albay hizmetçinin çabalarına rağmen yataktan kalkmış, "Oğlum gelmiyor! Ben onun yanına gidiyorum!" diye haykırdıktan sonra odasından çıkmış ve salonun döşemesinin üzerine yığılarak son nefesini vermişti.

Mumun alacakaranlığında, yerde yatan albayın solgun yanağında ölü gözünden akmış iri bir gözyaşı duruyordu. Göz donuklaşsa da, gözyaşı kurumamıştı. Bu gözyaşı oğlunun gecikmesi yüzünden akıttığı gözyaşıydı. Marius ilk ve son kez gördüğü bu adamın saygın ve erkeksi yüzünü, artık bakmayan açık gözlerini, beyaz saçlarını, şurada burada kılıç darbelerinin izlerini belli eden kahverengi çizgilerin ve kızıl yıldızları andıran mermi deliklerinin göze çarptığı o güçlü kol ve bacaklarını, Tanrı'nın iyilikle donattığı o yüze kahramanlığın damgasını vuran o yara izini inceledi. Babası olan bu adamın öldüğünü düşünerek soğuk bir ifadeyle olduğu yerde bekledi.

Hissettiği hüzün, ölmüş bir halde yere serilmiş herhangi bir adamın karşısında hissedeceği hüzünden farksızdı.

Bu odada içler acısı bir yas yaşanıyordu. Hizmetçi bir köşede ağlıyor, dua eden rahibin hıçkırık sesleri duyuluyor, doktor gözyaşlarını siliyordu; ceset bile ağlıyordu.

Bu doktor, bu rahip, bu kadın kederlerinin ortasında bir yabancı gibi orada duran Marius'e hiçbir şey söylemeden bakıyorlardı. Pek fazla duygulanmayan Marius davranışından utanç duydu; yaşadığı acının gücünü tükettiğini belli etmek istercesine elindeki şapkasını yere bıraktı.

Aynı zamanda, vicdan azabı duyuyor, böyle davrandığı için kendine kızıyordu. Ama bu kendi suçu muydu? Babasını sevmiyordu, bundan ne çıkardı!

Geriye hiçbir şey bırakmayan albayın cenaze masrafları mobilyalarının satılmasıyla güçlükle karşılandı. Hizmetçi bir kâğıt parçasını Marius'e uzattı. Üzerinde albayın kaleminden çıkmış şu satırlar yazılıydı:

Oğluma,
İmparator Waterloo savaş alanında bana baron unvanı verdi. Restorasyon kanımla elde ettiğim bu unvanı tanımadığı için oğlum onu kendisine yaraşır bir şekilde taşıyacak.

Albay kâğıdın arkasına şunları eklemişti:

Aynı Waterloo Savaşı'nda bir çavuş hayatımı kurtardı. Adı Thénardier. Sanırım son zamanlarda Paris yakınlarındaki bir köyde, Chelles ya da Montfermeil'de küçük bir han işletiyor. Oğlum bu adamla karşılaşırsa ona elinden gelen her iyiliği yapsın.

Marius babasının vasiyetini yerine getirmek için olmasa da, ölümün yarattığı insanın yüreğini her zaman buyurgan bir şekilde baskı altına alan o belli belirsiz saygının etkisiyle kâğıdı katlayıp cebine soktu.

Albaydan geriye miras olarak hiçbir şey kalmamıştı. M. Gillenormand kılıcını ve üniformasını eskiciye sattırdı. Komşular bahçesini ve nadir bulunan çiçeklerini yağmaladılar. Diğer bitkiler de çalılara dönüşüp soldu.

Marius, Vernon'da sadece kırk sekiz saat kalmış, cenazeden sonra Paris'e geri dönüp babasını sanki hiç yaşamamışçasına unutarak hukuk eğitimine devam etmişti. Albay iki günde defnedilmiş, üç günde unutulmuştu.

Marius'ün şapkasında sadece küçük bir yas tülü vardı. Hepsi bu.

V

Devrimci Olmak için Ayine Gitmenin Yararları

Marius çocukluğundan kalma dindarca alışkanlıklarını sürdürmeye devam etmişti. Her zamankinden daha da dalgın olduğu bir pazar günü, ayin için Saint-Sulpice'e, teyzesinin küçükken kendisini götürdüğü Vierge Şapeli'ne gitmiş, bir sütunun arkasındaki Utrecht kadifesinden bir iskemleye arkasındaki *Mösyö Mabeuf, Kilise mütevelli heyeti üyesi* yazısını fark etmeden oturmuştu. Ayin başlamak üzereyken yanına gelen bir ihtiyar Marius'e:

— Mösyö burası benim yerim, demişti.

Marius'ün hemen ayağa kalkmasıyla yaşlı adam yerine yerleşmişti.

Ayin bittiğinde yaşlı adam düşünceli bir halde birkaç adım ötesinde duran Marius'ün yanına yaklaştı:

— Sizden biraz önce ve şimdi sizi rahatsız ettiğim için özür dilerim; beni can sıkıcı bir ihtiyar sanmış olmalısınız, size durumu açıklamam gerek.

— Mösyö, dedi Marius, buna hiç gerek yok.

— Elbette var! diye devam etti ihtiyar, benim hakkımda kötü düşünmenizi istemem. Gördüğünüz gibi oturduğum yeri seviyorum. Orada ayini daha mükemmel bir şekilde dinlediğimi hissediyorum. Neden mi? Bunu size açıklayacağım. On yıl boyunca, düzenli olarak her iki üç ayda bir, aile içi anlaşmalar izin vermediğinden çocuğunu görmek için başka bir fırsat bulamayan zavallı, saygıdeğer bir babanın ayini oradan izlediğine tanık oldum. Oğlunun ayine getirildiği saatte buraya geliyordu. Küçük çocuk babasının orada olduğunu bilmiyordu. Hatta zavallı masum belki babasının olduğunu dahi bilmiyordu! Fark edilmemek için bir sütunun arkasına gizlenen zavallı baba çocuğuna bakıp ağlıyor, o küçük yavruya hayranlık duyuyordu! Bunu gözlerimle gördüm. Onun durduğu yeri âdeta kutsanmış sayarak ayinleri oradan izlemeye başladım. Orayı kilise mütevelli heyeti üyesi olmam dolayısıyla bana ayrılan koltuğa tercih ediyorum. Bu bahtsız adamı biraz olsun tanıma fırsatı buldum. Bir kayınpederi vardı, zengin bir teyzeden, akrabalardan, başkalarından söz ediyordu. Babayı oğlunu görmeye kalkışırsa çocuğu miraslarından mahrum edeceklerini söyleyerek tehdit ediyorlardı. Oğlunun günün birinde zengin ve mutlu olması için kendisini feda etmişti. Onu oğlundan siyasi görüşleri nedeniyle ayırıyorlardı. Kuşkusuz siyasi düşüncelere saygı duyarım, ama nerede durmaları gerektiğini bilmeyen insanlar var. Tanrım! Bir adam Waterloo'da savaştığı için bir canavar olamaz; bir baba bu nedenden dolayı çocuğundan ayrı tutulamaz. Bonaparte'ın albayıydı. Sanırım öldü. Kardeşimin başrahipliğini yaptığı Vernon'da yaşıyordu ve adı Pontmarie ya da Montpercy... gibi bir şeydi. Yüzünde bir kılıç yarası vardı.

— Pontmercy, dedi rengi solan Marius.

— Evet Pontmercy. Onu tanıdınız mı?

— Mösyö o benim babamdı.

Yaşlı mütevelli heyeti üyesi ellerini kavuşturarak haykırdı:

— Ah! Demek o çocuk sizsiniz! Elbette, şimdi delikanlılık çağına gelmiştir. Zavallı çocuğum, herkese sizi çok seven bir babanız olduğunu söyleyebilirsiniz!

Yaşlı adamın koluna giren Marius ona evine kadar eşlik etti. Ertesi sabah M. Gillenormand'a:

— Arkadaşlarımla üç günlük bir av partisi düzenlemeye karar verdik. Gitmeme izin verir misiniz? diye sordu.

— Dört gün! diye yanıtladı dede, git eğlenmene bak.

Ve gözünü kırparak kızına:

— Küçük bir aşk macerası! dedi.

VI

Bir Kilise Mütevelli Heyeti Üyesiyle Karşılaşmanın Sonuçları

Marius'ün nereye gittiğini daha ileride göreceğiz.

Üç gün sonra Paris'e dönen Marius hemen hukuk fakültesinin kütüphanesine gidip *Moniteur*'ün eski sayılarını istedi.

Moniteur'ü, Cumhuriyet ve İmparatorluk hakkındaki tüm yayınları, *Sainte-Hélène Günlüğü*'nü, tüm anıları, gazeteleri, raporları, duyuruları satır satır okudu. Büyük ordunun raporlarında babasının adına ilk kez rastladığında bir hafta hasta yattı. Georges Pontmercy'nin aralarında H. kontunun da bulunduğu komutanlarını ziyarete gitti. Tekrar görüştüğü M. Mabeuf ona albayın Vernon'daki inzivasını, çiçeklerini, yalnızlığını anlattı. Marius sonunda bu nadir rastlanan, ulvi, sevecen adamı, âdeta bir aslan-kuzu olan babasını tam anlamıyla tanıdı.

Bu arada, tüm düşüncelerini yoğunlaştırdığı, tüm zamanını alan bu araştırma nedeniyle Gillenormandları neredeyse hiç görmüyordu. Yemek saatlerinde şöyle bir gözüküyor, ardından ortadan kayboluyordu. Teyze homurdanırken, Gillenormand baba gülümsüyor,"Vay! Vay! Hovardalık zamanı!" diyor, bazen de "Vay canına! Ben bunu küçük bir aşk macerası sanıyordum, sanırım bir tutkuya dönüşmüş," diye ekliyordu.

Gerçekten de bu bir tutkuydu. Marius babasına hayrandı.

Aynı zamanda düşünceleri de olağanüstü bir değişime uğruyordu, bu değişimin evreleri sayısız ve zincirlemeydi. Dönemimizin pek çok zihninde yaşanan bu değişim evrelerini adım adım izlemeyi ve hepsini birden izah etmeyi yararlı buluyoruz.

Gözlerini diktiği ve kendisini ürküten bu tarihin onda yarattığı ilk etki gözlerinin kamaşması oldu.

Cumhuriyet ve İmparatorluk o zamana kadar onun için canavarca sözcüklerdi. Cumhuriyet alacakaranlıktaki bir giyotini, imparatorluk gece yarısındaki bir kılıcı ifade ediyordu. Onlara bakıyor, karanlığın kargaşasıyla karşılacağı yerde, korku ve neşeyle iç içe geçmiş beklenmedik bir şaşkınlıkla Mirabeau'nun, Vergniaud'nun, Saint-Just'nün, Robespierre'in, Camilles Desmoulins'ın, Danton'un yıldızlar gibi kıvılcımlar saçtıklarını, Napoléon'un güneş gibi doğduğunu görüyor, nerede olduğunu bilmeden aydınlıklarla körleşmiş bir halde geri çekiliyordu. Yavaş yavaş şaşkınlığını atlatıp bu ışıltılara alıştığında, yaşananları soğukkanlılıkla, kişilikleri korkusuzca incelemeye başladı; devrim ve imparatorluk hayallere kapılmış gözbebeklerinde parıltılı bir ufuk gibi belirirken, olaylar ve insanlardan oluşan bu iki grubun iki muhteşem gelişmede özetlendiğini fark etti; cumhuriyet kitlelere yurttaşlık haklarını geri vererek, imparatorluk ise Fransız düşüncesinin Avrupa'ya dayatılmasını sağlayarak hükümranlıklarını sürdürüyorlardı; devrimden halkın ulvi görünümünün, imparatorluktan Fransa'nın yüce itibarının çıktığını gördü. Zihninde tüm bunların yararlı olduğuna karar verdi.

Burada, oldukça yüzeysel olan bu ilk hayranlığının neyi ihmal ettiğini açıklamamız gerektiğini düşünmüyoruz. Harekete geçmiş bir ruh halinin gelişmeleri tek bir evrede gerçekleşemez. Önceden söylediklerimiz ve bundan sonra söyleyeceklerimiz için geçerli olan bu sözlerden sonra devam ediyoruz.

O zaman farkına vardı ki, şimdiye dek ne babasını ne de ülkesini anlayabilmişti. Gözlerinin önünde inatçı bir karanlık bulunduğundan ikisini de tanımamıştı. Şimdi görüyor, bir yandan hayranlık duyup diğer yandan tapınıyordu.

Pişmanlık ve vicdan azabı yüreğini kemirirken, şimdi yüreğinden geçenleri sadece bir mezara söyleyebileceğini umutsuzca düşünüyordu. Ah! Keşke babası yaşasaydı, Tanrı merhameti ve yüceliğiyle bu babanın hâlâ yaşamasına izin verseydi, ona doğru hızla koşup babasına "Baba! İşte buradayım! Yüreğim senin yaşadığın aynı coşkuyla atıyor! Ben senin oğlunum!" diye nasıl da haykıracaktı! Beyaz başına nasıl sarılacak, saçlarını gözyaşlarıyla nasıl ıslatacak, yüzündeki yarayı, üniformasını nasıl hayranlıkla izleyecek, ellerini nasıl sıkacak, ayaklarını nasıl öpecekti! Ah! Bu baba neden vaktinden, adaletin yerine gelmesinden, oğlunun kendisini taparcasına sevmesinden önce ölmüştü? Marius yüreğindeki burkulmanın kendisine "Ne yazık!" deyişini her duyduğunda ciddi, ağırbaşlı bir hal alıyor, inancına ve düşüncelerine daha fazla güveniyordu. Gerçeğin aydınlığı zihnindeki düşünceleri sürekli olarak şekillendirdikçe içinde bir şeylerin çoğalıp yücelerek ona kendisi için yeni olan iki şeyi, babasını ve vatanını getirdiklerini hissediyordu.

Bir maymuncuğun her kapıyı açması gibi nefret ettiği her şeye bir açıklama getiriyor, tiksindiği her şeyi kavramaya başlıyordu; artık nefret etmesi gerektiği öğretilen her büyük olayın, lanetlemesi öğütlenen her büyük adamın koruyucu, ilahi ve insani yanlarını net bir şekilde görebiliyordu. Daha yakın zamana kadar savunduğu ve ona çok gerilerde kalmış gibi gelen düşüncelerini aklına getirdiğinde kendine öfkeleniyor, gülümsüyordu. Babası saygınlığını kazanınca doğal olarak Napoléon da saygınlık kazanmıştı. Yine de Napoléon'un, gözünde yücelmesi için çok emek harcaması gerekmişti.

Çocukluğundan beri, düşünceleri 1814 iktidarının Bonaparte hakkındaki yargılarıyla yoğrulmuştu. Oysa tüm önyargıları, tüm çıkarları, tüm içgüdüleriyle Napoléon'u itibarsızlaştırmayı hedefleyen Restorasyon, ona Robespierre'den daha çok lanet yağdırıyor, bunun için de ulusun bezginliğinden, annelerin kininden yararlanıyordu. Bu çabalar sayesinde Bonaparte âdeta masallardan çıkmış bir canavara dönüşmüştü ve 1814 iktidarı Napoléon'un imajını, halkın daha önce de belirttiğimiz gibi çocuklarınkine benzeyen hafızasına kazımak için onun ululuğunu korusa da korkunç göründüğü, gülünçleştikçe korkunçlaştığı, Tiberius'dan Gulyabani'ye kadar tüm dehşet verici maskelerini peş peşe ortaya çıkarıyordu. Bu yüzden, herkes temelinde nefretin yatması koşuluyla Bonaparte'dan söz ederken hıçkırıklara ya da kahkahalara boğulmakta özgürdü. Marius "o adam" diye hitap edilen Napoléon'u hayalinde genel kabul gören imgeler dışında hiçbir şekilde canlandırmamıştı. Bu imgeler ve düşünceler inatçı kişiliğiyle bütünleştiğinde içine Napoléon'dan nefret eden dikkafalı bir delikanlı yerleşmişti.

Tarihi okuyup, özellikle de belgeleri ve raporları inceledikçe Napoléon'u Marius'ün gözlerinden gizleyen örtü yavaş yavaş yırtılmaya başlamış, örtünün yırtıkları arasından devasa bir tablonun parçalarını hayal meyal gördüğünde o ana kadar bildiğini sandığı her şey gibi, Napoléon konusunda da yanıldığını anlamıştı. Her geçen gün gerçekleri daha net bir şekilde görüyor, başlangıçta biraz tereddüt etse de önce karanlık, ardından loş görünen ve nihayet hayranlığın görkemli ışığıyla aydınlanan basamakları kendinden geçercesine ve karşı konulmaz bir büyünün etkisine kapılmışçasına yavaş yavaş tırmanıyordu.

Bir gece çatı katındaki küçük odasında yalnızdı. Mumu yakmış, açık penceresinin yanındaki masaya dirseklerini yaslamış, okumaya başlamıştı. Uzay boşluğundan gelen türlü türlü hayaller zihnindeki düşüncelere karışıyordu. Gece ne muhteşem bir görüntü arz eder! Nereden geldiği bilinmeyen boğuk gürültüler duyulur, hacmi dünyadan bin iki yüz kere büyük olan Jüpiter'in bir kor gibi parıldadığı görülür, gök kapkaranlıktır, yıldızlar ışıldar, her şey olağanüstüdür.

Büyük ordunun, savaş alanlarında yazılmış destanları andıran raporlarını okuyor, ara sıra babasının ismine, sürekli olarak da imparatorun ismine rastlıyordu; o yüce imparatorluk gözünün önünde canlanırken içinin tıpkı bir gelgitte olduğu gibi kabarıp alçaldığını hissediyor, bazen babasının yanından bir soluk gibi geçtiğini, kulağına bir şeyler söylediğini duyumsuyordu; giderek garip bir hal alıyor, trampetleri, borazanları, topları, taburların uygun adım yürüyüşlerini, süvarilerin uzaktan dörtnala geçişlerini duyar gibi oluyordu; ara sıra gökyüzünün derinliklerinde parıldayan devasa takımyıldızlara bakmak için kaldırdığı gözlerini yeniden kitaba yönelttiğinde orada da farklı devasa kütlelerin belli belirsiz hareket ettiğini görüyordu. Aniden kendinden geçmiş, soluk soluğa kalmış bir halde tüm bedeni titrerken, içinde neler olup bittiğini, neye itaat ettiğini bilemeden doğrulup iki kolunu pencereden dışarı uzattı, bakışlarını sessizliğe, sonsuz karanlığa, engin gökyüzüne sabitledikten sonra haykırdı: "Yaşasın İmparator!"

O andan itibaren kararını vermişti: Zihninde yok olup giden Korsika Devi, gaspçı, zorba, kız kardeşlerine âşık canavar, aktör Talma'dan ders alan palyaço, Yafa kasabı, kaplan, Buonaparté gibi aşağılamalar yerini Sezar'ın mermer heykelinin solgun hayalinin ışıl ışıl yandığı erişilmez bir yüksekliğin engin ve şanlı parıltısına bıraktı. Artık babasının çok sevdiği, hayran olduğu, uğruna kendini feda ettiği imparator Marius'ün gözünde çok daha farklı bir yüceliğe erişmişti. O artık Roma'dan sonra dünyaya hükmedecek Fransa'yı inşa etmek için yaratılmış bir kahraman, bir dönemin yıkımını gerçekleştiren muhteşem bir mimar, Charlemagne'ın, XI. Louis'nin, IV. Henri'nin, Richelieu'nün, XIV. Louis'nin ve Halk Kurtuluş Komite'sinin halefiydi. Kuşkusuz bir insan olarak hataları, yanılgıları, hatta suçları vardı; ama hataları ulu, yanılgıları parıltılı, suçları görkemliydi.

O tüm uluslara "büyük ulus" dedirtmek için yaratılmış bir adamdı. Dahası, Avrupa'yı elindeki kılıcıyla fetheden, tüm dünyayı yaydığı ışıkla aydınlatan Fransa'nın cisimleşmiş haliydi. Marius, Bonaparte'ı hayalinde Fransa'nın sınırları üzerinde her zaman bekleyip geleceği koruyacak göz kamaştırıcı bir hayalet gibi canlandırdı. Despot ama diktatör; Cumhuriyet'ten doğan ve devrimi özetleyen bir despot. Napoléon onun gözünde, İsa'nın Tanrı-insana dönüşmesi gibi halk-insana dönüştü.

Görüldüğü gibi bir dini yeni benimseyen bir müminin sarhoşluğunu yaşıyor, inancına sıkıca bağlanıyor, aşırıya kaçıyordu. Mizacı böyleydi; bir yokuşun başına geldiğinde kimse onun yukarı çıkmasına engel olamazdı. Zihninde kılıca duyduğu hayranlık giderek artıyor, coşkulu düşüncelere karışıyordu. Dehaya ve karmaşaya olduğu gibi güce de hayranlık duyduğunu, yani tapınmasının iki cephesinden birine kutsal olanı, diğerine kaba kuvvete dayananı yerleştirdiğinin kesinlikle farkında değildi. Birçok açıdan kendini farklı bir şekilde kandırmaya başlamıştı. Her şeyi kabulleniyordu. Gerçeğe giderken yanılgıya da rastlanabilir. Her şeyi bir bütün olarak benimsemeye yetecek yoğunlukta bir inanca sahipti. Girdiği yeni yolda, eski rejimin hatalarını yargılayıp Napoléon'un şanını gözlemlerken hafifletici sebepleri dikkate almıyordu.

Her hâlükârda büyük bir adım atmıştı. Eskiden monarşinin düşüşünü gördüğü yerde şimdi Fransa'nın yükselişini görüyordu. Yönü değişmiş, eskiden batı dediği bugün doğu olmuş, düşünceleri tersine dönmüştü.

İçinde gerçekleşen bu devrimlerden ailesinin haberi yoktu.

Bu gizemli, düşünsel dönüşüm sırasında eski Bourbonlu tavrından ve bunun aşırılığından, aristokrat, kralcı, mutlak monarşi yanlısı kimliğinden tamamıyla sıyrılıp devrime, demokrasiye, hatta cumhuriyetçiliğe derin bir inançla bağlandığını hissettiğinde Orfévres rıhtımındaki bir mühürcüye gidip üzerinde: *Baron Marius Pontmercy* yazan yüz tane kartvizit siparişi verdi.

Bu girişimi her şeyin babasının yörüngesinde dönüp durduğu değişim sürecinin tutarlı bir sonucuydu.

Sadece, kimseyi tanımadığı ve kapıcılara dağıtamayacağı için kartvizitleri cebine koymak zorunda kaldı.

Dönüşümünün bir başka doğal sonucu olarak, babasının anısına ve yirmi beş yıl boyunca uğrunda mücadele verdiği davalara yakınlaştıkça dedesinden uzaklaşıyordu. Söylediğimiz gibi, M. Gillenormand'ın neşeli mizacı uzun zamandan beri hoşuna gitmiyordu. Aralarında şimdiden ağırbaşlı bir delikanlıyla uçarı bir ihtiyarın uyumsuzlukları vardı. Géronte'un neşesi Werther'in melankolisini incitip öfkelendirir. Aynı siyasi görüşleri paylaştıkları süre boyunca Marius, M. Gillenormand'la âdeta bir köprünün üzerinde karşılaşmıştı. O köprü çöktüğünde aralarında bir uçurum oluştu. Üstelik hepsinden önemlisi, saçma sapan gerekçelerle kendisini albaydan acımasızca ayıranın, babayı oğuldan, oğlu babadan yoksun bırakanın M. Gillenormand olduğunu düşündükçe içinde tasvir edilemez isyan dalgaları kabarıyordu.

Marius babasına duyduğu merhametten dolayı dedesinden nefret etmeye başlamıştı.

Zaten, daha önce de belirttiğimiz gibi hiçbir şeyi dışa vurmuyordu. Yalnızca, giderek daha mesafeli davranıyor, yemeklerde az konuşuyor, evde nadiren gözüküyordu. Teyzesi onu bu yüzden azarladığında son derece uysal bir ifadeyle derslerini, sınavlarını, konferanslarını bahane ediyordu. Dedesi tespitlerinde ısrarcıydı:

— Âşık olmuş! Bu konularda hiç yanılmam, diyordu.

Marius ara sıra eve uğramadığında, teyzesi:

— Bu çocuk nereye gidiyor? diye soruyordu.

Her zaman kısa süren bu yolculuklarından birinde babasının vasiyetini yerine getirmek için Montfermeil'e gidip Waterloo'nun eski çavuşu hancı Thénardier'yi aramıştı. Han kapanmıştı, iflas eden Thénardier'nin nereye gittiğini kimse bilmiyordu. Marius bu araştırmalar yüzünden evden dört gün ayrı kalmıştı.

— Artık çok ileri gidiyor, diyordu büyükbaba.

Göğsünde, gömleğinin altında boynuna siyah bir kurdeleyle bağlanmış bir şey taşıdığı fark edilir gibi oluyordu.

VII

Gönül Macerası

Mızraklı bir süvariden söz etmiştik.

M. Gillenormand'ın baba tarafından küçük yeğeni olan bu genç ailesinden uzakta garnizon hayatı yaşıyordu. Teğmen Théodule Gillenormand iyi bir subay olmak için gereken tüm koşulları yerine getiriyordu. "Matmazellerinki gibi bir bele" sahipti, kılıcını muzaffer bir edayla taşır, bıyıklarını yukarı doğru burardı. Paris'e çok nadir geldiğinden Marius onu hiç görmemişti. İki kuzen birbirlerini sadece ismen tanıyorlardı. Théodule sanıyoruz Gillenormand teyzenin gözdesiydi, onu tercih etmesinin sebebi ise onu Marius'ten daha az görüyor olmasıydı. İnsanları görmemek onların çok mükemmel olduklarının varsayılmasına neden olur.

Bir sabah odasına dönen Matmazel Gillenormand dinginliğinin elverdiği ölçüde heyecanlanmıştı. Marius dedesinden bir kez daha küçük bir yolculuğa çıkmak için izin istiyor, bu akşam yola çıkmayı planladığını söylüyordu. Kendisine "Tamam, git," diye karşılık veren M. Gillenormand iki kaşını alnına doğru çatarak içinden şu sözleri eklemişti: "Sınırı aşmaya başlıyor." Odasına kafası karışmış bir halde çıkan Matmazel Gillenormand merdivenin başında, "Bu kadarı fazla!" ünlemiyle tepki göstermiş, şu soru işaretiyle devam etmişti:

— Tamam da bu çocuk nereye gidiyor?

Yeğeninin az ya da çok yasak bir ilişki yaşadığını sezer gibi oluyor, gölgelerin arasında bir kadın olduğunu, bir randevuya gittiğini, gizemli bir iş çevirdiğini seziyor, bu sırrı çözmenin hiç de fena olmayacağını düşünüyordu. Bir gizemin tadına bakmak bir skandalı ilk öğrenen olmaya benzer; aziz ruhlar bunu hiç de hafife almazlar. Sofuluğun gizli bölmelerinde skandallara duyulan merakın izleri vardır.

Bu yüzden, kendini bir sırrı çözmenin belli belirsiz iştahına kaptırmıştı.

Zihnini alışılmışın ötesinde kurcalayan bu merakından kurtulmak için yeteneklerine sığınmış, pamuk bezin üzerine İmparatorluk ve Restorasyon dönemlerinin modası uyarınca araba tekerleklerini andıran süslü şeritlerinden birini işlemeye başlamıştı. Can sıkıcı bir iş, huysuz bir işçi. Kapısı açıldığında saatlerdir iskemlesinde aynı şekilde oturuyordu. Madam Gillenormand burnunu kaldırdığında karşısında kendisine asker selamı veren Teğmen Théodule'ü görüp bir sevinç çığlığı attı. İnsan yaşlı, iffetli, sofu, teyze de olsa odasına mızraklı bir süvari girmesinden keyif alır.

— Demek geldin Théodule! diye haykırdı.

— Geçerken uğradım teyze.

— Ama hadi beni öpsene.

— Tamam! dedi Théodule.

Ve teyzesini öptü. Matmazel Gillenormand yazı masasının çekmecesini açtı.

— Burada en az bir hafta kalırsın, öyle değil mi?

— Teyze bu akşam yola çıkıyorum.

— Mümkün değil!

— Kesinlikle.

— Küçük Théodule'üm yalvarırım biraz daha kal.

— Yüreğim evet dese de, talimatlar hayır diye karşılık veriyor. Nedeni çok basit. Garnizonumuzun yeri değişiyor; Melun'dan Gaillon'a taşınıyoruz. Eski garnizondan yenisine gitmek için Paris'ten geçmek gerekiyor. Teyzemi görmeye gideceğim diyerek izin aldım.

— Ve işte zahmetinin karşılığı.

Eline on altın tutuşturdu.

— Sevgili teyzeciğim sevgimin karşılığı demek istiyorsunuz.

Théodule onu bir kez daha öptüğünde, teyze boynunun üniformanın şeridiyle hafifçe sıyrılmasının hazzını yaşadı.

— Alayınla birlikte atla mı yolculuk ediyorsun?

— Hayır teyze. Sizi görmek için özel izin aldım. Atım seyisimde, ben posta arabasıyla gideceğim. Bu arada size bir şey sormam gerek.

— Nedir?

— Kuzenim Marius Pontmercy de mi yolculuğa çıkıyor?

— Bunu nereden biliyorsun? diye sordu aniden merakının okşanmasıyla.

— Buraya gelirken, arabada yerimi ayırtmak için posta bürosuna uğradım.

— Sonra?

— Bir yolcu daha önceden üst kat için bir bilet almış. Kâğıdın üzerinde ismini gördüm.

— Hangi ismi?

— Marius Pontmercy.

— Sefih! diye haykırdı teyze. Ah! Kuzenin senin gibi düzenli bir çocuk değil. Demek geceyi posta arabasında geçirecek!

— Benim gibi.

— Ama sen görevin için gidiyorsun, o ise kendi keyfine bakıyor.

— Vay canına!

O sırada Matmazel Gillenormand'ın aklına bir fikir geldi. Bir erkek olsaydı alnına vuracaktı. Théodule'e çıkışırmış gibi yaptı:

— Kuzeninin seni tanımadığını biliyor musun?

— Tanımıyor. Ben onu gördüm, ama o bana bakmaya asla tenezzül etmedi.

— Demek birlikte yolculuk edeceksiniz?

— O üst, ben alt katta.

— Bu araba nereye gidiyor?

— Andelys'e.

— Marius oraya mı gidiyor?

— Benim gibi yolda inmezse evet. Ben Gaillon'a aktarma yapmak için Vernon'da ineceğim. Marius'ün güzergâhını bilmiyorum.

— Marius! Ne lanet bir isim! Ona Marius ismini koymak kimin aklına gelebilir! Oysa senin ismin en azından Théodule!

— Adımın Alfred olmasını tercih ederdim, dedi subay.

— Dinle Théodule.

— Dinliyorum teyze.

— Söyleyeceklerime kulak ver.

— Dikkatle dinliyorum.

— Hazır mısın?

— Evet.

— Tamam o zaman, Marius sık sık ortadan kayboluyor.

— Bak sen!

— Yolculuğa çıkıyor.

— Vay canına!

— Geceyi dışarıda geçiriyor.

— Ah! Şu işe bak!

— Bu ortadan kayboluşların sırrını öğrenmek istiyoruz.

Théodule feleğin çemberinden geçmiş bir adamın sükûnetiyle yanıtladı:

— Bir gönül macerası.

Ve kendinden emin olduğunu belli eden hafif bir gülümsemeyle ekledi:

— Hovardalık.

— Kuşkusuz, diye haykırdı M. Gillenormand'ın konuştuğunu sanan ve kendi düşüncesinin büyük amca ile küçük yeğenin aynı vurguyla dile getirdikleri *hovarda* sözcüğüyle kesinlikle onaylandığını fark eden teyze. Ve devam etti:

— Bize bir iyilik yap. Marius'ü takip et. Seni tanımadığı için işin kolay olacak. Madem hovardalık yapacak, bu kızın kim olduğunu görmeye çalış. Sonra bu küçük aşk macerasını bize yazarsın. Dedesi çok eğlenecek.

Théodule bu tür hafiyeliklere hiç meraklı olmasa da, on altın paradan oldukça etkilenmişti ve arkasının gelebileceğini düşünüyordu. Görevi kabul edip:

— Nasıl isterseniz teyzeciğim, dedi. Ve içinden ekledi, şimdi de dadı oldum.

Matmazel Gillenormand ona sarıldı.

— Théodule sen böyle dolaplar çevirmezsin. Disipline itaat eder, emirlere bir köle gibi boyun eğersin, sen titiz ve görevine sadık bir adamsın, aileni de küçük bir şıllığı görmek için terk etmezsin.

Mızraklı süvari dürüstlüğü övülen Cartouche gibi yapmacık bir gülümsemeyle karşılık verdi.

Marius bu konuşmayı izleyen akşam takip edildiğini fark etmeden posta arabasına bindi. Takipçiye gelince ilk işi huzur içinde derin bir uykuya dalmak oldu. Argus bütün gece horladı.

Gün doğarken arabanın sürücüsü bağırdı:

— Vernon! Vernon posta konağı! Vernon yolcuları!

Ve teğmen Théodule uyandı.

— Tamam, diye homurdandı, yarı uykulu bir halde, burada iniyorum, dedi.

Ardından, uyanışın etkisiyle hafızası yavaş yavaş geri geldiğinde, teyzesini, on altını ve Marius'ün neler yaptığı hakkında bilgi edinme görevini düşünürken gülümsedi.

— Belki de arabada değildir, diye düşündü üniformasının ceketinin düğmelerini iliklerken. Poissy de ya da Triel'de inmiş olabilir, Meulan'da ya da Rolleboise'da inmediyse ya da Pacy'ye kadar uzanıp solda Evreux'ye, sağda Laroche-Guyon'a dönmeye niyetlenmediyse Mantes'da inmiş olabilir. *Yeğeninin peşinden koş*, ah teyzeciğim. Şimdi bu ihtiyarcığa ne yazacağım?

O sırada alt katın camında üst kattan inen siyah bir pantolon belirdi.

— Yoksa Marius mü? diye düşündü teğmen.

Bu Marius'tü.

Arabanın kenarında, atlara ve arabacıların arasına karışmış küçük bir köylü kızı yolculara çiçekler satıyor, "Hanımlarınıza çiçek götürün," diye bağırıyordu.

Marius ona yaklaşıp sepetindeki en güzel çiçekleri satın aldı.

— Şu işe bak, dedi Théodule arabadan aşağı atlarken, işte bu beni meraklandırdı. Bu çiçekleri kime götürecek acaba? Böyle güzel bir buket aldığına göre çok güzel bir kadın olmalı. Onu görmek isterim.

Ve artık tıpkı kendileri için avlanan köpekler gibi görev icabı değil kişisel merakını gidermek için Marius'ü izlemeye devam etti.

Théodule'ü hiç fark etmeyen Marius arabadan inen zarif kadınlara bakmıyor, etrafındaki hiçbir şey ilgisini çekmezmiş gibi görünüyordu.

— Âşık galiba! diye düşündü Théodule.

Mairus kiliseye yöneldi.

— Muhteşem, dedi Théodule içinden. Kilise! İşte bu. Biraz ayinle çeşnilenmiş randevular mükemmel olur. Hiçbir şey ulu Tanrı'nın yanından bir göz işareti yapmak kadar zarif olamaz.

Kilisenin önüne gelen Marius içeri girmedi ve sunağa arkasını dönüp, sunağın arkasındaki bölümde, sütunlardan birinin köşesinde gözden kayboldu.

— Randevu dışarıda olacak, dedi Théodule. Şu kızı bir görelim.

Ve çizmelerinin ucuna basarak Marius'ün döndüğü köşeye doğru yürüdü.

Oraya vardığında afalladı.

Marius buketin çiçeklerini yaydığı bir mezarın otlarının üzerinde iki elini alnına götürmüş bir halde diz çökmüştü. Mezarın başucunu gösteren bir çıkıntıda üzerinde beyaz harflerle: ALBAY BARON PONTMERCY yazan siyah tahta bir haç vardı. Marius'ün hıçkırıkları duyuluyordu.

Âşık olduğu kız bir mezardı.

VIII

Mermere Karşı Granit

Paris'ten ilk kez ayrıldığında geldiği yer burasıydı. M. Gillenormand'ın "Hovardalık yapıyor," dediği her seferinde geldiği yer burasıydı.

Karşısında birdenbire beklenmedik bir mezar bulmanın şaşkınlığını yaşayan Teğmen Théodule bir mezara ve bir albaya duyulan saygıdan oluşan çözümleyemediği garip ve bunaltıcı bir duygu yaşadı. Marius'ü mezarlıkta yalnız bırakarak âdeta askeri bir disiplinle geri çekildi. Kendisine yüksek rütbeli apoletlerle görünen ölüme neredeyse askeri bir selam verdi. Teyzesine ne yazacağını bilemediğinden hiçbir şey yazmamaya karar verdi; Théodule'ün Marius'ün aşkları konusundaki araştırması bir sonuç vermese de, Vernon ziyareti kısa süre içinde Paris'te yankısını bulacaktı.

Üçüncü günün sabahında Vernon'dan geri dönen Marius dedesinin evinin önünde arabadan indi. Posta arabasında geçen iki gecenin yorgunluğunu ve uykusuzluğunu atmak için yüzme okuluna gitme ihtiyacını hissederek hemen odasına çıktı, yolculuk redingotunu ve boynundaki siyah kordonu çıkararak yüzmeye gitti.

Tüm sağlıklı ihtiyarlar gibi erkenden kalkan M. Gillenormand döndüğünü duyunca, ona sarılmak ve bu arada nereye gittiği hakkında biraz bilgi almak için yaşlı bacaklarının elverdiği ölçüde hızla Marius'ün odasının bulunduğu çatı katının merdivenlerini tırmanmıştı.

Ama yeniyetme basamakları seksenlik çıkamadan indiğinden Gillenormand baba odaya girdiğinde kimseyi bulamamıştı.

Yatak bozulmamıştı ve üzerinde teklifsizce bırakılmış redingot ve siyah kordon duruyordu.

— Bu daha iyi, dedi M. Gillenormand.

Ve biraz sonra şimdiden araba tekerleği desenlerini işlemeye başlamış olan Matmazel Gillenormand'ın oturduğu salona zafer kazanmış bir edayla girdi.

Bir elinde redingot, diğer elinde kordon vardı.

— Zafer! diye haykırıyordu. Sırrı çözeceğiz! Her şeyi öğreneceğiz, bizim sinsi oğlanın çapkınlıklarını elimizle yoklayacağız! İşte aşk romanı başlıyor. Elimde bir resim var!

Gerçekten de, kordonun ucuna bir madalyona benzeyen siyah deriden bir kutu asılıydı.

Bu kutuyu açmayan ihtiyar onu bir süre, gözünün önünden kendisine getirilmeyen leziz bir yemek geçtiğini gören zavallı bir aç gibi hayranlık, öfke ve hazla inceledi.

— Hiç kuşkusuz içinde bir resim var. Bunu iyi bilirim. Onu sevgiyle yüreklerinin üzerinde taşırlar. Ahmaklar! Kimbilir yüreğini hangi iğrenç fahişe hoplatıyordur! Şimdiki gençler çok zevksiz!

— Baba açsana bakalım, dedi yaşı geçkin kız.

Kutu bir yaya basılınca açılıyordu, içinde özenle katlanmış bir kâğıttan başka bir şey bulamadılar.

— Şundan buna, dedi M. Gillenormand kahkahalar atarak. Bunun ne olduğunu biliyorum. Bir aşk mektubu!

— Ah! O zaman okuyalım! dedi teyze.

Ve gözlüklerini takıp kâğıdı açtıklarında şu yazıyla karşılaştılar:

"*Oğluma*. İmparator Waterloo savaş alanında bana baron unvanı verdi. Restorasyon, kanımla elde ettiğim bu unvanı tanımadığı için oğlum onu kendisine yaraşır bir şekilde taşıyacak."

Baba ve kızın o anda yaşadıkları duyguları tasvir etmek mümkün değildi. Kendilerini bir ölünün soluğuyla buz kesmiş gibi hissettiler. Tek bir söz bile etmediler. Sadece M. Gillenormand alçak sesle kendi kendine konuşuyormuş gibi "Bu kılıççının yazısı," dedi.

Teyze kâğıdı evirip çevirdikten sonra yeniden kutuya koydu.

O sırada redingotun cebinden mavi kâğıtla sarılmış kare şeklinde küçük, uzun bir paket düştü. Paketi yerden alan Matmazel Gillenormand mavi kâğıdı açtı. Bunlar Marius'ün bastırdığı kartvizitlerdi. Birini M. Gillenormand'a uzattı, üzerinde *Baron Marius Pontmercy* yazıyordu.

İhtiyarın zili çalmasıyla Nicolette geldi. Kordonu, kutuyu, redingotu alan M. Gillenormand hepsini yere fırlattı ve:

— Bu paçavraları yerine götürün, dedi.

Bir saat derin bir sessizlik içinde geçti. Birbirlerine sırtlarını dönmüş bir halde oturan yaşlı adam da, yaşı geçkin kız da muhtemelen aynı şeyleri düşünüyorlardı. Böyle geçen bir saatin sonunda Gillenormand teyze:

— Çok güzel! dedi.

Birkaç saniye sonra geri dönen Marius belirdi. Daha salon kapısının eşiğini geçmeden önce elinde kartvizitlerinden birini tutan ve üstünlük taslayan bir burjuvanın içinde insanı ezip geçen bir şeyler barındıran sırıtışıyla bağıran dedesini fark etti:

— Vay! Vay! Vay! Vay! Demek artık baron oldun. Sana iltifat etmem gerek. Bu ne anlama geliyor?

Hafifçe kızaran Marius yanıtladı:

— Bu, babamın oğlu olduğum anlamına geliyor.

Gülmeyi kesen M. Gillenormand sert bir ses tonuyla karşılık verdi:

— Senin baban benim.

— Babam, diye devam etti gözlerini önüne eğen Marius sert bir ifadeyle, cumhuriyete ve Fransa'ya onurlu bir şekilde hizmet eden, insanlığın yazdığı en büyük tarihte soylu bir görev üstlenen, gündüzleri mermi ve gülle yağmurları altında, geceleri karın, çamurun, yağmurun ortasında geçirdiği çeyrek yüzyıl boyunca ordugâhta yaşayan, iki sancağı ele geçiren, yirmi yerinden yaralanan, unutulmuş ve terk edilmiş bir halde ölen ve tek hatası iki nankörü, ülkesini ve beni çok sevmek olan mütevazı ve kahraman bir adamdır.

M. Gillenormand daha fazlasını kaldıramazdı. Cumhuriyet sözcüğünü duyunca yerinde doğrulmuş, daha doğrusu ayağa fırlamıştı. Marius'ün söylediği tüm sözler eski kralcının yüzünde demirci körüğünün esintisinin bir kor üzerindeki etkisini yaratmıştı. Karayken kızarmış, kızıllaşmış, alev kızılı rengini almıştı.

— Marius! diye haykırdı. İğrenç herif! Babanın kim olduğunu bilmiyorum! Bilmek de istemiyorum! Onun hakkında hiçbir şey bilmiyor ve onu tanımıyorum! Ama bildiğim tüm bu insanların sefillerden ibaret olduğu! Dilenciler, katiller, kırmızı bereliler, hırsızlar! Hepsi diyorum! Hepsi diyorum! Hiçbirini tanımıyorum! Hepsi diyorum! Anlıyor musun Marius? Beni iyi dinle, senin baronluğunun hükmü benim terliğim kadardır! Robespierre'e destek olanların hepsi haydutttu! B-u-o-naparté'ye destek olanların hepsi eşkıyaydı! Hepsi meşru krallarına ihanet eden, ihanet eden, ihanet eden hainlerdi! Hepsi Waterloo'da Prusyalılar ve İngilizlerden kaçan alçaklardı! İşte bildiğim bunlar. Sayın babanız onların arasındaysa bunu bilemem, buna sadece üzülürüm, hepsi bu!

Bu sefer kora dönüşme sırası Marius'e, körük olma sırası M. Gillenormand'a gelmişti. Marius'ün tüm bedeni titriyor, başı ateşler içinde yanıyor, ne yapacağını bilemiyordu. Mayasız ekmeklerinin hepsinin rüzgâra fırlatıldığını gören bir rahip, yoldan geçen birinin putuna tükürdüğünü fark eden bir Hint dervişi gibiydi. Böyle şeylerin yüzüne söylenmesi karşılıksız kalamazdı. Ama ne yapmalıydı? Gözlerinin önünde babası ayaklar altında çiğnenmiş, üzerinde tepinilmişti, ama bunu yapan kimdi? Dedesi. Birine hakaret etmeden diğerinin öcü nasıl alınabilirdi? Dedesine hakaret etmesi mümkün değildi, aynı şekilde babasının intikamını almaması da mümkün değildi. Bir yanda kutsal mezar, diğer yanda beyaz saçlar. Beynindeki bu kasırganın etkisiyle, birkaç saniye sarhoş gibi sendeledi; ardından gözlerini kaldırıp bakışlarını dedesine sabitledikten sonra gök gürültüsüne benzer bir sesle haykırdı:

— Bourbonlara lanet olsun ve o besili domuz XVIII. Louis'ye!

XVIII. Louis'nin dört sene önce ölmüş olması umurunda değildi.

İhtiyarın kızıl suratı aniden saçları gibi bembeyaz oldu. Şöminenin üzerindeki, Berry dükünün büstüne dönüp, onu garip bir görkemi yansıtan bir ifade ve derin bir saygıyla selamladı. Ardından döşemeyi yürüyen bir taş heykel gibi gıcırdatarak, pencereden şömineye şömineden pencereye kadar tüm salonu sessizce ve ağır adımlarla iki kere arşınladı. İkinci yürüyüşünde bu şoka yaşlı bir koyunun şaşkınlığıyla eşlik eden kızına doğru eğilip neredeyse sakin bir gülümsemeyle:

— Mösyö gibi bir baron ve benim gibi bir burjuva aynı çatı altında yaşayamazlar, dedi.

Ve aniden solgun yüzü, titreyen bedeni, öfkenin ürkütücü ışıltısıyla genişleyen alnıyla korkunç bir görünüm sergilerken doğrulup, kolunu Marius'e uzatttı ve:

— Defol git, diye bağırdı.

Marius evi terk etti.

Ertesi gün M. Gillenormand kızına:

— Bu kan içiciye altı ayda bir altmış altın gönderip, bana ondan asla söz etmeyeceksiniz, dedi.

Dinmek bilmeyen büyük öfkesi ve ne yapacağını bilememesi yüzünden kızına üç ay boyunca *siz* demeye devam etti.

Marius de evden büyük bir öfkeyle ayrılmıştı. Kızgınlığını daha da arttıran bir olayı aktarmamız gerekir. Aile içi dramlara her zaman için bu uğursuz tesadüfler karışır. Hatalar yenilenmese de, yakınmalar çoğalır. Dedenin talimatı üzerine Marius'ün "paçavralarını" aceleyle odasına götüren Nicolette çatı katına çıkan karanlık merdivende farkında olmadan içinde albayın yazdığı kâğıdın bulunduğu siyah deriden kutuyu düşürmüş, kâğıt ve kutu bulunamamıştı. Marius o günden sonra sadece bu adla anacağı M. Gillenormand'ın "babasının vasiyetini" şömineye attığına inanmıştı. Albayın yazdığı birkaç satırı ezbere bildiğinden aslında hiçbir şey kaybolmamıştı. Ama kâğıt, yazı, o kutsal emanet, hepsi onun yüreğinin içine yerleşmişlerdi. Yüreğinin yarası nasıl onarılacaktı?

Marius cebindeki otuz frank, saat ve bir çantaya koyduğu birkaç giysiyle nereye gittiğini söylemeden, nereye gittiğini bilmeden evden çıkmış, saatliğine kiraladığı bir arabaya binip rastgele Quartier Latin'e doğru gitmeye başlamıştı.

Marius'ün hali ne olacaktı?

Dördüncü Kitap
A B C Dostları

I

Tarihe Geçmesine Ramak Kalmış Bir Topluluk

Görünürde durgun geçen bu dönemde, belli belirsiz bir devrimci esinti yürekleri hafifçe ürpertiyordu. 89'un ve 92'nin derinliklerinden geri gelen hafif bir soluk havaya karışıyordu. Bu deyişi dile getirmemize izin verilirse, gençlik deri değiştiriyor, farkında olmadan dönemin çalkantılarıyla dönüşüyordu. Saatin kadranı üzerinde ilerleyen akrep ruhları da harekete geçiriyor, herkes atması gereken adımı öne doğru atıyordu. Kralcılar liberalleşiyor, liberaller demokratlaşıyordu.

Bu dönem, binlerce alçalışla devinen karman çorman gelgitleri andırıyordu; alçalışların önemi karışımlar yaratmalarından kaynaklanıyordu, bu sayede ilginç düşünce bileşimlerini, hem Napoléon'a hem de özgürlüğe hayran insanları yaratıyordu. Burada tarihi yazıyoruz. Bunlar o dönemin seraplarıydı. Düşünceler aşamalar halinde gelişir. Garip bir bileşim olan Voltaireci kralcılığın kendisinden daha garip olmayan bir benzeri vardır: Bonapartçı liberalizm.

Diğer fikir akımları daha ciddiydi. Bir yanda prensipler araştırılıyor, bir yanda hakkaniyet duygusuna bağlanılıyordu. Mutlak'a büyük ilgi duyuluyor, sonsuz olan olası görünüyordu; mutlak, katılığından dolayı zihinleri göğe doğru iteleyip onları sınırsızlığın içinde çalkalandırır. Bir düşün doğmasında hiçbir şey bir inanç sistemi kadar etkili olamaz. Ve geleceğin doğmasında hiçbir şey düş kadar etkili olamaz. Bugünün ütopyası yarın ete kemiğe bürünür.

Gelişmiş düşüncelerin beklenmedik sonuçları vardı. Gizemin başlangıcının, kuşkucu ve sinsi olan "yerleşik düzeni" tehdit etmesi devrimci dalganın yükselişinin işaretiydi. İktidarın art düşüncesi halkın art düşüncesiyle yeraltında karşılaşır. Ayaklanmaların kuluçka dönemleri darbelerin tasarlandığını haber verir.

O zamanlar Fransa'da, Almanya'daki Tugenbund ve İtalya'daki Carboneria gibi yasadışı örgütler olmasa da, sağda solda, karanlık çukurların yeraltında dallanmaya başladığına tanık olunuyordu. Aix'de Cougourde filizlenirken, Paris'teki bu türden bazı örgütlerin arasında A B C Dostları Örgütü yer alıyordu.

A B C Dostları neyin nesiydi? Görünürdeki amacı çocukların eğitimi olsa da, asıl hedefi insanları bilinçlendirmekti.

Kendini A B C Dostları olarak tanıtan kişiler vardı. *Abaissé*[45] halktı. Onu ayağa kaldırmak istiyorlardı. Bir kelime oyunuyla dalga geçmek haksızlık olur. Bazen kelime oyunları politikada önemli rol oynar. Örnek: *Castratus ad Castra*[46] Narses'i general yapmıştır, örnek: *Barbari ve Barberini*; örnek: *Fueros y Fuegos*; örnek: *Tu es Petrus et super hanc Petram*[47] vs., vs. A B C Dostları'nın sayıları pek fazla

45 Fransızcada alçalmış, küçük görülen anlamına gelen abaissé'nin okunuşu ABC gibi abese'dir. (ç.n.)

46 Hadımlıktan savaş alanına, Narses (478-573) Doğu Roma İmparatoru I. Julianus'un hadım generali. (ç.n.)

47 İsa'nın Aziz Petrus'a söylediği "Petrus, sen bir kayasın, kilisemi bu kayanın üzerine kuracağım." (Matta, XVI, 18), Petrus eski Grekçe'de kaya anlamına gelir. (ç.n.)

değildi, arkadaş topluluklarından kahramanlar çıksa çekirdek halindeki bu gizli derneğe arkadaş topluluğu diyebilirdik. Paris'te biri hallerin yakınında yer alan ve daha sonra sözünü edeceğimiz *Corinthe* Meyhanesi, diğeri Panthéon yakınında, Saint-Michel Meydanı'ndaki küçük Kafe *Musain* olmak üzere iki mekânda toplanıyorlardı; bu yerlerden ilki işçilere, ikincisi öğrencilere yakındı.

A B C Dostları'nın gizli toplantıları genellikle Kafe Musain'in arka salonunda yapılıyordu.

Kafeye oldukça uzun bir koridorla bağlanan iki pencereli bu salon gizli bir merdivenle Grès Sokağı'na açılıyordu. Orada tütün, içki içiliyor, oyun oynanıyor, gülüşülüyordu. Her şeyden yüksek sesle, bazı şeylerden alçak sesle konuşuluyordu. Duvarda bir polisin gizli bir şeyler döndüğünü anlamasına kolaylıkla yetecek olan Cumhuriyet dönemindeki Fransa haritası asılıydı.

A B C Dostları'nın çoğunluğunu işçilerle yakın ilişkiler içinde olan öğrenciler oluşturuyordu. İşte tarihe belli ölçülerde mal olmuş bu isimlerden öne çıkanların bazıları şöyleydi: Enjolras, Combeferre, Jean Prouvaire, Feuilly, Courfeyrac, Bahorel, Lesgle ya da Laigle, Joly, Grantaire.

Dostlukları sayesinde âdeta bir aile gibi olan bu gençlerin Laigle dışında hepsi güneyliydi.

Arkamızda uzanan, görünmez bir derinliğin içinde yitip gitmiştir. Bu grup ilgi çekiciydi. Bu dramın geldiğimiz bu noktasında, okurun trajik bir maceranın karanlığına gömüldüklerini göreceği bu gençlerin üzerine bir ışık huzmesi göndermenin yararlı olabileceğini düşünüyoruz.

Adını neden ilk olarak saydığımızı daha sonra öğreneceğimiz Enjolras zengin bir ailenin tek çocuğuydu.

Enjolras, gerektiğinde karşısındakini ürkütecek tavırlar sergileyebilen, çekici bir genç adamdı. Meleklerinki gibi bir güzelliğe sahipti. Vahşi bir Antinous'tu. Bakışının düşünceli yansımasına bakılırsa, daha önceki hayatında devrimin kıyametini yaşadığı söylenebilirdi. Bu kıyametin izlerine tanık olmuş gibi görünüyor, büyük olayların tüm ayrıntılarını biliyordu. Bir yeniyetmede garip karşılanacak ölçüde hem ruhani hem savaşçı bir yanı vardı. Rahip ve militandı; o dönemin bakış açısıyla demokrasinin askeri, tüm çağdaş hareketliliklerin, tüm akımların üzerinden bakıldığında idealin rahibiydi. Gözbebekleri derin, gözkapakları biraz kırmızı, kalın alt dudağı küçümseyici bir kıvrılmaya yatkındı, alnı genişti. Bir yüzde alnın geniş olması, ufkun enginliğine benzer. Geçen yüzyılın sonunda ve bu yüzyılın başında genç yaşta ünlü olan birçok delikanlı gibi tüm bedeninden fışkıran bir gençliğe, bazen rengi solsa da, genç kızların körpeliğine sahipti. Genç bir adam olsa da çocuğa benziyor, yirmi iki yaşında olmasına rağmen on yedi yaşında görünüyordu; ağırbaşlıydı, dünya üzerinde kadın adında bir varlığın olduğundan habersiz gibiydi. Tek tutkusu adalet, tek düşüncesi engelleri kaldırmaktı. Aventin Tepesi'nin Gaius'unu, Konvansiyon'un Saint-Just'ünü andırıyordu. Güllere katlanamıyor, ilkbaharı fark etmiyor, kuşların ötüşlerini duymuyordu; Evadne'nin çıplak boynu onu Aristogeiton'dan daha fazla heyecanlandırmazdı; onun için çiçekler, tıpkı Harmodius gibi ancak kılıçları gizlemeye yarardı. Neşesi ölçülüydü. Cumhuriyetle ilgili olmayan her şey karşısında bakışlarını utançla öne eğerdi. Özgürlüğün mermerden âşığıydı. Gizemli bir esinin etkisiyle dile getirdiği sözleri bir ilahinin titreşimlerini yayardı. Kanatlarını beklenmedik anlarda çırpardı. Onun yanına yaklaşmaya cüret eden geçici aşkın hali haraptı! Cambrai Meydanı'nın ya da Saint-Jean-de-Beauvais Caddesi'nin hafifmeşrep bir kızı, okul kaçkını bir çocuğunkine benzeyen o yüzü, o uzun sarı kirpikleri, o mavi gözleri, rüzgârda uçuşan o dalgalı saçları, o pembe yanakları, o körpe dudakları, o inci gibi dişleri görüp tüm bu ışıltının görkemine kapılarak güzelliğinin etkisini Enjolras'da denemeye kalktığında, ürkütücü ve afallatıcı bir bakışın kendine aniden aradaki uçurumu gösterdiğini fark eder ve Beuamarchais'nin çapkın yakışıklısıyla Hezekiel Tapınağı'nın inançlı delikanlısını birbirine karıştırmamayı öğrenirdi.

Devrimin mantığını temsil eden Enjolras'nın yanında devrimin felsefesini Combeferre temsil ediyordu. Devrimin mantığı ile felsefesi arasındaki bu fark, mantığın savaşa, felsefenin ise barışa karar verecek olmasıdır. Combeferre, Enjolras'yı tamamlıyor, düzenliyordu. Ondan daha kısa ve daha iriydi. Zihinlere genel düşüncelerin geniş düzlemlere yayılmış ilkelerinin aktarılmasını istiyor, "Devrim, gelin görün ki uygarlaşma..." diyor, sarp bir dağın etrafında engin, mavi bir ufku açıyordu. Bu yüzden Combeferre'in tüm düşünceleri anlaşılabilir ve uygulanabilirdi. Combeferre ile yapılacak bir devrim Enjolras'nınkine oranla daha ılımlı koşullar altında gerçekleşirdi. Enjolras devrimin kutsal bir hak olduğunu belirtirken, Combeferre devrimin doğal bir hak olduğunu dile getiriyordu. İlki Robespierre'e bağlılık duyarken, diğeri kendini Condorcet'ye yakın hissediyordu. Combeferre, Enjolras'ya göre herkesinkine benzeyen, sıradan bir yaşam sürdürüyordu. Bu iki delikanlıya tarihe geçme fırsatı verilse, biri adilliğiyle, diğeri bilgeliğiyle anılırdı. Enjolras çok erkeksi, Combeferre çok insaniydi. Gerçekten de aralarındaki ince fark *Homo* ve *Vir*[48] arasındaki farktı. Enjolras ne kadar katıysa, Combeferre doğal içtenliğiyle o kadar uysaldı. Yurttaş sözcüğünü sever, ama insan sözcüğünü tercih eder, İspanyollar gibi *Hombre* demekten hoşlanırdı. Her şeyi okur, tiyatroya gider, halkevlerinin kurslarına devam eder, Arago'nun ışığın parçacık teorisini öğrenir, Geoffroy Saint-Hilaire'in karotid arterin çifte görevini, iç karotid arterin beyni, dış karotid arterin yüzü kanlandırdığını anlattığı derslerine ilgi duyardı; her şeyden haberdardı, bilimin attığı her adımı izliyor, Saint-Simon ile Fourrier'yi karşılaştırıyor, hiyerogliflerin şifresini çözüyor, çakıl taş-

48 İnsan ve erkek. (ç.n.)

larını kırıp jeoloji hakkında fikir yürütüyor, ipek böceği kelebeklerinin resimlerini ezbere çiziyor, Académie'nin sözlüğündeki Fransızca hatalarını buluyor, Puységur'ü ve Deleuze'ü inceliyor, mucizeler de dâhil olmak üzere hiçbir şeyi doğrulamıyor, hortlaklar da dâhil olmak üzere hiçbir şeyi inkâr etmiyor, *Moniteur*'ün geçmiş sayılarının sayfalarını karıştırıyor, düşünüyordu. Geleceğin eğitmenlerin elinde olduğunu belirtiyor, eğitim sorunlarıyla ilgileniyordu. Toplumun hiç durmadan entelektüel ve ahlaki düzeyin yükseltilmesi, bilimin gelişimi, fikirlerin yaygınlaşması, gençliğin zihinsel faaliyetlerinin artırılması için çalışmasını istiyor; güncel yöntemlerin eksikliklerinden, klasik olarak anılan iki üç asırla sınırlı edebî bakış açısının yetersizliğinden, resmî bilgiçlerin zorba bağnazlıklarından, skolastik önyargılardan ve geleneksel yöntemlerin kolejlerimizi yapay istiridye çiftliklerine dönüştürmesinden endişeleniyordu. Birçok bilim dalına ilgi duyan, dilde özleştirmeciliği savunan, bilge, araştırmacı, açıksözlü ve arkadaşlarının söylediğine göre kendisini düşüncelere, "kuruntuya varacak" kadar kaptırmış bir gençti. Demiryollarına, ameliyatlarda acının dindirileceğine, görüntünün karanlık odada sabitleneceğine, elektrikli telgrafa, balonların istendiği şekilde yönlendirilebileceğine, tüm düşlere inanıyordu. Zaten insanlığa karşı, batıl inançlar, zorbalıklar ve önyargılar tarafından her yanda inşa edilmiş kalelerden pek kaygılanmıyordu. Bilimin, dünyanın gidişatını değiştireceğine inananlardandı. Enjolras lider, Combeferre rehberdi. İnsan biriyle birlikte savaşmak, diğeriyle birlikte yürümek isterdi. Bu, Combeferre'in mücadele etme gücünden yoksun olduğu anlamına gelmezdi; engellere göğüs germeyi, onlara var gücüyle saldırmayı reddetmiyor, ama insanlığın kaderiyle uyum içinde olması için aksiyomların, pozitif yasaların yavaş yavaş aktarılmasını tercih ediyordu ve iki ışık konusunda ayaklanmadan çok aydınlanmadan yanaydı. Bir yangın kuşkusuz her yanı aydınlatabilirdi, ama neden günün doğması beklenmiyordu? Bir volkan aydınlık yayar ama seher daha iyi aydınlatır. Combeferre belki de güzelliğin beyazlığını yüceliğin alevlerine yeğliyordu. Bir dumanla bulanıklaşan aydınlık, şiddetle satın alınan bir ilerleme bu ılımlı ve ciddi zihni tatmin etmiyordu. Halkın gerçeklere körü körüne ve aceleyle atılması, bir 93'ün yeniden yaşanması onu ürkütüyor, ama durağanlıktan daha fazla tiksiniyor, orada çürümüşlüğün ve ölümün varlığını hissediyordu; olguları eksileri ve artılarıyla incelediğinde köpüğü kokuşmuşluğa, seli çirkef kuyusuna, Niagara Şelalesi'ni Montfaucon Gölü'ne tercih ediyor, netice itibarıyla ne mola verilmesini ne acele edilmesini seviyordu. Mutlak'a şövalye ruhlarıyla tutkun olan, tez canlı dostları görkemli devrimci atılımlara hayranlık duyup, bu atılımları dört gözle beklerken, Combeferre, belki soğuk ama net, yöntemli ama kusursuz, serinkanlı ama sarsılmaz ilerlemenin kendi işini kendisinin göreceğine inanıyordu. Geleceğin tüm saflığıyla gelmesi ve hiçbir şeyin halkların erdemli evrimleşmelerinin olağanüstülüğüne gölge düşürmemesi için ellerini birleştirip dizlerinin üzerine çökebilirdi. Hiç durmadan: *İyilik masum olmalı*, diyordu. Ve gerçekten de, devrimin yüceliği göz kamaştırıcı idealden gözünü ayırmamak ve orada pençelerindeki kan ve ateşle uçuşmaksa, ilerlemenin güzelliği lekesiz olmasıdır ve bu iki seçenekten birini temsil eden Washington ile diğerinde cisimleşen Danton arasında, kuğu kanatlı melek ile kartal kanatlı melek arasındaki fark vardır.

Jean Prouvaire, Combeferre'in daha uysal bir benzeriydi. Ona Jehan diye hitap ediliyordu, bu adı, büyük gereksinim duyulan Ortaçağ araştırmalarının çıktığı güçlü ve derin bir harekete karışmış küçük, geçici bir fantezi yüzünden almıştı. Jean Prouvaire âşıktı, saksıda çiçek yetiştiriyor, flüt çalıyor, şiir yazıyor, halkı seviyor, kadınlara acıyor, çocuklar için ağlıyor, geleceğe ve Tanrı'ya olan güveni birbirine karıştırıyor ve devrimi André Chenier'nin saygıdeğer kellesini uçurduğu için suçluyordu. Sesi ince olsa da aniden erkeksileşiyordu. Her konuda derin bir bilgi birikimine sahip olacak kadar aydındı ve neredeyse Oryantalizm uzmanı sayılırdı. Her şeyden öte, iyi bir insandı ve iyiliğin yücelikle ne kadar ilintili olduğunu bilen herkesin kolayca anlayabileceği üzere şiir konusunda sınırsızlığı tercih ederdi. Bildiği İtalyanca, Latince, Grekçe ve İbranice, Dante, Juvenal, Eshilos ve İşaya gibi dört şairi okumaktan başka bir işe yaramıyordu. Fransızca'da Corneille'i Racine'e ve Agrippa d'Aubigné'yi Corneille'e tercih ediyordu. Yabani yulaf ve peygamberçiçeği tarlalarında gezip tozuyor ve toplumsal olaylarla olduğu kadar bulutlarla da ilgileniyordu. Bir yanı insana bir yanı Tanrı'ya yönelen zihni inceliyor ya da hayranlıkla izliyordu. Bütün gün ücret, sermaye, kredi, evlilik, din, düşünce özgürlüğü, sevme özgürlüğü, eğitim, ceza yasaları, yoksulluk, örgütlenme, özel mülkiyet, üretim ve bölüşüm gibi toplumsal sorunları derinlemesine araştırıyor, kitlelerin üzerini karanlıkla kaplayan muammayı çözmeye çalışıyor; gece olduğunda yıldızlara, o olağanüstü varlıklara bakıyordu. Enjolras gibi o da zengin bir ailenin tek çocuğuydu. Dingin bir ses tonuyla konuşur, başını öne eğer, güçlükle gülümser, kötü giyinir, beceriksizce davranır, hiç neden yokken kızarırdı. Oldukça çekingen olsa da, çok yürekliydi.

Yelpaze işçisi olarak günde zor bela üç frank kazanan Feuilly'nin annesi de babası da ölmüştü ve tek düşüncesi dünyayı özgürleştirmekti. Bir başka meşguliyeti de aynı şekilde özgürleşmek olarak adlandırdığı kendi kendini eğitmekti. Okumayı yazmayı, bildiği her şeyi kendi başına öğrenmişti. Gani gönüllü olduğundan her şeye derin bir sevgi duyardı. Bu öksüz tüm halkları benimsemişti. Annesi olmadığından düşüncelerini vatan üzerine yoğunlaştırmıştı. Dünyada kimsenin vatansız kalmasını istemiyordu. Bir halk adamının derin önsezisiyle günümüzde *milliyetçilik* olarak adlandırdığımız düşüncenin taslağını hazırlamıştı. Tarihi kasıtlı olarak kendini öfkelendirmek için öğrenmişti. Özellikle Fransa'yla meşgul olan o genç ütopyacılar güruhunda o Fransa'nın dışıyla ilgileniyordu. Yunanistan, Polonya, Macaristan, Romanya, İtalya konusunda uzmanlaşmıştı. Bu isimleri yerli ya da yersiz her fırsatta, hakkaniyetin dikkafalılığıyla telaffuz ediyordu. Osmanlı'nın Yunanistan ve Tesalya, Rusya'nın Varşova, Avusturya'nın Venedik üzerinde hak iddia etmeleri onu kızdırıyordu. Hepsinden çok 1772'deki büyük adaletsizliğe ifrit oluyordu. Haklılığa dayanan öfkenin desteğini alan belagat her şeyin üzerindeydi, işte onunki de bu türden bir belagattı. O aşağılık 1772 tarihi, ihanetle baskı altına alınmış o soylu ve yiğit halk, o üçlü suç, büyük devletlerin âdeta doğum belgelerinin üzerlerini karaladıkları soylu milletler üzerindeki o ürkütücü baskılarının prototipi olan o canavarca tuzak konusunda hiç susmuyordu. Çağdaş tüm toplumsal saldırılar Polonya'nın paylaşımından köken alırlar. Polonya'nın paylaşılması günümüzün tüm siyasi suçlarının önünü açan bir teoremdir. Polonya'nın paylaşılmasını, *ne varietur*[49] onaylamayan, imzalamayan, paraflamayan tek bir despot, tek bir hain yoktur. Çağdaş ihanetlerin dosyaları karıştırıldığında, ilk önce ortaya o çıkar. Viyana Kongresi kendi suçunu işlemeden önce ona danışmıştır. 1772 sıkıştırılan avın yakalanmak üzere olduğunu bildiren boru sesidir, 1815 ise tazı payıdır. İşte Feuilly'nin özel gündemi buydu. Kendini adaletin hamisi ilan eden bu zavallı işçi, adalet tarafından ödül olarak yüceltilmişti. Gerçekten de adalette sonsuzluk vardır. Varşova Tatar, Venedik Cermen olamazdı. Krallar bu iş için zamanlarını ve itibarlarını kaybediyorlar. Dibe gömülen vatan er ya da geç yeniden su üstüne çıkar. Yunanistan yeniden Yunanistan, İtalya yeniden İtalya olur. Bu haksızlıklara karşı adaletin itirazı sonsuza dek sürer. Bir halkın baskı altında tutulması suçu zaman aşımına uğramaz. Bir millet bir mendil gibi buruşturulup atılamaz.

---

49 Lat. Değiştirilmeksizin. (e.n.)

Courfeyrac'ın babasının adı M. de Courfeyrac'tı. Restorasyon Dönemi burjuvazisinin aristokrasi ve soyluluk hakkındaki yanlış düşüncelerinden biri öntakıyı önemsemekti. Bilindiği gibi öntakının hiçbir anlamı yoktu. *La Minerve* gazetesinin ilk yayınlandığı dönemin burjuvaları bu zavallı *de* takısını bazılarının vazgeçmelerini gerektirecek ölçüde önemsiyorlardı. Bu yüzden M. de Chauvelin M. Chauvelin, M. de Caumartin M. Caumartin, M. de Constant de Rebecque Benjamin Constant, M. de Lafayette M.Lafayette olarak anılmaya başladı. Onlardan aşağı kalmak istemeyen M. de Courfeyrac da ismini kısaca Courfeyrac olarak değiştirdi.

Aslında Courfeyrac hakkında söyleyeceklerimizi burada kesip, şöyle demekle yetinebiliriz: Courfeyrac, bakınız Tholomyès.

Gerçekten Courfeyrac gençliğin, şeytani zekânın zarafeti olarak nitelendirebileceğimiz bir canlılığa sahipti. Bu özellik zamanla tıpkı yavru kedinin şirinliği gibi sönüp gider ve tüm bu zarafet iki ayaklı burjuvaya, dört ayaklı erkek kediye dönüşür.

Okulda eğitim alan kuşaklar, gençliğin seçilmiş başarılı temsilcileri, bu incelikli düşünceyi taşır, *quasi coursores*,[50] elden ele geçirirler, böylece, az önce belirttiğimiz gibi 1828'de Courfeyrac'ı dinleyen biri 1817'de Tholomyès'i dinlediğini sanır. Ancak Courfeyrac onurlu bir çocuktur. Sosyal zekâ konusunda görünüşte sahip olduğu benzerliklere rağmen, Tholomyès ile aralarında büyük farklar vardı. İçlerindeki gizli benlik ilkinde diğerinden çok değişikti. Tholomyès'in içinde bir savcı, Courfeyrac'ın içinde bir şövalye yatıyordu.

Enjolras lider, Combeferre rehber, Courfeyrac odak noktasıydı. Diğerleri daha fazla ışık, o ise daha fazla ısı veriyordu; yuvarlaklığı ve ışıltısıyla bir odağın tüm özelliklerine sahipti.

---

50 Lat. Koşucular gibi. (ç.n.)

Bahorel, 1822 Haziran'ında, genç Lallemand'ın cenaze törenindeki kanlı olaylarda yer almıştı.

Bahorel iyi niyetli, can sıkıcı, yiğit, müsrifti, savurganlığı cömertlikle, gevezeliği belagatle, cesareti küstahlıkla yarışırdı; şeytanın yeryüzündeki numunesiydi; dikkat çeken yelekleri, kızıl renkte düşünceleri vardı; yaygaracı ve kargaşa meraklısıydı, bu yüzden ayaklanma yoksa çatışma çıkmasını, devrim yoksa ayaklanma çıkmasını isterdi; neler olacağını görmek için her zaman döşeme taşlarını kırmaya, kaldırım taşlarını sökmeye, hükümetleri devirmeye hazırdı; üniversitedeki on birinci yılıydı. Hukuktan çok iyi anlıyor ama uygulamada bunu hiç belli etmiyordu, ilkesi asla avukat olmamak, arması gece masasının üzerindeki yargıç başlığıydı. Nadir de olsa, Hukuk Fakültesinin önünden her geçişinde, o zamanlar palto icat edilmediğinden redingotunun önünü hijyenik önlemler almak üzere iliklerdi. Fakültenin kapısı için "Ne sevimli bir ihtiyar!" ve dekanı için "Ne muhteşem bir abide!" derdi. Derslerinde şarkılara konu olacak güfteler, profesörlerinde karikatürlerde yer alacak ilginçlikler bulurdu. Hiçbir iş yapmadan ayda üç bin frank harcayabiliyordu. Oğullarına saygı duymayı bellettiği anne babası köylüydü.

Onlar hakkında "Onlar burjuva değil, köylü; işte bu yüzden zekiler," diyordu.

Hevesleri geçici olduğundan farklı kafelere giderdi; diğer arkadaşlarının aksine onun alışkanlıkları yoktu. Aylak aylak dolaşırdı. Gezip tozmak insani bir özellikti. Aylak aylak dolaşmak ise Parislilere özgüydü. Yine de ince bir zekâsı vardı ve göründüğünden daha düşünceliydi.

İdeolojileri henüz bütünüyle şekillenmemiş olan A B C Dostları, ilişkilerini, rüştlerini ancak bir süre sonra ispat edecek gruplarla sürdürüyordu.

Bu gençler meclisinin kel kafalı bir üyesi vardı. XVIII. Louis'nin sürgüne gittiği gün arabaya binmesine yardım ettiği için dük unvanı verdiği Avaray markisi kralın 1814'teki geri dönüşünde Calais'de gemiden indiğinde bir adamın kendisine bir dilekçe uzattığını anlatıyordu:

— Ne istiyorsunuz? diye sordu kral.

— Posta müdürlüğünde bir görev majesteleri.

— İsminiz nedir?

— L'aigle.[51]

Kaşlarını çatan kral dilekçedeki imzaya bakıp ismin şu şekilde yazıldığını gördü: LESGLE. Pek de Bonapartçı olmayan bu yazım hatasından etkilenen kral gülümsemeye başladı.

— Majesteleri, diye devam etti adam, kralın avcıbaşısı olan dedemin lakabı Lesgueules'müş. Benim ismim bu lakaptan geliyor. Lesgueules ismi büzüşerek Lesgle'e, zamanla değişime uğrayarak L'Aigle'e dönüşmüş.

Bunun üzerine kral gülümsemeyi kesmiş ve bir süre sonra adamı kasten ya da farkında olmadan Meaux Postanesi'nde görevlendirmiş.

İşte grubun kel üyesi adı Lesgle ya da Legle olan ve imzasını Legle (de Meaux) olarak atan adamın oğluydu. Arkadaşları ona Bossuet[52] lakabını takmışlardı.

Neşeli ve bahtsız bir genç olan Bossuet'nin özelliği hiçbir işte başarılı olamamasıydı. Yine de her şeye gülüyordu. Yirmi beş yaşında saçları dökülmüştü. Babası ona bir ev ve bir tarla bırakmış, ama o daha mirasa konar konmaz yanlış bir yatırım sonucu evi ve tarlayı kaybetmiş, elinde avucunda hiçbir şey kalmamıştı. Birikimli ve zeki olsa da, hep başarısızlığa uğruyordu. Hiçbir işte dikiş tutturamıyor, kurduğu çatı iskeleleri üzerine yıkılıyordu. Odun kırmaya kalksa parmağını kesiyordu. Bir metresi olduğunda, kısa süre içinde onun da bir âşığı olduğunu keşfediyordu. Her an bir bahtsızlıkla karşılaşıyordu, işte bu nedenle neşeliydi. *Kiremitleri düşen bir çatının üzerinde oturuyorum*, diyordu. Aksiliklere

---

51 Fransızca'da kartal anlamına gelen L'aigle Napoléon'un simgesidir. (ç.n.)

52 Jacques Bénigne Bossuet (1627-1704), Meaux piskoposluğu yapmıştır. (ç.n.)

alıştığı için başına gelenlere pek şaşırmıyor, kötü şansı dinginlikle karşılıyor ve kaderin muzipliklerine kendisine şaka yapılan biri gibi gülümsüyordu. Yoksul olsa da, iyi niyetinin kesesi hiç boş kalmaz, son parasını harcasa bile kahkahası hiç tükenmezdi. Bahtsızlıkla karşılaştığında, bu eski dostunu içtenlikle selamlar, felaketlerin omzuna dostça vururdu; talihsizlikle ona lakabıyla hitap edebilecek ölçüde samimiydi, ona "Merhaba karabahtım," derdi.

Kaderin bu zulümleri ona yaratıcılık kazandırmıştı. Kaynak bulmakta üstüne yoktu. Hiç parası olmasa da, dilediğinde "çılgınca harcamalar" yapmanın bir yolunu bulurdu. Bir gece hafifmeşrep bir kızla yemek yediğinde "yüz frank" hesap ödemiş, o sefahat âleminin ortasında aklına şu unutulmaz sözler gelmişti: *Beş altınlık ela göz, çizmelerimin bağını çöz.*

Bahorel gibi hukuk okuyan Bossuet, yavaş yavaş avukatlık mesleğine doğru ilerliyordu. Bossuet'nin evi yoktu, hatta bazen sokakta kalacak duruma düşüyor, bugün bir arkadaşında yarın bir diğerinde, sıklıkla da Joly'de kalıyordu. Bossuet'den iki yaş küçük olan Joly tıp okuyordu.

Genç bir hastalık hastası olan Joly tıp eğitiminden doktor olmaktan çok hasta olmayı öğrenmişti. Daha yirmi üç yaşında olmasına rağmen, hep hasta olduğunu sanıyor, bütün gününü aynada dilini incelemekle geçiriyordu. İnsanların da tıpkı bir iğne gibi mıknatıslanacağına inanıyor ve evrenin güçlü manyetik akımının kan dolaşımını etkilememesi için yatağını başucu güneye, ayakucu kuzeye gelecek şekilde yerleştiriyordu. Fırtınalı havalarda nabzını ölçüyordu. Yine de, içlerinde en neşelisi oydu. Tüm bu tutarsızlıklar, gençliği, evhamı, çelimsizliği, neşesi hoş bir karışım oluşturuyor, kanatlı sesli harfler konusunda savurgan olan ve kendisine *Jollly* olarak seslenen arkadaşları arasında onu sıradışı ve sevimli kılıyordu. Jean Prouvaire ona, "Dört L'nin üzerinde uçabilirsin," diyordu.

Joly'nin bilge bir zekânın belirtisi olarak bastonunun ucunu burnuna değdirmek gibi bir takıntısı vardı.

Oldukça farklı kişilikleri olan ve haklarında ciddiyetle konuşulması gereken bu gençler aynı şeye inanıyorlardı: İlerleme.

Hepsi Fransız Devrimi'nin öz evlatlarıydı. En uçarıları bile 89 tarihinden söz edildiğini duyduğunda görkemli bir tavır takınıyorlardı. Öz babaları bir zamanlar rahip, kralcı, liberaldi ya da hâlâ öyleydiler; ama onlar bunu umursamıyor, genç oldukları için o karmaşık geçmişlerine hiç aldırmıyorlardı; damarlarında ilkelerin saf kanı akarken, yozlaşmak bilmez hakkaniyete ve mutlak göreve kayıtsız şartsız bağlanıyorlardı.

Ödevlerinin bilincine vakıf militanlar olarak idealin taslaklarını yeraltında çiziyorlardı.

Tüm bu tutkulu yürekler ve inançlı zihinler arasında bir kuşkucu vardı. Onların arasında ne yapıyordu? Farklılıkların yan yana bulunmasından dolayı oradaydı. Adı Grantaire olan bu kuşkucu imzasını genellikle bir bilmece gibi R[53] harfiyle atardı. Grantaire kendini bir şeylere inanmaktan sakınan bir adamdı. Paris'teki eğitimi sırasında birçok şeyi çok iyi öğrenmişti; en iyi kahvenin Kafe Lemblin'da, en iyi bilardo masasının Kafe Voltaire'de, en güzel peksimetlerin ve zarif kızların Maine Bulvarı'ndaki Ermitage'da, en nefis tavuk kanatlarının Saguet Ana'da, leziz balık yahnilerinin Cunette'de ve en muhteşem beyaz şarabın Combat'da olduğunu biliyordu. Her şeyin en iyisinin nerede olduğunun yanı sıra Fransız boksunu, tekme dövüşünü, bazı dansları da iyi biliyor, sopayı usta bir eskrimci gibi kullanıyordu. Hepsinden öte sıkı bir de içkiciydi. Oldukça çirkindi; o dönemde potin dikici kızların en güzellerinden biri olan Irma Boissy onun çirkinliğinden ne kadar tiksindiğini belirtmek için şu sözleri kullanırdı: *Grantaire'den daha çirkinini bul-*

---

53 Büyük r harfi, yani "grand r", "grantaire" ile aynı okunuşa sahiptir. (ç.n.)

mak mümkün değil. Ama Grantaire kendini beğenmişliğiyle bundan hiç alınmıyordu. Gözlerini tüm kadınlara dikip, onlara sevgiyle bakarken âdeta "Ben isteseydim!" dermiş gibi görünür ve arkadaşlarını kadınların gözdesi olduğuna inandırmaya çalışırdı.

Grantaire kendisi için hiçbir anlamı olmayan halkın hakları, insan hakları, toplumsal sözleşme, Fransız Devrimi, cumhuriyet, demokrasi, insanlık, uygarlık, din, ilerleme sözcüklerine gülümserdi. Zekânın bir kusuru olan kuşkuculuk zihnine herhangi bir düşüncenin yerleşmesine izin vermemişti. İroniyle yaşıyordu. Yaşam felsefesi özetle şöyleydi: Benim için kesin olan tek şey kadehimin dolu olmasıdır. Kardeşin, babanın, genç Robespierre'in, Loizerolles'unkiler de dâhil olmak üzere her konuda yapılan fedakârlıklarla alay ediyor, "Öldüler de başları göğe mi erdi?" diye haykırıyordu. Haç hakkında, "işte işini bilen bir darağacı" diyordu. Çapkınlık yapan, kumar oynayan, sıklıkla sarhoş gezen bu sefih bizim genç filozoflara hiç durmadan şu şarkıyı söyleterek eziyet ederdi: *Kızları severim, iyi şarabı severim.* Beste: "Yaşasın IV. Henri!"

Yine de bu kuşkucunun tutkuyla bağlı olduğu bir şey vardı. Bu tutku bir düşünceye, bir dogmaya, sanata, bilime değil, bir insana, Enjolras'ya yönelmişti. Grantaire, Enjolras'yı seviyor, sayıyor, ona hayranlık duyuyordu. Bu inançsız kuşkucuyu Mutlak'ın etrafında toplanmış bu gençlere bağlayan neydi? İçlerinde Mutlak'a en çok inanan. Enjolras onun üzerinde nasıl hâkimiyet kuruyordu? Düşünceleriyle mi? Hayır. Sıklıkla rastlandığı gibi karakteriyle. Bir kuşkucunun bir militana bağlanmasının açıklaması birbirlerini tamamlayan renkler yasası kadar basittir. Bizde eksik olan bizi kendine çeker. Kimse gün ışığını bir kör kadar sevemez. Cüce kız bando şefine hayrandır. Kurbağanın gözleri hep göğe bakar; neden? Kuşların uçuşunu görmek için. İçi kuşkuyla kaplı olan Grantaire, Enjolras'nın inançlarının havada süzüldüğünü görmeyi seviyor, Enjolras'ya ihtiyaç duyuyordu. Net bir şekilde farkına varmasa ve kendine bile izah edemese de, bu dürüst, doğru, katı, saf kişilik onu büyülüyordu. İçgüdüsel olarak kendi zıddına hayranlık duyuyordu. Olgunlaşmamış, şekilsiz, hastalıklı, karmakarışık düşünceleri Enjolras'ya belkemiği gibi bağlanırken, manevi omurgası bu sert payandadan destek alıyordu. Grantaire, Enjolras'nın yanındayken bir kimliğe kavuşuyordu. Zaten kendi kişiliği de belirgin bir şekilde birbiriyle hiç uyuşmayan iki ayrı kişilik özelliği barındırıyordu. Hem ironik hem içtendi. Kayıtsızlığa sevgi duyuyordu. Beyni inançtan vazgeçse de, yüreği dostluktan vazgeçemiyordu. Bu ciddi bir tezattı; çünkü sevgi de bir inançtır. Arka yüz, ters yüz olarak yaratılmışa benzeyen insanlar vardır. Pollux, Patroche, Nisus, Eudamidas, Ephestion, Pechmeja bu türün örnekleridir. Sadece bir başkasının sırtına yaslanarak yaşayabilirler; isimleri "ve" bağlacının ardından gelir; kendilerine ait olmayan yaşamları kendilerine ait olmayan kaderlerinin diğer yanıyla sürüp gider. Bu adamlardan biri olan Grantaire, Enjolras'nın diğer yanıydı.

Yakın ilişkilerin âdeta alfabenin harflerinden başladığı söylenebilir. Harfler dizisinde *o* ve *p* birbirlerinden ayrılmazlar. O ve P'yi ya da Orestes ve Pylades'i dilediğinizce telaffuz edebilirsiniz.

Enjolras'nın uydusu olan Grantaire bu gençlerin arasında yaşıyor, onların olmadığı bir mekânda hiçbir şeyden keyif almıyor, her yere onların peşinden gidiyordu. Şarabın çakırkeyifliğinde bu silüetlerin gidiş gelişlerini izlemekten hoşlanıyor, onlar da ona iyi niyeti sayesinde katlanıyorlardı.

İnançlı ve ayık Enjolras bu kuşkucu ayyaşı küçümsüyor, ona kibirli bir merhametle yaklaşıyordu. Enjolras tarafından terslenen, hor görülen, dışlanan ve reddedilen Pylades rolünü üstlenen Grantaire yine de geri dönüyor ve Enjolras için: "Ne muhteşem bir mermer!" diyordu.

II

Bossuet'nin Blondeau'ya Yaktığı Ağıt

Bir öğleden sonra –yukarıda anlattığımız olaylarla tesadüfi bir biçimde kesişeceğini göreceğimiz– Laigle de Meaux keyifle kendinden geçmiş bir halde Kafe Musain'de kapısının söve pervazına sırtını yaslamıştı. Tatile çıkmış bir yontu gibiydi, kafasında düşlerden başka bir şey yoktu. Saint-Michel Meydanı'na bakıyordu. Sırtını yaslamak hayalperestlerin hiç de nefret etmedikleri bir ayakta yatma tarzıdır. Laigle de Meaux hiçbir üzüntü duymadan iki gün önce başına gelen ve belirsizlik içerseler de gelecekteki planlarını değiştiren aksiliği düşünüyordu.

Düşlere dalmak bir arabanın geçmesine ve düşler kuranın arabayı fark etmesine engel değildir. Laigle de Meaux'nun dalgın bir aylaklıkla gezinen gözleri, bu uyurgezerliğin ortasında meydanda kararsızmış gibi ağır adımlarla ilerleyen iki tekerlekli bir arabayı fark etti. Bu araba kime öfkelenmişti? Neden ağır ağır ilerliyordu? Laigle dikkatle baktığında arabacının yanında, genç bir adamın önünde bir çantayla oturduğunu gördü. Çantanın üzerine dikilmiş bir kartta kalın siyah harflerle yazılmış şu isim okunuyordu: MARIUS PONTMERCY.

Bu ismi gören Laigle düşlerinden sıyrıldı ve doğrulup arabadaki delikanlıya seslendi.

— Mösyö Marius Pontmercy!

Yavaş yavaş giden araba durdu.

Kendisi de derin düşüncelere dalmış gibi görünen genç adam gözlerini kaldırdı.

— Efendim? dedi

— Siz Mösyö Marius Pontmercy misiniz?

— Ta kendisiyim.

— Ben de sizi arıyordum.

— Nasıl olur? Sizi tanımıyorum ki, dedi Marius, çünkü dedesinin evinden çıkmış giderken karşısında hayatında ilk kez gördüğü biri beliriyordu.

— Ben de sizi tanımıyorum.

Marius yolun ortasında kendisiyle dalga geçecek bir şakacıyla karşılaştığını düşündü. O sırada keyfi yerinde olmadığından kaşlarını çattı. Laigle de Meaux ısrarla devam etti:

— Önceki gün okulda değildiniz.

— Mümkündür.

— Kesinlikle yoktunuz.

— Siz öğrenci misiniz? diye sordu Marius.

— Evet mösyö. Tıpkı sizin gibi. Önceki gün tesadüfen okula gittim. Bilirsiniz ara sıra insanın aklına eser. Profesör yoklama yapıyordu. O sırada ne kadar gülünç göründüklerini tahmin edemezsiniz. Üç kere yok yazılırsanız kaydınız silinir. Altmış frank güme gider.

Marius onu dinlemeye başlamıştı. Laigle devam etti:

— Yoklamayı yapan Blondeau'ydu. Blondeau'yu tanırsınız, sınıfta olmayanları zevkle koklayan sivri ve muzip bir burnu vardır. Sinsice P harfinden başladı. Bu harf benim için tehlike arz etmediğinden onu dinlemiyordum. Yoklama fena gitmiyordu. Hiç kimsenin isminin üstü çizilmemişti, âdeta herkes sınıftaydı. Blondeau'nun yüzünü hüzünlü bir ifade kapladığında içimden "Blondeau aşkım, bugün kimseyi infaz edemeyeceksin," diyordum. Aniden Blondeau, *Marius Pontmercy* dedi. Kimse cevap vermeyince umutlanan Blondeau daha yüksek sesle *Marius Pontmercy* diye tekrarladı. Mösyö, ben insanları severim. Kendi kendime hemen: "İşte isminin üstü çizilecek mert bir çocuk. Dikkat et. Bu genç dersleri takmayan gerçek bir ehlikeyif. İyi bir öğrenci değil. Kalın kafalı ineğin teki değil. Derslerine çalışan, edebiyatı, ilahiyatı, felsefesi iyi olan o ukala çaylaklardan, iki dirhem bir çekirdek giyinen o kaz kafalılardan biri değil; her şık giysisi bir yeteneğine tekabül eden, gezip tozan, sayfiyede cilveli kızlarla oynaşan, güzellere kur yapan, belki de şu anda sevgilisinin yanında olan onurlu bir tembel. Onu kurtaralım. Blondeau'ya ölüm!" dedim. O sırada siyah kalemini mürekkep hokkasına daldıran Blondeau vahşi gözbebeklerini sınıfta gezdirip üçüncü kez tekrarladı: *Marius Pontmercy!* Ben de: *Burada!* diye cevap verdim. Böylece isminizin üstü çizilmemiş oldu.

— Mösyö!.. dedi Marius.

— Ve benim ismimin üstü çizildi, diye ekledi Laigle de Meaux.

— Sizi anlayamıyorum.

Laigle devam etti:

— Çok basit. Cevap vermek için kürsüye, sınıftan kaçmak için kapıya yakın otururken, profesör gözlerini benden ayırmıyordu. Aniden Boileau'nun sözünü ettiği muzip burunlu Blondeau L harfine atladı. L ismimin baş harfi. Meaux'luyum, adım Lesgle.

— L'Aigle! diye araya girdi Marius, ne güzel bir isim!

— Mösyö, bu güzel isme gelen Blondeau *Laigle!* diye bağırdı. Ben de *Burada!* diye yanıtladım. Bunun üzerine bana bir kaplanın uysallığıyla bakan Blondeau "Adınız Pontmercy ise, Laigle olamazsınız," dedi. Size sevimsiz gelen bu cümle benim için iç karartıcıydı. Ardından ismimin üstünü çizdi.

— Mösyö çok üzüldüm, diye bağırdı Marius.

— Her şeyden önce, diye ekledi Laigle, Blondeau'yu içimden gelen övgü dolu birkaç cümle ile mumyalamak istiyorum. Onu ölmüş sayıyorum. Zaten ölse de sıskalığı, solgunluğu, soğukluğu, katılığı, kokusu pek değişmeyecek. *Erudimini qui judicatis terram,*[54] diyorum. Burun Blondeau, Blondeau Nasica, disiplinli öküz, *bos disciplinae*[55], bekçi köpeği, yoklama meleği, dürüst, katı, onurlu ve iğrenç Blon-

---

54 Dünyayı yönetenler kendinizi yetiştirin. (ç.n.)

55 "Bos suetus aratro", "Sabana alışmış öküz" deyimini, "Bos disciplinae", "Disipline alışmış" olarak değiştirerek söz oyunu yapıyor. (ç.n.)

deau burada yatıyor. Tanrı da benim ismimin üstünü çizdiği gibi onun üstünü çizdi.

— Üzgünüm... dedi Marius.

— Delikanlı, dedi Laigle de Meaux, bu size ders olsun. Bundan sonra ders saatinde sınıfta olun.

— Sizden binlerce kez özür dilerim.

— Geleceğinizin üzerinin karalanmasına izin vermeyin.

— Üzgünüm...

Laigle bir kahkaha attı.

— Bense çok memnunum. Az kalsın avukat olacaktım. İsmimin üzerinin çizilmesi beni kurtardı. Dul kadının hakkını savunmayacağım, yetimin hakkına saldırmayacağım. Ne cüppe ne de staj. İşte kaydım silindi. Mösyö Pontmercy, bunu size borçluyum. Size teşekkür ziyaretine gelmek isterim. Nerede oturuyorsunuz?

— Bu arabada.

— Zenginlik göstergesi, diye karşılık verdi Laigle sakince. Sizi kutlarım. Yılda dokuz bin frank kira ödediğiniz bir eviniz var.

O sırada Courfeyrac kafeden çıkıyordu.

Marius hüzünle gülümsedi.

— İki saatten beri bu kiralık evdeyim, dışarı çıkmak istiyorum, ama başıma garip bir aksilik geldi, nereye gideceğimi bilemiyorum.

— Mösyö, dedi Courfeyrac, bana gelin.

— Davet etme önceliği benimdi, dedi Laigle, ama evim yok.

— Kes sesini Bossuet, dedi Courfeyrac.

— Bossuet, dedi Marius, ama sanırım adınız Laigle'di.

— Meaux'luyum, diye yanıtladı Laigle, bu yüzden takma adım Bossuet.

Courfeyrac arabaya bindi.

— Arabacı, Porte-Saint-Jacques oteline çek.

Marius o akşam Courfeyrac ile birlikte Porte-Saint-Jacques otelinin odalarından birine yerleşmişti.

III

Marius'ün Yaşadığı Şaşkınlıklar

Marius ve Courfeyrac birkaç gün içinde dost oldular. Gençlik kaynaşmaların hızlı olduğu, yaraların çabuk kapandığı bir dönemdir. Marius, Courfeyrac'ın yanında ilk kez özgürce davranabildiğini, rahatça soluk aldığını hissediyordu. Courfeyrac onu sorgulamayı aklından bile geçirmedi. Bu yaşlarda yüz hemen her şeyi ele verir. Söze gerek yoktur. Yüz ifadesinin gevezelik ettiği söylenebilecek delikanlılar vardır. Bakışılır, tanışılır.

Yine de, bir sabah Courfeyrac aniden ona şu soruyu yöneltti:

— Bu arada, siyasi bir görüşünüz var mı?

— Bak sen! dedi bu soru karşısında kendini saldırıya uğramış gibi hisseden Marius.

— Kimden yanasınız?

— Bonapartçı bir demokratım.

— Dingin açık gri bir ton, diye yorumladı Courfeyrac.

Ertesi gün Courfeyrac, Marius ile birlikte Kafe Musain'e girdi. Ardından gülümseyerek kulağına fısıldadı: "Devrimci mücadeleye girişinizi yapmam gerek." Ve onu A B C Dostları'nın salonuna götürdü. Onu arkadaşlarına alçak sesle, Marius'ün anlayamadığı şu basit sözcükle tanıttı: *Öğrenci.*

Marius zekâların kovanına düşmüştü. Ancak, ağırbaşlı ve ciddi görünse de, onlar kadar kanatlı ve donanımlıydı.

O zamana kadar alışkanlık üzere ve keyfi için kendi kendine konuşmaya alışmış, yalnız bir yaşam sürdürmüş olduğundan etrafında dolanıp duran bu gençler topluluğundan biraz ürktü. Onu cezbeden tüm bu hareketlilik aynı zamanda canını da sıkıyor, özgürce çalışan tüm zekâların gürültülü gelgitleri düşüncelerini allak bullak ediyordu. Bazen fikirlerin karmaşasının ortasında kendisinden çok uzaklaştıkları için onları yeniden bulmakta zorluk çekiyordu. Felsefe, edebiyat, sanat, tarih ve din hakkında alışılmadık bir tarzda konuştuklarını duydu. Garip görüntülerle karşılaşıyor ve onları kafasında bir yere yerleştiremediği için bir kargaşanın ortasında kaldığını düşünüyordu. Dedesinin fikirlerini babasının fikirleri adına terk ettiğinde, artık gerçeğe ulaştığını sanmıştı; şimdiyse kendi kendine bile itiraf etmekten çekinerek durumun hiç de böyle olmadığından kuşkulanıyordu. Her şeyi gördüğünü sandığı köşe yer değiştirmeye başlıyordu. Garip bir salınım beynindeki tüm ufukları sarsıyor, içindeki hareketlilik ona âdeta acı veriyordu.

Bu gençler hiçbir şeyi "kutsal" kabul etmiyordu sanki. Marius her konu hakkında, henüz çekingenliğini atmamış zihninde can sıkıcı bir etki yaratan garip sözler duyuyordu.

Klasik olarak anılan eski bir trajedinin afişi hakkında tartışılıyordu:

— Kahrolsun burjuvaların trajedileri, diye bağırdı Bahorel. Ve Marius, Combeferre'in şöyle karşılık verdiğini duydu:

— Haksızsın Bahorel. Burjuvazi trajediyi seviyor, bu konuda onu kendi haline bırakmalı. Eski trajedinin yaşama hakkı var ve Eshilos adına, ben onun yaşama hakkına karşı çıkanlardan değilim. Doğada taslaklar vardır; yaratılışta kaba taklitler vardır; gaga olmayan bir gaga, kanat olmayan kanatlar, yüzgeç olmayan yüzgeçler, pençe olmayan pençeler, gülme arzusu uyandıran kederli bir çığlık, işte ördek. Kümes hayvanları hâlâ kuşun yanında varlıklarını koruyorlarsa, klasik trajedinin antik trajedi karşısında varlığını sürdürmesinde hiçbir sorun görmüyorum.

Ya da tesadüfen Marius, Enjolras ve Courfeyrac'ın arasında Jean-Jacques Rousseau Caddesi'nden geçiyordu.

Courfeyrac koluna giriyordu:

— Dikkat edin. Burası bugün altmış yıl önce burada oturan garip bir aile yüzünden Jean-Jacques Rousseau adıyla anılan Platrière Caddesi. Adları Jean Jacques ve Thérèse'di. Thérèse ara sıra çocuk doğuruyor, Jean-Jacques onları çocuk esirgeme kurumlarına bırakıyordu.

Ve Enjolras, Courfeyrac'ı tersliyordu:

— Jean-Jacques'a saygısızlık etme! O adama hayranım. Çocuklarını reddetti, kabul; ama halkı evlat edindi.

Bu gençlerden hiçbiri imparator lafını ağızlarına almıyordu. Sadece Jean Prouvaire bazen Napoléon diyor; diğerleri ona Bonaparte, diye hitap ediyor, Enjolras ise onu *Buonaparte* adıyla anıyordu.

Marius'ün kafası hafiften karışıyordu. *Initium sapientiae.*[56]

IV

Kafe Musain'in Arka Salonu

Bu gençlerin Marius'ün de katılıp müdahalelerde bulunduğu bir tartışması zihninde büyük bir sıçrama etkisi yarattı.

O akşam neredeyse tüm A B C Dostları Kafe Musain'in arka salonunda toplanmış, gaz lambası heybetli bir şekilde yakılmıştı. Gürültüyle ve fazla heyecanlanmadan şundan bundan konuşuyorlardı. Suskun kalan Enjolras ve Marius dışında herkes rastgele bir nutuk atıyordu. Bazen arkadaşlar arasındaki sohbetlerden dingin uğultular yayılır. O akşamki sohbet âdeta bir karmaşa, bir oyun gibiydi. Birinin fırlattığı sözcükleri bir başkası yakalıyordu. Her kafadan bir ses çıkıyordu.

Bu arka salona ara sıra bulaşık teknesinden "laboratuvara" gidip gelen bulaşıkçı kız Louison'dan başka hiçbir kadın alınmamıştı.

Körkütük sarhoş olan Grantaire ele geçirdiği köşeyi gürültüsüyle yağmalıyor, bazen aklı başında, bazen ipe sapa gelmez şeyler haykırıyordu:

---

56 Lat. Bilgeliğe giriş. (ç.n.)

— Susadım. Ölümlüler, bir hayalim var, Heilderberg'in devasa şarap fıçıları beyin kanaması geçirsin ve ben de kulaklarının arkasına yerleştirilecek on sülükten biri olayım. İçmek istiyorum. Hayatı unutmak istiyorum. Hayat bilmem kimin iğrenç bir icadı. Süresi belirsiz, ayrıca bir halta benzemiyor. Hayat gerçekle ilgisi olmayan bir dekor. Mutluluk yalnızca bir yanı boyanmış bir çerçeve. Vaiz diyor ki: "Her şey boş, geçici, gösterişten ibaret," ben de belki de hiç yaşamamış olan bu temiz yürekli adam gibi düşünüyorum. Sıfır, çıplak gezmemek için üzerine gelip geçici, gösterişli şeyler giydi. Ah! Gösteriş! Her şeyin güzel sözcüklerle süslenmesi! Bir mutfak laboratuar, bir dansçı profesör, bir cambaz jimnastikçi, bir boksör dövüş uzmanı, bir eczacı kimyacı, bir berber sanatçı, beceriksiz bir işçi mimar, bir jokey sporcu, bir tespihböceği eklem bacaklı olarak anılıyor. Geçici şeylerin bir ön bir de arka yüzleri vardır; önde ahmaklığın göstergesi olarak incik boncuklarıyla zenci yer alır; arkada ise budalalığın timsali olarak yırtık pırtık giysili bir filozof vardır. Birine ağlar, diğerine gülerim. Onurlar ve itibarlar, hatta onur ve itibar olarak adlandırılan, genellikle yaldızlanmış tombaktır. Krallar insan gururuyla oyuncak gibi oynarlar. Caligula bir atı konsül, II. Charles ise bir sığır filetosunu şövalye yapmıştı: Şimdi Konsül Incitatus ya da Baron Roastbeef adına böbürlenin. İnsanların gerçek değerlerine gelince, o da hiç saygın değildir. Komşunun komşusu hakkında düzdüğü övgüleri dinleyin. Beyaz beyaza karşı acımasızdır; zambak konuşabilseydi, güvercine ağzının payını verirdi! Bir dindar hakkında gevezelik eden yobaz, engerek ve mavi bongar yılanlarından daha fazla zehir saçar. Ne yazık ki cahilim, yoksa size birçok şeyden bahsedebilirdim; ama hiçbir şey bilmiyorum. Gros'da öğrenciyken, hep çok akıllı davrandım, küçük resim tahtalarını karalamak yerine vaktimi elma aşırmakla geçirirdim; beceriksiz ressam arakçının yakın akrabasıdır. İşte benden bu kadar; size gelince, benden daha değerli değilsiniz. Mükemmelliğiniz, üstünlükleriniz, nitelikleriniz umurumda değil. Her nitelik bir kusura dönüşür; tutumluluk cimriliğe varabilir, cömertlik müsriflikle yan yanadır, yiğitlik kabadayılığın bir adım ötesindedir; çok dindar olduğunu söyleyen yalancı sofudur; erdemin içinde Diyojen'in hırkasındaki delik kadar günah vardır. Kime hayransınız, ölene mi öldürene mi, Sezar'a mı Brütüs'e mi? Genellikle öldürenden yana olunur. Yaşasın Brütüs! O öldürdü. İşte erdem budur. Erdemi kabul ederiz, ama bu aynı zamanda çılgınlıktır. Üstün insanların garip zaafları vardır. Sezar'ı öldüren Brütüs, Strongylion'un yaptığı küçük bir çocuk heykeline âşıktı. Belle-Jambe adlı Amazon ve Neron'un seferlerde yanında götürdüğü Eucnemos heykellerini de yapan Storngylion, Brütüs ve Neron'u uzlaştıran iki eser daha vermişti. Brütüs birine, Neron diğerine âşıktı. Tarih dönüp dolaşıp aynı şeyleri söyler. Bir yüzyıl diğerinin taklididir. Marengo Savaşı Pydna Savaşı'nın kopyasıdır; Clovis'in Tolbiacı ile Napoléon'un Austerlitz'i iki kan damlası gibi birbirlerine benzerler. Zaferi hiç umursamam. Hiçbir şey yenmek kadar saçma olamaz; gerçek zafer ikna etmektir. Ama bir şeyleri kanıtlamayı denesenize! Başarmakla yetiniyorsunuz, ne vasatlık! Fethetmekle yetiniyorsunuz, ne sefalet! Ne yazık, her yerde boş heves ve alçaklık var. Her şey, dilbilgisi bile başarıya itaat ediyor. Horatius *Si volet usus*[57] der. Bu yüzden insan türünden tiksiniyorum. Bütünden parçaya mı ineceğiz? Halklara hayran olmamı mı istiyorsunuz? Söyler misiniz hangi halka? Yunanlara mı? Atinalılar, eski zamanın Parislilerinin Coligny'yi öldürdükleri gibi Phoikon'u öldürüyor, tiranlarına, Anakreon'a Peisistratos hakkında "Arılar idrarına üşüşüyor," dedirtecek ölçüde dalkavukluk ediyorlardı. Elli yıl boyunca, Eski Yunan'ın en saygın ismi ufak tefek olduğundan rüzgârda uçmamak için ayakkabılarına kurşun ağırlıklar yerleştiren

57 Lat. Kurallar izin verirse. (ç.n.)

dil bilgini Philetas'tı. Korent'in büyük meydanında Silanion tarafından yapılmış ve Plinius'un ansiklopedisinde yer almış Epistates heykeli vardı. Epistates ne yapmıştı? Çelme takmayı icat etmişti. İşte bu Eski Yunan'ı ve şanı özetliyor. Diğerlerine geçelim. İngiltere'ye mi hayranlık duyacağım? Yoksa Fransa'ya mı? Neden? Paris'ten dolayı mı? Size Atinalılar hakkındaki düşüncelerimi söyledim. İngiltere mi? Neden? Londra yüzünden mi? Kartaca'dan nefret ederim. Üstelik lüksün metropolü olan Londra yoksulluğun başkentidir. Sadece Charing-Cross'da yılda yüz kişi açlıktan ölüyor. İşte Albion'un hali böyle. Üstelik başında gülden taçla, gözünde mavi gözlüklerle dans eden bir İngiliz kızı gördüğümü de ilave edeyim! Bu yüzden İngiltere'yi hiç sallamıyorum. John Bull'a hayranlık duymuyorsam Brother Jonathan'a mı hayranlık duyacağım? Köleleri olan o *brother* hiç hoşuma gitmiyor. *Time is money*'yi[58] kaldırırsanız, İngiltere'den geriye ne kalır? *Cotton is king*'i[59] kaldırırsanız Amerika'dan geriye ne kalır? Almanya lenftir; İtalya safradır. Rusya karşısında kendimizden mi geçeceğiz? Voltaire ona hayrandı. Aynı zamanda Çin'e de hayrandı. Rusya'nın aralarında güçlü bir despotluğun da bulunduğu güzelliklerini kabul ediyorum, ama despotlara acıyorum. Sağlıkları yerinde değil. Aleksey'in kellesi uçuruldu, Piotr hançerlendi, Pavel boğuldu, bir başka Pavel çizmelerin topuklarıyla yamyassı oldu, birçok İvan boğazlandı, çok sayıda Nikolay ve Vasili zehirlendi, tüm bunlar Rus imparatorlarının saraylarının sağlık koşullarının yeterli olmadığını gösteriyor. Tüm uygar toplumlar filozofun hayranlığına şu ayrıntıyı sunuyorlar: Savaş, oysa savaş, uygarlaşmış savaş, İspanyol piyade erlerinin Jaxa Dağı'nın boğazlarında alaybozan tüfekleriyle yaptıkları yağmacılıktan, Komançiler'in Passe-Douteuse geçidindeki soygunculuklarına kadar eşkıyalığın

58 İng. Vakit nakittir. (e.n.)

59 İng. Pamuk kraldır. (e.n.)

tüm çeşitlerini kullanıp bünyesinde barındırır. Bana "Hadi canım sen de! Avrupa her şeye rağmen Asya'dan daha iyi değil midir?" diyeceksiniz. Asya'nın kaba bir komedi olduğunu kabul ediyorum; ama modalarınıza, kibarlıklarınıza, Kraliçe Isabelle'in kirli gömleğinden[60] veliahdın klozetine kadar tüm görkemli çöplüklerinizi karıştıran siz Batılıların Dalai-Lama'ya pek de gülme hakkınız olduğunu sanmıyorum. İnsan beyler size diyorum ki "Boşuna!" En çok bira Brüksel'de, en çok votka Stockholm'de, en çok çikolata Madrid'de, en çok cin Amsterdam'da, en çok şarap Londra'da, en çok kahve İstanbul'da, en çok absent Paris'te tüketilir; işte tüm yararlı bilgiler. Sonuç olarak Paris ağır basar. Paris'te paçavracılar bile ehlikeyiftir; Diyojen Pire'de filozof olmak yerine Maubert Meydanı'nda paçavracılık yapmayı tercih ederdi. Şunu da öğrenin: Paçavracıların meyhanelerine ispirtohane denir; en ünlüleri *Casserole* ve *Abattoir*'dır. Bu yüzden, gelsin kır kahveleri, içki âlemleri, koltuk meyhaneleri, çadır tiyatroları, kır meyhaneleri, şaraphaneler, dergâhlar, paçavracıların ispirtohaneleri, halifelerin kervansarayları, belirteyim ki ben şehvet düşkünüyüm, Richard'da iki franka yemek yerim, bana çıplak Kleopatra'nın önüne sermek için İran halıları gerek! Kleopatra nerede? Ah! Demek sensin Louison. Merhaba.

Böylece Kafe Musain'in arka salonunda bulaşıkçıya asılarak hiç durmadan konuşan Grantaire küfelik olmuştu.

Elini uzatıp onu susturmaya çalışan Bossuet'ye lafı gediğine koyarak cevap verdi:

— Meaux kartalı, pençelerini çek. Artaserhas'ın eskilerini reddeden Hipokrates'in el işaretini yapman beni hiç etkilemiyor. Seni beni susturmaya çalışmaktan men ederim. Zaten üzgünüm. İnsanlar kötü, şekilsiz; kelebek işin içinden sıyrılmayı başarmış, insan eksikli yaratılmış. Tanrı bu

60 Isabelle, kocası Arşidük Albert, Ostende kentini kuşattığında, şehir düşene dek gömleğini çıkarmamaya yemin etmiştir. Kuşatma üç yıl sürmüştür, gömleğin aldığı renk, "Isabelle rengi" olarak bilinir. (e.n.)

hayvanı es geçmiş. Çirkinliklerden dilediğini seç. Önüne ilk çıkan bir sefil olacak. Kadın alçaklıkla uyum içinde. Evet, içim daralıyor, zihnim hüzünle, hasretle bulanıyor, hastalık hastasıyım, kızıyorum, kuduruyorum, esniyorum, sıkılıyorum, ölüyorum! Tanrı'nın canı cehenneme!

— Sus artık büyük R! dedi bir kenarda hukukla ilgili bir şeyler tartışan ve yarı beline kadar sonu şu şekilde biten hukuki terimlerle dolu bir cümleye batmış olan Bossuet:

— ...Bana gelince, henüz yeni bir hukukçu ve amatör bir savcı olarak, şunu savunuyorum: Normandiya geleneklerine göre, Saint-Michel'de, başka bir yasanın muhalefeti yoksa, mülk sahipleri, mirasçılar, zilyet hakkını elinde bulunduranlar, ortakçılar, yarıcılar, toprağını ipotek edenler senyöre belirlenen vergiyi ödemek zorundadırlar.

— Yankılar, yakınan periler, diye mırıldandı Grantaire.

Grantaire'in yanında biraz sessiz bir masanın üstünde, iki küçük bardağın arasında duran bir kâğıt, bir mürekkep hokkası ve bir kalem bir vodvilin taslağının hazırlandığını bildiriyorlardı. İki kafadar kafa kafaya vermiş alçak sesle bu büyük eserin ilk satırlarını yazıyorlardı:

— Önce isimlerden başlayalım, sonra konuyu belirleriz.

— Haklısın. Söyle. Yazıyorum.

— Mösyö Dorimon?

— Rantiye mi?

— Elbette.

— Kızı, Célestine.

— ...tine. Sonra?

— Albay Sainval.

— Sainval çok kullanıldı. Valsin diyorum.

Esin perisiyle buluşmuş vodvilcilerin yanındaki bir başka grup gürültüden yararlanarak alçak sesle bir düellodan söz ediyordu. Otuz yaşındaki bir ihtiyar, on sekiz yaşındaki bir gence tavsiyeler veriyor, rakibinin özelliklerini anlatıyordu:

— Lanet olsun! Kendinize dikkat edin. Kılıcını iyi kullanır. Rastgele hamle yapmadan saldırır, bileği şimşek gibi çakar, savunması güçlüdür ve çok yerinde karşılıklar verir, dikkat! Üstelik solaktır.

Grantaire'in karşı köşesinde domino oynayan Joly ve Bahorel aşktan söz ediyorlardı.

— Sen mutlusun, diyordu Joly. Her zaman gülen bir metresin var.

— Aslında hata ediyor, diye yanıtladı Bahorel. Bir sevgilinin gülmesi hiç doğru değildir. Aldatılmasına neden olur. Onu neşeli görmek vicdan azabı duymanızı engeller; ama üzgünse insan kendini frenlemeyi daha kolay başarır.

— Nankör! Sürekli gülümseyen güzel bir kadın! Üstelik hiç tartışmıyorsunuz!

— Yaptığımız anlaşma yüzünden. Kutsal ittifakımızı oluşturduğumuzda, her birimiz asla aşmayacağımız sınırları belirledik. Poyrazın estiği yön Vaud'ya, lodosun estiği yön Gex'e ait. Bu yüzden huzur içinde yaşıyoruz.

— Huzur sindirilmiş mutluluktur.

— Ya sen Jolllly, küçük hanımla hâlâ küs müsünüz? Kimi kastettiğimi biliyorsun.

— Acımasız bir sabırla bana surat asmaya devam ediyor.

— Yine de zafiyetinle acıma duyguları uyandıracak bir âşıksın.

— Ne yazık ki!

— Senin yerinde olsam onu terk ederdim.

— Söylemesi kolay.

— Yapması da. Adı Musichetta değil miydi?

— Evet. Ah! Dostum Bahorel, muhteşem bir kız, sürekli okuyor, ayakları, elleri küçücük, şık giyiniyor, teni bembeyaz, etine dolgun, iskambil falcısının gözlerini andıran gözleri var. Beni çılgına çeviriyor.

— Sevgili dostum, o zaman ona kendini beğendirmen, şık görünmen, itibarlı bir izlenim bırakman gerekir. Staub'dan yün bir pantolon al. Çok şık görünürsün.

— Fiyatı ne kadar? diye bağırdı Grantaire.

Üçüncü köşede şiirle ilgili bir tartışma yaşanıyor, Pagan mitolojisiyle Hristiyan mitolojisi çarpışıyordu. Söz konusu olan Jean Prouvaire'in romantizme olan yakınlığı nedeniyle savunduğu Olympos'tu. Sadece kendi haline bırakıldığında çekingen olan Jean Prouvaire üstüne gelindiğinde coşkusunu artıran bir neşeyle patlıyor, hem güleç hem de şairane bir tavır takınıyordu.

— Tanrılara hakaret etmeyelim, diyordu. Onlar belki de hâlâ varlıklarını sürdürüyorlardır. Jüpiter bana hiç de ölmüş gibi görünmüyor. Tanrıların hayal ürünü olduğunu söylüyorsunuz. Ama günümüzde, bu hayallerin yok olup gitmesinden sonra bile, muhteşem Pagan mitleriyle bugünkü halleriyle karşılaşılıyor. Örneğin, Vignemale gibi kale görünümlü bir dağ bende Kibele'nin tacı izlenimini bırakıyor; Pan'ın geceleri gelip oyuklarını parmaklarıyla birer birer açıp kapattığı söğütlerin içi boş gövdelerine üflemediğini kimse kanıtlayamıyor, ayrıca her zaman için Pissevache Çağlayanı'nda İo'nun izleri olduğuna inanmışımdır.

Dördüncü köşede politika konuşuluyordu. İhsan edilmiş anayasa eleştirilirken Combeferre onu ılımlı bir şekilde savunuyor, Courfeyrac ateş püskürüyordu. Courfeyrac masanın üzerinde duran ve Touquet'nin enfiye kutularının üzerine bile bastırdığı anayasanın can sıkıcı bir nüshasını eline almış sallıyor, gerekçelerine bu kâğıt parçasının hışırtılarını katıyordu.

— Öncelikle kralları istemiyorum; sadece ekonomik açıdan olsa bile onları istemiyorum; bir kral asalaktır. Krallar bedavaya çalışmaz. Kralların neye mal olduğunu anlamak için söyleyeceklerimi dinleyin. I. François öldüğünde Fransa'nın borcu otuz bin franktı; XIV. Louis'nin ölümünde, bir mark yirmi sekiz frankken, iki milyar altı yüz milyona çıktı; bu rakam Desmarets'nin söylediğine göre 1760'da dört milyar beş yüz milyona tekabül ediyordu, yani bugünkü değeri on iki milyar ediyor. İkinci olarak, Combeferre üzerine alınmasın ama ihsan edilmiş bir anayasa uygarlık adına kötü bir yöntemdir. Geçiş dönemini yumuşatmak, sarsıntıları hafifletmek, ulusu anayasa uydurmalarıyla monarşiden yavaş yavaş demokrasiye geçirmek, tüm bunlar iğrenç taktikler! Hayır! Hayır! Halkı asla sahte bir ışıkla aydınlatmayalım. İlkeler sizin anayasal mahzeninizde solup gidiyor. Yozlaşma yok, uzlaşma yok, kralın halka ihsanı yok. Tüm bu ihsanlarda 14. madde var. Bir el verirken, bir pençe geri alıyor. Anayasanızı kesinlikle reddediyorum. Bir anayasa, altında yalanların gizlendiği bir maskedir. Bu anayasayı kabul eden bir halk haklarından feragat eder. Hak ancak tam anlamıyla alındığında haktır. Hayır! Anayasa diye bir şey yok!

Mevsim kış olduğundan şöminede iki kütük çıtırdıyordu. Bu çekici görüntüye karşı koyamayan Courfeyrac zavallı anayasa nüshasını avucunda buruşturarak ateşe attığında kâğıt alev aldı. Düşünceli bir ifadeyle XVIII. Louis'nin başyapıtına bakan Combeferre:

— Aleve dönüşen anayasa, demekle yetindi.

Ve salonun her yanından yükselip birbirleriyle çarpışan alaycı sözler, espriler, imalar, Fransızların coşku dedikleri, İngilizlerin nükte dedikleri şeyler, incelikli ve kaba sözler, haklı ya da haksız akıl yürütmeler, sohbetlerin tüm çılgın havai fişekleri başların üzerinde neşeli bir bombardıman etkisi yaratıyordu.

V

Ufkun Genişlemesi

Genç zihinlerin kendi aralarında çarpışmasının nasıl bir kıvılcım yaratacağının öngörülememesinin, şimşeğinin asla tahmin edilememesi gibi hayran olunası bir yanı vardır. Az sonra ne fışkıracak? Kimse bilemez. Yürek sızlaması bir kahkahaya yol açabilir. Herkesin şamata yaptığı bir anda ortama ciddiyet hâkim olabilir. İlk söylenen söze tepkiler yağar. Her birinin belagati muhteşemdir. Bir şaka beklenmedik bir tartışmanın zeminini oluşturabilir. Bazı keskin sözler sohbetlerin gidişatını aniden değiştirir. Tesadüfler bu sohbetlerin makinistidir.

Sözcüklerin şıkırtısından tuhaf bir biçimde sıyrılan ağırbaşlı bir düşünce aniden Grantaire'in, Bahorel'in, Prouvaire'in, Bossuet'nin, Combeferre'in ve Courfeyrac'ın karmakarışık söz düellolarının ortasından geçti.

Bir sohbetin ortasında bir cümle nasıl aniden ortaya çıkar? Dinleyenlerin dikkatini nasıl üzerine çeker? Daha önce de söylediğimiz gibi, bunu kimse bilemez. Bossuet, uğultuların ortasında Combeferre'e verdiği yanıtı şu tarihle sona erdirdi:

— 18 Haziran 1815: Waterloo.

Waterloo sözcüğünün zikredilmesi üzerine, dirseğini masanın üzerindeki bir bardağın kenarına yaslamış olan Marius bileğini çenesinin altından çekip etrafını incelemeye başladı.

— Vay canına, diye haykırdı Courfeyrac, (O tarihlerde "Bak hele!" sözü kullanılmaz olmuştu.) 18 rakamı gariptir ve Bonaparte'ın bu uğursuz sayısı beni çok etkiler. Önüne Louis arkasına Brumaire koyun, insanın kaderini karşınızda bulursunuz, sadece burada başlangıcın sona yakın olması gibi bir ayrıcalık vardır.

O ana kadar hiç konuşmayan Enjolras suskunluğunu bozup Courfeyrac'a:

— Suçun cezaya yakın olması demek istiyorsun.

Bu *suç* sözcüğü, aniden Waterloo'nun ortaya atılmasıyla zaten oldukça heyecanlanan Marius'ün sınırlarını zorlamıştı.

Ayağa kalkıp duvarın üzerinde duran ve altında ayrı bir bölmede bir ada bulunan Fransa haritasına doğru yavaşça yürüyen Marius parmağını bu bölmenin üzerine koydu ve:

— Korsika, dedi. Fransa'yı yücelten küçük bir ada.

Salonda buz gibi bir havanın esmesiyle herkes sözünü yarıda kesti. Bir şeylerin başlayacağı hissediliyordu.

Bossuet'ye yanıt vermek için bedenine etkileyici bir görünüm vermek isteyen Bahorel bu girişiminden vazgeçip dinlemeye başladı.

Mavi gözlerini kimseye çevirmemiş, boşluğa bakar gibi görünen Enjolras, Marius'e bakmadan yanıt verdi.

— Fransa yücelmek için hiçbir Korsika'ya muhtaç değildir. Fransa, Fransa olduğu için yücedir. *Quia nominor leo.*[61]

Geri adım atmak gibi bir zaaf göstermeyen Marius, Enjolras'ya dönerek iç organlarının titreşimleriyle yankılanan bir sesle cevap verdi:

— Fransa'yı alçaltmak aklımın ucundan bile geçmez! Ama ona Napoléon'u eklemlemek onu alçaltmak anlamına gelmez. Ah! Bundan söz edelim. Aranıza yeni katıldım, ama itiraf edeyim ki beni şaşırtıyorsunuz. Neredeyiz? Kimiz? Kimsiniz? Ben kimim? İmparator konusunda anlaşalım. Ona kralcılar gibi *u* harfini vurgulayarak Buonaparte dediğinizi duydum. Size dedemin daha iyisini yaptığını, ondan Buonaparté diye söz ettiğini söyleyebilirim. Sizi genç sanıyordum. Coşkunuzu nereye sakladınız? Ona ne yaptınız? İmparatora değilse kime hayranlık duyuyorsunuz? Size daha fazla ne gerekiyor? Bu yüce insanı sevmiyorsanız, hangi yüce insanlara hayranlık duyuyorsunuz? Her şeye muktedirdi. Kusursuzdu. Beyninde insani yetilerin harikalarını taşıyordu. Justinianus gibi yasalar yapıyor, Sezar gibi hükmediyor, söylevlerinde Pascal'ın şimşeği Tacitus'un yıldırımına karışıyordu, tarihi hem yapıyor, hem yazıyordu, raporları İlyada'yı andırıyordu; Newton'ın rakamıyla Muhammed'in istiaresini bir araya getiriyor, Doğu'da, arkasında piramitler gibi ulu sözler bırakıyor, Tilsit'te imparatorlara azameti öğretiyor, Bilimler Akademisi'nde Laplace'a karşılık veriyor, Danışma Meclisi'nde Merlin'e kafa tutuyordu. Birilerinin geometri-

61 Çünkü adım aslan. (ç.n.)

sine, diğerlerinin davasına ruh veriyor, savcıların yanında hukukçu, astronomların yanında yıldızbilimci oluyordu, iki mumdan birini söndüren Cromwell gibi perde püskülü için pazarlık yapmak üzere Temple'a gidiyor, her şeyi görüyor, her şeyi biliyordu, ama bu beşiğindeki küçük bebeğine güleç bir yüzle bakmasını engellemiyordu ve aniden korkuya kapılan Avrupa harekete geçen ordulara, ilerleyen topçu bataryalarına, ırmakların üzerinde kurulan gemi köprülerine, kasırganın içinde dörtnala giden süvari birliklerine, çığlıklara, borazanlara kulak kesilirdi, her yanda tahtlar sarsılır, haritada krallıkların sınırları titreşir, olağanüstü bir kılıcın kınından çekildiği duyulurdu, ufukta, yıldırımların ortasında alev saçan elleri ve parıltılı gözleriyle ayağa dikilmiş bir halde iki kanadını, büyük ordusunu ve muhafız alayını savaş düzenine soktuğu görülürdü, o savaşın baş meleğiydi!

Herkes susuyor, Enjolras başını öne eğiyordu. Sessiz kalmak her zaman için bir şekilde kabullenmek, köşeye sıkışmak anlamına gelir. Marius artan coşkusuyla âdeta soluk bile almadan devam etti:

— Dostlarım, adil olalım! Böyle bir imparatorun imparatorluğu olmak bir halk için ne görkemli bir yazgıdır, hele bu halk Fransız halkıysa ve dehasını bu adamın dehasına katıyorsa! Ortaya çıkıp hükmetmek, ilerleyip zafer kazanmak, her hamlede bir başkenti ele geçirmek, humbaracılardan krallar yapmak, hanedanların çöküşüne karar vermek, hızlı ve kararlı adımlarla Avrupa'yı dönüştürmek, tehdit ettiğinizde elinizin altında Tanrı'nın kılıcını hissetmek, tek bir adamda Hannibal'i, Sezar'ı, Charlemagne'ı birlikte izlemek, tüm şafaklarınıza kazanılmış bir savaşın parıltılı müjdesini katan bir adamın halkı olmak, çalar saat niyetine Invalides'in toplarına sahip olmak, aydınlığın uçurumlarına Marengo, Arcole, Austerlitz, Iéna, Wagram gibi sonsuza dek alev saçan olağanüstü sözcükler fırlatmak! Göğün zirvesinde her saniye zaferin takımyıldızlarının yüzyıllarını yaratmak, Fransız imparatorluğunu Roma imparatorluğuna benzetmek, büyük bir ulus olup büyük bir ordu oluşturmak, dünyanın dört bir yanına her yana kartallarını yollayan bir dağ gibi alaylarını göndermek, yenmek, egemen olmak, şimşek saçmak, Avrupa'da şanın gücüyle yaldızlanmış bir halk olmak, tarihin içinde devlerin bandosunu çalmak, dünyayı hem güçle hem de göz kamaşmasıyla iki kez fethetmek, bunlar kadar yüce ve görkemli bir şey olabilir mi?

— Özgür olmak, dedi Combeferre.

Bu kez başını öne eğme sırası Marius'teydi; destansı coşkusunu çelik bir bıçak gibi delip geçen bu basit ve soğuk sözlerin içinde eriyip gittiğini hissediyordu. Başını kaldırdığında Combeferre orada değildi, muhtemelen lafı gediğine koymanın memnuniyetiyle salondan ayrılmış ve Enjolras hariç herkes onun ardından gitmişti. Salon boşalmıştı. Marius'le baş başa kalan Enjolras ona ciddi bir ifadeyle bakıyordu. Yine de, düşüncelerini biraz toparlayan Marius yenildiğini düşünmüyordu; içinde hâlâ durulmayan taşkınlık hiç kuşkusuz Enjolras'a bir nutuk halinde aktarılacaktı. Aniden merdivenden inen birinin şarkı söylediği duyuldu. Bu Combeferre'di ve şarkısı şöyleydi:

Sezar verseydi bana
Şanla şöhreti
Ve söyleseydi
Annemin sevgisini terk etmem gerektiğini
Büyük Sezar'a söylerdim
Süslü savaş arabasını ve asasını
Alıp gitmesini
Çünkü annemi sevdiğimi.

Combeferre'in duygulu ve sert vurgusu bu kıtaya bir görkemlilik katıyordu. Düşüncelere dalıp gözlerini tavana dikmiş olan Marius istemsiz bir şekilde tekrarladı: "Annem?.."

O sırada, omzunda Enjolras'nın elini hissetti.

— Yurttaş, annem cumhuriyet demektir.

VI

Res Angusta[62]

O akşam Marius'ün ruhunda derin bir sarsıntı, hüzünlü bir belirsizlik bıraktı. Toprağın buğday ekmek için demirle kazıldığı sırada hissettiklerini yaşadı; toprak o an sadece yaranın acısını duyumsar; tohumun filizlenmesi ve meyvenin neşesi çok sonra gelir.

Karamsar bir ruh halinin pençesindeydi. Yeni bir inanca henüz güçlükle bağlanmışken şimdi onu reddetmesi mi gerekiyordu? Kendi kendine "Hayır," deyip düşüncelerinden kuşkulanmamaya karar verse de, kafası elinde olmadan karışmaya başladı. Henüz tam anlamıyla reddedilmemiş bir dinle, henüz tam anlamıyla bağlanılmamış başka bir din arasında kalmak katlanılmazdır ve alacakaranlıklar sadece yarasa ruhların hoşuna gider. Gözleri keskin olan Marius'e gerçek bir ışık gerekiyor, şüphenin yarım aydınlığı canını sıkıyordu. Sebatla olduğu yerde kalma arzusu ne kadar güçlü olursa olsun, yola devam etmeye, ilerlemeye, araştırmaya, düşünmeye, daha ileri gitmeye karşı konulmaz bir şekilde zorunluydu. Bu gidişle nereye varacaktı? Babasına yaklaşmak için attığı onca adımdan sonra, şimdi kendini ondan uzaklaştıracak adımlar atmaya korkuyordu. Aklından geçen tüm düşünceler bunaltısını artırıyor, karşısında dik bir yokuş beliriyordu. Kendini bilgiç sayan dedesiyle de, onu geri kafalı olarak gören dostlarıyla da hemfikir değildi ve kendini hem yaşlılıktan hem de gençlikten yalıtılmış hissediyordu. Kafe Musain'e gitmeyi kesti. Bilincinin bu çalkantısı içinde, yaşamın ciddi yanlarını hiç düşünmüyordu. Yaşamın kendilerini unutturmayan gerçekleri aniden ona bir dirsek attı.

Bir sabah otel sahibi Marius'ün odasına girip:

— Mösyö Courfeyrac size kefil oldu, dedi.

---

62 Geçim derdi. (ç.n.)

— Evet.

— Paraya ihtiyacım var.

— Courfeyrac'a gelip benimle görüşmesini söyleyin.

Courfeyrac geldiğinde otelci yanlarından ayrıldı. Marius ona şimdiye kadar bahsetmeyi düşünmediği şeyi, ebeveyni olmadığını, hayatını tek başına sürdürdüğünü anlattı.

— Ne yapmayı düşünüyorsunuz? diye sordu Courfeyrac.

— Hiç bilmiyorum.

— Paranız var mı?

— On beş frank.

— Borç vermemi ister misiniz?

— Kesinlikle hayır.

— Giysileriniz var mı?

— İşte.

— Mücevherleriniz?

— Bir saatim var.

— Gümüş mü?

— Altın, işte burada.

— Kullanılmış giysiler alıp satan bir tanıdığım var, redingotunuzu ve pantolonunuzu o alır.

— Tamam.

— Sadece bir pantolonunuz, bir yeleğiniz, bir şapkanız, bir ceketiniz olacak.

— Bir de çizmelerim.

— Nasıl olur! Çıplak ayakla yürümeyecek misiniz? Bu ne bolluk!

— O kadarı da olsun.

— Saatinizi satın alacak bir saatçi tanıyorum.

— Çok iyi.

— Hayır çok iyi değil. Sonra ne yapacaksınız?

— Onurlu bir iş olması koşuluyla elimden gelen her şeyi.

— İngilizce biliyor musunuz?

— Hayır.

— Almanca biliyor musunuz?

— Hayır.

— Yazık.

— Neden?

— Kitapçı bir arkadaşım bir ansiklopedi hazırlıyor, ona Almanca ya da İngilizce makaleler çevirebilirdiniz. Az para ödenir, ama insanın geçimini sağlar.

— İngilizce ve Almanca öğreneceğim.

— Peki ya o zamana kadar?

— O zamana kadar giysilerimi ve saatimi yiyeceğim.

Giysi alıp satan adam eski püskü elbiselere yirmi frank verdi. Saatçi de saati kırk beş franka satın aldı.

— Fena değil, diyordu Marius otele dönerken Courfeyrac'a, on beş frankımla birlikte seksen frank eder.

— Ya otelin hesabı?

— Şu işe bak, az kalsın unutuyordum.

Otelci hemen yetmiş franklık hesabı getirdi.

— On frankım kaldı, dedi Marius.

— Bakın şimdi, dedi Courfeyrac, İngilizce öğrenirken beş frank yiyeceksiniz ve Almanca öğrenirken de beş frank. Bu, bir dili çok hızla, beş frankı ise yavaşça yutmak anlamına gelir.

Bu arada aslında zor durumlarda oldukça yardımsever olan Gillenormand teyze sonunda Marius'ün kaldığı yeri bulmuştu.

Bir sabah, okuldan gelen Marius kendisine gönderilen mühürlü bir kutunun içinde teyzesinden gelen bir mektup ve *altmış altın*, yani altı yüz frank buldu.

Marius bu parayı kendi geçimini sağladığını ve artık ihtiyaçlarını karşılayabildiğini saygılı bir dille belirttiği bir mektupla birlikte geri gönderdi. O sırada cebinde üç frank kalmıştı.

Teyze öfkelendireceği korkusuyla bunu dedesine söylemedi. Zaten ona "Bana bu kan içiciden asla söz etmeyin," demişti.

Borçlanmak istemeyen Marius, Saint-Jacques Kapısı'ndaki otelinden ayrılmak zorunda kaldı.

Beşinci Kitap
Bahtsızlığın Avantajları

I

Marius Sefalet İçinde

Yaşam Marius için acımasızlaşmıştı. Giysilerini ve saatini yemek hiçbir şey değildi. Sefaletin o tasvir edilemez perişanlığının da tadına bakmıştı. Ekmeksiz günler, uykusuz geceler, mumsuz akşamlar, ateşsiz ocaklar, işsiz geçen haftalar, umutsuz gelecek, genç kızları güldüren eski bir şapka, akşamları, kira ödenmediği için kapalı bulunan bir kapı, kapıcının ve meyhanecinin küstahlıkları, komşuların sırıtışları, aşağılanmalar, yitirilen saygınlık, zorunluluktan dolayı kabul edilen işler, tiksinti, keder, bezginlik hepsi korkunçtu. Marius tüm bunların nasıl yenilip yutulacağını ve çoğunlukla bunların sıklıkla yenen tek şey olduğunu öğrendi. Yaşamının, insanın aşka ihtiyaç duyduğu için kibre de ihtiyaç duyduğu bu döneminde hırpani giyindiği için kendisiyle alay edildiğini, yoksul olduğu için gülünç gözüktüğünü hissediyordu. Gençliğin insanın göğsünü heybetli bir gururla şişirdiği yaşta, gözlerini birçok kez delik çizmelerine indirip sefaletin adaletsiz utançlarını ve dokunaklı yüz kızarmalarını yaşadı. Zayıfların alçaklaşarak, güçlülerin yücelerek çıktıkları hayran olunası ve korkunç bir deneydi. Kaderin bir insanı dilediğinde serseri ya da yarı tanrı haline dönüştürmek için içine attığı bir potadaydı.

Çünkü küçük savaşımlarda birçok erdemli davranış gösterilebilir. Karanlıkta zorunlulukların ve alçaklıkların ölümcül istilasına karşı kendilerini adım adım savunan dikkafalı ve bilinmeyen yiğitlikler, hiçbir bakışın görmediği, şöhretin umursamadığı, hiçbir bandonun selamlamadığı soylu ve gizemli zaferler vardır. Hayat, bahtsızlık, yalıtılmışlık, terk edilmişlik, yoksulluk kahramanları, bazen de ünlü kahramanlardan daha heybetli meçhul kahramanları olan savaş alanlarıdır.

Nadir rastlanan güçlü kişilikler bu şekilde ortaya çıkar; neredeyse her zaman üvey analık yapan yoksulluk, bazen annelik eder; yoksunluk ruhun ve zekânın gücünü yaratır; darlık gururun sütannesidir; bahtsızlık yüce gönüllüler için besleyici bir süttür.

Marius hayatının bu döneminde kapısının önünü süpürüyor, peynirci kadından birkaç santimlik Brie peyniri alıyor, fırına girip satın aldığı ekmeği sanki çalmış gibi gizli bir şekilde tavan arasındaki odasına götürmek için havanın kararmasını bekliyordu. Bazen elindeki kitaplarla, yanından alaycı bakışlarla geçen aşçı kadınların arasından köşedeki kasaba giren, altından boncuk boncuk terler akan şapkasını çıkardıktan sonra çekingen ve öfkeli bir ifadeyle kendisine şaşkınlıkla bakan kasap kadını ve ardından kasap çırağını saygıyla selamlayan, altı yedi santime aldığı bir kalem pirzolayı kâğıda sardıktan sonra kitaplarının arasına yerleştiren ve çekip giden genç bir adama rastlanırdı. Bu genç Marius'tü. Kendi elleriyle pişirdiği bu pirzolayla üç gün idare ederdi.

İlk gün eti, ikinci gün yağını yiyor, üçüncü gün kemiği kemiriyordu. Gillenormand teyze birçok kez ona altmış altın göndermek istese de, Marius onları hep hiçbir şeye ihtiyacı olmadığı gerekçesiyle geri gönderiyordu.

İçinde size anlattığımız devrim gerçekleştiğinde hâlâ babasının yasını tutuyordu. O zamandan beri yas giysilerini üzerinden hiç çıkarmamıştı. Bu arada kıyafetlerinin iyice yıpranması üzerine, günün birinde giysisiz kaldı. Pantolon hâlâ idare ediyordu. Ne yapmalıydı? Bazı konularda yardımcı olduğu Courfeyrac ona eski bir ceket verdi. Bu ceketi bir buçuk franka bir kapıcıya tersyüz ettiren Marius'ün böylece yeni bir ceketi olmuştu. Ama bu ceket yeşildi. Bu yüzden Marius dışarıya sadece karanlığın yeşili siyaha dönüştürdüğü akşam saatlerinde çıktı. Hep yas elbiseleri içinde görünmek istediği için sırtına geceyi geçiriyordu.

Tüm bunların arasında avukat oldu. Courfeyrac'ın daha derli toplu olan ve takımları bozulmuş romanlarla tamamlanan hukuk kitaplarının yönetmeliklere uygun bir şekilde yer aldığı bir kütüphanesi bulunan odasını yazıhane olarak kullanıyor, mektuplarını bu adresten alıyordu.

Marius avukat olduğunda, dedesini soğuk ama minnet ve saygı dolu bir mektupla durumdan haberdar etti. Mektubu titreyerek eline alan M. Gillenormand okuduktan sonra yırtıp çöp sepetine attı. İki üç gün sonra, Matmazel Gillenormand, babasının fazlasıyla duygulandığı anlarda hep yaptığı gibi odasında tek başına yüksek sesle konuştuğunu duydu. Kulak kabartıp şu sözleri eden ihtiyarı dinledi:

— Ahmak olmasaydın, insanın hem baron hem avukat olamayacağını bilirdin.

II

Yoksul Marius

Yoksulluk da her şey gibi katlanılabilir hale gelip sonunda bir şekil alır ve ete kemiğe bürünür. İnsan yetersiz olanaklarla sıkıntılı bir yaşam sürdürürken ancak asgari ihtiyaçlarını karşılayabilir. İşte Marius Pontmercy hayatını şu tarzda düzenlemişti:

En dar geçitten çıkmış, önündeki ufuk biraz daha genişlemişti. Emeği, cesareti, sebatkârlığı ve iradesi sayesinde, yılda yaklaşık yedi yüz frank kazanacak duruma gelmeyi başarmıştı. Almanca ve İngilizce'yi öğrenmiş, Courfeyrac'ın kendisini kitapçı dostuyla tanıştırması üzerine, edebî-kitapçılık alanında mütevazı bir *yararlılık* rolünü üstlenmişti. Prospektüsler hazırlıyor, gazeteleri çeviriyor, redaksiyon yapıyor, biyografileri derliyor, bu üretimi karşısında yılda ortalama yedi yüz frank kazanıyor ve bu parayla geçimini sağlıyordu. Nasıl? Hiç de fena değil. Anlatacağız.

Marius yılda yaklaşık otuz frank kira ücreti karşılığında Gorbeau'nun evinin oda olarak adlandırılan, şöminesi olmayan ve içinde ancak en temel gereksinimleri karşılayacak mobilyaları bulunan bir izbeliğinde kalıyordu. Bu mobilyalar kendine aitti. Yaşlı asıl kiracıya izbeliği süpürmesi ve her sabah kendisine sıcak su, taze yumurta ve birkaç dilim ekmek getirmesi için ayda üç frank ödüyordu. Ekmek ve yumurtayla yaptığı bu kahvaltı yumurtanın fiyatına göre on ila yirmi santim arasında bir paraya mal oluyordu. Akşam altıda, Basset'nin Mathurins Caddesi'nin köşesindeki baskı resimci dükkânının tam karşısında bulunan Rousseau'ya akşam yemeğine gidiyordu. Çorba içmiyor, otuz santimlik bir et yemeği, yarım porsiyonu on beş santim olan bir sebze yemeği ve on beş santime tatlı yiyordu. Ne kadar ekmek yerse yesin 15 santim veriyor, şarap yerine su içiyordu. O dönemde hâlâ genç görünen tombul Madam Rousseau'nun görkemli bir şekilde kurulduğu tezgâhın önünde parasını öderken, garsona beş santim bahşiş bırakıyor, Madam Rousseau da ona bir gülümsemeyle karşılık veriyordu. Böylece seksen santim karşılığında bir gülümsemeyle sonlanan akşam yemeğini yiyordu.

Bolca su, az miktarda da şarap tüketilen ve insanda restorandan çok müsekkin etkisi yaratan bu Rousseau Restoranı artık yoktur. Restoran sahibinin güzel bir lakabı vardı; ona *sucu Rousseau* diye hitap ediyorlardı.

Böylece, kahvaltı yirmi, akşam yemeği seksen santim olmak üzere beslenme giderleri ona günde yüz santime, yılda ise üç yüz altmış beş franka mal oluyordu. Buna otuz frank kirayı, yaşlı kadına verilen otuz altı frankı ve ufak tefek masrafları da eklerseniz, Marius beslenme, barınma ve odasının temizlenmesi ihtiyaçlarını yılda dört yüz elli franka karşılıyordu. Giysilerine yüz, çamaşırlarına elli, çamaşırhaneye elli frank ödüyor, böylece kazandığı yedi yüz franktan kendisine elli frank kalıyordu. Zengin sayılırdı. Gerektiğinde bir dostuna on frank ödünç veriyordu; Courfeyrac bir keresinde ondan altmış frank borç alabilmişti. Isınmaya gelince, şöminesi olmadığı için Marius üşümekle yetinmeyi kabullenmişti.

Marius'ün her zaman iki siyah takım elbisesi vardı, eski olanı "her gün", yepyeni olanı özel günlerde giyiyordu. Biri üzerinde, biri çekmecede, biri de çamaşırhanede olmak üzere üç gömleği vardı. Eskidikçe yenilerini alıyordu. Genellikle yırtık oldukları için ceketinin düğmelerini çenesine kadar ilikliyordu.

Marius'ün bu koşullarda yaşaması için kimi aşılması kimi tırmanılması gereken zorlu, zahmetli yılların geçmesi gerekmişti. Marius bir gün bile yılmamıştı. Yoksulluk konusunda her şeye katlanmış, borçlanmak dışında elinden gelen her şeyi yapmış, hayatını kimseye bir frank bile borçlanmayacak şekilde düzenlemişti. Ona göre borçlanma köleliğin ilk aşamasıydı. Hatta kendi kendine bir alacaklının bir efendiden daha kötü olduğunu söylüyordu; çünkü bir efendi insanın ancak bedenine sahip olabilirdi, alacaklı ise saygınlığınıza sahip olabilir, onu beş paralık edebilirdi. Borç alacağına yemek yememeyi tercih ediyordu. Birçok günü aç biilaç geçirmişti. Dayanma sınırına yaklaştığını ve önlem almazsa parasızlığın ruhunu alçaltacağını hissettiğinde gururunu kıskançlıkla koruyordu. Başka bir bağlamda kendisine saygınlık gibi görünecek bir çareyi ya da yöntemi sıradan buluyor, hemen kendini topluyordu. Geri adım atmak istemediği için hiçbir riske atılmıyordu. Yüzü çok ciddi bir ifadeyle kızarır, çekingenliği erişilmezliğin sınırlarını zorlardı.

Karşılaştığı her sınavda içindeki gizemli bir gücün kendini cesaretlendirdiğini, hatta bazen onu sırtında taşıdığını hissediyordu. Bedene yardım eden ruh bazı anlarda onu havaya kaldırır. Kafesine destek olan tek kuş ruhtur.

Marius'ün yüreğine babasının isminin yanı sıra bir başka isim, Thénardier ismi kazınmıştı. Marius coşkulu ve ağırbaşlı kişiliğiyle, babasının hayatını borçlu olduğu o yürekli çavuşu, Waterloo'da mermilerin ve top güllerinin arasında albayın hayatını kurtaran o cesur adamı zihninde başının etrafında bir haleyle canlandırıyordu. Bu adamın anısını babasınınkinden hiç ayırmıyor ve büyük bir saygı içinde ikisinin hatırasını bütünleştiriyordu. Bu, âdeta büyük sunağın albaya, küçük sunağın Thénardier'ye tahsis edildiği bir tür tapınmaydı. Thénardier'nin içine yuvarlanıp boğulduğu bahtsızlık onun minnettarlığının hüznünü daha da artırıyordu. Montfermeil'e gittiğinde bahtsız hancının iflas ettiğini öğrenen Marius, o günden beri onun izini bulabilmek ve Thénardier'ye içinde yok olup gittiği sefaletin karanlık uçurumunda ulaşabilmek için her yolu denemişti. Chelles, Bondy, Gournay, Nogent, Lagny de dâhil olmak üzere tüm bölgeyi taramış, üç yıl boyunca, biriktirdiği kısıtlı miktardaki parayı bu yoğun araştırmalara harcamıştı. Kimse Thénardier hakkında bilgi veremiyor, yurt dışına gittiği düşünülüyordu. Alacaklıları da onu Marius gibi minnetle olmasa da, büyük bir titizlikle araştırmış ama bulamamışlardı. Marius araştırmalarında bir sonuca varamadığı için kendini suçluyor, öfkeleniyordu. Marius, albayın kendine bıraktığı bu tek borcu ödemeyi bir onur meselesi yapmıştı. "Nasıl olur?" diye düşünüyordu, "Thénardier savaş alanında ölmek üzere olan babamı hiçbir çıkarı olmadan mermilerin ve dumanların arasından kurtarıp sırtında taşırken, ona onca şey borçlu olan ben can çekiştiği karanlıkta ona ulaşıp yeniden hayata döndürmeyi beceremiyorum!" Gerçekten de, Marius Thénardier'yi bulabilmek için kolunun birini, onu sefaletten kurtarabilmek için tüm kanını feda edebilirdi. Thénardier'yi görebilmek, ona herhangi bir konuda destek olabilmek, ona: "Siz beni tanımıyorsunuz, ama ben sizi tanıyorum! İşte buradayım. Benden ne dilerseniz dileyin!" demek, Marius'ün en hoş, en görkemli rüyasıydı.

III

Marius Büyüdü

O sırada Marius yirmi yaşındaydı. Dedesinin evini terk edişinin üzerinden üç yıl geçmişti. İki taraf da aynı tavrı sergilemiş, görüşmek, yakınlaşmak için hiçbir adım atmamıştı. Zaten yeniden görüşmek neye yarayacaktı? Tartışmalarına mı? Hangisinin haklı olduğunun ortaya çıkmasına mı? Marius'ün yüreği tunçtan da olsa, Gillenormand babanın inadı demirdendi.

Marius'ün dedesinin kalbinden geçenler konusunda yanıldığını söyleyelim. M. Gillenormand'ın kendisini asla sevmediğini ve küfreden, gürleyen, bağırıp çağıran, bastonunu kaldıran bu sert, dobra, güleç adamın kendisine karşı en fazla komedilerdeki pinpon ihtiyarların yüzeysel ve mesafeli sevgisiyle yaklaşabileceğine inanmıştı. Marius yanılıyordu. Çocuklarını sevmeyen babalar olsa da, torunlarına hayranlık duymayan bir dedeye rastlamak mümkün değildir. Aslında M. Gillenormand, söylediğimiz gibi, kendi tarzı uyarınca, sövgülerin hatta tokatların eşliğinde de olsa, Marius'e tapıyordu. Çocuk ortadan kaybolduğunda yüreğini kapkara bir boşluğun kapladığını hissetmiş, kendisine ondan söz edilmesini yasaklasa da, içinden bu yasağa bu kadar sıkı riayet edilmesinden dolayı pişmanlık duymuştu. İlk zamanlarda, bu Buonapartçının, bu Jakobenin, bu teröristin, bu eylülcünün[63] geri döneceğini ummuştu. Ama büyük bir umutsuzlukla geçen haftalara, aylara, yıllara rağmen kan içici bir daha ortalıkta gözükmemişti! "Yine de, onu kovmaktan başka çarem yoktu," diyen dede, ardından kendi kendine soruyordu: "Aynı şeyi tekrar yapmam gerekse yapar mıydım?" Kibri hemen "Evet," diye yanıtlıyor, ama sessizce salladığı yaşlı başı hüzünlü bir edayla "Hayır," diyordu. Saatler boyunca umutsuzluğa kapılıyor, Marius'ün eksikliğini hissediyordu. Yaşlılar tıpkı güneş gibi sevgilere, sıcak yakınlaşmalara ihtiyaç duyarlar. Kişiliği ne kadar güçlü olursa olsun, Marius'ün yokluğu içinde bir şeyleri değiştirmişti. Dünyada hiçbir şey onun bu "küçük soytarıya" doğru bir adım atmasını sağlayamazsa da, acı çekiyordu. Ondan hiç haber almıyor ama hep onu düşünüyordu. Marais'de, giderek daha fazla içine kapanarak yaşıyordu. Hâlâ eskisi gibi neşeli ve şiddete eğilimliydi, ama kederi ve öfkeyi barındıran neşesinde bir kaybolup bir beliren bir katılık vardı, şiddet içeren davranışlarıysa her zaman dingin ve karamsar bir bezginlikle sonlanıyordu. Bazen "Ah! Geri dönse, onu ne güzel pataklardım!" diyordu.

Çok sevemeyecek kadar az düşünen teyzeye gelince, Marius onun için artık karanlık ve belirsiz bir silüetten başka bir şey değildi ve sahip olması olası olan bir kediye ya da papağana ondan daha çok alaka gösterirdi. Gillenormand Baba'nın acısını artıran, bu acıyı içinde saklıyor ve kimseyle paylaşmıyor olmasıydı. Onun kederi, yeni icat edilmiş, dumanını yakan fırınlara benziyordu. Bazen iyi niyetli olsalar da kendisine Marius'ten söz eden ve "Torununuz nasıl, neler yapıyor?" şeklindeki can sıkıcı soruları yöneltenlere cevap

63 2-7 Eylül 1792'de, halk Paris'te ve Fransa'nın çeşitli bölgelerinde bastığı hapishanelerdeki kralcıları öldürmüştü. (ç.n.)

vermek zorunda kalıyordu. Yaşlı burjuva bu soruları çok üzgünse içini çekerek, keyifli görünmek istiyorsa ceketinin koluna bir fiske atarak yanıtlıyordu: "Sayın Baron Pontmercy bir duruşmada müvekkilini savunuyor."

Yaşlı adam acı çekerken, Marius halinden memnundu. Tüm iyi yüreklilerde olduğu gibi bahtsızlık kederi unutturmuştu. M. Gillenormand'ı tatlı anılarla düşünse de, *babasına kötü davranan bir adamdan* hiçbir şey istememek konusunda kararlıydı. Şimdi ilk zamanlardaki öfkesi yumuşamıştı. Ayrıca, sıkıntı çekmekten ve bu sıkıntısının devam etmesinden mutluydu. Bunlara babası için katlanıyor, sürdürdüğü hayatın katılığı hoşuna gidiyordu. Kendi kendine âdeta sevinçle, bu yaşadıklarının pek de önemi olmadığını, böyle bir kefareti ödemese, babasına hem de böyle bir babaya karşı alçakça kayıtsızlığından dolayı daha ileride, farklı bir şekilde cezalandırılacağını, babasının çektiği onca sıkıntıya karşı kendisinin refah içinde yaşamasının hiç de adil olmayacağını, zaten albayın kahramanlığının yanında kendi yoksulluğunun solda sıfır kaldığını, nihayet babasına yakınlaşmanın ve ona benzemenin tek yolunun onun düşmana karşı gösterdiği cesareti kendisinin de sefalete karşı göstermesi olduğunu ve albayın *baronluk unvanını kendisine yaraşır bir tarzda taşıyacak* demekle bunu kastettiğini söylüyordu. Albayın yazdığı kâğıt kaybolduğundan beri Marius onun sözlerini cebinde olmasa da yüreğinde taşıyordu.

Üstelik dedesi onu evden kovduğunda henüz bir çocuktu, şimdi bir yetişkin olduğunu hissediyordu. Sefaletin ona iyi geldiğini ısrarla tekrar edelim. Gençlikte yaşanan yoksulluk sınavının başarıyla atlatılmasının tüm iradeyi mücadeleye ve tüm ruhu bir esinlenişe yöneltmek gibi muhteşem bir yanı vardır. Yoksulluğun maddi yaşamın iğrençliğini tüm çıplaklığıyla ortaya koyması ideal yaşama doğru tasvir edilemez hamleler yapılmasını sağlar. Zengin delikanlının at yarışları, av, köpekler, enfiye, kumar, leziz yemekler ve bunlar gibi yüzlerce gösterişli ve sıradan eğlencesi, ruhunun sığ ve aşağılık yanlarının yüce ve incelikli yanlarının aleyhine gelişmesini sağlar. Yoksul delikanlı ekmeğini kazanmak için emek harcar; yemeğini yer; yemeğini yedikten sonra kendisine düşlerinden başka bir şey kalmaz. Tanrı'nın bedava gösterilerine gider; göğe, uzaya, yıldızlara, çiçeklere, çocuklara, içinde acı çektiği insanlığa, içinde parıldadığı yaratılışa bakar. İnsanlığa baktıkça ruhu, yaratılışa baktıkça Tanrı'yı görür. Hayaller kurdukça yüceldiğini, hayaller kurmaya devam ettikçe yüreğinin yumuşadığını hisseder. Bunalan insanın egoizminden, düşünen insanın merhametliliğine geçer. İçinde kendini unutmak ve herkese merhamet etmek gibi ulvi bir duygu patlaması yaşanır. Doğanın temiz yüreklere bol bol dağıttığı, katı yüreklere ise hiç vermediği onca mutluluk kaynağını düşünürken, kavrayışın milyoneri olarak, paranın milyonerine acımaya başlar. Zihnine aydınlık doldukça yüreğindeki tüm nefret onu terk eder. Zaten bahtsız mıydı? Hayır. Genç bir adamın sefaleti asla sefillik değildir. Önümüze çıkan ilk genç, ne kadar yoksul olursa olsun, sağlığıyla, gücüyle, dimdik yürüyüşüyle, parlak gözleriyle, damarlarında deli gibi akan kanla, siyah saçlarıyla, körpe yanaklarıyla, pembe dudaklarıyla, beyaz dişleriyle, temiz soluğuyla yaşlı bir imparatoru her zaman kıskandırır. Üstelik her sabah ekmeğinin peşinde koşar ve elleri ekmek tutarken, omurgası gururla doğrulur, beyni düşüncelerle dolar. İşi bittiğinde, anlatılması mümkün olmayan kendinden geçişlerle mutluluğun hayallerine dalar; ayakları acıların, engellerin, kaldırımların, dikenli dalların, bazen de çamurun içinde kalsa da, başı aydınlıklarla çevrilidir. Ağırbaşlı, dingin, uysal, soğukkanlı, yetingen, iyi niyetlidir ve Tanrı'ya zenginlerde eksik olan emeğin özgürleştiriciliği ve düşüncenin saygınlaştırıcılığı gibi iki zenginliği kendisine bahşettiği için şükreder.

İşte Marius bu aşamalardan geçmiş, ama doğruyu söylemek gerekirse çubuğu biraz düşlere dalmaktan yana bükmüştü. Hayatını kazandığından emin olduğu gün yoksulluğun keyifli olduğuna inanıp, çalışmaya ayıracağı vaktin çoğunu düşünmeye ayırarak olduğu yerde durmuştu. Bazen gününün tamamını tıpkı esrimenin ve içsel parıltının sessiz şehvetine dalıp gitmiş bir hayalperest gibi düşünerek geçiriyordu. Hayatını, kol emeğine mümkün olduğunca az, zihinsel emeğe mümkün olduğunca fazla zaman ayıracak şekilde düzenlemiş, başka bir deyişle, gerçek yaşam için birkaç saat harcayıp gününün geri kalanını sonsuz düşlere dalarak geçirmeye karar vermişti. Hiçbir şeyinin eksik olmadığını sanarak, düşüncelere dalmanın bu şekilde sürdürülmesinin sonunun bir tür tembelliğe varabileceğini, yaşamının temel gereksinimlerini karşılamakla yetinerek çok erkenden mola verdiğini fark etmiyordu.

Bu atılgan ve verici kişilik için bunun geçici bir dönem olduğu ve kaderin kaçınılmaz karmaşalarının ilk şokuyla kendini toplayacağı kesindi.

Bu arada, avukat olmasına rağmen Gillenormand Baba'nın sandığı gibi davalara girmiyor, küçük uzlaşmazlıklar için bile müvekkillerinin savunmasını yapmıyordu. Düşler savunmalara ağır basmıştı. Avukatlarla görüşmek, Adliye Sarayı'na gidip gelmek, davaların peşinde koşmak can sıkıcıydı. Bunlarla neden uğraşacaktı? Ekmeğini kazanmanın yolunu değiştirmek için hiçbir neden göremiyordu. Bu geleceği belirsiz kitapçıda çalışmak onun için güvenli bir iş haline gelmiş, bahsettiğimiz gibi orada az çalışarak kendine yeterli kazancı sağlamak imkânını bulmuştu.

Adı, sanıyorum M. Magimel olan çalıştığı kitapçılardan biri ona kendi evine taşınmasını, düzenli bir iş karşıladığında yılda bin beş yüz frank ücret ödemeyi önermişti. Konforlu bir eve taşınmak! Yılda bin beş yüz frank kazanmak! Kuşkusuz çok iyi bir öneriydi. Ama özgürlüğünden vazgeçmek! Bir göreve bağımlı olarak küçük bir işçi gibi çalışmak! Marius bu teklifi kabul ederse hem daha mükemmel hem daha berbat bir hayat süreceğini düşünüyordu, refah içinde yaşarken saygınlığını kaybedecekti; çirkin ve gülünç bir sıkıntıya dönüşecek, eksiksiz ve güzel bir felaketti; bir körün tek gözüne kavuşmasına benziyordu. Öneriyi reddetti.

Yalnız yaşayan Marius her şeyin dışında kalmak konusundaki arzusu ve aynı zamanda biraz ürkütülmüş olmanın verdiği isteksizlikle Enjolras'nın önderliğini yürüttüğü gruba katılmamıştı. Dostlukları sürüyor, herkes gerektiğinde birbirine destek oluyordu; ama hepsi buydu. Marius'ün biri genç, Courfeyrac, diğeri yaşlı, M. Mabeuf olmak üzere iki dostu vardı. Yaşlı olana daha yakındı. Öncelikle içinde gerçekleşen devrimi, babasını tanımayı ve sevmeyi ona borçluydu. *Gözümdeki perdeyi kaldırdı*, diyordu.

Kuşkusuz bu kilise mütevelli heyeti üyesi hayatında belirleyici olmuştu.

Yine de, M. Mabeuf, Marius'ün hayatındaki bu değişimde kaderin dingin, kendi halinde bir aracısı olmaktan öteye gidememişti. Marius'ü, taşınan bir mum gibi tesadüfen ve farkına varmadan aydınlatmış, ama mumun işlevini yerine getirirken onu taşıyan kişi olamamıştı.

Marius'ün içindeki siyasi devrime gelince, M. Mabeuf bu değişimi anlayacak, yönlendirecek, yönetecek kapasitede değildi.

Daha sonra karşılaşacağımız için, M. Mabeuf hakkında biraz bilgi vermek yararlı olacak.

IV

M. Mabeuf

M. Mabeuf, Marius'e *Kuşkusuz, siyasi görüşlere saygı duyarım*, dediği gün gerçek ruh halini dile getiriyordu. Tüm siyasi düşünceler onun için birbirinden farksızdı ve kendini rahat bırakmaları koşuluyla, eski Yunanların cehennem tanrıçalarına "Güzellik, iyilik, mutluluk melekleri" demeleri gibi, o da siyasi düşüncelere saygıyla yaklaşıyordu. M. Mabeuf'ün siyasi görüşü bitkilere ve özellikle kitaplara duyulan tutkulu bağlılıktı. O da herkes gibi, o dönemde isminin sonunda yer almadan yaşamanın mümkün olmadığı o *cı* sontakısından nasibini almıştı, ama kralcı, bonapartçı, anayasacı, orleanscı, ayaklanmacı değil kitapçıydı.

Dünyada seyredebilecekleri binlerce yosun, ot, çalı türü, sayfalarını karıştıracakları bir forma hatta iki forma uzunluğunda yığınla kitapçık varken, insanların anayasa, demokrasi, meşrutiyet, monarşi, cumhuriyet vs. gibi saçma sapan şeylerden dolayı birbirlerinden nefret etmelerine bir anlam veremiyordu. Çevresine yararı olmayan biri olarak anılmaktan çok sakınırdı; kitapları olması okumasını, botanikçi olması bahçıvanlık yapmasını engellemiyordu. Pontmercy'yle tanıştığında, albayın çiçekler için yaptığını kendisi meyveler için yaptığından aralarında bir sempati doğmuştu. Saint-Germain armutları kadar lezzetli armutlar üretmeyi başarmıştı; yaptığı melezlemelerin birinden yaz eriği kadar güzel kokan ekim eriği doğmuştu. Ayine dindarlığından çok sevecenliğinden dolayı giderdi, üstelik insanların yüzlerini sevip gürültülerinden nefret ettiği için onların sessizce bir araya gelişlerine ancak kilisede tanık olurdu. Devlet kademelerinde bir yerlere gelmesi gerektiğini hissederek mütevelli heyeti üyeliğini tercih etmişti. Zaten, bir kadını bir lale soğanı, bir erkeği Elzevir kardeşlerin yayınladığı kitaplardan biri kadar sevmeyi asla başaramamıştı. Altmış küsur yaşındayken biri ona "Hiç evlendiniz mi?" diye sorduğunda onun yanıtı, "Unuttum," olmuştu. Bazen, "Bu kimin başına gelmez ki?" derdi, bazen de Gillenormand Baba gibi bir genç kızı süzerken değil, bir kitabı hayranlıkla incelerken ağzından "Ah! Keşke zengin olsaydım!" sözleri dökülürdü. Yaşlı bir kâhya kadınla yalnız yaşıyordu. Ara sıra gut hastalığı nüksederdi ve uyuduğunda romatizma yüzünden eklemleri birbirine kaynamış yaşlı parmakları, çarşafının kıvrımları arasında gerilirdi. *Cauterets Yöresi Florası* adlı bir kitap yazmış ve üzerinde bakır kalıptan yapılmış bir resim bulunan bu kitabı renkli şeritlerle süsleyerek yayımlamıştı. Kitabı kendi sattığı için Mézieres Caddesi'ndeki evinin kapısı günde iki üç kere çalınırdı. Bu işten neredeyse yılda iki bin frank kazanıyordu, bu da onun tüm servetiydi. Yoksul olmasına rağmen, sabrı, çabası ve zaman ayırması sayesinde çok nadir bulunan her türden değerli nüshanın meydana getirdiği bir koleksiyon oluşturmayı başarmıştı. Koltuğunun altında bir kitapla çıktığı evine sıklıkla iki kitapla dönüyordu. Zemin kattaki küçük bahçeli, dört odalı evinin yegâne süslemeleri kurutularak çerçevelenmiş bitkiler ve eski üstatların gravürleriydi. Bir kılıcın ya da tüfeğin görüntüsü karşısında donakalırdı. Hayatı boyunca, Invalides'deki toplara bile yaklaşmamıştı. Kendi halinde bir midesi, rahip olan bir kardeşi, bembeyaz saçları, çocuksu bir gülümsemesi vardı. Ağzında diş, zihninde bir parıltı kalmamıştı, tüm bedeni titrer, Pikardiya aksanıyla konuşur, kolayca korkar ve yaşlı bir koyuna benzerdi. Tüm insanlar arasında Saint-Jacques Kapısı'nda kitapçılık yapan Royol adlı bir adamdan başka bir dostu ya da alışkanlığı yoktu. Tek hayali Fransa'da çivit otu yetiştirmekti.

Hizmetçisi de bir masumiyet abidesiydi. Zavallı yaşlı kadın bakireydi. Sistine Şapeli'nde Allegri'nin *Miserere mi, Deus*'unu[64] miyavlayabilecek yeteneğe sahip olan kedisi Sultan onun yüreğindeki boşluğu dolduruyor, içindeki sevgiyi karşılamaya yetiyordu. Hiçbir düşü bir erkeğe ulaşamamış, kedisine olan sevgisinin sınırlarını asla aşamamıştı. Onun da kedisi gibi bıyıkları vardı. Her zaman beyaz olan başlıklarıyla dikkati çekerdi. Pazar ayininden sonra vaktini sandığındaki çamaşırlarını düzenlemeye ve satın alıp biçtiği ama bir türlü dikemediği elbiselerin ön ve arka parçalarını yatağı-

64 *Merhamet et Tanrım.* Davut Mezamirin 50. şarkısı. (ç.n.)

nın üzerine sermekle geçirirdi. Okuma-yazma biliyordu. M. Mabeuf ona *Plutarkhos Ana* lakabını takmıştı.

M. Mabeuf, Marius'ü evine memnuniyetle kabul etmişti, Marius genç ve sakin olduğundan, onun ihtiyarlığını, çekingenliğini ürkütmeden ısıtıyordu. Uysallığın eşlik ettiği bir gençlik yaşlılarda rüzgârsız bir havadaki güneşin etkisini yaratır. Marius askeri zaferlerden, top barutundan, hücumlardan ve karşı hücumlardan, babasının kılıç sallayıp kılıç darbeleri aldığı muhteşem savaşlardan yeterince tatmin olduğunda M. Mabeuf'ü görmeye gidiyor ve M. Mabeuf bu kahramandan çiçeklerden söz eder gibi söz ediyordu.

1830'a doğru, rahip kardeşinin ölmesinin neredeyse hemen ardından, M. Mabeuf'ün ufkunu tıpkı güneşin battığı sırada olduğu gibi karanlık kaplamıştı. Noter kanalıyla iletilen bir iflas, kardeşinin ve kendisinin tüm geliri olan on bin franka el konulmasına neden oldu. Temmuz devrimi kitapçılık sektöründe bir kriz yaşanmasına yol açtı. Kriz döneminde satılmamaya başlayan ilk şey bir *Flora*'dır. *Cauterets Yöresinin Florası*'nın satışları durdu. Haftalar boyunca tek bir alıcı bile çıkmadı. Bazen kapı çalındığında M. Mabeuf'ün yüreği titriyor, Plutarkhos Ana ona hüzünle "Sucu geldi," yanıtını veriyordu. Nihayet günün birinde, Mézieres Caddesi'nden ve Saint-Sulpice Kilisesi'nin mütevelli heyetindeki görevinden ayrılan M. Mabeuf kitaplarının değil ama onlardan daha az önemsediği baskı resimlerinin bir bölümünü satıp Montparnasse Bulvarı'ndaki küçük bir eve taşındı. Bu evde sadece üç ay oturmasının iki nedeni vardı: Öncelikle bu bahçeli evin kirası üç yüz franktı ve kiraya iki yüz franktan fazlasını ayırmaya cesaret edemiyordu; ikinci olarak da ev katlanamayacağı ölçüde silah sesleri gelen Fatou atış alanının hemen yanındaydı.

Flora'sını, bakır kalıplarını, kurutulmuş bitkilerini, çalışma notlarını ve kitaplarını yanına alıp Salpêtriere yakınlarında, Austerlitz Köyü'nde kulübeye benzeyen ve çitle çevrili bahçesinde bir kuyusu olan üç odalı bir eve yıllık yüz elli frank kira karşılığında taşındı. Bu taşınmadan yararlanarak neredeyse tüm mobilyalarını sattı. Bu yeni eve girdiği ilk gün çok mutluydu, gravürleri ve kurutulmuş bitki çerçevelerini duvara kendisi çivileyip günün geri kalanında bahçesini belledi ve akşam Plutarkhos Ana'nın karamsar bir havayla düşüncelere daldığını görünce omzuna vurup gülümseyerek ona:

— Çividimiz var ya! Canını sıkma! dedi.

Doğrusunu söylemek gerekirse hiç hoşuna gitmeyen yaygaracı bir isim olan Austerlitz Köyü'ndeki kulübesine Saint-Jacques Kapısı'nın kitapçısı ve Marius olmak üzere yalnızca iki konuk kabul ediliyordu.

Zaten, az önce de belirttiğimiz gibi, bilgeliğe ya da çılgınlığa ya da sıklıkla olduğu gibi her ikisine de gömülmüş beyinler yaşamla ilgili olayları çok yavaş algılarlar. Kendi kaderleri kendilerine uzaktır. Bu zihinsel yoğunlaşmadan, mantıklı olması halinde felsefeye benzeyen bir edilgenlik doğar. İnsan pek farkına varmadan alçalabilir, düşkünleşebilir, inişe geçebilir, hatta çökebilir. Doğrusu bu ya, bu durum her zaman geç kalmış bir uyanışla sonlanır. Bu sırada mutluluğumuz ve bahtsızlığımız arasında oynanan oyunda biz tarafsız kalırız. Söz konusu olan kendi geleceğimiz de olsa oyunu kayıtsızlıkla izleriz.

İşte etrafını saran bu belirsizlikte tüm umutları birbiri ardına sönüyordu, M. Mabeuf çocuksu ama derin bir sükûnet içindeydi. Zihninin alışkanlıkları bir sarkacın salınımları gibiydi. Kendini bir yanılsamaya kaptırdığında, yanılsama ortadan kaybolduğunda bile onun peşinden giderdi. Bir saat, kurgusu kaybolduğu anda durmaz.

M. Mabeuf'ün en ufak bir tesadüfün kendisine sunduğu masum, pahalı olmayan, alışılmadık zevkleri vardı. Bir gün Plutarkhos Ana odanın köşesinde daha iyi anlayacağını düşünerek yüksek sesle bir roman okuyordu. Yüksek sesle okumak okunan şeye kendini inandırmaktır. Yüksek sesle okuyan ve okudukları şey hakkında kendi kendilerine şeref sözü verirmiş gibi görünen insanlar vardır.

Plutarkhos Ana işte böyle bir coşkuyla elindeki kitabı okurken M. Mabeuf onu dinlemeden duyuyordu.

Plutarkhos Ana kitabı okurken bir dragon süvari subayı ile güzel bir kızdan söz edilen şu cümleye geldi:

"...Güzel kız somurttu ve dragon süvarisi..." [65]

Burada gözlüklerindeki yaşları silmek için ara verdi.

— Buda ve Ejderha, dedi alçak sesle M. Mabeuf. Evet, doğru, mağarasının derinliklerinde ağzından alevler saçıp gökyüzünü kavuran bir ejderha vardı. Birçok yıldız kaplan gibi pençeleri olan bu canavar tarafından yakılmıştı. Buda, inine gidip ejderhayı bu huyundan vazgeçirmeyi başarmıştı. Plutarkhos Ana, çok güzel bir kitap okuyorsunuz. Bundan daha güzel bir efsane olamaz.

Ve M. Mabeuf yeniden tatlı düşlerine daldı.

V

Yoksulluk, Sefaletin Yakın Komşusu

Marius yavaş yavaş yoksulluğun pençesine düştüğünü fark etmeye başlayan ve henüz hüzünlenmese de ufak ufak şaşırmaya başlayan bu temiz yürekli ihtiyarı seviyordu. Courfeyrac ile buluşuyor ve M. Mabeuf'i görmeye gidiyordu. Yine de, ayda bir ya da en fazla iki kere gerçekleşen bu ziyaretlerin çok nadir olduğu söylenebilirdi.

Marius şehrin dış bulvarlarında, Champ de Mars'da ya da Luxembourg'un en tenha yollarında gezinmekten keyif alıyordu. Bazen gününün yarısını bostancıların bahçelerini,

---

65 Fransızcada somurtmak anlamına gelen "bouder" fiilinin geçmiş zaman çekimli hali "bouda"dır ve *buda* olarak okunur, "dragon" da "ejderha" anlamına gelir. (ç.n.)

salatalık tarhlarını, gübrelerin içindeki tavukları ve bostan dolabını döndüren atı izlemekle geçiriyordu. Yanından geçenler onu şaşkınlıkla incelerken bazıları kılık kıyafetini şüphe uyandırıcı ve yüz ifadesini iç karartıcı buluyordu.

Gorbeau'nun viranesini bu gezintilerden birinde keşfetmiş, yalıtıklığının ve kiranın ucuzluğunun çekimine kapılarak oraya taşınmıştı. Evdekiler onu Mösyö Marius olarak tanıyorlardı.

Kendisinden haberdar olan eski generaller ya da babasının eski arkadaşları onu evlerine davet ettiklerinde, o da babası hakkında konuşma fırsatı bulacağını düşünerek onları geri çevirmemişti. Bu yüzden ara sıra Kont Pajol'a, General Bellavesne'e, General Fririon'a, Invalides'e gidiyordu. Oralarda müzik çalınıyor, dans ediliyordu. Marius yeni takım elbisesiyle katıldığı bu gecelere ve balolara sadece kaldırım taşlarının çatlayacak kadar buz tuttuğu akşamlarda gidiyordu, çünkü arabaya verecek parası olmadığından oraya sadece ayna gibi parlayan çizmelerle gitmek istiyordu.

Bazen hüzünlenmeden, "İşte insanlar böyle, bir salonda ayakkabılarınız hariç her yanınız çamurla kaplı olabilir. İyi bir şekilde ağırlanmak için sizden kusursuz tek bir şey istenir, vicdan mı? Hayır çizmeler," diyordu.

Yüreğin tutkuları dışındaki tüm tutkular düşlerde dağılıp giderler. Marius'ün siyasi coşkusu düşlerde kaybolup gitmişti. Onu tatmin edip yatıştıran 1830 Devrimi bu konuda yardımcı olmuştu. Değişmemişti, kızgınlıkları da öyle. Siyasi düşünceleri değişmemişti, sadece biraz yumuşamıştı. Doğruyu söylemek gerekirse, siyasi görüşü yoktu, sadece bazı akımlara sempati duyuyordu. Hangi taraftaydı? İnsanlığın tarafında. İnsanlıkta Fransa'yı, Fransa'da halkı, halkın içinde kadınları tercih ediyordu. Merhameti özellikle bu unsurlara yöneliyordu. Artık bir düşünceyi bir olaya, bir şairi bir kahramana yeğliyor, Eyüp'ün kitabına Marengo gibi bir muharebeden daha fazla hayranlık besliyordu. Ayrıca düşünmekle geçen bir günün sonunda, akşam bulvarlardan geçerek geri dönerken ağaçların dalları arasından uçsuz bucaksız uzayı, isimsiz aydınlıkları, boşluğu, karanlığı, gizemi fark ettiğinde, insana dair ne varsa ona küçücük görünüyordu.

Yaşamın ve insan felsefesinin gerçeğine ulaştığını sanıyordu –kim bilir belki de ulaşmıştı–, sonunda gerçeğin kuyusunun dibinden görebileceği tek şey olan gökyüzünden başka hiçbir şeye bakmamaya başlamıştı.

Bu durum gelecekle ilgili planlarını, projelerini, düşüncelerini, hazırlıklarını artırmasını engellemiyordu. Hayallere daldığı anlarda bir göz Marius'ün içine bakabilseydi, bu ruhun temizliği karşısında gözleri kamaşırdı. Gerçekten de, etten yapılmış gözlerimize bir başkasının vicdanını görebilme olanağı verilseydi, bir insan hakkında düşüncelerinden çok düşlerine bakarak daha kesin bir karar verilebilirdi. Düşüncede var olan irade düşlerde yoktur. Tamamen doğaçlama olan düşler, olağanüstülükte ve ideal olanda bile zihnimizin görünümüne bürünür ve onu korur. Ruhumuzun derinliklerinden çıkan hiçbir şey kaderin ihtişamına yönelmiş düşüncesiz ve ölçüsüz özlemler kadar dolaysız ve safiyane olamaz. Bu özlemler, bir insanın gerçek kişiliğini bütünlük arz eden, mantıklı, birbirleriyle uyumlu düşüncelere oranla daha net bir şekilde ortaya koyar. Bize en çok benzeyen düşlerimizdir. Kişiliğine göre kimi bilinmeyeni, kimi imkânsızı düşler.

Bu 1831 yılının ortalarına doğru, Marius'e hizmet eden yaşlı kadın ona yoksul komşuları Jondrettelerin evden atılacaklarını anlattı. Gününün neredeyse tamamını dışarıda geçiren Marius komşularını pek tanımıyordu.

— Evden neden atılacaklar? diye sordu.

— Çünkü altı aydan beri kiralarını ödemiyorlar.

— Borçları ne kadar?

— Yirmi frank.

Marius'ün her ihtimale karşı çekmecesinde sakladığı otuz frankı vardı.

— Alın, dedi yaşlı kadına, yirmi beş frank. Bu yoksul insanların kirasını ödeyin, beş frankı da onlara verin ve benim verdiğimi sakın söylemeyin.

VI

Marius'ün Yerine Geçen

Bir tesadüf sonucu teğmen Théodule'ün görev yaptığı alayın garnizonu Paris'e taşındı. Bu durum Gillenormand teyzenin aklına ikinci bir düşüncenin gelmesine neden oldu. İlk seferinde Marius'ün peşine Théodule'ü takmıştı, bu kez Théodule'ün Marius'ün yerini almasını planladı.

Her hâlükârda ve özellikle de dedenin evinde, bazen yıkıntılara iyi gelen şafak ışığını andıran genç bir yüze ihtiyaç duyulması halinde bir başka Marius bulmak gerekliydi. "Olsun," diye düşündü, "kitaplarda gördüğüm basit bir yazım hatasını okur gibi Marius'ü Théodule diye okuruz."

Küçük yeğen az da olsa torunun yerini tutar; avukat ortada yoksa onun yerini mızraklı süvari alır.

Bir sabah, M. Gillenormand, *Quotidienne* ya da ona benzer bir gazeteyi okurken, kızı salona girip gözdesinden söz edeceği için en yumuşak ses tonuyla:

— Baba, bu sabah Théodule size saygılarını sunmak için gelecek.

— Théodule da kim?

— Küçük yeğeniniz.

— Ha! dedi dede.

Ardından sıradan bir Théodule olan küçük yeğenini hiç düşünmeden gazetesini okumaya devam etti ve kısa süre sonra bir şeyler okuduğunda sıklıkla olduğu gibi öfkelenmeye başladı. Kralcı olduğunu ayrıca belirtmemize gerek olmayan "gazete" can sıkıcı bir olayı, o zamanlar Paris'te her gün meydana gelen küçük olaylardan birinin daha ertesi gün gerçekleşeceğini haber veriyordu:

Hukuk ve tıp fakültesi öğrencileri öğle vakti tartışmak için Panthéon Meydanı'nda toplanacaklardı. Tartışmanın konusu dönemin sorunlarından biri olan, Ulusal Muhafız Birliği'nin bataryalarıydı. Louvre'un avlusuna yerleştirilen toplar konusunda Savaş Bakanlığı ile "Yurttaş Milisler" arasında bir ihtilaf yaşanıyordu. Öğrenciler bu konu hakkında "fikir alışverişinde" bulunacaklardı. M. Gillenormand'ın küplere binmesi için daha fazlasına gerek yoktu.

Öğrenci olarak muhtemelen diğerleri gibi yarın öğlen "fikir alışverişinde bulunmak" için Panthéon'a gidecek olan Marius'ü düşündü.

Bu hüzünlü düşünceye dalmışken, Matmazel Gillenormand tarafından sessizce salona alınan ve kurnazca davranarak bir burjuva gibi giyinmiş olan Teğmen Théodule içeri girdi. Mızraklı süvari şöyle akıl yürütmüştü: "Kart papaz tüm gelirini faize yatırmış olamaz. Ara sıra sivil giyinmek fena olmaz."

Matmazel Gillenormand babasına yüksek sesle:

— Küçük yeğeniniz Théodule geldi, dedi.

Ve teğmeni alçak sesle "Ne söylerse onayla," diye ikaz ettikten sonra salondan çıktı.

Böyle saygın karşılaşmalara pek de alışık olmayan teğmen biraz çekingen bir ifadeyle, "Günaydın amca," dedikten sonra istemsiz bir askeri selamı burjuva selamıyla tamamladı.

— Ah! Siz misiniz? Tamam, oturun, dedi büyük amca.

Bunları söyledikten sonra mızraklı süvarinin orada olduğunu unuttu.

Théodule oturunca ayağa kalkan M. Gillenormand salonu bir ucundan diğerine arşınlarken, kendi kendine yüksek sesle konuşuyor, öfkeli parmaklarıyla yeleğinin iki cebindeki iki saati sıkıyordu.

— Sümüklü yığını! Panthéon Meydanı'nda toplanacaklarmış! Kıçımın kenarları! Daha dün süt emen bacaksızlar! Burunlarını sıksan süt akar! Ve yarın öğlen tartışacaklarmış! Ne hallere düştük! Nereye gidiyoruz? Uçuruma gittiğimiz gün gibi ortada. İşte baldırı çıplaklar bizi bu noktaya getirdi! Yurttaşlar bataryası! Yurttaşlar bataryası üzerine tartışmak! Meydanlarda ulusal muhafız birliğinin toplarının gümbürtüsünü tartışmak! Ve orada kimlerle bir araya gelecekler? İşte Jakobenizmin sonu bu. Bir milyon franka karşı bir franka bahse girerim ki orada hapishane kaçkınları ve eski kürek mahkûmları toplanacak. Cumhuriyetçiler ve kürek mahkûmları, al birini vur ötekine. Carnot "Hain, nereye gitmemi istiyorsun," diyor, Fouché "Ahmak, nereye istersen git!" diye karşılık veriyordu. İşte cumhuriyetçiler böyledir.

— Doğru, dedi Théodule.

Başını hafifçe çevirdiğinde Théodule'ü fark eden M. Gillenormand devam etti:

— Bu soytarının asi olmak alçaklığını gösterdiğini düşünüyorum da! Evimi neden terk ettin? Cumhuriyetçi olmak için. Pöh! Öncelikle halk senin cumhuriyetini istemiyor, sağduyulu olduğu için istemiyor, kralların her zaman hüküm sürdüğünü ve hüküm süreceğini biliyor, her şeyden önce halk senin cumhuriyetinle dalga geçiyor, anlıyor musun dangalak? Bu geçici heves korkunç değil mi? Père Duchesne'e âşık olmak, giyotine göz süzmek, 93'ün balkonunun altında serenat yapıp gitar çalmak, o kadar ahmaklar ki bu gençlerin hepsinin suratına tükürmek gerek! Hepsi birbirine benziyor. Bir tanesi bile başka bir şey düşünemiyor. Çıldırmak için sokaktaki havayı solumak yeter. XIX. yüzyıl zehir saçıyor. Önüne gelen keçisakalı bırakıp kendini bir halt sanıyor ve ailesini terk ediyor. İşte cumhuriyetçilik, işte romantizm bu. Romantizm ne demek? Bana bunun ne anlama geldiğini söyleme lütfunda bulunur musunuz? Olası tüm çılgınlıklar.

Bir yıl önce *Hernani*[66] moda oldu. Sorarım size *Hernani* neyin nesidir? Antitezler! Fransızca bile olmayan iğrençlikler! Bir de Louvre'un avlusunda toplar var. İşte bu dönemin haydutlukları böyle.

— Haklısınız amca, dedi Théodule.

M. Gillenormand devam etti:

— Müzenin avlusunda toplar! Ne yapmak için? Top, benden ne istiyorsun? Demek Belvedere Apollon'ununu gülle yağmuruna tutmak istiyorsunuz? Barut keselerinin Medici Venüs'üyle ne işleri var? Ah! Günümüzün gençleri, hepsi eşkıya! Benjamin Constant'ları ne muhteşem bir avanak! Alçak olmayanları budala oluyor! Çirkinleşmek için ellerinden geleni yapıyor, hırpani giyiniyor, kadınlardan korkuyor, hanlardaki hizmetçi kızları bile kahkahalara boğacak şekilde dilenci gibi görünüyorlar; şerefim üzerine yemin ederim ki, aşktan utanan zavallılara benziyorlar. Maymun gibi görünüyor, ahmaklık konusunda birbirlerini tamamlıyorlar; Tiercelin ve Potier'nin teranelerini tekrarlıyorlar; çantaları, yelekleri seyislerinkileri andırıyor, abadan kazak ve pantolonlar, ucuz deriden çizmeler giyiyorlar ve kendileri de kılıklarına benziyorlar. Eski ayakkabılarının tabanlarını değiştirmek için o kaba dillerini kullanabilirler. Ve tüm bu budala velet sürüsünün siyasi görüşü var. Siyasi görüşlerin kesin bir şekilde yasaklanması gerekir. Sistemler üretiyor, toplumu yeniden yapılandırıyorlar, monarşiyi yıkıyorlar, tüm yasaları çiğniyorlar, mahzenin yerine çatı katını, kralın yerine kapıcımı koyuyorlar, Avrupa'yı tepeden tırnağa sarsıyorlar, dünyayı yeniden kuruyorlar ve en büyük zevkleri arabalarına binen çamaşırcı kızların bacaklarına sinsice bakmak! Ah! Marius! Ah! İt herif! Meydanlarda bağırıp çağırmak, tartışmak, önlemler almak! Tanrım, buna önlemler almak diyorlar! Karmaşa küçülüp ahmaklığa dönüşü-

66 Victor Hugo'nun 1830'da Paris'te sergilenen tiyatro oyunu. Romantizm bu eserle ağırlığını hissettirmeye başlar. (ç.n.)

yor. Kargaşayı gördüm, kargaşayı görüyorum. Öğrencilerin ulusal muhafızlar üzerine tartışmasına ilkel kabilelerde bile rastlanmaz! Başlarında püsküller, pençelerinde topuzlarla çırılçıplak gezen vahşiler bile bu çaylak öğrencilerden daha naziktir! Beş para etmez zibidiler! Kendilerinin zeki olduklarını ve her şeyi denetim altına aldıklarını sanıyorlar! Tartışıyorlar ve çok ince düşünüyorlar! Dünyanın sonu geldi. Kuşkusuz bu sefil, çamurdan dünyanın sonu bu. Son bir hıçkırık gerekiyordu, onu da Fransa sağladı. Soytarılarım benim, tartışın! Odeon'un kemerlerinin altına gazete okumaya gittikleri sürece bu işler böyle yürüyecek. Bu onların hem yirmi santimlerine, hem de sağduyularına, zekâlarına, yüreklerine, ruhlarına, akıl sağlıklarına mal oluyor. Oradan çıkıldığında aileler de terk ediliyor. Tüm gazeteler veba yayıyorlar, hatta *Drapeau Blanc* bile! Zaten Martainville bir Jakobendi. Ah! Ulu Tanrım! Budala hayta, dedenin ümitlerini boşa çıkarmış olmakla övünebilirsin!

— Kuşkusuz, dedi Théodule.

Ve M. Gillenormand'ın soluklanmasını fırsat bilen mızraklı süvari kendinden emin bir ifadeyle ekledi:

— *Moniteur*'den başka gazete, *Askeri Yıllık*'tan başka kitap okunmamalı.

M. Gillenormand devam etti:

— Sieyès'lerine benziyorlar! Sonunda senatör olan bir kral katili; zaten sonunda hep senatör olurlar. Yurttaşlık jargonuyla senlibenli konuşup kendilerini yırtmalarının amacı sonunda kendilerine sayın kont diye hitap edilmesini sağlamaktır. Sahtekâr sayın kont, Eylül kasapları. Filozof Sieyès! Tüm bu filozofların felsefelerine Tivolili soytarının gözlüğü kadar önem vermediğim için kendimle iftihar etmeliyim! Bir gün arı desenleriyle süslü mor kadifeden cüppeler ve IV. Henri tarzı şapkalar takmış senatörlerin Malaquais rıhtımından geçtiklerini gördüm. İğrençtiler. Kaplanın maiyetindeki maymunlar gibiydiler. Yurttaşlar, size ilerlemenizin bir çılgınlık, insanlık anlayışınızın bir düş, devriminizin bir suç, cumhuriyetinizin bir canavar olduğunu, genç bakire Fransa'nızın genelevden çıktığını bildiriyorum. Ve ister gazete yazarı, ister ekonomist, ister hukukçu olun, ister özgürlük, eşitlik, kardeşlik konusunda giyotinin bıçağı kadar bilgili olun, işte enayiler size karşı bunları savunuyorum!

— Elbette, diye bağırdı teğmen, işte bu gerçekten doğru.

Bir duygusunu belli etmek için kaldırdığı elini aşağı indiren M. Gillenormand geri dönüp bakışlarını mızraklı süvari Théodule'ün iki kaşının arasına sabitledi ve ona:

— Siz bir budalasınız, dedi.

Altıncı Kitap
İki Yıldızın Birleşmesi

I

Lakap: Soyadlarının Oluşması

Marius o dönemde, simsiyah gür saçları, geniş ve zeki alnı, içten ve tutkulu burun delikleri, candan ve samimi tavırları ve tüm yüzünü kaplayan anlam veremediğim kibirli, düşünceli ve masum ifadesiyle orta boylu, yakışıklı bir delikanlıydı. Katılığını korusa da çizgileri yuvarlaklaşmış yüzünde Fransızlara Alsace ve Lorraine'den geçerek gelmiş olan Cermenlere özgü o uysal ifade vardı ve Cermen Sigambrer kabilesinin mensuplarının Romalılar arasında tanınmasını sağlayan, aslan ırkını kartal ırkından ayıran o çıkıntılar yüzünde mevcut değildi. Hayatının, düşünen insanların zihinlerinin derinlik ve saflık açısından eşit oranlarda geliştiği o dönemindeydi. Ciddi bir durumla karşılaştığında ahmakça davranmak için gerekli tüm meziyetlere sahipti, ama bir sorunun çözümüne müdahale etmek konusunda üstüne yoktu. Davranışları ihtiyatlı, soğuk, kibar, biraz gizemliydi. Ağzının çok sevimli olmasının yanı sıra dudakları lâl renginde, dişleri inci gibi bembeyazdı, gülümsemesi yüzündeki katı ifadeyi dengeliyordu. Bazı anlarda, bu iffetli alın ve o şehvetli gülümseme ilginç bir tezat oluşturuyordu. Gözleri küçük olsa da bakışları keskindi.

En yoksul dönemlerinde, yanından geçen kızların dönüp ona baktıklarını fark ediyor, yüreği burkularak kaçıyor, saklanıyordu. Eski püskü giysilerine bakıp güldüklerini sandığı kızlar aslında onun zarafetinden etkileniyor, onunla ilgili hayaller kuruyorlardı. Kendisiyle yoldan geçen güzel kızlar arasındaki bu sessiz yanlış anlaşılma onu yabanileştirmişti. Hepsinden kaçtığı için doğal olarak herhangi birini de seçemiyordu. Böylece uzun süre boyunca Courfeyrac'ın dediği gibi enayice yaşadı.

Courfeyrac ayrıca ona:

— Saygın olmaya heveslenme (Artık senli benli konuşuyorlardı, senli benli konuşma genç dostluklara doğru inen bir yokuştur). Sana bir dost tavsiyesi, o kadar çok kitap okuyacağına biraz etrafındaki güzellerle ilgilen. Ah! Marius bu dilberler insana iyi gelirler. Onlardan kaçıp, kızarıp bozardıkça ahmaklaşacaksın, diyordu.

Courfeyrac bazen ona rastladığında:

— Günaydın sayın başrahip, diye takılıyordu.

Courfeyrac kendisine bu tür şeyler söylediğinde, Marius bir hafta boyunca genç ya da yaşlı tüm kadınlardan uzak duruyor, hepsinden öte Courfeyrac'la karşılaşmamak için elinden geleni yapıyordu.

Yine de, bu uçsuz bucaksız dünyada Marius'ün kaçmadığı ve umursamadığı iki kadın vardı. Aslında kendisine bu ikisinin kadın olduğu söylense çok şaşıracaktı. Biri odasını süpüren ve Courfeyrac'a "Hizmetçisinin sakal bıraktığını görünce Marius sakal bırakmıyor," dedirten sakallı ihtiyar kadındı. Diğeriyse çok sık gördüğü ama asla bakmadığı küçük bir kızdı.

Marius bir yıldan beri Luxembourg Bahçesi'nin Pépiniere parmaklığı boyunca uzanan ıssız bir yolunun Ouest Sokağı tarafındaki en uç noktasında, hep aynı bankta bir adamla gencecik bir kızın yan yana oturduklarını görüyordu. Marius, içlerine kapanık insanların gezintilerine karışan tesadüfün kendisini bu yola her götürüşünde, yani neredeyse her gün orada bu çiftle karşılaşıyordu. Altmış yaşlarındaki adam hüzünlü ve ağırbaşlı görünüyor, tüm benliğinden emekliye ayrılmış subayların gürbüz ama yorgun ifadesi yayılıyordu. Bir nişanı olsaydı, Marius "İşte eski bir subay," diyecekti. Temiz yürekli ama erişilmez biri gibi görünüyor, hiç kimseyle göz teması kurmuyordu. Her zaman yeniymiş gibi gözüken mavi bir pantolon, mavi redingot giyiyor, başına geniş kenarlı bir şapka takıyordu, kravatı siyah, gömleği *quaker* tarzıydı, yani bembeyaz ama çuhadandı. Bir gün yanından geçen hafifmeşrep bir kız onun için "İşte tertemiz bir dul," demişti. Saçları bembeyazdı.

Kendisine eşlik eden genç kız artık benimsemiş gibi göründükleri banka ilk kez oturduğunda, on üç on dört yaşlarında, sıska, çirkinceydi, beceriksiz ve silik tavırları, gelecek vaat eden gözleri vardı. Ancak gözlerini her zaman hoşnutsuz bir güven duygusuyla yukarıya kaldırıyordu. Üzerinde manastır yatılı okulu öğrencilerinin hem yaşlı hem de çocuksu görünen, siyah merinos yününden beceriksizce dikilmiş bir elbise vardı. Baba ve kız gibi görünüyorlardı.

Marius iki üç gün boyunca henüz yaşlanmamış bu ihtiyar adamı ve henüz kişiliği oturmamış bu küçük kızı inceledikten sonra bir daha onlara hiç bakmadı. Onlar da kendi paylarına onu fark etmemiş gibi görünüyorlardı. Kendi aralarında sakin ve kayıtsız bir ifadeyle sohbet ediyorlardı. Kız neşeyle hiç durmadan gevezelik ediyor, az konuşan yaşlı adam ara sıra ona tasvir edilemez bir babacanlıkla bakıyordu.

Farkında olmadan bu yolda gezinmeye alışan Marius her geçişinde şaşmaz bir şekilde onlara rastlıyordu.

Olay şöyle gelişiyordu:

Marius özellikle oturdukları bankın karşısındaki yolun başından geliyor, yolun sonuna kadar yürüdükten sonra önlerinden geçiyor, ardından yine geldiği yolun sonuna kadar gidip geri dönüyordu. Her gezintisinde bu geliş gidişleri beş altı kez tekrarlıyor ve haftada beş altı kez gezintiye çıksa da onlarla selamlaşmıyordu. Bakışlardan kaçınır gibi ve belki de bakışlardan uzak durmak ister gibi görünen bu adam ve bu genç kız kimileri dersten, kimileri bilardo partisinden sonra ara sıra fundalıkta gezintiye çıkan beş altı öğrencinin dikkatini çekmişti. Bilardoyu derse tercih edenlerden biri olan Courfeyrac onları bir süre incelemiş, ama kızı çirkin bulduğundan onlardan özenle uzak durmaya karar vermiş ve bir Part süvarisi gibi sıvışırken onlara birer lakap takmıştı. Küçük kızın elbisesinden ve yaşlı adamın saçlarından etkilendiği için kıza *Matmazel Lanoire* ve babaya *Mösyö Leblanc* adlarını uygun görmüş, kimsenin onları tanımaması ve isimlerini bilmemesi nedeniyle bu lakaplar oldukça tutmuştu. Öğrenciler:

— Ah! İşte Mösyö Leblanc bankında oturuyor! diyorlardı.

Biz de onlar gibi yapıp bu öyküyü kolaylaştırmak için ona M. Leblanc diyeceğiz.

İlk yıl boyunca onları neredeyse her gün aynı saatte gören Marius adamı neşeli, ama kızı bir hayli somurtkan buluyordu.

II

Lux Facta Est[67]

İkinci yıl, bu hikâyenin okurun vardığı tam da bu noktasında, Marius nedenini bilmeden Luxembourg Bahçesi'ndeki gezintilerine ara verdi ve yaklaşık altı ay boyunca oraya hiç uğramadı. Nihayet dingin bir yaz sabahı oraya tekrar gitti. Marius hava güzel olduğundan herkes gibi neşeliydi. Duyduğu tüm kuş seslerini ve ağaçların yaprakları arasından gördüğü göğün mavi parçalarını yüreğinde hissediyordu.

---

67 Işık var oldu. (ç.n.)

Doğrudan "her zamanki yoluna" gitti ve yolun sonuna vardığında yine aynı bankta o tanıdık çifti gördü. Ancak, yanlarına yaklaştığında, adamın aynı adam olduğunu görse de, kızın aynı kız olmadığını düşündü. Şimdi gördüğü kişi kadınlığın tüm çekici hatlarının çocukluğun tüm zarafeti ve saflığıyla iç içe geçtiği o önemli zamanı yaşayan uzun boylu, güzel biriydi; bu geçici ve saf zamanı sadece üç sözcük açıklayabilirdi: on beş yaş. Gün ışığının altınımsı harelerle ayrıştırdığı kestane rengi saçları, mermerden yapılmışa benzeyen bir alnı, gül yaprağından yapılmışa benzeyen yanakları, soluk bir teni, heyecan verici bir beyazlığı, gülümsemenin bir aydınlık, sözlerin müzik gibi yayıldığı zarif bir ağzı, Jean Goujon'un Venüs'ü çizerken model olarak kullanacağı boynunun üzerinde Raphael'in Meryem Ana'yı çizerken model olarak kullanacağı bir başı vardı. Bu büyüleyici yüzü kusursuz kılan, burnunun güzel değil sevimli olmasıydı; ne dik ne eğri, ne İtalyan ne Yunan'dı; bu, ressamları üzen, şairleri büyüleyen narin, nüktedan, düzensiz ve saf bir Parisli burnuydu.

Marius yanından geçtiğinde sürekli önüne bakan gözlerini göremese de, gölgenin ve utangaçlığın nüfuz ettiği uzun kestane rengi kirpiklerini seçebildi. Bu hali kendisine bir şeyler anlatan beyaz saçlı adamı dinlerken gülümsemesine engel değildi ve hiçbir şey o saf gülümsemeyle yere çevrilmiş bakışlar kadar büyüleyici olamazdı.

Marius ilk başta onun aynı adamın bir başka kızı, hiç kuşkusuz daha önce gördüğü kızın ablası olduğunu düşündü. Ama şaşmaz gezinti alışkanlığı onu ikinci kez bankın yanına götürdüğünde, kızı dikkatle inceledikten sonra onun aynı kız olduğunu anladı. Küçük kız altı ayda genç kız olmuştu, hepsi bu. Bu değişime çok sık rastlanırdı. Kızların göz açıp kapanıncaya kadar serpilip birden güllere dönüştükleri bir an vardır. Daha dün çocukken, bugün kaygı verici bir değişimle genç kız olurlar.

Bu kız sadece büyümemiş, güzelleşmişti. Nisan ayının birkaç günü bazı ağaçların çiçek açması için nasıl yeterli gelirse, altı ay da bu kızın güzelleşmesine yetmişti. Onun nisan ayı da gelip çatmıştı.

Bazen fakir ve cimri insanların aniden sanki uykudan uyanmış gibi yoksulluktan ihtişamlı bir yaşama geçtikleri, her yana para saçıp, kibirli, muhteşem, müsrif bir kimliğe büründükleri görülür. Dün alacaklarının vadesi dolmuş, cepleri dolmuştur. Genç kız sonunda altı aylık maaşını almıştı.

Üstelik artık tüylü kumaştan şapka takan, merinos yünden elbise, öğrenci ayakkabısı giyen, elleri kırmızı bir yatılı okul öğrencisi değildi; güzelliğiyle birlikte beğenisi de değişmiş, yalın, şık ve gösterişsiz giyinmişti. Şam ipeğinden siyah bir elbisesi, aynı kumaştan bir pelerini, beyaz satenden bir şapkası vardı. Beyaz eldivenleri şemsiyenin Çin usulü işlemeli fildişi sapıyla oynayan ellerinin inceliğini belli ediyordu ve ipek iskarpinleri ayaklarının ufaklığını ortaya koyuyorlardı. Yanından geçenler, kıyafetlerinden genç ve içe işleyen bir parfümün yayıldığını hissediyordu.

Adama gelince her zamanki gibiydi.

Marius ikinci kez yanına geldiğinde, genç kız gözkapaklarını kaldırdı, gözleri uçsuz bucaksız bir göğün maviliğini yansıtıyordu, ama bu sisli mavilikte hâlâ bir çocuğun bakışı vardı. Marius'e incir ağaçlarının altında koşturan bir yumurcakmış ya da banka gölgesi düşen mermer vazoymuş gibi kayıtsızca baktı. Marius de kendi payına başka bir şey düşünerek gezinmeye devam etti.

Genç kızın oturduğu bankın yanından ona hiç bakmadan dört beş kere daha geçti.

Sonraki günlerde her zamanki gibi Luxembourg bahçesine gelip, her zamanki gibi "baba kızla" karşılaşsa da onları pek umursamadı. Artık çirkinken düşünmediği bu kızı güzelken de düşünmedi. Kızın oturduğu bankın çok yakınından geçmesi alışkanlığından kaynaklanıyordu.

III

İlkbaharın Etkisi

Havanın ılık olduğu bir gün Luxembourg Bahçesi'nin her yanı gölge ve güneş ışığına boğulmuştu, gökyüzü sabah melekler tarafından yıkanmış gibi tertemizdi, serçeler kestane ağaçlarının derinliklerinden hafif çığlıklar atıyordu, tüm ruhunu doğaya açan Marius hiçbir şey düşünmüyor, o anı yaşıyor ve soluk alıp veriyordu, o bankın yanından geçtiğinde, genç kızın bakışlarını ona çevirmesi üzerine bakışları karşılaştı.

Bu kez genç kızın bakışında ne vardı? Marius bunu söyleyemezdi. Hiçbir şey yoktu ve her şey vardı. Bu bakış garip bir şimşek etkisi yaratmıştı.

Kız bakışlarını yere çevirdi, o da yoluna devam etti.

Az önce gördüğü bir çocuğun saf ve temiz bakışları değil, açıldıktan sonra aniden kapanan gizemli bir uçurumdu.

Her kızın böyle baktığı bir gün vardır. Bu bakışlarla karşılaşanların vay haline!

Henüz kendini bile tanımayan bir ruhun bu ilk bakışı gökyüzündeki şafak gibi ışıltılıdır ve bilinmeyen bir şeylerin uyanışını yansıtır. Aniden korkunç karanlıkları belli belirsiz aydınlatan o anın masumiyeti ve geleceğin tutkusundan oluşan o beklenmedik aydınlığın tehlikeli büyüsünü kimse tasvir edemez. Bu, âdeta bekleyen ve tesadüfen ortaya çıkan kararsız bir sevecenliktir. Masumiyetin farkında olmadan kurduğu, yürekleri istemeden ve bilmeden içine düşürdüğü bir tuzaktır. Kadın gibi bakan bir bakiredir.

Bu bakışların sabitlendiği yerde derin düşlerin oluşmamasına nadir rastlanır.

Her masumiyetin ve her saflığın bir araya geldiği bu semavi ve parıltılı ışığın, ruhun derinliklerinde parfüm yayan ve zehir saçan, aşk denilen o karanlık çiçeğin aniden açmasında işveli kadınların ustaca göz süzmelerinden çok daha etkili olan sihirli bir gücü vardır.

Akşam odasına dönen Marius üstüne başına baktığında, ilk kez giysilerinin eskiliğini, uygunsuzluğunu ve Luxembourg Bahçesi'ne "her günkü giysileriyle", yani kordonu hizasında yırtılmış şapkasıyla, kalın arabacı çizmeleriyle, dizleri beyazlamış siyah bir pantolon ve dirsekleri solmuş siyah bir ceketle gitmenin ahmaklığını fark etti.

IV

Büyük Bir Hastalığın Başlangıcı

Ertesi gün Marius her gün dışarı çıkmak için hazırlandığı saatte, dolabından yeni ceketini, yeni pantolonunu, yeni şapkasını ve yeni çizmelerini çıkardı, birbirlerine zarif bir şekilde uyan bu giysileri olağanüstü bir lüksün göstergesi olan eldivenleriyle tamamlayarak Luxembourg Bahçesi'ne gitti.

Yolda Courfeyrac'la karşılaşsa da, onu görmezlikten geldi. Evine dönen Courfeyrac arkadaşlarına:

— Yolda Marius'ün yeni şapkası ve yeni ceketiyle karşılaştım, Marius de içlerindeydi. Kuşkusuz bir sınava gidiyordu. Tam bir ahmak gibi görünüyordu.

Luxembourg Bahçesi'ne geldiğinde, havuzun etrafında bir tur atıp kuğulara bakan Marius uzun süre başı küften simsiyah olmuş ve bir kalçası eksik olan bir heykeli hayranlıkla izledi. Havuzun yanındaki kırk yaşlarında ve göbekli bir burjuva elinden tuttuğu beş yaşındaki küçük bir çocuğa:

— Oğlum aşırılıklardan uzak dur, despotluğa da, anarşiye de aynı mesafede durmalısın, diyordu. Burjuvanın söylediklerini dinleyen Marius havuzun etrafında bir tur daha attı. Nihayet yavaşça ve âdeta istemeyerek "yoluna" yöneldi. Bir şeyler oraya gitmesi için onu hem zorluyor hem de oraya gitmesine engel olmak istiyor gibiydi. Tüm bunların farkında değildi ve her günkü gibi davrandığını düşünüyordu.

Girdiği yolun sonunda "banklarına" oturmuş olan M. Leblanc'ı ve kızı gördü. Ceketini boynuna kadar ilikleyip göğüs hizasında buruşmaması için gerdi, sonra pantolonunun parıltılı yansımalarını keyifle izleyerek yürümeye devam etti. Bu yürüyüşte bir saldırının ve kuşkusuz fethetme isteğinin izleri vardı. Bu yüzden banka doğru yürüdü diyebileceğim gibi, "Hannibal Roma'ya yürüdü" de diyebilirim.

Zaten tüm hareketleri mekanikti, zihni her zamanki uğraşlarıyla meşgul olmaya devam ediyordu. O sırada *Bakalorya El Kitabı*'nın çok ahmakça hazırlandığını, insan zekâsının başyapıtları olarak Racine'in üç trajedisine ve Molière'in sadece bir komedisine yer verdiklerine bakılırsa kitap süzme salaklar tarafından kaleme alınmış olmalıydı. Kulağında keskin bir vızıltı vardı. Banka yaklaştığında buruşan ceketini düzeltirken gözlerini genç kızdan ayırmıyordu. Kız ona âdeta yolun solunu belli belirsiz bir mavi ışıkla kaplamış gibi görünüyordu.

Yaklaştıkça adımları giderek yavaşlıyordu. Yolun sonuna varmadan önce bankın biraz daha yakınına gelmeden durdu ve kendi bile nasıl olduğunu anlamadan geri döndü. Genç kız uzaktan, onun yeni giysileri içindeki yakışıklı halini güç bela görmüş olmalıydı. Yine de, Marius arkadan bakan birine güzel görünmek için dimdik duruyordu.

Yolun sonuna varıp yeniden geri döndüğünde, bu kez banka daha da, hatta aralarında üç ağaç aralığı kadar bir mesafe kalana kadar yaklaştı, ama tam olarak neyin imkânsızlığı olduğunu bilemediğim, daha ileri gitmenin imkânsızlığını hissederek duraksadı. Genç kızın yüzünü ona doğru çevirdiğini sandı. Yine de, erkeksi ve ateşli bir çabayla kararsızlığını alt edip ilerlemeye devam etti. Birkaç saniye sonra, kulaklarına kadar kızarmış, elini bir devlet adamı gibi ceketinin içine sokmuş bir halde, sağına ve soluna bakmaya cesaret edemeden dimdik yürüyerek bankın önünden geçiyordu. O anda yüreğinin sanki top namlusunun ağzındaymış gibi delicesine çarptığını hissetti. Kız dün olduğu gibi Şam ipeğinden elbisesini ve saten şapkasını giymişti. Ona ait olması gereken tasvir edilemez bir ses duydu. Yavaşça konuşuyordu. Ona bakmayı denemese bile çok güzel olduğunu hissediyordu. Yine de, "Bu kız Mösyö François de Neufchâteau'nun *Gil Blas*'nın yeni baskısındaki, Marcos Obregon de la Ronda hakkındaki önsözünü yazarın kendisinin değil benim yazdığımı bilse bana büyük saygı duyardı!" diye düşünüyordu.

Bankı geride bırakıp yolun hemen yakındaki ucuna doğru yürüdükten sonra geri döndü ve güzel kızın önünden bir kez daha geçti. Bu kez yüzü çok solgundu. Zaten hiç de hoş duygular içinde değildi. Banka ve genç kıza sırtını dönüp uzaklaştığında kızın kendine baktığını sandığından sendeliyordu.

Banka yaklaşmayı bir daha denemedi, yolun ortasında durup ilk kez bir banka oturdu, sağa sola bakarken, zihninin belirsiz derinliklerinde beyaz şapkalarına ve siyah elbiselerine hayran olduğu bu kişilerin parlak pantolonunu ve yeni ceketini fark etmemelerinin mümkün olmadığını düşündü.

Bir çeyrek saat sonra, bir halenin çevrelediği o banka doğru yeniden yürüyecekmiş gibi ayağa kalksa da, olduğu yerde kaldı. On beş günden beri ilk kez, orada her gün kızıyla oturan o beyefendinin hiç kuşkusuz kendisini fark ettiğini ve bu gidiş gelişlerini garip bulduğunu düşündü.

Yine, ilk kez zihninde bile olsa, M. Leblanc lakabıyla anmak suretiyle bu tanımadığı adama saygısızlıkta bulunduğunu fark etti.

Birkaç dakika boyunca başını öne eğip elindeki değnekle kuma bir şeyler çizerek öylece durdu.

Sonra, aniden M. Leblanc ve kızının oturdukları banka sırtını dönüp evine gitti.

O akşam yemek yemeyi unutmuştu. Saat sekizde, artık Saint-Jacques Caddesi'ne gitmek için çok geç olduğunda bunu fark edip, "Bak sen şu işe!" dedi ve bir parça ekmek yedi.

Ceketini fırçalayıp özenle katladıktan sonra yattı.

V

Madam Bougon'un Başına Peş Peşe Düşen Yıldırımlar

Ertesi gün, Gorbeau viranesinin, aslında adı daha önce de belirttiğimiz gibi Madam Bourgon olan ama hiçbir şeye saygı duymayan patavatsız Courfeyrac tarafından Madam Bougon[68] olarak anılan yaşlı kapıcısı –asıl kiracısı– temizlikçisi Madam Bougon, Mösyö Marius'ün yine yeni giysileriyle evden çıktığını görünce şaşırmıştı.

Luxembourg Bahçesi'ne giden Marius daha ileri gitmeden yolunun ortasındaki bankına oturup uzaktan net bir şekilde görülebilen beyaz şapkayı, siyah elbiseyi ve özellikle mavi ışığı inceledi. Yerinden hiç kımıldamadı ve Luxembourg Bahçesi'nden ancak kapılar kapanırken ayrıldı. M. Leblanc ve kızının kalktıklarını fark etmemişti. Bahçeyi Ouest Sokağı'na açılan kapıdan terk ettiklerini düşündü. Birkaç hafta sonra, aklına geldiğinde, o akşam nerede yemek yediğini hatırlayamadı.

Ertesi, yani üçüncü gün, Madam Bougon çılgına döndü. Marius yine yeni giysileriyle çıkmıştı. "Art arda üç gün!" diye haykırdı.

Onu izlemeye çalışsa da, Marius çevik ve hızlı adımlarla yürüyordu; âdeta bir su aygırı dağ keçisinin peşine düşmüştü. İki dakika içinde onu gözden kaybedip astımının da etkisiyle soluk soluğa kalmış bir halde öfkeyle geri döndü.

— Her gün yeni giysilerini giyip insanları bu şekilde peşinden koşturmak akla mantığa sığar mı! diye homurdandı.

Marius yine Luxembourg Bahçesi'ne gitmişti.

Genç kız M. Leblanc ile birlikte oradaydı. Marius kitap okur gibi yaparak onlara elinden geldiğince yaklaştı, ama aralarında hâlâ epeyce bir mesafe vardı. Bankına geri oturup dört saat boyunca yolda kendisiyle alay edermişçesine sıçrayan serçeleri izledi.

---

68 "Bougon" Fransızcada "sürekli homurdanan" anlamında kullanılır. (ç.n.)

On beş gün böyle geçti. Marius artık Luxembourg Bahçesi'ne gezinmek için değil, nedenini bilmeden hep aynı yere oturmak için gidiyor, oturduğunda hiç kımıldamıyordu. Kendini belli etmemek için her sabah yeni giysilerini giyiyor, her gün aynı şeyi tekrarlıyordu.

Kuşkusuz muhteşem bir güzelliğe sahipti. Onun bu halinde eleştirilebilecek tek şey, hüzünlü bakışıyla tezat oluşturan neşeli gülümsemesinin yüzüne biraz şaşkın bir ifade vermesi ve bu yüzden bazen bu hoş yüzün çekiciliğini kaybetmeden garip görünmesiydi.

VI

Tutsak Edildi

İkinci haftanın son günlerinden birinde, Marius her zamanki bankına oturmuştu, elinde iki saatten beri tek sayfasını bile çevirmediği bir kitap vardı. Aniden içi titredi. Yolun sonunda bir şeyler oluyordu. M. Leblanc ve kızı banklarından kalkmışlar, kız babasının koluna girmişti ve Marius'ün bulunduğu yolda ağır ağır yürüyorlardı. Kapattığı kitabını yeniden açıp okumaya çalışan Marius titrerken hale ona doğru geliyordu. "Ah! Tanrım! Ciddi bir tavır takınacak zamanım kalmadı," diye düşündü. Bu arada, beyaz saçlı adam ve genç kız ona giderek yaklaşıyordu. Bir saniye ona bir asır gibi geliyor, kendi kendine, "Buraya ne yapmaya geliyorlar ki? Nasıl olur, buradan mı geçecek? Ayakları bu kumun üzerinde, benim iki adım ötemde mi yürüyecek?" diye soruyordu. Altüst olmuştu, yakışıklı görünmeye can atıyor, göğsünde bir nişan olmasını arzuluyordu. Ölçülü ve ağır adımların giderek yaklaştığını duyuyor, M. Leblanc'ın kendisine öfkeli bakışlar yönelteceğini düşünüyor, kendi kendine "Bu beyefendi yoksa benimle mi konuşacak?" diyordu. Öne eğdiği başını kaldırdığında hemen yanında olduklarını gördü. Genç kız geçti ve geçerken ona baktı. Düşünceli bir uysallıkla Marius'ü tepeden tırnağa titretecek şekilde bir süre daha baktı. Âdeta ne zamandan beri yanına gelmediği için sitem ediyor, ona "İşte ben geldim," diyordu. Işıltılar ve derinliklerle kaplı bu gözbebekleri karşısında Marius'ün gözleri kamaştı.

Beyninin kor gibi yandığını hissediyordu. Kızın kendine doğru yaklaşması ne hoştu! Üstelik ona nasıl da bakmıştı! Onu daha önce fark etmediği kadar güzel bulmuştu. Bu, Petrarca'ya şarkı söyletecek, Dante'ye diz çöktürecek hem kadınsı hem meleksi bir güzellikti. Masmavi göğün içinde yüzüyormuş gibi hissediyordu. Ama aynı zamanda da çizmelerinin tozlu olmasına canı sıkılıyordu.

Onun, çizmelerine de baktığından emindi.

Onu gözden kayboluncaya kadar izledikten sonra, Luxembourg Bahçesi'nde çılgınlar gibi yürümeye başladı. Muhtemelen ara sıra kendi kendine gülüp konuşuyordu. Çocuk dadılarının yanından geçerken, onlara kendilerine âşık olduğunu düşündürtecek ölçüde dalgındı.

Kızla caddede yeniden karşılaşacağı umuduyla Luxembourg Bahçesi'nden çıktı.

Odeon'un kemerlerinin altında rastladığı Courfeyrac'a: "Gel birlikte akşam yemeği yiyelim," dedi. Rousseau'nun lokantasına gidip altı frank hesap ödediler. Bir dev gibi iştahla yemek yiyen Marius garson çocuğa altı santim bahşiş verdi. Tatlı yerken Courfeyrac'a "Gazeteyi okudun mu? Audry de Puyraveau ne muhteşem bir nutuk çekmiş!" dedi.

Deli gibi âşıktı.

Yemekten sonra Courfeyrac'a "Gösterinin biletlerini ben ödüyorum," dedi. *Auberge des Adrets* oyununda Frédérick'i izlemek için Porte-Saint-Martin'e gittiler. Marius çılgınca eğleniyordu.

Aynı zamanda içine kapanıklığı daha da artıyordu. Tiyatronun çıkışında bir su birikintisinin üzerinden atlayan terzi bir kızın jartiyerine bakmaya tenezzül etmedi, kızı gören Courfeyrac'ın, *Bu kadını koleksiyonuma katmayı çok isterim*, demesi âdeta midesini bulandırmıştı.

Courfeyrac ertesi gün onu öğle yemeğine Kafe Voltaire'e davet etti. Marius orada dünkünden daha büyük bir iştahla yemek yedi. Düşünceli ve çok neşeliydi. Kahkaha atmak için hiçbir fırsatı kaçırmıyordu. Kendisiyle tanıştırılan bir taşralıya sevgiyle sarıldı. Masanın etrafında halka oluşturan öğrenciler Sorbonne kürsülerinin saçma sapan savurganlıklarının devlet tarafından ödenmesini konuştular, ardından sohbet Quicherat sözlüklerinin ve imla kılavuzlarının hataları ve eksikleri üzerine yoğunlaştı. Marius tartışmayı yarıda keserek haykırdı: "Yine de bir nişanı hak etmek çok güzel."

İşte bu gülünç! dedi Courfeyrac, Jean Prouvaire'e alçak sesle.

— Hayır, diye yanıtladı Jean Prouvaire, durum ciddi.

Gerçekten de durum ciddiydi. Marius büyük tutkuların başladığı o ateşli ve çekici ilk saatin etkisi altındaydı.

Tüm bunlara bir bakış neden olmuştu.

Barut kesesi dolduğunda, yangın koşulları hazır olduğunda bundan daha kolay bir şey olamaz. Bir bakış kıvılcımdır.

Olan olmuştu. Marius bir kadını seviyor, kaderi meçhul bir istikamete doğru ilerliyordu.

Kadınların bakışı sakin görünen ama olağanüstü bir güce sahip olan çarklara benzer. Her gün dingince, hiç zarar görmeden ve hiç umursamadan yanından geçilir. Hatta bazen onun orada olduğu bile unutulur. Gelen, giden, düşlere dalan, sohbet eden, gülen kişi aniden kıskıvrak yakalandığını hisseder! Her şeyin sonu gelmiştir. Çark sizi tutar, bakış sizi ele geçirir. Sizi nerenizden ya da nasıl ele geçirdiğini önemsemeden zihninizde akıp giden bir düşünceden, bir anlık dalgınlığınızdan yakalar. İşiniz bitiktir. Bu badireye katlanmaktan kaçamazsınız. Gizemli güçlerin zinciri sizi sıkıca kavrar. Çabanız boşunadır. Hiç kimse size yardım edemez. Zihniniz, bahtınız, geleceğiniz, ruhunuz dişliden dişliye, endişeden endişeye, ıstıraptan ıstıraba sürüklenir, acımasız bir yaratığa mı yoksa soylu bir yüreğe mi, artık kime tutsak olduysanız ona göre bu korkunç makineden ya utançla çirkinleşmiş ya da tutkuyla güzelleşmiş halde çkarsınız.

VII

Hakkında Tahmin Yürütülen U Harfinin Serüvenleri

Yalıtılmışlık, her şeyden soğuma, kibir, özgürlük arzusu, doğa sevgisi, gündelik maddi üretimin eksikliği, tek başına yaşama, dürüstlüğün gizemli savaşımları, tüm evren karşısında safça kendinden geçiş, Marius'ü tutku adı verilen bu sahiplenme duygusuna hazırlamıştı. Babasına tapınışı zamanla bir dine dönüşmüş ve tüm dinler gibi ruhunun derinliklerine gömülmüştü. Ön plana çıkması gereken bir şey gerekiyordu. Aşk bu boşluğu doldurdu.

Marius bir ay boyunca her gün Luxembourg Bahçesi'ne gitti. Saati geldiğinde hiçbir şey onu durduramıyor, Courfeyrac "Mesaisi başladı," diyordu. Marius büyülü hayaller içinde yaşıyordu. Genç kızın kendisine baktığından emindi.

Sonunda yüreklenmeye başlayıp banka daha da yaklaştı. Yine de, çekingenliğin ve âşıkların ihtiyatlı davranma içgüdüsüyle daha ileriye gidemiyordu. "Babanın dikkatini" çekmek istemiyor, derin bir Makyavelciliğin etkisiyle kızın kendisini mümkün olduğunca görüp yaşlı beyefendinin göremeyeceği ağaçların arkasında, heykellerin ayaklıklarında mola veriyordu. Bazen yarım saat boyunca, bir Léonidas'ın ya da herhangi bir Spartaküs'ün gölgesinde hiç kımıldamadan duruyor, bakışlarını elinde tuttuğu kitabın üzerinden hafifçe genç kıza doğru kaldırıyordu ve kız da kendi payına hafif bir gülümsemeyle o çekici yüzünü ona dönüyordu. En doğal ve en sakin haliyle beyaz saçlı adamla konuşurken, bakire ve tutkulu gözleriyle Marius hakkında düşler kuruyordu. Havva'nın dünyanın ilk gününden beri, tüm kadınların doğdukları günden beri bildikleri eski ve evvel zamandan kalma bir oyun! Ağzı birine yanıt verirken, bakışı diğerine karşılık veriyordu.

Yine de, sonunda M. Leblanc'ın bir şeyler fark ettiği söylenebilirdi, çünkü Marius geldiğinde sıklıkla ayağa kalkıyor ve yürümeye başlıyordu. Her zamanki yerlerinden vazgeçmiş, âdeta Marius'ün kendilerini izleyip izlemediğini anlamak için yolun diğer ucundaki Gladyatör heykelinin yanındaki banka oturmaya başlamıştı. Marius bu değişiklikten hiçbir sonuç çıkarmayarak hata yaptı. "Baba" artık her zamanki saatte gelmiyor, "kızını" her gün yanında getirmiyordu. Tek başına geldiğinde ise, Marius orada fazla kalmıyordu. Bir başka hata.

Marius bu belirtileri hiç önemsemiyordu. Çekingenlik evresinden doğal ve kaçınılmaz bir ilerlemeyle körleşme evresine geçmişti. Aşkı gitgide büyüyor, her gece rüyasında onu görüyordu. Üstelik beklenmedik bir mutluluğa erişmiş, bu da ateşin üzerine dökülen yağ gibi gözlerinin önündeki karaltıları yoğunlaştırmıştı. Bir akşam, hava kararırken, "M. Leblanc ve kızının" kalktıkları bankın üzerinde sade ve işlemesiz olsa da beyaz, ince ve kendisine tasviri mümkün olmayan kokular yayıyormuş gibi gelen bir mendil bulduğunda onu büyük bir coşkuyla almıştı. Mendilin üzerinde U. F. harfleri vardı; bu iki harf o güzel kızın ailesi, ismi, yaşadığı yer hakkında hiçbir fikri olmayan Marius'ün elde ettiği ilk bilgilerdi. Bu hayran olunası ilk harfler üzerine hemen fikirler yürütmeye başladı. U hiç kuşkusuz ilk adıydı. "Ursule!" diye düşündü, "Ne zarif bir isim!" Mendili öptü, kokusunu içine çekti, gündüz kalbinin üzerinde taşıdı, geceleri ise uyurken dudaklarının altına koydu.

— Bu mendilde, tüm ruhunu hissediyorum! diye haykırıyordu.

Bu mendil, onu farkında olmadan cebinden düşüren yaşlı beyefendiye aitti.

Hazineyi ele geçirdiği günden sonra, Luxembourg Bahçesi'ne her gelişinde mendili öpüyor, yüreğine bastırıyordu. Genç kız bu davranışlarından hiçbir şey anlamadığını yaşlı mösyöye fark ettirmeden yaptığı işaretlerle belli ediyordu.

— Ey utangaçlık! diyordu Marius.

VIII

Sakatlar da Mutlu Olabilir

Utangaçlık kelimesinden söz ettiğimiz ve hiçbir şeyi gizlemediğimiz için bir keresinde hayallere dalmışken Ursule'ünün ona büyük bir şok yaşattığını anlatmamız gerekir. Kızın M. Leblanc'ı artık banktan kalkıp parkta gezinmeye ikna ettiği günlerden birinde, sert bir ilkbahar rüzgârı çınarların zirvelerini sallıyordu. Baba ve kızı kol kola girmiş bir halde Marius'ün bankının önünden geçiyorlardı. Onların ardından ayağa kalkan Marius kendini kaybetmiş bir ruha uygun düşecek şekilde onlara bakıyordu.

Aniden diğerlerinden daha neşeli ve muhtemelen ilkbaharın görevlerini yerine getirmekle yükümlü bir esinti fidanlıkta dolaştıktan sonra ağaçlıklı yola doğru yönelip genç kızı Vergilius'un su perilerine ve Theocritus'un orman perilerine yaraşan olağanüstü bir ürpertiyle sarmaladı ve Isis'inkinden daha kutsal olan eteğini jartiyerinin hizasına kadar kaldırdı. Eşsiz güzellikte bir bacak göründü. Marius çileden çıkıp öfkelendi.

Genç kız ilahi bir ürkekliği yansıtan bir hareketle eteğini hemen indirse de, öfkesi dinmemişti. Bu yolda tek başına olduğu doğruydu. Ama bir başkası da olabilirdi. Ya bir başkası görseydi! Böyle bir şey hoş görülebilir miydi? Bu yaptığı şey çok korkunçtu! Ne yazık! Zavallı kız hiçbir şey yapmamıştı; bu olayın tek suçlusu rüzgârdı; ama içinde Cherubin'in içindeki Bartholo gibi belli belirsiz bir şeyler kıpırdayan Marius kırgınlığını belli etmeye ve onu gölgesinden bile kıskanmaya karar vermişti. İşte insan yüreğinde tensel arzunun hastalıklı ve ilginç kıskançlığı hiçbir gerekçesi olmasa da böyle doğup kendini dayatır. Zaten bu kıskançlığın ötesinde, bu çekici bacağın görüntüsü onun için hiç de hoş değildi; önüne çıkan ilk kadının beyaz çorabı ona daha çok haz verecekti.

"Ursule'ü" yolun sonuna kadar gittikten sonra M. Leblanc ile geri dönüp Marius'ün yeniden oturduğu bankın önünden geçtiğinde, genç adam ona sert ve vahşi bir bakış yöneltti. Hafifçe geriye doğrulan genç kız kaşlarını "Ne oldu ki, ne var bunda?" dercesine kaldırdı.

Bu, onların "ilk kavga"sıydı.

Marius gözleriyle ona bu şekilde bakarken yola biri girdi. Bu, iki büklüm olmuş, yüzü gözü kırışmış, saçları bembeyaz bir sakattı. XV. Louis döneminden kalma üniformasının göğsünde, kırmızı kumaşın üzerinde çatılmış kılıçların resmedildiği oval Saint-Louis nişanı vardı, çenesi gümüşten, bir bacağı tahtadan olan bu adamın bir tarafından içinde kol olmayan bir giysi kolu sarkıyordu. Bu yaratığın oldukça neşeli bir havası olduğunu fark eden Marius yanında topallayarak yürüyen bu ihtiyar hayâsızın, sanki bir tesadüf onları güzel bir hazzın tadına varmak için bir araya getirmişçesine oldukça samimi ve keyifli bir şekilde göz kırptığını hisseder gibi oldu. Savaş Tanrısı Mars'ın bu soytarısı neden bu kadar neşeliydi? Bu tahta bacakla diğer bacak arasında ne geçmişti? Marius'ün kıskançlığı doruk noktasına ulaştı. Belki de o da oradaydı! "Görmüş olmalı!" dedi içinden. Ve sakatı öldürmek istedi.

Zamanla tüm aşırılıklar törpülenir. Marius'ün Ursule'e olan öfkesi haklı ve meşru olsa da zamanla dinip gitti. Sonunda onu bağışladı; ama bunun için büyük çaba harcadı; üç gün boyunca kıza somurttu.

Bu arada, tüm bunların arasında ve tüm bunlar nedeniyle tutkusu giderek büyüyor, çılgınlığa dönüşüyordu.

IX

Ortadan Kaybolma

Marius'ün kızın adının Ursule olduğunu nasıl keşfettiğini ya da keşfettiğini sandığını görmüştük.

Sevenlerin iştahı açılır. Adının Ursule olduğunu bilmek çok şeydi, ama aynı zamanda yetersizdi. Üç dört hafta boyunca bu mutluluğun tadını çıkaran Marius başka bir mutluluk daha yaşamak için nerede oturduğunu öğrenmek istedi.

İlk hatasını yapmış, Gladyatör heykelinin yanındaki bankın tuzağına düşmüştü. İkinci hatayı yapmış, M. Leblanc yalnız geldiğinde Luxembourg Bahçesi'nden hemen ayrılmıştı. Ardından üçüncü ve en büyük hatası olarak "Ursule'ü" takip etmeye kalkmıştı.

Ouest Sokağı'nın en tenha köşesindeki üç katlı, yeni ve mütevazı görünümlü bir binada oturuyordu.

Marius o andan itibaren onu Luxembourg Bahçesi'nde görmenin mutluluğuna onu evine kadar izlemenin mutluluğunu kattı.

Açlığı artıyordu. Adını, en azından ilk adını, o sevimli, gerçek kadın adını biliyordu; nerede oturduğunu biliyordu; şimdi kim olduğunu öğrenmek istiyordu.

Bir akşam onları evlerine kadar izleyip araba kapısında gözden kaybolduklarını gördüğünde arkalarından gidip kapıcıya gözüpek bir ifadeyle sordu:

— İçeri giren beyefendi birinci katta mı oturuyor?

— Hayır, diye yanıtladı kapıcı, üçüncü katta.

Bir adım daha atmıştı. Bu başarı Marius'ü yüreklendirdi.

— Ön cepheye bakan dairede mi?

— Elbette! Bina caddeye bakıyor.

— Peki bu beyefendi ne iş yapıyor?

— Bir rantiye. İyi yürekli bir adam, zengin olmasa da yoksullara çok yardım etti.

— İsmi nedir? diye sordu Marius.

Kapıcı başını kaldırıp:

— Siz beyefendi, yoksa hafiye misiniz? dedi.

Marius oldukça utanmış ama aldığı bilgilerden çok etkilenmiş bir halde uzaklaştı. Hedefine doğru ilerliyordu.

— Güzel, diye düşündü. Adının Ursule olduğunu, bir rantiyenin kızı olduğunu ve orada, Ouest Sokağı'ndaki binanın üçüncü katında oturduğunu biliyorum.

Ertesi gün, M. Leblanc ve kızı Luxembourg Caddesi'nde kısa süre kalıp erkenden eve döndü. Marius her zaman olduğu gibi Ouest Sokağı'na kadar onları izledi. Araba kapısına vardıklarında, kızını önden gönderen M. Leblanc eşiği geçmeden durup geri döndü ve Marius'e dik dik baktı.

Bir sonraki gün, Luxembourg Bahçesi'ne gelmedikleri için Marius gün boyunca boşu boşuna bekledi.

Hava karardığında, Ouest Sokağı'na gidip üçüncü katın ışıklarının yandığını gördü. Işık sönene kadar pencerelerin altında dolaştı.

Bir sonraki gün de, Luxembourg Bahçesi'ne gelen olmadı. Gün boyunca orada bekleyen Marius pencerelerin altındaki gece nöbetine gitti. Bu görevi saat ona kadar sürüyor, aklına gelirse akşam yemeğini yiyordu. Ateş hastayı, aşk âşığı besler.

Bir hafta böyle geçti. M. Leblanc ve kızı Luxembourg Bahçesi'ne gelmedikleri için Marius hüzünlü tahminlerde bulunuyor, gündüz vakti araba kapısını gözetlemeye cesaret edemiyordu. Gece pencerelerin kızılımtırak aydınlığını izlemekle yetiniyor, ara sıra gölgeler geçtiğinde yüreği çarpıyordu.

Sekizinci gün pencerelerin altına geldiğinde, ışıklar yanmıyordu. "Şuraya bak!" dedi, "Lambayı hâlâ yakmamışlar. Ama hava karardı. Yoksa dışarı mı çıktılar?" Saat ona, gece yarısına, sabahın birine kadar bekledi. Ne üçüncü katın ışıkları yandı ne de eve geri dönen oldu. Karamsar bir ruh haliyle çekip gitti.

Ertesi gün –çünkü ertesi günden ertesi güne yaşıyordu ve onun için bugün diye bir şey yoktu– kimseyi bulamadığı Luxembourg Bahçesi'nde akşama kadar bekledikten sonra eve gitti. Pencerelerde ışık yoktu; panjurlar kapanmıştı; üçüncü kat kapkaranlıktı.

Araba kapısını çalan Marius içeri girip kapıcıya sordu:

— Üçüncü kattaki beyefendi?

— Taşındı.

Sendeleyen Marius alçak sesle:

— Ne zaman? dedi.

— Dün.

— Şimdi nerede oturuyor?

— Bilmiyorum.

— Yeni taşındığı evin adresini söylemedi mi?

— Hayır.

Ve kafasını kaldıran kapıcı Marius'ü tanıdı.

— Vay canına! Yine siz! dedi, polis misiniz?

Yedinci Kitap
Çete

I

Madenler ve Madenciler

Tüm insan topluluklarının tiyatrolarda üçüncü alt kat olarak anılan bir bölmesi vardır. Toplumsal zemin dünyanın her yanında kâh iyilik kâh kötülük amacıyla kazılmıştır. Oradaki çalışmalar alt alta üst üste yapılır. Madenlerin alt ve üst katmanları vardır. Bu karanlık yer altında bazen uygarlığın altında ezilen, kayıtsızlığımızın ve umursamazlığımızın hor gördüğü alt ve üst tabakalar yer alır. Geçtiğimiz yüzyılda, *Ansiklopedi* neredeyse açık havada kurulmuş bir maden ocağıydı. Karanlık, ilkel Hristiyanlığın o kasvetli kuluçka makineleri Sezarların altında patlamak ve insanlığı aydınlığa boğmak için bir fırsat bekliyorlardı. Çünkü kutsal karanlıklarda gizli bir ışık vardır. Volkanlar alev almaya hazır karaltılarla doludur. Her lav ilk başta gece gibi karanlıktır. İlk ayinin yapıldığı yer altı mezarları sadece Roma'nın mahzenleri değil, dünyanın madenleriydi.

Toplumsal yapının altında bir yıkıntının çapraşık harikuladeliğini gösteren türlü türlü kazı alanları vardır. Oralarda dinî maden, felsefi maden, siyasi maden, ekonomik maden, devrimci maden yer alır. Kazma darbesini kimisi düşünceyle, kimisi rakamlarla, kimisi öfkeyle indirir. Yer altı mezarlıklarının birinden diğerine seslenilir, fikir alışverişinde bulunulur. Ütopyalar yer altındaki bu galerilerde yol alır, her yöne dallanırlar. Bazen karşılaşıp dost olurlar. Jean-Jacques kendisine fenerini veren Diyojen'e kazmasını uzatır. Bazen de çatışırlar. Calvin, Sozzini'nin saçlarını kavrar. Ama hiçbir şey hedefe ve eşzamanlı etkinliğin enginliğine yönelen, bu karanlıklarda meçhul bir karınca yuvasını andırırcasına gelip giden, çıkan, inen, yeniden çıkan ve yavaşça yukarıyı aşağıya, dışı içe dönüştüren tüm bu enerjilerin gerilimini durdurup önünü kesemez. Toplum kendisine sadece yüzünü bırakıp iç organlarını değiştiren bu kazı işleminin farkına pek varmaz. Yer altında onca kat, onca farklı çalışma, söküp çıkarılan onca maden. Tüm bu derin kazılardan çıkan nedir? Gelecek.

Daha derine inildikçe kazıcılar esrarengizleşir. Toplumsal felsefenin bilgi sınırları dâhilinde kalındığı sürece yararlı olarak kabul edilen bu çalışmalar, belli bir eşik aşıldığında şüpheli ve karmaşık bir hal alır, daha aşağılara inildiğinde ise korkunçlaşır. Belli bir derinliğe inildiğinde kazılar uygarlığın algılayamayacağı boyutlara ulaşır, insanın soluk alabileceği sınır geride kalmıştır, bir canavarlaşma süreci her an başlayabilir.

Aşağı inen merdiven gariptir ve felsefenin ayağını sağlamca basabileceği basamaklarının her birinde bazen ilahi, bazen de ne idüğü belli olmayan işçilerden birine rastlanır. Jean Huss'un altında Luther, Luther'in altında Descartes, Descartes'ın altında Voltaire, Voltaire'in altında Condorcet, Condorcet'nin altında Robespierre, Robespierre'in altında Marat, Marat'nın altında Babeuf vardır. Bu böyle sürüp gider. Daha aşağıda, görülemez olanla zorlukla seçilebileni ayıran sınırda belli belirsiz belki de henüz ortaya çıkmamış insan karaltıları görülebilir. Dün yaşayanlar hayaletlerdir, yarın yaşayacak olanlar larva halindedir. Zihnin gözü onları güçlükle seçebilir. Geleceğin embriyo halindeki çalışmaları filozofun hayallerinden biridir.

Cenin halindeki belirsizlikler içinde yer alan bir dünyanın silüeti ne alışılmadıktır!

Saint-Simon, Owen, Fourier de orada, yan galerilerdedir.

Kendilerini neredeyse her zaman yalnız sanan, ama aslında hiç de öyle olmayan bu yer altı öncülerinin çalışmaları, birbirlerine farkında olmadan görünmeyen ilahi bir zincirle bağlanmış olsalar da farklıdır ve bazılarının ışığı diğerlerinin alevleriyle tezat oluşturabilir. Bazılarınınki cenneti vaat ederken, bazıları trajik olabilir. Yine de her tür tezata rağmen, en yukarıdakinden en aşağıdakine, en bilgesinden en çılgınına kadar tüm bu emekçiler çıkar gütmemek konusunda benzeşirler. Marat, İsa gibi kendini unutur. Kendilerini asla düşünmez, ihmal ederler. Kendilerinden başka bir şeyi görürler. Bakışları Mutlak'ı arar. Marat'nın gözlerinde tüm gökyüzü varken, ne kadar esrarengiz olursa olsun, İsa'nın kaşlarının altında hâlâ sonsuzluğun solgun ışığı vardır. Kim olursa olsun, gözbebekleri yıldızlar gibi ışık saçan birine saygı duyun.

Karaltılar yayan gözbebekleri de bir başka belirtidir.

Kötülük oradan çıkar. Boş bakan gözler karşısında düşünün, titreyin. Toplumsal düzenin karanlık madencileri vardır.

Kazıları derinleştirmenin gömülmeye, ışığın karanlığa dönüştüğü bir eşik vardır.

Sözünü ettiğimiz tüm bu madenlerin, tüm bu galerilerin, ilerlemenin ve ütopyanın yeraltındaki devasa dolaşım sisteminin derinliklerinde, Marat'nın, Babaeuf'ün altında, çok daha altında, üst katlarla hiçbir bağlantısı bulunmayan son bir maden vardır. Bu korkunç katman alttan üçüncü kat olarak bahsettiğimiz mekâna tekabül eder. Burası karanlıkların çukurudur. Körlerin mahzenidir. *Inferi.*[69]

Burası dipsiz uçurumlara açılır.

---

69 Cehennem. (ç.n.)

II

Ayaktakımı

Orada çıkar gütmeme kaybolur gider. İblis belli belirsiz ortalıkta dolaşır; herkes kendini düşünür. Gözleri görmeyen benlik ulur, arar, el yordamıyla hareket eder, kemirir. Toplumun Ugolino'su[70] bu uçurumdadır.

Bu çukurda, hayvanları, hortlakları andırırcasına gezinen vahşi silüetler evrensel ilerlemeyle ilgilenmez, düşünceyi ve sözü bilmezler, tek dertleri kişisel ihtiyaçlarını tatmin etmektir. Neredeyse bilinçsizdirler ve içlerinde ürkütücü bir siliklik vardır. İkisi de gayrimeşru olan cehalet ve sefalet adında iki annenin evlatlarıdır. Yol göstericileri gereksinimleridir ve tatmin olacakları her nesneye iştahları kabarır. Tiranlara değil kaplanlara özgü bir tarzda açgözlü, yani acımasızdırlar. Bu larvalar çektikleri acılardan dolayı karanlığın mantıki sonucu olarak baş döndürücü bir hızla ve kaçınılmaz bir şekilde suça yönelirler. Toplumun üçüncü alt katında sürünen Mutlak'ın bastırılmış hak arayışı değil, maddenin itirazıdır. İnsan orada ejderhaya dönüşür. Aç, susuz kalmak başlangıç, şeytan olmak varış noktasıdır. Bu galeriden katil Lacenaire çıkar.

Dördüncü kitapta –az önce– üst madenin siyasi, devrimci, felsefi galerisindeki bir bölmeden söz etmiştik. Orada, her şey söylediğimiz gibi soylu, arı, itibarlı ve onurluydu. Kuşkusuz insan orada da yanılabilirdi ve yanıldı da, ama yanılgı kahramanlığı içerdiği sürece saygınlığını korur. Orada yapılan çalışmanın tamamının bir adı vardır: İlerleme.

---

70 Ugolino della Gherardesca (1220-1289) Pisa tiranı. Tarihe kapatıldığı kulede açlıktan çocuklarını yedikten sonra öldüğü rivayetiyle geçmiştir. (ç.n.)

Artık daha farklı ve iğrenç derinliklere şöyle bir göz atma zamanı geldi.

Cehaletin yok olup gideceği güne kadar toplumun altında kötülüğün devasa mağarasının var olmayı sürdüreceğinin altını bir kez daha çizelim.

En derindeki bu mahzen her şeye düşmandır. İstisnasız her şeyden nefret eder. Filozofları tanımayan bu mahzenin hançeri tek bir kalemi bile yontmamıştır. Siyahlığının mürekkep hokkasının ulvi siyahlığıyla hiçbir benzerliği yoktur. Gecenin, bu soluk kesici tavanın altındaki büzüşmüş parmakları ne bir kitabın sayfalarını karıştırmış, ne bir gazetenin yapraklarını çevirmiştir. Babeuf Cartouche'a göre bir sömürücü, Marat Schinderhannes'a göre bir aristokrattır. Bu mahzenin tek amacı her şeyin yıkılıp gitmesidir.

Her şeyin, nefret ettiği üst katmanlar da dâhil olmak üzere her şeyin, iğrenç kazı çalışmalarında sadece dönemin toplumsal düzeninin değil, felsefenin, bilimin, uygarlığın, devrimin, ilerlemenin altını oyar. Adı sadece hırsızlık, fuhuş, katliam, suikasttır. Karanlıkların temsilcisi olarak kargaşayı ister. Kubbesi cehaletten yapılmıştır.

Yukarıdakilerin tamamının tek hedefi onu yok etmektir. Felsefe ve ilerleme, gerçeğin iyileştirilmesi, Mutlak'ın hayranlıkla izlenmesi gibi tüm birimleriyle bu hedefe yönelirler. Cehalet mahzenini ortadan kaldırdığınızda Suç denen köstebeği yok edersiniz.

Yazdıklarımızın bir bölümünü birkaç kelimeyle toparlayalım. Yegâne toplumsal tehlike karanlıktır.

İnsanlık bir kimliktir. Tüm insanlar aynı hamurdan yapılmıştır. En azından bu dünyada, yazgı bağlamında aralarında hiçbir fark yoktur. Öncesinde aynı karanlık, yaşam süresince aynı beden, sonrasında aynı kül. Ama insan mayasına karışan cehalet onu karartır. Tedavi edilemeyen bu karanlık insanın içini kaplayınca Kötülük'e dönüşür.

III

Babet, Gueulemer, Claquesous ve Montparnasse

1830 ile 1835 yılları arasında, Paris'in üçüncü alt katını Claquesous'nun, Gueulemer'in, Babet'nin ve Montparnasse'ın dörtlü haydut çetesi yönetiyordu.

Çaptan düşmüş bir Herkül olan Gueulemer'in ini Arche-Marion kanalizasyonuydu. Boyu iki metreye yakındı, göğüs kasları mermerden, pazıları tunçtandı, soluğunun sesi kuyunun dibinden gelir gibiydi, gövdesi bir devinkine, beyni bir kuşunkine benziyordu. Onu görenler çadır bezinden bir pantolon ve pamuklu kadifeden bir ceket giymiş Herkül Farnese[71] sanırlardı. Gueulemer devasa bir heykeli andıran bedeniyle canavarları alt edebilirdi, ama o kolayını bulup onlardan biri olmayı tercih etmişti. Henüz kırkına gelmemiş bu adamın alnının dar, şakaklarının geniş, göz kenarlarının kırışık, yanaklarının fırça gibi olduğunu, sakalının bir yabandomuzunun sakalına benzediğini söylersek onu zihninizde canlandırabilirsiniz. Kasları çalışmayı arzuluyor, ahmaklığı buna karşı çıkıyordu. Tembelliğin devasa gücünü temsil ediyordu. Uyuşukluğundan dolayı katil olmuştu. Melez olduğu sanılıyordu. 1815'te, Avignon'da hamallık yaptığına göre muhtemelen Mareşal Brune'ün katledilmesi olayına karışmış, bu stajı tamamladıktan sonra haydutluğu seçmişti.

Yarısaydamlığı Gueulemer'in etine dolgun haliyle tezat oluşturan Babet, sıska ve bilge bir adamdı. Saydam olsa da, aklından geçenlere nüfuz edilmesi imkânsızdı. Kemiklerinin arasından gün ışığının geçtiği görülse de, gözbebeklerinden dışarı hiçbir şey sızmazdı. Kimyacı olduğunu söylüyordu. Bobeche'in yanında palyaçoluk, Bobino'da soytarılık yapmış, Saint-Mihiel'de bir vodvilde oynamıştı. Kendine özgü düşünceleri olan, güzel konuşan tebessümlerinin altını çizip, jestlerini tırnak içine alan biriydi. İşi bir tezgâhta "Devlet

71 Lysippos'un heykeli. Bu heykelde anatomik sınırlar aşılmıştır. (e.n.)

başkanının" alçıdan büstlerini ve portrelerini satmaktı. Üstelik diş de çekiyordu. Panayırlarda ilginç gösteriler yapmış ve kapısında bir trompetin ve şu afişin yer aldığı bir karavanı olmuştu: *Babet sanatkâr dişçi, akademi üyesi, metaller ve yarı metaller üzerine fiziksel deneyler yapar, diş çeker, meslektaşlarının köklerde unuttukları diş parçalarını söker. Ücret: Bir diş, bir frank elli santim; iki diş, iki frank, üç diş, iki frank elli santim. Fırsattan yararlanın.* Bu "fırsattan yararlanın" sözü mümkün olduğunca fazla diş çektirin anlamına geliyordu. Evlenmiş ve çocuk sahibi olmuştu. Karısının ve çocuklarının başına ne geldiğini bilmiyordu. Onları bir mendili kaybeder gibi kaybetmişti. İçinde yer aldığı o karanlık dünyada istisna oluştururcasına gazete okuyordu. Ailesiyle karavanda yaşadığı günlerden birinde *Messager*'de bir kadının yeterince sağlıklı ama burnu bir dananınkine benzeyen bir çocuk doğurduğunu okuduğunda haykırmıştı: *Ne şans! Karımın aklına bana böyle bir çocuk doğurmak gelmezdi!*

Kendi deyişiyle o günden sonra "Paris'te bazı işler çevirmek için" her şeyi bırakmıştı.

Claquesous kimin nesiydi? O gecenin kendisiydi. Ortada görünmek için havanın kararmasını beklerdi. Akşam çıktığı deliğine gün doğmadan dönerdi. Bu delik neredeydi? Bunu kimse bilmiyordu. En koyu karanlıklarda bile suç ortaklarıyla sırtını onlara dönerek konuşurdu. İsmi Claquesous muydu? Hayır. "Benim adım Hiç Kimse," diyordu. Üzerine mum ışığı bile düşse maske takardı. Karnından konuşurdu. Babet onun için *Claquesous iki sesle öten bir gece kuşudur,* diyordu. Claquesous ne idüğü belirsiz, avare, korkunç bir adamdı. Claquesous bir lakaptı. Kimse onun gerçek bir ismi olduğundan emin değildi. Karnı sıklıkla ağzından fazla konuştuğundan kimse onun bir sesi olduğundan emin değildi; hep maskeyle dolaştığından kimse onun bir yüzü olduğundan emin değildi. Âdeta, ortadan kaybolduğunda yok oluyor, ortaya çıktığında ise bir anda yerin dibinden çıkıyordu.

İç karartıcı bir tip olan Montparnasse henüz yirmi yaşına gelmemiş bir çocuktu, güzel bir yüzü, kiraz gibi dudakları, hoş siyah saçları, ilkbaharın aydınlığını yansıtan gözleri vardı; her günahı işlemiş olsa da her tür suça özeniyor, kötülüğü sindirdikçe daha kötüsünü arzuluyordu. Yumurcak serseriye, serseri de eli kanlı katile dönüşmüştü. Kibar, biraz kadınsı, zarif, gürbüz, yumuşak, acımasızdı. Şapkasının sol kenarı, 1829 modasına göre, bir tutam saçı yerleştirmek için yukarı kalkıktı. İnsanları gasbederek geçiniyordu. Kesimi mükemmel olsa da redingotu yıpranmıştı. Sefil bir yaşam sürdüren ve cinayetler işleyen Montparnasse iki dirhem bir çekirdek giyiniyordu. Bu yeniyetmenin tüm cinayetlerinin gerekçesi şık giyinme arzusuydu. Karşısına ilk çıkan cilveli bir kız ona "Yakışıklısın," demiş ve yüreğine karanlıkların lekesini atarak onu Habil'ken Kabil'e dönüştürmüştü. Kendini yakışıklı bulduğu için zarif görünmek istemişti; oysa zarif görünmenin ilk koşulu aylaklık etmekti: Bir yoksulun aylaklığı suç demekti. Onun kadar tehlikeli bir aylağa nadir rastlanırdı. Daha on sekiz yaşında, arkasında birçok leş bırakmıştı. Yanından geçen çoğu insanın yüzü kan gölüne çevrilmiş, kolları iki yana açık bir halde bu sefilin gölgesinde ölüp gitmişti. Kıvırcık, krem sürülmüş saçlar, ince bir bel, kadın kalçaları, Prusya subayı görüntüsü, etrafını saran bulvardaki kızların hayranlık dolu mırıltıları, ustaca bağlanmış bir kravat, cepte bir topuz, yakada bir çiçek; işte mezarlığın fiyakalı delikanlısı böyleydi.

IV

Çetenin Yapılanması

İstedikleri zaman biçim değiştiren, Proteus'a benzeyen bu dört haydut, polisin etrafında yılan gibi dolanıyor, Emniyet Müdürü Vidocq'un[72] patavatsız bakışlarından "ağaç, alev,

72 Hırsızlık, yankesicilik vs. ile geçen bir yaşamın sonunda 1809-1827 yılları arasında Paris'te emniyet müdürlüğü yapmıştır. (e.n.)

çeşme gibi farklı görünümlerle" kaçmaya çalışıyor, birbirlerinden isimlerini ve çevirdikleri dolapları ödünç alıyor, kendi gölgelerinde gizleniyor, birbirleri için sır küpü ve sığınak işlevi görüyor, kimliklerini maskeli baloda takma burnun çıkarılması gibi değiştiriyor, bazen tek kişi gibi görünecek şekilde küçülüyor, bazen de Coco-Lacour'un bile kalabalık bulacağı ölçüde çoğalıyorlardı.

Bu dört adam sadece dört adam değil, Paris'te büyük bir faaliyetin dört başlı, gizemli hırsızlarıydı, toplumun bodrum katında oturan kötülüğün canavarı andıran medüzleriydi.

Babet, Gueulemer, Claquesous ve Montparnasse gizli ilişki ağları ve dört bir yana dal budak salmaları sayesinde Seine bölgesinin pusularını tekellerine almışlardı. Karanlık planların hayalini kuranlar onlara danışıyordu. Taslak bu dört alçağa sunuluyor, onlar da planı hayata geçiriyorlar, senaryolar üzerinde çalışıyorlardı. Desteğe ihtiyacı olan ve iyi para getiren işler için yeterli sayıda kişi ve uygun kadro sağlayabilecek güçleri her zaman vardı. İşlenecek suç fazla adam gerektiriyorsa, suç ortaklarını kiralıyorlardı. Yeraltı faaliyetlerinin tüm trajedilerinde rol alacak bir aktör toplulukları vardı.

Genellikle hava kararırken uykudan kalktıktan sonra, Salpêtrière'in yakınındaki boş arazilerde bir araya gelip kararlar alır, önlerindeki on iki karanlık saati nasıl kullanacaklarını belirlerlerdi.

Bu dört kişilik grup yeraltı faaliyeti gösteren çevreler arasında *Patron-Minette* olarak anılırdı.[73] *Patron-Minette* her geçen gün biraz daha kaybolan eski halk dilinde sabah anlamına gelir, ayrıca bu dilde *entre chien et loup*[74] akşam demektir. Bu *Patron-Minette* ismi muhtemelen hayaletlerin ortadan kaybolduğu ve haydutların işlerini bitirip birbirlerinden ayrıldıkları şafak vaktinden köken alıyordu. Bu

73 Patron-minnet eski Fransızcada "şafak", "gün doğuşu" anlamında kullanılır. Hugo bununla grubun üyelerinin karanlık işlerini bitirdikleri zamanı kastetmektedir. (ç.n.)

74 Köpekle kurdun ayırt edilemediği saat. (ç.n.)

dört adam bu lakapla anılıyorlardı. Ağır ceza mahkemesi başsavcısı hapishaneye, üstlenmeyi reddettiği bir suç konusunda Lacenaire'den bilgi almaya gittiğinde ona: Bu suçu kim işledi? diye sormuş, Lacenaire ise ona hukukçular için bulmacayı andıran ama polise hiç yabancı olmayan şu yanıtı vermişti: *Belki de Patron-Minette.*

Bazen bir oyunun içeriği karakterlerin adlarından tahmin edilebilir; hatta bir çetenin niteliği hakkında haydutlarının listesine bakarak yorum yapılabilir. İşte bazı hafızlarda yerlerini hâlâ koruyan ve Patron-Minette'in en önemli şahsiyetlerinin isimleri ve lakapları şöyleydi:

Panchaud, namıdiğer Printanier (Bahar Havası) ya da "Bigrenalle"

Brujon. (Bir Brujon hanedanının var olduğunu da belirtmeden geçmeyeceğiz.)

Boulatruelle, daha önce karşılaştığımız yol işçisi.

Laveuve. (Giyotin)

Finistere.[75]

Homere-Hogu, zenci.

Mardisoir. (Salı Akşamı)

Dépêche. (Tez El)

Fauntleroy, namıdiğer "Bouquetière" (Çiçekçi Kız)

Glorieux (Cennetlik), eski kürek mahkûmu.

Barrecarosse, namıdiğer Mösyö Dupont.

L'esplanade-du-sud. (Güney Meydanı)

Poussagrive. (Ardıçkuşu)

Carmagnolet. (Karmanyolacı)

Kruideniers, namıdiğer "Garabet."

Mangedentelle. (Dantel Yiyen)

Les-pieds-en-l'air. (Taklacı)

Demi-Liard, namıdiğer "Deux-milliards" (İki Milyar)

Vs., vs.

Daha kötülerine sıra gelmeden, bu kadarıyla yetiniyoruz. Bu isimler birer semboldür. Sadece insanları değil türleri de

---

75 Latince kökeni *Finis Terrae*, "kıyamet, dünyanın sonu". (ç.n.)

ifade ederler. Bu isimlerden her biri uygarlığın altındaki biçimsiz mantar türlerinden birine tekabül eder.

Yüzleri akıllarından geçenleri pek belli etmeyen bu tipler her gün yolda karşılaşılan kişilerden değildi. Gündüzleri, soygunculukla geçen gecenin yorgunluğuyla uyumak için kâh alçı fırınlarına, kâh Montmartre ya da Montrouge'daki terk edilmiş ocaklara giderler, bazen de kanalizasyonlarda gizlenirlerdi.

Bu adamlara ne oldu? Hâlâ varlıklarını koruyorlar. Her zaman var oldular. Horatius onlardan şöyle söz eder: *Ambubaiarum collegia, pharmacopolde, mendici, mimde*[76] ve toplumsal yaşam böyle sürdükçe onlar da mevcudiyetlerini korumaya devam edecekler. Mahzenlerinin karanlık tavanındaki toplumsal sızıntıyla yeniden doğacaklar. Hayaletler halinde yeniden geri gelecekler; sadece isimleri ve içlerinde bulundukları tenleri değişecek.

Bireyler yok olsa da gelenek sürüp gidecek.

Yetenekleri hiç değişmeyecek. Dilencisinden serserisine, bu ırkın saflığı asla bozulmayacak. Ceplerdeki keseleri hissedecek, saatlerin kokusunu alacaklar. Altın ve gümüşün onlar için özel bir kokusu olacak. Soyulmaya hazır görünen naif burjuvaların peşinden giden bu adamlar, bir yabancının ya da taşralının karşısında örümcekler gibi titreşecekler.

Gece yarısına doğru, ıssız bir bulvarda karşılaşıldıklarında ya da hayal meyal belirdiklerinde çok ürkütücü görünürler. İnsandan çok bir sisin aldığı karmaşık şekillere benzerler; karanlıklarla onlardan ayırt edilemeyecek bir bütün oluşturdukları, karanlıktan başka ruhları olmadığı ve birkaç dakika boyunca canavarca yaşamak için karanlıklardan ayrıldıkları söylenebilir.

Bu larvaları yok etmek için ne yapmak gerekir? Yoğun bir aydınlık. Hiçbir yarasa şafağa karşı koyamaz. Toplumu alt katmanlarından aydınlatın.

Birinci Cildin Sonu

---

76 Kibar fahişeler topluluğu, şarlatanlar, dilenciler, sokak oyuncuları. (ç.n.)